日本古典文学全集・作品名綜覧

日外アソシエーツ

Index to the Contents of The Collections of Japanese Classical Literature

Title Index

Compiled by
Nichigai Associates, Inc.

©2005 by Nichigai Associates, Inc.
Printed in Japan

本書はディジタルデータでご利用いただくことができます。詳細はお問い合わせください。

●編集担当● 町田 千秋／岡田 真弓

刊行にあたって

　「古事記」「竹取物語」をはじめ、長い年月にわたって先人から受け継がれてきた古典文学作品は、日本人共通の財産である。千年の時を経てなお読者の心をとらえ版を重ねる「源氏物語」や、演劇や映像で何度もとりあげられる「仮名手本忠臣蔵」「南総里見八犬伝」のように今日でも親しまれている作品も多い。

　本書は日本の古典文学全集の内容を一覧・検索できる索引ツールである。小社は1982年以来「現代日本文学綜覧」シリーズとして、明治以降の現代日本文学の全集検索ツールを送り出してきた。近世以前の古典文学を対象とした本書の刊行により、古代から現代までの文学作品を収めたすべての全集の内容を調べられるようになった。古典文学は時代も分野も幅広く、全集も総合全集のほか、時代別、作家別、テーマ別など多種多様な内容で刊行されている。また収録作品の違いのほか、注、訳文、解説類によっても特色がある。それだけに全集内容を一覧し、また作家名や作品名から収載全集を検索できるツールが大きな役割を果たすものと期待される。

　本書では2004年までの戦後60年間に完結した全集104種1,904冊を調査・収録した。各巻の目次細目を一覧できる内容綜覧、作品名から収載全集を調べられる作品名綜覧の2冊構成とし、内容綜覧の巻末には原作者や校注者・訳者・解説の著者から検索できる作家名索引を付した。また作品名綜覧の巻末では解説類を作家名やテーマごとに検索できるようにした。

　編集にあたっては誤りや遺漏のないように努めたが、至らぬ点もあろうかと思われる。お気づきの点はご教示いただければ幸いである。本書が「現代日本文学綜覧」シリーズ同様、文学を愛好する方々をはじめ、図書館や研究機関等で広く活用されることを願っている。

2005年2月

日外アソシエーツ

凡　例

1. **本書の内容**

　　本書は、国内で刊行された日本の古典文学に関する全集の作品名および解説・資料類の索引である。

2. **収録対象**

　1) 1945(昭和20)年～2004(平成16)年に刊行が完結した全集104種1,904冊に収載された、古典文学作品17,480点、および解説・資料類9,162点を収録した。固有題名のない作品類(和歌・俳句、書簡など)は収録しなかった。
　2) すべて原本に基づいて記載し、目次に記載がない作品も収録した。

3. **記載形式**

　1) 作品名、作家名、全集名などの表記は、原則として原本の表記を採用した。
　2) 使用漢字は原則として常用漢字、新字体に統一した。
　3) 頭書、角書などは、文字サイズを小さくして表示した。

4. **作品名**

　1) 内　容

　　　全集に収載された古典文学作品を収録し、その収載全集を示した。
　2) 記載項目

　　　作品名／(作者名)
　　　注・訳者名「収録全集名、巻次」／刊行年／原本掲載(開始)頁

3）排　列
(1) 現代仮名遣いによる作品名の読みの五十音順に排列した。濁音・半濁音は清音、拗促音は直音扱いとし、音引きは無視した。また、ヂ→シ、ヅ→スとみなした。
(2) 頭書、角書などは排列上無視した。
(3) 読みが同じ作品は作者名の五十音順に排列した。
(4) 同一作品名のものは同一作者ごとに集め、収載全集を全集名の読みの五十音順に指示した。

5. 解説・資料

1）内　容

　全集に収載された解説・解題、年表、参考文献・地図・索引等の資料を収録し、その収載全集を示した。

2）記載項目
　　見出し
　解説・資料のタイトル／（著者名）
　「収録全集名、巻次」／刊行年／原本掲載開始頁

3）排　列
(1) 古典文学の主要な作家名、作品名、形式・テーマを見出しとし、読みの五十音順に排列した。見出しの詳細は先頭の「見出し一覧」を参照されたい。
(2) 見出しの下で、解説・解題、年表、その他の資料の3グループに分け、それぞれ小見出しを立てた。
(3) 各グループ内の解説・資料の排列は、作品名と同様とした。

収録全集一覧

「和泉古典文庫」 全10巻 和泉書院 1983年11月〜2002年10月
「一茶全集」 全8巻，別巻1巻，総索引 信濃毎日新聞社 1976年11月〜1994年11月
「イラスト古典全訳」 全3巻 日栄社 1989年12月〜1995年1月
「上田秋成全集」 全12巻 中央公論社 1990年8月〜1995年9月
「江戸漢詩選」 全5巻 岩波書店 1995年9月〜1996年5月
「江戸戯作文庫」 全10巻 河出書房新社 1984年6月〜1987年3月
「江戸詩人選集」 全10巻 岩波書店 1990年4月〜1993年3月
「江戸時代女流文学全集」 全4巻 日本図書センター 2001年6月
「江戸時代文藝資料」 全5巻 名著刊行会 1964年7月
「大田南畝全集」 全20巻，別巻1巻 岩波書店 1985年12月〜2000年2月
「蜻蛉日記解釈大成」 全9巻 明治書院 1983年11月〜1995年6月
「鎌倉時代物語集成」 全7巻，別巻1巻 笠間書院 1988年9月〜2001年11月
「鑑賞 日本古典文学」 全35巻，別巻1巻 角川書店 1975年2月〜1978年3月
「鑑賞日本の古典」 全18巻 尚学図書 1979年12月〜1982年7月
「完訳 日本の古典」 全58巻，別巻2巻 小学館 1982年11月〜1989年4月
「北村季吟著作集」 全2巻 北村季吟大人遺著刊行会 1962年9月〜1963年1月
「近世紀行日記文学集成」 全2巻 早稲田大学出版部 1993年2月〜1994年9月
「近世文学選」 全1巻 和泉書院 1994年4月
「現代語訳 西鶴好色全集」 全4巻 創元社 1951年12月〜1953年12月
「現代語訳 西鶴全集」 全7巻 河出書房 1952年7月〜1954年3月
「現代語訳 西鶴全集」 全12巻 小学館 1976年3月〜1977年2月
「現代語訳 日本の古典」 全21巻 学習研究社 1979年6月〜1981年11月
「校註 阿仏尼全集」 全1巻 風間書房 1981年3月
「校註日本文芸新篇」 全7巻 武蔵野書院 1950年10月〜1951年9月
「校本芭蕉全集」 全10巻，別巻1巻 富士見書房 1988年10月〜1991年11月
「国文学評釈叢書」 全3巻 東京堂 1958年11月〜1959年3月
「国民の文学」 全18巻 河出書房新社 1963年8月〜1965年1月
「五山文学新集」 全6巻，別巻2巻 東京大学出版会 1967年3月〜1981年2月
「五山文学全集」 全4巻，別巻1巻 思文閣出版 1973年2月
「校註国歌大系」 全28巻 講談社 1976年10月
「古典セレクション」 全16巻 小学館 1998年4月〜1998年11月
「古典叢書」 全41巻 本邦書籍 1989年1月〜1990年11月
「古典日本文学全集」 全36巻，別巻1巻 筑摩書房 1959年9月〜1962年12月
「西鶴大矢数注釈」 全4巻，索引1巻 勉誠社 1986年12月〜1992年3月
「西鶴選集」 全12巻24冊 おうふう 1993年10月〜1996年9月
「私家集大成」 全7巻 明治書院 1973年11月〜1976年12月
「十返舎一九越後紀行集」 全3巻 郷土出版社 1996年3月
「洒落本大成」 全29巻，補巻1巻 中央公論社 1978年9月〜1988年11月

収録全集一覧

「シリーズ江戸戯作」　全2巻　桜楓社　1987年3月～1989年6月
「新潮日本古典集成」　全82巻，別巻12巻　新潮社　1976年6月～2004年4月
「新 日本古典文学大系」　全100巻，別巻5巻　岩波書店　1989年1月～2004年3月
「新版絵草紙シリーズ」　全9巻　千秋社　1979年3月～1984年3月
「新編日本古典文学全集」　全88巻　小学館　1994年3月～2002年11月
「全対訳日本古典新書」　全15巻　創英社　1976年9月～1984年3月
「叢書江戸文庫」　第I期全26巻，第II期全12巻，第III期全12巻　国書刊行会　1987年6月～2002年5月
「続日本歌謡集成」　全5巻　東京堂出版部　1961年6月～1964年2月
「続日本随筆大成」　全12巻，別巻12巻　吉川弘文館　1979年6月～1983年4月
「大学古典叢書」　全8巻　勉誠社　1985年4月～1989年3月
「対訳古典シリーズ」　全20巻　旺文社　1988年5月
「竹本義太夫浄瑠璃正本集」　上下巻　大学堂書店　1995年2月
「近松全集」　全12巻　思文閣出版　1978年5月
「近松全集」　全17巻，補遺1巻　岩波書店　1985年11月～1996年6月
「中世歌書翻刻」　全4巻　稲田浩子　1970年11月～1973年3月
「中世の文学」　第I期全27巻　三弥井書店　1971年2月～2001年12月
「中世文芸叢書」　全12巻，別巻3巻　広島中世文芸研究会　1965年1月～1973年1月
「勅撰歌歌枕集成」　全3巻　おうふう　1994年10月～1995年9月
「鶴屋南北全集」　全12巻　三一書房　1971年5月～1974年12月
「定本西鶴全集」　全14巻　中央公論社　1949年12月～1975年3月
「徳川文芸類聚」　全12巻　国書刊行会　1970年1月
「特選日本の古典 グラフィック版」　全12巻，別巻2巻　世界文化社　1986年
「日本歌学大系」　全10巻，別巻10巻　風間書房　1980年4月～1997年2月
「日本歌謡集成」　全12巻　東京堂出版部　1979年9月～1980年8月
「日本古典全書」　全109巻　朝日新聞社　1946年12月～1970年8月
「日本古典評釈・全注釈叢書」　角川書店　1966年5月～2001年5月
「日本古典文学幻想コレクション」　全3巻　国書刊行会　1995年12月～1996年4月
「日本古典文学全集」　全51巻　小学館　1970年11月～1995年5月
「日本古典文学大系」　全100巻，索引2巻　岩波書店　1951年9月～1969年2月
「日本小咄集成」　上中下巻　筑摩書房　1971年9月～1971年12月
「日本思想大系」　全67巻　岩波書店　1970年5月～1982年5月
「日本随筆大成」　第I期全23巻，第II期全24巻，第III期全24巻，別巻全10巻　吉川弘文館　1973～1979年5月
「日本の文学 古典編」　全46巻　ほるぷ出版　1976年6月～1989年6月
「日本文学古註釈大成」　日本図書センター　1978年10月～1979年8月
「新訂校註日本文学大系」　全16巻　風間書房　1955年3月～1966年9月
「作者別時代別女人和歌大系」　全6巻　風間書房　1962年11月～1978年9月
「俳諧文庫会叢書」　全3巻　菁柿堂　1949年6月
「俳書叢刊」　全9巻　臨川書店　1988年5月
「俳書叢刊 第7期」　全8巻　天理図書館　1962年6月～1963年6月
「芭蕉紀行集」　全3巻(改版1冊)　明玄書房　1967年5月～1978年12月
「芭蕉発句全講」　全5巻　明治書院　1994年10月～1998年10月
「芭蕉連句抄」　全12巻　明治書院　1965年12月～1989年10月

収録全集一覧

「芭蕉連句全註解」 全10巻，別巻1巻　桜楓社　1979年6月～1983年10月
「噺本大系」 全20巻　東京堂出版　1975年11月～1979年12月
「秘籍江戸文学選」 全10巻　日輪閣　1974年7月～1975年11月
「秘められたる古典名作全集」 全3巻　富士出版　1997年
「評釈江戸文学叢書」 全10巻，別巻1巻　講談社　1970年9月
「藤原定家全歌集」 上下巻　河出書房新社　1985年6月～1986年6月
「蕪村秀句」 全3巻　永田書房　1991年6月～1993年7月
「蕪村全集」 全2巻　創元社　1948年5月～1948年6月
「仏教説話文学全集」 全12巻　隆文館　1968年9月～1973年1月
「文化文政江戸発禁文庫」 全10巻，別巻1巻　図書出版美学館　1983年1月～1983年12月
「平安朝歌合大成」 全5巻　同朋舎出版　1995年5月～1996年12月
「平安文学叢刊」 全5巻　古典文庫　1953年11月～1966年6月
「傍訳古典叢書」 全2巻　明治書院　1954年12月～1957年1月
「万葉集古註釈集成」 全20巻　日本図書センター　1989年4月～1991年10月
「未刊随筆百種」 全12巻　中央公論社　1976年5月～1978年3月
「未刊連歌俳諧資料」 第一輯全6巻，第二輯全2巻，第三輯全3巻，第四輯全5巻，　俳文学会　1952年1月～1961年12月
「三弥井古典文庫」 上下巻　三弥井書店　1993年3月～2000年4月
「室町時代物語集」 全5巻　井上書房　1962年5月～1962年6月
「室町時代物語大成」 全13巻，補遺2巻　角川書店　1973年1月～1988年2月
「名作歌舞伎全集」 全25巻　東京創元社　1968年9月～1973年2月
「訳註 西鶴全集」 全13巻　至文堂　1947年2月～1956年11月
「有精堂校注叢書」 全5巻　有精堂出版　1986年9月～1988年3月
「校註謡曲叢書」 全3巻　臨川書店　1987年10月
「琉球古典叢書」 全1巻　あき書房　1982年11月

作 品 名

【あ】

嗚呼笑
　武藤禎夫編　「噺本大系19」'79 p262
相合傘
　「洒落本大成26」'86 p55
相生の松（赤木文庫蔵絵巻）
　横山重ほか編「室町時代物語大成補1」'87 p13
愛花篇（上田秋成）
　「上田秋成全集12」'95 p399
愛敬鶏子（山頂庵利長）
　「洒落本大成25」'86 p175
愛敬昔色好
　篠原進校訂　「叢書江戸文庫Ⅰ-8」'88 p295
あいごの若
　室木弥太郎校注「新潮日本古典集成〔66〕」'77 p299
愛護稚名歌勝関（近松半二）
　三corr広子校訂　「叢書江戸文庫Ⅰ-14」'87 p101
愛寿忠信
　芳賀矢一，佐佐木信綱校註　「謡曲叢書1」'87 p1
愛尊説（淡々）
　穎原退蔵著　「評釈江戸文学叢書7」'70 p743
会津十六士自尽の図を観るの引（成島柳北）
　日野龍夫注　「江戸詩人選集10」'90 p93
会津城下正月門附の福吉・蚕種数の詞
　志田延義編　「続日本歌謡集成2」'61 p343
愛する所の素馨寒さの為に枯れ萎えたり。詩もて以て之を傷む（江馬細香）
　福島理子注　「江戸漢詩選3」'95 p79
藍染川
　「徳川文芸類聚8」'70 p207
　芳賀矢一，佐佐木信綱校註　「謡曲叢書1」'87 p121
藍染川（近松門左衛門）
　藤井紫影校註　「近松全集（思文閣）1」'78 p385
藍染川絵巻（仮題）（慶応義塾図書館蔵絵巻）
　横山重ほか編「室町時代物語大成補1」'87 p22
あゐそめ川（寛文頃江戸版）
　横山重ほか編「室町時代物語大成1」'73 p13
葵（紫式部）
　阿部秋生，小町谷照彦，野村精一，柳井滋著　「鑑賞日本の古典6」'79 p117
　阿部秋生，秋山虔，今井源衛，鈴木日出男校注・訳　「完訳日本の古典15」'83 p93
　円地文子訳　「現代語訳 日本の古典5」'79 p48
　谷崎潤一郎ほか編　「国民の文学3」'63 p152

　阿部秋生ほか校注・訳「古典セレクション3」'98 p9
　「古典日本文学全集4」'61 p159
　石田穣二，清水好子校注　「新潮日本古典集成〔19〕」'77 p63
　柳井滋ほか校注　「新日本古典文学大系19」'93 p287
　阿部秋生，秋山虔，今井源衛，鈴木日出男校注・訳　「新編日本古典文学全集21」'95 p15
　「特選日本の古典 グラフィック版5」'86 p33
　池田亀鑑校註　「日本古典全書〔13〕」'49 p15
　阿部秋生，秋山虔，今井源衛校注・訳　「日本古典文学全集13」'72 p9
　山岸徳平校注「日本古典文学大系14」'58 p315
　伊井春樹，日向一雅，百川敬仁（ほか）校注・訳　「日本の文学 古典編12」'86 p3
　「日本文学大系4」'55 p215
あふひの上
　「徳川文芸類聚8」'70 p258
葵上（世阿弥）
　丸岡明訳　「国民の文学12」'64 p56
　「古典日本文学全集20」'62 p71
　伊藤正義校注　「新潮日本古典集成〔58〕」'83 p15
　西野春雄校注　「新日本古典文学大系57」'98 p149
　小山弘志，佐藤健一郎校注・訳　「新編日本古典文学全集59」'98 p274
　芳賀矢一，佐佐木信綱校註　「謡曲叢書1」'87 p96
あふひのうへ（近松門左衛門）
　藤井紫影校註　「近松全集（思文閣）1」'78 p299
青馬
　臼田甚五郎，新間進一，外村南都子，徳江元正校注・訳　「新編日本古典文学全集42」'00 p154
「青くても」歌仙（松尾芭蕉）
　島居清著　「芭蕉連句全註解8」'82 p43
「青くても」の巻（深川）
　金子金治郎，暉峻康隆，中村俊定注解　「日本古典文学全集32」'74 p489
「青くても」の巻（深川）（松尾芭蕉）
　井本農一，久富哲雄，村松友次，堀切実校注　「新編日本古典文学全集71」'97 p493
青笹上大江子本田唄集
　「中世文芸叢書6」'66 p99
青頭巾（上田秋成）
　「上田秋成全集7」'90 p305
　高田衛，中村博保校注・訳　「完訳日本の古典57」'83 p113
　後藤明生訳　「現代語訳 日本の古典19」'80 p110
　谷崎潤一郎ほか編　「国民の文学17」'64 p59

浅野三平校注 「新潮日本古典集成〔75〕」'79 p133
中村幸彦、高田衛校注・訳 「新編日本古典文学全集78」'95 p388
高田衛、稲田篤信編著 「大学古典叢書1」'85 p104
大輪靖宏訳注 「対訳古典シリーズ〔20〕」'88 p234
重友毅校註 「日本古典全書〔106〕」'57 p152
鵜月洋著 「日本古典評釈・全注釈叢書〔25〕」'69 p575
中村幸彦、高田衛、中村博保校注・訳 「日本古典文学全集48」'73 p442
中村幸彦校注 「日本古典文学大系56」'59 p122
和田万吉著 「評釈江戸文学叢書9」'70 p124
青頭巾（現代語訳）（上田秋成）
　高田衛、中村博保校注・訳 「完訳日本の古典57」'83 p199
青田づら跋（成美）
　穎原退蔵著 「評釈江戸文学叢書7」'70 p775
青木賊（南芽）
　「徳川文芸類聚11」'70 p431
青砥稿花紅彩画（河竹黙阿弥）
　戸板康二編 「鑑賞日本古典文学30」'77 p377
青砥稿花紅彩画（弁天小僧）（河竹黙阿弥）
　河竹登志夫ほか監修 「名作歌舞伎全集11」'69 p79
青砥藤綱摸稜案（滝沢馬琴）
　「古典叢書〔15〕」'89 p245
青葉の笛（赤木文庫蔵写本）
　横山重ほか編 「室町時代物語大成1」'73 p34
青葉のふえ（寛文七年刊本）
　横山重ほか編 「室町時代物語大成1」'73 p49
青葉のふえの物かたり（寛文七年刊本）
　太田武夫校訂 「室町時代物語集1」'62 p276
「青葉より」歌仙（松尾芭蕉）
　島居清著 「芭蕉連句全註解2」'79 p53
青柳
　臼井甚五郎、新間進一、外村南都子、徳江元正校注・訳 「新編日本古典文学全集42」'00 p126
赤（葛子琴）
　水田紀久注 「江戸詩人選集6」'93 p135
「あかあかと」詞書（松尾芭蕉）
　井本農一、久富哲雄、村松友次、堀切実校注・訳 「新編日本古典文学全集71」'97 p270
「あかあかと」付合（松尾芭蕉）
　島居清著 「芭蕉連句全註解別1」'83 p77
「あかあかと」の詞書（松尾芭蕉）
　井本農一、弥吉菅一、横沢三郎、尾形仂校注 「校本芭蕉全集6」'89 p430
赤石の梁蛻岩に答ふ（桂山彩巖）

菅野礼行、徳田武校注・訳 「新編日本古典文学全集86」'02 p370
亜槐集（飛鳥井雅親）
　和歌史研究会編 「私家集大成6」'76 p162
赤烏帽子
　「徳川文芸類聚12」'70 p420
赤城御本池（天保二年写本）
　横山重ほか編 「室町時代物語大成1」'73 p57
赤草子（梅主本）（服部土芳）
　富山奏編 「和泉古典文庫2」'83 p87
赤崎彦礼を栗山堂席上に送る二首（古賀精里）
　一海知義、池沢一郎注 「江戸漢詩選2」'96 p234
赤沢曾我
　芳賀矢一、佐佐木信綱校註 「謡曲叢書1」'87 p10
明石（紫式部）
　阿部秋生、小町谷照彦、野村精一、柳井滋著 「鑑賞日本の古典6」'79 p140
　阿部秋生、秋山虔、今井源衛、鈴木日出男校注・訳 「完訳日本の古典16」'84 p57
　円地文子訳 「現代語訳 日本の古典5」'79 p62
　谷崎潤一郎ほか編 「国民の文学3」'63 p236
　阿部秋生ほか校注・訳 「古典セレクション4」'98 p103
　「古典日本文学全集4」'61 p246
　石田穣二、清水好子校注 「新潮日本古典集成〔19〕」'77 p257
　柳井滋ほか校注 「新日本古典文学大系20」'94 p49
　阿部秋生、秋山虔、今井源衛、鈴木日出男校注・訳 「新編日本古典文学全集21」'95 p221
　「特選日本の古典 グラフィック版5」'86 p41
　池田亀鑑校註 「日本古典全書〔13〕」'49 p165
　阿部秋生、今井源衛校注・訳 「日本古典文学全集13」'72 p211
　山岸徳平校注 「日本古典文学大系15」'59 p55
　伊井春樹、日向一雅、百川敬仁（ほか）校注・訳 「日本の文学 古典編12」'86 p147
　「日本文学大系4」'55 p339
あかし（寛永頃絵入刊本）
　横山重ほか編 「室町時代物語大成1」'73 p98
あかしの三郎（天保二十三年写本）
　横山重ほか編 「室町時代物語大成1」'73 p71
明石物語
　松本隆信校注 「新潮日本古典集成〔65〕」'80 p199
あかさうし（服部土芳）
　俳諧文庫会編 「俳諧文庫会叢書1」'49 p49
赤双紙（服部土芳）
　富山奏編 「和泉古典文庫2」'83 p151

赤双紙（松尾芭蕉）
　宮本三郎，井本農一，今栄蔵，大内初夫校注
　　「校本芭蕉全集7」'89 p173
あかさうし（安永坂本）（服部土芳）
　富山奏編　「和泉古典文庫2」'83 p151
あかさうし（芭蕉翁記念館本）（服部土芳）
　富山奏編　「和泉古典文庫2」'83 p87
赤染衛門栄花物語（近松門左衛門）
　藤井紫影校註　「近松全集（思文閣）1」'78 p345
赤染衛門集（赤染衛門）
　「国歌大系13」'76 p363
　和歌史研究会編　「私家集大成2」'75 p133
　和歌史研究会編　「私家集大成2」'75 p156
　長沢美津編　「女人和歌大系2」'65 p83
県居歌道教訓（加茂眞淵）
　佐佐木信綱編　「日本歌学大系7」'58 p236
あがた居の歌集（賀茂真淵）
　鈴木淳校注　「新日本古典文学大系68」'97 p1
『あかたゐの哥集』序（上田秋成）
　「上田秋成全集11」'94 p249
暁時雨（上田秋成）
　「上田秋成全集11」'94 p390
暁に箱根を発す（大沼枕山）
　日野龍夫注　「江戸詩人選集10」'90 p165
暁に蓮池を過ぐ（橋本左内）
　坂本新注　「江戸漢詩選4」'95 p221
暁の雪，湖上に見る所（大沼枕山）
　日野龍夫注　「江戸詩人選集10」'90 p193
「暁や」五十韻（松尾芭蕉）
　島居清著　「芭蕉連句全註解6」'81 p327
あか人（山部赤人）
　和歌史研究会編　「私家集大成1」'73 p51
赤人集
　「日本文学大系11」'55 p409
赤人集（山部赤人）
　和歌史研究会編　「私家集大成1」'73 p59
赤間が関（絶海中津）
　菅野礼行，徳田武校注・訳　「新編日本古典文学全集86」'02 p234
赤松五郎物語（仮題）（大永六年写本）
　横山重ほか編　「室町時代物語大成1」'73 p126
赤山に登りて杜鵑花を瞰る（石川丈山）
　上野洋三注　「江戸詩人選集1」'91 p30
秋（藤原道真）
　菅野礼行，徳田武校注・訳　「新編日本古典文学全集86」'02 p145
「秋風に」付合「菊に出て」付合（松尾芭蕉）
　島居清著　「芭蕉連句全註解10」'83 p239
秋風篇（上田秋成）
　「上田秋成全集12」'95 p395
秋菊（祇園南海）
　山本和義，横山弘注　「江戸詩人選集3」'91 p182
あきぎり
　市古貞次，三角洋一編　「鎌倉時代物語集成1」'88 p1
秋草（阿部静枝）
　長沢美津編　「女人和歌大系6」'78 p327
秋雨（市河寛斎）
　揖斐高注　「江戸詩人選集5」'90 p105
秋篠月清集（藤原良経）
　「国歌大系11」'76 p1
　和歌史研究会編　「私家集大成3」'74 p268
安芸集（郁芳門院安芸集）（郁芳門院安芸）
　長沢美津編　「女人和歌大系2」'65 p410
秋月十章（上田秋成）
　「上田秋成全集12」'95 p364
秋月物語（承応明暦頃刊本）
　太田武夫校訂　「室町時代物語集3」'62 p275
秋月物語（高山歓喜寺蔵写本）
　横山重ほか編　「室町時代物語大成1」'73 p135
秋月物語（矢野利雄氏蔵写本）
　太田武夫校訂　「室町時代物語集3」'62 p145
秋空の雁影（大窪詩仏）
　揖斐高注　「江戸詩人選集5」'90 p307
「秋立て」歌仙（松尾芭蕉）
　島居清著　「芭蕉連句全註解7」'82 p107
「秋ちかき」歌仙（松尾芭蕉）
　島居清著　「芭蕉連句全註解10」'83 p85
「秋ちかき」の巻（鳥の道）
　金子金治郎，暉峻康隆，中村俊定注解　「日本古典文学全集32」'74 p533
「秋ちかき」の巻（鳥の道）（松尾芭蕉）
　井本農一，久富哲雄，村松友次，堀切実校注・訳　「新編日本古典文学全集71」'97 p543
秋尽く（館柳湾）
　徳田武注　「江戸詩人選集7」'90 p271
　徳田武注　「江戸詩人選集7」'90 p301
秋津島仇討物語（式亭三馬）
　「古典叢書〔7〕」'89 p287
顕綱朝臣集（藤原顕綱）
　和歌史研究会編　「私家集大成2」'75 p353
「秋とばゞよ」付合（松尾芭蕉）
　島居清著　「芭蕉連句全註解2」'79 p273
商内神（十偏舎一九）
　「洒落本大成21」'84 p9
商内神（十遍舎一九）
　伊originals千可良ほか校　「江戸時代文芸資料1」'64 p543
秋成詠艸（上田秋成）
　「上田秋成全集12」'95 p51
秋成哥反古（上田秋成）

あきに　　　　　　　　作品名

秋に感ず（服部南郭）
　　山本和義、横山弘注　「江戸詩人選集3」'91 p85
秋に感ず。其の三（安東省庵）
　　菅野礼行、徳田武校注・訳　「新編日本古典文学全集86」'02 p268
「秋にそふて」付合（松尾芭蕉）
　　島居清著　「芭蕉連句全註解8」'82 p71
秋の朝寝（松尾芭蕉）
　　富山奏校注　「新潮日本古典集成〔72〕」'78 p271
秋の蚊（大窪詩仏）
　　揖斐高注　「江戸詩人選集5」'90 p266
秋の雲（上田秋成）
　　「上田秋成全集12」'95 p211
秋の雲（異文三）（上田秋成）
　　「上田秋成全集12」'95 p247
秋の雲（異文二）（上田秋成）
　　「上田秋成全集12」'95 p242
秋の日（暁台編）
　　田中善信校注　「新日本古典文学大系73」'98 p287
「秋の暮」付合（松尾芭蕉）
　　島居清著　「芭蕉連句全註解6」'81 p265
秋の径（大窪詩仏）
　　揖斐高注　「江戸詩人選集5」'90 p201
秋の夜（市河寛斎）
　　揖斐高注　「江戸詩人選集5」'90 p68
「炑の夜を」半歌仙（松尾芭蕉）
　　島居清著　「芭蕉連句全註解10」'83 p243
秋夜長物語（永和三年写本）
　　横山重ほか編　「室町時代物語大成1」'73 p234
秋夜長物語（片カナ古活字版）
　　横山重ほか編　「室町時代物語大成1」'73 p329
秋夜長物語（幸節静彦氏蔵古絵巻）
　　横山重ほか編　「室町時代物語大成1」'73 p253
秋夜長物語（天文九年写本）
　　横山重ほか編　「室町時代物語大成1」'73 p292
秋夜長物語（平がな古活字版）
　　横山重ほか編　「室町時代物語大成1」'73 p347
秋夜長物語（文禄五年写本）
　　横山重ほか編　「室町時代物語大成1」'73 p272
秋夜長物語（仮題）（永青文庫蔵絵巻）
　　横山重ほか編　「室町時代物語大成1」'73 p311
秋の夜のおもひを述る歌（上田秋成）
　　「上田秋成全集12」'95 p444
秋の夜の友（延宝五年刊）
　　武藤禎、岡雅彦編　「噺本大系4」'76 p3
秋夜長物語
　　永井竜男訳　「古典日本文学全集18」'61 p296
　　市古貞次校注　「日本古典文学大系38」'58 p460

秋の夜の長物語（正徳六年刊本）
　　横山重ほか編　「室町時代物語大成補1」'87 p31
秋の夜評話（潜淵庵不玉著、松尾芭蕉評）
　　宮本三郎、井本農一、今栄蔵、大内初夫校注　「校本芭蕉全集7」'89 p420
秋萩の巻（安永年中）（与謝蕪村）
　　頴原退蔵編著　「蕪村全集2」'48 p236
秋晴即目（館柳湾）
　　徳田武注　「江戸詩人選集7」'90 p278
あきみち
　　円地文子訳　「古典日本文学全集18」'61 p260
　　市古貞次校注　「日本古典文学大系38」'58 p394
あきみち（国会図書館蔵奈良絵本）
　　横山重ほか編　「室町時代物語大成1」'73 p370
秋柳　二首（うち一首）（館柳湾）
　　徳田武注　「江戸詩人選集7」'90 p190
秋山を過ぎる（具平親王）
　　菅野礼行、徳田武校注・訳　「新編日本古典文学全集86」'02 p171
秋山の作。探りて「泉」の字を得たり。製に応ず。（朝野鹿取）
　　菅野礼行、徳田武校注・訳　「新編日本古典文学全集86」'02 p55
「灰汁桶の」歌仙（松尾芭蕉）
　　島居清著　「芭蕉連句全註解7」'82 p147
「灰汁桶の」の巻（猿蓑）
　　金子金治郎、暉峻康隆、中村俊定注解　「日本古典文学全集32」'74 p475
「灰汁桶の」の巻（猿蓑）（松尾芭蕉）
　　井本農一、久富哲雄、村松友次、堀切実校注・訳　「新編日本古典文学全集71」'97 p477
灰汁桶の巻（「猿蓑」より）（松尾芭蕉）
　　樋口功評釈　「古典日本文学全集31」'61 p108
悪源太
　　芳賀矢一、佐佐木信綱校註　「謡曲叢書1」'87 p13
侠中俠悪言鮫骨（山東京伝）
　　山本陽史編　「シリーズ江戸戯作〔1〕」'87 p147
芥川
　　北川忠彦ほか校注　「中世の文学　第1期〔22〕」'95 p298
悪太郎
　　「古典日本文学全集20」'62 p324
　　北川忠彦ほか校注　「中世の文学　第1期〔20〕」'94 p25
悪太郎（岡村柿紅）
　　河竹登志夫ほか監修　「名作歌舞伎全集24」'72 p253
悪坊
　　北川忠彦ほか校注　「中世の文学　第1期〔20〕」'94 p27

6　日本古典文学全集・作品名綜覧

古川久校註　「日本古典全書〔93〕」'56 p68
明烏（桜田治助（三世））
　　「俳書叢刊4」'88 p175
　　一有編　「俳書叢刊 第7期8」'63 p1
あけ烏（高井几董編）
　　石川真弘校注　「新日本古典文学大系73」'98 p53
山鳥や浦里春日や時次郎明烏夢の泡雪
　　荻田清ほか編　「近世文学選〔1〕」'94 p72
明烏夢泡雪（明烏）（鶴賀若狭掾（初代））
　　河竹登志夫ほか監修　「名作歌舞伎全集16」'70 p47
明智討（大村由己）
　　芳賀矢一，佐佐木信綱校註　「謡曲叢書1」'87 p20
明智が妻（松尾芭蕉）
　　井本農一，弥吉菅一，横沢三郎，尾形仂校注　「校本芭蕉全集6」'89 p445
　　井本農一，久富哲雄，村松友次，堀切実校注・訳　「新編日本古典文学全集71」'97 p279
明智が妻の話（松尾芭蕉）
　　富山奏校注　「新潮日本古典集成〔72〕」'78 p162
明智物語 乾（坤）
　　関西大学中世文学研究会編　「和泉古典文庫7」'96 p1
上本けいせい仏の原（近松門左衛門）
　　「近松全集（岩波）補1」'96 p1
総角
　　谷崎潤一郎ほか編　「国民の文学1」'64 p423
　　臼田甚五郎，新間進一，外村南都子，徳江元正校注・訳　「新編日本古典文学全集42」'00 p62
　　芳賀矢一，佐佐木信綱校註　「謡曲叢書1」'87 p23
総角（紫式部）
　　阿部秋生，小町谷照彦，野村精一，柳井滋著　「鑑賞日本の古典6」'79 p390
　　阿部秋生，秋山虔，今井源衛，鈴木日出男校注・訳　「完訳日本の古典21」'87 p173
　　円地文子訳　「現代語訳 日本の古典5」'79 p149
　　谷崎潤一郎ほか編　「国民の文学4」'63 p252
　　阿部秋生ほか校注・訳　「古典セレクション13」'98 p91
　　「古典日本文学全集6」'62 p45
　　石田穣二，清水好子校注　「新潮日本古典集成〔24〕」'83 p9
　　柳井滋ほか校注　「新日本古典文学大系22」'96 p379
　　阿部秋生，秋山虔，今井源衛，鈴木日出男校注・訳　「新編日本古典文学全集24」'97 p221
　　「特選日本の古典 グラフィック版5」'86 p121
　　池田亀鑑校註　「日本古典全書〔17〕」'55 p15

阿部秋生，秋山虔，今井源衛校注・訳　「日本古典文学全集16」'95 p211
山岸徳平校注　「日本古典文学大系17」'62 p379
伊井春樹，日向一雅，百川敬仁（ほか）校注・訳　「日本の文学 古典編15」'87 p165
「日本文学大系6」'55 p116
「あけゆくや」の詞書（松尾芭蕉）
　　井本農一，弥吉菅一，横沢三郎，尾形仂校注　「校本芭蕉全集6」'89 p330
朱楽菅江
　　棚橋正博，鈴木勝忠，宇田敏彦注解　「新編日本古典文学全集79」'99 p503
赤穂義士随筆（山崎美成）
　　関根正直ほか監修　「日本随筆大成II－24」'75 p1
阿漕
　　伊藤正義校注　「新潮日本古典集成〔58〕」'83 p25
　　西野春雄校注　「新日本古典文学大系57」'98 p526
　　芳賀矢一，佐佐木信綱校註　「謡曲叢書1」'87 p27
阿漕（竹本義太夫）
　　「竹本義太夫浄瑠璃正本集下」'95 p955
阿古根浦口伝
　　佐佐木信綱編　「日本歌学大系4」'56 p398
腮の掛合（寛政十一年正月跋）（桜川慈悲成編）
　　武藤禎夫編　「噺本大系13」'79 p272
朝比奈
　　北川忠彦，安田章　「新編日本古典文学全集60」'01 p337
　　北川忠彦ほか校注　「中世の文学 第1期〔20〕」'94 p297
　　古川久校註　「日本古典全書〔93〕」'56 p105
朝顔
　　伊藤正義校注　「新潮日本古典集成〔58〕」'83 p35
　　芳賀矢一，佐佐木信綱校註　「謡曲叢書1」'87 p31
朝顔（紫式部）
　　阿部秋生，秋山虔，今井源衛，鈴木日出男校注・訳　「完訳日本の古典17」'85 p67
　　谷崎潤一郎ほか編　「国民の文学3」'63 p332
　　阿部秋生ほか校注・訳　「古典セレクション6」'98 p9
　　「古典日本文学全集4」'61 p346
　　石田穣二，清水好子校注　「新潮日本古典集成〔20〕」'78 p187
　　柳井滋ほか校注　「新日本古典文学大系20」'94 p249
　　阿部秋生，秋山虔，今井源衛，鈴木日出男校注・訳　「新編日本古典文学全集21」'95 p467

あさか　　　　　　　　　　作品名

池田亀鑑校註　「日本古典全書〔14〕」'50 p19
阿部秋生,秋山虔,今井源衛校注・訳　「日本古典文学全集13」'72 p457
山岸徳平校注　「日本古典文学大系15」'59 p247
伊井春樹,日向一雅,百川敬仁(ほか)校注・訳　「日本の文学 古典編12」'86 p351

あさかほのつゆ(寛永頃刊本)
太田武夫校訂　「室町時代物語集3」'62 p404

「朝顔や」歌仙(松尾芭蕉)
島居清著　「芭蕉連句全註解8」'82 p255

浅草志
安藤菊二校訂　「未刊随筆百種2」'76 p127

朝倉
臼田甚五郎,新間進一,外村南都子,徳江元正校注・訳　「新編日本古典文学全集42」'00 p83

朝倉始末記
井上鋭夫,桑山浩然,藤木久志校注　「日本思想大系17」'72 p325

朝ごころ(川上小夜子)
長沢美津編　「女人和歌大系6」'78 p583

浅茅(宗祇)
木藤才蔵校注　「中世の文学 第1期〔10〕」'82 p315

あさぢが露
市古貞次,三角洋一編　「鎌倉時代物語集成1」'88 p91

浅茅か宿(上田秋成)
「上田秋成全集7」'90 p247

浅茅が宿
高田衛,稲富篤信編著　「大学古典叢書1」'85 p31
大輪靖宏訳注　「対訳古典シリーズ〔20〕」'88 p70

浅茅が宿(上田秋成)
高田衛著　「鑑賞日本の古典18」'81 p80
高田衛,中村博保校注・訳　「完訳日本の古典57」'83 p39
後藤明生訳　「現代語訳 日本の古典19」'80 p42
谷崎潤一郎ほか編　「国民の文学17」'64 p17
浅野三平校注　「新潮日本古典集成〔75〕」'79 p45
中村幸彦,高田衛校注・訳　「新編日本古典文学全集78」'95 p306
「特選日本の古典 グラフィック版11」'86 p48
重友毅校註　「日本古典全書〔106〕」'57 p88
鵜月洋著　「日本古典評釈・全注釈叢書〔25〕」'69 p187
中村幸彦,高田衛,中村博保校注・訳　「日本古典文学全集48」'73 p360
中村幸彦校注　「日本古典文学大系56」'59 p59
和田万吉著　「評釈江戸文学叢書9」'70 p39

浅茅が宿(現代語訳)(上田秋成)
高田衛,中村博保校注・訳　「完訳日本の古典57」'83 p154

あさづまふね
荻田清ほか編　「近世文学選〔1〕」'94 p177

浅妻舟(浪枕月浅妻)(桜田治助(二代))
河竹登志夫ほか監修　「名作歌舞伎全集24」'72 p85

あさた丶(藤原朝忠)
和歌史研究会編　「私家集大成1」'73 p384

朝忠集(藤原朝忠)
和歌史研究会編　「私家集大成1」'73 p381
「日本文学大系12」'55 p507
長連恒編　「日本文学大系12」'55 p748

団七黒茶碗釣船の花火朝茶湯一寸口切(山東京伝)
「古典叢書〔4〕」'89 p1

浅野藩御船歌集
浅野建二編　「続日本歌謡集成3」'61 p55

校訂朝夷巡嶋記(滝沢馬琴)
「古典叢書〔17〕」'90 p1
「古典叢書〔18〕」'90 p1

朝㒵のつゆ(赤木文庫蔵絵入古写本)
横山重ほか編　「室町時代物語大成1」'73 p390

校訂浅間ヵ岳煙の姿絵(柳亭種彦)
「古典叢書〔38〕」'90 p409

浅間岳面影草紙(柳亭種彦)
「古典叢書〔29〕」'90 p7

浅間岳の焼石に題す(西山拙斎)
菅野礼行,徳田武校注・訳　「新編日本古典文学全集86」'02 p469

浅間岳(春霞浅間岳)
河竹登志夫ほか監修　「名作歌舞伎全集24」'72 p133

浅間の煙(上田秋成)
「上田秋成全集11」'94 p71

朝熊山縁起
桜井徳太郎,萩原龍夫,宮田登校注　「日本思想大系20」'75 p77

朝光集(藤原朝光)
和歌史研究会編　「私家集大成1」'73 p623

浅緑
谷崎潤一郎ほか編　「国民の文学1」'64 p423
臼田甚五郎,新間進一,外村南都子,徳江元正校注・訳　「新編日本古典文学全集42」'00 p154

朝津
谷崎潤一郎ほか編　「国民の文学1」'64 p421

「あさむつや」の詞書(松尾芭蕉)
井本農一,弥吉菅一,横沢三郎,尾形仂校注　「校本芭蕉全集6」'89 p438

あしかひのこと葉(上田秋成)
「上田秋成全集11」'94 p26

葦垣
　谷崎潤一郎ほか編　「国民の文学1」'64 p422
　臼田甚五郎，新間進一，外村南都子，徳江元正校注・訳　「新編日本古典文学全集42」'00 p140
蘆刈（世阿弥）
　芳賀矢一，佐佐木信綱校註　「謡曲叢書1」'87 p35
あしそろへ（只丸）
　「未刊連歌俳諧資料4-4」'61 p1
あしの屋
　市古貞次，三角洋一編　「鎌倉時代物語集成5」'92 p72
阿志乃也能記（草案）（上田秋成）
　「上田秋成全集11」'94 p17
蘆の若葉（大田南畝）
　浜田義一郎，中野三敏，日野龍夫，揖斐高編　「大田南畝全集8」'86 p141
あしびき
　市古貞次校注　「新日本古典文学大系54」'89 p1
あしひき（逸翁美術館蔵古絵巻）
　横山重ほか編　「室町時代物語大成1」'73 p422
あし曳の日記（伴蒿蹊）
　風間誠史校訂　「叢書江戸文庫I-7」'93 p301
芦屋道満大内鑑（竹田出雲）
　角田一郎，内山美樹子校注　「新日本古典文学大系93」'91 p1
蘆屋道満大内鑑（葛の葉）（竹田出雲）
　河竹登志夫ほか監修　「名作歌舞伎全集3」'68 p109
あしやのさうし（天理図書館蔵写本）
　横山重ほか編　「室町時代物語大成1」'73 p451
蘆屋弁慶
　芳賀矢一，佐佐木信綱校註　「謡曲叢書1」'87 p42
鴉臭集　二巻（太白真玄）
　上村観光編　「五山文学全集3」'73 p2217
阿州船無人島漂流記
　加藤貴校訂　「叢書江戸文庫I-1」'90 p10
阿旬伝兵衛実々記（滝沢馬琴）
　「古典叢書〔15〕」'89 p3
あじろの草子（仮題）（円福寺蔵写本）
　横山重ほか編　「室町時代物語大成補1」'87 p54
あしわけおぶね（本居宣長）
　太田善麿訳　「古典日本文学全集34」'60 p157
あしわけ小船（本居宣長）
　佐佐木信綱編　「日本歌学大系7」'58 p238
排蘆小船（本居宣長）
　鈴木淳校注・訳　「新編日本古典文学全集82」'00 p243
飛鳥井
　谷崎潤一郎ほか編　「国民の文学1」'64 p420
　臼田甚五郎，新間進一，外村南都子，徳江元正校注・訳　「新編日本古典文学全集42」'00 p125
飛鳥井贈大納言雅世歌（飛鳥井雅世）
　和歌史研究会編　「私家集大成5」'74 p357
飛鳥井雅有集（飛鳥井雅有）
　和歌史研究会編　「私家集大成4」'75 p620
飛鳥井雅有筆八幡切
　吉田幸一著　「平安文学叢刊5」'66 p挿2
飛鳥井雅親集（飛鳥井雅親）
　和歌史研究会編　「私家集大成6」'76 p158
飛鳥井雅世集（飛鳥井雅世）
　和歌史研究会編　「私家集大成5」'74 p380
飛鳥川
　芳賀矢一，佐佐木信綱校註　「謡曲叢書1」'87 p45
飛鳥川（柴村盛方）
　関根正直ほか監修　「日本随筆大成II-10」'74 p1
明日香井集（飛鳥井雅有）
　和歌史研究会編　「私家集大成3」'74 p408
飛鳥寺
　芳賀矢一，佐佐木信綱校註　「謡曲叢書1」'87 p49
飛鳥山十二景詩歌
　松野陽一校注　「新日本古典文学大系67」'96 p425
あすならう（松尾芭蕉）
　井本農一，弥吉菅一，横沢三郎，尾形仂校注　「校本芭蕉全集6」'89 p364
　井本農一，大谷篤蔵編　「校本芭蕉全集別1」'91 p206
　井本農一，久富哲雄，村松友次，堀切実校注・訳　「新編日本古典文学全集71」'97 p224
　弥吉菅一，赤羽学，西村真砂子，檀上正孝　「芭蕉紀行集2」'68 p160
東遊歌
　「国歌大系1」'76 p125
　小西甚一校注　「日本古典文学大系3」'57 p421
あづま歌（加藤枝直）
　「国歌大系15」'76 p341
東夷周覧稿（滕知文）
　津本信博編　「近世紀行日記文学集成2」'94 p512
吾妻鏡所載歌
　斎藤茂吉校註　「日本古典全書〔71〕」'50 p106
吾妻紀行（谷重次）
　津本信博編　「近世紀行日記文学集成1」'93 p117
吾嬬筝譜考証
　高野辰之編　「日本歌謡集成8」'60 p483
東路記（貝原益軒）

あすま　　　　　　　　　　　　　　作品名

あすま
　板坂耀子校注　「新日本古典文学大系98」'91 p1
東路御記行
　津本信博編　「近世紀行日記文学集成2」'94 p559
東路のつと（宗長）
　伊藤敬校注・訳　「新編日本古典文学全集48」'94 p483
娘評判記あづまの花軸
　「徳川文芸類聚12」'70 p415
あづまの月
　市古貞次, 三角洋一編　「鎌倉時代物語集成5」'92 p67
あづまの花（道楽散人）
　「洒落本大成4」'79 p337
吾妻花双蝶々（柳亭種彦）
　「古典叢書〔36〕」'90 p171
吾妻の道芝（松平秀雲）
　津本信博編　「近世紀行日記文学集成1」'93 p235
あづま流行時代子供うた
　志田延義編　「続日本歌謡集成5」'62 p127
吾妻曲狂歌文庫（宿屋飯盛編）
　杉本長重, 浜田義一郎校注　「日本古典文学大系57」'58 p471
吾妻問答（宗祇）
　久松潜一訳　「古典日本文学全集36」'62 p89
　木藤才蔵, 井本農一校注　「日本古典文学大系66」'61 p205
　奥田勲校注・訳　「日本の文学 古典編37」'87 p109
東屋
　谷崎潤一郎ほか編　「国民の文学1」'64 p420
　臼田甚五郎, 新間進一, 外村南都子, 徳江元正校注・訳　「新編日本古典文学全集42」'00 p124
東屋（紫式部）
　阿部秋生, 小町谷照彦, 野村精一, 柳井滋著　「鑑賞日本の古典6」'79 p442
　阿部秋生, 秋山虔, 今井源衛, 鈴木日出男校注・訳　「完訳日本の古典22」'88 p133
　円地文子訳　「現代語訳 日本の古典5」'79 p154
　谷崎潤一郎ほか編　「国民の文学4」'63 p371
　阿部秋生ほか校注・訳　「古典セレクション15」'98 p9
　「古典日本文学全集6」'62 p152
　石田穣二, 清水好子校注　「新潮日本古典集成〔24〕」'83 p267
　柳井滋ほか校注　「新日本古典文学大系23」'97 p119
　阿部秋生, 秋山虔, 今井源衛, 鈴木日出男校注・訳　「新編日本古典文学全集25」'98 p15
　「特選日本の古典 グラフィック版5」'86 p130

　池田亀鑑校註　「日本古典全書〔17〕」'55 p232
　阿部秋生, 秋山虔, 今井源衛校注・訳　「日本古典文学全集17」'76 p9
　山岸徳平校注　「日本古典文学大系18」'63 p129
　伊井春樹, 日向一雅, 百川敬仁（ほか）校注・訳　「日本の文学 古典編16」'87 p3
　「日本文学大系6」'55 p284
吾妻与五郎新狂言（柳亭種彦）
　「古典叢書〔36〕」'90 p201
東麿大人の祭のをり（土岐筑波子）
　古谷知新編　「江戸時代女流文学全集3」'01 p642
麻生
　北川忠彦ほか校注　「中世の文学 第1期〔22〕」'95 p20
阿曽の草子（仮題）（神宮文庫蔵写本）
　横山重ほか編　「室町時代物語大成1」'73 p386
阿蘇の池煙を望む、水斯立の（秋山玉山）
　菅野礼行, 徳田武校注・訳　「新編日本古典文学全集86」'02 p396
安宅
　芳賀矢一, 佐佐木信綱校註　「謡曲叢書1」'87 p51
安宅（観世小次郎）
　「古典日本文学全集20」'62 p150
安宅（観世小次郎信光）
　窪田啓作訳　「国民の文学12」'64 p137
安宅（伝・観世信光）
　伊藤正義校注　「新潮日本古典集成〔58〕」'83 p45
　西野春雄校注　「新日本古典文学大系57」'98 p133
　小山弘志, 佐藤健一郎校注・訳　「新編日本古典文学全集59」'98 p354
あたご嵐の袖さむし（井原西鶴）
　吉行淳之介訳　「現代語訳 日本の古典16」'80 p117
愛宕空也
　芳賀矢一, 佐佐木信綱校註　「謡曲叢書1」'87 p61
愛宕地蔵之物語（承応二年刊丹緑本）
　太田武夫校訂　「室町時代物語集4」'62 p245
愛宕地蔵物語（仮題）（慶応義塾図書館蔵古写本）
　横山重ほか編　「室町時代物語大成1」'73 p456
愛宕地蔵物語（承応二年刊本）
　横山重ほか編　「室町時代物語大成1」'73 p492
愛宕山に移住して後に賦し、知己に示す（六如）
　黒川洋一注　「江戸詩人選集4」'90 p232
安達原

伊藤正義校注 「新潮日本古典集成〔58〕」'83 p65
芳賀矢一, 佐佐木信綱校註 「謡曲叢書1」'87 p65
安達静
芳賀矢一, 佐佐木信綱校註 「謡曲叢書1」'87 p69
仕懸幕裏仇手本(小金あつ丸)
「洒落本大成22」'84 p89
塩尻合戦仇名草青楼日記(陳文閑人)
「洒落本大成23」'85 p239
見脈医術虚辞先生穴賢(福隅軒蛙井)
「洒落本大成9」'80 p355
仇枕浮名草紙(式亭三馬)
青木信光編 「文化文政江戸発禁文庫6」'83 p19
料理献立頭てん天口有(大田南畝)
浜田義一郎, 中野三敏, 日野龍夫, 揖斐高編 「大田南畝全集7」'86 p319
熱海
芳賀矢一, 佐佐木信綱校註 「謡曲叢書1」'87 p73
熱海紀行(田中伯元)
津本信博編 「近世紀行日記文学集成1」'93 p208
的中地本問屋(十返舎一九)
林美一校訂 「江戸戯作文庫〔10〕」'87 p80
あつたゝ(藤原敦忠)
和歌史研究会編 「私家集大成1」'73 p263
敦忠集(藤原敦忠)
和歌史研究会編 「私家集大成1」'73 p268
「日本文学大系11」'55 p125
長連恒編 「日本文学大系12」'55 p703
熱田の神秘(慶応義塾図書館蔵古写本)
横山重ほか編 「室町時代物語大成1」'73 p527
熱田宮雀(井原西鶴)
穎原退蔵ほか編 「定本西鶴全集13」'50 p307
「あつたら真桑」付合(松尾芭蕉)
島居清著 「芭蕉連句全註解2」'79 p126
敦盛
麻原美子, 北原保雄校注 「新日本古典文学大系59」'94 p210
芳賀矢一, 佐佐木信綱校註 「謡曲叢書1」'87 p77
敦盛(世阿弥)
小山弘志, 佐藤健一郎校注・訳 「新編日本古典文学全集58」'97 p218
敦盛卿和讃
高野辰之編 「日本歌謡集成4」'60 p401
あて宮
中野幸一校注・訳 「新編日本古典文学全集15」'01 p111

宮田和一郎校註 「日本古典全書〔5〕」'49 p228
河野多麻校注 「日本古典文学大系11」'61 p87
あとまつり(小林一茶)
丸山一彦校注 「一茶全集6」'76 p271
阿知女法
臼田甚五郎, 新間進一, 外村南都子, 徳江元正校注・訳 「新編日本古典文学全集42」'00 p27
臼田甚五郎, 新間進一, 外村南都子, 徳江元正校注・訳 「新編日本古典文学全集42」'00 p46
阿奈遠加之(沢田名垂)
岡田甫訂・解説 「秘籍江戸文学選1」'74 p7
阿奈遠加之(沢田名重)
岡田甫訂・解説 「秘籍江戸文学選3」'74 p207
新宿穴学問(秩都紀南子)
「徳川文芸類聚5」'70 p239
契情買独稽古穴可至子(富久亭)
「洒落本大成21」'84 p29
北遊穴知鳥(松寿軒東朝)
「洒落本大成7」'80 p141
安名尊
臼田甚五郎, 新間進一, 外村南都子, 徳江元正校注・訳 「新編日本古典文学全集42」'00 p137
諤りに題す(館柳湾)
徳田武注 「江戸詩人選集7」'90 p211
「あなむざんやな」歌仙(松尾芭蕉)
島居清著 「芭蕉連句全註解6」'81 p217
姉小路今神明百韻
金子金治郎, 雲英末雄, 暉峻康隆, 加藤定彦校注・訳 「新編日本古典文学全集61」'01 p43
金子金治郎, 暉峻康隆, 中村俊定注解 「日本古典文学全集32」'74 p121
姉小路済継卿詠草(姉小路済継)
和歌史研究会編 「私家集大成6」'76 p579
阿仏尼全歌集(阿仏尼)
簗瀬一雄編 「校註阿仏尼全集〔1〕」'84 p191
駿州府中阿倍川の流(雨雪軒谷水)
「洒落本大成25」'86 p129
阿房枕言葉(偸空斎人主人)
「洒落本大成1」'78 p235
海士
伊藤正義校注 「新潮日本古典集成〔58〕」'83 p79
西野春雄校注 「新日本古典文学大系57」'98 p573
芳賀矢一, 佐佐木信綱校註 「謡曲叢書1」'87 p101
海人
「古典日本文学全集20」'62 p101
小山弘志, 佐藤健一郎校注・訳 「新編日本古典文学全集59」'98 p533
口中乃不曇鏡甘哉名利研(山東京伝)

あまか　　　　　　　作品名

「古典叢書〔3〕」'89 p217
尼崎より舟を倣いて坂に入る（頼山陽）
　入谷仙介注　「江戸詩人選集8」'90 p114
天草遊中、高きに登りて西洋を望む（原采蘋）
　福島理子注　「江戸漢詩集3」'95 p209
天草洋に泊す（頼山陽）
　入谷仙介注　「江戸詩人選集8」'90 p58
雨乞踊歌
　志田延義編　「続日本歌謡集成2」'61 p351
尼裁判
　浜中修編著　「大学古典叢書8」'89 p102
天路の橋（今村楽）
　津本信博編　「近世紀行日記文学集成2」'94 p443
天瀬の韻に次す（四首のうち二首）（大窪詩仏）
　揖斐高注　「江戸詩人選集5」'90 p240
天津おとめ（上田秋成）
　谷崎潤一郎ほか編　「国民の文学17」'64 p81
天津をとめ（上田秋成）
　「上田秋成全集8」'93 p156
　「上田秋成全集8」'93 p250
　美れ靖校注　「新潮日本古典集成〔76〕」'80 p26
天津乙女（上田秋成）
　「上田秋成全集8」'93 p283
天津処女（上田秋成）
　「上田秋成全集8」'93 p334
　高田衛、中村博保校注・訳　「完訳日本の古典57」'83 p232
　中村幸彦、高田衛校注・訳　「新編日本古典文学全集78」'95 p436
　浅野三平訳・注　「全対訳日本古典新書〔14〕」'81 p32
　重友毅校註　「日本古典全書〔106〕」'57 p195
　中村幸彦、高田衛、中村博保校注・訳　「日本古典文学全集48」'73 p489
　中村幸彦校注　「日本古典文学大系56」'59 p155
天津処女（現代語訳）（上田秋成）
　高田衛、中村博保校注・訳　「完訳日本の古典57」'83 p232
天津賢―船弁慶
　小山弘志、佐藤喜久雄、佐藤健一郎、表章校注・訳　「完訳日本の古典47」'88 p211
天岩戸（東伝子）
　「洒落本大成16」'82 p315
あまのかるも
　市古貞次、三角洋一編　「鎌倉時代物語集成1」'88 p171
海人のかる藻
　長沢美津編　「女人和歌大系3」'68 p498
海人の刈藻（太田垣蓮月）
　「国歌大系20」'76 p131

海人の刈藻（大田垣蓮月）
　古谷知新編　「江戸時代女流文学全集4」'01 p403
海人のくぐつ（中島広足）
　関根正直ほか監修　「日本随筆大成I-10」'75 p377
天野氏の別荘。韻を分つ（野村篁園）
　徳田武注　「江戸詩人選集7」'90 p9
蜑の焼藻の記（森山孝盛）
　関根正直ほか監修　「日本随筆大成II-22」'74 p199
天野政徳随筆（天野政徳）
　関根正直ほか監修　「日本随筆大成III-8」'77 p25
海人手古良集（藤原師氏）
　和歌史研究会編　「私家集大成1」'73 p397
天羽衣（石川雅望）
　稲田篤信校訂　「叢書江戸文庫II-28」'93 p153
天橋立
　芳賀矢一、佐佐木信綱校註　「謡曲叢書1」'87 p107
天の橋立図賛（与謝蕪村）
　頴原退蔵編著　「蕪村全集1」'48 p453
あま物語（仮題）（天理図書館蔵奈良絵本）
　横山重ほか編　「室町時代物語大成1」'73 p536
あまやどり（清水泰氏旧蔵奈良絵本）
　横山重ほか編　「室町時代物語大成補1」'87 p75
雨夜の記
　木藤才蔵校注　「中世の文学　第1期〔14〕」'90 p221
雨夜のつれづれ三題咄（明治初年頃刊）（文福社著述）
　武藤禎夫編　「噺本大系16」'79 p287
春色雨夜噺（鐘下亭一抓）
　「洒落本大成20」'83 p327
阿満を夢みる（藤原道真）
　菅野礼行、徳田武校注・訳　「新編日本古典文学全集86」'02 p142
編笠節唱歌
　高野辰之編　「日本歌謡集成6」'60 p41
阿弥陀いろは和讃
　高野辰之編　「日本歌謡集成4」'60 p317
あみだが池新寺町（近松門左衛門）
　「近松全集（岩波）15翻刻編」'89 p345
　「近松全集（岩波）15影印編」'89 p305
阿弥陀経和讃
　高野辰之編　「日本歌謡集成4」'60 p325
阿弥陀寺懐古（原采蘋）
　福島理子注　「江戸漢詩選3」'95 p139
阿弥陀如来和讃
　高野辰之編　「日本歌謡集成4」'60 p319

高野辰之編 「日本歌謡集成4」'60 p322
あみたの御本地(承応元年刊本)
　太田武夫校訂 「室町時代物語集4」'62 p92
阿弥陀の本地(慶応義塾図書館蔵奈良絵本)
　横山重ほか編 「室町時代物語大成補1」'87 p107
阿弥陀本地(校訂者蔵写本)
　太田武夫校訂 「室町時代物語集4」'62 p111
あみたの本地(扉題)(学習院大学蔵写本)
　横山重ほか編 「室町時代物語大成1」'73 p601
あみだの本地物語(仮題)(天文二十一年写本)
　横山重ほか編 「室町時代物語大成1」'73 p588
阿弥陀の胸割
　阪口弘之校注 「新日本古典文学大系90」'99 p387
阿弥陀胸割
　「徳川文芸類聚8」'70 p98
阿弥陀坊(松尾芭蕉)
　井本農一, 弥吉菅一, 横沢三郎, 尾形仂校注 「校本芭蕉全集6」'89 p490
　井本農一, 久富哲雄, 村松友次, 堀切実校注・訳 「新編日本古典文学全集71」'97 p319
あみた本地(武田祐吉博士蔵写本)
　太田武夫校訂 「室町時代物語集4」'62 p123
阿弥陀名義秘密讃
　新間進一編 「続日本歌謡集成1」'64 p147
阿弥陀和讃
　高野辰之編 「日本歌謡集成4」'60 p312
　高野辰之編 「日本歌謡集成4」'60 p318
網模様灯籠菊桐(小猿七之助)(河竹黙阿弥)
　河竹登志夫ほか監修 「名作歌舞伎全集23」'71 p33
雨(葛子琴)
　水田紀久注 「江戸詩人選集6」'93 p142
買飴啻佩野弄話(滝沢馬琴)
　宇田敏彦校注 「新日本古典文学大系83」'97 p303
雨を苦しむ(元政)
　上野洋三注 「江戸詩人選集1」'91 p252
あめ子(之道)
　桜井武次郎校注 「新日本古典文学大系71」'94 p147
雨涼し(市河寛斎)
　揖斐高注 「江戸詩人選集5」'90 p141
天地始之事
　田北耕也校注 「日本思想大系25」'70 p381
雨の杜若の巻(天明三年)(与謝蕪村)
　穎原退蔵編著 「蕪村全集2」'48 p265
雨の夜の上尾道中(市河寛斎)
　揖斐高注 「江戸詩人選集5」'90 p54
「雨晴て」付合(松尾芭蕉)

島居清著 「芭蕉連句全註解5」'81 p331
雨やどり(岩瀬文庫蔵奈良絵本)
　横山重ほか編 「室町時代物語大成1」'73 p553
雨若みこ(赤木文庫蔵寛永写本)
　横山重ほか編 「室町時代物語大成2」'74 p19
雨わかみこ(慶応義塾図書館蔵奈良絵本)
　横山重ほか編 「室町時代物語大成補1」'87 p133
あめ若みこ忍び物語(宝永頃西村伝衛刊本)
　太田武夫校訂 「室町時代物語集2」'62 p241
天稚彦草子
　松本隆信校注 「新潮日本古典集成〔65〕」'80 p75
　横山重ほか編 「室町時代物語大成2」'74 p13
天稚彦物語
　須永朝彦訳 「日本古典文学幻想コレクション2」'96 p41
天稚彦物語(叢書料本所収写本)
　太田武夫校訂 「室町時代物語集2」'62 p202
雨は時雨の巻(安永七年)(与謝蕪村)
　穎原退蔵編著 「蕪村全集2」'48 p200
天降言(田安宗武)
　「国歌大系15」'76 p577
『天降言』奥書(上田秋成)
　「上田秋成全集11」'94 p260
「飽やことし」歌仙(松尾芭蕉)
　島居清著 「芭蕉連句全註解3」'80 p104
怪しき少女(文宝堂(亀屋久右衛門))
　須永朝彦訳 「日本古典文学幻想コレクション1」'95 p251
怪世談(荒木田麗女)
　古谷知新編 「江戸時代女流文学全集2」'01 p377
　須永朝彦訳 「日本古典文学幻想コレクション3」'96 p236
操り三番叟(柳糸引御撰)(篠田瑳助)
　河竹登志夫ほか監修 「名作歌舞伎全集24」'72 p183
あやぬの(倭文子)
　津本信博編 「近世紀行日記文学集成1」'93 p346
綾鼓
　飯沢匡訳 「国民の文学12」'64 p51
　小山弘志, 佐藤健一郎校注・訳 「新編日本古典文学全集59」'98 p249
　芳賀矢一, 佐佐木信綱校註 「謡曲叢書1」'87 p109
あやめ草(大田南畝)
　浜田義一郎, 中野三敏, 日野龍夫, 揖斐高編 「大田南畝全集7」'86 p53
あやめ草(福岡弥五四郎)

あやめ　　　　　作品名

守随憲治訳　「古典日本文学全集36」'62 p230
あやめぐさ
　郡司正勝校注　「日本古典文学大系98」'65 p317
あやめのまへ（東洋大学蔵絵巻）
　横山重ほか編　「室町時代物語大成2」'74 p43
亜良井粉（文化九年頃序）
　武藤禎夫編　「噺本大系19」'79 p337
新井使君、六十の華誕、恭し（祇園南海）
　菅野礼行, 徳田武校注・訳　「新編日本古典文学全集86」'02 p358
安良居祭図賛（与謝蕪村）
　穎原退蔵編著　「蕪村全集1」'48 p472
新口一座の友（安永五年正月序）
　武藤禎夫編　「噺本大系10」'79 p204
新口花笑顔（安永四年正月刊）
　武藤禎夫編　「噺本大系10」'79 p79
嵐無常物語（井原西鶴）
　暉峻康隆訳注　「現代語訳西鶴全集（小学館）6」'76 p275
　穎原退蔵ほか編　「定本西鶴全集6」'59 p297
　穎原退蔵ほか編　「定本西鶴全集11下」'75 p431
嵐山
　芳賀矢一, 佐佐木信綱校註　「謡曲叢書1」'87 p113
嵐山（金春禅鳳）
　小山弘志, 佐藤健一郎校注・訳　「新編日本古典文学全集58」'97 p87
嵐山の帰路（梁川紅蘭）
　福島理子注　「江戸漢詩選3」'95 p304
あらし山の巻（安永三年）（与謝蕪村）
　穎原退蔵編著　「蕪村全集2」'48 p131
新かた後の月見
　「洒落本大成26」'86 p195
新玉箒（寛政十年四月序）
　武藤禎夫編　「噺本大系13」'79 p207
新玉津島記（北村季吟）
　鈴鹿三七校訂　「北村季吟著作集〔1〕」'62 p9
新玉津島後記（北村季吟）
　鈴鹿三七校訂　「北村季吟著作集〔1〕」'62 p37
あら何共なや の 巻き 百韻（表八句）芭蕉の談林俳諧（松尾芭蕉）
　井本農一著　「鑑賞日本の古典14」'82 p243
「あら何共なや」百韻（松尾芭蕉）
　島居清著　「芭蕉連句全註解1」'79 p185
あら野（荷今編）
　上野洋三校注　「新日本古典文学大系70」'90 p57
曠野（松尾芭蕉）
　大谷篤蔵, 中村俊定校注　「日本古典文学大系45」'62 p347
『曠野集』序（松尾芭蕉）

井本農一, 弥吉菅一, 横沢三郎, 尾形仂校注　「校本芭蕉全集6」'89 p386
『あら野の』序（松尾芭蕉）
　井本農一, 久富哲雄, 村松友次, 堀切実校注・訳　「新編日本古典文学全集71」'97 p245
『曠野』の付合を悔む（『ばせを翁七部捜』）（松尾芭蕉）
　井本農一ほか著　「校本芭蕉全集9」'89 p396
霰を聞く（大沼枕山）
　日野龍夫注　「江戸詩人選集10」'90 p230
「霰かと」表六句（松尾芭蕉）
　島居清著　「芭蕉連句全註解4」'80 p337
有明けの別れ
　大槻修訳・注　「全対訳日本古典新書〔1〕」'79 p34
　大槻修訳・注　「全対訳日本古典新書〔1〕」'79 p228
　大槻修訳・注　「全対訳日本古典新書〔1〕」'79 p380
在明の別
　市古貞次, 三角洋一編　「鎌倉時代物語集成1」'88 p305
「有難や」歌仙（松尾芭蕉）
　島居清著　「芭蕉連句全註解6」'81 p69
難有孝行娘（式亭三馬）
　「古典叢書〔7〕」'89 p337
有栖川文乗女王詠草（有栖川文乗女王）
　長沢美津編　「女人和歌大系3」'68 p684
蟻通（世阿弥）
　伊藤正義校注　「新潮日本古典集成〔58〕」'83 p93
　西野春雄校注　「新日本古典文学大系57」'98 p610
　小山弘志, 佐藤健一郎校注・訳　「新編日本古典文学全集59」'98 p128
　芳賀矢一, 佐佐木信綱校註　「謡曲叢書1」'87 p117
蟻通明神のえんぎ（仮題）（下店静市氏蔵奈良絵本）
　横山重ほか編　「室町時代物語大成2」'74 p47
ありなし草（小林一茶）
　矢羽勝幸校注　「一茶全集8」'78 p543
有の儘（高桑闌更）
　横沢三郎訳　「古典日本文学全集36」'62 p155
在原業平朝臣集（在原業平）
　和歌史研究会編　「私家集大成1」'73 p98
在原元方集（在原元方）
　和歌史研究会編　「私家集大成1」'73 p313
有房中将集（源有房）
　和歌史研究会編　「私家集大成2」'75 p726
ありやなしや（清水磔洲）

作品名　　　　　　　　　　　　　　　　　　　　　　　　　　いあん

森銑三，北川博邦編　「続日本随筆大成8」'80 p265
在良朝臣集（菅原在良）
　和歌史研究会編　「私家集大成2」'75 p396
ある人に贈る文（三宅融子）
　古谷知新編　「江戸時代女流文学全集3」'01 p667
阿留辺幾夜宇和（明恵上人遺訓）
　古田紹欽訳　「古典日本文学全集15」'61 p222
あるまじ（伊勢貞丈）
　関根正直ほか監修　「日本随筆大成Ⅱ-15」'74 p159
「あれあれて」歌仙（松尾芭蕉）
　島居清著　「芭蕉連句全註解10」'83 p99
鴉鷺記（尊経閣文庫蔵文禄三年写本）
　横山重ほか編　「室町時代物語大成2」'74 p53
鴉鷺物語
　沢井耐三校注　「新日本古典文学大系54」'89 p85
鴉鷺物語（寛永古活字版）
　横山重ほか編　「室町時代物語大成2」'74 p115
淡路
　芳賀矢一，佐佐木信綱校註　「謡曲叢書1」'87 p82
淡路農歌
　浅野建二編　「続日本歌謡集成3」'61 p267
粟津采女
　芳賀矢一，佐佐木信綱校註　「謡曲叢書1」'87 p86
合柿
　古川久校註　「日本古典全書〔92〕」'54 p261
合柿（百三）
　北川忠彦ほか校注「中世の文学 第1期〔22〕」'95 p372
粟田口
　北川忠彦，安田章　「新編日本古典文学全集60」'01 p65
　北川忠彦ほか校注「中世の文学 第1期〔20〕」'94 p381
粟田口別当入道集（藤原惟方）
　和歌史研究会編　「私家集大成2」'75 p778
あはでの森
　芳賀矢一，佐佐木信綱校註　「謡曲叢書1」'87 p90
阿波鳴戸和讃
　高野辰之編　「日本歌謡集成4」'60 p409
阿波国神踊歌集
　浅野建二編　「続日本歌謡集成4」'63 p145
阿波之鳴門（柳亭種彦）
　「古典叢書〔36〕」'90 p345
「粟稗に」歌仙（松尾芭蕉）

島居清著　「芭蕉連句全註解5」'81 p115
あわびの大将物語（赤木文庫蔵絵巻）
　横山重ほか編　「室町時代物語大成補1」'87 p158
安元元年閏九月十七日右大臣兼実歌合
　「平安朝歌合大成4」'96 p2409
安元元年〔三月〕散位清輔歌合
　「平安朝歌合大成4」'96 p2403
安元元年三月大宰大弐重家歌合
　「平安朝歌合大成4」'96 p2399
安元元年七月廿三日右大臣兼実歌合
　「平安朝歌合大成4」'96 p2406
安元元年七月二日高松女院妹子内親王歌合雑載
　「平安朝歌合大成4」'96 p2404
安元元年十月十日右大臣兼実歌合
　「平安朝歌合大成4」'96 p2415
〔安元三年六月以前〕清輔歌合
　「平安朝歌合大成4」'96 p2432
〔安元三年六月以前〕三井寺新羅社歌合
　「平安朝歌合大成4」'96 p2433
安元二年四月廿日河原院歌合
　「平安朝歌合大成4」'96 p2429
安元二年十月卅日河原院歌合
　「平安朝歌合大成4」'96 p2431
〔安元二年—寿永二年〕侍従家隆歌合雑載
　「平安朝歌合大成4」'96 p2561
〔安元二年春〕延暦寺歌合
　「平安朝歌合大成4」'96 p2426
安字
　芳賀矢一，佐佐木信綱校註　「謡曲叢書1」'87 p129
案内者（中川喜雲）
　森銑三，北川博邦編　「続日本随筆大成別11」'83 p217
塩梅余史（寛政十一年正月序）（曲亭馬琴選）
　武藤禎夫編　「噺本大系13」'79 p261
安法法師集（安法）
　和歌史研究会編　「私家集大成1」'73 p356
安法法師集（安法法師）
　犬養廉，後藤祥子，平野由紀子校注　「新日本古典文学大系28」'94 p159
安楽寺上人ノ伝（上田秋成）
　「上田秋成全集11」'94 p409

【 い 】

畏庵随筆（若槻敬）

いいな　　　　　　　　　　　作品名

関根正直ほか監修　「日本随筆大成I-14」'75 p433
許嫁の夫に（松尾政子）
　古谷知新編　「江戸時代女流文学全集3」'01 p666
飯野
　芳賀矢一，佐佐木信綱校註　「謡曲叢書1」'87 p187
家を憶う（成島柳北）
　日野龍夫注　「江戸詩人選集10」'90 p66
家隆卿百番自歌合（藤原家隆）
　久保田淳，川平ひとし校注　「新日本古典文学大系46」'91 p157
家経朝臣集（藤原家経）
　和歌史研究会編　「私家集大成2」'75 p220
家に到る（頼山陽）
　入谷仙介注　「江戸詩人選集8」'90 p75
　入谷仙介注　「江戸詩人選集8」'90 p148
家に帰りての作（市河寛斎）
　揖斐高注　「江戸詩人選集5」'90 p89
家に帰る（江馬細香）
　福島理子注　「江戸漢詩選3」'95 p14
家に還るの作三首（うち二首）（梁川紅蘭）
　福島理子注　「江戸漢詩選3」'95 p243
家持
　芳賀矢一，佐佐木信綱校註　「謡曲叢書3」'87 p469
家守杖
　安藤菊二校訂　「未刊随筆百種6」'77 p413
硫黄が島
　麻原美子，北原保雄校注　「新日本古典文学大系59」'94 p181
いほの枝折
　福井久蔵編　「校註日本文芸新篇〔7〕」'50 p132
庵の梅
　古川久校註　「日本古典全書〔93〕」'56 p81
十界和尚話（酒屋橘子）
　「洒落本大成17」'82 p179
伊賀産湯
　「俳書叢刊7」'88 p207
『伊賀産湯』の芭蕉関係記事（松尾芭蕉）
　井本農一，大谷篤蔵編　「校本芭蕉全集別1」'91 p424
伊賀越増補合羽之竜（蓬莱山人帰橋）
　伊藤千可良ほか校　「江戸時代文芸資料1」'64 p115
　「洒落本大成9」'80 p33
伊賀越道中双六（近松半二）
　内山美樹子，延広真治校注　「新日本古典文学大系94」'96 p1
伊賀越道中双六（近松半二，近松加作）

祐田善雄校注　「日本古典文学大系99」'65 p329
樋口慶千代著　「評釈江戸文学叢書4」'70 p645
伊賀越道中双六（伊賀越）（近松半二，近松加作）
　河竹登志夫ほか監修　「名作歌舞伎全集5」'70 p267
伊賀越乗掛合羽
　河合真澄校注　「新日本古典文学大系95」'98 p95
伊香物語（天理図書館蔵写本）
　横山重ほか編　「室町時代物語大成2」'74 p185
伊賀実録抄（『冬扇一路』）（松尾芭蕉）
　井本農一，大谷篤蔵編　「校本芭蕉全集別1」'91 p427
伊賀新大仏之記（松尾芭蕉）
　井本農一，弥吉菅一，横沢三郎，尾形仂校注　「校本芭蕉全集6」'89 p358
　井本農一，久富哲雄，村松友次，堀切実校注・訳　「新編日本古典文学全集71」'97 p220
　弥吉菅一，赤羽学，西村真砂子，檀上正孝　「芭蕉紀行集2」'68 p158
いかにせむ
　谷崎潤一郎ほか編　「国民の文学1」'64 p421
「いかに見よと」表合六句（松尾芭蕉）
　島居清著　「芭蕉連句全註解3」'80 p240
伊賀国阿山郡島ケ原村上村雨乞踊歌
　浅野建二編　「続日本歌謡集成4」'63 p83
いかのぼり（安永十年正月序）
　武藤禎夫編　「噺本大系11」'79 p332
紙鳶
　高野辰之編　「日本歌謡集成6」'60 p221
風雲井物語（式亭三馬）
　「古典叢書〔7〕」'89 p255
伊香保日記（中川久盛妻）
　古谷知新編　「江戸時代女流文学全集3」'01 p1
伊香保の道ゆきぶり（弓屋倭文子）
　古谷知新編　「江戸時代女流文学全集3」'01 p311
碇潜
　芳賀矢一，佐佐木信綱校註　「謡曲叢書1」'87 p134
大通惣本寺社選和大和尚無頼通説法（恋川春町）
　「洒落本大成8」'80 p283
壱岐院
　芳賀矢一，佐佐木信綱校註　「謡曲叢書1」'87 p311
生写朝顔話（いきうつしあさがおばなし）
　→ "しょううつしあさがおばなし"を見よ
意気客初心（山月庵主人）
　「洒落本大成29」'88 p77
意妓口（振鷺亭主人）
　「洒落本大成19」'83 p171

意戯常談（寛政十一年正月序）
　武藤禎夫編　「噺本大系13」'79 p254
生きている小平次（鈴木泉三郎）
　河竹登志夫ほか監修　「名作歌舞伎全集20」'69 p271
「生ながら」歌仙（松尾芭蕉）
　島居清著　「芭蕉連句全註解9」'83 p113
当世粋の曙（供行）
　「洒落本大成26」'86 p287
粋のたもと（くだかけのまだき）
　「洒落本大成9」'80 p171
彙軌本紀（島田金谷）
　「洒落本大成12」'81 p283
倚節吟（石川丈山）
　上野洋三注　「江戸詩人選集1」'91 p166
井杭
　北川忠彦ほか校注　「中世の文学 第1期〔22〕」'95 p359
居杭
　古川久校註　「日本古典全書〔93〕」'56 p142
「幾落葉」付合（松尾芭蕉）
　島居清著　「芭蕉連句全註解4」'80 p291
高楼今楼意気地合戦（居候）
　「洒落本大成25」'86 p101
生田敦盛
　芳賀矢一，佐佐木信綱校註　「謡曲叢書1」'87 p139
生玉心中（近松門左衛門）
　大橋正叔校注・訳　「新編日本古典文学全集75」'98 p331
　藤井紫影校註　「近松全集（思文閣）10」'78 p785
　「近松全集（岩波）9」'88 p561
　河竹登志夫ほか監修　「名作歌舞伎全集21」'73 p245
生玉万句（井原西鶴）
　穎原退蔵ほか編　「定本西鶴全集10」'54 p25
為愚痴物語（曽我休自）
　「徳川文芸類聚2」'70 p169
郁芳門院安芸集（郁芳門院安芸）
　和歌史研究会編　「私家集大成2」'75 p534
幾夜物語（元来庵介米）
　入江智英訳・解説　「秘籍江戸文学選5」'75 p145
池田光政日記 抄（池田光政）
　奈良本辰也校注　「日本思想大系38」'76 p31
生贄
　芳賀矢一，佐佐木信綱校註　「謡曲叢書1」'87 p143
いけにえ物語（天理図書館蔵写本）
　横山重ほか編　「室町時代物語大成2」'74 p193
池坊専応口法（池坊専応）
　安田章生訳　「古典日本文学全集36」'62 p257

池藻屑（荒木田麗女）
　古谷知新編　「江戸時代女流文学全集2」'01 p101
意見十二箇条（三善清行）
　山岸徳平，竹内理三，家永三郎，大曽根章介校注　「日本思想大系8」'79 p75
意見書（橋本左内）
　佐藤昌介，植手通有，山口宗之校注　「日本思想大系55」'71 p533
意見書（横井小楠）
　佐藤昌介，植手通有，山口宗之校注　「日本思想大系55」'71 p427
井子章・宮田子亮・関君長・紀世馨・源文竜・入江子実、新居に過ぎ見る。（市河寛斎）
　揖斐高注　「江戸詩人選集5」'90 p13
異国退治
　芳賀矢一，佐佐木信綱校註　「謡曲叢書1」'87 p150
異国より邪法ひそかに渡、年経て諸人に及びし考（只野真葛）
　鈴木よね子校訂　「叢書江戸文庫Ⅱ-30」'94 p389
生駒堂（井原西鶴）
　穎原退蔵ほか編　「定本西鶴全集13」'50 p321
「いざ出む」の詞書（松尾芭蕉）
　井本農一，弥吉菅一，横沢三郎，尾形仂校注　「校本芭蕉全集6」'89 p347
　弥吉菅一，赤羽学，西村真砂子，檀上正孝　「芭蕉紀行集2」'68 p154
諍蔵貴所
　芳賀矢一，佐佐木信綱校註　「謡曲叢書2」'87 p192
「いざかたれ」歌仙（松尾芭蕉）
　島居清著　「芭蕉連句全註解別1」'83 p25
「いざ子ども」歌仙（松尾芭蕉）
　島居清著　「芭蕉連句全註解6」'81 p283
「いざさらば」表六句（松尾芭蕉）
　島居清著　「芭蕉連句全註解別1」'83 p45
勇魚鳥（北山久備）
　関根正直ほか監修　「日本随筆大成Ⅱ-7」'74 p157
「いさみたつ」歌仙（松尾芭蕉）
　島居清著　「芭蕉連句全註解9」'83 p63
「いさみ立」歌仙（松尾芭蕉）
　島居清著　「芭蕉連句全註解9」'83 p77
いざや行ませう
　荻原清ほか編　「近世文学選〔1〕」'94 p186
いざ雪車の巻（安永六年）（与謝蕪村）
　穎原退蔵編著　「蕪村全集2」'48 p187
いざよひ（松尾芭蕉）

井本農一, 久富哲雄, 村松友次, 堀切実校注・訳
　「新編日本古典文学全集71」'97 p315
いさよひ（守屋孝蔵氏蔵奈良絵本）
　横山重ほか編　「室町時代物語大成2」'74 p219
十六夜。淡堂（原采蘋）
　福島理子注　「江戸漢詩選3」'95 p166
十六夜日記（阿仏尼）
　簗瀬一雄編　「校註阿仏尼全集〔1〕」'84 p45
　福田秀一校注　「新日本古典文学大系51」'90 p179
　岩佐美代子校注・訳　「新編日本古典文学全集48」'94 p265
　玉井幸助, 石田吉貞校註　「日本古典全書〔29〕」'51 p257
　長沢美津編　「女人和歌大系2」'65 p575
十六夜物語（近松門左衛門）
　藤井紫影校註　「近松全集（思文閣）1」'78 p581
「いざよひは」歌仙（松尾芭蕉）
　島居清著　「芭蕉連句全註解3」'82 p299
伊沢朴甫の宅の尚歯会（館柳湾）
　德田武注　「江戸詩人選集7」'90 p337
石（菅茶山）
　黒川洋一注　「江戸詩人選集4」'90 p80
石神
　北川忠彦ほか校注　「中世の文学 第1期〔20〕」'94 p335
石川
　臼田甚五郎, 新間進一, 外村南都子, 徳江元正校注・訳　「新編日本古典文学全集42」'00 p149
石川五右衛門
　「徳川文芸類聚8」'70 p146
「石川丈山翁の六物になぞらへて芭蕉庵六物の記」抄（松尾芭蕉）
　井本農一ほか著　「校本芭蕉全集9」'89 p267
石河の滝（松尾芭蕉）
　井本農一, 久富哲雄, 村松友次, 堀切実校注・訳　「新編日本古典文学全集71」'97 p259
石川の滝詞書（松尾芭蕉）
　井本農一, 弥吉菅一, 横沢三郎, 尾形仂校注　「校本芭蕉全集6」'89 p399
為子集（藤原為子）
　和歌史研究会編　「私家集大成5」'74 p124
石田先生語録〔抄〕（石田梅岩）
　柴田実校注　「日本思想大系42」'71 p33
石場妓談 辰巳婦言（式亭三馬）
　「洒落本大成17」'82 p127
石山物語（明暦四年刊本）
　横山重ほか編　「室町時代物語大成2」'74 p226
遺書（原總右衛門母）
　古谷知新編　「江戸時代女流文学全集3」'01 p631

遺書（山口藤子）
　古谷知新編　「江戸時代女流文学全集3」'01 p667
医正意が尾関より示さるる元旦の什に寄酬す（石川丈山）
　上野洋三注　「江戸詩人選集1」'91 p33
惟肖巖禅師疏（惟肖得巖）
　玉村竹二編　「五山文学新集2」'68 p1037
「衣装して」歌仙（松尾芭蕉）
　島居清著　「芭蕉連句全註解5」'81 p245
惟肖得巖集拾遺（惟肖得巖）
　玉村竹二編　「五山文学新集2」'68 p1215
医事或問（吉益東洞）
　大塚敬節校注　「日本思想大系63」'71 p343
唯心房集（いしんぼうしゅう）　→ "ゆいしんぼうしゅう"を見よ
医心方第二十八 房内（丹波康頼撰）
　山path閑古校注　「秘籍江戸文学選6」'75 p7
伊豆紀行（時丸）
　津本信博編　「近世紀行日記文学集成1」'93 p549
井筒（世阿弥）
　伊藤正義校注　「新潮日本古典集成〔58〕」'83 p101
　西野春雄校注　「新日本古典文学大系57」'98 p460
　小山弘志, 佐藤健一郎校注・訳　「新編日本古典文学全集58」'97 p286
　芳賀矢一, 佐佐木信綱校註　「謡曲叢書3」'87 p631
井筒業平河内通（近松門左衛門）
　藤井紫影校註　「近松全集（思文閣）12」'78 p1
　「近松全集（岩波）11」'89 p343
　「近松全集（岩波）17影印編」'94 p405
　「近松全集（岩波）17解説編」'94 p414
　河竹登志夫ほか監修　「名作歌舞伎全集21」'73 p313
伊豆新島若郷大踊歌
　浅野建二編　「続日本歌謡集成4」'63 p59
伊豆国奥野翁物語（天理図書館蔵天正十五年写本）
　横山重ほか編　「室町時代物語大成2」'74 p297
いづはこねの御本地（寛文頃刊本）
　太田武夫校訂　「室町時代物語集3」'62 p12
いづはこねの本地（慶応義塾図書館蔵刊本）
　横山重ほか編　「室町時代物語大成2」'74 p313
和泉式部
　大島建彦校注・訳　「完訳日本の古典49」'83 p184
　大島建彦校注・訳　「新編日本古典文学全集63」'02 p225

大島建彦校注・訳 「日本古典文学全集36」'74 p385
市古貞次校注 「日本古典文学大系38」'58 p312
和泉式部（樋口本）
　吉田幸一著 「平安文学叢刊4」'59 p762
いづみしきぶ（吉田小五郎氏蔵丹緑本）
　横山重ほか編 「室町時代物語大成2」'74 p342
和泉式部〔別名、書写・書写詣〕（吉川本）
　吉田幸一著 「平安文学叢刊4」'59 p772
いづみしきぶ お伽草子板本
　吉田幸一著 「平安文学叢刊4」'59 p729
和泉式部歌集拾遺
　吉田幸一著 「平安文学叢刊5」'66 p1
和泉式部歌補遺
　吉田幸一著 「平安文学叢刊4」'59 p695
和泉式部集
　吉田幸一著 「平安文学叢刊4」'59 p241
　吉田幸一著 「平安文学叢刊5」'66 p1
和泉式部集（和泉式部）
　木村正中，阿部俊子，松村誠一，中野幸一著 「鑑賞日本の古典7」'80 p273
　和歌史研究会編 「私家集大成2」'75 p9
　和歌史研究会編 「私家集大成2」'75 p57
　和歌史研究会編 「私家集大成2」'75 p62
　野村精一校注 「新潮日本古典集成〔16〕」'81 p89
　窪田空穂校註 「日本古典全書〔68〕」'58 p19
　青木生子校注 「日本古典文学大系80」'64 p131
　長沢美津編 「女人和歌大系2」'65 p194
和泉式部集 宸翰系本〈藤原定信筆本影写本〉
　吉田幸一著 「平安文学叢刊5」'66 p127
和泉式部（戸川浜男氏旧蔵巻子本）
　横山重ほか編 「室町時代物語大成2」'74 p347
和泉式部集続集
　「国歌大系13」'76 p177
　吉田幸一著 「平安文学叢刊4」'59 p415
　吉田幸一著 「平安文学叢刊5」'66 p183
和泉式部集続集（和泉式部）
　和歌史研究会編 「私家集大成2」'75 p35
　窪田空穂校註 「日本古典全書〔68〕」'58 p146
　長沢美津編 「女人和歌大系2」'65 p236
和泉式部 奈良絵本（室町末期古写・清水泰氏蔵本）
　吉田幸一著 「平安文学叢刊4」'59 p720
和泉式部日記
　臼田甚五郎，柿本奨，清水文雄（ほか）編 「鑑賞日本古典文学10」'75 p143
　藤岡忠美校注・訳 「完訳日本の古典24」'84 p5
　鈴木一雄訳・注 「全対訳日本古典新書〔2〕」'76 p12
和泉式部日記（和泉式部）

阿部俊子著 「鑑賞日本の古典7」'80 p167
森三千代訳 「国民の文学7」'64 p137
円地文子訳 「古典日本文学全集8」'60 p151
野村精一校注 「新潮日本古典集成〔16〕」'81 p9
藤岡忠美校注・訳 「新編日本古典文学全集26」'94 p11
山岸徳平校註 「日本古典全書〔11〕」'59 p183
藤岡忠美，中野幸一，犬養廉（ほか）校注・訳 「日本古典文学全集18」'71 p85
鈴木知太郎，川口久雄，遠藤嘉基，西下経一校注 「日本古典文学大系20」'57 p399
古賀典子，三田村雅子校注・訳 「日本の文学 古典編17」'87 p215
「日本文学大系2」'55 p29
和泉式部日記 校本第一（底本・寛元奥書本）（和泉式部）
　吉田幸一著 「平安文学叢刊4」'59 p11
和泉式部日記 校本第二（底本・応永奥書本）（和泉式部）
　吉田幸一著 「平安文学叢刊4」'59 p115
和泉式部日記 三条西本（底本・三条西本）（和泉式部）
　吉田幸一著 「平安文学叢刊4」'59 p203
和泉式部日記 寛元本系〈飛鳥井雅章筆本〉
　吉田幸一著 「平安文学叢刊5」'66 p1
いづみしきぶの物がたり（室町初期古写・戸川浜男氏蔵本）
　吉田幸一著 「平安文学叢刊4」'59 p709
泉台治情（樗故斎）
　「洒落本大成1」'78 p261
出雲行日記（藤原真龍）
　津本信博編 「近世紀行日記文学集成2」'94 p1
出雲国風土記（出雲広嶋）
　谷崎潤一郎ほか編 「国民の文学1」'64 p376
　「古典日本文学全集1」'60 p124
　植垣節也校注・訳 「新編日本古典文学全集5」'97 p129
　久松潜一校註 「日本古典全書〔39〕」'60 p43
　秋本吉郎校注 「日本古典文学大系2」'58 p93
出雲竜神
　芳賀矢一，佐佐木信綱校註 「謡曲叢書1」'87 p165
いせ（伊勢）
　和歌史研究会編 「私家集大成1」'73 p217
伊勢音頭恋寝刃（伊勢音頭）（近松徳叟）
　河竹登志夫ほか監修 「名作歌舞伎全集14」'70 p143
伊勢神歌
　谷崎潤一郎ほか編 「国民の文学1」'64 p407
伊勢紀行（北村季吟）
　鈴鹿三七校訂 「北村季吟著作集〔2〕」'63 p97

『伊勢紀行』跋（松尾芭蕉）
　井本農一，弥吉菅一，横沢三郎，尾形仂校注
　　「校本芭蕉全集6」'89 p324
　井本農一，久富哲雄，村松友次，堀切実校注・訳
　　「新編日本古典文学全集71」'97 p197
遺跡和讃（明恵上人）
　高野辰之編　「日本歌謡集成4」'60 p48
伊勢参宮（松尾芭蕉）
　井本農一，弥吉菅一，横沢三郎，尾形仂校注
　　「校本芭蕉全集6」'89 p355
　井本農一，久富哲雄，村松友次，堀切実校注・訳
　　「新編日本古典文学全集71」'97 p219
　弥吉菅一，赤羽学，西村真砂子，檀上正孝　「芭蕉紀行集2」'68 p157
伊勢集（伊勢）
　和歌史研究会編　「私家集大成1」'73 p231
　和歌史研究会編　「私家集大成1」'73 p246
　平野由紀子校注　「新日本古典文学大系28」'94 p3
　「日本文学大系11」'55 p349
　長連恒編　「日本文学大系12」'55 p733
　長沢美津編　「女人和歌大系2」'65 p3
異説秘抄口伝巻（明空編）
　志田延義編　「続日本歌謡集成2」'61 p149
　外村久江，外村南都子校注　「中世の文学 第1期〔17〕」'93 p300
異説まちまち（和田烏江）
　関根正直ほか監修　「日本随筆大成I-17」'76 p63
伊勢錦（中村直三）
　古島敏雄，安芸皎一校注　「日本思想大系62」'72 p254
伊勢海
　臼田甚五郎，新間進一，外村南都子，徳江元正校注・訳　「新編日本古典文学全集42」'00 p126
伊勢大輔集（伊勢大輔）
　和歌史研究会編　「私家集大成2」'75 p223
　和歌史研究会編　「私家集大成2」'75 p229
　和歌史研究会編　「私家集大成2」'75 p235
　長沢美津編　「女人和歌大系2」'65 p283
伊勢平氏額英幣（鶴屋南北）
　大久保恵国編　「鶴屋南北全集4」'72 p321
伊勢宮笥（心友編）
　「俳書叢刊4」'88 p85
　中田心友編　「俳書叢刊 第7期6」'62 p1
伊勢もうで日なみの記
　津本信博編　「近世紀行日記文学集成2」'94 p502
伊勢物語
　「イラスト古典全訳〔3〕」'92 p13
　片桐洋一編　「鑑賞日本古典文学5」'75 p7

　藤岡忠美著　「鑑賞日本の古典4」'81 p9
　福井貞助校注・訳　「完訳日本の古典10」'83 p111
　田辺聖子訳　「現代語訳 日本の古典4」'81 p57
　中河与一訳　「国民の文学5」'64 p41
　中谷孝雄訳　「古典日本文学全集7」'60 p25
　渡辺実校注　「新潮日本古典集成〔9〕」'76 p11
　秋山虔校注　「新日本古典文学大系17」'97 p77
　福井貞助校注・訳　「新編日本古典文学全集12」'94 p107
　永井和子訳・注　「全対訳日本古典新書〔3〕」'78 p20
　中村真一郎訳　「特選日本の古典 グラフィック版3」'86 p57
　南波浩校註　「日本古典全書〔1〕」'60 p259
　片桐洋一，福井貞助，高橋正治，清水好子校注・訳　「日本古典文学全集8」'72 p133
　阪倉篤義ほか校注　「日本古典文学大系9」'57 p111
　中田武司校注・訳　「日本の文学 古典編6」'86 p7
　「日本文学大系1」'55 p37
　「有精堂校注叢書〔1〕」'86 p5
伊勢物語（上田秋成）
　「上田秋成全集5」'92 p257
伊勢物語（屋代弘賢）
　「日本文学古註釈大成〔26〕」'79 p101
伊勢物語嬰児抄
　「日本文学古註釈大成〔26〕」'79 p1
伊勢物語闕疑抄（細川幽斎）
　「新日本古典文学大系17」'97 p235
『伊勢物語古意』序（上田秋成）
　「上田秋成全集5」'92 p515
伊勢物語考（上田秋成）
　「上田秋成全集5」'92 p43
伊勢物語昨非抄（立綱）
　「日本文学古註釈大成〔26〕」'79 p81
伊勢物語拾穂抄（北村季吟）
　「日本文学古註釈大成〔26〕」'79 p1
伊勢物語拾穂抄（翻刻）（北村季吟）
　片桐洋一，青木賜鶴子編著　「大学古典叢書6」'87 p1
伊勢物語新釈（藤井高尚）
　「日本文学古註釈大成〔26〕」'79 p1
伊勢物語審註（高宮環中）
　「日本文学古註釈大成〔26〕」'79 p1
伊勢物語髄脳
　「日本文学古註釈大成〔26〕」'79 p425
伊勢物語直解（三条西実隆）
　「日本文学古註釈大成〔26〕」'79 p221
『伊勢物語童子問』識語（上田秋成）
　「上田秋成全集5」'92 p531

伊勢物語難語考（屋代弘賢）
　「日本文学古註釈大成〔26〕」'79 p211
伊勢山田俳諧集
　「俳書叢刊2」'88 p3
惟然子が頭の病ひ（『鳥の道』）（松尾芭蕉）
　井本農一ほか著　「校本芭蕉全集9」'89 p325
以曾похоroстеру堂比（只野真葛）
　古谷知新編　「江戸時代女流文学全集3」'01 p409
磯崎
　渡浩一校注・訳　「新編日本古典文学全集63」'02 p327
いそさぎ（赤木文庫蔵奈良絵本）
　横山重ほか編　「室町時代物語大成2」'74 p251
いそざき（仮題）（慶応義塾図書館蔵奈良絵本）
　横山重ほか編　「室町時代物語大成 補1」'87 p167
いそさき（寛文七年刊本）
　太田武夫校訂　「室町時代物語集4」'62 p477
いそづたひ（只野真葛）
　鈴木よね子校訂　「叢書江戸文庫II-30」'94 p243
磯等前
　臼田甚五郎，新間進一，外村南都子，徳江元正校注・訳　「新編日本古典文学全集42」'00 p56
磯菜集（西升子）
　長沢美津編　「女人和歌大系5」'78 p126
石上私淑言（本居宣長）
　久松潜一訳　「古典日本文学全集34」'60 p174
　日野龍夫校注　「新潮日本古典集成〔78〕」'83 p249
　佐佐木信綱編　「日本歌学大系7」'58 p311
イソポのハブラス
　新村出，柊源一校註　「日本古典全書〔61〕」'60 p215
伊曾保物語
　飯野純英校訂，小堀桂一郎解説　「大学古典叢書7」'86 p7
　森田武校注　「日本古典文学大系90」'65 p355
下総銚子磯廻往来
　十返舎一九校注　「新版絵草紙シリーズ9」'84 p88
磯山千鳥（堀寿成）
　関根正直ほか監修　「日本随筆大成I-4」'75 p393
異素六帖（旡々道人，中氏嬉斎，向遊堂爰歌）
　中野三敏校注　「新日本古典文学大系82」'98 p1
異素六帖（中氏嬉斎）
　「洒落本大成2」'78 p289
　笹川種郎著　「評釈江戸文学叢書8」'70 p698
異素六帖（和亭主人）

「徳川文芸類聚5」'70 p1
囲多好誼（爰子おきなさい）
　「洒落本大成18」'83 p301
いたこ出じま
　荻田清ほか編　「近世文学選〔1〕」'94 p189
潮来の詞 二十首（うち二首）（服部南郭）
　山本和義，横山弘注　「江戸詩人選集3」'91 p116
潮来婦志（式亭三馬）
　「洒落本大成28」'87 p123
　「洒落本大成28」'87 p151
潮来婦誌（式亭三馬）
　「古典叢書〔6〕」'89 p201
韋駄天
　芳賀矢一，佐佐木信綱校註　「謡曲叢書3」'87 p628
一漚余滴（中巌円月）
　玉村竹二編　「五山文学新集4」'70 p579
一雅話三笑（文化頃刊）
　武藤禎夫編　「噺本大系15」'79 p100
市川柏莚舎事録（池須賀散人）
　森銑三，北川博邦編　「続日本随筆大成9」'80 p295
神巫行（太宰春台）
　菅野礼行，徳田武校注・訳　「新編日本古典文学全集86」'02 p371
一言芳談
　小西甚一訳　「古典日本文学全集15」'61 p324
一言芳談（法然）
　宮坂宥勝校注　「日本古典文学大系83」'64 p185
無花果（若山喜志子）
　長沢美津編　「女人和歌大系6」'78 p221
一字訓（雨森芳洲）
　森銑三，北川博邦編　「続日本随筆大成4」'79 p1
一時随筆（岡西惟中）
　関根正直ほか監修　「日本随筆大成II-2」'73 p299
一事千金（田にし金魚）
　「洒落本大成8」'80 p65
　「徳川文芸類聚5」'70 p163
一条摂政御集（藤原伊尹）
　犬養廉校注　「新日本古典文学大系28」'94 p109
一条摂政御集（藤原伊尹ほか撰）
　和歌史研究会編　「私家集大成1」'73 p399
一書生医に逃る、詩以て之を（伊藤東涯）
　菅野礼行，徳田武校注・訳　「新編日本古典文学全集86」'02 p333
一の谷組打和讃
　高野辰之編　「日本歌謡集成4」'60 p402
一谷嫩軍記（並木宗輔）

いちの　　　　　　　　　作品名

　祐田善雄校注　「日本古典文学大系99」'65 p229
一谷嫩軍記（並木宗輔，浅田一鳥ほか）
　樋口慶千代著　「評釈江戸文学叢書4」'70 p341
一谷嫩軍記（熊谷陣屋）（浅田一鳥ほか）
　河竹登志夫ほか監修　「名作歌舞伎全集4」'70 p53
一の富
　武藤禎夫編　「噺本大系10」'79 p214
一の富（見徳斎序）
　浜田義一郎，武藤禎夫編　「日本小咄集成下」'71 p1
一宮紀伊集（祐子内親王家紀伊）
　和歌史研究会編　「私家集大成2」'75 p387
一のもり
　武藤禎夫編　「噺本大系10」'79 p99
一のもり（来風山人序）
　浜田義一郎，武藤禎夫編　「日本小咄集成中」'71 p379
市原野のだんまり（皎渡月笛音）
　河竹登志夫ほか監修　「名作歌舞伎全集19」'70 p307
一枚起請文
　増谷文雄訳　「古典日本文学全集15」'61 p143
一枚起請文（法然）
　宮坂宥勝校注　「日本古典文学大系83」'64 p53
　大橋俊雄校注　「日本思想大系10」'71 p163
花街滑稽一文塊（金太楼）
　「洒落本大成24」'85 p147
一夜四噌の巻（安永二年）（与謝蕪村）
　頴原退蔵編著　「蕪村全集2」'48 p102
一夜船（北条団水）
　須永朝彦訳　「日本古典文学幻想コレクション3」'96 p141
惟忠和尚住京城安国禅寺語録（惟忠通恕）
　玉村竹二編　「五山文学新集別2」'81 p578
惟忠和尚住瑞竜山太平興国南禅々寺語録（惟忠通恕）
　玉村竹二編　「五山文学新集別2」'81 p598
惟忠和尚住東山建仁禅寺語録（惟忠通恕）
　玉村竹二編　「五山文学新集別2」'81 p581
惟忠和尚住霊亀山天竜資聖禅寺語録（惟忠通恕）
　玉村竹二編　「五山文学新集別2」'81 p589
惟忠和尚初住越中州瑞井山金剛護国禅寺語録（惟忠通恕）
　玉村竹二編　「五山文学新集別2」'81 p573
一来法師
　芳賀矢一，佐佐木信綱校註　「謡曲叢書1」'87 p153
一簾春雨（大田南畝）

　浜田義一郎，中野三敏，日野龍夫，揖斐高編　「大田南畝全集10」'86 p485
一話一言
　関根正直ほか監修　「日本随筆大成別6」'79 p365
　関根正直ほか監修　「日本随筆大成別6」'79 p553
一話一言（大田南畝）
　浜田義一郎，中野三敏，日野龍夫，揖斐高編　「大田南畝全集12」'86 p1
　浜田義一郎，中野三敏，日野龍夫，揖斐高編　「大田南畝全集13」'87 p1
　浜田義一郎，中野三敏，日野龍夫，揖斐高編　「大田南畝全集14」'87 p1
　浜田義一郎，中野三敏，日野龍夫，揖斐高編　「大田南畝全集15」'87 p1
　須永朝彦訳　「日本古典文学幻想コレクション1」'95 p240
　関根正直ほか監修　「日本随筆大成別1」'78 p1
　関根正直ほか監修　「日本随筆大成別2」'78 p1
　関根正直ほか監修　「日本随筆大成別3」'78 p1
　関根正直ほか監修　「日本随筆大成別4」'78 p1
　関根正直ほか監修　「日本随筆大成別5」'78 p1
　関根正直ほか監修　「日本随筆大成別6」'79 p1
一話一言 補遺 参考篇（大田南畝）
　浜田義一郎，中野三敏，日野龍夫，揖斐高編　「大田南畝全集16」'88 p1
五日（原采蘋）
　福島理子注　「江戸漢詩選3」'95 p147
乙亥中秋、古峰主人の宅に月（伊藤東涯）
　菅野礼行，徳田武校注・訳　「新編日本古典文学全集86」'02 p334
一角仙人（金春禅鳳）
　芳賀矢一，佐佐木信綱校註　「謡曲叢書1」'87 p156
一角仙人（金春禅鳳元安）
　「古典日本文学全集20」'62 p182
五日独酌（秋山玉山）
　徳田武注　「江戸詩人選集2」'92 p251
一揆契状
　石井進校注　「日本思想大系21」'72 p395
大通俗一騎夜行（志水燕十）
　「洒落本大成10」'80 p11
一休関東咄（寛文十二年刊）
　武藤禎夫，岡雅彦編　「噺本大系3」'76 p63
一休諸国物語（寛文十二年頃刊）
　武藤禎夫，岡雅彦編　「噺本大系3」'76 p247
一休宗純と柴屋軒宗長（中本環）
　「中世文芸叢書別1」'67 p254
一休はなし（寛文八年刊）
　武藤禎夫，岡雅彦編　「噺本大系3」'76 p3

一休ばなし
　渡辺守邦校注　「新日本古典文学大系74」'91 p321
　岡雅彦校注・訳　「新編日本古典文学全集64」'99 p225
一挙博覧（鈴木忠候）
　関根正直ほか監修　「日本随筆大成II-8」'74 p1
厳嶋
　芳賀矢一，佐佐木信綱校註　「謡曲叢書1」'87 p160
厳嶋（原采蘋）
　福島理子注　「江戸漢詩選3」'95 p161
厳嶋御縁記（松本隆信蔵写本）
　横山重ほか編　「室町時代物語大成補1」'87 p203
いつくしまのゑんぎ（元和八年写本）
　太田武夫校訂　「室町時代物語集1」'62 p146
いつくしまの御ほん地（明暦二年刊本）
　太田武夫校訂　「室町時代物語集1」'62 p168
いつくしまの御本地（明歴二年刊本）
　横山重ほか編　「室町時代物語大成補1」'87 p181
厳島の本地（仮題）（慶応義塾図書館蔵写本）
　横山重ほか編　「室町時代物語大成2」'74 p270
一向不通替理善運（甘露庵山跡蜂満）
　伊藤千可良ほか校　「江戸時代文芸資料1」'64 p321
一斎佐藤氏に寄する書（大塩中斎）
　相良亨，溝口雄三，福永光司校注　「日本思想大系46」'80 p559
一茶園月並（小林一茶）
　小林計一郎校注　「一茶全集7」'77 p361
一茶自筆句集（小林一茶）
　丸山一彦，小林計一郎校注　「一茶全集5」'78 p153
一茶留書（小林一茶）
　小林計一郎，丸山一彦，矢羽勝幸校注　「一茶全集別1」'78 p147
一茶発句集（嘉永版）（小林一茶）
　小林計一郎，丸山一彦，矢羽勝幸校注　「一茶全集別1」'78 p243
一茶発句集（文政版）（小林一茶）
　小林計一郎，丸山一彦，矢羽勝幸校注　「一茶全集別1」'78 p213
一枝軒
　弥吉菅一，赤羽学，西村真砂子，檀上正孝　「芭蕉紀行集1」'78 p217
一枝軒（松尾芭蕉）
　井本農一，弥吉菅一，横沢三郎，尾形仂校注　「校本芭蕉全集6」'89 p314

　井本農一，久富哲雄，村松友次，堀切実校注・訳　「新編日本古典文学全集71」'97 p191
　弥吉菅一，赤羽学，檀上正孝著　「芭蕉紀行集1」'67 p127
一枝亭記（上田秋成）
　「上田秋成全集11」'94 p131
一宵話（いっしょうわ）→"ひとよはなし"を見よ
一所不住の形見（『芭蕉庵小文庫』）（松尾芭蕉）
　井本農一ほか著　「校本芭蕉全集9」'89 p322
一身（吉田松陰）
　坂田新注　「江戸漢詩選4」'95 p171
一心五戒魂（竹本義太夫）
　「竹本義太夫浄瑠璃正本集下」'95 p624
一心五戒魂（近松門左衛門）
　藤井紫影校註　「近松全集（思文閣）6」'78 p409
一心二河白道
　阪口弘之校注　「新日本古典文学大系90」'99 p493
一心二河白道（近松門左衛門）
　「近松全集（岩波）15翻刻編」'89 p223
　「近松全集（岩波）15影印編」'89 p203
一寸法師
　大島建彦校注・訳　「完訳日本の古典49」'83 p193
　大島建彦校注・訳　「新編日本古典文学全集63」'02 p243
　「特選日本の古典 グラフィック版別2」'86 p88
　大島建彦校注・訳　「日本古典文学全集36」'74 p394
　市古貞次校注　「日本古典文学大系38」'58 p319
　沢井耐三校注・訳　「日本の文学 古典編38」'86 p23
一寸法師（享保頃刊御伽草子本）
　太田武夫校訂　「室町時代物語集5」'62 p251
一昔話（加藤良斎）
　森銑三，北川博邦編　「続日本随筆大成7」'80 p1
一尊如来きの
　村上重良，安丸良夫校注　「日本思想大系67」'71 p10
逸著聞集（山岡俊明）
　岡田甫訳・解説　「秘籍江戸文学選3」'74 p9
五辻為仲卿詠草（五辻為仲）
　和歌史研究会編　「私家集大成7」'76 p893
一徳物語
　宇田敏彦校訂　「未刊随筆百種8」'77 p23
五とせ集（小林一茶）
　矢羽勝幸校注　「一茶全集8」'78 p595
一盃綺言（式亭三馬）
　「古典叢書〔7〕」'89 p43

いつひ　　　　　　　　　　　　　　　　　作品名

棚橋正博校訂　「叢書江戸文庫Ⅰ-20」'92 p247
乙未の除夕（市河寛斎）
　揖斐高注　「江戸詩人選集5」'90 p3
乙未の初春病中天漪に簡す（新井白石）
　一海知義，池沢一郎注　「江戸漢詩選2」'96 p104
一瓢年賀四十四（宝暦二年）（与謝蕪村）
　潁原退蔵編著　「蕪村全集2」'48 p29
一碧亭、竹を洗かして山を見る（秋山玉山）
　徳田武注　「江戸詩人選集2」'92 p252
一遍
　大橋俊雄校注　「日本思想大系10」'71 p287
一遍上人語録（一遍）
　宮坂宥勝校注　「日本古典文学大系83」'64 p84
　大橋俊雄校注　「日本思想大系10」'71 p289
一峰知蔵海滴集（一峰通玄）
　玉村竹二編　「五山文学新集5」'71 p647
一峰におくる（祇園百合）
　古谷知新編　「江戸時代女流文学全集3」'01 p632
一本刀土俵入（長谷川伸）
　河竹登志夫ほか監修　「名作歌舞伎全集25」'71 p237
いつみしきふの物かたり〈鴨脚家本〉
　吉田幸一著　「平安文学叢刊5」'66 p177
佚名家集
　和歌史研究会編　「私家集大成2」'75 p200
　和歌史研究会編　「私家集大成7」'76 p1613
乙酉元日（大典顕常）
　末木文美士，堀川貴司注　「江戸漢詩選5」'96 p257
乙酉試筆（祇園南海）
　山本和義，横山弘注　「江戸詩人選集3」'91 p326
乙酉春初、新たに端硯を獲たり。喜ぶこと甚だし。為に六絶を賦す（うち二首）（中島棕隠）
　水田紀久注　「江戸詩人選集6」'93 p225
乙酉正月廿三日、郷を発す（原采蘋）
　福島理子注　「江戸漢詩選3」'95 p136
伊東生幼くして家難に遭い、孑然として孤立し、常に来りて詩を問う。頃日、小悟する所有り。賦して贈る（田能村竹田）
　徳田武注　「江戸漢詩選1」'96 p137
安達ケ原那須野原糸車九尾狐（山東京伝）
　「古典叢書〔4〕」'89 p385
糸桜春蝶奇縁（滝沢馬琴）
　「古典叢書〔15〕」'89 p547
いとさくらの物語（本誓寺蔵写本）
　横山重ほか編　「室町時代物語大成補1」'87 p228
糸桜本町育（紀上太郎）

星野洋子校訂　「叢書江戸文庫Ⅰ-15」'89 p79
糸桜本朝文粋（山東京伝）
　「古典叢書〔4〕」'89 p197
「いと涼しき」百韻（松尾芭蕉）
　島居清著　「芭蕉連句全註解1」'79 p47
糸によるの巻（天明二年）（与謝蕪村）
　潁原退蔵編著　「蕪村全集2」'48 p247
田舎あふむ（意雅栗三）
　「洒落本大成27」'87 p289
稲垣木公の文稿に題す（広瀬旭荘）
　岡村繁注　「江戸詩人選集9」'91 p253
贈稲掛大平書（村田春海）
　佐佐木信綱編　「日本歌学大系8」'56 p112
田舎源氏（田舎源氏露東雲）（桜田治助（三世））
　河竹登志夫ほか監修　「名作歌舞伎全集19」'70 p291
田舎滑稽清楼問答
　「洒落本大成28」'87 p187
田舎芝居（万象亭）
　「洒落本大成13」'81 p309
　中野三敏校注　「新日本古典文学大系82」'98 p327
田舎芝居忠臣蔵（式亭三馬）
　「古典叢書〔7〕」'89 p191
田舎荘子（佚斎樗山）
　飯倉洋一校注　「叢書江戸文庫Ⅰ-13」'88 p5
田舎荘子（樗山）
　中野三敏校注　「新日本古典文学大系81」'90 p1
田舎荘子外篇（佚斎樗山）
　飯倉洋一校注　「叢書江戸文庫Ⅰ-13」'88 p59
田舎談儀（竹塚東子）
　「洒落本大成15」'82 p217
田舎の句合（宝井其角著，松尾芭蕉評）
　宮本三郎，井本農一，今栄蔵，大内初夫校注　「校本芭蕉全集7」'89 p357
「稲妻に」六句（松尾芭蕉）
　島居清著　「芭蕉連句全註解10」'83 p129
稲田収量実験表（中村直三）
　古島敏雄，安芸皎一校注　「日本思想大系62」'72 p263
猪名野
　谷崎潤一郎ほか編　「国民の文学1」'64 p411
稲葉集（本居大平）
　「国歌大系16」'76 p723
因幡小ぞうちよんがれぶし
　荻原清ほか編　「近世文学選〔1〕」'94 p201
因幡堂
　北川忠彦ほか校注　「中世の文学 第1期〔20〕」'94 p71
稲舟

24　日本古典文学全集・作品名綜覧

芳賀矢一，佐佐木信綱校註　「謡曲叢書1」'87 p168
稲莚
　「俳書叢刊4」'88 p199
稲莚（清風編）
　雪中庵対山編　「俳書叢刊 第7期4」'62 p1
井奈野
　臼田甚五郎，新間進一，外村南都子，徳江元正校注・訳　「新編日本古典文学全集42」'00 p50
稲荷
　芳賀矢一，佐佐木信綱校註　「謡曲叢書1」'87 p177
稲荷〔別名、和泉式部・稲荷山〕（樋口本）
　吉田幸一著　「平安文学叢刊4」'59 p764
稲荷山十二景。祠官荷田子成の索めに応ず其の半を録す（うち二首）（葛子琴）
　水田紀久注　「江戸詩人選集6」'93 p147
猪苗代兼載閑塵集（猪苗代兼載）
　和歌史研究会編　「私家集大成6」'76 p536
犬筑波集（荒木田守武）
　福井久蔵編　「校註日本文芸新篇〔7〕」'50 p33
犬つれづれ
　伊藤千可良ほか校　「江戸時代文芸資料4」'64 p1
狗張子（浅井了意）
　須永朝彦編訳　「日本古典文学幻想コレクション3」'96 p31
狗張子（釈了意）
　「徳川文芸類聚4」'70 p87
狗張子（近松門左衛門）
　「近松全集（岩波）17解説編」'94 p116
犬枕
　前田金五郎校注　「日本古典文学大系90」'65 p33
犬山伏
　北川忠彦ほか校注「中世の文学 第1期〔20〕」'94 p69
　古川久校註　「日本古典全書〔92〕」'54 p228
稲子遺稿（遠山稲子）
　長沢美津編　「女人和歌大系5」'78 p422
「いねこきの」詞書（松尾芭蕉）
　井本農一，久富哲雄，村松友次，堀切実校注・訳　「新編日本古典文学全集71」'97 p321
寐ねず（館柳湾）
　徳田武注　「江戸詩人選集7」'90 p242
「稲づまや」の詞書（松尾芭蕉）
　井本農一，弥吉菅一，横沢三郎，尾形仂校注　「校本芭蕉全集6」'89 p528
稲若水、著はす所の孝女伝を示（室鳩巣）
　菅野礼行，徳田武校注・訳　「新編日本古典文学全集86」'02 p322

命を衒んで本国に使す（阿部仲麻呂）
　菅野礼行，徳田武校注・訳　「新編日本古典文学全集86」'02 p41
新古演劇十種の内茨木（河竹黙阿弥）
　河竹登志夫ほか監修　「名作歌舞伎全集18」'69 p319
「茨やうを」付合（松尾芭蕉）
　島居清著　「芭蕉連句全註解5」'81 p327
伊吹
　麻原美子，北原保雄校注　「新日本古典文学大系59」'94 p125
伊吹童子
　沢井耐三校注　「新日本古典文学大系54」'89 p185
　浜中修編著　「大学古典叢書8」'89 p55
伊吹童子（異本）
　浜中修編著　「大学古典叢書8」'89 p121
伊吹童子（国会図書館蔵本）
　浜中修編著　「大学古典叢書8」'89 p131
気吹舎筆叢（平田篤胤）
　森銑三，北川博邦編　「続日本随筆大成5」'80 p141
伊吹山酒顛童子（逸翁美術館蔵絵巻）
　横山重ほか編　「室町時代物語大成補1」'87 p245
異本所載歌
　小沢正夫校注・訳　「日本古典文学全集7」'71 p425
異本洞房語園（庄司勝富）
　関根正直ほか監修　「日本随筆大成Ⅲ-2」'76 p289
異本源蔵人物語（高野辰之博士蔵写本）
　太田武夫校訂　「室町時代物語集2」'62 p282
今井為和集
　「中世歌書翻刻3」'72 p4
　「中世歌書翻刻4」'73 p1
今鏡（藤原為経）
　板橋倫行校註　「日本古典全書〔45〕」'50 p51
今鏡つくり物語のゆくへ
　久松潜一，増淵恒吉編　「校註日本文芸新篇〔3〕」'50 p29
今川一睡記
　倉員正江校訂　「叢書江戸文庫Ⅱ-31」'94 p119
今川氏真詠草（今川氏真）
　和歌史研究会編　「私家集大成7」'76 p970
　和歌史研究会編　「私家集大成7」'76 p979
今川了俊（近松門左衛門）
　藤井紫影校註　「近松全集（思文閣）5」'78 p425
　「近松全集（岩波）1」'85 p575
　「近松全集（岩波）17影印編」'94 p148
　「近松全集（岩波）17影印編」'94 p151

いまけ　　　　　　　　　　　　　作品名

「近松全集（岩波）17解説編」'94 p155
「近松全集（岩波）17解説編」'94 p159
「徳川文芸類聚8」'70 p491
今源氏六十帖（近松門左衛門）
　「近松全集（岩波）15翻刻編」'89 p33
　「近松全集（岩波）15影印編」'89 p29
新小町栄花車（近松門左衛門）
　「近松全集（岩波）16翻刻編」'90 p55
今神明
　北川忠彦ほか校注　「中世の文学 第1期〔20〕」'94 p108
今出河別業紅葉記（家仁）
　津本信博編　「近世紀行日記文学集成1」'93 p357
新口吟咄川（竜耳斎聞取序）
　浜田義一郎, 武藤禎夫編　「日本小咄集成中」'71 p251
今参
　北川忠彦ほか校注　「中世の文学 第1期〔20〕」'94 p363
　古川久校註　「日本古典全書〔91〕」'53 p167
今宵にて（松尾芭蕉）
　井本農一, 弥吉菅一, 横沢三郎, 尾形仂校注　「校本芭蕉全集6」'89 p428
今道念節
　高野辰之編　「日本歌謡集成7」'60 p32
いまみや草（来山）
　雲英末雄, 山下一海, 丸山一彦, 松尾靖秋校注・訳　「新編日本古典文学全集72」'01 p440
今宮心中（近松門左衛門）
　藤井紫影校訂　「近松全集（思文閣）9」'78 p99
今宮の心中（近松門左衛門）
　松崎仁, 原道生, 井口洋, 大橋正叙校注　「新日本古典文学大系91」'93 p285
　山根為雄校注・訳　「新編日本古典文学全集75」'98 p287
　「近松全集（岩波）7」'87 p217
今物語（藤原信実）
　久保田淳, 大島貴子, 藤原澄子, 松尾葦江校注　「中世の文学 第1期〔7〕」'79 p119
　須永朝彦編訳　「日本古典文学幻想コレクション1」'95 p108
絵入おどり今様くどき
　高野辰之編　「日本歌謡集成7」'60 p59
今様薩摩歌（岡鬼太郎）
　河竹登志夫ほか監修　「名作歌舞伎全集20」'69 p209
今様須磨（今様須磨の写絵）（桜田治助（二代））
　河竹登志夫ほか監修　「名作歌舞伎全集19」'70 p97
今様雑芸（相場長昭編）

「国歌大系1」'76 p253
今様操文庫（司馬山人）
　武藤元昭校訂　「叢書江戸文庫II-36」'95 p95
今様操文庫 後編（司馬山人）
　武藤元昭校訂　「叢書江戸文庫II-36」'95 p143
今様咄（安永四年頃刊）
　武藤禎夫編　「噺本大系17」'79 p146
今様譜
　高野辰之編　「日本歌謡集成2」'60 p545
当世下手談義（自堕落先生）
　中野三敏校注　「新日本古典文学大系81」'90 p105
咄の会七席目時勢話綱目（安永六年正月刊）
　武藤禎夫編　「噺本大系11」'79 p74
咄の会七席目時勢話大全（安永六年正月刊）
　武藤禎夫編　「噺本大系11」'79 p52
妹を哭す 二首（うち一首）（頼山陽）
　入谷仙介　「江戸詩人選集8」'90 p117
伊文字
　北川忠彦ほか校注　「中世の文学 第1期〔22〕」'95 p154
　古川久校註　「日本古典全書〔92〕」'54 p47
妹背山婦女庭訓（近松半二）
　円地文子訳　「国民の文学12」'64 p340
妹背山婦女庭訓（近松半二ほか）
　戸板康二編　「鑑賞日本古典文学30」'77 p115
　林久美子, 井上勝志校注・訳　「新編日本古典文学全集77」'02 p309
　祐田善雄校注　「日本古典文学大系99」'65 p255
　樋口慶千代著　「評釈江戸文学叢書4」'70 p519
　河竹登志夫ほか監修　「名作歌舞伎全集5」'70 p155
妹背山婦女庭訓（近松半二, 三好松洛）
　「古典日本文学全集25」'61 p164
妹背山長柄文台（山東京伝）
　「古典叢書〔4〕」'89 p53
十二段弥味草紙（鐘西翁）
　「洒落本大成3」'79 p137
伊予国北宇和郡津之浦いさ踊歌
　浅野建二編　「続日本歌謡集成4」'63 p157
猗蘭侯の画に題す二首（うち一首）（荻生徂徠）
　一海知義, 池沢一郎注　「江戸漢詩選2」'96 p30
弁蒙通人講釈（強異軒）
　「洒落本大成9」'80 p367
彝倫抄（松永尺五）
　石田一良, 金谷治校注　「日本思想大系28」'75 p303
入鹿
　麻原美子, 北原保雄校注　「新日本古典文学大系59」'94 p3
入間川

北川忠彦ほか校注 「中世の文学 第1期〔20〕」'94 p372
古川久校註 「日本古典全書〔91〕」'53 p140
色一座梅椿（鶴屋南北）
　大久保忠国校注 「鶴屋南北全集4」'72 p79
彩入御伽草（鶴屋南北）
　落合清彦校訂 「鶴屋南北全集1」'71 p143
「いろいろの」歌仙（松尾芭蕉）
　島居清雄 「芭蕉連句全註解7」'82 p79
「色々の」歌仙（松尾芭蕉）
　島居清雄 「芭蕉連句全註解5」'81 p129
色男其所此処（万象亭）
　宇田敏彦校注 「新日本古典文学大系83」'97 p321
いろ香（井原西鶴）
　穎原退蔵ほか編 「定本西鶴全集9」'51 p111
青楼夜話色講釈（十偏舎一九）
　「洒落本大成20」'83 p29
色里迦陵頻
　高野辰之編 「日本歌謡集成8」'60 p82
色里三十三所息子順礼
　「洒落本大成29」'88 p413
色里新迦陵頻
　高野辰之編 「日本歌謡集成8」'60 p117
花洛色里つれつれ草
　「洒落本大成4」'79 p119
色里名取川
　高野辰之編 「日本歌謡集成8」'60 p144
色里三所世帯（井原西鶴）
　伊藤千可良ほか校 「江戸時代文芸資料5」'64 p61
　暉峻康隆訳注 「現代語訳西鶴全集（小学館）10」'76 p139
　穎原退蔵ほか編 「定本西鶴全集6」'59 p169
　青木信光編 「文化文政江戸発禁文庫8」'83 p253
全盛東花色里名所鑑（名隣）
　「洒落本大成9」'80 p111
色竹蘭曲集
　「徳川文芸類聚10」'70 p1
色縮緬百人後家（西澤一風）
　伊藤千可良ほか校 「江戸時代文芸資料2」'64 p393
色と義（松尾芭蕉）
　井本農一, 弥吉菅一, 横沢三郎, 尾形仂校注 「校本芭蕉全集6」'89 p540
伊呂波
　北川忠彦ほか校注 「中世の文学 第1期〔20〕」'94 p145
　古川久校註 「日本古典全書〔92〕」'54 p145

芳賀矢一, 佐佐木信綱校註 「謡曲叢書1」'87 p192の3
伊呂波引寺丹入節用（柳亭種彦）
　「古典叢書（36）」'90 p429
女扇の後日物語いろは演義（鶴屋南北）
　浦山政雄校注 「鶴屋南北全集9」'74 p459
千草結ひ色葉八卦
　「洒落本大成13」'81 p49
いろは雛形
　「洒落本大成26」'86 p207
以呂波物語（近松門左衛門）
　藤井紫影校註 「近松全集（思文閣）2」'78 p111
　「近松全集（岩波）13」'91 p83
　「近松全集（岩波）17影印編」'94 p448
　「近松全集（岩波）17解説編」'94 p460
色深狭睡夢（葦廼屋高振）
　「洒落本大成27」'87 p299
石清水物語
　市古貞次, 三角洋一編 「鎌倉時代物語集成2」'89 p1
岩瀬
　芳賀矢一, 佐佐木信綱校註 「謡曲叢書1」'87 p173
岩竹（岩瀬文庫蔵奈良絵本）
　横山重ほか編 「室町時代物語大成2」'74 p427
いはでしのぶ
　市古貞次, 三角洋一編 「鎌倉時代物語集成2」'89 p157
岩にむす苔（生田万）
　芳賀登, 松本三之介校注 「日本思想大系51」'71 p9
岩根山
　芳賀矢一, 佐佐木信綱校註 「謡曲叢書1」'87 p180
岩橋
　北川忠彦ほか校注 「中世の文学 第1期〔22〕」'95 p339
いははし（上田秋成）
　「上田秋成全集11」'94 p168
岩橋跋文（心敬）
　木藤才蔵校注 「中世の文学 第1期〔12〕」'85 p319
岩船
　芳賀矢一, 佐佐木信綱校註 「謡曲叢書1」'87 p183
石見女式
　佐佐木信綱編 「日本歌学大系1」'58 p31
岩屋
　松本隆信校注 「新潮日本古典集成〔65〕」'80 p143
岩屋（古梓堂文庫蔵絵巻）

いわや　　　　　　　　作品名

太田武夫校訂　「室町時代物語集3」'62 p91
岩屋の草子
　秋谷治校注　「新日本古典文学大系54」'89 p215
いはやのさうし（寛永頃刊本）
　太田武夫校訂　「室町時代物語集3」'62 p121
岩屋の物語（天理図書館蔵奈良絵本）
　横山重ほか編　「室町時代物語大成2」'74 p469
いはや物語（永青文庫蔵絵巻）
　横山重ほか編　「室町時代物語大成補1」'87 p269
岩屋物語（国会図書館蔵写本）
　横山重ほか編　「室町時代物語大成補1」'87 p299
いわや物語（天理図書館蔵慶長十三年写本）
　横山重ほか編　「室町時代物語大成2」'74 p440
因位和讃
　高野辰之編　「日本歌謡集成4」'60 p299
韻を分ちて林の字を得たり（元政）
　上野洋三注　「江戸詩人選集1」'91 p299
因果物語（鈴木正三著，義雲雲歩編）
　須永朝彦編訳　「日本古典文学幻想コレクション3」'96 p42
因果和讃
　高野辰之編　「日本歌謡集成4」'60 p381
隠者に次韻す（元政）
　上野洋三注　「江戸詩人選集1」'91 p285
飲酒（大沼枕山）
　日野龍夫注　「江戸詩人選集10」'90 p223
引鐘
　芳賀矢一，佐佐木信綱校註　「謡曲叢書3」'87 p186
筠庭雑考（喜多村信節）
　関根正直ほか監修　「日本随筆大成Ⅱ-8」'74 p87
筠庭雑録（喜多村信節）
　関根正直ほか監修　「日本随筆大成Ⅱ-7」'74 p75
印篆の篇。瓊浦の源君頤に贈る（中島棕隠）
　水田紀久注　「江戸詩人選集6」'93 p252
引導集（井原西鶴）
　頴原退蔵ほか編　「定本西鶴全集11下」'75 p384
　頴原退蔵ほか編　「定本西鶴全集13」'50 p374
隠池打睡庵四首（独菴玄光）
　末木文美士，堀川貴司注　「江戸漢詩選5」'96 p19
印譜（大田南畝）
　浜田義一郎，中野三敏，日野龍夫，揖斐高編　「大田南畝全集20」'90 p327
殷富門院大輔集（殷富門院大輔）
　和歌史研究会編　「私家集大成3」'74 p127
　和歌史研究会編　「私家集大成3」'74 p137

長沢美津編　「女人和歌大系2」'65 p459
陰名
　臼田甚五郎，新間進一，外村南都子，徳江元正校注・訳　「新編日本古典文学全集42」'00 p135

【う】

うゐかぶり
　市古貞次，三角洋一編　「鎌倉時代物語集成5」'92 p109
うひ山ぶみ（本居宣長）
　吉川幸次郎，佐竹昭広，日野龍夫校注　「日本思想大系40」'78 p511
初山踏（本居宣長）
　佐佐木治綱訳　「古典日本文学全集34」'60 p7
ういらううり
　荻田清ほか編　「近世文学選〔1〕」'94 p156
維奴日留城に遊ぶ。英主の離宮なり（成島柳北）
　日野龍夫注　「江戸詩人選集10」'90 p154
植田
　芳賀矢一，佐佐木信綱校註　「謡曲叢書1」'87 p272
上田秋成歌巻（上田秋成）
　「上田秋成全集12」'95 p101
宣長に対する上田秋成の答書（上田秋成）
　「上田秋成全集1」'90 p251
上田秋成論難同弁（上田秋成）
　「上田秋成全集1」'90 p191
威尼斯（成島柳北）
　日野龍夫注　「江戸詩人選集10」'90 p152
烏児塞宮（成島柳北）
　日野龍夫注　「江戸詩人選集10」'90 p151
魚説経
　北川忠彦，安田章　「新編日本古典文学全集60」'01 p409
魚説法
　北川忠彦ほか校注　「中世の文学 第1期〔20〕」'94 p237
魚太平記（内題）（寛文頃刊本）
　横山重ほか編　「室町時代物語大成2」'74 p504
魚尋いで至る（原采蘋）
　福島理子注　「江戸漢詩選3」'95 p174
鵜飼
　芳賀矢一，佐佐木信綱校註　「謡曲叢書1」'87 p192の8
鵜飼（榎並佐衛門五郎作，世阿弥改作）
　横道万里雄訳　「国民の文学12」'64 p64

作品名　　　　　　　　　　　　　　　うきよ

鵜飼（榎並左衛門五郎作，世阿弥改作）
　　西野春雄校注　「新日本古典文学大系57」'98 p244
鵜飼（世阿弥）
　　伊藤正義校注　「新潮日本古典集成〔58〕」'83 p113
うかれ鴉（上田秋成）
　　「上田秋成全集11」'94 p90
浮れ草（松井譲屋編）
　　浅野建二編　「続日本歌謡集成4」'63 p297
うかれ草紙（広莫野人荘鹿）
　　「洒落本大成17」'82 p53
うかれ草紙（荘鹿）
　　伊藤千可良ほか校　「江戸時代文芸資料1」'64 p461
廓早引うかれ鳥（菊亭香織）
　　「洒落本大成23」'85 p257
うかれ坊主（七枚続花の姿絵）
　　河竹登志夫ほか監修　「名作歌舞伎全集24」'72 p55
萍の跡（釈立綱）
　　関根正直ほか監修　「日本随筆大成II-8」'74 p43
萍の巻（安永二年）（与謝蕪村）
　　穎原退蔵編著　「蕪村全集2」'48 p96
宇喜蔵主古今噺揃
　　宮尾しげを校注　「秘籍江戸文学選8」'75 p93
宇喜蔵主古今咄揃（延宝六年刊）
　　武藤禎，岡雅彦編　「噺本大系5」'75 p3
浮葉巻葉の巻（安永四年）（与謝蕪村）
　　穎原退蔵編著　「蕪村全集2」'48 p151
浮舟（紫式部）
　　阿部秋生，小町谷照彦，野村精一，柳井滋著　「鑑賞日本の古典6」'79 p458
　　阿部秋生，秋山虔，今井源衛，鈴木日出男校注・訳　「完訳日本の古典23」'88 p9
　　円地文子訳　「現代語訳日本の古典5」'79 p155
　　谷崎潤一郎ほか編　「国民の文学4」'63 p410
　　阿部秋生ほか校注・訳　「古典セレクション15」'98 p145
　　「古典日本文学全集6」'62 p188
　　石田穣二，清水好子校注　「新潮日本古典集成〔25〕」'85 p9
　　柳井滋ほか校注　「新日本古典文学大系23」'97 p185
　　阿部秋生，秋山虔，今井源衛，鈴木日出男校注・訳　「新編日本古典文学全集25」'98 p103
　　「特選日本の古典 グラフィック版5」'86 p132
　　池田亀鑑校註　「日本古典全書〔18〕」'55 p13
　　阿部秋生，秋山虔，今井源衛校注・訳　「日本古典文学全集17」'76 p95

　　山岸徳平校注　「日本古典文学大系18」'63 p199
　　伊井春樹，日向一雅，百川敬仁（ほか）校注・訳　「日本の文学 古典編16」'87 p67
　　「日本の文学大系6」'55 p338
浮舟（横尾元久詞，世阿弥曲）
　　芳賀矢一，佐佐木信綱校註　「謡曲叢書1」'87 p196
浮舟（横越元久）
　　伊藤正義校注　「新潮日本古典集成〔58〕」'83 p125
　　西野春雄校注　「新日本古典文学大系57」'98 p46
浮世一休郭問答（柳亭種彦）
　　「古典叢書〔40〕」'90 p71
浮世栄花一代男
　　伊藤千可良ほか校　「江戸時代文芸資料5」'64 p1
浮世栄花一代男（井原西鶴）
　　暉峻康隆訳注　「現代語訳西鶴全集（小学館）10」'76 p207
　　穎原退蔵ほか編　「定本西鶴全集14」'53 p219
浮世絵考証（大田南畝）
　　浜田義一郎，中野三敏，日野龍夫，揖斐高編　「大田南畝全集18」'88 p435
新増補浮世絵類考（竜田舎秋錦編）
　　関根正直ほか監修　「日本随筆大成II-11」'74 p167
浮世親仁形気（江島其磧）
　　長谷川強校注・訳　「新編日本古典文学全集65」'00 p443
　　神保五弥ほか校注・訳　「日本古典文学全集37」'71 p458
浮世くらべ（風落着山人左角斎述）
　　岡雅彦校訂　「叢書江戸文庫I-19」'90 p85
浮世形六枚屛風（柳亭種彦）
　　「古典叢書〔39〕」'90 p369
浮世柄比翼稲妻（鶴屋南北）
　　浦山政雄校注　「鶴屋南北全集9」'74 p111
　　河竹登志夫ほか監修　「名作歌舞伎全集9」'69 p109
浮世草子集
　　神保五弥ほか校注・訳　「日本古典文学全集37」'71 p319
浮世床（式亭三馬）
　　久保田万太郎訳　「国民の文学17」'64 p419
　　「古典叢書〔5〕」'89 p243
　　渡辺夫，水野稔訳　「古典日本文学全集29」'61 p297
　　本田康雄校注　「新潮日本古典集成〔80〕」'82 p11

うきよ　　　作品名

中野三敏, 神保五弥, 前田愛校注・訳　「新編日本古典文学全集80」'00 p243
中西善三校註　「日本古典全書〔107〕」'55 p67
浮世床（式亭三馬, 滝亭鯉丈）
　中野三敏, 神保五弥, 前田愛校注　「日本古典文学全集47」'71 p255
浮世の有さま
　安丸良夫校注　「日本思想大系58」'70 p307
浮世の四時（南陀伽紫蘭）
　伊藤千可良ほか校　「江戸時代文芸資料1」'64 p247
　「洒落本大成13」'81 p23
浮世風呂（式亭三馬）
　中村幸彦, 浜田啓介編　「鑑賞日本古典文学34」'78 p209
　「古典叢書〔5〕」'89 p10
　神保五弥校注　「新日本古典文学大系86」'89 p1
　中村通夫校注　「日本古典文学大系63」'57 p47
　中村通夫校注　「日本古典文学大系63」'57 p109
　中村通夫校注　「日本古典文学大系63」'57 p173
　中村通夫校注　「日本古典文学大系63」'57 p237
浮世物語
　谷脇理史校注・訳　「新編日本古典文学全集64」'99 p85
　神保五弥ほか校注・訳　「日本古典文学全集37」'71 p148
　前田金五郎校注　「日本古典文学大系90」'65 p241
浮世物語（釈了意）
　「徳川文芸類聚2」'70 p333
鶯
　古川久校註　「日本古典全書〔93〕」'56 p128
鶯
　北川忠彦ほか校注　「中世の文学 第1期〔22〕」'95 p243
「鶯に」歌仙（松尾芭蕉）
　島居清著　「芭蕉連句全註解9」'83 p299
「鶯の」歌仙（松尾芭蕉）
　島居清著　「芭蕉連句全註解7」'82 p7
鶯姫（海道記）
　須永朝彦編訳　「日本古典文学幻想コレクション2」'96 p37
うぐひす笛
　「噺本大系12」'79 p154
うぐひす笛（大田南畝）
　浜田義一郎, 中野三敏, 日野龍夫, 揖斐高編　「大田南畝全集7」'86 p469
「鶯も」独吟三句（松尾芭蕉）
　島居清著　「芭蕉連句全註解別1」'83 p115
「鶯や」歌仙（松尾芭蕉）
　島居清著　「芭蕉連句全註解8」'82 p7

うくひすやの巻（安永九年）（与謝蕪村）
　潁原退蔵編著　「蕪村全集2」'48 p216
雨月
　芳賀矢一, 佐佐木信綱校註　「謡曲叢書1」'87 p200
雨月賦（暁台）
　雲英末雄, 山下一海, 丸山一彦, 松尾靖秋校注・訳　「新編日本古典文学全集72」'01 p567
雨月物語
　高田衛校注・訳　「完訳日本の古典57」'83 p5
　高田衛, 稲田篤信編著　「大学古典叢書1」'85 p1
雨月物語（上田秋成）
　「上田秋成全集7」'90 p223
　中村幸彦, 水野稔編　「鑑賞日本古典文学35」'77 p37
　高田衛著　「鑑賞日本の古典18」'81 p31
　後藤明生訳　「現代語訳 日本の古典19」'80 p5
　円地文子訳　「国民の文学17」'64 p1
　石川淳訳　「古典日本文学全集28」'60 p115
　浅野三平校注　「新潮日本古典集成〔75〕」'79 p9
　高田衛校注・訳　「新編日本古典文学全集78」'95 p273
　藤本義一訳　「特選日本の古典 グラフィック版11」'86 p5
　重友毅校註　「日本古典全書〔106〕」'57 p63
　鵜月洋著　「日本古典評釈・全注釈叢書〔25〕」'69
　高田衛校注・訳　「日本古典文学全集48」'73 p323
　中村幸彦校注　「日本古典文学大系56」'59 p33
　日野龍夫校注・訳　「日本の文学 古典編42」'86 p31
　和田万吉著　「評釈江戸文学叢書9」'70 p1
『雨月物語』青頭巾（底本の影印）
　高田衛, 稲田篤信編著　「大学古典叢書1」'85 p164
うけらが花（加藤千蔭）
　「国歌大系16」'76 p179
迂言（広瀬淡窓）
　奈良本辰也校注　「日本思想大系38」'76 p279
雨後、久住の道中（秋山玉山）
　徳田武注　「江戸詩人選集2」'92 p296
雨後の白牡丹（石川丈山）
　上野洋三注　「江戸詩人選集1」'91 p9
雨後の即興（石川丈山）
　菅野礼行, 徳田武校注・訳　「新編日本古典文学全集86」'02 p251
右近
　伊藤正義校注　「新潮日本古典集成〔58〕」'83 p135

芳賀矢一，佐佐木信綱校註　「謡曲叢書1」'87 p204
右近少将雅顕集（雅顕）
　和歌史研究会編　「私家集大成4」'75 p502
宇治川
　市古貞次，三角洋一編　「鎌倉時代物語集成5」'92 p137
宇治行（蕪村）
　雲英末雄，山下一海，丸山一彦，松尾靖秋校注・訳　「新編日本古典文学全集72」'01 p559
　頴原退蔵著　「評釈江戸文学叢書7」'70 p762
宇治行（与謝蕪村）
　村松友次著　「鑑賞日本の古典17」'81 p328
　頴原退蔵編著　「蕪村全集1」'48 p424
卯地臭意（鐘木庵主人）
　「洒落本大成12」'81 p197
　水野稔校注　「日本古典文学大系59」'58 p339
宇治拾遺物語
　佐藤謙三編　「鑑賞日本古典文学13」'76 p195
　小林智昭，小林保治，増古和子校注・訳　「完訳日本の古典40」'84 p11
　小林智昭，小林保治，増古和子校注・訳　「完訳日本の古典41」'86 p13
　永積安明訳　「古典日本文学全集18」'61 p5
　大島建彦校注　「新潮日本古典集成〔39〕」'85 p17
　三木紀人，浅見和彦校注　「新日本古典文学大系42」'90 p3
　野村八良校註　「日本古典全書〔57〕」'49 p47
　野村八良校註　「日本古典全書〔58〕」'50 p3
　須永朝彦編訳　「日本古典文学幻想コレクション1」'95 p88
　渡辺綱也，西尾光一校注　「日本古典文学大系27」'60 p53
　浅見和彦，小島孝之校注・訳　「日本の文学 古典編26」'87 p145
　「日本文学大系3」'55 p201
宇治拾遺物語序
　小林保治，増古和子校注・訳　「新編日本古典文学全集50」'96 p23
　小林智昭校注・訳　「日本古典文学全集28」'73 p51
　渡辺綱也，西尾光一校注　「日本古典文学大系27」'60 p48
宇治舟中の即事（伊藤仁斎）
　菅野礼行，徳田武校注・訳　「新編日本古典文学全集86」'02 p294
宇士新先生を哭す。十首（うちー首）（大典顕常）
　末木文美士，堀川貴司校注　「江戸漢詩選5」'96 p212
訳文童喩（伴蒿蹊）
　風間誠史校訂　「叢書江戸文庫Ｉ-7」'93 p59

「牛流す」歌仙（松尾芭蕉）
　島居清著　「芭蕉連句全註解10」'83 p23
牛盗人（百三十四）
　北川忠彦ほか校注　「中世の文学 第1期〔22〕」'95 p373
丑之春御普請御仕様帳
　安芸皎一校注　「日本思想大系62」'72 p393
丑春川除御普請御仕様帳
　安芸皎一校注　「日本思想大系62」'72 p369
「牛部屋に」歌仙（松尾芭蕉）
　島居清著　「芭蕉連句全註解7」'82 p247
牛祭（与謝蕪村）
　頴原退蔵編著　「蕪村全集1」'48 p446
うしろひも（井原西鶴）
　頴原退蔵ほか編　「定本西鶴全集13」'50 p379
牛若千人斬（近松門左衛門）
　藤井紫影校註　「近松全集（思文閣）1」'78 p251
卯月の潤色（近松門左衛門）
　阪口弘之校注・訳　「新編日本古典文学全集75」'98 p121
　藤井紫影校註　「近松全集（思文閣）8」'78 p223
　「近松全集（岩波）4」'86 p547
卯月紅葉（近松門左衛門）
　阪口弘之校注・訳　「新編日本古典文学全集75」'98 p83
　「近松全集（岩波）4」'86 p441
　「近松全集（岩波）17影印編」'94 p223
　「近松全集（岩波）17解説編」'94 p237
薄雲（紫式部）
　阿部秋生，小町谷照彦，野村精一，柳井滋著　「鑑賞日本の古典6」'79 p151
　阿部秋生，秋山虔，今井源衛，鈴木日出男校注・訳　「完訳日本の古典17」'85 p33
　円地文子訳　「現代語訳 日本の古典5」'79 p75
　谷崎潤一郎ほか編　「国民の文学3」'63 p315
　阿部秋生ほか校注・訳「古典セレクション5」'98 p165
　「古典日本文学全集4」'61 p330
　石田穣二，清水好子校注　「新潮日本古典集成〔20〕」'78 p147
　柳井滋ほか校注　「新日本古典文学大系20」'94 p213
　阿部秋生，秋山虔，今井源衛，鈴木日出男校注・訳　「新編日本古典文学全集21」'95 p425
　「特選日本の古典 グラフィック版5」'86 p56
　池田亀鑑校註　「日本古典全書〔13〕」'49 p303
　阿部秋生，秋山虔，今井源衛校注・訳　「日本古典文学全集13」'72 p415
　山岸徳平校注　「日本古典文学大系15」'59 p213
　伊井春樹，日向一雅，百川敬仁（ほか）校注・訳　「日本の文学 古典編12」'86 p309
　「日本文学大系4」'55 p458

うすこ　　　　　　　　　　　　作品名

薄紅梅を贈られし辞（上田秋成）
　　「上田秋成全集12」'95 p374
「碓の」付合（松尾芭蕉）
　　島居清著　「芭蕉連句全註解2」'79 p122
太秦広隆寺所用教化
　　高野辰之編　「日本歌謡集成4」'60 p219
鈿女
　　芳賀矢一, 佐佐木信綱校註　「謡曲叢書1」'87 p208
薄紅葉
　　伊藤千可良ほか校　「江戸時代文芸資料4」'64 p1
薄雪物語
　　野田寿雄校註　「日本古典全書〔100〕」'60 p161
鶉衣（也有）
　　雲英末雄, 山下一海, 丸山一彦, 松尾靖秋校注・訳　「新編日本古典文学全集72」'01 p496
鶉衣（横井也有）
　　阿部喜三男, 麻生磯次校注　「日本古典文学大系92」'64 p353
うづら衣（横井也有）
　　岩田九郎訳　「古典日本文学全集35」'61 p313
鶉の屋（上田秋成）
　　「上田秋成全集11」'94 p83
有善女物語（仮題）（慶応義塾大学斯道文庫蔵写本）
　　横山重ほか編　「室町時代物語大成2」'74 p519
雨窓閑話
　　関根正直ほか監修　「日本随筆大成I-7」'75 p57
雨窓に細香と別を話す（頼山陽）
　　入谷仙介注　「江戸詩人選集8」'90 p146
啌多雁取帳（奈蒔野馬乎人）
　　棚橋正博, 鈴木勝忠, 宇田敏彦注解　「新編日本古典文学全集79」'99 p43
　　笹川種郎著　「評釈江戸文学叢書8」'70 p81
虚言八百万八伝（四方屋本太郎作, 北尾重政画）
　　浜田義一郎, 鈴木勝忠, 水野稔校注　「日本古典文学全集46」'71 p87
うそひめ（別名ふくろう）（静嘉堂文庫蔵絵入写本）
　　横山重ほか編　「室町時代物語大成2」'74 p527
歌争
　　北川忠彦ほか校注　「中世の文学 第1期〔22〕」'95 p151
歌合 校訂付記
　　小沢正夫, 松田成穂校注・訳　「新編日本古典文学全集11」'94 p511
哥いづれの巻（貞徳翁独吟百韻自註）

　　金子金治郎, 暉峻康隆, 中村俊定注解　「日本古典文学全集32」'74 p281
哥いづれの巻（貞徳翁独吟百韻自註）（貞徳）
　　金子金治郎, 雲英末雄, 暉峻康隆, 加藤定彦校注・訳　「新編日本古典文学全集61」'01 p293
宇多院物名歌合
　　「平安朝歌合大成1」'95 p126
歌占（観世元雅）
　　芳賀矢一, 佐佐木信綱校註　「謡曲叢書1」'87 p212
歌垣歌
　　「国歌大系1」'76 p73
歌がたり（村田春海）
　　佐佐木信綱編　「日本歌学大系8」'56 p151
歌川豊国画『役者似顔早稽古』（影印・翻刻）（福森久助）
　　寺田詩麻校訂　「叢書江戸文庫Ⅲ-49」'01 p319
歌系図（近松門左衛門）
　　「近松全集（岩波）17影印編」'94 p94
　　「近松全集（岩波）17解説編」'94 p104
歌系図（流石菴羽積）
　　高野辰之編　「日本歌謡集成8」'60 p341
宴に侍す（大友皇子）
　　菅野礼行, 徳田武校注・訳　「新編日本古典文学全集86」'02 p25
歌沢節
　　高野辰之編　「日本歌謡集成9」'60 p418
歌沢節正本
　　「徳川文芸類聚10」'70 p527
歌妓琴塩屋之松（伊渟浪）
　　「洒落本大成12」'81 p209
うたたね（阿仏尼）
　　福田秀一校注　「新日本古典文学大系51」'90 p155
うたたねの記（阿仏尼）
　　簗瀬一雄編　「校註阿仏尼全集〔1〕」'84 p19
うたたねの草子
　　沢井耐三校注・訳　「日本の文学 古典編38」'86 p227
転寝草紙
　　田嶋一夫校注　「新日本古典文学大系54」'89 p269
うたゝねの草子（仮題）（神宮文庫蔵写本）
　　横山重ほか編　「室町時代物語大成2」'74 p539
歌と詞のけぢめを言へる書（横井千秋）
　　佐佐木信綱編　「日本歌学大系7」'58 p419
歌のしるべ（藤井高尚）
　　佐佐木信綱編　「日本歌学大系8」'56 p398
歌の大意（長野義言）
　　佐佐木信綱編　「日本歌学大系8」'56 p414
歌の判の奥にかける詞（荷田蒼生子）

古谷知新編 「江戸時代女流文学全集3」'01 p658
宇陀法師（森川許六）
　今栄蔵校注 「校本芭蕉全集7」'89 p267
歌のほまれ（上田秋成）
　「上田秋成全集8」'93 p204
　「上田秋成全集8」'93 p376
　高田衛，中村博保校注・訳 「完訳日本の古典57」'83 p300
　美山靖校注 「新潮日本古典集成〔76〕」'80 p109
　中村幸彦，高田衛校注・訳 「新編日本古典文学全集78」'95 p516
　浅野三平訳・注 「全対訳日本古典新書〔14〕」'81 p160
　重友毅校註 「日本古典全書〔106〕」'57 p257
　中村幸彦，高田衛，中村博保校注・訳 「日本古典文学全集48」'73 p569
　中村幸彦校注 「日本古典文学大系56」'59 p212
歌のほまれ（現代語訳）（上田秋成）
　高田衛，中村博保校注・訳 「完訳日本の古典57」'83 p300
歌薬師
　芳賀矢一，佐佐木信綱校註 「謡曲叢書1」'87 p218
歌よみに与ふる書（正岡子規）
　久松潜一，増淵恒吉編 「校註日本文芸新篇〔3〕」'50 p157
内を哭す（六首のうち三首）（大窪詩仏）
　揖斐高注 「江戸詩人選集5」'90 p309
内を夢む（大窪詩仏）
　揖斐高注 「江戸詩人選集5」'90 p270
うちくもり砥
　「俳書叢刊3」'88 p453
「打こぼしたる」付合（松尾芭蕉）
　島居清著 「芭蕉連句全註解10」'83 p285
内沙汰
　北川忠彦ほか校注 「中世の文学 第1期〔22〕」'95 p184
打出の浜（烏丸光栄）
　津本信博編 「近世紀行日記文学集成1」'93 p250
内外詣
　芳賀矢一，佐佐木信綱校註 「謡曲叢書1」'87 p221
内に聴く（高安やす子）
　長沢美津編 「女人和歌大系6」'78 p306
雨中吟
　佐佐木信綱編 「日本歌学大系4」'56 p384
雨中の桜花を賦す（島田忠臣）
　菅野礼行，徳田武校注・訳 「新編日本古典文学全集86」'02 p130

雨中の雑吟（五首、うち一首）（館柳湾）
　徳田武注 「江戸詩人選集7」'90 p245
雨中の東台。感を書す（大沼枕山）
　日野龍夫注 「江戸詩人選集10」'90 p282
雨中 養寿庵に侍す（元政）
　上野洋三注 「江戸詩人選集1」'91 p282
団扇曾我（近松門左衛門）
　「近松全集（岩波）3」'86 p373
空蟬
　麻生磯次著 「傍訳古典叢書2」'57 p271
　芳賀矢一，佐佐木信綱校註 「謡曲叢書1」'87 p224
空蟬（紫式部）
　阿部秋生，小町谷照彦，野村精一，柳井滋著 「鑑賞日本の古典6」'79 p74
　阿部秋生，秋山虔，今井源衛，鈴木日出男校注・訳 「完訳日本の古典14」'83 p93
　円地文子訳 「現代語訳 日本の古典5」'79 p26
　谷崎潤一郎ほか編 「国民の文学3」'63 p44
　阿部秋生ほか校注・訳 「古典セレクション1」'98 p161
　「古典日本文学全集4」'61 p51
　石田穣二，清水好子校注 「新潮日本古典集成〔18〕」'76 p103
　柳井滋ほか校注 「新日本古典文学大系19」'93 p81
　阿部秋生，秋山虔，今井源衛，鈴木日出男校注・訳 「新編日本古典文学全集20」'94 p115
　「特選日本の古典 グラフィック版5」'86 p19
　池田亀鑑校註 「日本古典全書〔12〕」'46 p230
　阿部秋生，秋山虔，今井源衛校注・訳 「日本古典文学全集12」'70 p189
　山岸徳平校注 「日本古典文学大系14」'58 p107
　伊井春樹，日向一雅，百川敬仁（ほか）校注・訳 「日本の文学 古典編11」'86 p125
　「日本文学大系4」'55 p65
宇都宮歳旦（寛保四年）（与謝蕪村）
　頴原退蔵編著 「蕪村全集2」'48 p11
靭猿
　荻田清ほか編 「近世文学選〔1〕」'94 p227
　丸岡明訳 「国民の文学12」'64 p173
　「古典日本文学全集20」'62 p210
　北川忠彦，安田章 「新編日本古典文学全集60」'01 p86
　北川忠彦ほか校注 「中世の文学 第1期〔20〕」'94 p386
　古川久校註 「日本古典全書〔91〕」'53 p158
靭猿（中村重助）
　河竹登志夫ほか監修 「名作歌舞伎全集19」'70 p235
うつほ物語

中野幸一校注・訳 「新編日本古典文学全集14」 '99 p13
中野幸一校注・訳 「新編日本古典文学全集15」 '01 p13
中野幸一校注・訳 「新編日本古典文学全集16」 '02 p13
河野多麻校注 「日本古典文学大系10」 '59 p31
河野多麻校注 「日本古典文学大系11」 '61 p7
河野多麻校注 「日本古典文学大系12」 '62 p49

宇津保物語
三谷栄一編 「鑑賞日本古典文学6」 '75 p229
野口元大著 「鑑賞日本の古典4」 '81 p291
宮田和一郎校註 「日本古典全書〔4〕」 '51 p77
宮田和一郎校註 「日本古典全書〔5〕」 '49 p11
宮田和一郎校註 「日本古典全書〔6〕」 '51 p9
宮田和一郎校註 「日本古典全書〔7〕」 '55 p13
宮田和一郎校註 「日本古典全書〔8〕」 '57 p11

うつろ舟の女(琴嶺舎(滝沢宗伯))
須永朝彦編訳 「日本古典文学幻想コレクション1」 '95 p255

ひだり甚五郎腕雕一心命(式亭三馬)
棚橋正博校訂 「叢書江戸文庫I-20」 '92 p75

巨勢金岡下画左甚五郎彫工腕彫一心命(式亭三馬)
「古典叢書〔8〕」 '89 p335

善知鳥
伊藤正義校注 「新潮日本古典集成〔58〕」 '83 p145
西野春雄校注 「新日本古典文学大系57」 '98 p168
小山弘志, 佐藤健一郎校注・訳 「新編日本古典文学全集59」 '98 p207
芳賀矢一, 佐佐木信綱校註 「謡曲叢書1」 '87 p227

善知安方忠義伝(山東京伝)
佐藤深雪校訂 「叢書江戸文庫I-18」 '87 p5

迂鈍
安藤菊二校訂 「未刊随筆百種3」 '76 p89

優曇華物語(山東京伝)
「古典叢書〔2〕」 '89 p223

うなびのさへづり(今村楽)
津本信博編 「近世紀行日記文学集成2」 '94 p437

「うなり声」付合(松尾芭蕉)
島居清著 「芭蕉連句全註解2」 '79 p125

うに掘る岡(松尾芭蕉)
井本農一, 弥吉菅一, 横沢三郎, 尾形仂校注 「校本芭蕉全集6」 '89 p354
井本農一, 久富哲雄, 村松友次, 堀切実校注・訳 「新編日本古典文学全集71」 '97 p218
弥吉菅一, 赤羽学, 西村真砂子, 檀上正孝 「芭蕉紀行集2」 '68 p156

自惚鏡(降鷺亭)
「徳川文芸類聚5」 '70 p389

自惚鏡(振鷺亭)
「洒落本大成14」 '81 p309

采女
伊藤正義校注 「新潮日本古典集成〔58〕」 '83 p157
西野春雄校注 「新日本古典文学大系57」 '98 p237
小山弘志, 佐藤健一郎校注・訳 「新編日本古典文学全集58」 '97 p259
芳賀矢一, 佐佐木信綱校註 「謡曲叢書1」 '87 p232

采女歌舞伎草子絵詞
高野辰之編 「日本歌謡集成6」 '60 p53

鵜羽(世阿弥)
伊藤正義校注 「新潮日本古典集成〔58〕」 '83 p169
西野春雄校注 「新日本古典文学大系57」 '98 p289
芳賀矢一, 佐佐木信綱校註 「謡曲叢書1」 '87 p237

卯花園漫録(石上宣続)
関根正直ほか監修 「日本随筆大成II-23」 '74 p1

「卯花も」付合(松尾芭蕉)
島居清著 「芭蕉連句全註解4」 '80 p169

「卯の花や」付合(松尾芭蕉)
島居清著 「芭蕉連句全註解9」 '83 p221

烏之賦(松尾芭蕉)
井本農一, 弥吉菅一, 横沢三郎, 尾形仂校注 「校本芭蕉全集6」 '89 p477

鵜祭
芳賀矢一, 佐佐木信綱校註 「謡曲叢書1」 '87 p241

鵜の丸
芳賀矢一, 佐佐木信綱校註 「謡曲叢書1」 '87 p245

姥皮
浜中修編著 「大学古典叢書8」 '89 p13

うばかは(観音胆仰会旧蔵奈良絵本)
横山重ほか編 「室町時代物語大成2」 '74 p550

『姥皮』(昔話)
浜中修編著 「大学古典叢書8」 '89 p74

雨電行(野村篁園)
徳田武注 「江戸詩人選集7」 '90 p130

雨伯陽の馬島にこくを送る(祇園南海)
山本和義, 横山弘注 「江戸詩人選集3」 '91 p320

姥捨

芳賀矢一，佐佐木信綱校註　「謡曲叢書3」'87 p656
鵜舟（松尾芭蕉）
　井本農一，弥吉菅一，横沢三郎，尾形仂校注　「校本芭蕉全集6」'89 p374
　富山奏校注　「新潮日本古典集成〔72〕」'78 p93
　井本農一，久富哲雄，村松友次，堀切実校注・訳　「新編日本古典文学全集71」'97 p231
　弥吉菅一，赤羽学，西村真砂子，檀上正孝　「芭蕉紀行集2」'68 p164
雨芳州に訪わるるを謝す（荻生徂徠）
　一海知義，池沢一郎注　「江戸漢詩選2」'96 p39
「馬をさへ」付合（松尾芭蕉）
　島居清著　「芭蕉連句全註解3」'80 p249
「馬かりて」歌仙（松尾芭蕉）
　島居清著　「芭蕉連句全註解6」'81 p203
「馬かりて」の巻（松尾芭蕉）
　「芭蕉紀行集3」'71 p184
うまきに送る文（清女）
　古谷知新編　「江戸時代女流文学全集3」'01 p665
石女地獄和讃
　高野辰之編　「日本歌謡集成4」'60 p382
馬揃
　麻原美子，北原保雄校注　「新日本古典文学大系59」'94 p144
「馬に寝て」詞書（松尾芭蕉）
　井本農一，久富哲雄，村松友次，堀切実校注・訳　「新編日本古典文学全集71」'97 p182
「馬の沓」付合（松尾芭蕉）
　島居清著　「芭蕉連句全註解2」'79 p124
馬内侍集（馬内侍）
　和歌史研究会編　「私家集大成1」'73 p615
　長沢美津編　「女人和歌大系2」'65 p128
海を航して佐渡に到る（亀田鵬斎）
　徳田武注　「江戸漢詩選1」'96 p56
「海くれて」歌仙（松尾芭蕉）
　島居清著　「芭蕉連句全註解3」'80 p253
「海くれて」の巻
　弥吉菅一，赤羽学，西村真砂子，檀上正孝　「芭蕉紀行集1」'78 p235
「海くれて」の巻（松尾芭蕉）
　弥吉菅一，赤羽学，檀上正孝著　「芭蕉紀行集1」'67 p143
海見えての巻（安永年中）（与謝蕪村）
　穎原退蔵編著　「蕪村全集2」'48 p239
梅
　芳賀矢一，佐佐木信綱校註　「謡曲叢書1」'87 p249
梅を訪ぬ（大沼枕山）
　日野龍夫注　「江戸詩人選集10」'90 p237

梅を折る　二首（うち一首）（頼山陽）
　入谷仙介注　「江戸詩人選集8」'90 p5
梅枝
　伊藤正義校注　「新潮日本古典集成〔58〕」'83 p181
　西野春雄校注　「新日本古典文学大系57」'98 p567
　臼田甚五郎，新間進一，外村南都子，徳江元正校注・訳　「新編日本古典文学全集42」'00 p138
　芳賀矢一，佐佐木信綱校註　「謡曲叢書1」'87 p253
梅が枝（紫式部）
　谷崎潤一郎ほか編　「国民の文学3」'63 p497
梅枝（紫式部）
　阿部秋生，秋山虔，今井源衛，鈴木日出男校注・訳　「完訳日本の古典18」'85 p181
　円地文子訳　「現代語訳 日本の古典5」'79 p102
　阿部秋生ほか校注・訳　「古典セレクション8」'98 p183
　「古典日本文学全集5」'61 p138
　石田穣二，清水好子校注　「新潮日本古典集成〔21〕」'79 p251
　柳井滋ほか校注　「新日本古典文学大系21」'95 p149
　阿部秋生，秋山虔，今井源衛，鈴木日出男校注・訳　「新編日本古典文学全集22」'96 p401
　「特選日本の古典 グラフィック版5」'86 p80
　池田亀鑑校注　「日本古典全書〔14〕」'50 p317
　阿部秋生，秋山虔，今井源衛校注・訳　「日本古典文学全集14」'72 p393
　山岸徳平校注　「日本古典文学大系16」'61 p157
　伊井春樹，日向一雅，百川敬仁（ほか）校注・訳　「日本の文学 古典編13」'86 p317
　「日本文学大系5」'55 p197
梅か香
　長沢美津編　「女人和歌大系5」'78 p631
梅が香の巻（「炭俵」より）（松尾芭蕉）
　杉浦正一郎評釈　「古典日本文学全集31」'61 p143
「梅か香や」付合（松尾芭蕉）
　島居清著　「芭蕉連句全註解8」'82 p197
梅暦曙曾我（鶴屋南北）
　郡司正勝校訂　「鶴屋南北全集12」'74 p333
梅暦余興 春色辰巳園（為永春水）
　中村幸彦校注　「日本古典文学大系64」'62 p239
清川文七梅桜振袖日記（柳亭種彦）
　「古典叢書〔39〕」'90 p3
梅沢本 古本説話集
　川口久雄校註　「日本古典全書〔59〕」'67 p1
梅女に句を送る辞（与謝蕪村）
　穎原退蔵編著　「蕪村全集1」'48 p440

うめし　作品名

「梅白し」付合（松尾芭蕉）
　島居清著　「芭蕉連句全註解3」'80 p275
梅津長者（岩瀬文庫蔵絵巻模本）
　横山重ほか編　「室町時代物語大成2」'74 p558
梅津乃長者（梅若六郎氏蔵絵巻）
　横山重ほか編　「室町時代物語大成2」'74 p570
梅津の長者（清水泰氏旧蔵奈良絵本）
　横山重ほか編　「室町時代物語大成2」'74 p579
梅津の長者（清水泰氏蔵奈良絵本）
　太田武夫校訂　「室町時代物語集5」'62 p378
梅津長者物語（岩瀬文庫蔵絵巻）
　太田武夫校訂　「室町時代物語集5」'62 p368
梅園日記（北静廬）
　関根正直ほか監修　「日本随筆大成III-12」'77 p1
「梅絶て」付合（松尾芭蕉）
　島居清著　「芭蕉連句全註解3」'80 p287
梅日記・さくら日記
　「俳書叢刊9」'88 p391
梅になく鳥（大編羅房）
　「洒落本大成22」'84 p211
梅二輪の巻（安永五年）（与謝蕪村）
　頴原退蔵編著　「蕪村全集2」'48 p154
「梅の木の」付合（松尾芭蕉）
　島居清著　「芭蕉連句全註解5」'81 p21
梅の塵（梅の舎主人）
　関根正直ほか監修　「日本随筆大成II-2」'73 p351
梅の花笠
　河野多麻校注　「日本古典文学大系10」'59 p273
梅の花笠　一名「春日詣」
　宮田和一郎校註　「日本古典全書〔5〕」'49 p11
梅の日影の巻（安永二年）（与謝蕪村）
　頴原退蔵編著　「蕪村全集2」'48 p93
「梅の風」百韻（松尾芭蕉）
　島居清著　「芭蕉連句全註解1」'79 p95
追善落語梅屋集（慶応元年六月序）
　武藤禎夫編　「噺本大系16」'79 p269
「梅稀に」の詞書（松尾芭蕉）
　井本農一，弥吉菅一，横沢三郎，尾形仂校注　「校本芭蕉全集6」'89 p357
　弥吉菅一，赤羽学，西村真砂子，檀上正孝　「芭蕉紀行集2」'68 p158
梅柳若葉加賀染（鶴屋南北）
　藤尾真一編　「鶴屋南北全集5」'71 p327
梅屋舗（安永頃刊）
　武藤禎夫編　「噺本大系19」'79 p266
「梅若菜」（その一）歌仙（松尾芭蕉）
　島居清著　「芭蕉連句全註解7」'82 p205
「梅若菜」（その二）歌仙（松尾芭蕉）
　島居清著　「芭蕉連句全註解7」'82 p219

梅若菜の巻（「猿蓑」より）（松尾芭蕉）
　樋口功評釈　「古典日本文学全集31」'61 p117
梅若丸和讃
　高野辰之編　「日本歌謡集成4」'60 p408
埋木硒花
　長沢美津編　「女人和歌大系5」'78 p518
「打よりて」歌仙（松尾芭蕉）
　島居清著　「芭蕉連句全註解8」'82 p143
浦風（赤木文庫旧蔵奈良絵本）
　横山重ほか編　「室町時代物語大成2」'74 p585
浦風（戸川浜男氏蔵奈良絵本）
　太田武夫校訂　「室町時代物語集4」'62 p411
浦上
　芳賀矢一，佐佐木信綱校註　「謡曲叢書1」'87 p258
浦島
　芳賀矢一，佐佐木信綱校註　「謡曲叢書1」'87 p266
うらしま（赤木文庫奈良絵巻）
　横山重ほか編　「室町時代物語大成2」'74 p606
うらしま（高安六郎博士蔵奈良絵本）
　太田武夫校訂　「室町時代物語集5」'62 p216
うらしま（日本民芸協会蔵古絵巻）
　横山重ほか編　「室町時代物語大成2」'74 p598
浦島太郎
　大島建彦校注・訳　「完訳日本の古典49」'83 p202
　福永武彦訳　「古典日本文学全集18」'61 p238
　「特選日本の古典 グラフィック版別2」'86 p12
　大島建彦校注・訳　「日本古典文学全集36」'74 p414
浦嶋太郎
　市古貞次校注　「日本古典文学大系38」'58 p337
浦島太郎（古梓堂文庫蔵絵本）
　太田武夫校訂　「室町時代物語集5」'62 p199
うら嶋太郎物語（禿氏祐祥氏蔵写本）
　太田武夫校訂　「室町時代物語集5」'62 p209
浦島伝説（丹後国逸文）
　曽倉岑，金井清一著　「鑑賞日本の古典1」'81 p268
うらしま（日本民芸協会蔵室町末絵巻）
　横山重ほか編　「室町時代物語大成2」'74 p602
浦島年代記（近松門左衛門）
　藤井紫影校註　「近松全集（思文閣）5」'78 p717
　「近松全集（岩波）12」'90 p415
　「近松全集（岩波）17影印編」'94 p432
　「近松全集（岩波）17解説編」'94 p445
浦島の太郎
　大島建彦校注・訳　「新編日本古典文学全集63」'02 p253
浦嶋物語（橋本直紀氏蔵写本）

横山重ほか編 「室町時代物語大成補1」'87 p328
浦桃歌、順庵先生に寄せ奉る(室鳩巣)
　菅野礼行, 徳田武校注・訳 「新編日本古典文学全集86」'02 p318
浦の汐貝(熊谷直好)
　「国歌大系18」'76 p195
孟蘭盆(季吟)
　雲英末雄, 山下一海, 丸山一彦, 松尾靖秋校注・訳 「新編日本古典文学全集72」'01 p431
裏見寒話(巣飲叟鶉鼠)
　宇田敏彦校訂 「未刊随筆百種9」'77 p319
裏見寒話(野田市右衛門)
　須永朝彦編訳 「日本古典文学幻想コレクション1」'95 p208
恨の介
　市古貞次, 野間光辰編 「鑑賞日本古典文学26」'76 p221
　野田寿雄校註 「日本古典全書〔100〕」'60 p103
　前田金五郎校注 「日本古典文学大系90」'65 p49
末若葉(其角編)
　石川八朗校注 「新日本古典文学大系72」'93 p63
売言葉(安永五年正月刊)
　武藤禎夫編 「噺本大系10」'79 p172
瓜子姫物語(仮題)(大友奎堂氏蔵絵巻)
　横山重ほか編 「室町時代物語大成2」'74 p612
瓜盗人
　「古典日本文学全集20」'62 p308
　北川忠彦ほか校注 「中世の文学 第1期〔22〕」'95 p80
　古川久校注 「日本古典全書〔93〕」'56 p25
瓜畑(松尾芭蕉)
　井本農一, 弥吉菅一, 横沢三郎, 尾形仂校注 「校本芭蕉全集6」'89 p370
　弥吉菅一, 赤羽学, 西村真砂子, 檀上正孝 「芭蕉紀行集2」'68 p163
瓜姫物語
　大島建彦校注・訳 「日本古典文学全集36」'74 p486
右流左止(四百四十九)
　北川忠彦ほか校注 「中世の文学 第1期〔22〕」'95 p376
「漆せぬ」付合「月やその」付合(松尾芭蕉)
　島居清著 「芭蕉連句全註解8」'82 p327
漆氏が南部より黄精を恵まるるを謝す(石川丈山)
　上野洋三注 「江戸詩人選集1」'91 p152
「うるはしき」歌仙(松尾芭蕉)
　島居清著 「芭蕉連句全註解7」'82 p289

憂いの中の楽しみ(市河寛斎)
　揖斐高注 「江戸詩人選集5」'90 p47
うろこかた
　「俳書叢刊3」'88 p337
鱗形
　芳賀矢一, 佐佐木信綱校註 「謡曲叢書1」'87 p270
うはかわ(守屋孝蔵氏蔵奈良絵本)
　太田武夫校訂 「室町時代物語集3」'62 p473
姙湯仇討話(山東京伝)
　高田衛著 「鑑賞日本の古典18」'81 p323
「上は脇指」付合(松尾芭蕉)
　島居清著 「芭蕉連句全註解2」'79 p127
雲外雲岫跋(東明慧日)
　玉村竹二編 「五山文学新集別2」'81 p62
雲壑猿吟 一巻(惟忠通恕)
　上村観光編 「五山文学全集3」'73 p2427
雲錦翁家集(賀茂季鷹)
　「国歌大系17」'76 p663
雲錦随筆(暁鐘成)
　関根正直ほか監修 「日本随筆大成I-3」'75 p1
雲室随筆(釈雲室)
　森銑三, 北川博邦編 「続日本随筆大成1」'79 p75
雲州松江の鱸
　「徳川文芸類聚1」'70 p351
雲上歌訓(萩原宗固)
　上野洋三校注 「新日本古典文学大系67」'96 p209
雲巣集(在庵普在弟子某僧)
　玉村竹二編 「五山文学新集4」'70 p739
雲竹自画像の讃(松尾芭蕉)
　富山奏校注 「新潮日本古典集成〔72〕」'78 p179
雲竹の讃(松尾芭蕉)
　井本農一, 弥吉菅一, 横沢三郎, 尾形仂校注 「校本芭蕉全集6」'89 p476
雲竹の賛(松尾芭蕉)
　井本農一, 久富哲雄, 村松友次, 堀切実校注・訳 「新編日本古典文学全集71」'97 p309
雲萍雑志
　関根正直ほか監修 「日本随筆大成II-4」'74 p241
雲牧両吟住吉百韻
　金子金治郎, 雲英末雄, 暉峻康隆, 加藤定彦校注・訳 「新編日本古典文学全集61」'01 p177
雲裡追善の巻(宝暦十一年)(与謝蕪村)
　穎原退蔵編著 「蕪村全集2」'48 p48
䩉はやわらぐ浄瑠璃本引書はかたい杜騙新書雲竜九郎倫盗伝(式亭三馬)
　「古典叢書〔8〕」'89 p1
雲林院

西野春雄校注 「新日本古典文学大系57」'98 p496
小山弘志, 佐藤健一郎校注・訳 「新編日本古典文学全集58」'97 p475
芳賀矢一, 佐佐木信綱校註 「謡曲叢書1」'87 p278

【 え 】

画傀儡二面鏡（柳亭種彦）
　土屋順子校訂 「叢書江戸文庫II-35」'95 p127
趣向は浄瑠璃世界は歌舞伎画傀儡二面鏡（柳亭種彦）
　「古典叢書〔39〕」'90 p205
絵合（紫式部）
　阿部秋生, 秋山虔, 今井源衛, 鈴木日出男校注・訳 「完訳日本の古典16」'84 p175
　円地文子訳 「現代語訳 日本の古典5」'79 p73
　谷崎潤一郎ほか編 「国民の文学3」'63 p293
　阿部秋生ほか校注・訳 「古典セレクション5」'98 p75
　「古典日本文学全集4」'61 p307
　石田穣二, 清水好子校注 「新潮日本古典集成〔20〕」'78 p91
　柳井滋ほか校注 「新日本古典文学大系20」'94 p165
　阿部秋生, 秋山虔, 今井源衛, 鈴木日出男校注・訳 「新編日本古典文学全集21」'95 p367
　「特選日本の古典 グラフィック版5」'86 p53
　池田亀鑑校註 「日本古典全書〔13〕」'49 p264
　阿部秋生, 秋山虔, 今井源衛校注・訳 「日本古典文学全集13」'72 p357
　山岸徳平校注 「日本古典文学大系15」'59 p169
　伊井春樹, 日向一雅, 百川敬仁（ほか）校注・訳 「日本の文学 古典編12」'86 p255
　「日本文学大系4」'55 p424
〔永延元一三年五月〕太政大臣頼忠石山寺歌合
　「平安朝歌合大成1」'95 p687
〔永延元年―永祚元年頃〕冬左近衛権中将公任歌合
　「平安朝歌合大成1」'95 p690
永延二年七月七日蔵人頭実資歌合
　「平安朝歌合大成1」'95 p673
永延二年七月廿七日蔵人頭実資後度歌合
　「平安朝歌合大成1」'95 p678
永延二年十月六日殿上侍臣大堰川歌合
　「平安朝歌合大成1」'95 p686
詠懐（石川丈山）
　上野洋三注 「江戸詩人選集1」'91 p38
詠懐（高野蘭亭）

菅野礼行, 徳田武校注・訳 「新編日本古典文学全集86」'02 p403
詠懐五首（うち一首）（石川丈山）
　上野洋三注 「江戸詩人選集1」'91 p97
詠懐 十五首（うち三首）（服部南郭）
　山本和義, 横山弘注 「江戸詩人選集3」'91 p12
詠歌一躰（藤原為家）
　福田秀一, 佐藤恒雄校注 「中世の文学 第1期〔1〕」'71 p347
詠懐 二首（祇園南海）
　山本和義, 横山弘注 「江戸詩人選集3」'91 p306
詠歌大概（藤原定家）
　藤平春男校注・訳 「新編日本古典文学全集87」'02 p471
　久保田淳校注 「中世の文学 第1期〔1〕」'71 p297
　佐佐木信綱編 「日本歌学大系3」'56 p339
　藤平春男校注・訳 「日本古典文学全集50」'75 p491
　久松潜一, 西尾実校注 「日本古典文学大系65」'51 p113
大通邨耶栄花の現（魚麻呂）
　「洒落本大成補1」'88 p317
栄花程五十年蕎麦価五十銭 見徳一炊夢（朋誠堂喜三二）
　水野稔校注 「日本古典文学大系59」'58 p69
桜河微言（孔斎）
　「洒落本大成7」'80 p175
栄花物語
　松村博司, 阿部秋生編 「鑑賞日本古典文学11」'76 p37
　与謝野晶子訳 「古典日本文学全集9」'62 p5
　山中裕, 秋山虔, 池田尚隆, 福長追校注・訳 「新編日本古典文学全集31」'95 p13
　山中裕, 秋山虔, 池田尚隆, 福長進校注・訳 「新編日本古典文学全集32」'97 p15
　「新編日本古典文学全集33」'98 p15
　松村博司校註 「日本古典全書〔40〕」'56 p147
　松村博司校註 「日本古典全書〔41〕」'57 p35
　松村博司校註 「日本古典全書〔42〕」'58 p31
　松村博司校註 「日本古典全書〔43〕」'59 p37
　松村博司著 「日本古典評釈・全注釈叢書〔9〕」'69 p1
　松村博司著 「日本古典評釈・全注釈叢書〔10〕」'71 p11
　松村博司著 「日本古典評釈・全注釈叢書〔11〕」'72 p13
　松村博司著 「日本古典評釈・全注釈叢書〔12〕」'74 p13
　松村博司著 「日本古典評釈・全注釈叢書〔13〕」'75 p11

| 作品名 | えいき |

松村博司著　「日本古典評釈・全注釈叢書〔14〕
　　」'76 p13
松村博司著　「日本古典評釈・全注釈叢書〔15〕
　　」'78 p13
松村博司著　「日本古典評釈・全注釈叢書〔15〕
　　」'78 p165
松村博司著　「日本古典評釈・全注釈叢書〔15〕
　　」'78 p213
松村博司著　「日本古典評釈・全注釈叢書〔15〕
　　」'78 p293
松村博司著　「日本古典評釈・全注釈叢書〔15〕
　　」'78 p385
松村博司, 山中裕校注　「日本古典文学大系75」
　　'64 p23
松村博司, 山中裕校注　「日本古典文学大系76」
　　'65 p21
万福長者栄華談（山東京伝）
　　「古典叢書〔3〕」'89 p227
重修栄花物語系図（檜山成徳）
　　「日本文学古註釈大成〔31〕」'79 p61
栄花物語考（安藤為章）
　　「日本文学古註釈大成〔31〕」'79 p509
栄花物語事蹟考勘（野村尚房）
　　「日本文学古註釈大成〔31〕」'79 p525
栄花物語抄（岡本保孝）
　　「日本文学古註釈大成〔31〕」'79 p80
栄花物語目録年立（土肥経平）
　　「日本文学古註釈大成〔31〕」'79 p1
〔永観元年九月〕斎院選子内親王菊合
　　「平安朝歌合大成1」'95 p623
永観元年七月七日庚申斎院選子内親王女郎
　　花合
　　「平安朝歌合大成1」'95 p622
〔永観頃〕秋比叡山僧房前栽合
　　「平安朝歌合大成1」'95 p624
〔永観頃〕秋或所歌合
　　「平安朝歌合大成1」'95 p628
〔永観頃〕左大将朝光男女房歌合
　　「平安朝歌合大成1」'95 p627
〔永観頃〕七月或所歌合
　　「平安朝歌合大成1」'95 p626
〔永観頃〕殿上人女房鶯時鳥問答歌
　　「平安朝歌合大成1」'95 p625
〔永観頃〕春雅材女達歌合
　　「平安朝歌合大成1」'95 p629
永久元年閏三月加賀守顕輔歌合
　　「平安朝歌合大成3」'96 p1721
永久元年十一月少納言定通歌合
　　「平安朝歌合大成3」'96 p1722
永久五年五月九日内大臣忠通歌合
　　「平安朝歌合大成3」'96 p1797

永久五年五月十一日内大臣忠通歌合
　　「平安朝歌合大成3」'96 p1798
永久五年内裏歌合
　　「平安朝歌合大成3」'96 p1802
永久三年大宮〔権右中弁伊通〕歌合
　　「平安朝歌合大成3」'96 p1752
永久三年五月太神宮禰宜歌合
　　「平安朝歌合大成3」'96 p1730
永久三年十月中務権大輔顕輔歌合雑載
　　「平安朝歌合大成3」'96 p1746
永久三年十月廿六日内大臣忠通後度歌合
　　「平安朝歌合大成3」'96 p1743
永久三年十月廿六日内大臣忠通前度歌合
　　「平安朝歌合大成3」'96 p1732
永久三年十二月太神宮禰宜後番歌合
　　「平安朝歌合大成3」'96 p1750
永久二年九月三井寺歌合
　　「平安朝歌合大成3」'96 p1725
永久二年秋太神宮禰宜歌合
　　「平安朝歌合大成3」'96 p1726
永久二年秋太神宮禰宜後番歌合
　　「平安朝歌合大成3」'96 p1729
永久二年八月十五日夜内裏歌合
　　「平安朝歌合大成3」'96 p1724
〔永久四年夏—保安元年夏〕民部卿宗通歌合
　　「平安朝歌合大成3」'96 p1892
永久四年九月十八日雲居寺後番歌合
　　「平安朝歌合大成3」'96 p1792
永久四年九月修行三番歌合
　　「平安朝歌合大成3」'96 p1794
永久四年五月中務権大輔顕輔歌合
　　「平安朝歌合大成3」'96 p1762
永久四年五月琳賢房歌合
　　「平安朝歌合大成3」'96 p1765
永久四年四月右近衛中将雅定歌合雑載
　　「平安朝歌合大成3」'96 p1761
永久四年四月四日白河院鳥羽殿北面歌合
　　「平安朝歌合大成3」'96 p1753
永久四年七月雲居寺歌合
　　「平安朝歌合大成3」'96 p1782
永久四年七月廿一日右兵衛佐忠隆歌合
　　「平安朝歌合大成3」'96 p1779
永久四年十月斎宮宣旨歌合
　　「平安朝歌合大成3」'96 p1795
永久四年八月雲居寺結縁経後宴歌合
　　「平安朝歌合大成3」'96 p1784
永久四年六月四日参議実行歌合
　　「平安朝歌合大成3」'96 p1766
永享九年正徹詠草（正徹）
　　和歌史研究会編　「私家集大成5」'74 p517

えいき　　　　　作品名

　　稲田利徳校注　「新日本古典文学大系47」'90 p223
永享五年正徹詠草（正徹）
　　稲田利徳校注　「新日本古典文学大系47」'90 p181
瑩玉集（鴨長明）
　　佐佐木信綱編　「日本歌学大系3」'56 p321
詠曲秘伝抄
　　荻田清ほか編　「近世文学選〔1〕」'94 p169
詠句大概（曙舟）
　　「未刊連歌俳諧資料1-6」'52 p1
詠源氏物語和歌
　　松野陽一校注　「新日本古典文学大系67」'96 p443
詠香山歌（上田秋成）
　　「上田秋成全集12」'95 p409
英国探索（福田作太郎）
　　松沢弘陽校注　「日本思想大系66」'74 p477
瑩山仮名法語
　　古田紹欽訳　「古典日本文学全集15」'61 p232
叡山所伝
　　高野辰之編　「日本歌謡集成4」'60 p2
詠史絶句（十一首のうち一首）（大沼枕山）
　　日野龍夫注　「江戸詩人選集10」'90 p194
永日・無絃過ぎ見れ、賦して示す（市河寛斎）
　　揖斐高注　「江戸詩人選集5」'90 p90
永寿丸魯国漂流記
　　加藤貴校訂　「叢書江戸文庫Ⅰ-1」'90 p301
〔永承元年—康平三年〕夏頼資資成歌合
　　「平安朝歌合大成2」'95 p1213
英照皇太后御歌（英照皇太后）
　　長沢美津編　「女人和歌大系5」'78 p35
〔永承五年以前秋〕式部大輔資業歌合
　　「平安朝歌合大成2」'95 p1014
〔永承五年九月—天喜二年十一月〕冬大宰大弐資通歌合
　　「平安朝歌合大成2」'95 p1088
永承〔五年〕五月五日六条斎院禖子内親王歌合
　　「平安朝歌合大成2」'95 p998
永承五年四月廿六日前麗景殿女御延子歌絵合
　　「平安朝歌合大成2」'95 p986
永承五年十一月修理大夫俊綱歌合雑載
　　「平安朝歌合大成2」'95 p1015
永承五年二月三日庚申六条斎院禖子内親王歌合
　　「平安朝歌合大成2」'95 p980
永承五年六月五日庚申祐子内親王歌合
　　「平安朝歌合大成2」'95 p1000
〔永承三年〕春鷹司殿倫子百和香歌合
　　「平安朝歌合大成2」'95 p930
〔永承三—四年五月〕六条斎院禖子内親王

　　「平安朝歌合大成2」'95 p938
永承二年五月五日前斎院馨子内親王根合
　　「平安朝歌合大成2」'95 p929
永承四年十一月九日内裏歌合
　　「平安朝歌合大成2」'95 p952
永承四年十二月二日庚申六条斎院禖子内親王歌合
　　「平安朝歌合大成2」'95 p971
永承〔四—七年〕九月十九日関白左大臣頼通家蔵人所歌合
　　「平安朝歌合大成2」'95 p1057
永承六年春内裏歌合
　　「平安朝歌合大成2」'95 p1024
永承六年正月八日庚申六条斎院禖子内親王歌合
　　「平安朝歌合大成2」'95 p1017
〔永承六年〕夏六条斎院禖子内親王歌合
　　「平安朝歌合大成2」'95 p1045
永承六年五月五日内裏根合
　　「平安朝歌合大成2」'95 p1026
永承六年五月十一日庚申祐子内親王歌合雑載
　　「平安朝歌合大成2」'95 p1043
詠草（十市遠忠）
　　和歌史研究会編　「私家集大成7」'76 p508
詠草（西洞院時慶）
　　和歌史研究会編　「私家集大成7」'76 p1075
詠草奥書（香川景樹）
　　久松潜一，増淵恒吉編　「校註日本文芸新篇〔3〕」'50 p101
詠草大永七年中（十市遠忠）
　　和歌史研究会編　「私家集大成7」'76 p438
永代蔵
　　「洒落本大成4」'79 p53
永代蔵（竹本義太夫）
　　「竹本義太夫浄瑠璃正本集下」'95 p830
英対暖語
　　巌谷槇一訳　「国民の文学18」'65 p261
〔永長元年以前秋〕経信歌合
　　「平安朝歌合大成3」'96 p1575
永長元年夏斎院令子内親王歌合
　　「平安朝歌合大成3」'96 p1573
永長元年夏内裏歌合
　　「平安朝歌合大成3」'96 p1572
永長元年五月廿五日権中納言匡房歌合
　　「平安朝歌合大成3」'96 p1569
永長元年五月三日左兵衛佐師時歌合
　　「平安朝歌合大成3」'96 p1563
永長元年五月三日中宮大夫能実歌合
　　「平安朝歌合大成3」'96 p1558
永長元年三月廿三日中宮篤子内親王家侍所歌合

「平安朝歌合大成3」'96 p1554
永長元年三月廿二日権大納言家忠歌合
　「平安朝歌合大成3」'96 p1550
詠梅花五十首（上田秋成）
　「上田秋成全集12」'95 p46
永福門院百番御自歌合（永福門院）
　糸賀きみ江校注　「新日本古典文学大系46」'91 p393
咏物（五首、うち二首）神山公倫の集いに、諸子と同に五色を分ち賦し以って主に贈る（葛子琴）
　水田紀久注　「江戸詩人選集6」'93 p135
咏物　二首。謹んで妙法王の教に応じて、賦し呈す（うち一首）茶碾（六如）
　黒川洋一注　「江戸詩人選集4」'90 p285
永保元年内裏歌合
　「平安朝歌合大成3」'96 p1403
永保三年夏関白師実家女房歌合
　「平安朝歌合大成3」'96 p1418
永保三年三月廿日篤子内親王家侍所歌合
　「平安朝歌合大成3」'96 p1413
永保三年十月斎宮媞子内親王歌合
　「平安朝歌合大成3」'96 p1419
永保二年四月廿九日前出雲守経仲歌合
　「平安朝歌合大成3」'96 p1404
詠霍公鳥（上田秋成）
　「上田秋成全集12」'95 p442
〔永万元年四月以前〕範兼歌合
　「平安朝歌合大成4」'96 p2141
英雄軍談（佚斎樗山）
　飯倉洋一校訂　「叢書江戸文庫I-13」'88 p285
絵入本（近松門左衛門）
　「近松全集（岩波）17影印編」'94 p129
永暦元年七月太皇太后宮大進清輔歌合
　「平安朝歌合大成4」'96 p2113
永暦元年八月太皇太后宮大進清輔後番歌合雑載
　「平安朝歌合大成4」'96 p2127
笑顔始（文化五年正月序）（古今亭三鳥）
　武藤禎夫編　「噺本大系19」'79 p325
咲顔福の門（享保十七年刊）（其磧）
　武藤禎，岡雅彦編　「噺本大系7」'76 p212
江頭の春暁（嵯峨天皇）
　菅野礼行，徳田武校注・訳　「新編日本古典文学全集86」'02 p52
えがらの平田（近松門左衛門）
　藤井紫影校註　「近松全集（思文閣）6」'78 p625
悦賀楽平太（近松門左衛門）
　「近松全集（岩波）13」'91 p163
　「近松全集（岩波）17影印編」'94 p455
　「近松全集（岩波）17解説編」'94 p467
駅客娼せん（模釈舎）

「洒落本大成23」'85 p205
駅舎三友（紀南子）
　「洒落本大成9」'80 p63
易水の別れ（新井白石）
　一海知義，池沢一郎注　「江戸漢詩選2」'96 p133
役夫詞（山梨稲川）
　菅野礼行，徳田武校注・訳　「新編日本古典文学全集86」'02 p509
絵兄弟（山東京伝）
　中野三敏校注　「新日本古典文学大系82」'98 p273
恵慶法師集（恵慶）
　「国歌大系13」'76 p157
駅鈴の香炉を咏ず（大典顕常）
　末木文美士，堀川貴司注　「江戸漢詩選5」'96 p305
南国駅路雀（逸我）
　「洒落本大成15」'82 p69
落咄駅路馬士唄二篇（文化十一年正月刊）（恋川春町（二世））
　武藤禎夫編　「噺本大系15」'79 p23
江口（観阿弥）
　伊藤正義校注　「新潮日本古典集成〔58〕」'83 p191
　小山弘志，佐藤健一郎校注・訳　「新編日本古典文学全集58」'97 p273
　芳賀矢一，佐佐木信綱校註　「謡曲叢書1」'87 p282
江口（観阿弥，世阿弥）
　西野春雄校注　「新日本古典文学大系57」'98 p367
恵慶集（恵慶法師）
　和歌史研究会編　「私家集大成1」'73 p483
絵系図
　笠原一男，井上鋭夫校注　「日本思想大系17」'72 p448
恵慶法師集（えけいほっししゅう）→"えぎょうほうししゅう"を見よ
江島生島（長谷川時雨）
　河竹登志夫ほか監修　「名作歌舞伎全集24」'72 p243
江島紀行（斉藤幸雄）
　津本信博編　「近世紀行日記文学集成2」'94 p357
江島童子
　芳賀矢一，佐佐木信綱校註　「謡曲叢書1」'87 p293
恵心僧都（慶応義塾図書館蔵古写本）
　横山重ほか編　「室町時代物語大成3」'75 p21
恵心僧都絵巻（国会図書館蔵絵巻）

えしん　　　　　作品名

横山重ほか編　「室町時代物語大成3」'75 p18
恵心僧都物語
　横山重ほか編　「室町時代物語大成3」'75 p34
恵信尼の消息（親鸞）
　名畑応順、多屋頼俊、兜木正亨、新間進一校注
　「日本古典文学大系82」'64 p217
恵心先徳夢想之記（康正三年写本）
　横山重ほか編　「室町時代物語大成3」'75 p15
枝珊瑚珠（鹿野武左衛門）
　武藤禎、岡雅彦編　「噺本大系6」'76 p3
　宮尾しげを校注　「秘籍江戸文学選8」'75 p119
越後獅子（遅桜手爾葉七字）（篠田金次）
　河竹登志夫ほか監修　「名作歌舞伎全集24」'72 p49
越後国刈羽郡黒姫村綾子舞歌
　浅野建二編　「続日本歌謡集成4」'63 p101
越前前司平時広集（北条時広）
　和歌史研究会編　「私家集大成4」'75 p493
越渓の新茶を試む（売茶翁）
　末木文美士、堀川貴司注　「江戸漢詩選5」'96 p52
越人におくる（松尾芭蕉）
　井本農一、久富哲雄、村松友次、堀切実校注・訳
　「新編日本古典文学全集71」'97 p241
越人に送る（松尾芭蕉）
　井本農一、弥吉菅一、横沢三郎、尾形仂校注
　「校本芭蕉全集6」'89 p382
越雪集（元方正楞）
　玉村竹二編　「五山文学新集別2」'81 p115
越中の元夕（二首）（市河寛斎）
　揖斐高注　「江戸詩人選集5」'90 p80
越風石臼歌（田子文）
　高野辰之編　「日本歌謡集成11」'61 p404
悦目抄（藤原基俊）
　佐佐木信綱編　「日本歌学大系4」'56 p146
越里気思案（口豆斎）
　「洒落本大成6」'79 p83
江戸筏（風葉編）
　石川八朗校注　「新日本古典文学大系72」'93 p109
江戸生艶気樺焼（山東京伝）
　笹川種郎著　「評釈江戸文学叢書8」'70 p121
江戸生艶気樺焼（山東京伝）
　「古典叢書〔3〕」'89 p45
　和田芳恵訳　「古典日本文学全集28」'60 p57
　棚橋正博、鈴木勝忠、宇田敏彦注解　「新編日本古典文学全集79」'99 p85
　水野稔校注　「日本古典文学大系59」'58 p135
江戸生艶気樺焼（山東京伝作、北尾政演画）
　浜田義一郎、鈴木勝忠、水野稔校注　「日本古典文学全集46」'71 p117

江戸絵を看て戯れに咏ず（大典顕常）
　末木文美士、堀川貴司注　「江戸漢詩選5」'96 p259
江戸を発つ（市河寛斎）
　揖斐高注　「江戸詩人選集5」'90 p157
江戸を発するとき、先室の墓に別る（広瀬旭荘）
　岡村繁注　「江戸詩人選集9」'91 p298
譚話江戸嬉笑（楽亭馬笑、福亭三笑、古今亭三鳥合作、式亭三馬評）
　浜田義一郎、武藤禎夫編　「日本小咄集成下」'71 p249
江戸愚俗徒然噺（案本胆助）
　安藤菊二校訂　「未刊随筆百種7」'77 p119
江戸見物（十返舎一九）
　鶴岡節雄校注　「新版絵草紙シリーズ5」'82 p5
江戸獄記（吉田松陰）
　吉田常吉、藤田省三、西田太一郎校注　「日本思想大系54」'78 p572
江戸桜の巻（七百五十韻）
　金子金治郎、暉峻康隆、中村俊定注解　「日本古典文学全集32」'74 p333
江戸桜の巻（俳諧七百五十韻）（信徳ほか）
　金子金治郎、雲英末雄、暉峻康隆、加藤定彦校注・訳　「新編日本古典文学全集61」'01 p511
「江戸桜」半歌仙（松尾芭蕉）
　島居清著　「芭蕉連句全註解4」'80 p205
誹諧江戸十歌仙追加自悦（春澄編）
　「俳書叢刊4」'88 p47
江戸芝居年代記
　安藤菊二、宇田敏彦校訂　「未刊随筆百種11」'78 p101
江戸自慢（晩来堂紀遊蝠）
　宇田敏彦校訂　「未刊随筆百種8」'77 p45
江戸拾葉
　宇田敏彦校訂　「未刊随筆百種1」'76 p213
江戸図書目提要
　安藤菊二校訂　「未刊随筆百種6」'77 p375
江戸雀（菱川師宣撰）
　関根正直ほか監修　「日本随筆大成II-10」'74 p45
江戸育御祭佐七（お祭佐七）（河竹新七（三世））
　河竹登志夫ほか監修　「名作歌舞伎全集17」'71 p315
江戸点者寄合俳諧（井原西鶴）
　頴原退蔵ほか編　「定本西鶴全集11下」'75 p418
新編江戸長唄集
　高野辰之編　「日本歌謡集成9」'60 p79
江戸日記（井上通女）
　古谷知新編　「江戸時代女流文学全集1」'01 p299

燕都枝折（紀逸（一世））
　「俳書叢刊7」'88 p451
市川鰕屓江戸花海老（大田南畝）
　浜田義一郎，中野三敏，日野龍夫，揖斐高編
　「大田南畝全集1」'85 p87
江戸春一夜千両（山東京伝）
　棚橋正博，鈴木勝忠，宇田敏彦注解　「新編日本
　古典文学全集79」'99 p109
江戸端唄集
　高野辰之編　「日本歌謡集成9」'60 p417
江戸繁昌記（寺門静軒）
　日野龍夫校注　「新日本古典文学大系100」'89
　p1
　「新日本古典文学大系100」'89 p427
江戸評判娘揃
　「洒落本大成4」'79 p281
東都真衛（享和四年正月刊）（三笑亭可楽）
　武藤禎夫編　「噺本大系14」'79 p145
江戸宮筍（心友編）
　「俳書叢刊4」'88 p121
　中田心友編　「俳書叢刊 第7期7」'63 p1
江戸土産（同穴野狐）
　「徳川文芸類聚11」'70 p317
　「徳川文芸類聚12」'70 p67
十二支紫（天保三年正月刊）（三笑亭可楽）
　武藤禎夫編　「噺本大系16」'79 p14
江戸者、京を嘲る（中島棕隠）
　水田紀久注　「江戸詩人選集6」'93 p317
画に題す（田能村竹田）
　徳田武注　「江戸漢詩選1」'96 p140
画に題す（梁田蛻巌）
　徳田武注　「江戸詩人選集2」'92 p148
画に題す（三首、うち一首）（菅茶山）
　黒川洋一注　「江戸詩人選集4」'90 p66
画に題す 二首（服部南郭）
　山本和義，横山弘注　「江戸詩人選集3」'91
　p107
犬子集（松江重頼ほか）
　森川昭，加藤定彦校注　「新日本古典文学大系
　69」'91 p3
江島（観世長俊）
　芳賀矢一，佐佐木信綱校註　「謡曲叢書1」'87
　p287
画ばなし当時梅（文化七年十二月刊）（浪花一九）
　武藤禎夫編　「噺本大系19」'79 p36
鰕（館柳湾）
　徳田武注　「江戸詩人選集7」'90 p230
夷歌百鬼夜狂
　須永朝彦編訳　「日本古典文学幻想コレクション
　3」'96 p258
蛭子講の巻
　穎原退蔵著　「評釈江戸文学叢書7」'70 p628
蛭子講の巻（松尾芭蕉）
　杉浦正一郎評釈　「古典日本文学全集31」'61
　p126
ゑびす講結御神（丹波与作待夜のこむろぶし）
　（近松門左衛門）
　「近松全集（岩波）17影印編」'94 p238
　「近松全集（岩波）17解説編」'94 p254
夷大黒
　北川忠彦ほか校注　「中世の文学 第1期〔20〕」'94
　p95
ゑびす大こくかつせん（万治頃刊小形本）
　太田武夫訂　「室町時代物語集5」'62 p408
ゑびす大こくかつせん（万治頃刊本）
　横山重ほか編　「室町時代物語大成3」'75 p53
恵比寿大黒棚（元隣）
　穎原退蔵著　「評釈江戸文学叢書7」'70 p684
夷毘沙門
　北川忠彦ほか校注　「中世の文学 第1期〔20〕」'94
　p89
恵比須毘沙門
　古川久校註　「日本古典全書〔91〕」'53 p72
箙
　芳賀矢一，佐佐木信綱校註　「謡曲叢書1」'87
　p296
恵比良濃梅（十偏舎一九）
　「洒落本大成20」'83 p11
恵比良濃梅（十返舎一九）
　「徳川文芸類聚5」'70 p489
餌袋日記（本居大平）
　津本信博編　「近世紀行日記文学集成1」'93
　p486
恵方曾我万吉原（鶴屋南北）
　上原輝男校訂　「鶴屋南北全集7」'73 p251
恵方棚（小野秋津）
　武藤禎夫編　「噺本大系15」'79 p132
恵方棚（小野秋津撰）
　浜田義一郎，武藤禎夫編　「日本小咄集成下」'71
　p295
恵方土産（文化六年正月序）
　武藤禎夫編　「噺本大系19」'79 p331
ゑぼし桶（美角編）
　石川真弘校注　「新日本古典文学大系73」'98
　p311
烏帽子折
　麻原美子，北原保雄校注　「新日本古典文学大系
　59」'94 p312
　浜中修編著　「大学古典叢書8」'89 p65
　芳賀矢一，佐佐木信綱校註　「謡曲叢書3」'87
　p635
えぼし折（近松門左衛門）

えほし　　　　　　　　　　　作品名

藤井紫影校註　「近松全集(思文閣)3」'78 p553
烏帽子折(近松門左衛門)
　「近松全集(岩波)2」'87 p1
笑本板古猫
　高野辰之編　「日本歌謡集成11」'61 p448
絵本いろは仮名四谷怪談
　荻田清ほか編　「近世文学選〔1〕」'94 p113
絵本合法衢(鶴屋南北)
　菊池明校注　「鶴屋南北全集2」'71 p295
絵本合法衢(鶴屋南北ほか)
　「鶴屋南北全集2」'71
絵本合法衢(立場の太平次)(鶴屋南北)
　河竹登志夫ほか監修　「名作歌舞伎全集22」'72 p91
絵本軽口恵方謎
　宮尾しげを校注　「秘籍江戸文学選8」'75 p221
絵本軽口福笑(明和五年正月刊)(義笑)
　武藤禎夫編　「噺本大系17」'79 p3
画本纂怪興(森島中良)
　石上敏校訂　「叢書江戸文庫Ⅱ-32」'94 p111
絵本太功記(近松やなぎ)
　内山美樹子, 延広真治校注　「新日本古典文学大系94」'96 p135
絵本太功記(近松柳ほか)
　荻田清ほか編　「近世文学選〔1〕」'94 p53
　祐田善雄校注　「日本古典文学大系99」'65 p351
　樋口慶千代著　「評釈江戸文学叢書4」'70 p801
絵本大功記(大功記)(近松柳ほか)
　河竹登志夫ほか監修　「名作歌舞伎全集5」'70 p351
絵本壁落穂(小枝繁)
　横山邦治校訂　「叢書江戸文庫Ⅲ-41」'97 p5
絵本珍宝岬(明和頃刊)
　武藤禎夫編　「噺本大系17」'79 p18
絵本初音森
　西川祐代　「日本小咄集成上」'71 p367
絵本初春咄の種(安永頃刊)
　武藤禎夫編　「噺本大系17」'79 p43
絵本花の鏡(多田南嶺)
　風間誠史(代表)校訂　「叢書江戸文庫Ⅲ-42」'97 p321
絵馬
　芳賀矢一, 佐佐木信綱校註　「謡曲叢書3」'87 p641
江村(虎関師錬)
　菅野礼行, 徳田武校注・訳　「新編日本古典文学全集86」'02 p219
江村の秋事 七首(うち五首)(菅茶山)
　黒川洋一注　「江戸詩人選集4」'90 p180
江村の晩眺(服部南郭)
　山本和義, 横山弘注　「江戸詩人選集3」'91 p88

鴛央行(上田秋成)
　「上田秋成全集8」'93 p429
沿海異聞(大田南畝)
　浜田義一郎, 中野三敏, 日野龍夫, 揖斐高編　「大田南畝全集19」'89 p665
煙霞奇談(西村白鳥)
　須永朝彦編訳　「日本古典文学幻想コレクション1」'95 p211
煙霞綺談(西村白鳥)
　関根正直ほか監修　「日本随筆大成Ⅰ-4」'75 p197
ゑんがく(岩瀬文庫蔵奈良絵本)
　横山重ほか編　「室町時代物語大成3」'75 p63
燕歌行(服部南郭)
　山本和義, 横山弘注　「江戸詩人選集3」'91 p61
円雅集(円雅)
　和歌史研究会編　「私家集大成5」'74 p871
烟花漫筆(張葛居辰)
　「洒落本大成1」'78 p277
延喜元年八月十五夜或所歌合
　「平安朝歌合大成1」'95 p120
延喜元年八月廿五日或所前栽合
　「平安朝歌合大成1」'95 p123
延喜御集(醍醐天皇)
　和歌史研究会編　「私家集大成1」'73 p190
延喜五年四月廿八日右兵衛少尉貞文歌合
　「平安朝歌合大成1」'95 p134
〔延喜五—八年〕秋本院左大臣時平前栽合
　「平安朝歌合大成1」'95 p154
延喜式祝詞講義竟宴歌集
　「日本文学古註釈大成〔36〕」'79 p11
延喜十九年八月藤壷女御歌合雑載
　「平安朝歌合大成1」'95 p225
延喜十三年亭子院歌合
　小沢正夫, 松田成穂校注・訳　「新編日本古典文学全集11」'94 p491
　小沢正夫校注・訳　「日本古典文学全集7」'71 p479
延喜十三年九月九日陽成院歌合
　「平安朝歌合大成1」'95 p204
延喜十三年三月十三日亭子院歌合
　「平安朝歌合大成1」'95 p159
延喜十三年十月十三日内裏菊合
　「平安朝歌合大成1」'95 p209
延喜十三年八月〔十三日〕亭子院・女七宮歌合
　「平安朝歌合大成1」'95 p199
〔延喜十二—三年〕夏陽成院歌合
　「平安朝歌合大成1」'95 p193
延喜十六年七月七日庚申亭子院殿上人歌合
　「平安朝歌合大成1」'95 p217
〔延喜廿一—二年初冬〕内裏菊合

作品名　　　　　　　　　　　　　　　　　　　　　　　　　　　えんの

「平安朝歌合大成1」'95 p259
延喜廿一年〔五月〕京極御息所褒子歌合
　「平安朝歌合大成1」'95 p227
〔延久三年―永保二年〕秋多武峯往生院歌合
　「平安朝歌合大成3」'96 p1407
延久二年正月廿八日庚申禖子内親王歌合
　「平安朝歌合大成2」'95 p1302
延久年間或所歌合
　「平安朝歌合大成2」'95 p1308
延久四年三月十九日能登守通宗気多宮歌合
　「平安朝歌合大成2」'95 p1305
延享五年小歌しやうが集
　浅野建二編　「続日本歌謡集成3」'61 p245
宴曲
　「国歌大系1」'76 p483
　高野辰之　「日本歌謡集成5」'60 p23
燕居偶筆（大月履斎）
　奈良本辰也校注　「日本思想大系38」'76 p71
宴曲集
　外村久江，外村南都子校注　「中世の文学 第1期〔17〕」'93 p41
宴曲集（明空編）
　高野辰之編　「日本歌謡集成5」'60 p40
　新間進一，志田延義，浅野建二校注　「日本古典文学大系44」'59 p49
宴曲抄
　外村久江，外村南都子校注　「中世の文学 第1期〔17〕」'93 p101
　外村久江，外村南都子校注　「中世の文学 第1期〔17〕」'93 p117
　外村久江，外村南都子校注　「中世の文学 第1期〔17〕」'93 p133
　高野辰之編　「日本歌謡集成5」'60 p71
艶曲 二首（うち一首）（梁田蛻巌）
　徳田武注　「江戸詩人選集2」'92 p146
燕居雑話（日尾荊山）
　関根正直ほか監修　「日本随筆大成Ⅰ-15」'75 p151
〔延喜四年以前〕秋或所歌合
　「平安朝歌合大成1」'95 p124
〔延喜四―十二年〕秋東宮保明親王帯刀陣歌合
　「平安朝歌合大成1」'95 p254
延喜六年右兵衛少尉貞文歌合
　「平安朝歌合大成1」'95 p148
延慶雨卿訴陳状（二條爲世）
　佐佐木信綱編　「日本歌学大系4」'56 p127
延元帝の山陵を拝す（中井竹山）
　菅野礼行，徳田武校注・訳　「新編日本古典文学全集86」'02 p451
円光大師二十五霊所御詠歌
　高野辰之編　「日本歌謡集成4」'60 p480

塩山仮名法語
　古田紹欽訳　「古典日本文学全集15」'61 p249
塩山和泥合水集（抜隊得勝）
　市川白弦校注　「日本思想大系16」'72 p187
円珠庵雑記（契沖）
　関根正直ほか監修　「日本随筆大成Ⅱ-2」'73 p177
遠州途上（菅茶山）
　黒川洋一注　「江戸詩人選集4」'90 p102
鉛錘魚を食いて感有り（梁川星巌）
　入谷仙介注　「江戸詩人選集8」'90 p268
理学入式遠西観象図節（吉雄南皐）
　広瀬秀雄校注　「日本思想大系65」'72 p53
燕石雑志（滝沢馬琴）
　関根正直ほか監修　「日本随筆大成Ⅱ-19」'75 p263
園草（飛鳥井雅俊）
　和歌史研究会編　「私家集大成6」'76 p613
〔延長五年〕秋小一条左大臣忠平前栽合
　「平安朝歌合大成1」'95 p265
〔延長二―七年〕秋式部卿敦慶親王前栽合
　「平安朝歌合大成1」'95 p275
〔延長八年以前〕春近江御息所周子歌合
　「平安朝歌合大成1」'95 p278
〔延長八年九月以前〕内裏歌合
　「平安朝歌合大成1」'95 p285
遠島御百首（後鳥羽院）
　樋口芳麻呂校注　「新日本古典文学大系46」'91 p195
遠藤氏仮山記（上田秋成）
　「上田秋成全集11」'94 p129
艶道通鑑（増穂残口）
　野間光辰校注　「日本思想大系60」'76 p205
『艶道通鑑』巻之四 大江定基の段
　高田衛，稲田篤信編著　「大学古典叢書1」'85 p168
艶道秘巻（途呂九斎主人）
　「洒落本大成28」'87 p297
縁取ばなし（弘化二年正月序）（鼻山人）
　武藤禎夫編　「噺本大系19」'79 p122
延年等芸能歌謡拾遺
　新間進一編　「続日本歌謡集成1」'64 p325
延年舞曲歌謡
　高野辰之編　「日本歌謡集成5」'60 p1
園能池水（伴林光平）
　芳賀登，松本三之介校注　「日本思想大系51」'71 p451
役の行者（中野荘次氏蔵奈良絵本）
　横山重ほか編　「室町時代物語大成3」'75 p82
役行者大峰桜（近松半二）
　黒石陽子校訂　「叢書江戸文庫Ⅰ-14」'87 p7

えんの　　　　　　　　　　作品名

園の池水（伴林光平）
　佐佐木信綱編　「日本歌学大系9」'58 p409
閻浮集 一巻（鉄舟得済）
　上村観光編　「五山文学全集2」'73 p1257
延文四年結縁灌頂記所載教化
　高野辰之編　「日本歌謡集成4」'60 p227
遠碧軒記（黒川道祐）
　関根正直ほか監修　「日本随筆大成Ⅰ-10」'75 p1
延宝九年（松尾芭蕉）
　島居清著　「芭蕉連句全註解2」'79
延宝甲寅、我が越公を哭し奉（伊藤担庵）
　菅野礼行，徳田武校注・訳　「新編日本古典文学全集86」'02 p288
延宝七年（松尾芭蕉）
　島居清著　「芭蕉連句全註解2」'79
ゑんま物語（明暦四年刊本）
　横山重ほか編　「室町時代物語大成3」'75 p90
円明寺関白集（一条実経）
　和歌史研究会編　「私家集大成4」'75 p505
延命養談数（天保四年正月刊）（桜川慈悲成）
　武藤禎夫編　「噺本大系18」'79 p219
円融院御集（円融天皇）
　和歌史研究会編　「私家集大成1」'73 p550
遠遊日記（訥斉先生）
　津本信博編　「近世紀行日記文学集成1」'93 p328
厭欣和讃
　高野辰之編　「日本歌謡集成4」'60 p371
宴楽序（与謝蕪村）
　潁原退蔵編著　「蕪村全集1」'48 p406
宴柳後園序（支考）
　潁原退蔵著　「評釈江戸文学叢書7」'70 p741
猿鹿居歌集（飯尾常房）
　和歌史研究会編　「私家集大成6」'76 p85

【 お 】

おあん物語（おあん）
　古谷知新編　「江戸時代女流文学全集1」'01 p19
生立ちの記（上田秋成）
　「上田秋成全集8」'93 p439
老いに侮る（石川丈山）
　上野洋三注　「江戸詩人選集1」'91 p156
『笈日記』抄（松尾芭蕉）
　井本農一ほか著　「校本芭蕉全集9」'89 p307
老のくりごと（心敬）
　木藤才蔵校注　「中世の文学 第1期〔12〕」'85 p367
　島津忠夫校注　「日本思想大系23」'73 p409
笈の小文（松尾芭蕉）
　井本農一，弥吉菅一，横沢三郎，尾形仂校注　「校本芭蕉全集6」'89 p73
　井本農一，大谷篤蔵編　「校本芭蕉全集別1」'91 p125
　井本農一訳　「古典日本文学全集31」'61 p186
　横沢三郎訳　「古典日本文学全集36」'62 p98
　富山奏校注　「新潮日本古典集成〔72〕」'78 p62
　井本農一，久富哲雄，村松友次，堀切実校注・訳　「新編日本古典文学全集71」'97 p43
　麻生磯次訳注　「対訳古典シリーズ〔18〕」'88 p125
　井本農一，堀信夫，村松友次校注・訳　「日本古典文学全集41」'72 p309
　弥吉菅一，赤羽学，西村真砂子，檀上正孝　「芭蕉紀行集2」'68 p127
『笈の小文』以後及び『更科紀行』の旅程（松尾芭蕉）
　弥吉菅一，赤羽学，西村真砂子，檀上正孝　「芭蕉紀行集2」'68 p105
『笈の小文』関係の諸作品（松尾芭蕉）
　弥吉菅一，赤羽学，西村真砂子，檀上正孝　「芭蕉紀行集2」'68 p153
『笈の小文』について（松尾芭蕉）
　弥吉菅一，赤羽学，西村真砂子，檀上正孝　「芭蕉紀行集2」'68 p7
『笈の小文』の旅程（松尾芭蕉）
　弥吉菅一，赤羽学，西村真砂子，檀上正孝　「芭蕉紀行集2」'68 p67
老のすさみ（宗祇）
　福田秀一，島津忠夫，伊藤正義編　「鑑賞日本古典文学24」'76 p135
　奥田勲，表章，堀切実，復本一郎校注・訳　「新編日本古典文学全集88」'01 p103
　木藤才蔵校注　「中世の文学 第1期〔10〕」'82 p139
老のたのしみ抄（市川団十郎（二代））
　郡司正勝校注　「日本思想大系61」'72 p439
老の友かき
　長沢美津編　「女人和歌大系5」'78 p613
老松（世阿弥）
　伊藤正義校注　「新潮日本古典集成〔58〕」'83 p203
　西野春雄校注　「新日本古典文学大系57」'98 p447
　小山弘志，佐藤健一郎校注・訳　「新編日本古典文学全集58」'97 p77
　芳賀矢一，佐佐木信綱校註　「謡曲叢書1」'87 p301

応永三十年熱田法楽百韻
　島津忠夫校注　「新潮日本古典集成〔62〕」'79 p75
扇々爰書初（尾上菊五郎（三世））
　大竹寿子校訂　「叢書江戸文庫I-24」'90 p101
嚶々筆語（野之口隆正）
　関根正直ほか監修　「日本随筆大成I-9」'75 p121
桜花（原采蘋）
　福島理子注　「江戸漢詩選3」'95 p189
桜花を惜しむ（島田忠臣）
　菅野礼行，徳田武校注・訳　「新編日本古典文学全集86」'02 p124
扇合物かたり（慶応義塾図書館蔵絵入古写本）
　横山重ほか編　「室町時代物語大成3」'75 p221
奥義抄（藤原清輔）
　浜中修編著　「大学古典叢書8」'89 p106
　佐佐木信綱編　「日本歌学大系1」'58 p222
扇ながし（延宝七年刊本）
　横山重ほか編　「室町時代物語大成3」'75 p237
扇的西海硯（乳母争い）（並木宗輔，並木丈助）
　河竹登志夫ほか監修　「名作歌舞伎全集6」'71 p29
秋鶏（館柳湾）
　徳田武注　「江戸詩人選集7」'90 p296
逢坂越えぬ権中納言
　「古典日本文学全集7」'60 p226
　大槻修，今井源衛，森下純昭，辛島正雄校注　「新日本古典文学大系26」'92 p38
　三谷栄一，三谷邦明，稲賀敬二校注・訳　「新編日本古典文学全集17」'00 p429
　池田利夫訳注　「対訳古典シリーズ〔7〕」'88 p73
逢坂越え（梶原緋佐子）
　長沢美津編　「女人和歌大系6」'78 p626
逢坂こえぬ権中納言
　谷崎潤一郎ほか編　「国民の文学6」'64 p309
　塚原鉄雄校注　「新潮日本古典集成〔30〕」'83 p131
　大槻修校注・訳　「日本の文学 古典編21」'86 p94
往事集（井上通女）
　古谷知新編　「江戸時代女流文学全集4」'01 p1
住事集（井上通女）
　長沢美津編　「女人和歌大系3」'68 p213
奥州安達原（袖萩祭文）（近松半二ほか）
　河竹登志夫ほか監修　「名作歌舞伎全集5」'70 p3
奥州信夫郡伊達郡之御百姓衆一揆之次第
　庄司吉之助校注　「日本思想大系58」'70 p273
浅間岳面影草紙後帙逢州執着譚（柳亭種彦）
　「古典叢書〔29〕」'90 p77

奥州波奈志（只野真葛）
　古谷知新編　「江戸時代女流文学全集3」'01 p423
　須永朝彦編訳　「日本古典文学幻想コレクション1」'95 p245
奥州ばなし（只野真葛）
　鈴木よね子校訂　「叢書江戸文庫II-30」'94 p193
往生院
　芳賀矢一，佐佐木信綱校註　「謡曲叢書3」'87 p617
王昭君（大江匡衡）
　菅野礼行，徳田武校注・訳　「新編日本古典文学全集86」'02 p191
王昭君（嵯峨天皇）
　菅野礼行，徳田武校注・訳　「新編日本古典文学全集86」'02 p69
「王昭君」に和し奉る（良岑安世）
　菅野礼行，徳田武校注・訳　「新編日本古典文学全集86」'02 p70
往生講式教化
　高野辰之編　「日本歌謡集成4」'60 p209
往生要集
　堀一郎訳　「古典日本文学全集15」'61 p82
往生要集（源信）
　石田瑞麿校注　「日本思想大系6」'70 p7
　石田瑞麿校注　「日本思想大系6」'70 p323
往生要集釈（法然）
　大橋俊雄校注　「日本思想大系10」'71 p9
奥人安南国漂流記
　加藤貴校訂　「叢書江戸文庫I-1」'90 p31
応神天皇八白幡（文耕堂）
　飯島満校訂　「叢書江戸文庫II-38」'95 p95
黄精
　北川忠彦ほか校注　「中世の文学 第1期〔22〕」'95 p334
梼の老の巻（安永八年）（与謝蕪村）
　穎原退蔵編著　「蕪村全集2」'48 p209
王朝秀歌選
　久保田淳著　「鑑賞日本の古典3」'82 p132
鶯啼序（野村篁園）
　徳田武注　「江戸詩人選集7」'90 p161
鴨東四時雑詠抄（六首）（中島棕隠）
　水田紀久注　「江戸詩人選集6」'93 p171
応徳三年九月以前或所歌合
　「平安朝歌合大成3」'96 p1436
応徳三年三月十九日故若狭守通宗女子達歌合
　「平安朝歌合大成3」'96 p1424
応保二年三月十三日中宮育子貝合雑載
　「平安朝歌合大成4」'96 p2131
近江

おうみ　　　　　　　　　　　作品名

近江県物語（石川雅望）
　荻田清ほか編　「近世文学選〔1〕」'94 p193
　稲田篤信校訂　「叢書江戸文庫II-28」'93 p5
近江源氏湖月照（沢村宗十郎）
　大竹寿子校訂　「叢書江戸文庫I-24」'90 p5
近江源氏先陣館（近松半二）
　守随憲治校註　「日本古典全書〔98〕」'49 p187
近江源氏先陣館（近松半二ほか）
　樋口慶千代著　「評釈江戸文学叢書4」'70 p453
近江源氏先陣館（盛綱陣屋）（近松半二ほか）
　河竹登志夫ほか監修　「名作歌舞伎全集5」'70 p87
近江のお兼（閨荵姿の八景）（桜田治助（二代））
　河竹登志夫ほか監修　「名作歌舞伎全集24」'72 p67
近江八景
　荻田清ほか編　「近世文学選〔1〕」'94 p191
鸚鵡返文武二道（恋川春町）
　棚橋正博, 鈴木勝忠, 宇田敏彦注解　「新編日本古典文学全集79」'99 p151
　笹川種郎著　「評釈江戸文学叢書8」'70 p153
鸚鵡返文武二道（恋川春町作, 北尾政美画）
　浜田義一郎, 鈴木勝忠, 水野稔校注　「日本古典文学全集46」'71 p159
「鸚鵡ヶ杣」序（筑後掾）
　守随憲治訳　「古典日本文学全集36」'62 p227
『鸚鵡ヶ杣』跋（近松門左衛門）
　「近松全集（岩波）17影印編」'94 p81
　「近松全集（岩波）17解説編」'94 p95
鸚鵡小町
　伊藤正義校注　「新潮日本古典集成〔58〕」'83 p213
　西野春雄校注　「新日本古典文学大系57」'98 p58
　芳賀矢一, 佐佐木信綱校註　「謡曲叢書1」'87 p5
嚶鳴館遺草（抄）（細井平洲）
　中村幸彦, 岡田武彦校注　「日本思想大系47」'72 p7
欧陽が読書の詩に和す（元政）
　上野洋三注　「江戸詩人選集1」'91 p171
逢路
　臼田甚五郎, 新間進一, 外村南都子, 徳江元正校注・訳　「新編日本古典文学全集42」'00 p133
〔応和元年十二月以前〕春或所紅梅合
　「平安朝歌合大成1」'95 p453
応和三年七月中旬宰相中将伊尹君達春秋歌合
　「平安朝歌合大成1」'95 p474
応和二年九月五日庚申河原院歌合
　「平安朝歌合大成1」'95 p465
応和二年五月四日庚申内裏歌合
　「平安朝歌合大成1」'95 p455
応和二年三月資子内親王歌合
　「平安朝歌合大成1」'95 p454
大商蛭子島（頼朝旗揚）（桜田治助（初代））
　河竹登志夫ほか監修　「名作歌舞伎全集13」'69 p279
大井川行幸和歌序（紀貫之）
　荻谷朴校註　「日本古典全書〔3〕」'50 p113
大猪川の歌（二首, うち一首）（菅茶山）
　黒川洋一注　「江戸詩人選集4」'90 p76
大堰川上の即事（六如）
　黒川洋一注　「江戸詩人選集4」'90 p282
大磯
　芳賀矢一, 佐佐木信綱校註　「謡曲叢書1」'87 p329
大礒虎稚物語（近松門左衛門）
　「近松全集（岩波）2」'87 p391
　「近松全集（岩波）17影印編」'94 p179
　「近松全集（岩波）17解説編」'94 p189
大磯虎稚物語（近松門左衛門）
　藤井紫影校註　「近松全集（思文閣）6」'78 p247
大内盛見詠草（大内盛見）
　和歌史研究会編　「私家集大成5」'74 p352
おほうみのはら（富士谷成章）
　関根正直ほか監修　「日本随筆大成III-2」'76 p473
大江戸春秋（源信綱）
　宇田彦校訂　「未刊随筆百種11」'78 p9
大江千里集（大江千里）
　「国歌大系13」'76 p1
大江嘉言集（大江嘉言）
　和歌史研究会編　「私家集大成1」'73 p711
大江匡房　本朝神仙伝
　川口久雄校註　「日本古典全書〔59〕」'67 p275
大江山―酒呑童子（山本角太夫）
　芳賀矢一, 佐佐木信綱校註　「謡曲叢書1」'87 p332
大江山酒天童子
　浜中修編著　「大学古典叢書8」'89 p128
大江山酒顛童子（赤木文庫旧蔵絵巻）
　横山重ほか編　「室町時代物語大成補1」'87 p335
大江山酒典童子（麻生太賀吉氏蔵巻子本）
　横山重ほか編　「室町時代物語大成3」'75 p185
大江山酒天童子（逸翁美術館蔵古絵巻）
　横山重ほか編　「室町時代物語大成3」'75 p122
『大江山』（謡曲）
　浜中修編著　「大学古典叢書8」'89 p130
大鏡
　山岸徳平, 鈴木一雄編　「鑑賞日本古典文学14」'76 p5

今井源衛著　「鑑賞日本の古典5」'80 p293
橘健二校注・訳　「完訳日本の古典28」'86 p9
橘健二校注・訳　「完訳日本の古典29」'87 p9
岡一男訳　「古典日本文学全集13」'62 p5
石川徹校注　「新潮日本古典集成〔31〕」'89 p9
橘健二，加藤静子校注・訳　「新編日本古典文学全集34」'96 p13
橘健二，加藤静子校注・訳　「新編日本古典文学全集34」'96 p147
橘健二，加藤静子校注・訳　「新編日本古典文学全集34」'96 p293
岡一男校註　「日本古典全書〔44〕」'60 p59
須永朝彦編訳　「日本古典文学幻想コレクション1」'95 p18
橘健二校注・訳「日本古典文学全集20」'74 p33
橘健二校注・訳　「日本古典文学全集20」'74 p161
橘健二校注・訳　「日本古典文学全集20」'74 p301
松村博司校注　「日本古典文学大系21」'60 p33
海野泰男校注・訳　「日本の文学 古典編19」'86 p17
海野泰男校注・訳　「日本の文学 古典編20」'86 p5
「日本文学大系8」'55 p1

大神楽(寛政三年正月序)
　武藤禎夫編　「噺本大系19」'79 p308
大釜のぬき残し(井原西鶴)
　吉行淳之介訳　「現代語訳 日本の古典16」'80 p110
狼打(只野真葛)
　古谷知新編　「江戸時代女流文学全集3」'01 p456
大木
　芳賀矢一，佐佐木信綱校註　「謡曲叢書2」'87 p431
落噺大御世話(安永九年正月刊)
　武藤禎夫編　「噺本大系11」'79 p264
大熊(只野真葛)
　古谷知新編　「江戸時代女流文学全集3」'01 p434
大隈言道
　久松潜一校注　「日本古典文学大系93」'66 p457
大宜
　臼田甚五郎，新間進一，外村南都子，徳江元正校注・訳　「新編日本古典文学全集42」'00 p45
大系図蝦夷噺(多田南嶺)
　風間誠史(代表)校訂　「叢書江戸文庫Ⅲ-42」'97 p83
おほこきく
　荻田清ほか編　「近世文学選〔1〕」'94 p186

大阪音頭
　高野辰之編　「日本歌謡集成7」'60 p243
大坂すけ六心中物語(竹本義太夫)
　「竹本義太夫浄瑠璃正本集下」'95 p940
大坂壇林桜千句(井原西鶴)
　穎原退蔵ほか編　「定本西鶴全集13」'50 p59
大坂独吟集
　乾裕幸校注　「新日本古典文学大系69」'91 p285
大坂独吟集(井原西鶴)
　穎原退蔵ほか編　「定本西鶴全集13」'50 p9
大坂物語
　渡辺守邦校注　「新日本古典文学大系74」'91 p3
大阪落城
　青木信光編　「文化文政江戸発禁文庫2」'83 p281
大崎のつつじ
　松野陽一校注　「新日本古典文学大系67」'96 p493
大路
　谷崎潤一郎ほか編　「国民の文学1」'64 p421
　臼田甚五郎，新間進一，外村南都子，徳江元正校注・訳　「新編日本古典文学全集42」'00 p130
大潮和尚八十の誕辰を賀す(売茶翁)
　末木文美士，堀川貴司注　「江戸漢詩選5」'96 p124
大硯(井原西鶴)
　穎原退蔵ほか編　「定本西鶴全集13」'50 p168
大堰河を過ぐる途中の作(大典顕常)
　末木文美士，堀川貴司注　「江戸漢詩選5」'96 p294
大芹
　臼田甚五郎，新間進一，外村南都子，徳江元正校注・訳　「新編日本古典文学全集42」'00 p129
太田屯営に馬を調す。馬上、得る所(成島柳北)
　日野龍夫注　「江戸詩人選集10」'90 p68
大違宝舟(笠全交)
　宇田敏彦校注　「新日本古典文学大系83」'97 p181
大津絵ぶし
　荻田清ほか編　「近世文学選〔1〕」'94 p188
大津絵節
　高野辰之編　「日本歌謡集成11」'61 p562
大槻磐渓詩集に題す(広瀬旭荘)
　菅野礼行，徳田武校注・訳　「新編日本古典文学全集86」'02 p528
大津自り黒川に至る途中の作十六日(原采蘋)
　福島理子注　「江戸漢詩選3」'95 p217
大塔宮曦鎧(竹田出雲ほか)
　河竹登志夫ほか監修　「名作歌舞伎全集6」'71 p3
大塔宮曦鎧(近松門左衛門)

おおと　　　　　　　　　　　　　　　　　作品名

「近松全集（岩波）14」'91 p401
大友真鳥（竹本義太夫）
　「竹本義太夫浄瑠璃正本集下」'95 p537
大鳥
　谷崎潤一郎ほか編　「国民の文学1」'64 p428
大幣
　高野辰之編　「日本歌謡集成6」'60 p247
大ぬさ（中川自休）
　佐佐木信綱編　「日本歌学大系8」'56 p280
大ぬさ弁（丹羽氏曄）
　佐佐木信綱編　「日本歌学大系8」'56 p322
大橋の中将（仮題）（小野幸氏蔵奈良絵本）
　横山重ほか編　「室町時代物語大成補1」'87 p360
大橋の中将（笹野堅氏旧蔵奈良絵本）
　横山重ほか編　「室町時代物語大成3」'75 p267
大祓詞後釈（総論）（本居宣長）
　大久保正訳　「古典日本文学全集34」'60 p97
大原御幸（藤井隆氏蔵奈良絵本）
　横山重ほか編　「室町時代物語大成3」'75 p323
大原問答（近松門左衛門）
　「近松全集（岩波）13」'91 p383
大平百物語（菅生堂人恵忠居士）
　太刀川清校訂　「叢書江戸文庫I-2」'87 p261
大宮
　谷崎潤一郎ほか編　「国民の文学1」'64 p412
　臼井甚五郎，新間進一，外村南都子，徳江元正校注・訳　「新編日本古典文学全集42」'00 p64
　臼井甚五郎，新間進一，外村南都子，徳江元正校注・訳　「新編日本古典文学全集42」'00 p159
大森（菅茶山）
　黒川洋一注　「江戸詩人選集4」'90 p92
歌舞伎十八番の内大森彦七（福地桜痴）
　河竹登志夫ほか監修　「名作歌舞伎全集18」'69 p287
大矢数（井原西鶴）
　前田金五郎著　「西鶴大矢数注釈1」'86 p5
　前田金五郎著　「西鶴大矢数注釈2」'87 p5
　前田金五郎著　「西鶴大矢数注釈3」'87 p5
　前田金五郎著　「西鶴大矢数注釈4」'87 p9
俳諧大矢数千八百韻
　「俳書叢刊3」'88 p111
大八洲歌集
　長沢美津編　「女人和歌大系5」'78 p598
大社（観世長俊）
　芳賀矢一，佐佐木信綱校註　「謡曲叢書1」'87 p339
大屋裏住
　棚橋正博，鈴木勝忠，宇田敏彦注解　「新編日本古典文学全集79」'99 p533
「大屋の退屈」付合（松尾芭蕉）

島居清著　「芭蕉連句全註解2」'79 p128
大寄噺の尻馬初編（嘉永頃刊）（月亭生瀬，森田軍光）
　武藤禎夫編　「噺本大系19」'79 p144
大利坂を度る。是の日霧ふる。五歩牛馬を弁ぜず（秋山玉山）
　徳田武注　「江戸詩人選集2」'92 p165
「大鋸屑の」付合（松尾芭蕉）
　島居清著　「芭蕉連句全註解2」'79 p115
鋸屑譚（谷川士清）
　関根正直ほか監修　「日本随筆大成I-6」'75 p421
岡崎
　須永朝彦訳　「日本古典文学幻想コレクション2」'96 p109
　芳賀矢一，佐佐木信綱校註　「謡曲叢書3」'87 p645
岡城に田能村君彝を訪う。余君彝に鞆津に邂逅す。已に五年なり。（頼山陽）
　入谷仙介注　「江戸詩人選集8」'90 p64
岡太夫
　北川忠彦ほか校注　「中世の文学 第1期〔20〕」'94 p266
　古川久校註　「日本古典全書〔92〕」'54 p133
岡場遊郭考（豊芥子）
　安藤菊二校訂　「未刊随筆百種1」'76 p17
岡部日記（賀茂真淵）
　鈴木淳校注　「新日本古典文学大系68」'97 p127
岡目八目（大田南畝）
　浜田義一郎，中野三敏，日野龍夫，揖斐高編　「大田南畝全集7」'86 p253
岡目八目（蜀山人）
　「徳川文芸類聚12」'70 p55
岡屋歌集（栗田土満）
　「国歌大系16」'76 p403
岡山道上（菅茶山）
　黒川洋一注　「江戸詩人選集4」'90 p87
荻江節正本
　「徳川文芸類聚10」'70 p252
　高野辰之編　「日本歌謡集成9」'60 p49
おきかせ（藤原興風）
　和歌史研究会編　「私家集大成1」'73 p118
興風集（藤原興風）
　和歌史研究会編　「私家集大成1」'73 p116
　「日本文学大系11」'55 p173
　長連恒編　「日本文学大系12」'55 p713
「置炭や」表六句（松尾芭蕉）
　島居清著　「芭蕉連句全註解4」'80 p267
沖つ白波
　中野幸一校注・訳　「新編日本古典文学全集15」'01 p279

沖津しら波（都の錦）
　中嶋隆校訂　「叢書江戸文庫Ⅰ-6」'89 p177
翁
　小山弘志，佐藤健一郎校注・訳　「新編日本古典文学全集58」'97 p20
　芳賀矢一，佐佐木信綱校註　「謡曲叢書1」'87 p304
翁草
　芳賀矢一，佐佐木信綱校註　「謡曲叢書1」'87 p306
翁草（神沢杜口）
　関根正直ほか監修　「日本随筆大成Ⅲ-19」'78 p1
　関根正直ほか監修　「日本随筆大成Ⅲ-20」'78 p1
　関根正直ほか監修　「日本随筆大成Ⅲ-21」'78 p1
　関根正直ほか監修　「日本随筆大成Ⅲ-22」'78 p1
　関根正直ほか監修　「日本随筆大成Ⅲ-23」'78 p1
　関根正直ほか監修　「日本随筆大成Ⅲ-24」'78 p1
御膳手打翁曾我（振鷺亭主人）
　「洒落本大成16」'82 p297
翁の示し三条（『其木がらし』）（松尾芭蕉）
　井本農一ほか著　「校本芭蕉全集9」'89 p369
翁の歓美したまひし狂歌他（『誹諧曾我』）（松尾芭蕉）
　井本農一ほか著　「校本芭蕉全集9」'89 p364
翁の文（富永仲基）
　家永三郎ほか校注　「日本古典文学大系97」'66 p539
翁問答（中江藤樹）
　山下龍二校注　「日本思想大系29」'74 p19
おきの嶋
　市古貞次，三角洋一編　「鎌倉時代物語集成5」'92 p93
「おきふしの」歌仙（松尾芭蕉）
　島居清著　「芭蕉連句全註解6」'81 p20
置文
　石井進校注　「日本思想大系21」'72 p369
女鬼産（無気しつちう）
　「洒落本大成8」'80 p107
お経様（抄）
　村上重良，安丸良夫校注　「日本思想大系67」'71 p10
屋気野随筆（小野高潔）
　関根正直ほか監修　「日本随筆大成Ⅰ-7」'75 p123
憶昔（市河寛斎）

揖斐高注　「江戸詩人選集5」'90 p142
臆説剰言（田安宗武）
　佐佐木信綱編　「日本歌学大系7」'58 p138
御国入曾我中村（鶴屋南北）
　大久保忠国校注　「鶴屋南北全集10」'73 p117
阿国歌舞伎歌
　高野辰之編　「日本歌謡集成6」'60 p49
阿国御前化粧鏡（鶴屋南北）
　郡司正勝校訂　「鶴屋南北全集1」'71 p281
お国と五平（谷崎潤一郎）
　河竹登志夫ほか監修　「名作歌舞伎全集25」'71 p175
「奥庭も」付合（松尾芭蕉）
　島居清著　「芭蕉連句全註解7」'82 p329
奥の荒海
　古谷知新編　「江戸時代女流文学全集3」'01 p245
奥の田植歌（松尾芭蕉）
　井本農一，弥吉菅一，横沢三郎，尾形仂校注　「校本芭蕉全集6」'89 p395
　井本農一，久富哲雄，村松友次，堀切実校注・訳　「新編日本古典文学全集71」'97 p255
おくのほそ道（松尾芭蕉）
　井本農一，弥吉菅一，横沢三郎，尾形仂校注　「校本芭蕉全集6」'89 p101
　富山奏校注「新潮日本古典集成〔72〕」'78 p106
　井本農一，久富哲雄，村松友次，堀切実校注・訳　「新編日本古典文学全集71」'97 p73
　森川昭，村田直行訳・注　「全対訳日本古典新書〔4〕」'81 p12
　尾形仂著　「日本古典評釈・全注釈叢書〔24〕」'01 p19
　井本農一，堀信夫，村松友次校注・訳　「日本古典文学全集41」'72 p339
　雲英末雄校注・訳　「日本の文学 古典編40」'87 p39
　「芭蕉紀行集3」'71 p119
奥の細道（松尾芭蕉）
　富士正晴訳　「現代語訳 日本の古典15」'79 p5
　谷崎潤一郎ほか編　「国民の文学15」'64 p180
　井本農一訳　「古典日本文学全集31」'61 p198
　麻生磯次訳注　「対訳古典シリーズ〔18〕」'88 p9
　山本健吉訳　「特選日本の古典 グラフィック版9」'86 p5
　穎原退蔵著　「評釈江戸文学叢書7」'70 p701
おくのほそ道（抄）・嵯峨日記（松尾芭蕉）
　井本農一著　「鑑賞日本の古典14」'82 p299
『おくの細道』校異（松尾芭蕉）
　「芭蕉紀行集3」'71 p153
奥細道拾遺（松尾芭蕉，柴立園莎青編）
　「未刊連歌俳諧資料3-1」'58 p4

おくの　　　　　　　　　　　　　　作品名

奥細道菅菰抄附録（蓑笠庵梨一）
　　「未刊連歌俳諧資料1-1」'52 p1
おくのほそ道評釈
　　「国文学評釈叢書〔3〕」'59 p59
おくのほそ道（付・曾良本「おくのほそ道」）（松尾芭蕉）
　　井本農一，大谷篤蔵編　「校本芭蕉全集別1」'91 p136
『おくの細道』旅中の曽良の句（曽良）
　　「芭蕉紀行集3」'71 p200
奥山
　　臼田甚五郎，新間進一，外村南都子，徳江元正校注・訳　「新編日本古典文学全集42」'00 p146
　　臼田甚五郎，新間進一，外村南都子，徳江元正校注・訳　「新編日本古典文学全集42」'00 p147
奥山君鳳の秋田に之くを送る（大窪詩仏）
　　揖斐高注　「江戸詩人選集5」'90 p300
小倉百首類題話（文政六年五月刊）（暁鐘成）
　　武藤禎夫編　「噺本大系15」'79 p187
小倉百人一首（伝・藤原定家）
　　宮柊二訳　「現代語訳 日本の古典11」'79 p5
　　犬養廉訳・注　「全対訳日本古典新書〔5〕」'76 p16
　　久曽神昇編　「日本歌学大系別6」'84 p498
をぐり
　　室木弥太郎校注　「新潮日本古典集成〔66〕」'77 p209
　　信多純一校注　「新日本古典文学大系90」'99 p157
照手火性煙 名月水性池 小栗鹿目石（藤本平左衛門）
　　「徳川文芸類聚6」'70 p65
星合照手当流源氏小栗十二段（三升屋兵庫）
　　「徳川文芸類聚6」'70 p76
小栗判官車街道（千前軒，文耕堂）
　　田川邦子校訂　「叢書江戸文庫III-40」'96 p85
小栗栖の長兵衛（岡本綺堂）
　　河竹登志夫ほか監修　「名作歌舞伎全集25」'71 p103
小車
　　谷崎潤一郎ほか編　「国民の文学1」'64 p427
「桶一つ」付合（松尾芭蕉）
　　島居清著　「芭蕉連句全註解2」'79 p123
右近左近
　　北川忠彦，安田章　「新編日本古典文学全集60」'01 p312
おこぜ
　　須永朝彦編訳　「日本古典文学幻想コレクション2」'96 p64
をこぜ
　　大島建彦校注・訳　「日本古典文学全集36」'74 p475

阿姑麻伝（大田南畝）
　　浜田義一郎，中野三敏，日野龍夫，揖斐高編　「大田南畝全集1」'85 p389
尾崎雅嘉随筆（尾崎雅嘉）
　　関根正直ほか監修　「日本随筆大成II-10」'74 p367
おさしづ（抄）（中山みき）
　　村上重良，安丸良夫校注　「日本思想大系67」'71 p304
幼稚子敵討（並木正三）
　　浦山政雄，松崎仁校注　「日本古典文学大系53」'60 p105
新口稚獅子（安永三年正月刊）
　　武藤禎夫編　「噺本大系10」'79 p47
筬の千言（翠軒）
　　「洒落本大成25」'86 p111
御さらし島わたり（秋田県立図書館蔵絵巻）
　　太田武夫校訂　「室町時代物語集5」'62 p187
小沢生の西陲に遊ぶを送る（成島柳北）
　　日野龍夫注　「江戸詩人選集10」'90 p29
小沢蘆庵
　　久松潜一校注　「日本古典文学大系93」'66 p255
おさん茂右衛門（井原西鶴）
　　吉井勇訳　「現代語訳 西鶴好色全集〔3〕」'53 p63
小塩
　　芳賀矢一，佐佐木信綱校註　「謡曲叢書3」'87 p648
小塩（金春禅竹）
　　伊藤正義校注　「新潮日本古典集成〔58〕」'83 p223
　　西野春雄校注　「新日本古典文学大系57」'98 p225
お七吉三（井原西鶴）
　　吉井勇訳　「現代語訳 西鶴好色全集〔3〕」'53 p93
おしてるの記（大田南畝）
　　浜田義一郎，中野三敏，日野龍夫，揖斐高編　「大田南畝全集17」'88 p199
鴛鴦の手枕
　　青木信光編　「文化文政江戸発禁文庫10」'83 p19
をぢの大徳の一周忌に（荷田蒼生子）
　　古谷知新編　「江戸時代女流文学全集3」'01 p661
小島のくちずさみ（二条良基）
　　福田秀一校注　「新日本古典文学大系51」'90 p363
おしゅん伝兵衛十七年忌
　　土田衛校注　「新日本古典文学大系95」'98 p75
おしらべ（教祖親蹟御法）（抄）（伊藤六郎兵衛）

村上重良, 安丸良夫校注 「日本思想大系67」'71 p486
汚塵集(三浦為春)
　「俳書叢刊2」'88 p73
多荷論(茶にし金魚)
　「洒落本大成9」'80 p121
おそめ心中白しぼり
　荻田清ほか編 「近世文学選〔1〕」'94 p198
お染久松色読販(鶴屋南北)
　藤尾真一校訂 「鶴屋南北全集5」'71 p7
　浦山政雄, 松崎仁校注 「日本古典文学大系54」'61 p169
お染久松色読販(鶴屋南北(四代))
　河竹登志夫ほか監修 「名作歌舞伎全集15」'69 p199
お染(道行浮塒鷗)(鶴屋南北(四代))
　河竹登志夫ほか監修 「名作歌舞伎全集19」'70 p143
織田右府塑像を拝する引(頼山陽)
　菅野礼行, 徳田武校注・訳 「新編日本古典文学全集86」'02 p516
遠駝延五登(上田秋成)
　「上田秋成全集1」'90 p53
　「上田秋成全集1」'90 p55
　「上田秋成全集1」'90 p79
遠駝延五登(異文)(上田秋成)
　「上田秋成全集1」'90 p107
　「上田秋成全集1」'90 p116
おたかの本し物くさ太郎(寛永頃刊丹緑本)
　太田武夫校訂 「室町時代物語集5」'62 p222
織田士猛の篆刻の歌(六如)
　黒川洋一注 「江戸詩人選集4」'90 p364
お玉が池の新居(市河寛斎)
　揖斐高注 「江戸詩人選集5」'90 p92
遠方
　谷崎潤一郎ほか編 「国民の文学1」'64 p427
おちくぼ(麻生家蔵奈良絵本)
　横山重ほか編 「室町時代物語大成補1」'87 p367
おちくほ(大形奈良絵本)
　太田武夫校訂 「室町時代物語集3」'62 p596
おちくぼ(穂久邇文庫蔵奈良絵巻)
　横山重ほか編 「室町時代物語大成3」'75 p283
おちくほのさうし(万治二年刊本)
　横山重ほか編 「室町時代物語大成3」'75 p292
おちくほのものかたり(万治二年刊本)
　太田武夫校訂 「室町時代物語集3」'62 p615
落窪物語
　小島政二郎訳 「国民の文学5」'64 p109
　塩田良平訳 「古典日本文学全集7」'60 p85
　稲賀敬二校注 「新潮日本古典集成〔13〕」'77 p5

藤井貞和校注 「新日本古典文学大系18」'89 p1
三谷栄一, 三谷邦明校注・訳 「新編日本古典文学全集17」'00 p9
松村誠一, 所弘校註 「日本古典全書〔10〕」'51 p143
三谷栄一, 稲賀敬二校注・訳 「日本古典文学全集10」'72 p77
松尾聡, 寺本直彦校注 「日本古典文学大系13」'57 p43
　「日本文学大系3」'55 p1
『落窪物語』序(上田秋成)
　「上田秋成全集5」'92 p518
落窪物語大成(中邨秋香)
　「日本文学古註釈大成〔27〕」'79 p1
落窪物語註解(笠因直麿)
　「日本文学古註釈大成〔27〕」'79 p1
落栗物語(松井成教)
　多治比郁夫校注 「新日本古典文学大系97」'00 p69
「落くるや」付合(松尾芭蕉)
　島居清著 「芭蕉連句全註解5」'81 p291
越智仙心の水楼に宿る(四首、うち一首)(梁川紅蘭)
　福島理子注 「江戸漢詩選3」'95 p306
落葉――名陀羅尼落葉
　芳賀矢一, 佐佐木信綱校註 「謡曲叢書1」'87 p316
落葉を看る。令に応ず(滋野善永)
　菅野礼行, 徳田武校注・訳 「新編日本古典文学全集86」'02 p107
落葉集
　高野辰之編 「日本歌謡集成6」'60 p401
落葉の下草(藤井高尚問, 中村歌右衛門答)
　森銑三, 北川博邦編 「続日本随筆大成9」'80 p87
御茶の水
　北川忠彦, 安田章 「新編日本古典文学全集60」'01 p417
御茶物かたり(寛永七年刊古活字本)
　横山重ほか編 「室町時代物語大成3」'75 p307
於知葉集(福田行誡)
　「国歌大系20」'76 p525
夫に贈る文(木村重成室)
　古谷知新編 「江戸時代女流文学全集3」'01 p612
乙二(只野真葛)
　古谷知新編 「江戸時代女流文学全集3」'01 p438
乙夜随筆(井原西鶴)
　頴原退蔵ほか編 「定本西鶴全集13」'50 p378
和蘭影絵於都里綺(十返舎一九)
　棚橋正博校訂 「叢書江戸文庫III-43」'97 p341

御手料理御知而已 大悲千禄本（芝全交）
　水野稔校注　「日本古典文学大系59」'58 p107
御手料理御知而已 大悲千禄本（芝全交作, 北尾政演画）
　浜田義一郎, 鈴木勝忠, 水野稔校注　「日本古典文学全集46」'71 p139
御伽厚化粧（筆天斎）
　「徳川文芸類聚4」'70 p373
御伽厚化粧（筆天斎（中尾伊助））
　須永朝彦編訳　「日本古典文学幻想コレクション3」'96 p170
御伽空穂猿（摩志田好話）
　「徳川文芸類聚4」'70 p406
　須永朝彦編訳　「日本古典文学幻想コレクション3」'96 p178
御伽草子
　市古貞次, 野間光辰編　「鑑賞日本古典文学26」'76 p7
　須永朝彦編訳　「日本古典文学幻想コレクション2」'96 p41
　市古貞次校注　「日本古典文学大系38」'58 p27
お伽草子
　「古典日本文学全集18」'61 p165
　円地文子訳　「特選日本の古典 グラフィック版別2」'86 p5
御伽噺（安永二年閏三月序）
　武藤禎夫編　「噺本大系9」'79 p207
おとぎばなし（文政五年正月刊）（志満山人）
　武藤禎夫編　「噺本大系18」'79 p137
御伽百物語（青木鷺水）
　須永朝彦編訳　「日本古典文学幻想コレクション3」'96 p128
御伽百物語（白梅園鷺水）
　太刀川清校訂　「叢書江戸文庫Ⅰ-2」'87 p147
伽婢子（浅井了意）
　松田修, 渡辺守邦, 花田富二夫校注　「新日本古典文学大系75」'01 p1
伽婢子（瓢水子松雲（浅井了意））
　須永朝彦編訳　「日本古典文学幻想コレクション3」'96 p11
『伽婢子』巻六 藤井清六遊女宮城野を娶事 遊女宮木野
　高田衛, 稲田篤信編著　「大学古典叢書1」'85 p144
御伽物語（富尾似船）
　岡雅彦校注・訳　「新編日本古典文学全集64」'99 p427
をときり（慶応義塾大学図書館蔵奈良絵本）
　横山重ほか編　「室町時代物語大成補1」'87 p389
絵本戯忠臣蔵噺（文政頃刊）

武藤禎夫編　「噺本大系18」'79 p199
譚話江戸嬉笑（文化三年正月序）（馬笑, 三笑, 三鳥）
　武藤禎夫編　「噺本大系14」'79 p190
男作五鴈金（竹田出雲掾作）
　高橋比呂子校訂　「叢書江戸文庫III-40」'96 p169
男達ばやり（池田大伍）
　河竹登志夫ほか監修　「名作歌舞伎全集20」'69 p293
侠客春雨傘（春雨傘）（福地桜痴）
　河竹登志夫ほか監修　「名作歌舞伎全集17」'71 p217
侊侠双蛺蝶全伝（山東京伝）
　「古典叢書〔3〕」'89 p341
落しばなし（嘉永三年正月刊）（五返舎半九）
　武藤禎夫編　「噺本大系16」'79 p186
落咄梅の笑（寛政五年正月序）（瓢子）
　武藤禎夫編　「噺本大系19」'79 p311
笑府衿裂米（寛政五年正月序）
　「噺本大系12」'79 p221
笑府衿裂米（滝沢馬琴）
　「古典叢書〔19〕」'90 p417
落噺顋懸鎖（文政九年正月刊）（和来山人）
　武藤禎夫編　「噺本大系15」'79 p258
落咄口取肴（文化十五年正月序）
　武藤禎夫編　「噺本大系15」'79 p92
落咄腰巾着（享和四年正月刊）（十返舎一九）
　武藤禎夫編　「噺本大系14」'79 p155
落咄熟柿（文化十三年頃刊）（美屋一作）
　武藤禎夫編　「噺本大系15」'79 p78
落噺千里藪（立川円馬）
　荻原清ほか編　「近世文学選〔1〕」'94 p210
落噺千里薮（楠里亭其楽）
　武藤禎夫編　「噺本大系16」'79 p122
落噺常々草（文化七年頃刊）（桜川慈悲成）
　武藤禎夫編　「噺本大系18」'79 p85
落噺屠蘇喜言（文政七年正月刊）（桜川慈悲成）
　武藤禎夫編　「噺本大系15」'79 p215
落咄堵蘇機嫌（文化十四年正月刊）（十返舎一九）
　武藤禎夫編　「噺本大系18」'79 p102
おとしばなし年中行事（林屋正蔵）
　森銑三, 北川博邦編　「続日本随筆大成別12」'83 p29
落噺年中行事（天保七年正月刊）（林屋正蔵）
　武藤禎夫編　「噺本大系18」'79 p272
戯話華鬘（寛政五年正月序）
　武藤禎夫編　「噺本大系19」'79 p313
落話花之家抄（寛政二年正月序）
　「噺本大系12」'79 p179
落咄春雨夜話（文化六年正月序）
　武藤禎夫編　「噺本大系19」'79 p334

落咄人来鳥（天明三年刊）
　「噺本大系12」'79 p76
落咄福寿草（文化二年正月刊）（紀尾佐丸）
　武藤禎夫編　「噺本大系18」'79 p126
落咄臍くり金（享和二年正月序）
　武藤禎夫編　「噺本大系14」'79 p53
落咄見世びらき（文化三年正月序）
　武藤禎夫編　「噺本大系14」'79 p202
落噺笑種蒔（安政三年正月序）（金龍山人谷襄）
　武藤禎夫編　「噺本大系16」'79 p207
落噺笑富林（天保四年正月刊）（林屋正蔵）
　武藤禎夫編　「噺本大系16」'79 p22
大人（石川丈山）
　菅野礼行，徳田武校注・訳　「新編日本古典文学全集86」'02 p248
音なし草子（赤木文庫蔵絵巻）
　横山重ほか編　「室町時代物語大成3」'75 p314
音菊天竺徳兵衛（天徳）（鶴屋南北）
　河竹登志夫ほか監修　「名作歌舞伎全集9」'69 p3
をと羽
　市古貞次，三角洋一編　「鎌倉時代物語集成5」'92 p115
乙女（紫式部）
　円地文子訳　「現代語訳 日本の古典5」'79 p78
　谷崎潤一郎ほか編　「国民の文学3」'63 p345
　「古典日本文学全集4」'61 p357
　「特選日本の古典 グラフィック版5」'86 p59
　山岸徳平校注　「日本古典文学大系15」'59 p271
おとり
　荻田清ほか編　「近世文学選〔1〕」'94 p171
踊歌
　志田延義編　「続日本歌謡集成2」'61 p283
踊歌類
　志田延義編　「続日本歌謡集成2」'61 p361
踊口説集
　高野辰之編　「日本歌謡集成7」'60 p9
御慰忠臣蔵之攷（曲亭馬琴）
　林美一校訂　「江戸戯作文庫〔8〕」'85 p89
女侠三日月於僊（山東京伝）
　「古典叢書〔4〕」'89 p167
お夏狂乱（坪内逍遙）
　河竹登志夫ほか監修　「名作歌舞伎全集19」'70 p327
お夏清十郎（井原西鶴）
　吉井勇訳　「現代語訳 西鶴好色全集〔3〕」'53 p3
おなつ清十郎五十年忌歌念仏（近松門左衛門）
　森修，鳥越文蔵，長友千代治校注・訳　「日本古典文学全集43」'72 p275
お夏清十郎物語（井原西鶴）

吉行淳之介訳　「現代語訳 日本の古典16」'80 p12
吉行淳之介訳　「特選日本の古典 グラフィック版8」'86 p14
於仁安佐美
　古田紹欽訳　「古典日本文学全集15」'61 p279
鬼瓦
　北川忠彦ほか校注　「中世の文学 第1期〔20〕」'94 p213
鬼児島名誉仇討（式亭三馬）
　林美一校訂　「江戸戯作文庫〔7〕」'85 p3
鬼次拍子舞（月顔最中名取種）（杵屋正次郎（初代））
　河竹登志夫ほか監修　「名作歌舞伎全集19」'70 p83
鬼貫句選跋（与謝蕪村）
　潁原退蔵編著　「蕪村全集1」'48 p380
鬼継子
　北川忠彦ほか校注　「中世の文学 第1期〔20〕」'94 p293
鬼・山伏狂言
　北川忠彦，安田章校注・訳　「完訳日本の古典48」'85 p264
鬼若根元台（鶴屋南北）
　松井敏明校注　「鶴屋南北全集11」'72 p245
『己が光』序抄（松尾芭蕉）
　井本農一ほか著　「校本芭蕉全集9」'89 p287
答小野勝義書（加藤千蔭）
　佐佐木信綱編　「日本歌学大系8」'56 p109
自ずから況う（石川丈山）
　上野洋三注　「江戸詩人選集1」'91 p132
　上野洋三注　「江戸詩人選集1」'91 p148
小野小町集（小野小町）
　和歌史研究会編　「私家集大成1」'73 p88
　窪田空穂校訂　「日本古典全書〔68〕」'58 p279
小野篁集（小野篁）
　和歌史研究会編　「私家集大成1」'73 p81
小野道風（竹本義太夫）
　「竹本義太夫浄瑠璃正本集下」'95 p598
小野道風青柳硯（竹田出雲ほか）
　河竹登志夫ほか監修　「名作歌舞伎全集4」'70 p147
小野道風青柳硯（近松半二）
　原道生校訂　「叢書江戸文庫Ⅰ-14」'87 p191
惣己先生夜話（杓子定規）
　「洒落本大成4」'79 p253
伯母が酒
　「古典日本文学全集20」'62 p258
　古川久校註　「日本古典全書〔92〕」'54 p155
伯母ケ酒

おはす
　　北川忠彦ほか校注　「中世の文学 第1期〔22〕」'95 p59
姨捨
　　伊藤正義校注　「新潮日本古典集成〔58〕」'83 p235
　　西野春雄校注　「新日本古典文学大系57」'98 p276
　　小山弘志, 佐藤健一郎校注・訳　「新編日本古典文学全集58」'97 p447
をはらき
　　荻田清ほか編　「近世文学選〔1〕」'94 p172
小原御幸
　　西野春雄校注　「新日本古典文学大系57」'98 p596
大原御幸
　　小山弘志, 佐藤健一郎校注・訳　「新編日本古典文学全集58」'97 p420
　　芳賀矢一, 佐佐木信綱校註　「謡曲叢書1」'87 p321
大原御幸（近松門左衛門）
　　藤井紫影校註　「近松全集（思文閣）3」'78 p59
小原女・国入奴（奉掛色浮世図画）（瀬川如皐（二世））
　　河竹登志夫ほか監修　「名作歌舞伎全集24」'72 p43
お冷
　　北川忠彦ほか校注　「中世の文学 第1期〔22〕」'95 p240
おふでさき（中山みき）
　　村上重良, 安丸良夫校注　「日本思想大系67」'71 p189
御文
　　増谷文雄訳　「古典日本文学全集15」'61 p217
御文（御文章）（蓮如）
　　笠原一男校注　「日本思想大系17」'72 p9
臍煎茶呑噺（寛政十二年序）（永寿堂）
　　武藤禎夫編　「噺本大系19」'79 p24
朧月猫の草紙（山東京山）
　　林美一校訂　「江戸戯作文庫〔6〕」'85 p3
朧月の巻（明和九年）（与謝蕪村）
　　穎原退蔵編著　「蕪村全集2」'48 p75
御町中御法度御穿鑿遊女諸事出入書留
　　宇田敏彦校訂　「未刊随筆百種8」'77 p221
お祭り（再茲歌舞妓花轢）（桜田治助（二代））
　　河竹登志夫ほか監修　「名作歌舞伎全集24」'72 p115
おまん源五兵衛（井原西鶴）
　　吉井勇訳　「現代語訳 西鶴好色全集〔3〕」'53 p121
おまん源五兵衛物語（井原西鶴）

作品名

　　吉行淳之介訳　「現代語訳 日本の古典16」'80 p88
　　吉行淳之介訳　「特選日本の古典 グラフィック版8」'86 p88
女郎花
　　伊藤正義校注　「新潮日本古典集成〔58〕」'83 p245
　　西野春雄校注　「新日本古典文学大系57」'98 p519
　　芳賀矢一, 佐佐木信綱校註　「謡曲叢書3」'87 p660
をみなへし（大田南畝）
　　浜田義一郎, 中野三敏, 日野龍夫, 揖斐高編　「大田南畝全集2」'86 p1
音羽丹七女郎花喩粟島（柳亭種彦）
　　「古典叢書〔40〕」'90 p173
おみなめし
　　「洒落本大成8」'80 p31
おむなつう文章（御家不通氏女尽）
　　「洒落本大成補1」'88 p123
御室経正
　　芳賀矢一, 佐佐木信綱校註　「謡曲叢書3」'87 p1
懐いを書す（成島柳北）
　　日野龍夫注　「江戸詩人選集10」'90 p61
懐いを如亭柏山人に寄す（梁川星巌）
　　入谷仙介注　「江戸詩人選集8」'90 p179
懐いを雪江参政に寄す、六言（橋本左内）
　　坂田新注　「江戸漢詩選4」'95 p230
懐いを梅荘禅師に寄す（大潮元皓）
　　末木文美士, 堀川貴司注　「江戸漢詩選5」'96 p199
懐いを山田元凱に寄す（館柳湾）
　　徳田武注　「江戸詩人選集7」'90 p202
おもひくさ（本居宣長）
　　関根正直ほか監修　「日本随筆大成I-12」'75 p115
「おもひ立」十二句（松尾芭蕉）
　　島居清著　「芭蕉連句全註解3」'80 p343
面美多通身（廓通交, 廓集交）
　　「洒落本大成15」'82 p317
面美多勤身（廓通交同集交）
　　伊藤千可良ほか校　「江戸時代文芸資料1」'64 p361
思ひの儘の記（勢多章甫）
　　関根正直ほか監修　「日本随筆大成I-13」'75 p1
思う所有り（服部南郭）
　　山本和義, 横山弘注　「江戸詩人選集3」'91 p7
思ふ所有り（藤原道真）

菅野礼行, 徳田武校注・訳 「新編日本古典文学全集86」'02 p138
おもかげ物語(万治三年刊本)
　太田武夫校訂 「室町時代物語集2」'62 p67
おもかげ物語(万治三年刊本)
　横山重ほか編 「室町時代物語大成3」'75 p335
「おもかげや」の詞書(松尾芭蕉)
　井本農一, 大谷篤蔵編 「校本芭蕉全集別1」'91 p237
「おもしろき」の詞書(松尾芭蕉)
　井本農一, 弥吉菅一, 横沢三郎, 尾形仂校注 「校本芭蕉全集6」'89 p529
「面白し」付合(松尾芭蕉)
　鳥居清著 「芭蕉連句全註解4」'80 p295
面白岬紙噺図会(天保十五年正月刊)(柳下亭種員)
　武藤禎夫編 「噺本大系16」'79 p79
表六句(天明六年)(与謝蕪村)
　穎原退蔵編著 「蕪村全集2」'48 p264
おもろさうし
　外間守善編 「鑑賞日本古典文学25」'76 p21
　外間守善, 西郷信綱校注 「日本思想大系18」'72 p9
思わぬ方にとまりする少将
　谷崎潤一郎ほか編 「国民の文学6」'64 p321
　「古典日本文学全集7」'60 p233
思はぬ方にとまりする少将
　塚原鉄雄校注 「新潮日本古典集成〔30〕」'83 p149
　大槻修, 今井源衛, 森下純昭, 辛島正雄校注 「新日本古典文学大系26」'92 p60
　池田利夫訳注 「対訳古典シリーズ〔7〕」'88 p113
　大槻修校注・訳 「日本の文学 古典編21」'86 p144
思はぬ方に泊りする少将
　三谷栄一, 三谷邦明, 稲賀敬二校注・訳 「新編日本古典文学全集17」'00 p455
親知らず子知らず(大窪詩仏)
　揖斐高注 「江戸詩人選集5」'90 p253
親敵討腹鞁(朋誠堂喜三次作, 恋川春町画)
　浜田義一郎, 鈴木勝忠, 水野稔校注 「日本古典文学全集46」'71 p55
親のない子(一茶)
　雲英末雄, 山下一海, 丸山一彦, 松尾靖秋校注・訳 「新編日本古典文学全集72」'01 p586
鴨東詫言老楼志(胡蝶莚主人)
　「洒落本大成28」'87 p313
およびのあま
　市古貞次, 野間光辰編 「鑑賞日本古典文学26」'76 p51
およのあま(御用)(東大図書館蔵奈良絵本)
　横山重ほか編 「室町時代物語大成3」'75 p350
おらが春(一茶)
　雲英末雄, 山下一海, 丸山一彦, 松尾靖秋校注・訳 「新編日本古典文学全集72」'01 p583
　穎原退蔵著 「評釈江戸文学叢書7」'70 p778
おらが春(小林一茶)
　丸山一彦校注 「一茶全集6」'76 p133
　石田波郷訳 「国民の文学15」'64 p352
　「古典日本文学全集32」'60 p275
　伊藤正雄校注 「日本古典全書〔83〕」'53 p264
　暉峻康隆, 川島つゆ校注 「日本古典文学大系58」'59 p431
おらが春(抄)(小林一茶)
　揖斐高校注・訳 「日本の文学 古典編43」'86 p299
遠羅天釜
　古田紹欽訳 「古典日本文学全集15」'61 p274
和蘭医事問答(杉田玄白)
　松村明, 酒井シヅ校注 「日本思想大系64」'76 p183
青楼阿蘭陀鏡(借着行長)
　「洒落本大成17」'82 p85
和蘭語訳(青木昆陽)
　松村明校注 「日本思想大系64」'76 p11
和蘭通舶(司馬江漢)
　沼田次郎校注 「日本思想大系64」'76 p497
和蘭天説(司馬江漢)
　沼田次郎, 広瀬秀雄校注 「日本思想大系64」'76 p445
和蘭文訳(青木昆陽)
　松村明校注 「日本思想大系64」'76 p19
阿蘭陀丸二番船(井原西鶴)
　穎原退蔵ほか編 「定本西鶴全集11下」'75 p384
　穎原退蔵ほか編 「定本西鶴全集13」'50 p370
和蘭文字略考(青木昆陽)
　松村明校注 「日本思想大系64」'76 p33
和蘭訳筌(前野良沢)
　松村明校注 「日本思想大系64」'76 p127
和蘭訳文略(前野良沢)
　松村明校注 「日本思想大系64」'76 p69
折々草(建部綾足)
　森銑三訳 「古典日本文学全集35」'61 p178
　高田衛校注 「新日本古典文学大系79」'92 p455
　関根正直ほか監修 「日本随筆大成Ⅱ-21」'74 p1
折折ての巻(新花鳥)
　金子金治郎, 雲英末雄, 暉峻康隆, 加藤定彦校注・訳 「新編日本古典文学全集61」'01 p541
「折折や」付合(松尾芭蕉)
　鳥居清著 「芭蕉連句全註解10」'83 p125
折紙鴛

北川忠彦ほか校注 「中世の文学 第1期〔20〕」'94 p224

折たく柴の記（新井白石）
　古川哲史訳 「古典日本文学全集35」'61 p5
　小高敏郎, 松村明校注 「日本古典文学大系95」'64 p147

「折提ろ」付合「ぬけ初る」付合（松尾芭蕉）
　島居清編 「芭蕉連句全註解5」'81 p227

於路加於比（笠亭仙果）
　関根正直ほか監修 「日本随筆大成II-20」'74 p95

於六樹木曾仇討（山東京伝）
　「古典叢書〔4〕」'89 p127

俄羅斯考・羅父風説（大田南畝）
　浜田義一郎, 中野三敏, 日野龍夫, 揖斐高編 「大田南畝全集18」'88 p449

大蛇（観世信光）
　芳賀矢一, 佐佐木信綱校註 「謡曲叢書3」'87 p664

終りに臨んで男輔門に示す（鳥山芝軒）
　菅野礼行, 徳田武校注・訳 「新編日本古典文学全集86」'02 p313

尾張の家苞（石原正明）
　「日本文学古註釈大成〔33〕」'79 p1

尾張国郡司百姓等解
　山岸徳平, 竹内理三, 家永三郎, 大曽根章介校注 「日本思想大系8」'79 p253

尾張船歌
　浅野建二編 「続日本歌謡集成3」'61 p189

尾張船歌拾遺
　浅野建二編 「続日本歌謡集成3」'61 p223

尾張門人大館高門へ答ふ（上田秋成）
　「上田秋成全集9」'92 p386

「温海山や」歌仙（松尾芭蕉）
　島居清編 「芭蕉連句全註解6」'81 p103

音曲色巣籠（西沢一鳳編）
　高野辰之編 「日本歌謡集成8」'60 p125

音曲口伝（音曲声出口伝）（世阿弥）
　表章, 加藤周一校注 「日本思想大系24」'74 p73

音曲口伝書（順四軒編）
　郡司正勝校注 「日本思想大系61」'72 p415

音曲百枚笹（近松門左衛門）
　藤井紫影校註 「近松全集(思文閣)10」'78 p515
　「近松全集(岩波)9」'88 p339

音曲頻伽鳥（近松門左衛門）
　「近松全集(岩波)17影印編」'94 p95
　「近松全集(岩波)17解説編」'94 p104

音曲聟
　北川忠彦ほか校注 「中世の文学 第1期〔20〕」'94 p256

温故集序（与謝蕪村）
　潁原退蔵編著 「蕪村全集1」'48 p408

園城寺伝記所収開口
　志田延義編 「続日本歌謡集成2」'61 p139

園城寺の絶頂（伊藤仁斎）
　菅野礼行, 徳田武校注・訳 「新編日本古典文学全集86」'02 p293

温泉遊草（深草元政）
　津本信博編 「近世紀行日記文学集成1」'93 p70

温泉行記（瑞溪周鳳）
　玉村竹二編 「五山文学新集5」'71 p627

温泉頌（松尾芭蕉）
　井本農一, 弥吉菅一, 横沢三郎, 尾形仂校注 「校本芭蕉全集6」'89 p435

温泉の雑詠（十首, うち二首）（元政）
　上野洋三注 「江戸詩人選集1」'91 p254

温泉ノ頌（松尾芭蕉）
　井本農一, 久富哲雄, 村松友次, 堀切実校注・訳 「新編日本古典文学全集71」'97 p273

御曹子島渡
　大島建彦校注・訳 「完訳日本の古典49」'83 p78
　大島建彦校注・訳 「新編日本古典文学全集63」'02 p91
　大島建彦校注・訳 「日本古典文学全集36」'74 p129
　市古貞次校注 「日本古典文学大系38」'58 p102

御曹司島わたり（仮題）（赤木文庫蔵絵巻）
　横山重ほか編 「室町時代物語大成3」'75 p364

御曹子島わたり（仮題）（秋田県立秋田図書館蔵絵巻）
　横山重ほか編 「室町時代物語大成補1」'87 p411

御曹司初寅詣（近松門左衛門）
　「近松全集(岩波)16翻刻編」'90 p1

温知政要（徳川宗春）
　奈良本辰也校注 「日本思想大系38」'76 p155

女扇忠臣要（鶴屋南北）
　浦山政雄校注 「鶴屋南北全集9」'74 p429

女合法辻談義（柳亭種彦）
　「古典叢書〔39〕」'90 p19

女殺油地獄（近松門左衛門）
　大久保忠国編 「鑑賞日本古典文学29」'75 p305
　森修, 鳥越文蔵校注・訳 「完訳日本の古典56」'89 p183
　田中澄江訳 「現代語訳 日本の古典17」'80 p44
　宇野信夫訳 「国民の文学14」'64 p345
　高野正巳訳 「日本文学全集24」'59 p292
　井口洋校注 「新日本古典文学大系92」'95 p165
　山根為雄校注・訳 「新編日本古典文学全集74」'97 p205

守随憲治訳注 「対訳古典シリーズ〔19〕」'88 p213
藤井紫影校註 「近松全集(思文閣)12」'78 p415
「近松全集(岩波)12」'90 p125
「特選日本の古典 グラフィック版10」'86 p72
高野正巳校註 「日本古典全書(96)」'52 p252
鳥越文蔵校注・訳 「日本古典文学全集44」'75 p511
重友毅校注 「日本古典文学大系49」'58 p389
樋口慶千代著 「評釈江戸文学叢書3」'70 p491
河竹登志夫ほか監修 「名作歌舞伎全集1」'69 p227

女沙汰
　芳賀矢一, 佐佐木信綱校註 「謡曲叢書3」'87 p667

女三十六人選〔甲〕
　久曽神昇編 「日本歌学大系別6」'84 p339

女大学(貝原益軒)
　荒木見悟, 井上忠校注 「日本思想大系34」'70 p201

女大名丹前能(西沢一風)
　若木太一校訂 「叢書江戸文庫III-46」'00 p213

女百人一首
　久曽神昇編 「日本歌学大系別6」'84 p540

女模様稲妻染(柳亭種彦)
　「古典叢書〔39〕」'90 p103

御身抜
　村上重良, 安丸良夫校注 「日本思想大系67」'71 p482

恩命を蒙り, 此れを賦して懐いを述ぶ六首(うち四首)(広瀬淡窓)
　岡村繁注 「江戸詩人選集9」'91 p129

【か】

蚊(山崎闇斎)
　菅野礼行, 徳田武校注・訳 「新編日本古典文学全集86」'02 p263

歌意
　久松潜一訳 「古典日本文学全集36」'62 p57

怪(真鍋美恵子)
　長沢美津編 「女人和歌大系6」'78 p571

かひあはせ
　塚原鉄雄校注 「新潮日本古典集成〔30〕」'83 p115

貝あはせ
　大槻修, 今井源衛, 森下純昭, 辛島正雄校注 「新日本古典文学大系26」'92 p50

大槻修校注・訳 「日本の文学 古典編21」'86 p122

貝あわせ
　「古典日本文学全集7」'60 p230

貝合
　谷崎潤一郎ほか編 「国民の文学6」'64 p316
　三谷栄一, 三谷邦明, 稲賀敬二校注・訳 「新編日本古典文学全集17」'00 p443
　池田利夫訳注 「対訳古典シリーズ〔7〕」'88 p95

界浦晩望(広瀬旭荘)
　岡村繁注 「江戸詩人選集9」'91 p210

貝おほひ(松尾芭蕉)
　宮本三郎, 井本農一, 今栄蔵, 大内初夫校注 「校本芭蕉全集7」'89 p315

『貝おほひ』序(松尾芭蕉)
　井本農一, 弥吉菅一, 横沢三郎, 尾形仂校注 「校本芭蕉全集6」'89 p289
　井本農一, 久富哲雄, 村松友次, 堀切実校注・訳 「新編日本古典文学全集71」'97 p165

会海通窟(陳可儔)
　「洒落本大成1」'78 p151

快快亭に諸子と約して松塘を邀う。「湖上, 故人に逢う」を以て題と為す。韻, 佳戍を得たり(三首のうち一首)(大沼枕山)
　日野龍夫注 「江戸詩人選集10」'90 p265

詼楽詑論談(可遊斎)
　「洒落本大成2」'78 p61

開化新題歌集
　長沢美津編 「女人和歌大系5」'78 p552

艶歌選
　浅野建二編 「続日本歌謡集成3」'61 p337

階香取
　臼田甚五郎, 新間進一, 外村南都子, 徳江元正校注・訳 「新編日本古典文学全集42」'00 p49

開巻驚奇侠客伝(滝沢馬琴)
　横山邦治, 大高洋司校注 「新日本古典文学大系87」'98 p1

解顔新話(寛政六年十月序)(遊戯主人)
　「噺本大系20」'79 p315

槐記(道安)
　中村幸彦, 野村貴次, 麻生磯次校注 「日本古典文学大系96」'65 p393

懐旧四首(うち二首)(広瀬淡窓)
　岡村繁注 「江戸詩人選集9」'91 p144

会計私記(大田南畝)
　浜田義一郎, 中野三敏, 日野龍夫, 揖斐高編 「大田南畝全集17」'88 p1
　浜田義一郎, 中野三敏, 日野龍夫, 揖斐高編 「大田南畝全集17」'88 p293

改元紀行(大田南畝)

かいけ　　　　　　　　　　　　作品名

浜田義一郎，中野三敏，日野龍夫，揖斐高編
「大田南畝全集8」'86 p75
開元の琴の歌。西山先生の宅にて、諸士と同に、席上の器玩を分賦し、余は此れを得たり（菅茶山）
黒川洋一注　「江戸詩人選集4」'90 p33
開口
志田延義編　「続日本歌謡集成2」'61 p51
歌意考（賀茂真淵）
久松潜一，増淵恒吉編　「校註日本文芸新篇〔3〕」'50 p92
藤平春男校注・訳　「新編日本古典文学全集87」'02 p547
藤平春男校注・訳　「日本古典文学全集50」'75 p567
中村幸彦校注　「日本古典文学大系94」'66 p73
平重道，阿部秋生校注　「日本思想大系39」'72 p348
「万葉集古註釈集4」'89 p177
歌意考（精選本）（加茂眞淵）
佐佐木信綱編　「日本歌学大系7」'58 p211
歌意考（草稿本）（加茂眞淵）
佐佐木信綱編　「日本歌学大系7」'58 p200
開口新語（寛延四年三月序）（岡白駒）
「噺本大系20」'79 p3
戒言（飼ひ蚕力）（永禄元年写本）
横山重ほか編　「室町時代物語大成3」'75 p370
外国事情書（渡辺崋山）
佐藤昌介，植手通有，山口宗之校注　「日本思想大系55」'71 p17
外国通唱（粋川士）
「洒落本大成23」'85 p99
当世古今左賀志（酔石翁）
「洒落本大成補1」'88 p11
骸骨画賛（松尾芭蕉）
井本農一，久富哲雄，村松友次，堀切実校注・訳　「新編日本古典文学全集71」'97 p349
骸骨の絵讃（松尾芭蕉）
富山奏校注　「新潮日本古典集成〔72〕」'78 p259
新噺［買言葉］（安永六年頃刊）
武藤禎夫編　「噺本大系17」'79 p180
回顧録（吉田松陰）
吉田常吉，藤田省三，西田太一郎校注　「日本思想大系54」'78 p535
亥児に示す（市河寛斎）
揖斐高注　「江戸詩人選集5」'90 p106
怪醜夜光魂（花洛隠士音久）
須永朝彦編訳　「日本古典文学幻想コレクション3」'96 p153
怪醜夜光魂（危洛隠士音久）
「徳川文芸類聚4」'70 p275

海上人の崎陽に還るを送る歌（荻生徂徠）
一海知義，池沢一郎注　「江戸漢詩選2」'96 p50
凱陣十二段（藤本平左衛門ほか）
「徳川文芸類聚6」'70 p90
凱陣八嶋加賀掾正本（井原西鶴）
穎原退蔵ほか編　「定本西鶴全集14」'53 p337
凱陣八島（近松門左衛門）
藤井紫影校註　「近松全集（思文閣）2」'78 p281
「近松全集（岩波）17解説編」'94 p115
外甥政直に示す（西郷隆盛）
坂田新注　「江戸漢詩選4」'95 p260
会席噺袋（文化九年四月刊）
武藤禎夫編　「噺本大系14」'79 p319
会席料理世界も吉原（市川三升）
小池正胤校注　「新日本古典文学大系83」'97 p525
海賊（上田秋成）
「上田秋成全集8」'93 p163
「上田秋成全集8」'93 p300
「上田秋成全集8」'93 p341
高田衛，中村博保校注・訳　「完訳日本の古典57」'83 p240
美山靖校注　「新潮日本古典集成〔76〕」'80 p37
中村幸彦，高田衛校注・訳　「新編日本古典文学全集78」'95 p446
浅野三平訳・注　「全対訳日本古典新書〔14〕」'81 p50
重友毅校註　「日本古典全書〔106〕」'57 p204
中村幸彦，高田衛，中村博保校注・訳　「日本古典文学全集48」'73 p499
中村幸彦校注　「日本古典文学大系56」'59 p162
海賊（現代語訳）（上田秋成）
高田衛，中村博保校注・訳　「完訳日本の古典57」'83 p240
解体新書（杉田玄白，前野良沢）
小川鼎三，酒井シヅ校注　「日本思想大系65」'72 p207
解題　物語考（加納諸平）
「日本文学古註釈大成〔32〕」'79 p1
怪談岩倉万之丞（鶴屋南北）
小池章太郎校訂　「鶴屋南北全集5」'71 p419
怪談老の杖（平秩東作）
須永朝彦編訳　「日本古典文学幻想コレクション3」'96 p202
開談議
宮尾しげを校注　「秘籍江戸文学選8」'75 p293
『怪談全書』巻之二　魚服
高田衛，稲田篤信編著　「大学古典叢書1」'85 p149
怪談登志男（好話門人静話房編）
「徳川文芸類聚4」'70 p448

怪談登志男（慙雪舎素及）
　　須永朝彦編訳　「日本古典文学幻想コレクション3」'96 p186
怪談鳴見絞（鶴屋南北）
　　小池章太郎校訂　「鶴屋南北全集5」'71 p447
怪談春雨草紙（市川団十郎）
　　鶴岡節雄校注　「新版絵草紙シリーズ3」'80 p35
怪異談牡丹灯籠（牡丹灯籠）（河竹新七（三世））
　　河竹登志夫ほか監修　「名作歌舞伎全集17」'71 p43
街談録（大田南畝）
　　浜田義一郎，中野三敏，日野龍夫，揖斐高編　「大田南畝全集18」'88 p53
垣内七草（伴林光平）
　　佐佐木信綱編　「日本歌学大系9」'58 p398
介中拙斎国手追悼之叙（上田秋成）
　　「上田秋成全集11」'94 p287
開註年中行誌（野暮山人）
　　青木信光編　「文化文政江戸発禁文庫8」'83 p19
懐中賀
　　北川忠彦ほか校注　「中世の文学 第1期〔20〕」'94 p48
海潮音序（上田敏）
　　久松潜一，増淵恒吉編　「校註日本文芸新篇〔3〕」'50 p163
外舅篤太の降誕を賀す（吉田松陰）
　　坂田新注　「江戸漢詩選4」'95 p194
海道記
　　大曽根章介，久保田淳校注　「新日本古典文学大系51」'90 p69
　　玉井幸助，石田吉貞校註　「日本古典全書〔29〕」'51 p59
　　長崎健校注・訳　「新編日本古典文学全集48」'94 p11
楫取魚彦歌集（楫取魚彦）
　　「国歌大系15」'76 p731
海南の偶作（細川頼之）
　　菅野礼行，徳田武校注・訳　「新編日本古典文学全集86」'02 p241
界に至り，林国手の家に寓すること三旬，七月七日，居を専修寺に移す（広瀬旭荘）
　　岡村繁注　「江戸詩人選集9」'91 p207
甲斐風俗
　　谷崎潤一郎ほか編　「国民の文学1」'64 p429
懐風藻
　　小島憲之校注　「日本古典文学大系69」'64 p51
怪物図譜（与謝蕪村）
　　頴原退蔵編著　「蕪村全集1」'48 p466
海防紀事（大田南畝）
　　浜田義一郎，中野三敏，日野龍夫，揖斐高編　「大田南畝全集19」'89 p675

『灰坊』（昔話）
　　浜中修編著　「大学古典叢書8」'89 p67
貝増卓袋（市兵衛）宛書簡（松尾芭蕉）
　　富山奏校注　「新潮日本古典集成〔72〕」'78 p160
会盟
　　芳賀矢一，佐佐木信綱校註　「謡曲叢書1」'87 p661
開目抄（日蓮）
　　名畑応順，多屋頼俊，兜木正亨，新間進一校注　「日本古典文学大系82」'64 p327
解悶（中島棕隠）
　　水田紀久注　「江戸詩人選集6」'93 p190
槐門三十六人和歌
　　久曽神昇編　「日本歌学大系別6」'84 p305
会友大旨（手島堵庵）
　　柴田実校注　「日本思想大系42」'71 p185
傀儡子記（かいらいしき）　→"くぐつき"を見よ
海録（山崎美成）
　　須永朝彦編訳　「日本古典文学幻想コレクション1」'95 p279
画隠松年にあたふ（上田秋成）
　　「上田秋成全集11」'94 p400
臥雲藁（瑞渓周鳳）
　　玉村竹二編　「五山文学新集5」'71 p495
蛙
　　芳賀矢一，佐佐木信綱校註　「謡曲叢書1」'87 p481
蛙の草紙（根津美術館蔵絵巻）
　　横山重ほか編　「室町時代物語大成3」'75 p383
蛙の野送（一茶）
　　雲英末雄，山下一海，丸山一彦，松尾靖秋校注・訳　「新編日本古典文学全集72」'01 p585
可延定業御書（日蓮）
　　戸頃重基，高木豊校注　「日本思想大系14」'70 p189
歌苑連署事書
　　佐佐木信綱校注　「日本歌学大系4」'56 p97
嘉応元年五月観智法眼歌合
　　「平安朝歌合大成4」'96 p2227
嘉応元年左兵衛督成範歌合
　　「平安朝歌合大成4」'96 p2235
〔嘉応元年四月〕園城寺長吏大僧正覚忠歌合
　　「平安朝歌合大成4」'96 p2225
嘉応元年十一月或所歌合
　　「平安朝歌合大成4」'96 p2233
〔嘉応元年十二月十一日以前〕或所歌合
　　「平安朝歌合大成4」'96 p2234
〔嘉応元年夏─秋〕前検非違使別当頼輔歌合
　　「平安朝歌合大成4」'96 p2228
「我桜」付合（松尾芭蕉）

島居清著　「芭蕉連句全註解3」'80 p279
嘉応二年九月十三日宝荘厳院詩歌合
　　「平安朝歌合大成4」'96 p2253
嘉応二年五月廿九日左衛門督実国歌合
　　「平安朝歌合大成4」'96 p2236
嘉応二年十月九日散位敦頼住吉社歌合
　　「平安朝歌合大成4」'96 p2256
嘉応二年十月〔十九日〕建春門院滋子北面歌合
　　「平安朝歌合大成4」'96 p2288
〔嘉応二年八―九月〕右近少将通親歌合
　　「平安朝歌合大成4」'96 p2254
花屋抄（花屋玉栄）
　　「日本文学古註釈大成〔8〕」'78 p383
顔見世（与謝蕪村）
　　揖斐高校注・訳　「日本の文学 古典編43」'86 p149
　　頴原退蔵編著　「蕪村全集1」'48 p411
娥歌かるた（近松門左衛門）
　　「近松全集（岩波）8」'88 p637
娥哥かるた（近松門左衛門）
　　藤井紫影校註「近松全集（思文閣）10」'78 p425
河海抄（四辻善成）
　　「日本文学古註釈大成〔6〕」'78 p1
花街漫録（西村藐庵）
　　関根正直ほか監修　「日本随筆大成Ⅰ-9」'75 p239
花街漫録正誤（喜多村信節）
　　関根正直ほか監修　「日本随筆大成Ⅰ-23」'76 p361
「抱あげらるゝ」「もえかねる」「古寺や」付合（松尾芭蕉）
　　島居清著　「芭蕉連句全註解10」'83 p273
歌学提要（内山眞弓）
　　佐佐木信綱編　「日本歌学大系8」'56 p379
歌学提要（香川景樹，内山真弓編）
　　中村幸彦校注「日本古典文学大系94」'66 p131
加々山旧錦絵（容楊黛）
　　宮井浩司校訂　「叢書江戸文庫Ⅰ-15」'89 p365
花下に志を言ふ（藤原忠通）
　　菅野礼行，徳田武校注・訳　「新編日本古典文学全集86」'02 p197
加賀国篠原合戦（竹田出雲ほか）
　　宮園正樹校訂　「叢書江戸文庫Ⅰ-9」'88 p313
かぶふし
　　荻田清ほか編　「近世文学選〔1〕」'94 p176
鏡男
　　北川忠彦ほか校注「中世の文学 第1期〔20〕」'94 p73
　　竹本幹夫，橋本朝生校注・訳　「日本の文学 古典編36」'87 p344
鏡男絵巻
　　浜中修編著　「大学古典叢書8」'89 p42
　　太田武夫校訂　「室町時代物語集1」'62 p200
　　横山重ほか編　「室町時代物語大成3」'75 p387
『鏡男』（狂言）
　　浜中修編著　「大学古典叢書8」'89 p98
照子池浮名写絵（曲亭馬琴）
　　板坂則子校訂　「叢書江戸文庫Ⅱ-33」'94 p233
雁金屋采女蝿屋裂裟次郎照子池浮名写絵（滝沢馬琴）
　　「古典叢書〔19〕」'90 p135
歌舞伎十八番の内鏡獅子（春興鏡獅子）（福地桜痴）
　　河竹登志夫ほか監修　「名作歌舞伎全集18」'69 p277
鏡に対して嘆ず（成島柳北）
　　日野龍夫注　「江戸詩人選集10」'90 p124
鏡山旧錦絵（鏡山）
　　河竹登志夫ほか監修　「名作歌舞伎全集13」'69 p235
呵刈葭（上田秋成）
　　「上田秋成全集1」'90 p189
　　高田衛著　「鑑賞日本の古典18」'81 p291
呵刈葭（本居宣長）
　　松村明訳　「古典日本文学全集34」'60 p227
篝火（紫式部）
　　阿部秋生，小町谷照彦，野村精一，柳井滋著　「鑑賞日本の古典6」'79 p170
　　阿部秋生，秋山虔，今井源衛，鈴木日出男校注・訳　「完訳日本の古典18」'85 p59
　　円地文子訳　「現代語訳 日本の古典5」'79 p95
　　谷崎潤一郎ほか編　「国民の文学3」'63 p440
　　阿部秋生ほか校注・訳　「古典セレクション7」'98 p179
　　「古典日本文学全集5」'61 p78
　　石田穣二，清水好子校注　「新潮日本古典集成〔21〕」'79 p113
　　柳井滋ほか校注　「新日本古典文学大系21」'95 p27
　　阿部秋生，秋山虔，今井源衛，鈴木日出男校注・訳　「新編日本古典文学全集22」'96 p253
　　「特選日本の古典 グラフィック版5」'86 p72
　　池田亀鑑校註　「日本古典全書〔14〕」'50 p212
　　阿部秋生，秋山虔，今井源衛校注・訳　「日本古典文学全集14」'72 p245
　　山岸徳平校注　「日本古典文学大系16」'61 p37
　　伊井春樹，日向一雅，百川敬仁（ほか）校注・訳　「日本の文学 古典編13」'86 p221
　　「日本文学大系5」'55 p107
香川景樹
　　久松潜一校注　「日本古典文学大系93」'66 p331
霞関集（石野広通撰）
　　松野陽一校注　「新日本古典文学大系67」'96 p303

火浣布略説（平賀鳩渓（平賀源内）編）
　　関根正直ほか監修　「日本随筆大成Ⅱ-16」'74
　　p237
餓鬼
　　芳賀矢一，佐佐木信綱校註　「謡曲叢書1」'87
　　p373
袖から袖へ手を入れてしつと引〆ｻ二人書集芥の川川（唐来三和）
　　山本陽史編　「シリーズ江戸戯作〔2〕」'89 p29
書集津盛噺（安永五年刊）
　　武藤禎夫編　「噺本大系17」'79 p158
蠣房を食う（大窪詩仏）
　　揖斐高注　「江戸詩人選集5」'90 p217
岡女八目佳妓窺（小金あつ丸）
　　「洒落本大成22」'84 p327
書初機嫌海（上田秋成）
　　「上田秋成全集7」'90 p325
　　美山靖校注　「新潮日本古典集成〔76〕」'80 p157
社若
　　芳賀矢一，佐佐木信綱校註　「謡曲叢書1」'87
　　p376
杜若
　　伊藤正義校注　「新潮日本古典集成〔58〕」'83
　　p257
　　西野春雄校注　「新日本古典文学大系57」'98
　　p300
　　小山弘志，佐藤健一郎校注・訳　「新編日本古典文学全集58」'97 p371
杜若艶色紫（鶴屋南北）
　　梅崎史子校訂　「鶴屋南北全集5」'71 p279
杜若艶色紫（土手のお六）（鶴屋南北）
　　河竹登志夫ほか監修　「名作歌舞伎全集22」'72
　　p309
紫女伊達染（鶴屋南北）
　　服部幸雄校注　「鶴屋南北全集11」'72 p409
「杜若」付合（松尾芭蕉）
　　島居清著　「芭蕉連句全註解5」'81 p47
「杜若」二十四句（松尾芭蕉）
　　島居清著　「芭蕉連句全註解3」'80 p319
垣根草（草官散人）
　　須永朝彦編訳　「日本古典文学幻想コレクション3」'96 p231
梻本集
　　「日本文学大系11」'55 p3
柿本集（柿本人麻呂）
　　和歌史研究会編　「私家集大成1」'73 p17
柿本朝臣人麻呂勘文
　　久曽神昇編　「日本歌学大系別巻4」'80 p77
柿本人丸集（柿本人麻呂）
　　和歌史研究会編　「私家集大成1」'73 p11
柿本人麻呂事蹟考弁（岡熊臣）

「万葉集古註釈集成17」'91 p5
柿本人麿集（柿本人麻呂）
　　和歌史研究会編　「私家集大成1」'73 p31
垣穂の梅（松尾芭蕉）
　　井本農一，弥吉菅一，横沢三郎，尾形仂校注
　　「校本芭蕉全集6」'89 p322
　　富山奏校注　「新潮日本古典集成〔72〕」'78 p48
　　井本農一，久富哲雄，村松友次，堀切実校注・訳
　　「新編日本古典文学全集71」'97 p195
餓鬼舞
　　荻田清ほか編　「近世文学選〔1〕」'94 p180
嘉喜門院集（嘉喜門院）
　　「国歌大系14」'76 p345
　　和歌史研究会編　「私家集大成5」'74 p339
嘉喜門院御集（嘉喜門院）
　　長沢美津編　「女人和歌大系2」'65 p660
柿山伏
　　田中千禾夫訳　「現代語訳　日本の古典14」'80
　　p89
　　窪田啓作訳　「国民の文学12」'64 p227
　　北川忠彦，安田章　「新編日本古典文学全集60」
　　'01 p365
　　北川忠彦ほか校注　「中世の文学　第1期〔20〕」'94
　　p61
　　古川久校註　「日本古典全書〔92〕」'54 p221
蝸牛
　　「古典日本文学全集20」'62 p271
　　北川忠彦ほか校注　「中世の文学　第1期〔22〕」'95
　　p353
花鏡（世阿弥）
　　守随憲治訳　「古典日本文学全集36」'62 p209
　　田中裕校注　「新潮日本古典集成〔61〕」'76 p115
　　奥田勲，表章，堀切実，復本一郎校注・訳　「新編日本古典文学全集88」'01 p293
　　伊地知鉄男，表章，栗山理一校注・訳　「日本古典文学全集51」'73 p299
　　久松潜一，西尾実校注　「日本古典文学大系65」
　　'51 p409
　　表章，加藤周一校注　「日本思想大系24」'74
　　p83
雅興春の行衛（寛政八年三月刊）（扇屋一雄）
　　武藤禎夫編　「噺本大系13」'79 p33
歌経標式（抄本）（藤原濱成）
　　佐佐木信綱編　「日本歌学大系1」'58 p10
歌経標式（真本）（藤原濱成）
　　佐佐木信綱編　「日本歌学大系1」'58 p1
陽炎の巻（明和九年）（与謝蕪村）
　　頴原退蔵編著　「蕪村全集2」'48 p72
学を論ず（仁科白谷）
　　徳田武注　「江戸漢詩選1」'96 p223
覚海法橋法語（覚海）

宮坂宥勝校注 「日本古典文学大系83」'64 p55
角行藤仏侗記(御大行の巻)
　村上重良, 安丸良夫校注 「日本思想大系67」'71 p452
覚綱集(覚綱)
　和歌史研究会編 「私家集大成2」'75 p722
客歳夏秋の交、淫雨連旬、諸州大水、歳果して登らず。今玆七月に至り、都下の米価涌騰益甚し。一斗三千銭に過ぐ。餓莩路に横り、苦訴泣哭、声四境に徹す。建蠹より還未だ曾て有らざる所と云う。感慨の余、此の二十絶を賦す(うち三首)(中島棕隠)
　水田紀久注 「江戸詩人選集6」'93 p306
学者角力勝負附評判
　「徳川文芸類聚12」'70 p313
客者評判記(式亭三馬)
　「古典叢書〔7〕」'89 p351
客者評判記(桃栗山人柿発斎)
　「洒落本大成9」'80 p137
楽章類語鈔(高田与清編)
　高野辰之編 「日本歌謡集成2」'60 p161
角水
　北川忠彦ほか校注 「中世の文学 第1期〔20〕」'94 p140
角総
　臼田甚五郎, 新間進一, 外村南都子, 徳江元正校注・訳 「新編日本古典文学全集42」'00 p159
学則(荻生徂徠)
　西田太一郎校注 「日本思想大系36」'73 p187
珍話楽牽頭(稲穂)
　浜田義一郎, 武藤禎夫編 「日本小咄集成中」'71 p27
珍話楽牽頭(明和九年九月序)(稲穂編)
　武藤禎夫編 「噺本大系9」'79 p23
甲駅妓談角雛児(月亭可笑)
　伊藤千可良ほか校 「江戸時代文芸資料1」'64 p257
甲駅妓談角鶏卵(月亭可笑)
　「洒落本大成12」'81 p331
学談雑録(佐藤直方)
　西順蔵, 阿部隆一, 丸山真男校注 「日本思想大系31」'80 p427
客中懐いを述ぶ(梁川紅蘭)
　福島理子注 「江戸漢詩選3」'95 p232
郭中奇譚
　「洒落本大成4」'79 p295
　「徳川文芸類聚5」'70 p33
郭中奇譚(異本)
　「洒落本大成4」'79 p311
客中歳晩。懐いを言う(梁川紅蘭)
　福島理子注 「江戸漢詩選3」'95 p230

客中雑感(大沼枕山)
　日野龍夫注 「江戸詩人選集10」'90 p173
郭中掃除雑編(福輪道人)
　「洒落本大成7」'80 p81
客中の元旦(館柳湾)
　徳田武注 「江戸詩人選集7」'90 p243
客中の記事(市河寛斎)
　揖斐高注 「江戸詩人選集5」'90 p95
風流廓中美人集(柿本臍丸)
　「洒落本大成8」'80 p147
廓中名物論(宗量斎)
　「洒落本大成9」'80 p131
学通三客(秋収冬蔵)
　「洒落本大成15」'82 p203
学通三客(秋收冬蔵)
　伊藤千可良ほか校 「江戸時代文芸資料1」'64 p437
かぐ土のあらひ(伴蒿蹊)
　風間誠史校訂 「叢書江戸文庫Ⅰ-7」'93 p311
学統弁論(大国隆正)
　田原嗣郎, 関晃, 佐伯有清, 芳賀登校注 「日本思想大系50」'73 p459
迦具都遲能阿良毗(上田秋成)
　「上田秋成全集11」'94 p163
角兵衛(后の月酒宴島台)(瀬川如皐(二世))
　河竹登志夫ほか監修 「名作歌舞伎全集24」'72 p121
革命勘文(三善清行)
　山岸徳平, 竹内理三, 家永三郎, 大曽根章介校注 「日本思想大系8」'79 p49
岳滅鬼(広瀬淡窓)
　岡村繁注 「江戸詩人選集9」'91 p26
かくやいかにの記(長谷川元寛)
　宇田敏彦校訂 「未刊随筆百種4」'76 p217
楽屋の続き絵—於仲清七物語(柳亭種彦)
　「古典叢書〔36〕」'90 p6
神楽歌
　福永武彦訳 「国民の文学1」'64 p409
　「国歌大系1」'76 p81
　「古典日本文学全集1」'60 p270
　臼田甚五郎校注・訳 「新編日本古典文学全集42」'00 p15
　小西甚一校注 「日本古典文学大系3」'57 p295
　外村南都子校注・訳 「日本の文学 古典編24」'86 p27
神楽歌・催馬楽
　土橋寛, 池田弥三郎編 「鑑賞日本古典文学4」'75 p197
神楽歌・催馬楽拾遺
　新間進一編 「続日本歌謡集成1」'64 p67
神楽歌次第

臼田甚五郎、新間進一、外村南都子、徳江元正校注・訳 「新編日本古典文学全集42」'00 p23
かぐら ほらのむめとも
　荻田清ほか編 「近世文学選〔1〕」'94 p184
神楽和琴秘譜
　高野辰之編 「日本歌謡集成2」'60 p141
革令紀行（大田南畝）
　浜田義一郎、中野三敏、日野龍夫、揖斐高編 「大田南畝全集8」'86 p405
隠笠
　北川忠彦ほか校注 「中世の文学 第1期〔20〕」'94 p325
「かくれ家や」歌仙（松尾芭蕉）
　島居清著 「芭蕉連句全註解5」'81 p299
「かくれ家や」の詞書（松尾芭蕉）
　井本農一、弥吉菅一、横沢三郎、尾形仂校注 「校本芭蕉全集6」'89 p397
かくれ里
　「特選日本の古典 グラフィック版別2」'86 p94
隠里
　芳賀矢一、佐佐木信綱校註 「謡曲叢書1」'87 p382
かくれ里（仮題）（赤木文庫蔵絵巻）
　横山重ほか編 「室町時代物語大成3」'75 p391
かくれさと（東大国文学研究室蔵奈良絵本）
　太田武夫校訂 「室町時代物語集5」'62 p394
かくれ里の記（大田南畝）
　浜田義一郎、中野三敏、日野龍夫、揖斐高編 「大田南畝全集1」'85 p315
『隠里』（謡曲）
　浜中修編著 「大学古典叢書8」'89 p103
家訓
　石井進校注 「日本思想大系21」'72 p309
霞鹿懸合咄（露の五郎兵衛、鹿野武左衛門）
　宮尾しげを校注 「秘籍江戸文学選8」'75 p119
欠け欠けての巻（明和九年）（与謝蕪村）
　穎原退蔵編著 「蕪村全集2」'48 p78
景清
　丸岡明訳 「国民の文学12」'64 p128
　伊藤正義校注 「新潮日本古典集成〔58〕」'83 p267
　西野春雄校注 「新日本古典文学大系57」'98 p532
　麻原美子、北原保雄校注 「新日本古典文学大系59」'94 p238
　小山弘志、佐藤健一郎校注・訳 「新編日本古典文学全集59」'98 p312
　河竹繁俊校註 「日本古典全書〔99〕」'52 p153
　郡司正勝校註 「日本古典文学大系98」'65 p279
　河竹登志夫ほか監修 「名作歌舞伎全集18」'69 p107
　芳賀矢一、佐佐木信綱校註 「謡曲叢書1」'87 p385
景清（藤本斗文）
　河竹繁俊著 「評釈江戸文学叢書6」'70 p83
花月
　西野春雄校注 「新日本古典文学大系57」'98 p295
　須永朝彦編訳 「日本古典文学幻想コレクション2」'96 p116
　芳賀矢一、佐佐木信綱校註 「謡曲叢書1」'87 p657
花月草紙（松平定信）
　関根正直ほか監修 「日本随筆大成III-1」'76 p387
影の病（只野真葛）
　古谷知新編 「江戸時代女流文学全集3」'01 p455
蜻蛉（紫式部）
　阿部秋生、秋山虔、今井源衛、鈴木日出男校注・訳 「完訳日本の古典23」'88 p85
　円地文子訳 「現代語訳 日本の古典5」'79 p159
　谷崎潤一郎ほか編 「国民の文学4」'63 p456
　阿部秋生ほか校注・訳 「古典セレクション16」'98 p9
　「古典日本文学全集6」'62 p228
　石田穣二、清水好子校注 「新潮日本古典集成〔25〕」'85 p99
　柳井滋ほか校注 「新日本古典文学大系23」'97 p259
　阿部秋生、秋山虔、今井源衛、鈴木日出男校注・訳 「新編日本古典文学全集25」'98 p199
　「特選日本の古典 グラフィック版5」'86 p135
　池田亀鑑校註 「日本古典文学〔18〕」'55 p90
　阿部秋生、秋山虔、今井源衛校注・訳 「日本古典文学全集17」'76 p189
　山岸徳平校注 「日本古典文学大系18」'63 p275
　伊井春樹、日向一雅、百川敬仁（ほか）校注・訳 「日本の文学 古典編16」'87 p159
　「日本文学大系6」'55 p397
かげろふ日記
　増담繁夫訳・注 「全対訳日本古典新書〔6〕」'78 p17
蜻蛉日記（藤原道綱母）
　臼田甚五郎、柿本奨、清水文雄（ほか）編 「鑑賞日本古典文学10」'75 p95
　木村正中著 「鑑賞日本の古典7」'80 p9
　木村正中、伊牟田経久校注・訳 「完訳日本の古典11」'85 p7
　柿本奨著 「日本古典評釈・全注釈叢書〔2〕」'66 p13
　柿本奨著 「日本古典評釈・全注釈叢書〔2〕」'66 p255

かけろ　　　　　　　　　　　　　　　作品名

柿本奨著　「日本古典評釈・全注釈叢書〔3〕」'66 p9
かげろふ日記(道綱母)
　鈴木知太郎，川口久雄，遠藤嘉基，西下経一校注　「日本古典文学大系20」'57 p109
蜻蛉日記(道綱母)
　上村悦子著　「蜻蛉日記解釈大成1」'83 p1
　上村悦子著　「蜻蛉日記解釈大成2」'86 p1
　上村悦子著　「蜻蛉日記解釈大成3」'87 p1
　上村悦子著　「蜻蛉日記解釈大成4」'88 p1
　上村悦子著　「蜻蛉日記解釈大成5」'89 p1
　上村悦子著　「蜻蛉日記解釈大成6」'91 p1
　上村悦子著　「蜻蛉日記解釈大成7」'92 p1
　上村悦子著　「蜻蛉日記解釈大成8」'94 p1
　室生犀星訳　「国民の文学7」'64 p1
　円地文子訳　「古典日本文学全集8」'60 p29
　犬養廉校注　「新潮日本古典集成〔12〕」'82 p7
　今西祐一郎校注　「新日本古典文学大系24」'89 p39
　木村正中，伊牟田経久校注・訳　「新編日本古典文学全集13」'95 p87
　竹西寛子訳　「特選日本の古典 グラフィック版4」'86 p77
　喜多義勇校註　「日本古典全書〔9〕」'49 p43
　松村誠一，木村正中，伊牟田経久校注・訳　「日本古典文学全集9」'73 p123
　増田繁夫校注・訳　「日本の文学 古典編8」'86 p21
蜻蛉日記解環(坂徴)
　「日本文学古註釈大成〔24〕」'79 p1
蜻蛉日記紀行解(田中大秀)
　「日本文学古註釈大成〔24〕」'79 p1
蜻蛉日記の歌
　長沢美津編　「女人和歌大系2」'65 p67
「かげろふの」歌仙(松尾芭蕉)
　島居清著　「芭蕉連句全註解5」'81 p259
かげろふの日記解環補遺(田中大秀)
　「日本文学古註釈大成〔24〕」'79 p63
『かけろふの日記』識語(上田秋成)
　「上田秋成全集5」'92 p526
「蜻蛉の」半歌仙(松尾芭蕉)
　島居清著　「芭蕉連句全註解4」'80 p123
河口
　臼田甚五郎，新間進一，外村南都子，徳江元正校注・訳　「新編日本古典文学全集42」'00 p144
籠釣瓶花街酔醒(籠釣瓶)(河竹新七(三世))
　河竹登志夫ほか監修　「名作歌舞伎全集17」'71 p111
賀古教信七墓廻(近松門左衛門)
　藤井紫影校註　「近松全集(思文閣)6」'78 p307
　「近松全集(岩波)9」'88 p225

夏五の即事(石川丈山)
　上野洋三注　「江戸詩人選集1」'91 p63
籠の渡し(市河寛斎)
　揖斐高注　「江戸詩人選集5」'90 p102
衙後晩望、懐ひを吟ず(島田忠臣)
　菅野礼行，徳田武校注・訳　「新編日本古典文学全集86」'02 p129
籠耳(貞享四年刊)(艸田斎)
　武藤禎，岡雅彦編　「噺本大系4」'76 p223
仮根草(紅月楼)
　「洒落本大成16」'82 p257
笠置山下の作二首(梁川紅蘭)
　福島理子注　「江戸漢詩選3」'95 p258
鵲(絶海中津)
　菅野礼行，徳田武校注・訳　「新編日本古典文学全集86」'02 p236
かざしのひめ(小野幸氏蔵奈良絵本)
　横山重ほか編　「室町時代物語大成補1」'87 p425
かざしの姫君
　市古貞次校注　「新日本古典文学大系54」'89 p291
かざしの姫(慶応義塾図書館蔵奈良絵本)
　横山重ほか編　「室町時代物語大成3」'75 p398
「笠島やいづこ」の詞書(松尾芭蕉)
　井本農一，弥吉菅一，横沢三郎，尾形仂校注　「校本芭蕉全集6」'89 p408
「笠島や」詞書(松尾芭蕉)
　井本農一，久富哲雄，村松友次，堀切実校注・訳　「新編日本古典文学全集71」'97 p263
笠卒塔婆
　芳賀矢一，佐佐木信綱校註　「謡曲叢書1」'87 p392
「笠寺や」歌仙(松尾芭蕉)
　島居清著　「芭蕉連句全註解4」'80 p279
「笠寺や」付合(松尾芭蕉)
　島居清著　「芭蕉連句全註解10」'83 p307
「傘に」歌仙(松尾芭蕉)
　島居清著　「芭蕉連句全註解9」'83 p155
笠に脚袢の巻(宝暦六年)(与謝蕪村)
　頴原退蔵編著　「蕪村全集2」'48 p41
重井筒(近松門左衛門)
　藤井紫影校註　「近松全集(思文閣)8」'78 p349
　重友毅校注　「日本古典文学大系49」'58 p65
重井筒(心中重井筒)(近松門左衛門)
　「近松全集(岩波)17影印編」'94 p229
　「近松全集(岩波)17解説編」'94 p244
かさね(色彩間苅豆)(鶴屋南北(四代))
　河竹登志夫ほか監修　「名作歌舞伎全集19」'70 p133
重ねを賀す(松尾芭蕉)

井本農一，弥吉菅一，横沢三郎，尾形仂校注
　　「校本芭蕉全集6」'89 p453
井本農一，久富哲雄，村松友次，堀切実校注・訳
　　「新編日本古典文学全集71」'97 p284
重ねて赤間に過ぐ（三首，うち一首）（元政）
　　上野洋三注　「江戸詩人選集1」'91 p329
重ねて江湖詩社を結ぶ，十二（市河寛斎）
　　菅野礼行，徳田武校注・訳　「新編日本古典文学全集86」'02 p501
重ねて詩僧政上人の墓を過ぐ（鳥山芝軒）
　　菅野礼行，徳田武校注・訳　「新編日本古典文学全集86」'02 p312
重ねて題す（石川丈山）
　　上野洋三注　「江戸詩人選集1」'91 p108
重ねて墨水に遊ぶ（野村篁園）
　　徳田武注　「江戸詩人選集7」'90 p71
笠の記（松尾芭蕉）
　　井本農一，弥吉菅一，横沢三郎，尾形仂校注
　　「校本芭蕉全集6」'89 p530
　　井本農一，大谷篤蔵編　「校本芭蕉全集別1」'91 p229
　　富山奏校注　「新潮日本古典集成〔72〕」'78 p51
傘轆轤浮名濡衣（てれめん）
　　河竹登志夫ほか監修　「名作歌舞伎全集14」'70 p305
風花（菅野清子）
　　長沢美津編　「女人和歌大系6」'78 p653
笠はり（松尾芭蕉）
　　井本農一，久富哲雄，村松友次，堀切実校注・訳
　　「新編日本古典文学全集71」'97 p175
　　井本農一，久富哲雄，村松友次，堀切実校注・訳
　　「新編日本古典文学全集71」'97 p239
笠間長者鶴亀物語（古梓堂文庫蔵奈良絵本）
　　太田武夫校訂　「室町時代物語集5」'62 p93
花讃女句集（萩陀羅尼）（花讃女）
　　古谷知新編　「江戸時代女流文学全集4」'01 p485
笠やどり（松尾芭蕉）
　　井本農一，久富哲雄，村松友次，堀切実校注・訳
　　「新編日本古典文学全集71」'97 p173
崋山書簡 付 遺書（渡辺崋山）
　　佐藤昌介，植手通有，山口宗之校注　「日本思想大系55」'71 p105
画山水（祇園南海）
　　山本和義，横山弘注　「江戸詩人選集3」'91 p257
画山水に題す（祇園南海）
　　山本和義，横山弘注　「江戸詩人選集3」'91 p287
峨山の別業（六如）
　　黒川洋一注　「江戸詩人選集4」'90 p245

峨山の松蕈の歌（六如）
　　黒川洋一注　「江戸詩人選集4」'90 p377
香椎
　　芳賀矢一，佐佐木信綱校註　「謡曲叢書1」'87 p404
かしこき人の巻（天明三年）（与謝蕪村）
　　頴原退蔵編著　「蕪村全集2」'48 p266
橿園歌集（中島廣足）
　　「国歌大系19」'76 p315
橿園随筆（中島広足）
　　関根正直ほか監修　「日本随筆大成I-3」'75 p199
夏日，貝外端尹の文亭に陪し（藤原為時）
　　菅野礼行，徳田武校注・訳　「新編日本古典文学全集86」'02 p172
夏日同じく「未だ風月の思に」（藤原為時）
　　菅野礼行，徳田武校注・訳　「新編日本古典文学全集86」'02 p180
夏日聞詠（梁川紅蘭）
　　福島理子注　「江戸漢詩選3」'95 p238
夏日偶作（江馬細香）
　　福島理子注　「江戸漢詩選3」'95 p3
夏日桂の別業即事（藤原周通）
　　菅野礼行，徳田武校注・訳　「新編日本古典文学全集86」'02 p210
夏日雑詩 十二首（うち十一首）（菅茶山）
　　黒川洋一注　「江戸詩人選集4」'90 p136
夏日，小竹筱翁，来たって新居を訪ぬるも，余の午睡を見，詩を題して去る。既に覚め，慚悔するも及ばず。筆を走らせて一詩を賦し，以て謝す（広瀬旭荘）
　　岡村繁注　「江戸詩人選集9」'91 p241
夏日，諸君を林氏の西荘に邀え集む（野村篁園）
　　徳田武注　「江戸詩人選集7」'90 p139
夏日，睡より起く（館柳湾）
　　徳田武注　「江戸詩人選集7」'90 p189
夏日禅房にて志を言ふ（藤原周光）
　　菅野礼行，徳田武校注・訳　「新編日本古典文学全集86」'02 p215
夏日即事（館柳湾）
　　徳田武注　「江戸詩人選集7」'90 p214
夏日，仲温，海亭に邀え飲む（市河寛斎）
　　揖斐高注　「江戸詩人選集5」'90 p16
暇日の閑居（良岑安世）
　　菅野礼行，徳田武校注・訳　「新編日本古典文学全集86」'02 p99
夏日の閑居 八首（うち一首）（服部南郭）
　　山本和義，横山弘注　「江戸詩人選集3」'91 p149
夏日の作（元政）

かしつ　作品名

菅野礼行，徳田武校注・訳　「新編日本古典文学全集86」'02 p278
夏日の作（梁田蛻巌）
　徳田武注　「江戸詩人選集2」'92 p79
夏日渤海の大使が郷に帰るに（藤原道真）
　菅野礼行，徳田武校注・訳　「新編日本古典文学全集86」'02 p149
夏日松下茶を煮る（売茶翁）
　末木文美士，堀川貴司注　「江戸漢詩選5」'96 p73
華自然居士
　芳賀矢一，佐佐木信綱校註　「謡曲叢書3」'87 p143
「樫の木の」付合（松尾芭蕉）
　島居清者　「芭蕉連句全註解3」'80 p283
かしのくち葉（中島広足）
　森銑三，北川博邦編　「続日本随筆大成9」'80 p115
かしのしづ枝（中島広足）
　関根正直ほか監修　「日本随筆大成I-16」'76 p1
家児の誕辰に諸君を招飲し，謾（葛子琴）
　菅野礼行，徳田武校注・訳　「新編日本古典文学全集86」'02 p477
梶の葉（祇園梶）
　古谷知新編　「江戸時代女流文学全集4」'01 p55
梶原平三誉石切（石切梶原）（長谷川千四ほか）
　河竹登志夫ほか監修　「名作歌舞伎全集3」'68 p3
夏始表白教化
　高野辰之編　「日本歌謡集成4」'60 p230
かしま紀行
　松尾芭蕉校注　「新版絵草紙シリーズ9」'84 p90
鹿島紀行（松尾芭蕉）
　井本農一，弥吉菅一，横沢三郎，尾形仂校注　「校本芭蕉全集6」'89 p65
　井本農一訳　「古典日本文学全集31」'61 p183
　麻生磯次訳注　「対訳古典シリーズ〔18〕」'88 p113
鹿島紀行（鹿島詣）（松尾芭蕉）
　井本農一，大谷篤蔵編　「校本芭蕉全集別1」'91 p123
加島神社本紀（上田秋成）
　「上田秋成全集1」'90 p263
鹿島詣（松尾芭蕉）
　富山奏校注　「新潮日本古典集成〔72〕」'78 p55
　井本農一，久富哲雄，村松友次，堀切実校注・訳　「新編日本古典文学全集71」'97 p35
　井本農一，堀信夫，村松友次校注・訳　「日本古典文学全集41」'72 p301
『鹿島詣』（秋瓜本）（松尾芭蕉）

弥吉菅一，赤羽学，檀上正孝著　「芭蕉紀行集1」'67 p166
弥吉菅一，赤羽学，西村真砂子，檀上正孝　「芭蕉紀行集1」'78 p261
歌集（姉小路済俊）
　和歌史研究会編　「私家集大成6」'76 p840
家集（雅種）
　和歌史研究会編　「私家集大成6」'76 p352
歌集あけぼの
　長沢美津編　「女人和歌大系5」'78 p677
霞舟吟巻（首巻）（友野霞舟）
　揖斐高校注　「新日本古典文学大系64」'97 p171
花習内抜書（能序破急事）（世阿弥）
　表章，加藤周一校注　「日本思想大系24」'74 p67
我春集（がしゅんしゅう）→"わがはるしゅう"を見よ
〔嘉承元年以前〕或所歌合
　「平安朝歌合大成3」'96 p1689
可笑記（如儡子）
　「徳川文芸類聚2」'70 p1
科場窓稿（大田南畝）
　浜田義一郎，中野三敏，日野龍夫，揖斐高編　「大田南畝全集17」'88 p655
嘉承二年七月以前内裏前栽合
　「平安朝歌合大成3」'96 p1692
嘉承二年〔春〕中宮篤子内親王歌合
　「平安朝歌合大成3」'96 p1690
〔嘉承年間〕或所歌合
　「平安朝歌合大成3」'96 p1691
花情物語（高山歓喜寺蔵写本）
　横山重ほか編　「室町時代物語大成3」'75 p405
画証録（喜多村信節）
　関根正直ほか監修　「日本随筆大成II-4」'74 p339
家書を読む（藤原道真）
　菅野礼行，徳田武校注・訳　「新編日本古典文学全集86」'02 p157
柏木（紫式部）
　阿部秋生，小町谷照彦，野村精一，柳井滋著　「鑑賞日本の古典6」'79 p277
　阿部秋生，秋山虔，今井源衛，鈴木日出男校注・訳　「完訳日本の古典20」'87 p9
　円地文子訳　「現代語訳 日本の古典5」'79 p119
　谷崎潤一郎ほか編　「国民の文学4」'63 p57
　阿部秋生ほか校注・訳　「古典セレクション10」'98 p215
　「古典日本文学全集5」'61 p271
　石田穣二，清水好子校注　「新潮日本古典集成〔22〕」'80 p265

　　　　　　　作品名　　　　　　　　　　　　　　　　かせい

　柳井滋ほか校注　「新日本古典文学大系22」'96 p1
　阿部秋生, 秋山虔, 今井源衛, 鈴木日出男校注・訳　「新編日本古典文学全集23」'96 p287
　「特選日本の古典 グラフィック版5」'86 p91
　池田亀鑑校註　「日本古典全書〔15〕」'52 p223
　阿部秋生, 秋山虔, 今井源衛校注・訳　「日本古典文学全集15」'74 p277
　山岸徳平校注　「日本古典文学大系17」'62 p9
　伊井春樹, 日向一雅, 百川敬仁(ほか)校注・訳　「日本の文学 古典編14」'87 p211
　「日本文学大系5」'55 p405
柏崎(榎並左衛門)
　伊藤正義校注　「新潮日本古典集成〔58〕」'83 p281
柏崎(榎並の左衛門五郎)
　芳賀矢一, 佐佐木信綱校註　「謡曲叢書1」'87 p397
柏崎(榎並左衛門五郎作, 世阿弥改作)
　西野春雄校注　「新日本古典文学大系57」'98 p404
柏崎(竹本義太夫)
　「竹本義太夫浄瑠璃正本集上」'95 p100
柏崎(近松門左衛門)
　藤井紫影校註　「近松全集(思文閣)3」'78 p755
柏葉集
　「徳川文芸類聚9」'70 p407
　高野辰之編　「日本歌謡集成11」'61 p245
梶原座論
　芳賀矢一, 佐佐木信綱校註　「謡曲叢書1」'87 p446
柏原の山寺における冬日雑題 十六首(うち九首)(六如)
　黒川洋一注　「江戸詩人選集4」'90 p217
家人、衣を寄す(大窪詩仏)
　揖斐高注　「江戸詩人選集5」'90 p245
河水
　芳賀矢一, 佐佐木信綱校註　「謡曲叢書1」'87 p417
歌水艶山両吟歌仙(井原西鶴)
　頴原退蔵ほか編　「定本西鶴全集13」'50 p404
春日恭靖先生を追悼する詩八首(うち二首)(新井白石)
　一海知義, 池沢一郎注　「江戸漢詩選2」'96 p84
春日 護願寺に遊ぶ(広瀬旭荘)
　岡村繁注　「江戸詩人選集9」'91 p155
春日太弟の雅院(嵯峨天皇)
　菅野礼行, 徳田武校注・訳　「新編日本古典文学全集86」'02 p53
かすがの(井原西鶴)
　頴原退蔵ほか編　「定本西鶴全集9」'51 p109

春日野の露
　芳賀矢一, 佐佐木信綱校註　「謡曲叢書1」'87 p409
春日仏師枕時鶏(近松門左衛門)
　「近松全集(岩波)16翻刻編」'90 p305
春日漫興(林梅洞)
　菅野礼行, 徳田武校注・訳　「新編日本古典文学全集86」'02 p303
春日詣
　中野幸一校注・訳　「新編日本古典文学全集14」'99 p253
春日竜神
　伊藤正義校注　「新潮日本古典集成〔58〕」'83 p295
　西野春雄校注　「新日本古典文学大系57」'98 p508
　芳賀矢一, 佐佐木信綱校註　「謡曲叢書1」'87 p413
春日若宮祭田楽歌謡
　高野辰之編　「日本歌謡集成5」'60 p223
上総の老婆(一茶)
　雲英末雄, 山下一海, 丸山一彦, 松尾靖秋校注・訳　「新編日本古典文学全集72」'01 p580
かづま
　荻田清ほか編　「近世文学選〔1〕」'94 p179
「霞やら」画讃(松尾芭蕉)
　井本農一, 弥吉菅一, 横沢三郎, 尾形仂校注　「校本芭蕉全集6」'89 p544
蚊相撲
　田中千禾夫訳　「現代語訳 日本の古典14」'80 p102
和靖梅下の居(一休宗純)
　菅野礼行, 徳田武校注・訳　「新編日本古典文学全集86」'02 p240
葛城
　伊藤正義校注　「新潮日本古典集成〔58〕」'83 p307
　臼田甚五郎, 新間進一, 外村南都子, 徳江元正校注・訳　「新編日本古典文学全集42」'00 p150
　小山弘志, 佐藤健一郎校注・訳　「新編日本古典文学全集58」'97 p499
葛城―雪葛城
　芳賀矢一, 佐佐木信綱校註　「謡曲叢書1」'87 p452
葛城天狗
　芳賀矢一, 佐佐木信綱校註　「謡曲叢書1」'87 p456
華臍魚を食う歌(頼山陽)
　入谷仙介注　「江戸詩人選集8」'90 p140
歌聖伝(上田秋成)
　「上田秋成全集4」'93 p11

日本古典文学全集・作品名綜覧　69

かせき　　　　　　　　　　作品名

化石谷（成島柳北）
　日野龍夫注　「江戸詩人選集10」'90 p51
風につれなき物語
　市古貞次，三角洋一編　「鎌倉時代物語集成2」
　'89 p381
風に紅葉
　市古貞次，三角洋一編　「鎌倉時代物語集成2」
　'89 p439
かぜに紅葉（外題）
　市古貞次，三角洋一編　「鎌倉時代物語集成2」
　'89 p441
「風の香も」付合（松尾芭蕉）
　島居清著　「芭蕉連句全註解6」'81 p65
風のしがらみ（土肥経平）
　関根正直ほか監修　「日本随筆大成I-10」'75
　p177
哥仙大坂俳諧師（井原西鶴）
　穎原退蔵ほか編　「定本西鶴全集10」'54 p67
花前感有り（島田忠臣）
　菅野礼行，徳田武校注・訳　「新編日本古典文学
　全集86」'02 p131
歌撰集
　「徳川文芸類聚10」'70 p237
哥撰集
　高野辰之編　「日本歌謡集成9」'60 p33
歌仙の讚（松尾芭蕉）
　井本農一，弥吉菅一，横沢三郎，尾形仂校注
　「校本芭蕉全集6」'89 p303
歌仙の贄（松尾芭蕉）
　井本農一，久富哲雄，村松友次，堀切実校注・訳
　「新編日本古典文学全集71」'97 p179
歌仙「船いくさの巻」
　山路閑古校注　「秘籍江戸文学選10」'75 p23
歌仙落書
　有吉保校注　「中世の文学 第1期〔1〕」'71 p71
　佐佐木信綱編　「日本歌学大系2」'56 p249
加増曾我（近松門左衛門）
　「近松全集（岩波）4」'86 p325
　「近松全集（岩波）17影印編」'94 p220
　「近松全集（岩波）17解説編」'94 p234
かぞへ歌
　荻田清ほか編　「近世文学選〔1〕」'94 p175
歌体緊要考（大江東平）
　久曽神昇編　「日本歌学大系別9」'92 p515
歌体緊要考（岡部東平）
　久曽神昇編　「日本歌学大系別9」'92 p11
かるくちかたいはなし（天明九年刊）
　武藤禎夫編　「噺本大系17」'79 p318
歌体約言（田安宗武）
　佐佐木信綱編　「日本歌学大系7」'58 p162
　「万葉集古註釈集成14」'91 p5

『片うた』所収和歌（上田秋成）
　「上田秋成全集12」'95 p17
復﨟後祭祀（山東京伝）
　「古典叢書〔3〕」'89 p73
復仇女実語教（十返舎一九）
　高木元校訂　「叢書江戸文庫I-25」'88 p325
敵討巌流島
　荻田清ほか編　「近世文学選〔1〕」'94 p95
敵討義女英（南杣笑楚満人）
　水野稔校注　「日本古典文学大系59」'58 p217
復讐愛高砂（鶴屋南北）
　大久保忠国校訂　「鶴屋南北全集4」'72 p469
敵討雑居寝物語（曲亭馬琴）
　板坂則子校訂　「叢書江戸文庫II-33」'94 p43
復讐鳴立沢（感和亭鬼武）
　高木元校訂　「叢書江戸文庫I-25」'88 p133
売茶翁祇園梶復讐煎茶濫觴（山東京伝）
　「古典叢書〔4〕」'89 p339
敵討蚤取眠（滝沢馬琴）
　「古典叢書〔16〕」'89 p563
敵討襤褸錦（大晏寺堤）（文耕堂，三好松洛）
　河竹登志夫ほか監修　「名作歌舞伎全集3」'68
　p197
敵討天下茶屋聚（天下茶屋）
　河竹登志夫ほか監修　「名作歌舞伎全集13」'69
　p177
金毘羅御利生敵討乗合噺（鶴屋南北）
　郡司正勝校訂　「鶴屋南北全集1」'71 p433
敵討両輛車（山東京伝）
　「古典叢書〔4〕」'89 p425
敵討孫太郎虫（山東京伝）
　「古典叢書〔4〕」'89 p31
敵討櫓太鼓（鶴屋南北）
　広末保校注　「鶴屋南北全集8」'72 p139
金銅名犬正宗名刀敵討宿六始（式亭三馬）
　「古典叢書〔8〕」'89 p287
敵討余世波善津多（十返舎一九）
　棚橋正博校訂　「叢書江戸文庫III-43」'97 p153
荷田子訓読斉明紀童謡存疑（上田秋成）
　「上田秋成全集1」'90 p293
堅田十六夜の弁（松尾芭蕉）
　富山奏校注　「新潮日本古典集成〔72〕」'78 p201
堅田十六夜之弁（松尾芭蕉）
　井本農一，弥吉菅一，横沢三郎，尾形仂校注
　「校本芭蕉全集6」'89 p483
仮多手綱忠臣鞍（山東京伝）
　林美一校訂　「江戸戯作文庫〔8〕」'85 p56
刀
　芳賀矢一，佐佐木信綱校註　「謡曲叢書1」'87
　p422

「かたに着物」「後生ねがひと」「賎が寝ざまの」
付合(松尾芭蕉)
　　島居清著　「芭蕉連句全註解1」'79 p37
かたはし(井原西鶴)
　　穎原退蔵ほか編　「定本西鶴全集13」'50 p335
かたはし(専順)
　　木藤才蔵校注　「中世の文学 第1期〔12〕」'85
　　p137
傍廂(斎藤彦麻呂)
　　関根正直ほか監修　「日本随筆大成Ⅲ-1」'76
　　p1
傍廂糾繆(岡本保孝)
　　関根正直ほか監修　「日本随筆大成Ⅲ-1」'76
　　p135
「帷子は」歌仙(松尾芭蕉)
　　島居清著　「芭蕉連句全註解8」'82 p283
語鈴木
　　芳賀矢一, 佐佐木信綱校註　「謡曲叢書1」'87
　　p440
加壇会我(近松門左衛門)
　　藤井紫影校註　「近松全集(思文閣)7」'78 p553
画譚雞肋(中山高陽)
　　関根正直ほか監修　「日本随筆大成Ⅰ-4」'75
　　p157
勝扇子(市川団十郎(二世))
　　安藤菊二校訂　「未刊随筆百種2」'76 p195
勝栗
　　北川忠彦ほか校注　「中世の文学 第1期〔22〕」'95
　　p342
勝相撲浮名花触(鶴屋南北)
　　広末保校注　「鶴屋南北全集2」'71 p241
　　河竹登志夫ほか監修　「名作歌舞伎全集22」'72
　　p3
「かちならば」付合(松尾芭蕉)
　　島居清著　「芭蕉連句全註解4」'80 p363
花鳥風月
　　須永朝彦編訳　「日本古典文学幻想コレクション
　　2」'96 p89
花鳥風月(仮題)(慶長元和頃古活字十行本)
　　横山重ほか編　「室町時代物語大成3」'75 p434
花鳥風月(仮題)(文禄四年奈良絵本)
　　横山重ほか編　「室町時代物語大成3」'75 p420
花鳥風月の物かたり(史料編集所蔵影写本)
　　横山重ほか編　「室町時代物語大成3」'75 p447
花鳥篇(与謝蕪村編)
　　田中道雄校注　「新日本古典文学大系73」'98
　　p209
花鳥篇序(与謝蕪村)
　　穎原退蔵編著　「蕪村全集1」'48 p402
花鳥篇の巻(天明二年)(与謝蕪村)
　　穎原退蔵編著　「蕪村全集2」'48 p248

花鳥余情(一条兼良)
　　「日本文学古註釈大成〔6〕」'78 p1
鰹魚の贖(野村篁園)
　　徳田武注　「江戸詩人選集7」'90 p54
客居 淹の字を得たり(元政)
　　上野洋三注　「江戸詩人選集1」'91 p224
下総遊君小桜武蔵文女巻筆山城寡婦小三合三国小女郎狐
(柳亭種彦)
　　「古典叢書〔38〕」'90 p377
『葛飾』序抄(松尾芭蕉)
　　井本農一ほか著　「校本芭蕉全集9」'89 p387
葛子琴に寄す(古賀精里)
　　一海知義, 池沢一郎注　「江戸漢詩選2」'96
　　p225
葛子琴余が印を刻して恵まる。賦して謝す(大
典顕常)
　　末木文美士, 堀川貴司注　「江戸漢詩選5」'96
　　p247
甲子夜話(梅暮里谷峨)
　　「洒落本大成20」'83 p65
　　「徳川文芸類聚5」'70 p476
甲子夜話 後編姫意妃(梅暮里谷峨)
　　「洒落本大成20」'83 p363
かつぱ神(只野真葛)
　　古谷知新編　「江戸時代女流文学全集3」'01
　　p435
合浦
　　高野辰之編　「日本歌謡集成5」'60 p223
　　芳賀矢一, 佐佐木信綱校註　「謡曲叢書1」'87
　　p450
かっぽれ(初霞空住吉)(河竹黙阿弥)
　　河竹登志夫ほか監修　「名作歌舞伎全集24」'72
　　p213
勝山従い八幡に至る途中(梁川紅蘭)
　　福島理子注　「江戸漢詩選3」'95 p280
桂川連理柵(菅専助)
　　土田衛校注　「新潮日本古典集成〔74〕」'85 p315
　　樋口慶千代著　「評釈江戸文学叢書4」'70 p599
桂川連理柵(帯屋)(菅専助)
　　河竹登志夫ほか監修　「名作歌舞伎全集7」'69
　　p177
葛城山(松尾芭蕉)
　　井本農一, 弥吉菅一, 横沢三郎, 尾形仂校注
　　「校本芭蕉全集6」'89 p360
　　弥吉菅一, 赤羽学, 西村真砂子, 檀上正孝　「芭
　　蕉紀行集2」'68 p160
桂大納言入道殿御集
　　和歌史研究会編　「私家集大成2」'75 p590
鬘物
　　小山弘志, 佐藤喜久雄, 佐藤健一郎, 表章校注・
　　訳　「完訳日本の古典46」'87 p129

黠虜（佐久間象山）
　坂田新注　「江戸漢詩選4」'95 p113
過庭紀談（原瑜）
　関根正直ほか監修　「日本随筆大成I-9」'75 p1
家弟信卿の西山先生に従って書を読むを送る
（菅茶山）
　黒川洋一注　「江戸詩人選集4」'90 p19
荷亭に暁に坐す（市河寛斎）
　揖斐高注　「江戸詩人選集5」'90 p164
過庭余聞（楠本碩水）
　森銑三，北川博邦編　「続日本随筆大成3」'79 p307
花伝書（世阿弥）
　久松潜一，増淵恒吉編　「校註日本文芸新篇〔3〕」'50 p79
花伝書（異本童舞抄）
　「中世文芸叢書12」'68 p85
家伝史料（大田南畝）
　浜田義一郎，中野三敏，日野龍夫，揖斐高編　「大田南畝全集19」'89 p601
歌道大意（伴林光平）
　佐佐木信綱編　「日本歌学大系9」'58 p404
歌道大意（平田篤胤）
　佐佐木信綱編　「日本歌学大系9」'58 p1
歌道非唯抄（富士谷御杖）
　佐佐木信綱編　「日本歌学大系8」'56 p22
上遠野伊豆（只野真葛）
　古谷知新編　「江戸時代女流文学全集3」'01 p446
画杜鵑行，白河の田内月堂に謝す。（頼山陽）
　入谷仙介注　「江戸詩人選集8」'90 p86
門田のさなへ（伴蒿蹊）
　風間誠史校訂　「叢書江戸文庫I-7」'93 p269
門出やしま（津戸三郎）（近松門左衛門）
　「近松全集（岩波）17影印編」'94 p154
　「近松全集（岩波）17解説編」'94 p161
香取の日記（橘千蔭）
　津本信博編　「近世紀行日記文学集成2」'94 p279
金井橋に花を看る（四首，うち一首）（館柳湾）
　徳田武注　「江戸詩人選集7」'90 p317
金岡
　北川忠彦ほか校注　「中世の文学 第1期〔20〕」'94 p178
　古川久校註　「日本古典全書〔92〕」'54 p104
四十七手本裏張（鶴屋南北）
　大久保忠国校注　「鶴屋南北全集10」'73 p443
仮名口訣（小林一茶）
　小林計一郎校註　「一茶全集7」'77 p371
仮名性理（林羅山）

石田一良，金谷治校注　「日本思想大系28」'75 p237
金津
　北川忠彦，安田章　「新編日本古典文学全集60」'01 p426
仮字遣奥山路（石塚竜麿）
　「万葉集古註釈集成7」'89 p5
金津地蔵
　北川忠彦ほか校注　「中世の文学 第1期〔22〕」'95 p99
　古川久校註　「日本古典全書〔93〕」'56 p56
仮名世説（大田南畝）
　浜田義一郎，中野三敏，日野龍夫，揖斐高編　「大田南畝全集10」'86 p521
　中野三敏校注　「新日本古典文学大系97」'00 p309
仮名世話（大田南畝著，文宝堂散木補）
　関根正直ほか監修　「日本随筆大成II-2」'73 p241
仮名草子
　市古貞次，野間光辰編　「鑑賞日本古典文学26」'76 p131
仮名草子集
　神保五弥ほか校注・訳　「日本古典文学全集37」'71 p5
仮名曾我当蓬萊（鶴屋南北）
　藤尾真一校注　「鶴屋南北全集11」'72 p7
仮名手本忠臣蔵（枝文治（初代））
　二村文人校訂　「叢書江戸文庫III-45」'99 p105
仮名手本忠臣蔵（竹田出雲ほか）
　杉山誠訳　「国民の文学12」'64 p239
　「古典日本文学全集25」'61 p119
　土田衛校注　「新潮日本古典集成〔74〕」'85 p151
　長友千代治校注・訳　「新編日本古典文学全集77」'02 p11
　鶴見誠校註　「日本古典全書〔97〕」'56 p258
　乙葉弘校注　「日本古典文学大系51」'60 p291
　樋口慶千代著　「評釈江戸文学叢書4」'70 p201
　河竹登志夫ほか監修　「名作歌舞伎全集2」'68 p5
金枕遊女相談（間抜安穴）
　「洒落本大成7」'80 p267
小さん金五郎仮名文章娘節用（曲山人）
　笹川種郎著　「評釈江戸文学叢書8」'70 p707
かなめいし
　井上和人校注・訳　「新編日本古典文学全集64」'99 p11
かなめいし（浅井了意）
　武藤禎夫，岡雅彦編　「噺本大系3」'76 p169
鉄輪

伊藤正義校注 「新潮日本古典集成〔58〕」'83 p319
鐵輪
　芳賀矢一，佐佐木信綱校註 「謡曲叢書1」'87 p459
かなわ（藤井隆氏蔵奈良絵本）
　横山重ほか編 「室町時代物語大成3」'75 p451
蚊不喰呪咀曾我（烏亭焉馬）
　「洒落本大成8」'80 p157
蟹図（大典顕常）
　末木文美士，堀川貴司注 「江戸漢詩選5」'96 p302
仮日記（呉夕庵江涯編）
　石川真弘校注 「新日本古典文学大系73」'98 p353
蟹山伏
　北川忠彦，安田章 「新編日本古典文学全集60」'01 p373
　北川忠彦ほか校注 「中世の文学 第1期〔22〕」'95 p344
　古本久校註 「日本古典全書〔92〕」'54 p217
　竹本幹夫，橋本朝生校注・訳 「日本の文学 古典編36」'87 p376
銀が落てある（井原西鶴）
　江本裕編 「西鶴選集〔4〕」'93 p162
鐘鳴今朝噂（いろは新助）（竹田治蔵）
　河竹登志夫ほか監修 「名作歌舞伎全集14」'70 p41
金子一高日記（近松門左衛門）
　「近松全集（岩波）17解説編」'94 p106
「金子一高日記」抄（近松門左衛門）
　「近松全集（岩波）17影印編」'94 p98
珍話金財布（安永八年正月序）
　武藤禎夫編 「噺本大系11」'79 p237
金郷春夕栄（猿赤居士）
　「洒落本大成29」'88 p299
兼輔集（藤原兼輔）
　和歌史研究会編 「私家集大成1」'73 p203
　「日本文学大系11」'55 p103
　長連恒編 「日本文学大系12」'55 p702
兼澄集（源兼澄）
　和歌史研究会編 「私家集大成1」'73 p472
金の奈留気（吾妻雄兎子編）
　風俗資料研究会編 「秘められたる古典名作全集1」'97 p91
鐘の音
　北川忠彦ほか校注 「中世の文学 第1期〔22〕」'95 p94
兼載独吟千句註
　「俳書叢刊1」'88 p81
兼載独吟千句註（兼載）

「俳書叢刊 第7期2」'62 p1
金草鞋（十返舎一九）
　林美一校訂 「江戸戯作文庫〔1〕」'84 p2
　林美一校訂 「江戸戯作文庫〔5〕」'84 p2
　下西善三郎編 「十返舎一九越後紀行集1」'96 p1
　下西善三郎編 「十返舎一九越後紀行集2」'96 p1
　鶴岡節雄校注 「新版絵草紙シリーズ6」'82 p15
　鶴岡節雄校注 「新版絵草紙シリーズ9」'84 p7
兼平
　芳賀矢一，佐佐木信綱校註 「謡曲叢書1」'87 p463
兼平
　伊藤正義校注 「新潮日本古典集成〔58〕」'83 p329
　西野春雄校注 「新日本古典文学大系57」'98 p360
鐘巻
　芳賀矢一，佐佐木信綱校註 「謡曲叢書1」'87 p469
兼元
　芳賀矢一，佐佐木信綱校註 「謡曲叢書1」'87 p475
かねもり（平兼盛）
　和歌史研究会編 「私家集大成1」'73 p546
兼盛集（平兼盛）
　和歌史研究会編 「私家集大成1」'73 p539
　「日本文学大系11」'55 p219
　長連恒編 「日本文学大系12」'55 p725
兼行集（藤原兼行）
　和歌史研究会編 「私家集大成4」'75 p650
下燃物語
　市古貞次，三角洋一編 「鎌倉時代物語集成7」'94 p291
狩野五家譜（自閑斎編）
　安藤菊二校訂 「未刊随筆百種9」'77 p291
叶福助功略縁起（振鷺亭主人）
　岡雅彦校訂 「叢書江戸文庫Ⅰ-19」'90 p147
かの子はなし
　宮尾しげを校注 「秘籍江戸文学選8」'75 p119
新板かの子ばなし
　浜田義一郎，武藤禎夫編 「日本小咄集成上」'71 p217
鹿の子餅（木室卯雲）
　小高敏郎校注 「日本古典文学大系100」'66 p349
　浜田義一郎，武藤禎夫編 「日本小咄集成中」'71 p1
　武藤禎夫編 「噺本大系9」'79 p3
彼の行く

かはく　　　　　　　　　　　　作品名

谷崎潤一郎ほか編　「国民の文学1」'64 p429
河伯井蛙文談（佚斎樗山）
　飯倉洋一校訂　「叢書江戸文庫I-13」'88 p125
蚊柱はの巻（蚊柱百句）（宗因）
　金子金治郎、雲英末雄、暉峻康隆、加藤定彦校注・訳　「新編日本古典文学全集61」'01 p357
樺石梁先生の「孟子の詩」を読みて、戯れに其の体に倣ふ（広瀬旭荘）
　岡村繁注　「江戸詩人選集9」'91 p202
蒲御曹子東童歌（竹本義太夫）
　「竹本義太夫浄瑠璃正本集上」'95 p192
画馬の引。福井敬斎君の為に賦す（六如）
　黒川洋一注　「江戸詩人選集4」'90 p326
歌舞伎
　谷崎潤一郎ほか編　「国民の文学12」'64 p237
歌舞伎事始（為永一蝶）
　守随憲治訳　「古典日本文学全集36」'62 p235
歌舞妓雑談（中村芝翫）
　森銑三、北川博邦編　「続日本随筆大成9」'80 p95
歌舞伎十八番集
　郡司正勝校注　「日本古典文学大系98」'65 p11
かぶきのさうし
　伊藤千可良ほか校　「江戸時代文芸資料4」'64 p1
世話双紙歌舞妓の華（容楊黛）
　「洒落本大成12」'81 p67
歌舞伎名作集
　戸板康二注解　「古典日本文学全集26」'61 p3
歌舞髄脳記（禅竹）
　表章、加藤周一校注　「日本思想大系24」'74 p341
株番（小林一茶）
　丸山一彦校注　「一茶全集6」'76 p41
冠言葉七日虹記（唐来三和）
　山本陽史編　「シリーズ江戸戯作〔2〕」'89 p95
禿物狂
　芳賀矢一、佐佐木信綱校註　「謡曲叢書1」'87 p483
嘉平次おさが生玉心中（近松門左衛門）
　鳥越文蔵校注・訳　「日本古典文学全集44」'75 p257
壁に題す（平野金華）
　菅野礼行、徳田武校注・訳　「新編日本古典文学全集86」'02 p390
〔嘉保元年―承徳二年〕八月十五日夜関白師通歌合
　「平安朝歌合大成3」'96 p1585
嘉保元年八月十九日前関白師実歌合
　「平安朝歌合大成3」'96 p1494
嘉保元年八月前関白師実後番歌合

「平安朝歌合大成3」'96 p1537
画法彩色法（西川祐信）
　安田章生訳　「古典日本文学全集36」'62 p250
嘉保二年三月内裏歌合
　「平安朝歌合大成3」'96 p1538
嘉保二年八月廿八日郁芳門院媞子内親王前栽合
　「平安朝歌合大成3」'96 p1539
〔嘉保二年晩秋〕郁芳門院媞子内親王後番前栽合
　「平安朝歌合大成3」'96 p1549
加保茶元成
　棚橋正博、鈴木勝忠、宇田敏彦注解　「新編日本古典文学全集79」'99 p571
釜淵双級巴（釜煎りの五右衛門）（並木宗輔）
　河竹登志夫ほか監修　「名作歌舞伎全集6」'71 p51
鎌倉建長寺竜源菴所蔵詩集 四（邵庵全雍）
　玉村竹二編　「五山文学新集3」'69 p627
鎌倉三代記
　鶴見誠校注　「日本古典文学大系52」'59 p181
鎌倉三代記（三代記）
　河竹登志夫ほか監修　「名作歌舞伎全集5」'70 p115
鎌倉諸芸袖日記（多田南嶺）
　風間誠史（代表）校訂　「叢書江戸文庫III-42」'97 p5
蒲田（古賀精里）
　一海知義、池沢一郎注　「江戸漢詩選2」'96 p266
鎌田兵衛名所盃（近松門左衛門）
　藤井紫影校註　「近松全集（思文閣）4」'78 p641
　「近松全集（岩波）6」'87 p457
歌舞伎十八番の内鎌髭（竹柴金作（二代））
　河竹登志夫ほか監修　「名作歌舞伎全集18」'69 p199
神上
　谷崎潤一郎ほか編　「国民の文学1」'64 p415
　臼田甚五郎、新間進一、外村南都子、徳江元正校注・訳　「新編日本古典文学全集42」'00 p91
神有月
　芳賀矢一、佐佐木信綱校註　「謡曲叢書1」'87 p487
髪を梳る（二首、うち一首）（田能村竹田）
　徳田武注　「江戸漢詩選1」'96 p154
紙を乞ひて隣舎に贈る（島田忠臣）
　菅野礼行、徳田武校注・訳　「新編日本古典文学全集86」'02 p122
盟三五大切（鶴屋南北）
　大久保忠国編　「鶴屋南北全集4」'72 p425
紙子仕立両面鑑（大文字屋）（菅専助）

河竹登志夫ほか監修 「名作歌舞伎全集14」'70 p97

「紙衣の」表六句・付句・裏十一句(松尾芭蕉)
　島居清著 「芭蕉連句全註解5」'81 p33

神路手引草(増穂残口)
　平重道, 阿部秋生校注 「日本思想大系39」'72 p189

神鳴
　北川忠彦, 安田章 「新編日本古典文学全集60」'01 p346
　古川久校註 「日本古典全書〔93〕」'56 p123

雷
　北川忠彦ほか校注 「中世の文学 第1期〔22〕」'95 p330

神明恵和合取組(め組の喧嘩)(竹柴其水)
　河竹登志夫ほか監修 「名作歌舞伎全集17」'71 p159

紙衾の記(松尾芭蕉)
　富山奏校注 「新潮日本古典集成〔72〕」'78 p158

紙衾ノ記(松尾芭蕉)
　井本農一, 弥吉菅一, 横沢三郎, 尾形仂校注 「校本芭蕉全集6」'89 p441
　井本農一, 久富哲雄, 村松友次, 堀切実校注・訳 「新編日本古典文学全集71」'97 p277

紙屋治兵衛きいの国や小はる心中天の網島(近松門左衛門)
　大久保忠国編 「鑑賞日本古典文学29」'75 p261
　鳥越文蔵校注・訳 「日本古典文学全集44」'75 p461

神代かたり(上田秋成)
　「上田秋成全集1」'90 p141

神代かたり(異文)(上田秋成)
　「上田秋成全集1」'90 p171

神代小町(長瀬八幡宮蔵絵巻)
　横山重ほか編 「室町時代物語大成3」'75 p463

神代眛論(三蝶)
　「洒落本大成10」'80 p61

かみよ物語(岩瀬文庫蔵絵巻)
　太田武夫校訂 「室町時代物語集5」'62 p36

神代・歴代天皇系図
　荻原浅男校注・訳 「完訳日本の古典1」'83 p371

冠独歩行(松淵, 喜至編)
　「徳川文芸類聚11」'70 p363

亀井戸
　芳賀矢一, 佐佐木信綱校註 「謡曲叢書1」'87 p496

亀井大年の肥後に遊ぶを送る(広瀬淡窓)
　岡村繁注 「江戸詩人選9」'91 p8

甕を売る婦(田能村竹田)
　徳田武注 「江戸漢詩選1」'96 p90

亀谷物語(近松門左衛門)
　藤井紫影校註 「近松全集(思文閣)1」'78 p703

亀子が良才(松尾芭蕉)
　井本農一, 久富哲雄, 村松友次, 堀切実校注・訳 「新編日本古典文学全集71」'97 p325

「亀子が良才」草稿(松尾芭蕉)
　井本農一, 大谷篤蔵編 「校本芭蕉全集別1」'91 p241

亀崎ぶし
　荻田清ほか編 「近世文学選〔1〕」'94 p192

亀谷山金剛寿福禅寺語録(東明慧日)
　玉村竹二編 「五山文学新集別2」'81 p18

亀屋久右衛門に送る文(きせ子)
　古谷知新編 「江戸時代女流文学全集3」'01 p643

亀山院御集(亀山天皇)
　和歌史研究会編 「私家集大成4」'75 p652

加茂
　芳賀矢一, 佐佐木信綱校註 「謡曲叢書1」'87 p501

賀茂(金春禅竹)
　西野春雄校注 「新日本古典文学大系57」'98 p354
　小山弘志, 佐藤健一郎校注・訳 「新編日本古典文学全集58」'97 p54

蒲生智閑和歌集(蒲生智閑)
　和歌史研究会編 「私家集大成6」'76 p548
　「中世歌書翻刻2」'71 p6

賀茂翁歌集(賀茂眞淵)
　「国歌大系15」'76 p485

鴨河に遊んで茶を煮る(売茶翁)
　末木文美士, 堀川貴司注 「江戸漢詩選5」'96 p80

鴨川の秋夕(二首, うち一首)(梁川紅蘭)
　福島理子注 「江戸漢詩選3」'95 p302

賀茂女集(加茂保憲女)
　和歌史研究会編 「私家集大成1」'73 p599

賀茂成助集(賀茂成助)
　和歌史研究会編 「私家集大成2」'75 p352

鴨の騒台
　高橋磌一, 塚本学校注 「日本思想大系58」'70 p237

鴨長明
　芳賀矢一, 佐佐木信綱校註 「謡曲叢書1」'87 p506

鴨長明集(鴨長明)
　「国歌大系14」'76 p111
　細野哲雄校註 「日本古典全書〔27〕」'70 p215

賀茂之本地(承応頃刊本)
　太田武夫校訂 「室町時代物語集1」'62 p293
　横山重ほか編 「室町時代物語大成3」'75 p480

賀茂保憲女集(賀茂保憲の女)

「日本文学大系12」'55 p827
賀茂保憲女集（賀茂保憲女）
　長沢美津編　「女人和歌大系2」'65 p581
賀茂真淵
　高木市之助校注　「日本古典文学大系93」'66 p49
賀茂物狂
　芳賀矢一，佐佐木信綱校註　「謡曲叢書1」'87 p511
加茂保憲女集（加茂保憲女）
　和歌史研究会編　「私家集大成1」'73 p590
我門
　臼田甚五郎，新間進一，外村南都子，徳江元正校注・訳　「新編日本古典文学全集42」'00 p127
我門乎
　臼田甚五郎，新間進一，外村南都子，徳江元正校注・訳　「新編日本古典文学全集42」'00 p131
夏夜（江馬細香）
　福島理子注　「江戸漢詩選3」'95 p5
　福島理子注　「江戸漢詩選3」'95 p93
蚊幮を咏ず（古賀精里）
　一海知義，池沢一郎注　「江戸漢詩選2」'96 p229
夏夜、千仏閣前、杜若池上に、茶舗を開く（売茶翁）
　末木文美士，堀川貴司注　「江戸漢詩選4」'96 p69
夏夜即事（仁科白谷）
　徳田武注　「江戸漢詩選1」'96 p227
高陽院歌合
　「国歌大系9」'76 p879
高陽院七首歌合　寛治八年　経信判
　峯岸義秋校註　「日本古典全書〔73〕」'47 p173
賀陽院水閣歌合　長元八年　輔親判
　峯岸義秋校註　「日本古典全書〔73〕」'47 p127
萱斎院御集（式子内親王）
　和歌史研究会編　「私家集大成3」'74 p147
蚊屋の巻（安永年中）（与謝蕪村）
　穎原退蔵編著　「蕪村全集2」'48 p242
可也不也（上田秋成）
　「上田秋成全集5」'92 p395
雅遊漫録（大枝流芳）
　関根正直ほか監修　「日本随筆大成II-23」'74 p253
通小町
　伊藤正義校注　「新潮日本古典集成〔58〕」'83 p341
通小町（観阿弥）
　西野春雄校注　「新日本古典文学大系57」'98 p155

小山弘志，佐藤健一郎校注・訳　「新編日本古典文学全集59」'98 p196
通小町（観阿弥清次）
　「古典日本文学全集20」'62 p64
通小町―古名古市原小町又四位少将
　芳賀矢一，佐佐木信綱校註　「謡曲叢書1」'87 p515
かよふ神の講釈（通野意気）
　「洒落本大成11」'81 p89
夏陽子を哭す（市河寛斎）
　揖斐高注　「江戸詩人選集5」'90 p21
河陽十詠、河陽花（嵯峨天皇）
　菅野礼行，徳田武校注・訳　「新編日本古典文学全集86」'02 p74
唐糸さうし
　市古貞次校注　「日本古典文学大系38」'58 p124
唐糸草子
　大島建彦校注・訳　「日本古典文学全集36」'74 p155
唐糸草子（慶長元和頃古活字十行本）
　横山重ほか編　「室町時代物語大成3」'75 p497
唐鏡（藤原茂範）
　「中世文芸叢書8」'66
唐金子が臨瀛楼に題す（大潮元皓）
　末木文美士，堀川貴司注　「江戸漢詩選5」'96 p162
韓神
　臼田甚五郎，新間進一，外村南都子，徳江元正校注・訳　「新編日本古典文学全集42」'00 p42
嘉良喜随筆（山口幸充）
　関根正直ほか監修　「日本随筆大成I-21」'76 p119
唐衣橘洲
　棚橋正博，鈴木勝忠，宇田敏彦注解　「新編日本古典文学全集79」'99 p493
韓草（君島夜詩）
　長沢美津編　「女人和歌大系6」'78 p465
花洛受法記（近松門左衛門）
　藤井紫影校註　「近松全集（思文閣）3」'78 p303
歌羅衣（丹頂斎一声撰）
　「徳川文芸類聚11」'70 p456
辛崎
　芳賀矢一，佐佐木信綱校註　「謡曲叢書1」'87 p519
「辛崎の」付合（松尾芭蕉）
　島居清著　「芭蕉連句全註解3」'80 p291
唐崎の松下に、山陽先生に拝別す。（頼山陽）
　入谷仙介注　「江戸詩人選集8」'90 p164
「辛崎の松」の句の初案（『鎌倉海道』「報恩奨章」）（松尾芭蕉）

井本農一,大谷篤蔵編 「校本芭蕉全集別1」'91 p432
からさき八景屏風(近松門左衛門)
　「近松全集(岩波)16翻刻編」'90 p201
唐崎物語(穂久邇文庫蔵写本)
　横山重ほか編 「室町時代物語大成3」'75 p515
乾鮭の句に脇をつぐ辞(与謝蕪村)
　穎原退蔵編著 「蕪村全集1」'48 p415
乾鮭の巻(安永年中)(与謝蕪村)
　穎原退蔵編著 「蕪村全集2」'48 p233
烏丸光栄歌道教訓(烏丸光栄)
　上野洋三校注 「新日本古典文学大系67」'96 p169
中華手本唐人蔵(森島中良)
　石上敏校訂 「叢書江戸文庫II-32」'94 p285
唐物語(藤原成範)
　須永朝彦編訳 「日本古典文学幻想コレクション1」'95 p65
雁寝紺屋作の早染(柳亭種彦)
　「古典叢書〔40〕」'90 p353
「厂がねも」歌仙(松尾芭蕉)
　島居清春 「芭蕉連句全註解5」'81 p151
雁がねもの巻(阿羅野)
　金子金治郎,暉峻康隆,中村俊定注解 「日本古典文学全集32」'74 p415
「雁がねも」の巻(あら野)(松尾芭蕉)
　井本農一,久富哲雄,村松友次,堀切実校注・訳 「新編日本古典文学全集71」'97 p409
仮里択中洲之華美(内新好)
　「徳川文芸類聚5」'70 p374
華里通商考(散人)
　「洒落本大成1」'78 p221
華里通商考(異本)
　「洒落本大成1」'78 p227
雁盗人
　古川久校註 「日本古典全書〔91〕」'53 p150
鴈盗人
　北川忠彦ほか校注 「中世の文学 第1期〔20〕」'94 p328
かりねのすさみ(素純)
　佐佐木信綱編 「日本歌学大系5」'57 p437
仮寝の遊女物語
　青木信光編 「文化文政江戸発禁文庫6」'83 p209
雁の草子
　市古貞次校注 「新日本古典文学大系54」'89 p311
雁の草子(仮題)(慶長七年絵巻)
　横山重ほか編 「室町時代物語大成3」'75 p534
雁の使(小林一茶)
　矢羽勝幸校注 「一茶全集8」'78 p573

借り物の弁(也有)
　雲英末雄,山下一海,丸山一彦,松尾靖秋校注・訳 「新編日本古典文学全集72」'01 p507
花柳古鑑(十返舎一九(三世))
　安藤菊二校訂 「未刊随筆百種10」'77 p437
歌林一枝(中神守節)
　佐佐木信綱編 「日本歌学大系9」'58 p49
火輪車中の作(成島柳北)
　日野龍夫注 「江戸詩人選集10」'90 p148
歌林良材集
　久曽神昇編 「日本歌学大系別7」'86 p30
歌林良材集(一條兼良)
　久曽神昇編 「日本歌学大系別7」'86 p405
「苅かぶや」歌仙(松尾芭蕉)
　島居清春 「芭蕉連句全註解8」'82 p57
かるかや
　室木弥太郎校注 「新潮日本古典集成〔66〕」'77 p9
　阪口弘之校注 「新日本古典文学大系90」'99 p247
苅萱
　芳賀矢一,佐佐木信綱校註 「謡曲叢書1」'87 p525
苅萱桑門筑紫轢(苅萱)(並木宗助,並木丈助)
　河竹登志夫ほか監修 「名作歌舞伎全集3」'68 p135
苅萱道心和讃
　高野辰之編 「日本歌謡集成4」'60 p406
軽口あられ酒(宝永二年刊)
　武藤禎夫,岡雅彦編 「噺本大系7」'76 p3
軽口闇鉄砲
　宮尾しげを校注 「秘籍江戸文学選8」'75 p221
軽口浮瓢箪
　武藤禎夫,岡雅彦編 「噺本大系8」'76 p152
軽口浮瓢箪(探華亭羅山)
　宮尾しげを校注 「秘籍江戸文学選8」'75 p221
軽口扇の的(宝暦十二年)
　武藤禎夫,岡雅彦編 「噺本大系8」'76 p273
軽口大わらひ(延宝八年刊)
　武藤禎,岡雅彦編 「噺本大系5」'75 p78
当世咄揃軽口大笑(山雲子)
　宮尾しげを校注 「秘籍江戸文学選8」'75 p93
軽口片頬笑(明和七年)
　武藤禎夫,岡雅彦編 「噺本大系8」'76 p304
軽口機嫌嚢(享保十三年刊)(松泉編)
　武藤禎,岡雅彦編 「噺本大系7」'76 p175
安永新板絵入軽口五色㗖
　武藤禎夫編 「噺本大系10」'79 p3
安永新板絵入軽口五色㗖(百尺亭竿頭編)
　浜田義一郎,武藤禎夫編 「日本小咄集成中」'71 p289

軽口御前男（米沢彦八）
　小高敏郎校注　「日本古典文学大系100」'66 p293
　浜田義一郎，武藤禎夫編　「日本小咄集成上」'71 p243
　武藤禎，岡雅彦編　「噺本大系6」'76 p230
　宮尾しげを校注　「秘籍江戸文学選8」'75 p119
軽口駒佐羅衛（安永五年正月刊）
　武藤禎夫編　「噺本大系10」'79 p133
軽口三杯機嫌
　宮尾しげを校注　「秘籍江戸文学選8」'75 p221
軽口新歳袋（元文六年）（風之）
　武藤禎夫，岡雅彦編　「噺本大系8」'76 p41
軽口大黒柱（安永二年正月刊）
　武藤禎夫編　「噺本大系9」'79 p43
軽口千葉古の玉
　宮尾しげを校注　「秘籍江戸文学選8」'75 p221
軽口露がはなし（露の五郎兵衛）
　小高敏郎校注　「日本古典文学大系100」'66 p225
　武藤禎，岡雅彦編　「噺本大系6」'76 p35
軽口出宝台（享保四年刊）
　武藤禎，岡雅彦編　「噺本大系7」'76 p126
軽口東方朔（宝暦十二年）
　武藤禎夫，岡雅彦編　「噺本大系8」'76 p256
軽口初売買（江島其磧）
　宮尾しげを校注　「秘籍江戸文学選8」'75 p221
軽口初売買（其摘）
　武藤禎夫，岡雅彦編　「噺本大系8」'76 p3
当流軽口初笑（小泉松泉編）
　浜田義一郎，武藤禎夫編　「日本小咄集成上」'71 p315
当流軽口初笑（小僧松泉）
　宮尾しげを校注　「秘籍江戸文学選8」'75 p221
軽口花咲顔
　宮尾しげを校注　「秘籍江戸文学選8」'75 p221
軽口はなしとり（享保十二年刊）
　武藤禎夫編　「噺本大系7」'76 p152
軽口はなしどり
　宮尾しげを校注　「秘籍江戸文学選8」'75 p221
軽口腹太鼓（矢木鱒輔）
　宮尾しげを校注　「秘籍江戸文学選8」'75 p221
軽口腹太鼓（矢木ひれすけ）
　武藤禎夫，岡雅彦編　「噺本大系8」'76 p175
軽口春の遊
　浜田義一郎，武藤禎夫編　「日本小咄集成上」'71 p399
軽口はるの山（明和五年）（小幡宗左衛門）
　武藤禎夫，岡雅彦編　「噺本大系8」'76 p288
絵本軽口瓢金苗（如亳）
　宮尾しげを校注　「秘籍江戸文学選8」'75 p221

軽口独機嫌（享保十八年刊）（其磧）
　武藤禎夫，岡雅彦編　「噺本大系7」'76 p234
軽口独狂言
　浜田義一郎，武藤禎夫編　「日本小咄集成上」'71 p379
　宮尾しげを校注　「秘籍江戸文学選8」'75 p221
軽口百登瓢箪
　宮尾しげを校注　「秘籍江戸文学選8」'75 p119
軽口瓢金苗
　武藤禎夫，岡雅彦編　「噺本大系8」'76 p113
軽口瓢金苗（如亳編）
　浜田義一郎，武藤禎夫編　「日本小咄集成上」'71 p347
軽口ひやう金房（元禄頃刊）
　武藤禎，岡雅彦編　「噺本大系6」'76 p261
軽口表裏車
　宮尾しげを校注　「秘籍江戸文学選8」'75 p221
軽口福おかし（元文五年）（風之）
　武藤禎夫，岡雅彦編　「噺本大系7」'76 p24
軽口福蔵主（正徳六年刊）
　武藤禎夫，岡雅彦編　「噺本大系7」'76 p95
軽口福徳利
　武藤禎夫，岡雅彦編　「噺本大系8」'76 p198
軽口福徳利（故応斎玉花）
　宮尾しげを校注　「秘籍江戸文学選8」'75 p221
軽口筆咄（寛政七年正月序）（悦笑軒筆彦）
　「噺本大系12」'79 p290
軽口へそ順礼（延享三年）（東鸞）
　武藤禎夫，岡雅彦編　「噺本大系8」'76 p94
軽口豊年遊（宝暦四年）（聞遊閣笑楽）
　武藤禎夫，岡雅彦編　「噺本大系8」'76 p219
軽口蓬萊山（享保十八年刊）
　武藤禎，岡雅彦編　「噺本大系7」'76 p257
軽口星鉄炮（正徳四年刊）
　武藤禎，岡雅彦編　「噺本大系7」'76 p65
軽口耳過宝（寛保二年）（風之）
　武藤禎夫，岡雅彦編　「噺本大系8」'76 p59
軽口もらいゑくぼ（享保頃刊）
　武藤禎夫，岡雅彦編　「噺本大系7」'76 p305
軽口四方の春（寛政六年正月刊）
　「噺本大系12」'79 p228
軽口若夷（寛保二年）
　武藤禎夫，岡雅彦編　「噺本大系8」'76 p78
軽口笑布袋（延享四年）
　武藤禎夫，岡雅彦編　「噺本大系8」'76 p132
「かれ枝に」付合（松尾芭蕉）
　島居清著　「芭蕉連句全註解4」'80 p389
瓦礫雑考（喜多村信節）
　関根正直ほか監修　「日本随筆大成Ⅰ-2」'75 p79
枯木の杖（松尾芭蕉）

作品名　　　　　　　　　　　　　　　かんか

　　井本農一, 久富哲雄, 村松友次, 堀切実校注・訳
　　　「新編日本古典文学全集71」'97 p239
枯野の巻（安永八年）（与謝蕪村）
　　穎原退蔵編著　「蕪村全集2」'48 p213
「枯はて丶」「亀山や」「宵の間は」「笠敷て」「冬の砧の」付合（松尾芭蕉）
　　島居清著　「芭蕉連句全註解10」'83 p293
華櫚
　　芳賀矢一, 佐佐木信綱校註　「謡曲叢書3」'87 p145
「かろきねたみ」「わが最終歌集」（岡本かの子）
　　長沢美津編　「女人和歌大系6」'78 p168
歌論（田安宗武）
　　佐佐木信綱編　「日本歌学大系7」'58 p156
花鳥山水画論（上田秋成）
　　「上田秋成全集11」'94 p397
可愛叟の歌（成島柳北）
　　日野龍夫注　「江戸詩人選集10」'90 p63
河合曽良（惣五郎）宛書簡（松尾芭蕉）
　　富山奏校注　「新潮日本古典集成〔72〕」'78 p243
　　富山奏校注　「新潮日本古典集成〔72〕」'78 p260
川上
　　北川忠彦ほか校注「中世の文学 第1期〔22〕」'95 p285
川上座頭
　　古川久校註　「日本古典全書〔92〕」'54 p96
川越松山之記（独笑菴立義）
　　安藤菊二校訂　「未刊随筆百種12」'78 p131
蛙合（仙化編）
　　大内初夫校注「新日本古典文学大系71」'94 p1
蛙歌春土手節（柳亭種彦）
　　「古典叢書〔41〕」'90 p39
川たけに
　　荻田清ほか編　「近世文学選〔1〕」'94 p187
川童一代噺（後穿窟主人）
　　「徳川文芸類聚1」'70 p411
河内羽二重
　　「俳書叢刊3」'88 p507
河内羽二重（井原西鶴）
　　穎原退蔵ほか編　「定本西鶴全集13」'50 p347
河つらの宿（上田秋成）
　　「上田秋成全集11」'94 p403
川通御普請所御願付留帳
　　安芸皎一校注　「日本思想大系62」'72 p407
川原
　　荻田清ほか編　「近世文学選〔1〕」'94 p190
川原太郎
　　北川忠彦ほか校注「中世の文学 第1期〔22〕」'95 p57
新作落語蛺蝶児（阿金堂一蒔）
　　武藤禎夫編　「噺本大系14」'79 p178

河船徳万歳
　　「俳書叢刊2」'88 p443
河社（契沖）
　　関根正直ほか監修　「日本随筆大成II-13」'74 p1
感有り（菅茶山）
　　黒川洋一注　「江戸詩人選集4」'90 p163
感有り（佐久間象山）
　　坂田新注　「江戸漢詩選4」'95 p134
感有り（大潮元皓）
　　末木文美士, 堀川貴司注　「江戸漢詩選5」'96 p171
　　末木文美士, 堀川貴司注　「江戸漢詩選5」'96 p191
漢委奴国王金印之考（異文一）（上田秋成）
　　「上田秋成全集1」'90 p284
漢委奴国王佩印考（上田秋成）
　　「上田秋成全集1」'90 p277
看雲叟（秋山玉山）
　　徳田武注　「江戸詩人選集2」'92 p174
寛永五年八月十五日中院亭御法楽詠草（三条西実条）
　　和歌史研究会編　「私家集大成7」'76 p1095
寛永十二年跳記
　　高野辰之編　「日本歌謡集成6」'60 p65
寛永丙子の春、予、芸用を去らんと欲して、爰に遠瀛に遊ぶ。仍て口諺二首を壁間に題榜して、游人の乙嚔に備うるのみ。吁（うち一首）（石川丈山）
　　上野洋三注　「江戸詩人選集1」'91 p36
寛延雑秘録
　　安藤菊二校訂　「未刊随筆百種5」'77 p399
観延政命談（品田郡太）
　　「徳川文芸類聚1」'70 p438
銜遠亭に月を賞す（大窪詩仏）
　　揖斐高注　「江戸詩人選集5」'90 p286
感懐（大沼枕山）
　　日野龍夫注　「江戸詩人選集10」'90 p278
感懐（西郷隆盛）
　　坂田新注　「江戸漢詩選4」'95 p315
感懐（成島柳北）
　　日野龍夫注　「江戸詩人選集10」'90 p55
感懐。其の三（安東省庵）
　　菅野礼行, 徳田武校注・訳　「新編日本古典文学全集86」'02 p269
「寒下曲」に和し奉る（菅原清公）
　　菅野礼行, 徳田武校注・訳　「新編日本古典文学全集86」'02 p78
勧学院物語（寛文九年刊本）
　　横山重ほか編　「室町時代物語大成3」'75 p554
寛潤曾我物語（西沢一風）

かんか　　　　　　　　　　　　作品名

神谷勝広校訂　「叢書江戸文庫Ⅲ-46」'00 p5
鴈雁金
　北川忠彦ほか校注　「中世の文学 第1期〔22〕」'95 p27
菅翰林学士の和せらるるに答（義堂周信）
　菅野礼行，徳田武校注・訳　「新編日本古典文学全集86」'02 p228
「寒菊の」付合（松尾芭蕉）
　島居清着　「芭蕉連句全註解8」'82 p125
「寒菊や」三十二句（松尾芭蕉）
　島居清着　「芭蕉連句全註解9」'83 p91
閑居（元政）
　菅野礼行，徳田武校注・訳　「新編日本古典文学全集86」'02 p282
閑行（秋山玉山）
　徳田武注　「江戸詩人選集2」'92 p216
諫暁八幡抄（日蓮）
　戸頃重基，高木豊校注　「日本思想大系14」'70 p351
歓喜踊躍和讃
　高野辰之編　「日本歌謡集成4」'60 p373
閑居語（家仁）
　津本信博編　「近世紀行日記文学集成1」'93 p322
閑居して懐を述ぶ（藤原周光）
　菅野礼行，徳田武校注・訳　「新編日本古典文学全集86」'02 p209
菅清公が「春雨の作」に和す（嵯峨天皇）
　菅野礼行，徳田武校注・訳　「新編日本古典文学全集86」'02 p94
閑居ノ箴（松尾芭蕉）
　井本農一，弥吉菅一，横沢三郎，尾形仂校注　「校本芭蕉全集6」'89 p333
　井本農一，久富哲雄，村松友次，堀切実校注・訳　「新編日本古典文学全集71」'97 p204
閑居友
　美濃部重克校注　「中世の文学 第1期〔5〕」'74 p65
　美濃部重克校注　「中世の文学 第1期〔5〕」'74 p124
閑居友（慶政）
　小島孝之校注　「新日本古典文学大系40」'93 p355
閑居賦（汶村）
　雲英末雄，山下一海，丸山一彦，松尾靖秋校注・訳　「新編日本古典文学全集72」'01 p480
閑居放言（玩世道人）
　「洒落本大成4」'79 p231
閑吟集
　新間進一，志田延義編　「鑑賞日本古典文学15」'77 p163

浅野建二著　「鑑賞日本の古典8」'80 p391
　「国歌大系1」'76 p743
北川忠彦校注　「新潮日本古典集成〔64〕」'82 p9
土井洋一，真鍋真弘校注　「新日本古典文学大系56」'93 p185
高野辰之編　「日本歌謡集成5」'60 p375
浅野健二校註　「日本古典全書〔86〕」'51 p41
臼田甚五郎，新間進一校注・訳　「日本古典文学全集25」'76 p390
新間進一，志田延義，浅野建二校注　「日本古典文学大系44」'59 p145
外村南都子校注・訳　「日本の文学 古典編24」'86 p173
閑吟集補遺
　浅野健二校註　「日本古典全書〔86〕」'51 p313
漢句（松尾芭蕉）
　荻野清，大谷篤蔵校注　「校本芭蕉全集2」'88 p297
寒檠瑣綴（浅野梅堂）
　森銑三，北川博邦編　「続日本随筆大成3」'79 p123
勧化一声電（竜正）
　西田耕三校訂　「叢書江戸文庫Ⅰ-16」'90 p317
菅家後集（菅原道真）
　川口久雄校注　「日本古典文学大系72」'66 p471
丸血留の道
　H. チースリク，土井忠生，大塚光信校注　「日本思想大系25」'70 p323
菅家文草（菅原道真）
　川口久雄校注　「日本古典文学大系72」'66 p105
　川口久雄校注　「日本古典文学大系72」'66 p529
菅家遺誡
　山岸徳平，竹内理三，家永三郎，大曽根章介校注　「日本思想大系8」'79 p123
元興寺伽藍縁起
　桜井徳太郎，萩原龍夫，宮田登校注　「日本思想大系20」'75 p7
〔寛弘七―八年〕春前大宰大弐高遠貝合
　「平安朝歌合大成2」'95 p791
寛弘年間花山法皇歌合雑載
　「平安朝歌合大成2」'95 p744
「寒紅梅」「藤浪」（杉浦翠子）
　長沢美津編　「女人和歌大系6」'78 p255
〔寛弘四年一月―五年二月〕前十五番歌合
　「平安朝歌合大成2」'95 p750
〔寛弘四年一月―五年二月〕後十五番歌合
　「平安朝歌合大成2」'95 p775
〔寛弘四―七年〕冬伝大納言道綱歌合
　「平安朝歌合大成2」'95 p789
漢光類聚（伝 忠尋）

多田厚隆，大久保良順，田村芳朗，浅井円道校注 「日本思想大系9」'73 p187
閑古鳥の巻（安永五年）（与謝蕪村）
　頴原退蔵編著 「蕪村全集2」'48 p165
還魂紙料（柳亭種彦）
　関根正直ほか監修 「日本随筆大成I-12」'75 p203
閑際筆記（藤井懶斎）
　関根正直ほか監修 「日本随筆大成I-17」'76 p157
「関山月」に和し奉る（有智子内親王）
　菅野礼行，徳田武校注・訳 「新編日本古典文学全集86」'02 p80
閑散余録（南川維遷）
　関根正直ほか監修 「日本随筆大成II-20」'74 p53
冠山老候の殤女阿露の遺書の後に題す（三首のうち二首）（大窪詩仏）
　揖斐高注 「江戸詩人選集5」'90 p260
還自海南行并びに序（大潮元皓）
　末木文美士，堀川貴司注 「江戸漢詩選5」'96 p165
冠辞考続貂（上田秋成）
　「万葉集古註釈集成6」'89 p137
寛治五年十月十三日従二位親子草子合
　「平安朝歌合大成3」'96 p1455
寛治五年内裏歌合雑載
　「平安朝歌合大成3」'96 p1463
寛治五年八月廿三日左近衛中将宗通歌合雑載
　「平安朝歌合大成3」'96 p1446
漢字三音考（本居宣長）
　松村明訳 「古典日本文学全集34」'60 p214
〔寛治三年以前〕顕家歌合
　「平安朝歌合大成3」'96 p1437
寛治三年八月廿三日庚申太皇太后宮寛子扇歌合
　「平安朝歌合大成3」'96 p1438
寛治七年五月五日郁芳門院媞子内親王根合
　「平安朝歌合大成3」'96 p1468
寛治七年三月十四日奈良歌合雑載
　「平安朝歌合大成3」'96 p1466
寛治七年秋関白師実歌合
　「平安朝歌合大成3」'96 p1491
間思随筆（加藤景範）
　森銑三，北川博邦編 「続日本随筆大成5」'80 p1
冠辞続貂（上田秋成）
　「上田秋成全集6」'91 p115
俠客荒金契情瓢象冠辞筑紫不知火（式亭三馬）
　「古典叢書〔8〕」'89 p211
元日（二首のうち一首）（大沼枕山）

日野龍夫注 「江戸詩人選集10」'90 p221
漢詩文（与謝蕪村）
　頴原退蔵編著 「蕪村全集1」'48 p482
寛正七年心敬等何人百韻
　島津忠夫校注 「新潮日本古典集成〔62〕」'79 p137
澗上清隠図（田能村竹田）
　徳田武注 「江戸漢詩選1」'96 p81
簡上人を悼む（絶海中津）
　菅野礼行，徳田武校注・訳 「新編日本古典文学全集86」'02 p233
寛正百首（心敬）
　荒木尚校注 「新日本古典文学大系47」'90 p313
寒食後の三夕、漫りに書す（野村篁園）
　徳田武注 「江戸詩人選集7」'90 p34
寛治六年五月五日頭中将通歌合
　「平安朝歌合大成3」'96 p1465
寛治六年四月廿二日白河上皇紫野草合
　「平安朝歌合大成3」'96 p1464
勘申（藤原敦光）
　山岸徳平，竹内理三，家永三郎，大曽根章介校注 「日本思想大系8」'79 p169
韓人漢文手管始（並木五瓶）
　浦山政雄，松崎仁校注 「日本古典文学大系53」'60 p269
漢人韓文手管始（唐人殺し）（並木五瓶）
　河竹登志夫ほか監修 「名作歌舞伎全集8」'70 p15
勧進帳（並木五瓶（三世））
　戸板康二編 「鑑賞日本古典文学30」'77 p205
　「古典日本文学全集26」'61 p332
　河竹繁俊校註 「日本古典全書〔99〕」'52 p37
　郡司正勝校注 「日本古典文学大系98」'65 p175
　河竹繁俊著 「評釈江戸文学叢書6」'70 p51
　河竹登志夫ほか監修 「名作歌舞伎全集18」'69 p181
観心本尊抄 付副状（日蓮）
　戸頃重基，高木豊校注 「日本思想大系14」'70 p131
寛政異学禁関係文書
　中村幸彦校注 「日本思想大系47」'72 p319
寛政改元（上田秋成）
　「上田秋成全集11」'94 p293
寛政改元頌（上田秋成）
　「上田秋成全集11」'94 p298
寛政紀行（今出川実種）
　津本信博編 「近世紀行日記文学集成2」'94 p290
（几董句稿九）寛政己酉句禄夜半亭
　「俳書叢刊8」'88 p543
寛政九年詠歌集等（上田秋成）

かんせ　　　　　　　　　　　作品名

　「上田秋成全集12」'95 p19
寛政句帖（小林一茶）
　宮脇昌三，矢羽勝幸校注「一茶全集2」'77 p47
寛政御用留（大田南畝）
　浜田義一郎，中野三敏，日野龍夫，揖斐高編「大田南畝全集17」'88 p99
寛政三年紀行（小林一茶）
　丸山一彦，小林計一郎校注「一茶全集5」'78 p13
寛政三年紀行（抄）（小林一茶）
　揖斐高校注・訳「日本の文学 古典編43」'86 p269
寛政版謡本「鶴亀」
　小山弘志，佐藤喜久雄，佐藤健一郎，表章校注・訳「完译日本の古典46」'87 p291
寛政秘策
　安藤菊二校訂「未刊随筆百種11」'78 p73
観世音和讃
　高野辰之編「日本歌謡集成4」'60 p376
感跖酔裏（桂井酒人）
　「洒落本大成3」'79 p181
勧善懲悪覗機関（井村長庵）（河竹黙阿弥）
　河竹繁俊著「評釈江戸文学叢書5」'70 p1
勧善懲悪覗機関（村井長庵）（河竹黙阿弥）
　河竹登志夫ほか監修「名作歌舞伎全集10」'68 p203
閑窓瑣談（佐々木貞高）
　関根正直ほか監修「日本随筆大成I-12」'75 p133
　関根正直ほか監修「日本随筆大成I-14」'75 p369
閑窓瑣談（為永春水）
　須永朝彦編訳「日本古典文学幻想コレクション1」'95 p275
閑窓自語（柳原紀光）
　関根正直ほか監修「日本随筆大成II-8」'74 p263
寒早十首．三を選す（藤原道真）
　菅野礼行，徳田武校注・訳「新編日本古典文学全集86」'02 p146
閑窓筆記（西村遠里）
　関根正直ほか監修「日本随筆大成II-10」'74 p387
韓体一首，藪震庵に贈る（秋山玉山）
　徳山武注「江戸詩人選集2」'92 p217
閑田文草（伴蒿蹊）
　風間誠史校訂「叢書江戸文庫I-7」'93 p101
神田祭（〆能色相図）（三升屋二三治）
　河竹登志夫ほか監修「名作歌舞伎全集24」'72 p161
邯鄲

　飯沢匡訳「国民の文学12」'64 p112
　「古典日本文学全集20」'62 p173
　伊藤正義校注「新潮日本古典集成〔58〕」'83 p351
　西野春雄校注「新日本古典文学大系57」'98 p34
　小山弘志，佐藤健一郎校注・訳「新編日本古典文学全集59」'98 p166
元旦（原采蘋）
　福島理子注「江戸漢詩選3」'95 p124
元旦（藤田東湖）
　坂田新注「江戸漢詩選4」'95 p3
邯鄲―古名甘鄲枕又蘆生
　芳賀矢一，佐佐木信綱校註「謡曲叢書1」'87 p531
校訂邯鄲諸国物語（柳亭種彦ほか）
　「古典叢書〔37〕」'90 p1
寒暖寐言（盧橘庵田宮仲宣）
　「洒落本大成13」'81 p251
菅茶山詩集（高野蘭亭ほか）
　水田紀久校注「新日本古典文学大系66」'96 p1
酣中清話（小島成斎）
　関根正直ほか監修「日本随筆大成II-15」'74 p351
灌頂会教化
　高野辰之編「日本歌謡集成4」'60 p239
官知論
　井上鋭夫，大桑斉校注「日本思想大系17」'72 p237
鴈礫
　北川忠彦ほか校注「中世の文学 第1期〔20〕」'94 p332
閑庭にて雪に対す（仁明天皇）
　菅野礼行，徳田武校注・訳「新編日本古典文学全集86」'02 p109
閑庭の早梅（嵯峨天皇）
　菅野礼行，徳田武校注・訳「新編日本古典文学全集86」'02 p93
閑適（石川丈山）
　菅野礼行，徳田武校注・訳「新編日本古典文学全集86」'02 p249
閑適（伊藤担庵）
　菅野礼行，徳田武校注・訳「新編日本古典文学全集86」'02 p287
閑適を写す（石川丈山）
　上野洋三注「江戸詩人選集1」'91 p117
閑田詠草（伴蒿蹊）
　「国歌大系17」'76 p425
閑田耕筆（伴蒿蹊）
　森銑三訳「古典日本文学全集35」'61 p228

関根正直ほか監修 「日本随筆大成I-18」'76 p149
閑斎次筆(伴蒿蹊)
　関根正直ほか監修 「日本随筆大成I-18」'76 p291
関東潔競伝
　宇田敏彦校訂 「未刊随筆百種6」'77 p317
関東下向之途中詠(為村卿)
　津本信博編 「近世紀行日記文学集成1」'93 p314
関東小六昔舞台(柳亭種彦)
　「古典叢書〔41〕」'90 p97
　佐藤悟校訂 「叢書江戸文庫II-35」'95 p347
菅童子の西京に遊ぶを送る二首(荻生徂徠)
　一海知義、池沢一郎注 「江戸漢詩選2」'96 p67
関東諸老遺藁
　玉村竹二編 「五山文学新集別2」'81 p87
関東名残の袂(忍岡やつがれ)
　伊藤千可良ほか校 「江戸時代文芸資料3」'64 p233
甘棠の火を免るることを聞き(亀井南冥)
　菅野礼行、徳田武校注・訳 「新編日本古典文学全集86」'02 p484
巻頭并俳諧一巻沙汰(松尾芭蕉)
　宮本三郎、井本農一、今栄蔵、大内初夫校注 「校本芭蕉全集7」'89 p293
〔寛徳二年十月—天喜二年七月〕夏左京大夫道雅障子絵合
　「平安朝歌合大成2」'95 p1072
閑度雑談(中村新斎)
　森銑三、北川博邦編 「続日本随筆大成6」'80 p255
澗中酌(秋山玉山)
　徳田武注 「江戸詩人選集2」'92 p250
寛和元年八月十日内裏歌合
　「平安朝歌合大成1」'95 p632
〔寛和頃〕右大将済時謎謎語
　「平安朝歌合大成1」'95 p671
〔寛和頃〕五月斎院選子内親王螢合
　「平安朝歌合大成1」'95 p669
〔寛和頃〕八月斎院選子内親王負態虫歌
　「平安朝歌合大成1」'95 p670
官無し(亀田鵬斎)
　徳田武注 「江戸漢詩選1」'96 p16
寛和二年七月七日皇太后詮子瞿麦合
　「平安朝歌合大成1」'95 p658
〔寛和二年七月廿一日以前〕七月七日宗子内親王瞿麦合
　「平安朝歌合大成1」'95 p667
寛和二年六月十日内裏歌合
　「平安朝歌合大成1」'95 p638

間似合早粋(史魯徳斎)
　「洒落本大成4」'79 p265
〔寛仁元年七月〕斎院選子内親王草合
　「平安朝歌合大成2」'95 p795
堪忍記(浅井了意)
　坂巻甲太校訂 「叢書江戸文庫II-29」'93 p3
堪忍五両金言語(滝沢馬琴)
　「古典叢書〔16〕」'89 p539
〔寛仁末治安頃〕或所歌合
　「平安朝歌合大成2」'95 p798
寒念仏の讃
　高野辰之編 「日本歌謡集成4」'60 p484
漢委奴国王印綬考(異文二)(上田秋成)
　「上田秋成全集1」'90 p288
観音大士の賛(大潮元皓)
　末木文美士、堀川貴司注 「江戸漢詩選5」'96 p189
観音の本地(仮題)(赤木文庫蔵絵巻)
　横山重ほか編 「室町時代物語大成補1」'87 p432
観音本地(慶応義塾図書館蔵奈良絵本)
　横山重ほか編 「室町時代物語大成3」'75 p543
観音和讃
　高野辰之編 「日本歌謡集成4」'60 p373
　高野辰之編 「日本歌謡集成4」'60 p375
　高野辰之編 「日本歌謡集成4」'60 p378
　高野辰之編 「日本歌謡集成4」'60 p379
観音和讃(解脱上人)
　高野辰之編 「日本歌謡集成4」'60 p38
関八州繋馬(近松門左衛門)
　松崎仁校注 「新日本古典文学大系92」'95 p355
　「近松全集(岩波)12」'90 p599
　「近松全集(岩波)17解説編」'94 p452
関八州繋馬(近松門左衛門)
　藤井紫影校註 「近松全集(思文閣)12」'78 p697
　「近松全集(岩波)17影印編」'94 p438
灌花井(秋山玉山)
　徳田武注 「江戸詩人選集2」'92 p197
寒婢(頼山陽)
　入谷仙介注 「江戸詩人選集8」'90 p83
寛平御時歌合雑載
　「平安朝歌合大成1」'95 p97
〔寛平九年春〕東宮御息所温子小箱合
　「平安朝歌合大成1」'95 p92
寛平御集(宇多天皇)
　和歌史研究会編 「私家集大成1」'73 p196
〔寛平五年九月以前〕皇太夫人班子女王歌合
　「平安朝歌合大成1」'95 p34
〔寛平五年九月以前秋〕是貞親王歌合
　「平安朝歌合大成1」'95 p24
寛平御時后宮歌合(紀友則ほか)

かんひ　　　　　　　　　　作品名

「国歌大系9」'76 p801
小沢正夫, 松田成穂校注・訳 「新編日本古典文学全集11」'94 p443
小沢正夫校注・訳 「日本古典文学全集7」'71 p433
「日本文学大系13」'55 p581

寛平御遺誡(宇多天皇)
山岸徳平, 竹内理三, 家永三郎, 大曽根章介校注 「日本思想大系8」'79 p103

寛平八年六月以前后宮胤子歌合
「平安朝歌合大成1」'95 p80

関秘録
関根正直ほか監修 「日本随筆大成III-10」'77 p1

寛文五年文詞(戸田茂睡)
佐佐木信綱編 「日本歌学大系7」'58 p9
平重道, 阿部秋生校注 「日本思想大系39」'72 p265

癇癖談(上田秋成)
中村幸彦, 水野稔編 「鑑賞日本古典文学35」'77 p107
浅野三平校注 「新潮日本古典集成〔75〕」'79 p161

寛保延享江府風俗志
森銑三, 北川博邦編 「続日本随筆大成別8」'82 p1

閑放集巻第三(藤原光俊)
和歌史研究会編 「私家集大成4」'75 p498

函三秀才, 茲者詩を示さる。標致健然として壮浪の姿有りて, 彫鎪の弊え無し。諷詠己まず。韻を次ぎて和呈す(石川丈山)
上野洋三注 「江戸詩人選集1」'91 p66

寒夜外君に侍す(梁川星巌)
入谷仙介注 「江戸詩人選集8」'90 p320

寒夜寝ねず偶たま句を得(梁川星巌)
入谷仙介注 「江戸詩人選集8」'90 p261

寒夜二首(橋本左内)
坂田新注 「江戸漢詩選4」'95 p217

寒夜の辞(松尾芭蕉)
井本農一, 弥吉菅一, 横沢三郎, 尾形仂校注 「校本芭蕉全集6」'89 p299
富山奏校注 「新潮日本古典集成〔72〕」'78 p18
井本農一, 久富哲雄, 村松友次, 堀切実校注・訳 「新編日本古典文学全集71」'97 p174

寒夜の文宴(館柳湾)
徳田武注 「江戸詩人選集7」'90 p258

厳邑を発す。留別(原采蘋)
福島理子注 「江戸漢詩選3」'95 p156

閑遊二首(うち一首)(石川丈山)
上野洋三注 「江戸詩人選集1」'91 p105

漢楊宮

木村八重子校注 「新日本古典文学大系83」'97 p69

咸陽宮
西野春雄校注 「新日本古典文学大系57」'98 p219
芳賀矢一, 佐佐木信綱校註 「謡曲叢書1」'87 p536

廿余集抄(愚中周及)
入矢義高校注 「新日本古典文学大系48」'90 p302

関誉禅士の発頴に次韻す(元政)
上野洋三注 「江戸詩人選集1」'91 p302

彦竜周興作品拾遺(彦龍周興)
玉村竹二編 「五山文学新集4」'70 p1159

翰林葫蘆集(景徐集麟)
上村観光編 「五山文学全集4」'73 p1

旱霖集(夢巌祖応)
上村観光編 「五山文学全集1」'73 p793

管蠡秘言(前野良沢)
佐藤昌介校注 「日本思想大系64」'76 p127

観蓮節。関雪江、枕山・蘆州諸子を不忍池の僧舎に会して蓮を観る。余も亦磐渓翁と赴く。席上、唐の張朝の「採蓮」の韻を用う(四首のうち二首)(成島柳北)
日野龍夫注 「江戸詩人選集10」'90 p106

【 き 】

徽安門院一条集(貞和百首歌)(徽安門院一条)
長沢美津編 「女人和歌大系2」'65 p667

紀伊集(裕子内親王家紀伊集・一宮紀伊集)(紀伊)
長沢美津編 「女人和歌大系2」'65 p363

奇異雑談集
須永朝彦編訳 「日本古典文学幻想コレクション3」'96 p73

鬼一法眼三略巻(菊畑・一条大蔵譚)(長谷川千四ほか)
河竹登志夫ほか監修 「名作歌舞伎全集3」'68 p49

義運集(義運)
和歌史研究会編 「私家集大成5」'74 p874

勢獅子(勢獅子劇場花響)(瀬川如皐(三世))
河竹登志夫ほか監修 「名作歌舞伎全集19」'70 p283

祇王
芳賀矢一, 佐佐木信綱校註 「謡曲叢書1」'87 p584

祇王（元和寛永頃古活字本）
　横山重ほか編　「室町時代物語大成3」'75 p572
宜翁 茶を烹る（元政）
　上野洋三注　「江戸詩人選集1」'91 p232
妓を買う能わず（梁田蛻巌）
　徳田武注　「江戸詩人選集2」'92 p18
祇園
　芳賀矢一，佐佐木信綱校註　「謡曲叢書1」'87 p588
祇園踊口説
　高野辰之編　「日本歌謡集成7」'60 p10
祇園牛頭天王縁起（長亨二年写本）
　横山重ほか編　「室町時代物語大成3」'75 p589
祇園牛頭天王御縁起（文明十四年写巻子本）
　横山重ほか編　「室町時代物語大成3」'75 p583
祇園御本地（承応明暦頃刊本）
　横山重ほか編　「室町時代物語大成3」'75 p599
祇園祭礼信仰記（中邑阿契ほか）
　白瀬浩司校訂　「叢書江戸文庫II-37」'95 p273
祇園祭礼信仰記（金閣寺）（中邑阿契ほか）
　河竹登志夫ほか監修　「名作歌舞伎全集4」'70 p173
祇園拾遺物語（松春編）
　「俳書叢刊7」'88 p381
祇園女御九重錦（若竹笛躬，中村阿契）
　伊藤馨校訂　「叢書江戸文庫II-37」'95 p379
祇園女御九重錦（若竹笛躬，中邑阿契）
　須永朝彦編訳　「日本古典文学幻想コレクション2」'96 p168
きをんの御本地
　太田武夫校訂　「室町時代物語集1」'62 p311
己亥元旦の作（市河寛斎）
　揖斐高注　「江戸詩人選集5」'90 p12
其角が俳諧はつきぬべし他（『東西夜話』）（松尾芭蕉）
　井本農一ほか著　「校本芭蕉全集9」'89 p370
其角句稿賛（与謝蕪村）
　穎原退蔵編著　「蕪村全集1」'48 p458
其角真蹟賛（与謝蕪村）
　穎原退蔵編著　「蕪村全集1」'48 p456
其角の作を許す他（『鉢袋』）（松尾芭蕉）
　井本農一ほか著　「校本芭蕉全集9」'89 p394
帰家、口号 二首（うち一首）（成島柳北）
　日野龍夫注　「江戸詩人選集10」'90 p160
季花集（宗良親王）
　「国歌大系14」'76 p227
帰家日記（井上通女）
　古谷知新編　「江戸時代女流文学全集1」'01 p345
季夏、病中の作（梁田蛻巌）

菅野礼行，徳田武校注・訳　「新編日本古典文学全集86」'02 p349
帰雁
　芳賀矢一，佐佐木信綱校註　「謡曲叢書1」'87 p541
帰雁を聞いて感有り（成島柳北）
　日野龍夫注　「江戸詩人選集10」'90 p14
聞書残集（西行）
　風巻景次郎，小島吉雄校注　「日本古典文学大系29」'61 p290
聞書集（西行）
　和歌史研究会編　「私家集大成3」'74 p70
　風巻景次郎，小島吉雄校注　「日本古典文学大系29」'61 p274
聞書全集（細川幽斎）
　佐佐木信綱編　「日本歌学大系6」'56 p55
『聞書七日草』抄（松尾芭蕉）
　井本農一ほか著　「校本芭蕉全集9」'89 p269
紀記歌集
　「国歌大系1」'76 p3
記紀歌謡
　土橋寛，池田弥三郎編　「鑑賞日本古典文学4」'75 p9
記紀歌謡集
　高木市之助校註　「日本古典全書〔84〕」'67 p37
聞上手
　武藤禎夫編　「噺本大系9」'79 p151
　武藤禎夫編　「噺本大系9」'79 p168
聞上手（奇山（小松屋百亀））
　浜田義一郎，武藤禎夫編　「日本小咄集成中」'71 p149
聞上手（小松百亀）
　浜田義一郎，武藤禎夫編　「日本小咄集成中」'71 p127
　武藤禎夫編　「噺本大系9」'79 p56
聞上手（小松百亀編）
　浜田義一郎，武藤禎夫編　「日本小咄集成中」'71 p105
聞上手（小松屋百亀）
　小高敏郎校注　「日本古典文学大系100」'66 p387
聞童子（小松百亀）
　武藤禎夫編　「噺本大系10」'79 p117
聞童子（不知足（小松百亀）序）
　浜田義一郎，武藤禎夫編　「日本小咄集成中」'71 p361
き丶のまにまに（喜多村信節）
　安藤菊二校訂　「未刊随筆百種6」'77 p45
小春治兵衛の名を仮て桔梗辻千種之衫（柳亭種彦）
　「古典叢書〔39〕」'90 p177
帰去来の図（成島柳北）

ききん
　　日野龍夫注　「江戸詩人選集10」'90 p5
季吟日記
　　「俳書叢刊2」'88 p549
菊家主に贈る書（上田秋成）
　　「上田秋成全集1」'90 p397
きくかさね譚
　　青木信光編　「文化文政江戸発禁文庫別」'83 p155
菊花堂の記（近松門左衛門）
　　「近松全集（岩波）17解説編」'94 p20
菊花の説（上田秋成）
　　「上田秋成全集11」'94 p395
菊花の約
　　高田衛, 稲田篤信編著　「大学古典叢書1」'85 p18
　　大輪靖宏訳注　「対訳古典シリーズ〔20〕」'88 p40
菊花の約（上田秋成）
　　「上田秋成全集7」'90 p236
　　高田衛, 中村博保校注・訳　「完訳日本の古典57」'83 p25
　　後藤明生訳　「現代語訳 日本の古典19」'80 p28
　　谷崎潤一郎ほか編　「国民の文学17」'64 p9
　　浅野三平校注　「新潮日本古典集成〔75〕」'79 p28
　　中村幸彦, 高田衛校注・訳　「新編日本古典文学全集78」'95 p291
　　「特選日本の古典 グラフィック版11」'86 p34
　　重友毅校註　「日本古典全書〔106〕」'57 p76
　　鵜月洋著　「日本古典評釈・全注釈叢書〔25〕」'69 p105
　　中村幸彦, 高田衛, 中村博保校注・訳　「日本古典文学全集48」'73 p345
　　中村幸彦校注　「日本古典文学大系56」'59 p47
　　和田万吉著　「評釈江戸文学叢書9」'70 p24
菊花の約（現代語訳）（上田秋成）
　　高田衛, 中村博保校注・訳　「完訳日本の古典57」'83 p145
菊寿草（宇鱗）
　　「徳川文芸類聚12」'70 p35
菊寿草（大田南畝）
　　浜田義一郎, 中野三敏, 日野龍夫, 揖斐高編　「大田南畝全集7」'86 p221
菊水
　　高野辰之編　「日本歌謡集成5」'60 p223
菊水慈童
　　芳賀矢一, 佐佐木信綱校註　「謡曲叢書1」'87 p543
菊月千種の夕暎（鶴屋南北）
　　服部幸雄校訂　「鶴屋南北全集12」'74 p241
菊叢花未だ開かず（大江匡衡）

菅野礼行, 徳田武校注・訳　「新編日本古典文学全集86」'02 p195
菊園集（菊池袖子）
　　長沢美津編　「女人和歌大系3」'68 p256
菊池正観公の双刀の歌、子固に贈る。（梁川星巌）
　　入谷仙介注　「江戸詩人選集8」'90 p293
菊池民子
　　長沢美津編　「女人和歌大系3」'68 p554
菊池容斎の図に題す（藤田東湖）
　　坂田新注　「江戸漢詩選4」'95 p31
菊の宴（早才）
　　中野幸一校注・訳　「新編日本古典文学全集15」'01 p15
　　宮田和一郎校註　「日本古典全書〔5〕」'49 p160
　　河野多麻校注　「日本古典文学大系11」'61 p9
菊宴月白浪（鶴屋南北）
　　浦山政雄校注　「鶴屋南北全集9」'74 p7
『菊の香』序抄・『贈其角先生書』抄（松尾芭蕉）
　　井本農一ほか著　「校本芭蕉全集9」'89 p322
菊の杖
　　「俳書叢刊7」'88 p171
菊間村漫吟。同社の釣侶に示す 十五首（うち三首）（中島棕隠）
　　水田紀久注　「江戸詩人選集6」'93 p202
喜慶
　　芳賀矢一, 佐佐木信綱校註　「謡曲叢書1」'87 p546
義経記
　　岡見正雄, 角川源義編　「鑑賞日本古典文学21」'76 p293
　　高木卓訳　「古典日本文学全集17」'61 p7
　　梶原正昭　「新編日本古典文学全集62」'00 p15
　　浜中修編著　「大学古典叢書8」'89 p83
　　岡見正雄校注　「日本古典文学大系37」'59 p33
　　村上学校注・訳　「日本の文学 古典編35」'86 p13
義経記大全（松風廬）
　　「日本文学古註釈大成〔34〕」'79 p27
記原情語（行過）
　　「洒落本大成10」'80 p291
戯言養気集
　　浜田義一郎, 武藤禎夫編　「日本小咄集成上」'71 p1
　　武藤禎夫, 岡雅彦編　「噺本大系1」'75 p33
　　宮尾しげを校注　「秘籍江戸文学選8」'75 p7
　　宇田敏彦校訂　「未刊随筆百種4」'76 p241
紀行（建部綾足）
　　田中善信校注　「新日本古典文学大系79」'92 p305
帰鴻亭に遊ぶ（十五首、うち一首）（原采蘋）

福島理子注 「江戸漢詩選3」'95 p132
綺語抄（藤原仲實）
　久曽神昇編 「日本歌学大系別1」'59 p26
亀才子道哉が庚辰除日前四日に懐わるるの作に和し、却って寄す。三首(うち一首)（大潮元皓）
　末木文美士, 堀川貴司注 「江戸漢詩選5」'96 p204
葵斎手沢（九淵龍睵）
　玉村竹二編 「五山文学新集別2」'81 p405
衣更着物語（貞亨五年刊本）
　横山重ほか編 「室町時代物語大成3」'75 p606
義残後覚（愚軒）
　須永朝彦編訳 「日本古典文学幻想コレクション1」'95 p167
岐山猪口亭にて所見を書す(二首、うち一首)（梁川紅蘭）
　福島理子注 「江戸漢詩選3」'95 p283
紀事（石川丈山）
　上野洋三注 「江戸詩人選集1」'91 p142
己巳紀行（貝原益軒）
　板坂耀子校注 「新日本古典文学大系98」'91 p103
義士行（伊藤東涯）
　菅野礼行, 徳田武校注・訳 「新編日本古典文学全集86」'02 p345
己巳歳初の作（祇園南海）
　菅野礼行, 徳田武校注・訳 「新編日本古典文学全集86」'02 p361
癸巳除日の前の一夕、余、俗事の為に困憊して仮寐す。夢に阪子産・邵子冠来り話す。時に白石子春、浪華より発するの書適ま至る。子冠旁より之を観て、書中の事を問う。瀬巨海、坐に在り、子冠の為に之を通ず。言未だ畢るに及ばずして覚む。因りて感有り、此を賦して巨海に示す（亀井南冥）
　徳田武注 「江戸漢詩選1」'96 p247
癸巳中秋小集（新井白石）
　一海知義, 池沢一郎注 「江戸漢詩選2」'96 p102
己巳の秋、信夫郡に到って家兄に奉ず（新井白石）
　一海知義, 池沢一郎注 「江戸漢詩選2」'96 p73
岸姫松轡鑑（岸姫）（豊竹応律ほか）
　河竹登志夫ほか監修 「名作歌舞伎全集4」'70 p215
杵島曲（肥前国逸文）
　曽倉岑, 金井清一著 「鑑賞日本の古典1」'81 p278
磁石

北川忠彦ほか校注 「中世の文学 第1期〔20〕」'94 p22
紀州政事草（伝 徳川吉宗）
　奈良本辰也校注 「日本思想大系38」'76 p125
紀州船米国漂流記
　加藤貴校訂 「叢書江戸文庫I-1」'90 p401
紀州の西山子綱に寄す（菅茶山）
　黒川洋一注 「江戸詩人選集4」'90 p3
木狡猊歌 并びに引（梁田蛻巌）
　徳田武注 「江戸詩人選集2」'92 p125
蘭蝶此糸小説妓娼嬬子（鴬蛙山人）
　「洒落本大成28」'87 p255
青楼起承転合（十偏舎一九）
　「洒落本大成21」'84 p77
『奇鈔百円』跋（上田秋成）
　「上田秋成全集11」'94 p254
夢汗後篇妓情辺夢解（梅暮里谷峨）
　「洒落本大成21」'84 p117
鬼神論（新井白石）
　友枝龍太郎校注 「日本思想大系35」'75 p145
祇生の七家の雪に和して戯れに其の体に倣う(七首、うち一首)（新井白石）
　一海知義, 池沢一郎注 「江戸漢詩選2」'96 p78
希世霊彦集拾遺（希世霊彦）
　玉村竹二編 「五山文学新集2」'68 p495
貴賤上下考（三升屋二三治撰）
　宇田敏彦校訂 「未刊随筆百種10」'77 p145
紀川即事（祇園南海）
　山本和義, 横山弘注 「江戸詩人選集3」'91 p322
木曾
　芳賀矢一, 佐佐木信綱校註 「謡曲叢書1」'87 p549
鬼争
　古川久校註 「日本古典全書〔93〕」'56 p181
木曽海道幽霊敵討（近松門左衛門）
　「近松全集（岩波）16翻刻編」'90 p449
木曾願書
　麻原美子, 北原保雄校注 「新日本古典文学大系59」'94 p205
木曽よし高物語（北海道大学図書館蔵慶長九年写本）
　横山重ほか編 「室町時代物語大成4」'76 p15
北風行（梁田蛻巌）
　徳田武注 「江戸詩人選集2」'92 p97
北里歌（三十首のうち六首）（市河寛斎）
　揖斐高注 「江戸詩人選集5」'90 p30
北里懲毖録
　「洒落本大成4」'79 p243
北院御室御集（守覚法親王）
　和歌史研究会編 「私家集大成3」'74 p156

北野加茂に詣づる記（上田秋成）
　「上田秋成全集11」'94 p224
北野西雲寺茶を煮る（売茶翁）
　末木文美士，堀川貴司注　「江戸漢詩選5」'96 p64
北野天神縁起
　桜井徳太郎，萩原龍夫，宮田登校注　「日本思想大系20」'75 p141
北辺随脳（富士谷御杖）
　佐佐木信綱編　「日本歌学大系8」'56 p68
北辺随筆（富士谷御杖）
　関根正直ほか監修　「日本随筆大成I-15」'75 p1
北村季吟日記 寛文元年秋冬（北村季吟）
　鈴鹿三七校訂　「北村季吟著作集〔2〕」'63 p1
北山先生の孝経楼（大窪詩仏）
　揖斐高注　「江戸詩人選集5」'90 p187
来りて酒を飲むに如かず。楽天の体に倣う（四首）（大窪詩仏）
　揖斐高注　「江戸詩人選集5」'90 p278
奇談新編（天保十三年序）（淡山子，紀洋子）
　「噺本大系20」'79 p172
吉祥天女安産玉（近松門左衛門）
　「近松全集（岩波）16翻刻編」'90 p229
癸丑雞旦（古賀精里）
　一海知義，池沢一郎注　「江戸漢詩選2」'96 p232
癸丑十月朔、鳳闕を拝し、粛然として之を作る。時に余将に西走して海に入らんとす（吉田松陰）
　坂本新注　「江戸漢詩選4」'95 p165
癸丑歳に偶たま作る（頼山陽）
　入谷仙介注　「江戸詩人選集8」'90 p3
吉例寿曾我（曽我）
　河竹登志夫ほか監修　「名作歌舞伎全集13」'69 p3
乞骸骨表（吉備真備）
　山岸徳平，竹内理三，家永三郎，大曽根章介校注　「日本思想大系8」'79 p39
乞戒作法教化
　高野辰之編　「日本歌謡集成4」'60 p230
　高野辰之編　「日本歌謡集成4」'60 p230
杵築城にて三浦先生に贈る（田能村竹田）
　徳田武注　「江戸漢詩選1」'96 p79
亀甲の由来
　木村八重子校注　「新日本古典文学大系83」'97 p53
吉祥閣に登る（亀田鵬斎）
　徳田武注　「江戸漢詩選1」'96 p54
橘窓茶話（雨森芳洲）

関根正直ほか監修　「日本随筆大成II-7」'74 p347
橘窓自語（橋本経亮）
　関根正直ほか監修　「日本随筆大成I-4」'75 p413
「木啄も」の詞書（松尾芭蕉）
　井本農一，弥吉菅一，横沢三郎，尾形仂校注　「校本芭蕉全集6」'89 p391
　井本農一，大谷篤蔵編　「校本芭蕉全集別1」'91 p209
狐塚
　北川忠彦ほか校注　「中世の文学 第1期〔22〕」'95 p74
　古川久校註　「日本古典全書〔91〕」'53 p253
狐塚千本鎗
　森田雄一校注　「日本思想大系58」'70 p207
狐つかひ（只野真葛）
　古谷知新編　「江戸時代女流文学全集3」'01 p445
狐とり弥左衛門（只野真葛）
　古谷知新編　「江戸時代女流文学全集3」'01 p423
狐の草子（仮題）（大東急記念文庫蔵絵巻）
　横山重ほか編　「室町時代物語大成4」'76 p42
狐の法師に化たる画賛（与謝蕪村）
　潁原退蔵編著　「蕪村全集1」'48 p463
きつねのもの
　「洒落本大成6」'79 p91
狐火（只野真葛）
　古谷知新編　「江戸時代女流文学全集3」'01 p454
紀定丸
　棚橋正博，鈴木勝忠，宇田敏彦注解　「新編日本古典文学全集79」'99 p576
旗亭春雨。韻支を得たり（四首、うち二首）時に年十五なり（中島棕隠）
　水田紀久注　「江戸詩人選集6」'93 p196
岐亭余響を読みて其の後に題す（梁川星巌）
　入谷仙介注　「江戸詩人選集8」'90 p277
鬼伝（也有）
　潁原退蔵著　「評釈江戸文学叢書7」'70 p748
帰田の作、時に年五十なり（五首、うち一首）（亀田鵬斎）
　徳田武注　「江戸漢詩選1」'96 p32
季冬（葛子琴）
　水田紀久注　「江戸詩人選集6」'93 p161
喜藤左衛門に送る文（小野阿通）
　古谷知新編　「江戸時代女流文学全集3」'01 p612
黄鳥子の詞（大窪詩仏）
　揖斐高注　「江戸詩人選集5」'90 p232

紀南の某士、黄牙を送り来たって、茶銭筒に
　入る。戯れに賦して以って贈る(売茶翁)
　　末木文美士, 堀川貴司注　「江戸漢詩選5」'96
　　p68
衣笠前内大臣家良公集(藤原家良)
　　和歌史研究会編　「私家集大成4」'75 p229
衣笠内府歌難詞(藤原定家)
　　久保田淳校注　「中世の文学　第1期〔1〕」'71
　　p287
衣潜巴
　　芳賀矢一, 佐佐木信綱校註　「謡曲叢書1」'87
　　p553
きぬた
　　荻田清ほか編　「近世文学選〔1〕」'94 p171
砧
　　田中千禾夫訳　「現代語訳 日本の古典14」'80
　　p58
　　芳賀矢一, 佐佐木信綱校註　「謡曲叢書1」'87
　　p556
砧(世阿弥)
　　小山弘志, 佐藤健一郎校注・訳　「新編日本古典
　　文学全集59」'98 p260
きぬたうちて
　　弥吉菅一, 赤羽学, 西村真砂子, 檀上正孝　「芭
　　蕉紀行集1」'78 p216
「きぬたうちて」詞書(松尾芭蕉)
　　井本農一, 久富哲雄, 村松友次, 堀切実校注・訳
　　「新編日本古典文学全集71」'97 p189
「きぬたうちて」の詞書(松尾芭蕉)
　　井本農一, 弥吉菅一, 横沢三郎, 尾形仂校注
　　「校本芭蕉全集6」'89 p311
杵折讃(松尾芭蕉)
　　井本農一, 弥吉菅一, 横沢三郎, 尾形仂校注
　　「校本芭蕉全集6」'89 p535
杵の折れ(松尾芭蕉)
　　井本農一, 久富哲雄, 村松友次, 堀切実校注・訳
　　「新編日本古典文学全集71」'97 p313
饑年に感有り(元政)
　　上野洋三注　「江戸詩人選集1」'91 p205
きのうはけふの物語
　　小高敏郎校注　「日本古典文学大系100」'66
　　p45
きのふはけふの物語
　　伊藤千可良ほか校　「江戸時代文芸資料4」'64
　　p1
きのふは今日の物語
　　宮尾しげを校注　「秘籍江戸文学選8」'75 p17
昨日は今日の物語
　　武藤禎夫, 岡雅彦編　「噺本大系1」'75 p67
きのふはけふの物語(抄)

浜田義一郎, 武藤禎夫編　「日本小咄集成上」'71
　p43
甲子祭(近松門左衛門)
　藤井紫影校註　「近松全集(思文閣)2」'78 p57
気のくすり(安永八年正月刊)
　武藤禎夫編　「噺本大系11」'79 p216
紀の国
　谷崎潤一郎ほか編　「国民の文学1」'64 p423
紀伊国
　臼田甚五郎, 新間進一, 外村南都子, 徳江元正校
　　注・訳　「新編日本古典文学全集42」'00 p148
紀伊国造俊長集(紀伊国造俊長)
　和歌史研究会編　「私家集大成5」'74 p345
蕫を劚う 八首(うち三首)(大窪詩仏)
　揖斐高注　「江戸詩人選集5」'90 p193
木の本に
　金子金治郎, 暉峻康隆, 中村俊定注解　「日本古
　　典文学全集32」'74 p431
木の本に(松尾芭蕉)
　井本農一著　「鑑賞日本の古典14」'82 p251
　井本農一, 久富哲雄, 村松友次, 堀切実校注・訳
　　「新編日本古典文学全集71」'97 p427
　島居清著　「芭蕉連句全註解7」'82 p41
　島居清著　「芭蕉連句全註解7」'82 p55
　島居清著　「芭蕉連句全註解7」'82 p65
亀馬
　芳賀矢一, 佐佐木信綱校註　「謡曲叢書1」'87
　p792
己未紀行(本居大平)
　津本信博編　「近世紀行日記文学集成2」'94
　p411
箕尾行(上田秋成)
　「上田秋成全集11」'94 p190
箕尾山歌(上田秋成)
　「上田秋成全集12」'95 p447
己未正月廿九日、獄中の作(二首、うち一首)(梁川
　紅蘭)
　福島理子注　「江戸漢詩選3」'95 p309
喜美談義(寛政八年正月刊)(美満寿連)
　武藤禎夫編　「噺本大系13」'79 p3
吉備津の釜
　高田衛, 稲田篤信編著　「大学古典叢書1」'85
　p63
　大輪靖宏訳注　「対訳古典シリーズ〔20〕」'88
　p142
吉備津の釜(上田秋成)
　「上田秋成全集7」'90 p272
　高田衛, 中村博保校注・訳　「完訳日本の古典57」
　　'83 p71
　後藤明生訳　「現代語訳 日本の古典19」'80 p70
　谷崎潤一郎ほか編　「国民の文学17」'64 p34

浅野三平校注　「新潮日本古典集成〔75〕」'79 p84
中村幸彦, 高田衛校注・訳　「新編日本古典文学全集78」'95 p342
「特選日本の古典 グラフィック版11」'86 p86
重友毅校註　「日本古典全書〔106〕」'57 p115
鵜月洋著　「日本古典評釈・全注釈叢書〔25〕」'69 p387
中村幸彦, 高田衛, 中村博保校注・訳　「日本古典文学全集48」'73 p396
中村幸彦校注　「日本古典文学大系56」'59 p86
和田万吉著　「評釈江戸文学叢書9」'70 p76
吉備津の釜（現代語訳）（上田秋成）
　高田衛, 中村博保校注・訳　「完訳日本の古典57」'83 p173
己未の歳末、茶舗客無し、銭筒正に空す。直ちに一家に趨いて、銭を乞うて得たり。即ち偈を賦して謝す（売茶翁）
　末木文美士, 堀川貴司注　「江戸漢詩選5」'96 p76
己未の除夕（梁田蛻巌）
　徳田武注　「江戸詩人選集2」'92 p106
「其富士や」歌仙（松尾芭蕉）
　島居清者　「芭蕉連句全註解8」'82 p241
きぶね（秋田県立秋田図書館蔵奈良絵本）
　横山重ほか編　「室町時代物語大成補1」'87 p438
貴船の本地（承応明暦頃刊丹緑本）
　横山重ほか編　「室町時代物語大成4」'76 p69
きふねの本地（古梓堂文庫蔵奈良絵本）
　太田武夫校訂　「室町時代物語集2」'62 p127
きふねの本地（承応明暦頃刊丹緑本）
　太田武夫校訂　「室町時代物語集2」'62 p145
貴船の物語（慶応義塾図書館蔵古写本）
　横山重ほか編　「室町時代物語大成4」'76 p47
貴布禰〔別名、和泉式部〕（樋口京）
　吉田幸一著　「平安文学叢刊4」'59 p767
岐阜自り舟行して墨股に至る（江馬細香）
　福島理子注　「江戸漢詩選3」'95 p10
戯閲塩梅余史（滝沢馬琴）
　「古典叢書〔15〕」'89 p785
癸卯狗日、淀川舟中口占 二首（葛子琴）
　水田紀久注　「江戸詩人選集6」'93 p156
（浪化日記四）風雅己卯集
　「俳書叢刊6」'88 p415
癸卯首夏、帰りて母親に覲ゆ。常山山寺兄、魚筍を餽らる。喜びて詩を賦し、之を呈して聊かに謝悃を申ぶ（佐久間象山）
　坂田新注　「江戸漢詩選4」'95 p74
癸卯中秋、感有り（新井白石）

菅野礼行, 徳田武校注・訳　「新編日本古典文学全集86」'02 p316
己卯中秋の月蝕（野村篁園）
　徳田武注　「江戸詩人選集7」'90 p56
癸卯の孟夏二十七日、新天子極に登る。余、偶たま京師に在り。朝雨の後、天陰り日静かなり。枕に就て一覚す。起き来り独り笑いて作す（元政）
　上野洋三注　「江戸詩人選集1」'91 p240
癸卯八月望、月に対す、予行（本多猗蘭）
　菅野礼行, 徳田武校注・訳　「新編日本古典文学全集86」'02 p391
きまん国物語（仮題）（慶応義塾図書館蔵享禄二年写本）
　横山重ほか編　「室町時代物語大成4」'76 p93
きまんたう物語（校訂者蔵写本）
　太田武夫校訂　「室町時代物語集4」'62 p370
紀三井寺八景（うち二首）（祇園南海）
　山本和義, 横山弘注　「江戸詩人選集3」'91 p227
君を措きて
　谷崎潤一郎ほか編　「国民の文学1」'64 p427
喜美談語（談洲楼焉馬編）
　浜田義一郎, 武藤禎夫編　「日本小咄集成下」'71 p197
君とわれの巻（年代不詳）（与謝蕪村）
　頴原退蔵編著　「蕪村全集2」'48 p268
君のめぐみ（本居宣長）
　津本信博編　「近世紀行日記文学集成2」'94 p238
帰命本願和讃
　高野辰之編　「日本歌謡集成4」'60 p362
胆競後編仇姿見（小金あつく丸）
　「洒落本大成補1」'88 p257
浪花江南章台子女胆相撲（蘇生翁）
　「洒落本大成5」'79 p251
客去る（市河寛斎）
　揖斐高注　「江戸詩人選集5」'90 p83
客舎に雨を聞く（西郷隆盛）
　坂田新注　「江戸漢詩選4」'95 p262
客舎の冬夜（藤原道真）
　菅野礼行, 徳田武校注・訳　「新編日本古典文学全集86」'02 p147
客舎の夏の日（市河寛斎）
　揖斐高注　「江戸詩人選集5」'90 p170
客者評判記（きゃくしゃひょうばんき）→"かくしゃひょうばんき"を見よ
客衆一華表（関東米）
　「洒落本大成19」'83 p195
客衆肝胆鏡（山東京伝）
　「古典叢書〔4〕」'89 p153

客衆肝照子(山東京伝)
　　「洒落本大成13」'81 p201
　　笹川種郎著　「評釈江戸文学叢書8」'70 p699
客の一酒瓢を贈る者有り、愛玩して置かず、瓢
兮の歌を賦す(藤田東湖)
　　坂本新注　「江戸漢詩選4」'95 p22
客の園中に牡丹を少くことを訝るに答ふ(石川
丈山)
　　上野洋三注　「江戸詩人選集1」'91 p154
却癖忘記(高弁 長円記)
　　田中久夫校注　「日本思想大系15」'71 p107
傾城買談客物語(式亭三馬)
　　「洒落本大成17」'82 p255
客野穴(呵々庵乳桃)
　　「洒落本大成29」'88 p189
却来華(世阿弥)
　　表章,加藤周一校注　「日本思想大系24」'74
　　p245
笈埃随筆(百井塘雨)
　　須永朝彦編訳　「日本古典文学幻想コレクション
　　1」'95 p222
　　関根正直ほか監修　「日本随筆大成II-12」'74
　　p1
〔久安元年八月以前〕或所歌合雑載
　　「平安朝歌合大成4」'96 p2081
久安五年〔九月〕廿八日右衛門督家成歌合
　　「平安朝歌合大成4」'96 p2094
久安五年七月山路歌合
　　「平安朝歌合大成4」'96 p2091
久安三年十二月左京大夫顕輔歌合雑載
　　「平安朝歌合大成4」'96 p2087
久安三年或所歌合
　　「平安朝歌合大成4」'96 p2090
久安二年三月左京大夫顕輔歌合
　　「平安朝歌合大成4」'96 p2083
〔久安二年四月―応保元年十二月〕准后暲子内
親王虫合
　　「平安朝歌合大成4」'96 p2130
久安二年六月左京大夫顕輔歌合雑載
　　「平安朝歌合大成4」'96 p2085
九位(世阿弥)
　　田中裕校注　「新潮日本古典集成〔61〕」'76 p163
　　久松潜一,西尾実校注　「日本古典文学大系65」
　　'51 p447
　　表章,加藤周一校注　「日本思想大系24」'74
　　p173
九淵遺稿(九淵龍㗩)
　　玉村竹二編　「五山文学新集別2」'81 p403
鳩翁道話(柴田鳩翁)
　　柴田実校注　「日本思想大系42」'71 p233
宮郭八景論(指峰亭稚笑)

「洒落本大成6」'79 p11
及瓜漫筆(原田光風)
　　安藤菊二校訂　「未刊随筆百種5」'77 p45
鳩潴雑話(寛政七年正月序)
　　「噺本大系12」'79 p315
有喜世物真似旧観帖(鬼武)
　　三田村鳶魚著　「評釈江戸文学叢書10」'70 p619
旧観帖(感和亭鬼武、十返舎一九、白馬白美)
　　岡雅彦校訂　「叢書江戸文庫I-19」'90 p167
　　岡雅彦校訂　「叢書江戸文庫I-19」'90 p205
　　岡雅彦校訂　「叢書江戸文庫I-19」'90 p249
泣鬼
　　芳賀矢一,佐佐木信綱校註　「謡曲叢書3」'87
　　p6
九嶷子五体千文之序(上田秋成)
　　「上田秋成全集11」'94 p243
九桂草堂随筆(広瀬旭荘)
　　森銑三,北川博邦編　「続日本随筆大成2」'79
　　p127
九穴
　　芳賀矢一,佐佐木信綱校註　「謡曲叢書1」'87
　　p601
旧刻都羽二重拍子扇
　　「徳川文芸類聚9」'70 p1
旧作鴨東四時の詞を読みて感有り(中島棕隠)
　　水田紀久注　「江戸詩人選集6」'93 p186
旧誌巻を読む(菅茶山)
　　黒川洋一注　「江戸詩人選集4」'90 p195
旧詩巻を読む(六如)
　　菅野礼行,徳田武校注・訳　「新編日本古典文学
　　全集86」'02 p454
九日(梁田蛻巌)
　　徳田武注　「江戸詩人選集2」'92 p3
九日菊花を翫ぶ篇(嵯峨天皇)
　　菅野礼行,徳田武校注・訳　「新編日本古典文学
　　全集86」'02 p101
九日後朝、同じく「秋深し」(藤原道真)
　　菅野礼行,徳田武校注・訳　「新編日本古典文学
　　全集86」'02 p151
九日後朝、同じく「秋思」を(藤原道真)
　　菅野礼行,徳田武校注・訳　「新編日本古典文学
　　全集86」'02 p152
九日故人に示す(新井白石)
　　一海知義,池沢一郎注　「江戸漢詩選2」'96
　　p143
九日、城西に舟を泛ぶ(鳥山芝軒)
　　菅野礼行,徳田武校注・訳　「新編日本古典文学
　　全集86」'02 p309
九日高きに登る(大典顕常)
　　末木文美士,堀川貴司注　「江戸漢詩選5」'96
　　p234

きゅう　　　　　　　　　　　　　　作品名

九日、東都の旧遊を懐う有り（六如）
　黒川洋一注　「江戸詩人選集4」'90 p246
九日に懐いを書す（梁川星巌）
　入谷仙介注　「江戸詩人選集8」'90 p257
九州沖縄俚謡
　高野辰之編　「日本歌謡集成12」'60 p590
九州乙類風土記
　植垣節也校注・訳　「新編日本古典文学全集5」'97
九十賀
　芳賀矢一，佐佐木信綱校註　「謡曲叢書1」'87 p610
九十箇条制法
　笠原一男，井上鋭夫校注　「日本思想大系17」'72 p468
九州甲類風土記
　植垣節也校注・訳　「新編日本古典文学全集5」'97
九州の道の記（木下勝俊）
　稲田利徳校注・訳　「新編日本古典文学全集48」'94 p571
九州風土記（甲乙不明）
　植垣節也校注・訳　「新編日本古典文学全集5」'97
九州道の記（細川幽斎）
　伊藤敬校注・訳　「新編日本古典文学全集48」'94 p543
〔久寿二年五月以前〕山家歌合雑載
　「平安朝歌合大成4」'96 p2109
嬉遊笑覧
　関根正直ほか監修　「日本随筆大成別7」'79 p1
　関根正直ほか監修　「日本随筆大成別8」'79 p1
　関根正直ほか監修　「日本随筆大成別9」'79 p1
　関根正直ほか監修　「日本随筆大成別10」'79 p1
牛女に代はりて志を言ふ（藤原茂明）
　菅野礼行，徳田武校注・訳　「新編日本古典文学全集86」'02 p201
宮川舎漫筆（宮川政運）
　関根正直ほか監修　「日本随筆大成I-16」'76 p243
笈捜
　麻原美子，北原保雄校注　「新日本古典文学大系59」'94 p390
旧宅に寄題す（古賀精里）
　菅野礼行，徳田武校注・訳　「新編日本古典文学全集86」'02 p503
奇遊談（川口好和）
　関根正直ほか監修　「日本随筆大成I-23」'76 p269
己酉中秋（祇園南海）
　山本和義，横山弘注　「江戸詩人選集3」'91 p331
急遽紀（小林一茶）
　小林計一郎校注　「一茶全集7」'77 p249

旧の送別の処を過ぐ（館柳湾）
　徳田武注　「江戸詩人選集7」'90 p207
牛馬
　北川忠彦ほか校注　「中世の文学 第1期〔20〕」'94 p36
牛馬問（新井白蛾）
　関根正直ほか監修　「日本随筆大成III-10」'77 p203
究百集（明空編）
　外村久江，外村南都子校注　「中世の文学 第1期〔17〕」'93 p163
　高野辰之編　「日本歌謡集成5」'60 p97
窮婦の嘆き（市河寛斎）
　揖斐高注　「江戸詩人選集5」'90 p109
旧変段
　「洒落本大成4」'79 p69
急務条議の後に書す（吉田松陰）
　坂田新注　「江戸漢詩選4」'95 p162
久夢日記
　森銑三，北川博邦編　「続日本随筆大成別5」'82 p1
牛門四友集抄（大田南畝）
　浜田義一郎，中野三敏，日野龍夫，揖斐高編　「大田南畝全集6」'88 p1
牛門にて、分かちて「出塞」、韻は「安」の字を得たり（服部南郭）
　山本和義，横山弘注　「江戸詩人選集3」'91 p49
窮楽隠士に贈る（売茶翁）
　末木文美士，堀川貴司注　「江戸漢詩選5」'96 p90
求力法論（志築忠雄）
　中山茂，吉田忠校注　「日本思想大系65」'72 p9
糺林茶店を設く（売茶翁）
　末木文美士，堀川貴司注　「江戸漢詩選5」'96 p103
窮臘、懐を記す（石川丈山）
　上野洋三注　「江戸詩人選集1」'91 p134
漁庵小藁（南江宗沅）
　玉村竹二編　「五山文学新集6」'72 p139
筐敦盛
　芳賀矢一，佐佐木信綱校註　「謡曲叢書1」'87 p433
狂医之言（杉田玄白）
　佐藤昌介校注　「日本思想大系64」'76 p227
鏡浦（原采蘋）
　福島理子注　「江戸漢詩選3」'95 p200
狂雲集（一休宗純）
　市川白弦校注　「日本思想大系16」'72 p273
杏園間筆（大田南畝）
　浜田義一郎，中野三敏，日野龍夫，揖斐高編　「大田南畝全集10」'86 p173

杏園詩集(大田南畝)
  浜田義一郎，中野三敏，日野龍夫，揖斐高編
    「大田南畝全集5」'87 p1
  浜田義一郎，中野三敏，日野龍夫，揖斐高編
    「大田南畝全集6」'88 p17
  浜田義一郎，中野三敏，日野龍夫，揖斐高編
    「大田南畝全集6」'88 p75
杏園集(大田南畝)
  浜田義一郎，中野三敏，日野龍夫，揖斐高編
    「大田南畝全集6」'88 p173
杏園稗史目録(大田南畝)
  浜田義一郎，中野三敏，日野龍夫，揖斐高編
    「大田南畝全集19」'89 p443
興を書す(石川丈山)
  上野洋三注 「江戸詩人選集1」'91 p80
京を発す，諸友に留別す(柴野栗山)
  菅野礼行，徳田武校注・訳 「新編日本古典文学全集86」'02 p472
興を遣る(安東省庵)
  菅野礼行，徳田武校注・訳 「新編日本古典文学全集86」'02 p270
教化
  「国歌大系1」'76 p417
狂歌新玉集抄(大田南畝)
  浜田義一郎，中野三敏，日野龍夫，揖斐高編
    「大田南畝全集1」'85 p55
杏花園叢書目(大田南畝)
  浜田義一郎，中野三敏，日野龍夫，揖斐高編
    「大田南畝全集19」'89 p491
侠客(荻生徂徠)
  一海知義，池沢一郎注 「江戸漢詩選2」'96 p11
侫客竅学問(十辺舎)
  「洒落本大成21」'84 p259
狂歌才蔵集(大田南畝)
  浜田義一郎，中野三敏，日野龍夫，揖斐高編
    「大田南畝全集1」'85 p37
狂歌才蔵集(大田南畝撰)
  中野三敏校注 「新日本古典文学大系84」'93 p103
狂歌師細見(平秩東作)
  「新日本古典文学大系84」'93 p521
狂歌知足振(平秩東作編)
  「新日本古典文学大系84」'93 p513
狂歌千里同風抄(大田南畝)
  浜田義一郎，中野三敏，日野龍夫，揖斐高編
    「大田南畝全集1」'85 p61
教化之文章色々(懐空僧都)
  高野辰之編 「日本歌謡集成4」'60 p182
狂哥咄(寛文十二年刊)(浅井了意)
  武藤禎夫，岡雅彦編 「噺本大系3」'76 p97
蜀山先生狂歌百人一首(大田南畝)

浜田義一郎，中野三敏，日野龍夫，揖斐高編
  「大田南畝全集1」'85 p325
仰観俯察室記(上田秋成)
  「上田秋成全集11」'94 p92
教行信証(親鸞)
  星野元豊，石田充之，家永三郎校注 「日本思想大系11」'71 p7
業鏡台 一巻(心華元棟)
  上村観光編 「五山文学全集3」'73 p2171
「狂句こがらしの」歌仙(松尾芭蕉)
  島居清著 「芭蕉連句全註解3」'80 p183
「狂句こがらし」の詞書(松尾芭蕉)
  井本農一，弥吉菅一，横沢三郎，尾形仂校注
    「校本芭蕉全集6」'89 p312
  井本農一，久富哲雄，村松友次，堀切実校注・訳
    「新編日本古典文学全集71」'97 p190
「狂句こがらしの」の巻(松尾芭蕉)
  弥吉菅一，赤羽学，檀上正孝著 「芭蕉紀行集1」'67 p133
  弥吉菅一，赤羽学，西村真砂子，檀上正孝 「芭蕉紀行集1」'78 p225
「狂句こがらし」の巻(冬の日)(松尾芭蕉)
  井本農一，久富哲雄，村松友次，堀切実校注・訳
    「新編日本古典文学全集71」'97 p373
狂句こがらしの巻き 歌仙(裏一〜六句)芭蕉俳諧の確立(松尾芭蕉)
  井本農一著 「鑑賞日本の古典14」'82 p247
教訓私儘育(多田南嶺)
  風間誠史(代表)校訂 「叢書江戸文庫III-42」'97 p149
教訓抄(狛近真)
  守随憲治訳 「古典日本文学全集36」'62 p201
  植木行宣校注 「日本思想大系23」'73 p9
教訓相撲取草(十辺舎一九)
  「洒落本大成22」'84 p341
教訓雑長持(伊藤単朴)
  中村幸彦校注 「日本思想大系59」'75 p303
教訓百物語(村井由清)
  太刀川清校訂 「叢書江戸文庫II-27」'93 p329
狂言
  谷崎潤一郎ほか編 「国民の文学12」'64 p171
狂言田舎操(式亭三馬)
  「古典叢書〔7〕」'89 p73
狂言田舎操(式亭三馬，楽亭馬笑)
  岡雅彦校訂 「叢書江戸文庫I-19」'90 p291
狂言歌謡
  橋本朝生校注 「新日本古典文学大系56」'93 p267
  新間進一，志田延義，浅野建二校注 「日本古典文学大系44」'59 p205
狂言記

きょう　　　　　　　　　　作品名

橋本朝生，土井洋一校注　「新日本古典文学大系58」'96 p1
狂言綺語(式亭三馬)
　「古典叢書〔6〕」'89 p261
狂言記 外五十番
　橋本朝生，土井洋一校注　「新日本古典文学大系58」'96 p205
狂言小歌集
　高野辰之編　「日本歌謡集成5」'60 p283
恭軒先生初会記(藤塚知直)
　平重道，阿部秋生校注　「日本思想大系39」'72 p235
狂言名作集
　古川久註解　「古典日本文学全集20」'62 p197
尭孝法印日記(尭孝)
　和歌史研究会編　「私家集大成5」'74 p451
京極中納言相語(藤原定家，藤原家隆)
　久保田淳校注　「中世の文学 第1期〔1〕」'71 p331
強斎先生雑話筆記(山口春水編)
　森銑三，北川博邦編　「続日本随筆大成12」'81 p1
行之詞
　志田延義編　「続日本歌謡集成2」'61 p280
狂詩礎(大田南畝)
　浜田義一郎，中野三敏，日野龍夫，揖斐高編　「大田南畝全集20」'90 p3
侠者方言
　「洒落本大成5」'79 p199
暁舟蓬崎を発す(秋山玉山)
　徳田武注　「江戸詩人選集2」'92 p293
堯舜
　芳賀矢一，佐佐木信綱校註　「謡曲叢書1」'87 p666
行尊大僧正集(行尊)
　和歌史研究会編　「私家集大成2」'75 p485
　和歌史研究会編　「私家集大成2」'75 p494
京太郎物語
　浜中修編著　「大学古典叢書8」'89 p7
京太郎物語(大阪府立図書館蔵影写本)
　横山重ほか編　「室町時代物語大成4」'76 p122
京伝憂世之酔醒(山東京伝)
　「古典叢書〔3〕」'89 p117
京伝予誌(山東京伝)
　「古典叢書〔2〕」'89 p391
　「洒落本大成15」'82 p125
鏡堂和尚語録(鏡堂覚円)
　玉村竹二編　「五山文学新集6」'72 p363
享徳二年宗砌等何路百韻
　島津忠夫校注　「新潮日本古典集成〔62〕」'79 p105

京都六阿弥陀御詠歌
　高野辰之編　「日本歌謡集成4」'60 p474
キヤウ内侍集(キヤウ内侍)
　和歌史研究会編　「私家集大成7」'76 p436
京に遊ぶの作 五首(うち二首)(葛子琴)
　水田紀久注　「江戸詩人選集6」'93 p163
京に到る途上(橋本左内)
　坂田新注　「江戸漢詩選4」'95 p233
京に入る人を送る(新井白石)
　一海知義，池沢一郎注　「江戸漢詩選2」'96 p117
興に乗る(大窪詩仏)
　揖斐高注　「江戸詩人選集5」'90 p250
「京に」八句(松尾芭蕉)
　島居清著　「芭蕉連句全註解7」'82 p361
京人形(京人形左彫)(桜田治助(三世))
　河竹登志夫ほか監修　「名作歌舞伎全集19」'70 p245
京縫鎮帷子(森本東鳥)
　「徳川文芸類聚1」'70 p58
「けふばかり」歌仙(松尾芭蕉)
　島居清著　「芭蕉連句全註解8」'82 p75
お花半七京羽二重新雛形
　「徳川文芸類聚7」'70 p153
刑部卿平忠盛朝臣集(平忠盛)
　和歌史研究会編　「私家集大成7」'75 p536
刑部卿頼輔集(刑部卿藤原頼輔)
　和歌史研究会編　「私家集大成2」'75 p766
狂夫の言(吉田松陰)
　吉田常吉，藤田省三，西田太一郎校注　「日本思想大系54」'78 p581
杏坪先生に次韻す(原采蘋)
　福島理子注　「江戸漢詩選3」'95 p169
享保世話
　森銑三，北川博邦編　「続日本随筆大成別5」'82 p329
享保通鑑
　宇田敏彦校訂　「未刊随筆百種9」'77 p87
「京までは」歌仙(松尾芭蕉)
　島居清著　「芭蕉連句全註解4」'80 p225
峡遊雑詩十三首(うち，二首)(荻生徂徠)
　一海知義，池沢一郎注　「江戸漢詩選2」'96 p20
郷友の志大道，金陵にて病に(絶海中津)
　菅野礼行，徳田武校注・訳　「新編日本古典文学全集86」'02 p232
業要集(扇谷定継)
　宇田敏彦校訂　「未刊随筆百種4」'76 p11
峡陽来書
　宇田敏彦校訂　「未刊随筆百種12」'78 p197
杏林内省録(緒方惟勝)

森銑三，北川博邦編 「続日本随筆大成10」'80 p61
享和句帖(小林一茶)
　宮脇昌三，矢羽勝幸校注 「一茶全集2」'77 p89
享和雑記(柳川亭)
　宇田敏彦校訂 「未刊随筆百種2」'76 p9
享和二年句日記(小林一茶)
　宮脇昌三，矢羽勝幸校注 「一茶全集2」'77 p69
京わらんべ(近松門左衛門)
　藤井紫影校註 「近松全集(思文閣)1」'78 p747
御雲本「甲子吟行画巻」(松尾芭蕉)
　弥吉菅一校注 「校本芭蕉全集別1」'91 p179
居を巷北に移す(服部南郭)
　山本和義，横山弘注 「江戸詩人選集3」'91 p147
居を西窪に移す。地甚だ陋悪なり。戯れに「棲鶻行」を作る(服部南郭)
　山本和義，横山弘注 「江戸詩人選集3」'91 p70
居をトす(大窪詩仏)
　揖斐髙注 「江戸詩人選集5」'90 p183
魚歌(斉藤史)
　長沢美津編 「女人和歌大系6」'78 p519
玉巻芭蕉の巻(安永五年)(与謝蕪村)
　頴原退蔵編著 「蕪村全集2」'48 p161
玉吟集(藤原家隆)
　和歌史研究会編 「私家集大成3」'74 p685
曲肱漫筆
　関根正直ほか監修 「日本随筆大成II-18」'74 p13
玉志亭の佳興(松尾芭蕉)
　井本農一，弥吉菅一，横沢三郎，尾形仂校注 「校本芭蕉全集6」'89 p421
先進繡像玉石雑誌(栗原信充編)
　関根正直ほか監修 「日本随筆大成II-9」'74 p1
喜夜来大根(梨白散人)
　「洒落本大成10」'80 p137
　「徳川文芸類聚5」'70 p257
曲亭伝奇花釵児(滝沢馬琴)
　徳田武校注 「新日本古典文学大系80」'92 p127
玉伝集和歌最頂
　佐佐木信綱編 「日本歌学大系4」'56 p391
玉伝秘訣(吉川惟足)
　平重道，阿部秋生校注 「日本思想大系39」'72 p59
玉之帳(関東米)
　「洒落本大成19」'83 p213
玉葉和歌集(京極為兼撰)
　「国歌大系6」'76 p221
玉葉和歌集(抄)(京極為兼撰)

井上宗雄校注・訳 「新編日本古典文学全集49」'00 p195
玉林苑
　外村久江，外村南都子校注 「中世の文学 第1期〔17〕」'93 p251
　外村久江，外村南都子校注 「中世の文学 第1期〔17〕」'93 p266
玉林苑(伝・月江)
　高野辰之編 「日本歌謡集成5」'60 p145
筥根の嶺に宿す(菅茶山)
　黒川洋一注 「江戸詩人選集4」'90 p91
去歳朝鮮の魚氓九州諸地に漂着する者数船、今春長崎より解れ至る。姑く西山の門前に舎す。因って咏ず(大典顕常)
　末木文美士，堀川貴司注 「江戸漢詩選5」'96 p292
清重
　麻原美子，北原保雄校注 「新日本古典文学大系59」'94 p429
　芳賀矢一，佐佐木信綱校註 「謡曲叢書1」'87 p566
虚実情の夜桜(梅松亭庭鴬)
　「洒落本大成18」'83 p283
虚実皮膜論(近松門左衛門)
　大久保忠国編 「鑑賞日本古典文学29」'75 p333
清輔朝臣集(藤原清輔)
　「国歌大系13」'76 p749
　和歌史研究会編 「私家集大成2」'75 p591
居然亭茶寮十友(上田秋成)
　「上田秋成全集12」'95 p386
愚人贅漢居続借金(蓬莱山人帰橋)
　「洒落本大成12」'81 p231
漁村文話(海保漁村)
　清水茂校注 「新日本古典文学大系65」'91 p367
魚胎乾(葛子琴)
　水田紀久注 「江戸詩人選集6」'93 p144
きよた(藤原清正)
　和歌史研究会編 「私家集大成1」'73 p342
清正集(藤原清正)
　「日本文学大系11」'55 p161
　長連恒編 「日本文学大系12」'55 p711
清経
　芳賀矢一，佐佐木信綱校註 「謡曲叢書1」'87 p571
清経(世阿弥)
　窪田啓作訳 「国民の文学12」'64 p11
　「古典日本文学全集20」'62 p27
　伊藤正義校注 「新潮日本古典集成〔59〕」'86 p15
　西野春雄校注 「新日本古典文学大系57」'98 p325

小山弘志, 佐藤健一郎校注・訳 「新編日本古典文学全集58」'97 p190
清時田村
　芳賀矢一, 佐佐木信綱校註 「謡曲叢書1」'87 p577
去年先考種うる所の芙蓉開き、感有り（橋本左内）
　坂田新注 「江戸漢詩選4」'95 p219
当世噓之川（粋川子）
　「洒落本大成23」'85 p55
漁父（一休宗純）
　菅野礼行, 徳田武校注・訳 「新編日本古典文学全集86」'02 p239
漁父（原采蘋）
　福島理子注 「江戸漢詩選3」'95 p141
御風が歌と白菊の花一本持来りしに引かへて書きたる詞（荷田蒼生子）
　古谷知新編 「江戸時代女流文学全集3」'01 p660
御風楼、諸子を邀え、黄薇の岡元齢の母氏六十の寿を賦す（葛子琴）
　水田紀久注 「江戸詩人選集6」'93 p38
巨福山建長興国禅寺語録（東明慧日）
　玉村竹二編 「五山文学新集別2」'81 p20
漁父の図（田能村竹田）
　徳田武注 「江戸漢詩選1」'96 p83
清水
　古川久校註 「日本古典全書〔91〕」'53 p223
清水小町
　芳賀矢一, 佐佐木信綱校註 「謡曲叢書2」'87 p178
清水座頭
　北川忠彦ほか校注 「中世の文学 第1期〔22〕」'95 p147
清水寺に遊ぶ（松永尺五）
　菅野礼行, 徳田武校注・訳 「新編日本古典文学全集86」'02 p254
清水物語（意林庵）
　渡辺憲司校注 「新日本古典文学大系74」'91 p139
『許野消息』抄（松尾芭蕉）
　井本農一ほか著 「校本芭蕉全集9」'89 p381
去来抄（松尾芭蕉）
　雲英末雄校注・訳 「日本の文学 古典編40」'87 p275
去来抄（向井去来）
　栗山理一校注・訳 「完訳日本の古典55」'85 p297
　久松潜一, 増淵恒吉編 「校註日本文芸新篇〔3〕」'50 p107
　宮本三郎校注 「校本芭蕉全集7」'89 p63

谷崎潤一郎ほか編 「国民の文学15」'64 p223
横沢三郎訳 「古典日本文学全集36」'62 p100
堀切実校注・訳 「新編日本古典文学全集88」'01 p425
尾形仂, 野々村勝英, 嶋中道則編著 「大学古典叢書5」'86 p1
伊地知鉄男, 表章, 栗山理一校注・訳 「日本古典文学全集51」'73 p419
木藤才蔵, 井本農一校注 「日本古典文学大系66」'61 p303
去来本『おくのほそ道』後記抄（松尾芭蕉）
　井本農一ほか著 「校本芭蕉全集9」'89 p313
許六を送る詞（松尾芭蕉）
　井本農一, 弥吉菅一, 横沢三郎, 尾形仂校注 「校本芭蕉全集6」'89 p512
　井本農一, 久富哲雄, 村松友次, 堀切実校注・訳 「新編日本古典文学全集71」'97 p339
許六集
　「俳書叢刊6」'88 p3
許六離別詞（松尾芭蕉）
　谷崎潤一郎ほか編 「国民の文学15」'64 p214
許六離別詞（柴門ノ辞）（松尾芭蕉）
　井本農一, 弥吉菅一, 横沢三郎, 尾形仂校注 「校本芭蕉全集6」'89 p510
許六離別の詞（松尾芭蕉）
　井本農一, 大谷篤蔵編 「校本芭蕉全集別1」'91 p227
　富山奏校注 「新潮日本古典集成〔72〕」'78 p231
　井本農一, 久富哲雄, 村松友次, 堀切実校注・訳 「新編日本古典文学全集71」'97 p337
切籠曾我
　芳賀矢一, 佐佐木信綱校註 「謡曲叢書1」'87 p579
蟋蟀
　谷崎潤一郎ほか編 「国民の文学1」'64 p413
　臼田甚五郎, 新ін進一, 外村南都子, 徳江元正校注・訳 「新編日本古典文学全集42」'00 p67
きりぎりすの鳴き弱りたる他（『誹諧草庵集』）（松尾芭蕉）
　井本農一ほか著 「校本芭蕉全集9」'89 p367
蟋蟀の巻
　潁原退蔵著 「評釈江戸文学叢書7」'70 p597
きりきりすの物かたり（赤木文庫蔵古写巻子本）
　横山重ほか編 「室町時代物語大成4」'76 p127
桐竹紋十郎手記（桐竹紋十郎）
　宇田敏彦校訂 「未刊随筆百種12」'78 p423
霧太郎天狗酒宴
　「徳川文芸類聚7」'70 p414
桐壷
　麻生磯次著 「傍訳古典叢書1」'54 p19

桐壺（紫式部）
　阿部秋生，小町谷照彦，野村精一，柳井滋著「鑑賞日本の古典6」'79 p36
　阿部秋生，秋山虔，今井源衛，鈴木日出男校注・訳「完訳日本の古典14」'83 p11
　円地文子訳「現代語訳 日本の古典5」'79 p14
　谷崎潤一郎ほか編「国民の文学3」'63 p3
　阿部秋生ほか校注・訳「古典セレクション1」'98 p9
　石田穰二，清水好子校注「新潮日本古典集成〔18〕」'76 p9
　柳井滋ほか校注「新日本古典文学大系19」'93 p1
　阿部秋生，秋山虔，今井源衛，鈴木日出男校注・訳「新編日本古典文学全集20」'94 p15
　「特選日本の古典 グラフィック版5」'86 p12
　池田亀鑑校註「日本古典全書〔12〕」'46 p159
　阿部秋生，秋山虔，今井源衛校注・訳「日本古典文学全集12」'70 p91
　山岸徳平校注「日本古典文学大系14」'58 p25
　伊井春樹，日向一雅，百川敬仁（ほか）校注・訳「日本の文学 古典編11」'86 p15
　「日本文学大系4」'55 p5
切能
　小山弘志，佐藤喜久雄，佐藤健一郎，表章校注・訳「完訳日本の古典47」'88 p135
桐の葉（荒木田麗女）
　古谷知新編「江戸時代女流文学全集1」'01 p381
桐の葉の一葉とへ（『杜撰集』）（松尾芭蕉）
　井本農一ほか著「校本芭蕉全集9」'89 p368
桐火桶（藤原定家）
　佐佐木信綱編「日本歌学大系4」'56 p264
桐一葉（坪内逍遙）
　河竹登志夫ほか監修「名作歌舞伎全集20」'69 p9
羈旅漫録（滝沢馬琴）
　関根正直ほか監修「日本随筆大成Ⅰ-1」'75 p159
順廻能名題家莫切自根金生木（唐来参和）
　笹川種郎著「評釈江戸文学叢書8」'70 p105
木六駄
　北川忠彦，安田章「新編日本古典文学全集60」'01 p221
　北川忠彦ほか校注「中世の文学 第1期〔22〕」'95 p324
　古川久校註「日本古典全書〔92〕」'54 p21
義論集（大原幽学）
　奈良本辰也，中井信彦校注「日本思想大系52」'73 p355
疑惑讃（親鸞上人）
　高野辰之編「日本歌謡集成4」'60 p79
喜和美多里
　「徳川文芸類聚5」'70 p462
喜和美多里（担柴樵夫）
　「洒落本大成20」'83 p47
極附幡随長兵衛（湯殿の長兵衛）（河竹黙阿弥）
　河竹登志夫ほか監修「名作歌舞伎全集12」'70 p3
公条公集（三条西公条）
　和歌史研究会編「私家集大成7」'76 p642
金槐集選釈
　斎藤茂吉校註「日本古典全書〔71〕」'50 p111
禁誡篇（度会家行）
　大隅和雄校注「日本思想大系19」'77 p107
金槐和歌集（源実朝）
　有吉保，松野陽一，片野達郎編「鑑賞日本古典文学17」'77 p271
　樋口芳麻呂著「鑑賞日本の古典9」'80 p379
　和歌史研究会編「私家集大成3」'74 p370
　和歌史研究会編「私家集大成3」'74 p387
　樋口芳麻呂校注「新潮日本古典集成〔46〕」'81 p9
　斎藤茂吉校註「日本古典全書〔71〕」'50 p21
　風巻景次郎，小島吉雄校注「日本古典文学大系29」'61 p321
金槐和歌集（源實朝）
　「国歌大系14」'76 p127
金槐和歌集 雑部（源実朝）
　井上宗雄校注・訳「新編日本古典文学全集49」'00 p89
『金槐和歌集抜萃』書入・奥書（上田秋成）
　「上田秋成全集5」'92 p522
公賢集（洞院公賢）
　和歌史研究会編「私家集大成5」'74 p188
銀河ノ序（松尾芭蕉）
　井本農一，弥吉菅一，横沢三郎，尾形仂校注「校本芭蕉全集6」'89 p422
　井本農一，久富哲雄，村松友次，堀切実校注・訳「新編日本古典文学全集71」'97 p268
琴歌譜
　福永武彦訳「国民の文学1」'64 p405
　「国歌大系1」'76 p77
　「古典日本文学全集1」'60 p269
　高野辰之編「日本歌謡集成1」'60 p503
琴歌譜歌謡集
　高木市之助校註「日本古典全書〔84〕」'67 p331
風来紅葉金唐革
　「徳川文芸類聚1」'70 p404
金魚を詠ず（大沼枕山）
　日野龍夫注「江戸詩人選集10」'90 p188
金玉歌合（伏見院，藤原為兼）

佐藤恒雄校注 「新日本古典文学大系46」'91 p369
金玉集(藤原公任撰)
　久曽神昇編　「日本歌学大系別6」'84 p83
金玉ねぢぶくさ(章花堂)
　木越治校訂　「叢書江戸文庫II-34」'94 p247
　須永朝彦編訳　「日本古典文学幻想コレクション3」'96 p125
金錦三調伝(早田五猿)
　「洒落本大成12」'81 p219
金々先生栄花夢(恋川春町)
　水野稔訳　「古典日本文学全集28」'60 p47
　棚橋正博, 鈴木勝忠, 宇田敏彦注解　「新編日本古典文学全集79」'99 p15
　水野稔校注　「日本古典文学大系59」'58 p33
　笹川種郎著　「評釈江戸文学叢書8」'70 p37
金々先生栄花夢(恋川春町画・作)
　浜田義一郎, 鈴木勝忠, 水野稔校注　「日本古典文学全集46」'71 p41
栄花夢後日噺 金々先生造花夢(山東京伝)
　「古典叢書〔3〕」'89 p203
栄花夢後日話 金々先生造化夢(山東京伝)
　笹川種郎著　「評釈江戸文学叢書8」'70 p207
禁現大福帳(牙琴)
　「洒落本大成2」'78 p131
金吾将軍良安世が「春斎にて筑前王大守の任に還るに別る」に和す(嵯峨天皇)
　菅野礼行, 徳田武校注・訳　「新編日本古典文学全集86」'02 p57
金吾殿御返事(日蓮)
　戸頃重基, 高木豊校注　「日本思想大系14」'70 p123
金砂(上田秋成)
　「上田秋成全集3」'91 p59
　「万葉集古註釈集成9」'89 p373
　「万葉集古註釈集成10」'89 p5
金砂剰言(上田秋成)
　「上田秋成全集3」'91 p383
　「万葉集古註釈集成10」'89 p125
公実集(藤原公実)
　和歌史研究会編　「私家集大成2」'75 p363
金山雑咏 十三首(うち三首)(館柳湾)
　徳田武注　「江戸詩人選集7」'90 p254
金氏の呑山楼に題す(館柳湾)
　徳田武注　「江戸詩人選集7」'90 p308
吟社懐旧録書込(小林一茶)
　小林計一郎, 丸山一彦, 矢羽勝幸校注　「一茶全集1」'78 p105
錦繡亭排律(大窪詩仏)
　揖斐高注　「江戸詩人選集5」'90 p318
近世女風俗考(生川春明)

関根正直ほか監修　「日本随筆大成I-3」'75 p307
近世奇跡考(山東京伝)
　関根正直ほか監修　「日本随筆大成II-6」'74 p251
近世商賈尽狂歌合(石塚豊芥子)
　関根正直ほか監修　「日本随筆大成III-4」'77 p355
近世神道論
　平重道, 阿部秋生校注　「日本思想大系39」'72 p9
近世珍談集
　安藤菊二校訂　「未刊随筆百種12」'78 p221
近世説美少年録
　徳田武校注・訳　「新編日本古典文学全集83」'99 p253
近世説美少年録(曲亭馬琴)
　内田保広校訂　「叢書江戸文庫I-21」'93 p8
　内田保広校訂　「叢書江戸文庫I-21」'93 p9
　内田保広校訂　「叢書江戸文庫I-21」'93 p51
　内田保広校訂　「叢書江戸文庫I-21」'93 p85
　内田保広校訂　「叢書江戸文庫I-21」'93 p109
　内田保広校訂　「叢書江戸文庫I-21」'93 p133
　内田保広校訂　「叢書江戸文庫I-21」'93 p178
　内田保広校訂　「叢書江戸文庫I-21」'93 p249
　内田保広校訂　「叢書江戸文庫I-22」'93 p8
　内田保広校訂　「叢書江戸文庫I-22」'93 p34
　内田保広校訂　「叢書江戸文庫I-22」'93 p74
　内田保広校訂　「叢書江戸文庫I-22」'93 p74
　内田保広校訂　「叢書江戸文庫I-22」'93 p118
　内田保広校訂　「叢書江戸文庫I-22」'93 p152
　内田保広校訂　「叢書江戸文庫I-22」'93 p186
　内田保広校訂　「叢書江戸文庫I-22」'93 p221
近世説美少年録(滝沢馬琴)
　「古典叢書〔11〕」'89 p3
　「古典叢書〔20〕」'90 p594
　徳田武校注・訳　「新編日本古典文学全集83」'99 p15
　徳田武校注・訳　「新編日本古典文学全集84」'00 p15
近世説美少年録 附録(滝沢馬琴)
　「古典叢書〔20〕」'90 p623
琴線和歌の糸
　高野辰之編　「日本歌謡集成7」'60 p272
金曾木(大田南畝)
　浜田義一郎, 中野三敏, 日野龍夫, 揖斐高編　「大田南畝全集10」'86 p287
金曽木(大田南畝)
　関根正直ほか監修　「日本随筆大成I-6」'75 p383
近代公実厳秘録(馬場文耕)

岡田哲校訂 「叢書江戸文庫I-12」'87 p87
近代秀歌
　福田秀一,島津忠夫,伊藤正義編 「鑑賞日本古典文学24」'76 p24
近代秀歌(藤原定家)
　久松潜一訳 「古典日本文学全集36」'62 p18
　藤平春男校注・訳 「新編日本古典文学全集87」'02 p447
　久保田淳,山口明穂校注 「中世の文学 第1期〔1〕」'71 p277
　藤平春男校注・訳 「日本古典文学全集50」'75 p467
　久松潜一,西尾実校注 「日本古典文学大系65」'51 p99
　奥田勲校注・訳 「日本の文学 古典編37」'87 p42
近代秀歌(遣送本)(藤原定家)
　佐佐木信綱編 「日本歌学大系3」'56 p326
近代秀歌(自筆本)(藤原定家)
　佐佐木信綱編 「日本歌学大系3」'56 p331
錦帯橋(亀井南冥)
　徳田武注 「江戸漢詩選1」'96 p263
近代百物語(吉文字市兵衛)
　太刀川清校訂 「叢書江戸文庫II-27」'93 p277
近代百物語(鳥飼酔雅(吉文字屋半兵衛))
　須永朝彦編訳 「日本古典文学幻想コレクション3」'96 p214
扶桑近代艶隠者(井原西鶴)
　穎原退蔵ほか編 「定本西鶴全集14」'53 p19
公忠集(源公忠)
　和歌史研究会編 「私家集大成1」'73 p308
　和歌史研究会編 「私家集大成1」'73 p309
　和歌史研究会編 「私家集大成1」'73 p310
　「日本文学大系11」'55 p131
　長連恒編 「日本文学大系12」'55 p705
禁中千秋万歳歌
　高野辰之編 「日本歌謡集成5」'60 p397
公任卿選歌仙〔乙〕
　久曽神昇編 「日本歌学大系別6」'84 p120
金藤左衛門
　北川忠彦,安田章 「新編日本古典文学全集60」'01 p469
公任集(藤原公任)
　後藤祥子校注 「新日本古典文学大系28」'94 p267
金島書(世阿弥)
　表章,加藤周一校注 「日本思想大系24」'74 p249
近年諸国咄(井原西鶴)
　藤村作校訂 「訳註西鶴全集8」'52 p4
金幣猿嶋郡(鶴屋南北)
　竹柴恕太郎編 「鶴屋南北全集12」'74 p461
公平甲論
　阪口弘之校注 「新日本古典文学大系90」'99 p439
公平法門諍并石山落
　荻田清ほか編 「近世文学選〔1〕」'94 p11
坐笑産後篇近目貫(稲穂)
　浜田義一郎,武藤禎夫編 「日本小咄集成中」'71 p77
禁野
　北川忠彦ほか校注 「中世の文学 第1期〔22〕」'95 p337
　竹本幹夫,橋本朝生校注・訳 「日本の文学 古典編36」'87 p307
金葉和歌集(源俊頼)
　秋山虔,久保田淳著 「鑑賞日本の古典3」'82 p293
　「国歌大系4」'76 p1
　川村晃生,柏木由夫校注 「新日本古典文学大系9」'89 p4
　「日本文学大系15」'55 p399
　長沢美津編 「女人和歌大系4」'72 p7
近来俳諧風躰抄(井原西鶴)
　穎原退蔵ほか編 「定本西鶴全集13」'50 p369
近来風体(二條良基)
　佐佐木信綱編 「日本歌学大系5」'57 p141
金竜寺の桜(松尾芭蕉)
　井本農一,弥吉菅一,横沢三郎,尾形仂校注 「校本芭蕉全集6」'89 p545
金陵懐古(中厳円月)
　菅野礼行,徳田武校注・訳 「新編日本古典文学全集86」'02 p223
金輪寺の後閣に上る(二首,うち一首)(館柳湾)
　徳田武注 「江戸詩人選集7」'90 p229
金礼
　芳賀矢一,佐佐木信綱校註 「謡曲叢書1」'87 p591
金鈴(九条武子)
　長沢美津編 「女人和歌大系5」'78 p351

【く】

「水鶏啼と」歌仙(松尾芭蕉)
　島居清著 「芭蕉連句全註解9」'83 p271
苦雨(西郷隆盛)
　坂田新注 「江戸漢詩選4」'95 p259
寓意(石川丈山)
　上野洋三注 「江戸詩人選集1」'91 p14

寓意草（岡村源五兵衛）
　森銑三訳　「古典日本文学全集35」'61 p164
寓意草（岡村良通）
　森銑三, 北川博邦編　「続日本随筆大成8」'80 p1
寓院雑興（三首のうち一首）（大沼枕山）
　日野龍夫注　「江戸詩人選集10」'90 p174
偶得たり（成島柳北）
　日野龍夫注　「江戸詩人選集10」'90 p57
寓懐（石川丈山）
　上野洋三注　「江戸詩人選集1」'91 p12
　上野洋三注　「江戸詩人選集1」'91 p15
寓感（中島棕隠）
　水田紀久注　「江戸詩人選集6」'93 p236
空華集（義堂周信）
　上村観光編　「五山文学全集2」'73 p1327
　入矢義高校注　「新日本古典文学大系48」'90 p195
遇興（石川丈山）
　上野洋三注　「江戸詩人選集1」'91 p119
寓興（亀井南冥）
　徳田武注　「江戸漢詩選1」'96 p301
偶興（元政）
　上野洋三注　「江戸詩人選集1」'91 p231
偶興（原采蘋）
　福島理子注　「江戸漢詩選3」'95 p113
藕潰林公の八宜楼に遊び、此れを賦して奉呈す（広瀬旭荘）
　岡村繁注　「江戸詩人選集9」'91 p218
空谷博声集（釋幽眞）
　「国歌大系19」'76 p461
偶書（二首、うち一首）（元政）
　上野洋三注　「江戸詩人選集1」'91 p273
空翠楼の晩望（二首のうち一首）（大窪詩仏）
　揖斐高注　「江戸詩人選集5」'90 p256
偶題（館柳湾）
　徳田武注　「江戸詩人選集7」'90 p194
寓目（石川丈山）
　上野洋三注　「江戸詩人選集1」'91 p70
空也
　芳賀矢一, 佐佐木信綱校註　「謡曲叢書1」'87 p595
空也聖人御由来（竹本義太夫）
　「竹本義太夫浄瑠璃正本集上」'95 p37
空也僧鉢たゝきの歌
　志田延義編　「続日本歌謡集成2」'61 p209
「空也の鹿の」付一句（松尾芭蕉）
　島居清著　「芭蕉連句全註解10」'83 p303
空也和讃
　新間進一編　「続日本歌謡集成1」'64 p142
苦界船乗合咄

「洒落本大成29」'88 p365
九月十三夜（上杉謙信）
　菅野礼行, 徳田武校注・訳　「新編日本古典文学全集86」'02 p243
九月十三夜月を覩ぶ（藤原忠通）
　菅野礼行, 徳田武校注・訳　「新編日本古典文学全集86」'02 p199
九月十八日楓を高雄に観る。明日渓に沿いて栂尾に至る原三首。一を節す（江馬細香）
　福島理子注　「江戸漢詩選3」'95 p33
九月尽日、北野の廟に侍し、（大江匡衡）
　菅野礼行, 徳田武校注・訳　「新編日本古典文学全集86」'02 p191
九月尽日、秘芸閣に於て同じ（大江匡衡）
　菅野礼行, 徳田武校注・訳　「新編日本古典文学全集86」'02 p188
九月十日（藤原道真）
　菅野礼行, 徳田武校注・訳　「新編日本古典文学全集86」'02 p154
九月廿七日雷雨終日、門を出づること能わず、短歌を作る。（市河寛斎）
　揖斐高注　「江戸詩人選集5」'90 p118
九月二十日、兵馬を率いて太田営を発し、江城に帰る。感有って賦す（成島柳北）
　日野龍夫注　「江戸詩人選集10」'90 p72
九月六日、猗蘭台の集い（服部南郭）
　山本和義, 横山弘注　「江戸詩人選集3」'91 p31
愚管抄（慈円）
　岡見正雄, 赤松俊秀校注　「日本古典文学大系86」'67 p39
苦寒 二首（うち一首）（菅茶山）
　黒川洋一注　「江戸詩人選集4」'90 p187
句巻評語（与謝蕪村）
　頴原退蔵編著　「蕪村全集1」'48 p484
『句兄弟』の判語（松尾芭蕉）
　井本農一ほか著　「校本芭蕉全集9」'89 p292
苦吟（鳥山芝軒）
　菅野礼行, 徳田武校注・訳　「新編日本古典文学全集86」'02 p309
傀儡子記（大江匡房）
　山岸徳平, 竹内理三, 家永三郎, 大曽根章介校注　「日本思想大系8」'79 p157
傀儡師（復新三組盞）（桜田治助（二代））
　河竹登志夫ほか監修　「名作歌舞伎全集24」'72 p103
公家思想
　笠松宏至, 佐藤進一校注　「日本思想大系22」'81 p12
愚見抄
　福島秀一, 島津忠夫, 伊藤正義編　「鑑賞日本古典文学24」'76 p57

佐佐木信綱編　「日本歌学大系4」'56 p354
句稿消息（小林一茶）
　　小林計一郎校注　「一茶全集6」'76 p423
区栄々副徴（上田秋成）
　　「上田秋成全集9」'92 p13
草木共に春に逢う（館柳湾）
　　徳田武注　「江戸詩人選集7」'90 p222
草摺引（正札附根元草摺）（鶴屋南北ほか）
　　河竹登志夫ほか監修　「名作歌舞伎全集19」'70 p91
又焼直鉢冠姫稗史憶説年代記（式亭三馬）
　　笹川種郎著　「評釈江戸文学叢書8」'70 p223
草双紙年代記（岸田杜芳）
　　宇田敏彦校注　「新日本古典文学大系83」'97 p343
愚雑俎（田宮橘庵）
　　関根正直ほか監修　「日本随筆大成III-9」'77 p201
草薙
　　芳賀矢一，佐佐木信綱校註　「謡曲叢書1」'87 p606
「草の庵」「焼亡は」「月の中の」付合（松尾芭蕉）
　　島居清著　「芭蕉連句全註解1」'79 p83
草野史料（大田南畝）
　　浜田義一郎，中野三敏，日野龍夫，揖斐高編　「大田南畝全集19」'89 p611
「草の戸も」詞書（松尾芭蕉）
　　井本農一，久富哲雄，村松友次，堀切実校注・訳　「新編日本古典文学全集71」'97 p246
「草の戸も」の詞書（松尾芭蕉）
　　井本農一，弥吉菅一，横沢三郎，尾形仂校注　「校本芭蕉全集6」'89 p388
　　井本農一，大谷篤蔵編　「校本芭蕉全集別1」'91 p208
「草の戸や」付合（松尾芭蕉）
　　島居清著　「芭蕉連句全註解7」'82 p303
くさびら
　　須永朝彦編訳　「日本古典文学幻想コレクション2」'96 p129
茸
　　北川忠彦ほか校注　「中世の文学 第1期〔22〕」'95 p351
草枕（井原西鶴）
　　穎原退蔵ほか編　「定本西鶴全集13」'50 p19
草まくらの日記（本居大平）
　　津本信博編　「近世紀行日記文学集1」'93 p532
くさ物語（蓬左文庫蔵奈良絵本）
　　太田武夫校訂　「室町時代物語集5」'62 p136
草山の偶興（元政）

菅野礼行，徳田武校注・訳　「新編日本古典文学全集86」'02 p278
屠罪人
　　北川忠彦ほか校注　「中世の文学 第1期〔20〕」'94 p43
　　古川久校註　「日本古典全書〔91〕」'53 p274
旧事本紀玄義（抄）（慈遍）
　　大隅和雄校注　「日本思想大系19」'77 p135
孔雀を詠ず（祇園南海）
　　菅野礼行，徳田武校注・訳　「新編日本古典文学全集86」'02 p356
孔雀そめき（山旭亭主人）
　　「洒落本大成19」'83 p237
孔雀楼筆記（清田儋叟）
　　森銑三訳　「古典日本文学全集35」'61 p191
　　中村幸彦，野村貴次，麻生磯次校注　「日本古典文学大系96」'65 p259
九条右丞相遺誡（九条師輔）
　　山岸徳平，竹内理三，家永三郎，大曽根章介校注　「日本思想大系8」'79 p115
九条の旧業に遊びて関誉の韻を賡ぐ（元政）
　　上野洋三注　「江戸詩人選集1」'91 p305
出時新兵衛小松屋宗七鯨帯博多合三国（柳亭種彦）
　　「古典叢書〔40〕」'90 p105
葛
　　臼田甚五郎，新間進一，外村南都子，徳江元正校注・訳　「新編日本古典文学全集42」'00 p42
国栖
　　小山弘志，佐藤健一郎校注・訳　「新編日本古典文学全集59」'98 p379
　　芳賀矢一，佐佐木信綱校註　「謡曲叢書1」'87 p613
葛の翁図讃（蕪村）
　　穎原退蔵著　「評釈江戸文学叢書7」'70 p760
葛の翁図賛（与謝蕪村）
　　村松友次著　「鑑賞日本の古典17」'81 p321
　　穎原退蔵編著　「蕪村全集1」'48 p459
楠末葉軍談（和祥）
　　木村八重子校注　「新日本古典文学大系83」'97 p105
楠昔噺（並木千柳，小川半平，竹田小出雲）
　　原道生校訂　「叢書江戸文庫III-40」'96 p347
樟紀流花見幕張（慶安太平記）（河竹黙阿弥）
　　河竹登志夫ほか監修　「名作歌舞伎全集23」'71 p175
葛の葉和讃
　　高野辰之編　「日本歌謡集成4」'60 p410
葛の松原（各務支考）
　　今栄蔵校注　「校本芭蕉全集7」'89 p237
「薬のむ」付合（松尾芭蕉）
　　島居清著　「芭蕉連句全註解4」'80 p313

九世戸
　芳賀矢一，佐佐木信綱校註　「謡曲叢書1」'87 p618
曲乱久世舞要集
　高野辰之編　「日本歌謡集成5」'60 p239
くせものかたり（上田秋成）
　「上田秋成全集8」'93 p13
くせものがたり（上田秋成）
　重友毅校註　「日本古典全書〔106〕」'57 p295
癇癖談（上田秋成）
　「上田秋成全集8」'93 p18
　「上田秋成全集8」'93 p39
　高田衛著　「鑑賞日本の古典18」'81 p239
　重友毅校註　「日本古典全書〔106〕」'57 p297
　重友毅校註　「日本古典全書〔106〕」'57 p314
　関根正直ほか監修　「日本随筆大成III-5」'77 p407
癖物語（異文一）（上田秋成）
　「上田秋成全集8」'93 p60
くせものかたり（異文二）（上田秋成）
　「上田秋成全集8」'93 p89
句双紙（東陽英朝編）
　入矢義高，早苗憲生校注　「新日本古典文学大系52」'96 p111
管巻（安永六年正月刊）
　武藤禎夫編　「噺本大系11」'79 p35
遊処徘徊くだまき綱目（不成山人）
　「洒落本大成3」'79 p147
菓物見立御世話－北尾政演（山東京伝）
　「古典叢書〔3〕」'89 p27
口合恵宝袋
　宮尾しげを校注　「秘籍江戸文学選8」'75 p221
口合恵宝袋（春松子）
　武藤禎夫，岡雅彦編　「噺本大系8」'76 p238
口占（石川丈山）
　上野洋三注　「江戸詩人選集1」'91 p57
くちきざくら（天理図書館蔵写本）
　横山重ほか編　「室町時代物語大成4」'76 p133
愚痴拾遺物語（馬文耕）
　宇田敏彦校訂　「未刊随筆百種9」'77 p9
愚痴中将（天理図書館蔵写本）
　横山重ほか編　「室町時代物語大成4」'76 p143
俗談口拍子（軽口耳秘）
　浜田義一郎，武藤禎夫編　「日本小咄集成中」'71 p169
　武藤禎夫編　「噺本大系9」'79 p111
口真似
　北川忠彦ほか校注　「中世の文学 第1期〔20〕」'94 p172
口学諺種（泥田坊夢成）
　「洒落本大成10」'80 p79

口真似聟
　北川忠彦ほか校注　「中世の文学 第1期〔20〕」'94 p274
愚禿悲歎述懐（親鸞上人）
　高野辰之編　「日本歌謡集成4」'60 p82
邦輔親王集（邦輔親王）
　和歌史研究会編　「私家集大成7」'76 p622
邦高親王御詠（邦高親王）
　和歌史研究会編　「私家集大成6」'76 p892
邦忠親王御筆集雪追加（三条西実隆）
　和歌史研究会編　「私家集大成7」'76 p424
国文世々の跡（伴蒿蹊）
　風間誠史校訂　「叢書江戸文庫I-7」'93 p5
国訛嫩笈摺（どんどろ）（近松半二ほか）
　河竹登志夫ほか監修　「名作歌舞伎全集7」'69 p279
国引き（出雲国意宇郡）
　曽倉岑，金井清一著　「鑑賞日本の古典1」'81 p241
邦房親王御詠（邦房親王）
　和歌史研究会編　「私家集大成7」'76 p1009
国譲
　中野幸一校注・訳　「新編日本古典文学全集16」'02 p15
　中野幸一校注・訳　「新編日本古典文学全集16」'02 p133
　中野幸一校注・訳　「新編日本古典文学全集16」'02 p247
　宮田和一郎校註　「日本古典全書〔7〕」'55 p79
　宮田和一郎校註　「日本古典全書〔7〕」'55 p157
　宮田和一郎校註　「日本古典全書〔8〕」'57 p11
　河атыр多麻校注　「日本古典文学大系12」'62 p51
　河内多麻校注　「日本古典文学大系12」'62 p143
　河内多麻校注　「日本古典文学大系12」'62 p235
苦熱行（野村篁園）
　徳田武注　「江戸詩人選集7」'90 p78
句箱（井原西鶴）
　穎原退蔵ほか編　「定本西鶴全集13」'50 p274
愚秘抄（藤原定家）
　佐佐木信綱編　「日本歌学大系4」'56 p291
首引
　北川忠彦ほか校注　「中世の文学 第1期〔20〕」'94 p285
窪田意専（惣七郎）宛書簡（松尾芭蕉）
　富山奏校注　「新潮日本古典集成〔72〕」'78 p212
窪田意専（惣七郎）・服部土芳（半左衛門）宛書簡（松尾芭蕉）
　富山奏校注　「新潮日本古典集成〔72〕」'78 p274
久保之取蛇尾（入江昌喜）
　森銑三，北川博邦編　「続日本随筆大成11」'81 p99

九品和歌（藤原公任）
　佐佐木信綱編　「日本歌学大系1」'58 p67
隈川雑詠 五首（広瀬淡窓）
　岡村繁注　「江戸詩人選集9」'91 p31
熊坂
　西野春雄校注　「新日本古典文学大系57」'98 p231
　小山弘志，佐藤健一郎校注・訳　「新編日本古典文学全集59」'98 p418
　芳賀矢一，佐佐木信綱校註　「謡曲叢書1」'87 p626
熊手判官
　芳賀矢一，佐佐木信綱校註　「謡曲叢書1」'87 p632
熊取猿にとられし事（只野真葛）
　古谷知新編　「江戸時代女流文学全集3」'01 p433
熊野
　西野春雄校注　「新日本古典文学大系57」'98 p553
　小山弘志，佐藤健一郎校注・訳　「新編日本古典文学全集58」'97 p405
　竹本幹夫，橋本朝生校注・訳　「日本の文学 古典編36」'87 p133
橋本くまのからす（井原西鶴）
　穎原退蔵ほか編　「定本西鶴全集11下」'75 p385
熊野御本地（元和八年絵巻）
　太田武夫校訂　「室町時代物語集1」'62 p101
熊野御本地（天理図書館蔵元和八年絵巻）
　横山重ほか編　「室町時代物語大成4」'76 p194
熊野権現和讃
　新間進一編　「続日本歌謡集成1」'64 p159
熊野の御本地のさうし
　永井竜男訳　「古典日本文学全集18」'61 p270
　市古貞次校訂　「日本古典文学大系38」'58 p411
くまのゝ本地（赤木文庫蔵寛永頃刊本）
　横山重ほか　「室町時代物語大成4」'76 p215
熊野の本地（井田等氏蔵絵巻）
　横山重ほか　「室町時代物語大成4」'76 p251
くまのゝ本地（古梓堂文庫蔵奈良絵本）
　太田武夫校訂　「室町時代物語集1」'62 p59
熊野の本地（蜷川第一氏蔵奈良絵本）
　太田武夫校訂　「室町時代物語集1」'62 p46
くまのゝほんち（寛永頃刊丹緑本）
　太田武夫校訂　「室町時代物語集1」'62 p118
熊野の本地（杭全神社蔵絵巻）
　太田武夫校訂　「室町時代物語集1」'62 p80
熊野の本地（杭全神社蔵室町末絵巻）
　横山重ほか編　「室町時代物語大成4」'76 p168
熊野の本地の物語（天理図書館蔵大形奈良絵本）

横山重ほか編　「室町時代物語大成4」'76 p152
熊野本地絵巻
　渡浩一校注・訳　「新編日本古典文学全集63」'02 p355
熊若物語
　木村八重子校注　「新日本古典文学大系83」'97 p33
愚迷発心集（貞慶）
　鎌田茂雄校注　「日本思想大系15」'71 p13
久米仙人吉野桜（為永太郎兵衛）
　山田和人校訂「叢書江戸文庫II-37」'95 p101
雲井双紙（北斗先生）
　「洒落本大成10」'80 p301
くも井らうさい
　荻原清ほか編　「近世文学選〔1〕」'94 p175
雲かくれ
　市古貞次，三角洋一編　「鎌倉時代物語集成7」'94 p253
雲隠（紫式部）
　「古典日本文学全集5」'61 p374
　石田穣二，清水好子校注　「新潮日本古典集成〔23〕」'82 p155
　池田亀鑑校註　「日本古典全書〔16〕」'54 p133
　「日本文学大系5」'55 p562
雲隠れ（紫式部）
　谷崎潤一郎ほか編　「国民の文学4」'63 p167
雲隠六帖
　市古貞次，三角洋一編　「鎌倉時代物語集成7」'94 p251
雲喰ひ（井原西鶴）
　穎原退蔵ほか編　「定本西鶴全集13」'50 p371
天衣粉上野初花（河竹黙阿弥）
　河竹登志夫訳　「国民の文学12」'64 p397
天衣紛上野初花（河内山と直侍）（河竹黙阿弥）
　河竹登志夫ほか監修　「名作歌舞伎全集11」'69 p281
蜘盗人
　北川忠彦，安田章　「新編日本古典文学全集60」'01 p479
蜘蛛の糸（来宵蜘蛛線）（桜田治助（三世））
　河竹登志夫ほか監修　「名作歌舞伎全集19」'70 p221
蜘蛛の糸巻（山東京伝）
　関根正直ほか監修　「日本随筆大成II-7」'74 p295
雲のかよひ路
　長沢美津編　「女人和歌大系5」'78 p371
蜘蛛の拍子舞（我背子恋の合槌）（桜田治助）
　河竹登志夫ほか監修　「名作歌舞伎全集24」'72 p25
愚問賢注（二條良基，頓阿）

くらか　　　　　　　　　　作品名

闇の手がた(井原西鶴)
　江本裕編　「西鶴選集〔4〕」'93 p152
せいうやのせかい闇明月(神田あつ丸)
　　「洒落本大成18」'83 p91
「蔵のかげ」付合(松尾芭蕉)
　島居清著　「芭蕉連句全註解5」'81 p93
蔵開
　中野幸一校注・訳　「新編日本古典文学全集15」
　　'01 p319
　中野幸一校注・訳　「新編日本古典文学全集15」
　　'01 p445
　中野幸一校注・訳　「新編日本古典文学全集15」
　　'01 p521
　宮田和一郎校註　「日本古典全書〔6〕」'51 p129
　宮田和一郎校註　「日本古典全書〔6〕」'51 p222
　宮田和一郎校註　「日本古典全書〔7〕」'55 p13
　河野多麻校注　「日本古典文学大系11」'61 p253
　河野多麻校注　「日本古典文学大系11」'61 p347
　河野多麻校注　「日本古典文学大系11」'61 p405
鞍馬獅子(夫婦酒替奴中仲)(中村重助)
　河竹登志夫ほか監修　「名作歌舞伎全集19」'70
　　p37
鞍馬寺融通念仏和讃
　高野辰之編　「日本歌謡集成4」'60 p357
鞍馬天狗
　伊藤正義校注　「新潮日本古典集成〔59〕」'86
　　p27
　小山弘志、佐藤健一郎校注・訳　「新編日本古典
　　文学全集59」'98 p506
　芳賀矢一、佐佐木信綱校註　「謡曲叢書1」'87
　　p637
鞍馬天狗(宮増)
　西野春雄校注　「新日本古典文学大系57」'98
　　p87
鞍馬参
　北川忠彦ほか校注　「中世の文学 第1期〔22〕」'95
　　p112
倶利伽羅落
　芳賀矢一、佐佐木信綱校註　「謡曲叢書1」'87
　　p642
栗隈神明
　北川忠彦、安田章　「新編日本古典文学全集60」
　　'01 p56
「栗野老」三物(松尾芭蕉)
　島居清著　「芭蕉連句全註解3」'80 p143
庫裡法門記
　笠原一男、井上鋭夫校注　「日本思想大系17」'72
　　p476

栗餅を咏ず。栗蒸して之を槌し薄片たらしむ。
　円形を為りて斑有り。蓋し甲斐の名製なり
　(大典顕常)
　末木文美士、堀川貴司注　「江戸漢詩選5」'96
　　p255
栗焼
　北川忠彦ほか校注　「中世の文学 第1期〔20〕」'94
　　p113
　古川久校註　「日本古典全書〔91〕」'53 p231
苦霖行(梁川星巌)
　入谷仙介注　「江戸詩人選集8」'90 p286
車僧
　芳賀矢一、佐佐木信綱校註　「謡曲叢書1」'87
　　p646
車僧絵巻(京大図書館蔵奈良絵巻)
　横山重ほか編　「室町時代物語大成4」'76 p273
くるま僧(御巫清男氏旧蔵写本)
　横山重ほか編　「室町時代物語大成4」'76 p282
車たがへ
　市古貞次、三角洋一編　「鎌倉時代物語集成5」
　　'92 p80
廓遊唐人寤言
　「洒落本大成10」'80 p251
廓宇久為寿(くるわうぐいす)→"さとのう
　ぐいす"を見よ
廓写絵
　「洒落本大成19」'83 p251
廓鑑余興 花街寿々女(鼻山人)
　「洒落本大成27」'87 p259
青楼夜話鄽数可佳妓(成三楼鳳雨)
　「洒落本大成18」'83 p249
廓通遊子(藍江)
　伊藤千可良ほか校　「江戸時代文芸資料1」'64
　　p471
　「洒落本大成17」'82 p65
廓三番叟
　河竹登志夫ほか監修　「名作歌舞伎全集24」'72
　　p109
手管早引廓節要(楽亭馬笑)
　「洒落本大成17」'82 p219
東都気姐廓胆競(小金あつ丸)
　「洒落本大成20」'83 p83
廓の大帳(山東京伝)
　伊藤千可良ほか校　「江戸時代文芸資料1」'64
　　p333
閨中狂言廓大帳(山東京伝)
　「洒落本大成15」'82 p105
廓の池好(増井豹恵)
　「洒落本大成16」'82 p367
くるわの茶番(楚満人)
　「洒落本大成25」'86 p255

慶山新製曲雑話（寛政十二年九月刊）
　武藤禎夫編　「噺本大系13」'79 p290
廓文章（吉田屋）（近松門左衛門）
　河竹登志夫ほか監修　「名作歌舞伎全集7」'69 p293
廓御子記
　浜中修編著　「大学古典叢書8」'89 p125
暮に漁村を過る（江馬細香）
　福島理子注　「江戸漢詩選3」'95 p61
呉服
　伊藤正義校注　「新潮日本古典集成〔59〕」'86 p39
　西野春雄校注　「新日本古典文学大系57」'98 p386
　芳賀矢一, 佐佐木信綱校註　「謡曲叢書1」'87 p649
粋宇瑠璃（盧橘庵）
　浜田啓介校注　「新日本古典文学大系82」'98 p221
粋宇瑠璃（盧橘庵素秀）
　「洒落本大成13」'81 p165
黒髪山（松尾芭蕉）
　井本農一, 弥吉菅一, 横沢三郎, 尾形仂校注　「校本芭蕉全集6」'89 p546
黒塚
　「古典日本文学全集20」'62 p91
　西野春雄校注　「新日本古典文学大系57」'98 p502
黒塚（木村富子）
　河竹登志夫ほか監修　「名作歌舞伎全集24」'72 p293
黒塚（安達原）
　小山弘志, 佐藤健一郎校注・訳　「新編日本古典文学全集59」'98 p459
黒住教教書 歌集〔附録〕伝 歌集（黒住宗忠）
　村上重良, 安丸良夫校注　「日本思想大系67」'71 p45
黒住教教書 文集道の部（黒住宗忠）
　村上重良, 安丸良夫校注　「日本思想大系67」'71 p71
くろさうし（服部土芳）
　俳諧文庫会編　「俳諧文庫会叢書1」'49 p93
くろさうし（安永坂本）（服部土芳）
　富山奏編　「和泉古典文庫2」'83 p87
黒谷に遊ぶ（石川丈山）
　上野洋三注　「江戸詩人選集1」'91 p32
桑名屋徳蔵入舟噺
　「徳川文芸類聚7」'70 p320
桑名自り舟行して森津に抵る（江馬細香）
　福島理子注　「江戸漢詩選3」'95 p58
鍬の賛（与謝蕪村）

頴原退蔵編著　「蕪村全集1」'48 p470
鍬の図賛（与謝蕪村）
　頴原退蔵編著　「蕪村全集1」'48 p464
軍歌選
　志田延義編　「続日本歌謡集成5」'62 p157
郡宰秋懐（藤田東湖）
　坂田新注　「江戸漢詩選4」'95 p11
郡山の柳公美の指画竹を観る歌（梁田蛻巌）
　徳田武注　「江戸詩人選集2」'92 p134
群児の壊を撃つを瞰る（石川丈山）
　上野洋三注　「江戸詩人選集1」'91 p140
群書一毅（大田南畝）
　浜田義一郎, 中野三敏, 日野龍夫, 揖斐高編　「大田南畝全集19」'89 p567
君台観左右帳記（能阿弥）
　赤井達郎, 村井康彦校注　「日本思想大系23」'73 p423
君道伝（吉川惟足）
　平重道, 阿部秋生校注　「日本思想大系39」'72 p73
薫風雑話（渋川時英）
　関根正直ほか監修　「日本随筆大成II-18」'74 p47
軍法富士見西行（並木千柳, 小川半平, 竹田小出雲）
　加藤敦子校訂　「叢書江戸文庫III-40」'96 p249
訓蒙浅語（大田晴軒）
　関根正直ほか監修　「日本随筆大成III-8」'77 p195
「君も臣も」「抜ば露の」三句（松尾芭蕉）
　島居清著　「芭蕉連句全註解1」'79 p43
君来岬 第四集（橘曙覧）
　土岐善麿校註　「日本古典全書〔74〕」'50 p221

【け】

偈（無学祖元）
　菅野礼行, 徳田武校注・訳　「新編日本古典文学全集86」'02 p217
慶安元年夏五、計らずも天恩（松永尺五）
　菅野礼行, 徳田武校注・訳　「新編日本古典文学全集86」'02 p254
慶安紀元、源京兆、一畝の地（木下順庵）
　菅野礼行, 徳田武校注・訳　「新編日本古典文学全集86」'02 p264
経緯愚説（真木保臣）
　奈良本辰也校注　「日本思想大系38」'76 p359
瓊浦雑詠（三十首のうち二首）（梁川星巌）

入谷仙介注 「江戸詩人選集8」'90 p219
瓊浦雑綴(大田南畝)
　浜田義一郎、中野三敏、日野龍夫、揖斐高編 「大田南畝全集8」'86 p479
慶運集(慶運)
　和歌史研究会編 「私家集大成5」'74 p233
慶運百首(慶運)
　稲田利徳校注 「新日本古典文学大系47」'90 p63
慶運法印集(慶運)
　和歌史研究会編 「私家集大成5」'74 p225
渓雲問答(中院通茂)
　佐佐木信綱編 「日本歌学大系6」'56 p291
形影夜話(杉田玄白)
　佐藤昌介校注 「日本思想大系64」'76 p245
桂園一枝(香川景樹)
　「国歌大系18」'76 p1
桂園一枝拾遺(香川景樹)
　「国歌大系18」'76 p113
桂園遺文(香川景樹)
　佐佐木信綱編 「日本歌学大系8」'56 p235
慶応伊勢御影見聞諸国不思議之扣
　安丸良夫校注 「日本思想大系58」'70 p373
慶応雑談(山本鉄三郎)
　朝倉治彦校訂 「未刊随筆百種1」'76 p349
芸界きくま、の記(豊芥子)
　安藤菊二校訂 「未刊随筆百種5」'77 p327
芸鑑(富永平兵衛)
　郡司正勝校注 「日本古典文学大系98」'65 p311
景感道(猪苗代兼載)
　木藤才蔵校注 「中世の文学　第1期〔14〕」'90 p119
鶏冠木(矢沢孝子)
　長沢美津編 「女人和歌大系6」'78 p148
桂紀行(宝暦三年三月)(光胤)
　津本信博編 「近世紀行日記文学集成1」'93 p372
桂紀行(宝暦三年五月)(家仁)
　津本信博編 「近世紀行日記文学集成1」'93 p374
桂紀行(宝暦四年三月)(家仁)(冨貴丸同道))
　津本信博編 「近世紀行日記文学集成1」'93 p380
桂紀行(宝暦五年三月)(格宮御方)
　津本信博編 「近世紀行日記文学集成1」'93 p388
桂紀行(宝暦五年三月)(家仁)
　津本信博編 「近世紀行日記文学集成1」'93 p383
渓居(野村篁園)
　徳田武注 「江戸詩人選集7」'90 p100

瓊玉和歌集(宗尊親王)
　和歌史研究会編 「私家集大成4」'75 p314
渓行(石川丈山)
　上野洋三注 「江戸詩人選集1」'91 p61
契国策
　「洒落本大成7」'80 p57
　「徳川文芸類聚5」'70 p111
稽古談(海保青陵)
　塚谷晃弘、蔵並省自校注 「日本思想大系44」'70 p215
桂彩巌の雪中に田氏と同に熊孺子の宅に過りて飲すに和す(梁田蛻巌)
　徳田武注 「江戸詩人選集2」'92 p67
敬斎箴(山崎闇斎編)
　西順蔵、阿部隆一、丸山真男校注 「日本思想大系31」'80 p74
敬斎箴講義(山崎闇斎)
　西順蔵、阿部隆一、丸山真男校注 「日本思想大系31」'80 p80
敬斎箴筆記(三宅尚斎)
　西順蔵、阿部隆一、丸山真男校注 「日本思想大系31」'80 p190
綱斎先生敬斎箴講義(浅見絅斎)
　西順蔵、阿部隆一、丸山真男校注 「日本思想大系31」'80 p120
綱斎先生仁義礼智筆記(浅見絅斎)
　西順蔵、阿部隆一、丸山真男校注 「日本思想大系31」'80 p305
経済要略(佐藤信淵)
　尾藤正英、島崎隆夫校注 「日本思想大系45」'77 p519
経済録(抄)経済録拾遺(太宰春台)
　頼惟勤校注 「日本思想大系37」'72 p7
頃日全書(馬文耕)
　宇田敏彦校訂 「未刊随筆百種9」'77 p27
桂下園家の花(松尾芭蕉)
　井本農一、弥吉菅一、横沢三郎、尾形仂校注 「校本芭蕉全集6」'89 p439
妓者呼子鳥(田にし金魚)
　「洒落本大成7」'80 p97
　「徳川文芸類聚5」'70 p138
甕洲逆旅の歌(頼山陽)
　入谷仙介注 「江戸詩人選集8」'90 p60
甕城(原采蘋)
　福島理子注 「江戸漢詩選3」'95 p214
渓上　二首(六如)
　黒川洋一注 「江戸詩人選集4」'90 p215
京城の客舎の壁に題す(江馬細香)
　福島理子注 「江戸漢詩選3」'95 p25
京城の秋遊。亡き先生を懐うこと有り(江馬細香)

福島理子注 「江戸漢詩選3」'95 p72
京城万寿禅寺語(天祥一麟)
　玉村竹二編 「五山文学新集別2」'81 p249
京城魯寮の作(大潮元皓)
　末木文美士, 堀川貴司注 「江戸漢詩選5」'96 p190
経書堂
　芳賀矢一, 佐佐木信綱校註 「謡曲叢書1」'87 p562
形神を詠ず(石川丈山)
　上野洋三注 「江戸詩人選集1」'91 p163
傾城暁の鐘
　「徳川文芸類聚7」'70 p19
けいせい浅間岳
　荻田清ほか編 「近世文学選[1]」'94 p89
　土田衛校注 「新日本古典文学大系95」'98 p1
傾城浅間岳
　「古典日本文学全集26」'61 p5
　「徳川文芸類聚8」'70 p425
傾城阿佐間曾我
　鳥越文蔵, 和田修校注 「新日本古典文学大系96」'97 p39
傾情吾嬬鑑(桜田治助(初代?))
　河竹繁俊著 「評釈江戸文学叢書5」'70 p489
傾城天の羽衣(並木正三)
　「徳川文芸類聚7」'70 p63
傾城阿波の鳴門(近松半二)
　林久美子校訂 「叢書江戸文庫III-39」'96 p285
傾城阿波の鳴門(近松半二ほか)
　樋口慶千代著 「評釈江戸文学叢書4」'70 p429
けいせい阿波のなると(近松門左衛門)
　「近松全集(岩波)15翻刻編」'89 p63
　「近松全集(岩波)15影印編」'89 p53
傾城異見之規矩(呉綾軒)
　「洒落本大成11」'81 p79
富士源氏三保門松傾城伊豆日記(津打九平次ほか)
　「徳川文芸類聚6」'70 p103
けいせい色三味線(江島其磧)
　長谷川強校注 「新日本古典文学大系78」'89 p1
傾城請状(近松門左衛門)
　「近松全集(岩波)17影印編」'94 p89
　「近松全集(岩波)17解説編」'94 p103
けいせいゑどざくら(近松門左衛門)
　「近松全集(岩波)15翻刻編」'89 p195
　「近松全集(岩波)15影印編」'89 p169
傾城買禿筆
　「洒落本大成26」'86 p11
傾城買四十八手(山東京伝)
　伊藤千可良ほか校 「江戸時代文芸資料1」'64 p373
　「洒落本大成15」'82 p233

中野三敏, 神保五弥, 前田愛校注・訳 「新編日本古典文学全集80」'00 p103
中野三敏, 神保五弥, 前田愛校注 「日本古典文学全集47」'71 p123
水野稔校注 「日本古典文学大系59」'58 p387
軽世界四十八手(有雅亭光ほか)
　「洒落本大成18」'83 p343
傾城買指南所(田水金魚)
　「洒落本大成7」'80 p287
傾城買杓子木(凰月楼主人)
　「洒落本大成23」'85 p11
傾城買談客物語(式亭三馬)
　「古典叢書[6]」'89 p511
傾城懐中鏡
　「洒落本大成28」'87 p205
契情買虎之巻(田にし金魚)
　「洒落本大成7」'80 p301
契情買猫之巻(梅暮里谷峨)
　「洒落本大成17」'82 p237
傾城買花角力
　「洒落本大成23」'85 p107
傾城買二筋道(梅暮里谷峨)
　「洒落本大成17」'82 p109
中野三敏, 神保五弥, 前田愛校注・訳 「新編日本古典文学全集80」'00 p149
中野三敏, 神保五弥, 前田愛校注 「日本古典文学全集47」'71 p169
水野稔校注 「日本古典文学大系59」'58 p441
契情買言告鳥(梅暮里谷峨)
　「洒落本大成18」'83 p109
けいせい懸物揃(近松門左衛門)
　藤井紫影校註 「近松全集(思文閣)9」'78 p639
　「近松全集(岩波)7」'87 p583
恋窪昔話契情畸人伝(式亭三馬)
　「古典叢書[8]」'89 p263
色遊大全傾城禁短気(江島其磧)
　野間光辰校注 「日本古典文学大系91」'66 p153
　藤井乙男著 「評釈江戸文学叢書2」'70 p525
傾城金竜橋(近松門左衛門)
　「近松全集(岩波)16翻刻編」'90 p255
けいせいぐぜいの舟(近松門左衛門)
　「近松全集(岩波)16翻刻編」'90 p355
傾城艦
　笹川種郎著 「評釈江戸文学叢書8」'70 p583
傾城艦(山東京伝)
　「洒落本大成14」'81 p111
傾城黄金鯱
　「徳川文芸類聚7」'70 p202
傾城金秤目(増山金八)
　「徳川文芸類聚6」'70 p114
契情極秘巻(頓多斎無茶坊)

「洒落本大成10」'80 p315
傾城三度笠（紀海音）
　土田衛校注　「新潮日本古典集成〔74〕」'85 p105
　横山正校注・訳　「日本古典文学全集45」'71 p145
傾城三略巻（廓遊斎都生）
　「洒落本大成29」'88 p353
傾城仕送大臣
　伊藤千可良ほか校　「江戸時代文芸資料2」'64 p61
傾城嶋原蛙合戦（近松門左衛門）
　藤井紫影校註　「近松全集（思文閣）11」'78 p841
傾城島原蛙合戦（近松門左衛門）
　「近松全集（岩波）11」'89 p233
傾城酒呑童子（近松門左衛門）
　藤井紫影校註　「近松全集（思文閣）11」'78 p475
　「近松全集（岩波）10」'89 p615
傾城情史大客（関亭京観）
　「洒落本大成28」'87 p373
傾城水滸伝（曲亭馬琴）
　林美一校訂　「江戸戯作文庫〔3〕」'84 p2
傾城水滸伝（滝沢馬琴）
　「古典叢書〔21〕」'90 p1
　「古典叢書〔22〕」'90 p1
傾城水滸伝 二編（曲亭馬琴）
　林美一校訂　「江戸戯作文庫〔9〕」'86 p3
校訂傾城水滸伝拾遺物語（滝沢馬琴）
　「古典叢書〔22〕」'90 p319
傾城盛衰記（柳亭種彦）
　「古典叢書〔39〕」'90 p289
傾城仙家壷（波の屋真釣）
　「洒落本大成26」'86 p129
軽井茶話 道中粋語録（山手馬鹿人）
　水野稔校注　「日本古典文学大系59」'58 p319
傾城つれづれ草（原雀）
　「洒落本大成1」'78 p111
けいせい伝受紙子（江島其磧）
　長谷川強校注　「新日本古典文学大系78」'89 p247
『傾城盃軍談』序（近松門左衛門）
　「近松全集（岩波）17影印編」'94 p82
　「近松全集（岩波）17解説編」'94 p96
傾城八花がた（錦文流）
　樋口慶千代著　「評釈江戸文学叢書3」'70 p647
傾城反魂香
　北条秀司訳　「国民の文学14」'64 p65
けいせい反魂香（近松門左衛門）
　大久保忠国編　「鑑賞日本古典文学29」'75 p119
　山根為雄校注・訳　「新編日本古典文学全集76」'00 p159
　「近松全集（岩波）5」'86 p341

「近松全集（岩波）17影印編」'94 p243
「近松全集（岩波）17解説編」'94 p260
　守随憲治, 大久保忠国校注　「日本古典文学大系50」'59 p121
傾城反魂香（近松門左衛門）
　藤井紫影校註　「近松全集（思文閣）8」'78 p399
　高野正巳校註　「日本古典全書〔95〕」'51 p151
　樋口慶千代著　「評釈江戸文学叢書3」'70 p41
　河竹登志夫ほか監修　「名作歌舞伎全集1」'69 p3
経世秘策（本多利明）
　塚谷晃弘, 蔵並省自校注　「日本思想大系44」'70 p11
傾城秘書（小人先生）
　「洒落本大成29」'88 p325
淫女皮肉論（田水金魚）
　「洒落本大成7」'80 p331
傾城百人一首
　安藤菊二校訂　「未刊随筆百種4」'76 p183
けいせい富士見る里（近松門左衛門）
　「近松全集（岩波）16翻刻編」'90 p27
　「近松全集（岩波）17影印編」'94 p481
　「近松全集（岩波）17解説編」'94 p494
傾城二河白道
　「徳川文芸類聚8」'70 p387
契情懐はなし（一草亭百馬）
　「洒落本大成13」'81 p143
傾城蜂牛伝（花鳥山人）
　「洒落本大成12」'81 p247
けいせい仏の原（近松門左衛門）
　「近松全集（岩波）15翻刻編」'89 p259
　「近松全集（岩波）15翻刻編」'89 p291
　「近松全集（岩波）15影印編」'89 p229
　「近松全集（岩波）15影印編」'89 p253
けいせい仏の原（絵入狂言本）（近松門左衛門）
　河竹繁俊著　「評釈江戸文学叢書5」'70 p825
『けいせい仏の原』役割番付（近松門左衛門）
　「近松全集（岩波）17解説編」'94 p497
風流傾城真之心
　「洒落本大成19」'83 p151
契情実之巻（井之裏楚登美津）
　「洒落本大成19」'83 p263
契情実之巻（滅放海）
　「洒落本大成23」'85 p25
けいせい三の車（近松門左衛門）
　「近松全集（岩波）16翻刻編」'90 p171
　「近松全集（岩波）17影印編」'94 p483
　「近松全集（岩波）17解説編」'94 p496
けいせい壬生大念仏（近松門左衛門）
　「近松全集（岩波）16翻刻編」'90 p85
　「近松全集（岩波）17影印編」'94 p482

「近松全集（岩波）17解説編」'94 p495
傾城壬生大念仏（近松門左衛門）
　浦山政雄, 松崎仁校注 「日本古典文学大系53」'60 p43
恵世ものかたり（上働堂馬呑）
　「洒落本大成12」'81 p37
恵世物語（止働堂馬呑）
　「徳川文芸類聚5」'70 p289
傾城八花形（錦文流）
　土田衛校注 「新潮日本古典集成〔74〕」'85 p9
　「徳川文芸類聚8」'70 p313
傾城山崎通
　「徳川文芸類聚7」'70 p54
傾城吉岡染（近松門左衛門）
　藤井紫影校註 「近松全集（思文閣）10」'78 p53
　「近松全集（岩波）5」'86 p581
　「近松全集（岩波）17影印編」'94 p249
　「近松全集（岩波）17解説編」'94 p267
けいせい吉野鐘（並木五瓶）
　近藤瑞男, 古井戸秀夫, 吉本紀子校訂 「叢書江戸文庫I-23」'89 p179
けいせい若むらさき（近松門左衛門）
　「近松全集（岩波）16翻刻編」'90 p329
敬説筆記（佐藤直方）
　西順蔵, 阿部隆一, 丸山真男校注 「日本思想大系31」'80 p100
鶏鼠物語（赤木文庫旧蔵奈良絵本）
　横山重ほか校 「室町時代物語大成4」'76 p300
螢沢に至りて故配大須加氏を（桂山彩巌）
　菅野礼行, 徳田武校注・訳 「新編日本古典文学全集86」'02 p370
閨中大機関（東都吾妻男編次）
　風俗資料研究会編 「秘められたる古典名作全集1」'97 p3
慧超師の病いを訪う。途中口占（葛子琴）
　水田紀久注 「江戸詩人選集6」'93 p64
鶏頭序（夏目漱石）
　久松潜一, 増淵恒吉編 「校註日本文芸新篇〔3〕」'50 p214
京南即景（田能村竹田）
　徳田武注 「江戸漢詩選1」'96 p139
啓発録（橋本左内）
　佐藤昌介, 植手通有, 山口宗之校注 「日本思想大系55」'71 p523
渓辺の紅葉（石川丈山）
　上野洋三注 「江戸詩人選集1」'91 p40
瓊浦遺珮（大田南畝）
　浜田義一郎, 中野三敏, 日野龍夫, 揖斐高編 「大田南畝全集19」'89 p661
閨房秘史

青木信光編 「文化文政江戸発禁文庫1」'83 p311
瓊浦紀行（大槻玄沢）
　津本信博編 「近世紀行日記文学集成2」'94 p23
瓊浦又綴（大田南畝）
　浜田義一郎, 中野三敏, 日野龍夫, 揖斐高編 「大田南畝全集8」'86 p593
鶏鳴
　臼田甚五郎, 新間進一, 外村南都子, 徳江元正校注・訳 「新編日本古典文学全集42」'00 p132
『渓嵐拾葉巻』巻六
　浜中修編著 「大学古典叢書8」'89 p125
閨裏の盆楳盛んに開く。偶たま此の作有り（江馬細香）
　福島理子注 「江戸漢詩選3」'95 p12
鶏流
　北川忠彦ほか校注 「中世の文学 第1期〔20〕」'94 p87
桂林集（一色直朝）
　和歌史研究会編 「私家集大成7」'76 p750
桂林荘雑詠、諸生に示す 四首（広瀬淡窓）
　岡村繁注 「江戸詩人選集9」'91 p54
桂林漫録（桂川中良）
　関根正直ほか監修 「日本随筆大成I-2」'75 p277
繋驢橛（惟忠通恕）
　玉村竹二編 「五山文学新集別2」'81 p569
化縁（元方正楞）
　玉村竹二編 「五山文学新集別2」'81 p161
鴃舌小記・鴃舌或問（渡辺崋山）
　佐藤昌介, 植手通有, 山口宗之校注 「日本思想大系55」'71 p73
華厳法界義鏡（凝然）
　鎌田茂雄校注 「日本思想大系15」'71 p227
戯財録（入我亭我入）
　守随憲治訳 「古典日本文学全集36」'62 p239
　郡司正勝校注 「日本思想大系61」'72 p493
法懸松成田利剱（鶴屋南北）
　浦山政雄校注 「鶴屋南北全集9」'74 p219
戯作入門（中村幸彦）
　中村幸彦, 浜田啓介編 「鑑賞日本古典文学34」'78 p5
戯作評判花折紙（十文字舎自恐）
　「徳川文芸類聚12」'70 p1
下山抄（日蓮）
　戸頃重基, 高木豊校注 「日本思想大系14」'70 p309
けしずみ
　伊藤千可良ほか校 「江戸時代文芸資料4」'64 p25

けしゆ　　　　　　　　　　　　　　作品名

谷脇理史, 岡雅彦, 井上和人校注・訳 「新編日本古典文学全集64」'99 p406
偈頌（東明慧日）
　玉村竹二編 「五山文学新集別2」'81 p51
〔偈頌 七言四句〕（天祥一麟）
　玉村竹二編 「五山文学新集別2」'81 p365
〔偈頌 七言八句 長偈〕（天祥一麟）
　玉村竹二編 「五山文学新集別2」'81 p390
〔偈頌 道号頌〕（天祥一麟）
　玉村竹二編 「五山文学新集別2」'81 p384
戯場粋言幕の外（式亭三馬）
　神保五弥校注 「新日本古典文学大系86」'89 p295
落咄下司の智恵（天明八年刊）〔市場通笑〕
　武藤禎夫編 「噺本大系17」'79 p259
解脱上人戒律興行願書（貞慶）
　鎌田茂雄校注 「日本思想大系15」'71 p9
解脱上人戒律興行願書（ほか）
　鎌田茂雄, 田中久夫校注 「日本思想大系15」'71 p304
解脱衣楓累（鶴屋南北）
　大久保忠国校注 「鶴屋南北全集4」'72 p257
結縁灌頂大阿声明次第所載教化
　高野辰之編 「日本歌謡集成4」'60 p231
復讐小説 月氷奇談（滝沢馬琴）
　「古典叢書〔16〕」'89 p417
月海禅師に寄せ懐ふ（大潮元皓）
　菅野礼行, 徳田武校注・訳 「新編日本古典文学全集86」'02 p365
月下寒梅（西郷隆盛）
　坂田新注 「江戸漢詩選4」'95 p309
月下即事（大江匡衡）
　菅野礼行, 徳田武校注・訳 「新編日本古典文学全集86」'02 p185
月下に志を言ふ（藤原茂明）
　菅野礼行, 徳田武校注・訳 「新編日本古典文学全集86」'02 p200
月下の独酌（菅茶山）
　黒川洋一注 「江戸詩人選集4」'90 p169
月下余情（献笑閣主人）
　「徳川文芸類聚5」'70 p250
月花余情（献笑閣主人）
　「洒落本大成3」'79 p103
月花余情（異本）（風鈴先生泥郎）
　「洒落本大成3」'79 p115
月琴篇（梁川星巌）
　入谷仙介注 「江戸詩人選集8」'90 p207
月桂一葉（柳原安子）
　長沢美津編 「女人和歌大系3」'68 p200
月光（北見志保子）
　長沢美津編 「女人和歌大系6」'78 p369

決権実論（最澄）
　安藤俊雄, 薗田香融校注 「日本思想大系4」'74 p251
月次文（只野真葛）
　鈴木よね子校訂 「叢書江戸文庫II-30」'94 p407
月照和尚の忌日に賦す（西郷隆盛）
　坂田新注 「江戸漢詩選4」'95 p318
月侘斎（松尾芭蕉）
　富山奏校注 「新潮日本古典集成〔72〕」'78 p16
月堂見聞集（本島知辰編）
　森銑三, 北川博邦編 「続日本随筆大成別2」'81 p1
　森銑三, 北川博邦編 「続日本随筆大成別3」'82 p1
　森銑三, 北川博邦編 「続日本随筆大成別4」'82 p1
月林草（赤木文庫旧蔵写本）
　横山重ほか編 「室町時代物語大成4」'76 p323
月楼（広瀬旭荘）
　岡村繁注 「江戸詩人選集9」'91 p238
月露草（大田南畝）
　浜田義一郎, 中野三敏, 日野龍夫, 揖斐高編 「大田南畝全集18」'88 p1
月露夜方に長し（大江匡衡）
　菅野礼行, 徳田武校注・訳 「新編日本古典文学全集86」'02 p186
毛抜
　河竹繁俊校註 「日本古典全書〔99〕」'52 p93
　郡司正勝校注 「日本古典文学大系98」'65 p233
　河竹繁俊著 「評釈江戸文学叢書6」'70 p131
毛抜（安田蛙文, 中田万助）
　河竹登志夫ほか監修 「名作歌舞伎全集18」'69 p39
下馬のおとなひ（堀秀成）
　関根正直ほか監修 「日本随筆大成II-22」'74 p1
けぶりのすゑ（多田千枝子）
　長沢美津編 「女人和歌大系3」'68 p190
けぶりのすゑ（千枝子）
　古谷知新編 「江戸時代女流文学全集4」'01 p335
劒
　谷崎潤一郎ほか編 「国民の文学1」'64 p411
元遺山（梁川星巌）
　入谷仙介注 「江戸詩人選集8」'90 p306
犬夷評判記（欅亭琴魚）
　「徳川文芸類聚12」'70 p122
蒹矣葭哉 二（上田秋成）
　「上田秋成全集5」'92 p309
〔元永元―二年秋〕内大臣忠通歌合

「平安朝歌合大成3」'96 p1890
元永元年五月右近衛中将雅定歌合
　「平安朝歌合大成3」'96 p1803
元永元年十月十三日内大臣忠通歌合
　「平安朝歌合大成3」'96 p1852
元永元年十月十八日内大臣忠通歌合
　「平安朝歌合大成3」'96 p1858
元永元年十月十一日内大臣忠通歌合
　「平安朝歌合大成3」'96 p1848
元永元年十月二日内大臣忠通歌合
　「平安朝歌合大成3」'96 p1818
元永元年六月廿九日右兵衛督実行歌合
　「平安朝歌合大成3」'96 p1809
元永二年五月十七日禅定院歌合
　「平安朝歌合大成3」'96 p1859
元永二年七月十三日内大臣忠通歌合
　「平安朝歌合大成3」'96 p1860
蘐園雑話
　森銑三，北川博邦編　「続日本随筆大成4」'79 p63
蘐園録稿
　日野龍夫校注　「新日本古典文学大系64」'97 p1
譴を蒙りて外居し、聊か以て述懐（仲雄王）
　菅野礼行，徳田武校注・訳　「新編日本古典文学全集86」'02 p60
見懐（石川丈山）
　上野洋三注　「江戸詩人選集1」'91 p128
賢外集（東三八）
　守随憲治訳　「古典日本文学全集36」'62 p233
賢外集（染川十郎兵衛）
　郡司正勝校注　「日本古典文学大系98」'65 p354
賢会書状
　井上鋭夫校注　「日本思想大系17」'72 p427
顕戒論
　勝又俊教訳　「古典日本文学全集15」'61 p14
顕戒論（最澄）
　安藤俊雄，薗田香融校注　「日本思想大系4」'74 p8
顕戒論縁起（最澄）
　安藤俊雄，薗田香融校注　「日本思想大系4」'74 p163
顕戒論を上るの表（最澄）
　安藤俊雄，薗田香融校注　「日本思想大系4」'74 p157
剣客行（梁田蛻巌）
　徳田武注　「江戸詩人選集2」'92 p153
賢学草子（仮題）（根津美術館蔵古絵巻）
　横山重ほか編　「室町時代物語大成4」'76 p364
見花数寄（井原西鶴）
　穎原退蔵ほか編　「定本西鶴全集13」'50 p270
兼葭堂雑録（木村孔恭稿，暁鐘成）
　関根正直ほか監修　「日本随筆大成I-14」'75 p1
検旱（舘柳湾）
　徳田武注　「江戸詩人選集7」'90 p328
見乞咲嗹
　北川忠彦ほか校注　「中世の文学 第1期〔20〕」'94 p175
牽牛花（大窪詩仏）
　揖斐高注　「江戸詩人選集5」'90 p189
牽牛花（大潮元皓）
　末木文美士，堀川貴司注　「江戸漢詩選5」'96 p159
牽牛織女願糸竹（曲亭馬琴）
　板坂則子校訂　「叢書江戸文庫II-33」'94 p319
鉗狂人上田秋成評同弁（上田秋成）
　「上田秋成全集1」'90 p230
弦曲粋弁当
　浅野建二編　「続日本歌謡集成4」'63 p225
献芹詹語（矢野玄道）
　芳賀登，松本三之介校注　「日本思想大系51」'71 p547
賢愚湊銭湯新話（山東京伝）
　「新日本古典文学大系86」'89 p439
犬鶏随筆（間宮永好）
　森銑三，北川博邦編　「続日本随筆大成11」'81 p249
玄々経（鐘西翁）
　「洒落本大成3」'79 p303
玄々集（能因撰）
　久曽神昇編　「日本歌学大系別6」'84 p164
源賢法眼集（源賢）
　和歌史研究会編　「私家集大成1」'73 p469
玄語（三浦梅園）
　島田虔次訳注　「日本思想大系41」'82 p9
玄語原文 付 校異（三浦梅園）
　田口正治校訂　「日本思想大系41」'82 p375
元亨釈書を読む（大典顕常）
　末木文美士，堀川貴司注　「江戸漢詩選5」'96 p224
兼好法師集（卜部兼好）
　荒木尚校注　「新日本古典文学大系47」'90 p1
兼好法師集（兼好法師）
　「国歌大系14」'76 p365
　和歌史研究会編　「私家集大成5」'74 p165
兼好法師物見車（近松門左衛門）
　藤井紫影校註　「近松全集(思文閣)7」'78 p703
　「近松全集(岩波)6」'87 p237
源語を読む五を節す（うち四首）（江馬細香）
　福島理子注　「江戸漢詩選3」'95 p52
玄語図（三浦梅園）
　尾形純男校注　「日本思想大系41」'82 p547

源五兵衛おまん薩摩歌（近松門左衛門）
　高野正巳校註　「日本古典全書〔94〕」'50 p193
　森修，鳥越文蔵，長友千代治校注・訳　「日本古典文学全集43」'72 p85
現在善知鳥
　芳賀矢一，佐佐木信綱校註　「謡曲叢書1」'87 p670
現在江口
　芳賀矢一，佐佐木信綱校註　「謡曲叢書1」'87 p673
現在熊坂
　芳賀矢一，佐佐木信綱校註　「謡曲叢書1」'87 p676
兼載雑談（猪苗代兼載）
　佐佐木信綱編　「日本歌学大系5」'57 p390
現在殺生石
　芳賀矢一，佐佐木信綱校註　「謡曲叢書1」'87 p683
現在巴
　芳賀矢一，佐佐木信綱校註　「謡曲叢書1」'87 p686
現在七面
　芳賀矢一，佐佐木信綱校註　「謡曲叢書1」'87 p678
現在鵺
　芳賀矢一，佐佐木信綱校註　「謡曲叢書1」'87 p688
現在桧垣
　芳賀矢一，佐佐木信綱校註　「謡曲叢書1」'87 p690
乾山翁の造れる獅炉を得て喜びて作る（田能村竹田）
　徳田武注　「江戸漢詩選1」'96 p126
剣讃嘆
　麻原美子，北原保雄校注　「新日本古典文学大系59」'94 p511
源三位頼政（近松門左衛門）
　藤井紫影校註　「近松全集(思文閣)2」'78 p779
源三位頼政集（源頼政）
　「国歌大系14」'76 p1
　和歌史研究会編　「私家集大成2」'75 p650
源氏一滴集（正徹）
　「日本文学古註釈大成〔8〕」'78 p113
げんじゑぼしをり（烏帽子折）（近松門左衛門）
　「近松全集(岩波)17影印編」'94 p163
　「近松全集(岩波)17解説編」'94 p171
源氏ゑぼしをり（烏帽子折）（近松門左衛門）
　「近松全集(岩波)17解説編」'94 p165
　「近松全集(岩波)17解説編」'94 p168
源氏外伝（熊沢蕃山）
　「日本文学古註釈大成〔8〕」'78 p167

源氏外伝序（能澤伯繼）
　久松潜一，増淵恒吉編　「校註日本文芸新篇〔3〕」'50 p116
源氏華洛錦（酒呑童子枕言葉）（近松門左衛門）
　「近松全集(岩波)17影印編」'94 p251
　「近松全集(岩波)17解説編」'94 p269
源氏官職故実秘抄（壺井義知）
　「日本文学古註釈大成〔5〕」'78 p627
原士簡の乃堂を奉じて柏崎の旧寓に赴くを送る（館柳湾）
　徳田武注　「江戸詩人選集7」'90 p233
源氏供養
　伊藤正義校注　「新潮日本古典集成〔59〕」'86 p51
　西野春雄校注　「新日本古典文学大系57」'98 p332
源氏供養（近松門左衛門）
　藤井紫影校注　「近松全集(思文閣)1」'78 p1
源氏供養―古名紫式部
　芳賀矢一，佐佐木信綱校註　「謡曲叢書1」'87 p694
源氏供養草子（赤木文庫蔵古写巻子本）
　横山重ほか編　「室町時代物語大成4」'76 p373
源氏供養物語（赤木文庫蔵絵巻）
　横山重ほか編　「室町時代物語大成4」'76 p381
県次公　舟を泛べて徂来先生を宴す。同に賦して「秋」の字を得たり（服部南郭）
　山本和義，横山弘注　「江戸詩人選集3」'91 p92
言志後録（佐藤一斎）
　相良亨，溝口雄三，福永光司校注　「日本思想大系46」'80 p57
源氏大概真秘抄（対校・源氏大綱）
　「中世文芸叢書2」'65 p1
源氏長久移徙悦（近松門左衛門）
　藤井紫影校註　「近松全集(思文閣)12」'78 p805
言志耋録（佐藤一斎）
　相良亨，溝口雄三，福永光司校注　「日本思想大系46」'80 p167
言志晩録（佐藤一斎）
　相良亨，溝口雄三，福永光司校注　「日本思想大系46」'80 p107
玄旨百首（細川幽斎）
　林達也校注　「新日本古典文学大系47」'90 p471
原士萌に贈る（広瀬淡窓）
　岡村繁注　「江戸詩人選集9」'91 p52
源氏物語（紫式部）
　玉上琢弥編　「鑑賞日本古典文学9」'75 p7
　阿部秋生，小町谷照彦，野村精一，柳井滋著　「鑑賞日本の古典6」'79 p5
　阿部秋生，秋山虔，今井源衛，鈴木日出男校注・訳　「完訳日本の古典14」'83 p9

阿部秋生，秋山虔，今井源衛，鈴木日出男校注・訳 「完訳日本の古典15」'83 p7
阿部秋生，秋山虔，今井源衛，鈴木日出男校注・訳 「完訳日本の古典16」'84 p7
阿部秋生，秋山虔，今井源衛，鈴木日出男校注・訳 「完訳日本の古典17」'85 p7
阿部秋生，秋山虔，今井源衛，鈴木日出男校注・訳 「完訳日本の古典18」'85 p7
阿部秋生，秋山虔，今井源衛，鈴木日出男校注・訳 「完訳日本の古典19」'86 p7
阿部秋生，秋山虔，今井源衛，鈴木日出男校注・訳 「完訳日本の古典20」'87 p7
阿部秋生，秋山虔，今井源衛，鈴木日出男校注・訳 「完訳日本の古典21」'87 p7
阿部秋生，秋山虔，今井源衛，鈴木日出男校注・訳 「完訳日本の古典22」'88 p7
阿部秋生，秋山虔，今井源衛，鈴木日出男校注・訳 「完訳日本の古典23」'88 p7
円地文子訳 「現代語訳 日本の古典5」'79 p5
与謝野晶子訳 「国民の文学3」'63 p1
与謝野晶子訳 「国民の文学4」'63 p1
阿部秋生ほか校注・訳 「古典セレクション1」'98 p7
阿部秋生ほか校注・訳 「古典セレクション2」'98 p7
阿部秋生ほか校注・訳 「古典セレクション3」'98 p7
阿部秋生ほか校注・訳 「古典セレクション4」'98 p7
阿部秋生ほか校注・訳 「古典セレクション5」'98 p7
阿部秋生ほか校注・訳 「古典セレクション6」'98 p7
阿部秋生ほか校注・訳 「古典セレクション7」'98 p7
阿部秋生ほか校注・訳 「古典セレクション8」'98 p7
阿部秋生ほか校注・訳 「古典セレクション9」'98 p7
阿部秋生ほか校注・訳 「古典セレクション10」'98 p7
阿部秋生ほか校注・訳 「古典セレクション11」'98 p7
阿部秋生ほか校注・訳 「古典セレクション12」'98 p7
阿部秋生ほか校注・訳 「古典セレクション13」'98 p7
阿部秋生ほか校注・訳 「古典セレクション14」'98 p7
阿部秋生ほか校注・訳 「古典セレクション15」'98 p7

阿部秋生ほか校注・訳 「古典セレクション16」'98 p7
吉沢義則，加藤順三，宮田和一郎，島田退蔵訳，山岸徳平改訂 「古典日本文学全集4」'61 p5
吉沢義則，加藤順三，宮田和一郎，島田退蔵訳，山岸徳平改訂 「古典日本文学全集5」'61 p5
吉沢義則，加藤順三，宮田和一郎，島田退蔵訳，山岸徳平改訂 「古典日本文学全集6」'62 p3
石田穣二，清水好子校注 「新潮日本古典集成〔18〕」'76 p7
石田穣二，清水好子校注 「新潮日本古典集成〔19〕」'77 p7
石田穣二，清水好子校注 「新潮日本古典集成〔20〕」'78 p7
石田穣二，清水好子校注 「新潮日本古典集成〔21〕」'79 p7
石田穣二，清水好子校注 「新潮日本古典集成〔22〕」'80 p7
石田穣二，清水好子校注 「新潮日本古典集成〔23〕」'82 p7
石田穣二，清水好子校注 「新潮日本古典集成〔24〕」'83 p7
石田穣二，清水好子校注 「新潮日本古典集成〔25〕」'85 p7
柳井滋ほか校注 「新日本古典文学大系19」'93
柳井滋ほか校注 「新日本古典文学大系20」'94
柳井滋ほか校注 「新日本古典文学大系21」'95
柳井滋ほか校注 「新日本古典文学大系22」'96
柳井滋ほか校注 「新日本古典文学大系23」'97
阿部秋生，秋山虔，今井源衛，鈴木日出男校注・訳 「新編日本古典文学全集20」'94 p13
阿部秋生，秋山虔，今井源衛，鈴木日出男校注・訳 「新編日本古典文学全集21」'95 p15
阿部秋生，秋山虔，今井源衛，鈴木日出男校注・訳 「新編日本古典文学全集22」'96 p13
阿部秋生，秋山虔，今井源衛，鈴木日出男校注・訳 「新編日本古典文学全集23」'96 p13
阿部秋生，秋山虔，今井源衛，鈴木日出男校注・訳 「新編日本古典文学全集24」'97 p13
阿部秋生，秋山虔，今井源衛，鈴木日出男校注・訳 「新編日本古典文学全集25」'98 p13
円地文子訳 「特選日本の古典 グラフィック版5」'86 p5
池田亀鑑校註 「日本古典全書〔12〕」'46 p159
池田亀鑑校註 「日本古典全書〔13〕」'49 p15
池田亀鑑校註 「日本古典全書〔14〕」'50 p17
池田亀鑑校註 「日本古典全書〔15〕」'52 p17
池田亀鑑校註 「日本古典全書〔16〕」'54 p17
池田亀鑑校註 「日本古典全書〔17〕」'55 p15
池田亀鑑校註 「日本古典全書〔18〕」'55 p13
阿部秋生，秋山虔，今井源衛校注・訳 「日本古典文学全集12」'70 p89

けんし　作品名

　阿部秋生, 秋山虔, 今井源衛校注・訳 「日本古典文学全集13」'72 p7
　阿部秋生, 秋山虔, 今井源衛校注・訳 「日本古典文学全集14」'72 p7
　阿部秋生, 秋山虔, 今井源衛校注・訳 「日本古典文学全集15」'74 p7
　阿部秋生, 秋山虔, 今井源衛校注・訳 「日本古典文学全集16」'95 p7
　阿部秋生, 秋山虔, 今井源衛校注・訳 「日本古典文学全集17」'76 p7
　山岸徳平校注 「日本古典文学大系14」'58 p23
　山岸徳平校注 「日本古典文学大系15」'59 p7
　山岸徳平校注 「日本古典文学大系16」'61 p7
　山岸徳平校注 「日本古典文学大系17」'62 p7
　山岸徳平校注 「日本古典文学大系18」'63 p7
　伊井春樹, 日向一雅, 百川敬仁（ほか）校注・訳 「日本の文学 古典編11」'86 p15
　伊井春樹, 日向一雅, 百川敬仁（ほか）校注・訳 「日本の文学 古典編12」'86 p3
　伊井春樹, 日向一雅, 百川敬仁（ほか）校注・訳 「日本の文学 古典編13」'86 p3
　伊井春樹, 日向一雅, 百川敬仁（ほか）校注・訳 「日本の文学 古典編14」'87 p3
　伊井春樹, 日向一雅, 百川敬仁（ほか）校注・訳 「日本の文学 古典編15」'87 p3
　伊井春樹, 日向一雅, 百川敬仁（ほか）校注・訳 「日本の文学 古典編16」'87 p3
　「日本文学大系4」'55
　「日本文学大系5」'55
　「日本文学大系6」'55
源氏物語螢の巻（紫式部）
　久松潜一, 増淵恒吉編 「校註日本文芸新篇〔3〕」'50 p24
増註源氏物語湖月抄（北村季吟）
　「日本文学古註釈大成〔9〕」'78 p1
　「日本文学古註釈大成〔10〕」'78 p1
　「日本文学古註釈大成〔11〕」'78 p1
源氏物語古註「若紫」「末摘花」
　「日本文学古註釈大成〔8〕」'78 p89
源氏物語細流抄（三条西公条）
　「日本文学古註釈大成〔5〕」'78 p1
源氏物語釈（藤原伊行）
　「日本文学古註釈大成〔8〕」'78 p1
源氏物語蜀山鈔
　「日本文学古註釈大成〔8〕」'78 p449
源氏物語新抄
　佐伯梅友編 「校註日本文芸新篇〔1〕」'50 p9
源氏物語玉の小櫛（本居宣長）
　久松潜一, 増淵恒吉編 「校註日本文芸新篇〔3〕」'50 p128
　大久保正訳 「古典日本文学全集34」'60 p131
　中村幸彦校注 「日本古典文学大系94」'66 p89

源氏物語ひとりごち（伊勢貞丈）
　「日本文学古註釈大成〔8〕」'78 p467
源氏物語評釈（萩原廣通）
　「日本文学古註釈大成〔4〕」'78 p1
源氏物語不審抄出（宗祇）
　「日本文学古註釈大成〔8〕」'78 p347
源氏物語 若紫
　「有精堂校注叢書〔3〕」'87 p5
剣珠
　芳賀矢一, 佐佐木信綱校註 「謡曲叢書1」'87 p698
幻住庵記（芭蕉）
　頴原退蔵著 「評釈江戸文学叢書7」'70 p696
幻住庵の記（松尾芭蕉）
　富山奏校注 「新潮日本古典集成〔72〕」'78 p166
幻住庵記（松尾芭蕉）
　井本農一, 弥吉菅一, 横沢三郎, 尾形仂校注 「校本芭蕉全集6」'89 p456
　井本農一, 大谷篤蔵編 「校本芭蕉全集別1」'91 p214
　谷崎潤一郎ほか編 「国民の文学15」'64 p203
　井本農一, 久富哲雄, 村松友次, 堀切実校注・訳 「新編日本古典文学全集71」'97 p285
謖州新歳（荻生徂徠）
　一海知義, 池沢一郎注 「江戸漢詩選2」'96 p37
健寿御前日記（健寿御前）
　玉井幸助校註 「日本古典全書〔24〕」'54 p127
建春門院御念仏結願教化
　高野辰之編 「日本歌謡集成4」'60 p212
絃上
　芳賀矢一, 佐佐木信綱校註 「謡曲叢書1」'87 p702
還城楽物語
　須永朝彦編訳 「日本古典文学幻想コレクション2」'96 p81
還城楽物語（藤井隆氏蔵写本）
　横山重ほか編 「室町時代物語大成4」'76 p387
己未元除春遊（小林一茶）
　矢羽勝幸校注 「一茶全集8」'78 p101
　矢羽勝幸校注 「一茶全集8」'78 p159
　矢羽勝幸校注 「一茶全集8」'78 p181
賢女手習井新暦（近松門左衛門）
　藤井紫影校註 「近松全集（思文閣）2」'78 p173
賢女の手習井新暦（竹本義太夫）
　「竹本義太夫浄瑠璃正本集上」'95 p61
元除遍覧（小林一茶）
　矢羽勝幸校注 「一茶全集8」'78 p223
　矢羽勝幸校注 「一茶全集8」'78 p337
源氏冷泉節（近松門左衛門）
　藤井紫影校註 「近松全集（思文閣）9」'78 p313
源氏れいぜいぶし（近松門左衛門）

「近松全集(岩波)6」'87 p187
言志録(佐藤一斎)
　相良亨，溝口雄三，福永光司校注　「日本思想大系46」'80 p9
源氏六十帖(宇治加賀掾)
　「徳川文芸類聚8」'70 p231
献神和歌帖(上田秋成)
　「上田秋成全集12」'95 p69
種風小野之助拳角力(大田南畝)
　浜田義一郎，中野三敏，日野龍夫，揖斐高編　「大田南畝全集7」'86 p383
譴せられて豊後の藤太守に別る(淡海福良満)
　菅野礼行，徳田武校注・訳　「新編日本古典文学全集86」'02 p50
諺草小言(小宮山昌秀)
　関根正直ほか監修　「日本随筆大成II-19」'75 p233
権僧正道我集(権僧正道我)
　和歌史研究会編　「私家集大成5」'74 p156
兼題夕顔詞(上田秋成)
　「上田秋成全集12」'95 p166
源太夫
　芳賀矢一，佐佐木信綱校註　「謡曲叢書1」'87 p707
源注拾遺(契沖)
　「日本文学古註釈大成〔8〕」'78 p1
顕注密勘抄
　浜中修編著　「大学古典叢書8」'89 p107
顕注密勘抄(顕昭，藤原定家)
　久曽神昇編　「日本歌学大系別5」'81 p137
建長寺竜源菴所蔵詩集 二(邵菴全雍)
　玉村竹二編　「五山文学新集3」'69 p551
検田(館柳湾)
　徳田武注　「江戸詩人選集7」'90 p280
玄同放言(滝沢馬琴)
　「古典叢書〔16〕」'89 p3
　関根正直ほか監修　「日本随筆大成I-5」'75 p1
慊堂老人の隠居を訪ふ(梁川星巌)
　入谷仙介注　「江戸詩人選集8」'90 p282
幻瀑潤(広瀬旭荘)
　岡村繁注　「江戸詩人選集9」'91 p230
拳白集(木下勝俊)
　「国歌大系14」'76 p783
顕秘抄(顕昭)
　久曽神昇編　「日本歌学大系別5」'81 p1
元服曾我
　芳賀矢一，佐佐木信綱校註　「謡曲叢書1」'87 p712
　麻原美子，北原保雄校注　「新日本古典文学大系59」'94 p466
初冠曾我皐月富士根(鶴屋南北)

大久保忠国編　「鶴屋南北全集10」'73 p281
見物左衛門
　古川久校註　「日本古典全書〔93〕」'56 p190
顕仏未来記(日蓮)
　戸頃重基，高木豊校注　「日本思想大系14」'70 p167
元文世説雑録
　森銑三，北川博邦編　「続日本随筆大成別1」'81 p69
源平魁躅(扇屋熊谷)(長谷川千四ほか)
　河竹登志夫ほか監修　「名作歌舞伎全集3」'68 p23
源平盛衰記(げんぺいじょうすいき)→"げんぺいせいすいき"を見よ
源平盛衰記
　松尾葦江校注　「中世の文学 第1期〔18〕」'93 p9
　黒田彰，松尾葦江校注　「中世の文学 第1期〔19〕」'94 p9
　美濃部重克，松尾葦江校注　「中世の文学 第1期〔21〕」'94 p9
　美濃部重克，榊原千鶴校注　「中世の文学 第1期〔25〕」'07 p9
源平盛衰記問答
　「日本文学古註釈大成〔34〕」'79 p3
源平雷伝記(絵入狂言本)(市川団十郎(初代))
　河竹繁俊著　「評釈江戸文学叢書5」'70 p781
源平布引滝(並木千柳，三好松洛)
　鶴見誠校注　「日本古典文学大系52」'59 p39
　河竹登志夫ほか監修　「名作歌舞伎全集4」'70 p3
乾峰和尚語録(乾峰士曇)
　玉村竹二編　「五山文学新集別1」'77 p339
憲法十七条(聖徳太子)
　家永三郎，築島裕校注　「日本思想大系2」'75 p11
顕謗法抄(日蓮)
　戸頃重基，高木豊校注　「日本思想大系14」'70 p75
幻夢物語(内閣文庫蔵寛文八年写本)
　横山重ほか編　「室町時代物語大成4」'76 p398
遣悶(藤田東湖)
　坂田新注　「江戸漢詩選4」'95 p64
遣悶。二首(義堂周信)
　菅野礼行，徳田武校注・訳　「新編日本古典文学全集86」'02 p227
見聞雑志(森島中良)
　石上敏校訂　「叢書江戸文庫II-32」'94 p317
倹約斉家論(石田梅岩)
　柴田実校注　「日本思想大系42」'71 p9
圏熊行(服部南郭)

菅野礼行, 徳田武校注・訳 「新編日本古典文学全集86」'02 p376
玄誉法師詠歌聞書(玄誉)
　和歌史研究会編 「私家集大成6」'76 p847
元暦元年九月神主重保別雷社後番歌合
　「平安朝歌合大成4」'96 p2568
元暦元年十一月三日権中納言経房歌合
　「平安朝歌合大成4」'96 p2571
元暦元年十二月法印慈円歌合
　「平安朝歌合大成4」'96 p2572
元暦三十六人歌合
　久曽神昇編 「日本歌学大系別6」'84 p228
建礼門院右京大夫集(建礼門院右京大夫)
　長沢美津編 「女人和歌大系2」'65 p526
建礼門院右京大夫集(建禮門院右京大夫)
　佐々木信綱校註 「日本古典全書〔69〕」'48 p83
建礼門院右京大夫集(建禮門院右京大夫)
　藤平春男著 「鑑賞日本の古典12」'81 p5
　和歌史研究会編 「私家集大成3」'74 p607
　糸賀きみ江校注 「新潮日本古典集成〔47〕」'79 p7
　久松潜一校注 「日本古典文学大系80」'64 p413
　三角洋一校注・訳 「日本の文学 古典編18」'86 p215
元禄辛酉之初冬九日素堂菊園之遊(松尾芭蕉)
　井本農一, 弥吉菅一, 横沢三郎, 尾形仂校注 「校本芭蕉全集6」'89 p525
元禄曾我物語(都の錦)
　中嶋隆校訂 「叢書江戸文庫Ⅰ-6」'89 p5
元禄太平記(梅園堂)
　伊藤千可良ほか校 「江戸時代文芸資料5」'64 p1
元禄太平記(都の錦)
　中嶋隆校訂 「叢書江戸文庫Ⅰ-6」'89 p81
　藤井乙男著 「評釈江戸文学叢書2」'70 p313
元禄百人一句(流水堂江水編)
　雲英末雄校注 「新日本古典文学大系71」'94 p171
元禄宝永珍話
　森銑三, 北川博邦編 「続日本随筆大成別5」'82 p153

【こ】

碁
　芳賀矢一, 佐佐木信綱校註 「謡曲叢書1」'87 p718
子明家園の連魁(葛子琴)

水田紀久注 「江戸詩人選集6」'93 p159
小敦盛
　大島建彦校注・訳 「日本古典文学全集36」'74 p283
　市古貞次校注 「日本古典文学大系38」'58 p229
小敦盛絵巻
　松本隆信校注 「新潮日本古典集成〔65〕」'80 p303
小敦盛絵巻(赤木文庫蔵室町末絵巻)
　横山重ほか編 「室町時代物語大成4」'76 p417
古意(秋山玉山)
　菅野礼行, 徳田武校注・訳 「新編日本古典文学全集86」'02 p401
古意(荻生徂徠)
　一海知義, 池沢一郎注 「江戸漢詩選2」'96 p25
古意(亀田鵬斎)
　徳田武注 「江戸漢詩選1」'96 p11
五位(世阿弥)
　表章, 加藤周一校注 「日本思想大系24」'74 p169
恋草
　芳賀矢一, 佐佐木信綱校註 「謡曲叢書1」'87 p765
恋草からけし八百屋物語(井原西鶴)
　藤村作校訂 「訳註西鶴全集2」'47 p176
恋草からげし八百屋物語(井原西鶴)
　麻生磯次訳 「現代語訳西鶴全集(河出)2」'52 p73
語意考(賀茂真淵)
　平重道, 阿部秋生校注 「日本思想大系39」'72 p394
恋路ゆかしき大将
　市古貞次, 三角洋一編 「鎌倉時代物語集成3」'90 p223
恋塚
　芳賀矢一, 佐佐木信綱校註 「謡曲叢書1」'87 p778
恋塚物語(明暦頃刊本)
　横山重ほか編 「室町時代物語大成4」'76 p432
此奴和日本(四方山人)
　宇田敏彦校注 「新日本古典文学大系83」'97 p211
韓国無体此奴和日本(寿塩商婚礼)(大田南畝)
　浜田義一郎, 中野三敏, 日野龍夫, 揖斐高編 「大田南畝全集7」'86 p297
恋女房讐討双六(鶴屋南北)
　落合清彦校訂 「鶴屋南北全集2」'71 p453
恋女房染分手綱(重の井子別れ)(三好松洛, 吉田冠子)
　河竹登志夫ほか監修 「名作歌舞伎全集4」'70 p37

鯉池全盛噺（雲楽山人）
　　「洒落本大成11」'81 p205
恋重荷（世阿弥）
　　芳賀矢一，佐佐木信綱校註　「謡曲叢書1」'87 p782
恋飛脚大和往来（梅川忠兵衛）（近松門左衛門）
　　河竹登志夫ほか監修　「名作歌舞伎全集1」'69 p121
恋の出見世（井原西鶴）
　　江本裕編　「西鶴選集〔4〕」'93 p146
恋の松原
　　芳賀矢一，佐佐木信綱校註　「謡曲叢書1」'87 p774
恋の山源五兵衛物語（井原西鶴）
　　麻生磯次訳　「現代語訳西鶴全集（河出）2」'52 p91
　　藤村作校訂　「訳註西鶴全集2」'47 p225
恋八卦柱暦（大経師昔暦）（近松門左衛門）
　　「近松全集（岩波）17影印編」'94 p293
　　「近松全集（岩波）17解説編」'94 p308
弘安十年古今歌注
　　浜中修編著　「大学古典叢書8」'89 p111
「厚為宛杉風書簡」抄（松尾芭蕉）
　　井本農一ほか著　「校本芭蕉全集9」'89 p372
甲寅九月，罪を得て郷に帰り，寓居の壁に書す（佐久間象山）
　　坂田新注　「江戸漢詩選4」'95 p117
庚寅二月十八日外君と同に，梅を和州の月瀬村に観る。晩間風雪大いに作る。遂に山中の道士の家に宿す。夜半に至り，雲破れ月来り，奇殆んど状す可からざるなり。翌又雄山，桃野，長曳諸村の花を探りて帰る。十五絶句を得たり＋を録す（うち一首）（梁川紅蘭）
　　福島理子注　「江戸漢詩選3」'95 p256
甲寅十一月四日五日，地大いに震う。此を賦して実を紀す（江馬細香）
　　福島理子注　「江戸漢詩選3」'95 p102
庚寅の夏初，墓を新潟に省し，滞留すること数月，九月十九日に，目白の園居に帰る。翌日家宴あり，児孫輩咸く集まり，小酔して醺然たり。口占五絶句（うち一首）（館柳湾）
　　徳田武注　「江戸詩人選集7」'90 p312
甲寅の十月，泊船庵に游び古（義堂周信）
　　菅野礼行，徳田武校注・訳　「新編日本古典文学全集86」'02 p228
甲寅の中秋，松前の源君世祐・備後の菅礼卿・伴蒿蹊・原雲卿・橘恵風と，伏水の豊後橋東の駅楼に会し，舟を泛かべて巨椋の湖に遊び，各おの賦す（六如）
　　黒田洋一注　「江戸詩人選集4」'90 p345
甲寅暮秋十九日，書懐（橋本左内）

坂田新注　「江戸漢詩選4」'95 p226
項羽
　　伊藤正義校注　「新潮日本古典集成〔59〕」'86 p61
　　芳賀矢一，佐佐木信綱校註　「謡曲叢書1」'87 p348
江芸閣・劉夢沢と同じく張秋琴の七夕の韻に和す。（市河寛斎）
　　揖斐高注　「江戸詩人選集5」'90 p171
耕雲口伝（耕雲）
　　佐木信綱編　「日本歌学大系5」'57 p154
甲駅新語（青山亭）
　　「洒落本大成25」'86 p49
甲駅新話（太田南畝）
　　中野三敏，神保五弥，前田愛校注・訳　「新編日本古典文学全集80」'00 p55
甲駅新話（大田南畝）
　　浜田義一郎，中野三敏，日野龍大，揖斐高編　「大田南畝全集7」'86 p1
　　「洒落本大成6」'79 p291
　　中野三敏，神保五弥，前田愛校注　「日本古典文学全集47」'71 p75
甲駅雪折笹（酒艶堂一醉）
　　「洒落本大成22」'84 p239
交易論（本多利明）
　　塚谷晃弘，蔵並省自校注　「日本思想大系44」'70 p165
後園の牡丹盛に開く。喜びて賦す（五首，うち二首）（中島棕隠）
　　水田紀久注　「江戸詩人選集6」'93 p313
郷を思う二首（梁川紅蘭）
　　福島理子注　「江戸漢詩選3」'95 p235
行家
　　芳賀矢一，佐佐木信綱校註　「謡曲叢書3」'87 p511
巷街贅説（塵哉翁）
　　森銑三，北川博邦編　「続日本随筆大成別9」'83 p1
　　森銑三，北川博邦編　「続日本随筆大成別10」'83 p1
　　須永朝彦訳　「日本古典文学幻想コレクション1」'95 p268
広街一寸間遊（献笑軒）
　　「洒落本大成7」'80 p255
甲賀三郎
　　「徳川文芸類聚8」'70 p167
甲賀三郎（近松門左衛門）
　　藤џ紫影校註　「近松全集（思文閣）7」'78 p1
甲賀三郎窟物語（竹田出雲ほか）
　　西川良和校訂　「叢書江戸文庫II-38」'95 p175
巷歌集

高野辰之編 「日本歌謡集成11」'61 p403
黄華堂医話(橘南谿)
　森銑三, 北川博邦編 「続日本随筆大成10」'80 p231
候家の雪(祇園南海)
　山本和義, 横山弘注 「江戸詩人選集3」'91 p272
江霞篇(上田秋成)
　「上田秋成全集11」'94 p95
校歌・寮歌選
　志田延義編 「続日本歌謡集成5」'62 p371
公鑑
　安藤菊二校訂 「未刊随筆百種8」'77 p147
公義集(元可)
　和歌史研究会編 「私家集大成5」'74 p212
弘徽殿鵜羽産家(近松門左衛門)
　「近松全集(岩波)9」'88 p109
孝経啓蒙(中江藤樹)
　加地伸行校注 「日本思想大系29」'74 p179
孝経楼漫筆(山本北山)
　関根正直ほか監修 「日本随筆大成III-9」'77 p363
香魚を食う(梁川星巌)
　入谷仙介注 「江戸詩人選集8」'90 p251
孝義録抄(大田南畝)
　浜田義一郎, 中野三敏, 日野龍夫, 揖斐高編 「大田南畝全集18」'88 p311
孝義録編集御用簿(大田南畝)
　浜田義一郎, 中野三敏, 日野龍夫, 揖斐高編 「大田南畝全集17」'88 p137
后宮三十六人選
　久曽神昇編 「日本歌学大系別6」'84 p364
傲具の詩(五十首のうち五首)(市河寛斎)
　揖斐高注 「江戸詩人選集5」'90 p120
高君秉の長崎に帰るを送る(大典顕常)
　末木文美士, 堀川貴司注 「江戸漢詩選5」'96 p236
江湖(元方正楙)
　玉村竹二編 「五山文学新集別2」'81 p149
公侯煕績(水原豊雲)
　宇田敏彦校訂 「未刊随筆百種9」'77 p71
皇后宮春秋歌合 天喜四年 頼宗判
　峯岸義秋校註 「日本古典全書〔73〕」'47 p398
港口に舟を泛ぶ(葛子琴)
　水田紀久注 「江戸詩人選集6」'93 p124
庚午元日(成島柳北)
　日野龍夫注 「江戸詩人選集10」'90 p83
庚午紀行(松尾芭蕉)
　弥吉菅一, 赤羽学, 西村真砂子, 檀上正孝 「芭蕉紀行集2」'68 p143

庚午五月念二日、居を函崎にトす。軒前に一柳樹有り。喜びて賦す(成島柳北)
　日野龍夫注 「江戸詩人選集10」'90 p84
甲午祭日客に会す(石川丈山)
　上野洋三注 「江戸詩人選集1」'91 p84
好古小録(藤貞幹)
　関根正直ほか監修 「日本随筆大成I-22」'76 p153
傚古 二首(うち一首)(秋山玉山)
　徳田武注 「江戸詩人選集2」'92 p205
好古日録(藤貞幹)
　関根正直ほか監修 「日本随筆大成I-22」'76 p51
篁山竹林寺縁起 複製と翻刻
　「中世文芸叢書9」'67 p139
鵤山姫捨松(並木宗輔)
　白瀬浩司, 河合祐子校訂 「叢書江戸文庫I-11」'90 p155
柑子
　北川忠彦ほか校注 「中世の文学 第1期〔22〕」'95 p124
〔康治元年正月十四日以前〕琳賢古歌合
　「平安朝歌合大成4」'96 p2080
格子戯語(振鷺亭)
　「洒落本大成15」'82 p145
皇子三十六人選
　久曽神昇編 「日本歌学大系別6」'84 p300
高子式山人は達士なり。髑髏杯を置き、時時把玩す。死生を一にし、形骸を遺れ、超然として自適す。少年輩争い飲みて豪挙と為す。予独り蹙頞して飲むこと能わず。衆 予が未達を笑う。因りて髑髏杯行を作りて、自ら嘲り、兼ねて髑髏の為に嘲りを解く(秋山玉山)
　徳田武注 「江戸詩人選集2」'92 p274
孔子縞寺藍染(山東京伝)
　中村幸彦, 浜田啓介編 「鑑賞日本古典文学34」'78 p120
　「古典叢書〔3〕」'89 p93
　水野稔校注 「日本古典文学大系59」'58 p177
　笹川種郎著 「評釈江戸文学叢書8」'70 p155
口嗜小史(西田春耕)
　森銑三, 北川博邦編 「続日本随筆大成9」'80 p231
柑子俵
　北川忠彦ほか校注 「中世の文学 第1期〔22〕」'95 p126
庚子道の記(荒木田麗女)
　古谷知新編 「江戸時代女流文学全集3」'01 p205
庚子道の記(武女)

中村博保校注 「新日本古典文学大系68」'97 p83
河社（抄）（契沖）
　佐佐木信綱編 「日本歌学大系7」'58 p8
甲子夜話（こうしやわ）　→　"かっしやわ"を見よ
甲州道中記（十返舎一九）
　鶴岡節雄校注 「新版絵草紙シリーズ4」'81 p5
講習余筆（中村蘭林）
　森銑三，北川博邦編 「続日本随筆大成1」'79 p1
江州より京に帰る途中の作（中島棕隠）
　水田紀久注 「江戸詩人選集6」'93 p209
甲戌早春の作（梁田蛻巌）
　徳田武注 「江戸詩人選集2」'92 p143
甲戌仲秋妙興寺に遊ぶ。岐路涼傘を失い、戯れに此の作有り（江馬細香）
　福島理子注 「江戸漢詩選3」'95 p6
庚戌の除夜、春林園上人に（義堂周信）
　菅野礼行，徳田武校注・訳 「新編日本古典文学全集86」'02 p226
江上雑詩 十首（うち一首）（服部南郭）
　山本和義，横山弘注 「江戸詩人選集3」'91 p29
江上の田家（荻生徂徠）
　一海知義，池沢一郎注 「江戸漢詩選2」'96 p44
興正菩薩御教誡聴聞集（叡尊）
　田中久夫校注 「日本思想大系15」'71 p189
好色一代男（井原西鶴）
　暉峻康隆編 「鑑賞日本古典文学27」'76 p37
　宗政五十緒，長谷川強著 「鑑賞日本の古典15」'80 p24
　吉井勇訳 「現代語訳 西鶴好色全集〔1〕」'52 p1
　麻生磯次訳 「現代語訳西鶴全集（河出）1」'53 p21
　暉峻康隆訳注 「現代語訳西鶴全集（小学館）1」'76 p59
　里見弴訳 「国民の文学13」'63 p1
　麻生磯次訳 「古典日本文学全集22」'59 p3
　浅野晃編 「西鶴選集〔19〕」'96 p3
　浅野晃編 「西鶴選集〔20〕」'96 p19
　松田修校注 「新潮日本古典集成〔67〕」'82 p11
　暉峻康隆校注・訳 「新編日本古典文学全集66」'96 p15
　穎原退蔵ほか編 「定本西鶴全集1」'51 p25
　藤村作校註 「日本古典全書〔102〕」'49 p39
　前田金五郎著 「日本古典評釈・全注釈叢書〔30〕」'80 p7
　前田金五郎著 「日本古典評釈・全注釈叢書〔31〕」'81 p9
　前田金五郎著 「日本古典評釈・全注釈叢書〔31〕」'81 p119
　暉峻康隆，東明雅校注・訳 「日本古典文学全集38」'71 p99
　板坂元校注 「日本古典文学大系47」'57 p37
　藤井乙男著 「評釈江戸文学叢書1」'70 p37
　藤村作校訂 「訳註西鶴全集5」'51 p3
好色一代女（井原西鶴）
　暉峻康隆編 「鑑賞日本古典文学27」'76 p137
　宗政五十緒，長谷川強著 「鑑賞日本の古典15」'80 p104
　東明雅校注・訳 「完訳日本の古典51」'89 p199
　吉井勇訳 「現代語訳 西鶴好色全集〔2〕」'51 p1
　麻生磯次訳 「現代語訳西鶴全集（河出）2」'52 p107
　暉峻康隆訳注 「現代語訳西鶴全集（小学館）4」'76 p137
　丹羽文雄訳 「国民の文学13」'63 p179
　麻生磯次訳 「古典日本文学全集22」'59 p143
　村田穆校注 「新潮日本古典集成〔68〕」'76 p11
　東明雅校注・訳 「新編日本古典文学全集66」'96 p391
　穎原退蔵ほか編 「定本西鶴全集2」'49 p223
　藤村作校註 「日本古典全書〔103〕」'50 p15
　暉峻康隆，東明雅校注・訳 「日本古典文学全集38」'71 p427
　麻生磯次校注 「日本古典文学大系47」'57 p325
　藤井乙男著 「評釈江戸文学叢書1」'70 p301
　藤村作校訂 「訳註西鶴全集6」'52 p1
好色産毛（林鴻）
　藤井乙男著 「評釈江戸文学叢書2」'70 p756
好色小柴垣（酔狂庵）
　青木信光編 「文化文政江戸発禁文庫10」'83 p217
好色五人女（井原西鶴）
　暉峻康隆編 「鑑賞日本古典文学27」'76 p115
　宗政五十緒，長谷川強著 「鑑賞日本の古典15」'80 p55
　東明雅校注・訳 「完訳日本の古典51」'89 p9
　吉井勇訳 「現代語訳 西鶴好色全集〔3〕」'53 p1
　麻生磯次訳 「現代語訳西鶴全集（河出）2」'52 p9
　暉峻康隆訳注 「現代語訳西鶴全集（小学館）4」'76 p15
　吉行淳之介訳 「現代語訳 日本の古典16」'80 p5
　武田麟太郎訳 「国民の文学13」'63 p119
　麻生磯次訳 「古典日本文学全集22」'59 p95
　石川了編 「西鶴選集〔13〕」'95 p3
　水田潤編 「西鶴選集〔14〕」'95 p25
　東明雅校注・訳 「新編日本古典文学全集66」'96 p251
　穎原退蔵ほか編 「定本西鶴全集2」'49 p113

こうし　　　　　作品名

吉行淳之介訳　「特選日本の古典 グラフィック版8」'86 p14
藤村作校註　「日本古典全書〔102〕」'49 p215
暉峻康隆, 東明雅校注・訳　「日本古典文学全集38」'71 p307
堤精二校注　「日本古典文学大系47」'57 p219
藤井乙男著　「評釈江戸文学叢書1」'70 p205
藤村作校訂　「訳註西鶴全集2」'47 p1
好色小咄集成
　青木信光編　「文化文政江戸発禁文庫別」'83 p19
好色四季ばなし
　青木信光編　「文化文政江戸発禁文庫9」'83 p121
好色盛衰記(井原西鶴)
　吉井勇訳　「現代語訳 西鶴好色全集〔3〕」'53 p147
　麻生磯次訳　「現代語訳西鶴全集(河出)5」'53 p127
　暉峻康隆訳注　「現代語訳西鶴全集(小学館)10」'76 p15
　頴原退蔵ほか編　「定本西鶴全集6」'59 p39
　藤村作校註　「日本古典全書〔103〕」'50 p149
　藤村作校訂　「訳註西鶴全集11」'53 p1
好色二代男(井原西鶴)
　吉井勇訳　「現代語訳 西鶴好色全集〔4〕」'52 p1
　冨士昭雄校注　「新日本古典文学大系76」'91 p1
好色敗毒散(夜食時分)
　長谷川強校注・訳　「新編日本古典文学全集65」'00 p17
　神保五弥ほか校注・訳　「日本古典文学全集37」'71 p350
　藤井乙男著　「評釈江戸文学叢書2」'70 p435
好色橋弁慶(鑓の権三重帷子)(近松門左衛門)
　「近松全集(岩波)17影印編」'94 p358
　「近松全集(岩波)17解説編」'94 p369
好色文伝受(由之軒政房)
　伊藤千可良ほか校　「江戸時代文芸資料4」'64 p1
好色変生男子
　林美一訳・解説　「秘籍江戸文学選7」'75 p133
好色万金丹(夜食時分)
　野間光辰校訂　「日本古典文学大系91」'66 p53
興四郎(只野真葛)
　古谷知新編　「江戸時代女流文学全集3」'01 p457
「孔子は鯉魚の」付合(松尾芭蕉)
　島居清著　「芭蕉連句全註解2」'79 p118
行人至る(絶海中津)
　菅野礼行, 徳田武校注・訳　「新編日本古典文学全集86」'02 p235

庚申縁起(赤木文庫旧蔵寛文十一年写巻子本)
　横山重ほか編　「室町時代物語大成4」'76 p465
紅塵灰集(後土御門院)
　和歌史研究会編　「私家集大成6」'76 p398
新噺庚申講(寛政九年初冬刊)(慶山)
　武藤禎夫編　「噺本大系13」'79 p119
甲申早春、江楼に登る今茲の春、韓客将に至らんとす(葛子琴)
　水田紀久注　「江戸詩人選集6」'93 p116
庚申之縁起(慶応義塾図書館蔵天文九年写本)
　横山重ほか編　「室町時代物語大成4」'76 p455
庚申之御本地(承応頃刊本)
　横山重ほか編　「室町時代物語大成4」'76 p469
庚申の夏、余罪を南海に竢つ。鬱鬱として一室に居る。六月溽暑、中夜寐ねられず。因りて江都の旧游を思う(祇園南海)
　山本和義, 横山弘注　「江戸詩人選集3」'91 p188
かうしん之本地(天理図書館蔵慶長十二年写本)
　横山重ほか編　「室町時代物語大成4」'76 p459
上野君消息(尊経閣文庫蔵暦応三年写本)
　横山重ほか編　「室町時代物語大成補1」'87 p460
上野国赤城山御本地(天保二年写本)
　太田武夫校訂　「室町時代物語集1」'62 p203
上有知自り還る舟中藤城山人と別る(三首、うち一首)(江馬細香)
　福島理子注　「江戸漢詩選3」'95 p43
高津のあざり(上田秋成)
　「上田秋成全集12」'95 p350
高津のあざり(異文一)(上田秋成)
　「上田秋成全集12」'95 p351
高津のあざり(異文二)(上田秋成)
　「上田秋成全集12」'95 p352
江西和尚語録(江西龍派)
　玉村竹二編　「五山文学新集別1」'77 p3
江西和尚法語集(江西龍派)
　玉村竹二編　「五山文学新集別1」'77 p35
校正局諸学士に与ふるの書(藤田幽谷)
　今井宇三郎, 瀬谷義彦, 尾藤正英校注　「日本思想大系53」'73 p15
江西竜派作品拾遺(江西龍派)
　玉村竹二編　「五山文学新集別1」'77 p325
江雪詠草(江雪)
　和歌史研究会編　「私家集大成7」'76 p895
「口切に」歌仙(松尾芭蕉)
　島居清著　「芭蕉連句全註解8」'82 p89
興禅記(無象静照)
　玉村竹二編　「五山文学新集6」'72 p623
興禅護国論(明菴栄西)

柳田聖山校注 「日本思想大系16」'72 p7
くはうせんしゆ（橋本直紀氏蔵絵巻）
　横山重ほか編 「室町時代物語大成補1」'87 p475
高僧三十六人選
　久曽神昇編 「日本歌学大系別6」'84 p328
高僧和讃（親鸞上人）
　高野辰之編 「日本歌謡集成4」'60 p65
江帥集（大江匡房）
　和歌史研究会編 「私家集大成2」'75 p363
小歌
　「国歌大系1」'76 p795
皇太后宮大進集（皇太后宮大進）
　和歌史研究会編 「私家集大成2」'75 p749
皇太后宮亮経正朝臣集（平経正）
　和歌史研究会編 「私家集大成2」'75 p754
皇太子聖徳奉讃（親鸞上人）
　高野辰之編 「日本歌謡集成4」'60 p81
高台寺に遊んで茶を煮る（売茶翁）
　末木文美士、堀川貴司注 「江戸漢詩選5」'96 p82
「皇太神宮年中行事」所収神事歌謡
　新間進一編 「続日本歌謡集成1」'64 p61
吉原評判 交代盤栄記（廓鶴堂楽水）
　「洒落本大成2」'78 p35
公大無多言（行成山房大公人）
　「洒落本大成11」'81 p101
勾台嶺の山水小景の図に題す 五首（うち三首）（梁川星巌）
　入谷仙介注 「江戸詩人選集8」'90 p176
吉原はやり 小歌総まくり
　高野辰之編 「日本歌謡集成6」'60 p99
小唄打聞
　安藤菊二校訂 「未刊随筆百種10」'77 p13
幸太夫大全
　加藤貴校訂 「叢書江戸文庫Ⅰ-1」'90 p54
江談抄（大江匡房）
　山根対助、後藤昭雄校注 「新日本古典文学大系32」'97 p1
　後藤昭雄、池上洵一、山根対助校注 「新日本古典文学大系32」'97 p475
巷談宵宮雨（宇野信夫）
　河竹登志夫ほか監修 「名作歌舞伎全集25」'71 p305
弘徽殿鵜羽産家（近松門左衛門）
　藤井紫影校註 「近松全集（思文閣）9」'78 p695
皇帝（観世信光）
　伊藤正義校注 「新潮日本古典集成〔59〕」'86 p71
栲亭寄詩（上田秋成）
　「上田秋成全集12」'95 p260

皇帝―古名明王鏡 玄宗
　芳賀矢一、佐佐木信綱校註 「謡曲叢書1」'87 p653
江天の暮雪（大窪詩仏）
　揖斐高注 「江戸詩人選集5」'90 p312
弘道館記（徳川斉昭）
　今井宇三郎、瀬谷義彦、尾藤正英校注 「日本思想大系53」'73 p229
弘道館記述義（藤田東湖）
　今井宇三郎、瀬谷義彦、尾藤正英校注 「日本思想大系53」'73 p259
鼇頭痾癖談（異文三）（上田秋成）
　「上田秋成全集8」'93 p117
強盗鬼神（寛永頃刊丹緑本）
　横山重ほか編 「室町時代物語大成4」'76 p479
興斗月（武木右衛門）
　「洒落本大成29」'88 p129
江都より秋田に赴く途中、小（村瀬栲亭）
　菅野礼行、徳田武校注・訳 「新編日本古典文学全集86」'02 p487
江豚
　芳賀矢一、佐佐木信綱校註 「謡曲叢書1」'87 p192
江南の歌 并びに序（十二首のうち二首）（祇園南海）
　山本和義、横山弘注 「江戸詩人選集3」'91 p296
郷に回りて偶たま書して、弟子柔に視す（六如）
　黒川洋一注 「江戸詩人選集4」'90 p306
郷に帰りて博多に中留し、別（中巌円月）
　菅野礼行、徳田武校注・訳 「新編日本古典文学全集86」'02 p224
香之書（池三位丸）
　西山松之助校注 「日本思想大系61」'72 p287
紅梅（紫式部）
　阿部秋生、秋山虔、今井源衛、鈴木日出男校注・訳 「完訳日本の古典21」'87 p27
　円地文子訳 「現代語訳 日本の古典5」'79 p140
　谷崎潤一郎ほか編 「国民の文学4」'63 p175
　阿部秋生ほか校注・訳 「古典セレクション12」'98 p41
　「古典日本文学全集5」'61 p383
　石田穣二、清水好子校注 「新潮日本古典集成〔23〕」'82 p179
　柳井滋ほか校注 「新日本古典文学大系22」'96 p229
　阿部秋生、秋山虔、今井源衛、鈴木日出男校注・訳 「新編日本古典文学全集24」'97 p37
　「特選日本の古典 グラフィック版5」'86 p112
　池田亀鑑校註 「日本古典全書〔16〕」'54 p150

阿部秋生，秋山虔，今井源衛校注・訳 「日本古典文学全集16」'95 p31
山岸徳平校注 「日本古典文学大系17」'62 p233
伊井春樹，日向一雅，百川敬仁（ほか）校注・訳 「日本の文学 古典編15」'87 p19
「日本文学大系6」'55 p5

紅梅をめづる詞（荷田蒼生子）
古谷知新編 「江戸時代女流文学全集3」'01 p655

紅梅集（大田南畝）
浜田義一郎，中野三敏，日野龍夫，揖斐高編 「大田南畝全集2」'86 p307

紅梅の巻（安永二年）（与謝蕪村）
穎原退蔵編著 「蕪村全集2」'48 p89

紅梅やの巻（紅梅千句）
金子金治郎，雲英末雄，暉峻康隆，加藤定彦校注・訳 「新編日本古典文学全集61」'01 p325

厚婦
芳賀矢一，佐佐木信綱校註 「謡曲叢書1」'87 p723

興福寺延年舞式
高野辰之編 「日本歌謡集成5」'60 p15

興福寺延年舞唱歌
「国歌大系1」'76 p723

興福寺奏状（貞慶）
田中久夫校注 「日本思想大系15」'71 p31

興福寺の由来物語（仮題）（慶応義塾図書館蔵古写本）
横山重ほか編 「室町時代物語大成4」'76 p494

交武五人男（近松門左衛門）
藤井紫影校註 「近松全集（思文閣）5」'78 p493

〔康平五年〕七月廿七日無動寺聖院歌合
「平安朝歌合大成2」'95 p1225

〔康平三年以前〕春伊勢大輔女達山家三番歌合
「平安朝歌合大成2」'95 p1201

〔康平三年〕四月廿六日庚申祐子内親王歌合
「平安朝歌合大成2」'95 p1211

康平七年十二月廿九日庚申禖子内親王歌合
「平安朝歌合大成2」'95 p1239

航米日録（玉虫左太夫）
沼田次郎校注 「日本思想大系66」'74 p7

〔康平四年三月十九日〕祐子内親王名所歌合
「平安朝歌合大成2」'95 p1217

康平六年十月三日丹後守公基歌合
「平安朝歌合大成2」'95 p1233

興兵衛おかめ卯月の紅葉（近松門左衛門）
藤井紫影校註 「近松全集（思文閣）7」'78 p799

後編風俗通（金錦先生）
「洒落本大成6」'79 p271

〔康保元—四年五月〕東宮御息所懐子歌合
「平安朝歌合大成1」'95 p503

康保三年閏八月十五夜内裏前栽合
「平安朝歌合大成1」'95 p493

康保三年五月五日下総守順馬毛名歌合
「平安朝歌合大成1」'95 p484

康保三年十月廿二日（十七日トモ）内裏後度前栽合
「平安朝歌合大成1」'95 p501

弘法大師御詠歌
高野辰之編 「日本歌謡集成4」'60 p479

弘法大師御本地（承応三年刊丹緑本）
太田武夫校訂 「室町時代物語集4」'62 p277
横山重ほか編 「室町時代物語大成4」'76 p526

弘法大師之御本地（以呂波物語）（近松門左衛門）
「近松全集（岩波）17影印編」'94 p452
「近松全集（岩波）17解説編」'94 p464

弘法大師御影供表白教化
高野辰之編 「日本歌謡集成4」'60 p218

弘法大師和讃（藤原成範）
高野辰之編 「日本歌謡集成4」'60 p24

稿本「阿千代之伝」（天竺老人）
「洒落本大成12」'81 p25

校本『鹿島詣』（松尾芭蕉）
弥吉菅一，赤羽学，西村真砂子，檀上正孝 「芭蕉紀行集1」'78 p267

校本 仁勢物語
富山高至編 「和泉古典文庫6」'92 p1

校本『野ざらし紀行』（松尾芭蕉）
弥吉菅一，赤羽学，西村真砂子，檀上正孝 「芭蕉紀行集1」'78 p168

校本枕冊子〔第一段—第百十七段〕（清少納言）
田中重太郎編著 「平安文学叢刊1」'53 p1

校本枕冊子〔第百十八段—第三百二十三段〕（清少納言）
田中重太郎編著 「平安文学叢刊2」'56 p349—834

降魔
芳賀矢一，佐佐木信綱校註 「謡曲叢書1」'87 p352

高漫斉行脚日記（恋川春町）
水野稔校注 「日本古典文学大系59」'58 p47

光明寺。諸友と同に賦す。暎字を得たり（葛子琴）
水田紀久注 「江戸詩人選集6」'93 p3

高名集（井原西鶴）
穎原退蔵ほか編 「定本西鶴全集11上」'72 p379

光明真言和讃
新間進一編 「続日本歌謡集成1」'64 p164

光明真言和讃（思圓上人）
高野辰之編 「日本歌謡集成4」'60 p92

鴻門高（秋山玉山）

徳田武注　「江戸詩人選集2」'92 p193
高野敦盛
　芳賀矢一，佐佐木信綱校註　「謡曲叢書1」'87 p355
高野薙髪刀（小枝繁）
　高木元校訂　「叢書江戸文庫I-25」'88 p261
膏薬煉
　北川忠彦ほか校注　「中世の文学 第1期〔22〕」'95 p175
　古川久校註　「日本古典全書〔92〕」'54 p235
高野山往生伝（如寂）
　井上光貞，大曽根章介校注　「日本思想大系7」'74 p695
高野参詣
　芳賀矢一，佐佐木信綱校註　「謡曲叢書1」'87 p362
高野山所伝附厚恩賛・報恩賛・師恩賛
　高野辰之編　「日本歌謡集成4」'60 p2
高野山女人堂心中万年草（近松門左衛門）
　藤井紫影校註　「近松全集（思文閣）8」'78 p491
　森修，鳥越文蔵，長友千代治校注・訳　「日本古典文学全集43」'72 p393
高野山万年草紙（柳亭種彦）
　「古典叢書〔39〕」'90 p151
高野登山端書（松尾芭蕉）
　井本農一，弥吉菅一，横沢三郎，尾形仂校注　「校本芭蕉全集6」'89 p365
　弥吉菅一，赤羽学，西村真砂子，檀上正孝　「芭蕉紀行集2」'68 p160
高野詣（松尾芭蕉）
　井本農一，久富哲雄，村松友次，堀切実校注・訳　「新編日本古典文学全集71」'97 p225
高野物語
　市古貞次校注　「新日本古典文学大系54」'89 p325
高野物語（宮内庁書陵部蔵写本）
　横山重ほか編　「室町時代物語大成4」'76 p547
高野物狂
　芳賀矢一，佐佐木信綱校註　「謡曲叢書1」'87 p367
高野物狂（木村富子）
　河竹登志夫ほか監修　「名作歌舞伎全集24」'72 p273
拘幽操（山崎闇斎編）
　西順蔵，阿部隆一，丸山真男校注　「日本思想大系31」'80 p200
拘幽操師説（浅見絅斎）
　西順蔵，阿部隆一，丸山真男校注　「日本思想大系31」'80 p229
拘幽操筆記（三宅尚斎）
　西順蔵，阿部隆一，丸山真男校注　「日本思想大系31」'80 p238
拘幽操附録（浅見絅斎編）
　西順蔵，阿部隆一，丸山真男校注　「日本思想大系31」'80 p202
拘幽操弁（伝 佐藤直方）
　西順蔵，阿部隆一，丸山真男校注　「日本思想大系31」'80 p211
紅葉
　芳賀矢一，佐佐木信綱校註　「謡曲叢書3」'87 p445
紅葉（季吟）
　雲英末雄，山下一海，丸山一彦，松尾靖秋校注・訳　「新編日本古典文学全集72」'01 p433
黄葉夕陽村舎詩（高野蘭亭ほか）
　水田紀久，頼惟勤，直井文子校注　「新日本古典文学大系66」'96 p3
　水田紀久，頼惟勤，直井文子校注　「新日本古典文学大系66」'96 p97
　水田紀久，頼惟勤，直井文子校注　「新日本古典文学大系66」'96 p131
黄葉村舎に宿すること三日，此を賦して茶山先生に奉呈す（田能村竹田）
　徳田武注　「江戸漢詩選1」'96 p111
巷謡篇（鹿持雅澄編）
　高野辰之編　「日本歌謡集成7」'60 p377
巷謡編（鹿持雅澄編）
　井出幸男校注　「新日本古典文学大系62」'97 p227
向陽寮に遊びて「戸庭塵の雑る無く，虚室余閑有り」というを以て詩を賦す。閑の字を得たり（五首，うち一首）（元政）
　上野洋三注　「江戸詩人選集1」'91 p272
高麗茶碗図賛（与謝蕪村）
　頴原退蔵編著　「蕪村全集1」'48 p457
行楽，晩に江上を歩む（梁田蛻巌）
　菅原礼行，徳田武校注・訳　「新編日本古典文学全集86」'02 p350
蒿里歌（暁臺）
　頴原退蔵著　「評釈江戸文学叢書7」'70 p766
黄竜十世録（龍山徳見）
　玉村竹二編　「五山文学新集3」'69 p193
後涼東訛言（徳性亭路角）
　「洒落本大成22」'84 p203
向陵集（野村望東）
　「国歌大系20」'76 p725
「向陵集」「上京日記」「夢かぞへ」「防州日記」（野村望東尼）
　長沢美津編　「女人和歌大系3」'68 p519
高礼部が「再び唐の故白太保（具平親王）

菅野礼行, 徳田武校注・訳 「新編日本古典文学全集86」 '02 p179
香匳体, 分ちて源氏伝を賦し, 明石の篇を得たり (館柳湾)
　徳田武注 「江戸詩人選集7」 '90 p227
「香炉の灰の」「麦に来て」「鉦一つ」付合 (松尾芭蕉)
　島居清著 「芭蕉連句全註解10」 '83 p279
幸若舞曲歌謡
　高野辰之編 「日本歌謡集成5」 '60 p291
康和二年五月五日備中守仲実女子根合
　「平安朝歌合大成3」 '96 p1614
康和二年四月廿八日宰相中将国信歌合
　「平安朝歌合大成3」 '96 p1586
〔康和四年以前〕或所歌合雑載
　「平安朝歌合大成3」 '96 p1643
〔康和四年以前〕或所小弓合歌
　「平安朝歌合大成3」 '96 p1644
康和四年閏五月二日・同七日内裏艶書歌合
　「平安朝歌合大成3」 '96 p1620
ごゑつ (呉越) (光慶図書館旧蔵奈良絵本)
　横山重ほか編 「室町時代物語大成4」 '76 p568
故園 (佐久間象山)
　坂田新注 「江戸漢詩選4」 '95 p107
後宴水無月三十章 (上田秋成)
　「上田秋成全集12」 '95 p168
牛王の姫
　阪口弘之校注 「新日本古典文学大系90」 '99 p413
小大君集 (小大君)
　和歌史研究会編 「私家集大成1」 '73 p687
　和歌史研究会編 「私家集大成1」 '73 p694
　和歌史研究会編 「私家集大成1」 '73 p701
　和歌史研究会編 「私家集大成1」 '73 p702
　「日本文学大系11」 '55 p183
　長連恒編 「日本文学大系12」 '55 p716
　長沢美津編 「女人和歌大系2」 '65 p177
小おとこ (清水泰斎蔵絵巻)
　太田武夫校訂 「室町時代物語集5」 '62 p266
小男の草子
　松本隆信校注 「新潮日本古典集成〔65〕」 '80 p289
　徳田和夫校注 「新日本古典文学大系54」 '89 p351
　浜中修編著 「大学古典叢書8」 '89 p37
『小男の草子』 (異本)
　浜中修編著 「大学古典叢書8」 '89 p87
小男の草子 (仮題) (赤木文庫蔵室町末絵巻)
　横山重ほか編 「室町時代物語大成4」 '76 p595
小男の草子 (仮題) (天理図書館蔵慶長十二年絵巻)

横山重ほか編 「室町時代物語大成4」 '76 p606
こをとこのさうし (高安六郎氏旧蔵古奈良絵本)
　横山重ほか編 「室町時代物語大成4」 '76 p589
こをとこのさうし (高安六郎博士蔵奈良絵本)
　太田武夫校訂 「室町時代物語集5」 '62 p255
小おとこ (守屋孝蔵氏蔵奈良絵本)
　太田武夫校訂 「室町時代物語集5」 '62 p260
こほろぎ物語 (内閣文庫蔵写本)
　横山重ほか編 「室町時代物語大成5」 '77 p13
五音 (世阿弥)
　表章, 加藤周一校注 「日本思想大系24」 '74 p205
五音曲条々 (世阿弥)
　表章, 加藤周一校注 「日本思想大系24」 '74 p197
五音三曲集 (禅竹)
　表章, 加藤周一校注 「日本思想大系24」 '74 p353
子が親の勘当逆川をおよぶ (井原西鶴)
　吉行淳之介訳 「現代語訳 日本の古典16」 '80 p126
子岳・千秋至る (葛子琴)
　水田紀久注 「江戸詩人選集6」 '93 p128
古学先生文集 (伊藤仁斎)
　清水茂校注 「日本思想大系33」 '71 p169
古瓦硯歌 (服部南郭)
　菅野礼行, 徳田武校注・訳 「新編日本古典文学全集86」 '02 p377
小鍛冶
　芳賀矢一, 佐佐木信綱校註 「謡曲叢書1」 '87 p733
小鍛冶 (木村富子)
　河竹登志夫ほか監修 「名作歌舞伎全集24」 '72 p285
後柏原院一周聖忌御経供養教化
　高野辰之編 「日本歌謡集成4」 '60 p238
五月九日暴雨。鴨水寓楼に見る所 (梁川紅蘭)
　福島理子注 「江戸漢詩選3」 '95 p261
五月廿二日復た雨ふる。猗蘭候及び諸子予め別れを余に惜しむ。因って以て此れを賦す (大潮元皓)
　末木文美士, 堀川貴司注 「江戸漢詩選5」 '96 p160
五月、藩命を以て東都の邸に赴く。午日、諸子来餞す (菅茶山)
　黒川洋一注 「江戸詩人選集4」 '90 p85
こがね草 (石川雅望)
　関根正直ほか監修 「日本随筆大成I-23」 '76 p351
五箇の津余情男 (都の花風)

作品名　　こきん

伊藤千可良ほか校　「江戸時代文芸資料2」'64 p1
小傘
　北川忠彦ほか校注　「中世の文学 第1期〔22〕」'95 p273
「木枯しに」半歌仙（松尾芭蕉）
　島居清著　「芭蕉連句全註解8」'82 p157
『木がらし』序抄（松尾芭蕉）
　井本農一ほか著　「校本芭蕉全集9」'89 p319
凩草紙（森島中良）
　石上敏校訂　「叢書江戸文庫II-32」'94 p143
「凩の」三十句（松尾芭蕉）
　島居清著　「芭蕉連句全註解4」'80 p377
こがらしのの巻（冬の日）
　金子金治郎，暉峻康隆，中村俊定注解　「日本古典文学全集32」'74 p383
木枯の巻（「冬の日」より）（松尾芭蕉）
　頴原退蔵評釈　「古典日本文学全集31」'61 p7
粉川寺
　芳賀矢一，佐佐木信綱校註　「謡曲叢書1」'87 p738
粉河寺縁起
　桜井徳太郎，萩原龍夫，宮田登校注　「日本思想大系20」'75 p37
後漢書の竟宴、各史を詠じて（島田忠臣）
　菅野礼行，徳田武校注・訳　「新編日本古典文学全集86」'02 p127
御忌の鐘の巻（安永四年）（与謝蕪村）
　頴原退蔵編著　「蕪村全集2」'48 p148
五級三差（富士谷成章）
　佐佐木信綱編　「日本歌学大系8」'56 p1
五級三差弁（富士谷御杖）
　佐佐木信綱編　「日本歌学大系8」'56 p5
御形宣旨集（御形宣旨）
　和歌史研究会編　「私家集大成1」'73 p471
　長沢美津編　「女人和歌大系2」'65 p523
古今夷曲集（こきんいきょくしゅう）　→"こんいきょくしゅう"を見よ
古今三通伝（夢中庵江陵散人）
　「洒落本大成11」'81 p197
古今集
　大岡信訳　「現代語訳 日本の古典3」'81 p5
古今集序注
　久曽神昇編　「日本歌学大系別4」'80 p125
古今集正義序注追考（熊谷直好）
　佐佐木信綱編　「日本歌学大系9」'58 p339
古今集正義総論補注（熊谷直好）
　佐佐木信綱編　「日本歌学大系9」'58 p347
古今集正義総論補注論・同弁（八田知紀論，熊谷直好弁）
　佐佐木信綱編　「日本歌学大系9」'58 p361

古今集注
　久曽神昇編　「日本歌学大系別4」'80 p165
古今集註
　「日本文学古註釈大成〔21〕」'78 p1
古今集遠鏡（総論）（本居宣長）
　大久保正訳　「古典日本文学全集34」'60 p111
古今序文聞書（上田秋成）
　「上田秋成全集5」'92 p13
古今衾の巻（安永元年）（与謝蕪村）
　頴原退蔵編著　「蕪村全集2」'48 p81
古今秘註抄（顕昭注，藤原定家補）
　「日本文学古註釈大成〔21〕」'78 p247
古今和歌集
　窪田章一郎，杉谷寿郎，藤平春男編　「鑑賞日本古典文学7」'75 p11
　秋山虔著　「鑑賞日本の古典3」'82 p13
　小沢正夫，松田成穂校注・訳　「完訳日本の古典9」'83 p9
　「国歌大系3」'76 p3
　窪田章一郎評釈　「古典日本文学全集12」'62 p4
　奥村恒哉校注　「新潮日本古典集成〔10〕」'78 p9
　小島憲之，新井栄蔵校注　「新日本古典文学大系5」'89 p1
　小沢正夫，松田成穂校注・訳　「新編日本古典文学全集11」'94 p15
　片桐洋一訳・注　「全対訳日本古典新書〔7〕」'80 p12
　小町谷照彦訳注　「対訳古典シリーズ〔5〕」'88 p7
　西下経一校註　「日本古典全書〔67〕」'48 p37
　小沢正夫校注・訳　「日本古典文学全集7」'71 p47
　佐伯梅友校注　「日本古典文学大系8」'58 p91
　川村晃生校注・訳　「日本の文学 古典編7」'86 p17
　「日本文学大系14」'55 p1
古今和歌集（紀友則ほか）
　窪田空穂，窪田章一郎訳　「国民の文学9」'64 p1
古今和歌集序
　西下経一校註　「日本古典全書〔67〕」'48 p216
古今和歌集序（紀貫之）
　久松潜一，増淵恒吉編　「校註日本文芸新篇〔3〕」'50 p8
　萩谷朴校註　「日本古典全書〔3〕」'50 p105
古今和歌集序（紀貫之，紀淑望）
　佐佐木信綱編　「日本歌学大系1」'58 p37
古今和歌集打聴 細書（上田秋成）
　「上田秋成全集5」'92 p141
古今和歌集正義総論（香川景樹）
　佐佐木信綱編　「日本歌学大系8」'56 p225

日本古典文学全集・作品名綜覧　125

こきん　　　　　　　　　作品名

古今和歌余材集（契沖）
　「日本文学古註釈大成〔21〕」'78 p1
古今和歌六帖（紀貫之ほか編）
　「国歌大系9」'76 p213
　「日本文学大系13」'55 p1
『古今和歌六帖』識語（上田秋成）
　「上田秋成全集5」'92 p529
国意考（賀茂真淵）
　平重道, 阿部秋生校注　「日本思想大系39」'72 p374
虚空集（坡山、東海編）
　「俳書叢刊7」'88 p93
国益本論（宮負定雄）
　芳賀登, 松本三之介校注　「日本思想大系51」'71 p291
獄を出ずる詩（三首のうち二首）（成島柳北）
　日野龍夫注　「江戸詩人選集10」'90 p140
国学（中島棕隠）
　水田紀久注　「江戸詩人選集6」'93 p320
国玉
　芳賀矢一, 佐佐木信綱校註　「謡曲叢書1」'87 p622
告志篇（徳川斉昭）
　今井宇三郎, 瀬谷義彦, 尾藤正英校注　「日本思想大系53」'73 p209
谷墅襍詠（五首、うち一首）（野村篁園）
　徳田武注　「江戸詩人選集7」'90 p127
『国性爺大明丸』序（近松門左衛門）
　「近松全集（岩波）17影印編」'94 p85
　「近松全集（岩波）17解説編」'94 p100
国性爺御前軍談（国性爺合戦）（近松門左衛門）
　「近松全集（岩波）17影印編」'94 p310
　「近松全集（岩波）17解説編」'94 p322
『国性爺御前軍談』序（近松門左衛門）
　「近松全集（岩波）17影印編」'94 p83
　「近松全集（岩波）17解説編」'94 p97
国性爺合戦
　飯沢匡訳　「国民の文学14」'64 p181
国性爺合戦（近松門左衛門）
　大久保忠国編　「鑑賞日本古典文学29」'75 p193
　原道生著　「鑑賞日本の古典16」'82 p283
　田中澄江訳　「現代語訳 日本の古典17」'80 p74
　高野正巳訳　「古典日本文学全集24」'59 p164
　信多純一校注　「新潮日本古典集成〔73〕」'86 p151
　大橋正叔校注・訳　「新編日本古典文学全集76」'00 p251
　藤井紫影校註　「近松全集（思文閣）10」'78 p843
　「近松全集（岩波）9」'88 p627
　「近松全集（岩波）17影印編」'94 p325
　「近松全集（岩波）17影印編」'94 p333

　「近松全集（岩波）17影印編」'94 p333
　「近松全集（岩波）17影印編」'94 p334
　「近松全集（岩波）17影印編」'94 p334
　「近松全集（岩波）17影印編」'94 p335
　「近松全集（岩波）17影印編」'94 p341
　「近松全集（岩波）17解説編」'94 p333
　「近松全集（岩波）17解説編」'94 p342
　「近松全集（岩波）17解説編」'94 p343
　「近松全集（岩波）17解説編」'94 p344
　「近松全集（岩波）17解説編」'94 p345
　「近松全集（岩波）17解説編」'94 p346
　「近松全集（岩波）17解説編」'94 p355
　高野正巳校註　「日本古典全書〔96〕」'52 p95
　守随憲治, 大久保忠国校注　「日本古典文学大系50」'59 p227
　原道生校注・訳　「日本の文学 古典編41」'87 p29
　樋口慶千代著　「評釈江戸文学叢書3」'70 p247
国姓爺合戦（国姓爺）（近松門左衛門）
　河竹登志夫ほか監修　「名作歌舞伎全集1」'69 p57
国性爺軍談（国性爺合戦）（近松門左衛門）
　「近松全集（岩波）17影印編」'94 p335
　「近松全集（岩波）17解説編」'94 p347
国性爺後日軍談（国性爺後日合戦）（近松門左衛門）
　「近松全集（岩波）17影印編」'94 p342
　「近松全集（岩波）17解説編」'94 p356
国性爺後日唐和言誉（国性爺後日合戦）（近松門左衛門）
　「近松全集（岩波）17影印編」'94 p356
　「近松全集（岩波）17解説編」'94 p367
国性爺後日合戦（近松門左衛門）
　藤井紫影校註　「近松全集（思文閣）11」'78 p1
　「近松全集（岩波）10」'89 p1
国姓爺伝奇を読む（田能村竹田）
　徳田武注　「江戸漢詩選1」'96 p141
獄中懐いを写す（佐久間象山）
　坂田新注　「江戸漢詩選4」'95 p95
獄中感有り（西郷隆盛）
　坂田新注　「江戸漢詩選4」'95 p276
獄中雑詩（三首のうち二首）（成島柳北）
　日野龍夫注　「江戸詩人選集10」'90 p137
獄中の作（三首）（橋本左内）
　坂田新注　「江戸漢詩選4」'95 p252
国朝政紀稿本の後に書す（跋）（頼山陽）
　植手通有校注　「日本思想大系49」'77 p458
哭梅匡子（上田秋成）
　「上田秋成全集11」'94 p57
獄秘書
　安藤菊二校訂　「未刊随筆百種9」'77 p309

作品名　　　　　　　　　　　　　　　　　ここん

国文世々の跡（こくぶよよのあと）　→ "くにつふみよよのあと"を見よ
国宝本三帖和讃
　新間進一編　「続日本歌謡集成1」'64 p177
国民歌集
　長沢美津編　「女人和歌大系5」'78 p714
極楽願往生歌（西念）
　高野辰之編　「日本歌謡集成4」'60 p26
極楽国弥陀和讃（千観阿闍梨）
　高野辰之編　「日本歌謡集成4」'60 p6
極楽声歌
　高野辰之編　「日本歌謡集成4」'60 p279
極らくのつらね（鶴屋南北）
　大久保忠国校注　「鶴屋南北全集12」'74 p535
極楽六時讃（恵心僧都）
　高野辰之編　「日本歌謡集成4」'60 p93
御慶三笑（寛政二年正月序）
　武藤禎夫編　「噺本大系19」'79 p302
古契三娼（山東京伝）
　「洒落本大成13」'81 p331
　中野三敏，神保五弥，前田愛校注・訳　「新編日本古典文学全集80」'00 p79
　「徳川文芸類聚5」'70 p351
　中野三敏，神保五弥，前田愛校注　「日本古典文学全集47」'71 p99
　笹川種郎編　「評釈江戸文学叢書8」'70 p585
俳諧虎渓の橋（井原西鶴）
　頴原退蔵ほか編　「定本西鶴全集10」'54 p287
後家集
　「洒落本大成28」'87 p281
苔の衣
　市古貞次，三角洋一編　「鎌倉時代物語集成3」'90 p1
苔のしづく
　長沢美津編　「女人和歌大系5」'78 p633
苔桃（久保田不二子）
　長沢美津編　「女人和歌大系6」'78 p402
古言清濁考（石塚竜麿）
　「万葉集古註釈集成9」'89 p5
子原席上、重ねて礼卿に贈る（葛子琴）
　水田紀久注　「江戸詩人選集6」'93 p20
古剣篇（成島柳北）
　日野龍夫注　「江戸詩人選集10」'90 p130
晤語（名島政方）
　関根正直ほか監修　「日本随筆大成Ⅱ-24」'75 p249
小督
　芳賀矢一，佐佐木信綱校註　「謡曲叢書1」'87 p728
孤高祠（広瀬旭荘）
　岡村繁注　「江戸詩人選集9」'91 p227

小督の詞（服部南郭）
　山本和義，横山弘注　「江戸詩人選集3」'91 p123
故工部橘郎中が詩巻に題す（具平親王）
　菅野礼行，徳田武校注・訳　「新編日本古典文学全集86」'02 p182
「皺子花の」歌仙（松尾芭蕉）
　島居清著　「芭蕉連句全註解5」'81 p55
古語拾遺疑命弁（本居宣長）
　大久保正訳　「古典日本文学全集34」'60 p103
九重
　市古貞次，三角洋一編　「鎌倉時代物語集成5」'92 p104
志を書す（五首、うち二首）（仁科白谷）
　徳田武注　「江戸漢詩選1」'96 p165
心付事少々（宗祇）
　木藤才蔵校注　「中世の文学　第1期〔10〕」'82 p131
心の双紙（松平定信）
　関根正直ほか監修　「日本随筆大成Ⅰ-7」'75 p281
こゝろの外
　「洒落本大成23」'85 p279
心謎解色糸（鶴屋南北）
　浦山政雄校注　「鶴屋南北全集3」'72 p7
心の篝（由誓）
　雲英末雄，山下一海，丸山一彦，松尾靖秋校注・訳　「新編日本古典文学全集72」'01 p595
こころの春さめ咄（鳥居清経）
　浜田義一郎，武藤禎夫編　「日本小咄集成下」'71 p101
西鶴十三回忌歌仙こころ葉（井原西鶴）
　頴原退蔵ほか編　「定本西鶴全集12」'70 p315
心は無情狂狷の間にも有り（『水の友』）（松尾芭蕉）
　井本農一ほか著　「校本芭蕉全集9」'89 p389
古今綾嚢（小林一茶）
　矢羽勝幸校注　「一茶全集8」'78 p277
古今夷曲集（生白堂行風）
　高橋喜一，塩村耕校注　「新日本古典文学大系61」'93 p205
古今沿革考（柏崎永以）
　関根正直ほか監修　「日本随筆大成Ⅰ-17」'76 p1
古今学変（伊藤東涯）
　清水茂校注　「日本思想大系33」'71 p299
古今栢毬歌
　高野辰之編　「日本歌謡集成11」'61 p426
古今堪忍記（青木鷺水）
　「徳川文芸類聚2」'70 p389
古今雑談思出草紙（東随舎）

ここん

関根正直ほか監修　「日本随筆大成III-4」'77 p1
古今秀句落し噺（天保十五年正月序）（景斎英寿）
　武藤禎夫編　「噺本大系16」'79 p94
『古今小説』第十六巻 范巨卿雞黍死生交
　高田衛, 稲田篤信編著　「大学古典叢書1」'85 p135
古今短冊集跋（与謝蕪村）
　穎原退蔵編著　「蕪村全集1」'48 p378
古今著聞集
　浜中修編著　「大学古典叢書8」'89 p78
古今著聞集（橘成実）
　須永朝彦編訳　「日本古典文学幻想コレクション1」'95 p110
古今著聞集（橘成孝編）
　西尾光一, 小林保治校注　「新潮日本古典集成〔48〕」'83 p25
　西尾光一, 小林保治校注　「新潮日本古典集成〔49〕」'86 p23
古今著聞集（橘成季）
　西尾光一, 貴志正造編　「鑑賞日本古典文学23」'77 p7
　永積安明, 島田勇雄校注　「日本古典文学大系84」'66 p45
　「日本文学大系7」'55 p51
古今著聞集 細目（橘成孝編）
　西尾光一, 小林保治校注　「新潮日本古典集成〔48〕」'83 p3
　西尾光一, 小林保治校注　「新潮日本古典集成〔49〕」'86 p3
古今東名所（毛利元義）
　宇田敏彦校訂　「未刊随筆百種4」'76 p199
五言、夏の夜渤海の客に対し（島田忠臣）
　菅野礼行, 徳田武校注・訳　「新編日本古典文学全集86」'02 p128
古今俄選
　荻田清ほか編　「近世文学選〔1〕」'94 p222
　浜田啓介校注　「新日本古典文学大系82」'98 p123
古今誹諧師手鑑（井原西鶴）
　穎原退蔵ほか編　「定本西鶴全集10」'54 p189
古今古今俳諧女哥仙すかた絵入（井原西鶴）
　穎原退蔵ほか編　「定本西鶴全集11上」'72 p461
古今俳人百句集（小林一茶）
　矢羽勝幸校注　「一茶全集8」'78 p467
古今馬鹿集（南好先生）
　「洒落本大成6」'79 p163
古今百首なげぶし
　荻田清ほか編　「近世文学選〔1〕」'94 p181
古今百馬鹿（式亭三馬）
　「古典叢書〔5〕」'89 p409

棚橋正博校訂　「叢書江戸文庫I-20」'92 p279
古今百物語評判（山岡元隣）
　太刀川清校訂　「叢書江戸文庫II-27」'93 p5
古今百物語評判（山岡元隣著, 山岡元恕編）
　須永朝彦編訳　「日本古典文学幻想コレクション3」'96 p71
古今無三人連（戻扨散人）
　「洒落本大成12」'81 p139
「古今目録抄」紙背今様
　新間進一編　「続日本歌謡集成1」'64 p79
古今物忘れの記（建部綾足）
　森銑三, 北川博邦編　「続日本随筆大成9」'80 p1
古今役者大全
　守随憲治訳　「古典日本文学全集36」'62 p234
古今役者物語（菱川師宣）
　伊藤千可良ほか校　「江戸時代文芸資料4」'64 p1
古今役者論語魁（近仁斎薪翁）
　郡司正勝校注　「日本思想大系61」'72 p463
古今吉原大全
　「洒落本大成4」'79 p181
古三十六人歌合
　久曽神昇編　「日本歌学大系別6」'84 p131
　久曽神昇編　「日本歌学大系別6」'84 p134
　久曽神昇編　「日本歌学大系別6」'84 p145
後三十六人歌合
　久曽神昇編　「日本歌学大系別6」'84 p275
　久曽神昇編　「日本歌学大系別6」'84 p290
古三十六歌僊秘談〔庚〕
　久曽神昇編　「日本歌学大系別6」'84 p151
五山小史瑣談
　上村観光編　「五山文学全集別1」'73 p205
五山禅僧の文篇
　上村観光編　「五山文学全集別1」'73 p26
湖山亭の記（松尾芭蕉）
　井本農一, 久富哲雄, 村松友次, 堀切実校注・訳　「新編日本古典文学全集71」'97 p227
五山堂詩話（菊池五山）
　揖斐高校注　「新日本古典文学大系65」'91 p155
　清水茂, 揖斐高, 大谷雅夫校注　「新日本古典文学大系65」'91 p523
後三年奥州軍記（並木宗助, 安田蛙文）
　青山博之, 西川良和校訂　「叢書江戸文庫I-10」'91 p227
五山の起源並に沿革
　上村観光編　「五山文学全集別1」'73 p14
御傘の序（松永貞徳）
　横山三郎訳　「古典日本文学全集36」'62 p95
五山文学研究の価値
　上村観光編　「五山文学全集別1」'73 p3

五山文学者列伝
　　上村観光編　「五山文学全集別1」'73 p45
五山文学集
　　山岸徳平校注　「日本古典文学大系89」'66 p49
五山文学の立地
　　上村観光編　「五山文学全集別1」'73 p11
古詩（祇園南海）
　　山本和義，横山弘注　「江戸詩人選集3」'91 p201
腰祈
　　北川忠彦ほか校注　「中世の文学 第1期〔20〕」'94 p64
　　古川久校註　「日本古典全書〔93〕」'56 p87
古事記
　　福永武彦訳　「国民の文学1」'64 p1
　　石川淳訳　「古典日本文学全集1」'60 p11
　　「古典日本文学全集1」'60 p13
　　山口佳紀，神野志隆光校注・訳　「新編日本古典文学全集1」'97 p16
　　近藤啓太郎訳　「特選日本の古典 グラフィック版1」'86 p5
　　荻原浅男校注・訳　「日本古典文学全集1」'73 p7
　　倉野憲司，武田祐吉校注　「日本古典文学大系1」'58 p41
古事記（太安万侶撰）
　　上田正昭，井手至編　「鑑賞日本古典文学1」'78 p7
　　曽倉岑，金井清一著　「鑑賞日本の古典1」'81 p19
　　荻原浅男校注・訳　「完訳日本の古典1」'83 p11
　　梅原猛訳　「現代語訳 日本の古典1」'80 p5
　　西宮一民校注　「新潮日本古典集成〔1〕」'79 p15
　　神野秀夫，太田善麿校註　「日本古典全書〔30〕」'62 p165
　　神野秀夫，太田善麿校註　「日本古典全書〔31〕」'63 p51
　　須永朝彦編訳　「日本古典文学幻想コレクション2」'96 p9
　　青木和夫，石母田正，小林芳規，佐伯有清校注　「日本思想大系1」'82 p9
　　金井清一校注・訳　「日本の文学 古典編1」'87 p33
古事記通釈
　　高野辰之編　「日本歌謡集成1」'60 p1
古事記歌謡
　　「古典日本文学全集1」'60 p197
　　土橋寛校注　「日本古典文学大系3」'57 p33
乞食。陶に和す（元政）
　　上野洋三注　「江戸詩人選集1」'91 p266
古事記伝（総論）（本居宣長）
　　大久保正訳　「古典日本文学全集34」'60 p81

乞食の翁（松尾芭蕉）
　　井本農一，弥吉菅一，横沢三郎，尾形仂校注　「校本芭蕉全集6」'89 p297
　　井本農一，久富哲雄，村松友次，堀切実校注・訳　「新編日本古典文学全集71」'97 p172
小式部（小野冨氏蔵奈良絵本）
　　横山重ほか編　「室町時代物語大成補1」'87 p505
小式部（田中允氏蔵紺表紙本）
　　吉田幸一著　「平安文学叢刊4」'59 p778
小式部（天理図書館蔵写本）
　　横山重ほか編　「室町時代物語大成5」'77 p20
小式部 奈良絵本（近世初期写・島津久基博士旧蔵本）
　　吉田幸一著　「平安文学叢刊4」'59 p738
古事記謡歌註（内山眞龍）
　　高野辰之編　「日本歌謡集成1」'60 p165
孤児行（安藤東野）
　　菅野礼行，徳田武校注・訳　「新編日本古典文学全集86」'02 p382
腰越
　　麻原美子，北原保雄校注　「新日本古典文学大系59」'94 p340
小侍従集（小侍従）
　　和歌史研究会編　「私家集大成3」'74 p175
　　和歌史研究会編　「私家集大成3」'74 p180
小侍従集（大宮小侍従集）（小侍従）
　　長沢美津編　「女人和歌大系2」'65 p451
古寺即事（祇園南海）
　　山本和義，横山弘注　「江戸詩人選集3」'91 p247
京伝居士談（馬鹿山人）
　　「洒落本大成26」'86 p165
古事談（源顕兼）
　　須永朝彦編訳　「日本古典文学幻想コレクション1」'95 p68
故侍中左金吾家集（源頼実）
　　和歌史研究会編　「私家集大成2」'75 p173
故実（松尾芭蕉）
　　宮本三郎，井本農一，今栄蔵，大内初夫校注　「校本芭蕉全集7」'89 p113
諸用附会案文（十返舎一九）
　　棚橋正博校訂　「叢書江戸文庫III-43」'97 p261
曾根崎心中後日遊女誠草（竹本義太夫）
　　「竹本義太夫浄瑠璃正本集下」'95 p800
古寺の秋（上田秋成）
　　「上田秋成全集11」'94 p220
小柴垣（酔狂庵）
　　伊藤千可良ほか校　「江戸時代文芸資料5」'64 p1
小柴垣草紙

こしへ　　　　　　　　　　作品名

青木信光編　「文化文政江戸発禁文庫7」'83 p307
越部禅尼消息(越部禅尼)
　森本元子校注　「中世の文学　第1期〔1〕」'71 p339
越部禅尼消息(俊成女)
　佐佐木信綱編　「日本歌学大系3」'56 p385
五社百首(藤原俊成)
　和歌史研究会編　「私家集大成3」'74 p220
五車反古(維駒)
　石川真弘校注　「新日本古典文学大系73」'98 p229
五車反古序(与謝蕪村)
　穎原退蔵編著　「蕪村全集1」'48 p405
五車反古の巻(天明三年)(与謝蕪村)
　穎原退蔵編著　「蕪村全集2」'48 p259
後拾遺往生伝(三善為康)
　井上光貞,大曽根章介校注　「日本思想大系7」'74 p641
後拾遺抄注(顕昭)
　久曽神昇編　「日本歌学大系別4」'80 p413
後拾遺和歌集(藤原通俊撰)
　秋山虔,久保田淳著　「鑑賞日本の古典3」'82 p229
　「国歌大系3」'76 p567
　「日本文学大系15」'55 p193
　長沢美津編　「女人和歌大系4」'72 p7
後拾遺和歌抄序
　久保田淳,平田喜信校注　「新日本古典文学大系8」'94 p4
五十三次江戸土産
　「徳川文芸類聚12」'70 p392
五十七ヶ条
　木藤才蔵校注　「中世の文学　第1期〔14〕」'90 p197
五十年忌歌念仏(近松門左衛門)
　山根為雄校注・訳　「新編日本古典文学全集74」'97 p13
　藤井紫影校註　「近松全集(思文閣)8」'78 p667
　「近松全集(岩波)4」'86 p593
　高野正巳校註　「日本古典全書〔96〕」'52 p27
　重友毅校注　「日本文学大系49」'58 p129
　樋口慶千代著　「評釈江戸文学叢書3」'70 p151
五十番歌合(上田秋成)
　「上田秋成全集12」'95 p295
五種正行和讃
　高野辰之編　「日本歌謡集成4」'60 p346
語酒呑童子
　芳賀矢一,佐佐木信綱校註　「謡曲叢書1」'87 p437
五常訓(貝原益軒)

荒木見悟,井上忠校注　「日本思想大系34」'70 p65
孤松行(市河寛斎)
　揖斐高注　「江戸詩人選集5」'90 p8
御笑酒宴(安永八年正月序)
　武藤禎夫編　「噺本大系11」'79 p230
後松日記(松岡行義)
　関根正直ほか監修　「日本随筆大成III-7」'77 p1
孤城。水気多し(葛子琴)
　水田紀久注　「江戸詩人選集6」'93 p155
御所桜堀河夜討(文耕堂,三好松洛)
　河竹登志夫ほか監修　「名作歌舞伎全集3」'68 p217
御所桜堀川夜討(文耕堂,三好松洛)
　黒石陽子校訂　「叢書江戸文庫II-38」'95 p335
越より洛に帰る(伊藤担庵)
　菅野礼行,徳田武校注・訳　「新編日本古典文学全集86」'02 p287
古史略(角田忠行)
　芳賀登,松本三之介校注　「日本思想大系51」'71 p529
古心長老に贈る(売茶翁)
　末木文美士,堀川貴司注　「江戸漢詩選5」'96 p106
「御尋に」歌仙(松尾芭蕉)
　島居清著　「芭蕉連句全註解6」'81 p51
午睡(大窪詩仏)
　揖斐高注　「江戸詩人選集5」'90 p298
「湖水より」付合(松尾芭蕉)
　島居清著　「芭蕉連句全註解別1」'83 p81
牛頭寺に遊ぶ(服部南郭)
　山本和義,横山弘注　「江戸詩人選集3」'91 p98
牛頭天王御縁起(文明十四年巻子本)
　太田武夫校訂　「室町時代物語集1」'62 p307
五節
　芳賀矢一,佐佐木信綱校註　「謡曲叢書1」'87 p743
後撰集詞のつかね緒 序(本居宣長)
　大久保正訳　「古典日本文学全集34」'60 p118
後選集正義
　久曽神昇編　「日本歌学大系別5」'81 p341
古戦場(上田秋成)
　「上田秋成全集12」'95 p420
湖仙亭記(松尾芭蕉)
　井本農一,大谷篤蔵編　「校本芭蕉全集別1」'91 p242
後選百人一首
　久曽神昇編　「日本歌学大系別6」'84 p518
流風御前義経記(西沢一風)
　藤井乙男著　「評釈江戸文学叢書2」'70 p117

後撰和歌集（源順ほか撰）
　窪田章一郎，杉谷寿郎，藤平春男編　「鑑賞日本古典文学7」'75 p211
　秋山虔，久保田淳著　「鑑賞日本の古典3」'82 p151
　「国歌大系3」'76 p167
　片桐洋一校注　「新日本古典文学大系6」'90 p1
　「日本文学大系14」'55 p167
　長沢美津編　「女人和歌大系4」'72 p4
虎送
　芳賀矢一，佐佐木信綱校註　「謡曲叢書2」'87 p737
「故翁」歌仙（松尾芭蕉）
　島居清著　「芭蕉連句全註解3」'80 p117
主管見通五臓眼（山旭亭主人）
　「洒落本大成19」'83 p291
五荘行（野村篁園）
　徳田武注　「江戸詩人選集7」'90 p16
小袖そが
　「徳川文芸類聚8」'70 p34
小袖曾我
　荻田清ほか編　「近世文学選〔1〕」'94 p8
　西野春雄校注　「新日本古典文学大系57」'98 p75
　麻原美子，北原保雄校注　「新日本古典文学大系59」'94 p496
　小山弘志，佐藤健一郎校注・訳　「新編日本古典文学全集59」'98 p342
　芳賀矢一，佐佐木信綱校註　「謡曲叢書1」'87 p746
こぞのちり（大隈言道）
　佐佐木信綱編　「日本歌学大系8」'56 p465
手前勝手御存商売物―北尾政演（山東京伝）
　「古典叢書〔3〕」'89 p33
古代歌謡
　福永武彦訳　「古典日本文学全集1」'60 p195
古代歌謡全注釈　古事記編
　土橋寛著　「日本古典評釈・全注釈叢書〔29〕」'72 p11
後醍醐天皇御製（後醍醐天皇）
　「国歌大系10」'76 p411
「小鯛さす」表六句（松尾芭蕉）
　島居清著　「芭蕉連句全註解6」'81 p169
五代集歌枕（藤原範兼）
　久曽神昇編　「日本歌学大系別1」'59 p302
五代勅選
　久曽神昇編　「日本歌学大系別4」'80 p487
後大通院殿御詠　貞常親王（貞常親王）
　和歌史研究会編　「私家集大成6」'76 p73
五代帝王物語
　弓削繁校注　「中世の文学 第1期〔26〕」'00 p99

狂言雑話五大刀（塩屋艶二）
　「洒落本大成21」'84 p165
小大君集（こだいのきみしゅう）　→ "こおおぎみしゅう"を見よ
碁太平記白石噺（紀上太郎ほか）
　大橋正叔校注・訳　「新編日本古典文学全集77」'02 p459
　河竹登志夫ほか監修　「名作歌舞伎全集7」'69 p203
古代篇
　萩谷朴校注　「日本古典文学大系74」'65 p5
五大力恋緘（並木五瓶）
　加賀山直三訳　「国民の文学12」'64 p352
　河竹登志夫ほか監修　「名作歌舞伎全集8」'70 p99
五大力恋緘（並木五瓶（一世））
　戸板康二編　「鑑賞日本古典文学30」'77 p239
五大力恋緘（並木五瓶（初代））
　河竹繁俊著　「評釈江戸文学叢書5」'70 p341
　「古典日本文学全集26」'61 p66
小竹集序（井原西鶴）
　穎原退蔵ほか編　「定本西鶴全集9」'51 p107
虎智のはたけ（寛政十二年正月刊）
　武藤禎夫編　「噺本大系13」'79 p282
籠中の鳥を賦し得たり（葛子琴）
　水田紀久注　「江戸詩人選集6」'93 p68
胡蝶
　芳賀矢一，佐佐木信綱校註　「謡曲叢書1」'87 p752
蝴蝶（亀田鵬斎）
　徳田武注　「江戸漢詩選1」'96 p39
胡蝶（紫式部）
　阿部秋生，秋山虔，今井源衛，鈴木日出男校注・訳　「完訳日本の古典17」'85 p211
　円地文子訳　「現代語訳 日本の古典5」'79 p87
　谷崎潤一郎ほか編　「国民の文学3」'63 p405
　阿部秋生ほか校注・訳　「古典セレクション7」'98 p41
　「古典日本文学全集5」'61 p41
　石田穣二，清水好子校注　「新潮日本古典集成〔21〕」'79 p29
　柳井滋ほか校注　「新日本古典文学大系20」'94 p397
　阿部秋生，秋山虔，今井源衛，鈴木日出男校注・訳　「新編日本古典文学全集22」'96 p163
　「特選日本の古典 グラフィック版5」'86 p66
　池田亀鑑校註　「日本古典全書〔14〕」'50 p148
　阿部秋生，秋山虔，今井源衛校注・訳　「日本古典文学全集14」'72 p155
　山岸徳平校注　「日本古典文学大系15」'59 p393

こちよ　　　　　作品名

伊井春樹, 日向一雅, 百川敬仁(ほか)校注・訳
　「日本の文学 古典編13」'86 p137
　「日本文学大系5」'55 p53
胡蝶庵随筆(聖応)
　関根正直ほか監修　「日本随筆大成Ⅱ-17」'74 p129
「胡蝶にも」付合(松尾芭蕉)
　島居清著　「芭蕉連句全註解6」'81 p233
胡蝶夢(犬荘子)
　「洒落本大成8」'80 p49
胡蝶判官信徳重徳(信徳, 重徳編)
　「俳書叢刊4」'88 p523
胡蝶物語(慶応義塾図書館蔵写本)
　横山重ほか編　「室町時代物語大成5」'77 p39
国家八論(荷田在満)
　藤平春男校注・訳　「新編日本古典文学全集87」'02 p511
国歌八論(荷田在満)
　藤平春男校注・訳　「日本古典文学全集50」'75 p531
　中村幸彦校注　「日本古典文学大系94」'66 p45
　「万葉集古註釈集成13」'91 p219
国歌八論(荷田在満)
　佐佐木信綱編　「日本歌学大系7」'58 p81
国歌八論再論(荷田在満)
　佐佐木信綱編　「日本歌学大系7」'58 p108
国歌八論斥排(大菅公圭)
　佐佐木信綱編　「日本歌学大系7」'58 p167
国歌八論斥排再評(藤原維齋)
　佐佐木信綱編　「日本歌学大系7」'58 p187
国歌八論同斥非評(本居宣長)
　久松潜一, 大久保正訳　「古典日本文学全集34」'60 p119
国歌八論評(伴蒿蹊)
　佐佐木信綱編　「日本歌学大系7」'58 p192
国歌八論余言(田安宗武)
　佐佐木信綱編　「日本歌学大系7」'58 p99
国歌八論余言拾遺(加茂眞淵)
　佐佐木信綱編　「日本歌学大系7」'58 p116
国歌論臆説(加茂眞淵)
　佐佐木信綱編　「日本歌学大系7」'58 p127
滑稽好(寛政十三年正月刊)(桜川慈悲成編)
　武藤禎夫編　「噺本大系13」'79 p327
滑稽即興噺(寛政六年十一月刊)
　「噺本大系12」'79 p250
滑稽旅烏
　「十返舎一九越後紀行集3」'96 p5
滑稽本
　神保五弥校注　「新編日本古典文学全集80」'00 p185
忽忽(大沼枕山)

日野龍夫注　「江戸詩人選集10」'90 p202
後土御門院御集(後土御門院)
　和歌史研究会編　「私家集大成6」'76 p420
後土御門院御詠草(後土御門院)
　和歌史研究会編　「私家集大成6」'76 p422
　和歌史研究会編　「私家集大成6」'76 p430
　和歌史研究会編　「私家集大成6」'76 p431
骨董集(山東京伝)
　関根正直ほか監修　「日本随筆大成Ⅰ-15」'75 p337
古典詞華集
　山本健吉著　「完訳日本の古典別1」'87 p5
　山本健吉著　「完訳日本の古典別2」'88 p5
特牛(井原西鶴)
　穎原退蔵ほか編　「定本西鶴全集12」'70 p109
特牛(北条団水)
　「俳書叢刊3」'88 p473
古銅爵(市河寛斎)
　揖斐高注　「江戸詩人選集5」'90 p134
青楼奇談狐寶這入(十辺舎)
　「洒落本大成21」'84 p53
後藤伊達目貫(並木宗輔)
　「徳川文芸類聚8」'70 p442
古道老禅黄檗蔵主に充つ。此を賦して之に贈る(売茶翁)
　末木文美士, 堀川貴司注　「江戸漢詩選5」'96 p120
古道老禅に蒲団を付するの語(売茶翁)
　末木文美士, 堀川貴司注　「江戸漢詩選5」'96 p130
琴を買いて試みに一曲を弾ず(梁川紅蘭)
　福島理子注　「江戸漢詩選3」'95 p300
琴を買う歌(梁川紅蘭)
　福島理子注　「江戸漢詩選3」'95 p290
事を書す(市河寛斎)
　揖斐高注　「江戸詩人選集5」'90 p73
事を書す。元日の韻を次ぐ(二首のうち一首)(大沼枕山)
　日野龍夫注　「江戸詩人選集10」'90 p276
今歳の春初、有司、我が宅を(新井白石)
　菅野礼行, 徳田武校注・訳　「新編日本古典文学全集86」'02 p317
落咄今歳咄(安永二年正月序)
　武藤禎夫編　「噺本大系9」'79 p132
当世落咄今歳噺(武子編)
　浜田義一郎, 武藤禎夫編　「日本小咄集成中」'71 p197
今年癸未、雨ふらざること、四(菅茶山)
　菅野礼行, 徳田武校注・訳　「新編日本古典文学全集86」'02 p498
当年積雪白双紙(柳亭種彦)

「古典叢書〔36〕」'90 p77
滑都洒美撰（志水燕十）
　「洒落本大成12」'81 p83
琴後集（村田春海）
　「国歌大系16」'76 p487
今歳笑（安永七年正月序）
　武藤禎夫編　「噺本大系11」'79 p160
言綱卿詠草（山科言綱）
　和歌史研究会編　「私家集大成6」'76 p862
事に感ず（市河寛斎）
　揖斐高注　「江戸詩人選集5」'90 p99
後鳥羽院御集（後鳥羽院）
　「国歌大系10」'76 p23
　和歌史研究会編　「私家集大成4」'75 p7
後鳥羽院御口伝（後鳥羽院）
　久松潜一、西尾実校注　「日本古典文学大系65」'51 p141
後鳥羽院・定家・知家入道撰歌（藤原家良）
　和歌史研究会編　「私家集大成4」'75 p224
後鳥羽院四百年忌御会 付・隠岐記
　上野洋三校注　「新日本古典文学大系67」'96 p15
後鳥羽天皇御口伝（後鳥羽天皇選）
　佐佐木信綱編　「日本歌学大系3」'56 p1
言葉の直路（松田直兄）
　佐佐木信綱編　「日本歌学大系9」'58 p240
言葉の玉（春光園花丸）
　「洒落本大成16」'82 p107
詞の玉緒（総論）（本居宣長）
　松村明訳　「古典日本文学全集34」'60 p209
落噺詞葉の花（寛政九年正月刊）（烏亭焉馬）
　武藤禎夫編　「噺本大系13」'79 p59
琴腹（外題）（尊経閣文庫蔵宝永四年写本）
　横山重ほか編　「室町時代物語大成補1」'87 p523
ことぶき草（湖上丸呑）
　「洒落本大成7」'80 p229
こなしてすべし（『正風彦根体』）（松尾芭蕉）
　井本農一ほか著　「校本芭蕉全集9」'89 p381
後奈良院詠草書留（後奈良院）
　和歌史研究会編　「私家集大成7」'76 p609
後奈良院御製御月次御法楽公宴続歌抜書（後奈良院）
　和歌史研究会編　「私家集大成7」'76 p587
後奈良院御詠草（後奈良院）
　和歌史研究会編　「私家集大成7」'76 p612
後奈良院御詠草添削 後柏原院（後奈良院）
　和歌史研究会編　「私家集大成7」'76 p620
後奈良院三回聖忌御経供養教化
　高野辰之編　「日本歌謡集成4」'60 p238
後二条院御集（後二条天皇）

和歌史研究会編　「私家集大成4」'75 p675
御入部伽羅女（湯漬爺水）
　「徳川文芸類聚1」'70 p79
「五人ぶち」歌仙（松尾芭蕉）
　島居清著　「芭蕉連句全註解9」'83 p169
子盗人
　北川忠彦ほか校注　「中世の文学 第1期〔20〕」'94 p154
「此海に」表六句（松尾芭蕉）
　島居清著　「芭蕉連句全註解3」'80 p175
「此梅に」百韻（松尾芭蕉）
　島居清著　「芭蕉連句全註解1」'79 p95
「此里は」歌仙（松尾芭蕉）
　島居清著　「芭蕉連句全註解7」'82 p347
木下蔭狭間合戦（竹中砦）（若竹笛躬，近松余七，並木千柳）
　河竹登志夫ほか監修　「名作歌舞伎全集6」'71 p303
このついで
　谷崎潤一郎ほか編　「国民の文学6」'64 p295
　「古典日本文学全集7」'60 p217
　塚原鉄雄校注　「新潮日本古典集成〔30〕」'83 p9
　三谷栄一、三谷邦明、稲賀敬二校注・訳　「新編日本古典文学全集17」'00 p395
　池田利夫訳注　「対訳古典シリーズ〔7〕」'88 p23
　大槻修校注・訳　「日本の文学 古典編21」'86 p27
このつゐで
　大槻修、今井源衛、森下純昭、辛島正雄校注　「新日本古典文学大系26」'92 p12
色道このてかしわ（岡本長子）
　「洒落本大成3」'79 p199
木の葉経（蕪村）
　雲英末雄、山下一海、丸山一彦、松尾靖秋校注・訳　「新編日本古典文学全集72」'01 p553
木の葉経（与謝蕪村）
　穎原退蔵編著　「蕪村全集1」'48 p409
木の葉散る
　弥吉菅一、赤羽学、西村真砂子、檀上正孝　「芭蕉紀行集1」'78 p215
「木の葉散」の詞書（松尾芭蕉）
　井本農一、弥吉菅一、横沢三郎、尾形仂校注　「校本芭蕉全集6」'89 p310
　弥吉菅一、赤羽学、檀上正孝著　「芭蕉紀行集1」'67 p126
この辺序（与謝蕪村）
　穎原退蔵編著　「蕪村全集1」'48 p388
菎争
　北川忠彦、安田章　「新編日本古典文学全集60」'01 p489
木実争

こはし　　　　　　　　　　　　作品名

北川忠彦ほか校注　「中世の文学 第1期〔22〕」'95 p357
須永朝彦編訳　「日本古典文学幻想コレクション2」'96 p133
古葉剰言（上田秋成）
　「上田秋成全集3」'91 p33
　「万葉集古註釈集成10」'89 p147
古葉剰言（異文）（上田秋成）
　「上田秋成全集3」'91 p49
御パシヨンの観念
　H. チースリク，土井忠生，大塚光信校注　「日本思想大系25」'70 p225
後花園院御集（後花園天皇）
　和歌史研究会編　「私家集大成6」'76 p9
小林
　芳賀矢一，佐佐木信綱校註　「謡曲叢書1」'87 p759
小林一茶集（小林一茶）
　伊崎正雄校註　「日本古典全書〔83〕」'53 p57
小春宛書簡（松尾芭蕉）
　富山奏校注　「新潮日本古典集成〔72〕」'78 p175
小春紀行（大田南畝）
　浜田義一郎，中野三敏，日野龍夫，揖斐高編　「大田南畝全集9」'87 p1
小判拾壱両（真山青果）
　河竹登志夫ほか監修　「名作歌舞伎全集20」'69 p319
碁盤太平記（近松門左衛門）
　高野正巳訳　「古典日本文学全集24」'59 p61
　松崎仁校注　「新日本古典文学大系91」'93 p249
　藤井紫影校註　「近松全集（思文閣）7」'78 p755
　「近松全集（岩波）6」'87 p297
　「近松全集（岩波）17影印編」'94 p265
　「近松全集（岩波）17解説編」'94 p276
　高野正巳校註　「日本古典全書〔95〕」'51 p29
　河竹登志夫ほか監修　「名作歌舞伎全集21」'73 p111
御摂勧進帳（桜田治助）
　古井戸秀夫校注　「新日本古典文学大系96」'97 p75
御晶屓咄の新玉（享和二年正月序）（鶏楼五徳）
　武藤禎夫編　「噺本大系14」'79 p80
狐媚記（大江匡房）
　山岸徳平，竹内理三，家永三郎，大曽根章介校注　「日本思想大系8」'79 p165
五筆
　芳賀矢一，佐佐木信綱校註　「謡曲叢書1」'87 p770
『古筆名葉集』序（上田秋成）
　「上田秋成全集11」'94 p269
古風小言（加茂眞淵）

佐佐木信綱編　「日本歌学大系7」'58 p230
古風三体考（近藤芳樹）
　久曽神昇編　「日本歌学大系別9」'92 p10
古風三体考（田中芳樹）
　久曽神昇編　「日本歌学大系別9」'92 p492
風俗枕拍子（玉門舎）
　風俗資料研究会編　「秘められたる古典名作全集1」'97 p191
「後風」二十四句（松尾芭蕉）
　島居清著　「芭蕉連句全註解9」'83 p39
昆布売
　北川忠彦ほか校注　「中世の文学 第1期〔20〕」'94 p82
　古川久校註　「日本古典全書〔92〕」'54 p253
小風流
　志田延義編　「続日本歌謡集成2」'61 p89
昆布柿
　北川忠彦ほか校注　「中世の文学 第1期〔20〕」'94 p11
　古川久校註　「日本古典全書〔91〕」'53 p93
五武器談（伊勢貞丈）
　「日本文学古註釈大成〔22〕」'78 p800
後普光園院殿御百首（良基）
　伊藤敬校注　「新日本古典文学大系47」'90 p85
小伏見物語（赤木文庫蔵奈良絵本）
　横山重ほか編　「室町時代物語大成5」'77 p54
御普請一件
　安芸皎一校注　「日本思想大系62」'72 p319
小仏事（天祥一麟）
　玉村竹二編　「五山文学新集別2」'81 p310
　玉村竹二編　「五山文学新集別2」'81 p317
小仏事（東明慧日）
　玉村竹二編　「五山文学新集2」'81 p57
古物尋日扇香記（芝本扇香）
　「洒落本大成20」'83 p305
古風土記歌
　高野辰之編　「日本歌謡集成1」'60 p541
孤負（二首のうち一首）（梁川星巌）
　入谷仙介註　「江戸詩人選集8」'90 p318
古碧楼雑題 十三首（うち二首）（中島棕隠）
　水田紀久注　「江戸詩人選集6」'93 p238
護法
　芳賀矢一，佐佐木信綱校註　「謡曲叢書1」'87 p786
御菩薩
　芳賀矢一，佐佐木信綱校註　「謡曲叢書3」'87 p373
小堀遠州書捨文（小堀遠州）
　安田章生訳　「古典日本文学全集36」'62 p274
後堀河院民部卿典侍集（民部卿典侍）
　和歌史研究会編　「私家集大成3」'74 p682

小堀政一東海道紀行（小堀政一）
　津本信博編　「近世紀行日記文学集成1」'93 p1
御本丸様書上
　安芸皎一校注　「日本思想大系62」'72 p313
古本説話集
　中村義雄，小内一明校注　「新日本古典文学大系42」'90 p399
　川口久雄校註　「日本古典全書〔59〕」'67 p81
　川口久雄校註　「日本古典全書〔59〕」'67 p155
狛形猩々
　芳賀矢一，佐佐木信綱校註　「謡曲叢書1」'87 p794
駒郊より飛鳥山に至る雑詩 三首（うち一首）（野村篁園）
　徳田武注　「江戸詩人選集7」'90 p75
駒込別墅にて、花下に酒を酌（徳川光圀）
　菅野礼行，徳田武校注・訳　「新編日本古典文学全集86」'02 p297
こまち
　荻田清ほか編　「近世文学選〔1〕」'94 p178
小町歌あらそひ（万治三年刊本）
　横山重ほか編　「室町時代物語大成5」'77 p91
小町集（小野小町）
　和歌史研究会編　「私家集大成1」'73 p84
　「日本文学大系12」'55 p533
　長沢美津編　「女人和歌大系2」'65 p36
小町双紙（東京大学蔵天文十四年写本）
　横山重ほか編　「室町時代物語大成5」'77 p106
小町草紙
　大島建彦校注・訳　「日本古典文学全集36」'74 p110
　市古貞次校注　「日本古典文学大系38」'58 p86
小町のさうし（寛永頃刊丹緑本）
　横山重ほか編　「室町時代物語大成5」'77 p117
小町紅牡丹隈取（鶴屋南北）
　小池章太郎校注　「鶴屋南北全集6」'71 p373
小町物がたり（元禄宝永頃鱗形屋刊本）
　横山重ほか編　「室町時代物語大成5」'77 p130
小松城下にて墨屏・空翠・暁山・芝圃に似す（大窪詩仏）
　揖斐高注　「江戸詩人選集5」'90 p274
小馬命婦集（小馬命婦）
　和歌史研究会編　「私家集大成1」'73 p415
　「日本文学大系12」'55 p817
　長沢美津編　「女人和歌大系2」'65 p188
駒谷匆言（松村梅岡）
　関根正直ほか監修　「日本随筆大成I-16」'76 p353
高麗大和皇白浪（鶴屋南北）
　落合清彦校訂　「鶴屋南北全集1」'71 p353
語満在（天明二年正月序）

武藤禎夫編　「噺本大系19」'79 p271
「御問の」歌仙（松尾芭蕉）
　島居清editor　「芭蕉連句全註解7」'82 p275
「米くるゝ」「庵の夜も」「仮橋に」「十六夜の」付合（松尾芭蕉）
　島居清editor　「芭蕉連句全註解別1」'83 p109
語孟字義（伊藤仁斎）
　清水茂校注　「日本思想大系33」'71 p11
嫗山姥（近松門左衛門）
　藤井紫影校註　「近松全集(思文閣)9」'78 p793
　「近松全集(岩波)7」'87 p647
　「近松全集(岩波)17影印編」'94 p282
　「近松全集(岩波)17解説編」'94 p296
　守随憲治，大久保忠国校注　「日本古典文学大系50」'59 p177
　河竹登志夫ほか監修　「名作歌舞伎全集1」'69 p39
薦枕
　臼田甚五郎，新間進一，外村南都子，徳江元正校注・訳　「新編日本古典文学全集42」'00 p53
「こもり居て」表六句（松尾芭蕉）
　島居清editor　「芭蕉連句全註解6」'81 p245
隠口塚序（与謝蕪村）
　穎原退蔵編著　「蕪村全集1」'48 p407
小紋雅話（山東京伝）
　笹川種郎著　「評釈江戸文学叢書8」'70 p697
子易物語
　須永朝彦編訳　「日本古典文学幻想コレクション2」'96 p70
子やす物語（赤木文庫蔵写本）
　横山重ほか編　「室町時代物語大成5」'77 p142
子易物語（寛文元年刊本）
　横山重ほか編　「室町時代物語大成5」'77 p163
子やす物語（校訂者蔵奈良絵本）
　太田武夫校訂　「室町時代物語集4」'62 p454
小山伯鳳牛肉一臠を恵まる。係くるに詩を以ってす。此れを賦し酬い謝す（葛子琴）
　水田紀久注　「江戸詩人選集6」'93 p50
五葉（荒木田麗女）
　古谷知新編　「江戸時代女流文学全集3」'01 p135
算亭主人南駅雑話後要心身上八卦（算亭玉守）
　「洒落本大成29」'88 p11
暦（井原西鶴）
　穎原退蔵ほか編　「定本西鶴全集9」'51 p75
　樋口慶千代著　「評釈江戸文学叢書3」'70 p603
暦（近松門左衛門）
　藤井紫影校註　「近松全集(思文閣)12」'78 p855
暦屋おさん物語（井原西鶴）
　吉行淳之介訳　「現代語訳 日本の古典16」'80 p46

こよる　　　　　　　　　　　　　　　作品名

吉行淳之介訳　「特選日本の古典 グラフィック版8」'86 p48
こよるぎ
　谷崎潤一郎ほか編　「国民の文学1」'64 p427
古来風体抄（再選本）（藤原俊成）
　佐佐木信綱編　「日本歌学大系2」'56 p415
古来風体抄（初選本）（藤原俊成）
　佐佐木信綱編　「日本歌学大系2」'56 p303
古来風体抄（藤原俊成）
　久松潜一訳　「古典日本文学全集36」'62 p7
古来風躰抄（藤原俊成）
　有吉保校注・訳　「新編日本古典文学全集87」'02 p247
　松野陽一校注　「中世の文学　第1期〔1〕」'71 p115
　有吉保校注・訳　「日本古典文学全集50」'75 p271
　島津忠夫校注　「日本思想大系23」'73 p261
狐狸譚（与謝蕪村）
　「古典日本文学全集32」'60 p201
御領山の大石の歌（菅茶山）
　黒川洋一注　「江戸詩人選集4」'90 p14
五輪書（宮本武蔵）
　渡辺一郎校注　「日本思想大系61」'72 p355
後冷泉院根合 永承六年 頼宗判
　峯岸義秋校註　「日本古典全書〔73〕」'47 p387
惟成弁集（藤原惟成）
　和歌史研究会編　「私家集大成1」'73 p512
惟喬惟仁位諍（近松門左衛門）
　藤井紫影校注　「近松全集（思文閣）1」'78 p541
惟喬親王歌合
　「平安朝歌合大成1」'95 p1
惟高親王魔術冠（並木正三）
　須永朝彦編訳　「日本古典文学幻想コレクション2」'96 p196
惟成集（藤原惟成）
　和歌史研究会編　「私家集大成1」'73 p513
　和歌史研究会編　「私家集大成7」'76 p1613
是の夜初め雨ふり後晴る（頼山陽）
　入谷仙介注　「江戸詩人選集8」'90 p82
是則集（坂上是則）
　和歌史研究会編　「私家集大成1」'73 p189
　「日本文学大系11」'55 p177
　長連恒編　「日本文学大系12」'55 p715
惟宗広言集（惟宗広言）
　和歌史研究会編　「私家集大成2」'75 p770
惟宗光吉集（惟宗光吉）
　和歌史研究会編　「私家集大成5」'74 p175
惟盛
　芳賀矢一，佐佐木信綱校註　「謡曲叢書1」'87 p796

瑚璉尼正当臘月望（上田秋成）
　「上田秋成全集12」'95 p264
瑚璉尼筆『ゆきかひ』識語（上田秋成）
　「上田秋成全集11」'94 p289
古老茶話（柏崎永以）
　関根正直ほか監修　「日本随筆大成Ⅰ-11」'75 p1
五老文集（許六）
　「俳書叢刊6」'88 p121
後六々選
　久曽神昇編　「日本歌学大系別6」'84 p191
古六歌仙
　久曽神昇編　「日本歌学大系別6」'84 p59
更衣
　臼田甚五郎，新間進一，外村南都子，徳江元正校注・訳　「新編日本古典文学全集42」'00 p134
衣配りの巻（明和八年）（与謝蕪村）
　穎原退蔵編著　「蕪村全集2」'48 p67
衣手常陸国（常陸国総記）
　曽倉岑，金井清一著　「鑑賞日本の古典1」'81 p227
紘天狗俳諧（中村歌右衛門（三世））
　佐藤悟校訂　「叢書江戸文庫Ⅰ-24」'90 p317
小脇差夢の蝶鮫（柳亭種彦）
　「古典叢書〔40〕」'90 p241
木幡
　芳賀矢一，佐佐木信綱校註　「謡曲叢書1」'87 p756
木幡狐（徳江元正氏蔵奈良絵本）
　横山重ほか編　「室町時代物語大成5」'77 p179
木幡狐
　大島建彦校注・訳　「日本古典文学全集36」'74 p184
　市古貞次校注　「日本古典文学大系38」'58 p148
木幡の時雨
　市古貞次，三角洋一編　「鎌倉時代物語集成3」'90 p179
声音問答（上田秋成）
　「上田秋成全集6」'91 p382
今悔
　古川久校註　「日本古典全書〔93〕」'56 p98
根元曾我（竹本義太夫）
　「竹本義太夫浄瑠璃正本集上」'95 p504
根元曾我（近松門左衛門）
　藤井紫影校注　「近松全集（思文閣）5」'78 p123
金剛山
　芳賀矢一，佐佐木信綱校註　「謡曲叢書1」'87 p802
金剛山に登る（葛子琴）
　水田紀久注　「江戸詩人選集6」'93 p130
金剛女の草子（慶大斯道文庫蔵写本）

横山重ほか編 「室町時代物語大成5」'77 p191
金光大神覚（金光大神）
　村上重良，安丸良夫校注 「日本思想大系67」'71 p312
金光大神理解（抄）（金光大神）
　村上重良，安丸良夫校注 「日本思想大系67」'71 p364
金剛談（小林元僊）
　関根正直ほか監修 「日本随筆大成Ⅲ－11」'77 p475
権三と助十（岡本綺堂）
　河竹登志夫ほか監修 「名作歌舞伎全集25」'71 p131
権七に示す（松尾芭蕉）
　井本農一，弥吉菅一，横沢三郎，尾形仂校注 「校本芭蕉全集6」'89 p345
　井本農一，久富哲雄，村松友次，堀切実校注・訳 「新編日本古典文学全集71」'97 p214
　弥吉菅一，赤羽学，西村真砂子，檀上正孝 「芭蕉紀行集2」'68 p154
今茲丁丑元旦，忽ち憶う六十年前，余年二十三，上元の日を以て，武江を発して仙台に赴き，途中，雪に阻められしことを。因って比の偈を作る（売茶翁）
　末木文美士，堀川貴司注 「江戸漢詩選5」'96 p122
今昔物語
　尾崎秀樹訳 「現代語訳 日本の古典8」'80 p5
　福永武彦訳 「国民の文学8」'64 p1
　西沢正二編著 「大学古典叢書2」'89 p3
　長野甞一校註 「日本古典全書〔51〕」'53 p153
　長野甞一校註 「日本古典全書〔52〕」'53 p23
　長野甞一校註 「日本古典全書〔53〕」'54 p7
　長野甞一校註 「日本古典全書〔54〕」'55 p7
　長野甞一校註 「日本古典全書〔55〕」'55 p7
　長野甞一校註 「日本古典全書〔56〕」'56 p7
　小峯和明，森正人校注・訳 「日本の文学 古典編23」'87 p7
今昔物語集
　佐藤謙三編 「鑑賞日本古典文学13」'76 p7
　馬淵和夫，国東文麿，今野達校注・訳 「完訳日本の古典30」'86 p15
　馬淵和夫，国東文麿，今野達校注・訳 「完訳日本の古典30」'86 p21
　馬淵和夫，国東文麿，今野達校注・訳 「完訳日本の古典30」'86 p55
　馬淵和夫，国東文麿，今野達校注・訳 「完訳日本の古典30」'86 p107
　馬淵和夫，国東文麿，今野達校注・訳 「完訳日本の古典31」'86 p15
　馬淵和夫，国東文麿，今野達校注・訳 「完訳日本の古典31」'86 p87

馬淵和夫，国東文麿，今野達校注・訳 「完訳日本の古典31」'86 p205
馬淵和夫，国東文麿，今野達校注・訳 「完訳日本の古典32」'87 p15
馬淵和夫，国東文麿，今野達校注・訳 「完訳日本の古典32」'87 p159
馬淵和夫，国東文麿，今野達校注・訳 「完訳日本の古典33」'88 p13
馬淵和夫，国東文麿，今野達校注・訳 「完訳日本の古典33」'88 p73
長野甞一訳 「古典日本文学全集10」'60 p7
阪倉篤義，本田義憲，川端善明校注 「新潮日本古典集成〔32〕」'78 p15
阪倉篤義，本田義憲，川端善明校注 「新潮日本古典集成〔32〕」'78 p51
阪倉篤義，本田義憲，川端善明校注 「新潮日本古典集成〔32〕」'78 p107
阪倉篤義，本田義憲，川端善明校注 「新潮日本古典集成〔33〕」'79 p13
阪倉篤義，本田義憲，川端善明校注 「新潮日本古典集成〔33〕」'79 p91
阪倉篤義，本田義憲，川端善明校注 「新潮日本古典集成〔34〕」'81 p17
阪倉篤義，本田義憲，川端善明校注 「新潮日本古典集成〔34〕」'81 p145
阪倉篤義，本田義憲，川端善明校注 「新潮日本古典集成〔35〕」'84 p17
阪倉篤義，本田義憲，川端善明校注 「新潮日本古典集成〔35〕」'84 p161
阪倉篤義，本田義憲，川端善明校注 「新潮日本古典集成〔35〕」'84 p227
今野達校注 「新日本古典文学大系33」'99 p1
今野達校注 「新日本古典文学大系33」'99 p99
今野達校注 「新日本古典文学大系33」'99 p205
今野達校注 「新日本古典文学大系33」'99 p291
今野達校注 「新日本古典文学大系33」'99 p385
小峯和明校注 「新日本古典文学大系34」'99 p1
小峯和明校注 「新日本古典文学大系34」'99 p91
小峯和明校注 「新日本古典文学大系34」'99 p173
小峯和明校注 「新日本古典文学大系34」'99 p175
小峯和明校注 「新日本古典文学大系34」'99 p281
池上洵一校注 「新日本古典文学大系35」'93
小峯和明校注 「新日本古典文学大系36」'94
森正人校注 「新日本古典文学大系37」'96 p1
森正人校注 「新日本古典文学大系37」'96 p91
森正人校注 「新日本古典文学大系37」'96 p183
森正人校注 「新日本古典文学大系37」'96 p287
森正人校注 「新日本古典文学大系37」'96 p389

こんし　　　　　　　　作品名

森正人校注　「新日本古典文学大系37」'96 p435
馬淵和夫, 国東文麿, 稲垣泰一校注・訳　「新編日本古典文学全集35」'99 p23
馬淵和夫, 国東文麿, 稲垣泰一校注・訳　「新編日本古典文学全集35」'99 p153
馬淵和夫, 国東文麿, 稲垣泰一校注・訳　「新編日本古典文学全集35」'99 p285
馬淵和夫, 国東文麿, 稲垣泰一校注・訳　「新編日本古典文学全集35」'99 p399
馬淵和夫, 国東文麿, 稲垣泰一校注・訳　「新編日本古典文学全集36」'00 p25
馬淵和夫, 国東文麿, 稲垣泰一校注・訳　「新編日本古典文学全集36」'00 p149
馬淵和夫, 国東文麿, 稲垣泰一校注・訳　「新編日本古典文学全集36」'00 p293
馬淵和夫, 国東文麿, 稲垣泰一校注・訳　「新編日本古典文学全集36」'00 p423
馬淵和夫, 国東文麿, 稲垣泰一校注・訳　「新編日本古典文学全集36」'00 p425
馬淵和夫, 国東文麿, 稲垣泰一校注・訳　「新編日本古典文学全集37」'01 p23
馬淵和夫, 国東文麿, 稲垣泰一校注・訳　「新編日本古典文学全集37」'01 p155
馬淵和夫, 国東文麿, 稲垣泰一校注・訳　「新編日本古典文学全集37」'01 p157
馬淵和夫, 国東文麿, 稲垣泰一校注・訳　「新編日本古典文学全集37」'01 p193
馬淵和夫, 国東文麿, 稲垣泰一校注・訳　「新編日本古典文学全集37」'01 p243
馬淵和夫, 国東文麿, 稲垣泰一校注・訳　「新編日本古典文学全集37」'01 p383
馬淵和夫, 国東文麿, 稲垣泰一校注・訳　「新編日本古典文学全集37」'01 p455
馬淵和夫, 国東文麿, 稲垣泰一校注・訳　「新編日本古典文学全集38」'02 p23
馬淵和夫, 国東文麿, 稲垣泰一校注・訳　「新編日本古典文学全集38」'02 p145
馬淵和夫, 国東文麿, 稲垣泰一校注・訳　「新編日本古典文学全集38」'02 p283
馬淵和夫, 国東文麿, 稲垣泰一校注・訳　「新編日本古典文学全集38」'02 p417
馬淵和夫, 国東文麿, 稲垣泰一校注・訳　「新編日本古典文学全集38」'02 p477
武石彰夫訳注　「対訳古典シリーズ〔11〕」'88 p9
武石彰夫訳注　「対訳古典シリーズ〔11〕」'88 p77
武石彰夫訳注　「対訳古典シリーズ〔11〕」'88 p181
武石彰夫訳注　「対訳古典シリーズ〔12〕」'88 p7
武石彰夫訳注　「対訳古典シリーズ〔12〕」'88 p159
武石彰夫訳注　「対訳古典シリーズ〔13〕」'88 p11
武石彰夫訳注　「対訳古典シリーズ〔13〕」'88 p255
武石彰夫訳注　「対訳古典シリーズ〔14〕」'88 p11
武石彰夫訳注　「対訳古典シリーズ〔14〕」'88 p289
武石彰夫訳注　「対訳古典シリーズ〔14〕」'88 p413
須永朝彦編訳　「日本古典文学幻想コレクション1」'95 p24
馬淵和夫, 国東文麿, 今野達校注・訳　「日本古典文学全集21」'71 p61
馬淵和夫, 国東文麿, 今野達校注・訳　「日本古典文学全集21」'71 p207
馬淵和夫, 国東文麿, 今野達校注・訳　「日本古典文学全集21」'71 p349
馬淵和夫, 国東文麿, 今野達校注・訳　「日本古典文学全集21」'71 p473
馬淵和夫, 国東文麿, 今野達校注・訳　「日本古典文学全集22」'92 p37
馬淵和夫, 国東文麿, 今野達校注・訳　「日本古典文学全集22」'92 p175
馬淵和夫, 国東文麿, 今野達校注・訳　「日本古典文学全集22」'92 p333
馬淵和夫, 国東文麿, 今野達校注・訳　「日本古典文学全集22」'92 p477
馬淵和夫, 国東文麿, 今野達校注・訳　「日本古典文学全集22」'92 p479
馬淵和夫, 国東文麿, 今野達校注・訳　「日本古典文学全集23」'74 p25
馬淵和夫, 国東文麿, 今野達校注・訳　「日本古典文学全集23」'74 p173
馬淵和夫, 国東文麿, 今野達校注・訳　「日本古典文学全集23」'74 p175
馬淵和夫, 国東文麿, 今野達校注・訳　「日本古典文学全集23」'74 p213
馬淵和夫, 国東文麿, 今野達校注・訳　「日本古典文学全集23」'74 p269
馬淵和夫, 国東文麿, 今野達校注・訳　「日本古典文学全集23」'74 p429
馬淵和夫, 国東文麿, 今野達校注・訳　「日本古典文学全集23」'74 p507
馬淵和夫, 国東文麿, 今野達校注・訳　「日本古典文学全集24」'76 p25
馬淵和夫, 国東文麿, 今野達校注・訳　「日本古典文学全集24」'76 p159
馬淵和夫, 国東文麿, 今野達校注・訳　「日本古典文学全集24」'76 p315
馬淵和夫, 国東文麿, 今野達校注・訳　「日本古典文学全集24」'76 p463

馬淵和夫，国東文麿，今野達校注・訳 「日本古典文学全集24」'76 p527
山田孝雄，山田忠雄，山田英雄，山田俊雄校注 「日本古典文学大系22」'59 p49
山田孝雄，山田忠雄，山田英雄，山田俊雄校注 「日本古典文学大系22」'59 p121
山田孝雄，山田忠雄，山田英雄，山田俊雄校注 「日本古典文学大系22」'59 p201
山田孝雄，山田忠雄，山田英雄，山田俊雄校注 「日本古典文学大系22」'59 p265
山田孝雄，山田忠雄，山田英雄，山田俊雄校注 「日本古典文学大系22」'59 p335
山田孝雄，山田忠雄，山田英雄，山田俊雄校注 「日本古典文学大系23」'60 p49
山田孝雄，山田忠雄，山田英雄，山田俊雄校注 「日本古典文学大系23」'60 p119
山田孝雄，山田忠雄，山田英雄，山田俊雄校注 「日本古典文学大系23」'60 p183
山田孝雄，山田忠雄，山田英雄，山田俊雄校注 「日本古典文学大系23」'60 p185
山田孝雄，山田忠雄，山田英雄，山田俊雄校注 「日本古典文学大系23」'60 p265
山田孝雄，山田忠雄，山田英雄，山田俊雄校注 「日本古典文学大系24」'61 p49
山田孝雄，山田忠雄，山田英雄，山田俊雄校注 「日本古典文学大系24」'61 p127
山田孝雄，山田忠雄，山田英雄，山田俊雄校注 「日本古典文学大系24」'61 p203
山田孝雄，山田忠雄，山田英雄，山田俊雄校注 「日本古典文学大系24」'61 p271
山田孝雄，山田忠雄，山田英雄，山田俊雄校注 「日本古典文学大系24」'61 p345
山田孝雄，山田忠雄，山田英雄，山田俊雄校注 「日本古典文学大系24」'61 p419
山田孝雄，山田忠雄，山田英雄，山田俊雄校注 「日本古典文学大系24」'61 p501
山田孝雄，山田忠雄，山田英雄，山田俊雄校注 「日本古典文学大系25」'62 p49
山田孝雄，山田忠雄，山田英雄，山田俊雄校注 「日本古典文学大系25」'62 p51
山田孝雄，山田忠雄，山田英雄，山田俊雄校注 「日本古典文学大系25」'62 p141
山田孝雄，山田忠雄，山田英雄，山田俊雄校注 「日本古典文学大系25」'62 p219
山田孝雄，山田忠雄，山田英雄，山田俊雄校注 「日本古典文学大系25」'62 p223
山田孝雄，山田忠雄，山田英雄，山田俊雄校注 「日本古典文学大系25」'62 p243
山田孝雄，山田忠雄，山田英雄，山田俊雄校注 「日本古典文学大系25」'62 p275
山田孝雄，山田忠雄，山田英雄，山田俊雄校注 「日本古典文学大系25」'62 p359
山田孝雄，山田忠雄，山田英雄，山田俊雄校注 「日本古典文学大系25」'62 p405
山田孝雄，山田忠雄，山田英雄，山田俊雄校注 「日本古典文学大系25」'62 p477
山田孝雄，山田忠雄，山田英雄，山田俊雄校注 「日本古典文学大系26」'63 p49
山田孝雄，山田忠雄，山田英雄，山田俊雄校注 「日本古典文学大系26」'63 p133
山田孝雄，山田忠雄，山田英雄，山田俊雄校注 「日本古典文学大系26」'63 p209
山田孝雄，山田忠雄，山田英雄，山田俊雄校注 「日本古典文学大系26」'63 p245
小峯和明，森正人校注・訳 「日本の文学 古典編22」'87 p21
今生巴
　芳賀矢一，佐佐木信綱校註 「謡曲叢書1」'87 p806
権大僧都心敬集（心敬）
　和歌史研究会編 「私家集大成6」'76 p94
権大納言言継卿集（山科言継）
　和歌史研究会編 「私家集大成7」'76 p802
権大納言俊光集（日野俊光）
　和歌史研究会編 「私家集大成5」'74 p98
魂胆胡蝶枕（著々楽斎広長）
　「洒落本大成22」'84 p183
魂胆情深川
　「洒落本大成補1」'88 p231
魂胆総勘定（石嶋政植）
　「洒落本大成2」'78 p81
こんたん手引くさ（青木氏）
　「洒落本大成11」'81 p329
権中納言実材卿母集（権中納言藤原実材母）
　和歌史研究会編 「私家集大成4」'75 p284
こんちりさんのりやく
　片岡弥吉校注 「日本思想大系25」'70 p361
こんてむつすむん地
　新村出，柊源一校註 「日本古典全書〔60〕」'57 p189
混同秘策（佐藤信淵）
　尾藤正英，島崎隆夫校注 「日本思想大系45」'77 p425
権奴扇を持ちて来りて句を乞う。漫りに書して之を与う（館柳湾）
　徳田武注 「江戸詩人選集7」'90 p297
昆若ずき（『麻生』）（松尾芭蕉）
　井本農一ほか著 「校本芭蕉全集9」'89 p375
「蒟蒻に」歌仙（松尾芭蕉）
　島居清著 「芭蕉連句全註解8」'82 p169
権守
　芳賀矢一，佐佐木信綱校註 「謡曲叢書1」'87 p809

こんは　　　　　　　作品名

権八(其小唄夢廓)(福森喜宇助)
　河竹登志夫ほか監修　「名作歌舞伎全集19」'70 p107
金春大夫宛書状(世阿弥)
　表章, 加藤周一校注　「日本思想大系24」'74 p315
金毘羅会(寸木編)
　「俳書叢刊7」'88 p3
　寸木編　「俳書叢刊 第7期5」'63 p1
根柄異軒之伝(羅山人芳名斎)
　「洒落本大成10」'80 p51
昆陽漫録(青木昆陽)
　関根正直ほか監修　「日本随筆大成I-20」'76 p1
金竜台、酔後の作(祇園南海)
　山本和義, 横山弘注　「江戸詩人選集3」'91 p314
姻袖鏡(近松半二)
　坂口弘之, 後藤博子校訂　「叢書江戸文庫III-39」'96 p97
諢話浮世風呂(式亭三馬)
　三田村鳶魚著　「評釈江戸文学叢書10」'70 p705

【さ】

犀
　須永朝彦編訳　「日本古典文学幻想コレクション2」'96 p107
　芳賀矢一, 佐佐木信綱校註　「謡曲叢書2」'87 p1
西院河原口号伝(章瑞)
　西田耕三校訂　「叢書江戸文庫I-16」'90 p391
斎院女御尊子歌合
　「平安朝歌合大成1」'95 p621
斎院の相公の忌日に諷誦を修(藤原伊周)
　菅野礼行, 徳田武校注・訳　「新編日本古典文学全集86」'02 p183
西鶴大矢数(井原西鶴)
　穎原退蔵ほか編　「定本西鶴全集11下」'75 p31
西鶴置土産(井原西鶴)
　暉峻康隆　「鑑賞日本古典文学27」'76 p419
　麻生磯次訳　「現代語訳西鶴全集(河出)7」'52 p97
　暉峻康隆訳注　「現代語訳西鶴全集(小学館)12」'77 p13
　吉行淳之介訳　「現代語訳 日本の古典16」'80 p105
　麻生磯次訳　「古典日本文学全集22」'59 p312

冨士昭雄校注　「新日本古典文学大系77」'89 p257
　暉峻康隆校注・訳　「新編日本古典文学全集68」'96 p475
　穎原退蔵ほか編　「定本西鶴全集8」'50 p17
　「特選日本の古典 グラフィック版8」'86 p122
　谷脇理史, 神保五弥, 暉峻康隆校注・訳　「日本古典文学全集40」'72 p511
　藤村作校訂　「訳註西鶴全集10」'53 p1
西鶴織留(井原西鶴)
　宗政五十緒, 長谷川強著　「鑑賞日本の古典15」'80 p338
　麻生磯次訳　「現代語訳西鶴全集(河出)6」'52 p249
　暉峻康隆訳注　「現代語訳西鶴全集(小学館)9」'77 p187
　麻生磯次訳　「古典日本文学全集23」'60 p178
　加藤裕一編　「西鶴選集〔21〕」'96 p3
　加藤裕一編　「西鶴選集〔22〕」'96 p27
　穎原退蔵ほか編　「定本西鶴全集7」'50 p299
　藤村作校註　「日本古典全書〔104〕」'50 p259
　野間光辰校注　「日本古典文学大系48」'60 p313
西鶴織留 一(井原西鶴)
　藤村作校訂　「訳註西鶴全集7」'52 p5
西鶴五百韻(井原西鶴)
　穎原退蔵ほか編　「定本西鶴全集11上」'72 p79
新編西鶴書簡集(井原西鶴)
　穎原退蔵ほか編　「定本西鶴全集12」'70 p449
西鶴諸国はなし
　麻生磯次訳　「現代語訳西鶴全集(河出)3」'54 p21
西鶴諸国はなし(井原西鶴)
　江本裕編　「西鶴選集〔3〕」'93 p3
　江本裕編　「西鶴選集〔4〕」'93 p15
　穎原退蔵ほか編　「定本西鶴全集3」'55 p13
　藤村作校註　「日本古典全書〔105〕」'51 p17
　須永朝彦編訳　「日本古典文学幻想コレクション3」'96 p76
西鶴諸国ばなし(井原西鶴)
　暉峻康隆　「鑑賞日本古典文学27」'76 p95
　宗政五十緒, 長谷川強著　「鑑賞日本の古典15」'80 p139
　暉峻康隆訳注　「現代語訳西鶴全集(小学館)7」'76 p13
　井上敏幸校注　「新日本古典文学大系76」'91 p261
　宗政五十緒校注・訳　「新編日本古典文学全集67」'96 p15
　宗政五十緒, 松田修, 暉峻康隆校注・訳　「日本古典文学全集39」'73 p65
西鶴俗つれづれ

140　日本古典文学全集・作品名綜覧

西鶴俗つれづれ（井原西鶴）
麻生磯次訳　「現代語訳西鶴全集（河出）7」'52 p179
西鶴俗つれづれ（井原西鶴）
暉峻康隆訳注　「現代語訳西鶴全集（小学館）12」'77 p117
花田富二夫編　「西鶴選集〔15〕」'95 p3
花田富二夫編　「西鶴選集〔16〕」'95 p29
藤村作校訂　「訳註西鶴全集9」'53 p1
西鶴俗つれづれ（井原西鶴）
頴原退蔵ほか編　「定本西鶴全集8」'50 p127
西鶴独吟百韻自註絵巻（井原西鶴）
頴原退蔵ほか編　「定本西鶴全集12」'70 p269
西鶴名残の友
麻生磯次訳　「現代語訳西鶴全集（河出）3」'54 p327
西鶴名残の友（井原西鶴）
暉峻康隆訳注　「現代語訳西鶴全集（小学館）12」'77 p215
井上敏幸校注　「新日本古典文学大系77」'89 p471
頴原退蔵ほか編　「定本西鶴全集9」'51 p299
須永朝彦編訳　「日本古典文学幻想コレクション3」'96 p95
西鶴評点湖水等三吟百韻巻断簡（井原西鶴）
頴原退蔵ほか編　「定本西鶴全集11下」'75 p386
西鶴評点山太郎独吟歌仙巻（井原西鶴）
頴原退蔵ほか編　「定本西鶴全集11下」'75 p412
西鶴評点如雲等五吟百韻巻（井原西鶴）
頴原退蔵ほか編　「定本西鶴全集11下」'75 p402
西鶴評点政昌等三吟百韻巻（井原西鶴）
頴原退蔵ほか編　「定本西鶴全集11下」'75 p392
新編西鶴発句集（井原西鶴）
頴原退蔵ほか編　「定本西鶴全集12」'70 p385
西鶴冥途物語（井原西鶴）
頴原退蔵ほか編　「定本西鶴全集13」'50 p420
西鶴冥途物語（幻夢）
「徳川文芸類聚3」'70 p1
さいき
円地文子訳　「古典日本文学全集18」'61 p233
大島建彦校注・訳　「日本古典文学全集36」'74 p403
市古貞次校注　「日本古典文学大系38」'58 p327
斎居（山崎闇斎）
菅野礼行，徳田武校注・訳　「新編日本古典文学全集86」'02 p261
西行
秋谷治校注　「新日本古典文学大系54」'89 p371
在京在阪中日記（中西関次郎）
安藤菊二校訂　「未刊随筆百種10」'77 p77
西行桜

伊藤正義校注　「新潮日本古典集成〔59〕」'86 p79
芳賀矢一，佐佐木信綱校註　「謡曲叢書2」'87 p6
西行桜（世阿弥）
西野春雄校注　「新日本古典文学大系57」'98 p69
小山弘志，佐藤健一郎校注・訳　「新編日本古典文学全集58」'97 p487
西行桜（松尾芭蕉）
井本農一，弥吉菅一，横沢三郎，尾形仂校注　「校本芭蕉全集6」'89 p420
西行集（西行）
川田順評釈　「古典日本文学全集21」'60 p55
西行上人集（西行）
和歌史研究会編　「私家集大成3」'74 p50
西行上人談抄（蓮阿）
糸賀きみ江校注　「中世の文学 第1期〔1〕」'71 p99
佐佐木信綱編　「日本歌学大系2」'56 p289
西行像讃（松尾芭蕉）
井本農一，弥吉菅一，横沢三郎，尾形仂校注　「校本芭蕉全集6」'89 p539
西行の物かたり（歓喜寺蔵写本）
横山重ほか編　「室町時代物語大成5」'77 p263
西行法師墨染桜（錦文流）
「徳川文芸類聚8」'70 p350
西行物語（正保三年刊本）
横山重ほか編　「室町時代物語大成5」'77 p231
西行物語（神宮文庫蔵永正六年写本）
横山重ほか編　「室町時代物語大成5」'77 p200
西行和歌拾遺（西行）
伊藤嘉夫校註　「日本古典全書〔70〕」'47 p276
斎宮集
「日本文学大系11」'55 p139
斎宮集（斎宮女御徽子女王）
和歌史研究会編　「私家集大成1」'73 p462
さいくうの女御（斎宮女御徽子女王）
和歌史研究会編　「私家集大成1」'73 p453
斎宮女御集
長連恒編　「日本文学大系12」'55 p706
斎宮女御集（斎宮女御）
長沢美津編　「女人和歌大系2」'65 p120
斎宮女御集（斎宮女御徽子女王）
和歌史研究会編　「私家集大成1」'73 p447
和歌史研究会編　「私家集大成1」'73 p466
細工人の巻（延享、寛延年中）（与謝蕪村）
頴原退蔵編著　「蕪村全集2」'48 p25
再詣姑射山（上田秋成）
「上田秋成全集11」'94 p67
再稿西洋事情書（渡辺崋山）

さいこ　　　　　　作品名

佐藤昌介，植手通有，山口宗之校注　「日本思想大系55」'71 p43
西郷と豚姫（池田大伍）
　河竹登志夫ほか監修　「名作歌舞伎全集25」'71 p55
細香の竹を画ける屏風を観賦して贈る。坐に古操を善くする者芳洲有り。（頼山陽）
　入谷仙介注　「江戸詩人選集8」'90 p14
西国紀行（小林一茶）
　丸山一彦，小林計一郎校注　「一茶全集5」'78 p33
西国三十三番順礼歌
　高野辰之編　「日本歌謡集成4」'60 p450
災後、卜居（横谷藍水）
　菅野礼行，徳田武校注・訳　「新編日本古典文学全集86」'02 p435
祭詩の作丙戌の除夜（葛子琴）
　水田紀久注　「江戸詩人選集6」'93 p46
西寂
　芳賀矢一，佐佐木信綱校註　「謡曲叢書2」'87 p11
摧邪輪（高弁）
　田中久夫校注　「日本思想大系15」'71 p43
再住園覚禅寺語録（東明慧日）
　玉村竹二編　「五山文学新集別2」'81 p33
再住建長禅寺語録（東明慧日）
　玉村竹二編　「五山文学新集別2」'81 p25
再住寿福禅寺語禄（東明慧日）
　玉村竹二編　「五山文学新集別2」'81 p30
歳首口号（売茶翁）
　末木文美士，堀川貴司注　「江戸漢詩選5」'96 p126
歳首、病いに臥す（葛子琴）
　水田紀久注　「江戸詩人選集6」'93 p59
採蕤行（六如）
　黒川洋一注　「江戸詩人選集4」'90 p354
再昌草（三条西実隆）
　和歌史研究会編　「私家集大成7」'76 p9
　伊藤敬校注　「新日本古典文学大系47」'90 p417
歳除の日、河東の水哉亭に会（村上冬嶺）
　菅野礼行，徳田武校注・訳　「新編日本古典文学全集86」'02 p291
在津紀事
　多治比郁夫，中野三敏校注　「新日本古典文学大系97」'00 p385
在津紀事（頼春水）
　多治比郁夫校注　「新日本古典文学大系97」'00 p189
細推物理（大田南畝）
　浜田義一郎，中野三敏，日野龍夫，揖斐高編　「大田南畝全集8」'86 p337

済生堂五部雑録（恵海）
　安藤菊二校訂　「未刊随筆百種2」'76 p299
済生要略（桂誉重）
　芳賀登，松本三之介校注　「日本思想大系51」'71 p245
歳旦説（与謝蕪村）
　潁原退蔵編著　「蕪村全集1」'48 p426
歳旦の巻（安永六年）（与謝蕪村）
　潁原退蔵編著　「蕪村全集2」'48 p174
歳旦話（天明三年正月刊）
　「噺本大系12」'79 p40
歳旦三ツ物（安永三年）（与謝蕪村）
　潁原退蔵編著　「蕪村全集2」'48 p117
歳旦三ツ物（安永四年）（与謝蕪村）
　潁原退蔵編著　「蕪村全集2」'48 p147
歳旦三ツ物（安永二年）（与謝蕪村）
　潁原退蔵編著　「蕪村全集2」'48 p87
歳旦三つ物（明和八年）（与謝蕪村）
　潁原退蔵編著　「蕪村全集2」'48 p59
歳旦三ツ物（明和九年）（与謝蕪村）
　潁原退蔵編著　「蕪村全集2」'48 p70
在中将集（在原業平）
　和歌史研究会編　「私家集大成1」'73 p90
斎中の四壁に自ら山水を画き（服部南郭）
　菅野礼行，徳田武校注・訳　「新編日本古典文学全集86」'02 p379
斉藤五六代
　芳賀矢一，佐佐木信綱校註　「謡曲叢書2」'87 p14
斎藤徳元独吟千句（齋藤徳元）
　「未刊連歌俳諧資料3-3」'59 p3
斎藤別当実盛（竹本義太夫）
　「竹本義太夫浄瑠璃正本集下」'95 p898
賽の河原地蔵和讃
　高野辰之編　「日本歌謡集成4」'60 p393
　高野辰之編　「日本歌謡集成4」'60 p395
賽の目
　北川忠彦ほか校注　「中世の文学 第1期〔20〕」'94 p137
催馬楽
　福永武彦訳　「国民の文学1」'64 p417
　「国歌大系1」'76 p105
　「古典日本文学全集1」'60 p274
　臼田甚五郎校注・訳　「新編日本古典文学全集42」'00 p113
　小西甚一校注　「日本古典文学大系3」'57 p379
　外村南都子校注・訳　「日本の文学 古典編24」'86 p43
催馬楽奇談（小枝繁）
　横山邦治校注　「新日本古典文学大系80」'92 p185

催馬楽抄天治本
　高野辰之編　「日本歌謡集成2」'60 p147
前張
　臼田甚五郎, 新間進一, 外村南都子, 徳江元正校
　　注・訳　「新編日本古典文学全集42」'00 p48
再版『文布』序（上田秋成）
　「上田秋成全集11」'94 p258
歳晩、懐いを書す（成島柳北）
　日野龍夫注　「江戸詩人選集10」'90 p3
歳晩懐いを書す（十一首、うち一首）（田能村竹田）
　徳田武注　「江戸漢詩選1」'96 p93
歳晩、感を書す（成島柳北）
　日野龍夫注　「江戸詩人選集10」'90 p49
歳晩偶成二首（売茶翁）
　末木文美士, 堀川貴司注　「江戸漢詩選5」'96
　　p108
歳晩、草堂の集い（服部南郭）
　山本和義, 横山弘注　「江戸詩人選集3」'91
　　p101
歳晩即事（二首）（原采蘋）
　福島理子注　「江戸漢詩選3」'95 p172
歳晩の書懐（伊藤仁斎）
　菅野礼行, 徳田武校注・訳　「新編日本古典文学
　　全集86」'02 p297
歳杪の縦筆（市河寛斎）
　揖斐高注　「江戸詩人選集5」'90 p146
斎壁に題す（野村篁園）
　徳田武注　「江戸詩人選集7」'90 p31
才宝
　北川忠彦ほか校注　「中世の文学　第1期〔22〕」'95
　　p290
財宝宮神戸導阿法談
　「洒落本大成26」'86 p69
祭豊太閤詞（上田秋成）
　「上田秋成全集11」'94 p35
済北集抄（虎関師錬）
　入矢義高校注　「新日本古典文学大系48」'90
　　p236
済北集（虎関師錬）
　上村観光編　「五山文学全集1」'73 p39
歳末解（与謝蕪村）
　潁原退蔵編著　「蕪村全集1」'48 p445
歳末弁（蕪村）
　雲英末雄, 山下一海, 丸山一彦, 松尾靖秋校注・
　　訳　「新編日本古典文学全集72」'01 p562
最明寺殿百人上臈（近松門左衛門）
　藤井紫影校註　「近松全集（思文閣）6」'78 p505
　「近松全集（岩波）3」'86 p67
在民部卿家歌合
　「国歌大系9」'76 p795
　峯岸義秋校註　「日本古典全書〔73〕」'47 p69

西遊記
　「洒落本大成16」'82 p79
西遊記（橘南谿）
　宗政五十緒校注　「新日本古典文学大系98」'91
　　p171
　須永朝彦訳　「日本古典文学幻想コレクション
　　1」'95 p219
西遊紀行（熊坂邦子彦）
　津本信博編　「近世紀行日記文学集成1」'93
　　p427
再遊紀行（山崎闇斎）
　津本信博編　「近世紀行日記文学集成1」'93 p45
西遊雑詩原五首。三を節す（うち一首）（江馬細香）
　福島理子注　「江戸漢詩選3」'95 p95
西遊日記（吉田松陰）
　吉田常吉, 藤田省三, 西田太一郎校注　「日本思
　　想大系54」'78 p393
再来田舎一休（佚斎樗山）
　飯倉洋一校訂　「叢書江戸文庫Ⅰ-13」'88 p163
哉留の弁（与謝蕪村）
　潁原退蔵編著　「蕪村全集1」'48 p451
西林和歌集（宣光）
　和歌史研究会編　「私家集大成6」'76 p842
小枝の笛物語（仮題）（赤木文庫蔵写本）
　横山重ほか編　「室町時代物語大成5」'77 p278
佐保河（鵜殿余野子）
　古谷知新編　「江戸時代女流文学全集4」'01
　　p279
佐保川（鵜殿よの子）
　「国歌大系15」'76 p769
佐保川（鵜殿余野子）
　芳賀矢一, 佐佐木信綱校註　「謡曲叢書2」'87
　　p80
「佐保川」「凉月遺草」（鵜殿余野子）
　長沢美津編　「女人和歌大系3」'68 p114
さほのつゆ
　荻田清ほか編　「近世文学選〔1〕」'94 p184
佐保山
　芳賀矢一, 佐佐木信綱校註　「謡曲叢書2」'87
　　p84
嵯峨院
　宮田和一郎校註　「日本古典全書〔4〕」'51 p249
　河野多麻校注　「日本古典文学大系10」'59 p223
嵯峨女郎花
　芳賀矢一, 佐佐木信綱校註　「謡曲叢書2」'87
　　p37
榊
　臼田甚五郎, 新間進一, 外村南都子, 徳江元正校
　　注・訳　「新編日本古典文学全集42」'00 p29
賢木（紫式部）

阿部秋生，小町谷照彦，野村精一，柳井滋著
　「鑑賞日本の古典6」'79 p122
阿部秋生，秋山虔，今井源衛，鈴木日出男校注・訳　「完訳日本の古典15」'83 p145
円地文子訳　「現代語訳 日本の古典5」'79 p52
阿部秋生ほか校注・訳「古典セレクション3」'98 p109
「古典日本文学全集4」'61 p186
石田穣二，清水好子校注　「新潮日本古典集成〔19〕」'77 p125
柳井滋ほか校注　「新日本古典文学大系19」'93 p339
阿部秋生，秋山虔，今井源衛，鈴木日出男校注・訳　「新編日本古典文学全集21」'95 p81
「特選日本の古典 グラフィック版5」'86 p35
池田亀鑑校註　「日本古典全書〔13〕」'49 p64
阿部秋生，秋山虔，今井源衛校注・訳　「日本古典文学全集13」'72 p73
山岸徳平校注「日本古典文学大系14」'58 p365
伊井春樹，日向一雅，百川敬仁（ほか）校注・訳「日本の文学 古典編12」'86 p47
「日本文学大系4」'55 p255
榊（紫式部）
　谷崎潤一郎ほか編　「国民の文学3」'63 p180
坐臥記（桃西河）
　森銑三，北川博邦編　「続日本随筆大成1」'79 p103
嵯峨天皇甘露雨（近松門左衛門）
　藤井紫影校註　「近松全集(思文閣)10」'78 p529
　「近松全集(岩波)9」'88 p1
酒殿歌
　臼田甚五郎，新間進一，外村南都子，徳江元正校注・訳　「新編日本古典文学全集42」'00 p87
「魚の腸」付合（松尾芭蕉）
　島居清著　「芭蕉連句全註解2」'79 p127
嵯峨日記
　井本農一著　「鑑賞日本の古典14」'82 p355
嵯峨日記（松尾芭蕉）
　井本農一，弥吉菅一，横沢三郎，尾形仂校注「校本芭蕉全集6」'89 p139
　井本農一，大谷篤蔵編「校本芭蕉全集別1」'91 p165
　谷崎潤一郎ほか編　「国民の文学15」'64 p206
　井本農一訳　「古典日本文学全集31」'61 p219
　富山奏校注「新潮日本古典集成〔72〕」'78 p183
　井本農一，久富哲雄，村松友次，堀切実校注・訳「新編日本古典文学全集71」'97 p145
　井本農一，堀信夫，村松友次校注・訳「日本古典文学全集41」'72 p387
嵯峨の院
　中野幸一校注・訳　「新編日本古典文学全集14」'99 p293

嵯峨の院の納涼に，探りて「帰」の字を得たり。製に応ず。（巨勢識人）
　菅野礼行，徳田武校注・訳「新編日本古典文学全集86」'02 p54
酒上不埒
　棚橋正博，鈴木勝忠，宇田敏彦注解「新編日本古典文学全集79」'99 p539
嵯峨野の秋望（大江匡衡）
　菅野礼行，徳田武校注・訳「新編日本古典文学全集86」'02 p189
嵯峨の別業における四時雑興 三十首（うち十八首）（六如）
　黒川洋一注　「江戸詩人選集4」'90 p251
逆矛
　芳賀矢一，佐佐木信綱校註　「謡曲叢書2」'87 p33
さがみ川（天理図書館蔵寛永六年写本）
　横山重ほか編　「室町時代物語大成5」'77 p320
相模集（相模）
　和歌史研究会編　「私家集大成2」'75 p250
　和歌史研究会編　「私家集大成2」'75 p268
　和歌史研究会編　「私家集大成2」'75 p270
　長沢美津編　「女人和歌大系2」'65 p337
相摸入道千疋犬（近松門左衛門）
　「近松全集(岩波)8」'88 p393
相模入道千疋犬（近松門左衛門）
　藤井紫影校註「近松全集(思文閣)10」'78 p329
相模原旅懐（二首、うち一首）（館柳湾）
　徳田武注　「江戸詩人選集7」'90 p247
嵯峨物語（内閣文庫蔵写本）
　横山重ほか編　「室町時代物語大成5」'77 p336
さかもり弐編（鬱金亭蘭陵）
　「洒落本大成29」'88 p139
サカラメンタ提要付録
　H. チースリク，土井忠生，大塚光信校注「日本思想大系25」'70 p181
鷺
　芳賀矢一，佐佐木信綱校註　「謡曲叢書2」'87 p39
「先咲し」発句短冊（近松門左衛門）
　「近松全集(岩波)17影印編」'94 p7
鷺の足の巻（次韻）
　金子金治郎，暉峻康隆，中村俊定注解「日本古典文学全集32」'74 p357
前参議時慶卿集（西洞院時慶）
　和歌史研究会編　「私家集大成7」'76 p1052
前参議教長卿集（藤原教長）
　和歌史研究会編　「私家集大成2」'75 p694
「鷺の足」五十韻（松尾芭蕉）
　島居清著　「芭蕉連句全註解2」'79 p193
前大納言公任卿集（藤原公任）

「国歌大系13」'76 p77
前大納言実国集(藤原実国)
　和歌史研究会編　「私家集大成2」'75 p751
前長門守時朝入京田舎打聞集(藤原時朝)
　和歌史研究会編　「私家集大成4」'75 p273
匂兵部卿(紫式部)
　阿部秋生ほか校注・訳　「古典セレクション12」'98 p9
　石田穣二, 清水好子校注　「新潮日本古典集成〔23〕」'82 p159
　阿部秋生, 秋山虔, 今井源衛, 鈴木日出男校注・訳　「新編日本古典文学全集24」'97 p15
鷺娘(柳雛諸鳥囀)
　河竹登志夫ほか監修　「名作歌舞伎全集19」'70 p31
崎陽賊船考(如有子)
　安藤菊二校訂　「未刊随筆百種7」'77 p257
左京大夫顕輔集
　「国歌大系13」'76 p721
左京大夫家集
　「国歌大系13」'76 p805
左京大夫顕輔卿集(藤原顕輔)
　和歌史研究会編　「私家集大成2」'75 p544
座狂はなし(享保十五年刊)(環仲仙い三)
　武藤禎, 岡雅彦編　「噺本大系7」'76 p200
沙玉和歌集(後崇光院)
　和歌史研究会編　「私家集大成5」'74 p458
　和歌史研究会編　「私家集大成5」'74 p468
　和歌史研究会編　「私家集大成5」'74 p495
咲分五人娘(江島其磧)
　伊станов千可良ほか校　「江戸時代文芸資料3」'64 p331
作を捨て作を好む(『桃の杖』)(松尾芭蕉)
　井本農一ほか著　「校本芭蕉全集9」'89 p387
作詩志縠(山本北山)
　中村幸彦校注　「日本古典文学大系94」'66 p263
作者胎内十月図(山東京伝)
　林美一校訂　「江戸戯作文庫〔10〕」'87 p2
柵草紙の本領を論ず(森鷗外)
　久松潜一, 増淵恒吉編　「校註日本文芸新篇〔3〕」'50 p186
作庭記
　林屋辰三郎校注　「日本思想大系23」'73 p223
作庭記(後京極良経)
　安田章生訳　「古典日本文学全集36」'62 p275
作品掲載作者の歌
　長沢美津編　「女人和歌大系3」'68 p330
桜井の駅址を過ぐ(頼山陽)
　入谷仙介注　「江戸詩人選集8」'90 p105
桜井駅の図の賛(西郷隆盛)
　坂田新注　「江戸漢詩選4」'95 p264

さくらゐ物語(絵入写本複製本)
　横山重ほか編　「室町時代物語大成5」'77 p353
桜梅草子(白描絵巻複製本)
　横山重ほか編　「室町時代物語大成5」'77 p548
桜川(世阿弥)
　伊藤正義校注　「新潮日本古典集成〔59〕」'86 p91
　芳賀矢一, 佐佐木信綱校註　「謡曲叢書2」'87 p42
佐倉義民伝(佐倉宗吾)(瀬川如皐(三世))
　河竹登志夫ほか監修　「名作歌舞伎全集16」'70 p3
桜時雨(高安月郊)
　河竹登志夫ほか監修　「名作歌舞伎全集20」'69 p125
桜　七首(うち一首)(大窪詩仏)
　揖斐高注　「江戸詩人選集5」'90 p204
桜草集
　「徳川文芸類聚9」'70 p285
　高野辰之編　「日本歌謡集成10」'61 p423
桜鍔恨鮫鞘(鰻谷)
　河竹登志夫ほか監修　「名作歌舞伎全集7」'69 p155
桜のかざし(遠山伯龍)
　津本信博編　「近世紀行日記文学集成2」'94 p476
桜の頌(佐久間象山)
　坂田新注　「江戸漢詩選4」'95 p124
さくらの中将(寛文十年刊本)
　横山重ほか編　「室町時代物語大成5」'77 p607
桜の中将物語(国会図書館蔵写本)
　横山重ほか編　「室町時代物語大成5」'77 p554
桜の林(千家尊澄問, 岩政信比古答)
　関根正直ほか監修　「日本随筆大成II-11」'74 p123
さくら人
　市古貞次, 三角洋一編　「鎌倉時代物語集成7」'94 p269
桜人
　谷崎潤一郎ほか編　「国民の文学1」'64 p421
　白田甚五郎, 新間進一, 外村南都子, 徳江元正校注・訳　「新編日本古典文学全集42」'00 p139
桜姫東文章(鶴屋南北)
　竹柴蟠太郎校注　「鶴屋南北全集6」'71 p259
　河竹登志夫ほか監修　「名作歌舞伎全集9」'69 p143
桜間
　芳賀矢一, 佐佐木信綱校註　「謡曲叢書2」'87 p48
酒を飲む(五首, うち一首)(亀田鵬斎)
　徳田武注　「江戸漢詩選1」'96 p13

酒を呼ぶ（原采蘋）
　福島理子注　「江戸漢詩選3」'95 p205
酒講式
　北川忠彦ほか校注　「中世の文学 第1期〔22〕」'95 p260
酒に梅
　弥吉菅一，赤羽学，西村真砂子，檀上正孝　「芭蕉紀行集1」'78 p216
酒に梅（松尾芭蕉）
　井本農一，弥吉菅一，横沢三郎，尾形仂校注　「校本芭蕉全集6」'89 p313
　井本農一，久富哲雄，村松友次，堀切実校注・訳　「新編日本古典文学全集71」'97 p190
　弥吉菅一，赤羽学，檀上正孝著　「芭蕉紀行集1」'67 p127
「鮭の時」付合「塔高し」付合「はりぬきの」付合（松尾芭蕉）
　島居清著　「芭蕉連句全註解2」'79 p277
酒の泉（宮本長則氏蔵絵巻）
　横山重ほか編　「室町時代物語大成6」'78 p13
酒三井寺
　荻田清ほか編　「近世文学選〔1〕」'94 p221
「酒は独り飲む理無し」を賦し得たり（大窪詩仏）
　揖斐高注　「江戸詩人選集5」'90 p314
䋽国
　芳賀矢一，佐佐木信綱校註　「謡曲叢書2」'87 p50
左近衛権中将俊忠朝臣家歌合 長治元年 俊頼判
　峯岸義秋校註　「日本古典全書〔73〕」'47 p203
狭衣
　芳賀矢一，佐佐木信綱校註　「謡曲叢書2」'87 p55
さごろも（赤木文庫蔵寛永頃刊丹緑本）
　横山重ほか編　「室町時代物語大成6」'78 p93
さごろも（加賀豊三郎氏旧蔵奈良絵本）
　横山重ほか編　「室町時代物語大成補1」'87 p529
狭衣系図（三条西実隆）
　「日本文学古註釈大成〔29〕」'79 p511
狭衣下紐（法眼紹巴）
　「日本文学古註釈大成〔29〕」'79 p427
狭衣中将物語（内閣文庫蔵写本）
　横山重ほか編　「室町時代物語大成補1」'87 p564
さごろもの大将（仮題）（慶応義塾図書館蔵室町末期写本）
　横山重ほか編　「室町時代物語大成6」'78 p29
狭衣の中将（仮題）（慶応義塾図書館蔵慶長二年写本）
　横山重ほか編　「室町時代物語大成6」'78 p68

狭衣旁註書入本（石川雅望，清水浜臣）
　「日本文学古註釈大成〔29〕」'79 p17
狭衣物語
　中村真一郎訳　「国民の文学6」'64 p1
　鈴木一雄校注　「新潮日本古典集成〔28〕」'85 p5
　鈴木一雄校注　「新潮日本古典集成〔29〕」'86 p5
狭衣物語（六条斎院宣旨源頼国女）
　小町谷照彦，後藤祥子校注・訳　「新編日本古典文学全集29」'99 p13
　小町谷照彦，後藤祥子校注・訳　「新編日本古典文学全集30」'01 p13
　松村博司，石川徹校註　「日本古典全書〔20〕」'65 p185
　松村博司，石川徹校註　「日本古典全書〔21〕」'67 p7
　三谷栄一，関根慶子校注　「日本古典文学大系79」'65 p25
狭衣物語目録並年序（釈切臨）
　「日本文学古註釈大成〔29〕」'79 p1
紅粉小万経師屋阿三笹色猪口暦手（柳亭種彦）
　「古典叢書〔40〕」'90 p393
佐々木
　芳賀矢一，佐佐木信綱校註　「謡曲叢書2」'87 p58
佐々木大鑑（近松門左衛門）
　藤井紫影校註　「近松全集（思文閣）2」'78 p719
佐々木先陣（近松門左衛門）
　「近松全集（岩波）1」'85 p207
「さゝげたり」八句（松尾芭蕉）
　島居清著　「芭蕉連句全註解別1」'83 p7
瑣々千巻（大田南畝）
　浜田義一郎，中野三敏，日野龍夫，揖斐高編　「大田南畝全集10」'86 p325
細波
　谷崎潤一郎ほか編　「国民の文学1」'64 p412
篠波
　臼田甚五郎，新間進一，外村南都子，徳江元正校注・訳　「新編日本古典文学全集42」'00 p58
さゝ浪のあれたる都（上田秋成）
　「上田秋成全集5」'92 p50
泊洎筆話（清水浜臣）
　中野三敏校注　「新日本古典文学大系97」'00 p255
　関根正直ほか監修　「日本随筆大成Ⅰ-7」'75 p213
筱舎漫筆（西田直養）
　関根正直ほか監修　「日本随筆大成Ⅱ-3」'74 p1
さゝめごと（心敬）
　木藤才蔵，井本農一校注　「日本古典文学大系66」'61 p119

ささめごと（心敬）
　久松潜一，増淵恒吉編　「校註日本文芸新篇〔3〕」'50 p62
　伊地知鉄男, 表章, 栗山理一校注・訳　「日本古典文学全集51」'73 p63
　「未刊連歌俳諧資料1-3」'52 p1
ささめごと―改編本（心敬）
　木藤才蔵校注　「中世の文学　第1期〔12〕」'85 p176
さゝやき竹
　沢井耐三校注　「新日本古典文学大系54」'89 p393
ささやき竹
　沢井耐三校注・訳　「日本の文学 古典編38」'86 p37
さゝやき竹（赤木文庫旧蔵絵巻）
　横山重ほか編　「室町時代物語大成6」'78 p120
さゝやき竹物語（仮題）（西尾市立図書館岩瀬文庫蔵絵巻）
　横山重ほか編　「室町時代物語大成6」'78 p115
さゝら井の巻（安永年中）（与謝蕪村）
　穎原退蔵編著　「蕪村全集2」'48 p244
さゞれいし
　市古貞次校注　「日本古典文学大系38」'58 p208
さざれ石
　大島建彦校注・訳　「日本古典文学全集36」'74 p257
さ、れいし（小野幸氏蔵奈良絵本）
　横山重ほか編　「室町時代物語大成 補1」'87 p586
さゞれ石（仮題）（穂久邇文庫蔵絵巻）
　横山重ほか編　「室町時代物語大成6」'78 p143
さ、れいし（寛永頃刊丹緑横本）
　太田武夫校訂　「室町時代物語集5」'62 p145
山茶花（大井重代）
　長沢美津編　「女人和歌大系6」'78 p638
砂三十郎（只野真葛）
　古谷知新編　「江戸時代女流文学全集3」'01 p448
座敷芸忠臣蔵（山東京伝）
　「古典叢書〔3〕」'89 p1
座敷艶御伽軍記（国性爺合戦）（近松門左衛門）
　「近松全集（岩波）17影印編」'94 p298
　「近松全集（岩波）17解説編」'94 p313
座敷の粧ひ
　「洒落本大成26」'86 p301
刺繡
　臼井甚五郎，新間進一，外村南都子，徳江元正校注・訳　「新編日本古典文学全集42」'00 p132
さし枕
　宮尾しげを校注　「秘籍江戸文学選8」'75 p261

指面草（山東京伝）
　「古典叢書〔3〕」'89 p425
　岡雅彦校訂　「叢書江戸文庫I-19」'90 p119
楽牽頭後編坐笑産（安永二年正月序）
　武藤禎夫編　「噺本大系9」'79 p90
楽索頭後篇坐笑産（稲穂編）
　浜田義一郎, 武藤禎夫編　「日本小咄集成中」'71 p51
沙石集（させきしゅう）　→"しゃせきしゅう"を見よ
佐世身八開伝（暮々山人）
　青木信光編　「文化文政江戸発禁文庫2」'83 p191
座禅
　古川久校註　「日本古典全書〔92〕」'54 p108
坐禅和讃
　古田紹欽訳　「古典日本文学全集15」'61 p273
「さぞな都」百韻（松尾芭蕉）
　島居清著　「芭蕉連句全註解1」'79 p221
貞敦親王御詠（貞敦親王）
　和歌史研究会編　「私家集大成7」'76 p726
左大将軍藤冬嗣が「河陽の作」に和す（嵯峨天皇）
　菅野礼行, 徳田武校注・訳　「新編日本古典文学全集86」'02 p45
佐竹本三十六歌仙〔丙〕
　久曽神昇編　「日本歌学大系別6」'84 p124
貞恵伝（藤原仲麻呂）
　山岸徳平, 竹内理三, 家永三郎, 大曽根章介校注　「日本思想大系8」'79 p21
貞常親王後大通院殿御詠（貞常親王）
　和歌史研究会編　「私家集大成6」'76 p67
貞任
　芳賀矢一, 佐佐木信綱校註　「謡曲叢書2」'87 p62
貞秀朝臣集（蒲生智閑）
　和歌史研究会編　「私家集大成7」'76 p1632
定盛法師像讃（与謝蕪村）
　穎原退蔵編著　「蕪村全集1」'48 p454
貞康親王集（貞康親王）
　和歌史研究会編　「私家集大成7」'76 p713
坐談随筆（手島堵庵）
　柴田実校注　「日本思想大系42」'71 p117
雑咏（石川丈山）
　上野洋三注　「江戸詩人選集1」'91 p29
雑詠（伊藤東涯）
　菅野礼行, 徳田武校注・訳　「新編日本古典文学全集86」'02 p339
雑咏 十首（うち二首）（梁田蛻巌）
　徳田武注　「江戸詩人選集2」'92 p80
雑歌

さつか　　　　　　　　　作品名

小西甚一校注　「日本古典文学大系3」'57 p459
雑歌集所載歌
　　斎藤茂吉校註　「日本古典全書〔71〕」'50 p108
雑感（秋山玉山）
　　徳田武注　「江戸詩人選集2」'92 p166
雑纂（佐久間象山）
　　佐藤昌介，植手通有，山口宗之校注　「日本思想大系55」'71 p393
雑詩（亀井南冥）
　　徳田武注　「江戸漢詩選1」'96 p306
雑詩（竜草廬）
　　菅野礼行，徳田武校注・訳　「新編日本古典文学全集86」'02 p425
雑司谷雑題（六首，うち一首）（館柳湾）
　　徳田武注　「江戸詩人選集7」'90 p303
雑詩、五首（平野金華）
　　菅野礼行，徳田武校注・訳　「新編日本古典文学全集86」'02 p388
雑詩　三首（菅茶山）
　　黒川洋一注　「江戸詩人選集4」'90 p25
雑詩二首（山梨稲川）
　　一海知義，池沢一郎注　「江戸漢詩選2」'96 p150
薩州人唐国漂流記
　　加藤貴校訂　「叢書江戸文庫I-1」'90 p34
文化十三丙子歳薩州漂客見聞録
　　加藤貴校訂　「叢書江戸文庫I-1」'90 p324
雑述二首（うち一首）（石川丈山）
　　上野洋三注　「江戸詩人選集1」'91 p127
雑説（抄）―万葉代匠記総釈（契冲）
　　平重道，阿部秋生校注　「日本思想大系39」'72 p309
雑説嚢話（林自見）
　　関根正直ほか監修　「日本随筆大成II-8」'74 p351
雑体に擬す　三十首（うち二首）（服部南郭）
　　山本和義，横山弘注　「江戸詩人選集3」'91 p64
雑著　一巻
　　上村観光編　「五山文学全集1」'73 p473
褌土一覧（酔斎子）
　　「洒落本大成26」'86 p239
雑文断簡（上田秋成）
　　「上田秋成全集11」'94 p419
雑篇田舎荘子（佚斎樗山）
　　飯倉洋一校訂　「叢書江戸文庫I-13」'88 p359
源五兵衛おまんさつま歌（近松門左衛門）
　　藤井紫影校註　「近松全集（思文閣）6」'78 p695
薩摩歌（近松門左衛門）
　　長友千代治校注・訳　「新編日本古典文学全集74」'97 p267
　　「近松全集（岩波）6」'87 p639

「近松全集（岩波）17影印編」'94 p274
「近松全集（岩波）17解説編」'94 p286
薩摩守
　　北川忠彦ほか校注　「中世の文学　第1期〔22〕」'95 p96
薩摩守忠度（近松門左衛門）
　　藤井紫影校註　「近松全集（思文閣）2」'78 p399
　　「近松全集（岩波）1」'85 p275
　　「近松全集（岩波）17影印編」'94 p141
　　「近松全集（岩波）17解説編」'94 p148
さつまふし
　　荻田清ほか編　「近世文学選〔1〕」'94 p177
雑文穿袋（朱楽館主人）
　　「洒落本大成8」'80 p175
箚録（浅見絅斎）
　　西順蔵，阿部隆一，丸山真男校注　「日本思想大系31」'80 p318
雑話筆記（若林強斎）
　　西順蔵，阿部隆一，丸山真男校注　「日本思想大系31」'80 p463
さてもそののち……（松尾芭蕉）
　　井本農一，久富哲雄，村松友次，堀切実校注・訳　「新編日本古典文学全集71」'97 p306
佐藤浦之助（只野真葛）
　　古谷知新編　「江戸時代女流文学全集3」'01 p460
佐藤忠信廿日正月（竹本義太夫）
　　「竹本義太夫浄瑠璃正本集上」'95 p396
佐藤忠信廿日正月（近松門左衛門）
　　藤井紫影校註　「近松全集（思文閣）4」'78 p695
粋が酔たか左登能花
　　「洒落本大成25」'86 p189
茶道の政道の助となるべきを論へる文（井伊直弼）
　　奈良本辰也校注　「日本思想大系38」'76 p345
佐渡御書
　　堀一郎訳　「古典日本文学全集15」'61 p191
佐渡嶋日記
　　郡司正勝校注　「日本古典文学大系98」'65 p364
佐渡嶋日記（佐渡嶋長五郎）
　　守随憲治訳　「古典日本文学全集36」'62 p238
さとずめ（安永六年正月序）
　　武藤禎夫編　「噺本大系11」'79 p106
青楼育咄雀（寛政五年正月刊）（桃栗山人）
　　武藤禎夫編　「噺本大系18」'79 p27
柳巷訛言（朋誠堂喜三二）
　　「洒落本大成12」'81 p105
　　浜田義一郎，武藤禎夫編　「日本小咄集成下」'71 p167
　　「噺本大系12」'79 p29
廓意気地（十辺舎）

148　日本古典文学全集・作品名綜覧

「洒落本大成21」'84 p207
廓宇久為寿(鼻山人)
　　「洒落本大成26」'86 p143
吉原細見里のをだ巻評(風来散人)
　　「洒落本大成6」'79 p173
二筋道後篇廓の癖(梅暮里谷峨)
　　「洒落本大成18」'83 p65
里䪫風語(風来散人)
　　「洒落本大成10」'80 p233
花街風流解(大眼子撰)
　　「洒落本大成27」'87 p183
花街模様薊色縫(十六夜清心)(河竹黙阿弥)
　　河竹登志夫ほか監修 「名作歌舞伎全集10」'68 p67
左内書簡(橋本左内)
　　佐藤昌介,植手通有,山口宗之校注 「日本思想大系55」'71 p557
早苗の讃(松尾芭蕉)
　　井本農一,弥吉菅一,横沢三郎,尾形仂校注 「校本芭蕉全集6」'89 p366
　　弥吉菅一,赤羽学,西村真砂子,檀上正孝 「芭蕉紀行集2」'68 p161
真田
　　芳賀矢一,佐佐木信綱校註 「謡曲叢書2」'87 p66
讃岐集(讃岐)
　　和歌史研究会編 「私家集大成3」'74 p350
讃岐典侍日記(讃岐典侍)
　　石井文夫校注・訳 「新編日本古典文学全集26」'94 p385
　　玉井幸助校註 「日本古典全書〔23〕」'53 p113
　　藤岡忠美,中野幸一,犬養廉(ほか)校注・訳 「日本古典文学全集18」'71 p371
信明集(源信明)
　　和歌史研究会編 「私家集大成1」'73 p362
　　「日本文学大系12」'55 p587
実淳集(藤原実淳)
　　和歌史研究会編 「私家集大成6」'76 p936
実家卿集(藤原実家)
　　和歌史研究会編 「私家集大成3」'74 p108
実条公御詠草(三条西実条)
　　和歌史研究会編 「私家集大成7」'76 p1092
　　和歌史研究会編 「私家集大成7」'76 p1093
実方
　　芳賀矢一,佐佐木信綱校註 「謡曲叢書2」'87 p70
実方朝臣集(藤原実方)
　　和歌史研究会編 「私家集大成1」'73 p636
　　和歌史研究会編 「私家集大成1」'73 p654
実方集(藤原実方)
　　和歌史研究会編 「私家集大成1」'73 p662

犬養廉,後藤祥子,平野由紀子校注 「新日本古典文学大系28」'94 p187
実方中将集(藤原実方)
　　和歌史研究会編 「私家集大成1」'73 p642
実兼公集(西園寺実兼)
　　和歌史研究会編 「私家集大成5」'74 p97
実朝歌拾遺(源実朝)
　　樋口芳麻呂校注 「新潮日本古典集成〔46〕」'81 p191
実朝集―金槐集私鈔(源実朝)
　　斎藤茂吉評釈 「古典日本文学全集21」'60 p3
実検実盛
　　芳賀矢一,佐佐木信綱校註 「謡曲叢書2」'87 p149
実盛
　　芳賀矢一,佐佐木信綱校註 「謡曲叢書2」'87 p74
実盛(世阿弥)
　　伊藤正義校注 「新潮日本古典集成〔59〕」'86 p105
　　西野春雄校注 「新日本古典文学大系57」'98 p615
　　小山弘志,佐藤健一郎校注・訳 「新編日本古典文学全集58」'97 p174
佐野のわたり(宗碩)
　　鶴崎裕雄,福田秀一校注 「新日本古典文学大系51」'90 p461
左比志遠理序(与謝蕪村)
　　潁原退蔵編著 「蕪村全集1」'48 p394
淋敷座之慰
　　高野辰之編 「日本歌謡集成6」'60 p123
　　笹野堅校註 「日本古典全書〔87〕」'56 p117
「さびしげに」詞書(松尾芭蕉)
　　井本農一,久富哲雄,村松友次,堀切実校注・訳 「新編日本古典文学全集71」'97 p274
「さびしげに」の詞書(松尾芭蕉)
　　井本農一,弥吉菅一,横沢三郎,尾形仂校注 「校本芭蕉全集6」'89 p437
「寂しさの」歌仙(松尾芭蕉)
　　島居清著 「芭蕉連句全註解別1」'83 p49
左兵衛佐藤は雄爵を授けられ、(嵯峨天皇)
　　菅野礼行,徳田武校注・訳 「新編日本古典文学全集86」'02 p58
三郎次(只野真葛)
　　古谷知新編 「江戸時代女流文学全集3」'01 p434
「さまざまの」付合(松尾芭蕉)
　　島居清著 「芭蕉連句全註解5」'81 p43
五月雨(季吟)
　　雲英末雄,山下一海,丸山一彦,松尾靖秋校注・訳 「新編日本古典文学全集72」'01 p429

「さみだれを」歌仙（松尾芭蕉）
　島居清著　「芭蕉連句全註解6」'81 p33
「さみだれを」の巻（松尾芭蕉）
　「芭蕉紀行集3」'71 p179
寒川入道筆記（慶長十八年成立）
　武藤禎夫，岡雅彦編　「噺本大系1」'75 p3
鞘当
　郡司正勝校注　「日本古典文学大系98」'65 p165
前句諸点咲やこの花
　静竹窓菊子編　「俳書叢刊 第7期3」'62 p1
亮々遺稿（木下幸文）
　「国歌大系18」'76 p383
座右の銘（松尾芭蕉）
　井本農一，弥吉菅一，横沢三郎，尾形仂校注
　「校本芭蕉全集6」'89 p384
佐遊李葉（百合女）
　古谷知新編　「江戸時代女流文学全集4」'01 p83
小夜嵐
　「徳川文芸類聚3」'70 p24
小夜衣
　市古貞次，三角洋一編　「鎌倉時代物語集成3」
　'90 p347
　芳賀矢一，佐佐木信綱校註　「謡曲叢書2」'87
　p89
さよごろも付ゑんや物語（寛文九年刊本）
　横山重ほか編　「室町時代物語大成6」'78 p150
狭夜衣鴛鴦剣翅（並木宗輔）
　角田一郎，内山美樹子校注　「新日本古典文学大
　系93」'91 p135
さよひめ（京大美学研究室蔵奈良絵本）
　太田武夫校訂　「室町時代物語集4」'62 p423
さよひめのさうし（赤木文庫蔵古写本）
　横山重ほか編　「室町時代物語大成6」'78 p170
更科姨捨月之弁（松尾芭蕉）
　井本農一，弥吉菅一，横沢三郎，尾形仂校注
　「校本芭蕉全集6」'89 p375
　井本農一，久富哲雄，村松友次，堀切実校注・訳
　「新編日本古典文学全集71」'97 p232
　弥吉菅一，赤羽学，西村真砂子，檀上正孝　「芭
　蕉紀行集2」'68 p165
更科紀行（松尾芭蕉）
　井本農一，弥吉菅一，横沢三郎，尾形仂校注
　「校本芭蕉全集6」'89 p95
　井本農一訳　「古典日本文学全集31」'61 p196
　富山奏校注　「新潮日本古典集成〔72〕」'78 p94
　井本農一，久富哲雄，村松友次，堀切実校注・訳
　「新編日本古典文学全集71」'97 p65
　麻生磯次訳注　「対訳古典シリーズ〔18〕」'88
　p161
　井本農一，堀信夫，村松友次校注・訳　「日本古
　典文学全集41」'72 p331

弥吉菅一，赤羽学，西村真砂子，檀上正孝　「芭
　蕉紀行集2」'68 p148
更科紀行（付・沖森本真蹟推敲本）（松尾芭蕉）
　井本農一，大谷篤蔵編　「校本芭蕉全集別1」'91
　p129
『更科紀行』について（松尾芭蕉）
　弥吉菅一，赤羽学，西村真砂子，檀上正孝　「芭
　蕉紀行集2」'68 p43
更科日記（菅原孝標女）
　「有精堂校注叢書〔4〕」'87 p1
更級日記（菅原孝標女）
　臼田甚五郎，柿本奨，清水文雄（ほか）編　「鑑
　賞日本の古典文学10」'75 p291
　中野幸一著　「鑑賞日本の古典7」'80 p409
　犬養廉校注・訳　「完訳日本の古典24」'84 p311
　竹西寛子訳　「現代語訳 日本の古典7」'81 p49
　井上靖訳　「国民の文学7」'64 p189
　関みさを訳　「古典日本文学全集8」'60 p249
　秋山虔校注　「新潮日本古典集成〔27〕」'80 p11
　吉岡曠校注　「新日本古典文学大系24」'89 p371
　犬養廉校注・訳　「新編日本古典文学全集26」'94
　p273
　吉岡曠訳・注　「全対訳日本古典新書〔8〕」'76
　p12
　池田利夫訳注　「対訳古典シリーズ〔10〕」'88
　p11
　玉井幸助校註　「日本古典全書〔22〕」'50 p71
　藤岡忠美，中野幸一，犬養廉（ほか）校注・訳「日
　本古典文学全集18」'71 p283
　鈴木知太郎，川口久雄，遠藤嘉基，西下経一校
　注　「日本古典文学大系20」'57 p479
　三角洋一校注・訳　「日本の文学 古典編18」'86
　p9
　「日本文学大系2」'55 p79
　長沢美津編　「女人和歌大系2」'65 p514
さらば笠（小林一茶）
　丸山一彦校注　「一茶全集6」'76 p209
申楽談儀（世阿弥）
　守随憲治訳　「古典日本文学全集36」'62 p216
　久松潜一，西尾実校注　「日本古典文学大系65」
　'51 p483
猿影岸変化退治（富川房信）
　木村八重子校注　「新日本古典文学大系83」'97
　p127
猿毛槍歌（千葉芸閣）
　菅野礼行，徳田武校注・訳　「新編日本古典文学
　全集86」'02 p444
さるげんじ（赤木文庫蔵寛永正保頃丹緑本）
　横山重ほか編　「室町時代物語大成6」'78 p187
さるげんじ（寛永正保頃刊丹緑本）
　太田武夫校訂　「室町時代物語集5」'62 p235

猿源氏色芝居(鱗長)
　伊藤千可良ほか校　「江戸時代文芸資料2」'64 p453
猿源氏草紙
　大島建彦校注・訳　「完訳日本の古典49」'83 p104
　大島建彦校注・訳　「新編日本古典文学全集63」'02 p119
　大島建彦校注・訳　「日本古典文学全集36」'74 p204
　市古貞次校注　「日本古典文学大系38」'58 p165
猿座頭
　内村直也訳　「国民の文学12」'64 p213
　北川忠彦ほか校注　「中世の文学 第1期〔20〕」'94 p182
　竹本幹夫, 橋本朝生校注・訳　「日本の文学 古典編36」'87 p289
猿著聞集(八島定岡)
　関根正直ほか監修　「日本随筆大成Ⅱ-20」'74 p401
猿の草子
　沢井耐三校注　「新日本古典文学大系54」'89 p433
猿の人真似(卜平)
　「洒落本大成5」'79 p309
ざるべし(谷真潮)
　関根正直ほか監修　「日本随筆大成Ⅱ-15」'74 p163
猿丸集(猿丸大夫)
　和歌史研究会編　「私家集大成1」'73 p77
猿丸太夫鹿巻毫(宮本瑞夫, 文耕堂, 三好松洛)
　宮本瑞夫校訂　「叢書江戸文庫Ⅱ-38」'95 p261
猿丸大夫集(猿丸大夫)
　和歌史研究会編　「私家集大成1」'73 p79
　「日本文学大系11」'55 p75
　長連恒編　「日本文学大系12」'55 p697
猿蓑(松尾芭蕉)
　大谷篤蔵, 中村俊定校注　「日本古典文学大系45」'62 p371
猿蓑(向井去来, 向兆)
　白石悌三校注　「新日本古典文学大系70」'90 p257
猿蓑(向井去来, 野沢凡兆編)
　萩原蘿月校註　「日本古典全書〔79〕」'52 p25
猿蓑序(其角)
　雲英末雄, 山下一海, 丸山一彦, 松尾靖秋校注・訳　「新編日本古典文学全集72」'01 p456
『猿蓑』序抄(松尾芭蕉)
　井本農一ほか著　「校本芭蕉全集9」'89 p282
「猿蓑に」歌仙(松尾芭蕉)
　島居清著　「芭蕉連句全註解10」'83 p197

「猿蓑に」の巻(続猿蓑)
　金子金治郎, 暉峻康隆, 中村俊定注解　「日本古典文学全集32」'74 p545
「猿蓑に」の巻(続猿蓑)(松尾芭蕉)
　井本農一, 久富哲雄, 村松友次, 堀切実校注・訳　「新編日本古典文学全集71」'97 p559
猿若
　河竹登志夫ほか監修　「名作歌舞伎全集18」'69 p357
戯言浮世瓢単(異海呉句堂主人季春)
　「洒落本大成17」'82 p9
沢江忠太夫(只野真葛)
　古谷知新編　「江戸時代女流文学全集3」'01 p450
沢田川
　臼田甚五郎, 新間進一, 外村南都子, 徳江元正校注・訳　「新編日本古典文学全集42」'00 p120
沢能根世利(長野義言)
　芳賀登, 松本三之介校注　「日本思想大系51」'71 p407
早蕨(紫式部)
　阿部秋生, 小町谷照彦, 野村精一, 柳井滋著　「鑑賞日本の古典6」'79 p426
　阿部秋生, 秋山虔, 今井源衛, 鈴木日出男校注・訳　「完訳日本の古典22」'88 p9
　円地文子訳　「現代語訳 日本の古典5」'79 p150
　谷崎潤一郎ほか編　「国民の文学4」'63 p307
　阿部秋生ほか校注・訳　「古典セレクション14」'98 p9
　「古典日本文学全集6」'62 p91
　石田穣二, 清水好子校注　「新潮日本古典集成〔24〕」'83 p123
　柳井滋ほか校注　「新日本古典文学大系23」'97 p1
　阿部秋生, 秋山虔, 今井源衛, 鈴木日出男校注・訳　「新編日本古典文学全集24」'97 p343
　「特選日本の古典 グラフィック版5」'86 p125
　池田亀鑑校註　「日本古典全書〔17〕」'55 p111
　阿部秋生, 秋山虔, 今井源衛校注・訳　「日本古典文学全集16」'95 p333
　山岸徳平校注　「日本古典文学大系18」'63 p9
　伊井春樹, 日向一雅, 百川敬仁(ほか)校注・訳　「日本の文学 古典編15」'87 p255
　「日本文学大系6」'55 p190
三愛記(肖柏, 常庵)
　福井久蔵編　「校註日本文芸新篇〔7〕」'50 p147
三彝訓(大我)
　柏原祐泉校注　「日本思想大系57」'73 p7
山駅を暁に発す(野村篁園)
　徳田武注　「江戸詩人選集7」'90 p4
三猿箴(成美)

雲英末雄，山下一海，丸山一彦，松尾靖秋校注・訳　「新編日本古典文学全集72」'01 p568
頴原退蔵著　「評釈江戸文学叢書7」'70 p773
山颪（上田秋成）
　「上田秋成全集11」'94 p145
山海相生物語（別名おこぜ）（赤木文庫蔵絵巻）
　横山重ほか編　「室町時代物語大成6」'78 p205
山海集（井原西鶴）
　頴原退蔵ほか編　「定本西鶴全集11上」'72 p195
参会名護屋（市川団十郎，中村明石清三郎）
　鳥越文蔵，和田修校注　「新日本古典文学大系96」'97 p1
恵方男伊勢梅宿参会名護屋（中村明石清三郎，市川団十郎）
　「徳川文芸類聚6」'70 p1
山家記（木下長嘯子）
　上野洋三校注　「新日本古典文学大系67」'96 p29
『三画一軸』跋抄（松尾芭蕉）
　井本農一ほか著　「校本芭蕉全集9」'89 p388
山家閨怨（荻生徂徠）
　一海知義，池沢一郎注　「江戸漢詩選2」'96 p58
山花集（生方たつゑ）
　長沢美津編　「女人和歌大系6」'78 p475
山家集（西行）
　有吉保，松野陽一，片野達郎編　「鑑賞日本古典文学17」'77 p195
　犬養廉著　「鑑賞日本の古典9」'80 p251
　井上靖訳　「現代語訳日本の古典9」'81 p5
　和歌史研究会編　「私家集大成3」'74 p7
　後藤重郎校注　「新潮日本古典集成〔37〕」'82 p7
　伊藤嘉夫校註　「日本古典全書〔70〕」'47 p27
　伊藤嘉夫校註　「日本古典全書〔70〕」'47 p27
　伊藤嘉夫校註　「日本古典全書〔70〕」'47 p103
　伊藤嘉夫校註　「日本古典全書〔70〕」'47 p166
　風巻景次郎，小島吉雄校注　「日本古典文学大系29」'61 p21
山家集（西行法師）
　「国歌大系11」'76 p155
山家集を慕ふ他（『陸奥衛』）（松尾芭蕉）
　井本農一ほか著　「校本芭蕉全集9」'89 p325
山家心中集（西行）
　近藤潤一校注　「新日本古典文学大系46」'91 p1
山家鳥虫歌（天中原長常南山編）
　荻田清ほか編　「近世文学選〔1〕」'94 p193
　真鍋昌弘校注　「新日本古典文学大系62」'97 p57
　高野辰之編　「日本歌謡集成7」'60 p349
　笹野堅校註　「日本古典全書〔87〕」'56 p273
三月、命を奉じて京都に赴く、途中、桜花盛んに開く（佐久間象山）

坂田新注　「江戸漢詩選4」'95 p135
三月十八日、早起きして将に盥せんとするに、適、微風颯然として吹き、桃花一片、庭に墜つ。二首（一首を録す）（藤田東湖）
　坂田新注　「江戸漢詩選4」'95 p62
三月尽（季吟）
　雲英末雄，山下一海，丸山一彦，松尾靖秋校注・訳　「新編日本古典文学全集72」'01 p428
三月念二日、砂川君に山陽先生の宅に邂逅す。時に先生は嵐山に遊ばんと欲す。（頼山陽）
　入谷仙介注　「江戸詩人選集8」'90 p162
三月の望、確堂学士、門生某某に命じて、青村・橘陰・毅堂・蘆洲、及び余を会す。…余乃ち知る、坡公の「春夜」詩に、「花に清香有り月に陰有り」とは、善く物を状すと為すと。翌日、学士、長句を示さる。即ち原韻を次いで、陪遊の栄を記すと云う（大沼枕山）
　日野龍夫注　「江戸詩人選集10」'90 p247
三月晦日に春を送るに感じて（島田忠臣）
　菅野礼行，徳田武校注・訳　「新編日本古典文学全集86」'02 p122
三月三日紀師匠曲水宴序（紀貫之）
　荻谷朴校註　「日本古典全書〔3〕」'50 p127
三月三日、朱雀院の柏梁殿に（藤原道真）
　菅野礼行，徳田武校注・訳　「新編日本古典文学全集86」'02 p152
三鉄輪（井原西鶴）
　頴原退蔵ほか編　「定本西鶴全集13」'50 p173
山家の時雨（松尾芭蕉）
　井本農一，弥吉菅一，横沢三郎，尾形仂校注　「校本芭蕉全集6」'89 p447
三賀荘曾我嶋台（鶴屋南北）
　菊池明校注　「鶴屋南北全集8」'72 p7
三韓人（小林一茶）
　丸山一彦校注　「一茶全集6」'76 p225
残菊を翫ぶ詞（鵜殿余野子）
　古谷知新編　「江戸時代女流文学全集3」'01 p640
残菊に対して寒月を待つ（藤原道真）
　菅野礼行，徳田武校注・訳　「新編日本古典文学全集86」'02 p151
参議済継集（姉小路済継）
　和歌史研究会編　「私家集大成6」'76 p585
山居（新井白石）
　一海知義，池沢一郎注　「江戸漢詩選2」'96 p107
山居（元政）
　上野洋三注　「江戸詩人選集1」'91 p218
通神孔釈三教色（唐来参和）
　「洒落本大成12」'81 p119
座敷茶番三狂人

「洒落本大成28」'87 p175
山居雑詩(二十三首、うち四首)(仁科白谷)
　徳田武注　「江戸漢詩選1」'96 p206
山居の偶題(元政)
　上野洋三注　「江戸詩人選集1」'91 p248
山居 腐の字を得たり 八首(うち三首)(元政)
　上野洋三注　「江戸詩人選集1」'91 p318
参宮記(北村季吟)
　鈴鹿三七校訂　「北村季吟著作集〔2〕」'63 p123
三外往生記(沙弥蓮禅)
　井上光貞, 大曽根章介校注　「日本思想大系7」'74 p671
山家学生式
　勝又俊教訳　「古典日本文学全集15」'61 p9
山家学生式 付得業学生式・表文(最澄)
　安藤俊雄, 薗田香融校注　「日本思想大系4」'74 p194
三絃弾(市河寛斎)
　揖斐高注　「江戸詩人選集5」'90 p56
山行(西郷隆盛)
　坂田新注　「江戸詩人選集4」'95 p288
山行(梁川星巌)
　入谷仙介注　「江戸詩人選集8」'90 p312
山行(山梨稲川)
　一海知義, 池沢一郎注　「江戸漢詩選2」'96 p194
三光院詠(三条西実枝)
　和歌史研究会編　「私家集大成7」'76 p774
三行記(烏丸資慶)
　上野洋三校注　「新日本古典文学大系67」'96 p93
三教指帰
　渡辺照宏訳　「古典日本文学全集15」'61 p24
三教指帰(空海)
　渡辺照宏, 宮坂宥勝校注　「日本古典文学大系71」'65 p83
山行して雨に遇い、戯れに長句を作る(館柳湾)
　徳田武注　「江戸詩人選集7」'90 p282
三五記(藤原定家)
　佐佐木信綱編　「日本歌学大系4」'56 p313
讃極史(千代丘草庵主人)
　「洒落本大成19」'83 p311
三国伝記
　浜中修編著　「大学古典叢書8」'89 p124
三国伝記(玄棟撰)
　池上洵一校注　「中世の文学 第1期〔9〕」'82 p29
三国伝来無匂線香―政演(山東京伝)
　「古典叢書〔2〕」'89 p55
鑽故紙(大田南畝)

浜田義一郎, 中野三敏, 日野龍夫, 揖斐高編　「大田南畝全集19」'89 p655
山斎(河島皇子)
　菅野礼行, 徳田武校注・訳　「新編日本古典文学全集86」'02 p26
山斎(中臣大島)
　菅野礼行, 徳田武校注・訳　「新編日本古典文学全集86」'02 p28
山斎歌集(鹿持雅澄)
　「国歌大系19」'76 p1
山斎即事(祇園南海)
　山本和義, 横山弘注　「江戸詩人選集3」'91 p292
新版新作咄の総合三才智恵(寛政九年刊)(桜川慈悲成)
　武藤禎夫編　「噺本大系18」'79 p39
三才報徳金毛録(二宮尊徳)
　奈良本辰也, 中井信彦校注　「日本思想大系52」'73 p9
残座訓(鈍九斉章丸)
　「洒落本大成13」'81 p35
三山相闘(播磨国揖保郡)
　曽倉岑, 金井清一著　「鑑賞日本の古典1」'81 p252
三饗余興(大田南畝)
　浜田義一郎, 中野三敏, 日野龍夫, 揖斐高編　「大田南畝全集8」'86 p1
三七全伝南柯夢(滝沢馬琴)
　「古典叢書〔12〕」'89 p187
三七全伝南柯夢後記(滝沢馬琴)
　「古典叢書〔12〕」'89 p344
三十石艪始(並木正三)
　河竹繁俊著　「評釈江戸文学叢書5」'70 p661
三芝居新役者付
　近藤瑞男, 古井戸秀夫校訂　「叢書江戸文庫I-23」'89 p404
三芝居役割番付
　近藤瑞男, 古井戸秀夫校訂　「叢書江戸文庫I-23」'89 p410
三社託宣
　芳賀矢一, 佐佐木信綱校註　「謡曲叢書2」'87 p93
三社託宣(近松門左衛門)
　藤井紫影校註　「近松全集(思文閣)1」'78 p143
三社祭(弥生の花浅草祭)(瀬川如皐(二世))
　河竹登志夫ほか監修　「名作歌舞伎全集19」'70 p199
残集(西行)
　和歌史研究会編　「私家集大成3」'74 p78
三十一日の御巻
　村上重良, 安丸良夫校注　「日本思想大系67」'71 p424

参州一向宗乱記
　笠原一男校注　「日本思想大系17」'72 p275
三住建長禅寺語録（東明慧日）
　玉村竹二編　「五山文学新集別2」'81 p37
三十三ヶ条案文
　宇田敏彦校訂　「未刊随筆百種8」'77 p193
卅三間堂棟由来（柳）
　河竹登志夫ほか監修　「名作歌舞伎全集4」'70 p195
情廓三十三番無陀所
　「洒落本大成9」'80 p345
三十四箇事書（伝 源信）
　多田厚隆，大久保良順，田村芳朗，浅井円道校注　「日本思想大系9」'73 p151
三州設楽郡の田歌（天正の田歌）
　志田延義編　「続日本歌謡集成2」'61 p229
三十人選
　久曽神昇編　「日本歌学大系別6」'84 p100
讃州の菅使君、群臣内宴に侍（島田忠臣）
　菅野礼行，徳田武校注・訳　「新編日本古典文学全集86」'02 p129
三十六人狂歌撰抄（大田南畝）
　浜田義一郎，中野三敏，日野龍夫，揖斐高編　「大田南畝全集1」'85 p51
三十六人集
　「国歌大系12」'76 p1
　「日本文学大系11」'55 p1
三十六人集補遺
　長連恒編　「国歌大系12」'76 p695
三十六人選〔甲〕
　久曽神昇編　「日本歌学大系別6」'84 p109
三十六俳仙図跋（与謝蕪村）
　穎原退蔵編著　「蕪村全集1」'48 p471
蚕種数ノ詞
　志田延義編　「続日本歌謡集成2」'61 p344
三笑
　芳賀矢一，佐佐木信綱校註　「謡曲叢書2」'87 p98
三条右大臣集（藤原定方）
　和歌史研究会編　「私家集大成1」'73 p197
さんせう太夫
　室木弥太郎校注　「新潮日本古典集成〔66〕」'77 p79
　阪口弘之校注　「新日本古典文学大系90」'99 p315
　「徳川文芸類聚8」'70 p85
三荘大夫五人嬢（竹田出雲）
　池山晃校訂　「叢書江戸文庫Ｉ-9」'88 p225
三条西実条詠草慶長五年（三条西実条）
　和歌史研究会編　「私家集大成7」'76 p1084
三条西実連詠草（三条西実連）
　和歌史研究会編　「私家集大成5」'74 p506
三条西実連詠草 享徳四年（三条西実連）
　和歌史研究会編　「私家集大成5」'74 p502
三帖和讃（親鸞）
　伊藤博之校注　「新潮日本古典集成〔50〕」'81 p51
　名畑応順，多屋頼俊，兜木正亨，新間進一校注　「日本古典文学大系82」'64 p43
「残暑暫」半歌仙（松尾芭蕉）
　島居清著　「芭蕉連句全註解6」'81 p161
酸辛
　北川忠彦ほか校注　「中世の文学 第1期〔22〕」'95 p229
産須那社古伝抄（六人部是香）
　芳賀登，松本三之介校注　「日本思想大系51」'71 p221
三聖芭蕉
　井本農一，弥吉菅一，横沢三郎，尾形仂校注　「校本芭蕉全集6」'89 p315
　弥吉菅一，赤羽学，檀上正孝著　「芭蕉紀行集1」'67 p128
三聖図賛（松尾芭蕉）
　井本農一，弥吉菅一，横沢三郎，尾形仂校注　「校本芭蕉全集6」'89 p507
　井本農一，久富哲雄，村松友次，堀切実校注・訳　「新編日本古典文学全集71」'97 p334
三聖図の賛
　弥吉菅一，赤羽学，西村真砂子，檀上正孝　「芭蕉紀行集1」'78 p219
山正懋詩を寄せて、以って予に近什を求む。此れを賦して答謝す（葛子琴）
　水田紀久注　「江戸詩人選集6」'93 p126
三省録（志賀忍著，原義胤補訂）
　関根正直ほか監修　「日本随筆大成II-16」'74 p1
三省録後編（原義胤）
　関根正直ほか監修　「日本随筆大成II-16」'74 p113
三世相（近松門左衛門）
　藤井紫影校註　「近松全集(思文閣)2」'78 p653
　「近松全集(岩波)1」'85 p131
三世相錦繍文章（三世相）（桜田治助（三世））
　河竹登志夫ほか監修　「名作歌舞伎全集15」'69 p307
残雪（季吟）
　雲英末雄，山下一海，丸山一彦，松尾靖秋校注・訳　「新編日本古典文学全集72」'01 p427
女人角砕大峯山 姙娠鱗削日高詣三世道成寺（宮崎伝吉）
　「徳川文芸類聚6」'70 p49
三千世界色修行（大雅舎其鳳）
　「徳川文芸類聚3」'70 p257

三千之紙屑（白眼）
　「洒落本大成20」'83 p343
はいかい三霜（小林一茶）
　矢羽勝幸校注　「一茶全集8」'78 p497
三冊子（服部土芳）
　久松潜一，増淵恒吉編　「校註日本文芸新篇〔3〕」'50 p114
　井本農一校注　「校本芭蕉全集7」'89 p151
　井本農一著　「校本芭蕉全集別1」'91 p245
　谷崎潤一郎ほか編　「国民の文学15」'64 p216
　横沢三郎訳　「古典日本文学全集36」'62 p121
　榎本一郎校注・訳　「新編日本古典文学全集88」'01 p545
　伊地知鉄男，表章，栗山理一校注・訳　「日本古典文学全集51」'73 p517
　木藤才蔵，井本農一校注　「日本古典文学大系66」'61 p379
　俳諧文庫会編　「俳諧文庫会叢書1」'49 p23
　俳諧文庫会編　「俳諧文庫会叢書1」'49 p25
山荘に松樹子を栽う（服部南郭）
　山本和義，横山弘注　「江戸詩人選集3」'91 p174
山荘に花を惜しむ（原采蘋）
　福島理子注　「江戸漢詩選3」'95 p128
山荘の夏日 十韻（野村篁園）
　徳田武注　「江戸詩人選集7」'90 p5
三奏本『金葉和歌集』
　川村晃生，柏木由夫，工藤重矩校注　「新日本古典文学大系9」'89 p353
三足口号、寒山が体に倣ふ（石川丈山）
　菅野礼行，徳田武校注・訳　「新編日本古典文学全集86」'02 p250
山村除夜（上田秋成）
　「上田秋成全集12」'95 p414
山村除夜哥（異文）（上田秋成）
　「上田秋成全集12」'95 p417
山村除夜 山邨元旦（上田秋成）
　「上田秋成全集12」'95 p414
山村晩に歩む（松永尺五）
　菅野礼行，徳田武校注・訳　「新編日本古典文学全集86」'02 p255
標客三躰誌（塩屋艶二）
　「洒落本大成21」'84 p237
三題噺作者評判記
　「徳川文芸類聚12」'70 p79
三大秘法抄（日蓮）
　戸頃重基，高木豊校注　「日本思想大系14」'70 p379
三体和歌
　佐佐木信綱編　「日本歌学大系3」'56 p269
讃嘆

「国歌大系1」'76 p283
山中人饒舌（田能村竹田）
　中村幸彦，野村貴次，麻生磯次校注　「日本古典文学大系96」'65 p515
山中夜坐（亀田鵬斎）
　徳田武注　「江戸漢詩選1」'96 p8
三道（世阿弥）
　奥田勲，表章，堀切実，復本一郎校注・訳　「新編日本古典文学全集88」'01 p351
　伊地知鉄男，表章，栗山理一校注・訳　「日本古典文学全集51」'73 p357
　久松潜一，西尾実校注　「日本古典文学大系65」'51 p469
　表章，加藤周一校注　「日本思想大系24」'74 p133
三度笠ゑづくし（冥途の飛脚）（近松門左衛門）
　「近松全集（岩波）17影印編」'94 p277
　「近松全集（岩波）17解説編」'94 p290
三都仮名話（閣連坊）
　「洒落本大成11」'81 p127
三徳抄（林羅山）
　石田一良，金谷治校注　「日本思想大系28」'75 p151
三都寄合噺（安政四年正月序）（鶴亭秀賀）
　武藤禎夫編　「噺本大系16」'79 p221
三人片輪
　「古典日本文学全集20」'62 p313
　北川忠彦ほか校注　「中世の文学 第1期〔22〕」'95 p134
　古川久校註　「日本古典全書〔93〕」'56 p31
三人片輪（竹柴其水）
　河竹登志夫ほか監修　「名作歌舞伎全集19」'70 p313
三人吉三廓初買（河竹黙阿弥）
　荻原清ほか編　「近世文学選〔1〕」'94 p123
　「古典日本文学全集26」'61 p306
　今尾哲也校注　「新潮日本古典集成〔82〕」'84 p9
　河竹登志夫ほか監修　「名作歌舞伎全集10」'68 p11
三人吉三巴白浪（三人吉三）（河竹黙阿弥）
　河竹繁俊著　「評釈江戸文学叢書6」'70 p655
三人七郎兵衛（松尾芭蕉）
　井本農一，弥吉菅一，横沢三郎，尾形仂校注　「校本芭蕉全集6」'89 p319
三人長者
　北川忠彦ほか校注　「中世の文学 第1期〔22〕」'95 p187
三人夫
　北川忠彦ほか校注　「中世の文学 第1期〔22〕」'95 p23
三人法師

さんに　　　　　作品名

谷崎潤一郎訳 「古典日本文学全集18」'61 p284
市古貞次校注 「日本古典文学大系38」'58 p434
三人法師（赤木文庫蔵寛永頃丹緑本）
　横山重ほか編 「室町時代物語大成6」'78 p211
三人醉酊（三多楼主人）
　「洒落本大成19」'83 p39
三人醉酊（三田舎南江）
　「洒落本大成22」'84 p315
山王和讃（惠心僧都）
　高野辰之編 「日本歌謡集成4」'60 p16
「散のこり」「伊香保の道ゆきぶり」（油谷倭文子）
　長沢美津編 「女人和歌大系3」'68 p137
三番叟
　古川久校註 「日本古典全書〔91〕」'53 p61
三尾
　芳賀矢一　佐佐木信綱校註 「謡曲叢書3」'87 p393
さんぴか
　志田延義編 「続日本歌謡集成5」'62 p171
讃美歌第一編
　志田延義編 「続日本歌謡集成5」'62 p173
讃美歌第二編（抄）
　志田延義編 「続日本歌謡集成5」'62 p355
『杉風句集』序抄（松尾芭蕉）
　井本農一ほか著 「校本芭蕉全集9」'89 p398
杉風の耳のうときを哀れむ（『俳懺悔』）（松尾芭蕉）
　井本農一ほか著 「校本芭蕉全集9」'89 p398
三部経大意（法然）
　大橋俊雄校注 「日本思想大系10」'71 p23
三幅対（無学堂大酔）
　「洒落本大成7」'80 p347
三宝院奮記所載教化
　高野辰之編 「日本歌謡集成4」'60 p225
三宝絵（源為憲撰）
　馬淵和夫, 小泉弘校注 「新日本古典文学大系31」'97 p1
三宝絵詞所載
　高野辰之編 「日本歌謡集成4」'60 p2
散木奇歌集（源俊頼）
　和歌史研究会編 「私家集大成2」'75 p417
散木弃歌集（源俊頼）
　「国歌大系13」'76 p479
散木集注
　久曽神昇編 「日本歌学大系別4」'80 p517
三本柱
　田中千禾夫訳 「現代語訳 日本の古典14」'80 p96
　北川忠彦ほか校注 「中世の文学 第1期〔22〕」'95 p18

三位中将公衡卿集（藤原公衡）
　和歌史研究会編 「私家集大成3」'74 p122
山門（元方正楞）
　玉村竹二編 「五山文学新集別2」'81 p117
楼門五三桐（山門）（並木五瓶）
　河竹登志夫ほか監修 「名作歌舞伎全集8」'70 p3
山門大会教化
　高野辰之編 「日本歌謡集成4」'60 p222
さんやをどり
　荻田清ほか編 「近世文学選〔1〕」'94 p174
三野日記（建部綾足）
　田中善信校注 「新日本古典文学大系79」'92 p433
山遊 渓の字を得たり（二首、うち一首）（元政）
　上野洋三注 「江戸詩人選集1」'91 p203
山陽遺稿詩（抄）
　水田紀久, 頼惟勤, 直井文子校注 「新日本古典文学大系66」'96 p265
三養雑記（山崎美成）
　関根正直ほか監修 「日本随筆大成II-6」'74 p63
山陽詩鈔（抄）
　水田紀久, 頼惟勤, 直井文子校注 「新日本古典文学大系66」'96 p149
山陽先生を挽し奉る（三首、うち二首）（江馬細香）
　福島理子注 「江戸漢詩選3」'95 p66
山陽先生及び秋嵐、春琴二君と同に砂川に遊ぶ 原二首。一を節す（江馬細香）
　福島理子注 「江戸漢詩選3」'95 p21
山陽先生の戯れに賜りし所の詩に次韻し奉る（江馬細香）
　福島理子注 「江戸漢詩選3」'95 p39
三余叢談（長谷川宣昭）
　関根正直ほか監修 「日本随筆大成III-6」'77 p1
山蘿城の寄せらるるに和す（梁田蛻巖）
　徳田武注 「江戸詩人選集2」'92 p123

【し】

「詩あきんど」歌仙（松尾芭蕉）
　島居清著 「芭蕉連句全註解3」'80 p93
詩あきんどの巻（虚栗）
　金子金治郎, 暉峻康隆, 中村俊定注解 「日本古典文学全集32」'74 p371
志家居名美（遊汐楼）
　「洒落本大成29」'88 p149

| 作品名 | しかけ |

椎が本(紫式部)
　谷崎潤一郎ほか編　「国民の文学4」'63 p229
椎本(紫式部)
　阿部秋生, 小町谷照彦, 野村精一, 柳井滋著「鑑賞日本の古典6」'79 p382
　阿部秋生, 秋山虔, 今井源衛, 鈴木日出男校注・訳「完訳日本の古典21」'87 p131
　円地文子訳「現代語訳 日本の古典5」'79 p147
　阿部秋生ほか校注・訳「古典セレクション13」'98 p9
　「古典日本文学全集6」'62 p25
　石田穣二, 清水好子校注「新潮日本古典集成〔23〕」'82 p303
　柳井滋ほか校注「新日本古典文学大系22」'96 p337
　阿部秋生, 秋山虔, 今井源衛, 鈴木日出男校注・訳「新編日本古典文学全集24」'97 p167
　「特選日本の古典 グラフィック版5」'86 p119
　池田亀鑑校註「日本古典全書〔16〕」'54 p248
　阿部秋生, 秋山虔, 今井源衛校注・訳「日本古典文学全集16」'95 p159
　山岸徳平校注「日本古典文学大系17」'62 p337
　伊井春樹, 日向一雅, 百川敬仁(ほか)校注・訳「日本の文学 古典編15」'87 p123
　「日本文学大系6」'55 p84
椎柴(小林一茶)
　矢羽勝幸校注「一茶全集8」'78 p509
椎の葉(才麿)
　桜井武次郎校注「新日本古典文学大系71」'94 p305
児寅を悼む, 四十韻(赤松蘭室)
　菅野礼行, 徳田武校注・訳「新編日本古典文学全集86」'02 p479
慈雲短篇法語(慈雲)
　宮坂宥勝校注「日本古典文学大系83」'64 p397
自詠(藤原道真)
　菅野礼行, 徳田武校注・訳「新編日本古典文学全集86」'02 p153
枏園詠草(加納諸平)
　「国歌大系19」'76 p175
塩竈宮の御本地(慶大斯道文庫蔵写本)
　横山重ほか編「室町時代物語大成6」'78 p236
汐汲(七枚続花の姿絵)(桜田治助(二代))
　河竹登志夫ほか監修「名作歌舞伎全集24」'72 p61
汐路の鐘(松尾芭蕉)
　井本農一, 弥吉菅一, 横沢三郎, 尾形仂校注「校本芭蕉全集6」'89 p547
塩尻(天野信景)
　関根正直ほか監修「日本随筆大成III-13」'77 p1
　関根正直ほか監修「日本随筆大成III-14」'77 p1
　関根正直ほか監修「日本随筆大成III-15」'77 p1
　関根正直ほか監修「日本随筆大成III-16」'77 p1
塩尻拾遺(天野信景)
　関根正直ほか監修「日本随筆大成III-17」'78 p1
　関根正直ほか監修「日本随筆大成III-18」'78 p1
「塩にしても」歌仙(松尾芭蕉)
　島居清彦「芭蕉連句全註解2」'79 p53
塩原多助一代記(河竹新七(三世))
　河竹登志夫ほか監修「名作歌舞伎全集17」'71 p3
試を奉じて, 「王昭君」を賦す(小野末嗣)
　菅野礼行, 徳田武校注・訳「新編日本古典文学全集86」'02 p112
試を奉じて, 「天」を詠ず(小野岑守)
　菅野礼行, 徳田武校注・訳「新編日本古典文学全集86」'02 p111
試を奉じ, 賦して「隴頭秋月明(小野篁)
　菅野礼行, 徳田武校注・訳「新編日本古典文学全集86」'02 p106
しほやきぶんしやう(京大図書館蔵奈良絵本)
　太田武夫校訂「室町時代物語集5」'62 p280
潮 山門を撲つ(祇園南海)
　山本和義, 横山弘注「江戸詩人選集3」'91 p230
「しほらしき」四十四(松尾芭蕉)
　島居清彦「芭蕉連句全註解6」'81 p173
詩を論じ, 小関長卿・中島子玉に贈る(広瀬淡窓)
　岡村繁注「江戸詩人選集9」'91 p99
志賀
　伊藤正義校注「新潮日本古典集成〔59〕」'86 p119
　西野春雄校注「新日本古典文学大系57」'98 p415
自戒集
　「中世文芸叢書10」'67 p129
慈覚大師
　芳賀矢一, 佐佐木信綱校註「謡曲叢書2」'87 p104
自覚談(村山太白)
　森銑三, 北川博邦編「続日本随筆大成5」'80 p107
詩学逢原(祇園南海)
　中村幸彦校注「日本古典文学大系94」'66 p221
仕懸文庫(山東京伝)

日本古典文学全集・作品名綜覧　157

しかこ　　　　　　　　　作品名

「古典叢書〔2〕」'89 p417
「洒落本大成16」'82 p11
水野稔校注　「新日本古典文学大系85」'90 p111
志賀―古名黒主又志賀黒主
　芳賀矢一, 佐佐木信綱校註　「謡曲叢書2」'87 p100
紫家七論(安藤為章)
　平重道, 阿部秋生校注　「日本思想大系39」'72 p422
詞華集注
　久曽神昇編　「日本歌学大系別4」'80 p455
鹿ぞ啼く
　古川久校註　「日本古典全書〔93〕」'56 p173
志賀忠度
　芳賀矢一, 佐佐木信綱校註　「謡曲叢書2」'87 p108
仕形噺(安永二年五月頃刊)(書苑武子編)
　武藤禎夫編　「噺本大系9」'79 p290
私可多咄(中川喜雲)
　宮尾しげを校注　「秘籍江戸文学選8」'75 p93
私可多噺(中川喜雲編)
　武藤禎夫, 岡雅彦編　「噺本大系1」'75 p255
四月十七日、大垣を発して長島に至る。舟中の作。(梁川星巌)
　入谷仙介注　「江戸詩人選集8」'90 p309
四月二十九日、薬師寺村を発し、恒真卿兄弟・別直夫兄弟・岡養静、送りて松江に到る(広瀬旭荘)
　岡村繁注　「江戸詩人選集9」'91 p175
鹿都部真顔
　棚橋正博, 鈴木勝忠, 宇田敏彦注解　「新編日本古典文学全集79」'99 p561
四月望、諸子と同に林司成の谷墅に遊ぶ。韻を分つ　二首(うち一首)(野村篁園)
　徳田武注　「江戸詩人選集7」'90 p97
至花道(世阿弥)
　守随憲治訳　「古典日本文学全集36」'62 p214
　田中裕校注　「新潮日本古典集成〔61〕」'76 p99
　奥田勲, 表章, 堀切実, 復本一郎校注・訳　「新編日本古典文学全集88」'01 p337
　伊地知鐵男, 表章, 栗山理一校注・訳　「日本古典文学全集51」'73 p343
　久松潜一, 西尾実校注　「日本古典文学大系65」'51 p399
　表章, 加藤周一校注　「日本思想大系24」'74 p111
詩画の歌(祇園南海)
　山本和義, 横山弘注　「江戸詩人選集3」'91 p232
志賀の敵討(紀上太郎)
　田川邦子校訂　「叢書江戸文庫Ⅰ-15」'89 p7

鹿の田(豊後国速見郡)
　曽倉岑, 金井清一著　「鑑賞日本の古典1」'81 p254
鹿の巻筆(鹿の武左衛門)
　小高敏郎校注　「日本古典文学大系100」'66 p157
鹿の巻筆(鹿野武左衛門)
　武藤禎, 岡雅彦編　「噺本大系5」'75 p201
　宮尾しげを校注　「秘籍江戸文学選8」'75 p119
滋賀の嶺にのぼりて近江の海を望める歌(上田秋成)
　「上田秋成全集12」'95 p391
飾磨(原采蘋)
　福島理子注　「江戸漢詩選3」'95 p184
飾磨褐布染(五十年忌歌念仏)(近松門左衛門)
　「近松全集(岩波)17影印編」'94 p225
　「近松全集(岩波)17解説編」'94 p239
志賀物語(東京大学国文学研究室藏奈良絵本)
　横山重ほか編　「室町時代物語大成6」'78 p286
しがらみ(広瀬蒙斎)
　森銑三, 北川博邦編　「続日本随筆大成1」'79 p255
詞花和歌集(藤原顕輔撰)
　秋山虔, 久保田淳著　「鑑賞日本の古典3」'82 p321
　「国歌大系4」'76 p115
　工藤重矩校注　「新日本古典文学大系9」'89 p220
　「中世文芸叢書7」'66 p1
　「日本文学大系14」'55 p375
児灌頂私記
　浜中修編著　「大学古典叢書8」'89 p80
四季(鬼貫)
　穎原退蔵編　「評釈江戸文学叢書7」'70 p690
識語集(大田南畝)
　浜田義一郎, 中野三敏, 日野龍夫, 揖斐高編　「大田南畝全集19」'89 p687
　浜田義一郎, 中野三敏, 日野龍夫, 揖斐高編　「大田南畝全集20」'90 p64
信貴山
　芳賀矢一, 佐佐木信綱校註　「謡曲叢書2」'87 p112
信貴山縁起
　桜井徳太郎, 萩原龍夫, 宮田登校注　「日本思想大系20」'75 p23
式子内親王
　芳賀矢一, 佐佐木信綱校註　「謡曲叢書2」'87 p242
式子内親王集(式子内親王)
　「国歌大系14」'76 p203
　佐々木信綱校註　「日本古典全書〔69〕」'48 p9

久松潜一校注 「日本古典文学大系80」'64 p359
式子内親王集(萱斎院御集)(式子内親王)
　長沢美津編 「女人和歌大系2」'65 p434
敷地物狂
　芳賀矢一, 佐佐木信綱校註 「謡曲叢書2」'87 p116
色心二法事(日蓮)
　戸頃重基, 高木豊校注 「日本思想大系14」'70 p373
色道三略巻
　「洒落本大成4」'79 p41
色道小鏡
　野間光辰校注 「日本思想大系60」'76 p133
四季二十紙(上田秋成)
　「上田秋成全集12」'95 p357
四季の詞(鬼貫)
　雲英末雄, 山下一海, 丸山一彦, 松尾靖秋校注・訳 「新編日本古典文学全集72」'01 p444
四季の花(露暁)
　「洒落本大成25」'86 p203
式部卿邦高親王御集(邦高親王)
　和歌史研究会編 「私家集大成6」'76 p930
樒塚
　芳賀矢一, 佐佐木信綱校註 「謡曲叢書2」'87 p122
樒天狗
　芳賀矢一, 佐佐木信綱校註 「謡曲叢書2」'87 p127
四季物語(三笑亭可楽(初代))
　二村文人校訂 「叢書江戸文庫III-45」'99 p153
四季物語(蓬萊山人帰橋)
　伊藤千可良ほか校 「江戸時代文芸資料1」'64 p139
二休咄(貞享五年刊)
　武藤禎, 岡雅彦編 「噺本大系4」'76 p273
私教類聚(吉備真備)
　山岸徳平, 竹内理三, 家永三郎, 大曽根章介校注 「日本思想大系8」'79 p43
私玉抄
　久曽神昇編 「日本歌学大系別8」'89 p2
　久曽神昇編 「日本歌学大系別8」'89 p103
紙魚室雑記(城戸千楯)
　関根正直ほか監修 「日本随筆大成I-2」'75 p181
此筋・千川宛書簡(松尾芭蕉)
　富山奏校注 「新潮日本古典集成[72]」'78 p171
紫禁和歌草(順徳天皇)
　和歌史研究会編 「私家集大成4」'75 p169
竺仙梵僊撰東明和尚塔銘(東明慧日)
　玉村竹二編 「五山文学新集別2」'81 p63
死首のゑがほ(上田秋成)

美山靖校注 「新潮日本古典集成[76]」'80 p67
死首の朝顔(上田秋成)
　中村幸彦, 高田衛校注・訳 「新編日本古典文学全集78」'95 p472
　中村幸彦, 高田衛, 中村博保校注・訳 「日本古典文学全集48」'73 p525
死首の咲がほ(上田秋成)
　中村幸彦校注 「日本古典文学大系56」'59 p181
死首の咲顔(上田秋成)
　「上田秋成全集8」'93 p178
　「上田秋成全集8」'93 p373
　高田衛, 中村博保校注・訳 「完訳日本の古典57」'83 p263
　後藤明生訳 「現代語訳 日本の古典19」'80 p136
　浅野三平訳・注 「全対訳日本古典新書[14]」'81 p94
　重友毅校注 「日本古典全書[106]」'57 p225
死首の咲顔(現代語訳)(上田秋成)
　高田衛, 中村博保校注・訳 「完訳日本の古典57」'83 p263
しぐれ
　沢井耐三校注 「新日本古典文学大系55」'92 p1
しぐれ(赤木文庫蔵正保慶安頃刊本)
　横山重ほか編 「室町時代物語大成6」'78 p341
しぐれ(大東急記念文庫蔵永正十七年写本)
　横山重ほか編 「室町時代物語大成6」'78 p296
しぐれ(東洋文庫蔵奈良絵本)
　横山重ほか編 「室町時代物語大成6」'78 p384
「時雨時雨に」十句(松尾芭蕉)
　島居清著 「芭蕉連句全註解4」'80 p219
「時雨てや」付合(松尾芭蕉)
　島居清著 「芭蕉連句全註解5」'81 p29
時雨の巻(「冬の日」より)(松尾芭蕉)
　穎原退蔵評釈 「古典日本文学全集31」'61 p32
しぐれの物語(享保六年刊本)
　横山重ほか編 「室町時代物語大成補1」'87 p592
詩偈
　西谷啓治訳 「古典日本文学全集15」'61 p284
自警偈(売茶翁)
　末木文美士, 堀川貴司注 「江戸漢詩選5」'96 p127
慈恵大師和讃
　新間進一編 「続日本歌謡集成1」'64 p171
慈恵大師和讃(寶地房證眞)
　高野辰之編 「日本歌謡集成4」'60 p31
仕形落語工風智恵輪(文政四年正月刊)(東里山人)
　武藤禎夫編 「噺本大系15」'79 p140
洞房妓談繁々千話(山東京伝)
　「古典叢書[3]」'89 p405

繁千話（山東京伝）
　「洒落本大成15」'82 p255
　中野三敏, 神保五弥, 前田愛校注・訳 「新編日本古典文学全集80」'00 p129
　中野三敏, 神保五弥, 前田愛校注 「日本古典文学全集47」'71 p149
「重重と」歌仙（松尾芭蕉）
　島居清著 「芭蕉連句全註解別1」'83 p63
繁野話（近路行者（都賀庭鐘））
　須永朝彦編訳 「日本古典文学幻想コレクション3」'96 p218
繁野話（都賀庭鐘）
　徳田武校注 「新日本古典文学大系80」'92 p1
しけゆき（源重之）
　和歌史研究会編 「私家集大成1」'73 p667
重之の子の僧の集（重之子僧）
　和歌史研究会編 「私家集大成1」'73 p704
重之女集（源重之の女）
　和歌史研究会編 「私家集大成1」'73 p706
重之女集（源重之女）
　長沢美津編 「女人和歌大系2」'65 p518
自遣（石川丈山）
　上野洋三注 「江戸詩人選集1」'91 p58
慈元抄
　浜中修編著 「大学古典叢書8」'89 p67
四皓吟（新井白石）
　一海知義, 池沢一郎注 「江戸漢詩選2」'96 p139
支考代筆の口述遺書（松尾芭蕉）
　富山奏校注 「新潮日本古典集成〔72〕」'78 p284
　富山奏校注 「新潮日本古典集成〔72〕」'78 p286
　富山奏校注 「新潮日本古典集成〔72〕」'78 p288
四国落
　麻原美子, 北原保雄校注 「新日本古典文学大系59」'94 p368
四国猿（井原西鶴）
　穎原退蔵ほか編 「定本西鶴全集13」'50 p332
地獄谷（石川丈山）
　上野洋三注 「江戸詩人選集1」'91 p11
四国八十八ヶ所御本尊御詠歌
　高野辰之編 「日本歌謡集成4」'60 p453
『四国遍礼霊場記』巻二 綾松山白峯寺洞林院
　高田衛, 稲田篤信編著 「大学古典叢書1」'85 p133
死骨の笑顔（上田秋成）
　谷崎潤一郎ほか編 「国民の文学17」'64 p90
思妻
　芳賀矢一, 佐佐木信綱校註 「謡曲叢書1」'87 p343
四在詩（田能村竹田）
　徳田武注 「江戸漢詩選1」'96 p97

はなしのほやく自在餅（安永末年頃刊）
　武藤禎夫編 「噺本大系17」'79 p212
四座講法則
　高野辰之編 「日本歌謡集成4」'60 p39
自賛（一休宗純）
　菅野礼行, 徳田武校注・訳 「新編日本古典文学全集86」'02 p238
自賛（東明慧日）
　玉村竹二編 「五山文学新集別2」'81 p46
自賛（売茶翁）
　末木文美士, 堀川貴司注 「江戸漢詩選5」'96 p29
自讚歌
　久曽神昇編 「日本歌学大系別6」'84 p383
自賛三首（売茶翁）
　末木文美士, 堀川貴司注 「江戸漢詩選5」'96 p132
自讚の詞（与謝蕪村）
　穎原退蔵編著 「蕪村全集1」'48 p446
四山の瓢（松尾芭蕉）
　富山奏校注 「新潮日本古典集成〔72〕」'78 p49
　井本農一, 久富哲雄, 村松友次, 堀切実校注・訳 「新編日本古典文学全集71」'97 p199
四山瓢（松尾芭蕉）
　井本農一, 弥吉菅一, 横沢三郎, 尾形仂校注 「校本芭蕉全集6」'89 p326
　井本農一, 大谷篤蔵編 「校本芭蕉全集別1」'91 p206
獅子
　芳賀矢一, 佐佐木信綱校註 「謡曲叢書2」'87 p130
時々庵百韻（元文三、四年）（与謝蕪村）
　穎原退蔵編著 「蕪村全集2」'48 p4
獅子巌和歌集（釋涌蓮）
　「国歌大系17」'76 p541
詩軸集成
　玉村竹二編 「五山文学新集別1」'77 p921
時事五箇条（吉田東洋）
　奈良本辰也校注 「日本思想大系38」'76 p351
孜孜斎詩話（西島蘭渓）
　大谷雅夫校注 「新日本古典大系65」'91 p231
　清水茂, 揖斐高, 大谷雅夫校注 「新日本古典文学大系65」'91 p555
餓指十王
　古川久校註 「日本古典全書〔93〕」'56 p110
紫七論（安藤為章）
　久松潜一, 増淵恒吉編 「校註日本文芸新篇〔3〕」'50 p122
至日書懐（藤森弘庵）

菅野礼行，徳田武校注・訳 「新編日本古典文学全集86」'02 p525
死して亡せざる者は命長し（『放生日』）（松尾芭蕉）
　井本農一ほか著 「校本芭蕉全集9」'89 p393
宍戸
　芳賀矢一，佐佐木信綱校註 「謡曲叢書2」'87 p136
時事 二首（市河寛斎）
　揖斐高注 「江戸詩人選集5」'90 p26
四篠局仮名諷誦（阿仏尼）
　簗瀬一雄編 「校註阿仏尼全集〔1〕」'84 p185
猪の文章
　「洒落本大成1」'78 p309
磁石（じしゃく）　→ "ぎしゃく"を見よ
侍従重衡
　芳賀矢一，佐佐木信綱校註 「謡曲叢書2」'87 p132
志州船台湾漂着話
　加藤貴校訂 「叢書江戸文庫Ⅰ-1」'90 p20
四十二の物あらそひ（仮題）（赤木文庫蔵古写本）
　横山重ほか編 「室町時代物語大成6」'78 p430
四十二の物あらそひ（古活字版丹緑本）
　横山重ほか編 「室町時代物語大成6」'78 p438
四十八癖（式亭三馬）
　「古典叢書〔5〕」'89 p447
　本田康雄校注 「新潮日本古典集成〔80〕」'82 p189
持授抄（山崎闇斎）
　平重道，阿部秋生校注 「日本思想大系39」'72 p129
自述（江馬細香）
　福島理子注 「江戸漢詩選3」'95 p96
自述（頼山陽）
　入谷仙介注 「江戸詩人選集8」'90 p159
四種の学者を咏ず（四首，うち二首）（中島棕隠）
　水田紀久注 「江戸詩人選集6」'93 p319
慈照殿義政公御集（足利義政）
　和歌史研究会編 「私家集大成6」'76 p146
四条河原涼（松尾芭蕉）
　井本農一，久富哲雄，村松友次，堀切実校注・訳 「新編日本古典文学全集71」'97 p305
〔治承三年以前冬〕頼政歌合
　「平安朝歌合大成4」'96 p2529
治承三年九月廿九日右大臣兼実歌合
　「平安朝歌合大成4」'96 p2507
治承三年十月十八日右大臣兼実歌合
　「平安朝歌合大成4」'96 p2508
〔治承三年―寿永元年〕冬内蔵頭季能歌合
　「平安朝歌合大成4」'96 p2543

治承三年六月十日右大臣兼実歌合
　「平安朝歌合大成4」'96 p2506
四条中納言定頼集（藤原定頼）
　和歌史研究会編 「私家集大成2」'75 p185
四条中納言集（藤原定頼）
　和歌史研究会編 「私家集大成2」'75 p177
自照に題す（田能村竹田）
　徳田武注 「江戸漢詩選1」'96 p133
治承二年閏六月廿一日右大臣兼実歌合
　「平安朝歌合大成4」'96 p2477
治承二年九月卅日右大臣兼実歌合
　「平安朝歌合大成4」'96 p2505
治承二年三月十五日権禰宜重保別雷社歌合
　「平安朝歌合大成4」'96 p2437
〔治承二年七月以前〕中宮権大夫時忠歌合
　「平安朝歌合大成4」'96 p2478
治承二年正月権禰宜重保歌合
　「平安朝歌合大成4」'96 p2436
〔治承二年八月廿三日以前〕叡山歌合雑載
　「平安朝歌合大成4」'96 p2493
〔治承二年八月廿三日以前〕前右京権大夫師光歌合雑載
　「平安朝歌合大成4」'96 p2481
〔治承二年八月廿三日以前〕前播磨守隆親歌合
　「平安朝歌合大成4」'96 p2479
〔治承二年八月廿三日以前〕隆信歌合
　「平安朝歌合大成4」'96 p2483
〔治承二年八月廿三日以前〕日吉社五首歌合雑載
　「平安朝歌合大成4」'96 p2488
〔治承二年八月廿三日以前〕遍昭寺歌合
　「平安朝歌合大成4」'96 p2485
〔治承二年八月廿三日以前〕律師範玄歌合
　「平安朝歌合大成4」'96 p2486
〔治承二年八月廿三日以前〕或所歌合雑載
　「平安朝歌合大成4」'96 p2494
治承二年八月或所歌十二番歌合
　「平安朝歌合大成4」'96 p2496
四生の歌合（古活字版丹緑本）
　横山重ほか編 「室町時代物語大成6」'78 p452
厠上の活法（『三上吟』）（松尾芭蕉）
　井本農一ほか編 「校本芭蕉全集9」'89 p367
四条の河原涼み（松尾芭蕉）
　富山奏校注 「新潮日本古典集成〔72〕」'78 p174
四条の納涼（松尾芭蕉）
　井本農一，弥吉菅一，横沢三郎，尾形仂校注 「校本芭蕉全集6」'89 p475
四条宮下野集（四条宮下野）
　和歌史研究会編 「私家集大成2」'75 p276
　犬養廉校注 「新日本古典文学大系28」'94 p445
〔治承四年五月以前〕春日社歌合雑載

「平安朝歌合大成4」'96 p2530
〔治承四年五月以前〕三井寺山家歌合
　「平安朝歌合大成4」'96 p2532
〔治承四年十二月廿四日以前〕中院僧正玄縁歌合
　「平安朝歌合大成4」'96 p2540
四女句集（古谷知新編）
　古谷知新編　「江戸時代女流文学全集4」'01 p443
紫女七論（安藤為章）
　「日本文学古註釈大成〔6〕」'78 p1
思女集
　長沢美津編　「女人和歌大系2」'65 p339
思女集（相模）
　和歌史研究会編　「私家集大成2」'75 p269
児女ねむりさまし（手島堵庵）
　柴田実校注　「日本思想大系42」'71 p143
事々録
　安藤菊二校訂　「未刊随筆百種3」'76 p211
詩人（仁科白谷）
　徳田武注　「江戸漢詩選1」'96 p225
紫塵愚抄と宗祇の周辺（稲賀敬二）
　「中世文芸叢書別1」'67 p437
「市人に」付合（松尾芭蕉）
　島居清författare　「芭蕉連句全註解3」'80 p245
雫に濁る
　市古貞次，三角洋一編　「鎌倉時代物語集成4」'91 p1
例服曾我伊達染（鶴屋南北）
　郡司正勝校訂　「鶴屋南北全集12」'74 p273
閑谷集（閑谷）
　和歌史研究会編　「私家集大成3」'74 p307
賤のをだ巻（森山孝盛）
　関根正直ほか監修　「日本随筆大成III-4」'77 p225
しづのおだまき（小冥野夫）
　森銑三，北川博邦編　「続日本随筆大成12」'81 p277
しづのや歌集（河津美樹）
　「国歌大系15」'76 p615
志都夜乃小菅
　臼井甚五郎，新間進一，外村南都子，徳江元正校注・訳　「新編日本古典文学全集42」'00 p55
辞世（吉田松陰）
　坂田新注　「江戸漢詩選4」'95 p202
時世を謡った巷歌
　志田延義編　「続日本歌謡集成2」'61 p219
子成の画く鴨川夜景図に題す（梁川星巌）
　入谷仙介注　「江戸詩人選集8」'90 p275

市井の女子の私かに色を売り，及び粧飾塗抹するを禁ずると聞く．戯れに賦して以て某君に寄す（成島柳北）
　日野龍夫注　「江戸詩人選集10」'90 p30
子成の訃音を聞き，詩を以て哭し三首を寄す．（うち一首）（梁川星巌）
　入谷仙介注　「江戸詩人選集8」'90 p265
子成の三樹水荘，久家暢斎の韻に次ぐ．暢斎の落句に云う．風流は今日の馬相如と．恐らくは子成の意に非ざるなり．余の詩は故に之が解を為す．（梁川星巌）
　入谷仙介注　「江戸詩人選集8」'90 p248
辞世文草稿（近松門左衛門）
　「近松全集（岩波）17解説編」'94 p28
子成母に随って来りて詩有り．韻に依りて以て呈す．日は中亥に値る（菅茶山）
　黒川洋一注　「江戸詩人選集4」'90 p184
思斉漫録（中村弘毅）
　関根正直ほか監修　「日本随筆大成II-24」'75 p137
賜摂津国西成郡今宮庄弘安之勅書并代々之御牒文序（上田秋成）
　「上田秋成全集11」'94 p270
「時節嚊」歌仙（松尾芭蕉）
　島居清編　「芭蕉連句全註解1」'79 p171
自撰歌（本居宣長）
　「国歌大系16」'76 p1
自然主義の価値（島村抱月）
　久松潜一，増淵恒吉編　「校註日本文芸新篇〔3〕」'50 p200
自然真営道（安藤昌益）
　尾藤正英，島崎隆夫校注　「日本思想大系45」'77 p11
自然真営道〔抄〕（安藤昌益）
　家永三郎ほか校注　「日本古典文学大系97」'66 p591
「自然真営道・統道真伝」原文（安藤昌益）
　家永三郎ほか校注　「日本古典文学大系97」'66 p683
二千石
　北川忠彦ほか校注　「中世の文学 第1期〔20〕」'94 p13
　古川久校註　「日本古典全書〔91〕」'53 p198
自撰本貫之集（紀貫之）
　萩谷朴校註　「日本古典全書〔3〕」'50 p131
四千両小判梅葉（四千両）（河竹黙阿弥）
　河竹登志夫ほか監修　「名作歌舞伎全集12」'70 p65
「地蔵講法則」所載和讃
　新間進一編　「続日本歌謡集成1」'64 p161
使奏心得之事

作品名　　　　　　　　　　　　　　　　　しちよ

安藤菊二校訂　「未刊随筆百種9」'77 p65
地蔵大菩薩四十八体御詠歌
　高野辰之編　「日本歌謡集成4」'60 p469
地蔵堂草紙（桜井慶二郎氏蔵絵巻）
　横山重ほか編　「室町時代物語大成補2」'88 p13
地蔵菩薩応験新記（普門元照）
　西田耕三校訂　「叢書江戸文庫III-44」'98 p5
地蔵舞
　北川忠彦ほか校注　「中世の文学 第1期〔20〕」'94 p230
地蔵和讃
　高野辰之編　「日本歌謡集成4」'60 p501
嗣足改題本二十五種
　武藤禎夫編　「噺本大系19」'79 p261
じぞり弁慶
　浜中修編著　「大学古典叢書8」'89 p81
じぞり弁慶（西尾市立図書館岩瀬文庫蔵奈良絵本）
　横山重ほか編　「室町時代物語大成6」'78 p503
子孫鑑（寒河正親）
　中村幸彦校注　「日本思想大系59」'75 p17
子孫大黒柱（月尋堂）
　「徳川文芸類聚2」'70 p470
信田
　麻原美子，北原保雄校注　「新日本古典文学大系59」'94 p70
盬話水滸伝（鶴屋南北）
　浦山政雄校注　「鶴屋南北全集3」'72 p283
将門秀郷時代世話二挺鼓（山東京伝）
　「古典叢書〔3〕」'89 p67
時代不同歌合
　久曽神昇編　「日本歌学大系別6」'84 p452
　久曽神昇編　「日本歌学大系別6」'84 p472
順集（源順）
　和歌史研究会編　「私家集大成1」'73 p426
舌出し三番叟（再春菘種蒔）
　河竹登志夫ほか監修　「名作歌舞伎全集19」'70 p7
下葉和歌集（堯恵）
　和歌史研究会編　「私家集大成6」'76 p433
「下谷あたりの」付合（松尾芭蕉）
　島居清著　「芭蕉連句全註解別1」'83 p105
志多良（小林一茶）
　丸山一彦校注　「一茶全集6」'76 p95
七箇条制誡（法然）
　大橋俊雄校注　「日本思想大系10」'71 p231
七月、事を紀す（広瀬旭荘）
　岡村繁注　「江戸詩人選集9」'91 p300
七月一日（島田忠臣）
　菅野礼行，徳田武校注・訳　「新編日本古典文学全集86」'02 p123

七月の記（藤屋某女）
　古谷知新編　「江戸時代女流文学全集3」'01 p646
七観（大田南畝）
　浜田義一郎，中野三敏，日野龍夫，揖斐高編　「大田南畝全集6」'88 p265
七騎落
　芳賀矢一，佐佐木信綱校註　「謡曲叢書2」'87 p139
「紫竹集」序（宇治加賀掾）
　守随憲治訳　「古典日本文学全集36」'62 p224
糸竹初心集（中村宗三）
　高野辰之編　「日本歌謡集成6」'60 p183
七言。夏日左相府の書閣に陪（大江匡衡）
　菅野礼行，徳田武校注・訳　「新編日本古典文学全集86」'02 p190
七々集・蜀山雑稿（大田南畝）
　浜田義一郎，中野三敏，日野龍夫，揖斐高編　「大田南畝全集2」'86 p241
七十一番職人歌合
　岩崎佳枝校注　「新日本古典文学大系61」'93 p1
七十二候（上田秋成）
　「上田秋成全集11」'94 p301
七人猩々
　芳賀矢一，佐佐木信綱校註　「謡曲叢書2」'87 p146
七人付句判詞（宗祇）
　木藤才蔵校注　「中世の文学 第1期〔10〕」'82 p297
七番日記（小林一茶）
　宮脇昌三，矢羽勝幸校注　「一茶全集3」'76 p21
七福神落噺（文政十二年刊）
　武藤禎夫編　「噺本大系15」'79 p300
侍中翁主挽歌辞二首、其の一（嵯峨天皇）
　菅野礼行，徳田武校注・訳　「新編日本古典文学全集86」'02 p73
自註独吟百韻（井原西鶴）
　藤村作校訂　「訳註西鶴全集2」'47 p277
市中の巻（「猿蓑」より）（松尾芭蕉）
　樋口功評釈　「古典日本文学全集31」'61 p97
「市中は」歌仙（松尾芭蕉）
　島居清著　「芭蕉連句全註解7」'82 p93
「市中は」の巻（猿蓑）
　金子金治郎，暉峻康隆，中村俊定注解　「日本古典文学全集32」'74 p461
「市中は」の巻（松尾芭蕉）
　井本農一，久富哲雄，村松友次，堀切実校注・訳　「新編日本古典文学全集71」'97 p461
自嘲（鵜殿士寧）
　菅野礼行，徳田武校注・訳　「新編日本古典文学全集86」'02 p414

日本古典文学全集・作品名綜覧　163

自嘲（山梨稲川）
　　一海知義，池沢一郎注　「江戸漢詩選2」'96 p164
歯長寺縁起 複製と翻刻
　　「中世文芸叢書9」'67 p3
七里灘（荻生徂徠）
　　一海知義，池沢一郎注　「江戸漢詩選2」'96 p32
慈鎮和尚自歌合（十禅師跋）（藤原俊成）
　　佐佐木信綱編　「日本歌学大系2」'56 p302
郭中自通誤教（不粋庵歌笛）
　　「洒落本大成29」'88 p397
実妓教
　　「洒落本大成29」'88 p409
十訓抄
　　泉基博編　「和泉古典文庫3」'84 p1
　　泉基博編　「和泉古典文庫3」'84 p77
　　泉基博編　「和泉古典文庫3」'84 p161
　　浅見和彦校注・訳　「新編日本古典文学全集51」'97 p17
楼曲実諷教
　　「洒落本大成17」'82 p279
実語教諺解（覚賢恵空編）
　　山田俊雄，入矢義高，早苗憲生校注　「新日本古典文学大系52」'96 p306
実語教童子教諺解
　　山田俊雄，入矢義高，早苗憲生校注　「新日本古典文学大系52」'96 p303
十才子名月詩集（大田南畝）
　　浜田義一郎，中野三敏，日野龍夫，揖斐高編　「大田南畝全集20」'90 p339
実条公御詠草慶長三年自筆（三条西実条）
　　和歌史研究会編　「私家集大成7」'76 p1083
実条公御詠草慶長二年自筆（三条西実条）
　　和歌史研究会編　「私家集大成7」'76 p1082
実条公御詠草慶長八・九年（三条西実条）
　　和歌史研究会編　「私家集大成7」'76 p1088
実条公御詠草自筆（三条西実条）
　　和歌史研究会編　「私家集大成7」'76 p1080
執政三十六人和歌
　　久曽神昇編　「日本歌学大系別6」'84 p310
十体和歌（心敬）
　　和歌史研究会編　「私家集大成6」'76 p106
実の巻心得方極意
　　「洒落本大成補1」'88 p429
室八嶋（石塚倉子）
　　古谷知新編　「江戸時代女流文学全集4」'01 p103
『しつ屋のうた集』跋（上田秋成）
　　「上田秋成全集11」'94 p253
耳底記（細川幽斎，烏丸光廣）
　　佐佐木信綱編　「日本歌学大系6」'56 p142

子弟に示す（西郷隆盛）
　　坂田新注　「江戸漢詩選4」'95 p299
自適（石川丈山）
　　上野洋三注　「江戸詩人選集1」'91 p150
自適（山梨稲川）
　　一海知義，池沢一郎注　「江戸漢詩選2」'96 p173
寂光門松後万歳（鶴屋南北）
　　大久保忠国校注　「鶴屋南北全集12」'74 p533
此殿
　　臼田甚五郎，新間進一，外村南都子，徳江元正校注・訳　「新編日本古典文学全集42」'00 p151
自伝（上田秋成）
　　「上田秋成全集9」'92 p263
此殿奥
　　臼田甚五郎，新間進一，外村南都子，徳江元正校注・訳　「新編日本古典文学全集42」'00 p152
此殿西
　　臼田甚五郎，新間進一，外村南都子，徳江元正校注・訳　「新編日本古典文学全集42」'00 p152
四天王産湯玉川（鶴屋南北）
　　落合清彦校訂　「鶴屋南北全集7」'73 p157
四天王御江戸鏑（『土蜘蛛』と『中組の綱五郎』）（福森久助）
　　大倉直人，鹿倉秀典，古井戸秀夫校訂　「叢書江戸文庫III-49」'01 p159
四天王十寸鏡
　　「徳川文芸類聚7」'70 p1
四天王楓江戸粧（鶴屋南北）
　　落合清彦校訂　「鶴屋南北全集1」'71 p57
四天王櫓磐（鶴屋南北）
　　浦山政雄校訂　「鶴屋南北全集3」'72 p191
四道九品（宗牧）
　　木藤才蔵校注　「中世の文学　第1期〔14〕」'90 p365
荒五郎茂兵衛金時牛兵衛志道軒往古講釈（山東京伝）
　　「古典叢書〔4〕」'89 p355
紫藤行、老妓藤江の影戯を弄（江村北海）
　　菅野礼行，徳田武校注・訳　「新編日本古典文学全集86」'02 p417
慈道親王集（慈道親王）
　　和歌史研究会編　「私家集大成5」'74 p144
詩楊遷坐（亀井南冥）
　　徳田武注　「江戸漢詩選1」'96 p308
持統天王歌軍法（近松門左衛門）
　　「近松全集（岩波）8」'88 p271
持統天皇歌軍法（近松門左衛門）
　　藤井紫影校註　「近松全集（思文閣）10」'78 p683
　　「近松全集（岩波）17影印編」'94 p291
　　「近松全集（岩波）17解説編」'94 p306
止動方角

作品名　　　　　　　　　　　　　　　　　　　　しのふ

北川忠彦ほか校注　「中世の文学 第1期〔20〕」'94 p156
古川久校註　「日本古典全書〔91〕」'53 p287
「此道や」半歌仙（松尾芭蕉）
　島居清著　「芭蕉連句全註解10」'83 p251
至道要抄（禅竹）
　表章，加藤周一校注　「日本思想大系24」'74 p417
至徳二年石山百韻
　島津忠夫校注　「新潮日本古典集成〔62〕」'79 p45
自得の箴（松尾芭蕉）
　井本農一，弥吉菅一，横沢三郎，尾形仂校注　「校本芭蕉全集6」'89 p320
　富山奏校注　「新潮日本古典集成〔72〕」'78 p47
志度寺縁起 複製と翻刻
　「中世文芸叢書9」'67 p43
しなが鳥
　谷崎潤一郎ほか編　「国民の文学1」'64 p411
品河駅（祇園南海）
　山本和義，横山弘注　「江戸詩人選集3」'91 p294
品川を踏み出したらば（『或問珍』）（松尾芭蕉）
　井本農一ほか著　「校本芭蕉全集9」'89 p393
品川海苔（関東米）
　「洒落本大成19」'83 p323
品川楊枝（芝晋交）
　伊藤千可良ほか校　「江戸時代文芸資料1」'64 p503
　「洒落本大成17」'82 p285
信濃源氏木曽物語（竹本義太夫）
　「竹本義太夫浄瑠璃正本集上」'95 p448
信濃源氏木曾物語（近松門左衛門）
　藤井紫影校註　「近松全集（思文閣）3」'78 p115
信濃国善光寺御詠歌
　高野辰之編　「日本歌謡集成4」'60 p473
信濃ぶり（小林一茶）
　矢羽勝幸校注　「一茶全集8」'78 p555
槻の落葉 信濃漫録（荒木田久老）
　関根正直ほか監修　「日本随筆大成Ⅰ-13」'75 p401
指南車（彙斎平奇山）
　「洒落本大成22」'84 p265
哆南弁乃異則（富士谷御杖）
　佐佐木信綱編　「日本歌学大系8」'56 p9
巳入吉原井の種（寛政九年正月刊）（柳庵主人）
　武藤禎夫編　「噺本大系13」'79 p112
慈忍霞谷に来りて詩を題す。韻に依りて之を示す（元政）
　上野洋三注　「江戸詩人選集1」'91 p246
慈忍に次韻す（二首，うち一首）（元政）

上野洋三注　「江戸詩人選集1」'91 p261
自然居士（観阿）
　田中千禾夫訳　「現代語訳 日本の古典14」'80 p72
　竹本幹夫，橋本朝生校注・訳　「日本の文学 古典編36」'87 p25
　芳賀矢一，佐佐木信綱校註　「謡曲叢書2」'87 p153
自然居士（観阿弥）
　伊藤正義校注　「新潮日本古典集成〔59〕」'86 p129
　小山弘志，佐藤健一郎校注・訳　「新編日本古典文学全集59」'98 p149
自然居士（観阿弥清次）
　「古典日本文学全集20」'62 p129
自然居士（観阿弥，世阿弥）
　西野春雄校注　「新日本古典文学大系57」'98 p629
自然居士（竹本義太夫）
　「竹本義太夫浄瑠璃正本集上」'95 p367
自然居士（近松門左衛門）
　藤井紫影校註　「近松全集（思文閣）3」'78 p483
篠
　臼田甚五郎，新間進一，外村南都子，徳江元正校注・訳　「新編日本古典文学全集42」'00 p33
斯農鄙古間（千霍菴晩季）
　「洒落本大成27」'87 p29
「師の桜」歌仙（松尾芭蕉）
　島居清著　「芭蕉連句全註解3」'80 p155
信田小太郎（竹本義太夫）
　「竹本義太夫浄瑠璃正本集下」'95 p760
信田小太郎（近松門左衛門）
　藤井紫影校註　「近松全集（思文閣）5」'78 p621
しのだづま
　「徳川文芸類聚3」'70 p59
篠目（三条西実隆）
　木藤才蔵校注　「中世の文学 第1期〔14〕」'90 p307
「篠の露」歌仙（松尾芭蕉）
　島居清著　「芭蕉連句全註解8」'82 p227
しのばずが池物語（寛文八年刊本）
　横山重ほか編　「室町時代物語大成6」'78 p525
しのびね物語
　市古貞次，三角洋一編　「鎌倉時代物語集成4」'91 p23
しのびね物語（神宮文庫蔵写本）
　横山重ほか編　「室町時代物語大成6」'78 p534
信夫
　芳賀矢一，佐佐木信綱校註　「謡曲叢書2」'87 p161
忍草売対花籠（柳亭種彦）

日本古典文学全集・作品名綜覧　165

| しのふ | 作品名 |

「古典叢書〔40〕」'90 p45
敵討忍笠時代絵巻（柳亭種彦）
　「古典叢書〔41〕」'90 p79
しのぶぐさ（八田知紀）
　「国歌大系20」'76 p181
四信五品抄（日蓮）
　戸頃重基、高木豊校注　「日本思想大系14」'70
　　p299
「しのぶさへ」付合（松尾芭蕉）
　島居清著　「芭蕉連句全註解3」'80 p179
志濃夫廼舎歌集（橘曙覽）
　「国歌大系20」'76 p1
〔芝居絵落噺貼込帳〕（林屋正蔵）
　武藤禎夫編　「噺本大系19」'79 p168
芝居年中行事（はぢゆう）
　森銑三、北川博邦編　「続日本随筆大成別12」'83
　　p17
柴田
　芳賀矢一、佐佐木信綱校註　「謡曲叢書2」'87
　　p172
柴の戸（松尾芭蕉）
　井本農一、弥吉菅一、横沢三郎、尾形仂校注
　　「校本芭蕉全集6」'89 p293
　井本農一、大谷篤蔵編　「校本芭蕉全集別1」'91
　　p203
　富山奏校注　「新潮日本古典集成〔72〕」'78 p15
「しばの戸に」詞書（松尾芭蕉）
　井本農一、久富哲雄、村松友次、堀切実校注・訳
　　「新編日本古典文学全集71」'97 p169
柴ふく風（平角）
　「未刊連歌俳諧資料4-2」'61 p4
歌舞伎十八番の内暫
　河竹登志夫ほか監修　「名作歌舞伎全集18」'69
　　p79
暫
　河竹繁俊校註　「日本古典全書〔99〕」'52 p257
　郡司正勝校註　「日本古典文学大系98」'65 p141
　河竹繁俊著　「評釈江戸文学叢書6」'70 p281
　河竹繁俊著　「評釈江戸文学叢書6」'70 p316
しばらくのつらね
　荻田清ほか編　「近世文学選〔1〕」'94 p161
揮
　北川忠彦ほか校注　「中世の文学 第1期〔22〕」'95
　　p122
自筆日記断簡（北村季吟）
　鈴鹿三七校訂　「北村季吟著作集〔2〕」'63 p87
邇飛麻那微（賀茂真淵）
　平重道、阿部秋生校注　「日本思想大系39」'72
　　p357
揮り
　古川久校註　「日本古典全書〔91〕」'53 p205

児敏に示す 二十韻（成島柳北）
　日野龍夫注　「江戸詩人選集10」'90 p100
渋笠の銘（松尾芭蕉）
　谷崎潤一郎ほか編　「国民の文学15」'64 p214
西山梅翁蚊柱百韻しふ団返答
　「俳書叢刊3」'88 p65
紫文要領（本居宣長）
　日野龍夫校注　「新潮日本古典集成〔78〕」'83
　　p11
自峯（上田秋成）
　高田衛著　「鑑賞日本の古典18」'81 p39
士峰讃（松尾芭蕉）
　井本農一、弥吉菅一、横沢三郎、尾形仂校注
　　「校本芭蕉全集6」'89 p304
　弥吉菅一、赤羽学、檀上正孝著　「芭蕉紀行集1」
　　'67 p124
仕法四種（二宮尊徳）
　奈良本辰也、中井信彦校注　「日本思想大系52」
　　'73 p49
至宝抄（紹巴）
　奥田勲校注・訳　「日本の文学 古典編37」'87
　　p196
士峰の賛（松尾芭蕉）
　井本農一、久富哲雄、村松友次、堀切実校注・訳
　　「新編日本古典文学全集71」'97 p180
四方の硯（畑維竜）
　関根正直ほか監修　「日本随筆大成I-11」'75
　　p259
士峰の讃
　弥吉菅一、赤羽学、西村真砂子、檀上正孝　「芭
　　蕉紀行集1」'78 p213
児輔門、偶ま恙有り、月余起（鳥山芝軒）
　菅野礼行、徳田武校注・訳　「新編日本古典文学
　　全集86」'02 p311
嶋陰盆山之記（家仁）
　津本信博編　「近世紀行日記文学集成1」'93
　　p324
島島物語
　加藤貴校訂　「叢書江戸文庫I-1」'90 p176
思増山海の習草紙
　「洒落本大成29」'88 p179
島田のしぐれ（松尾芭蕉）
　井本農一、弥吉菅一、横沢三郎、尾形仂校注
　　「校本芭蕉全集6」'89 p495
　井本農一、久富哲雄、村松友次、堀切実校注・訳
　　「新編日本古典文学全集71」'97 p323
島田の時雨（松尾芭蕉）
　富山奏校注　「新潮日本古典集成〔72〕」'78 p203
島衛月白浪（島ちどり）（河竹黙阿弥）
　河竹登志夫ほか監修　「名作歌舞伎全集12」'70
　　p295

島原加賀節
　　高野辰之編　「日本歌謡集成7」'60 p240
原柳巷花語（洛浦愛梅子）
　　「洒落本大成3」'79 p275
廓回粋通鑑（きらく）
　　「洒落本大成16」'82 p179
嶋わたり（古梓堂文庫蔵絵巻）
　　太田武夫校訂　「室町時代物語集5」'62 p170
しみづ物語（国会図書館蔵寛永十四年写本）
　　横山重ほか編　「室町時代物語大成7」'79 p13
しみづ物語（神宮文庫蔵刊本）
　　横山重ほか編　「室町時代物語大成7」'79 p63
しみづ吉高（仮題）（慶応義塾図書館蔵写本）
　　横山重ほか編　「室町時代物語大成6」'78 p591
しみのすみか物語（文化二年正月刊）
　　武藤禎夫編　「噺本大系19」'79 p180
始見山花詞（阿実尼）
　　古谷知新編　「江戸時代女流文学全集3」'01
　　p668
時務策（会沢正志斎）
　　今井宇三郎、瀬谷義彦、尾藤正英校注　「日本思
　　想大系53」'73 p361
志村東渚、病いより起ちて書を饗宮に講じ、遂
に余が宿に抵る。賦して贈る（古賀精里）
　　一海知義、池沢一郎注　「江戸漢詩選2」'96
　　p237
紫明抄（素寂）
　　「日本文学古註釈大成〔7〕」'78 p3
　　「日本文学古註釈大成〔7〕」'78 p283
紫冥大夫に謝し呈す并びに叙（亀井南冥）
　　徳比武注　「江戸漢詩選1」'96 p281
霜月の巻（「冬の日」より）（松尾芭蕉）
　　山崎喜好評釈　「古典日本文学全集31」'61 p64
「霜月や」歌仙（松尾芭蕉）
　　島居清著　「芭蕉連句全註解3」'80 p229
「霜月や」の巻
　　弥吉菅一、赤羽学、西村真砂子、檀上正孝　「芭
　　蕉紀行集1」'78 p230
「霜月や」の巻（松尾芭蕉）
　　弥吉菅一、赤羽学、檀上正孝著　「芭蕉紀行集1」
　　'67 p138
「霜月や」の巻（冬の日）
　　金子金治郎、暉峻康隆、中村俊定注解　「日本古
　　典文学全集32」'74 p399
「霜月や」の巻（冬の日）（松尾芭蕉）
　　井本農一、久富哲雄、村松友次、堀切実校注・訳
　　「新編日本古典文学全集71」'97 p391
下野集（四条宮下野集）（四条宮下野）
　　長沢美津編　「女人和歌大系2」'65 p375
下つふさ集（伊勢貞吃）
　　和歌史研究会編　「私家集大成6」'76 p876

「霜に今」歌仙（松尾芭蕉）
　　島居清著　「芭蕉連句全註解6」'81 p313
霜に嘆ずの巻（安永五年）（与謝蕪村）
　　潁原退蔵編著　「蕪村全集2」'48 p170
下関猫魔達（近松門左衛門）
　　藤井紫影校註　「近松全集（思文閣）5」'78 p559
下関猫魔達（猫魔達）（近松門左衛門）
　　「近松全集（岩波）17影印編」'94 p468
　　「近松全集（岩波）17解説編」'94 p480
霜のはな（小林一茶）
　　矢羽勝幸校注　「一茶全集8」'78 p95
「霜の宿の」付合（松尾芭蕉）
　　島居清著　「芭蕉連句全註解3」'80 p167
『霜の葉』序抄（松尾芭蕉）
　　井本農一ほか著　「校本芭蕉全集9」'89 p398
霜夜鐘十字辻筮（河竹黙阿弥）
　　河竹登志夫訳　「国民の文学12」'64 p409
紫門辞（芭蕉）
　　潁原退蔵著　「評釈江戸文学叢書7」'70 p693
釈迦出世本懐伝記（天正九年写本）
　　太田武夫校訂　「室町時代物語集4」'62 p3
釈迦如来三十二相御詠歌
　　高野辰之編　「日本歌謡集成4」'60 p466
釈迦如来誕生会（近松門左衛門）
　　藤井紫影校註　「近松全集（思文閣）4」'78 p541
　　「近松全集（岩波）8」'88 p507
釈迦如来和讃
　　高野辰之編　「日本歌謡集成4」'60 p294
釈迦の本地（寛永二十年刊本）
　　太田武夫校訂　「室町時代物語集4」'62 p53
　　横山重ほか編　「室町時代物語大成7」'79 p118
釈迦の本地（戸川浜男氏旧蔵写本）
　　横山重ほか編　「室町時代物語大成7」'79 p90
射家圃引（鵜殿士寧）
　　菅野礼行、徳田武校注・訳　「新編日本古典文学
　　全集86」'02 p412
釈迦弥陀恩徳和讃
　　高野辰之編　「日本歌謡集成4」'60 p306
　　高野辰之編　「日本歌謡集成4」'60 p307
　　高野辰之編　「日本歌謡集成4」'60 p311
釈迦牟尼如来和讃
　　高野辰之編　「日本歌謡集成4」'60 p293
釈迦物語（慶長十六年写本）
　　太田武夫校訂　「室町時代物語集4」'62 p23
写経社集（道立編）
　　田中善信校注　「新日本古典文学大系73」'98
　　p173
写経社集の巻（安永五年）（与謝蕪村）
　　潁原退蔵編著　「蕪村全集2」'48 p158
灼艾の吟（元政）
　　上野洋三注　「江戸詩人選集1」'91 p227

釈花八粧矢的文庫（淫水亭開好）
　　青木信光編　「文化文政江戸発禁文庫9」'83 p19
寂室和尚語抄（寂室元光）
　　入矢義高校注　「新日本古典文学大系48」'90 p266
錫杖教化
　　高野辰之編　「日本歌謡集成4」'60 p223
寂身法師集（寂身法師）
　　和歌史研究会編　「私家集大成3」'74 p353
釈尊御誕生和讃
　　高野辰之編　「日本歌謡集成4」'60 p292
寂然法師集（藤原頼業）
　　和歌史研究会編　「私家集大成3」'74 p106
尺八（一休宗純）
　　菅野礼行，徳田武校注・訳　「新編日本古典文学全集86」'02 p237
若木集（此山妙在）
　　上村観光編　「五山文学全集2」'73 p1093
若木集拾遺（此山妙在）
　　上村観光編　「五山文学全集2」'73 p1147
若木集附録（此山妙在）
　　上村観光編　「五山文学全集2」'73 p1157
釈臭正大徳の家の集の序（荷田蒼生子）
　　古谷知新編　「江戸時代女流文学全集3」'01 p664
寂蓮家之集（寂蓮）
　　和歌史研究会編　「私家集大成3」'74 p182
寂蓮集（寂蓮）
　　和歌史研究会編　「私家集大成3」'74 p185
写真鏡（成島柳北）
　　日野龍夫注　「江戸詩人選集10」'90 p88
蛇性の淫（上田秋成）
　　鵜月洋著　「日本古典評釈・全注釈叢書〔25〕」'69 p465
蛇性の婬（上田秋成）
　　「上田秋成全集7」'90 p283
　　高田衛，中村博保校注・訳　「完訳日本の古典57」'83 p85
　　後藤明生訳　「現代語訳 日本の古典19」'80 p82
　　谷崎潤一郎ほか編　「国民の文学17」'64 p42
　　浅野三平校注　「新潮日本古典集成〔75〕」'79 p99
　　中村幸彦，高田衛校注・訳　「新編日本古典文学全集78」'95 p357
　　高田衛，稲田篤信編著　「大学古典叢書1」'85 p76
　　大輪靖宏訳注　「対訳古典シリーズ〔20〕」'88 p172
　　「特選日本の古典 グラフィック版11」'86 p100
　　重友毅校註　「日本古典全書〔106〕」'57 p127

中村幸彦，高田衛，中村博保校注・訳　「日本古典文学全集48」'73 p411
　　中村幸彦校注　「日本古典文学大系56」'59 p98
　　和田万吉著　「評釈江戸文学叢書9」'70 p96
蛇性の婬（現代語訳）（上田秋成）
　　高田衛，中村博保校注・訳　「完訳日本の古典57」'83 p182
沙石集（無住）
　　須永朝彦訳　「日本古典文学幻想コレクション1」'95 p131
　　渡辺綱也校注　「日本古典文学大系85」'66 p55
沙石集（無住編）
　　小島孝之校注・訳　「新編日本古典文学全集52」'01 p17
姿相天
　　芳賀矢一，佐佐木信綱校註　「謡曲叢書3」'87 p106
石橋
　　「古典日本文学全集20」'62 p112
　　小山弘志，佐藤健一郎校注・訳　「新編日本古典文学全集59」'98 p583
　　芳賀矢一，佐佐木信綱校註　「謡曲叢書2」'87 p207
釈教三十六人歌仙（栄海）
　　久曽神昇編　「日本歌学大系別6」'84 p325
舎弟
　　北川忠彦ほか校注　「中世の文学 第1期〔20〕」'94 p166
舎那殿前の松下に茶店を開く（売茶翁）
　　末木文美士，堀川貴司注　「江戸漢詩選5」'96 p66
沙弥戒導師教化（眞喜律師）
　　高野辰之編　「日本歌謡集成4」'60 p181
三味線組歌補遺
　　高野辰之編　「日本歌謡集成6」'60 p395
沙弥蓮愉集（宇都宮景綱）
　　和歌史研究会編　「私家集大成4」'75 p539
洒落堂記（松尾芭蕉）
　　井本農一，弥吉菅一，横沢三郎，尾形仂校注　「校本芭蕉全集6」'89 p451
　　谷崎潤一郎ほか編　「国民の文学15」'64 p203
　　井本農一，久富哲雄，村松友次，堀切実校注・訳　「新編日本古典文学全集71」'97 p282
洒落堂の記（松尾芭蕉）
　　富山奏校注　「新潮日本古典集成〔72〕」'78 p164
舎利
　　芳賀矢一，佐佐木信綱校註　「謡曲叢書2」'87 p210
舎利（近松門左衛門）
　　藤井紫影校註　「近松全集（思文閣）1」'78 p87
舎利講式和讃（永觀律師）

高野辰之編　「日本歌謡集成4」'60 p19
舎利讃歎（慈覺大師）
　高野辰之編　「日本歌謡集成4」'60 p3
舎利和讃
　高野辰之編　「日本歌謡集成4」'60 p303
青楼洒落文台（西村定雅）
　「洒落本大成26」'86 p47
酒飲
　臼田甚五郎, 新間進一, 外村南都子, 徳江元正校注・訳　「新編日本古典文学全集42」'00 p156
時有
　芳賀矢一, 佐佐木信綱校註　「謡曲叢書2」'87 p685
秋鴉主人の佳景に対す（松尾芭蕉）
　井本農一, 弥吉菅一, 横沢三郎, 尾形仂校注　「校本芭蕉全集6」'89 p390
　井本農一, 久富哲雄, 村松友次, 堀切実校注・訳　「新編日本古典文学全集71」'97 p248
拾遺往生伝（三善為康）
　井上光貞, 大曽根章介校注　「日本思想大系7」'74 p277
拾遺御伽婢子（柳糸堂）
　須永朝彦編訳　「日本古典文学幻想コレクション3」'96 p122
　　　「徳川文芸類聚4」'70 p231
拾遺愚草（藤原定家）
　「国歌大系11」'76 p319
　和歌史研究会編　「私家集大成4」'75 p74
　久保田淳著　「藤原定家全歌集上」'85 p7
　久保田淳著　「藤原定家全歌集上」'85 p133
　久保田淳著　「藤原定家全歌集上」'85 p327
拾遺愚草員外（藤原定家）
　「国歌大系11」'76 p618
拾遺愚草員外雑歌（藤原定家）
　久保田淳著　「藤原定家全歌集下」'86 p7
拾遺愚草員外之外（藤原定家）
　久保田淳著　「藤原定家全歌集下」'86 p145
拾遺愚草俟後抄
　石川常彦校注　「中世の文学 第1期〔13〕」'89 p1
拾遺愚草抄出聞書（C類注）
　石川常彦校注　「中世の文学 第1期〔11〕」'83 p113
拾遺愚草不審（注文部）
　石川常彦校注　「中世の文学 第1期〔11〕」'83 p297
拾遺抄注
　久曽神昇編　「日本歌学大系別4」'80 p385
宗伊宗祇湯山両吟
　島津忠夫校注　「新潮日本古典集成〔62〕」'79 p173

十一月朔、舟舳浦を発し狭貫に赴く。風に阻てられて伊吹島に泊す 七首（うち二首）（中島棕隠）
　水田紀久注　「江戸詩人選集6」'93 p304
十一月二十九日、蒲田の梅園を訪い、旧に感ず（成島柳北）
　日野龍夫注　「江戸詩人選集10」'90 p80
拾遺枕草紙花街抄
　「洒落本大成3」'79 p287
拾遺和歌集
　窪田章一郎, 杉谷寿郎, 藤平春男編　「鑑賞日本古典文学7」'75 p293
　秋山虔, 久保田淳著　「鑑賞日本の古典3」'82 p184
　「国歌大系3」'76 p375
　小町谷照彦校注　「新日本古典文学大系7」'90 p1
　「日本文学大系15」'55 p1
　長沢美津編　「女人和歌大系4」'72 p6
拾遺和歌集所載
　高野辰之編　「日本歌謡集成4」'60 p2
宗宇集
　「日本文学大系11」'55 p157
　長連恒編　「日本文学大系12」'55 p710
十雨余言（上田秋成）
　「上田秋成全集12」'95 p344
秋雲什（異文一）（上田秋成）
　「上田秋成全集12」'95 p230
秋雲篇、同舎の郎に示す（小野篁）
　菅野礼行, 徳田武校注・訳　「新編日本古典文学全集86」'02 p118
秋雲篇、同舎の郎に示す（滋野貞主）
　菅野礼行, 徳田武校注・訳　「新編日本古典文学全集86」'02 p119
従江戸日光足利之記（礒谷正卿）
　津本信博編　「近世紀行日記文学集成2」'94 p76
秋園の寓興 二首（うち一首）（野村篁園）
　徳田武注　「江戸詩人選集7」'90 p76
秋翁雑集（上田秋成）
　「上田秋成全集9」'92 p64
酬恩庵本狂雲集
　「中世文芸叢書10」'67 p1
秋花秋に先だちて開く（具平親王）
　菅野礼行, 徳田武校注・訳　「新編日本古典文学全集86」'02 p169
詩友会飲して、同じく鴬声に（藤原道真）
　菅野礼行, 徳田武校注・訳　「新編日本古典文学全集86」'02 p150
集外歌仙（後西天皇撰）
　井上宗雄校注・訳　「新編日本古典文学全集49」'00 p513

秋懐十首（うち三首）（成島柳北）
　日野龍夫注　「江戸詩人選集10」'90 p109
秋海棠元二首。一を節す（江馬細香）
　福島理子注　「江戸漢詩選3」'95 p26
秋懐 二首（服部南郭）
　山本和義，横山弘注　「江戸詩人選集3」'91 p42
秋顔子（小林一茶）
　矢羽勝幸校注　「一茶全集8」'78 p39
十楽の詩 序あり（元政）
　上野洋三注　「江戸詩人選集1」'91 p331
拾花集
　久曽神昇編　「日本歌学大系別8」'89 p1
　久曽神昇編　「日本歌学大系別8」'89 p15
拾菓集
　外村久江，外村南都子校注　「中世の文学 第1期〔17〕」'93 p182
　外村久江，外村南都子校注　「中世の文学 第1期〔17〕」'93 p199
拾菓集（明空編）
　高野辰之編　「日本歌謡集成5」'60 p107
拾菓抄（明空編）
　外村久江，外村南都子校注　「中世の文学 第1期〔17〕」'93 p215
　高野辰之編　「日本歌謡集成5」'60 p125
秀歌選
　久保田淳校注・訳　「日本の文学 古典編27」'87 p173
秀歌大体（藤原定家）
　佐佐木信綱編　「日本歌学大系3」'56 p355
秀歌大躰（藤原定家編）
　山口明穂，久保田淳校注　「中世の文学 第1期〔1〕」'71 p303
十月二日の震災。事を記す（八首のうち三首）（大沼枕山）
　日野龍夫注　「江戸詩人選集10」'90 p218
秋澗泉和尚語録（秋澗道泉）
　玉村竹二編　「五山文学新集6」'72 p3
宗義制法論（日奥）
　藤井学校注　「日本思想大系57」'73 p255
集狂言
　北川忠彦，安田章校注・訳　「完訳日本の古典48」'85 p359
秋興八首并に序（うち一首）（大典顕常）
　末木文美士，堀川貴司注　「江戸漢詩選5」'96 p289
秋暁 病に臥す（広瀬旭荘）
　岡村繁注　「江戸詩人選集9」'91 p251
拾遺集（慈円）
　和歌史研究会編　「私家集大成3」'74 p457
拾玉集（釋慈鎮）
　「国歌大系10」'76 p541

拾玉得花（世阿弥）
　奥田勲，表章，堀切実，復本一郎校注・訳　「新編日本古典文学全集88」'01 p371
　伊地知鉄男，表章，栗山理一校注・訳　「日本古典文学全集51」'73 p377
　久松潜一，西尾実校注　「日本古典文学大系65」'51 p453
　表章，加藤周一校注　「日本思想大系24」'74 p183
秋居の幽興（大沼枕山）
　日野龍夫注　「江戸詩人選集10」'90 p171
集義和書（熊沢蕃山）
　後藤陽一，友枝龍太郎校注　「日本思想大系30」'71 p7
集義和書（補）（熊沢蕃山）
　後藤陽一，友枝龍太郎校注　「日本思想大系30」'71 p357
秀句傘
　北川忠彦ほか校注　「中世の文学 第1期〔20〕」'94 p357
　古川久校註　「日本古典全書〔91〕」'53 p180
十九、重慶に至りて、舟中（雪村友梅）
　菅野礼行，徳田武校注・訳　「新編日本古典文学全集86」'02 p220
従軍（田能村竹田）
　徳田武注　「江戸漢詩選1」'96 p98
秋景山水（田能村竹田）
　徳田武注　「江戸漢詩選1」'96 p116
祝言記（竹本義太夫）
　「竹本義太夫浄瑠璃正本集上」'95 p148
舟興八首（上田秋成）
　「上田秋成全集12」'95 p366
秋江夜泊（原采蘋）
　福島理子注　「江戸漢詩選3」'95 p130
十五番歌合（上田秋成）
　「上田秋成全集12」'95 p319
十五番歌合（藤原公任撰）
　久曽神昇編　「日本歌学大系別6」'84 p96
秀才三十六人和歌
　久曽神昇編　「日本歌学大系別6」'84 p320
十三鐘絹懸柳妹脊山婦女庭訓（近松半二）
　守隨憲治校註　「日本古典全書〔98〕」'49 p305
山中鹿之助野中牛之助十三鐘孝子勲績（滝沢馬琴）
　「古典叢書〔19〕」'90 p47
秋残（二首）（大窪詩仏）
　揖斐高注　「江戸詩人選集5」'90 p343
十三夜、陰瞹。出遊するに懶く、社友も亦至らず。孤坐無聊。細君と対酌して旧に感ず（成島柳北）
　日野龍夫注　「江戸詩人選集10」'90 p136
「十三夜」歌仙（松尾芭蕉）

| 作品名 | | しゅう |

島居清著 「芭蕉連句全註解8」'82 p313
十三夜。杏坪先生に従いて月を春曦楼に賞す
（原采蘋）
　福島理子注 「江戸漢詩選3」'95 p164
秋思（佐久間象山）
　坂田新注 「江戸漢詩選4」'95 p109
繡児を悼む 二首（うち一首）（中島棕隠）
　水田紀久注 「江戸詩人選集6」'93 p212
十七夜、了徳院に遊び、千秋・汝庸・雄飛と同
に賦す（葛子琴）
　水田紀久注 「江戸詩人選集6」'93 p93
秋日叡山に登り、澄上人に謁す（藤原常嗣）
　菅野礼行, 徳田武校注・訳 「新編日本古典文学
全集86」'02 p87
秋日海上の作（荻生徂徠）
　一海知義, 池沢一郎注 「江戸漢詩選2」'96 p46
秋日偶吟（藤原忠通）
　菅野礼行, 徳田武校注・訳 「新編日本古典文学
全集86」'02 p203
秋日郊行雑詩 五首（うち三首）（六如）
　黒川洋一注 「江戸詩人選集4」'90 p322
秋日雑詠（亀田鵬斎）
　徳田武注 「江戸漢詩選1」'96 p23
秋日雑詠（十二首）（菅茶山）
　黒川洋一注 「江戸詩人選集4」'90 p110
囚室雑論（吉田松陰）
　吉田常吉, 藤田省三, 西田太一郎校注 「日本思
想大系54」'78 p590
秋日志を言ふ（藤原周光）
　菅野礼行, 徳田武校注・訳 「新編日本古典文学
全集86」'02 p204
秋日天台に登り、故康上人（藤原有国）
　菅野礼行, 徳田武校注・訳 「新編日本古典文学
全集86」'02 p184
秋日長王宅に於て新羅の客を宴す（阿倍広庭）
　菅野礼行, 徳田武校注・訳 「新編日本古典文学
全集86」'02 p34
秋日深山に入る（嵯峨天皇）
　菅野礼行, 徳田武校注・訳 「新編日本古典文学
全集86」'02 p45
秋日、明光浦に遊ぶ（祇園南海）
　山本和義, 横山弘注 「江戸詩人選集3」'91
p254
秋日、山寺に遊びて作る（皆川淇園）
　菅野礼行, 徳田武校注・訳 「新編日本古典文学
全集86」'02 p460
秋日友人に別る（巨勢識人）
　菅野礼行, 徳田武校注・訳 「新編日本古典文学
全集86」'02 p60
秋日、蓮光寺を訪ふ（荻生徂徠）

　菅野礼行, 徳田武校注・訳 「新編日本古典文学
全集86」'02 p327
執着獅子（英執着獅子）
　河竹登志夫ほか監修 「名作歌舞伎全集24」'72
p13
執心の息筋（井原西鶴）
　江本裕編 「西鶴選集〔4〕」'93 p156
褶振の峯（肥前国松浦郡）
　曽倉岑, 金井清一著 「鑑賞日本の古典1」'81
p259
拾塵和歌集（大内政弘）
　和歌史研究会編 「私家集大成6」'76 p360
修正教化
　高野辰之編 「日本歌謡集成4」'60 p219
修正作法裏書ノ教化
　高野辰之編 「日本歌謡集成4」'60 p209
修正導師作法教化
　高野辰之編 「日本歌謡集成4」'60 p231
秋夕に懐を書して弟に寄す（梁川星巌）
　入谷仙介注 「江戸詩人選集8」'90 p246
秋夕、琵琶湖に泛ぶ 二首（うち一首）（梁田
蛻巌）
　徳田武注 「江戸詩人選集2」'92 p149
秋夕浪華の客舎にて外君に寄す（梁川紅蘭）
　福島理子注 「江戸漢詩選3」'95 p250
十善戒相
　古田紹欽訳 「古典日本文学全集15」'61 p282
鞦韆篇（嵯峨天皇）
　菅野礼行, 徳田武校注・訳 「新編日本古典文学
全集86」'02 p95
「鞦韆篇」和し奉る（滋野貞主）
　菅野礼行, 徳田武校注・訳 「新編日本古典文学
全集86」'02 p97
拾藻鈔（公順）
　和歌史研究会編 「私家集大成5」'74 p128
獣太平記（寛文頃刊本）
　横山重ほか編 「室町時代物語大成4」'76 p309
舟中雑詩 十首（うち二首）（成島柳北）
　日野龍夫注 「江戸詩人選集10」'90 p144
袖中抄
　浜中修編著 「大学古典叢書8」'89 p109
袖中抄（顕昭）
　久曽神昇編 「日本歌学大系別2」'58 p1
舟中に飯を喫す（元政）
　上野洋三注 「江戸詩人選集1」'91 p229
舟中の望（原采蘋）
　福島理子注 「江戸漢詩選3」'95 p160
袖中秘密蔵（正宗龍統）
　玉村竹二編 「五山文学新集4」'70 p241
拾得の韻を次ぐ（五十八首、うち三首）（元政）
　上野洋三注 「江戸詩人選集1」'91 p292

日本古典文学全集・作品名綜覧　171

十二月花鳥譜（何丸）
　雲英末雄，山下一海，丸山一彦，松尾靖秋校注・訳　「新編日本古典文学全集72」'01 p593
十二月廿日夜の作（吉田松陰）
　坂田新注　「江戸漢詩選4」'95 p146
十二月三日、上野より笠置に至る。夜漏二更を下る（梁川紅蘭）
　福島理子注　「江戸漢詩選3」'95 p284
十二段（近松門左衛門）
　藤井紫影校註　「近松全集（思文閣）3」'78 p623
　「近松全集（岩波）2」'87 p571
十二段草子
　高野辰之編　「日本歌謡集成5」'60 p421
十二段草子（赤木文庫蔵寛文頃江戸版）
　横山重ほか編　「室町時代物語大成補2」'88 p19
十二番句合題
　宮本三郎，井本農一，今栄蔵，大内初夫校注「校本芭蕉全集7」'89 p347
十二時（百蟾老人）
　「洒落本大成29」'88 p291
十二人ひめ（寛永十年刊本）
　横山重ほか編　「室町時代物語大成7」'79 p163
十二巻正法眼蔵（道元）
　寺田透，水野弥穂子校注　「日本思想大系13」'72 p305
十二類絵巻（堂本家蔵古絵巻）
　横山重ほか編　「室町時代物語大成7」'79 p179
十人（天理図書館蔵写本）
　横山重ほか編　「室町時代物語大成7」'79 p196
秋熱（江馬細香）
　福島理子注　「江戸漢詩選3」'95 p101
十八大通（三升屋二三治）
　関根正直ほか監修　「日本随筆大成Ⅱ-12」'74 p397
十八大通百手枕（田水金魚）
　伊藤千可良ほか校　「江戸時代文芸資料1」'64 p83
『拾八番句合』跋（松尾芭蕉）
　井本農一，久富哲雄，村松友次，堀切実校注・訳「新編日本古典文学全集71」'97 p167
十八番発句合（松尾芭蕉）
　宮本三郎，井本農一，今栄蔵，大内初夫校注「校本芭蕉全集7」'89 p343
『十八番発句合』跋（松尾芭蕉）
　井本農一，弥吉菅一，横沢三郎，尾形仂校注「校本芭蕉全集6」'89 p290
十八楼の記（松尾芭蕉）
　富山奏校注　「新潮日本古典集成〔72〕」'78 p91
　弥吉菅一，赤羽学，西村真砂子，檀上正孝　「芭蕉紀行集2」'68 p163
十八楼ノ記（松尾芭蕉）
　井本農一，弥吉菅一，横沢三郎，尾形仂校注「校本芭蕉全集6」'89 p371
　井本農一，久富哲雄，村松友次，堀切実校注・訳「新編日本古典文学全集71」'97 p229
十番切
　麻原美子，北原保雄校注　「新日本古典文学大系59」'94 p549
　芳賀矢一，佐佐木信綱校註　「謡曲叢書2」'87 p176
秋晩偶成（広瀬淡窓）
　岡村繁注　「江戸詩人選集9」'91 p63
十番左右合（与謝蕪村）
　潁原退蔵編著　「蕪村全集1」'48 p367
秋晩白菊に題す（藤原道真）
　菅野礼行，徳田武校注・訳　「新編日本古典文学全集86」'02 p160
秋半に樵夫の来りて松蕈を売る。大いさ豆子可りなるに、価を索むるに甚だ貴し。戯れに賦す（六如）
　黒川洋一注　「江戸詩人選集4」'90 p297
秋風抄（眞觀）
　佐佐木信綱編　「日本歌学大系4」'56 p52
秋望（石川丈山）
　上野洋三注　「江戸詩人選集1」'91 p130
秋末に野歩して、偶たま嵯峨帝の陵下に過る。窃かに鄙感を述ぶ（六如）
　黒川洋一注　「江戸詩人選集4」'90 p372
衆妙集（細川幽斎）
　「国歌大系14」'76 p693
　和歌史研究会編　「私家集大成7」'76 p949
　井上宗雄校注・訳　「新編日本古典文学全集49」'00 p499
秋夢集（藤原為家女）
　和歌史研究会編　「私家集大成4」'75 p512
　長沢美津編　「女人和歌大系2」'65 p573
十問最秘抄（二条良基）
　福井久蔵編　「校註日本文芸新篇〔7〕」'50 p69
　木藤才蔵，井本農一校注　「日本古典大系7」'61 p107
秋夜（大沼枕山）
　日野龍夫注　「江戸詩人選集10」'90 p264
秋夜（橋本左内）
　坂田新注　「江戸漢詩選4」'95 p248
秋夜（藤原道真）
　菅野礼行，徳田武校注・訳　「新編日本古典文学全集86」'02 p157
　菅野礼行，徳田武校注・訳　「新編日本古典文学全集86」'02 p160
秋夜閑詠（藤原忠通）
　菅野礼行，徳田武校注・訳　「新編日本古典文学全集86」'02 p205

秋夜舟中より曾応聖に贈る（葛子琴）
　水田紀久注　「江戸詩人選集6」'93 p23
秋夜、諸子と蘭亭先生の宅に（横谷藍水）
　菅野礼行，徳田武校注・訳　「新編日本古典文学全集86」'02 p437
秋夜、姪孫を夢む 三首（菅茶山）
　黒川洋一注　「江戸詩人選集4」'90 p94
秋夜の吟（服部南郭）
　山本和義，横山弘注　「江戸詩人選集3」'91 p23
秋夜の閨情（石上乙麻呂）
　菅野礼行，徳田武校注・訳　「新編日本古典文学全集86」'02 p40
秋夜病中、子文来訪す。因りて賦す（橋本左内）
　坂田新注　「江戸漢詩選4」'95 p208
秋夜野亭に宿す。時に天晴れ（藤原周光）
　菅野礼行，徳田武校注・訳　「新編日本古典文学全集86」'02 p196
秋夜遊清江歌（上田秋成）
　「上田秋成全集12」'95 p406
秋夜、友人に別る。「安」の字を得たり（服部南郭）
　山本和義，横山弘注　「江戸詩人選集3」'91 p109
秋夜旅情（橋本左内）
　坂田新注　「江戸漢詩選4」'95 p224
秀裕之物語（慶応義塾図書館蔵大永六年写本）
　横山重ほか編　「室町時代物語大成7」'79 p204
宗養紹巴永原百韻
　金子金治郎，雲英末雄，暉峻康隆，加藤定彦校注・訳　「新編日本古典文学全集61」'01 p207
十輪院御詠（中院通秀）
　和歌史研究会編　「私家集大成6」'76 p235
秋霖に苦しみ、己に重陽の前日に至る 二首（うち一首）（服部南郭）
　山本和義，横山弘注　「江戸詩人選集3」'91 p159
十六日朝雨の大文字をおもふ（上田秋成）
　「上田秋成全集11」'94 p44
十六羅漢図を見る引（秋山玉山）
　徳田武注　「江戸詩人選集2」'92 p183
宗論
　「古典日本文学全集20」'62 p278
　北川忠彦，安田章　「新編日本古典文学全集60」'01 p387
　北川忠彦ほか校注　「中世の文学 第1期〔20〕」'94 p29
　古川久校註　「日本古典全書〔92〕」'54 p205
『十論為弁抄』抄（松尾芭蕉）
　井本農一ほか注　「校本芭蕉全集9」'89 p391
柔話（太秦武郷）
　宇田敏彦校訂　「未刊随筆百種7」'77 p427

酬和の句（新蹟初稿本）（松尾芭蕉）
　弥吉菅一，赤羽学，西村真砂子，檀上正孝　「芭蕉紀行集1」'78 p163
〔寿永元年以前〕院北面歌合雑載
　「平安朝歌合大成4」'96 p2551
〔寿永元年以前〕右近中将資盛歌合雑載
　「平安朝歌合大成4」'96 p2544
〔寿永元年以前〕経家歌合
　「平安朝歌合大成4」'96 p2549
〔寿永元年以前〕権禰宜重保男女房歌合
　「平安朝歌合大成4」'96 p2550
〔寿永元年以前春〕右近中将有房八幡社歌合雑載
　「平安朝歌合大成4」'96 p2547
〔寿永元年以前〕或所歌合雑載
　「平安朝歌合大成4」'96 p2552
〔寿永元年以前〕或所草合歌
　「平安朝歌合大成4」'96 p2554
寿永元年春日若宮社歌合
　「平安朝歌合大成4」'96 p2555
〔寿永二年以前〕清水寺歌合
　「平安朝歌合大成4」'96 p2564
〔寿永二年以前〕清水歌合
　「平安朝歌合大成4」'96 p2563
〔寿永二年以前〕住吉社歌合
　「平安朝歌合大成4」'96 p2562
〔寿永二年以前〕或所歌合雑載
　「平安朝歌合大成4」'96 p2565
〔寿永二年七月以前夏〕忠度歌合
　「平安朝歌合大成4」'96 p2556
〔寿永二年七月以前〕法橋宗円歌合
　「平安朝歌合大成4」'96 p2558
〔寿永二年七月以前〕或所名所歌合
　「平安朝歌合大成4」'96 p2559
〔寿永二年十一月以前〕左京大夫修範歌合
　「平安朝歌合大成4」'96 p2560
寿永二年或所歌合
　「平安朝歌合大成4」'96 p2567
酒家（新井白石）
　一海知義，池沢一郎注　「江戸漢詩選2」'96 p81
朱学弁（鎌田柳泓）
　柴田実校注　「日本思想大系42」'71 p299
守覚法親王集（守覚法親王）
　和歌史研究会編　「私家集大成3」'74 p160
首夏竹飲（葛子琴）
　水田紀久注　「江戸詩人選集6」'93 p80
修行（松尾芭蕉）
　宮本三郎，井本農一，今栄蔵，大内初夫校注　「校本芭蕉全集7」'89 p127
修行時代までの紹巴—里村紹巴伝考証その一（奥田勲）

「中世文芸叢書別1」'67 p302
種玉篇次抄(宗祇)
　「日本文学古註釈大成〔8〕」'78 p335
鷺孫謠(湯浅常山)
　菅野礼行, 德田武校注・訳　「新編日本古典文学
　　全集86」'02 p410
宿直草(御伽物語)
　高田衛校訂　「叢書江戸文庫I-26」'92 p203
取句法(与謝蕪村)
　潁原退蔵編著　「蕪村全集1」'48 p480
珠光心の文(村田珠光)
　村井康彦校注　「日本思想大系23」'73 p447
守護国界章(最澄)
　安藤俊雄, 薗田香融校注　「日本思想大系4」'74
　　p207
守護国家論(日蓮)
　戸頃重基, 髙木豊校注　「日本思想大系14」'70
　　p13
朱雀門
　芳賀矢一, 佐佐木信綱校註　「謠曲叢書2」'87
　　p214
寿算歌桜花七十章(上田秋成)
　「上田秋成全集12」'95 p107
従三位為理集(藤原為理)
　和歌史研究会編　「私家集大成4」'75 p682
種種御振舞御書
　堀一郎訳　「古典日本文学全集15」'61 p198
修禅寺決(伝 最澄)
　多田厚隆, 大久保良順, 田村芳朗, 浅井円道校
　　注　「日本思想大系9」'73 p41
修禅寺物語(岡本綺堂)
　河竹登志夫ほか監修　「名作歌舞伎全集20」'69
　　p151
朱先生を夢む(安東省庵)
　菅野礼行, 德田武校注・訳　「新編日本古典文学
　　全集86」'02 p270
手談もて機を息む(亀井南冥)
　德田武注　「江戸漢詩選1」'96 p297
酒茶論(赤木文庫蔵寛永刊本)
　横山重ほか編　「室町時代物語大成7」'79 p219
酒茶論(赤木文庫蔵室町末期写本)
　横山重ほか編　「室町時代物語大成7」'79 p214
述懐(藤田東湖)
　坂田新注　「江戸漢詩選4」'95 p15
述懐(文武天皇)
　菅野礼行, 德田武校注・訳　「新編日本古典文学
　　全集86」'02 p29
出観集(覚性法親王)
　和歌史研究会編　「私家集大成2」'75 p567
出家・座頭狂言
　北川忠彦, 安田章校注・訳　「完訳日本の古典48」
　　'85 p306
出獄帰国の間、雑感五十七解(九首を録す)(吉田
　松陰)
　坂田新注　「江戸漢詩選4」'95 p182
述斎偶筆(林大学頭衡)
　森銑三訳　「古典日本文学全集35」'61 p274
出塞の曲(大典顕常)
　末木文美士, 堀川貴司注　「江戸漢詩選5」'96
　　p241
出山(市河寛斎)
　揖斐高注　「江戸詩人選集5」'90 p5
戌子日記(滝沢馬琴)
　「古典叢書〔19〕」'90 p277
戌秋追急水留御普請出来形帳
　安芸皖一校注　「日本思想大系62」'72 p401
出定後語(富永仲基)
　水田紀久, 有坂隆道校注　「日本思想大系43」'73
　　p11
出世景清(近松門左衛門)
　原道生著　「鑑賞日本の古典16」'82 p32
　島越文蔵校注・訳　「新編日本古典文学全集76」
　　'00 p13
　「近松全集(岩波)1」'85 p65
　高野正巳校註　「日本古典全書〔94〕」'50 p135
　守随憲治, 大久保忠国校注　「日本古典文学大系
　　50」'59 p25
しゆつせ景清(近松門左衛門)
　藤井紫影校註　「近松全集(思文閣)2」'78 p595
出世奴小万の伝(柳亭種彦)
　「古典叢書〔41〕」'90 p173
出代の弁(蛯局)
　雲英末雄, 山下一海, 丸山一彦, 松尾靖秋校注・
　　訳　「新編日本古典文学全集72」'01 p521
　潁原退蔵著　「評釈江戸文学叢書7」'70 p746
十本あふぎ(穂久邇文庫蔵奈良絵本)
　横山重ほか編　「室町時代物語大成7」'79 p232
酒呑童子
　市古貞次, 野間光辰編　「鑑賞日本古典文学26」
　　'76 p93
　大島建彦校注・訳　「完訳日本の古典49」'83
　　p213
　大島建彦校注・訳　「日本古典文学全集36」'74
　　p444
　永井竜男訳　「古典日本文学全集18」'61 p242
　市古貞次校注　「日本古典文学大系38」'58 p361
　沢井耐三校注・訳　「日本の文学 古典編38」'86
　　p51
(伊吹山)酒顛童子(岩瀬文庫蔵絵巻)
　横山重ほか編　「室町時代物語大成2」'74 p379
酒伝童子絵

大島建彦校注・訳 「新編日本古典文学全集63」'02 p267
伊吹山(大江山以前)酒典童子(仮題)(赤木文庫旧蔵奈良絵本)
　横山重ほか編 「室町時代物語大成2」'74 p357
(大江山)しゅてん童子(慶応義塾図書館蔵絵巻)
　横山重ほか編 「室町時代物語大成3」'75 p141
(伊吹山)しゅてん童子(大東急記念文庫蔵土佐絵本)
　横山重ほか編 「室町時代物語大成2」'74 p401
酒呑童子枕言葉(近松門左衛門)
　藤井紫影校註 「近松全集(思文閣)8」'78 p263
　「近松全集(岩波)6」'87 p1
　「近松全集(岩波)17影印編」'94 p263
　「近松全集(岩波)17影印編」'94 p263
　「近松全集(岩波)17解説編」'94 p271
　「近松全集(岩波)17解説編」'94 p273
習道書(世阿弥)
　奥田勲，表章，堀切実，復本一郎校注・訳 「新編日本古典文学全集88」'01 p397
　表章，加藤周一校注 「日本思想大系24」'74 p233
酒堂に贈る(松尾芭蕉)
　井本農一，弥吉菅一，横沢三郎，尾形仂校注 「校本芭蕉全集6」'89 p524
酒徒雅(ゑいじ)
　「洒落本大成22」'84 p289
酒飯論(国会図書館蔵絵巻)
　横山重ほか編 「室町時代物語大成7」'79 p243
首尾吟。琴廷調に示す(中島棕隠)
　水田紀久注 「江戸詩人選集6」'93 p188
酒餅論(赤木文庫蔵刊本)
　横山重ほか編 「室町時代物語大成7」'79 p251
入木抄(尊円親王)
　赤井達郎校注 「日本思想大系23」'73 p249
入木抄(尊円法親王)
　安田章生注 「古典日本文学全集36」'62 p245
主馬判官盛久(近松門左衛門)
　藤井紫影校註 「近松全集(思文閣)2」'78 p523
　「近松全集(岩波)1」'85 p423
　「近松全集(岩波)17影印編」'94 p144
　「近松全集(岩波)17解説編」'94 p151
修羅物
　小山弘志，佐藤喜久雄，佐藤健一郎，表章校注・訳 「完訳日本の古典46」'87 p57
手炉(市河寛斎)
　揖斐高注 「江戸詩人選集5」'90 p129
手炉を詠ず(館柳湾)
　徳田武注 「江戸詩人選集7」'90 p192
櫻欄を咏ず(五首、うち一首)(中島棕隠)
　水田紀久注 「江戸詩人選集6」'93 p315

朱魯璵先生の中原に帰るを送(安東省庵)
　菅野礼行，徳田武校注・訳 「新編日本古典文学全集86」'02 p271
俊蔭
　中野幸一校注・訳 「新編日本古典文学全集14」'99 p15
　宮田和一郎校註 「日本古典全書〔4〕」'51 p77
　河野多麻校注 「日本古典文学大系10」'59 p33
俊蔭(宇津保物語)
　須永朝彦訳 「日本古典文学幻想コレクション2」'96 p19
春栄
　伊藤正義校注 「新潮日本古典集成〔59〕」'86 p143
　芳賀矢一，佐佐木信綱校註 「謡曲叢書2」'87 p218
春懐詩。昌黎の秋懐の韻を次ぐ(十首のうち二首)(大沼枕山)
　日野龍夫注 「江戸詩人選集10」'90 p203
順廻能名篇家 莫切自根金生木(唐来参和)
　水野稔校注 「日本古典文学大系59」'58 p115
俊寛
　「古典日本文学全集20」'62 p165
　伊藤正義校注 「新潮日本古典集成〔59〕」'86 p159
　西野春雄校注 「新日本古典文学大系57」'98 p466
　小山弘志，佐藤健一郎校注・訳 「新編日本古典文学全集59」'98 p301
俊寛――名鬼界島
　芳賀矢一，佐佐木信綱校註 「謡曲叢書2」'87 p228
春鑑抄(林羅山)
　石田一良，金谷治校注 「日本思想大系28」'75 p115
俊寛僧都島物語(滝沢馬琴)
　「古典叢書〔12〕」'89 p3
俊寛和讃
　高野辰之編 「日本歌謡集成4」'60 p400
春興(松尾芭蕉)
　井本農一，弥吉菅一，横沢三郎，尾形仂校注 「校本芭蕉全集6」'89 p550
春興噺万歳(文政五年正月刊)(桂文来)
　武藤禎夫編 「噺本大系15」'79 p153
鶉居倭哥集(上田秋成)
　「上田秋成全集12」'95 p249
「春閨怨」に和し奉る(朝野鹿取)
　菅野礼行，徳田武校注・訳 「新編日本古典文学全集86」'02 p63
「春閨怨」に和し奉る(巨勢識人)

菅野礼行, 徳田武校注・訳 「新編日本古典文学全集86」'02 p66
春畊集(心田清播)
　玉村竹二編 「五山文学新集別1」'77 p907
順次往生講式(真源)
　高野辰之編 「日本歌謡集成4」'60 p260
順次往生講武歌謡
　「国歌大系1」'76 p463
春日客懐(祇園南海)
　山本和義, 横山弘注 「江戸詩人選集3」'91 p264
春日丸記(上田秋成)
　「上田秋成全集11」'94 p116
春日北山の故人を尋ぬ(絶海中津)
　菅野礼行, 徳田武校注・訳 「新編日本古典文学全集86」'02 p231
春日偶興(館柳湾)
　徳田武注 「江戸詩人選集7」'90 p275
春日原掾が任に赴くに別る(巨勢識人)
　菅野礼行, 徳田武校注・訳 「新編日本古典文学全集86」'02 p59
春日雑句(館柳湾)
　徳田武注 「江戸詩人選集7」'90 p180
春日雑題(二首, うち一首)(館柳湾)
　徳田武注 「江戸詩人選集7」'90 p334
春日丞相の家門を過ぎる(藤原道真)
　菅野礼行, 徳田武校注・訳 「新編日本古典文学全集86」'02 p141
春日即事(菅茶山)
　黒川洋一注 「江戸詩人選集4」'90 p68
春日即事(館柳湾)
　徳田武注 「江戸詩人選集7」'90 p208
春日即日(江馬細香)
　福島理子注 「江戸漢詩選3」'95 p16
春日, 竹林に坐して感有り(梁田蛻巌)
　徳田武注 「江戸詩人選集2」'92 p142
春日 東都の羽倉明府を懐かしみ奉る(広瀬淡窓)
　岡村繁注 「江戸詩人選集9」'91 p39
春日の偶作(伊藤担庵)
　菅野礼行, 徳田武校注・訳 「新編日本古典文学全集86」'02 p288
春日の作(嵯峨天皇)
　菅野礼行, 徳田武校注・訳 「新編日本古典文学全集86」'02 p89
「春日の作」に和し奉る(有智子内親王)
　菅野礼行, 徳田武校注・訳 「新編日本古典文学全集86」'02 p90
「春日の作」に和し奉る(小野岑守)
　菅野礼行, 徳田武校注・訳 「新編日本古典文学全集86」'02 p91

春日の即興(石川丈山)
　上野洋三注 「江戸詩人選集1」'91 p138
春日, 鵬斎先生を訪れ奉る。時に雷鳴り雪起る。戯れに一絶を呈す(館柳湾)
　徳田武注 「江戸詩人選集7」'90 p225
春日遊清江歌(上田秋成)
　「上田秋成全集12」'95 p401
春笑一刻(大田南畝)
　浜田義一郎, 中野三敏, 日野龍夫, 揖斐高編 「大田南畝全集7」'86 p417
春笑一刻(千金子)
　武藤禎夫編 「噺本大系11」'79 p135
春情花朧夜(吾妻雄兎子)
　青木信光編 「文化文政江戸発禁文庫4」'83 p19
春情妓談床揚帳(柳亭種彦)
　入江智英訳・解説 「秘籍江戸文学選5」'75 p15
　青木信光編 「文化文政江戸発禁文庫5」'83 p19
春情心の多気(女好庵主人)
　青木信光編 「文化文政江戸発禁文庫5」'83 p113
春色梅児誉美(為永春水)
　里美弴訳 「古典日本文学全集28」'60 p213
　中村幸彦校注 「日本古典文学大系64」'62 p39
春色梅暦(為永春水)
　舟橋聖一訳 「国民の文学18」'65 p1
春色梅見舟
　巌谷槙一訳 「国民の文学18」'65 p381
春色恋の手料理(東都佐禰那賀)
　風俗資料研究会編 「秘められたる古典名作全集1」'97 p211
春色三題噺初編(元治元年刊)(春酒家幾久輯)
　武藤禎夫編 「噺本大系16」'79 p243
春色辰巳園
　巌谷槙一訳 「国民の文学18」'65 p111
春色入船日記(女好庵主人)
　青木信光編 「文化文政江戸発禁文庫8」'83 p115
春色恵の花
　巌谷槙一訳 「国民の文学18」'65 p209
春初小疾, 枕上に口占す(館柳湾)
　徳田武注 「江戸詩人選集7」'90 p294
春初 谷口に遊ぶ(元政)
　上野洋三注 「江戸詩人選集1」'91 p264
春初の雑題 三首(館柳湾)
　徳田武注 「江戸詩人選集7」'90 p173
春尽(藤原道真)
　菅野礼行, 徳田武校注・訳 「新編日本古典文学全集86」'02 p148
春水(祇園南海)
　山本和義, 横山弘注 「江戸詩人選集3」'91 p185

春晴（十首、うち一首）（田能村竹田）
　徳田武注　「江戸漢詩選1」'96 p124
俊成卿女集（俊成卿女）
　佐々木信綱校註　「日本古典全書〔69〕」'48 p179
俊成卿女集（藤原俊成女）
　「日本文学大系12」'55 p867
　「日本文学大系12」'55 p897
　長沢美津編　「女人和歌大系2」'65 p479
春声楼、口号（成島柳北）
　日野龍夫注　「江戸詩人選集10」'90 p37
春雪（石川丈山）
　上野洋三注　「江戸詩人選集1」'91 p123
春雪歌（梁田蛻巌）
　菅野礼行, 徳田武校注・訳　「新編日本古典文学全集86」'02 p351
春岬（服部南郭）
　山本和義, 横山弘注　「江戸詩人選集3」'91 p155
春湊浪話（土肥経平）
　関根正直ほか監修　「日本随筆大成III-10」'77 p375
駿台雑話（しゅんだいざつわ）→ "すんだいざつわ"を見よ
春帖咄（天明二年正月刊）
　「噺本大系12」'79 p3
『春泥句集』序（蕪村）
　雲英末雄, 山下一海, 丸山一彦, 松尾靖秋校注・訳　「新編日本古典文学全集72」'01 p549
『春泥句集』序（与謝蕪村）
　村松友次著　「鑑賞日本の古典17」'81 p360
　揖斐高校注・訳　「日本の文学 古典編43」'86 p155
　頴原退蔵編著　「蕪村全集1」'48 p396
準提菩薩念誦霊験記（如実）
　西田耕三校訂　「叢書江戸文庫I-16」'90 p275
春泥発句集序（与謝蕪村）
　横沢三郎訳　「古典日本文学全集36」'62 p152
順徳院御集 附 拾遺（順徳院）
　「国歌大系10」'76 p251
春徳に答う（石川丈山）
　上野洋三注　「江戸詩人選集1」'91 p45
春波楼筆記（司馬江漢）
　関根正直ほか監修　「日本随筆大成I-2」'75 p1
春晩（六如）
　黒川洋一注　「江戸詩人選集4」'90 p281
春晩絶句（梁川星巌）
　入谷仙介注　「江戸詩人選集8」'90 p315
春晩病甚しく、墓を淀水の南に作らんと擬し、此れを賦して子姪に寄す（広瀬旭荘）
　岡村繁注　「江戸詩人選集9」'91 p303
俊秘抄（源俊頼）

俊頼髄脳研究会編　「和泉古典文庫10」'02 p1
俊頼髄脳研究会編　「和泉古典文庫10」'02 p73
春風馬堤曲（蕪村）
　頴原退蔵著　「評釈江戸文学叢書7」'70 p763
春風馬堤曲（与謝蕪村）
　「古典日本文学全集32」'60 p185
　揖斐高校注・訳　「日本の文学 古典編43」'86 p110
　「蕪村秀句〔2〕」'92 p189
春風馬堤曲と澱河歌（与謝蕪村）
　頴原退蔵編著　「蕪村全集1」'48 p476
春風馬堤曲（付）澱河歌・老鶯児（与謝蕪村）
　村松友次著　「鑑賞日本の古典17」'81 p69
「春風や」付合（松尾芭蕉）
　島居清著　「芭蕉連句全註解8」'82 p209
春別曲（秋山玉山）
　菅野礼行, 徳田武校注・訳　「新編日本古典文学全集86」'02 p401
春望（石川丈山）
　上野洋三注　「江戸詩人選集1」'91 p96
春望（虎関師錬）
　菅野礼行, 徳田武校注・訳　「新編日本古典文学全集86」'02 p218
春暮、城西に遊ぶ（祇園南海）
　山本和義, 横山弘注　「江戸詩人選集3」'91 p210
春夢草（肖柏）
　和歌史研究会編　「私家集大成6」'76 p778
春夢独談（沢近嶺）
　森銑三, 北川博邦編　「続日本随筆大成8」'80 p157
春明艸 第三集（橘曙覧）
　土岐善麿校註　「日本古典全書〔74〕」'50 p198
春夜（西郷隆盛）
　坂田新注　「江戸漢詩選4」'95 p286
春夜寓興（中島棕隠）
　水田紀久注　「江戸詩人選集6」'93 p245
春夜酔帰（亀田鵬斎）
　徳田武注　「江戸漢詩選1」'96 p70
春夜に雨を聞く（館柳湾）
　徳田武注　「江戸詩人選集7」'90 p197
春夜寝ねず。戯れに袁中郎が漸漸の詩に和す（元政）
　上野洋三注　「江戸詩人選集1」'91 p183
春夜の宴（服部南郭）
　山本和義, 横山弘注　「江戸詩人選集3」'91 p90
春夜の閨思（成島柳北）
　日野龍夫注　「江戸詩人選集10」'90 p22
春夜、野・木二子過訪す、韻元を得（野村篁園）
　徳田武注　「江戸詩人選集7」'90 p70
春遊興（大我）

浅野建二編　「続日本歌謡集成3」'61 p323
春遊南訶一夢(五面奈斉真平)
　　「洒落本大成補1」'88 p413
春游、人に示す(大沼枕山)
　日野龍夫注　「江戸詩人選集10」'90 p187
春葉集(荷田春滿)
　　「国歌大系15」'76 p265
『春葉集』序(上田秋成)
　　「上田秋成全集11」'94 p264
蔗庵遺藁(季弘大叔)
　玉村竹二編　「五山文学新集6」'72 p273
承安元年〔春〕太皇太后宮亮経盛歌合
　　「平安朝歌合大成4」'96 p2314
承安元年〔夏〕南都松下歌合雑載
　　「平安朝歌合大成4」'96 p2318
承安元年八月十三日全玄法印歌合雑載
　　「平安朝歌合大成4」'96 p2319
承安三年夏左兵衛佐経正歌合
　　「平安朝歌合大成4」'96 p2381
承安三年三月一日右大臣實家歌合
　　「平安朝歌合大成4」'96 p2380
承安三年八月十五日三井寺新羅社歌合
　　「平安朝歌合大成4」'96 p2383
承安三年或所歌合
　　「平安朝歌合大成4」'96 p2397
筱安道社友を招いて会す。予も亦た往かんと欲すれども、疾を以て能わず。追って安道に簡す(大典顕常)
　末木文美士、堀川貴司注　「江戸漢詩選5」'96 p252
承安二年閏十二月宰相入道観蓮歌合
　　「平安朝歌合大成4」'96 p2371
承安二年十二月沙弥道因広田社歌合
　　「平安朝歌合大成4」'96 p2324
承安二年〔秋〕法輪寺歌合
　　「平安朝歌合大成4」'96 p2322
〔承安二年夏―秋〕按察使公通十首歌会
　　「平安朝歌合大成4」'96 p2369
〔承安四年―安元二年〕秋内大臣重盛菊合
　　「平安朝歌合大成4」'96 p2428
〔承安四年―安元二年〕春稲荷社歌合
　　「平安朝歌合大成4」'96 p2427
〔承安四年四月以前〕内山歌合
　　「平安朝歌合大成4」'96 p2398
松陰公子の梅花を索むの二絶句に酬い奉る次韻(二首、うち一首)(館柳湾)
　徳田武注　「江戸詩人選集7」'90 p306
畳韻して高橋蒼山に和す(原采蘋)
　福島理子注　「江戸漢詩選3」'95 p181
松陰随筆(鈴木基之)
　関根正直ほか監修　「日本随筆大成Ⅰ-13」'75 p383
増補生写朝顔話
　樋口慶千代著　「評釈江戸文学叢書4」'70 p831
生写朝顔話(朝顔日記)
　河竹登志夫ほか監修　「名作歌舞伎全集7」'69 p311
湘雲居 六題 并びに序(うち一首)(祇園南海)
　山本和義、横山弘注　「江戸詩人選集3」'91 p275
松雲道者を訪ぬ(広瀬淡窓)
　岡村繁注　「江戸詩人選集9」'91 p11
松栄丸唐国漂流記
　加藤貴校訂　「叢書江戸文庫Ⅰ-1」'90 p80
松翁ひとり言(布施松翁)
　柴田実校注　「日本思想大系42」'71 p293
倡家(新井白石)
　一海知義、池沢一郎注　「江戸漢詩選2」'96 p79
性海霊見遺稿 一巻(鉄舟得済)
　上村観光編　「五山文学全集2」'73 p1237
正覚国師御詠(夢窓疎石)
　和歌史研究会編　「私家集大成5」'74 p161
小学唱歌集
　志田延義編　「続日本歌謡集成5」'62 p39
消夏雑識(松本愚山)
　森銑三、北川博邦編　「続日本随筆大成1」'79 p275
焼蚊辞(嵐蘭)
　雲英末雄、山下一海、丸山一彦、松尾靖秋校注・訳　「新編日本古典文学全集72」'01 p454
松下集(正広)
　和歌史研究会編　「私家集大成6」'76 p254
松下抄(豊原統秋)
　和歌史研究会編　「私家集大成6」'76 p660
唱歌選
　志田延義編　「続日本歌謡集成5」'62 p85
正月
　荻田清ほか編　「近世文学選〔1〕」'94 p190
正月五日、独り東郊に歩む(館柳湾)
　徳田武注　「江戸詩人選集7」'90 p178
正月揃(白眼居士)
　森銑三、北川博邦編　「続日本随筆大成別11」'83 p369
正月六日、散策して墨田川に至る。二絶句を得たり。(うち二首)(梁川星巌)
　入谷仙介注　「江戸詩人選集8」'90 p304
正月もの
　二村文人校訂　「叢書江戸文庫Ⅲ-45」'99 p91
　武藤禎夫編　「噺本大系14」'79 p214
正月四日夜、韻を分かつ(吉田松陰)
　坂田新注　「江戸漢詩選4」'95 p152

娼家用文章（並木新作，菊屋蔵伎）
　「洒落本大成補1」'88 p469
小環
　芳賀矢一，佐佐木信綱校註　「謡曲叢書3」'87
　p652
消閑雑記（岡西惟中）
　関根正直ほか監修　「日本随筆大成III-4」'77
　p179
鐘馗
　芳賀矢一，佐佐木信綱校註　「謡曲叢書2」'87
　p236
情鬼（藤野古白）
　俳諧文庫会編　「俳諧文庫会叢書2」'49 p35
娼妓買指南処
　「洒落本大成28」'87 p235
娼妓絹籭（山東京伝）
　「洒落本大成16」'82 p37
正儀世守
　芳賀矢一，佐佐木信綱校註　「謡曲叢書2」'87
　p182
承久
　芳賀矢一，佐佐木信綱校註　「謡曲叢書2」'87
　p239
承久合戦之間事（日蓮）
　戸頃重基，高木豊校注　「日本思想大系14」'70
　p384
承久記
　益田宗，久保田淳校注　「新日本古典文学大系
　43」'92 p296
城居（市河寛斎）
　揖斐高注　「江戸詩人選集5」'90 p75
松響閣箏話（今泉千春）
　高野辰之編　「日本歌謡集成8」'60 p569
貞享五年春大和行脚の記（真蹟懐紙）（松尾
芭蕉）
　井本農一，大谷篤蔵編　「校本芭蕉全集別1」'91
　p401
上京日記（野村望東尼）
　古谷知新編　「江戸時代女流文学全集3」'01
　p467
上京の謡始（近松門左衛門）
　「近松全集（岩波）15翻刻編」'89 p177
　「近松全集（岩波）15影印編」'89 p147
上京の道の記（山人防之）
　津本信博編　「近世紀行日記文学集成1」'93
　p460
貞享本所載歌（源実朝）
　斎藤茂吉校註　「日本古典全書〔71〕」'50 p97
「貞享四年義太夫段物集」序
　守随憲治訳　「古典日本文学全集36」'62 p224
「貞享四年義太夫段物集」序（竹本義太夫）

　郡司正勝校注　「日本思想大系61」'72 p407
上清滝論匠教化
　高野辰之編　「日本歌謡集成4」'60 p218
上宮聖徳法王帝節（聖徳太子）
　家永三郎，築島裕校注　「日本思想大系2」'75
　p353
上宮太子
　芳賀矢一，佐佐木信綱校註　「謡曲叢書2」'87
　p187
昭君
　芳賀矢一，佐佐木信綱校註　「謡曲叢書2」'87
　p298
昭君（金春権守）
　小山弘志，佐藤健一郎校注・訳　「新編日本古
　典文学全集59」'98 p432
「小傾城」八句（松尾芭蕉）
　島居清著　「芭蕉連句全註解別1」'83 p13
捷逕早大通（花月坊）
　「洒落本大成14」'81 p287
小景 二首（うち一首）（秋山玉山）
　徳田武注　「江戸詩人選集2」'92 p177
招月正徹詠歌（正徹）
　和歌史研究会編　「私家集大成5」'74 p511
蕉堅藁（絶海中津）
　入矢義高校注　「新日本古典文学大系48」'90 p1
蕉堅稿 一巻（絶海中津）
　上村観光編　「五山文学全集2」'73 p1899
〔貞元二年以前〕秋一品宮資子内親王萩花競
　「平安朝歌合大成1」'95 p598
貞元二年八月十六日三条左大臣頼忠前栽歌合
　「平安朝歌合大成1」'95 p580
浄光精舎にてよめる（上田秋成）
　「上田秋成全集12」'95 p360
浄公の山房に奇す（嵯峨天皇）
　菅野礼行，徳田武校注・訳　「新編日本古典文学
　全集86」'02 p82
浄業和讃
　高野辰之編　「日本歌謡集成4」'60 p93
相国三十六人選
　久曽神昇編　「日本歌学大系別6」'84 p314
相国寺に遊んで楓下に茶を煮る（売茶翁）
　末木文美士，堀川貴司注　「江戸漢詩選5」'96
　p84
相国寺に茶を煮る（売茶翁）
　末木文美士，堀川貴司注　「江戸漢詩選5」'96
　p98
尚古造紙挿（暁鐘成）
　関根正直ほか監修　「日本随筆大成I-2」'75
　p407
小湖に荷花を看て感有り、懐（大沼枕山）

菅野礼行, 徳田武校注・訳 「新編日本古典文学全集86」'02 p532

[陞座] (天祥一麟)
玉村竹二編 「五山文学新集別2」'81 p331

常山詠草 (水戸光圀)
「国歌大系15」'76 p1

松山集 (塙保己一)
「国歌大系15」'76 p875

松山集 (竜泉今淬)
上村観光編 「五山文学全集1」'73 p575

象山書簡 (佐久間象山)
佐藤昌介, 植手通有, 山口宗之校注 「日本思想大系55」'71 p325

松山序等諸師雑稿 (季弘大叔)
玉村竹二編 「五山文学新集6」'72 p329

象山先生送別の韻に歩して却呈す二首 (吉田松陰)
坂田新注 「江戸漢詩選4」'95 p175

畳山村居十二首、調を元体に倣ふ (十二首、うち一首) (亀田鵬斎)
徳田武注 「江戸漢詩選1」'96 p22

松山天狗――一名松山
芳賀矢一, 佐佐木信綱校註 「謡曲叢書3」'87 p324

常山楼筆余 (湯浅常山)
森銑三, 北川博邦編 「続日本随筆大成2」'79 p1

正直咄大鑑 (流舟)
宮尾しげを校注 「秘籍江戸文学選8」'75 p119

正直咄大鑑 (貞享四年刊) (石川流舟)
武藤禎, 岡雅彦編 「噺本大系5」'75 p241

上巳、大猪水を渉りての作、伊勢の藤子文を懐う (菅茶山)
黒川洋一注 「江戸詩人選集4」'90 p98

正治二年俊成卿和字奏状 (藤原俊成)
井上宗雄校注 「中世の文学 第1期〔1〕」'71 p269

正治二年第二百首 (鴨長明)
細野哲雄校註 「日本古典全書〔27〕」'70 p230

二葉集 (井原西鶴)
穎原退蔵ほか編 「定本西鶴全集13」'50 p358

常州茨城田植唄
志田延義編 「続日本歌謡集成2」'61 p305

「穐秋もはや」歌仙 (松尾芭蕉)
島居清著 「芭蕉連句全註解10」'83 p225

少女 (紫式部)
阿部秋生, 小町谷照彦, 野村精一, 柳井滋著 「鑑賞日本の古典6」'79 p157
阿部秋生, 秋山虔, 今井源衛, 鈴木日出男校注・訳 「完訳日本の古典17」'85 p91

阿部秋生ほか校注・訳 「古典セレクション6」'98 p57
石田穣二, 清水好子校注 「新潮日本古典集成〔20〕」'78 p215
柳井滋ほか校注 「新日本古典文学大系20」'94 p275
阿部秋生, 秋山虔, 今井源衛, 鈴木日出男校注・訳 「新編日本古典文学全集22」'96 p15
池田亀鑑校註 「日本古典全書〔14〕」'50 p40
阿部秋生, 秋山虔, 今井源衛校注・訳 「日本古典文学全集14」'72 p9
伊井春樹, 日向一雅, 百川敬仁 (ほか) 校注・訳 「日本の文学 古典編13」'86 p3
「日本文学大系4」'55 p502

上書 (佐久間象山)
佐藤昌介, 植手通有, 山口宗之校注 「日本思想大系55」'71 p261

猩々
窪田啓作訳 「国民の文学12」'64 p71
伊藤正義校注 「新潮日本古典集成〔59〕」'86 p169
西野春雄校注 「新日本古典文学大系57」'98 p412
小山弘志, 佐藤健一郎校注・訳 「新編日本古典文学全集59」'98 p592
芳賀矢一, 佐佐木信綱校註 「謡曲叢書2」'87 p195

私用抄 (心敬)
木藤才蔵校注 「中世の文学 第1期〔12〕」'85 p331

瑲々室集 (辨玉)
「国歌大系20」'76 p635

少将の尼 (松尾芭蕉)
井本農一, 弥吉菅一, 横沢三郎, 尾形仂校注 「校本芭蕉全集6」'89 p448
井本農一, 久富哲雄, 村松友次, 堀切実校注・訳 「新編日本古典文学全集71」'97 p280

「少将の」付合「草箒」付合 (松尾芭蕉)
島居清著 「芭蕉連句全註解6」'81 p343

宵曙の巻 (安永三年) (与謝蕪村)
穎原退蔵編著 「蕪村全集2」'48 p118

成尋阿闍梨母集 (成尋阿闍梨母)
和歌史研究会編 「私家集大成2」'75 p296

成尋阿闍梨母集 (成尋阿闍梨母日記) (成尋阿闍梨母)
長沢美津編 「女人和歌大系2」'65 p445

精進魚類物語
沢井耐三校注・訳 「日本の文学 古典編38」'86 p259

精進魚類物語 (寛永正保頃刊本)
横山重ほか編 「室町時代物語大成7」'79 p263

精進魚類物語（神宮文庫蔵写本）
　横山重ほか編　「室町時代物語大成7」'79 p277
俳諧本式百韻精進膾（井原西鶴）
　潁原退蔵ほか編　「定本西鶴全集11上」'72 p449
正信念仏偈
　増谷文雄訳　「古典日本文学全集15」'61 p145
正信念仏偈（親鸞）
　名畑応順，多屋頼俊，兜木正亨，新間進一校注　「日本古典文学大系82」'64 p27
丈水翁藍輿にて招かる。余行くこと里余、翁出でて半途に迎ふ。遂に同歩して日暮に翁の隠居に到り、次宿して帰る（秋山玉山）
　徳田武注　「江戸詩人選集2」'92 p206
城西の竹林中は是れ昔時の美人の居る所と謂う（荻生徂徠）
　一海知義，池沢一郎注　「江戸漢詩選2」'96 p23
小説を読む（広瀬淡窓）
　岡村繁注　「江戸詩人選集9」'91 p111
小説土平伝（大田南畝）
　浜田義一郎，中野三敏，日野龍夫，揖斐高編　「大田南畝全集1」'85 p367
小説の主眼（坪内逍遥）
　久松潜一，増淵恒吉編　「校註日本文芸新篇〔3〕」'50 p174
小説比翼文（曲亭馬琴）
　高木元校訂　「叢書江戸文庫I-25」'88 p65
守節雄恋主狗小説比翼文（滝沢馬琴）
　「古典叢書〔19〕」'90 p93
松染情史秋七草（滝沢馬琴）
　「古典叢書〔13〕」'89 p185
成仙玉一口玄談（大江文坡号菊江）
　「徳川文芸類聚3」'70 p437
成仙玉一口玄談（文坡）
　中野三敏校注　「新日本古典文学大系81」'90 p249
正像末法和讃
　新間進一編　「続日本歌謡集成1」'64 p221
正像末法和讃（親鸞）
　伊藤博之校注　「新潮日本古典集成〔50〕」'81 p142
正像末和讃（親鸞上人）
　高野辰之編　「日本歌謡集成4」'60 p75
「紫陽草や」歌仙（松尾芭蕉）
　島居清著　「芭蕉連句全註解9」'83 p225
丈草誄（去来）
　雲英末雄，山下一海，丸山一彦，松尾靖秋校注・訳　「新編日本古典文学全集72」'01 p476
消息（荷田蒼生子）
　古谷知新編　「江戸時代女流文学全集3」'01 p664
消息（親鸞）

名畑応順，多屋頼俊，兜木正亨，新間進一校注　「日本古典文学大系82」'64 p113
消息文（法然）
　大橋俊雄校注　「日本思想大系10」'71 p165
消息文抄（日蓮）
　名畑応順，多屋頼俊，兜木正亨，新間進一校注　「日本古典文学大系82」'64 p421
消息法語
　増谷文雄訳　「古典日本文学全集15」'61 p212
正尊
　芳賀矢一，佐佐木信綱校註　「謡曲叢書2」'87 p197
上代衣服考（豊田長敦）
　関根正直ほか監修　「日本随筆大成I-7」'75 p1
上代歌謡
　鴻巣隼雄校注・訳　「日本古典文学全集1」'73 p369
上代歌謡拾遺
　新間進一編　「続日本歌謡集成1」'64 p43
昌泰元年秋亭子院女郎花合
　「平安朝歌合大成1」'95 p99
昭代集
　長沢美津編　「女人和歌大系5」'78 p660
滑稽しつこなし（十返舎一九）
　棚橋正博校訂　「叢書江戸文庫III-43」'97 p37
串戯しつこなし（十返舎一九）
　棚橋正博校訂　「叢書江戸文庫III-43」'97 p69
　棚橋正博校訂　「叢書江戸文庫III-43」'97 p101
松竹問答（松岡辰方）
　関根正直ほか監修　「日本随筆大成III-10」'77 p447
娼註銚子戯語（大飯喫）
　「洒落本大成10」'80 p149
異国風俗笑註烈子（烈子散人）
　「徳川文芸類聚3」'70 p373
掌中和讃
　高野辰之編　「日本歌謡集成4」'60 p327
松亭漫筆（中村経年）
　関根正直ほか監修　「日本随筆大成III-9」'77 p291
正徹詠草（正徹）
　和歌史研究会編　「私家集大成7」'76 p1636
正徹物語（正徹）
　久松潜一，増淵恒吉編　「校註日本文芸新篇〔3〕」'50 p56
　久松潜一訳　「古典日本文学全集36」'62 p37
　久松潜一，西尾実校注　「日本古典文学大系65」'51 p165
　奥田勲校注・訳　「日本の文学 古典編37」'87 p84
正徹物語（正徹，智蘊）

正徹物語(抄)(正徹)
　　井上宗雄校注・訳　「新編日本古典文学全集49」
　　'00 p413
浄照房(光家)
　　和歌史研究会編　「私家集大成3」'74 p406
渉典(道元)
　　寺田透, 水野弥穂子校注　「日本思想大系12」'70
　　p457
　　寺田透, 水野弥穂子校注　「日本思想大系13」'72
　　p504
正伝寺に遊ぶ(石川丈山)
　　上野洋三注　「江戸詩人選集1」'91 p4
成道和讃
　　新間進一編　「続日本歌謡集成1」'64 p147
常徳院詠(足利義尚)
　　和歌史研究会編　「私家集大成6」'76 p134
正徳元年, 赤馬が関に祇役し(山県周南)
　　菅野礼行, 徳田武校注・訳　「新編日本古典文学
　　全集86」'02 p385
承徳元年東塔東谷歌合
　　「平安朝歌合大成3」'96 p1576
聖徳太子絵伝記(近松門左衛門)
　　藤井紫影校註　「近松全集(思文閣)11」'78 p157
　　「近松全集(岩波)10」'89 p199
聖徳太子讃(思圓上人)
　　高野辰之編　「日本歌謡集成4」'60 p90
しやうとく太子の本地(天理図書館蔵写本)
　　太田武夫校訂　「室町時代物語集4」'62 p191
聖徳太子和讃
　　新間進一編　「続日本歌謡集成1」'64 p156
承徳二年三月三日中宮篤子内親王花合
　　「平安朝歌合大成3」'96 p1584
承徳二年正月十一日庚申所名所歌合
　　「平安朝歌合大成3」'96 p1582
承徳本古謡集
　　新間進一編　「続日本歌謡集成1」'64 p49
浄土高僧和讃
　　新間進一編　「続日本歌謡集成1」'64 p201
浄土高僧和讃(親鸞)
　　伊藤博之校注　「新潮日本古典集成〔50〕」'81
　　p100
浄土十楽和讃
　　高野辰之編　「日本歌謡集成4」'60 p337
浄土生蓮和讃
　　高野辰之編　「日本歌謡集成4」'60 p365
浄土荘厳和讃
　　高野辰之編　「日本歌謡集成4」'60 p332
浄土和讃
　　新間進一編　「続日本歌謡集成1」'64 p179

浄土和讃(親鸞)
　　伊藤博之校注　「新潮日本古典集成〔50〕」'81
　　p53
浄土和讃(親鸞上人)
　　高野辰之編　「日本歌謡集成4」'60 p54
小楠書簡(横井小楠)
　　佐藤昌介, 植手通有, 山口宗之校注　「日本思想
　　大系55」'71 p469
城南に戦う(服部南郭)
　　山本和義, 横山弘注　「江戸詩人選集3」'91 p3
上人流
　　芳賀矢一, 佐佐木信綱校註　「謡曲叢書2」'87
　　p202
少年行(荻生徂徠)
　　一海知義, 池沢一郎注　「江戸漢詩選2」'96 p60
裳能伊編波
　　「俳書叢刊7」'88 p133
滑稽倡儒往来(十返舎一九)
　　「洒落本大成23」'85 p139
娼売応来(南陀伽紫蘭)
　　「洒落本大成10」'80 p341
性売往来(根柄金内)
　　「洒落本大成14」'81 p297
商売百物語(春日舎復古)
　　二村文人校訂　「叢書江戸文庫III-45」'99 p113
肖柏伝書(宗長)
　　木藤才蔵校注　「中世の文学　第1期〔14〕」'90
　　p143
妾薄命(大潮元皓)
　　末木文美士, 堀川貴司注　「江戸漢詩選5」'96
　　p157
焦尾琴説(与謝蕪村)
　　頴原退蔵編著　「蕪村全集1」'48 p450
娼妃地理記(道蛇楼麻阿)
　　「洒落本大成7」'80 p207
笑屁録
　　「洒落本大成23」'85 p313
笑府(墨憨斎編)
　　「噺本大系20」'79 p209
　　「噺本大系20」'79 p247
正風体
　　久曽神昇編　「日本歌学大系別6」'84 p396
正風体抄
　　井上宗雄校注・訳　「新編日本古典文学全集49」
　　'00 p131
樵夫詞(梁田蛻巖)
　　菅野礼行, 徳田武校注・訳　「新編日本古典文学
　　全集86」'02 p348
笑府商内上手(享和四年正月序)(十返舎一九)
　　武藤禎夫編　「噺本大系14」'79 p168
正札附息質(唐来参和)

宇田敏彦校注 「新日本古典文学大系83」'97 p253
咲分論（竹窓）
　伊藤千可良ほか校 「江戸時代文芸資料1」'64 p179
　「洒落本大成10」'80 p181
昌平橋春望二首（古賀精里）
　一海知義，池沢一郎注 「江戸漢詩選2」'96 p240
〔承平五年夏〕大納言恒佐扇合
　「平安朝歌合大成1」'95 p286
昇平楽（白舟先生）
　「洒落本大成19」'83 p63
浄弁集（浄弁）
　和歌史研究会編 「私家集大成5」'74 p160
小補東遊後集（文明元年）（横川景三）
　玉村竹二編 「五山文学新集1」'67 p89
小補東遊集（文正二年-応仁二年）（横川景三）
　玉村竹二編 「五山文学新集1」'67 p39
小補東遊続集（文明二年-文明四年）（横川景三）
　玉村竹二編 「五山文学新集1」'67 p143
正法眼蔵（道元）
　西尾実，鏡島元隆，酒井得元，水野弥穂子校注 「日本古典文学大系81」'65 p67
　寺田透，水野弥穂子校注 「日本思想大系12」'70 p33
　寺田透，水野弥穂子校注 「日本思想大系13」'72 p9
正法眼蔵随聞記（懐奘）
　水野弥穂子訳 「古典日本文学全集14」'62 p117
　神田秀夫，永積安明，安良岡康作校注・訳 「日本古典文学全集27」'71 p311
正法眼蔵随聞記（懐奘録）
　安良岡康作校注・訳 「新編日本古典文学全集44」'95 p311
正法眼蔵随聞記（道元）
　五来重編 「鑑賞日本古典文学20」'77 p231
　西尾実，鏡島元隆，酒井得元，水野弥穂子校注 「日本古典文学大系81」'65 p315
正法眼蔵辨道話（道元）
　西尾実訳 「古典日本文学全集14」'62 p3
正法眼蔵菩堤薩埵四摂法（道元）
　西尾実訳 「古典日本文学全集14」'62 p46
承保三年十一月十四日前右衛門佐経仲歌合
　「平安朝歌合大成2」'95 p1324
小補集〔補庵絶句前半〕（享徳三年-寛正五年）（横川景三）
　玉村竹二編 「五山文学新集1」'67 p1
承保二年九月内裏歌合
　「平安朝歌合大成2」'95 p1318
承保二年二月廿七日陽明門院殿上歌合

「平安朝歌合大成2」'95 p1311
承保二年八月廿日摂津守有綱歌合
　「平安朝歌合大成2」'95 p1314
正本製（柳亭種彦）
　「古典叢書〔36〕」'90 p1
勝鬘経義疏（聖徳太子）
　早島鏡正，築島裕校注 「日本思想大系2」'75 p25
称名院家集（三条西公条）
　和歌史研究会編 「私家集大成7」'76 p643
小名狂言
　北川忠彦，安田章校注・訳 「完訳日本の古典48」'85 p118
声明口訣所載
　高野辰之編 「日本歌謡集成4」'60 p242
声明五音博士所載教化
　高野辰之編 「日本歌謡集成4」'60 p223
称名寺所伝声歌
　高野辰之編 「日本歌謡集成4」'60 p282
声明要略集所載
　高野辰之編 「日本歌謡集成4」'60 p242
小蒙古御書（日蓮）
　戸頃重基，高木豊校注 「日本思想大系14」'70 p383
将門記
　柳瀬喜代志ほか校注・訳 「新編日本古典文学全集41」'02 p19
　山岸徳平，竹内理三，家永三郎，大曽根章介校注 「日本思想大系8」'79 p185
城門行（松崎観海）
　菅野礼行，徳田武校注・訳 「新編日本古典文学全集86」'02 p442
蕉門姿情（与謝蕪村）
　穎原退蔵編著 「蕪村全集1」'48 p506
蕉門録（藤井晋流述）
　「未刊連歌俳諧資料2-2」'53 p3
　「未刊連歌俳諧資料2-2」'53 p63
常遊雑詩 十九首（うち六首）（菅茶山）
　黒川洋一注 「江戸詩人選集4」'90 p60
昭陽先生の『傷逝録』を読み，長句を賦して奉呈す（広瀬旭荘）
　岡村繁注 「江戸詩人選集9」'91 p160
松籟岬 第一集（橘曙覧）
　土岐善麿校註 「日本古典全書〔74〕」'50 p117
〔正暦元年以前〕或所謎合
　「平安朝歌合大成1」'95 p672
承暦元年讃岐守顕季歌合
　「平安朝歌合大成2」'95 p1335
〔承暦元年十一月〕出雲守経仲名所歌合
　「平安朝歌合大成2」'95 p1333
〔承暦三一四年〕禖子内親王男女房歌合

「平安朝歌合大成3」'96 p1391
承暦三内裏歌合
　「平安朝歌合大成3」'96 p1398
承暦三年四月廿二日庚申或所歌合
　「平安朝歌合大成3」'96 p1395
承暦内裏歌合　承暦二年　顕房判
　峯岸義秋校註　「日本古典全書〔73〕」'47 p152
承暦二年四月卅日内裏後番歌合
　「平安朝歌合大成3」'96 p1378
承暦二年四月廿八日内裏歌合
　「平安朝歌合大成2」'95 p1342
承暦二年十月十九日庚申禎子内親王歌合
　「平安朝歌合大成3」'96 p1387
〔正暦年間〕夏或所歌合
　「平安朝歌合大成1」'95 p699
〔正暦年間〕夏花山法皇東院歌合
　「平安朝歌合大成1」'95 p700
正暦四年五月五日東宮居貞親王帯刀陣歌合
　「平安朝歌合大成1」'95 p692
承暦四年十月二日庚申篤子内親王家侍所歌合
　「平安朝歌合大成3」'96 p1399
性霊集（空海）
　渡辺照宏，宮坂宥勝校注　「日本古典文学大系71」'65 p149
笑林広記鈔（安永七年刊）（遊戯主人）
　「噺本大系20」'79 p299
聖林に居をトす（売茶翁）
　末木文美士，堀川貴司注　「江戸漢詩選5」'96 p115
浄瑠璃御前物語（赤木文庫蔵慶長頃写本）
　横山重ほか編　「室町時代物語大成7」'79 p334
浄瑠璃狂言―夕霧伊左衛門物語（柳亭種彦）
　「古典叢書〔36〕」'90 p323
浄瑠璃稽古風流（佐伊座散人）
　「洒落本大成7」'80 p119
浄瑠璃稽古風流（佐伊野散人）
　伊藤千可良ほか校　「江戸時代文芸資料1」'64 p71
浄瑠璃御前物語
　信多純一校注　「新日本古典文学大系90」'99 p1
上るり十二段
　高野辰之編　「日本歌謡集成5」'60 p449
浄瑠璃十二段草紙
　松本隆信校注　「新潮日本古典集成〔65〕」'80 p9
浄瑠璃十二段草子（北海道大学蔵写本）
　横山重ほか編　「室町時代物語大成7」'79 p377
浄瑠璃名作集
　宇野信夫訳　「古典日本文学全集25」'61 p3
浄瑠璃物語（赤木文庫蔵室町末期絵巻）
　横山重ほか編　「室町時代物語大成7」'79 p292

松楼私語（大田南畝）
　浜田義一郎，中野三敏，日野龍夫，揖斐高編　「大田南畝全集10」'86 p1
　森銑三，北川博邦編　「続日本随筆大成9」'80 p75
松緑集
　久曽神昇編　「日本歌学大系別8」'89 p10
松緑集（堯慶）
　久曽神昇編　「日本歌学大系別8」'89 p561
自葉和歌集（中臣祐臣）
　和歌史研究会編　「私家集大成5」'74 p149
諸艶大鑑（好色二代男）（井原西鶴）
　暉峻康隆編　「鑑賞日本古典文学27」'76 p71
　麻生磯次訳　「現代語訳西鶴全集（河出）1」'53 p209
　暉峻康隆訳注　「現代語訳西鶴全集（小学館）2」'76 p11
　頴原退蔵ほか編　「定本西鶴全集1」'51 p233
書を売り剣を買う歌（成島柳北）
　日野龍夫注　「江戸詩人選集10」'90 p33
書を買う能わず（梁田蛻巌）
　徳田武注　「江戸詩人選集2」'92 p15
書儈贅筆
　関根正直ほか監修　「日本随筆大成I-6」'75 p339
絵入『女誡服膺』後序（上田秋成）
　「上田秋成全集11」'94 p286
書画戯之記（与謝蕪村）
　頴原退蔵編著　「蕪村全集1」'48 p452
初学一葉（三條西實枝）
　佐佐木信綱編　「日本歌学大系6」'56 p1
女楽巻（料理蝶斎）
　「洒落本大成18」'83 p331
初学考鑑（武者小路実陰）
　上野洋三校注　「新日本古典文学大系67」'96 p185
初学考鑑（武者小路實陰）
　佐佐木信綱編　「日本歌学大系6」'56 p361
初学用拾抄（宗祇）
　木藤才蔵校注　「中世の文学　第1期〔10〕」'82 p421
女歌仙〔丁〕
　久曽神昇編　「日本歌学大系別6」'84 p360
諸葛孔明鼎軍談（竹田出雲）
　平田澄子校訂　「叢書江戸文庫I-9」'88 p7
『諸葛孔明鼎軍談』絵尽序（近松門左衛門）
　「近松全集（岩波）17影印編」'94 p86
　「近松全集（岩波）17解説編」'94 p100
初夏の雑句（館柳湾）
　徳田武注　「江戸詩人選集7」'90 p186
初夏の幽荘（原采蘋）

福島理子注 「江戸漢詩選3」'95 p120
初期踊歌集成
　浅野建二編 「続日本歌謡集成4」'63 p39
続歌仙落書
　佐佐木信綱編 「日本歌学大系2」'56 p267
続古今和歌集（藤原基家ほか撰）
　「国歌大系5」'76 p391
続後拾遺和歌集（二条為藤、二条為定撰）
　「国歌大系7」'76 p1
続後撰和歌集（藤原為家撰）
　「国歌大系5」'76 p197
蜀山集（大田南畝）
　浜田義一郎，中野三敏，日野龍夫，揖斐高編 「大田南畝全集6」'88 p97
蜀山百首（大田南畝）
　浜田義一郎，中野三敏，日野龍夫，揖斐高編 「大田南畝全集1」'85 p305
　杉本長重，浜田義一郎校注 「日本古典文学大系57」'58 p453
蜀山文稿（大田南畝）
　浜田義一郎，中野三敏，日野龍夫，揖斐高編 「大田南畝全集6」'88 p115
蜀山余録（大田南畝）
　浜田義一郎，中野三敏，日野龍夫，揖斐高編 「大田南畝全集10」'86 p107
続詞花和歌集（藤原清輔撰）
　「国歌大系9」'76 p631
　「日本文学大系13」'55 p419
続拾遺和歌集（藤原為氏撰）
　「国歌大系5」'76 p661
殖春
　臼田甚五郎，新間進一，外村南都子，徳江元正校注・訳 「新編日本古典文学全集42」'00 p60
続千載和歌集（二条為世撰）
　「国歌大系6」'76 p617
続日本紀
　青木和夫，稲岡耕二，笹山晴生，白藤礼幸校注 「新日本古典文学大系12」'89 p1
　青木和夫，稲岡耕二，笹山晴生，白藤礼幸校注 「新日本古典文学大系13」'90 p1
　青木和夫，稲岡耕二，笹山晴生，白藤礼幸校注 「新日本古典文学大系14」'92 p1
　青木和夫，稲岡耕二，笹山晴生，白藤礼幸校注 「新日本古典文学大系15」'95 p1
　青木和夫，稲岡耕二，笹山晴生，白藤礼幸校注 「新日本古典文学大系16」'98 p1
続日本紀歌謡
　荻原浅男，鴻巣隼雄校注・訳 「日本古典文学全集1」'73 p504
　土橋寛校注 「日本古典文学大系3」'57 p215
〈職人尽絵詞〉（大田南畝）

浜田義一郎，中野三敏，日野龍夫，揖斐高編 「大田南畝全集2」'86 p519
「色付や」百韻（松尾芭蕉）
　島居清著 「芭蕉連句全註解2」'79 p21
色葉和難集
　久曽神昇編 「日本歌学大系別2」'58 p341
諸賢雑文（横川景三）
　玉村竹二編 「五山文学新集1」'67 p939
初稿西洋事情書（渡辺崋山）
　佐藤昌介，植手通有，山口宗之校注 「日本思想大系55」'71 p57
諸国心中女（洛下寓居序）
　「徳川文芸類聚1」'70 p150
諸国新百物語
　須永朝彦編訳 「日本古典文学幻想コレクション3」'96 p95
諸国新百物語（西村市郎右衛門）
　太刀川清校訂 「叢書江戸文庫II-27」'93 p79
諸国年中行事（操卮子）
　森銑三，北川博邦編 「続日本随筆大成別11」'83 p1
諸国百物語
　太刀川清校訂 「叢書江戸文庫I-2」'87 p5
　須永朝彦編訳 「日本古典文学幻想コレクション3」'96 p54
諸国風土記逸文
　「古典日本文学全集1」'60 p135
諸国落首咄（元禄十一年刊）
　武藤禎，岡雅彦編 「噺本大系4」'76 p315
諸国里人談（菊岡沾涼）
　須永朝彦編訳 「日本古典文学幻想コレクション1」'95 p199
諸国里人談（菊岡沾涼）
　関根正直ほか監修 「日本随筆大成II-24」'75 p413
諸山（元方正楞）
　玉村竹二編 「五山文学新集別2」'81 p133
諸山縁起
　桜井徳太郎，萩原龍夫，宮田登校注 「日本思想大系20」'75 p89
女子頴才集
　長沢美津編 「女人和歌大系5」'78 p580
諸士法度
　石井紫郎校注 「日本思想大系27」'74 p463
女児宝の叙（上田秋成）
　「上田秋成全集11」'94 p241
初秋
　河野多麻校注 「日本古典文学大系11」'61 p123
初秋（季吟）
　雲英末雄，山下一海，丸山一彦，松尾靖秋校注・訳 「新編日本古典文学全集72」'01 p430

初秋 一名「とばかりの名月」又「相撲の節会」
又「内侍のかみ」
　宮田和一郎校註　「日本古典全書〔6〕」'51 p9
初秋感有り（橋本左内）
　坂田新注　「江戸漢詩選4」'95 p236
初秋の一律 奚疑子に贈る（元政）
　上野洋三注　「江戸詩人選集1」'91 p216
初秋の夜を玩ふ（上田秋成）
　「上田秋成全集11」'94 p47
諸宗評判記
　「徳川文芸類聚12」'70 p322
「初秋は」歌仙（松尾芭蕉）
　島居清者　「芭蕉連句全註解5」'81 p101
諸書に見える今様
　新間進一編　「続日本歌謡集成1」'64 p91
初心求詠集（宗砌）
　木藤才蔵校注　「中世の文学　第1期〔12〕」'85 p47
　「未刊連歌俳諧資料2-1」'53 p1
初心抄（宗祇）
　木藤才蔵校注　「中世の文学　第1期〔10〕」'82 p407
諸親に留別す（塚田大峯）
　菅野礼行，徳田武校注・訳　「新編日本古典文学全集86」'02 p488
諸神本懐集（存覚）
　大隅和雄校注　「日本思想大系19」'77 p181
除夕（二首のうち一首）（大沼枕山）
　日野龍夫注　「江戸詩人選集10」'90 p211
初祖讃（三首、うち一首）（大典顕常）
　末木文美士，堀川貴司注　「江戸漢詩選5」'96 p303
諸大師供教化
　高野辰之編　「日本歌謡集成4」'60 p220
　高野辰之編　「日本歌謡集成4」'60 p221
侍興短歌（頼山陽）
　入谷仙介注　「江戸詩人選集8」'90 p99
諸知己の「銭塘水心寺の作」（藤原公任）
　菅野礼行，徳田武校注・訳　「新編日本古典文学全集86」'02 p173
諸虫太平記（赤木文庫蔵刊本）
　横山重ほか編　「室町時代物語大成7」'79 p413
書中に住事有り（一条天皇）
　菅野礼行，徳田武校注・訳　「新編日本古典文学全集86」'02 p178
女中文教服式・女子文章訓付節句由来（只野真葛）
　鈴木よね子校訂　「叢書江戸文庫II-30」'94 p393
諸弟と同じく、韻を分ちて助の字を（元政）

　菅野礼行，徳田武校注・訳　「新編日本古典文学全集86」'02 p277
如亭山人遺藁（柏木如亭）
　揖斐高校注　「新日本古典文学大系64」'97 p69
如亭山人の骨を埋めし処を過ぎりて、潸然として長句を成す。（梁川星巌）
　入谷仙介注　「江戸詩人選集8」'90 p181
諸道聴耳世間猿（上田秋成）
　高田衛著　「鑑賞日本の古典18」'81 p251
新板絵入諸道聴耳世間狙（上田秋成）
　「上田秋成全集7」'90 p15
書灯に題す（館柳湾）
　徳田武注　「江戸詩人選集7」'90 p237
如砥上人及び諸友と同に、墨水の舟中に残桜を賞す（三首のうち一首）（大沼枕山）
　日野龍夫注　「江戸詩人選集10」'90 p246
序跋等拾遺（大田南畝）
　浜田義一郎，中野三敏，日野龍大，揖斐高編　「大田南畝全集18」'88 p521
　浜田義一郎，中野三敏，日野龍大，揖斐高編　「大田南畝全集20」'90 p49
諸仏感応見好書（猷山）
　西田耕三校訂　「叢書江戸文庫I-16」'90 p53
諸仏御詠歌
　高野辰之編　「日本歌謡集成4」'60 p476
庶民思想
　百瀬今朝雄，佐藤進一校注　「日本思想大系22」'81 p164
除夜（大沼枕山）
　日野龍夫注　「江戸詩人選集10」'90 p177
除夜（嵯峨天皇）
　菅野礼行，徳田武校注・訳　「新編日本古典文学全集86」'02 p107
除夜（頼山陽）
　入谷仙介注　「江戸詩人選集8」'90 p97
初夜導師教化（播州法華山所用）
　高野辰之編　「日本歌謡集成4」'60 p227
除夜に詩を祭る（広瀬旭荘）
　岡村繁注　「江戸詩人選集9」'91 p271
「除夜」に和し奉る（有智子内親王）
　菅野礼行，徳田武校注・訳　「新編日本古典文学全集86」'02 p108
除夜放歌（大沼枕山）
　日野龍夫注　「江戸詩人選集10」'90 p284
諸友生に留別す（荻生徂徠）
　一海知義，池沢一郎注　「江戸漢詩選2」'96 p21
諸友の唐に入るに別る（賀陽豊年）
　菅野礼行，徳田武校注・訳　「新編日本古典文学全集86」'02 p47
初葉南志（魚京）
　「洒落本大成9」'80 p217

汝庸・雄飛と偕に、小曾根の西福寺に遊ぶ 七首（うち一首）（葛子琴）
　　水田紀久注　「江戸詩人選集6」'93 p66
女流狂歌集（古谷知新編）
　　古谷知新編　「江戸時代女流文学全集4」'01 p543
女流文集（古谷知新編）
　　古谷知新編　「江戸時代女流文学全集3」'01 p609
汝霖佐禅師疏（汝霖妙佐）
　　玉村竹二編　「五山文学新集別2」'81 p501
女郎買之糠味噌汁（赤蜻蛉）
　　「洒落本大成14」'81 p131
女郎買夢物語（点頭不行）
　　「洒落本大成29」'88 p249
[諸老宿詩軸雑詩等]（在庵普在弟子某僧）
　　玉村竹二編　「五山文学新集4」'70 p776
遊妓寒卵角文字（女郎　誠心玉子の角文字）（芝全交作、北尾重政画）
　　浜田義一郎、鈴木勝忠、水野稔校注　「日本古典文学全集46」'71 p179
女郎来迎柱（近松門左衛門）
　　「近松全集（岩波）16翻刻編」'90 p139
諸分店嵐
　　伊藤千可良ほか校　「江戸時代文芸資料4」'64 p1
白河山家眺望の詩（藤原公任）
　　菅野礼行、徳田武校注・訳　「新編日本古典文学全集86」'02 p177
志羅川夜船（山東京伝）
　　「古典叢書[2]」'89 p501
　　「洒落本大成14」'81 p333
「しら菊に」半歌仙（松尾芭蕉）
　　島居清者　「芭蕉連句全註解5」'81 p143
「白菊の」歌仙（松尾芭蕉）
　　島居清者　「芭蕉連句全註解10」'83 p259
白鷺（只野真葛）
　　古谷知新編　「江戸時代女流文学全集3」'01 p429
白玉集（鯱玉集よりの撰集）
　　長沢美津編　「女人和歌大系5」'78 p723
不知火（水町京子）
　　長沢美津編　「女人和歌大系6」'78 p194
白縫譚（柳亭種彦ほか）
　　「古典叢書[32]」'90 p1
　　「古典叢書[33]」'90 p1
　　「古典叢書[34]」'90 p1
　　「古典叢書[35]」'90 p1
白髭
　　芳賀矢一、佐佐木信綱校註　「謡曲叢書2」'87 p246

白鬚
　　西野春雄校注　「新日本古典文学大系57」'98 p257
調の説（八田知紀）
　　佐佐木信綱編　「日本歌学大系9」'58 p328
調の直路（八田知紀）
　　佐佐木信綱編　「日本歌学大系9」'58 p332
白峯
　　高田衛、稲田篤信編著　「大学古典叢書1」'85 p5
　　大輪靖宏訳注　「対訳古典シリーズ[20]」'88 p12
白峯（上田秋成）
　　「上田秋成全集7」'90 p226
　　高田衛、中村博保校注・訳　「完訳日本の古典57」'83 p13
　　後藤明生訳　「現代語訳 日本の古典19」'80 p12
　　谷崎潤一郎ほか編　「国民の文学17」'64 p3
　　浅野三平校注　「新潮日本古典集成[75]」'79 p13
　　中村幸彦、高田衛校注・訳　「新編日本古典文学全集78」'95 p277
　　「特選日本の古典 グラフィック版11」'86 p12
　　重友毅校註　「日本古典全書[106]」'57 p65
　　鵜月洋著「日本古典評釈・全注釈叢書[25]」'69 p20
　　中村幸彦、高田衛、中村博保校注・訳　「日本古典文学全集48」'73 p331
　　中村幸彦校注　「日本古典文学大系56」'59 p37
　　和田万吉者　「評釈江戸文学叢書9」'70 p7
白峯（現代語訳）（上田秋成）
　　高田衛、中村博保校注・訳　「完訳日本の古典57」'83 p138
白峰寺本「住吉物語」
　　「中世文芸叢書11」'67 p1
白山之記
　　桜井徳太郎，萩原龍夫，宮田登校注　「日本思想大系20」'75 p291
「白百合」（恋衣より抄出）「白百合拾遺・以後」稿本「花のちり塚」（山川登美子）
　　長沢美津編　「女人和歌大系6」'78 p83
しりうごと
　　小高道子校注・訳　「新編日本古典文学全集82」'00 p405
しりうごと（小説家主人）
　　関根正直ほか監修　「日本随筆大成III-11」'77 p405
治暦元年十二月皇太后宮禎子内親王歌合
　　「平安朝歌合大成2」'95 p1258
治暦三年三月十五日備中守定綱歌合
　　「平安朝歌合大成2」'95 p1273

治暦三年四月備中守定綱歌合
　「平安朝歌合大成2」'95 p1281
〔治暦二年〕夏滝口本所歌合
　「平安朝歌合大成2」'95 p1265
治暦二年九月九日庚申禖子内親王歌合
　「平安朝歌合大成2」'95 p1270
治暦二年五月五日皇后宮寛子歌合
　「平安朝歌合大成2」'95 p1259
〔治暦四年四月十七日―延久元年六月四日〕参議隆綱歌合
　「平安朝歌合大成2」'95 p1301
治暦四年十二月廿二日庚申禖子内親王歌合
　「平安朝歌合大成2」'95 p1282
死霊解脱物語聞書
　高田衛校訂　「叢書江戸文庫Ⅰ-26」'92 p333
此良山古人霊託
　木下資一校注　「新日本古典文学大系40」'93 p455
史林残花
　「洒落本大成1」'78 p33
詞林拾葉（似雲）
　佐佐木信綱編　「日本歌学大系6」'56 p374
「しるべして」付合（松尾芭蕉）
　島居清著　「芭蕉連句全註解5」'81 p51
子礼の東行を送る（広瀬淡窓）
　菅野礼行, 徳田武校注・訳　「新編日本古典文学全集86」'02 p519
白痴物語（文政八年夏序）（遠藤春足）
　武藤禎夫編　「噺本大系19」'79 p223
白（葛子琴）
　水田紀久注　「江戸詩人選集6」'93 p138
白い扇（川端千枝）
　長沢美津編　「女人和歌大系6」'78 p388
白石先生手翰（新室手簡）（新井白石）
　松村明校注　「日本思想大系35」'75 p433
白石先生紳書（新井白石）
　関根正直ほか監修　「日本随筆大成Ⅲ-12」'77 p297
白石先生宝貨事略追加（柘植左仲）
　安藤菊二校訂　「未刊随筆百種6」'77 p249
白石の缸（野村篁園）
　徳田武注　「江戸詩人選集7」'90 p36
白兎公（其角）
　雲英末雄, 山下一海, 丸山一彦, 松尾靖秋校注・訳　「新編日本古典文学全集72」'01 p471
素人狂言紋切形（式亭三馬）
　「古典叢書〔6〕」'89 p445
「しろがねに」十句（松尾芭蕉）
　島居清著　「芭蕉連句全註解4」'80 p213
「白髪ぬく」半歌仙（松尾芭蕉）
　島居清著　「芭蕉連句全註解7」'82 p119

白髪の歎（鳥山芝軒）
　菅野礼行, 徳田武校注・訳　「新編日本古典文学全集86」'02 p310
白髪の歎き（市河寛斎）
　揖斐高注　「江戸詩人選集5」'90 p174
白ぎくさうし（京大図書館蔵写本）
　太田武夫校訂　「室町時代物語集3」'62 p523
白き征矢（倉地与年子）
　長沢美津編　「女人和歌大系6」'78 p544
しろさうし（服部土芳）
　俳諧文庫会編　「俳諧文庫会叢書1」'49 p27
白双紙（松尾芭蕉）
　宮本三郎, 井本農一, 今栄蔵, 大内初夫校注　「校本芭蕉全集7」'89 p153
白双紙（石馬本）（服部土芳）
　富山奏編　「和泉古典文庫2」'83 p35
白双紙（梅主本）（服部土芳）
　富山奏編　「和泉古典文庫2」'83 p35
しろさうし（安永坂本）（服部土芳）
　富山奏編　「和泉古典文庫2」'83 p35
しろさうし（芭蕉翁記念館本）（服部土芳）
　富山奏編　「和泉古典文庫2」'83 p35
代主―古名葛城鴨
　芳賀矢一, 佐佐木信綱校註　「謡曲叢書2」'87 p251
白芙蓉（池玉瀾）
　長沢美津編　「女人和歌大系3」'68 p102
二郎兵衛おきさ今宮の心中（近松門左衛門）
　鳥越文蔵校注・訳　「日本古典文学全集44」'75 p73
白牡丹（新井白石）
　一海知義, 池沢一郎注　「江戸漢詩選2」'96 p115
白身房（国会図書館蔵写本）
　横山重ほか編　「室町時代物語大成補2」'88 p400
城物語（浅井了意）
　坂巻甲太校訂　「叢書江戸文庫Ⅱ-29」'93 p267
壬寅夏五、地震を詠ず（石川丈山）
　菅野礼行, 徳田武校注・訳　「新編日本古典文学全集86」'02 p250
壬寅詩叢抄（大田南畝）
　浜田義一郎, 中野三敏, 日野龍夫, 揖斐高編　「大田南畝全集6」'88 p279
壬寅の歳首（石川丈山）
　上野洋三注　「江戸詩人選集1」'91 p136
壬寅初懐帋
　「俳書叢刊9」'88 p247
新うすゆき物語（文耕堂, 三好松洛ほか）
　角田一郎, 内山美樹子校注　「新日本古典文学大系93」'91 p275

新薄雪物語（新薄雪）（竹田小出雲ほか）
　河竹登志夫ほか監修　「名作歌舞伎全集3」'68 p303
新靫物語（柳亭種彦）
　「古典叢書〔40〕」'90 p209
心越禅師の詩、山本徳甫の為に賦す。徳甫は師の琴法を伝うる者なり。九月の晦を以て師の忌辰と為し、香火を設け、琴友を招き、各おの一曲を弾じ、歳ごとに以て例と為す。（梁川星巖）
　入谷仙介注　「江戸詩人選集8」'90 p272
廻覧奇談深淵情（楓某）
　「洒落本大成8」'80 p121
新御伽婢子（未達（西村市郎右衛門））
　須永朝彦編訳　「日本古典文学幻想コレクション3」'96 p68
心学奥の桟（鎌田柳泓）
　柴田実校注　「日本思想大系42」'71 p405
心学五則（鎌田柳泓）
　柴田実校注　「日本思想大系42」'71 p357
心学五倫書（林羅山）
　石田一良，金谷治校注　「日本思想大系28」'75 p257
心学承伝之図・聖賢証語国字解序（上河淇水）
　柴田実校注　「日本思想大系42」'71 p201
大極上請合売心学早染艸（山東京伝）
　笹川種郎著　「評釈江戸文学叢書8」'70 p171
心学肯計草（十返舎一九）
　棚橋正博校訂　「叢書江戸文庫III-43」'97 p5
大極上請合売心学早染草（山東京伝）
　棚橋正博，鈴木勝忠，宇田敏彦注解　「新編日本古典文学全集79」'99 p173
心拳早染草（山東京伝）
　「古典叢書〔3〕」'89 p105
新陰流兵法目録事
　渡辺一郎校注　「日本思想大系61」'72 p345
新累解脱物語（滝沢馬琴）
　「古典叢書〔14〕」'89 p245
新嫁娘　二首（秋山玉山）
　徳田武注　「江戸詩人選集2」'92 p191
新可笑記（井原西鶴）
　麻生磯次訳　「現代語訳西鶴全集（河出）3」'54 p213
　暉峻康隆訳注　「現代語訳西鶴全集（小学館）6」'76 p139
　広嶋進校注・訳　「新編日本古典文学全集69」'00 p465
　穎原退蔵ほか編　「定本西鶴全集5」'59 p155
　須永朝彦編訳　「日本古典文学幻想コレクション3」'96 p91
新歌仙
　久曽神昇編　「日本歌学大系別6」'84 p248
新歌仙歌合
　久曽神昇編　「日本歌学大系別6」'84 p225
晋我追悼曲（与謝蕪村）
　穎原退蔵編著　「蕪村全集1」'48 p474
新軽口恵方宝（明和頃刊）
　武藤禎夫編　「噺本大系17」'79 p27
新軽口初商ひ（明和頃刊）
　武藤禎夫編　「噺本大系17」'79 p35
新雁（新井白石）
　一海知義，池沢一郎注　「江戸漢詩選2」'96 p132
宸翰本和泉式部集　校本（底本・藤原定信筆本影写本）
　吉田幸一著　「平安文学叢刊4」'59 p575
新鬼神論（平田篤胤）
　田原嗣郎，関晃，佐伯有清，芳賀登校注　「日本思想大系50」'73 p133
信義先生の忌辰に（館柳湾）
　徳田武注　「江戸詩人選集7」'90 p199
新居（石川丈山）
　菅野礼行，徳田武校注・訳　「新編日本古典文学全集86」'02 p247
新居（大窪詩仏）
　揖斐高注　「江戸詩人選集5」'90 p215
新居（元政）
　上野洋三注　「江戸詩人選集1」'91 p200
新居（頼山陽）
　入谷仙介注　「江戸詩人選集8」'90 p94
心行自然和讃
　高野辰之編　「日本歌謡集成4」'60 p415
新曲
　麻原美子，北原保雄校注　「新日本古典文学大系59」'94 p565
新局玉石童子訓
　徳田武校注・訳　「新編日本古典文学全集84」'00 p437
　徳田武校注・訳　「新編日本古典文学全集85」'01 p171
　徳田武校注・訳　「新編日本古典文学全集85」'01 p493
　内田保広，藤沢毅校訂　「叢書江戸文庫III-47」'01 p11
　内田保広，藤沢毅校訂　「叢書江戸文庫III-47」'01 p390
新局玉石童子訓（曲亭馬琴）
　内田保広，藤沢毅校訂　「叢書江戸文庫III-48」'01 p8
新局玉石童子訓（滝沢馬琴）
　「古典叢書〔20〕」'90 p1

徳田武校注・訳 「新編日本古典文学全集84」'00 p283
徳田武校注・訳 「新編日本古典文学全集85」'01 p15
徳田武校注・訳 「新編日本古典文学全集85」'01 p325

新曲系の節
　荻田清ほか編　「近世文学選〔1〕」'94 p183
真曲抄（明空編）
　外村久江，外村南都子校注　「中世の文学 第1期〔17〕」'93 p148
　高野辰之編　「日本歌謡集成5」'60 p31
慎機論（渡辺崋山）
　佐藤昌介，植手通有，山口宗之校注　「日本思想大系55」'71 p65
神宮文庫本「住吉物かたり」
　「中世文芸叢書11」'67 p73
真愚稿 一巻（西胤俊承）
　上村観光編　「五山文学全集3」'73 p2703
新蔵人物語（大阪市立美術館蔵白描絵巻）
　横山重ほか編　「室町時代物語大成補2」'88 p58
心敬私語（心敬）
　佐佐木信綱編　「日本歌学大系5」'57 p280
心敬返礼
　福井久蔵編　「校註日本文芸新篇〔7〕」'50 p93
心敬法印庭訓（心敬）
　木藤才蔵校注　「中世の文学 第1期〔12〕」'85 p387
心敬有伯への返事（心敬）
　木藤才蔵校注　「中世の文学 第1期〔12〕」'85 p311
心華詩藁（心華元棣）
　玉村竹二編　「五山文学新集別2」'81 p479
新月花余情（羽張天）
　「洒落本大成2」'78 p315
晨興（大沼枕山）
　日野龍夫注　「江戸詩人選集10」'90 p184
甚孝記（桃栗山人柿発斎）
　「洒落本大成9」'80 p337
榊巷談苑（榊原篁洲）
　関根正直ほか監修　「日本随筆大成III-8」'77 p239
新小莚序（巣兆）
　穎原退蔵著　「評釈江戸文学叢書7」'70 p777
新古今私抄
　「日本文学古註釈大成〔33〕」'79 p1
新古今集
　大岡信訳　「現代語訳 日本の古典3」'81 p75
新古今集美濃の家づと（本居宣長）
　大久保正訳　「古典日本文学全集34」'60 p121
新古今増抄（加藤磐斎）

大坪利絹校注　「中世の文学 第1期〔23〕」'97 p19
大坪利絹校注　「中世の文学 第1期〔23〕」'97 p40
大坪利絹校注　「中世の文学 第1期〔23〕」'97 p47
大坪利絹校注　「中世の文学 第1期〔23〕」'97 p164
大坪利絹校注　「中世の文学 第1期〔23〕」'97 p237
大坪利絹校注　「中世の文学 第1期〔24〕」'99 p7
大坪利絹校注　「中世の文学 第1期〔24〕」'99 p165
大坪利絹校注　「中世の文学 第1期〔27〕」'01 p7
大坪利絹校注　「中世の文学 第1期〔27〕」'01 p144
新古今注
　「中世文芸叢書5」'66 p1
新古今抜書抄（凡例）
　「中世文芸叢書5」'66 p165
新古今和歌集
　窪田空穂，窪田章一郎訳　「国民の文学9」'64 p167
　久保田淳校注　「新潮日本古典集成〔40〕」'79 p7
　久保田淳校注　「新潮日本古典集成〔41〕」'79 p7
新古今和歌集（藤原定家ほか撰）
　有吉保，松野陽一，片野達郎編　「鑑賞日本古典文学17」'77 p11
　有吉保著　「鑑賞日本の古典9」'80 p13
　峯村文人校注・訳　「完訳日本の古典35」'83 p9
　峯村文人校注・訳　「完訳日本の古典36」'83 p7
　「国歌大系4」'76 p385
　小島吉雄評釈　「古典日本文学全集12」'62 p129
　田中裕，赤瀬信吾校注　「新日本古典文学大系11」'92 p1
　峯村文人校注・訳　「新編日本古典文学全集43」'95 p15
　小島吉雄校註　「日本古典全書〔72〕」'59 p43
　峯村文人校注・訳　「日本古典文学全集26」'74 p39
　久松潜一，山崎敏夫，後藤重郎校注　「日本古典文学大系28」'58 p31
　「日本文学大系16」'55 p205
　長沢美津編　「女人和歌大系4」'72 p8
新古今和歌集序（藤原良經，藤原親經）
　佐佐木信綱編　「日本歌学大系3」'56 p273
新古今和歌集隠岐御選抄本御跋文
　小島吉雄校註　「日本古典全書〔72〕」'59 p411
新吾左出放題盲牛（大盤山人偏直）
　「洒落本大成11」'81 p155
新後拾遺和歌集（二条為遠，二条為重撰）
　「国歌大系8」'76 p271

新後撰和歌集（二条為世撰）
　「国歌大系6」'76 p1
真言安心和讚
　新間進一編　「続日本歌謡集成1」'64 p162
真言安心和讚（思圓上人）
　高野辰之編　「日本歌謡集成4」'60 p91
新墾談（海保青陵）
　塚谷晃弘, 蔵並省自校注「日本思想大系44」'70 p348
真言内証義（北畠親房）
　宮坂宥勝校注　「日本古典文学大系83」'64 p226
新歳雑題（四首のうち二首）（大沼枕山）
　日野龍夫注　「江戸詩人選集10」'90 p273
仁斎日札（伊藤仁斎）
　植谷元校注　「新日本古典文学大系99」'00 p1
仁斎日札 原文
　植谷元, 水田紀久, 日野龍夫校注　「新日本古典文学大系99」'00 p439
新歳の偶作（荻生徂徠）
　一海知義, 池沢一郎注　「江戸漢詩選2」'96 p10
しんさくをとしばなし（弘化頃刊）（東里山人）
　武藤禎夫編　「噺本大系16」'79 p166
新作可楽即考（天保十三年刊）（三笑亭可楽）
　武藤禎夫編　「噺本大系16」'79 p75
新作徳盛噺（寛政二年刊）（ホコ長）
　武藤禎夫編　「噺本大系18」'79 p15
新小夜嵐
　「徳川文芸類聚3」'70 p201
新皿屋舗月雨暈（魚屋宗五郎）（河竹黙阿弥）
　河竹登志夫ほか監修　「名作歌舞伎全集23」'71 p291
新猿楽記（藤原明衡）
　山岸徳平, 竹内理三, 家永三郎, 大曽根章介校注　「日本思想大系8」'79 p133
〔真讚〕（天祥一麟）
　玉村竹二編　「五山文学新集別2」'81 p352
新三十六人歌合〔丁〕
　久曽神昇編　「日本歌学大系別6」'84 p243
新三十六人〔乙〕
　久曽神昇編　「日本歌学大系別6」'84 p238
新三十六人選歌合〔甲〕
　久曽神昇編　「日本歌学大系別6」'84 p230
新三十六歌仙〔丙〕
　久曽神昇編　「日本歌学大系別6」'84 p241
真爾園翁歌集（大國隆正）
　「国歌大系20」'76 p765
辛巳元旦（亀田鵬斎）
　徳田武注　「江戸漢詩選1」'96 p72
新色五巻書（西沢一風）
　野間光辰校注「日本古典文学大系91」'66 p385
新色五巻書（蘆假葺奥志）
　伊藤千可良ほか校　「江戸時代文芸資料5」'64 p1
壬子歳晩、懐を書す（梁田蛻巌）
　菅野礼行, 徳田武校注・訳　「新編日本古典文学全集86」'02 p353
親子集（北畠親子）
　和歌史研究会編　「私家集大成5」'74 p126
新時代不同歌合
　久曽神昇編　「日本歌学大系別6」'84 p478
真実伊勢物語（井原西鶴）
　穎原退蔵ほか編　「定本西鶴全集14」'53 p133
　青木信光編　「文化文政江戸発禁文庫9」'83 p235
真実伊勢物語（伝・井原西鶴）
　伊藤千可良ほか校　「江戸時代文芸資料5」'64 p1
人日、混沌社席上、城子邀の京に入るを贈別し、諸詞題と同に賦す。体を五言古に分つ（葛子琴）
　水田紀久注　「江戸詩人選集6」'93 p10
人日、清静所に集い会す。西孟清が齎す所の洞庭図巻を観る行（葛子琴）
　水田紀久注　「江戸詩人選集6」'93 p28
人日雪ふる、霞舟を邀えて同に賦す 二十韻（野村篁園）
　徳田武注　「江戸詩人選集7」'90 p84
人日、草堂の集い（服部南郭）
　山本和義, 横山弘注　「江戸詩人選集3」'91 p103
人日、台に登る（服部南郭）
　山本和義, 横山弘注　「江戸詩人選集3」'91 p118
壬子の仲秋、余は伴蒿蹊と郷里に江州に回る。十三日、義純上人、余及び蒿蹊・苗弟子柔の諸子を邀え、舟を具えて月を湖上に賞す。詩を作って一時の情景を紀す（六如）
　黒川洋一注　「江戸詩人選集4」'90 p299
新拾遺和歌集
　「国歌大系8」'76 p1
心中重井筒（近松門左衛門）
　高野正巳訳　「古典日本文学全集24」'59 p102
　信多純一校注　「新潮日本古典集成〔73〕」'86 p105
　大橋正叔校注・訳　「新編日本古典文学全集75」'98 p155
　「近松全集（岩波）5」'86 p109
　「近松全集（岩波）17影印編」'94 p233
　「近松全集（岩波）17解説編」'94 p249
　高野正巳校註　「日本古典全書〔95〕」'51 p91
　森修, 鳥越文蔵, 長友千代治校注・訳　「日本古典文学全集43」'72 p353

しんし　　　　　　　　　　　作品名

河竹登志夫ほか監修　「名作歌舞伎全集21」'73
　p131
信州川中嶋合戦（近松門左衛門）
　藤井紫影校註　「近松全集（思文閣）12」'78 p481
信州川中島合戦（近松門左衛門）
　大橋正叔校注　「新日本古典文学大系92」'95
　　p223
　「近松全集（岩波）12」'90 p205
　「近松全集（岩波）17影印編」'94 p430
　「近松全集（岩波）17解説編」'94 p442
　河竹登志夫ほか監修　「名作歌舞伎全集1」'69
　　p109
心中恋のかたまり
　青木信光編　「文化文政江戸発禁文庫10」'83
　　p103
新輯昭憲皇太后御集（昭憲皇太后）
　長沢美津編　「女人和歌大系5」'78 p11
心中天の綱島
　田中澄江訳　「国民の文学14」'64 p313
心中天の綱島（近松門左衛門）
　原道生著　「鑑賞日本の古典16」'82 p356
　森修，鳥越文蔵校注・訳　「完訳日本の古典56」
　　'89 p135
　田中澄江訳　「現代語訳 日本の古典17」'80 p12
　高野正巳訳　「古典日本文学全集24」'59 p266
　信多純一校注　「新潮日本古典集成〔73〕」'86
　　p265
　山根為雄校注・訳　「新編日本古典文学全集75」
　　'98 p383
　守随憲治訳注　「対訳古典シリーズ〔19〕」'88
　　p129
　藤井紫影校註　「近松全集（思文閣）12」'78 p267
　「近松全集（岩波）11」'89 p695
　高野正巳校註　「日本古典全書〔96〕」'52 p214
　重友毅校注　「日本古典文学大系49」'58 p355
　樋口慶千代著　「評釈江戸文学叢書3」'70 p441
心中天網島（近松門左衛門）
　水上勉訳　「特選日本の古典 グラフィック版10」
　　'86 p5
　「特選日本の古典 グラフィック版10」'86 p34
　河竹登志夫ほか監修　「名作歌舞伎全集1」'69
　　p189
心中二枚絵草紙（近松門左衛門）
　高野正巳訳　「古典日本文学全集24」'59 p42
　長友千代治校注・訳　「新編日本古典文学全集75」
　　'98 p45
　藤井紫影校註　「近松全集（思文閣）7」'78 p657
　「近松全集（岩波）4」'86 p165
　「近松全集（岩波）17影印編」'94 p214
　「近松全集（岩波）17影印編」'94 p216
　「近松全集（岩波）17解説編」'94 p228
　「近松全集（岩波）17解説編」'94 p230

高野正巳校註　「日本古典全書〔94〕」'50 p319
森修，鳥越文蔵，長友千代治校注・訳　「日本古
　典文学全集43」'72 p155
河竹登志夫ほか監修　「名作歌舞伎全集21」'73
　p91
心中二つ腹帯（紀海音）
　樋口慶千代著　「評釈江戸文学叢書3」'70 p767
心中万年草（近松門左衛門）
　高野正巳訳　「国民の文学14」'64 p43
　高野正巳訳　「古典日本文学全集24」'59 p124
　阪口弘之校注・訳　「新編日本古典文学全集75」
　　'98 p195
　「近松全集（岩波）5」'86 p683
　高野正巳訳　「日本古典全書〔95〕」'51 p121
　河竹登志夫ほか監修　「名作歌舞伎全集21」'73
　　p159
心中刃は氷の朔日（近松門左衛門）
　長友千代治校注・訳　「新編日本古典文学全集75」
　　'98 p237
　藤井紫影校註　「近松全集（思文閣）8」'78 p721
　「近松全集（岩波）5」'86 p449
　森修，鳥越文蔵，長友千代治校注・訳　「日本古
　　典文学全集43」'72 p543
　河竹登志夫ほか監修　「名作歌舞伎全集21」'73
　　p181
心中宵庚申（近松門左衛門）
　巌谷槙一訳　「国民の文学14」'64 p379
　井口洋校注　「新日本古典文学大系92」'95 p305
　長友千代治校注・訳　「新編日本古典文学全集75」
　　'98 p433
　藤井紫影校註　「近松全集（思文閣）12」'78 p643
　「近松全集（岩波）12」'90 p531
　鳥越文蔵校注・訳　「日本古典文学全集44」'75
　　p573
　重友毅校注　「日本古典文学大系49」'58 p429
　樋口慶千代著　「評釈江戸文学叢書3」'70 p549
　河竹登志夫ほか監修　「名作歌舞伎全集1」'69
　　p309
新秋栗山堂の集い、四支を得たり。序有り（古
　賀精里）
　一海知義，池沢一郎注　「江戸漢詩選2」'96
　　p247
心珠詠藻（相玉長伝）
　和歌史研究会編　「私家集大成7」'76 p694
真珠貝（中原綾子）
　長沢美津編　「女人和歌大系6」'78 p293
新宿咄落梅ノ帰咲（薬鑵頭光）
　「洒落本大成28」'87 p11
新宿夜話
　「洒落本大成28」'87 p219
壬戌紀行（大田南畝）

浜田義一郎，中野三敏，日野龍夫，揖斐高編
　「大田南畝全集8」'86 p259
揖斐高校注　「新日本古典文学大系84」'93 p331
壬戌三月望，大沼枕山・鷲津毅堂・小橋橘陰・
植村蘆洲と，南豊の広瀬青村を誘い，舟を
墨江に泛べ，桜花を観る。大槻磐渓・桂川
月池・遠田木堂・春木南華等，亦期せずして
至る。花前に唱和して歓を尽す。寔に春来
の一大快事なり。乃ち花字を以て押とし為し，
其の事を記して同遊の者に似す（成島柳北）
日野龍夫注　「江戸詩人選集10」'90 p37
新春酔歌（亀田鵬斎）
　徳田武注　「江戸漢詩選1」'96 p33
尋常小学唱歌（抄）
　志田延義編　「続日本歌謡集成5」'62 p103
真情春雨衣（吾妻雄兎子）
　青木信光編　「文化文政江戸発禁文庫2」'83 p19
信生法師集（信生）
　和歌史研究会編　「私家集大成4」'75 p258
信生法師日記（信生法師）
　外村南都子校注・訳　「新編日本古典文学全集48」
　'94 p85
新続古今和歌集（飛鳥井雅世撰）
　「国歌大系8」'76 p489
新色三ツ巴
　伊藤千可良ほか校　「江戸時代文芸資料2」'64
　p261
深心院関白集（藤原基平）
　和歌史研究会編　「私家集大成4」'75 p282
壬申紀行（貝原益軒）
　板坂耀子校訂　「叢書江戸文庫Ⅰ-17」'91 p5
人臣去就説（会沢正志斎）
　今井宇三郎，瀬谷義彦，尾藤正英校注　「日本思
　想大系53」'73 p353
壬辰三月，錦織の草廬落成す。之れを賦して
自祝す　十首（うち二首）（中島棕隠）
　水田紀久注　「江戸詩人選集6」'93 p247
壬申掌記（大田南畝）
　浜田義一郎，中野三敏，日野龍夫，揖斐高編
　「大田南畝全集9」'87 p515
(浪化日記一)壬申日誌
　「俳書叢刊6」'88 p175
壬申の冬，阿蘇山に登る。石有り高さ身と等
し，十人を坐すべし。上に天然の研池有り，
状一巨掌の如し。水常に中に満つ。大旱に
も涸れず。余同遊の者に謂いて曰く，是れ安
んぞ造物者の久しく是れを設けて以て我が
登題を待つに非ざることを知らんやと。因
りて石頭に墨を磨し，詩及び同遊者の名を
題して去る（秋山玉山）
　徳田武注　「江戸詩人選集2」'92 p291

壬辰封事（藤田東湖）
　今井宇三郎，瀬谷義彦，尾藤正英校注　「日本思
　想大系53」'73 p161
神通女楠（吉野都女楠）（近松門左衛門）
　「近松全集（岩波）17影印編」'94 p268
　「近松全集（岩波）17解説編」'94 p280
真寸鏡（山辺赤下手）
　「洒落本大成22」'84 p301
新正，懐いを書す（大沼枕山）
　日野龍夫注　「江戸詩人選集10」'90 p233
新製欣々雅話（寛政十一年正月刊）
　武藤禎夫編　「噺本大系13」'79 p230
新正の口号（武田信玄）
　菅野礼行，徳田武校注・訳　「新編日本古典文学
　全集86」'02 p242
新正の口号（梁川星巌）
　入谷仙介注　「江戸詩人選集8」'90 p186
新説百物語（高古堂）
　太刀川清校訂　「叢書江戸文庫Ⅱ-27」'93 p205
新説百物語（高古堂主人（小幡宗左衛門））
　須永朝彦編訳　「日本古典文学幻想コレクション
　3」'96 p207
仁説問答（山崎闇斎編）
　西順蔵，阿部隆一，丸山真男校注　「日本思想大
　系31」'80 p244
仁説問答師説（浅見絅斎）
　西順蔵，阿部隆一，丸山真男校注　「日本思想大
　系31」'80 p253
新撰犬筑波集（宗鑑編）
　木村三四吾，井口寿校注　「新潮日本古典集成
　〔63〕」'88 p117
神泉苑いて九月の落葉篇（嵯峨天皇）
　菅野礼行，徳田武校注・訳　「新編日本古典文学
　全集86」'02 p76
新撰猿蓑玖波集（一陽井素外）
　「徳川文芸類聚11」'70 p249
神泉苑の花の宴に，「落花の篇」を賦す（嵯峨
天皇）
　菅野礼行，徳田武校注・訳　「新編日本古典文学
　全集86」'02 p43
新選勧進話（享和二年正月刊）
　武藤禎夫編　「噺本大系14」'79 p24
新撰狂歌集
　高橋喜一校注　「新日本古典文学大系61」'93
　p147
新選皇后三十六人和歌
　久曽神昇編　「日本歌学大系別6」'84 p369
新撰古今枕大全
　青木信光編　「文化文政江戸発禁文庫8」'83
　p235
新千載和歌集（二条為定撰）

新選三十六人歌合
　　久曽神昇編　「日本歌学大系別6」'84 p293
新撰髄脳(藤原公任)
　　久松潜一, 増淵恒吉編　「校註日本文芸新篇〔3〕」'50 p20
　　久松潜一, 西尾実校注　「日本古典文学大系65」'51 p25
　　奥田勲校注・訳　「日本の文学 古典編37」'87 p27
新選髄脳(藤原公任)
　　佐佐木信綱編　「日本歌学大系1」'58 p64
新撰菟玖波祈念百韻
　　島津忠夫校注　「新潮日本古典集成〔62〕」'79 p281
新撰菟玖波集抄
　　伊地知鉄男校注　「日本古典文学大系39」'60 p175
新選発心伝(性均)
　　西田耕三校訂　「叢書江戸文庫III-44」'98 p247
新選万葉集序(菅原道真, 源當時)
　　佐佐木信綱編　「日本歌学大系1」'58 p35
新選朗詠集
　　久曽神昇編　「日本歌学大系別7」'86 p14
新選朗詠集(藤原基俊)
　　久曽神昇編　「日本歌学大系別7」'86 p93
新撰朗詠集(藤原基俊撰)
　　高野辰之編　「日本歌謡集成3」'60 p407
新選和歌集
　　久曽神昇編　「日本歌学大系別6」'84 p61
新選和歌集序(紀貫之)
　　佐佐木信綱編　「日本歌学大系1」'58 p44
新撰和歌序(紀貫之)
　　萩谷朴校註　「日本古典全書〔3〕」'50 p115
新選和歌髄脳
　　佐佐木信綱編　「日本歌学大系1」'58 p58
新宗玄々経(鐘西翁)
　　「徳川文芸類聚5」'70 p366
日本奥地新増行程記大全書込(小林一茶)
　　小林計一郎校注　「一茶全集7」'77 p427
青楼和談新造図彙(山東京伝)
　　「洒落本大成15」'82 p11
深窓秘抄(藤原公任)
　　久曽神昇編　「日本歌学大系別6」'84 p89
新続古今和歌集(抄)(飛鳥井雅世撰)
　　井上宗雄校注・訳　「新編日本古典文学全集49」'00 p375
新続三十六人選
　　久曽神昇編　「日本歌学大系別6」'84 p250
新続六歌仙〔別〕
　　久曽神昇編　「日本歌学大系別6」'84 p223

「国歌大系7」'76 p499

新題詠歌詞林
　　長沢美津編　「女人和歌大系5」'78 p716
新題歌集
　　長沢美津編　「女人和歌大系5」'78 p691
新体詩抄序(井上哲次郎)
　　久松潜一, 増淵恒吉編　「校註日本文芸新篇〔3〕」'50 p145
新大成糸の調
　　高野辰之編　「日本歌謡集成8」'60 p175
神代巻講義(山崎闇斎)
　　平重道, 阿部秋生校注　「日本思想大系39」'72 p141
身体山吹色(都扇舎千代見)
　　「洒落本大成18」'83 p33
神詫粟万石(竹本義太夫)
　　「竹本義太夫浄瑠璃正本集下」'95 p813
新竹斎(貞享四年刊)(西村未達)
　　武藤禎, 岡雅彦編　「噺本大系4」'76 p175
新竹集
　　長沢美津編　「女人和歌大系5」'78 p508
新中古歌選〔別〕
　　久曽神昇編　「日本歌学大系別6」'84 p245
辛丑除夕(梁川紅蘭)
　　福島理子注　「江戸漢詩選3」'95 p273
新勅撰和歌集
　　「国歌大系5」'76 p1
新著聞集(神谷養勇軒)
　　須永朝彦編訳　「日本古典文学幻想コレクション1」'95 p204
　　須永朝彦編訳　「日本古典文学幻想コレクション3」'96 p182
　　関根正直ほか監修　「日本随筆大成II-5」'74 p231
心田和尚語録(心田清播)
　　玉村竹二編　「五山文学新集別1」'77 p811
心田詩藁(心田清播)
　　玉村竹二編　「五山文学新集別1」'77 p859
心田播禅師疏(心田清播)
　　玉村竹二編　「五山文学新集別1」'77 p701
神渡
　　芳賀矢一, 佐佐木信綱校註　「謡曲叢書1」'87 p492
神道学則日本魂(松岡雄淵)
　　平重道, 阿部秋生校注　「日本思想大系39」'72 p251
神道玄義篇(度会家行)
　　大隅和雄校注　「日本思想大系19」'77 p114
神道集
　　西尾光一, 貴志正造編　「鑑賞日本古典文学23」'77 p269
『神道集』巻八第四五「鏡宮事」

浜中修編著 「大学古典叢書8」'89 p95
神道伝授(林羅山)
　平重道, 阿部秋生校注 「日本思想大系39」'72 p11
神道由来の事(仮題)(慶応義塾図書館蔵室町後期写本)
　横山重ほか編 「室町時代物語大成7」'79 p437
信徳十百韻(信徳)
　「俳書叢刊2」'88 p465
しんとく丸
　室木弥太郎校注 「新潮日本古典集成〔66〕」'77 p153
　「徳川文芸類聚8」'70 p45
荏土の故人を懐う(大窪詩仏)
　揖斐高注 「江戸詩人選集5」'90 p191
新内節正本集
　「徳川文芸類聚9」'70 p484
　高野辰之編 「日本歌謡集成11」'61 p327
新投節
　高野辰之編 「日本歌謡集成7」'60 p233
真如観(伝 源信)
　多田厚隆, 大久保良順, 田村芳朗, 浅井円道校注 「日本思想大系9」'73 p119
真恵上人御定
　笠原一男, 井上鋭夫校注 「日本思想大系17」'72 p466
新年
　臼田甚五郎, 新間進一, 外村南都子, 徳江元正校注・訳 「新編日本古典文学全集42」'00 p137
新年に懐いを書す(原采蘋)
　福島理子注 「江戸漢詩選3」'95 p194
新年の口号(売茶翁)
　末木文美士, 堀川貴司注 「江戸漢詩選5」'96 p117
神皇正統記(北畠親房)
　岩佐正, 時枝誠記, 木藤才蔵校注 「日本古典文学大系87」'65 p37
真奪
　北川忠彦ほか校注 「中世の文学 第1期〔22〕」'95 p68
　古川久校註 「日本古典全書〔91〕」'53 p260
新話違なし(寛政九年霜月刊)(野暮天)
　武藤禎夫編 「噺本大系13」'79 p150
新花摘(蕪村)
　雲英末雄, 山下一海, 丸山一彦, 松尾靖秋校注・訳 「新編日本古典文学全集72」'01 p525
新花つみ(与謝蕪村)
　清水孝之校注 「新潮日本古典集成〔77〕」'77 p257
新花摘(与謝蕪村)
　潁原退蔵編「蕪村全集1」'48 p347

新花つみ(抄)(与謝蕪村)
　揖斐高校注・訳 「日本の文学 古典編43」'86 p129
新花摘(部分)(与謝蕪村)
　村松友次著 「鑑賞日本の古典17」'81 p317
新版歌祭文(近松半二)
　「古典日本文学全集25」'61 p221
　鶴見誠校注 「日本古典文学大系52」'59 p121
　樋口喬千代著 「評釈江戸文学叢書4」'70 p623
新版歌祭文(野崎村)(近松半二)
　河竹登志夫ほか監修 「名作歌舞伎全集7」'69 p235
冨士之白酒阿部川紙子新板替道中助六(山東京伝)
　山本陽史編 「シリーズ江戸戯作〔1〕」'87 p73
新版腰越状(竹本義太夫)
　「竹本義太夫浄瑠璃正本集上」'95 p245
深秘九章
　佐佐木信綱編 「日本歌学大系4」'56 p395
新微組目録
　宇田敏彦校訂 「未刊随筆百種10」'77 p59
深弥満於路志(鳥可鳴)
　「洒落本大成11」'81 p303
新百人一首
　久曽神昇編 「日本歌学大系別6」'84 p512
新百物語(洛下俳林子)
　「徳川文芸類聚4」'70 p47
新編今様集
　新間進一編 「続日本歌謡集成1」'64 p87
新編教化集
　新間進一編 「続日本歌謡集成1」'64 p243
新編狂言歌謡集
　志田延義編 「続日本歌謡集成2」'61 p173
新編訓伽陀集
　新間進一編 「続日本歌謡集成1」'64 p261
新編田歌集
　新間進一編 「続日本歌謡集成1」'64 p119
新編和讃集
　新間進一編 「続日本歌謡集成1」'64 p141
辛卯七月既望, 諸山の列炬を観る(石川丈山)
　上野洋三注 「江戸詩人選集1」'91 p77
辛卯十月余内艱に居る。其の後母為るを以って俗喪稍々短し。服已に除くと雖も其の感いに堪えず。此を賦して哀しみを書す(江馬細香)
　福島理子注 「江戸漢詩選3」'95 p63
落咄新米牽頭持(天明九年刊)
　武藤禎夫編 「噺本大系17」'79 p287
新真公法論并附録(大国隆正)
　田原嗣郎, 関晃, 佐伯有清, 芳賀登校注 「日本思想大系50」'73 p493

辛未閏二月四日、将に京師に赴かんとし、門
　を出で、卒かに所見を記す（田能村竹田）
　　徳田武注　「江戸漢詩選1」'96 p108
晋明家集
　　「俳書叢刊9」'88 p3
　　「俳書叢刊9」'88 p93
　　「俳書叢刊9」'88 p129
　　「俳書叢刊9」'88 p181
「新麦は」歌仙（松尾芭蕉）
　　島居清者　「芭蕉連句全註解9」'83 p239
真女意題（森羅万象）
　　「徳川文芸類聚5」'70 p264
真女意題（天竺老人）
　　「洒落本大成10」'80 p349
新役竜の庖丁
　　安藤菊二校訂　「未刊随筆百種1」'76 p201
莘野茗談（平秩東作）
　　関根正直ほか監修　「日本随筆大成II-24」'75
　　p363
心友記
　　野間光辰校注　「日本思想大系60」'76 p7
申陽候絵巻（永青文庫蔵絵巻）
　　横山重ほか編　「室町時代物語大成7」'79 p445
新葉和歌集（宗良親王撰）
　　「国歌大系9」'76 p1
新葉和歌集（抄）（宗良親王撰）
　　井上宗雄校注・訳　「新編日本古典文学全集49」
　　'00 p349
絵入新吉原つねつね草（井原西鶴）
　　頴原退蔵ほか編　「定本西鶴全集6」'59 p243
親鸞集
　　名畑応順，多屋頼俊校注　「日本古典文学大系
　　82」'64 p5
晋流所持本
　　「芭蕉紀行集3」'71 p31
新涼（服部南郭）
　　山本和義，横山弘注　「江戸詩人選集3」'91 p81
新涼　郊墟に入る（祇園南海）
　　山本和義，横山弘注　「江戸詩人選集3」'91
　　p258
新涼、書を読む（成島柳北）
　　日野龍夫注　「江戸詩人選集10」'90 p16
神霊矢口渡（福内鬼外）
　　中村幸彦校注　「日本古典文学大系55」'61 p301
　　樋口慶千代著　「評釈江戸文学叢書4」'70 p487
神霊矢口渡（矢口）（福内鬼外）
　　河竹登志夫ほか監修　「名作歌舞伎全集4」'70
　　p257
新六家選
　　久曽神昇編　「日本歌学大系別6」'84 p212
新六歌仙

久曽神昇編　「日本歌学大系別6」'84 p215
久曽神昇編　「日本歌学大系別6」'84 p218
久曽神昇編　「日本歌学大系別6」'84 p220
久曽神昇編　「日本歌学大系別6」'84 p222
振鷺亭噺日記（寛政三年正月序）（振鷺亭主人）
　　「噺本大系12」'79 p190
新論（会沢正志斎）
　　今井宇三郎，瀬谷義彦，尾藤正英校注　「日本思
　　想大系53」'73 p49
新和歌集所載歌
　　斎藤茂吉校註　「日本古典全書〔71〕」'50 p106
新話虎の巻
　　二村文人校訂　「叢書江戸文庫III-45」'99 p159

【　す　】

翠雲深処（広瀬旭荘）
　　岡村繁注　「江戸詩人選集9」'91 p234
翠園応答録（鈴木重嶺）
　　佐佐木信綱編　「日本歌学大系9」'58 p431
瑞応塵露集（超海通性）
　　西田耕三校訂　「叢書江戸文庫III-44」'98 p105
水郭の初夏（市河寛斎）
　　揖斐高注　「江戸詩人選集5」'90 p72
粋学問
　　「洒落本大成17」'82 p303
酔歌行、菅夷長に贈る（秋山玉山）
　　菅野礼行，徳田武校注・訳　「新編日本古典文学
　　全集86」'02 p397
垂加社語（山崎闇斎）
　　平重道，阿部秋生校注　「日本思想大系39」'72
　　p119
酔妓（鳥山芝軒）
　　菅野礼行，徳田武校注・訳　「新編日本古典文学
　　全集86」'02 p309
睡起の即事（元政）
　　上野洋三注　「江戸詩人選集1」'91 p284
粋興奇人伝（仮名垣魯文，山々亭有人合輯，春
　　酒屋幾久校合）
　　浜田義一郎，武藤禎夫編　「日本小咄集成下」'71
　　p317
瑞渓疏（瑞渓周鳳）
　　玉村竹二編　「五山文学新集5」'71 p585
酔言（亀田鵬斎）
　　徳田武注　「江戸漢詩選1」'96 p14
粋好伝夢枕（市中庵）
　　「洒落本大成28」'87 p113
粋行弁（浪花山人猿笑）

作品名　　　　　　　　　　　　　　　　　　　　すえひ

「洒落本大成補1」'88 p135
酔後 戯れに題す（広瀬淡窓）
　岡村繁注　「江戸詩人選集9」'91 p117
酔後漫吟（亀田鵬斎）
　徳田武注　「江戸漢詩選1」'96 p4
随斎筆紀（小林一茶）
　丸山一彦校注　「一茶全集7」'77 p13
酔姿夢中（采遊）
　「洒落本大成8」'80 p197
「水仙や」十二句（松尾芭蕉）
　島居清者　「芭蕉連句全註解7」'82 p323
「水仙は」歌仙（松尾芭蕉）
　島居清者　「芭蕉連句全註解5」'81 p231
水村の寒梅（祇園南海）
　山本和義，横山弘注　「江戸詩人選集3」'91
　p252
帥大納言母集（源経信母）
　和歌史研究会編　「私家集大成2」'75 p176
翠竹真如集 一（天隠龍澤）
　玉村竹二編　「五山文学新集5」'71 p691
帥中納言俊忠集（藤原俊忠）
　和歌史研究会編　「私家集大成2」'75 p398
粋町甲閨（大田南畝）
　浜田義一郎，中野三敏，日野龍夫，揖斐高編
　「大田南畝全集7」'86 p31
　「洒落本大成9」'80 p77
遂亭（広瀬旭荘）
　岡村繁注　「江戸詩人選集9」'91 p236
水天宮利生深川（筆売幸兵衛）（河竹黙阿弥）
　河竹登志夫ほか監修　「名作歌舞伎全集12」'70
　p255
水田正秀（孫右衛門）宛書簡（松尾芭蕉）
　富山奏校注　「新日本古典集成〔72〕」'78 p180
　富山奏校注　「新潮日本古典集成〔72〕」'78 p277
垂統秘録（佐藤信淵）
　尾藤正英，島崎隆夫校注　「日本思想大系45」'77
　p487
随得集 一巻（竜湫周沢）
　上村観光編　「五山文学全集2」'73 p1167
雛入勅撰不見家集歌（式子内親王）
　佐々木信綱校註　「日本古典全書〔69〕」'48 p36
粋の懐（狭山峰二）
　荻田清ほか編　「近世文学選〔1〕」'94 p186
　高野辰之編　「日本歌謡集成11」'61 p462
塩梅加減粋庵丁（狼狽山人）
　「洒落本大成16」'82 p233
酔迷余録（中根香亭）
　森銑三，北川博邦編　「続日本随筆大成4」'79
　p109
酔毛登喜
　「洒落本大成14」'81 p145

随門記（浪化）
　宮本三郎，井本農一，今栄蔵，大内初夫校注
　「校本芭蕉全集7」'89 p479
睡余小録（藤原吉迪）
　関根正直ほか監修　「日本随筆大成Ⅰ-6」'75 p1
瑞竜山下に。庵すみのとき。雪の日ひとりこ
　とに（上田秋成）
　「上田秋成全集11」'94 p52
瑞竜山太平興国南禅々寺語録（天祥一麟）
　玉村竹二編　「五山文学新集別2」'81 p281
瑞鹿山園覚興聖禅寺語録（東明慧日）
　玉村竹二編　「五山文学新集別2」'81 p10
阪瓠（河野鐵兜）
　森銑三，北川博邦編　「続日本随筆大成3」'79
　p53
素謡世々之蹟（鶊鵲春行）
　宇田敏彦校訂　「未刊随筆百種7」'77 p209
崇孟（藪孤山）
　頼惟勤校注　「日本思想大系37」'72 p355
蘇士の新航渠 二首（うち一首）（成島柳北）
　日野龍夫注　「江戸詩人選集10」'90 p146
季経入道集（藤原季経）
　和歌史研究会編　「私家集大成3」'74 p453
末摘花（紫式部）
　阿部秋生，秋山虔，今井源衛，鈴木日出男校注・
　訳　「完訳日本の古典15」'83 p9
　円地文子訳　「現代語訳 日本の古典5」'79 p41
　谷崎潤一郎ほか編　「国民の文学」'63 p111
　阿部秋生ほか校注・訳　「古典セレクション2」'98
　p109
　「古典日本文学全集4」'61 p116
　石田穣二，清水好子校注　「新潮日本古典集成
　〔18〕」'76 p243
　柳井滋ほか校注　「新日本古典文学大系19」'93
　p201
　阿部秋生，秋山虔，今井源衛，鈴木日出男校注・
　訳　「新編日本古典文学全集20」'94 p263
　「特選日本の古典 グラフィック版5」'86 p27
　池田亀鑑校註　「日本古典全書〔12〕」'46 p336
　阿部秋生，秋山虔，今井源衛校注・訳　「日本古
　典文学全集12」'70 p337
　山岸徳平校注　「日本古典文学大系14」'58 p233
　伊井春樹，日向一雅，百川敬仁（ほか）校注・訳
　「日本の文学 古典編11」'86 p293
　「日本文学大系4」'55 p155
末広かり
　北川忠彦，安田章　「新編日本古典文学全集60」
　'01 p19
末広がり
　「古典日本文学全集20」'62 p199

日本古典文学全集・作品名綜覧　197

すゑひ　　　　　　　　　　　　　作品名

　北川忠彦ほか校註　「中世の文学 第1期〔22〕」'95 p9
　古川久校註　「日本古典全書〔91〕」'53 p110
すゑひろ物語（仮題）（赤木文庫旧蔵江戸前期絵巻）
　横山重ほか編　「室町時代物語大系7」'79 p453
すゑひろ物語（校訂者蔵絵巻）
　太田武夫校訂　「室町時代物語集5」'62 p417
素襖落
　窪田啓作訳　「国民の文学12」'64 p182
素袍落
　「古典日本文学全集20」'62 p231
　北川忠彦, 安田章　「新編日本古典文学全集60」'01 p183
　北川忠彦ほか校注　「中世の文学 第1期〔20〕」'94 p134
　古川久校註　「日本古典全書〔91〕」'53 p297
素襖落（福地桜痴）
　河竹登志夫ほか監修　「名作歌舞伎全集18」'69 p263
周防内侍集（周防内侍）
　和歌史研究会編　「私家集大成2」'75 p383
　長沢美津編　「女人和歌大系2」'65 p355
菅笠日記（本居宣長）
　鈴木淳校注　「新日本古典文学大系68」'97 p155
姿花江戸伊達染（鶴屋南北）
　大久保忠国校注　「鶴屋南北全集4」'72 p177
姿姫路清十郎物語（井原西鶴）
　麻生磯次訳　「現代語訳西鶴全集（河出）2」'52 p11
　藤村作校訂　「訳註西鶴全集2」'47 p1
菅沼曲水（定常）宛書簡（松尾芭蕉）
　富山奏校注　「新潮日本古典集成〔72〕」'78 p208
菅沼曲翠（定常）宛書簡（松尾芭蕉）
　富山奏校注　「新潮日本古典集成〔72〕」'78 p280
菅野八郎
　庄司吉之助校注　「日本思想大系58」'70 p87
菅原伝授手習鑑（竹田出雲）
　鶴見誠校註　「日本古典全書〔97〕」'56 p65
　横山正校注・訳　「日本古典文学全集45」'71 p487
菅原伝授手習鑑（竹田出雲ほか）
　戸板康二編　「鑑賞日本古典文学30」'77 p25
　荻谷清ほか編　「近世文学選〔1〕」'94 p43
　祐田善雄校注　「日本古典文学大系99」'65 p41
　樋口慶千代編　「評釈江戸文学叢書4」'70 p85
　河竹登志夫ほか監修　「名作歌舞伎全集2」'68 p139
菅原伝授手習鑑（竹田出雲, 三好松洛, 並木千柳）
　戸板康二訳　「国民の文学12」'64 p325

「古典日本文学全集25」'61 p5
杉生（遠山光栄）
　長沢美津編　「女人和歌大系6」'78 p559
杉浦国頭室荷田真崎子遺詠（荷田真崎）
　長沢美津編　「女人和歌大系4」'72 p27
還魂紙料（すきかえし）　→"かんこんしりょう"を見よ
杉間の青楓（葛子琴）
　水田紀久注　「江戸詩人選集6」'93 p150
杉のしづ枝（荷田蒼生子）
　古谷知新編　「江戸時代女流文学全集4」'01 p175
　「国歌大系15」'76 p630
　長沢美津編　「女人和歌大系3」'68 p151
杉山杉風（市兵衛）宛書簡（松尾芭蕉）
　富山奏校注　「新潮日本古典集成〔72〕」'78 p238
　富山奏校注　「新潮日本古典集成〔72〕」'78 p253
　富山奏校注　「新潮日本古典集成〔72〕」'78 p268
杉楊枝（延宝八年刊）（野本道元）
　武藤禎, 岡雅彦編　「噺本大系4」'76 p91
少き男女を慰む（藤原道真）
　菅野礼行, 徳田武校注・訳　「新編日本古典文学全集86」'02 p155
輔尹集（藤原輔尹）
　和歌史研究会編　「私家集大成1」'73 p587
輔親集（大中臣輔親）
　和歌史研究会編　「私家集大成2」'75 p107
資平集（資平）
　和歌史研究会編　「私家集大成4」'75 p508
「菅薦の」付合（松尾芭蕉）
　島居清著　「芭蕉連句全註解10」'83 p327
相如集（藤原相如）
　和歌史研究会編　「私家集大成1」'73 p630
資慶卿口授（烏丸資慶）
　佐々木信綱編　「日本歌学大系6」'56 p258
資慶卿口伝（烏丸資慶）
　佐々木信綱編　「日本歌学大系6」'56 p254
資慶卿消息（烏丸資慶）
　佐々木信綱編　「日本歌学大系6」'56 p256
助六（桜田治助（三世））
　河竹繁俊校註　「日本古典全書〔99〕」'52 p183
　郡司正勝校注　「日本古典文学大系98」'65 p59
助六所縁江戸桜（桜田治助（初代）, 笠縫専助）
　河竹登志夫ほか監修　「名作歌舞伎全集18」'69 p125ら
助六所縁江戸桜（藤本斗文）
　河竹繁俊著　「評釈江戸文学叢書6」'70 p397
「須ひぞ秋」百韻（松尾芭蕉）
　島居清著　「芭蕉連句全註解2」'79 p131
双六

北川忠彦ほか校注 「中世の文学 第1期〔22〕」'95 p45
朱雀院御集（朱雀天皇）
　和歌史研究会編 「私家集大成1」'73 p312
須佐神社縁起翻刻（小童籠城主網時）
　「中世文芸叢書9」'67 p183
素性法師集
　「日本文学大系11」'55 p65
鈴鹿——名現在田村
　芳賀矢一，佐佐木信綱校註 「謡曲叢書2」'87 p258
すゝか（古梓堂文庫蔵奈良絵本）
　太田武夫校訂 「室町時代物語集1」'62 p239
鈴鹿の草子（慶応義塾図書館蔵室町後期写本）
　横山重ほか編 「室町時代物語大成7」'79 p461
鈴鹿の物語（天理図書館蔵写本）
　横山重ほか編 「室町時代物語大成7」'79 p498
薄
　芳賀矢一，佐佐木信綱校註 「謡曲叢書2」'87 p262
鈴木曹長の東都に之くを送る（菅茶山）
　黒川洋一注 「江戸詩人選集4」'90 p126
鱸庖丁
　北川忠彦ほか校注 「中世の文学 第1期〔22〕」'95 p82
　古川久校註 「日本古典全書〔92〕」'54 p148
鱸庖丁青砥切味（柳亭種彦）
　内村和至校訂 「叢書江戸文庫II-35」'95 p5
「すゞしさを」歌仙（松尾芭蕉）
　島居清著 「芭蕉連句全註解6」'81 p9
「涼しさの」百韻（松尾芭蕉）
　島居清著 「芭蕉連句全註解4」'80 p35
「涼しさや」七句（松尾芭蕉）
　島居清著 「芭蕉連句全註解6」'81 p97
鈴之川
　臼田甚五郎，新間進一，外村南都子，徳江元正校注・訳 「新編日本古典文学全集42」'00 p156
寿々葉羅井（安永八年正月刊）（志丈）
　武藤禎夫編 「噺本大系11」'79 p199
「煤掃の」「鐘つく人も」「庭に箒を」「入相の」付合（松尾芭蕉）
　島居清著 「芭蕉連句全註解10」'83 p299
煤払ひの巻（安永二年）（与謝蕪村）
　頴原退蔵編著 「蕪村全集2」'48 p114
「薄原」付合（松尾芭蕉）
　島居清著 「芭蕉連句全註解別1」'83 p101
鈴虫（紫式部）
　阿部秋生，小町谷照彦，野村精一，柳井滋著 「鑑賞日本の古典6」'79 p294
　阿部秋生，秋山虔，今井源衛，鈴木日出男校注・訳 「完訳日本の古典20」'87 p77
　円地文子訳 「現代語訳 日本の古典5」'79 p123
　谷崎潤一郎ほか編 「国民の文学4」'63 p92
　阿部秋生ほか校注・訳 「古典セレクション11」'98 p51
　「古典日本文学全集5」'61 p303
　石田穣二，清水好子校注 「新潮日本古典集成〔22〕」'80 p343
　柳井滋ほか校注 「新日本古典文学大系22」'96 p67
　阿部秋生，秋山虔，今井源衛，鈴木日出男校注・訳 「新編日本古典文学全集23」'96 p371
　「特選日本の古典 グラフィック版5」'86 p98
　池田亀鑑校註 「日本古典全書〔15〕」'52 p285
　阿部秋生，秋山虔，今井源衛校注・訳 「日本古典文学全集15」'74 p359
　山岸徳平校注 「日本古典文学大系17」'62 p75
　伊井春樹，日向一雅，百川敬仁（ほか）校注・訳 「日本の文学 古典編14」'87 p279
　「日本文学大系5」'55 p455
雀さうし（早稲田大学図書館蔵写本）
　横山重ほか編 「室町時代物語大成7」'79 p540
雀の発心（仮題）（赤木文庫蔵古絵巻）
　横山重ほか編 「室町時代物語大成7」'79 p588
雀の発心（仮題）（慶応義塾図書館蔵室町末期絵巻）
　横山重ほか編 「室町時代物語大成7」'79 p598
雀の発心（仮題）（日本民芸館蔵古絵巻）
　横山重ほか編 「室町時代物語大成7」'79 p580
雀の夕がほ（広島大学蔵奈良絵本）
　横山重ほか編 「室町時代物語大成7」'79 p606
硯石（松尾芭蕉）
　井本農一，弥吉菅一，横沢三郎，尾形仂校注 「校本芭蕉全集6」'89 p552
硯わり（加藤隆文氏蔵奈良絵本）
　横山重ほか編 「室町時代物語大成7」'79 p612
硯破（内閣文庫蔵写本）
　横山重ほか編 「室町時代物語大成7」'79 p641
硯わり（広島大学蔵奈良絵本）
　横山重ほか編 「室町時代物語大成7」'79 p653
隅田春妓女容性（梅の由兵衛）（並木五瓶）
　河竹登志夫ほか監修 「名作歌舞伎全集8」'70 p187
「捨る身も」付合（松尾芭蕉）
　島居清著 「芭蕉連句全註解2」'79 p120
捨石丸（上田秋成）
　「上田秋成全集8」'93 p188
　「上田秋成全集8」'93 p269
　「上田秋成全集8」'93 p303
　「上田秋成全集8」'93 p374
　美山靖校注 「新潮日本古典集成〔76〕」'80 p82

中村幸彦,髙田衛校注・訳 「新編日本古典文学全集78」'95 p487
浅野三平訳・注 「全対訳日本古典新書〔14〕」'81 p118
重友毅校註 「日本古典全書〔106〕」'57 p237
中村幸彦,髙田衛,中村博保校注・訳 「日本古典文学全集48」'73 p540
中村幸彦校注 「日本古典文学大系56」'59 p191
髙田衛,中村博保校注・訳 「完訳日本の古典57」'83 p275
捨石丸(現代語訳)(上田秋成)
髙田衛,中村博保校注・訳 「完訳日本の古典57」'83 p275
既に別れて母を憶う(頼山陽)
入谷仙介注 「江戸詩人選集8」'90 p120
砂川に飲みて賦す。山陽先生に呈す(二首)(江馬細香)
福島理子注 「江戸漢詩選3」'95 p35
寸南破良意(南鐐堂一片)
伊藤千可良ほか校 「江戸時代文芸資料1」'64 p19
「洒落本大成6」'79 p327
『すねこたんばこ』(昔話)
浜中修編著 「大学古典叢書8」'89 p91
酢蔷
北川忠彦,安田章 「新編日本古典文学全集60」'01 p451
須磨(紫式部)
阿部秋生,小町谷照彦,野村精一,柳井滋著 「鑑賞日本の古典6」'79 p134
阿部秋生,秋山虔,今井源衛,鈴木日出男校注・訳 「完訳日本の古典16」'84 p9
円地文子訳 「現代語訳 日本の古典5」'79 p56
谷崎潤一郎ほか編 「国民の文学3」'63 p211
阿部秋生ほか校注・訳 「古典セレクション4」'98 p9
「古典日本文学全集4」'61 p218
石田穣二,清水好子校注 「新潮日本古典集成〔19〕」'77 p199
柳井滋ほか校注 「新日本古典文学大系20」'94 p1
阿部秋生,秋山虔,今井源衛,鈴木日出男校注・訳 「新編日本古典文学全集21」'95 p159
「特選日本の古典 グラフィック版5」'86 p38
池田亀鑑校注 「日本古典全書〔13〕」'49 p120
阿部秋生,秋山虔,今井源衛校注・訳 「日本古典文学全集13」'72 p151
山岸徳平校注 「日本古典文学大系15」'59 p9
伊井春樹,日向一雅,百川敬仁(ほか)校注・訳 「日本の文学 古典編12」'86 p103
「日本文学大系4」'55 p301
須磨記
津本信博編 「近世紀行日記文学集成1」'93 p201
須磨源氏
芳賀矢一,佐佐木信綱校註 「謡曲叢書2」'87 p265
「炭売の」歌仙(松尾芭蕉)
島居清著 「芭蕉連句全註解3」'80 p217
炭売の巻(「冬の日」より)(松尾芭蕉)
山崎喜好評釈 「古典日本文学全集31」'61 p46
墨染桜
芳賀矢一,佐佐木信綱校註 「謡曲叢書2」'87 p269
墨染桜(承応二年刊本)
横山重ほか編 「室町時代物語大成8」'80 p13
墨田川(観世十郎元雅)
内村直也訳 「国民の文学12」'64 p93
隅田川
田中千秀夫訳 「現代語訳 日本の古典14」'80 p14
竹本幹夫,橋本朝生校注・訳 「日本の文学 古典編36」'87 p52
河竹登志夫ほか監修 「名作歌舞伎全集24」'72 p205
芳賀矢一,佐佐木信綱校註 「謡曲叢書2」'87 p272
墨多川(大窪詩仏)
揖斐高注 「江戸詩人選集5」'90 p326
隅田川(観世十郎元雅)
小山弘志,佐藤健一郎校注・訳 「新編日本古典文学全集59」'98 p48
角田川(宗祇)
伊藤正義校注 「新潮日本古典集成〔59〕」'86 p175
西野春雄校注 「新日本古典文学大系57」'98 p338
隅田川続俤(法界坊)(奈河七五三助)
河竹登志夫ほか監修 「名作歌舞伎全集15」'69 p3
墨多川集(小林一茶)
矢羽勝幸校注 「一茶全集8」'78 p583
隅田川に船を浮めて月見る夜人々歌よみける詞(鵜殿余野子)
古谷知新編 「江戸時代女流文学全集3」'01 p641
墨田川梅柳新書(滝沢馬琴)
「古典叢書〔14〕」'89 p3
隅田川花御所染(鶴屋南北)
服部幸雄校訂 「鶴屋南北全集5」'71 p167
隅田川花御所染(女清玄)(鶴屋南北)
河竹登志夫ほか監修 「名作歌舞伎全集22」'72 p273

炭俵
　萩原蘿月校註　「日本古典全書〔79〕」'52 p111
炭俵（松尾芭蕉）
　大谷篤蔵，中村俊定校注　「日本古典文学大系45」'62 p413
炭俵（野坡，孤屋，利牛）
　白石悌三校注　「新日本古典文学大系70」'90 p357
『炭俵』序抄（松尾芭蕉）
　井本農一ほか著　「校本芭蕉全集9」'89 p290
墨塗
　田中千禾夫訳　「現代語訳 日本の古典14」'80 p122
　北川忠彦，安田章　「新編日本古典文学全集60」'01 p128
　北川忠彦ほか校注　「中世の文学 第1期〔20〕」'94 p159
　古川久校註　「日本古典全書〔91〕」'53 p120
住吉縁起（慶応義塾図書館蔵写本）
　横山重ほか編　「室町時代物語大成8」'80 p42
すみよしえんき（校訂者蔵写本）
　太田武夫校訂　「室町時代物語集5」'62 p3
住吉橋姫
　芳賀矢一，佐佐木信綱校註　「謡曲叢書2」'87 p279
『住吉橋姫』（謡曲）
　浜中修編著　「大学古典叢書8」'89 p113
住吉詣
　芳賀矢一，佐佐木信綱校註　「謡曲叢書2」'87 p285
住吉物語
　市古貞次，三角洋一編　「鎌倉時代物語集成4」'91 p149
　稲賀敬二校注　「新日本古典文学大系18」'89 p293
　三角洋一校注・訳　「新編日本古典文学全集39」'02 p9
　「日本文学大系7」'55 p1
　「俳書叢刊5」'88 p359
　「有精堂校注叢書〔5〕」'87 p5
住吉物語（赤木文庫蔵古活字版本）
　横山重ほか編　「室町時代物語大成8」'80 p72
住吉物語の和歌・連歌・歌謡―原本性追求の試み（友久武文）
　「中世文芸叢書別1」'67 p361
すみれ草（北村久備）
　「日本文学古註釈大成〔7〕」'78 p1
菫艸（小林一茶）
　丸山一彦校注　「一茶全集6」'76 p243
新版歌仙すまふ評林
　「徳川文芸類聚12」'70 p275

角力め組鳶人足一条
　宇田敏彦校訂　「未刊随筆百種8」'77 p453
すもり
　市古貞次，三角洋一編　「鎌倉時代物語集成7」'94 p263
駿河茄子（寛政二年頃刊）（宝山人）
　武藤禎夫編　「噺本大系19」'79 p305
駿河元志太郡徳山村盆踊歌
　浅野建二編　「続日本歌謡集成4」'63 p71
諏訪縁起（天正十三年写本）
　太田武夫校訂　「室町時代物語集2」'62 p3
諏訪縁起物語（寛永二年写本）
　太田武夫校訂　「室町時代物語集2」'62 p24
諏訪浄光寺八景詩歌
　松野陽一校注　「新日本古典文学大系67」'96 p405
諏訪草紙（慶大斯道文庫蔵弘化四年写本）
　横山重ほか編　「室町時代物語大成8」'80 p175
諏訪の本地（仮題）（吉田幸一氏蔵江戸初期写本）
　横山重ほか編　「室町時代物語大成8」'80 p112
諏訪の本地―甲賀三郎物語
　松本隆信校注　「新潮日本古典集成〔65〕」'80 p249
すはの本地（赤木文庫蔵江戸初期絵入写本）
　横山重ほか編　「室町時代物語大成8」'80 p147
すはの本地（校訂者蔵絵入写本）
　太田武夫校訂　「室町時代物語集2」'62 p44
寸錦雑綴（森島中良）
　関根正直ほか監修　「日本随筆大成I-7」'75 p137
駿台雑話（室鳩巣）
　森銑三訳　「古典日本文学全集35」'61 p143
　関根正直ほか監修　「日本随筆大成III-6」'77 p175
寸鉄録（藤原惺窩）
　石田一良，金谷治校注　「日本思想大系28」'75 p9
駿府（林羅山）
　菅野礼行，徳田武校注・訳　「新編日本古典文学全集86」'02 p252

【せ】

井蛙抄（頓阿）
　佐佐木信綱編　「日本歌学大系5」'57 p18
西域物語（本多利明）

塚谷晃弘, 蔵並省自校注 「日本思想大系44」'70 p87
西王母(金春禅竹)
　芳賀矢一, 佐佐木信綱校註 「謡曲叢書2」'87 p295
斉諧俗談(大朏東華)
　関根正直ほか監修 「日本随筆大成I-19」'76 p285
正学指掌(尾藤二洲)
　頼惟勤校注 「日本思想大系37」'72 p317
晴霞句集(多代女)
　古谷知新編 「江戸時代女流文学全集4」'01 p509
星学手簡 抄(間重富, 高橋至時)
　広瀬秀雄校注 「日本思想大系63」'71 p193
西郭灯籠記(快活道人撰)
　「洒落本大成2」'78 p279
聖学問答(太宰春台)
　頼惟勤校注 「日本思想大系37」'72 p57
惺窩先生文集(抄)(藤原惺窩)
　石田一良, 金谷治校注 「日本思想大系28」'75 p79
青霞堂にて九峰先生を懐う(市河寛斎)
　揖斐高注 「江戸詩人選集5」'90 p161
惺窩和歌集(惺窩)
　和歌史研究会編 「私家集大成7」'76 p999
静寛院宮御詠草(静寛院宮)
　長沢美津編 「女人和歌大系3」'68 p563
西岸居士
　芳賀矢一, 佐佐木信綱校註 「謡曲叢書2」'87 p3
誓願寺(世阿弥)
　伊藤正義校注 「新潮日本古典集成〔59〕」'86 p189
　西野春雄校注 「新日本古典文学大系57」'98 p546
　芳賀矢一, 佐佐木信綱校註 「謡曲叢書2」'87 p288
誓願寺(伝信光筆本)
　吉田幸一著 「平安文学叢刊4」'59 p757
『西帰』奥書(上田秋成)
　「上田秋成全集11」'94 p284
『西帰』奥書(異文)(上田秋成)
　「上田秋成全集11」'94 p285
西邱に登りて湖を望む(梁川紅蘭)
　福島理子注 「江戸漢詩選3」'95 p275
聖教要録(山鹿素行)
　田原嗣郎, 守本順一郎校注 「日本思想大系32」'70 p7
栖去の弁(松尾芭蕉)
　富山奏校注 「新潮日本古典集成〔72〕」'78 p205

栖去之弁(松尾芭蕉)
　井本農一, 弥吉菅一, 横沢三郎, 尾形仂校注 「校本芭蕉全集6」'89 p498
　井本農一, 久富哲雄, 村松友次, 堀切実校注・訳 「新編日本古典文学全集71」'97 p326
静居和泉式部全集本〈静嘉堂文庫本〉
　吉田幸一著 「平安文学叢刊5」'66 p77
成経
　芳賀矢一, 佐佐木信綱校註 「謡曲叢書3」'87 p24
清厳茶話(正徹物語 下)(正徹)
　佐佐木信綱編 「日本歌学大系5」'57 p245
静軒痴談(寺門静軒)
　関根正直ほか監修 「日本随筆大成II-20」'74 p1
省諐録(佐久間象山)
　佐藤昌介, 植手通有, 山口宗之校注 「日本思想大系55」'71 p237
政語(松平定信)
　奈良本辰也校注 「日本思想大系38」'76 p249
清音庵記(上田秋成)
　「上田秋成全集11」'94 p104
清音庵記(異文)(上田秋成)
　「上田秋成全集11」'94 p106
清好帖(大田南畝)
　浜田義一郎, 中野三敏, 日野龍夫, 揖斐高編 「大田南畝全集20」'90 p347
勢語臆断(釈契沖)
　「日本文学古註釈大成〔26〕」'79 p165
勢語臆断別勘(伊勢貞丈)
　「日本文学古註釈大成〔26〕」'79 p385
勢語諸註参解
　「日本文学古註釈大成〔26〕」'79 p287
勢語図説抄(齋藤彦麿)
　「日本文学古註釈大成〔26〕」'79 p393
西山公随筆(徳川光圀)
　関根正直ほか監修 「日本随筆大成II-14」'74 p367
西山にて蕈を採る 十絶句(六如)
　黒川洋一注 「江戸詩人選集4」'90 p205
正使金公に奉呈す(二首, うち一首)(古賀精里)
　一海知義, 池沢一郎注 「江戸漢詩選2」'96 p256
生日の作(館柳湾)
　徳田武注 「江戸詩人選集7」'90 p181
世師也安之邪 三(上田秋成)
　「上田秋成全集5」'92 p350
静舎随筆(上田秋成)
　「上田秋成全集6」'91 p363
静舎随筆(異文)(上田秋成)
　「上田秋成全集6」'91 p389

作品名　　　　　　　　　　　　　　　　せいほ

成秀庭上松を誉ること葉（松尾芭蕉）
　井本農一，弥吉菅一，横沢三郎，尾形仂校注
　「校本芭蕉全集6」'89 p487
　井本農一，久富哲雄，村松友次，堀切実校注・訳
　「新編日本古典文学全集71」'97 p317
『清少納言家集中』奥書（上田秋成）
　「上田秋成全集5」'92 p528
清少納言集
　「日本文学大系12」'55 p791
　長連恒編　「日本文学大系12」'55 p893
清少納言集（清少納言）
　和歌史研究会編　「私家集大成1」'73 p663
　和歌史研究会編　「私家集大成1」'73 p665
　長沢美津編　「女人和歌大系2」'65 p370
清少納言枕草紙抄（加藤磐斎）
　「日本文学古註釈大成〔15〕」'78 p31
清人魏惟度の八居の韻に和す(八首、うち一首)（新井白石）
　一海知義，池沢一郎注　「江戸漢詩選2」'96 p106
清慎公集（藤原実頼）
　和歌史研究会編　「私家集大成1」'73 p391
砌塵抄（宗砌）
　木藤才蔵校注　「中世の文学　第1期〔12〕」'85 p125
盛衰開分兄弟（日本振袖始）（近松門左衛門）
　「近松全集（岩波）17影印編」'94 p366
　「近松全集（岩波）17解説編」'94 p374
醒睡笑（安楽庵策伝）
　小高敏郎訳　「古典日本文学全集29」'61 p3
　関根正直ほか監修　「日本随筆大成III-4」'77 p269
　宮尾与男校注・訳　「日本の文学　古典編46」'87 p25
　武藤禎，岡雅彦編　「噺本大系2」'76 p3
　宮尾しげを校注　「秘籍江戸文学選8」'75 p63
醒垂笑（抄）（安楽庵策伝編）
　浜田義一郎，武藤禎夫編　「日本小咄集成上」'71 p79
醒睡笑之序（安楽庵策伝）
　宮尾与男校注・訳　「日本の文学　古典編46」'87 p27
西生郡今宮の庄に賜はせしみことのりふみの序（上田秋成）
　「上田秋成全集11」'94 p277
聖製の「旧宮に宿す」に和し奉り，製に応ず（藤原冬嗣）
　菅野礼行，徳田武校注・訳　「新編日本古典文学全集86」'02 p46
西説医原枢要（抄）（高野長英）
　佐藤昌介，植手通有，山口宗之校注　「日本思想大系55」'71 p211
西荘門に題す（服部南郭）
　山本和義，横山弘注　「江戸詩人選集3」'91 p164
正続院仏牙舎利記
　西田耕三校訂　「叢書江戸文庫III-44」'98 p427
正続院仏牙舎利詩四十三韻（万庵原資）
　菅野礼行，徳田武校注・訳　「新編日本古典文学全集86」'02 p328
西台候の邸にして海棠花を賞す（大潮元皓）
　末木文美士，堀川貴司注　「江戸漢詩選5」'96 p155
政談
　辻達也校注　「日本思想大系36」'73 p259
清談峯初花（十返舎一九）
　武藤元昭校訂　「叢書江戸文庫II-36」'95 p3
清談峯初花　後編（十返舎一九）
　武藤元昭校訂　「叢書江戸文庫II-36」'95 p45
青帝（大沼枕山）
　日野龍夫注　「江戸詩人選集10」'90 p199
聖道得門（塚田大峯）
　中村幸彦校注　「日本思想大系47」'72 p127
政徳西王母
　芳賀矢一，佐佐木信綱校註　「謡曲叢書2」'87 p294
西播の道中（梁田蛻巌）
　菅野礼行，徳田武校注・訳　「新編日本古典文学全集86」'02 p355
西備の菅礼唧贈らるる酬ゆ、兼ねて北条子譲に寄す（亀田鵬斎）
　徳田武注　「江戸漢詩選1」'96 p58
清風瑣言（上田秋成）
　「上田秋成全集9」'92 p273
　「上田秋成全集9」'92 p275
　「上田秋成全集9」'92 p278
　「上田秋成全集9」'92 p296
　関根正直ほか監修　「日本随筆大成II-6」'74 p163
清風瑣言興讌歌（上田秋成）
　「上田秋成全集9」'92 p391
栖碧摘藁（天章澄彧）
　玉村竹二編　「五山文学新集別2」'81 p419
　玉村竹二編　「五山文学新集別2」'81 p428
　玉村竹二編　「五山文学新集別2」'81 p451
　玉村竹二編　「五山文学新集別2」'81 p459
歳暮（季吟）
　雲英末雄，山下一海，丸山一彦，松尾靖秋校注・訳　「新編日本古典文学全集72」'01 p434
歳暮（松尾芭蕉）

井本農一，弥吉菅一，横沢三郎，尾形仂校注
「校本芭蕉全集6」'89 p350
弥吉菅一，赤羽学，西村真砂子，檀上正孝 「芭蕉紀行集2」'68 p156

西方和讃
　高野辰之編　「日本歌謡集成4」'60 p332

歳暮、懐いを詠ず（三首のうち一首）（大沼枕山）
　日野龍夫注　「江戸詩人選集10」'90 p258

歳暮、懐いを遣りて家人に示す（服部南郭）
　山本和義，横山弘注　「江戸詩人選集3」'91 p157

歳暮感懐。陸放翁の韻を用う元四首。二を録す（うち一首）（原采蘋）
　福島理子注　「江戸漢詩選3」'95 p206

歳暮述懐（藤原周光）
　菅野礼行，徳田武校注・訳　「新編日本古典文学全集86」'02 p207

歳暮書志、友人に似す（仁科白谷）
　徳田武注　「江戸漢詩選1」'96 p239

歳暮、偶ま書す（葛子琴）
　水田紀久注　「江戸詩人選集6」'93 p133

歳暮に懐いを書す（野村篁園）
　徳田武注　「江戸詩人選集7」'90 p107

歳暮に園城寺の上方に遊ぶ（大江以言）
　菅野礼行，徳田武校注・訳　「新編日本古典文学全集86」'02 p174

歳暮の感懐、寧成甫に寄す（絶海中津）
　菅野礼行，徳田武校注・訳　「新編日本古典文学全集86」'02 p232

歳暮の偶詠（大潮元皓）
　末木文美士，堀川貴司注　「江戸漢詩選5」'96 p202

歳暮の書懐（伊藤東涯）
　菅野礼行，徳田武校注・訳　「新編日本古典文学全集86」'02 p337

正名論（藤田幽谷）
　今井宇三郎，瀬谷義彦，尾藤正英校注　「日本思想大系53」'73 p9

清夜月光多し（一条天皇）
　菅野礼行，徳田武校注・訳　「新編日本古典文学全集86」'02 p167

静夜の四詠（大典顕常）
　末木文美士，堀川貴司注　「江戸漢詩選5」'96 p264

西洋学師ノ説（高野長英）
　佐藤昌介，植手通有，山口宗之校注　「日本思想大系55」'71 p203

西洋画談（司馬江漢）
　沼田次郎校注　「日本思想大系64」'76 p489
　関根正直ほか監修　「日本随筆大成Ⅰ-12」'75 p479

西洋紀聞（新井白石）
　松村明校注　「日本思想大系35」'75 p7

西洋雑詠（四首を録す）（橋本左内）
　坂田新注　「江戸漢詩選4」'95 p244

青陽唱詁
　高野辰之編　「日本歌謡集成5」'60 p403

政頼
　北川忠彦ほか校注　「中世の文学 第1期〔20〕」'94 p304

棲鷺園記（上田秋成）
　「上田秋成全集11」'94 p100

青陵、京師自り至る（市河寛斎）
　揖斐高注　「江戸詩人選集5」'90 p108

清涼殿の画壁の山水歌（嵯峨天皇）
　菅野礼行，徳田武校注・訳　「新編日本古典文学全集86」'02 p114

「清涼殿の画壁の山水歌」に和（菅原清公）
　菅野礼行，徳田武校注・訳　「新編日本古典文学全集86」'02 p115

聖林上座過らる、席上茶を煎て詩を談ず（五首、うち一首）（館柳湾）
　徳田武注　「江戸詩人選集7」'90 p239

聖霊踊歌
　高野辰之編　「日本歌謡集成6」'60 p81

性霊集（せいれいしゅう）→"しょうりょうしゅう"を見よ

青楼曙草（鼻山人）
　「洒落本大成27」'87 p233

青楼五雁金（梅月堂梶人）
　「洒落本大成14」'81 p205

清楼色唐紙（寛江舎蔦丸著、東海山人校訂）
　「洒落本大成28」'87 p61

穴学問後編青楼女庭訓（鼻山人）
　「洒落本大成27」'87 p147

青楼快談玉野語言（花山亭笑馬編）
　「洒落本大成27」'87 p97

青楼楽美種
　「洒落本大成6」'79 p313

青楼娭言解（蘭奢亭主人）
　「洒落本大成21」'84 p287

青楼胸の吹矢
　「洒落本大成27」'87 p39

青楼惣多手買（異双楼花咲戯）
　「洒落本大成19」'83 p341

青楼小鍋立（成三楼主人）
　「洒落本大成21」'84 p315

青楼真廓誌（松葉亭）
　「洒落本大成18」'83 p129

青楼千字文
　「洒落本大成25」'86 p71

青楼草紙（千客庵万男）

「洒落本大成23」'85 p339
青楼日記（白陽東魚）
　「洒落本大成21」'84 p335
青楼年暦考
　安藤菊二校訂　「未刊随筆百種2」'76 p209
青楼の曲 三首（うち一首）（服部南郭）
　山本和義，横山弘注　「江戸詩人選集3」'91 p54
東都青楼八詠幷略記（懶臥散人）
　「洒落本大成6」'79 p259
青楼花色寄
　「洒落本大成6」'79 p223
青楼昼之世界 錦之裏（山東京伝）
　水野稔校注　「日本古典文学大系59」'58 p417
清楼文学錄（如風）
　「洒落本大成29」'88 p349
青楼籬の花（鼻山人）
　「洒落本大成25」'86 p329
青楼吉原咄（安永七年十一月序）
　武藤禎夫編　「噺本大系17」'79 p191
清楼夜話（浪亭為延）
　「洒落本大成28」'87 p387
清和源氏二代将（桜田治助（初代），奈川七五三助，鶴屋南北）
　鹿倉秀典，品川隆重，古井戸秀夫，水田かや乃校訂　「叢書江戸文庫Ⅰ-23」'89 p5
善界
　伊藤正義校注　「新潮日本古典集成〔59〕」'86 p201
　芳賀矢一，佐佐木信綱校註　「謡曲叢書2」'87 p303
善界（竹田法印定盛）
　西野春雄校注　「新日本古典文学大系57」'98 p380
善界（竹田の法印定盛）
　小山弘志，佐藤健一郎校注・訳　「新編日本古典文学全集59」'98 p521
世界の幕なし（本膳亭坪平）
　伊藤千可良ほか校　「江戸時代文芸資料1」'64 p199
善界坊絵詞（仮題）（慶応義塾図書館蔵寛文十一年絵巻）
　横山重ほか編　「室町時代物語大成8」'80 p208
是害房絵（曼殊院蔵室町初期絵巻）
　横山重ほか編　「室町時代物語大成8」'80 p194
瀬川釆女におくる文（小野菊子）
　古谷知新編　「江戸時代女流文学全集3」'01 p609
石君輝に過りて後山の松藾を釆る（山梨稲川）
　一海知義，池沢一郎注　「江戸漢詩選2」'96 p196
石州の路上（頼山陽）

入谷仙介注　「江戸詩人選集8」'90 p4
惜春の巻（安永七年）（与謝蕪村）
　穎原退蔵編著　「蕪村全集2」'48 p193
席上に内子の蘭を作す。戯に題して士謙に贈る。（頼山陽）
　入谷仙介注　「江戸詩人選集8」'90 p115
石処士を哭す（祇園南海）
　山本和義，横山弘注　「江戸詩人選集3」'91 p249
積翠閑話（中村経年）
　関根正直ほか監修　「日本随筆大成Ⅱ-10」'74 p285
墨水遺稿碩鼠漫筆（黒川春村）
　森銑三，北川博邦編　「続日本随筆大成7」'80 p21
跡追心中卯月の潤色（近松門左衛門）
　森修，鳥越文蔵，長友千代治校注・訳　「日本古典文学全集43」'72 p321
石亭画談（竹本石亭）
　森銑三，北川博邦編　「続日本随筆大成9」'80 p179
関寺小町
　伊藤正義校注　「新潮日本古典集成〔59〕」'86 p213
　西野春雄校注　「新日本古典文学大系57」'98 p306
　小山弘志，佐藤健一郎校注・訳　「新編日本古典文学全集58」'97 p460
　芳賀矢一，佐佐木信綱校註　「謡曲叢書2」'87 p307
関戸
　芳賀矢一，佐佐木信綱校註　「謡曲叢書2」'87 p312
関取千両幟（近松半二ほか）
　樋口慶千代著　「評釈江戸文学叢書4」'70 p407
関取千両幟（千両幟）（近松半二，三好松洛ほか）
　河竹登志夫ほか監修　「名作歌舞伎全集7」'69 p119
石楠堂随筆（大田南畝）
　浜田義一郎，中野三敏，日野龍夫，揖斐高編　「大田南畝全集10」'86 p59
関の秋風（松平定信）
　関根正直ほか監修　「日本随筆大成Ⅲ-5」'77 p365
関の扉（積恋雪関扉）
　河竹登志夫ほか監修　「名作歌舞伎全集19」'70 p57
関原与市
　芳賀矢一，佐佐木信綱校註　「謡曲叢書2」'87 p317
斥非 斥非附録（太宰春台）

頼惟勤校注 「日本思想大系37」'72 p137
石碑銘(安藤昌益)
　尾藤正英,島崎隆夫校注 「日本思想大系45」'77 p283
跖婦人伝(山岡浚明)
　中野三敏,神保五弥,前田愛校注・訳 「新編日本古典文学全集80」'00 p13
　中野三敏,神保五弥,前田愛校注 「日本古典文学全集47」'71 p33
跖婦伝(泥郎子)
　「洒落本大成1」'78 p293
赤壁
　芳賀矢一,佐佐木信綱校註 「謡曲叢書2」'87 p320
関屋(紫式部)
　阿部秋生,秋山虔,今井源衛,鈴木日出男校注・訳 「完訳日本の古典16」'84 p167
　円地文子訳 「現代語訳 日本の古典5」'79 p72
　谷崎潤一郎ほか編 「国民の文学3」'63 p290
　阿部秋生ほか校注・訳 「古典セレクション5」'98 p61
　「古典日本文学全集4」'61 p303
　石田穣二,清水好子校注 「新潮日本古典集成〔20〕」'78 p83
　柳井滋ほか校注 「新日本古典文学大系20」'94 p157
　阿部秋生,秋山虔,今井源衛,鈴木日出男校注・訳 「新編日本古典文学全集21」'95 p357
　「特選日本の古典 グラフィック版5」'86 p50
　池田亀鑑校註 「日本古典全書〔13〕」'49 p259
　阿部秋生,秋山虔,今井源衛校注・訳 「日本古典文学全集13」'72 p347
　山岸徳平校注 「日本古典文学大系15」'59 p161
　伊井春樹,日向一雅,百川敬仁(ほか)校注・訳 「日本の文学 古典編12」'86 p245
　「日本文学大系4」'55 p419
新版赤油行(安連騒界子)
　「洒落本大成28」'87 p303
寂寥の眼(栗原潔子)
　長沢美津編 「女人和歌大系6」'78 p423
世間御旗本容気(馬場文耕)
　岡田哲校訂 「叢書江戸文庫Ⅰ-12」'87 p5
世間妾形気(上田秋成)
　「上田秋成全集7」'90 p121
世間母親容気(多田南嶺)
　風間誠史(代表)校訂 「叢書江戸文庫Ⅲ-42」'97 p243
世間子息気質(江島其磧)
　小島政二郎訳 「古典日本文学全集28」'60 p3
世間子息気質(江島屋其磧)
　小島政二郎訳 「国民の文学17」'64 p113

世間娘気質(江島其磧)
　長谷川強校注 「新日本古典文学大系78」'89 p385
世間胸算用
　尾崎一雄訳 「国民の文学13」'63 p377
世間胸算用(井原西鶴)
　暉峻康隆編 「鑑賞日本古典文学27」'76 p363
　宗政五十緒,長谷川強著 「鑑賞日本の古典15」'80 p297
　神保五弥校注・訳 「完訳日本の古典53」'84 p175
　麻生磯次訳 「現代語訳西鶴全集(河出)6」'52 p153
　暉峻康隆訳注 「現代語訳西鶴全集(小学館)11」'76 p117
　麻生磯次訳 「古典日本文学全集23」'60 p128
　檜谷昭彦編 「西鶴選集〔1〕」'93 p3
　檜谷昭彦編 「西鶴選集〔2〕」'93 p19
　金井寅之助,松原秀江校注 「新潮日本古典集成〔70〕」'89 p11
　神保五弥校注・訳 「新編日本古典文学全集68」'96 p333
　頴原退蔵ほか編 「定本西鶴全集7」'50 p177
　「特選日本の古典 グラフィック版8」'86 p112
　藤村作校註 「日本古典全書〔104〕」'50 p155
　谷脇理史,神保五弥,暉峻康隆校注・訳 「日本古典文学全集40」'72 p381
　野間光辰校注 「日本古典文学大系48」'60 p193
　市古夏生校注・訳 「日本の文学 古典編39」'86 p31
　藤井乙男著 「評釈江戸文学叢書1」'70 p565
　藤村作校訂 「訳註西鶴全集3」'48 p1
世事百談(山崎美成)
　関根正直ほか監修 「日本随筆大成Ⅰ-18」'76 p1
世子六十以後申楽談儀(観世元能編)
　田中裕校注 「新潮日本古典集成〔61〕」'76 p171
世子六十以後申楽談儀(世阿弥)
　表章,加藤周一校注 「日本思想大系24」'74 p259
世説新語茶(大田南畝)
　浜田義一郎,中野三敏,日野龍夫,揖斐高編 「大田南畝全集7」'86 p99
　「洒落本大成7」'80 p235
世説新語茶(山手馬鹿人)
　「徳川文芸類聚5」'70 p225
勢田橋竜女の本池(柳亭種彦)
　「古典叢書〔29〕」'90 p427
瀬田問答(大田南畝)
　浜田義一郎,中野三敏,日野龍夫,揖斐高編 「大田南畝全集17」'88 p361
瀬田問答(大田南畝問・編,瀬名定雄答)

関根正直ほか監修 「日本随筆大成III-12」'77 p231
雪意(葛子琴)
　水田紀久注 「江戸詩人選集6」'93 p62
拙を養う(市河寛斎)
　揖斐高注 「江戸詩人選集5」'90 p78
釈褐、自ら遣る(尾藤二州)
　菅野礼行、徳田武校注・訳 「新編日本古典文学全集86」'02 p495
摂妓錦児剪字歌(梁田蜕巌)
　徳田武注 「江戸詩人選集2」'92 p139
「説経芝居」付合(松尾芭蕉)
　島居清著 「芭蕉連句全註解2」'79 p119
説経しんとく丸
　荻田清ほか編 「近世文学選〔1〕」'94 p3
雪玉集(三条西実隆)
　和歌史研究会編 「私家集大成7」'76 p194
絶景物に心の奪はる所(『養虫庵集』)(松尾芭蕉)
　井本農一ほか著 「校本芭蕉全集9」'89 p393
舌講油通汚(南陀伽紫蘭)
　伊藤千可良ほか校 「江戸時代文芸資料1」'64 p187
　「洒落本大成11」'81 p11
拙古先生筆記(奥田尚斎)
　森銑三、北川博邦編 「続日本随筆大成3」'79 p31
雪後の鴬谷の小集、庚韻を得たり(大窪詩仏)
　揖斐高注 「江戸詩人選集5」'90 p226
摂州合邦辻(菅専助、若竹笛躬)
　祐田善雄校注 「日本古典文学大系99」'65 p303
摂州合邦辻(合邦)(菅専助、若竹笛躬)
　河竹登志夫ほか監修 「名作歌舞伎全集4」'70 p279
摂州の路上(菅茶山)
　黒川洋一注 「江戸詩人選集4」'90 p88
摂州渡辺橋供養(豊丈助、安田蛙桂、浅田一鳥)
　早川久美子校訂 「叢書江戸文庫II-37」'95 p183
摂取不捨和讃
　高野辰之編 「日本歌謡集成4」'60 p365
殺生石(日吉安清)
　伊藤正義校注 「新潮日本古典集成〔59〕」'86 p225
　西野春雄校注 「新日本古典文学大系57」'98 p441
　芳賀矢一、佐佐木信綱校註 「謡曲叢書2」'87 p324
雪樵独唱集 絶句ノ一(蘭坡景茝)
　玉村竹二編 「五山文学新集5」'71 p3
雪村大和尚行道記(雪村友梅)

玉村竹二編 「五山文学新集3」'69 p905
雪村大和尚行道記(大用有諸)
　上村観光編 「五山文学全集1」'73 p567
摂待
　芳賀矢一，佐佐木信綱校註 「謡曲叢書2」'87 p329
雪竹(石川丈山)
　上野洋三注 「江戸詩人選集1」'91 p113
雪中に三友の訪ふを謝す(義堂周信)
　菅野礼行，徳田武校注・訳 「新編日本古典文学全集86」'02 p229
雪中の作(服部南郭)
　山本和義、横山弘注 「江戸詩人選集3」'91 p105
雪中の雑詩 五首(うち二首)(市河寛斎)
　揖斐高注 「江戸詩人選集5」'90 p84
摂津集(前斎院摂津集)(摂津)
　長沢美津編 「女人和歌大系2」'65 p406
摂津国息柄人柱(並木宗助，安田蛙文)
　池山晃校訂 「叢書江戸文庫I-10」'91 p153
雪亭の号を与ふる辞(与謝蕪村)
　穎原退蔵編著 「蕪村全集1」'48 p441
雪之詞(異文)(上田秋成)
　「上田秋成全集11」'94 p56
節分
　田中千禾夫訳 「現代語訳 日本の古典14」'80 p136
　「古典日本文学全集20」'62 p265
　北川忠彦，安田章 「新編日本古典文学全集60」'01 p357
　北川忠彦ほか校注 「中世の文学 第1期〔20〕」'94 p288
　古川久校註 「日本古典全書〔93〕」'56 p113
雪牧両吟住吉百韻
　金子金治郎、暉峻康隆、中村俊定注解 「日本古典文学全集32」'74 p245
雪門追善の巻(安永七年)(与謝蕪村)
　穎原退蔵編著 「蕪村全集2」'48 p190
雪夜即事(大沼枕山)
　日野龍夫注 「江戸詩人選集10」'90 p235
雪夕に偶ま吟ず。坡老の北堂の壁に書すの韻を用ゆ(野村篁園)
　徳田武注 「江戸詩人選集7」'90 p93
説話対照目次
　渡辺綱也校注 「日本古典文学大系85」'66 p3
説話目次
　小峯和明校注 「新日本古典文学大系36」'94 p3
銭神を嘲ける(亀田鵬斎)
　徳田武注 「江戸漢詩選1」'96 p6
銭筒に題す(売茶翁)

末木文美士，堀川貴司注 「江戸漢詩選5」'96 p60
末木文美士，堀川貴司注 「江戸漢詩選5」'96 p67
末木文美士，堀川貴司注 「江戸漢詩選5」'96 p76
銭筒の銘（売茶翁）
　末木文美士，堀川貴司注 「江戸漢詩選5」'96 p65
背振翁伝（上田秋成）
　「上田秋成全集8」'93 p413
　「上田秋成全集8」'93 p420
　「上田秋成全集8」'93 p424
　「上田秋成全集8」'93 p427
　「上田秋成全集8」'93 p428
蟬の嘆き（六如）
　黒川洋一注 「江戸詩人選集4」'90 p318
蟬丸
　西野春雄校注 「新日本古典文学大系57」'98 p581
蟬丸（世阿弥）
　小山弘志，佐藤健一郎校注・訳 「新編日本古典文学全集59」'98 p91
せみ丸（近松門左衛門）
　松崎仁校注 「新日本古典文学大系91」'93 p49
　「近松全集（岩波）2」'87 p305
　「近松全集（岩波）17解説編」'94 p188
蟬丸（近松門左衛門）
　藤井紫影校註 「近松全集（思文閣）6」'78 p1
蟬丸―古名逆髪
　芳賀矢一，佐佐木信綱校註 「謡曲叢書2」'87 p337
是楽物語（江島為信）
　渡辺憲司校注 「新日本古典文学大系74」'91 p193
「芹焼や」歌仙（松尾芭蕉）
　島居清著 「芭蕉連句全註解9」'83 p21
『世話早学文』（松下文吾）
　乾義彦編 「和泉古典文庫8」'00 p1
　乾義彦編 「和泉古典文庫8」'00 p51
善悪因果集（蓮盛）
　西田耕三校訂 「叢書江戸文庫I-16」'90 p167
善悪業報因縁集（露宿）
　西田耕三校訂 「叢書江戸文庫III-44」'98 p471
善庵随筆（朝川鼎）
　関根正直ほか監修 「日本随筆大成I-10」'75 p419
専応口伝（池坊専応）
　村井康彦，赤井達郎校注 「日本思想大系23」'73 p449
当世故事附選怪興（真赤堂大嘘）
　「洒落本大成6」'79 p357
泉岳寺（秋山玉山）
　菅野礼行，徳田武校注・訳 「新編日本古典文学全集86」'02 p402
仙窠焼却の語（売茶翁）
　末木文美士，堀川貴司注 「江戸漢詩選5」'96 p139
善謔随訳（安永四年正月刊）（霊松道人）
　「噺本大系20」'79 p38
善謔随訳続編（寛政十年正月刊）（霊松道人）
　「噺本大系20」'79 p79
千客万奇（由賀翁斎）
　「洒落本大成20」'83 p121
泉曲集（近松門左衛門）
　「近松全集（岩波）17影印編」'94 p96
　「近松全集（岩波）17解説編」'94 p105
禅居集 一巻（清拙正澄）
　上村観光編 「五山文学全集1」'73 p397
ぜんくはうじほんぢ（万治二年佐野七左衛門板）
　太田武夫校訂 「室町時代物語集4」'62 p218
前訓（手島堵庵）
　柴田実校註 「日本思想大系42」'71 p159
前権典厩集（藤原長綱）
　和歌史研究会編 「私家集大成4」'75 p477
浅間御本地御由来記
　太田武夫校訂 「室町時代物語集2」'62 p255
　横山重ほか編 「室町時代物語大成8」'80 p223
線香（元政）
　上野洋三注 「江戸詩人選集1」'91 p234
善光寺如来の本地（小野幸氏蔵古活字本）
　横山重ほか編 「室町時代物語大成補2」'88 p76
善光寺如来本懐（慶応義塾図書館蔵応永九年写本）
　横山重ほか編 「室町時代物語大成8」'80 p239
善光寺如来本地（慶応義塾図書館蔵寛文六年写本）
　横山重ほか編 「室町時代物語大成8」'80 p259
善光寺如来和讃
　高野辰之編 「日本歌謡集成4」'60 p505
善光寺如来和讃（親鸞上人）
　高野辰之編 「日本歌謡集成4」'60 p83
善光寺本地（万治二年刊本）
　横山重ほか編 「室町時代物語大成8」'80 p308
善光寺御堂供養（近松門左衛門）
　藤井紫影校註 「近松全集（思文閣）11」'78 p615
　「近松全集（岩波）14」'91 p193
先考の墳を拝し、涙余詩を作る（吉田松陰）
　坂田新注 「江戸漢詩選4」'95 p173
千紅万紫（大田南畝）

浜田義一郎，中野三敏，日野龍夫，揖斐高編
　「大田南畝全集1」'85 p227
仙語記（村田春海）
　森銑三，北川博邦編　「続日本随筆大成6」'80 p1
前斎院摂津集（摂津）
　和歌史研究会編　「私家集大成2」'75 p415
千載集（近松門左衛門）
　藤井紫影校註　「近松全集（思文閣）2」'78 p337
　「近松全集（岩波）1」'85 p353
千載集雑部の二、三の問題（黒川昌享）
　「中世文芸叢書別1」'67 p380
千載和歌集（藤原俊成撰）
　秋山虔，久保田淳著　「鑑賞日本の古典3」'82 p363
　「国歌大系4」'76 p181
　片野達郎，松野陽一校注　「新日本古典文学大系10」'93 p1
　「日本文学大系16」'55 p1
千載和歌集序（藤原俊成）
　佐佐木信綱編　「日本歌学大系2」'56 p299
仙祠（葛子琴）
　水田紀久注　「江戸詩人選集6」'93 p151
千古画の引、原雲卿の需めに応ず（菅茶山）
　黒川洋一注　「江戸詩人選集4」'90 p69
先師酬恩歌（上田秋成）
　「上田秋成全集12」'95 p163
先師酬恩歌 兼題夕顔詞 後宴水無月三十章（上田秋成）
　「上田秋成全集12」'95 p161
撰時抄（日蓮）
　戸頃重基，高木豊校注　「日本思想大系14」'70 p193
禅師曾我
　芳賀矢一，佐佐木信綱校註　「謡曲叢書2」'87 p346
先師評（松尾芭蕉）
　宮本三郎，井本農一，今栄蔵，大内初夫校注　「校本芭蕉全集7」'89 p65
煎物
　北川忠彦ほか校注　「中世の文学 第1期〔20〕」'94 p45
　古川久校註　「日本古典全書〔92〕」'54 p247
胸註千字文
　「洒落本大成10」'80 p191
千手（金春禅竹）
　西野春雄校注　「新日本古典文学大系57」'98 p114
禅宗綱目（証定）
　鎌田茂雄校注　「日本思想大系15」'71 p159
撰集抄
　須永朝彦編訳　「日本古典文学幻想コレクション1」'95 p133
『撰集抄』巻一―第七 新院御墓讃州白峯有之事
　高田衛，稲田篤信編著　「大学古典叢書1」'85 p131
撰集万葉徴（田中道麿）
　「万葉集古註釈集成4」'89 p217
　「万葉集古註釈集成5」'89 p5
千手御前物語（仮題）（小林謙一氏蔵奈良絵本）
　横山重ほか編　「室町時代物語大成8」'80 p355
千手女物語（仮題）（慶応義塾図書館蔵江戸初期写本）
　横山重ほか編　「室町時代物語大成8」'80 p371
千手―古名千手重衡
　芳賀矢一，佐佐木信綱校註　「謡曲叢書2」'87 p349
千手寺
　芳賀矢一，佐佐木信綱校註　「謡曲叢書2」'87 p355
千手重衡
　伊藤正義校注　「新潮日本古典集成〔59〕」'86 p239
千じゅ女（慶応義塾図書館蔵室町末期写本）
　横山重ほか編　「室町時代物語大成8」'80 p339
餞春歌（大沼枕山）
　日野龍夫注　「江戸詩人選集10」'90 p209
洗心洞箚記（大塩中斎）
　相良亨，溝口雄三，福永光司校注　「日本思想大系46」'80 p359
浅水
　臼田甚五郎，新間進一，外村南都子，徳江元正校注・訳　「新編日本古典文学全集42」'00 p130
扇子売（天明六年正月序）
　武藤禎夫編　「噺本大系19」'79 p282
前々太平記（建春山人）
　矢代和夫（代表）校訂　「叢書江戸文庫I－5」'88 p20
浅草寺
　芳賀矢一，佐佐木信綱校註　「謡曲叢書2」'87 p343
「洗足に」歌仙（松尾芭蕉）
　島居清著　「芭蕉連句全註解8」'82 p129
仙台大矢数（井原西鶴）
　頴原退蔵ほか編　「定本西鶴全集11下」'75 p379
　頴原退蔵ほか編　「定本西鶴全集13」'50 p265
仙台間語（林笠翁）
　関根正直ほか監修　「日本随筆大成I－1」'75 p305
仙台風
　「洒落本大成14」'81 p259
前太平記（藤元元撰著）

せんた　　　　　　　　　　　　　作品名

　　板垣俊一校訂　「叢書江戸文庫Ⅰ-3」'88 p18
　　板垣俊一校訂　「叢書江戸文庫Ⅰ-4」'89 p18
先達物語（定家卿相語）（藤原定家）
　　佐佐木信綱編　「日本歌学大系3」'56 p381
「膳棚の」付合（松尾芭蕉）
　　島居清著　「芭蕉連句全註解2」'79 p121
善玉先生大通論（百川堂灌河）
　　「洒落本大成20」'83 p137
泉竹館、夏日の作に和す 四首（うち一首）（梁田蛻巖）
　　徳田武注　「江戸詩人選集2」'92 p154
選択本願念仏集
　　増谷文雄訳　「古典日本文学全集15」'61 p112
選択本願念仏集（法然）
　　大橋俊雄校注　「日本思想大系10」'71 p87
船中の口号（元政）
　　上野洋三注　「江戸詩人選集1」'91 p230
船頭深話（四季山人）
　　「洒落本大成24」'85 p83
『剪灯新話』巻二 牡丹灯記
　　高田衛、稲田篤信編著　「大学古典叢書1」'85 p151
船頭深話―四季山人（式亭三馬）
　　「古典叢書〔6〕」'89 p39
善導大師和讃（聖光上人）
　　高野辰之編　「日本歌謡集成4」'60 p52
穿当珍話（八幡大名）
　　「洒落本大成2」'78 p199
辰巳船頭部屋（猪牙散人）
　　「洒落本大成24」'85 p335
船頭部屋―猪牙散人（式亭三馬）
　　「古典叢書〔6〕」'89 p103
沾徳随筆（沾徳）
　　「俳書叢刊 第7期1」'62 p1
沾徳随筆（水間沾徳）
　　「俳書叢刊4」'88 p293
遷都平城詔
　　山岸徳平、竹内理三、家永三郎、大曽根章介校注　「日本思想大系8」'79 p9
千那の句評二題（『鎌倉海道』）（松尾芭蕉）
　　井本農一ほか著　「校本芭蕉全集9」'89 p390
千日行（大典）
　　菅野礼行、徳田武校注・訳　「新編日本古典文学全集86」'02 p431
千人伐
　　芳賀矢一、佐佐木信綱校註　「謡曲叢書2」'87 p361
千年館にて大村侯に奉陪するの作（広瀬淡窓）
　　岡村繁注　「江戸詩人選集9」'91 p140
千年草（天明八年正月序）
　　「噺本大系12」'79 p113

薔蔔集（横川景三）
　　玉村竹二編　「五山文学新集1」'67 p849
禅鳳雑談（金春禅鳳）
　　北川忠彦校注　「日本思想大系23」'73 p479
前有樽酒行（秋山玉山）
　　徳田武注　「江戸詩人選集2」'92 p198
撰要目録
　　高野辰之編　「日本歌謡集成5」'60 p24
撰要目録巻（明空編）
　　外村久江、外村南都子校注　「中世の文学 第1期〔17〕」'93 p27
撰要両曲巻（明空、明円編）
　　志田延義編　「続日本歌謡集成2」'61 p161
　　外村久江、外村南都子校注　「中世の文学 第1期〔17〕」'93 p318
千里におくる（高尾）
　　古谷知新編　「江戸時代女流文学全集3」'01 p627
当世口合千里の翅（安永二年閏三月序）
　　武藤禎夫編　「噺本大系9」'79 p218
川柳集
　　吉田精一評釈　「古典日本文学全集33」'61 p5
禅林瘵葉集（藤原資隆）
　　和歌史研究会編　「私家集大成2」'75 p745

【そ】

宋阿卅三回忌追悼（与謝蕪村）
　　頴原退蔵編著　「蕪村全集1」'48 p414
宋阿の文に添ふる詞（与謝蕪村）
　　頴原退蔵編著　「蕪村全集1」'48 p448
宗安小歌集（沙弥宗安編）
　　北川忠彦校注　「新潮日本古典集成〔64〕」'82 p159
草庵集（頓阿）
　　和歌史研究会編　「私家集大成5」'74 p235
草庵集（頓阿法師）
　　「国歌大系14」'76 p401
草庵集玉箒（総論）（本居宣長）
　　大久保正訳　「古典日本文学全集34」'60 p129
宗伊宗祇両吟百韻注（宗祇）
　　「中世文芸叢書1」'65 p61
宗因東の紀行（西山宗因）
　　津本信博編　「近世紀行日記文学集1」'93 p100
宗因発句帳
　　「俳書叢刊1」'88 p471
宗因は此道の大功（『芭蕉盥』）（松尾芭蕉）

作品名　　　　　　　　　　　　　　　　　　そうし

井本農一ほか著　「校本芭蕉全集9」'89 p389
挿秧歌(四首、うち一首)(田能村竹田)
　徳田武注　「江戸漢詩選1」'96 p119
僧を送る(大潮元皓)
　末木文美士、堀川貴司注　「江戸漢詩選5」'96 p173
宋屋追悼辞(与謝蕪村)
　潁原退蔵編著　「蕪村全集1」'48 p410
箏を善くする人紫琴に贈る(田能村竹田)
　徳田武注　「江戸漢詩選1」'96 p122
早歌
　谷崎潤一郎ほか編　「国民の文学1」'64 p413
　臼田甚五郎、新間進一、外村南都子、徳江元正校注・訳　「新編日本古典文学全集42」'00 p70
　外村南都子校注・訳　「日本の文学 古典編24」'86 p105
宋雅集(飛鳥井雅縁、飛鳥井雅世)
　和歌史研究会編　「私家集大成5」'74 p354
僧歌仙三十六人選
　久曽神昇編　「日本歌学大系別6」'84 p332
創学校啓(荷田春満)
　平重道、阿部秋生校注　「日本思想大系39」'72 p329
創学校啓草稿本(荷田春満)
　平重道、阿部秋生校注　「日本思想大系39」'72 p442
宗祇集(宗祇)
　和歌史研究会編　「私家集大成6」'76 p453
宗祇袖(宗祇)
　木藤才蔵校注　「中世の文学 第1期〔10〕」'82 p225
宗祇終焉記(宗長)
　鶴崎裕雄、福田秀一校注　「新日本古典文学大系51」'90 p450
宗祇独吟何人百韻(宗祇)
　金子金治郎、雲英末雄、暉峻康隆、加藤定彦校注・訳　「新編日本古典文学全集61」'01 p143
　金子金治郎、暉峻康隆、中村俊定注解　「日本古典文学全集32」'74 p187
　奥田勲校注・訳　「日本の文学 古典編37」'87 p246
宗祇独吟何人百韻注(宗祇)
　「中世文芸叢書1」'65 p84
宗祇独吟名所百韻注(宗祇)
　「中世文芸叢書1」'65 p71
増基法師集(増基)
　和歌史研究会編　「私家集大成1」'73 p319
霜暁(梁川紅蘭)
　福島理子注　「江戸漢詩選3」'95 p262
箏曲を聞く(服部南郭)

山本和義、横山弘注　「江戸詩人選集3」'91 p152
箏曲考
　高野辰之編　「日本歌謡集成8」'60 p373
操曲入門口伝之巻
　安藤菊二校訂　「未刊随筆百種1」'76 p191
草径集(大隈言道)
　「国歌大系19」'76 p733
早行(元政)
　上野洋三注　「江戸詩人選集1」'91 p325
贈栲亭源先生(上田秋成)
　「上田秋成全集12」'95 p258
草稿『平家女護島』二葉(近松門左衛門)
　「近松全集(岩波)17解説編」'94 p17
蒼梧随筆(大塚嘉樹)
　関根正直ほか監修　「日本随筆大成Ⅲ-5」'77 p151
草根集(正徹)
　和歌史研究会編　「私家集大成5」'74 p532
　「中世文芸叢書3」'65
雑言 二首(うち一首)(野村篁園)
　徳田武注　「江戸詩人選集7」'90 p64
岬山の遠眺(元政)
　上野洋三注　「江戸詩人選集1」'91 p206
草山和歌集(深草元政)
　「国歌大系14」'76 p969
草紙洗小町
　芳賀矢一、佐佐木信綱校註　「謡曲叢書2」'87 p26
霜時雨の巻(元文四年)(与謝蕪村)
　潁原退蔵編著　「蕪村全集2」'48 p5
荘子像讃(宗因)
　潁原退蔵著　「評釈江戸文学叢書7」'70 p686
荘子像に題す(梁田蛻巌)
　徳田武注　「江戸詩人選集2」'92 p145
早秋(島田忠臣)
　菅野礼行、徳田武校注・訳　「新編日本古典文学全集86」'02 p121
早秋「秋は簟上より生ず」を(具平親王)
　菅野礼行、徳田武校注・訳　「新編日本古典文学全集86」'02 p170
曾舟集附補遺(曾補好忠)
　「国歌大系13」'76 p21
相州禅興禅寺語録(東明慧日)
　玉村竹二編　「五山文学新集別2」'81 p8
贈従三位元શ公御詠草(大江元就)
　和歌史研究会編　「私家集大成7」'76 p722
早春 柴隠居に寄す(山梨稲川)
　一海知義、池沢一郎注　「江戸漢詩選2」'96 p185
早春途中(藤原令緒)

日本古典文学全集・作品名綜覧　211

菅野礼行, 徳田武校注・訳 「新編日本古典文学全集86」'02 p101
早春の内宴に、仁寿殿に侍し（藤原道真）
　菅野礼行, 徳田武校注・訳 「新編日本古典文学全集86」'02 p144
早春游望（服部南郭）
　山本和義, 横山弘注 「江戸詩人選集3」'91 p83
宗砌 田舎への状（宗砌）
　木藤才蔵校注 「中世の文学 第1期〔12〕」'85 p101
総斥排仏弁（竜温）
　柏原祐泉校注 「日本思想大系57」'73 p105
総説
　浜田義一郎, 鈴木勝忠, 水野稔校注 「日本古典文学全集46」'71 p5
僧専吟餞別之詞（松尾芭蕉）
　井本農一, 弥吉菅一, 横沢三郎, 尾形仂校注 「校本芭蕉全集6」'89 p508
　井本農一, 久富哲雄, 村松友次, 堀切実校注・訳 「新編日本古典文学全集71」'97 p335
雑談集巻之第一（無住）
　山田昭全, 三木紀人編校 「中世の文学 第1期〔3〕」'73 p45
『雑談集』抄（松尾芭蕉）
　井本農一ほか著 「校本芭蕉全集9」'89 p283
双蝶記（山東京伝）
　「古典叢書〔1〕」'89 p385
宗長第二の句集『那智籠』（伊地知鐵男）
　「中世文芸叢書別1」'67 p238
宗長百番連歌合 実隆肖柏両半
　「俳書叢刊1」'88 p285
湊田
　谷崎潤一郎ほか編 「国民の文学1」'64 p413
　臼田甚五郎, 新間進一, 外村南都子, 徳江元正校注・訳 「新編日本古典文学全集42」'00 p66
相伝法門見聞（心賀）
　多田厚隆, 大久保良順, 田村芳朗, 浅井円道校注 「日本思想大系9」'73 p287
僧問う、如何なるか是和尚の家風（大潮元皓）
　末木文美士, 堀川貴司注 「江戸漢詩選5」'96 p201
相豆紀行（菊地楨）
　津本信博編 「近世紀行日記文学集成2」'94 p226
「草堂建立之序」抄（松尾芭蕉）
　井本農一ほか著 「校本芭蕉全集9」'89 p267
僧の廓居に贈る（大潮元皓）
　末木文美士, 堀川貴司注 「江戸漢詩選5」'96 p169
僧の文を学び兼て教を習ふに（大潮元皓）

菅野礼行, 徳田武校注・訳 「新編日本古典文学全集86」'02 p366
僧の文を学び兼ねて教を習うに贈る（大潮元皓）
　末木文美士, 堀川貴司注 「江戸漢詩選5」'96 p174
僧の琉球に帰るに贈る（独菴玄光）
　末木文美士, 堀川貴司注 「江戸漢詩選5」'96 p9
窓梅（祇園南海）
　山本和義, 横山弘注 「江戸詩人選集3」'91 p276
宗八
　北川忠彦ほか校注 「中世の文学 第1期〔22〕」'95 p252
「相場に立し」付合（松尾芭蕉）
　島居清著 「芭蕉連句全註解2」'79 p126
贈風絃子号（松尾芭蕉）
　井本農一, 弥吉菅一, 横沢三郎, 尾形仂校注 「校本芭蕉全集6」'89 p542
宗分歌集（宗分）
　和歌史研究会編 「私家集大成7」'76 p817
僧分教誡三罪録（徳竜）
　柏原祐泉校注 「日本思想大系57」'73 p35
増補江戸年中行事
　森銑三, 北川博邦編 「続日本随筆大成別11」'83 p87
増補宮薗集都大全
　「徳川文芸類聚9」'70 p556
総籬（山東京伝）
　「洒落本大成14」'81 p35
　水野稔校注 「新日本古典文学大系85」'90 p73
桑楊庵一夕話（岸識之）
　関根正直ほか監修 「日本随筆大成II-13」'74 p303
草余集 三巻（愚仲周及）
　上村観光編 「五山文学全集3」'73 p2267
造立盧舎那仏記
　山岸徳平, 竹内理三, 家永三郎, 大曽根章介校注 「日本思想大系8」'79 p11
早涼（服部南郭）
　山本和義, 横山弘注 「江戸詩人選集3」'91 p154
双林寺千句（宝暦二年）（与謝蕪村）
　頴原退蔵編著 「蕪村全集2」'48 p32
草廬漫筆（武田信英）
　関根正直ほか監修 「日本随筆大成II-1」'73 p357
さうは虎巻（森島中良）
　石上敏校訂 「叢書江戸文庫II-32」'94 p37
祖翁追善の巻（天明三年）（与謝蕪村）

頴原退蔵編著 「蕪村全集2」'48 p254
曾我王会稽山（近松門左衛門）
　長友千代治校注・訳 「新編日本古典文学全集76」'00 p351
曾我扇八景（近松門左衛門）
　藤井紫影校註 「近松全集（思文閣）8」'78 p1
　「近松全集（岩波）7」'87 p1
　「近松全集（岩波）17影印編」'94 p274
　「近松全集（岩波）17解説編」'94 p287
曾我会稽山（近松門左衛門）
　藤井紫影校註 「近松全集（思文閣）11」'78 p381
　「近松全集（岩波）10」'89 p489
　「近松全集（岩波）17影印編」'94 p378
　「近松全集（岩波）17影印編」'94 p385
　「近松全集（岩波）17解説編」'94 p385
　「近松全集（岩波）17解説編」'94 p392
　樋口慶千代著 「評釈江戸文学叢書3」'70 p345
曾我梅菊念力弦（鶴屋南北）
　郡司正勝校訂 「鶴屋南北全集7」'73 p15
曾我虎が暦（近松門左衛門）
　藤井紫影校註 「近松全集（思文閣）9」'78 p1
曾我五人兄弟（近松門左衛門）
　藤井紫影校註 「近松全集（思文閣）6」'78 p155
　「近松全集（岩波）3」'86 p269
　「近松全集（岩波）17影印編」'94 p193
　「近松全集（岩波）17解説編」'94 p205
元禄年間曾我狂言曾我太夫染（柳亭種彦）
　「古典叢書〔39〕」'90 p135
曾我虎が磨（近松門左衛門）
　「近松全集（岩波）7」'87 p105
曾我七以呂波（近松門左衛門）
　藤井紫影校註 「近松全集（思文閣）5」'78 p1
　「近松全集（岩波）2」'87 p665
曾我糠袋（唐洲）
　「洒落本大成14」'81 p165
曾我中村穐取込（鶴屋南北）
　小池章太郎校注 「鶴屋南北全集11」'72 p281
曾我祭東鑑（鶴屋南北）
　服部幸雄校注 「鶴屋南北全集6」'71 p347
曾我祭―小稲判兵衛物語（柳亭種彦）
　「古典叢書〔36〕」'90 p45
曾我物語
　岡見正雄，角川源義編 「鑑賞日本古典文学21」'76 p181
　高木卓訳 「古典日本文学全集17」'61 p223
　梶原正昭，大津雄一，野中哲照校注・訳 「新編日本古典文学全集53」'02 p15
　浜中修編著 「大学古典叢書8」'89 p116
　浜中修編著 「大学古典叢書8」'89 p126
　市古貞次，大島建彦校注 「日本古典文学大系88」'66 p41

曾我綉俠御所染（御所の五郎蔵）（河竹黙阿弥）
　河竹登志夫ほか監修 「名作歌舞伎全集11」'69 p127
続亜槐集（飛鳥井雅親）
　和歌史研究会編 「私家集大成6」'76 p198
続明烏（高井几董編）
　田中善信，田中道雄校注 「新日本古典文学大系73」'98 p87
続飛鳥川
　関根正直ほか監修 「日本随筆大成II-10」'74 p23
『続有磯海』序抄（松尾芭蕉）
　井本農一ほか著 「校本芭蕉全集9」'89 p352
続歌仙三十六人選
　久曽神昇編 「日本歌学大系別6」'84 p202
続歌林良材集（下河辺長流）
　久曽神昇編 「日本歌学大系別7」'86 p35
　「万葉集古註釈集成2」'89 p5
続歌林良材集（下河邊長流）
　久曽神昇編 「日本歌学大系別7」'86 p481
続教訓抄（狛朝葛）
　守随憲治訂 「古典日本文学全集36」'62 p202
続紀歴朝詞解（総論）（本居宣長）
　大久保正訂 「古典日本文学全集34」'60 p98
『続近世畸人伝』巻二 岡野左内
　高田衛，稲田篤信編著 「大学古典叢書1」'85 p170
続古事談
　須永朝彦編訳 「日本古典文学幻想コレクション1」'95 p86
俗語問屋場始末
　安藤菊二校訂 「未刊随筆百種6」'77 p259
続昆陽漫録（青木昆陽）
　関根正直ほか監修 「日本随筆大成I-20」'76 p199
続昆陽漫録補（青木昆陽）
　関根正直ほか監修 「日本随筆大成I-20」'76 p229
続小夜嵐
　「徳川文芸類聚3」'70 p178
続猿蓑（沾圃ほか編）
　上野洋三校注 「新日本古典文学大系70」'90 p455
　萩原蘿月校註 「日本古典全書〔79〕」'52 p193
続猿蓑（松尾芭蕉）
　大谷篤蔵，中村俊定校注 「日本古典文学大系45」'62 p445
即事（石川丈山）
　上野洋三注 「江戸詩人選集1」'91 p78
　上野洋三注 「江戸詩人選集1」'91 p82
即時（石川丈山）

そくし　　　　　　　　　　作品名

即事（上野洋三注　「江戸詩人選集1」'91 p115
即事（亀井南冥）
　徳田武注　「江戸漢詩選1」'96 p303
即事（菅茶山）
　黒川洋一注　「江戸詩人選集4」'90 p54
即事（横山藍水）
　菅野礼行, 徳田武校注・訳　「新編日本古典文学全集86」'02 p437
即事。香山の体に倣う（祇園南海）
　山本和義, 横山弘注　「江戸詩人選集3」'91 p328
俗耳鼓吹（大田南畝）
　浜田義一郎, 中野三敏, 日野龍夫, 揖斐高編　「大田南畝全集10」'86 p13
　関根正直ほか監修　「日本随筆大成III-4」'77 p133
即事（二首、うち一首）（石川丈山）
　上野洋三注　「江戸詩人選集1」'91 p159
即事　二首（うち一首）（菅茶山）
　黒川洋一注　「江戸詩人選集4」'90 p82
俗事百工起源（宮川政運）
　安藤菊二校訂　「未刊随筆百種2」'76 p79
続秀才三十六人選
　久曽神昇編　「日本歌学大系別6」'84 p323
続女歌仙〔戊〕
　久曽神昇編　「日本歌学大系別6」'84 p362
息女に遣す（ほうせつ院）
　古谷知新編　「江戸時代女流文学全集3」'01 p613
足薪翁記（柳亭種彦）
　関根正直ほか監修　「日本随筆大成II-14」'74 p43
続翠稿（江西龍派）
　玉村竹二編　「五山文学新集別1」'77 p69
続翠詩集（江西龍派）
　玉村竹二編　「五山文学新集別1」'77 p171
続翠詩藁（江西龍派）
　玉村竹二編　「五山文学新集別1」'77 p247
即席耳学問（市場通笑）
　笹川種郎著　「評釈江戸文学叢書8」'70 p187
続草庵和歌集（頓阿）
　和歌史研究会編　「私家集大成5」'74 p278
続草庵和歌集（頓阿法師）
　「国歌大系14」'76 p632
即当笑合（寛政八年秋序）（舎楽斎）
　武藤禎夫編　「噺本大系19」'79 p3
続咄塵集（民屋四郎五郎）
　郡司正勝校注　「日本古典文学大系98」'65 p346
続別座敷（子珊編）
　「俳書叢刊5」'88 p523
続本朝往生伝（大江匡房）

　井上光貞, 大曽根章介校注　「日本思想大系7」'74 p221
続未曽有記（遠山景晋）
　板坂耀子校訂　「叢書江戸文庫I-17」'91 p171
続六歌仙〔別〕
　久曽神昇編　「日本歌学大系別6」'84 p224
素見数子（十辺舎一九）
　「洒落本大成22」'84 p11
小袖曾我薊色縫（河竹黙阿弥）
　浦山政雄, 松崎仁校注　「日本古典文学大系54」'61 p273
そこぬけ釜（享和二年正月序）
　武藤禎夫編　「噺本大系14」'79 p65
蘇山の天門巌、云う是れ羽流礠を鑽り道を修する処と（秋山玉山）
　徳田武注　「江戸詩人選集2」'92 p178
素餐録（尾藤二洲）
　頼惟勤校注　「日本思想大系37」'72 p247
素性集（素性）
　和歌史研究会編　「私家集大成1」'73 p112
　和歌史研究会編　「私家集大成1」'73 p115
漫りに題す（館柳湾）
　徳田武注　「江戸詩人選集7」'90 p249
　徳田武注　「江戸詩人選集7」'90 p327
そぞろ物語（三浦浄心）
　森銑三, 北川博邦編　「続日本随筆大成別1」'81 p1
素堂菊園之遊（松尾芭蕉）
　井本農一, 久富哲雄, 村松友次, 堀切実校注・訳　「新編日本古典文学全集71」'97 p347
蘇道記事（吉田松陰）
　坂田新注　「江戸漢詩選4」'95 p161
素堂寿母七十七の賀（松尾芭蕉）
　井本農一, 弥吉菅一, 横沢三郎, 尾形仂校注　「校本芭蕉全集6」'89 p501
素堂亭十日菊（松尾芭蕉）
　井本農一, 弥吉菅一, 横沢三郎, 尾形仂校注　「校本芭蕉全集6」'89 p377
　井本農一, 久富哲雄, 村松友次, 堀切実校注・訳　「新編日本古典文学全集71」'97 p236
素堂の序（松尾芭蕉）
　弥吉菅一, 赤羽学, 檀上正孝著　「芭蕉紀行集1」'67 p116
蘇東坡茶説（上田秋成）
　「上田秋成全集9」'92 p395
卒都婆小町（観阿弥）
　伊藤正義校注　「新潮日本古典集成〔59〕」'86 p251
　小山弘志, 佐藤健一郎校注・訳　「新編日本古典文学全集59」'98 p116
卒塔婆小町（観阿弥清次）

卒都婆小町(観阿弥, 世阿弥)
　西野春雄校注　「新日本古典文学大系57」'98 p434
卒塔婆小町—古名小町物狂
　芳賀矢一, 佐佐木信綱校註　「謡曲叢書2」'87 p366
卒都婆小町讃(松尾芭蕉)
　井本農一, 弥吉菅一, 横沢三郎, 尾形仂校注　「校本芭蕉全集6」'89 p480
卒塔婆小町贅(松尾芭蕉)
　井本農一, 久富哲雄, 村松友次, 堀切実校注・訳　「新編日本古典文学全集71」'97 p312
外物
　外村久江, 外村南都子校注　「中世の文学 第1期〔17〕」'93 p281
　高野辰之編　「日本歌謡集成5」'60 p161
曾根崎心中
　森修, 鳥越文蔵校注・訳　「完訳日本の古典56」'89 p11
　宇野信夫訳　「国民の文学14」'64 p1
曾根崎心中(近松門左衛門)
　大久保忠国編　「鑑賞日本古典文学29」'75 p39
　原道生著　「鑑賞日本の古典16」'82 p110
　高野正巳訳　「古典日本文学全集24」'59 p29
　信多純一校注　「新潮日本古典集成〔73〕」'86 p71
　井口洋校注　「新日本古典文学大系91」'93 p103
　山根為雄校注・訳　「新編日本古典文学全集75」'98 p13
　守随憲治訳注　「対訳古典シリーズ〔19〕」'88 p7
　藤井紫影校註　「近松全集(思文閣)6」'78 p575
　「近松全集(岩波)4」'86 p1
　「近松全集(岩波)17影印編」'94 p204
　「近松全集(岩波)17影印編」'94 p206
　「近松全集(岩波)17解説編」'94 p217
　「近松全集(岩波)17解説編」'94 p219
　「特選日本の古典 グラフィック版10」'86 p12
　高野正巳校註　「日本古典全書〔94〕」'50 p171
　森修, 鳥越文蔵, 長友千代治校注・訳　「日本古典文学全集43」'72 p55
　重友毅校注　「日本古典文学大系49」'58 p17
　原道生校注・訳　「日本の文学 古典編41」'87 p295
　樋口慶千代著　「評釈江戸文学叢書3」'70 p1
　河竹登志夫ほか監修　「名作歌舞伎全集1」'69 p265
『曾根崎心中』(六行本)序(近松門左衛門)
　「近松全集(岩波)17影印編」'94 p80
　「近松全集(岩波)17解説編」'94 p95
曽祢好忠集(曾禰好忠)
　和歌史研究会編　「私家集大成1」'73 p493

其あんか(中橋散人)
　「洒落本大成13」'81 p229
「其かたち」歌仙(松尾芭蕉)
　島居清著　「芭蕉連句全註解5」'81 p173
「其かたち」の詞書(松尾芭蕉)
　井本農一, 弥吉菅一, 横沢三郎, 尾形仂校注　「校本芭蕉全集6」'89 p380
其駒
　臼田甚五郎, 新間進一, 外村南都子, 徳江元正校注・訳　「新編日本古典文学全集42」'00 p90
その他
　棚橋正博, 鈴木勝忠, 宇田敏彦注解　「新編日本古典文学全集79」'99 p580
園田
　芳賀矢一, 佐佐木信綱校註　「謡曲叢書2」'87 p371
その他諸書歌謡集
　高木市之助校註　「日本古典全書〔84〕」'67 p349
「其にほひ」歌仙(松尾芭蕉)
　島居清著　「芭蕉連句全註解7」'82 p333
園草(そののくさ)　→ "えんそう"を見よ
其日庵歳旦(小林一茶)
　矢羽勝幸校注　「一茶全集8」'78 p119
其日ぐさ(小林一茶)
　小林計一郎校注　「一茶全集7」'77 p323
その蜩の巻(宝暦二年)(与謝蕪村)
　潁原退蔵編著　「蕪村全集2」'48 p34
其返報怪談(恋川春町)
　宇田敏彦校注　「新日本古典文学大系83」'97 p161
其往昔恋江戸染(八百屋お七)(桜田治助)
　河竹登志夫ほか監修　「名作歌舞伎全集15」'69 p127
校訂修紫田舎源氏後編其由縁鄙廼俤(柳亭種彦)
　「古典叢書〔31〕」'90 p390
其雪影(高井几董編)
　山下一海校注　「新日本古典文学大系73」'98 p1
其雪影序(与謝蕪村)
　潁原退蔵編著　「蕪村全集1」'48 p384
素拝桜
　芳賀矢一, 佐佐木信綱校註　「謡曲叢書2」'87 p374
鼠賦幷引(去来)
　潁原退蔵著　「評釈江戸文学叢書7」'70 p736
「其まゝよ」の詞書(松尾芭蕉)
　井本農一, 弥吉菅一, 横沢三郎, 尾形仂校注　「校本芭蕉全集6」'89 p443
素丸発句集(小林一茶)
　小林計一郎, 丸山一彦, 矢羽勝幸校注　「一茶全集別1」'78 p279
染替蝶桔梗(鶴屋南北)

竹柴翁太郎校注 「鶴屋南北全集6」'71 p155
染纈竹春駒(鶴屋南北)
　竹柴翁太郎校注 「鶴屋南北全集6」'71 p7
染抜五所紋(梅月堂梶人)
　「洒落本大成15」'82 p165
染分手綱物語
　青木信光編 「文化文政江戸発禁文庫7」'83 p19
遡遊従之(大田南畝)
　浜田義一郎、中野三敏、日野龍夫、揖斐高編 「大田南畝全集17」'88 p389
徂徠集(荻生徂徠)
　西田太一郎校注 「日本思想大系36」'73 p487
徂徠生を訪う(大潮元皓)
　末木文美士、堀川貴司注 「江戸漢詩選5」'96 p145
徂徠先生答問書
　中村幸彦校注 「日本古典文学大系94」'66 p179
徂徠先生答問書〔抄〕(荻生徂徠)
　中村幸彦校注 「日本古典文学大系94」'66 p167
曾良随行日記(曾良)
　「校本芭蕉全集6」'89 p205
　麻生磯次訳注 「対訳古典シリーズ〔18〕」'88 p171
曾良旅日記(曾良)
　「校本芭蕉全集別1」'91 p166
空腹
　芳賀矢一、佐佐木信綱校註 「謡曲叢書2」'87 p378
「空豆の」歌仙(松尾芭蕉)
　島居清著 「芭蕉連句全註解9」'83 p207
空豆の の巻 歌仙(全)軽みの蕉風俳諧(松尾芭蕉)
　井本農一著 「鑑賞日本の古典14」'82 p275
「空豆の」の巻(炭俵)
　金子金治郎、暉峻康隆、中村俊定注解 「日本古典文学全集32」'74 p519
「空豆の」の巻(炭俵)(松尾芭蕉)
　井本農一、久富哲雄、村松友次、堀切実校注・訳 「新編日本古典文学全集71」'97 p527
空豆の巻(「炭俵」より)(松尾芭蕉)
　杉浦正一郎評釈 「古典日本文学全集31」'61 p159
疏類(東陵永璵)
　玉村竹二編 「五山文学新集別2」'81 p75
某の蝦夷に使して帰るに逢う、因りて其の話を記す(亀田鵬斎)
　徳田武注 「江戸漢詩選1」'96 p40
某の野田の幽居(葛子琴)
　水田紀久注 「江戸詩人選集6」'93 p97
従夫以来記(竹杖為軽)

棚橋正博、鈴木勝忠、宇田敏彦注解 「新編日本古典文学全集79」'99 p65
それぞれ草(井原西鶴)
　頴原退蔵ほか編 「定本西鶴全集13」'50 p373
「それぞれに」付合(松尾芭蕉)
　島居清著 「芭蕉連句全註解6」'81 p249
夫ハ小倉山是ハ鎌倉山景清百人一首(朋誠堂喜三二作、北尾重政画)
　浜田義一郎、鈴木勝忠、水野稔校注 「日本古典文学全集46」'71 p105
夫ハ楠木是ハ嘘木無益委記(恋川春町画・作)
　浜田義一郎、鈴木勝忠、水野稔校注 「日本古典文学全集46」'71 p69
曾呂利物語
　須永朝彦編訳 「日本古典文学幻想コレクション3」'96 p46
村庵藁(希世霊彦)
　玉村竹二編 「五山文学新集2」'68 p165
存疑・誤伝西行和歌(西行)
　伊藤嘉夫校註 「日本古典全書〔70〕」'47 p305
存義に興ふ(馬場存義母)
　古谷知新編 「江戸時代女流文学全集3」'01 p646
村居して喜びを書す(大窪詩仏)
　揖斐高注 「江戸詩人選集5」'90 p218
邨居積雨(祇園南海)
　山本和義、横山弘注 「江戸詩人選集3」'91 p324
尊経閣文庫本「方丈記」巻末和讃
　新間進一編 「続日本歌謡集成1」'64 p146
村行(石川丈山)
　上野洋三注 「江戸詩人選集1」'91 p99
孫思邈
　芳賀矢一、佐佐木信綱校註 「謡曲叢書2」'87 p382
損者三友(同道堂)
　「洒落本大成補1」'88 p209
村摂記(村山鎮)
　宇田敏彦校訂 「未刊随筆百種3」'76 p155
尊鎮親王詠草(尊鎮親王)
　和歌史研究会編 「私家集大成7」'76 p586
邨童の渓上に戯るるを観る(市河寛斎)
　揖斐高注 「江戸詩人選集5」'90 p166
巽夢語卒爾尼(上野阿方)
　「洒落本大成補1」'88 p371
村路即事(館柳湾)
　徳田武注 「江戸詩人選集7」'90 p240

【 た 】

他阿上人家集（他阿）
　和歌史研究会編　「私家集大成5」'74 p65
田居（山梨稲川）
　一海知義，池沢一郎注　「江戸漢詩選2」'96 p147
大甃野静軒の江都に之くを送る（石川丈山）
　上野洋三注　「江戸詩人選集1」'91 p110
大会
　伊藤正義校注　「新潮日本古典集成〔59〕」'86 p261
　芳賀矢一，佐佐木信綱校註　「謡曲叢書2」'87 p443
退役願書之稿（渡辺崋山）
　佐藤昌介，植手通有，山口宗之校注　「日本思想大系55」'71 p95
大悦物語（赤木文庫蔵絵巻）
　横山重ほか編　「室町時代物語大成8」'80 p388
大応仮名法語
　古田紹欽訳　「古典日本文学全集15」'61 p226
対鷗楼閑話（倉成龍渚）
　森銑三，北川博邦編　「続日本随筆大成5」'80 p31
題を宜明居士の寂照庵に寄す（梁田蛻巌）
　徳田武注　「江戸詩人選集2」'92 p150
戴恩記（貞徳）
　小高敏郎，松村明校注　「日本古典文学大系95」'64 p19
戴恩記（歌林雑話）（松永貞徳）
　佐佐木信綱編　「日本歌学大系6」'56 p209
戴恩謝の巻（宝暦八年）（与謝蕪村）
　潁原退蔵編著　「蕪村全集2」'48 p44
大河下
　芳賀矢一，佐佐木信綱校註　「謡曲叢書1」'87 p337
大覚寺の庭湖石（六如）
　黒川洋一注　「江戸詩人選集4」'90 p248
大学垂加先生講義（山崎闇斎）
　西順蔵，阿部隆一，丸山真男校注　「日本思想大系31」'80 p9
大覚僧正御伝記（近松門左衛門）
　藤井紫影校註　「近松全集(思文閣)3」'78 p703
大覚大僧正御伝記〔女人即身成仏記〕（近松門左衛門）
　「近松全集(岩波)2」'87 p79
大学要略（藤原惺窩）
　石田一良，金谷治校注　「日本思想大系28」'75 p41
落咄大雅楽（出方題序）
　浜田義一郎，武藤禎夫編　「日本小咄集成下」'71 p183
大学或問（熊沢蕃山）
　後藤陽一，友枝龍太郎校注　「日本思想大系30」'71 p405
大雅道人歌（江村北海）
　菅野礼行，徳田武校注・訳　「新編日本古典文学全集86」'02 p416
大華に呈す（三首，うち二首）（古賀精里）
　一海知義，池沢一郎注　「江戸漢詩選2」'96 p258
退閑雑記（松平定信）
　森銑三訳　「古典日本文学全集35」'61 p265
　森銑三，北川博邦編　「続日本随筆大成6」'80 p11
太祇句選序（与謝蕪村）
　潁原退蔵編著　「蕪村全集1」'48 p386
太祇追善の巻（安永二年）（与謝蕪村）
　潁原退蔵編著　「蕪村全集2」'48 p99
退居（石川丈山）
　上野洋三注　「江戸詩人選集1」'91 p86
大経師昔暦
　小山祐士訳　「国民の文学14」'64 p139
大経師昔暦（近松門左衛門）
　森修，鳥越文蔵校注・訳　「完訳日本の古典56」'89 p83
　大橋正叔校注・訳　「新編日本古典文学全集75」'98 p529
　藤井紫影校註　「近松全集(思文閣)10」'78 p621
　「近松全集(岩波)9」'88 p491
　鳥越文蔵校注・訳　「日本古典文学全集44」'75 p205
　重友毅校注　「日本古典文学大系49」'58 p217
　河竹登志夫ほか監修　「名作歌舞伎全集21」'73 p225
大疑録（貝原益軒）
　荒木見悟，井上忠校注　「日本思想大系34」'70 p9
退屈晒落
　「洒落本大成24」'85 p73
大劇場世界の幕なし（本膳坪平）
　「洒落本大成11」'81 p219
大元四明東陵和尚住日本国山城州霊亀山天竜資聖禅寺語録（東陵永璵）
　玉村竹二編　「五山文学新集別2」'81 p67
待賢門院堀河集（待賢門院堀河）
　和歌史研究会編　「私家集大成2」'75 p549
太閤記（小瀬甫庵）

檜谷昭彦,江本裕校注 「新日本古典文学大系60」'96 p1

太皇太后宮小侍従集(小侍従)
　和歌史研究会編 「私家集大成3」'74 p169

太鼓負(百五十)
　北川忠彦ほか校注「中世の文学 第1期〔22〕」'95 p378

大極上請合売 心学早染艸(山東京伝)
　水野稔校注 「日本古典文学大系59」'58 p197

大黒舞
　徳田和夫校注 「新日本古典文学大系55」'92 p55

大黒舞(蓬左文庫蔵奈良絵本)
　太田武夫校訂 「室町時代物語集5」'62 p383

大黒連歌
　北川忠彦,安田章 「新編日本古典文学全集60」'01 p34
　北川忠彦ほか校注 「中世の文学 第1期〔20〕」'94 p98

醍醐寺新要録所載教化
　高野辰之編 「日本歌謡集成4」'60 p226

醍醐寺に登りて月を観る詩 五首(うち一首)(元政)
　上野洋三注 「江戸詩人選集1」'91 p288

醍醐随筆(中山三柳)
　森銑三,北川博邦編 「続日本随筆大成10」'80 p1
　須永朝彦編訳 「日本古典文学幻想コレクション1」'95 p171

醍醐の道中(三首,うち一首)(元政)
　上野洋三注 「江戸詩人選集1」'91 p328

新作笑話たいこの林(林屋正蔵(初代))
　浜田義一郎,武藤禎夫編 「日本小咄集成下」'71 p305

大悟物狂(井原西鶴)
　穎原退蔵ほか編 「定本西鶴全集13」'50 p316

大悟物狂(鬼貫編)
　桜井武次郎校注 「新日本古典文学大系71」'94 p113

大斎院御集(大斎院)
　長沢美津編 「女人和歌大系2」'65 p167

大斎院御集(選子内親王)
　和歌史研究会編 「私家集大成2」'75 p89

大斎院前の御集(選子内親王)
　和歌史研究会編 「私家集大成2」'75 p74

大斎院前御集(大斎院)
　長沢美津編 「女人和歌大系2」'65 p145

泰山府君(世阿弥)
　芳賀矢一,佐佐木信綱校註 「謡曲叢書2」'87 p391

太子
　芳賀矢一,佐佐木信綱校註 「謡曲叢書2」'87 p394

太子開城記(高野辰之博士蔵奈良絵本)
　太田武夫校訂 「室町時代物語集4」'62 p202

大治元年八月摂政左大臣忠通歌合
　「平安朝歌合大成3」'96 p1979

待令規(上田秋成)
　「上田秋成全集12」'95 p439

大師講法則所載教化
　高野辰之編 「日本歌謡集成4」'60 p223

〔大治五年九月十三夜〕殿上蔵人歌合
　「平安朝歌合大成3」'96 p2016

大治三年九月廿一日神祇伯顕仲南宮歌合
　「平安朝歌合大成3」'96 p2005

大治三年九月廿八日神祇伯顕仲住吉社歌合
　「平安朝歌合大成3」'96 p2010

〔大治三年正月以前〕雅定歌合
　「平安朝歌合大成3」'96 p1991

〔大治三年正月以前〕或所歌合
　「平安朝歌合大成3」'96 p1993

〔大治三年八月以前〕俊頼歌合雑載
　「平安朝歌合大成3」'96 p1994

大治三年八月廿九日神祇伯顕仲西宮歌合
　「平安朝歌合大成3」'96 p1995

対治邪執論(雪窓)
　海老沢有道校注 「日本思想大系25」'70 p459

太子手鉾
　北川忠彦ほか校注 「中世の文学 第1期〔22〕」'95 p224

代集
　佐佐木信綱編 「日本歌学大系5」'57 p1

台州漂客記事
　加藤貴校訂 「叢書江戸文庫I-1」'90 p8

第十四肥後国阿蘇宮祭礼田歌補遺
　志田延義編 「続日本歌謡集成2」'61 p407

大聖寺(観世長俊)
　芳賀矢一,佐佐木信綱校註 「謡曲叢書2」'87 p399

大織冠
　麻原美子,北原保雄校注 「新日本古典文学大系59」'94 p15

大職冠(近松門左衛門)
　松崎仁,原道生,井口洋,大橋正叙校注 「新日本古典文学大系91」'93 p327
　藤井紫影校註 「近松全集(思文閣)9」'78 p503
　「近松全集(岩波)7」'87 p429

退食間話(会沢正志斎)
　今井宇三郎,瀬谷義彦,尾藤正英校注 「日本思想大系53」'73 p233

大慈利益和讃
　高野辰之編 「日本歌謡集成4」'60 p345

太子和讃（明恵上人）
　高野辰之編　「日本歌謡集成4」'60 p51
緞子三本紅絹五疋大尽舞花街濫觴（式亭三馬）
　「古典叢書〔8〕」'89 p359
岱水との両吟（『木曾の谿』）（松尾芭蕉）
　井本農一ほか著　「校本芭蕉全集9」'89 p376
大勢三転考（伊達千広）
　鈴木英雄校注　「日本思想大系48」'74 p385
大西洋を航するの作（三首のうち一首）（成島柳北）
　日野龍夫注　「江戸詩人選集10」'90 p156
大千世界牆の外（唐来三和）
　山本陽史編　「シリーズ江戸戯作〔2〕」'89 p7
大千世界楽屋探（式亭三馬）
　神保五弥校注　「新日本古典文学大系86」'89 p359
代々先皇法語集所載教化
　高野辰之編　「日本歌謡集成4」'60 p238
大内裏大友真鳥（竹田出雲）
　高橋比呂子校訂　「叢書江戸文庫Ⅰ-9」'88 p77
大澄仮名法語
　古田紹欽訳　「古典日本文学全集15」'61 p240
大澄国師遺誡
　古田紹欽訳　「古典日本文学全集15」'61 p248
大通愛想尽
　「洒落本大成8」'80 p297
大通契語（笹浦鈴成）
　「洒落本大成18」'83 p143
大通契語（鈴成）
　伊藤千可良ほか校　「江戸時代文芸資料1」'64 p407
大通人好記（在原の持麿）
　「洒落本大成9」'80 p179
大通禅師法語（蘭爾）
　「洒落本大成8」'80 p305
大通多名於路志（閑言楽山人）
　「洒落本大成10」'80 p209
大通手引草（南都賀山人）
　「洒落本大成14」'81 p275
大通伝（高慢斎）
　「洒落本大成7」'80 p131
大通秘密論（夢中庵）
　伊藤千可良ほか校　「江戸時代文芸資料1」'64 p95
大通秘密論（夢中菴）
　「洒落本大成8」'80 p11
大帝国論（竹尾正胤）
　芳賀登, 松本三之介校注　「日本思想大系51」'71 p487
大抵御覧（朱楽菅公）
　「洒落本大成9」'80 p49

大抵御覧（朱楽菅江）
　笹川種郎著　「評釈江戸文学叢書8」'70 p533
大抵御覧（朱楽宿寝）
　「徳川文芸類聚5」'70 p184
大東閣語
　青木信光編　「文化文政江戸発禁文庫4」'83 p287
大唐三蔵和讃
　新間進一編　「続日本歌謡集成1」'64 p152
三都俳優水滸伝（鶴屋南北）
　服部幸雄校注　「鶴屋南北全集6」'71 p403
大納言公任集（藤原公任）
　和歌史研究会編　「私家集大成2」'75 p113
大納言為家集（藤原為家）
　和歌史研究会編　「私家集大成4」'75 p383
大納言為定集（二条為定）
　和歌史研究会編　「私家集大成5」'74 p184
大納言経信卿集
　「国歌大系13」'76 p459
大納言経信卿集（源経信）
　和歌史研究会編　「私家集大成2」'75 p323
大納言経信集（源経信）
　和歌史研究会編　「私家集大成2」'75 p336
大納言経信集 附 散木奇謌集 第六 悲歎部（源経信）
　関根慶子校注　「日本古典文学大系80」'64 p181
大弐高遠集（藤原高遠）
　和歌史研究会編　「私家集大成1」'73 p721
大弐三位集（大弐三位）
　和歌史研究会編　「私家集大成2」'75 p315
　長沢美津編　「女人和歌大系2」'65 p308
大日本国法華経験記（鎮源）
　井上光貞, 大曽根章介校注　「日本思想大系7」'74 p43
大日本史賛藪（安積澹泊）
　小倉芳彦校注　「日本思想大系48」'74 p11
大日本神道秘蜜の巻付御月日侍ゆらい（竹本義太夫）
　「竹本義太夫浄瑠璃正本集上」'95 p3
題二本朝一人一首後一
　小島憲之校注　「新日本古典文学大系63」'94 p340
大の記山寺（南兌羅法師）
　「洒落本大成12」'81 p255
風流落咄鯛の味噌須（大田南畝）
　浜田義一郎, 中野三敏, 日野龍夫, 揖斐高編　「大田南畝全集7」'86 p443
鯛の味噌津（大田南畝）
　武藤禎夫編　「噺本大系11」'79 p186
鯛の味噌津（蜀山人）

| たいの | 作品名 |

　　小高敏郎校注　「日本古典文学大系100」'66
　　　p423
　たいのや姫物語（仮題）（西尾市立図書館岩瀬
　　文庫蔵奈良絵本）
　　　横山重ほか編　「室町時代物語大成補2」'88 p97
　題跋（東明慧日）
　　　玉村竹二編　「五山文学新集別2」'81 p49
　題春草（与謝蕪村）
　　　潁原退蔵編著　「蕪村全集1」'48 p443
　大般若
　　　北川忠彦ほか校注　「中世の文学 第1期〔20〕」'94
　　　p161
　　　芳賀矢一，佐佐木信綱校註　「謡曲叢書2」'87
　　　p411
　御手料理御知而已大悲千禄本（芝全交）
　　　笹川種郎著　「評釈江戸文学叢書8」'70 p99
　大風行（亀田鵬斎）
　　　徳田武注　「江戸漢詩選」'96 p63
　大風流
　　　志田延義編　「続日本歌謡集成2」'61 p65
　大福神社考（竹本義太夫）
　　　「竹本義太夫浄瑠璃正本集上」'95 p336
　大仏供養
　　　芳賀矢一，佐佐木信綱校註　「謡曲叢書2」'87
　　　p421
　大仏供養（赤木文庫蔵江戸初期絵入写本）
　　　横山重ほか編　「室町時代物語大成8」'80 p414
　大仏くやう（小野幸氏蔵奈良絵本）
　　　横山重ほか編　「室町時代物語大成補2」'88
　　　p128
　大仏供養物語（神宮文庫蔵写本）
　　　太田武夫校訂　「室町時代物語集4」'62 p316
　大仏供養物語（天理図書館蔵享禄四年写本）
　　　横山重ほか編　「室町時代物語大成8」'80 p402
　大仏殿万代石楚（西沢一風，田中千柳）
　　　黒石陽子校訂　「叢書江戸文庫Ⅰ-10」'91 p7
　大仏之縁起（慶応義塾大学図書館蔵天和元年写本）
　　　横山重ほか編　「室町時代物語大成8」'80 p449
　大仏の御縁起（慶応義塾大学図書館蔵室町末期写本）
　　　横山重ほか編　「室町時代物語大成8」'80 p431
　太平記
　　　岡見正雄，角川源義編　「鑑賞日本古典文学21」
　　　'76 p7
　　　長谷川端校注・訳　「新編日本古典文学全集55」
　　　'96 p15
　　　長谷川端校注・訳　「新編日本古典文学全集56」
　　　'97 p15
　　　長谷川端校注・訳　「新編日本古典文学全集57」
　　　'98 p15
　　　浜中修編著　「大学古典叢書8」'89 p127

　　須永朝彦編訳　「日本古典文学幻想コレクション
　　　1」'95 p148
　太平記（小島法師）
　　　鈴木登美恵，長谷川瑞著　「鑑賞日本の古典13」
　　　'80 p1
　　　永井路子訳　「現代語訳 日本の古典13」'81 p5
　　　尾崎士郎訳　「国民の文学11」'64 p1
　　　市古貞次訳　「古典日本文学全集19」'61 p5
　　　山下宏明校注　「新潮日本古典集成〔53〕」'77
　　　p11
　　　山下宏明校注　「新潮日本古典集成〔54〕」'80
　　　p11
　　　山下宏明校注　「新潮日本古典集成〔55〕」'83
　　　p11
　　　山下宏明校注　「新潮日本古典集成〔56〕」'85
　　　p11
　　　山下宏明校注　「新潮日本古典集成〔57〕」'88
　　　p11
　　　長谷川端校注・訳　「新編日本古典文学全集54」
　　　'94 p15
　　　後藤丹治，釜田喜三郎校注　「日本古典文学大系
　　　34」'60 p31
　　　後藤丹治，釜田喜三郎校注　「日本古典文学大系
　　　35」'61 p9
　　　後藤丹治，岡見正雄校注　「日本古典文学大系
　　　36」'62 p11
　　　大曾根章介，松尾葦江校注・訳　「日本の文学 古
　　　典編33」'86 p21
　　　大曾根章介，松尾葦江校注・訳　「日本の文学 古
　　　典編34」'86 p5
　太平記菊水之巻（近松半二）
　　　法月歌彦校訂　「叢書江戸文庫Ⅰ-14」'87 p283
　太平記賢愚抄（釈乾三）
　　　「日本文学古註釈大成〔34〕」'79 p333
　太平記抄
　　　「日本文学古註釈大成〔34〕」'79 p1
　太平記忠臣講釈（近松半二）
　　　田中直子校訂　「叢書江戸文庫Ⅲ-39」'96 p185
　太平記忠臣講釈（忠臣講釈）（近松半二，三好
　　　松洛ほか）
　　　河竹登志夫ほか監修　「名作歌舞伎全集6」'71
　　　p183
　太平記万八講釈（朋誠堂喜三二）
　　　宇田敏彦校注　「新日本古典文学大系83」'97
　　　p227
　太平策
　　　丸山真男校注　「日本思想大系36」'73 p447
　大瓶猩々
　　　芳賀矢一，佐佐木信綱校註　「謡曲叢書2」'87
　　　p426
　太平百物語（菅生堂人恵忠居士）
　　　「徳川文芸類聚4」'70 p318

太平百物語（祐佐（菅生堂人恵忠居士））
　須永朝彦編訳 「日本古典文学幻想コレクション3」'96 p160
太平洋舟中の作 四首（うち一首）（成島柳北）
　日野龍夫注 「江戸詩人選集10」'90 p159
太平楽
　芳賀矢一，佐佐木信綱校註 「謡曲叢書2」'87 p428
太平楽記文（烏亭焉馬）
　「洒落本大成12」'81 p271
太平楽皇国性質（松亭金水）
　森銑三，北川博邦編 「続日本随筆大成9」'80 p335
太平楽巻物（天竺老人）
　「洒落本大成12」'81 p11
大報恩寺仏体内所現歌謡
　新間進一編 「続日本歌謡集成1」'64 p137
当麻寺まゐり（松尾芭蕉）
　井本農一，弥吉菅一，横沢三郎，尾形仂校注 「校本芭蕉全集6」'89 p309
当麻曼荼羅縁起
　桜井徳太郎，萩原龍夫，宮田登校注 「日本思想大系20」'75 p29
大名狂言
　北川忠彦，安田章校注・訳 「完訳日本の古典48」'85 p39
大名なぐさみ曾我（近松門左衛門）
　「近松全集（岩波）16翻刻編」'90 p279
　河竹登志夫ほか監修 「名作歌舞伎全集21」'73 p67
大明国師像賛（上田秋成）
　「上田秋成全集12」'95 p262
待問雑記（橘守部）
　森銑三，北川博邦編 「続日本随筆大成5」'80 p237
　芳賀登，松本三之介校注 「日本思想大系51」'71 p49
青楼実記大門雛形
　「洒落本大成19」'83 p373
平忠度集
　「国歌大系14」'76 p95
内裏進上の一巻（烏丸光栄）
　佐佐木信綱編 「日本歌学大系6」'56 p508
替理善運（甘露庵山跡蜂満夢中）
　「洒落本大成14」'81 p97
内裏着到百首（後柏原）
　林達也校注 「新日本古典文学大系47」'90 p353
田井柳蔵，嘗て余に其の宅に觴す。今茲に其の会飲図を製し，遥かに寄せて題するを索む（菅茶山）
　黒川洋一注 「江戸詩人選集4」'90 p162

第六天
　芳賀矢一，佐佐木信綱校註 「謡曲叢書2」'87 p440
大魯追善の巻（安永八年）（与謝蕪村）
　潁原退蔵編著 「蕪村全集2」'48 p207
田植
　北川忠彦ほか校注 「中世の文学 第1期〔22〕」'95 p109
田うゑ哥写
　「中世文芸叢書6」'66 p72
田植歌雑紙
　「中世文芸叢書6」'66 p12
田植歌ならびに農耕神事歌謡類
　志田延義編 「続日本歌謡集成2」'61 p327
田植草子
　高野辰之編 「日本歌謡集成5」'60 p199
田植草紙
　新間進一，志田延義編 「鑑賞日本古典文学15」'77 p305
　友久武文，山内洋一郎校注 「新日本古典文学大系62」'97 p1
　新間進一，志田延義，浅野建二校注 「日本古典文学大系44」'59 p253
　外村南都子校注・訳 「日本の文学 古典編24」'86 p209
田植大哥双紙
　「中世文芸叢書6」'66 p39
田歌
　「国歌大系1」'76 p137
当麻（世阿弥）
　伊藤正義校注 「新潮日本古典集成〔59〕」'86 p269
　西野春雄校注 「新日本古典文学大系57」'98 p193
　竹本幹夫，橋本朝生校注・訳 「日本の文学 古典編36」'87 p79
　芳賀矢一，佐佐木信綱校註 「謡曲叢書2」'87 p435
当麻中将姫（竹本義太夫）
　「竹本義太夫浄瑠璃正本集下」'95 p700
当麻中将姫（近松門左衛門）
　藤井紫影校註 「近松全集（思文閣）4」'78 p763
高生に贈る（荻生徂徠）
　菅野礼行，徳田武校注・訳 「新編日本古典文学全集86」'02 p327
高尾が事（只野真葛）
　古谷知新編 「江戸時代女流文学全集3」'01 p455
高尾紀行（清水谷実業）
　津本信博編 「近世紀行日記文学集成1」'93 p113

たかお　　　　　　　　　　　　　　作品名

高雄尊運詠草（尊運）
　和歌史研究会編　「私家集大成6」'76 p890
高雄尊朝詠草（尊朝親王）
　和歌史研究会編　「私家集大成6」'76 p891
鷹峰記（家仁）
　津本信博編　「近世紀行日記文学集成1」'93 p327
鷹峰山荘に遊ぶの記（家仁）
　津本信博編　「近世紀行日記文学集成1」'93 p325
鷹峰の蕉窓主人の別業に遊ぶ（伊藤仁斎）
　菅野礼行，徳田武校注・訳　「新編日本古典文学全集86」'02 p295
高久のほととぎす（松尾芭蕉）
　井本農一，弥吉菅一，横沢三郎，尾形仂校注　「校本芭蕉全集6」'89 p394
高久の宿のほととぎす（松尾芭蕉）
　井本農一，久富哲雄，村松友次，堀切実校注・訳　「新編日本古典文学全集71」'97 p254
高倉院厳島御幸記（源通親）
　大曽根章介，久保田淳校注　「新日本古典文学大系51」'90 p1
高倉院升遐記（源通親）
　大曽根章介，久保田淳校注　「新日本古典文学大系51」'90 p25
高崎五郎右衛門十七回の忌日に賦す（西郷隆盛）
　坂田新注　「江戸漢詩選4」'95 p284
高砂
　臼田甚五郎，新間進一，外村南都子，徳江元正校注・訳　「新編日本古典文学全集42」'00 p120
高砂（世阿弥）
　田中千禾夫訳　「現代語訳 日本の古典14」'80 p24
　田中千禾夫訳　「国民の文学12」'64 p3
　「古典日本文学全集20」'62 p7
　伊藤正義校注　「新潮日本古典集成〔59〕」'86 p281
　西野春雄校注　「新日本古典文学大系57」'98 p3
　小山弘志，佐藤健一郎校注・訳　「新編日本古典文学全集58」'97 p29
高砂—古名相生
　芳賀矢一，佐佐木信綱校註　「謡曲叢書2」'87 p460
隆祐朝臣集（藤原隆祐）
　和歌史研究会編　「私家集大成4」'75 p204
白拍子の文反古誰が袖日記（宝嘉僧）
　「徳川文芸類聚5」'70 p216
高館
　麻原美子，北原保雄校注　「新日本古典文学大系59」'94 p438

たかだち五段
　「徳川文芸類聚8」'70 p1
高田雲雀（大野屋撰）
　安藤菊二校訂　「未刊随筆百種7」'77 p287
歌舞伎十八番の内高時（河竹黙阿弥）
　河竹登志夫ほか監修　「名作歌舞伎全集18」'69 p211
鷹子
　臼田甚五郎，新間進一，外村南都子，徳江元正校注・訳　「新編日本古典文学全集42」'00 p135
隆信朝臣集（藤原隆信）
　和歌史研究会編　「私家集大成3」'74 p228
孝範集（木戸孝範）
　和歌史研究会編　「私家集大成6」'76 p494
崇徳天皇御製（崇徳天皇）
　「国歌大系10」'76 p1
高橋振
　谷崎潤一郎ほか編　「国民の文学1」'64 p407
隆房集（四条隆房）
　久保田淳，大島貴子，藤澄子，松尾葦江校注　「中世の文学 第1期〔7〕」'79 p89
隆房集（藤原隆房）
　和歌史研究会編　「私家集大成3」'74 p318
高松屋古本田唄集
　「中世文芸叢書6」'66 p1
たかみつ（藤原高光）
　和歌史研究会編　「私家集大成1」'73 p605
高光集（藤原高光）
　「日本文学大系12」'55 p517
　長連恒編　「日本文学大系12」'55 p749
篁物語
　山岸徳平校註　「日本古典全書〔11〕」'59 p281
　遠藤嘉基，松尾聡校注　「日本古典文学大系77」'64 p23
高安
　芳賀矢一，佐佐木信綱校註　「謡曲叢書2」'87 p465
高山伝右衛門（橐駝）宛書簡（松尾芭蕉）
　富山奏校注　「新潮日本古典集成〔72〕」'78 p19
高山の官舎に題す（館柳湾）
　徳田武注　「江戸詩人選集7」'90 p212
貧幸先生多佳余宇辞（不埒山人）
　伊藤千可良ほか校　「江戸時代文芸資料1」'64 p165
貧幸先生多佳余宇辞（不埒散人）
　「洒落本大成9」'80 p191
「宝いくつ」二句「手盥に」三句「経によう似た」二句「寝覚侘しき」三句「御息所の」三句（松尾芭蕉）
　島居清著　「芭蕉連句全註解2」'79 p109
宝蔵（元隣）

雲英末雄，山下一海，丸山一彦，松尾靖秋校注・訳 「新編日本古典文学全集72」'01 p437
宝くらべ（慶応義塾図書館蔵奈良絵本）
　横山重ほか編 「室町時代物語大成8」'80 p463
宝の槌
　古川久校註 「日本古典全書〔91〕」'53 p265
宝船通人之寐言（能楽山人）
　「洒落本大成11」'81 p65
高笑ひ（安永五年六月序）（乡甫先生）
　武藤禎夫編 「噺本大系10」'79 p266
滝川に遊ぶ 三首（野村篁園）
　徳田武注 「江戸詩人選集7」'90 p37
滝口横笛（近松門左衛門）
　藤井紫影校註 「近松全集（思文閣）1」'78 p33
滝口物語（歓喜寺蔵江戸初期写本）
　横山重ほか編 「室町時代物語大成8」'80 p478
滝口横笛
　「徳川文芸類聚8」'70 p125
滝籠文覚
　芳賀矢一，佐佐木信綱校註 「謡曲叢書2」'87 p469
たきつけ草
　伊藤千可良ほか校 「江戸時代文芸資料4」'64 p1
　谷脇理史，岡雅彦，井上和人校注・訳 「新編日本古典文学全集64」'99 p367
たきつけ草 もえくゐ けしすみ
　野間光辰校注 「日本思想大系60」'76 p93
他郷即吾郷（『句餞別』）（松尾芭蕉）
　井本農一ほか著 「校本芭蕉全集9」'89 p268
沢雲夢を送る（中巌円月）
　菅野礼行，徳田武校注・訳 「新編日本古典文学全集86」'02 p222
「啄木も」詞書（松尾芭蕉）
　井本農一，久富哲雄，村松友次，堀切実校注・訳 「新編日本古典文学全集71」'97 p250
濁里水（稚笑子）
　「洒落本大成5」'79 p321
琢鹿
　芳賀矢一，佐佐木信綱校註 「謡曲叢書2」'87 p471
竹内徳兵衛魯国漂流談
　加藤貴校訂 「叢書江戸文庫Ⅰ-1」'90 p17
竹河
　臼田甚五郎，新間進一，外村南都子，徳江元正校注・訳 「新編日本古典文学全集42」'00 p143
竹河（紫式部）
　阿部秋生，秋山虔，今井源衛，鈴木日出男校注・訳 「完訳日本の古典21」'87 p43
　円地文子訳 「現代語訳 日本の古典5」'79 p142
　谷崎潤一郎ほか編 「国民の文学4」'63 p183

阿部秋生ほか校注・訳 「古典セレクション12」'98 p73
「古典日本文学全集5」'61 p391
石田穣二，清水好子校注 「新潮日本古典集成〔23〕」'82 p197
柳井滋ほか校注 「新日本古典文学大系22」'96 p247
阿部秋生，秋山虔，今井源衛，鈴木日出男校注・訳 「新編日本古典文学全集24」'97 p57
「特選日本の古典 グラフィック版5」'86 p113
池田亀鑑校註 「日本古典全書〔16〕」'54 p164
阿部秋生，秋山虔，今井源衛校注・訳 「日本古典文学全集16」'95 p51
山岸徳平校注 「日本古典文学大系17」'62 p249
伊井春樹，日向一雅，百川敬仁（ほか）校注・訳 「日本の文学 古典編15」'87 p35
「日本文学大系6」'55 p16
武隈の松（松尾芭蕉）
　井本農一，久富哲雄，村松友次，堀切実校注・訳 「新編日本古典文学全集71」'97 p262
武田氏に寄与す 序を并せをたり（石川丈山）
　上野洋三注 「江戸詩人選集1」'91 p93
武田信玄 長尾謙信 本朝廿四孝（近松半二）
　守随憲治校註 「日本古典全書〔98〕」'49 p73
竹取翁物語解（巻首）
　「新日本古典文学大系17」'97 p197
竹取物語
　三谷栄一編 「鑑賞日本古典文学6」'75 p5
　藤岡忠美著 「鑑賞日本の古典4」'81 p213
　片桐洋一校注・訳 「完訳日本の古典10」'83 p5
　田辺聖子訳 「現代語訳 日本の古典4」'81 p5
　川端康成訳 「国民の文学5」'64 p1
　臼井吉見訳 「古典日本文学全集7」'60 p3
　野口元大校注 「新潮日本古典集成〔8〕」'79 p7
　堀内秀晃校注 「新日本古典文学大系17」'97 p1
　片桐洋一校注・訳 「新編日本古典文学全集12」'94 p11
　室伏信助訳・注 「全対訳日本古典新書〔9〕」'84 p13
　雨海博洋訳注 「対訳古典シリーズ〔4〕」'88 p7
　岡部伊都子訳 「特選日本の古典 グラフィック版3」'86 p5
　南波浩校註 「日本古典全書〔1〕」'60 p71
　片桐洋一，福井貞助，高橋正治，清水好子校注・訳 「日本古典文学全集8」'72 p51
　阪倉篤義ほか校注 「日本古典文学大系9」'57 p29
　高橋亨校注・訳 「日本の文学 古典編5」'86 p3
　「日本文学大系1」'55 p1
竹取物語伊佐々米言（狛毛呂茂（野田帯刀））
　「日本文学古註釈大成〔32〕」'79 p67
竹取物語解（田中大秀）

「日本文学古註釈大成〔32〕」'79 p33
竹取物語抄補記（田中躬之）
　「日本文学古註釈大成〔32〕」'79 p1
竹取物語抄補注（小山儀（伯鳳））
　「日本文学古註釈大成〔32〕」'79 p1
竹取物語評釈
　「国文学評釈叢書〔1〕」'58 p63
竹に題す（江馬細香）
　福島理子注　「江戸漢詩選3」'95 p51
竹の奥
　弥吉菅一，赤羽学，西村真砂子，檀上正孝 「芭蕉紀行集1」'78 p214
竹の奥（松尾芭蕉）
　井本農一，弥吉菅一，横沢三郎，尾形仂校注 「校本芭蕉全集6」'89 p306
　井本農一，久富哲雄，村松友次，堀切実校注・訳 「新編日本古典文学全集71」'97 p188
　弥吉菅一，赤羽学，檀上正孝著「芭蕉紀行集1」'67 p125
竹の子
　北川忠彦ほか校注　「中世の文学 第1期〔22〕」'95 p201
筍を養う（梁川紅蘭）
　福島理子注　「江戸漢詩選3」'95 p240
「竹子集」序（宇治加賀掾）
　守随憲治訳　「古典日本文学全集36」'62 p222
竹子集（序）（宇治加賀掾）
　郡司正勝校注　「日本思想大系61」'72 p401
竹雪
　芳賀矢一，佐佐木信綱校註　「謡曲叢書2」'87 p475
竹橋余筆（大田南畝）
　浜田義一郎，中野三敏，日野龍夫，揖斐高編 「大田南畝全集19」'89 p615
武文
　芳賀矢一，佐佐木信綱校註　「謡曲叢書2」'87 p480
竹松隼人覚書
　井上鋭夫校注　「日本思想大系17」'72 p437
竹むきが記（日野名子）
　岩佐美代子校注　「新日本古典文学大系51」'90 p271
竹本義太夫浄瑠璃正本集（竹本義太夫）
　「竹本義太夫浄瑠璃正本集上」'95 p1
「竹本秘伝丸」凡例（筑後掾）
　守随憲治訳　「古典日本文学全集36」'62 p225
蛸
　北川忠彦ほか校注　「中世の文学 第1期〔22〕」'95 p35
「たこつぼや」の詞書（松尾芭蕉）

井本農一，大谷篤蔵編　「校本芭蕉全集別1」'91 p236
大宰大弐重家集（藤原重家）
　和歌史研究会編　「私家集大成2」'75 p674
大宰府にて，菅公の廟に謁す（広瀬淡窓）
　岡村繁注　「江戸詩人選集9」'91 p4
它山石初編（松井羅州）
　関根正直ほか監修　「日本随筆大成II-7」'74 p1
但馬・播磨国地方ザンザカ踊歌
　浅野建二編　「続日本歌謡集成4」'63 p125
多手利
　芳賀矢一，佐佐木信綱校註　「謡曲叢書2」'87 p508
太上天皇が「秋日の作」に和（滋野貞主）
　菅野礼行，徳田武校注・訳　「新編日本古典文学全集86」'02 p117
田鶴の村鳥　一名「沖の白浪」
　宮田和一郎校註　「日本古典全書〔6〕」'51 p102
田鶴の群鳥
　河野多麻校注　「日本古典文学大系11」'61 p221
太世太子
　芳賀矢一，佐佐木信綱校註　「謡曲叢書2」'87 p407
只今御笑草（瀬川如皐）
　関根正直ほか監修　「日本随筆大成II-20」'74 p179
多田院（近松門左衛門）
　藤井紫影校註　「近松全集（思文閣）4」'78 p457
多田院開帳（竹本義太夫）
　「竹本義太夫浄瑠璃正本集上」'95 p303
唯心鬼打豆（山東京伝）
　「古典叢書〔3〕」'89 p169
忠こそ
　中野幸一校注・訳　「新編日本古典文学全集14」'99 p205
　宮田和一郎校註　「日本古典全書〔4〕」'51 p216
　河野多麻校注　「日本古典文学大系10」'59 p119
多田神社（松尾芭蕉）
　井本農一，弥吉菅一，横沢三郎，尾形仂校注 「校本芭蕉全集6」'89 p433
たゞとる山のほとゝぎす
　木村八重子校注　「新日本古典文学大系83」'97 p9
忠度（世阿弥）
　伊藤正義校注　「新潮日本古典集成〔59〕」'86 p293
　西野春雄校注　「新日本古典文学大系57」'98 p263
　小山弘志，佐藤健一郎校注・訳　「新編日本古典文学全集58」'97 p146

竹本幹夫，橋本朝生校注・訳 「日本の文学 古典編36」'87 p104
忠度―短冊忠度
　芳賀矢一，佐佐木信綱校註 「謡曲叢書2」'87 p487
忠度百首（平忠度）
　和歌史研究会編 「私家集大成2」'75 p757
たゝ見（壬生忠見）
　和歌史研究会編 「私家集大成1」'73 p346
忠見集（壬生忠見）
　和歌史研究会編 「私家集大成1」'73 p352
　「日本文学大系12」'55 p647
　長連恒編 「日本文学大系12」'55 p776
田多民治集（藤原忠通）
　和歌史研究会編 「私家集大成2」'75 p560
たゝみね（壬生忠岑）
　和歌史研究会編 「私家集大成1」'73 p173
忠岑集（壬生忠岑）
　和歌史研究会編 「私家集大成1」'73 p171
　和歌史研究会編 「私家集大成1」'73 p177
　和歌史研究会編 「私家集大成1」'73 p182
　「日本文学大系12」'55 p545
　長連恒編 「日本文学大系12」'55 p751
忠盛集（平忠盛）
　和歌史研究会編 「私家集大成2」'75 p538
裁衣曲（大沼枕山）
　日野龍夫注 「江戸詩人選集10」'90 p196
太刀盗人 岡村柿紅・作
　河竹登志夫ほか監修 「名作歌舞伎全集19」'70 p349
太刀奪
　北川忠彦ほか校注 「中世の文学 第1期〔22〕」'95 p65
橘
　芳賀矢一，佐佐木信綱校註 「謡曲叢書2」'87 p492
橘曙覧歌集（橘曙覧）
　土岐善麿校註 「日本古典全書〔74〕」'50 p117
橘曙覧の家にいたる詞
　土岐善麿校註 「日本古典全書〔74〕」'50 p276
橘為仲朝臣集（橘為仲）
　和歌史研究会編 「私家集大成2」'75 p316
橘為仲集（橘為仲）
　和歌史研究会編 「私家集大成2」'75 p321
橘守部歌集（橘守部）
　「国係大系18」'76 p723
謫居の春雪（藤原道真）
　菅野礼行，徳田武校注・訳 「新編日本古典文学全集86」'02 p162
たつ女におくる文（咬吧春子）
　古谷知新編 「江戸時代女流文学全集3」'01 p621
竜田
　伊藤正義校注 「新潮日本古典集成〔59〕」'86 p307
　西野春雄校注 「新日本古典文学大系57」'98 p319
　芳賀矢一，佐佐木信綱校註 「謡曲叢書2」'87 p499
竜田考（六人部是香）
　「万葉集古註釈集成20」'91 p5
立田物狂
　芳賀矢一，佐佐木信綱校註 「謡曲叢書2」'87 p502
風流辰巳妓談 楠下埜夢
　「洒落本大成28」'87 p31
辰巳之園（夢中散人寝言先生）
　「洒落本大成4」'79 p365
　「徳川文芸類聚5」'70 p43
　水野稔校注 「日本古典文学大系59」'58 p295
　笹川種郎著 「評釈江戸文学叢書8」'70 p483
辰巳婦言（式亭三馬）
　「古典叢書〔6〕」'89 p1
　笹川種郎著 「評釈江戸文学叢書8」'70 p659
伊達家治家記録躍歌
　浅野建二編 「続日本歌謡集成4」'63 p41
伊達競阿国戯場（達田弁二，鬼眼，烏亭焉馬）
　内山美樹子，延広真治校注 「新日本古典文学大系94」'96 p269
伊達競阿国戯場（達田辨二）
　田川邦子校訂 「叢書江戸文庫Ⅰ-15」'89 p149
伊達競阿国戯場（先代萩・身売りの累）（桜田治助（初代））
　河竹登志夫ほか監修 「名作歌舞伎全集13」'69 p69
立物抄―於染久松物語（柳亭種彦）
　「古典叢書〔36〕」'90 p229
田中
　臼田甚五郎，新間進一，外村南都子，徳江元正校注・訳 「新編日本古典文学全集42」'00 p158
田上集（源俊頼）
　和歌史研究会編 「私家集大成2」'75 p475
七夕
　芳賀矢一，佐佐木信綱校註 「謡曲叢書2」'87 p510
七夕（山田三方）
　菅野礼行，徳田武校注・訳 「新編日本古典文学全集86」'02 p32
たなはた（京大美学研究室蔵奈良絵本）
　太田武夫校訂 「室町時代物語集2」'62 p207
七夕の本地（赤木文庫蔵江戸初期絵巻）

横山重ほか編　「室町時代物語大成8」'80 p491
たなばたの本地(慶応義塾図書館蔵寛永七年写本)
　横山重ほか編　「室町時代物語大成8」'80 p531
たなばた(明暦元年刊本)
　太田武夫校訂　「室町時代物語集2」'62 p226
七夕物語(静嘉堂文庫蔵絵入写本)
　横山重ほか編　「室町時代物語大成8」'80 p511
店法度書之事
　「新日本古典文学大系86」'89 p451
谷口亭に遊びて、政上人及び(鳥山芝軒)
　菅野礼行, 徳田武校注・訳　「新編日本古典文学全集86」'02 p310
谷口に遊ぶ(元政)
　上野洋三注　「江戸詩人選集1」'91 p250
谷口の歌 序有り(元政)
　上野洋三注　「江戸詩人選集1」'91 p278
谷口の吟(元政)
　菅野礼行, 徳田武校注・訳　「新編日本古典文学全集86」'02 p279
谷口の山翁、自ずから栗子と菊花とを袖にし来る。予、愛翫すること甚し。乃ち以て母に奉る。偶たま一詩を作る(元政)
　上野洋三注　「江戸詩人選集1」'91 p241
谷行
　田中千禾夫訳　「国民の文学12」'64 p150
　芳賀矢一, 佐佐木信綱校註　「謡曲叢書2」'87 p513
「田螺とられて」世吉(松尾芭蕉)
　島居清著　「芭蕉連句全註解3」'80 p41
螺の世界(面德斎術)
　「洒落本大成23」'85 p85
狸の図賛(与謝蕪村)
　潁原退蔵編著　「蕪村全集1」'48 p472
狸腹鼓(井伊直弼)
　北川忠彦, 安田章　「新編日本古典文学全集60」'01 p501
狸の土産
　木村八重子校注　「新日本古典文学大系83」'97 p147
「種芋や」歌仙(松尾芭蕉)
　島居清著　「芭蕉連句全註解7」'82 p27
たねおろし(小林一茶)
　丸山一彦校注　「一茶全集6」'76 p305
新作種がしま(三笑亭可楽)
　浜田義一郎, 武藤禎夫編　「日本小咄集成下」'71 p283
　武藤禎夫編　「噺本大系14」'79 p267
楽の鱓鮎の手(井原西鶴)
　江本裕編　「西鶴選集〔4〕」'93 p148
たのしめる歌のはしがき

土岐善麿校註　「日本古典全書〔74〕」'50 p278
たのしめるたふれ歌
　土岐善麿校註　「日本古典全書〔74〕」'50 p278
頼ある桜の巻(安永七年)(与謝蕪村)
　潁原退蔵編著　「蕪村全集2」'48 p197
旅(鬼貫)
　雲英末雄, 山下一海, 丸山一彦, 松尾靖秋校注・訳　「新編日本古典文学全集72」'01 p447
旅雁(井戸川美和子)
　長沢美津編　「女人和歌大系6」'78 p532
「旅衣」付合(松尾芭蕉)
　島居清著　「芭蕉連句全註解5」'81 p323
たびしうゐ(小林一茶)
　丸山一彦校注　「一茶全集6」'76 p189
「たび寝よし」半歌仙(松尾芭蕉)
　島居清著　「芭蕉連句全註解4」'80 p355
旅寝論(向井去来)
　大内初夫校注　「校本芭蕉全集別1」'91 p252
　尾形仂, 野々村勝英, 嶋中道則編著　「大学古典叢書5」'86 p157
『旅寝論』抄(松尾芭蕉)
　井本農一ほか著　「校本芭蕉全集9」'89 p352
旅寝論・落柿舎遺書(松尾芭蕉)
　大内初夫校注　「校本芭蕉全集別1」'91 p251
旅の命毛(三枝斐子)
　古谷知新編　「江戸時代女流文学全集3」'01 p365
旅のなぐさ(賀茂真淵)
　鈴木淳校注　「新日本古典文学大系68」'97 p107
「旅人と」四十四(松尾芭蕉)
　島居清著　「芭蕉連句全註解4」'80 p189
「旅人と」の巻(松尾芭蕉)
　弥吉菅一, 赤羽学, 西村真砂子, 檀上正孝　「芭蕉紀行集2」'68 p178
「旅人と」半歌仙(松尾芭蕉)
　島居清著　「芭蕉連句全註解4」'80 p329
茶毘和讃
　高野辰之編　「日本歌謡集成4」'60 p303
多福言(上田秋成)
　「上田秋成全集12」'95 p412
玉井の物語(赤木文庫蔵絵巻)
　横山重ほか編　「室町時代物語大成8」'80 p551
玉江の橋
　芳賀矢一, 佐佐木信綱校註　「謡曲叢書2」'87 p520
玉江橋成る(葛子琴)
　水田紀久注　「江戸詩人選集6」'93 p118
玉江橋にて、武庫渓の花火を望む(葛子琴)
　水田紀久注　「江戸詩人選集6」'93 p165
玉かがみ(以空)
　宮坂宥勝校注　「日本古典文学大系83」'64 p349

玉鬘
　伊藤正義校注　「新潮日本古典集成〔59〕」'86 p319
玉葛（金春禅竹）
　芳賀矢一，佐佐木信綱校註　「謡曲叢書2」'87 p524
玉鬘（金春禅竹）
　西野春雄校注　「新日本古典文学大系57」'98 p270
玉鬘（紫式部）
　阿部秋生，小町谷照彦，野村精一，柳井滋著　「鑑賞日本の古典6」'79 p164
　阿部秋生，秋山虔，今井源衛，鈴木日出男校注・訳　「完訳日本の古典17」'85 p147
　円地文子訳　「現代語訳 日本の古典5」'79 p80
　谷崎潤一郎ほか編　「国民の文学3」'63 p373
　阿部秋生ほか校注・訳　「古典セレクション6」'98 p163
　「古典日本文学全集5」'61 p7
　石田穣二，清水好子校注　「新潮日本古典集成〔20〕」'78 p279
　柳井滋ほか校注　「新日本古典文学大系20」'94 p329
　阿部秋生，秋山虔，今井源衛，鈴木日出男校注・訳　「新編日本古典文学全集22」'96 p85
　「特選日本の古典 グラフィック版5」'86 p62
　池田亀鑑校註　「日本古典全書〔14〕」'50 p91
　阿部秋生，秋山虔，今井源衛校注・訳　「日本古典文学全集14」'72 p79
　山岸徳平校注　「日本古典文学大系15」'59 p327
　伊井春樹，日向一雅，百川敬仁（ほか）校注・訳　「日本の文学 古典編13」'86 p75
　「日本文学大系」'55 p5
玉勝間（本居宣長）
　佐佐木治綱訳　「古典日本文学全集34」'60 p37
　吉川幸次郎，佐竹昭広，日野龍夫校注　「日本思想大系40」'78 p8
玉川参登鯉伝（日浦禄）
　安藤菊二校訂　「未刊随筆百種12」'78 p441
玉川砂利（大田南畝）
　浜田義一郎，中野三敏，日野龍夫，揖斐高編　「大田南畝全集9」'87 p285
玉川余波（大田南畝）
　浜田義一郎，中野三敏，日野龍夫，揖斐高編　「大田南畝全集2」'86 p105
玉川披砂（大田南畝）
　浜田義一郎，中野三敏，日野龍夫，揖斐高編　「大田南畝全集9」'87 p333
玉菊全伝 花街鑑（鼻山人）
　「洒落本大成27」'87 p59
玉菊灯籠弁（南陀伽紫蘭）
　「洒落本大成10」'80 p101

たまきはる（健御前）
　三角洋一校注　「新日本古典文学大系50」'94 p251
玉くしげ（徳川治貞）
　家永三郎ほか校注　「日本古典文学大系97」'66 p319
玉くしげ（本居宣長）
　太田善麿訳　「古典日本文学全集34」'60 p260
玉琴
　長沢美津編　「女人和歌大系5」'78 p683
玉尽一九噺（文化五年正月刊）（十南斎一九）
　武藤禎夫編　「噺本大系14」'79 p230
多満寸太礼（辻堂非風子）
　木越治校訂　「叢書江戸文庫Ⅱ-34」'94 p5
　須永朝彦編訳　「日本古典文学幻想コレクション3」'96 p113
玉たすき（慶応義塾図書館蔵奈良絵本）
　横山重ほか編　「室町時代物語大成8」'80 p559
偶ま懐う（館柳湾）
　徳田武注　「江戸詩人選集7」'90 p267
玉津島
　芳賀矢一，佐佐木信綱校註　「謡曲叢書2」'87 p528
玉津島竜神
　芳賀矢一，佐佐木信綱校註　「謡曲叢書2」'87 p532
珠取
　芳賀矢一，佐佐木信綱校註　「謡曲叢書2」'87 p536
玉井（観世信光）
　西野春雄校注　「新日本古典文学大系57」'98 p477
　芳賀矢一，佐佐木信綱校註　「謡曲叢書2」'87 p541
玉の盃（色亭乱馬）
　林美一訳・解説　「秘籍江戸文学選7」'75 p17
玉の蝶（振鷺亭）
　伊藤千可良ほか校　「江戸時代文芸資料1」'64 p519
玉の春（小林一茶）
　矢羽勝幸注　「一茶全集8」'78 p299
玉箒木（林義喘）
　須永朝彦編訳　「日本古典文学幻想コレクション3」'96 p102
玉箒木（林九兵衛）
　「徳川文芸類聚4」'70 p171
玉磨青砥銭（山東京伝）
　「古典叢書〔3〕」'89 p129
太平記吾妻鑑玉磨青砥銭（山東京伝）
　水野稔校注　「新日本古典文学大系85」'90 p49
玉水物語

須永朝彦編訳 「日本古典文学幻想コレクション2」'96 p51
玉水物語（京都大学図書館蔵写本）
　横山重ほか編 「室町時代物語大成8」'80 p570
玉水路上（菅茶山）
　黒川洋一注 「江戸詩人選集4」'90 p53
玉虫草子（仮題）（赤木文庫蔵絵巻）
　横山重ほか編 「室町時代物語大成8」'80 p602
玉虫の草子（仮題）（赤木文庫蔵丹緑本）
　横山重ほか編 「室町時代物語大成8」'80 p599
たまむしのさうし（細川家坦堂文庫蔵天正十年写本）
　横山重ほか編 「室町時代物語大成8」'80 p585
玉虫の物がたり（赤木文庫蔵室町後期巻子本）
　横山重ほか編 「室町時代物語大成8」'80 p593
玉藻集
　長沢美津編 「女人和歌大系2」'65 p313
玉藻の草子（承応二年刊本）
　横山重ほか編 「室町時代物語大成9」'81 p58
たまものさうし（承応二年刊本）
　太田武夫校訂 「室町時代物語集4」'62 p296
玉藻の前（国会図書館蔵奈良絵本）
　横山重ほか編 「室町時代物語大成9」'81 p37
玉藻前曦袂（道春館）（梅枝軒、佐川藤太）
　河竹登志夫ほか監修 「名作歌舞伎全集4」'70 p299
玉藻前御園公服（鶴屋南北）
　広末保校注 「鶴屋南北全集8」'72 p223
玉藻前三国伝記（式亭三馬）
　「古典叢書〔8〕」'89 p195
　須永朝彦編訳 「日本古典文学幻想コレクション2」'96 p249
玉藻前物語（赤木文庫蔵文明二年写本）
　横山重ほか編 「室町時代物語大成9」'81 p13
玉藻前物語（根津美術館蔵絵巻）
　横山重ほか編 「室町時代物語大成補2」'88 p151
玉藻よし長歌（上田秋成）
　「上田秋成全集12」'95 p440
田村
　伊藤正義校注 「新潮日本古典集成〔59〕」'86 p329
　西野春雄校注 「新日本古典文学大系57」'98 p100
　小山弘志, 佐藤健一郎校注・訳 「新編日本古典文学全集58」'97 p115
　芳賀矢一, 佐佐木信綱校註 「謡曲叢書2」'87 p545
田村家深川別業和歌
　松野陽一校注 「新日本古典文学大系67」'96 p399

田村将軍初観音（近松門左衛門）
　藤井紫影校註 「近松全集（思文閣）7」'78 p413
　「近松全集（岩波）14」'91 p149
田村の草子（小野幸氏蔵室町後期写本）
　横山重ほか編 「室町時代物語大成補2」'88 p163
たむらのさうし（正保頃刊本）
　太田武夫校訂 「室町時代物語集1」'62 p214
田村の草子（天理図書館蔵古活字版本）
　横山重ほか編 「室町時代物語大成9」'81 p80
為顕卿和歌抄（京極為顕）
　佐佐木信綱編 「日本歌学大系4」'56 p108
為和集（冷泉為和）
　和歌史研究会 「私家集大成7」'76 p519
為兼卿和歌抄（京極為兼）
　福田秀一訳 「古典日本文学全集36」'62 p28
　久松潜一, 西尾実校注 「日本古典文学大系65」'51 p153
為兼卿和歌抄（藤原為兼）
　久松潜一, 増淵恒吉編 「校註日本文芸新篇〔3〕」'50 p46
為重朝臣詠草（二条為重）
　和歌史研究会 「私家集大成5」'74 p299
為相百首（藤原為相）
　井上宗雄校注・訳 「新編日本古典文学全集49」'00 p165
為尹卿集（冷泉為尹）
　和歌史研究会編 「私家集大成5」'74 p349
為忠集（二条為忠）
　和歌史研究会編 「私家集大成2」'75 p499
「ためつけて」歌仙（松尾芭蕉）
　島居清著 「芭蕉連句全註解4」'80 p317
打滅す（藤原道真）
　菅野礼行, 徳田武校注・訳 「新編日本古典文学全集86」'02 p161
　菅野礼行, 徳田武校注・訳 「新編日本古典文学全集86」'02 p162
為富卿詠（下冷泉持為）
　和歌史研究会編 「私家集大成5」'74 p406
為信集（為信）
　和歌史研究会編 「私家集大成4」'75 p661
為信集（藤原為信）
　和歌史研究会編 「私家集大成1」'73 p420
為広詠草（冷泉為広）
　和歌史研究会編 「私家集大成6」'76 p757
　和歌史研究会編 「私家集大成6」'76 p765
為広卿詠（冷泉為広）
　和歌史研究会編 「私家集大成6」'76 p762
為村卿洛陽観音三十三所御順参御詠（為村卿）
　津本信博編 「近世紀行日記文学集成1」'93 p455

為盛発心因縁集(慶応義塾図書館蔵天正十一年写本)
　横山重ほか編　「室町時代物語大成9」'81 p110
為盛発心物語(神宮文庫蔵写本)
　横山重ほか編　「室町時代物語大成9」'81 p124
為世――名水無瀬
　芳賀矢一,佐佐木信綱校註　「謡曲叢書2」'87 p551
為世集(二条為世)
　和歌史研究会編　「私家集大成7」'76 p1615
為世の草子(フォッグ美術館寄託絵巻)
　横山重ほか編　「室町時代物語大成補2」'88 p190
為頼朝臣集(藤原為頼)
　和歌史研究会編　「私家集大成1」'73 p632
袂案内
　「洒落本大成3」'79 p267
袂の白しぼり(紀海音)
　荻田清ほか編　「近世文学選〔1〕」'94 p36
　横山正校注・訳　「日本古典文学全集45」'71 p93
田安宗武
　高木市之助校注　「日本古典文学大系93」'66 p117
田安宗武歌集(田安宗武)
　土岐善麿校註　「日本古典全書〔74〕」'50 p35
「田や麦や」の詞書(松尾芭蕉)
　井本農一,弥吉菅一,横沢三郎,尾形仂校注　「校本芭蕉全集6」'89 p392
太夫桜(井原西鶴)
　穎原退蔵ほか編　「定本西鶴全集13」'50 p368
他力本願記(近松門左衛門)
　「近松全集〔岩波〕13」'91 p1
　「近松全集〔岩波〕17影印編」'94 p444
　「近松全集〔岩波〕17解説編」'94 p458
樽屋おせん(井原西鶴)
　吉井勇訳　「現代語訳　西鶴好色全集〔3〕」'53 p31
樽屋おせん物語(井原西鶴)
　吉行淳之介訳　「現代語訳　日本の古典16」'80 p28
　吉行淳之介訳　「特選日本の古典　グラフィック版8」'86 p32
浮世滑稽誰か面影(洛花塘)
　「洒落本大成補1」'88 p391
誰か袖日記(宝嘉僧)
　「洒落本大成13」'81 p11
太郎五百韻(井原西鶴)
　穎原退蔵ほか編　「定本西鶴全集13」'50 p136
太郎月の巻(安永八年)(与謝蕪村)
　穎原退蔵編著　「蕪村全集2」'48 p203
太郎花(寛政頃刊)(山東京伝)

武藤禎夫編　「噺本大系13」'79 p337
戯に校書袖笑に代りて江辛夷を憶う。乃ち吾の憶うを叙ぶるなり。二首(うち一首)(頼山陽)
　入谷仙介注　「江戸詩人選集8」'90 p48
戯れに室子の鰹魚膾の韻に和す(新井白石)
　一海知義,池沢一郎注　「江戸漢詩選2」'96 p126
戯れに西瓜を詠ず(新井白石)
　一海知義,池沢一郎注　「江戸漢詩選2」'96 p128
戯に摂州の歌を作る(頼山陽)
　入谷仙介注　「江戸詩人選集8」'90 p100
戯れに猪牙舟を咏ず　十韻(館柳湾)
　徳田武注　「江戸詩人選集7」'90 p318
戯れに豆腐を咏ず(館柳湾)
　徳田武注　「江戸詩人選集7」'90 p264
戯れに楊штат宛の十六艶中の題を賦す原四首。一を節す蓮子を拈みて鴛鴦を打つ(江馬細香)
　福島理子注　「江戸漢詩選3」'95 p18
俵藤太物語
　松本隆信校注　「新潮日本古典集成〔65〕」'80 p87
　田嶋一夫校注　「新日本古典文学大系55」'92 p85
俵藤太物語(寛永頃刊本)
　横山重ほか編　「室町時代物語大成9」'81 p142
俵藤太
　「特選日本の古典　グラフィック版別2」'86 p24
俵藤太草子(金戒光明寺蔵古絵巻)
　横山重ほか編　「室町時代物語大成9」'81 p133
たはれ草(雨森芳洲)
　水田紀久校注　「新日本古典文学大系99」'00 p37
多波礼草(雨森芳洲)
　関根正直ほか監修　「日本随筆大成Ⅱ-13」'74 p183
湛海
　芳賀矢一,佐佐木信綱校註　「謡曲叢書2」'87 p556
譚海(津村淙庵)
　須永朝彦編訳　「日本古典文学幻想コレクション3」'96 p242
短歌行(服部南郭)
　山本和義,横山弘注　「江戸詩人選集3」'91 p57
短華蘂木
　「徳川文芸類聚5」'70 p343
短華蘂葉(蘆橘庵田宮仲宣)
　「洒落本大成13」'81 p281
短歌選格
　久曽神昇編　「日本歌学大系別9」'92 p5

たんか　　　　　　　　　　　　作品名

短歌撰格（橘守部）
　　「万葉集古註釈集成19」'91 p5
短歌選格（橘守部）
　　久曽神昇編　「日本歌学大系別9」'92 p333
弾琴を習ふを停む（藤原道真）
　　菅野礼行，徳田武校注・訳　「新編日本古典文学
　　全集86」'02 p134
端午（一休宗純）
　　菅野礼行，徳田武校注・訳　「新編日本古典文学
　　全集86」'02 p237
談合の相手なくては（『夜話くるひ』）（松尾芭蕉）
　　井本農一ほか著　「校本芭蕉全集9」'89 p374
端午後一日，芥元章過ぎらる。留め酌す（葛子琴）
　　水田紀久注　「江戸詩人選集6」'93 p47
丹後前司茂重歌（大江茂重）
　　和歌史研究会編　「私家集大成4」'75 p644
丹子明の松城に還るを送る（桂山彩厳）
　　菅野礼行，徳田武校注・訳　「新編日本古典文学
　　全集86」'02 p368
丹後物狂
　　芳賀矢一，佐佐木信綱校註　「謡曲叢書2」'87
　　p559
短冊の縁（天理図書館蔵写本）
　　横山重ほか編　「室町時代物語大成9」'81 p173
淡山の歌（頼山陽）
　　入谷仙介注　「江戸詩人選集8」'90 p155
丹州千年狐（近松門左衛門）
　　「近松全集（岩波）17影印編」'94 p201
　　「近松全集（岩波）17解説編」'94 p213
丹州に於ける実条公御詠草文禄三年自筆（三条西実条）
　　和歌史研究会編　「私家集大成7」'76 p1078
耽酒行，谷文卿に贈る（高野蘭亭）
　　菅野礼行，徳田武校注・訳　「新編日本古典文学
　　全集86」'02 p406
断章（安永五年）（与謝蕪村）
　　穎原退蔵編著　「蕪村全集2」'48 p169
断章冬ごもる…
　　大槻修，今井源衛，森下純昭，辛島正雄校注
　　「新日本古典文学大系26」'92 p101
誕辰口占（売茶翁）
　　末木文美士，堀川貴司注　「江戸漢詩選5」'96
　　p112
団雪もて
　　弥生菅一，赤羽学，西村真砂子，檀上正孝　「芭
　　蕉紀行集1」'78 p217
「団雪もて」詞書（松尾芭蕉）
　　井本農一，久富哲雄，村松友次，堀切実校注・訳
　　「新編日本古典文学全集71」'97 p193

「団雪もて」の詞書（松尾芭蕉）
　　井本農一，大谷篤蔵編　「校本芭蕉全集別1」'91
　　p233
淡窓詩話（広瀬淡窓）
　　中村幸彦校注　「日本古典文学大系94」'66 p349
探題于朗詠集中歌（上田秋成）
　　「上田秋成全集12」'95 p173
探題于朗詠集中歌（異文）（上田秋成）
　　「上田秋成全集12」'95 p182
胆大小心録（上田秋成）
　　「上田秋成全集9」'92 p129
　　「上田秋成全集9」'92 p131
　　中村幸彦校注　「日本古典文学大系56」'59 p249
〔胆大小心録〕（異文四）（上田秋成）
　　「上田秋成全集9」'92 p259
胆大小心録（異文二）（上田秋成）
　　「上田秋成全集9」'92 p246
胆大小心録異本（異文三）（上田秋成）
　　「上田秋成全集9」'92 p255
胆大小心録　書おきの事（異文一）（上田秋成）
　　「上田秋成全集9」'92 p238
壇那山人芸舎集（大田南畝）
　　浜田義一郎，中野三敏，日野龍夫，揖斐高編
　　「大田南畝全集1」'85 p447
歎異抄
　　増谷文雄訳　「古典日本文学全集15」'61 p163
歎異抄（親鸞）
　　名畑応順，多屋頼俊，兜木正亨，新間進一校注
　　「日本古典文学大系82」'64 p191
歎異抄（唯円）
　　五味重編　「鑑賞日本古典文学20」'77 p21
　　伊藤博之校注　「新潮日本古典集成〔50〕」'81 p9
　　安良岡康作校注・訳　「新編日本古典文学全集44」
　　'95 p529
　　松野純孝訳・注　「全対訳日本古典新書〔10〕」'77
　　p11
　　安良岡康作校注　「対訳古典シリーズ〔16〕」'88
　　p9
　　神田秀夫，永積安明，安良岡康作校注・訳　「日
　　本古典文学全集27」'71 p527
鹿子餅後編譚嚢（木室卯雲）
　　武藤禎夫編　「噺本大系11」'79 p119
鹿子餅後編譚嚢（馬場雲壺序跋）
　　浜田義一郎，武藤禎夫編　「日本小咄集成下」'71
　　p65
壇の浦（中巌円月）
　　菅野礼行，徳田武校注・訳　「新編日本古典文学
　　全集86」'02 p224
壇の浦合戦記（頼山陽）
　　青木信光編　「文化文政江戸発禁文庫6」'83
　　p129

壇浦兜軍記(文耕堂，長谷川千四)
　　横山正校注・訳 「日本古典文学全集45」'71 p347
壇浦兜軍記(阿古屋琴責)(長谷川千四ほか)
　　河竹登志夫ほか監修 「名作歌舞伎全集3」'68 p99
壇の浦行(頼山陽)
　　入谷仙介注 「江戸詩人選集8」'90 p26
壇の浦の行(広瀬旭荘)
　　岡村繁注 「江戸詩人選集9」'91 p192
丹波興作待夜のこむろぶし(近松門左衛門)
　　藤井紫影校註 「近松全集(思文閣)8」'78 p539
　　樋口慶千代著 「評釈江戸文学叢書3」'70 p117
丹波与作待夜の小室節(近松門左衛門)
　　井口洋校注 「新日本古典文学大系91」'93 p131
丹波与作待夜のこむろぶし(近松門左衛門)
　　大橋正叔校注・訳 「新編日本古典文学全集74」'97 p337
　　「近松全集(岩波)5」'86 p163
　　「近松全集(岩波)17影印編」'94 p236
　　「近松全集(岩波)17解説編」'94 p251
丹波与作(丹波与作待夜のこむろぶし)(近松門左衛門)
　　「近松全集(岩波)17影印編」'94 p241
　　「近松全集(岩波)17解説編」'94 p258
丹波与作待夜の小室節(近松門左衛門)
　　大久保忠国編 「鑑賞日本古典文学29」'75 p89
　　高野正巳校註 「日本古典全書〔95〕」'51 p217
　　森修，鳥越文蔵，長友千代治校注・訳 「日本古典文学全集43」'72 p435
　　重友毅校注 「日本古典文学大系49」'58 p91
檀風(伝・世阿弥)
　　小山弘志，佐藤健一郎校注・訳 「新編日本古典文学全集59」'98 p394
　　芳賀矢一，佐佐木信綱校註 「謡曲叢書2」'87 p566
団袋(井原西鶴)
　　穎原退蔵ほか編 「定本西鶴全集13」'50 p323
断片(安永三年)(与謝蕪村)
　　穎原退蔵編著 「蕪村全集2」'48 p140
暖流(五島美代子)
　　長沢美津編 「女人和歌大系6」'78 p492
(兒童句稿八)甲辰壇林曾句記
　　「俳書叢刊8」'88 p501
談林十百韻(田代松意編)
　　乾裕幸校注 「新日本古典文学大系69」'91 p429
談林俳諧批判
　　「俳書叢刊3」'88 p383
談林利口雀
　　宮尾しげを校注 「秘籍江戸文学選8」'75 p119
歎老行(高野蘭亭)

　　菅野礼行，徳田武校注・訳 「新編日本古典文学全集86」'02 p408
歎老辞(也有)
　　雲英末雄，山下一海，丸山一彦，松尾靖秋校注・訳 「新編日本古典文学全集72」'01 p515
談話筆記(横井小楠)
　　佐藤昌介，植手通有，山口宗之校注 「日本思想大系55」'71 p495

【 ち 】

〔治安万寿頃〕或所歌合
　　「平安朝歌合大成2」'95 p800
契情手管智恵鏡(雲楽山人)
　　「洒落本大成12」'81 p183
智恵内子
　　棚橋正博，鈴木勝忠，宇田敏彦注解 「新編日本古典文学全集79」'99 p548
千頴集(別田千頴)
　　和歌史研究会編 「私家集大成1」'73 p509
千蔭につかはす(荷田蒼生子)
　　古谷知新編 「江戸時代女流文学全集3」'01 p656
おしゅん伝兵衛近頃河原の達引
　　樋口慶千代著 「評釈江戸文学叢書4」'70 p739
近頃河原の達引(堀川)(為川宗輔，筒井半二，奈河七五三助)
　　河竹登志夫ほか監修 「名作歌舞伎全集7」'69 p257
ちか頃のたい詠の哥とも(上田秋成)
　　「上田秋成全集12」'95 p354
血かたひら(上田秋成)
　　「上田秋成全集8」'93 p148
　　「上田秋成全集8」'93 p243
　　「上田秋成全集8」'93 p326
血かたびら(上田秋成)
　　「上田秋成全集8」'93 p275
　　高田衛，中村博保校注・訳 「完訳日本の古典57」'83 p221
　　谷崎潤一郎ほか編 「国民の文学17」'64 p73
　　美山靖校注 「新潮日本古典集成〔76〕」'80 p12
　　中村幸彦，高田衛校注・訳 「新編日本古典文学全集78」'95 p423
　　浅野三平訳・注 「全対訳日本古典新書〔14〕」'81 p12
　　重友毅校註 「日本古典全書〔106〕」'57 p184
　　中村幸彦，高田衛，中村博保校注・訳 「日本古典文学全集48」'73 p477
　　中村幸彦校注 「日本古典文学大系56」'59 p145

血かたびら(現代語訳)(上田秋成)
　高田衛, 中村博保校注・訳 「完訳日本の古典57」 '83 p221
親俊詠草(蜷川親俊)
　和歌史研究会編 「私家集大成7」 '76 p717
座笑産後編近目貫(安永二年間三月序)(稲穂)
　武藤禎夫編 「噺本大系9」 '79 p185
「力すまふ」歌仙(松尾芭蕉)
　島居清著 「芭蕉連句全註解別1」 '83 p115
力なき蝦
　谷崎潤一郎ほか編 「国民の文学1」 '64 p423
千切木
　北川忠彦ほか校注 「中世の文学 第1期〔22〕」 '95 p62
竹陰の静坐(大沼枕山)
　日野龍夫注 「江戸詩人選集10」 '90 p232
竹園三十六人選
　久曽神昇編 「日本歌学大系別6」 '84 p303
竹園抄(藤原爲顕)
　佐佐木信綱編 「日本歌学大系3」 '56 p410
竹外二十八字詩(抄)(藤井竹外)
　水田紀久校注 「新日本古典文学大系64」 '97 p259
竹節(元政)
　上野洋三注 「江戸詩人選集1」 '91 p228
竹居西游集(慧鳳)
　上村観光編 「五山文学全集3」 '73 p2789
筑後河を下る(頼山陽)
　入谷仙介注 「江戸詩人選集8」 '90 p67
竹斎
　市古貞次, 野間光辰編 「鑑賞日本古典文学26」 '76 p143
　野田寿雄校註 「日本古典全書〔101〕」 '62 p27
　前田金五郎校注 「日本古典文学大系90」 '65 p89
竹斎はなし(寛文十二年頃刊)
　武藤禎夫, 岡雅彦編 「噺本大系3」 '76 p203
千種花二羽蝶々(淫水亭開好)
　青木信光編 「文化文政江戸発禁文庫3」 '83 p19
竹杖為軽
　棚橋正博, 鈴木勝忠, 宇田敏彦注解 「新編日本古典文学全集79」 '99 p568
筑前州安国山聖福禅寺語(天祥一麟)
　玉村竹二編 「五山文学新集別2」 '81 p243
筑前の道上(広瀬淡窓)
　岡村繁注 「江戸詩人選集9」 '91 p3
筑前博多年始囃詞七首の内
　志田延義編 「続日本歌謡集成2」 '61 p347
竹窓印月(葛子琴)
　水田紀久注 「江戸詩人選集6」 '93 p82
竹窓書簡(上田秋成)
　「上田秋成全集8」 '93 p15
築波山に登る(八首のうち一首)(大窪詩仏)
　揖斐高注 「江戸詩人選集5」 '90 p252
竹馬狂吟集
　木村三四吾, 井口寿校注 「新潮日本古典集成〔63〕」 '88 p9
竹風和歌抄(宗尊親王)
　和歌史研究会編 「私家集大成4」 '75 p357
竹生島
　西野春雄校注 「新日本古典文学大系57」 '98 p64
　小山弘志, 佐藤健一郎校注・訳 「新編日本古典文学全集58」 '97 p67
　芳賀矢一, 佐佐木信綱校註 「謡曲叢書2」 '87 p577
竹生島の本地(赤木文庫蔵古活字版丹緑本)
　横山重ほか編 「室町時代物語大成9」 '81 p242
竹林抄(宗祇編)
　福井久蔵編 「校註日本文芸新篇〔7〕」 '50 p19
　島津忠夫ほか校注 「新日本古典文学大系49」 '91 p1
竹林抄序(宗祇編)
　島津忠夫ほか校注 「新日本古典文学大系49」 '91 p4
竹林茶を鬻ぐ(売茶翁)
　末木文美士, 堀川貴司注 「江戸漢詩選5」 '96 p78
稚児今参り(西尾市立図書館岩瀬文庫蔵奈良絵本)
　横山重ほか編 「室町時代物語大成9」 '81 p248
稚児今参物語絵巻(室町後期絵巻)
　横山重ほか編 「室町時代物語大成補2」 '88 p205
雉岡随筆(五十嵐篤好)
　関根正直ほか監修 「日本随筆大成II-6」 '74 p1
児を哭す, 姉に代る(田能村竹田)
　徳田武注 「江戸漢詩選1」 '96 p105
稚児観音縁起
　浜中修編著 「大学古典叢書8」 '89 p22
稚児観音縁起(伝土佐吉光画絵巻複製)
　横山重ほか編 「室町時代物語大成補2」 '88 p234
治国
　芳賀矢一, 佐佐木信綱校註 「謡曲叢書3」 '87 p160
治国家根元(伝 本多正信)
　奈良本辰也校注 「日本思想大系38」 '76 p7
児の恭を悼む 四首(うち一首)(服部南郭)
　山本和義, 横山弘注 「江戸詩人選集3」 '91 p142

児物語部類（大田南畝）
　浜田義一郎，中野三敏，日野龍夫，揖斐高編
　　「大田南畝全集19」'89 p593
児流鏑馬
　北川忠彦ほか校注　「中世の文学 第1期〔22〕」'95
　　p248
千里集（大江千里）
　和歌史研究会編　「私家集大成1」'73 p108
「ちさはまだ」の詞書（松尾芭蕉）
　井本農一，弥吉菅一，横沢三郎，尾形仂校注
　　「校本芭蕉全集6」'89 p527
千々廼屋集（千種有功）
　「国歌大系19」'76 p599
智証大師和讃（藤原通憲）
　高野辰之編　「日本歌謡集成4」'60 p22
千嶷洋を過ぎて、雲仙子を懐うこと有り（田能
　村竹田）
　徳田武注　「江戸漢詩選1」'96 p145
知心弁疑（手島堵庵）
　柴田実校注　「日本思想大系42」'71 p129
池水 橋を繞りて流る（藤原敦信）
　菅野礼行，徳田武校注・訳　「新編日本古典文学
　　全集86」'02 p166
知多万歳
　荻田清ほか編　「近世文学選〔1〕」'94 p205
父の死（一茶）
　雲英末雄，山下一海，丸山一彦，松尾靖秋校注・
　　訳　「新編日本古典文学全集72」'01 p570
父の終焉日記（小林一茶）
　丸山一彦，小林計一郎校注　「一茶全集5」'78
　　p69
　伊藤正雄校註　「日本古典全書〔83〕」'53 p237
　暉峻康隆，川島つゆ校注　「日本古典文学大系
　　58」'59 p403
父の終焉日記（抄）（小林一茶）
　揖斐高校注・訳　「日本の文学 古典編43」'86
　　p279
父の終焉日記（みとり日記）（小林一茶）
　「古典日本文学全集32」'60 p261
秩父
　芳賀矢一，佐佐木信綱校註　「謡曲叢書2」'87
　　p581
秩父順礼道中記（序）（十返舎一九）
　鶴岡節雄校注　「新版絵草紙シリーズ7」'83 p18
秩父領飢渇一揆
　森田雄一校注　「日本思想大系58」'70 p287
秩父霊場三十四ヶ所観世音御詠歌
　高野辰之編　「日本歌謡集成4」'60 p460
竹居清事 一巻（慧鳳）
　上村観光編　「五山文学全集3」'73 p2789
池亭記（慶滋保胤）

細野哲雄校註　「日本古典全書〔27〕」'70 p128
千歳法
　臼田甚五郎，新間進一，外村南都子，徳江元正校
　　注・訳　「新編日本古典文学全集42」'00 p69
千歳松の色（松夫）
　「洒落本大成29」'88 p315
千鳥
　北川忠彦，安田章　「新編日本古典文学全集60」
　　'01 p169
　北川忠彦ほか校注　「中世の文学 第1期〔22〕」'95
　　p279
　古川久校註　「日本古典全書〔92〕」'54 p13
『千鳥掛』序抄他（松尾芭蕉）
　井本農一ほか著　「校本芭蕉全集9」'89 p380
散のこり（弓屋倭文子）
　「国歌大系15」'76 p829
散のこり（油谷倭文子）
　古谷知新編　「江戸時代女流文学全集4」'01
　　p161
千引
　芳賀矢一，佐佐木信綱校註　「謡曲叢書2」'87
　　p583
地方神楽歌拾遺
　新間進一編　「続日本歌謡集成1」'64 p38
　新間進一編　「続日本歌謡集成1」'64 p319
地方歌謡類
　志田延義編　「続日本歌謡集成2」'61 p371
池無紋に贈る―余、時に居を不忍池の上に移
　す（中島棕隠）
　水田紀久注　「江戸詩人選集6」'93 p200
茶を飲ふ人に示す（上田秋成）
　「上田秋成全集9」'92 p385
茶巓座頭
　古川久校註　「日本古典全書〔92〕」'54 p282
茶瘕酔言（上田秋成）
　「上田秋成全集9」'92 p317
茶瘕酔言（異文）（上田秋成）
　「上田秋成全集9」'92 p354
茶瘕稗言（上田秋成）
　「上田秋成全集9」'92 p396
茶匙朝雀詩歌（上田秋成）
　「上田秋成全集12」'95 p341
茶山翁に贈る（頼山陽）
　入谷仙介注　「江戸詩人選集8」'90 p74
茶子味梅
　北川忠彦ほか校注　「中世の文学 第1期〔22〕」'95
　　p206
茶山老人竹杖歌 并びに序（頼山陽）
　入谷仙介注　「江戸詩人選集8」'90 p134
茶摺小木序（乙二）
　穎原退蔵著　「評釈江戸文学叢書7」'70 p782

茶筌売（与謝蕪村）
　頴原退蔵編著　「蕪村全集1」'48 p449
茶壷
　北川忠彦ほか校注　「中世の文学 第1期〔20〕」'94 p248
　古川久校註　「日本古典全書〔93〕」'56 p41
茶のこもち
　武藤禎夫編　「噺本大系10」'79 p28
茶のこもち（唐辺僕編）
　浜田義一郎，武藤禎夫編　「日本小咄集成中」'71 p319
茶の詞章（上田秋成）
　「上田秋成全集9」'92 p397
茶番の正本（琴通舎英賀）
　二村文人校訂　「叢書江戸文庫III-45」'99 p165
茶番早合点（浜田啓介，式亭三馬）
　浜田啓介校注　「新日本古典文学大系82」'98 p359
茶侶十五個（上田秋成）
　「上田秋成全集9」'92 p400
茶侶十四個（上田秋成）
　「上田秋成全集12」'95 p376
茶は煎を貴とす（上田秋成）
　「上田秋成全集9」'92 p393
中院集 為家（藤原為家）
　和歌史研究会編　「私家集大成4」'75 p471
中院也足軒詠七十六首（中院通勝）
　和歌史研究会編　「私家集大成7」'76 p911
仲街艶談（戯家山人）
　伊藤千可良ほか校　「江戸時代文芸資料1」'64 p489
　「洒落本大成17」'82 p327
中外抄（藤原忠実）
　山根対助，池上洵一校注　「新日本古典文学大系32」'97 p255
中外抄（藤原忠実談）
　後藤昭雄，池上洵一，山根対助校注　「新日本古典文学大系32」'97 p549
中華若木詩抄（如月寿印）
　大塚光信，尾崎雄二郎，朝倉尚校注　「新日本古典文学大系53」'95 p3
中歌仙
　久曽神昇編　「日本歌学大系別6」'84 p295
中巌円月作品拾遺（中巌円月）
　玉村竹二編　「五山文学新集3」'70 p633
忠喜
　北川忠彦ほか校注　「中世の文学 第1期〔22〕」'95 p294
忠義太平記大全
　「徳川文芸類聚1」'70 p203
中宮上総集（堀河院中宮上総）
　和歌史研究会編　「私家集大成2」'75 p417
忠孝永代記（森本東烏）
　伊藤千可良ほか校　「江戸時代文芸資料3」'64 p1
山崎余次兵衛将棊の段忠孝義理物語（柳亭種彦）
　「古典叢書〔38〕」'90 p343
中興新書（豊田天功）
　今井宇三郎，瀬谷義彦，尾藤正英校注　「日本思想大系53」'73 p193
注好選
　今野達校注　「新日本古典文学大系31」'97 p227
注好選原文
　馬淵和夫，小泉弘，今野達校注　「新日本古典文学大系31」'97 p397
中古歌仙
　久曽神昇編　「日本歌学大系別6」'84 p206
中国弁（浅見絅斎）
　西順蔵，阿部隆一，丸山真男校注　「日本思想大系31」'80 p416
中国論集（佐藤直方）
　西順蔵，阿部隆一，丸山真男校注　「日本思想大系31」'80 p420
中古戯場説（計魯里観主人）
　荻田清ほか編　「近世文学選〔1〕」'94 p146
　守随憲治訳　「古典日本文学全集36」'62 p237
中古雑唱集（伴信友編）
　高野辰之編　「日本歌謡集成5」'60 p457
　浅野健二校註　「日本古典全書〔86〕」'51 p185
中古雑唱集補遺
　浅野健二校註　「日本古典全書〔86〕」'51 p318
中古三十六人歌合
　久曽神昇編　「日本歌学大系別6」'84 p189
仲算
　芳賀矢一，佐佐木信綱校註　「謡曲叢書2」'87 p600
仲秋臥病雑詠（橋本左内）
　坂田新注　「江戸漢詩選4」'95 p240
中秋、月を賞す（西郷隆盛）
　坂田新注　「江戸漢詩選4」'95 p287
中秋に郷に在りて月を賞す（六如）
　黒川洋一注　「江戸詩人選集4」'90 p307
中秋の作、第四首（新井白石）
　菅野礼行，徳田武校注・訳　「新編日本古典文学全集86」'02 p315
中秋の独酌（服部南郭）
　山本和義，横山弘注　「江戸詩人選集3」'91 p144
拄杖
　北川忠彦ほか校注　「中世の文学 第1期〔22〕」'95 p137
中将姫（仮題）（山上嘉久氏蔵絵巻）

作品名　　　　　　　　　　　　　　　　　　　　　　　　ちょう

中途に春を送る（藤原道真）
　菅野礼行，徳田武校注・訳　「新編日本古典文学全集86」'02 p144
中納言兼輔集（藤原兼輔）
　和歌史研究会編　「私家集大成1」'73 p198
　和歌史研究会編　「私家集大成1」'73 p213
中納言親宗集（平親宗）
　和歌史研究会編　「私家集大成3」'74 p143
中納言俊忠卿集（藤原俊忠）
　和歌史研究会編　「私家集大成2」'75 p400
忠兵衛梅川冥途の飛脚（近松門左衛門）
　大久保忠国編　「鑑賞日本古典文学29」'75 p137
　鳥越文蔵校注・訳　「日本古典文学全集44」'75 p27
註本覺讃（慈覺大師）
　高野辰之編　「日本歌謡集成4」'60 p4
昼夜夢中鏡（古蝶）
　「洒落本大成25」'86 p85
中陵漫録（佐藤成裕）
　関根正直ほか監修　「日本随筆大成III-3」'76 p1
中陵漫録（佐藤中陵）
　須永朝彦編訳　「日本古典文学幻想コレクション1」'95 p259
忠烈三英義烈三英（上田秋成）
　「上田秋成全集12」'95 p368
忠烈三英義烈三英（異文一）（上田秋成）
　「上田秋成全集12」'95 p370
忠烈三英義烈三英（異文二）（上田秋成）
　「上田秋成全集12」'95 p372
知友録（小林一茶）
　小林計一郎校注　「一茶全集7」'77 p573
長安感懐 三首（うち一首）（服部南郭）
　山本和義，横山弘注　「江戸詩人選集3」'91 p171
長安道（服部南郭）
　山本和義，横山弘注　「江戸詩人選集3」'91 p48
聴雨外集（心田清播）
　玉村竹二編　「五山文学新集別1」'77 p661
帖外和讃（親鸞上人）
　高野辰之編　「日本歌謡集成4」'60 p84
長歌規則
　久曽神昇編　「日本歌学大系別9」'92 p12
長歌規則（源知至）
　久曽神昇編　「日本歌学大系別9」'92 p564
釣客行（服部南郭）
　菅野礼行，徳田武校注・訳　「新編日本古典文学全集86」'02 p373
調鶴集（井上文雄）
　「国歌大系20」'76 p405
澄覚法親王集（澄覚親王）

　横山重ほか編　「室町時代物語大成9」'81 p270
中将姫号法如和讃
　高野辰之編　「日本歌謡集成4」'60 p398
中将姫古跡の松（中将姫）（並木宗輔）
　河竹登志夫ほか監修　「名作歌舞伎全集6」'71 p79
中将姫本地
　渡浩一校注・訳　「新編日本古典文学全集63」'02 p395
中将姫本地（慶安四年刊本）
　太田武夫校訂　「室町時代物語集4」'62 p359
　横山重ほか編　「室町時代物語大成9」'81 p286
中しやうひめ（広島文理大国文学研究室蔵奈良絵本）
　太田武夫校訂　「室町時代物語集4」'62 p342
中将姫和讃
　高野辰之編　「日本歌謡集成4」'60 p399
中書王御詠（宗尊親王）
　和歌史研究会編　「私家集大成4」'75 p347
中書王物語（国会図書館蔵写本）
　横山重ほか編　「室町時代物語大成9」'81 p299
忠臣蔵偏痴気論（式亭三馬）
　「古典叢書〔7〕」'89 p1
　棚橋正博校訂　「叢書江戸文庫I-20」'92 p211
忠臣金短冊（並木宗助，小川丈助ほか）
　平田澄子校訂　「叢書江戸文庫I-10」'91 p319
忠信―古名空腹
　芳賀矢一，佐佐木信綱校註　「謡曲叢書2」'87 p484
忠臣水滸伝（山東京伝）
　「古典叢書〔2〕」'89 p1
忠臣身替物語（竹本義太夫）
　「竹本義太夫浄瑠璃正本集上」'95 p423
忠臣身替物語（近松門左衛門）
　藤井紫影校註　「近松全集（思文閣）3」'78 p419
忠臣連理廻鉢植（植木屋）
　河竹登志夫ほか監修　「名作歌舞伎全集14」'70 p127
中正子（中巌円月）
　入矢義高校注　「日本思想大系16」'72 p123
疇昔の茶唐（艶示楼主人）
　「洒落本大成18」'83 p265
中竹山に寄す（藪孤山）
　菅野礼行，徳田武校注・訳　「新編日本古典文学全集86」'02 p467
中段に見る暦屋物語（井原西鶴）
　麻生磯次訳　「現代語訳西鶴全集（河出）2」'52 p51
　藤村作校訂　「訳註西鶴全集2」'47 p115
桜屋小七芸者菊の井忠孝両岸一覧（柳亭種彦）
　「古典叢書〔38〕」'90 p205

日本古典文学全集・作品名綜覧　　235

ちょう　　　　　　　　　　　　　　作品名

　和歌史研究会編　「私家集大成4」'75 p513
長歌古今集
　高野辰之編　「日本歌謡集成6」'60 p171
長歌言葉珠衣
　久曽神昇編　「日本歌学大系別9」'92 p1
長歌言葉珠衣（小國重年）
　久曽神昇編　「日本歌学大系別9」'92 p15
長歌詞珠衣（小国重年）
　「万葉集古註釈集成8」'89 p5
長歌選格
　久曽神昇編　「日本歌学大系別9」'92 p2
長歌撰格（橘守部）
　「万葉集古註釈集成17」'91 p117
長歌選格（橘守部）
　久曽神昇編　「日本歌学大系別9」'92 p239
〔長寛元年八月—二年九月〕太皇太后宮大進清輔歌合
　「平安朝歌合大成4」'96 p2139
〔長寛元年八月—二年九月〕兵庫頭頼政歌合
　「平安朝歌合大成4」'96 p2140
長寛二年八月十五夜俊恵歌林苑歌合雑載
　「平安朝歌合大成4」'96 p2136
長久元年五月六日庚申斎宮良子内親王貝合
　「平安朝歌合大成2」'95 p884
長久元年〔正月五日庚申〕一品宮修子内親王歌合
　「平安朝歌合大成2」'95 p882
〔長久頃〕橘義清歌合
　「平安朝歌合大成2」'95 p923
〔長久二年〕夏一品宮修子内親王歌合
　「平安朝歌合大成2」'95 p921
長久二年五月十二日庚申祐子内親王名所歌合
　「平安朝歌合大成2」'95 p914
長久二年四月七日権大納言師房歌合
　「平安朝歌合大成2」'95 p906
長久二年二月十二日弘徽殿女御生子歌合
　「平安朝歌合大成2」'95 p894
長卿寺
　芳賀矢一, 佐佐木信綱校註　「謡曲叢書2」'87 p588
長享本方丈記（鴨長明）
　細野哲雄校註　「日本古典全書〔27〕」'70 p97
聴玉集（烏丸光栄）
　佐佐木信綱編　「日本歌学大系6」'56 p516
長慶集を読みて、七古一篇を作り懐いを述ぶ（田能村竹田）
　徳田武注　「江戸漢詩選1」'96 p85
長元五年十月十八日上東門院彰子菊合
　「平安朝歌合大成2」'95 p818
長元八年五月十六日関白左大臣頼通歌合
　「平安朝歌合大成2」'95 p832

澄公が「病に臥して懐ひを述ぶ（嵯峨天皇）
　菅野礼行, 徳田武校注・訳　「新編日本古典文学全集86」'02 p71
長恨歌
　阿部秋生, 秋山虔, 今井源衛校注・訳　「日本古典文学全集12」'70 p441
　麻生磯次著　「傍訳古典叢書1」'54 p115
長治元年五月廿一日因幡権守重隆歌合
　「平安朝歌合大成3」'96 p1657
長治元年五月廿六日左近衛権中将俊忠歌合
　「平安朝歌合大成3」'96 p1663
長治元年五月〔廿日以前〕散位広綱歌合
　「平安朝歌合大成3」'96 p1645
長治元年五月廿日散位広綱後番歌合
　「平安朝歌合大成3」'96 p1653
長治元年五月備後守宗光歌合
　「平安朝歌合大成3」'96 p1676
長治元年六月権中納言匡房歌合
　「平安朝歌合大成3」'96 p1677
銚子口に遊び、潮来に過り、宮本庄一郎の家に宿す。是の夜、雨有り。正月六日夜（吉田松陰）
　坂田新注　「江戸漢詩選4」'95 p155
長治二年閏二月廿四日中宮篤子内親王花合
　「平安朝歌合大成3」'96 p1679
〔長治二年三月以前〕或所歌合
　「平安朝歌合大成3」'96 p1682
長治二年七月〔木工頭俊頼女子達〕歌合
　「平安朝歌合大成3」'96 p1683
〔長治二年二月十三日〕白河法皇小弓合歌
　「平安朝歌合大成3」'96 p1678
長者教
　中村幸彦校注　「日本思想大系59」'75 p7
長者なが屋（上田秋成）
　「上田秋成全集8」'93 p449
長秋詠藻（藤原俊成）
　「国歌大系10」'76 p439
　和歌史研究会編　「私家集大成3」'74 p201
　久松潜一校注　「日本古典文学大系80」'64 p255
鳥獣戯哥合物語（東京大学図書館蔵写本）
　横山重ほか編　「室町時代物語大成9」'81 p317
長承三年九月十三日中宮亮顕輔歌合
　「平安朝歌合大成4」'96 p2036
長承三年六月丹後守為忠歌合
　「平安朝歌合大成3」'96 p2032
〔長承二年九月〕一品宮禧子内親王月合
　「平安朝歌合大成3」'96 p2025
長承二年十一月十八日相撲立詩歌合
　「平安朝歌合大成3」'96 p2026
〔長承二年八月以前春〕顕輔歌合雑載
　「平安朝歌合大成3」'96 p2024

作品名　　　　　　　　　　　　　　　　　ちょう

弔初秋七日雨星（松尾芭蕉）
　井本農一，久富哲雄，村松友次，堀切実校注・訳
　「新編日本古典文学全集71」'97 p340
弔初七日雨星（松尾芭蕉）
　井本農一，弥吉菅一，横沢三郎，尾形仂校注
　「校本芭蕉全集6」'89 p514
てふ女に贈る
　弥吉菅一，赤羽学，西村真砂子，檀上正孝　「芭蕉紀行集1」'78 p213
甲駅彫青とかめ（風月楼一枝）
　「洒落本大成23」'85 p125
豕生の詩に次韻す，四首（二首を録す）（藤田東湖）
　坂田新注　「江戸漢詩選4」'95 p34
朝鮮国に使いするの命を蒙る（西郷隆盛）
　坂田新注　「江戸漢詩選4」'95 p302
朝鮮の二使，席上に瓶梅を出（山県周南）
　菅野礼行，徳田武校注・訳　「新編日本古典文学全集86」'02 p386
誂染逢山鹿子（柳亭種彦）
　「古典叢書〔38〕」'90 p1
張僧繇の翠嶂瑶林図を観る歌（荻生徂徠）
　菅野礼行，徳田武校注・訳　「新編日本古典文学全集86」'02 p325
長短解（也有）
　雲英末雄，山下一海，丸山一彦，松尾靖秋校注・訳　「新編日本古典文学全集72」'01 p497
長短抄（伝・梵灯庵）
　「俳書叢刊1」'88 p3
蝶蝶仔梅菊（鶴屋南北）
　竹柴惣太郎編　「鶴屋南北全集12」'74 p389
南駅祇園会挑灯蔵（蘭奢亭主人）
　「洒落本大成22」'84 p76
挑灯に朝貌（井原西鶴）
　江本裕編　「西鶴選集〔4〕」'93 p143
蝶夫婦（安永六年正月刊）（大田南畝）
　武藤禎夫編　「噺本大系11」'79 p3
寵殿遊歌
　臼田甚五郎，新間進一，外村南都子，徳江元正校注・訳　「新編日本古典文学全集42」'00 p86
調度歌合（彰考館蔵写本）
　横山重ほか編　「室町時代物語大成9」'81 p345
〔長徳元年〕少納言道方（〔長保三年〕中納言隆家）歌合
　「平安朝歌合大成2」'95 p724
〔長徳三年―長保元年〕五月五日左大将公季根合
　「平安朝歌合大成2」'95 p722
〔長徳二年八月―寛弘八年六月〕弘徽殿女御義子歌合
　「平安朝歌合大成2」'95 p792
〔長徳四年秋〕宰相中将斉信前栽合
　「平安朝歌合大成2」'95 p720
町人考見録（三井高房）
　中村幸彦校注　「日本思想大系59」'75 p175
町人嚢（西川如見）
　中村幸彦校注　「日本思想大系59」'75 p85
蝶の道行（傾城倭荘子）（並木五瓶）
　河竹登志夫ほか監修　「名作歌舞伎全集24」'72 p73
蝶花形恋智源氏（木村園夫，福森久助）
　鹿倉秀典，古井戸秀夫，水田かや乃校訂　「叢書江戸文庫I‐23」'89 p307
長兵衛尉
　芳賀矢一，佐佐木信綱校註　「謡曲叢書2」'87 p594
調伏曾我（宮増）
　芳賀矢一，佐佐木信綱校註　「謡曲叢書2」'87 p649
嘲仏骨表（其角）
　潁原退蔵著　「評釈江戸文学叢書7」'70 p733
調布日記（大田南畝）
　浜田義一郎，中野三敏，日野龍夫，揖斐高編　「大田南畝全集9」'87 p103
長保五年五月十五日左大臣道長歌合
　「平安朝歌合大成2」'95 p728
長宝寺よみがへりの草紙
　渡浩一校注・訳　「新編日本古典文学全集63」'02 p417
長宝寺よみかへりの草紙（長宝寺蔵永正十年写本）
　横山重ほか編　「室町時代物語大成9」'81 p351
〔長保―長和頃〕或所草合
　「平安朝歌合大成2」'95 p794
〔長保二年以前〕重之歌合
　「平安朝歌合大成2」'95 p723
〔長保四年〕十月故東三条院追善八講菊合
　「平安朝歌合大成2」'95 p726
長明集（鴨長明）
　和歌史研究会編　「私家集大成3」'74 p344
長明無名抄（鴨長明）
　佐佐木信綱編　「日本歌学大系3」'56 p277
「蝶もきて」の詞書（松尾芭蕉）
　井本農一，弥吉菅一，横沢三郎，尾形仂校注
　「校本芭蕉全集6」'89 p488
蝶鵆山崎踊（鶴屋南北）
　菊池明校訂　「鶴屋南北全集7」'73 p367
重陽後の一日，相大春　晩晴楼に招飲し，秋月の原士萌・田孟彪と同に賦す（広瀬淡窓）
　岡村繁注　「江戸詩人選集9」'91 p95
重陽に旧を懐ふ（林鵞峰）
　菅野礼行，徳田武校注・訳　「新編日本古典文学全集86」'02 p259

日本古典文学全集・作品名綜覧　　237

ちょう　　　　　　　　　　作品名

重陽の日宴の侍して、同じく（島田忠臣）
　　菅野礼行、徳田武校注・訳　「新編日本古典文学全集86」'02 p132
長暦二年九月十三日権大納言師房歌合
　　「平安朝歌合大成2」'95 p868
長暦二年晩冬権大納言師房歌合
　　「平安朝歌合大成2」'95 p876
張良
　　芳賀矢一、佐佐木信綱校註　「謡曲叢書2」'87 p597
張良（観世信光）
　　西野春雄校注　「新日本古典文学大系57」'98 p514
長六文（宗祇）
　　福井久蔵編　「校註日本文芸新篇〔7〕」'50 p106
　　奥田勲、表章、堀切実、復本一郎校注・訳　「新編日本古典文学全集88」'01 p75
　　木藤才蔵校注　「中世の文学　第1期〔10〕」'82 p109
長和四年四月八日大宰帥敦康親王歌合
　　「平安朝歌合大成2」'95 p793
勅撰集所収和泉式部歌
　　吉田幸一著　「平安文学叢刊4」'59 p647
勅撰集入集歌補遺
　　吉田幸一著　「平安文学叢刊5」'66 p188
勅選六歌仙〔戊〕
　　久曽神昇編　「日本歌学大系別6」'84 p222
勅選和歌作者目録
　　久曽神昇編　「日本歌学大系別4」'80 p95
勅題歌集
　　長沢美津編　「女人和歌大系5」'78 p727
著作堂一夕話（滝沢馬琴）
　　「古典叢書〔19〕」'90 p175
　　関根正直ほか監修　「日本随筆大成Ⅰ-10」'75 p297
千代尼句集（千代女）
　　古谷知新編　「江戸時代女流文学全集4」'01 p459
千代の春の巻（安永八年）（与謝蕪村）
　　頴原退蔵編著　「蕪村全集2」'48 p202
千代見草（伝　日遠）
　　藤井学校注　「日本思想大系57」'73 p397
樗良発句集（甫尺編）
　　「俳書叢刊9」'88 p267
ちらちら
　　谷崎潤一郎ほか編　「国民の文学1」'64 p428
「散うせぬ」の詞書（松尾芭蕉）
　　井本農一、弥吉菅一、横沢三郎、尾形仂校注　「校本芭蕉全集6」'89 p407
ちり落し
　　二村文人校訂　「叢書江戸文庫Ⅲ-45」'99 p5

地理教育鉄道唱歌（東海道）
　　志田延義編　「続日本歌謡集成5」'62 p118
地理教育鉄道唱歌（東海道）・東京地理教育電車唱歌
　　志田延義編　「続日本歌謡集成5」'62 p117
塵塚（中根香亭）
　　森銑三、北川博邦編　「続日本随筆大成4」'79 p321
ちわら早稲（中村直三）
　　古島敏雄、安芸皎一校注　「日本思想大系62」'72 p257
珍学問（享和三年正月刊）（桜川慈悲成）
　　武藤禎夫編　「噺本大系14」'79 p91
椿花文集（椿花亭定雅）
　　「俳書叢刊9」'88 p331
珍術罌粟散国（其鳳）
　　「徳川文芸類聚3」'70 p291
鎮西八郎為朝外伝椿説弓張月（滝沢馬琴）
　　「古典叢書〔9〕」'89 p9
椿説弓張月（滝沢馬琴）
　　平岩弓枝訳　「現代語訳 日本の古典20」'81 p5
　　高藤武馬訳　「古典日本文学全集27」'60 p3
　　後藤丹治校注　「日本古典文学大系60」'58 p61
　　後藤丹治校注　「日本古典文学大系61」'62 p9
鎮西八郎為朝外伝椿説弓張月拾遺（滝沢馬琴）
　　「古典叢書〔10〕」'89 p3
珍重集（井原西鶴）
　　頴原退蔵ほか編　「定本西鶴全集13」'50 p26
ちんちんぶし
　　荻田清ほか編　「近世文学選〔1〕」'94 p177

【つ】

蕉翁百回追遠集（小林一茶）
　　矢羽勝幸校注　「一茶全集8」'78 p57
追加（慶融法眼抄）（慶融）
　　佐佐木信綱編　「日本歌学大系3」'56 p402
追擬花月令（上田秋成）
　　「上田秋成全集11」'94 p361
追擬六波羅宮苑十二景歌（上田秋成）
　　「上田秋成全集12」'95 p335
追熊鈴木
　　芳賀矢一、佐佐木信綱校註　「謡曲叢書1」'87 p327
遂に奉じて芳野に遊ぶ 四首（うち二首）（頼山陽）
　　入谷仙介注　「江戸詩人選集8」'90 p118
追補（大田南畝）

浜田義一郎，中野三敏，日野龍大，揖斐高編
「大田南畝全集別」'00 p67
追慕辞（与謝蕪村）
穎原退蔵編著「蕪村全集1」'48 p423
通円
北川忠彦，安田章「新編日本古典文学全集60」
'01 p380
北川忠彦ほか校注「中世の文学 第1期〔22〕」'95
p42
仇手本後編通神蔵（小金あつ丸）
「洒落本大成22」'84 p117
通気粋語伝（山東京伝）
「古典叢書〔3〕」'89 p381
「洒落本大成15」'82 p29
通妓酒見穿（南瓜蔓人）
「洒落本大成補1」'88 p403
通客一盃記言（五岳山人）
「洒落本大成24」'85 p173
通言 総籬（山東京伝）
水野稔校注「日本古典文学大系59」'58 p353
通言総籬（山東京伝）
「古典叢書〔2〕」'89 p449
和田芳恵訳「古典日本文学全集28」'60 p91
笹川種郎著「評釈江戸文学叢書8」'70 p551
通言東至船
「洒落本大成24」'85 p133
通詩選（大田南畝）
浜田義一郎，中野三敏，日野龍大，揖斐高編
「大田南畝全集1」'85 p431
通志選（松寿軒東朝）
「洒落本大成7」'80 p159
通詩選諺解（大田南畝）
浜田義一郎，中野三敏，日野龍大，揖斐高編
「大田南畝全集1」'85 p475
通詩選笑知（大田南畝）
浜田義一郎，中野三敏，日野龍大，揖斐高編
「大田南畝全集1」'85 p401
日野龍夫校注「新日本古典文学大系84」'93
p51
通人鬼打豆
「洒落本大成10」'80 p243
通人三国師（夢中楽介）
「洒落本大成11」'81 p177
通人の寐言（桃栗山人柿発斎）
「洒落本大成11」'81 p231
通人の寐言（桃栗山人柿発齋）
伊藤千可良ほか校「江戸時代文芸資料1」'64
p219
通仁枕言葉（蓬莱山人帰橋）
「洒落本大成11」'81 p25
通仙亭に掲ぐ（売茶翁）

末木文美士，堀川貴司注「江戸漢詩選5」'96
p59
通俗雲談（雲雀亭春麿）
「洒落本大成25」'86 p163
通俗子（昌平庵渡橋）
「洒落本大成18」'83 p159
通点興（花街）
「洒落本大成11」'81 p137
通天橋茶を鬻ぐ（売茶翁）
末木文美士，堀川貴司注「江戸漢詩選5」'96
p61
通天橋茶舗を開く（売茶翁）
末木文美士，堀川貴司注「江戸漢詩選5」'96
p74
杖
臼田甚五郎，新間進一，外村南都子，徳江元正校
注・訳「新編日本古典文学全集42」'00 p32
杖突坂の落馬（松尾芭蕉）
井本農一，弥吉菅一，横沢三郎，尾形仂校注
「校本芭蕉全集6」'89 p348
井本農一，久富哲雄，村松友次，堀切実校注・訳
「新編日本古典文学全集71」'97 p215
弥吉菅一，赤羽学，西村真砂子，檀上正孝「芭
蕉紀行集2」'68 p155
杖に倚る（石川丈山）
上野洋三注「江戸詩人選集1」'91 p55
杖の竹（小林一茶）
丸山一彦校注「一茶全集6」'76 p289
「月出ば」半歌仙（松尾芭蕉）
島居清著「芭蕉連句全註解5」'81 p165
月うるみの巻（安永三年）（与謝蕪村）
穎原退蔵編著「蕪村全集2」'48 p142
月を詠ず（文武天皇）
菅野礼行，徳田武校注・訳「新編日本古典文学
全集86」'02 p28
月少女
芳賀矢一，佐佐木信綱校註「謡曲叢書2」'87
p608
月かげ（小野幸氏蔵奈良絵本）
横山重ほか編「室町時代物語大成補2」'88
p238
月瀬の梅花の勝は之を耳にすること久し。今
茲諸友を糾いて往きて観、六絶句を得。（う
ち二首）（頼山陽）
入谷仙介注「江戸詩人選集8」'90 p152
月草（正徹）
和歌史研究会編「私家集大成5」'74 p522
築島
麻原美子，北原保雄校注「新日本古典文学大系
59」'94 p155
「月代を」十六句（松尾芭蕉）

つきし　　　　　　　　　作品名

島居清著　「芭蕉連句全註解8」'82 p103
「月しろや」付合（松尾芭蕉）
　島居清著　「芭蕉連句全註解7」'82 p131
「月と泣夜」歌仙（松尾芭蕉）
　島居清著　「芭蕉連句全註解3」'80 p53
（几董句稿七）辛丑春月並句会記春夜社中
　「俳書叢刊8」'88 p447
月に漕ぐの巻（天明二年）（与謝蕪村）
　穎原退蔵編著　「蕪村全集2」'48 p252
継根振
　谷崎潤一郎ほか編　「国民の文学1」'64 p407
月の前（上田秋成）
　重友毅校註　「日本古典全書〔106〕」'57 p171
月都大内鏡（曲亭馬琴）
　「叢書江戸文庫III-48」'01 p385
「月山発句合」序抄（松尾芭蕉）
　井本農一ほか著　「校本芭蕉全集9」'89 p282
月のゆくへ（荒木田麗女）
　古谷知新編　「江戸時代女流文学全集2」'01 p1
誹諧月の夜（梢良編）
　田中善信校注　「新日本古典文学大系73」'98 p331
「月花を」付合（松尾芭蕉）
　島居清著　「芭蕉連句全註解5」'81 p273
月日の御本地
　太田武夫校訂　「室町時代物語集3」'62 p72
　横山重ほか編　「室町時代物語大成9」'81 p375
月日の本地
　太田武夫校訂　「室町時代物語集3」'62 p38
月見
　芳賀矢一、佐佐木信綱校註　「謡曲叢書2」'87 p605
月見記（家仁）
　津本信博編　「近世紀行日記文学集成1」'93 p365
月見座頭
　田中千禾夫訳　「現代語訳 日本の古典14」'80 p142
　北川忠彦、安田章　「新編日本古典文学全集60」'01 p439
　古川久校註　「日本古典全書〔92〕」'54 p293
「月見する」歌仙（松尾芭蕉）
　島居清著　「芭蕉連句全註解7」'82 p135
つきみつのさうし（古活字丹緑本）
　太田武夫校訂　「室町時代物語集3」'62 p54
つきみつのさうし（東大国文学研究室蔵古活字版丹緑本）
　横山重ほか編　「室町時代物語大成9」'81 p397
月みつ花みつ（高山市郷土館蔵写本）
　横山重ほか編　「室町時代物語大成補2」'88 p254

月夜の卯兵衛（蕪村）
　雲英末雄、山下一海、丸山一彦、松尾靖秋校注・訳　「新編日本古典文学全集72」'01 p561
月夜の卯兵衛（与謝蕪村）
　村松友次著　「鑑賞日本の古典17」'81 p324
　穎原退蔵編著　「蕪村全集1」'48 p442
月夜の偶成（三首、うち一首）（元政）
　上野洋三注　「江戸詩人選集1」'91 p249
月夜の巻（安永五年）（与謝蕪村）
　穎原退蔵編著　「蕪村全集2」'48 p168
机の記（鵜殿余野子）
　古谷知新編　「江戸時代女流文学全集3」'01 p637
机の銘（松尾芭蕉）
　井本農一、弥吉菅一、横沢三郎、尾形仂校注「校本芭蕉全集6」'89 p537
　富山奏校注　「新潮日本古典集成〔72〕」'78 p224
　井本農一、久富哲雄、村松友次、堀切実校注・訳　「新編日本古典文学全集71」'97 p333
筑紫奥
　北川忠彦ほか校注　「中世の文学 第1期〔22〕」'95 p31
　古川久校註　「日本古典全書〔91〕」'53 p101
筑紫道草（林英存）
　板坂耀子校訂　「叢書江戸文庫I-17」'91 p271
筑紫道記（宗祇）
　川添昭二、福田秀一校注　「新日本古典文学大系51」'90 p405
つくし物八種
　高野辰之編　「日本歌謡集成7」'60 p27
土筆（元政）
　上野洋三注　「江戸詩人選集1」'91 p313
「つくづくと」歌仙（松尾芭蕉）
　島居清著　「芭蕉連句全註解3」'80 p307
筑波紀行
　雪中庵蓼太校注　「新版絵草紙シリーズ9」'84 p82
筑波子家集（遠藤茂子）
　古谷知新編　「江戸時代女流文学全集4」'01 p259
筑波子家集（土岐茂子）
　「国歌大系15」'76 p847
筑波子家集（土岐筑波子）
　長沢美津編　「女人和歌大系3」'68 p104
菟玖波集（二条良基撰）
　福井久蔵校註　「日本古典全書〔76〕」'48 p31
　福井久蔵校註　「日本古典全書〔77〕」'51 p1
菟玖波集（二条良基編）
　福井久蔵編　「校註日本文芸新篇〔7〕」'50 p6
菟玖波集抄

伊地知鉄男校注 「日本古典文学大系39」'60 p37
筑波問答(二条良基)
　久松潜一訳 「古典日本文学全集36」'62 p73
　奥田勲、表章、堀切実、復本一郎校注・訳 「新編日本古典文学全集88」'01 p11
　木藤才蔵、井本農一校注 「日本古典文学大系66」'61 p69
付喪神記(国会図書館蔵絵巻)
　横山重ほか編 「室町時代物語大成9」'81 p417
付合の書を止む(『くせ物語』)(松尾芭蕉)
　井本農一ほか著 「校本芭蕉全集9」'89 p396
付肌はさるものにて(『三河小町』)(松尾芭蕉)
　井本農一ほか著 「校本芭蕉全集9」'89 p372
津島祭記(伴蒿蹊)
　風間誠史校訂 「叢書江戸文庫I-7」'93 p321
続の原(一柳軒不卜)
　大内初夫校注 「新日本古典文学大系71」'94 p21
『続の原』句合跋(松尾芭蕉)
　井本農一、弥吉菅一、横沢三郎、尾形仂校注 「校本芭蕉全集6」'89 p341
　井本農一、久富哲雄、村松友次、堀切実校注・訳 「新編日本古典文学全集71」'97 p211
続の原句合(冬の部)(岡村不卜編、松尾芭蕉評詞)
　宮本三郎、井本農一、今栄蔵、大内初夫校注 「校本芭蕉全集7」'89 p396
皷滝
　芳賀矢一、佐佐木信綱校註 「謡曲叢書2」'87 p622
つゝら文(上田秋成)
　「上田秋成全集10」'91 p33
　「上田秋成全集10」'91 p74
　「上田秋成全集10」'91 p126
　「上田秋成全集10」'91 p241
　「上田秋成全集11」'94 p379
つゝ良冊子(上田秋成)
　「上田秋成全集10」'91 p198
藤簍冊子(上田秋成)
　「上田秋成全集10」'91 p13
　「上田秋成全集10」'91 p25
　高田衛著 「鑑賞日本の古典18」'81 p273
　「国歌大系17」'76 p335
　中村博保校注 「新日本古典文学大系68」'97 p255
藤簍冊子(抄)(上田秋成)
　重友毅校註 「日本古典全書〔106〕」'57 p171
『藤簍冊子』異文の資料と考証(上田秋成)
　「上田秋成全集10」'91 p289
つづれの錦

「洒落本大成29」'88 p97
「蔦うゑて」詞書(松尾芭蕉)
　井本農一、久富哲雄、村松友次、堀切実校注・訳 「新編日本古典文学全集71」'97 p185
蔦紅葉宇都谷峠(文弥殺し)(河竹黙阿弥)
　河竹登志夫ほか監修 「名作歌舞伎全集10」'68 p139
槌
　北川忠彦ほか校注 「中世の文学 第1期〔20〕」'94 p321
土金之秘決(吉川惟足)
　平重道、阿部秋生校注 「日本思想大系39」'72 p67
土蜘蛛
　須永朝彦編訳 「日本古典文学幻想コレクション2」'96 p104
　芳賀矢一、佐佐木信綱校註 「謡曲叢書2」'87 p610
新古演劇十種の内土蜘(河竹黙阿弥)
　河竹登志夫ほか監修 「名作歌舞伎全集18」'69 p303
土ぐも(慶応義塾図書館蔵絵巻)
　横山重ほか編 「室町時代物語大成9」'81 p426
土蜘蛛草紙(仮題)(東京国立博物館蔵古絵巻)
　横山重ほか編 「室町時代物語大成9」'81 p436
土車
　芳賀矢一、佐佐木信綱校註 「謡曲叢書2」'87 p614
土御門院御集(土御門天皇)
　「国歌大系10」'76 p181
　和歌史研究会編 「私家集大成3」'74 p639
土屋主税(渡辺霞亭)
　河竹登志夫ほか監修 「名作歌舞伎全集20」'69 p101
土山を発って鈴鹿に抵る。途中風雪大いに作る。詩四首を得たり。(うち二首)(大窪詩仏)
　揖斐高注 「江戸詩人選集5」'90 p247
筒竹筒
　北川忠彦ほか校注 「中世の文学 第1期〔22〕」'95 p193
躑躅
　芳賀矢一、佐佐木信綱校註 「謡曲叢書2」'87 p619
「つゝみかねて」歌仙(松尾芭蕉)
　島居清著 「芭蕉連句全註解3」'80 p206
堤中納言集(藤原兼輔)
　和歌史研究会編 「私家集大成1」'73 p209
堤中納言物語
　三谷栄一、今井源衛編 「鑑賞日本古典文学12」'76 p5
　稲賀敬二校注・訳 「完訳日本の古典27」'87 p5

中村真一郎訳 「国民の文学6」'64 p289
臼井吉見訳 「古典日本文学全集7」'60 p213
塚原鉄雄校注 「新潮日本古典集成〔30〕」'83 p7
大槻修校注 「新日本古典文学大系26」'92 p4
稲賀敬二校注・訳 「新編日本古典文学全集17」'00 p379
池田利夫訳注 「対訳古典シリーズ〔7〕」'88 p7
松村誠一, 所弘校註 「日本古典全書〔10〕」'51 p35
三谷栄一, 稲賀敬二校注・訳 「日本古典文学全集10」'72 p425
松尾聰, 寺本直彦校注 「日本古典文学大系13」'57 p367
大槻修校注・訳 「日本の文学 古典編21」'86 p9
「日本文学大系1」'55 p467

苞山伏
　北川忠彦ほか校注 「中世の文学 第1期〔22〕」'95 p348

繁橋（小林一茶）
　矢羽勝幸校注 「一茶全集8」'78 p325

経家卿集（藤原経家）
　和歌史研究会編 「私家集大成3」'74 p324

経信卿家集（源経信）
　和歌史研究会編 「私家集大成2」'75 p328

経信卿母集（源経信母）
　「日本文学大系12」'55 p859
　長沢美津編 「女人和歌大系2」'65 p341

経衡集（藤原経衡）
　和歌史研究会編 「私家集大成2」'75 p288

経政
　芳賀矢一, 佐佐木信綱校註 「謡曲叢書2」'87 p625

経盛卿家集（平経盛）
　和歌史研究会編 「私家集大成2」'75 p761

常縁口伝和歌（A類注）
　石川常彦校注 「中世の文学 第1期〔11〕」'83 p91

津国女夫池（近松門左衛門）
　大橋正叙校注 「新日本古典文学大系92」'95 p79
　藤井紫影校註 「近松全集(思文閣)12」'78 p319
　「近松全集(岩波)12」'90 p1
　「近松全集(岩波)17影印編」'94 p418
　「近松全集(岩波)17影印編」'94 p424
　「近松全集(岩波)17影印編」'94 p427
　「近松全集(岩波)17解説編」'94 p429
　「近松全集(岩波)17解説編」'94 p437
　「近松全集(岩波)17解説編」'94 p440

津国毛及（一礎）
　「洒落本大成17」'82 p199

津の玉柏（来山）
「俳書叢刊4」'88 p445

津戸三郎（近松門左衛門）
　藤井紫影校註 「近松全集(思文閣)2」'78 p221
　「近松全集(岩波)1」'85 p653

遊角筈別荘記
　松野陽一校注 「新日本古典文学大系67」'96 p457

椿まうでの記（平春海）
　津本信博編 「近世紀行日記文学集成2」'94 p70

つばめの草子（仮題）（反町茂雄氏旧蔵絵巻）
　横山重ほか編 「室町時代物語大成9」'81 p442

「つぶつぶと」歌仙（松尾芭蕉）
　島居清著 「芭蕉連句全註解10」'83 p149

壺坂物語（筑土鈴寛氏蔵絵巻）
　太田武夫校訂 「室町時代物語集4」'62 p448

壺坂霊験記（壺坂）（加古千賀）
　河竹登志夫ほか監修 「名作歌舞伎全集7」'69 p339

つぼの碑（天理図書館蔵絵巻）
　横山重ほか編 「室町時代物語大成9」'81 p446

妻を失ひし后河内にゆける記 亡友をおもふ記 大和めくり紀行（上田秋成）
　「上田秋成全集9」'92 p43

妻鏡（無住）
　宮坂宥勝校注 「日本古典文学大系83」'64 p158

津摩加佐褊（小枝繁）
　横山邦治校訂 「叢書江戸文庫Ⅲ-41」'97 p385

裙模様沖津白浪（鶴屋南北）
　小池章太郎校注 「鶴屋南北全集11」'72 p465

津村節
　高野辰之編 「日本歌謡集成7」'60 p53

つむりの光
　棚橋正博, 鈴木勝忠, 宇田敏彦注解 「新編日本古典文学全集79」'99 p565

津守国基集（津守国基）
　和歌史研究会編 「私家集大成2」'75 p347

積情雪乳貰（乳もらい）（金沢竜玉, 西沢一鳳）
　河竹登志夫ほか監修 「名作歌舞伎全集14」'70 p253

艶占奥儀抄（洒落斎山人）
　「洒落本大成5」'79 p185

露
　芳賀矢一, 佐佐木信綱校註 「謡曲叢書2」'87 p629

露新軽口はなし（元禄十一年刊）（露五郎兵衛）
　武藤禎, 岡雅彦編 「噺本大系6」'76 p195

露色随詠集（鑁也）
　和歌史研究会編 「私家集大成3」'74 p624

御存知の軽口露がはなし（露の五郎兵衛）
　宮尾しげを校注 「秘籍江戸文学選8」'75 p119

露草双紙（不老軒転）

宇田敏彦校訂 「未刊随筆百種7」'77 p305
梅雨小袖昔八丈(髪結新三)(河竹黙阿弥)
　河竹登志夫ほか監修 「名作歌舞伎全集11」'69 p183
露殿物語
　神保五弥ほか校注・訳 「日本古典文学全集37」'71 p48
露の世(一茶)
　雲英末雄,山下一海,丸山一彦,松尾靖秋校注・訳 「新編日本古典文学全集72」'01 p590
「露冴て」二十四句(松尾芭蕉)
　島居清著 「芭蕉連句全註解4」'80 p367
露五郎兵衛新はなし(元禄十四年刊)(露五郎兵衛)
　武藤禎,岡雅彦編 「噺本大系6」'76 p222
貫之集(紀貫之)
　田中登編 「和泉古典文庫4」'87 p95
　和歌史研究会編 「私家集大成1」'73 p276
　和歌史研究会編 「私家集大成1」'73 p301
　和歌史研究会編 「私家集大成1」'73 p304
　木村正中校注 「新潮日本古典集成〔11〕」'88 p51
　「日本文学大系11」'55 p247
　長連恒編 「日本文学大系12」'55 p729
貫之集遺文
　萩谷朴著 「日本古典評釈・全注釈叢書〔1〕」'67 p519
貫之全歌集(紀貫之)
　萩谷朴校註 「日本古典全書〔3〕」'50 p137
釣女(戎詣恋釣針)(河竹黙阿弥)
　河竹登志夫ほか監修 「名作歌舞伎全集24」'72 p197
釣狐
　飯沢匡訳 「国民の文学12」'64 p230
　北川忠彦ほか校注 「中世の文学 第1期〔20〕」'94 p276
釣針
　北川忠彦ほか校注 「中世の文学 第1期〔22〕」'95 p256
釣舟
　浜中修編著 「大学古典叢書8」'89 p112
鶴岡
　芳賀矢一,佐佐木信綱校註 「謡曲叢書2」'87 p634
鶴岡八幡宮蔵詠草
　斎藤茂吉校註 「日本古典全書〔71〕」'50 p109
敦賀にて(松尾芭蕉)
　井本農一,久富哲雄,村松友次,堀切実校注・訳 「新編日本古典文学全集71」'97 p276
つるがの津三階蔵(近松門左衛門)
　「近松全集(岩波)15翻刻編」'89 p319
　「近松全集(岩波)15影印編」'89 p283

鶴亀
　小山弘志,佐藤健一郎校注・訳 「新編日本古典文学全集58」'97 p108
　芳賀矢一,佐佐木信綱校註 「謡曲叢書2」'87 p632
鶴亀松竹(高安六郎氏旧蔵奈良絵本)
　横山重ほか編 「室町時代物語大成9」'81 p458
鶴亀松竹(高安六郎博士蔵奈良絵本)
　太田武夫校訂 「室町時代物語集5」'62 p105
つるかめのさうし(古梓堂文庫蔵奈良絵本)
　太田武夫校訂 「室町時代物語集5」'62 p142
鶴亀の草子(大東急記念文庫蔵奈良絵本)
　横山重ほか編 「室町時代物語大成9」'81 p455
つるかめまつたけ(高安六郎博士蔵奈良絵本)
　太田武夫校訂 「室町時代物語集5」'62 p118
鶴亀松竹物語(帝国図書館蔵絵巻)
　太田武夫校訂 「室町時代物語集5」'62 p124
剣
　臼田甚五郎,新間進一,外村南都子,徳江元正校注・訳 「新編日本古典文学全集42」'00 p37
剣巌の蒼苔(葛子琴)
　水田紀久注 「江戸詩人選集6」'93 p147
剣を撫す(二首)(亀田鵬斎)
　徳田武注 「江戸漢詩選1」'96 p17
剣の舞(上田秋成)
　重友毅校註 「日本古典全書〔106〕」'57 p177
鶴芝集二編・続編(小林一茶)
　矢羽勝幸校注 「一茶全集8」'78 p201
鶴の歩みの巻(松尾芭蕉)
　大谷篤蔵,中村俊定校注 「日本古典文学大系45」'62 p489
鶴の翁(慶応義塾図書館蔵写本)
　横山重ほか編 「室町時代物語大成9」'81 p473
新作鶴の毛衣(寛政十年正月序)
　武藤禎夫編 「噺本大系13」'79 p201
鶴の草子
　「特選日本の古典 グラフィック版別2」'86 p56
鶴の草子(寛文二年刊本)
　横山重ほか編 「室町時代物語大成9」'81 p493
鶴のさうし(小野幸氏蔵奈良絵本)
　横山重ほか編 「室町時代物語大成補2」'88 p273
鶴若
　芳賀矢一,佐佐木信綱校註 「謡曲叢書2」'87 p636
連獅子
　芳賀矢一,佐佐木信綱校註 「謡曲叢書2」'87 p640
つれづれ草(卜部兼好)
　「イラスト古典全訳〔1〕」'95 p15
　「イラスト古典全訳〔1〕」'95 p141

つれす　　　　　作品名

徒然草（卜部兼好）
　冨倉徳次郎，貴志正造編　「鑑賞日本古典文学18」'75 p121
　三木紀人著　「鑑賞日本の古典10」'80 p95
　永積安明校注・訳　「完訳日本の古典37」'86 p71
　山崎正和訳　「現代語訳 日本の古典12」'80 p5
　佐藤春夫訳　「国民の文学7」'64 p435
　臼井吉見訳　「古典日本文学全集11」'62 p247
　木藤才蔵校注　「新潮日本古典集成〔52〕」'77 p19
　久保田淳校注　「新日本古典文学大系39」'89 p75
　永積安明校注・訳　「新編日本古典文学全集44」'95 p67
　佐伯梅友訳・注　「全対訳日本古典新書〔11〕」'76 p17
　安良岡康作訳注　「対訳古典シリーズ〔17〕」'88 p13
　安良岡康作訳注　「対訳古典シリーズ〔17〕」'88 p225
　島尾敏雄訳　「特選日本の古典 グラフィック版7」'86 p5
　橘純一校註　「日本古典全書〔28〕」'47 p87
　安良岡康作著　「日本古典評釈・全注釈叢書〔22〕」'67 p17
　安良岡康作著　「日本古典評釈・全注釈叢書〔23〕」'68 p1
　神田秀夫，永積安明，安良岡康作校注・訳　「日本古典文学全集27」'71 p93
　西尾実校注　「日本古典文学大系30」'57 p89
　稲田利徳校注・訳　「日本の文学 古典編31」'86 p25
　稲田利徳校注・訳　「日本の文学 古典編32」'86 p7
　「日本文学大系2」'55 p435
つれづれ草（近松門左衛門）
　藤井紫影校註　「近松全集(思文閣)1」'78 p665
徒然草拾遺抄（黒川由純）
　「日本文学古註釈大成〔18〕」'78 p1
徒然草諸抄大成（浅香山井編）
　「日本文学古註釈大成〔19〕」'78 p2
徒然草文段抄（北村季吟）
　「日本文学古註釈大成〔20〕」'78 p1
徒然草野追（林羅山）
　「日本文学古註釈大成〔18〕」'78 p1
徒然睟か川（艶色法師）
　「洒落本大成12」'81 p155
一尼公さうし（仮題）（赤木文庫旧蔵奈良絵本）
　横山重ほか編　「室町時代物語大成2」'74 p265
浅黄緒黒小袖兵根元曾我
　「徳川文芸類聚6」'70 p16
兵根元曾我

荻田清ほか編　「近世文学選〔1〕」'94 p81

【て】

手足弁（汶村）
　頴原退蔵著　「評釈江戸文学叢書7」'70 p742
定家
　伊藤正義校注　「新潮日本古典集成〔59〕」'86 p341
　芳賀矢一，佐佐木信綱校註　「謡曲叢書2」'87 p644
定家（金春禅竹）
　西野春雄校注　「新日本古典文学大系57」'98 p107
　小山弘志，佐藤健一郎校注・訳　「新編日本古典文学全集58」'97 p325
丁亥閏六月十五日、大塩君子起を訪う。君客を謝して街に上る。此を作りて贈る。（頼山陽）
　入谷仙介注　「江戸詩人選集8」'90 p122
丁亥の仲夏、二三の知旧と同じく大津より舟に駕して八嶋の螢火を観る（石川丈山）
　上野洋三注　「江戸詩人選集1」'91 p51
贈定家卿文（西行）
　佐佐木信綱編　「日本歌学大系2」'56 p287
定家卿百番自歌合（藤原定家）
　川平ひとし校注　「新日本古典文学大系46」'91 p119
定家十体（藤原定家）
　佐佐木信綱編　「日本歌学大系4」'56 p362
定家物語（藤原定家）
　佐佐木信綱編　「日本歌学大系4」'56 p258
「貞閑尼公詠吟」「伊呂波歌」（田捨女）
　長沢美津編　「女人和歌大系3」'68 p206
莚響録（高橋宗直）
　関根正直ほか監修　「日本随筆大成III-8」'77 p155
庭訓往来
　山田俊雄校注　「新日本古典文学大系52」'96 p1
庭訓染匂車（松代柳枝）
　「徳川文芸類聚2」'70 p523
滑稽粋言 蝸潜妻（盛田小塩）
　「洒落本大成24」'85 p193
亭子院歌合 延喜十三年 宇多上皇御判
　峯岸義秋校註　「日本古典全書〔73〕」'47 p74
亭子院歌合
　「国歌大系9」'76 p829
亭子院女郎花合

小沢正夫, 松田成穂校注・訳 「新編日本古典文学全集11」'94 p481
　　小沢正夫校注・訳 「日本古典文学全集7」'71 p469
丁巳封事（藤田幽谷）
　　今井宇三郎, 瀬谷義彦, 尾藤正英校注 「日本思想大系53」'73 p25
庭生
　　臼田甚五郎, 新間進一, 外村南都子, 徳江元正校注・訳 「新編日本古典文学全集42」'00 p127
堤醒紀談（山崎美成）
　　関根正直ほか監修 「日本随筆大成Ⅱ-2」'73 p55
庭前八景（近松門左衛門）
　　「近松全集（岩波）17解説編」'94 p22
庭岬　風の字を得たり（元政）
　　上野洋三注 「江戸詩人選集1」'91 p323
丁丑元旦。豊浦客中の作（二首、うち一首）（原采蘋）
　　福島理子注 「江戸漢詩選3」'95 p122
丁丑掌記（大田南畝）
　　浜田義一郎, 中野三敏, 日野龍夫, 揖斐高編 「大田南畝全集別」'00 p3
庭中の花卉を分ち、杜鵑花を賦し得たり（葛子琴）
　　水田紀久注 「江戸詩人選集6」'93 p146
貞徳翁の記（松永貞徳）
　　小高道子校注・訳 「新編日本古典文学全集82」'00 p13
貞徳終焉記奥書（与謝蕪村）
　　穎原退蔵編著 「蕪村全集1」'48 p408
剃髪時の吟（『みかへり松』）（松尾芭蕉）
　　井本農一ほか著 「校本芭蕉全集9」'89 p385
丁未四月十日、寿福方丈、無（義堂周信）
　　菅野礼行, 徳田武校注・訳 「新編日本古典文学全集86」'02 p225
丁未の除夕（市河寛斎）
　　揖斐高注 「江戸詩人選集5」'90 p53
丁未の中秋、諸子と明光浦に泛ぶ（祇園南海）
　　山本和義, 横山弘注 「江戸詩人選集3」'91 p212
丁卯中秋、痢を患う。枕上、三律を賦し、藤志州に寄す（うち二首）（成島柳北）
　　日野龍夫注 「江戸詩人選集10」'90 p69
底本奥書所載以外の諸本出入歌
　　小島吉雄校註 「日本古典全書〔72〕」'59 p413
貞明皇后御歌謹解（貞明皇后）
　　長沢美津編 「女人和歌大系4」'78 p23
　　（几董句稿五）丁酉之句帖 巻六
　　「俳書叢刊8」'88 p275
手柄岡持

棚橋正博, 鈴木勝忠, 宇田敏彦注解 「新編日本古典文学全集79」'99 p535
当穐八幡祭（鶴屋南北）
　　浦山政雄校注 「鶴屋南北全集3」'72 p85
当秋八幡祭（鶴屋南北）
　　「徳川文芸類聚6」'70 p368
適意（田能村竹田）
　　徳田武注 「江戸漢詩選1」'96 p103
『出来斎京土産』巻七
　　浜中修編著 「大学古典叢書8」'89 p119
適塾の諸友と桜社に遊ぶ（橋本左内）
　　坂田新注 「江戸漢詩選4」'95 p216
擲銭青楼占（金毘羅山人）
　　「洒落本大成5」'79 p111
いめばの巻（安永三年）（与謝蕪村）
　　穎原退蔵編著 「蕪村全集2」'48 p124
手段詰物娼妓絹籭（山東京伝）
　　「古典叢書〔2〕」'89 p369
　　笹川種郎著 「評釈江戸文学叢書8」'70 p613
てこくま物語（上巻 松蔭女子学院大学蔵絵巻 下巻 東京国立博物館蔵絵巻）
　　横山重ほか編 「室町時代物語大成9」'81 p524
出頽題（安永二年夏序）
　　武藤禎夫編 「噺本大系9」'79 p276
手代袖算盤
　　伊га千可良ほか校 「江戸時代文芸資料3」'64 p297
鉄枴山歌（清田儋叟）
　　菅野礼行, 徳田武校注・訳 「新編日本古典文学全集86」'02 p427
「鉄橋に」付合（松尾芭蕉）
　　島居清著 「芭蕉連句全註解2」'79 p120
徹書記物語（正徹物語 上）（正徹）
　　佐佐木信綱編 「日本歌学大系5」'57 p220
手ならひ（上田秋成）
　　「上田秋成全集12」'95 p143
手習（紫式部）
　　阿部秋生, 小町谷照彦, 野村精一, 柳井滋著 「鑑賞日本の古典6」'79 p474
　　阿部秋生, 秋山虔, 今井源衛, 鈴木日出男校注・訳 「完訳日本の古典23」'88 p147
　　円地文子訳 「現代語訳 日本の古典5」'79 p160
　　谷崎潤一郎ほか編 「国民の文学4」'63 p490
　　阿部秋生ほか校注・訳 「古典セレクション16」'98 p129
　　「古典日本文学全集6」'62 p259
　　石田穣二, 清水好子校注 「新潮日本古典集成〔25〕」'85 p171
　　柳井滋ほか校注 「新日本古典文学大系23」'97 p319

阿部秋生，秋山虔，今井源衛，鈴木日出男校注・訳 「新編日本古典文学全集25」'98 p277
「特選日本の古典 グラフィック版5」'86 p136
池田亀鑑校註 「日本古典全書〔18〕」'55 p151
阿部秋生，秋山虔，今井源衛校注・訳 「日本古典文学全集17」'76 p265
山岸徳平校注 「日本古典文学大系18」'63 p337
伊井春樹，日向一雅，百川敬仁（ほか）校注・訳 「日本の文学 古典編16」'87 p213
「日本文学大系6」'55 p444

手前勝手 御存商売物（北尾政演）
水野稔校注 「日本古典文学大系59」'58 p87

てりはにわか
荻田清ほか編 「近世文学選〔1〕」'94 p227

手練偽なし（大田南畝）
浜田義一郎，中野三敏，日野龍夫，揖斐高編 「大田南畝全集7」'86 p405

出羽弁集（出羽弁）
和歌史研究会編 「私家集大成2」'75 p271
長沢美津編 「女人和歌大系2」'65 p301

天隠和尚文集（天隠龍澤）
玉村竹二編 「五山文学新集5」'71 p979

天隠竜沢作品拾遺（天隠龍澤）
玉村竹二編 「五山文学新集5」'71 p1217

〔天永元年閏七月以前〕參議顕実歌合
「平安朝歌合大成3」'96 p1712

天永元年四月廿九日右近衛中将師時山家五番歌合
「平安朝歌合大成3」'96 p1702

天永三年正月或所歌合
「平安朝歌合大成3」'96 p1720

〔天永二年十二月以前権中納言匡房〕歌合雑載
「平安朝歌合大成3」'96 p1717

〔天永二年十二月以前春権中納言匡房〕歌合
「平安朝歌合大成3」'96 p1713

〔天永二年十二月以前春権中納言匡房〕後番歌合
「平安朝歌合大成3」'96 p1715

〔天永二年十二月以前〕或所草合
「平安朝歌合大成3」'96 p1719

〔天延元年七月―天元二年六月〕后宮〔媓子〕草合
「平安朝歌合大成1」'95 p599

天縁奇遇（柳亭種彦）
「古典叢書〔29〕」'90 p355

田園雑興（四首，うち二首）（中島棕隠）
水田紀久注 「江戸詩人選集6」'93 p198

天延三年三月十日一条中納言為光歌合
「平安朝歌合大成1」'95 p569

天延三年二月十七日庚申堀河権中納言朝光歌合

「平安朝歌合大成1」'95 p562

田家（伊藤仁斎）
菅野礼行，徳田武校注・訳 「新編日本古典文学全集86」'02 p294

澱河歌（与謝蕪村）
「古典日本文学全集32」'60 p195
揖斐高校注・訳 「日本の文学 古典編43」'86 p124

田楽歌謡
高野辰之編 「日本歌謡集成5」'60 p221

田家雑興（秋山玉山）
菅野礼行，徳田武校注・訳 「新編日本古典文学全集86」'02 p395

澱河の夜泊，鵙を聴く（秋山玉山）
徳田武注 「江戸詩人選集2」'92 p290

点巻（松尾芭蕉）
島居清校注 「校本芭蕉全集5」'89 p335

天喜元年五月近江守泰憲三井寺歌合
「平安朝歌合大成2」'95 p1065

天喜元年東宮女御馨子内親王歌合
「平安朝歌合大成2」'95 p1064

天喜元年八月越中守頼家名所歌合
「平安朝歌合大成2」'95 p1067

天喜元年六条院禖子内親王歌合
「平安朝歌合大成2」'95 p1063

〔天喜五年〕九月十三日六条斎院禖子内親王歌合
「平安朝歌合大成2」'95 p1185

〔天喜三―五年五月〕六条斎院禖子内親王歌合
「平安朝歌合大成2」'95 p1177

天喜三年五月三日庚申六条斎院禖子内親王物語歌合
「平安朝歌合大成2」'95 p1094

天喜三年五月三日六条斎院禖子内親王家歌合
池田利夫訳注 「対訳古典シリーズ〔7〕」'88 p198

天喜二年秋蔵人所歌合
「平安朝歌合大成2」'95 p1081

天喜二年秋播磨守兼房歌合
「平安朝歌合大成2」'95 p1082

伝教大師和讃
新間進一編 「続日本歌謡集成1」'64 p167

天慶二年二月二十九日紀貫之家歌合（紀貫之）
萩谷朴校註 「日本古典全書〔3〕」'50 p122

天慶二年二月廿八日貫之歌合
「平安朝歌合大成1」'95 p287

天慶八年梁簡ノ銘（紀貫之）
萩谷朴校註 「日本古典全書〔3〕」'50 p119

〔天慶六年七月以前〕陽成院親王二人歌合
「平安朝歌合大成1」'95 p295

〔天喜四年閏三月〕六条斎院禖子内親王歌合

「平安朝歌合大成2」'95 p1124
天喜四年五月頭中将顕房歌合
　「平安朝歌合大成2」'95 p1164
〔天喜四年五月〕六条斎院禖子内親王歌合
　「平安朝歌合大成2」'95 p1172
天喜四年四月九日庚申或所歌合
　「平安朝歌合大成2」'95 p1129
天喜四年四月卅日皇后宮寛子春秋歌合
　「平安朝歌合大成2」'95 p1132
〔天喜四年七月〕六条斎院禖子内親王歌合
　「平安朝歌合大成2」'95 p1174
〔天喜四年〕八月六条斎院禖子内親王歌合
　「平安朝歌合大成2」'95 p1181
天喜六年八月右近少将公基歌合﹅範永歌合
　「平安朝歌合大成2」'95 p1192
天狗騒動実録
　宇田敏彦校訂　「未刊随筆百種10」'77 p187
てんぐのたいり（近松門左衛門）
　「近松全集（岩波）17影印編」'94 p99
　「近松全集（岩波）17解説編」'94 p119
天狗の内裏（赤木文庫蔵寛永十一年写本）
　横山重ほか編　「室町時代物語大成9」'81 p576
天狗の内裏（信多純一氏蔵写本）
　横山重ほか編　「室町時代物語大成9」'81 p599
天狗の内裡（橋本直紀氏蔵元奈良絵本）
　横山重ほか編　「室町時代物語大成補2」'88 p293
天狗の大裏（守屋孝蔵氏蔵奈良絵本）
　太田武夫校訂　「室町時代物語集2」'62 p374
天狗の内裏（仮題）（慶応義塾図書館蔵室町後期写本）
　横山重ほか編　「室町時代物語大成9」'81 p551
てんぐのだいり（寛永正保頃刊丹緑本）
　横山重ほか編　「室町時代物語大成9」'81 p638
てんぐのたいり（明暦四年刊本）
　太田武夫校訂　「室町時代物語集2」'62 p394
〔天元五年以前〕春右近少将光昭・中務歌合
　「平安朝歌合大成1」'95 p615
天元四年四月廿六日故右衛門督斉敏君達謎合
　「平安朝歌合大成1」'95 p600
天鼓
　伊ས正義校注　「新潮日本古典集成〔59〕」'86 p353
　西野春雄校注　「新日本古典文学大系57」'98 p22
　須永朝彦編訳　「日本古典文学幻想コレクション2」'96 p113
天鼓
　芳賀矢一，佐佐木信綱校註　「謡曲叢書2」'87 p653
天皷（近松門左衛門）

藤井紫影校註　「近松全集（思文閣）6」'78 p67
伝行成筆和泉式部集切
　吉田幸一著　「平安文学叢刊4」'59 p543
伝行成筆和泉式部集切（補遺一葉）
　吉田幸一著　「平安文学叢刊5」'66 p挿1
天弘録
　森銑三，北川博邦編　「続日本随筆大成別8」'82 p27
伝国の詞 他（上杉治憲）
　奈良本辰也校注　「日本思想大系38」'76 p227
天鼓〔丹州千年狐〕（近松門左衛門）
　「近松全集（岩波）3」'86 p567
伝言機（成島柳北）
　日野龍夫注　「江戸詩人選集10」'90 p90
伝西行筆和泉式部集転写本〈大阪市立大学本〉
　吉田幸一著　「平安文学叢刊5」'66 p3
伝西行筆和泉式部集続集
　吉田幸一著　「平安文学叢刊4」'59 p553
〔天治元年以前春〕雲居寺歌合雑載
　「平安朝歌合大成3」'96 p1976
〔天治元年以前春〕長実歌合
　「平安朝歌合大成3」'96 p1975
天治元年一乗院歌合
　「平安朝歌合大成3」'96 p1978
天治元年五月無動寺歌合
　「平安朝歌合大成3」'96 p1977
〔天治元年春〕権僧正永縁花林院歌合
　「平安朝歌合大成3」'96 p1941
天竺徳兵衛万里入舩（鶴屋南北）
　内山美樹子校訂　「鶴屋南北全集1」'71 p7
天智天皇（近松門左衛門）
　藤井紫影校訂　「近松全集（思文閣）3」'78 p357
　「近松全集（岩波）2」'87 p157
　「近松全集（岩波）17影印編」'94 p170
　「近松全集（岩波）17影印編」'94 p173
　「近松全集（岩波）17影印編」'94 p177
　「近松全集（岩波）17解説編」'94 p178
　「近松全集（岩波）17解説編」'94 p182
　「近松全集（岩波）17解説編」'94 p185
〔天治二年正月―天承元年十二月〕三河守為忠名所歌合
　「平安朝歌合大成3」'96 p2020
田氏の女玉蘊の画く美人読書図（梁川星巌）
　入谷仙介注　「江戸詩人選集8」'90 p202
田氏の女玉葆の画く常盤の孤を抱く図（梁川星巌）
　入谷仙介注　「江戸詩人選集8」'90 p200
田詩伯を哭す（藤原道真）
　菅野礼行，徳田武校注・訳　「新編日本古典文学全集86」'02 p149
点者の戒め（『石舎利集』）（松尾芭蕉）

てんし　　　　　　　　　作品名

井本農一ほか著　「校本芭蕉全集9」'89 p390
転重軽受法門（日蓮）
　戸頃重基，高木豊校注　「日本思想大系14」'70 p127
天十物語
　笠原一男，井上鋭夫校注　「日本思想大系17」'72 p455
天祥和尚初住薩州路黄竜山大願禅寺語録（天祥一麟）
　玉村竹二編　「五山文学新集別2」'81 p239
天祥和尚録（天祥一麟）
　玉村竹二編　「五山文学新集別2」'81 p237
　玉村竹二編　「五山文学新集別2」'81 p315
天正狂言本
　古川久校註　「日本古典全書〔93〕」'56 p231
天正十年愛宕百韻
　島津忠夫校注　「新潮日本古典集成〔62〕」'79 p315
天照大神本地（慶応義塾図書館蔵写本）
　横山重ほか編　「室町時代物語大成10」'82 p13
天神絵巻（天理図書館蔵室町末期絵巻）
　横山重ほか編　「室町時代物語大成10」'82 p32
天神縁起（仮題）（大阪天満宮蔵絵巻）
　横山重ほか編　「室町時代物語大成10」'82 p44
天神記（近松門左衛門）
　松崎仁，原道生，井口洋，大橋正叙校注　「新日本古典文学大系91」'93 p399
　藤井紫影校註　「近松全集（思文閣）10」'78 p143
　「近松全集（岩波）8」'88 p165
　「近松全集（岩波）17影印編」'94 p285
　「近松全集（岩波）17影印編」'94 p289
　「近松全集（岩波）17解説編」'94 p299
　「近松全集（岩波）17解説編」'94 p303
天神記（彰考館蔵絵巻）
　太田武夫校訂　「室町時代物語集1」'62 p317
天神御本地（赤木文庫蔵巻子本）
　横山重ほか編　「室町時代物語大成補2」'88 p317
てんしん（奈良絵本）
　太田武夫校訂　「室町時代物語集1」'62 p325
天神の本地（慶応義塾図書館蔵元奈良絵本）
　横山重ほか編　「室町時代物語大成補2」'88 p346
天神本地（仮題）（室町末期絵巻）
　横山重ほか編　「室町時代物語大成補2」'88 p379
天神本地（慶安元年刊本）
　太田武夫校訂　「室町時代物語集1」'62 p332
　横山重ほか編　「室町時代物語大成10」'82 p56
天神祭十二時（山含亭意雅栗三）

関根正直ほか監修　「日本随筆大成Ⅰ-18」'76 p455
天水抄（松永貞徳）
　「未刊連歌俳諧資料1-4」'52 p1
典座教訓（道元）
　西尾実，池田寿一訳　「古典日本文学全集14」'62 p59
天台宗常用
　高野辰之編　「日本歌謡集成4」'60 p242
天台宗法華八講有用教化
　高野辰之編　「日本歌謡集成4」'60 p180
天台大師供次第教化
　高野辰之編　「日本歌謡集成4」'60 p180
天台大師和讃（恵心僧都）
　高野辰之編　「日本歌謡集成4」'60 p7
天台智者大師画讃（顔魯公）
　高野辰之編　「日本歌謡集成4」'60 p11
天台智者大師和讃荻原鈔
　高野辰之編　「日本歌謡集成4」'60 p163
天台の麓に登りて音羽の瀑を観る（石川丈山）
　上野洋三注　「江戸詩人選集1」'91 p7
天台法華宗牛頭法門要纂（伝 最澄）
　多田厚隆，大久保良順，田村芳朗，浅井円道校注　「日本思想大系9」'73 p23
天地開闢篇（度会家行）
　大隅和雄校注　「日本思想大系19」'77 p82
天地三国之鍛治之総系図暦然帳（大永六年写本）
　太田武夫校訂　「室町時代物語集5」'62 p431
天柱記（佐藤信淵）
　尾藤正英，島崎隆夫校注　「日本思想大系45」'77 p361
天柱集 一巻（竺仙梵仙）
　上村観光編　「五山文学全集1」'73 p673
天朝蔓談（五十嵐篤好）
　関根正直ほか監修　「日本随筆大成Ⅲ-5」'77 p1
天地麗気記
　大隅和雄校注　「日本思想大系19」'77 p69
伝鶴屋南北自筆台帳〔題名不明〕（鶴屋南北）
　菊池明校注　「鶴屋南北全集9」'74 p485
点滴集巻三
　「俳書叢刊3」'88 p273
天道浮世出星操（式亭三馬）
　「古典叢書〔7〕」'89 p239
　棚橋正博校訂　「叢書江戸文庫Ⅰ-20」'92 p5
天徳三年九月十八日庚申中宮女房歌合
　「平安朝歌合大成1」'95 p368
天徳三年八月十六日内裏詩合
　「平安朝歌合大成1」'95 p362

天徳〔三年〕八月廿三日〔斎宮女御徽子女王〕前
　栽合雑載
　　「平安朝歌合大成1」'95 p366
天徳内裏歌合
　　「国歌大系9」'76 p847
　　「日本文学大系13」'55 p607
天徳内裏歌合 天徳四年 実頼判
　峯岸義秋校註　「日本古典全書〔73〕」'47 p92
〔天徳二年七月以前〕中宮歌合
　　「平安朝歌合大成1」'95 p361
天徳四年三月卅日内裏歌合
　　「平安朝歌合大成1」'95 p370
田何竜を哭す（梁田蛻巌）
　徳田武注　「江戸詩人選集2」'92 p130
添乳（一茶）
　雲英末雄，山下一海，丸山一彦，松尾靖秋校注・
　訳　「新編日本古典文学全集72」'01 p587
天仁二年三月比叡山歌合雑載
　　「平安朝歌合大成3」'96 p1693
天仁二年十一月修理大夫顕季歌合雑載
　　「平安朝歌合大成3」'96 p1696
天仁二年十月右中弁為隆歌合
　　「平安朝歌合大成3」'96 p1695
天仁二年冬右兵衛督師頼歌合
　　「平安朝歌合大成3」'96 p1699
天皇三十六人奉選
　久曽神昇編　「日本歌学大系別6」'84 p298
天王寺物狂
　芳賀矢一，佐佐木信綱校註　「謡曲叢書2」'87
　p659
点の損徳論（与謝蕪村）
　頴原退蔵編著　「蕪村全集1」'48 p432
田必清、江戸の益勤斎鐫する所の般菴の印一
顆を贈らる。戯れに賦して之れを謝す（中島
棕隠）
　水田紀久注　「江戸詩人選集6」'93 p204
田父辞（上田秋成）
　　「上田秋成全集11」'94 p60
伝伏見院勅筆の写し、今様
　新間進一編　「続日本歌謡集成1」'64 p91
田夫物語
　神保五弥ほか校注・訳　「日本古典文学全集37」
　'71 p123
天保歌（上田秋成）
　　「上田秋成全集12」'95 p251
　　「上田秋成全集12」'95 p422
伝法灌頂誦経導師教化二十八種
　高野辰之編　「日本歌謡集成4」'60 p232
天保新政録
　安藤菊二校訂　「未刊随筆百種12」'78 p11
天保風説見聞秘録

　宇田敏彦校訂　「未刊随筆百種5」'77 p145
天保六章（上田秋成）
　　「上田秋成全集12」'95 p427
天保六章解（上田秋成）
　　「上田秋成全集12」'95 p432
天満神明氷の朔日（心中刃は氷の朔日）（近松
門左衛門）
　　「近松全集（岩波）17影印編」'94 p247
　　「近松全集（岩波）17解説編」'94 p264
てんま町（只野真葛）
　古谷知新編　「江戸時代女流文学全集3」'01
　p441
天満屋おはつゑづくし（曾根崎心中）（近松門
左衛門）
　　「近松全集（岩波）17影印編」'94 p207
　　「近松全集（岩波）17解説編」'94 p220
天満天神縁起（筑波大学蔵康暦二年写本）
　横山重ほか編　「室町時代物語大成10」'82 p68
天明紀聞寛政紀聞
　宇田敏彦校訂　「未刊随筆百種2」'76 p253
天文（中島棕隠）
　水田紀久注　「江戸詩人選集6」'93 p319
天文瓊統 巻之一（渋川春海）
　中山茂校注　「日本思想大系63」'71 p109
天文本伊勢神楽歌
　新間進一編　「続日本歌謡集成1」'64 p285
田野村に過る（藤田東湖）
　坂本新注　「江戸漢詩選4」'95 p10
天宥法印追悼（松尾芭蕉）
　井本農一，弥吉菅一，横沢三郎，尾形仂校注
　　「校本芭蕉全集6」'89 p418
天宥法印追悼の文（松尾芭蕉）
　井本農一，久富哲雄，村松友次，堀切実校注・訳
　　「新編日本古典文学全集71」'97 p266
田藍田の京師に遊ぶを送る（祇園南海）
　山本和義，横山弘注　「江戸詩人選集3」'91
　p203
天理本狂言六義（下巻）
　北川忠彦ほか校注　「中世の文学 第1期〔22〕」'95
天理本狂言六義（上巻）
　北川忠彦ほか校注　「中世の文学 第1期〔20〕」'94
天暦九年閏九月内裏紅葉合
　　「平安朝歌合大成1」'95 p325
天暦七年十月廿八日内裏菊合
　　「平安朝歌合大成1」'95 p316
天暦十年五月廿九日宣耀殿御息所芳子瞿麦合
　　「平安朝歌合大成1」'95 p345
天暦十年〔三月廿九日〕斎宮女御徽子女王歌合
　　「平安朝歌合大成1」'95 p341
天暦十年〔二月廿九日〕麗景殿女御荘子女王
歌合

「平安朝歌合大成1」'95 p328
天暦十年八月十一日防城右大臣師輔前栽合
　「平安朝歌合大成1」'95 p350
〔天暦十一年以前〕秋内裏前栽合
　「平安朝歌合大成1」'95 p360
天暦十一年二月蔵人所衆歌合
　「平安朝歌合大成1」'95 p357
天暦二年九月十五日庚申陽成院一宮姫君歌合
　「平安朝歌合大成1」'95 p307
天竜川（大窪詩仏）
　揖斐高注　「江戸詩人選集5」'90 p290
天竜の火後、四州に化縁す。（義堂周信）
　菅野礼行，徳田武校注・訳　「新編日本古典文学全集86」'02 p226
天竜の河上に口号す（梁川星巌）
　入谷仙介注　「江戸詩人選集8」'90 p169
田猟（西郷隆盛）
　坂田新注　「江戸漢詩選4」'95 p289
田礼夫訪わる。時に微恙有り。治を求め、詩を求む。因りて此れを賦し贈る（葛子琴）
　水田紀久注　「江戸詩人選集6」'93 p56
天禄三年八月廿八日規子内親王前栽合
　「平安朝歌合大成1」'95 p516
天禄四年五月廿一日円融院・資子内親王乱碁歌合同六月十六日円融院勝態扇歌・同七月七日資子内親王負態扇歌
　「平安朝歌合大成1」'95 p550

【と】

藤朝臣が「春日前尚書秋公の病（小野岑守）
　菅野礼行，徳田武校注・訳　「新編日本古典文学全集86」'02 p92
藤朝臣が「春日前尚書秋公の病（嵯峨天皇）
　菅野礼行，徳田武校注・訳　「新編日本古典文学全集86」'02 p92
擣衣（祇園南海）
　山本和義，横山弘注　「江戸詩人選集3」'91 p289
「擣衣引」に和し奉る（惟氏）
　菅野礼行，徳田武校注・訳　「新編日本古典文学全集86」'02 p103
同五日、舟犬飼川を下る（田能村竹田）
　徳田武注　「江戸漢詩選1」'96 p109
藤栄
　芳賀矢一，佐佐木信綱校註　「謡曲叢書2」'87 p663
東叡に遊ぶ。常建の体に倣う（祇園南海）
　山本和義，横山弘注　「江戸詩人選集3」'91 p205
東叡に花を看る 三首（館柳湾）
　徳田武注　「江戸詩人選集7」'90 p183
東奥紀行（長久保赤水）
　津本信博編　「近世紀行日記文学集成1」'93 p405
桃岡雑記（八田知紀）
　関根正直ほか監修　「日本随筆大成III-12」'77 p481
桃花（元政）
　上野洋三注　「江戸詩人選集1」'91 p314
東海一漚集（中巌円月）
　上村観光編　「五山文学全集2」'73 p869
東海一漚集（中巌円月）
　玉村竹二編　「五山文学新集4」'70 p317
東海一漚集抄（中巌円月）
　入矢義高校注　「新日本古典文学大系48」'90 p287
東海一漚集別集 一巻（中巌円月）
　上村観光編　「五山文学全集2」'73 p1041
東海一漚余滴（中巌円月）
　上村観光編　「五山文学全集2」'73 p1086
東海一漚余滴別本（中巌円月）
　玉村竹二編　「五山文学新集4」'70 p599
東海紀行（井上通女）
　古谷知新編　「江戸時代女流文学全集1」'01 p285
　津本信博編　「近世紀行日記文学集成1」'93 p89
東海瓊華集（惟肖得巌）
　玉村竹二編　「五山文学新集2」'68 p549
　玉村竹二編　「五山文学新集2」'68 p821
　玉村竹二編　「五山文学新集2」'68 p967
類聚東海瓊花集律詩部（惟肖得巌）
　玉村竹二編　「五山文学新集2」'68 p905
東海寺
　芳賀矢一，佐佐木信綱校註　「謡曲叢書2」'87 p670
東海探語（美芳埜山人）
　「洒落本大成27」'87 p9
東海道金草鞋（十返舎一九）
　鶴岡節雄校注　「新版絵草紙シリーズ6」'82 p7
東海道中滑稽譚（天保六年秋序）（花山亭笑馬選）
　武藤禎夫編　「噺本大系16」'79 p43
東海道中膝栗毛（十辺舎一九）
　伊馬春部訳　「国民の文学17」'64 p163
東海道中膝栗毛（十返舎一九）
　杉本苑子訳　「現代語訳 日本の古典21」'80 p5
　三好一光訳　「古典日本文学全集29」'61 p75
　中村幸彦校注　「新編日本古典文学全集81」'95 p13

安岡章太郎訳　「特選日本の古典 グラフィック版12」'86 p5
笹川臨風校註　「日本古典全書〔108〕」'53 p29
中村幸彦校注　「日本古典文学全集49」'75 p39
麻生磯次校注　「日本古典文学大系62」'58 p17
武藤元昭校注・訳　「日本の文学 古典編44」'87 p29
東海道分間絵図（遠近道印）
　佐伯孝弘校訂　「叢書江戸文庫III-50」'02 p205
東海道名所記
　野田寿雄校注　「日本古典全書〔101〕」'62 p83
東海道名所記（浅井了意）
　冨士昭雄校訂　「叢書江戸文庫III-50」'02 p7
東海道四谷怪談（鶴屋南北）
　藤尾真一校注　「鶴屋南北全集11」'72 p149
東海道四谷怪談（鶴屋南北（四世））
　戸板康二編　「鑑賞日本古典文学30」'77 p309
　「古典日本文学全集26」'61 p177
　郡司正勝校注　「新潮日本古典集成〔81〕」'81 p9
東海道四谷怪談（お岩の怪談）（鶴屋南北（四世））
　河竹繁俊著　「評釈江戸文学叢書5」'70 p193
東海道四谷怪談（四谷怪談）（鶴屋南北）
　河竹登志夫ほか監修　「名作歌舞伎全集9」'69 p207
東海夜話
　古田紹欽訳　「古典日本文学全集15」'61 p257
東郭の居に題す（島田忠臣）
　菅野礼行, 徳田武校注・訳　「新編日本古典文学全集86」'02 p125
鏡歌 十八首（うち二首）（服部南郭）
　山本和義, 横山弘注　「江戸詩人選集3」'91 p3
東雅（抄）（新井白石）
　松村明校注　「日本思想大系35」'75 p101
東関記（沢庵宗彭）
　津本信博編　「近世紀行日記文学集成1」'93 p33
東関紀行
　大曽根章介, 久保田淳校注　「新日本古典文学大系51」'90 p125
　長崎健校注・訳　「新編日本古典文学全集48」'94 p105
　玉井幸助, 石田吉貞校註　「日本古典全書〔29〕」'51 p159
東岸居士（世阿弥）
　伊藤正義校注　「新潮日本古典集成〔59〕」'86 p365
　西野春雄校注　「新日本古典文学大系57」'98 p472
　芳賀矢一, 佐佐木信綱校註　「謡曲叢書2」'87 p673
東丸の書ける古今和歌集序の後に（上田秋成）

「上田秋成全集11」'94 p267
等貴和尚詠草（等貴和尚）
　和歌史研究会編　「私家集大成7」'76 p688
東帰集（天岸慧広）
　上村観光編　「五山文学全集1」'73 p1
東帰集 一巻（別源円旨）
　上村観光編　「五山文学全集1」'73 p754
冬暁（梁川紅蘭）
　福島理子注　「江戸漢詩選3」'95 p271
冬暁、三枚橋即興（大沼枕山）
　日野龍夫注　「江戸詩人選集10」'90 p234
東京地理教育電車唱第一集歌
　志田延義編　「続日本歌謡集成5」'62 p122
道口
　臼田甚五郎, 新間進一, 外村南都子, 徳江元正校注・訳　「新編日本古典文学全集42」'00 p136
道具帳（鶴屋南北（四世））
　「新潮日本古典集成〔81〕」'81 p443
塔供養諷誦導師教化
　高野辰之編　「日本歌謡集成4」'60 p210
東京詞（三十首のうち十首）（大沼枕山）
　日野龍夫注　「江戸詩人選集10」'90 p292
「冬景や」三十四句（松尾芭蕉）
　島居清著　「芭蕉連句全註解4」'80 p131
藤景和市にえき禽を売る者に逢う。其の情悲しむべし。因って雀数十を買い、帰って諸を我が庭に放つ（大典顕常）
　末木文美士, 堀川貴司注　「江戸漢詩選5」'96 p243
東郊の春興（服部南郭）
　山本和義, 横山弘注　「江戸詩人選集3」'91 p95
同国の江伯に着き、頓に之を作（釈蓮禅）
　菅野礼行, 徳田武校注・訳　「新編日本古典文学全集86」'02 p213
東国名所在名ニ付雑雑覚（三条西実条）
　和歌史研究会編　「私家集大成7」'76 p1095
藤谷和歌集（冷泉為相）
　和歌史研究会編　「私家集大成5」'74 p114
東語例（物集高世）
　「万葉集古註釈集成20」'91 p239
東斎随筆（一条兼良）
　久保田淳, 大島貴子, 藤原澄子, 松尾葦江校注　「中世の文学 第1期〔7〕」'79 p169
銅座御用留（大田南畝）
　浜田義一郎, 中野三敏, 日野龍大, 揖斐高編　「大田南畝全集17」'88 p227
嗒山送別（松尾芭蕉）
　井本農一, 弥吉菅一, 横沢三郎, 尾形仂校注　「校本芭蕉全集6」'89 p538
　井本農一, 久富哲雄, 村松友次, 堀切実校注・訳　「新編日本古典文学全集71」'97 p348

宕山の夏日（六如）
　黒川洋一注　「江戸詩人選集4」'90 p235
宕山の夏日、時有りて下に雷雨を視る（六如）
　黒川洋一注　「江戸詩人選集4」'90 p284
『当山略縁起』（清園寺）
　浜中修編著　「大学古典叢書8」'89 p70
冬至梅宝暦評判記
　「徳川文芸類聚12」'70 p296
童子教諺解（覚賢恵空編）
　山田俊雄, 入矢義高, 早苗憲生校注　「新日本古典文学大系52」'96 p321
　山田俊雄, 入矢義高, 早苗憲生校注　「新日本古典文学大系52」'96 p345
蕩子行。辻昌蔵の京に之くを送る（梁田蛻巌）
　徳田武注　「江戸詩人選集2」'92 p5
東寺修正作法教化
　高野辰之編　「日本歌謡集成4」'60 p206
唐詩笑（玩世教主編）
　中野三敏校注　「新日本古典文学大系82」'98 p45
蕩子筌枉解 五言絶句（茶釜散人）
　「洒落本大成5」'79 p9
当時珍説要秘録（馬場文耕）
　岡田哲校訂　「叢書江戸文庫Ⅰ-12」'87 p177
冬日偶題（江馬細香）
　福島理子注　「江戸漢詩選3」'95 p8
冬日故右原兆の東山の旧宅に向（釈蓮禅）
　菅野礼行, 徳田武校注・訳　「新編日本古典文学全集86」'02 p211
冬日雑興 十首（うち一首）（梁川星巌）
　入谷仙介注　「江戸詩人選集8」'90 p259
冬日雑詩 十首（うち一首）（菅茶山）
　黒川洋一注　「江戸詩人選集4」'90 p48
冬日山家即事（藤原周光）
　菅野礼行, 徳田武校注・訳　「新編日本古典文学全集86」'02 p210
冬日、書を読む（大沼枕山）
　日野龍夫注　「江戸詩人選集10」'90 p280
冬日書懐 二首（うち一首）（葛子琴）
　水田紀久注　「江戸詩人選集6」'93 p122
冬日、田士河の宅に会す（清田儋叟）
　菅野礼行, 徳田武校注・訳　「新編日本古典文学全集86」'02 p428
冬日の遊覧、分ちて三肴を得たり（野村篁園）
　徳田武注　「江戸詩人選集7」'90 p58
同志の人々（山本有三）
　河竹登志夫ほか監修　「名作歌舞伎全集25」'71 p209
童子問（伊藤仁斎）
　家永三郎ほか校注　「日本古典文学大系97」'66 p49

「童子問」原文（伊藤仁斎）
　家永三郎ほか校注　「日本古典文学大系97」'66 p201
道者和尚の明に帰るを送る（独菴玄光）
　末木文美士, 堀川貴司注　「江戸漢詩選5」'96 p3
同社を記す 五首（広瀬淡窓）
　岡村繁注　「江戸詩人選集9」'91 p77
藤十郎の恋（菊池寛）
　河竹登志夫ほか監修　「名作歌舞伎全集25」'71
稲種選択法（中村直三）
　古島敏雄, 安芸晈一校注　「日本思想大系62」'72 p260
東順の伝（松尾芭蕉）
　井本農一, 弥吉菅一, 横沢三郎, 尾形仂校注　「校本芭蕉全集6」'89 p523
　井本農一, 久富哲雄, 村松友次, 堀切実校注・訳　「新編日本古典文学全集71」'97 p346
東沼和尚語録（東沼周曮）
　玉村竹二編　「五山文学新集3」'69 p531
道成寺
　田中千禾夫訳　「現代語訳 日本の古典14」'80 p64
　「古典日本文学全集20」'62 p79
　伊藤正義校注　「新潮日本古典集成〔59〕」'86 p373
　西野春雄校注　「新日本古典文学大系57」'98 p52
　小山弘志, 佐藤健一郎校注・訳　「新編日本古典文学全集59」'98 p285
　芳賀矢一, 佐佐木信綱校註　「謡曲叢書2」'87 p446
『道成寺縁起』上・下巻
　高田衛, 稲田篤信編著　「大学古典叢書1」'85 p156
道成寺縁起（道成寺蔵古絵巻）
　横山重ほか編　「室町時代物語大成10」'82 p97
道成寺清姫和讃
　高野辰之編　「日本歌謡集成4」'60 p405
道成寺現在蛇鱗（浅田一鳥、並木宗輔）
　森地美代子校訂「叢書江戸文庫Ⅱ-37」'95 p7
道成寺物語（万治三年刊本）
　横山重ほか編　「室町時代物語大成10」'82 p104
東沼周曮作品拾遺（東沼周曮）
　玉村竹二編　「五山文学新集3」'69 p543
東勝禅寺語録（東明慧日）
　玉村竹二編　「五山文学新集別2」'81 p24
堂上連歌壇の俳諧―文明十八年和漢狂句その他（両角倉一）
　「中世文芸叢書別1」'67 p168

同所花草記(北村季吟)
　鈴鹿三七校訂　「北村季吟著作集〔1〕」'62 p21
同所奉納百首和歌(北村季吟)
　鈴鹿三七校訂　「北村季吟著作集〔1〕」'62 p59
同所らくがき(北村季吟)
　鈴鹿三七校訂　「北村季吟著作集〔1〕」'62 p31
唐人子宝
　古川久校註　「日本古典全書〔93〕」'56 p193
藤神策大将が「門を閉ぢて静(滋野貞主)
　菅野礼行, 徳田武校注・訳　「新編日本古典文学全集86」'02 p100
東心坊
　芳賀矢一, 佐佐木信綱校註　「謡曲叢書2」'87 p676
唐人髷今国姓爺(柳亭種彦)
　「古典叢書〔40〕」'90 p277
唐相撲
　北川忠彦ほか校注　「中世の文学 第1期〔20〕」'94 p283
登誓
　「洒落本大成27」'87 p225
濤声(祇園南海)
　山本和義, 横山弘注　「江戸詩人選集3」'91 p335
当世廓中掃除(玉水館)
　「洒落本大成24」'85 p299
当世軽口にがわらひ
　宮尾与男校注・訳　「日本の文学 古典編46」'87 p269
当世軽口咄揃
　浜田義一郎, 武藤禎夫編　「日本小咄集成上」'71 p137
当世気とり草(金金先生)
　「洒落本大成5」'79 p353
当世花街談義(止蔵)
　「洒落本大成1」'78 p321
当世穴さがし(顕斎主人)
　中野三敏校注　「新日本古典文学大系81」'90 p181
当世小歌集
　高野辰之編　「日本歌謡集成6」'60 p205
当世口まね笑
　武藤禎, 岡雅彦編　「噺本大系5」'75 p151
当世口まね笑(一笑軒)
　宮尾しげを校注　「秘籍江戸文学選8」'75 p93
当世杜選商(長川幸慶子)
　岡雅彦校訂　「叢書江戸文庫I-19」'90 p105
当世座持話(西邨吾友)
　「洒落本大成4」'79 p143
当世左様候(藩中館新吾三)
　「洒落本大成7」'80 p11

当世左様候(無物庵別世界)
　伊藤千可良ほか校　「江戸時代文芸資料1」'64 p45
桃青三百韻附両吟二百韻
　「俳書叢刊4」'88 p3
当世粋の源(前川来太)
　「洒落本大成14」'81 p11
当世染戯場雛形(鶴屋南北)
　浦山政雄校注　「鶴屋南北全集3」'72 p475
当世智恵鑑(都の錦)
　中嶋隆校訂　「叢書江戸文庫I-6」'89 p249
当世手打笑(延宝九年刊)
　武藤禎, 岡雅彦編　「噺本大系5」'75 p116
当世導通記(天竺老人)
　「洒落本大成11」'81 p255
当世なげ節
　高野辰之編　「日本歌謡集成6」'60 p213
当世花筏(考里正督)
　「洒落本大成25」'86 p319
当世咄嘘八百巻
　宮尾しげを校注　「秘籍江戸文学選8」'75 p119
当世はなしの本(貞享頃刊)
　武藤禎, 岡雅彦編　「噺本大系5」'75 p282
当世繁栄通宝(随羅斎)
　「洒落本大成11」'81 p53
当世風俗通(金錦佐恵流)
　「洒落本大成6」'79 p65
新版絵入当世嘔吐語(神都北溟散人其白庵雁川)
　「洒落本大成補1」'88 p87
当世名家評判記
　「徳川文芸類聚12」'70 p280
唐船
　西野春雄校注　「新日本古典文学大系57」'98 p561
　芳賀矢一, 佐佐木信綱校註　「謡曲叢書2」'87 p450
唐船噺今国性爺(近松門左衛門)
　藤井紫影校注　「近松全集(思文閣)12」'78 p567
　「近松全集(岩波)12」'90 p319
東撰和歌六帖所載歌
　斎藤茂吉校註　「日本古典全書〔71〕」'50 p108
藤三位集(大弐三位)
　和歌史研究会編　「私家集大成2」'75 p313
踏霜詩草抄(大田南畝)
　浜田義一郎, 中野三敏, 日野龍夫, 揖斐高編　「大田南畝全集6」'88 p301
投贈和答等諸詩小序 一巻(慧鳳)
　上村観光編　「五山文学全集3」'73 p2851
当代江戸百化物(馬場文耕)
　中野三敏校注　「新日本古典文学大系97」'00 p1
東台見聞誌

とうた　　　　　　　　　　　作品名

安藤菊二校訂　「未刊随筆百種11」'78 p49
当代江都百化物（馬場文耕）
　関根正直ほか監修　「日本随筆大成II-2」'73 p387
駱駝坊にて石斎に会す。多の字を得たり（元政）
　上野洋三注　「江戸詩人選集1」'91 p235
豆談語（安永年間刊）
　武藤禎夫編　「噺本大系11」'79 p342
冬暖の野望（石川丈山）
　上野洋三注　「江戸詩人選集1」'91 p59
道中亀山噺（近松半二）
　安田絹枝校訂「叢書江戸文庫III-39」'96 p379
軽井茶話道中粋語録（大田南畝）
　浜田義一郎，中野三敏，日野龍夫，揖斐高編　「大田南畝全集7」'86 p125
　「洒落本大成10」'80 p219
新彫翻案道中双六（柳亭種彦）
　「古典叢書〔39〕」'90 p329
一心五戒魂切上るり道中評判敵討（竹本義太夫）
　「竹本義太夫浄瑠璃正本集下」'95 p948
陶徴君潜 田居（服部南郭）
　山本和義，横山弘注「江戸詩人選集3」'91 p67
榻鳴暁筆序
　市古貞次校注　「中世の文学　第1期〔16〕」'92 p19
東都一流江戸節根元集（愚性菴可柳）
　宇田敏彦校訂　「未刊随筆百種5」'77 p269
切切歌（成島柳北）
　日野龍夫注　「江戸詩人選集10」'90 p9
統道真伝〔抄〕（安藤昌益）
　家永三郎ほか校注　「日本古典文学大系97」'66 p667
滕東壁を哭す 十首（うち一首）（服部南郭）
　山本和義，横山弘注「江戸詩人選集3」'91 p34
「たふとがる」付合（松尾芭蕉）
　島居清著　「芭蕉連句全註解7」'82 p307
東都歳時記（石井鼇）
　森銑三，北川博邦編「続日本随筆大成別11」'83 p115
東都四時楽（荻生徂徠）
　一海知義，池澤一郎注「江戸漢詩選2」'96 p3
東都にて弄璋の報を得たり（山県周南）
　菅野礼行，徳田武校注・訳　「新編日本古典文学全集86」'02 p386
道二翁道話（中沢道二）
　柴田実校注「日本思想大系42」'71 p207
唐に在りて昶和尚の小山を観る（空海）
　菅野礼行，徳田武校注・訳　「新編日本古典文学全集86」'02 p83
唐に在りて本郷を憶ふ（釈弁正）

菅野礼行，徳田武校注・訳　「新編日本古典文学全集86」'02 p30
藤の落葉（本居藤子）
　長沢美津編　「女人和歌大系3」'68 p315
東常縁集（東常縁）
　和歌史研究会編　「私家集大成6」'76 p121
「藤の実以前」「藤の実」（四賀光子）
　長沢美津編　「女人和歌大系6」'78 p128
多武峰延年詞章
　志田延義編　「続日本歌謡集成2」'61 p49
等伯画説（長谷川等伯）
　赤井達郎校注「日本思想大系23」'73 p697
東坡赤壁の図（市河寛斎）
　揖斐高注　「江戸詩人選集5」'90 p65
東藩日記（茅原元常）
　津本信博編　「近世紀行日記文学集成2」'94 p305
東肥の米大夫の豪潮師を送るの作に次韻す（亀井南冥）
　徳田武注　「江戸漢詩選1」'96 p299
凍鬼（大沼枕山）
　日野龍夫注　「江戸詩人選集10」'90 p271
当風連歌秘事（宗牧）
　木藤才蔵校注　「中世の文学　第1期〔14〕」'90 p385
　伊地知鐵男，表章，栗山理一校注・訳　「日本古典文学全集51」'73 p161
東福寺に遊んで茶を煮る（売茶翁）
　末木文美士，堀川貴司注　「江戸漢詩選5」'96 p80
藤袋草紙（仮題）（若林正治氏1蔵絵巻）
　横山重ほか編「室町時代物語大成11」'83 p487
東藤子讃を乞ふ（『皺筥物語』）（松尾芭蕉）
　井本農一ほか著　「校本芭蕉全集9」'89 p320
豆腐弁（許六）
　雲英末雄，山下一海，丸山一彦，松尾靖秋校注・訳　「新編日本古典文学全集72」'01 p494
湯武論（佐藤直方，三宅尚斎）
　西順蔵，阿部隆一，丸山真男校注　「日本思想大系31」'80 p216
洞房語園異本考異（石原徒流）
　関根正直ほか監修「日本随筆大成III-2」'76 p363
洞房語園後集（庄司勝富）
　関根正直ほか監修「日本随筆大成III-2」'76 p347
東方朔（金春禅鳳）
　小山弘志，佐藤健一郎校注・訳　「新編日本古典文学全集58」'97 p97
　芳賀矢一，佐佐木信綱校註　「謡曲叢書2」'87 p678

悼亡（三首）（菅茶山）
　黒川洋一注　「江戸詩人選集4」'90 p191
悼亡（三首のうち一首）（大沼枕山）
　日野龍夫注　「江戸詩人選集10」'90 p228
東北
　小山弘志，佐藤健一郎校注・訳　「新編日本古典文学全集58」'97 p247
東北―古名軒端梅
　芳賀矢一，佐佐木信綱校註　「謡曲叢書2」'87 p681
稲木抄（伴林光平）
　佐佐木信綱編　「日本歌学大系9」'58 p371
東北大学図書館蔵、今様
　新間進一編　「続日本歌謡集成1」'64 p90
東北〔別名、軒端梅・軒端・東北院・好文木〕（忠清本）
　吉田幸一著　「平安文学叢刊4」'59 p753
東北遊日記（吉田松陰）
　吉田常吉，藤田省三，西田太一郎校注　「日本思想大系54」'78 p445
胴骨（井原西鶴）
　頴原退蔵ほか編　「定本西鶴全集13」'50 p35
悼松倉嵐蘭（松尾芭蕉）
　井本農一，弥吉菅一，横沢三郎，尾形仂校注　「校本芭蕉全集6」'89 p518
　井本農一，久富哲雄，村松友次，堀切実校注・訳　「新編日本古典文学全集71」'97 p343
道明寺
　伊藤正義校注　「新潮日本古典集成〔59〕」'86 p385
　芳賀矢一，佐佐木信綱校註　「謡曲叢書2」'87 p455
答村田春海書（稲掛大平）
　佐佐木信綱編　「日本歌学大系8」'56 p125
道命阿闍利集（道命阿闍利）
　和歌史研究会編　「私家集大成1」'73 p745
東明慧日禅師住白雲山宝慶禅寺語録巻上（東明慧日）
　玉村竹二編　「五山文学新集別2」'81 p4
東明和尚語録（東明慧日）
　玉村竹二編　「五山文学新集別2」'81 p1
童蒙先習（小瀬甫庵）
　石田一良，金谷治校注　「日本思想大系28」'75 p331
童蒙話赤本事始（滝沢馬琴）
　小池正胤校注　「新日本古典文学大系83」'97 p427
玉蜀黍（菅茶山）
　黒川洋一注　「江戸詩人選集4」'90 p84
同門（元方正梼）
　玉村竹二編　「五山文学新集別2」'81 p154

答問雑稿（清水浜臣）
　関根正直ほか監修　「日本随筆大成II-18」'74 p297
同門評（松尾芭蕉）
　宮本三郎，井本農一，今栄蔵，大内初夫校注　「校本芭蕉全集7」'89 p89
冬夜（江馬細香）
　福島理子注　「江戸漢詩選3」'95 p20
冬夜（頼山陽）
　入谷仙介注　「江戸詩人選集8」'90 p161
冬夜、公倫過ぎらる。千秋尋いで至り、小飲す（葛子琴）
　水田紀久注　「江戸詩人選集6」'93 p89
冬夜、子明を訪う。子明の詩先ず成る。筆を走せ次韵す（葛子琴）
　水田紀久注　「江戸詩人選集6」'93 p54
東野州聞書（東常縁）
　佐佐木信綱編　「日本歌学大系5」'57 p329
冬夜の偶作（祇園南海）
　山本和義，横山弘注　「江戸詩人選集3」'91 p194
冬夜の作。時に瓶中に梅花と水仙を挿せる有り（江馬細香）
　福島理子注　「江戸漢詩選3」'95 p37
冬夜の読書（菅茶山）
　黒川洋一注　「江戸詩人選集4」'90 p81
冬夜法音寺に宿りて、各志を（大江以言）
　菅野礼行，徳田武校注・訳　「新編日本古典文学全集86」'02 p174
東遊記（橘南谿）
　須永朝彦編訳　「日本古典文学幻想コレクション1」'95 p213
蟠陽英華（南郭先生）
　「洒落本大成1」'78 p137
童謡古謡（行智編）
　真鍋昌弘校注　「新日本古典文学大系62」'97 p349
東踊子（田宮仲宣）
　関根正直ほか監修　「日本随筆大成I-19」'76 p91
童謡集
　浅野建二編　「続日本歌謡集成3」'61 p315
冬蘭 十首（うち二首）（中島棕隠）
　水田紀久注　「江戸詩人選集6」'93 p231
桃李序（与謝蕪村）
　頴原退蔵編著　「蕪村全集1」'48 p401
桃李の巻（安永九年）（与謝蕪村）
　頴原退蔵編著　「蕪村全集2」'48 p218
当流雲のかけ橋
　伊藤千可良ほか校　「江戸時代文芸資料4」'64 p1

とうり　　　　　　　　　　　　　　作品名

当流小栗判官（近松門左衛門）
　藤井紫影校註　「近松全集（思文閣）5」'78 p307
　「近松全集（岩波）14」'91 p73
　「近松全集（岩波）17影印編」'94 p470
　「近松全集（岩波）17解説編」'94 p483
当流活法（松尾芭蕉）
　宮本三郎，井本農一，今栄蔵，大内初夫校注　「校本芭蕉全集7」'89 p280
藤柳湖の池亭にて田何竜の大字を書するを観る（梁田蛻巌）
　徳田武注　「江戸詩人選集2」'92 p95
東陵和尚住瑞竜山太平興国南禅ゝ寺語録（東陵永璵）
　玉村竹二編　「五山文学新集別2」'81 p71
棟梁集（在原棟梁）
　和歌史研究会編　「私家集大成1」'73 p107
登蓮集（登蓮）
　和歌史研究会編　「私家集大成2」'75 p748
東楼（広瀬淡窓）
　岡村繁注　「江戸詩人選集9」'91 p89
登楼篇
　「洒落本大成5」'79 p79
校訂灯篭踊秋之花園（柳亭種彦）
　「古典叢書〔41〕」'90 p1
藤六集（藤原輔相）
　和歌史研究会編　「私家集大成1」'73 p311
兎園小説（曲亭馬琴ほか）
　須永朝彦編訳　「日本古典文学幻想コレクション1」'95 p251
兎園小説（滝沢馬琴編）
　関根正直ほか監修　「日本随筆大成Ⅱ-1」'73 p1
兎園小説外集（滝沢馬琴編）
　関根正直ほか監修　「日本随筆大成Ⅱ-3」'74 p377
兎園小説拾遺（滝沢馬琴編）
　関根正直ほか監修　「日本随筆大成Ⅱ-5」'74 p73
兎園小説別表（滝沢馬琴編）
　関根正直ほか監修　「日本随筆大成Ⅱ-4」'74 p1
兎園小説余録（滝沢馬琴編）
　関根正直ほか監修　「日本随筆大成Ⅱ-5」'74 p1
遠く辺城に使す（小野岑守）
　菅野礼行，徳田武校注・訳　「新編日本古典文学全集86」'02 p49
通し馬（井原西鶴）
　穎原退蔵ほか編　「定本西鶴全集13」'50 p295
遠忠（十市遠忠）
　和歌史研究会編　「私家集大成7」'76 p462

十市遠忠詠草（十市遠忠）
　和歌史研究会編　「私家集大成7」'76 p482
　和歌史研究会編　「私家集大成7」'76 p492
遠江の記（五升庵蝶夢）
　田中道雄校注　「新日本古典文学大系73」'98 p375
遠矢
　芳賀矢一，佐佐木信綱校註　「謡曲叢書2」'87 p699
遠山毘古（宮内嘉長）
　芳賀登，松本三之介校注　「日本思想大系51」'71 p311
東産返報通町御江戸鼻筋（唐来三和）
　山本陽史編　「シリーズ江戸戯作〔2〕」'89 p63
融（世阿弥）
　伊藤正義校注　「新潮日本古典集成〔59〕」'86 p397
　西野春雄校注　「新日本古典文学大系57」'98 p250
　小山弘志，佐藤健一郎校注・訳　「新編日本古典文学全集59」'98 p549
　芳賀矢一，佐佐木信綱校註　「謡曲叢書2」'87 p701
融大臣（近松門左衛門）
　藤井紫影校註　「近松全集（思文閣）4」'78 p341
富樫
　麻原美子，北原保雄校注　「新日本古典文学大系59」'94 p377
都下に人有り，今春刷印する所の都下の諸名家の字号を記するを恵まる。二三子と之を閲するに，賤名も亦た収めて其の中に在り，戯れに三詩を題す（佐久間象山）
　坂田新注　「江戸漢詩選4」'95 p69
栂尾明恵上人遺訓（明恵）
　宮坂宥勝校注　「日本古典文学大系83」'64 p59
時明集（源時明）
　和歌史研究会編　「私家集大成1」'73 p614
言国詠草（山科言国）
　和歌史研究会編　「私家集大成6」'76 p462
土器売賛（与謝蕪村）
　穎原退蔵編著　「蕪村全集1」'48 p462
伽婢子（とぎぼうこ）　→"おとぎぼうこ"を見よ
時桔梗出世請状（鶴屋南北）
　郡司正勝校訂　「鶴屋南北全集1」'71 p215
時桔梗出世請状（馬盥の光秀）（鶴屋南北）
　河竹登志夫ほか監修　「名作歌舞伎全集9」'69 p39
新撰都曲（池西言水編）
　雲英末雄校注　「新日本古典文学大系71」'94 p59

『常盤屋句合』跋（松尾芭蕉）
　井本農一，弥吉菅一，横沢三郎，尾形仂校注
　「校本芭蕉全集6」'89 p291
　井本農一，久富哲雄，村松友次，堀切実校注・訳
　「新編日本古典文学全集71」'97 p168
常盤屋の句合（杉山杉風，松尾芭蕉評）
　宮本三郎，井本農一，今栄蔵，大内初夫校注
　「校本芭蕉全集7」'89 p376
常磐種
　「徳川文芸類聚9」'70 p115
　高野辰之編　「日本歌謡集成10」'61 p239
常和集（常和）
　和歌史研究会編　「私家集大成6」'76 p839
「時は秋」歌仙（松尾芭蕉）
　島居清著　「芭蕉連句全註解4」'80 p177
常盤の姥（仮題）（慶応義塾図書館蔵古奈良絵本）
　横山重ほか編　「室町時代物語大成10」'82 p125
常盤物語（歓喜寺蔵寛永八年写本）
　横山重ほか編　「室町時代物語大成10」'82 p134
常葉問答
　麻原美子，北原保雄校注　「新日本古典文学大系59」'94 p286
常磐友後集
　「徳川文芸類聚10」'70 p409
常磐友前集
　「徳川文芸類聚10」'70 p283
徳川成憲百箇条
　石井紫郎校注　「日本思想大系27」'74 p468
誹譜独吟一日千句（井原西鶴）
　穎原退蔵ほか編　「定本西鶴全集10」'54 p107
独言（上島鬼貫）
　横沢三郎訳　「古典日本文学全集36」'62 p145
独語（太宰春台）
　関根正直ほか監修　「日本随筆大成I-17」'76 p259
独考（只野真葛）
　鈴木よね子校訂　「叢書江戸文庫II-30」'94 p259
独考余編（曲亭馬琴編）
　鈴木よね子校訂　「叢書江戸文庫II-30」'94 p371
独考論（曲亭馬琴）
　鈴木よね子校訂　「叢書江戸文庫II-30」'94 p310
木賊
　芳賀矢一，佐佐木信綱校註　「謡曲叢書2」'87 p688
新作落咄徳治伝（天明七年刊）
　武藤禎夫編　「噺本大系17」'79 p247
徳嶋の荒川生の白髪麺を恵む（梁田蜕巌）

菅野礼行，徳田武校注・訳　「新編日本古典文学全集86」'02 p353
独酌、亡友を懐う有り 二首（うち一首）（服部南郭）
　山本和義，横山弘注　「江戸詩人選集3」'91 p161
特殊技巧歌
　久曽神昇編　「日本歌学大系別8」'89 p12
特殊技巧歌（日導）
　久曽神昇編　「日本歌学大系別8」'89 p590
督乗丸魯国漂流記
　加藤貴校訂　「叢書江戸文庫I-1」'90 p316
読詩要領（伊藤東涯）
　清水茂校注　「新日本古典文学大系65」'91 p1
「独書をみる」付合「簿をきりて」付合（松尾芭蕉）
　島居清著　「芭蕉連句全註解4」'80 p25
読史余論（公武治乱考）（新井白石）
　益田宗校注　「日本思想大系35」'75 p183
得銭子
　臼田甚五郎，新間進一，外村南都子，徳江元正校注・訳　「新編日本古典文学全集42」'00 p78
読続大意録（室鳩巣）
　荒木見悟，井上忠校注　「日本思想大系34」'70 p325
独釣（秋山玉山）
　徳田武注　「江戸詩人選集2」'92 p170
独鳥（梁田蜕巌）
　徳田武注　「江戸詩人選集2」'92 p13
禿尾長柄帚（正宗龍統）
　玉村竹二編　「五山文学新集4」'70 p3
　玉村竹二編　「五山文学新集4」'70 p57
禿尾鉄苔帚（正宗龍統）
　玉村竹二編　「五山文学新集4」'70 p115
読弁道（亀井昭陽）
　頼惟勤校注　「日本思想大系37」'72 p385
独楽新話（天明八年頃刊）（虎渓山人）
　「噺本大系12」'79 p137
徳和歌後万載集（大田南畝）
　浜田義一郎，中野三敏，日野龍夫，揖斐高編　「大田南畝全集1」'85 p19
徳和歌後万載集（四方赤良）
　杉本長重，浜田義一郎校注　「日本古典文学大系57」'58 p297
『苑芸泥赴』巻四上
　浜中修編著　「大学古典叢書8」'89 p119
平野屋小かん表具屋平兵衛床飾錦額無垢（柳亭種彦）
　「古典叢書〔41〕」'90 p217
常夏（紫式部）
　阿部秋生，秋山虔，今井源衛，鈴木日出男校注・訳　「完訳日本の古典18」'85 p33

とこま　　　　　　　　　　　　　作品名

円地文子訳　「現代語訳 日本の古典5」'79 p92
谷崎潤一郎ほか編　「国民の文学3」'63 p427
阿部秋生ほか校注・訳「古典セレクション7」'98 p131
「古典日本文学全集5」'61 p65
石田穣二，清水好子校注　「新潮日本古典集成〔21〕」'79 p83
柳井滋ほか校注　「新日本古典文学大系21」'95 p1
阿部秋生，秋山虔，今井源衛，鈴木日出男校注・訳　「新編日本古典文学全集22」'96 p221
「特選日本の古典 グラフィック版5」'86 p71
池田亀鑑校註　「日本古典全書〔14〕」'50 p190
阿部秋生，秋山虔，今井源衛校注・訳　「日本古典文学全集14」'72 p213
山岸徳平校注　「日本古典文学大系16」'61 p9
伊井春樹，日向一雅，百川敬仁（ほか）校注・訳「日本の文学 古典編13」'86 p185
「日本文学大系5」'55 p88

「どこまでも」表六句（松尾芭蕉）
島居清著　「芭蕉連句全註解5」'81 p67

所々返答（心敬）
木藤才蔵校注　「中世の文学 第1期〔12〕」'85 p259

土佐日記（紀貫之）
臼田甚五郎，柿本奬，清水文雄（ほか）編　「鑑賞日本古典文学10」'75 p7
松村誠一校注・訳　「完訳日本の古典10」'83 p289
竹西寛子訳　「現代語訳 日本の古典7」'81 p5
森三千代訳　「古典日本文学全集8」'60 p3
木村正中校注　「新潮日本古典集成〔11〕」'88 p9
長谷川政春校注　「新日本古典文学大系24」'89 p3
菊地靖彦校注・訳　「新編日本古典文学全集13」'95 p9
村瀬敏夫訳注　「対訳古典シリーズ〔6〕」'88 p9
萩谷朴校註　「日本古典全書〔3〕」'50 p71
萩谷朴著　「日本古典評釈・全注釈叢書〔1〕」'67 p1
松村誠一，木村正中，伊牟田経久校注・訳　「日本古典文学全集9」'73 p29
「日本文学大系2」'55 p1

土左日記（紀貫之）
鈴木知太郎，川口久雄，遠藤嘉基，西下経一校注　「日本古典文学大系20」'57 p27
中田武司校注・訳　「日本の文学 古典編6」'86 p227

土佐日記解（田中大秀）
「日本文学古註釈大成〔28〕」'79 p313

土佐日記考証（岸本由豆流）
「日本文学古註釈大成〔28〕」'79 p1

土佐日記講註（池田正式）
「日本文学古註釈大成〔28〕」'79

土左日記創見（香川景樹）
「日本文学古註釈大成〔28〕」'79 p147

土佐日記地理弁（早崎益撰，鹿持雅澄著）
「日本文学古註釈大成〔28〕」'79 p515

登山状
増谷文雄訳　「古典日本文学全集15」'61 p127

杜詩を看る（一休宗純）
菅野禮行，德川武ün校注・訳　「新編日本古典文学全集86」'02 p239

「年たつや」八句（松尾芭蕉）
島居清著　「芭蕉連句全註解9」'83 p127

俊成卿女家集（俊成卿女）
和歌史研究会編　「私家集大成4」'75 p218
久松潜一校注　「日本古典文学大系80」'64 p513

俊成忠度―古名五条忠度
芳賀矢一，佐佐木信綱校註　「謡曲叢書2」'87 p232

年の市（天明頃序）
武藤禎夫編　「噺本大系19」'79 p298

歳の暮（大窪詩仏）
揖斐高注　「江戸詩人選集5」'90 p202

としのくれ（松尾芭蕉）
井本農一，久富哲雄，村松友次，堀切実校注・訳　「新編日本古典文学全集71」'97 p217

年のなゝふ（上田秋成）
「上田秋成全集11」'94 p123

豊島郡浅草地名考
安藤菊二校訂　「未刊随筆百種6」'77 p223

年増（花飷暦色所八景）（桜田治助（三世））
河竹登志夫ほか監修　「名作歌舞伎全集24」'72 p147

としゆき（藤原敏行）
和歌史研究会編　「私家集大成1」'73 p107

敏行集（藤原敏行）
「日本文学大系11」'55 p153
長連恒編　「日本文学大系12」'55 p708

杜少陵像に題する十韻（野村篁園）
德川武注　「江戸詩人選集7」'90 p152

俊頼髄脳（源俊頼）
橋本不美男校注・訳　「新編日本古典文学全集87」'02 p13
佐佐木信綱編　「日本歌学大系1」'58 p118
橋本不美男校注・訳　「日本古典文学全集50」'75 p39

「としわすれ」付合（松尾芭蕉）
島居清著　「芭蕉連句全註解8」'82 p165

年忘れの巻（明和七年）（与謝蕪村）
穎原退蔵編著　「蕪村全集2」'48 p56

年忘噺角力（安永五年正月刊）（岡本対山，椎本下物）

武藤禎夫編 「噺本大系10」'79 p151
戸田茂睡歌集（戸田茂睡）
　「国歌大系15」'76 p241
どちはぐれ
　北川忠彦ほか校注 「中世の文学 第1期〔20〕」'94 p121
十千万両（天明六年冬序）
　武藤禎夫編 「噺本大系19」'79 p285
どちりいな―きりしたん
　H. チースリク，土井忠生，大塚光信校注 「日本思想大系25」'70 p13
どちりなきりしたん
　新村出，柊源一校註 「日本古典全書〔61〕」'60 p45
戸塚道中（菅茶山）
　黒川洋一注 「江戸詩人選集4」'90 p97
東西南北突当富魂短（西奴）
　伊藤千可良ほか校 「江戸時代文芸資料1」'64 p209
　「洒落本大成11」'81 p41
都々逸節根元集
　高野辰之編 「日本歌謡集成11」'61 p428
隣の花（服部南郭）
　山本和義，横山弘注 「江戸詩人選集3」'91 p111
疾に伏して中秋に値ふ（服部南郭）
　山本和義，横山弘注 「江戸詩人選集3」'91 p172
宿直草
　須永朝彦編訳 「日本古典文学幻想コレクション3」'96 p63
とのる袋
　青木信光編 「文化文政江戸発禁文庫8」'83 p207
『とのゐ袋』巻四 伏見桃山亡霊の行列の事
　高田衛，稲田篤信編著 「大学古典叢書1」'85 p150
宿直物語（沢田名垂）
　森銑三，北川博邦編 「続日本随筆大成5」'80 p209
融の大臣（近松門左衛門）
　「近松全集（岩波）13」'91 p321
　「近松全集（岩波）17影印編」'94 p462
　「近松全集（岩波）17解説編」'94 p471
主殿集（四条宮主殿）
　和歌史研究会編 「私家集大成2」'75 p214
　長沢美津編 「女人和歌大系2」'65 p594
鳥羽絵（御名残押絵交張）（桜田治助（二代））
　河竹登志夫ほか監修 「名作歌舞伎全集24」'72 p79
鳥羽恋塚物語（近松門左衛門）

藤井紫影校註 「近松全集（思文閣）1」'78 p495
鳶
　芳賀矢一，佐佐木信綱校註 「謡曲叢書2」'87 p694
飛梅千句（井原西鶴）
　穎原退蔵ほか編 「定本西鶴全集11上」'72 p119
飛越新発意
　北川忠彦ほか校注 「中世の文学 第1期〔20〕」'94 p34
興話飛談語
　武藤禎夫編 「噺本大系9」'79 p257
興話飛談語（宇津山人菖蒲房）
　浜田義一郎，武藤禎夫編 「日本小咄集成中」'71 p219
　武藤禎夫編 「噺本大系9」'79 p75
鳶の羽の巻（「猿蓑」より）（松尾芭蕉）
　樋口功訳釈 「古典日本文学全集31」'61 p81
「鳶の羽も」歌仙（松尾芭蕉）
　鳥居清著 「芭蕉連句全註解7」'82 p165
「鳶の羽も」の巻（猿蓑）
　金子金治郎，暉峻康隆，中村俊定注解 「日本古典文学全集32」'74 p445
「鳶の羽も」の巻（猿蓑）（松尾芭蕉）
　井本農一，久富哲雄，松村友次，堀切実校注・訳 「新編日本古典文学全集71」'97 p443
都鄙問答（石田梅岩）
　家永三郎ほか校注 「日本古典文学大系97」'66 p369
塗附
　北川忠彦ほか校注 「中世の文学 第1期〔22〕」'95 p320
井礒
　「古典日本文学全集20」'62 p300
　北川忠彦ほか校注 「中世の文学 第1期〔22〕」'95 p143
　古川久校註 「日本古典全書〔92〕」'54 p275
杜牧集を読む（絶海中津）
　菅野礼行，徳田武校注・訳 「新編日本古典文学全集86」'02 p235
富岡八幡鐘（かはきち）
　伊藤千可良ほか校 「江戸時代文芸資料1」'64 p393
登美賀遠佳（豊川里舟）
　伊藤千可良ほか校 「江戸時代文芸資料1」'64 p239
　「洒落本大成11」'81 p277
富岡恋山開（二人新兵衛）（並木五瓶）
　河竹登志夫ほか監修 「名作歌舞伎全集8」'70 p239
富木殿御書（日蓮）

戸頃重基，高木豊校注 「日本思想大系14」'70 p175
富宮笥
　「徳川文芸類聚1」'70 p144
富島・内海諸子と同に滝川の楓を観る。韻を分つ（大沼枕山）
　日野龍夫注 「江戸詩人選集10」'90 p267
鞆
　芳賀矢一，佐佐木信綱校註 「謡曲叢書2」'87 p707
知章
　芳賀矢一，佐佐木信綱校註 「謡曲叢書2」'87 p715
巴
　小山弘志，佐藤健一郎校注・訳 「新編日本古典文学全集58」'97 p232
　芳賀矢一，佐佐木信綱校註 「謡曲叢書2」'87 p727
友を携えて糺すに遊ぶ（売茶翁）
　末木文美士，堀川貴司注 「江戸漢詩選5」'96 p83
「ともかくも」の詞書（松尾芭蕉）
　井本農一，弥吉菅一，横沢三郎，尾形仂校注 「校本芭蕉全集6」'89 p497
灯に対す（元政）
　菅野礼行，徳田武校注・訳 「新編日本古典文学全集86」'02 p273
友だちばなし（鳥居清経）
　浜田義一郎，武藤禎夫編 「日本小咄集成中」'71 p237
智周の句評・誹諧袖（『智周発句集』）（松尾芭蕉）
　井本農一ほか著 「校本芭蕉全集9」'89 p394
朝長
　伊藤正義校注 「新潮日本古典集成〔59〕」'86 p411
　西野春雄校注 「新日本古典文学大系57」'98 p9
　小山弘志，佐藤健一郎校注・訳 「新編日本古典文学全集58」'97 p202
　芳賀矢一，佐佐木信綱校註 「謡曲叢書2」'87 p721
とものり（紀友則）
　和歌史研究会編 「私家集大成1」'73 p169
友則集（紀友則）
　「日本文学大系12」'55 p525
　長連恒編 「日本文学大系12」'55 p750
大津土産吃又平名画助刀（式亭三馬）
　「古典叢書〔8〕」'89 p55
供奴（拙筆力七以呂波）（瀬川如皐（二世））
　河竹登志夫ほか監修 「名作歌舞伎全集19」'70 p163
吃り

北川忠彦ほか校注 「中世の文学 第1期〔20〕」'94 p241
豊国詣
　芳賀矢一，佐佐木信綱校註 「謡曲叢書2」'87 p732
豊明絵草子
　市古貞次，三角洋一編 「鎌倉時代物語集成7」'94 p303
とら岩（只野真葛）
　古谷知新編 「江戸時代女流文学全集3」'01 p462
鳥追船
　芳賀矢一，佐佐木信綱校註 「謡曲叢書2」'87 p740
禽を聴く（大沼枕山）
　日野龍夫注 「江戸詩人選集10」'90 p245
鳥おどし（川崎重恭）
　関根正直ほか監修 「日本随筆大成III-11」'77 p457
とりかへばや
　市古貞次，三角洋一編 「鎌倉時代物語集成4」'91 p309
とりかえばや物語
　永井龍男訳 「国民の文学6」'64 p345
　中村真一郎訳 「古典日本文学全集7」'60 p251
とりかへばや物語
　三谷栄一，今井源衛編 「鑑賞日本古典文学12」'76 p187
　今井源衛，森下純昭，辛島正雄校注 「新日本古典文学大系26」'92 p106
　石埜敬子校注・訳 「新編日本古典文学全集39」'02 p157
取組手鑑（関東米）
　「洒落本大成16」'82 p89
「とりどりの」五十韻（松尾芭蕉）
　島居清著 「芭蕉連句全註解6」'81 p297
鳥之賦（松尾芭蕉）
　井本農一，久富哲雄，村松友次，堀切実校注・訳 「新編日本古典文学全集71」'97 p310
鳥の町（安永五年正月序）
　武藤禎夫編 「噺本大系10」'79 p186
鳥のみち
　「俳書叢刊5」'88 p445
鳥辺山心中（岡本綺堂）
　河竹登志夫ほか監修 「名作歌舞伎全集20」'69 p171
鳥辺山調綾（鶴鳴堂主人）
　横山邦治校注 「新日本古典文学大系80」'92 p373
鳥部山物語（内閣文庫蔵写本）
　横山重ほか編 「室町時代物語大成10」'82 p160

| 作品名 | なかさ |

慳雑石尊盧(鶴屋南北)
　大久保忠国校注　「鶴屋南北全集10」'73 p7
屠竜工随筆(小栗百万)
　森銑三、北川博邦編　「続日本随筆大成9」'80 p21
とはずかたり(中井甃庵)
　関根正直ほか監修　「日本随筆大成III-6」'77 p65
とはずがたり
　久保田淳校注・訳　「完訳日本の古典38」'85 p9
　久保田淳校注・訳　「完訳日本の古典39」'85 p9
とはずがたり(石川雅望)
　稲田篤信校訂　「叢書江戸文庫II-28」'93 p397
とはずがたり(後深草院二条)
　井上宗雄、和田英道訳・注　「全対訳日本古典新書〔12〕」'84 p18
　井上宗雄、和田英道訳・注　「全対訳日本古典新書〔12〕」'84 p146
　井上宗雄、和田英道訳・注　「全対訳日本古典新書〔12〕」'84 p248
　井上宗雄、和田英道訳・注　「全対訳日本古典新書〔12〕」'84 p360
　井上宗雄、和田英道訳・注　「全対訳日本古典新書〔12〕」'84 p450
　福田秀一著　「鑑賞日本の古典12」'81 p127
　福田秀一校注　「新潮日本古典集成〔51〕」'78 p7
　三角洋一校注　「新日本古典文学大系50」'94 p1
　久保田淳校注・訳　「新編日本古典文学全集47」'99 p191
　次田香澄校註　「日本古典全書〔25〕」'66 p189
頓阿法師詠(頓阿)
　伊藤敬、稲田利徳校注　「新日本古典文学大系47」'90 p109
遁花秘訣
　小川鼎三、酒井シヅ校注、馬場佐七郎訳　「日本思想大系65」'72 p361
呑湖堂記(上田秋成)
　「上田秋成全集11」'94 p119
鈍根草
　北川忠彦ほか校注「中世の文学 第1期〔20〕」'94 p128
　竹本幹夫、橋本朝生校注・訳　「日本の文学 古典編36」'87 p388
頓作万八噺(安永五年頃刊)
　武藤禎夫編　「噺本大系17」'79 p169
鈍太郎
　北川忠彦ほか校注「中世の文学 第1期〔20〕」'94 p391
　古川久校註　「日本古典全書〔92〕」'54 p119
曇仲遺藁(横川景三)
　玉村竹二編　「五山文学新集1」'67 p947

どんつく(神楽諷雲井曲毬)(桜田治助(三世))
　河竹登志夫ほか監修　「名作歌舞伎全集19」'70 p263
鈍鉄集 一巻(鉄庵道生)
　上村観光編　「五山文学全集1」'73 p367

【 な 】

内外詠史歌集
　長沢美津編　「女人和歌大系5」'78 p634
内侍のかみ
　中野幸一校注・訳　「新編日本古典文学全集15」'01 p155
内大臣家歌合 元永元年 俊頼・基俊判
　峯岸義秋校註　「日本古典全書〔73〕」'47 p212
内大臣家歌合 元永二年 顕季判
　峯岸義秋校註　「日本古典全書〔73〕」'47 p249
なゐの日並(笠亭仙果)
　関根正直ほか監修　「日本随筆大成II-24」'75 p383
痿陰隠逸伝(平賀源内)
　大村沙華校注　「秘籍江戸文学選2」'74 p45
直江津聴信寺の一事他(『藁人形』)(松尾芭蕉)
　井本農一ほか著　「校本芭蕉全集9」'89 p375
直毘霊(本居宣長)
　大久保正訳　「古典日本文学全集34」'60 p248
「猶見たし」詞書(松尾芭蕉)
　井本農一、久富哲雄、村松友次、堀切実校注・訳　「新編日本古典文学全集71」'97 p222
長生見度記(朋誠堂喜三二)
　笹川種郎著　「評釈江戸文学叢書8」'70 p65
長唄詞章 若緑姿相生彩色松汐汲 琴唄 村時雨
　近藤瑞男、古井戸秀夫校訂　「叢書江戸文庫I-23」'89 p435
長王の宅に宴す(境部王)
　菅野礼行、徳田武校注・訳　「新編日本古典文学全集86」'02 p31
長景集(安達長景)
　和歌史研究会編　「私家集大成4」'75 p670
長方集(藤原長方)
　和歌史研究会編　「私家集大成3」'74 p92
長髢姿の蛇柳(山東京伝)
　「古典叢書〔3〕」'89 p313
長崎注進邏馬人事(新井白石)
　松村明、尾藤正英、加藤周一校注　「日本思想大系35」'75 p83
長崎にて感を書す。伯氏に贈り奉る(原采蘋)
　福島理子注　「江戸漢詩選3」'95 p133

日本古典文学全集・作品名綜覧　261

長碕謡十二解(うち三首)(頼山陽)
　入谷仙介注　「江戸詩人選集8」'90 p44
中城さうし(井伊文子)
　長沢美津編　「女人和歌大系6」'78 p512
中洲雀(道楽山人無玉)
　伊藤千可良ほか校　「江戸時代文芸資料1」'64 p63
中洲雀(道楽散人無玉)
　「洒落本大成7」'80 p183
中洲の花美(内新好)
　「洒落本大成15」'82 p49
永田俊平、麟鳳大字歌(江村北海)
　菅野礼行, 徳田武校注・訳　「新編日本古典文学全集86」'02 p420
長隣編和泉式部家集本〈神宮文庫本〉
　吉田幸一著　「平安文学叢刊5」'66 p37
長柄宮(上田秋成)
　「上田秋成全集5」'92 p47
中つかさ(中務)
　和歌史研究会編　「私家集大成1」'73 p325
中務集(中務)
　和歌史研究会編　「私家集大成1」'73 p332
　「日本文学大系12」'55 p667
　長連恒編　「日本文学大系12」'55 p782
　長沢美津編　「女人和歌大系2」'65 p44
中務親王集(具平親王)
　和歌史研究会編　「私家集大成1」'73 p676
中務内侍日記(藤原経子)
　岩佐美代子校注　「新日本古典文学大系51」'90 p211
「長門怨」に和し奉る(巨勢識人)
　菅野礼行, 徳田武校注・訳　「新編日本古典文学全集86」'02 p68
中臣祓訓解
　大隅和雄校注　「日本思想大系19」'77 p39
中臣寿詞講義
　「日本文学古註釈大成〔36〕」'79 p498
　「日本文学古註釈大成〔36〕」'79 p610
中院詠草(藤原為家)
　和歌史研究会編　「私家集大成4」'75 p466
　佐藤恒雄校注　「新日本古典文学大系46」'91 p331
中院集(藤原為家)
　和歌史研究会編　「私家集大成4」'75 p443
中院素然詠歌写(中院通勝)
　和歌史研究会編　「私家集大成7」'76 p910
中野物語
　笠原一男, 井上鋭夫校注　「日本思想大系17」'72 p449
永文(宗長)

木藤才蔵校注　「中世の文学　第1期〔14〕」'90 p159
仲文集(藤原仲文)
　和歌史研究会編　「私家集大成1」'73 p412
　「日本文学大系12」'55 p639
　長連恒編　「日本文学大系12」'55 p770
南屏燕語(釈南山)
　関根正直ほか監修　「日本随筆大成II-18」'74 p207
長枕褥合戦(平賀源内)
　大村沙華校注　「秘籍江戸文学選2」'74 p145
　青木信光編　「文化文政江戸発禁文庫1」'83 p19
長町女腹切(近松門左衛門)
　藤井紫影校註　「近松全集(思文閣)10」'78 p1
　「近松全集(岩波)8」'88 p1
　鳥越文蔵校注・訳　「日本古典文学全集44」'75 p161
　河竹登志夫ほか監修　「名作歌舞伎全集21」'73 p205
長町女切腹(近松門左衛門)
　長友千代治校注・訳　「新編日本古典文学全集74」'97 p443
中御門大納言殿集
　和歌史研究会編　「私家集大成2」'75 p789
長光
　北川忠彦ほか校注　「中世の文学　第1期〔20〕」'94 p251
仲光――名満仲
　芳賀矢一, 佐佐木信綱校註　「謡曲叢書3」'87 p1
中村伝九郎をほめことば
　荻田清ほか編　「近世文学選〔1〕」'94 p155
中山七里(館柳湾)
　徳田武注　「江戸詩人選集7」'90 p219
中山目録(法眼杏菴正意)
　津本信博編　「近世紀行日記文学集成1」'93 p12
長能集(藤原長能)
　和歌史研究会編　「私家集大成1」'73 p682
長良の草子(赤木文庫蔵奈良絵本)
　横山重ほか編　「室町時代物語大成10」'82 p175
長等の山風(伴信友)
　田原嗣郎, 関晃, 佐伯有清, 芳賀登校注　「日本思想大系50」'73 p273
流川集(露川編)
　「俳書叢刊5」'88 p231
『流川集』序抄(松尾芭蕉)
　井本農一ほか著　「校本芭蕉全集9」'89 p289
流れに臨みて足を濯う図(田能村竹田)
　徳田武注　「江戸漢詩選1」'96 p144
泣尼

北川忠彦ほか校注 「中世の文学 第1期〔22〕」'95 p265
古川久校註 「日本古典全書〔92〕」'54 p191
竹本幹夫, 橋本朝生校注・訳 「日本の文学 古典編36」'87 p327
亡き妻を夢む（大窪詩仏）
　揖斐高注 「江戸詩人選集5」'90 p325
長刀応答
　北川忠彦ほか校注 「中世の文学 第1期〔20〕」'94 p132
泣不動
　芳賀矢一, 佐佐木信綱校註 「謡曲叢書3」'87 p9
なぐさのはまづと（本居大平）
　津本信博編 「近世紀行日記文学集成2」'94 p259
なぐさみ草（正徹）
　稲田利徳校注・訳 「新編日本古典文学全集48」'94 p427
抛入花伝書
　西山松之助校注 「日本思想大系61」'72 p245
名古屋に抵る途中（江馬細香）
　福島理子注 「江戸漢詩集3」'95 p89
情を入し樽屋物かたり（井原西鶴）
　藤村作校訂 「訳註西鶴全集2」'47 p55
情を入し樽屋物語（井原西鶴）
　麻生磯次訳 「現代語訳西鶴全集（河出）2」'52 p30
情を臚ぶ（石川丈山）
　上野洋三注 「江戸詩人選集1」'91 p88
梨の花（竹尾ちよ）
　長沢美津編 「女人和歌大系6」'78 p274
梨本集（戸田茂睡）
　佐佐木信綱編 「日本歌学大系7」'58 p10
梨本集序（戸田茂睡）
　平重道, 阿部秋生校注 「日本思想大系39」'72 p267
梨本書（戸田茂睡）
　平重道, 阿部秋生校注 「日本思想大系39」'72 p274
那須与市西海硯（並木宗助, 並木丈助）
　山崎睦也, 鈴木一夫, 小川嘉昭校訂 「叢書江戸文庫I-11」'90 p7
那須与一
　麻原美子, 北原保雄校注 「新日本古典文学大系59」'94 p231
那須与一小桜威并船遺恨（竹本義太夫）
　「竹本義太夫浄瑠璃正本集下」'95 p881
謎帯一寸徳兵衛（鶴屋南北）
　大久保忠国校注 「鶴屋南北全集4」'72 p7
謎帯一寸徳兵衛（大島団七）（鶴屋南北）

河竹登志夫ほか監修 「名作歌舞伎全集22」'72 p167
容賀扇曾我（鶴屋南北）
　竹柴恕太郎校注 「鶴屋南北全集6」'71 p115
「菜種ほす」付合（松尾芭蕉）
　島居清著 「芭蕉連句全註解10」'83 p67
夏馬の遅行（松尾芭蕉）
　島居清著 「芭蕉連句全註解3」'80 p129
「夏草や」の詞書（松尾芭蕉）
　井本農一, 大谷篤蔵編 「校本芭蕉全集別1」'91 p238
「夏草よ」付合（松尾芭蕉）
　島居清著 「芭蕉連句全註解4」'80 p21
夏向日陽房に会して, 竹を洗して山を見る一律を賦す（元政）
　上野洋三注 「江戸詩人選集1」'91 p270
夏木立（吹蕭軒雲鼓編）
　「俳書叢刊7」'88 p345
夏座敷を題に定む（『許六拾遺』）（松尾芭蕉）
　井本農一ほか著 「校本芭蕉全集9」'89 p397
夏船頭（四季詠⓪歳）（並木五瓶（三世））
　河竹登志夫ほか監修 「名作歌舞伎全集24」'72 p155
夏野画賛
　弥吉菅一, 赤羽学, 西村真砂子, 檀上正孝 「芭蕉紀行集1」'78 p218
夏野画賛（松尾芭蕉）
　井本農一, 弥吉菅一, 横沢三郎, 尾形仂校注 「校本芭蕉全集6」'89 p300
　井本農一, 久富哲雄, 村松友次, 堀切実校注・訳 「新編日本古典文学全集71」'97 p176
　弥吉菅一, 赤羽学, 檀上正孝著 「芭蕉紀行集1」'67 p124
夏野の画讃（松尾芭蕉）
　富山奏校注 「新潮日本古典集成〔72〕」'78 p23
夏の日の山亭（大窪詩仏）
　揖斐高注 「江戸詩人選集5」'90 p333
夏の時鳥（松尾芭蕉）
　井本農一, 久富哲雄, 村松友次, 堀切実校注・訳 「新編日本古典文学全集71」'97 p252
夏の夜、同じく「灯光は水底（大江匡衡）
　菅野礼行, 徳田武校注・訳 「新編日本古典文学全集86」'02 p192
夏の夜月前に志を言ふ（藤原敦光）
　菅野礼行, 徳田武校注・訳 「新編日本古典文学全集86」'02 p198
夏の夜鴻臚館に於て, 北客の（藤原道真）
　菅野礼行, 徳田武校注・訳 「新編日本古典文学全集86」'02 p141
夏の夜の枕上の作（市河寛斎）
　揖斐高注 「江戸詩人選集5」'90 p87

「夏の夜や」歌仙（松尾芭蕉）
　島居清著　「芭蕉連句全註解10」'83 p51
夏引
　谷崎潤一郎ほか編　「国民の文学1」'64 p419
　臼田甚五郎，新間進一，外村南都子，徳江元正校注・訳　「新編日本古典文学全集42」'00 p122
夏祭浪花鑑（並木千柳，三好松洛，竹田小出雲）
　乙葉弘校注　「日本古典文学大系51」'60 p197
　樋口慶千代著　「評釈江戸文学叢書4」'70 p39
夏祭浪花鑑（夏祭）（並木千柳，三好松洛，竹田小出雲）
　河竹登志夫ほか監修　「名作歌舞伎全集7」'69 p3
夏山雑談（平直方述）
　関根正直ほか監修　「日本随筆大成II-20」'74 p211
夏山里に遊ふ 探題（上田秋成）
　「上田秋成全集11」'94 p49
「夏はあれど」詞書（松尾芭蕉）
　井本農一，久富哲雄，村松友次，堀切実校注・訳　「新編日本古典文学全集71」'97 p226
「夏はあれど」の詞書（松尾芭蕉）
　井本農一，弥吉菅一，横沢三郎，尾形仂校注　「校本芭蕉全集6」'89 p367
　弥吉菅一，赤羽学，西村真砂子，檀上正孝　「芭蕉紀行集2」'68 p162
名取川
　北川忠彦ほか校注　「中世の文学 第1期〔20〕」'94 p124
　古川久校註　「日本古典全書〔92〕」'54 p200
名とり酒
　「洒落本大成9」'80 p11
七面
　芳賀矢一，佐佐木信綱校註　「謡曲叢書3」'87 p12
七ヶ浜（只野真葛）
　古谷知新編　「江戸時代女流文学全集3」'01 p430
七草草紙
　大島建彦校注・訳　「日本古典文学全集36」'74 p199
　市古貞次校注　「日本古典文学大系38」'58 p161
な，くさ草紙（寛永頃丹緑横本）
　太田武夫校訂　「室町時代物語集5」'62 p148
七くさ草子（山田正子氏蔵絵巻）
　横山重ほか編　「室町時代物語大成10」'82 p182
七草ひめ（多和文庫蔵奈良絵本）
　横山重ほか編　「室町時代物語大成10」'82 p189
七種宝納記（香西頼山）
　宇田敏彦校訂　「未刊随筆百種5」'77 p11
七癖上戸（式亭三馬）
　棚橋正博校訂　「叢書江戸文庫I-20」'92 p115
七家の雪 并びに引（七首のうち一首）（祇園南海）
　山本和義，横山弘注　「江戸詩人選集3」'91 p267
七小町（竹田出雲）
　伊川龍郎校訂　「叢書江戸文庫I-9」'88 p147
名なし草紙（小林一茶）
　矢羽勝幸校注　「一茶全集8」'78 p371
七十自賀（広瀬淡窓）
　岡村繁注　「江戸詩人選集9」'91 p149
なにぶくろ（小林一茶）
　矢羽勝幸校注　「一茶全集8」'78 p393
難波
　伊藤正義校注　「新潮日本古典集成〔60〕」'88 p15
　芳賀矢一，佐佐木信綱校註　「謡曲叢書3」'87 p17
難波（世阿弥）
　西野春雄校注　「新日本古典文学大系57」'98 p94
花街浪華今八卦 附録七情星の占
　「洒落本大成6」'79 p21
花街浪華色八卦（外山翁）
　「洒落本大成2」'78 p339
難波江（岡本保孝）
　関根正直ほか監修　「日本随筆大成II-21」'74 p91
難波海
　臼田甚五郎，新間進一，外村南都子，徳江元正校注・訳　「新編日本古典文学全集42」'00 p161
難波重井筒（心中重井筒）（近松門左衛門）
　「近松全集（岩波）17影印編」'94 p232
　「近松全集（岩波）17解説編」'94 p247
難波風（井原西鶴）
　頴原退蔵ほか編　「定本西鶴全集13」'50 p159
難波客舎の歌（服部南郭）
　山本和義，横山弘注　「江戸詩人選集3」'91 p76
難波旧地考（荒木田久老）
　「万葉集古註釈集成7」'89 p373
浪花其末葉
　「徳川文芸類聚12」'70 p247
浪華 二首（菅茶山）
　黒川洋一注　「江戸詩人選集4」'90 p51
浪華に泊す（吉田松陰）
　坂田新注　「江戸漢詩選4」'95 p169
難波に行く人をおくる（鵜殿余野子）
　古谷知新編　「江戸時代女流文学全集3」'01 p639
粋話なにはの芦（紫友）
　「洒落本大成補1」'88 p359

絵入道頓堀出替り姿難波の白は伊勢の白粉（井原西鶴）
　　穎原退蔵ほか編　「定本西鶴全集9」'51 p25
浪華の風（久須美祐雋）
　　関根正直ほか監修　「日本随筆大成Ⅲ-5」'77 p387
浪花花街今々八卦
　　「洒落本大成12」'81 p297
浪華百事談
　　関根正直ほか監修　「日本随筆大成Ⅲ-2」'76 p1
浪華病臥の記（与謝蕪村）
　　穎原退蔵編著　「蕪村全集1」'48 p420
難波方
　　臼田甚五郎，新間進一，外村南都子，徳江元正校注・訳　「新編日本古典文学全集42」'00 p47
新板しかた噺浪速みやげ
　　浜田義一郎，武藤禎夫編　「日本小咄集成下」'71 p263
難波土産
　　荻田清ほか編　「近世文学選〔1〕」'94 p32
　　「徳川文芸類聚11」'70 p299
難波土産（井原西鶴）
　　穎原退蔵ほか編　「定本西鶴全集13」'50 p408
難波土産（穂積以貫）
　　久松潜一，増淵恒吉編　「校註日本文芸新篇〔3〕」'50 p140
難波土産発端（穂積以貫）
　　守随憲治訳　「古典日本文学全集36」'62 p220
難波みやげ（発端抄）（近松門左衛門）
　　守随憲治訳注　「対訳古典シリーズ〔19〕」'88 p317
難波物語
　　野田寿雄校註　「日本古典全書〔100〕」'60 p301
浪華四時詞十二首中，首尾二を録す（葛子琴）
　　水田紀久注　「江戸詩人選集6」'93 p160
浪華より伏水に反るに，麗王の京に之くに伴い，長柄を渡り山崎に向う途中の即時。各各絶句を賦す（うち一首）（大典顕常）
　　末木文美士，堀川貴司注　「江戸漢詩選5」'96 p268
七日艸
　　「未刊連歌俳諧資料4-3」'61 p5
菜の花の巻（安永三年）（与謝蕪村）
　　穎原退蔵編著　「蕪村全集2」'48 p121
菜の花やの巻（続明烏）（蕪村，樗良，几董）
　　金子金治郎，雲英末雄，暉峻康隆，加藤定彦校注・訳　「新編日本古典文学全集61」'01 p553
浪太（二首，うち一首）（梁川紅蘭）
　　福島理子注　「江戸漢詩選3」'95 p278
鍋八撥

北川忠彦ほか校注　「中世の文学 第1期〔20〕」'94 p40
古川久校註　「日本古典全書〔92〕」'54 p239
那波利翁像に題す（佐久間象山）
　　坂田新注　「江戸漢詩選4」'95 p127
酩酊気質（式亭三馬）
　　「古典叢書〔6〕」'89 p369
　　中野三敏，神保五弥，前田愛校注・訳　「新編日本古典文学全集80」'00 p189
　　中野三敏，神保五弥，前田愛校注　「日本古典文学全集47」'71 p201
腥物
　　北川忠彦ほか校注　「中世の文学 第1期〔22〕」'95 p69
涕かみての巻（天明二年）（与謝蕪村）
　　穎原退蔵編著　「蕪村全集2」'48 p246
波太（原采蘋）
　　福島理子注　「江戸漢詩選3」'95 p204
那耶哥羅に瀑を観る詩 二首（うち一首）（成島柳北）
　　日野龍夫注　「江戸詩人選集10」'90 p157
なよ竹物語
　　市古貞次，三角洋一編　「鎌倉時代物語集成7」'94 p315
奈良御集（奈良帝）
　　和歌史研究会編　「私家集大成1」'73 p11
楢乃嬬手（楫取魚彦）
　　「万葉集古註釈集成14」'91 p119
　　「万葉集古註釈集成15」'91 p5
奈良大仏供養（校訂者蔵奈良絵本）
　　太田武夫校訂　「室町時代物語集4」'62 p327
奈良団讃（也有）
　　穎原退蔵著　「評釈江戸文学叢書7」'70 p747
奈良団賛（也有）
　　雲英末雄，山下一海，丸山一彦，松尾靖秋校注・訳　「新編日本古典文学全集72」'01 p496
楢の落葉物語（伴林光平）
　　関根正直ほか監修　「日本随筆大成Ⅰ-6」'75 p375
那羅乃杣（上田秋成）
　　「上田秋成全集2」'91 p319
楢の曾麻（上田秋成）
　　「上田秋成全集2」'91 p39
楢の杣（上田秋成）
　　「上田秋成全集2」'91 p11
　　「上田秋成全集2」'91 p13
楢農所万（上田秋成）
　　「上田秋成全集2」'91 p96
　　「上田秋成全集2」'91 p160
　　「上田秋成全集2」'91 p263
寧楽乃杣（上田秋成）

「上田秋成全集2」'91 p222
寧楽杣(上田秋成)
　「上田秋成全集2」'91 p356
奈良土産(井原西鶴)
　頴原退蔵ほか編　「定本西鶴全集13」'50 p417
楢山拾葉(石川清民)
　「万葉集古註釈集成11」'91 p5
成上り
　北川忠彦ほか校注　「中世の文学 第1期〔22〕」'95 p72
なりかや(小林一茶)
　矢羽勝幸校注　「一茶全集8」'78 p455
鳴り高し
　谷崎潤一郎ほか編　「国民の文学1」'64 p428
成田山
　芳賀矢一，佐佐木信綱校註　「謡曲叢書3」'87 p21
成田山御手乃綱五郎(鶴屋南北)
　落合清彦校注　「鶴屋南北全集8」'72 p477
成田道中記(成田道中膝栗毛)(仮名垣魯文)
　鶴岡節雄校注　「新版絵草紙シリーズ3」'80 p9
済継集(姉小路済継)
　和歌史研究会編　「私家集大成6」'76 p574
業平
　芳賀矢一，佐佐木信綱校註　「謡曲叢書3」'87 p28
業平集(在原業平)
　和歌史研究会編　「私家集大成1」'73 p93
　和歌史研究会編　「私家集大成1」'73 p100
　「日本文学大系11」'55 p99
　長連恒編　「日本文学大系12」'55 p701
業平餅
　古川久校註　「日本古典全書〔93〕」'56 p163
業平躍歌
　高野辰之編　「日本歌謡集成6」'60 p59
成通卿口伝日記(藤原成道)
　須永朝彦編訳　「日本古典文学幻想コレクション1」'95 p62
なりみち集(藤原成通)
　和歌史研究会編　「私家集大成2」'75 p557
鳴神
　河竹繁俊校註　「日本古典全書〔99〕」'52 p55
　郡司正勝校注　「日本古典文学大系98」'65 p193
鳴神(津打半二郎ほか)
　河竹繁俊著　「評釈江戸文学叢書6」'70 p215
歌舞伎十八番の内鳴神(安田蛙文，中田万助)
　河竹登志夫ほか監修　「名作歌舞伎全集18」'69 p7
鳴子
　北川忠彦ほか校注　「中世の文学 第1期〔20〕」'94 p395

鳴子遺子
　北川忠彦，安田章　「新編日本古典文学全集60」'01 p459
鳴門
　芳賀矢一，佐佐木信綱校註　「謡曲叢書3」'87 p31
鳴門翁に過ぎる(葛子琴)
　水田紀久注　「江戸詩人選集6」'93 p166
鳴門(角淵本)
　吉田幸一著　「平安文学叢刊4」'59 p780
南留別志(荻生徂徠)
　関根正直ほか監修　「日本随筆大成II-15」'74 p1
可成三註(篠崎東海ほか)
　篠崎東海，小林有之，岩井清則註　「日本随筆大成II-15」'74 p51
南留別志の弁
　関根正直ほか監修　「日本随筆大成II-15」'74 p143
鳴海駅に宿す，壁上に詩有り(山県周南)
　菅野礼行，徳田武校注・訳　「新編日本古典文学全集86」'02 p387
縄綯
　北川忠彦，安田章　「新編日本古典文学全集60」'01 p205
　北川忠彦ほか校注　「中世の文学 第1期〔20〕」'94 p206
　古川久校註　「日本古典全書〔92〕」'54 p5
何為
　臼田甚五郎，新間進一，外村南都子，徳江元正校注・訳　「新編日本古典文学全集42」'00 p134
南駅夜光珠(彙斎主人)
　「洒落本大成24」'85 p277
南海漁父北山樵客百番歌合(藤原良経，慈円)
　片山享校注　「新日本古典文学大系46」'91 p81
南客先生文集(大田南畝)
　浜田義一郎，中野三敏，日野龍夫，揖斐高編　「大田南畝全集7」'86 p75
南客先生文集(南楼坊路銭)
　「洒落本大成9」'80 p95
銀鶏一睡南柯乃夢(畑銀鶏)
　関根正直ほか監修　「日本随筆大成II-20」'74 p355
南花余芳
　「洒落本大成1」'78 p55
南葵文庫旧蔵小唄打聞
　浅野建二編　「続日本歌謡集成4」'63 p193
南京遺響(鹿持雅澄)
　高野辰之編　「日本歌謡集成2」'60 p1
南閨雑話(夢中山人)
　「洒落本大成6」'79 p43

南閩雑話(夢中山人撰)
　「徳川文芸類聚5」'70 p73
南閩雑話(夢中散人寝言先生)
　笹川種郎著「評釈江戸文学叢書8」'70 p509
楠公雨夜かたり(上田秋成)
　「上田秋成全集8」'93 p314
南江駅話(北左農山人)
　「洒落本大成5」'79 p67
　「徳川文芸類聚5」'70 p155
難後言(遠藤春足)
　関根正直ほか監修「日本随筆大成III-11」'77 p449
南江宗沅作品拾遺(南江宗沅)
　玉村竹二編「五山文学新集6」'72 p231
南向茶話(酒井忠昌)
　関根正直ほか監修「日本随筆大成III-6」'77 p413
南荒に飄寓して、在京の故友に贈る(石上乙麻呂)
　菅野礼行,徳田武校注・訳「新編日本古典文学全集86」'02 p40
楠公の図に題す(西郷隆盛)
　坂田新注「江戸漢詩選4」'95 p265
楠公の墓に拝す(原采蘋)
　福島理子注「江戸漢詩選3」'95 p186
楠公墓下の作(菅茶山)
　黒川洋一注「江戸詩人選集4」'90 p121
難後拾遺抄(源経信)
　久曽神昇編「日本歌学大系別1」'59 p1
南山中、新羅の道者に過ぎらる(空海)
　菅野礼行,徳田武校注・訳「新編日本古典文学全集86」'02 p82
楠将軍像(野村篁園)
　徳田武注「江戸詩人選集7」'90 p72
南条兵衛七郎殿御書(日蓮)
　戸頃重基,高木豊校注「日本思想大系14」'70 p101
南色梅早咲(柳亭種彦)
　「古典叢書〔38〕」'90 p279
男色大鑑(井原西鶴)
　麻生磯次訳「現代語訳西鶴全集(河出)4」'54 p19
　暉峻康隆訳注「現代語訳西鶴全集(小学館)3」'76 p11
　麻生磯次訳「古典日本文学全集22」'59 p204
　暉峻康隆校注・訳「新編日本古典文学全集67」'96 p287
　穎原退蔵ほか編「定本西鶴全集4」'64 p19
　須永朝彦編訳「日本古典文学幻想コレクション1」'95 p176

宗政五十緒,松田修,暉峻康隆校注・訳「日本古典文学全集39」'73 p311
南遷の故人を憶う(新井白石)
　一海知義,池沢一郎注「江戸漢詩選2」'96 p90
南総里見八犬伝(曲亭馬琴)
　浜田啓介校訂「新潮日本古典集成1」'03 p7
　浜田啓介校訂「新潮日本古典集成2」'03 p7
　浜田啓介校訂「新潮日本古典集成3」'03 p7
　浜田啓介校訂「新潮日本古典集成4」'03 p7
　浜田啓介校訂「新潮日本古典集成5」'03 p7
　浜田啓介校訂「新潮日本古典集成6」'03 p7
　浜田啓介校訂「新潮日本古典集成7」'03 p7
　浜田啓介校訂「新潮日本古典集成8」'03 p7
　浜田啓介校訂「新潮日本古典集成9」'04 p7
　浜田啓介校訂「新潮日本古典集成10」'04 p7
　浜田啓介校訂「新潮日本古典集成11」'04 p7
　浜田啓介校訂「新潮日本古典集成12」'04 p7
南総里見八犬伝(滝沢馬琴)
　白井喬二訳「国民の文学16」'64 p1
　「古典叢書〔23〕」'90 p35
　「古典叢書〔24〕」'90 p1
　「古典叢書〔25〕」'90 p1
　「古典叢書〔26〕」'90 p1
　「古典叢書〔27〕」'90 p1
　「古典叢書〔28〕」'90 p1
　徳田武校注・訳「日本の文学 古典編45」'87 p19
　和田万吉著「評釈江戸文学叢書9」'70 p149
南大門彼岸(近松門左衛門)
　「近松全集(岩波)17影印編」'94 p190
　「近松全集(岩波)17解説編」'94 p201
南町大平記(五葉舎)
　「洒落本大成27」'87 p173
南答輪問(大田南畝)
　浜田義一郎,中野三敏,日野龍夫,揖斐高編「大田南畝全集17」'88 p443
「何となふ」付合(松尾芭蕉)
　島居清著「芭蕉連句全註解3」'80 p147
「何とはなしに」歌仙(松尾芭蕉)
　島居清著「芭蕉連句全註解3」'80 p295
「何とはなしに」の巻
　弥吉菅一,赤羽学,西村真砂子,檀上正孝「芭蕉紀行集1」'78 p240
「何とはなしに」の巻(松尾芭蕉)
　弥吉菅一,赤羽学,檀上正孝著「芭蕉紀行集1」'67 p148
色里諸例男女不躾方・大通禁言集(烏亭焉馬)
　「洒落本大成16」'82 p139
「何の木の」歌仙(松尾芭蕉)
　島居清著「芭蕉連句全註解5」'81 p7
「何の木の」の巻(松尾芭蕉)

弥吉菅一, 赤羽学, 西村真砂子, 檀上正孝 「芭蕉紀行集2」'68 p188
難殖為可話(小寺玉晁)
　宇田敏彦校訂 「未刊随筆百種12」'78 p235
南蛮を征せんと欲する時、此(伊達正宗)
　菅野礼行, 徳田武校注・訳 「新編日本古典文学全集86」'02 p245
南蛮銅後藤目貫
　山田和人校訂 「叢書江戸文庫Ⅰ-11」'90 p329
南瓢記(枝芳軒静之)
　加藤貴校訂 「叢書江戸文庫Ⅰ-1」'90 p187
南品あやつり(青海舎主人)
　「洒落本大成15」'82 p329
南品傀儡(青海舎主人)
　伊藤千可良ほか校 「江戸時代文芸資料1」'64 p449
南部家桜田邸詩歌会
　松野陽一校注 「新日本古典文学大系67」'96 p385
南方録(南坊宗啓)
　安田章生訳 「古典日本文学全集36」'62 p263
　西山松之助校注 「日本思想大系61」'72 p9
南畝集(大田南畝)
　浜田義一郎, 中野三敏, 日野龍夫, 揖斐高編 「大田南畝全集3」'86 p1
　浜田義一郎, 中野三敏, 日野龍夫, 揖斐高編 「大田南畝全集4」'87 p1
　浜田義一郎, 中野三敏, 日野龍夫, 揖斐高編 「大田南畝全集5」'87 p1
南畝集(抄)(大田南畝)
　中野三敏, 日野龍夫, 揖斐高校注 「新日本古典文学大系84」'93 p471
南畝叢書(大田南畝)
　浜田義一郎, 中野三敏, 日野龍夫, 揖斐高編 「大田南畝全集19」'89 p599
南畝文庫蔵書目(大田南畝)
　浜田義一郎, 中野三敏, 日野龍夫, 揖斐高編 「大田南畝全集19」'89 p347
南畝莠言(大田南畝)
　浜田義一郎, 中野三敏, 日野龍夫, 揖斐高編 「大田南畝全集10」'86 p361
南畝莠言(大田南畝, 文宝亭編)
　関根正直ほか監修 「日本随筆大成Ⅱ-24」'75 p167
南溟先生の墓に謁す 二首(広瀬淡窓)
　岡村繁注 「江戸詩人選集9」'91 p46
南遊記(最一拳六)
　「洒落本大成18」'83 p169
南游稿(愕隠慧)
　上村観光編 「五山文学全集3」'73 p2631
南游稿(別源円旨)

上村観光編 「五山文学全集1」'73 p731
南游・東帰集抄(別源円旨)
　入矢義高校注 「新日本古典文学大系48」'90 p275
南嶺遺稿(多田義俊)
　関根正直ほか監修 「日本随筆大成Ⅰ-20」'76 p257
南嶺遺稿評(伊勢貞丈)
　関根正直ほか監修 「日本随筆大成Ⅰ-20」'76 p319
南嶺子(多田義俊)
　関根正直ほか監修 「日本随筆大成Ⅰ-17」'76 p323
南嶺子評(伊勢貞文)
　関根正直ほか監修 「日本随筆大成Ⅰ-17」'76 p397
南楼丸一之巻(胴楽散人)
　「洒落本大成25」'86 p241

【 に 】

「にひしほ」抄(江戸さい子)
　長沢美津編 「女人和歌大系5」'78 p459
にひまなび(加茂眞淵)
　佐佐木信綱編 「日本歌学大系7」'58 p218
新学異見(香川景樹)
　藤平春男校注・訳 「新編日本古典文学全集87」'02 p563
　佐佐木信綱編 「日本歌学大系8」'56 p215
　藤平春男校注・訳 「日本古典文学全集50」'75 p583
新学異見弁(業合大枝)
　佐佐木信綱編 「日本歌学大系9」'58 p295
匂ひ袋(塩屋艶一)
　「洒落本大成20」'83 p169
後編にほひ袋(塩屋艶二)
　「洒落本大成21」'84 p143
三国伝来無匂線香(山東京伝)
　山本陽史編 「シリーズ江戸戯作〔1〕」'87 p19
仁王
　北川忠彦ほか校注 「中世の文学 第1期〔22〕」'95 p165
匂宮(紫式部)
　阿部秋生, 小町谷照彦, 野村精一, 柳井滋著 「鑑賞日本の古典6」'79 p334
　阿部秋生, 秋山虔, 今井源衛, 鈴木日出男校注・訳 「完訳日本の古典21」'87 p9
　円地文子訳 「現代語訳 日本の古典5」'79 p136

谷崎潤一郎ほか編　「国民の文学4」'63 p168
「古典日本文学全集5」'61 p375
柳井滋ほか校注　「新日本古典文学大系22」'96 p209
「特選日本の古典 グラフィック版5」'86 p110
池田亀鑑校註　「日本古典全書〔16〕」'54 p134
阿部秋生，秋山虔，今井源衛校注・訳　「日本古典文学全集16」'95 p9
山岸徳平校注　「日本古典文学大系17」'62 p217
伊井春樹，日向一雅，百川敬仁（ほか）校注・訳　「日本の文学 古典編15」'87 p3
「日本文学大系5」'55 p563

二月一日，小集（田能村竹田）
　徳田武注　「江戸漢詩選1」'96 p114
二月五日，家を携えて梅を月瀬村に観る。（三首のうち一首）（梁川星巌）
　入谷仙介注　「江戸詩人選集8」'90 p190
二月十一日，蕉園飲に招く，席上十二体を分ち賦す，七言古の韻侵を得たり（野村篁園）
　徳田武注　「江戸詩人選集7」'90 p40
二月十一日，夢香翁・寛庭師・鏡湖・楽山と同に新梅荘に遊ぶ（大沼枕山）
　日野龍夫注　「江戸詩人選集10」'90 p212
二月十八日，有終文稼諸子，余を要して梅を尾山月瀬の諸村に観る。是の日雨雪，夜に入りて雲開け月出づ。有終文稼詩有り。余其の韻に次す。（二首のうち一首）（梁川星巌）
　入谷仙介注　「江戸詩人選集8」'90 p252
二月十六日，恩を蒙りて獄を出づ（二首，うち一首）（梁川紅蘭）
　福島理子注　「江戸漢詩選3」'95 p310
二月二十一日，雨中東叡山に花を看る（二首，うち一首）（梁川紅蘭）
　福島理子注　「江戸漢詩選3」'95 p282
二月念六日，舟にて七里の渡を過ぐ。大風浪に遇い，僅かに藪村に上るを得たり（江馬細香）
　福島理子注　「江戸漢詩選3」'95 p85
似我与左衛門国広伝書「風皷次第之事」（天文二年奥書）
　「中世文芸叢書12」'68 p69
当世睡揃にがわらひ（延宝七年刊）
　武藤禎，岡雅彦編　「噺本大系5」'75 p42
当世軽口にがわらひ咄揃
　宮尾しげを校注　「秘籍江戸文学選8」'75 p93
二曲三体人形図（世阿弥）
　表章，加藤周一校注　「日本思想大系24」'74 p121
二儀略説（小林謙貞）
　広瀬秀雄校注　「日本思想大系63」'71 p9
二九十八

北川忠彦ほか校注　「中世の文学 第1期〔22〕」'95 p159
肉道秘鍵（品動堂馬乗）
　「洒落本大成3」'79 p93
二兄に上る（清田儋叟）
　菅野礼行，徳田武校注・訳　「新編日本古典文学全集86」'02 p430
虹（元政）
　上野洋三注　「江戸詩人選集1」'91 p312
錦織
　芳賀矢一，佐佐木信綱校註　「謡曲叢書3」'87 p34
錦木
　伊藤千可良ほか校　「江戸時代文芸資料4」'64 p1
錦木（世阿弥）
　伊藤正義校注　「新潮日本古典集成〔60〕」'88 p27
　西野春雄校注　「新日本古典文学大系57」'98 p373
　小山弘志，佐藤健一郎校注・訳　「新編日本古典文学全集59」'98 p179
錦木―古名錦塚
　芳賀矢一，佐佐木信綱校註　「謡曲叢書3」'87 p37
錦戸（宮増）
　芳賀矢一，佐佐木信綱校註　「謡曲叢書3」'87 p42
「錦どる」百韻（松尾芭蕉）
　島居清著　「芭蕉連句全註解3」'80 p9
錦之裏（山東京伝）
　「洒落本大成16」'82 p59
　「徳川文芸類聚5」'70 p406
　笹川種郎著　「評釈江戸文学叢書8」'70 p637
織錦舎随筆（村田春海）
　関根正直ほか監修　「日本随筆大成I-5」'75 p309
『西の雲』序抄（松尾芭蕉）
　井本農一ほか著　「校本芭蕉全集9」'89 p283
西宮
　芳賀矢一，佐佐木信綱校註　「謡曲叢書3」'87 p46
西宮左大臣集（源高明）
　和歌史研究会編　「私家集大成1」'73 p418
西山物語（小山内薫）
　河竹登志夫ほか監修　「名作歌舞伎全集20」'69 p245
西山物語（建部綾足）
　高田衛校注・訳　「新編日本古典文学全集78」'95 p191

にしゆ　　　　　　　　　　　　　　　作品名

高田衛校注・訳　「日本古典文学全集48」'73 p245
二十一箇条
　笠原一男, 井上鋭夫校注　「日本思想大系17」'72 p462
二十五三昧式(源信編)
　高野辰之編　「日本歌謡集成4」'60 p246
三勝半七二十五年忌(紀海音)
　横山正校注・訳　「日本古典文学全集45」'71 p245
二十五菩薩和讃
　高野辰之編　「日本歌謡集成4」'60 p380
二十五菩薩和讃(恵心僧都)
　高野辰之編　「日本歌謡集成4」'60 p15
二十四孝
　大島建彦校注・訳　「日本古典文学全集36」'74 p298
　市古貞次校注　「日本古典文学大系38」'58 p241
二十二日早起きし, 阿蘇山に上る。朱陵の韻を用ふ(原采蘋)
　福島理子注　「江戸漢詩選3」'95 p219
酬和の句(菊本編)(松尾芭蕉)
　弥吉菅一, 赤羽学, 檀上正孝著　「芭蕉紀行集1」'67 p119
二条院讃岐集(二条院讃岐)
　長沢美津編　「女人和歌大系2」'65 p466
二条大皇太后宮大弐集(二条大皇太后宮大弐)
　和歌史研究会編　「私家集大成2」'75 p478
二条太皇太后宮大弐集(二条太皇太后宮大弐)
　長沢美津編　「女人和歌大系2」'65 p423
耳塵集(金子吉佐衛門)
　守随憲治訳　「古典日本文学全集36」'62 p232
耳塵集(金子吉左衛門)
　郡司正勝校注　「日本古典文学大系98」'65 p327
二星
　高野辰之編　「日本歌謡集成5」'60 p226
二世の縁(上田秋成)
　「上田秋成全集8」'93 p169
　「上田秋成全集8」'93 p298
　高田衛著　「鑑賞日本の古典18」'81 p146
　高田衛, 中村博保校注・訳　「完訳日本の古典57」'83 p251
　後藤明生訳　「現代語訳 日本の古典19」'80 p130
　美山靖校注　「新潮日本古典集成〔76〕」'80 p51
　中村幸彦, 高田衛校注・訳　「新編日本古典文学全集78」'95 p458
　浅野三平校・注　「全対訳日本古典新書〔14〕」'81 p68
　重友毅校註　「日本古典全書〔106〕」'57 p213

中村幸彦, 高田衛, 中村博保校注・訳　「日本古典文学全集48」'73 p511
中村幸彦校注　「日本古典文学大系56」'59 p170
二世の縁(現代語訳)(上田秋成)
　高田衛, 中村博保校注・訳　「完訳日本の古典57」'83 p251
偐紫田舎源氏(柳亭種彦)
　「古典叢書〔30〕」'90 p1
　「古典叢書〔31〕」'90 p1
　鈴木重三校注　「新日本古典文学大系88」'95 p1
　鈴木重三校注　「新日本古典文学大系89」'95 p1
　笹川種郎著　「評釈江戸文学叢書8」'70 p247
仁勢物語
　市古貞次, 野間光辰編　「鑑賞日本古典文学26」'76 p183
　野田寿雄校註　「日本古典全書〔101〕」'62 p283
　前田金五郎校注　「日本古典文学大系90」'65 p161
二川随筆(細川宗春, 山川素石)
　関根正直ほか監修　「日本随筆大成II-9」'74 p391
二大家風雅(大田南畝)
　浜田義一郎, 中野三敏, 日野龍夫, 揖斐高編　「大田南畝全集1」'85 p503
当世真似山気登里(小松屋百亀)
　「洒落本大成9」'80 p207
日蓮集
　兜木正亨, 新間進一校注　「日本古典文学大系82」'64 p267
日蓮消息文
　五来重編　「鑑賞日本古典文学20」'77 p275
日蓮上人御法海(日蓮記)(並木正三, 並木鯨児)
　河竹登志夫ほか監修　「名作歌舞伎全集6」'71 p93
日光山宇都宮因位御縁起(赤木文庫蔵写本)
　横山重ほか編　「室町時代物語大成補2」'88 p388
日光山縁起
　桜井徳太郎, 萩原龍夫, 宮田登校注　「日本思想大系20」'75 p275
日親上人徳記(近松門左衛門)
　「近松全集(岩波)13」'91 p239
　「近松全集(岩波)17影印編」'94 p458
　「近松全集(岩波)17解説編」'94 p470
入唐求法巡礼行記
　堀一郎訳　「古典日本文学全集15」'61 p58
(凡童句稿一)日発句集
　「俳書叢刊8」'88 p3
日本(にっぽん)…　→ "にほん"をも見よ
日本永代蔵(井原西鶴)
　暉峻康隆編　「鑑賞日本古典文学27」'76 p275

宗政五十緒, 長谷川強著 「鑑賞日本の古典15」
　　'80 p256
麻生磯次訳 「現代語訳西鶴全集(河出)6」'52
　　p9
暉峻康隆訳注 「現代語訳西鶴全集(小学館)9」
　　'77 p15
麻生磯次訳 「古典日本文学全集23」'60 p55
浮橋康彦編 「西鶴選集〔7〕」'95 p3
浮橋康彦編 「西鶴選集〔8〕」'95 p17
村田穆校注 「新潮日本古典集成〔69〕」'77 p11
谷脇理史校注・訳 「新編日本古典文学全集68」
　　'96 p17
穎原退蔵ほか編 「定本西鶴全集7」'50 p15
藤村作校註 「日本古典全書〔104〕」'50 p21
谷脇理史, 神保五弥, 暉峻康隆校注・訳 「日本古典文学全集40」'72 p87
野間光辰校注 「日本古典文学大系48」'60 p29
藤井乙男著 「評釈江戸文学叢書1」'70 p431
藤村作校訂 「訳註西鶴全集4」'49 p1
日本振袖始(近松門左衛門)
　　藤井紫影校註 「近松全集(思文閣)11」'78 p301
　　「近松全集(岩波)10」'89 p383
　　「近松全集(岩波)17影印編」'94 p362
　　「近松全集(岩波)17影印編」'94 p376
　　「近松全集(岩波)17解説編」'94 p370
　　「近松全集(岩波)17解説編」'94 p383
二度掛
　　芳賀矢一, 佐佐木信綱校註 「謡曲叢書3」'87
　　p49
梶原再見二度の賭(源平惣勘定)(大田南畝)
　　浜田義一郎, 中野三敏, 日野龍夫, 揖斐高編
　　「大田南畝全集7」'86 p275
二人袴(ににんばかま) → "ふたりばかま"
　　を見よ
三ヶ津浅間岳二の替芸品定
　　荻田清ほか編 「近世文学選〔1〕」'94 p162
二宮翁夜話(二宮尊徳)
　　奈良本辰也, 中井信彦校注 「日本思想大系52」
　　'73 p121
雪月二蒲団(酔醒水吉)
　　「洒落本大成20」'83 p207
日本(にほん)… → "にっぽん"をも見よ
日本行脚文集(井原西鶴)
　　穎原退蔵ほか編 「定本西鶴全集13」'50 p314
日本往生極楽記(慶滋保胤)
　　井上光貞, 大曽根章介校注 「日本思想大系7」
　　'74 p9
日本楽府(抄)
　　水田紀久, 頼惟勤, 直井文子校注 「新日本古典文学大系66」'96 p357
日本紀歌解槻乃落葉(荒木田久老)

高野辰之編 「日本歌謡集成1」'60 p289
日本詩史(江村北海)
　　大谷雅夫校注 「新日本古典文学大系65」'91
　　p31
　　清水茂, 揖斐高, 大谷雅夫校注 「新日本古典文学大系65」'91 p467
『日本春秋』書入(上田秋成)
　　「上田秋成全集1」'90 p307
日本書紀
　　福永武彦訳 「国民の文学1」'64 p189
日本書記
　　須永朝彦訳 「日本古典文学幻想コレクション2」'96 p13
日本書紀(舎人親王)
　　直木孝次郎, 西宮一民, 岡田精司編 「鑑賞日本古典文学2」'77 p7
　　小島憲之ほか校注・訳 「新編日本古典文学全集2」'94 p15
　　小島憲之ほか校注・訳 「新編日本古典文学全集3」'96 p15
　　小島憲之ほか校注・訳 「新編日本古典文学全集4」'98 p15
　　武田祐吉校註 「日本古典全書〔32〕」'48 p49
　　武田祐吉校註 「日本古典全書〔33〕」'53 p7
　　武田祐吉校註 「日本古典全書〔34〕」'54 p1
　　武田祐吉校註 「日本古典全書〔35〕」'55 p7
　　武田祐吉校註 「日本古典全書〔36〕」'56 p7
　　武田祐吉校註 「日本古典全書〔37〕」'57 p7
　　坂本太郎, 家永三郎, 井上光貞, 大野晋校注
　　「日本古典文学大系67」'67 p75
　　坂本太郎, 家永三郎, 井上光貞, 大野晋校注
　　「日本古典文学大系68」'65 p7
日本書紀歌謡
　　「古典日本文学全集1」'60 p238
　　荻原浅男, 鴻巣隼雄校注・訳 「日本古典文学全集1」'73 p391
　　土橋寛校注 「日本古典文学大系3」'57 p123
日本西王母(近松門左衛門)
　　藤井紫影校註 「近松全集(思文閣)4」'78 p1
　　「近松全集(岩波)3」'86 p147
日本政記(頼山陽)
　　植手通有校注 「日本思想大系49」'77 p7
日本道にの巻(西鶴独吟百韻自註絵巻)(井原西鶴)
　　金子金治郎, 雲英末雄, 暉峻康隆, 加藤定彦校注・訳 「新編日本古典文学全集61」'01 p447
日本女護島
　　高野辰之編 「日本歌謡集成7」'60 p1
日本風土記の山歌
　　志田延義編 「続日本歌謡集成2」'61 p377
日本霊異記

武田祐吉校註 「日本古典全書〔50〕」'50 p61
倉野憲司訳 「古典日本文学全集1」'60 p151
出雲路修校注 「新日本古典文学大系30」'96 p1
出雲路修校注 「新日本古典文学大系30」'96 p55
出雲路修校注 「新日本古典文学大系30」'96 p125
出雲路修校注 「新日本古典文学大系30」'96 p199
日本霊異記(景戒)
金井清一著 「鑑賞日本の古典1」'81 p281
中田祝夫校注・訳 「完訳日本の古典8」'86 p13
小泉道校注 「新潮日本古典集成〔7〕」'84 p9
中田祝夫校注・訳 「新編日本古典文学全集10」'95 p15
池上洵一訳・注 「全対訳日本古典新書〔13〕」'78 p18
池上洵一訳・注 「全対訳日本古典新書〔13〕」'78 p128
池上洵一訳・注 「全対訳日本古典新書〔13〕」'78 p274
須永朝彦編訳 「日本古典文学幻想コレクション1」'95 p11
中田祝夫校注・訳 「日本古典文学全集6」'75 p49
遠藤嘉基, 春日和男校注 「日本古典文学大系70」'67 p49
烹雑の記(滝沢馬琴)
関根正直ほか監修 「日本随筆大成Ⅰ-21」'76 p413
若市
北川忠彦ほか校注 「中世の文学 第1期〔20〕」'94 p192
にやんの事だ(止動堂馬呑)
「洒落本大成11」'81 p117
入学新論(帆足万里)
岡田武彦校注 「日本思想大系47」'72 p163
入山興(空海)
菅野礼行, 徳田武校注・訳 「新編日本古典文学全集86」'02 p83
入道右大臣集(藤原頼宗)
和歌史研究会編 「私家集大成2」'75 p239
入道大納言資賢集(源資賢)
和歌史研究会編 「私家集大成2」'75 p774
女房気質異赤縄(式亭三馬)
「古典叢書〔7〕」'89 p135
女房三十六人歌合
久曽神昇編 「日本歌学大系別6」'84 p347
久曽神昇編 「日本歌学大系別6」'84 p354
如願法師集(藤原秀能)
和歌史研究会編 「私家集大成4」'75 p48

女護島延喜入船
青木信光編 「文化文政江戸発禁文庫別」'83 p241
女護嶋恩愛俊寛(曲亭馬琴)
板坂則子校訂 「叢書江戸文庫Ⅱ-33」'94 p171
如説修行鈔(日蓮)
戸頃重基, 髙木豊校注 「日本思想大系14」'70 p159
女人愛執異録
西田耕三校訂 「叢書江戸文庫Ⅲ-44」'98 p447
女人往生和讃
高野辰之編 「日本歌謡集成4」'60 p383
女人形の記(来山)
雲英末雄, 山下一海, 丸山一彦, 松尾靖秋校注・訳 「新編日本古典文学全集72」'01 p440
女人形の記(來山)
穎原退蔵著 「評釈江戸文学叢書7」'70 p687
女人即身成仏記(近松門左衛門)
「近松全集(岩波)17影印編」'94 p166
「近松全集(岩波)17解説編」'94 p173
急雨(大窪詩仏)
揖斐高注 「江戸詩人選集5」'90 p206
庭立振
谷崎潤一郎ほか編 「国民の文学1」'64 p407
鶏竜田
芳賀矢一, 佐佐木信綱校註 「謡曲叢書3」'87 p51
雛鶴
北川忠彦, 安田章 「新編日本古典文学全集60」'01 p275
鶏聟
田中千禾夫訳 「現代語訳 日本の古典14」'80 p130
北川忠彦ほか校注 「中世の文学 第1期〔20〕」'94 p216
庭の訓(広本)(阿仏尼)
簗瀬一雄編 「校註阿仏尼全集〔1〕」'84 p107
庭の訓抄(伴蒿蹊)(阿仏尼)
簗瀬一雄編 「校註阿仏尼全集〔1〕」'84 p153
庭の訓(略本)(阿仏尼)
簗瀬一雄編 「校註阿仏尼全集〔1〕」'84 p139
庭の摘草
長沢美津編 「女人和歌大系5」'78 p654
仁安元年五月太皇太后宮亮経盛歌合雑載
「平安朝歌合大成4」'96 p2142
〔仁安元年―治承二年〕春寂念歌合
「平安朝歌合大成4」'96 p2474
仁安元年〔八月十七日以前〕中宮亮重家歌合
「平安朝歌合大成4」'96 p2148
〔仁安三年秋〕前中務少輔季経歌合
「平安朝歌合大成4」'96 p2218

〔仁安三年春〕奈良歌合雑載
　　「平安朝歌合大成4」'96 p2217
〔仁安三年冬〕太皇太后宮亮経盛歌合雑載
　　「平安朝歌合大成4」'96 p2221
〔仁安二年秋〕奈良歌合雑載
　　「平安朝歌合大成4」'96 p2206
仁安二年〔十二月〕俊恵歌林苑歌合雑載
　　「平安朝歌合大成4」'96 p2210
仁安二年二月太皇太后宮大進清輔歌合雑載
　　「平安朝歌合大成4」'96 p2177
仁安二年八月太皇太后宮亮経盛歌合
　　「平安朝歌合大成4」'96 p2183
〔仁安二年春〕太皇太后宮大進清輔後番沓歌合
　　「平安朝歌合大成4」'96 p2181
人間一心覗替繰（式亭三馬）
　　棚橋正博校訂　「叢書江戸文庫Ⅰ-20」'92 p37
人間万事虚誕計（式亭三馬編）
　　岡雅彦校訂　「叢書江戸文庫Ⅰ-19」'90 p349
人間万事虚誕計 後編（滝亭鯉丈）
　　岡雅彦校訂　「叢書江戸文庫Ⅰ-19」'90 p383
人間万事塞翁馬（滝沢馬琴）
　　「古典叢書〔16〕」'89 p551
人情本
　　前田愛校注　「新編日本古典文学全集80」'00 p365
〔仁平元—三年夏〕民部卿行平歌合
　　「平安朝歌合大成1」'95 p3
仁和御集（光孝天皇）
　　和歌史研究会編　「私家集大成1」'73 p102
〔仁和三年八月廿六日以前春〕中将御息所歌合
　　「平安朝歌合大成1」'95 p13
仁和寺百部最勝経供養教化
　　高野辰之編　「日本歌謡集成4」'60 p218
〔仁和四年—寛平三年秋〕内裏菊合
　　「平安朝歌合大成1」'95 p15
〔仁平元年二月十一日以前〕祇園社歌合
　　「平安朝歌合大成4」'96 p2107
〔仁平三年三月—永暦元年二月〕勧修寺歌合
　　「平安朝歌合大成4」'96 p2110
〔仁平三年正月以前〕左京大夫顕輔歌合
　　「平安朝歌合大成4」'96 p2108
仁明天皇物語（帝国図書館蔵奈良絵本）
　　太田武夫校訂　「室町時代物語集1」'62 p283

【ぬ】

縫子の許へ（荷田蒼生子）

古谷知新編　「江戸時代女流文学全集3」'01 p661
鵺（世阿弥）
　　伊藤正義校注　「新潮日本古典集成〔60〕」'88 p41
　　西野春雄校注　「新日本古典文学大系57」'98 p28
　　小山弘志, 佐藤健一郎校注・訳　「新編日本古典文学全集59」'98 p445
　　芳賀矢一, 佐佐木信綱校註　「謡曲叢書3」'87 p54
貫河
　　谷崎潤一郎ほか編　「国民の文学1」'64 p419
　　臼田甚五郎, 新間進一, 外村南都子, 徳江元正校注・訳　「新編日本古典文学全集42」'00 p123
抜殻
　　北川忠彦ほか校注　「中世の文学 第1期〔20〕」'94 p340
　　古川久校註　「日本古典全書〔91〕」'53 p237
蛇蛻青大通（天竺老人）
　　「洒落本大成12」'81 p47
蛇蛻青大通（森島中良）
　　石上敏校訂　「叢書江戸文庫Ⅱ-32」'94 p5
幣
　　臼田甚五郎, 新間進一, 外村南都子, 徳江元正校注・訳　「新編日本古典文学全集42」'00 p31
塗師
　　北川忠彦ほか校注　「中世の文学 第1期〔20〕」'94 p147
　　古川久校註　「日本古典全書〔92〕」'54 p128
蓴菜草紙（多田義寛）
　　関根正直ほか監修　「日本随筆大成Ⅱ-14」'74 p1
布引の滝（原采蘋）
　　福島理子注　「江戸漢詩選3」'95 p187
ぬば玉の記（異文）（上田秋成）
　　「上田秋成全集5」'92 p83
ぬば玉の巻（上田秋成）
　　「上田秋成全集5」'92 p53
ぬらぬら
　　北川忠彦ほか校注　「中世の文学 第1期〔22〕」'95 p93
ぬれぎぬ
　　市古貞次, 三角洋一編　「鎌倉時代物語集成5」'92 p59
濡衣
　　芳賀矢一, 佐佐木信綱校註　「謡曲叢書3」'87 p58
濡燕子宿傘（山東京伝）
　　「古典叢書〔4〕」'89 p81
「ぬれて行や」五十句（松尾芭蕉）

島居清著 「芭蕉連句全註解6」'81 p187
見て来た咄し後縄濡手で粟(墨洲山人鍋二丸)
　「徳川文芸類聚3」'70 p498
ぬれほとけ(平金)
　野間光辰校注 「日本思想大系60」'76 p27
ぬれぼとけ
　高野辰之編 「日本歌謡集成6」'60 p113

【 ね 】

寝音曲
　北川忠彦ほか校注 「中世の文学 第1期〔20〕」'94 p203
　古川久校註 「日本古典全書〔91〕」'53 p216
禰宜山伏
　北川忠彦ほか校注 「中世の文学 第1期〔22〕」'95 p365
「塒せよ」付合(松尾芭蕉)
　島居清著 「芭蕉連句全註解4」'80 p173
猫を悼む(祇園南海)
　山本和義, 横山弘注 「江戸詩人選集3」'91 p241
猫謝羅子(正徳鹿馬輔)
　「徳川文芸類聚5」'70 p438
猫射羅子(鹿馬輔)
　「洒落本大成17」'82 p345
ねごと草
　野田寿雄校注 「日本古典全書〔100〕」'60 p213
猫に小判(天明五年正月序)
　武藤禎夫編 「噺本大系19」'79 p279
猫にとられし盗人(只野真葛)
　古谷知新編 「江戸時代女流文学全集3」'01 p442
子子子子子子
　木村八重子校注 「新日本古典文学大系83」'97 p89
猫のさうし
　市古貞次校注 「日本古典文学大系38」'58 p297
猫の草子
　大島建彦校注・訳 「日本古典文学全集36」'74 p367
猫魔達(近松門左衛門)
　「近松全集(岩波)14」'91 p1
ねこ物語(彰考館蔵写本)
　横山重ほか編 「室町時代物語大成10」'82 p225
寝ころび草(丈草)
　雲英末雄, 山下一海, 丸山一彦, 松尾靖秋校注・訳 「新編日本古典文学全集72」'01 p483

寐覚―古名寝覚床
　芳賀矢一, 佐佐木信綱校註 「謡曲叢書3」'87 p61
ねざめのすさび(石川雅望)
　関根正直ほか監修 「日本随筆大成III-1」'76 p151
寝ざめの友(近藤万丈)
　森銑三, 北川博邦編 「続日本随筆大成2」'79 p91
鼠染春色糸(暮朴斎)
　青木信光編 「文化文政江戸発禁文庫6」'83 p247
根津見子楼茂(横取散人茶臼伍糶)
　「洒落本大成11」'81 p287
『鼠浄土』(昔話)
　浜中修編著 「大学古典叢書8」'89 p105
鼠の草子
　大島建彦校注・訳 「日本古典文学全集36」'74 p496
鼠の草子(仮題)(天理図書館蔵古絵巻)
　横山重ほか編 「室町時代物語大成10」'82 p241
鼠の草紙(仮題)(東京国立博物館蔵絵巻)
　横山重ほか編 「室町時代物語大成10」'82 p257
鼠草子(仮題)(フォグ美術館寄託古絵巻)
　横山重ほか編 「室町時代物語大成10」'82 p238
落咄鼠の笑(安永九年正月序)
　武藤禎夫編 「噺本大系11」'79 p296
根芹
　芳賀矢一, 佐佐木信綱校註 「謡曲叢書3」'87 p64
根南志具佐(平賀源内)
　中村幸彦校注 「日本古典文学大系55」'61 p33
根無草後編
　中村幸彦校注 「日本古典文学大系55」'61 p95
ねの日
　市古貞次, 三角洋一編 「鎌倉時代物語集成5」'92 p107
子の日(冷泉為理)
　北川忠彦, 安田章 「新編日本古典文学全集60」'01 p508
寧婆陀山を過ぐ(成島柳北)
　日野龍夫注 「江戸詩人選集10」'90 p158
涅槃和讃(源空上人)
　高野辰之編 「日本歌謡集成4」'60 p34
涅槃和讃(明恵上人)
　高野辰之編 「日本歌謡集成4」'60 p41
寿門松(山崎与次兵衛寿の門松)(近松門左衛門)
　河竹登志夫ほか監修 「名作歌舞伎全集21」'73 p297
寝惚先生文集(大田南畝)

浜田義一郎，中野三敏，日野龍大，揖斐高編
　「大田南畝全集1」'85 p341
揖斐高校注　「新日本古典文学大系84」'93 p1
睡る蝶（大窪詩仏）
　揖斐高注　「江戸詩人選集5」'90 p198
寐ものがたり（鼠渓）
　森銑三，北川博邦編　「続日本随筆大成11」'81 p1
「寝る迄の」付合（松尾芭蕉）
　島居清著　「芭蕉連句全註解6」'81 p157
［拈香］（天祥一麟）
　玉村竹二編　「五山文学新集別2」'81 p288
年山紀聞（安藤為章）
　関根正直ほか監修　「日本随筆大成II-16」'74 p257
年中故事（玉田永教）
　森銑三，北川博邦編「続日本随筆大成別12」'83 p213
年代和歌抄（国永）
　和歌史研究会編　「私家集大成7」'76 p818
年々随筆（石原正明）
　森銑三訳　「古典日本文学全集35」'61 p246
　関根正直ほか監修　「日本随筆大成I-21」'76 p1
念仏往生記（近松門左衛門）
　藤井紫影校註　「近松全集(思文閣)1」'78 p191
念仏往生記（大原問答）（近松門左衛門）
　「近松全集(岩波)17影印編」'94 p465
　「近松全集(岩波)17解説編」'94 p475
念仏往生伝（行仙）
　井上光貞，大曽根章介校注　「日本思想大系7」'74 p704
念仏法語
　五来重編　「鑑賞日本古典文学20」'77 p139
念仏問答
　増谷文雄訳　「古典日本文学全集15」'61 p138
念仏和讃
　高野辰之編　「日本歌謡集成4」'60 p352
　高野辰之編　「日本歌謡集成4」'60 p353
　高野辰之編　「日本歌謡集成4」'60 p355
　高野辰之編　「日本歌謡集成4」'60 p355
　高野辰之編　「日本歌謡集成4」'60 p511
年満の賀序（堀江みえ女）
　古谷知新編　「江戸時代女流文学全集3」'01 p632
年満の賀跋（長谷川拾子）
　古谷知新編　「江戸時代女流文学全集3」'01 p633

【の】

「野あらしに」半歌仙（松尾芭蕉）
　島居清著　「芭蕉連句全註解6」'81 p237
のふあきら（源信明）
　和歌史研究会編　「私家集大成1」'73 p367
能因歌枕（広本）（能因）
　佐佐木信綱編　「日本歌学大系1」'58 p73
能因歌枕（略本）（能因）
　佐佐木信綱編　「日本歌学大系1」'58 p69
能因集（能因）
　和歌史研究会編　「私家集大成2」'75 p200
　犬養廉，平野由紀子校注　「新日本古典文学大系28」'94 p389
能因法師歌集（能因）
　和歌史研究会編　「私家集大成2」'75 p209
衲衣（売茶翁）
　末木文美士，堀川貴司注　「江戸漢詩選5」'96 p111
農業自得抄（田村仁左衛門吉茂）
　古島敏雄校注　「日本思想大系62」'72 p219
農業全書抄（宮崎安貞）
　古島敏雄校注　「日本思想大系62」'72 p67
農業全書総目録（宮崎安貞）
　古島敏雄，安芸皎一校注　「日本思想大系62」'72 p165
能似画（小夜奢山人）
　「洒落本大系8」'80 p329
能評判うそ咄
　「徳川文芸類聚12」'70 p264
「能程に」付合（松尾芭蕉）
　島居清著　「芭蕉連句全註解3」'80 p171
農民太平記
　倉員正江校訂　「叢書江戸文庫II-31」'94 p193
能名作集
　横道万里雄注解　「古典日本文学全集20」'62 p5
農竜
　芳賀矢一，佐佐木信綱校註　「謡曲叢書3」'87 p67
納涼詞（上田秋成）
　「上田秋成全集11」'94 p42
「野を横に」詞書（松尾芭蕉）
　井本農一，久富哲雄，村松友次，堀切実校注・訳「新編日本古典文学全集71」'97 p253
野を横の前書（松尾芭蕉）
　井本農一，弥吉菅一，横沢三郎，尾形仂校注「校本芭蕉全集6」'89 p393
野鴈集（安藤野鴈）

「国歌大系19」'76 p909
軒の栗（松尾芭蕉）
　井本農一，久富哲雄，村松友次，堀切実校注・訳
　「新編日本古典文学全集71」'97 p257
軒端の独活（田代松意）
　「未刊連歌俳諧資料1-2」'52 p1
軒端梅
　伊藤正義校注　「新潮日本古典集成〔60〕」'88 p53
　西野春雄校注　「新日本古典文学大系57」'98 p490
野口判官
　芳賀矢一，佐佐木信綱校註　「謡曲叢書3」'87 p69
「残る蚊に」三十句（松尾芭蕉）
　島居清著　「芭蕉連句全註解10」'83 p113
野坂家本「住よしもの語」
　「中世文芸叢書11」'67 p149
野坂本賦物集
　「中世文芸叢書4」'65 p1
野ざらし紀行（松尾芭蕉）
　井本農一，弥吉菅一，横沢三郎，尾形仂校注
　「校本芭蕉全集6」'89 p51
　谷崎潤一郎ほか編　「国民の文学15」'64 p162
　井本農一訳　「古典日本文学全集31」'61 p177
　富山奏校注　「新潮日本古典集成〔72〕」'78 p24
　井本農一，久富哲雄，村松友次，堀切実校注・訳
　「新編日本古典文学全集71」'97 p19
　麻生磯次訳注　「対訳古典シリーズ〔18〕」'88 p89
　井本農一，堀信夫，村松友次校注・訳　「日本古典文学全集41」'72 p285
　弥吉菅一，赤羽学，檀上正孝著　「芭蕉紀行集1」'67 p105
　弥吉菅一，赤羽学，西村真砂子，檀上正孝　「芭蕉紀行集1」'78 p140
野ざらし紀行（波静本）（松尾芭蕉）
　弥吉菅一，赤羽学，檀上正孝著　「芭蕉紀行集1」'67 p105
野ざらし紀行絵巻の跋
　弥吉菅一，赤羽学，西村真砂子，檀上正孝　「芭蕉紀行集1」'78 p220
野ざらし紀行絵巻跋（松尾芭蕉）
　井本農一，弥吉菅一，横沢三郎，尾形仂校注
　「校本芭蕉全集6」'89 p318
　井本農一，久富哲雄，村松友次，堀切実校注・訳
　「新編日本古典文学全集71」'97 p205
　弥吉菅一，赤羽学，檀上正孝著　「芭蕉紀行集1」'67 p128
『野ざらし紀行』関係の諸作品（松尾芭蕉）

　弥吉菅一，赤羽学，西村真砂子，檀上正孝　「芭蕉紀行集1」'78 p213
『野ざらし紀行』（濁子清書絵巻本）（松尾芭蕉）
　弥吉菅一，赤羽学，西村真砂子，檀上正孝　「芭蕉紀行集1」'78 p140
野路の胆言（楽山子）
　「洒落本大成8」'80 p91
のせ猿さうし
　市古貞次校注　「日本古典文学大系38」'58 p289
のせ猿草子
　大島建彦校注・訳　「日本古典文学全集36」'74 p357
落噺のぞきからくり（享和三年正月序）（浮世絵摺安）
　武藤禎夫編　「噺本大系14」'79 p122
「のたりのたりと」付句（松尾芭蕉）
　島居清著　「芭蕉連句全註解別1」'83 p115
後午の日記（荒木田麗女）
　古谷知新編　「江戸時代女流文学全集3」'01 p103
後鈴屋集（本居春庭）
　「国歌大系16」'76 p837
後は昔物語（手柄岡持）
　関根正直ほか監修　「日本随筆大成III-12」'77 p263
野寺
　芳賀矢一，佐佐木信綱校註　「謡曲叢書3」'87 p72
「長閑さや」付合（松尾芭蕉）
　島居清著　「芭蕉連句全註解9」'83 p133
野中清水
　北川忠彦ほか校注　「中世の文学 第1期〔20〕」'94 p343
　芳賀矢一，佐佐木信綱校註　「謡曲叢書3」'87 p75
野中清水歌（梁田蛻巌）
　菅野礼行，徳田武校注・訳　「新編日本古典文学全集86」'02 p351
野の池の巻（安永八年）（与謝蕪村）
　頴原退蔵編著　「蕪村全集2」'48 p211
野の道（津軽照子）
　長沢美津編　「女人和歌大系6」'78 p315
野宮
　伊藤正義校注　「新潮日本古典集成〔60〕」'88 p65
　小山弘志，佐藤健一郎校注・訳　「新編日本古典文学全集58」'97 p298
　芳賀矢一，佐佐木信綱校註　「謡曲叢書3」'87 p77
野宮（金春禅竹）
　西野春雄校注　「新日本古典文学大系57」'98 p623

野宮（世阿弥）
　窪田啓作訳　「国民の文学12」'64 p19
野乃舎随筆（大石千引）
　関根正直ほか監修　「日本随筆大成Ⅰ-12」'75 p69
信明朝臣集（源信明）
　和歌史研究会編　「私家集大成1」'73 p368
信実朝臣家集（藤原信実）
　和歌史研究会編　「私家集大成4」'75 p266
登戸に宿す（大沼枕山）
　日野龍夫注　「江戸詩人選集10」'90 p176
「のまれけり」歌仙（松尾芭蕉）
　島居清著　「芭蕉連句全註解2」'79 p53
野守―古名野守鏡
　芳賀矢一，佐佐木信綱校註　「謡曲叢書3」'87 p81
野守鏡（源有房）
　佐佐木信綱編　「日本歌学大系4」'56 p64
野山をかけめぐる心地（『霜の光』）（松尾芭蕉）
　井本農一ほか著　「校本芭蕉全集9」'89 p374
乗合舟（安永七年正月刊）
　武藤禎夫編　「噺本大系11」'79 p147
乗合船（乗合船恵方万歳）（桜田治助（三世））
　河竹登志夫ほか監修　「名作歌舞伎全集24」'72 p173
祝詞
　倉野憲司，武田祐吉校注　「日本古典文学大系1」'58 p385
祝詞講義
　「日本文学古註釈大成〔35〕」'79 p1
　「日本文学古註釈大成〔36〕」'79 p1
祝詞講義附録
　「日本文学古註釈大成〔36〕」'79 p1
範永朝臣集（藤原範永）
　和歌史研究会編　「私家集大成2」'75 p243
乗払（惟忠通恕）
　玉村竹二編　「五山文学新集別2」'81 p607
範宗集（藤原範宗）
　和歌史研究会編　「私家集大成3」'74 p661
滑稽埜良玉子（十偏舎）
　「洒落本大成20」'83 p269
「暖簾の」付合（松尾芭蕉）
　島居清著　「芭蕉連句全註解5」'81 p25
野分（紫式部）
　阿部秋生，小町谷照彦，野村精一，柳井滋著　「鑑賞日本の古典6」'79 p176
　阿部秋生，秋山虔，今井源衛，鈴木日出男校注・訳　「完訳日本の古典18」'85 p65
　円地文子訳　「現代語訳 日本の古典5」'79 p96
　谷崎潤一郎ほか編　「国民の文学3」'63 p442

阿部秋生ほか校注・訳　「古典セレクション7」'98 p191
　「古典日本文学全集5」'61 p81
　石田穣二，清水好子校注　「新潮日本古典集成〔21〕」'79 p121
　柳井滋ほか校注　「新日本古典文学大系21」'95 p33
　阿部秋生，秋山虔，今井源衛，鈴木日出男校注・訳　「新編日本古典文学全集22」'96 p261
　「特選日本の古典 グラフィック版5」'86 p74
　池田亀鑑校註　「日本古典全書〔14〕」'50 p216
　阿部秋生，秋山虔，今井源衛校注・訳　「日本古典文学全集14」'72 p253
　山岸徳平校注　「日本古典文学大系16」'61 p43
　伊井春樹，日向一雅，百川敬仁（ほか）校注・訳　「日本の文学 古典編13」'86 p229
　「日本文学大系5」'55 p111
「野は雪に」歌仙（松尾芭蕉）
　島居清著　「芭蕉連句全註解8」'82 p183
野は雪に の巻き 百韻（表八句）芭蕉の貞門俳諧（松尾芭蕉）
　井本農一著　「鑑賞日本の古典14」'82 p239
「野は雪に」百韻（松尾芭蕉）
　島居清著　「芭蕉連句全註解1」'79 p1

【 は 】

梅雨（服部南郭）
　山本和義，横山弘注　「江戸詩人選集3」'91 p168
梅影（新井白石）
　一海知義，池沢一郎注　「江戸漢詩選2」'96 p122
梅園拾葉（三浦梅園）
　関根正直ほか監修　「日本随筆大成Ⅱ-5」'74 p187
梅園叢書（三浦安貞）
　関根正直ほか監修　「日本随筆大成Ⅰ-12」'75 p1
梅翁随筆
　須永朝彦編訳　「日本古典文学幻想コレクション1」'95 p225
　関根正直ほか監修　「日本随筆大成Ⅱ-11」'74 p1
梅花（藤原道真）
　菅野礼行，徳田武校注・訳　「新編日本古典文学全集86」'02 p158
俳諧あづまからげ
　「徳川文芸類聚11」'70 p416

はいか　　　　　　　　　　　作品名

絵入俳諧石車（井原西鶴）
　　頴原退蔵ほか編　「定本西鶴全集12」'70 p143
俳諧大句数（井原西鶴）
　　頴原退蔵ほか編　「定本西鶴全集10」'54 p213
　　暉峻康隆、東明雅校注・訳「日本古典文学全集38」'71 p69
『俳諧雅楽集』序抄（松尾芭蕉）
　　井本農一ほか著　「校本芭蕉全集9」'89 p380
俳諧書留
　　「校本芭蕉全集6」'89 p240
俳諧寄垣諸抄大成（井原西鶴）
　　頴原退蔵ほか編　「定本西鶴全集13」'50 p418
俳諧金砂子（紀逸ほか）
　　「徳川文芸類聚11」'70 p228
俳諧鵤（七世沾山編）
　　鈴木勝忠校注　「新日本古典文学大系72」'93 p409
俳諧高天鶯（鶴寿軒良弘編）
　　「徳川文芸類聚11」'70 p271
俳諧五十三駅（小林一茶）
　　矢羽勝幸校注　「一茶全集8」'78 p23
俳諧五徳（井原西鶴）
　　頴原退蔵ほか編　「定本西鶴全集11上」'72 p55
誹諧誹諧三ヶ津哥仙絵入（井原西鶴）
　　頴原退蔵ほか編　「定本西鶴全集11上」'72 p337
俳諧三尺のむち（児池不敵）
　　「徳川文芸類聚11」'70 p407
俳諧三部抄（井原西鶴）
　　頴原退蔵ほか編　「定本西鶴全集13」'50 p357
俳諧寺記（小林一茶）
　　揖斐高校注・訳　「日本の文学 古典編43」'86 p310
俳諧師（三幅対和歌姿画）（桜田治助（三世））
　　河竹登志夫ほか監修「名作歌舞伎全集24」'72 p141
俳諧寺抄録（小林一茶）
　　小林計一郎校注　「一茶全集7」'77 p389
俳諧七部集
　　萩原蘿月校註　「日本古典全書〔78〕」'50 p61
　　萩原蘿月校註　「日本古典全書〔79〕」'52 p1
『俳諧十論』抄（松尾芭蕉）
　　井本農一ほか著　「校本芭蕉全集9」'89 p385
俳諧関相撲（井原西鶴）
　　頴原退蔵ほか編　「定本西鶴全集13」'50 p391
誹諧撰集法（松尾芭蕉）
　　宮本三郎、井本農一、今栄蔵、大内初夫校注
　　「校本芭蕉全集7」'89 p269
俳諧草結（隆志編）
　　鈴木勝忠校注　「新日本古典文学大系72」'93 p289
俳諧太平記

「俳書叢刊3」'88 p445
誹諧 鈫始 助叟撰
　　「未刊連歌俳諧資料4-5」'61 p22
誹諧通言（並木舎五瓶）
　　「洒落本大成24」'85 p219
俳諧童の的（竹翁編）
　　岩田秀行校注　「新日本古典文学大系72」'93 p325
『俳諧桃李』序（与謝蕪村）
　　村松友次著　「鑑賞日本の古典17」'81 p368
俳諧に古人なし他（『初蝉』）（松尾芭蕉）
　　井本農一ほか著　「校本芭蕉全集9」'89 p320
俳諧西歌仙（小林一茶）
　　矢羽勝幸校注　「一茶全集8」'78 p435
俳諧塗笠（井原西鶴）
　　頴原退蔵ほか編　「定本西鶴全集13」'50 p419
俳諧之口伝（井原西鶴）
　　頴原退蔵ほか編　「定本西鶴全集12」'70 p65
俳諧のならひ事（井原西鶴）
　　頴原退蔵ほか編　「定本西鶴全集12」'70 p87
俳諧万人講
　　「徳川文芸類聚11」'70 p376
俳諧百人一句難波色紙（井原西鶴）
　　頴原退蔵ほか編　「定本西鶴全集11上」'72 p235
俳諧百回筐の跡（井原西鶴）
　　頴原退蔵ほか編　「定本西鶴全集12」'70 p355
誹諧昼網（井原西鶴）
　　頴原退蔵ほか編　「定本西鶴全集11下」'75 p383
俳諧発句一題噺（嘉永四年正月刊）（空中楼花咲爺）
　　武藤禎夫編　「噺本大系18」'79 p315
俳諧武玉川（四時庵紀逸撰）
　　「徳川文芸類聚11」'70 p1
俳諧蒙求守武西翁流
　　「俳書叢刊3」'88 p3
俳諧問答（向井去来，森川許六）
　　横沢三郎訳　「古典日本文学全集36」'62 p136
『誹諧問答』抄（松尾芭蕉）
　　井本農一ほか著　「校本芭蕉全集9」'89 p326
俳諧はあからさまなるがよし（『柿表紙』）（松尾芭蕉）
　　井本農一ほか著　「校本芭蕉全集9」'89 p369
俳諧は三尺の童にさせよ他（『けふの昔』）（松尾芭蕉）
　　井本農一ほか著　「校本芭蕉全集9」'89 p365
梅花煙月の図（梁川紅蘭）
　　福島理子注　「江戸漢詩選3」'95 p248
梅花寒雀の図（梁川紅蘭）
　　福島理子注　「江戸漢詩選3」'95 p247
売花新駅（朱楽館主人）
　　「洒落本大成7」'80 p193
　　「徳川文芸類聚5」'70 p129

梅之与四兵衛物語梅花氷裂（山東京伝）
　佐藤深雪校訂　「叢書江戸文庫Ⅰ-18」'87 p237
梅花無尽蔵 一（萬里集九）
　玉村竹二編　「五山文学新集6」'72 p651
梅花落（嵯峨天皇）
　菅野礼行, 徳田武校注・訳　「新編日本古典文学全集86」'02 p71
梅花落（服部南郭）
　山本和義, 横山弘注　「江戸詩人選集3」'91 p113
梅花落。人を送る（館柳湾）
　徳田武注　「江戸詩人選集7」'90 p206
梅花落。人を送る（服部南郭）
　山本和義, 横山弘注　「江戸詩人選集3」'91 p110
排吉利支丹文（金地院崇伝）
　海老沢有道校注　「日本思想大系25」'70 p419
俳句編
　井本農一, 堀信夫注解　「完訳日本の古典54」'84 p11
売茶翁が卜居の作を和して却って寄す。三首（うち二首）（大潮元皓）
　末木文美士, 堀川貴司注　「江戸漢詩選5」'96 p186
売茶翁茶具を携えて士新先生を訪ね、茶を煎じて之に飲ましむ。余も亦与る。席上に先生に奉贈す。二首（うち一首）（大典顕常）
　末木文美士, 堀川貴司注　「江戸漢詩選5」'96 p211
売茶翁の七十を寿す（大潮元皓）
　末木文美士, 堀川貴司注　「江戸漢詩選5」'96 p196
売茶翁は吾が兄月海の別称なり。翁一茶壷洛中に売弄す。而うして洛人翁を喜ぶこと、識ると識らざるとを問うことなし。皆称す。是の如くなる者蓋し十年、乃ち将に郷に帰らんとす。予之を聞きて喜ぶ。因って斯の作有り。庶幾わくは以て臂を把るべしと云う（大潮元皓）
　末木文美士, 堀川貴司注　「江戸漢詩選5」'96 p195
売茶偶成三首（売茶翁）
　末木文美士, 堀川貴司注　「江戸漢詩選5」'96 p86
売茶口占十二首（売茶翁）
　末木文美士, 堀川貴司注　「江戸漢詩選5」'96 p32
廃寺（広瀬旭荘）
　岡村繁注　「江戸詩人選集9」'91 p216
梅春抄（猪苗代兼載）
　木藤才蔵校注　「中世の文学　第1期〔14〕」'90 p65
配所残筆（山鹿素行）
　田原嗣郎, 守本順一郎校注　「日本思想大系32」'70 p317
はい墨
　谷崎潤一郎ほか編　「国民の文学6」'64 p335
はいずみ
　「古典日本文学全集7」'60 p243
　塚原鉄雄校注　「新潮日本古典集成〔30〕」'83 p75
　大槻修, 今井源衛, 森下純昭, 辛島正雄校注　「新日本古典文学大系26」'92 p84
　三谷栄一, 三谷邦明, 稲賀敬二校注・訳　「新編日本古典文学全集17」'00 p485
　池田利夫訳注　「対訳古典シリーズ〔7〕」'88 p161
　大槻修校注・訳　「日本の文学　古典編21」'86 p204
掃墨物語
　市古貞次, 三角洋一編　「鎌倉時代物語集成7」'94 p327
俳仙群会の図賛（与謝蕪村）
　頴原退蔵編著　「蕪村全集1」'48 p463
梅窓筆記（橋本経亮）
　関根正直ほか監修　「日本随筆大成Ⅲ-5」'77 p311
梅村載筆（林羅山）
　関根正直ほか監修　「日本随筆大成Ⅰ-1」'75 p1
俳題正名序（与謝蕪村）
　頴原退蔵編著　「蕪村全集1」'48 p404
廃宅 二首（うち一首）（梁川星巌）
　入谷仙介注　「江戸詩人選集8」'90 p285
売茶の口占を和して通仙亭の主翁に贈る。十二首（うち六首）（大潮元皓）
　末木文美士, 堀川貴司注　「江戸漢詩選5」'96 p179
梅墩詩鈔（広瀬旭荘）
　日野龍夫校注　「新日本古典文学大系64」'97 p263
拝年途中の口号（野村篁園）
　徳田武注　「江戸詩人選集7」'90 p68
誹風末摘花
　山路閑古校注　「秘籍江戸文学選4」'75 p21
　山路閑古校注　「秘籍江戸文学選4」'75 p129
　山路閑古校注　「秘籍江戸文学選4」'75 p173
　山路閑古校注　「秘籍江戸文学選4」'75 p253
誹風柳多留（呉陵軒木綿ほか編）
　宮田正信校注　「新潮日本古典集成〔79〕」'84 p11
誹風柳多留拾遺（抄）

はいふ　　　　　　　　　　　作品名

杉本長重，浜田義一郎校注　「日本古典文学大系57」'58 p219
誹風柳多留（抄）
　杉本長重，浜田義一郎校注　「日本古典文学大系57」'58 p27
排耶蘇（林羅山）
　海老沢有道校注　「日本思想大系25」'70 p413
歌舞伎楽屋通俳優家䑕負気質（式亭三馬）
　「古典叢書〔7〕」'89 p165
梅林の軽雨（祇園南海）
　山本和義，横山弘注　「江戸詩人選集3」'91 p183
改正哇袖鏡（梅暮里谷峨編）
　高野辰之編　「日本歌謡集成9」'60 p438
端唄部類三編
　高野辰之編　「日本歌謡集成9」'60 p468
「蠅ならぶ」歌仙（松尾芭蕉）
　島居清著　「芭蕉連句全註解7」'82 p233
巴園
　芳賀矢一，佐佐木信綱校註　「謡曲叢書3」'87 p169
破戒（一休宗純）
　菅野礼行，徳田武校注・訳　「新編日本古典文学全集86」'02 p240
新作落咄馬鹿大林（寛政十三年正月刊）
　武藤禎夫編　「噺本大系13」'79 p313
葉隠（山本常朝，田代陣基）
　斎木一馬，岡山泰四，相良亨校注　「日本思想大系26」'74 p213
「葉がくれを」歌仙（松尾芭蕉）
　島居清著　「芭蕉連句全註解10」'83 p9
博多小女郎浪枕（毛剃）（近松門左衛門）
　河竹登志夫ほか監修　「名作歌舞伎全集1」'69 p151
博多小女郎波枕
　北条秀司訳　「国民の文学14」'64 p275
博多小女郎波枕（近松門左衛門）
　高野正巳訳　「古典日本文学全集24」'59 p241
　大橋正叔校注・訳　「新編日本古典文学全集74」'97 p155
　藤井紫影校註　「近松全集（思文閣）11」'78 p565
　「近松全集（岩波）10」'89 p743
　鳥越文蔵校注・訳　「日本古典文学全集44」'75 p413
　重友毅校注　「日本古典文学大系49」'58 p323
　樋口慶千代著　「評釈江戸文学叢書3」'70 p389
萩大名
　北川忠彦ほか校注　「中世の文学 第1期〔20〕」'94 p376
　古川久校註　「日本古典全書〔91〕」'53 p130
大世界楽屋探（式亭三馬）

「古典叢書〔6〕」'89 p311
萩と月（松尾芭蕉）
　井本農一，弥吉菅一，横沢三郎，尾形仂校注　「校本芭蕉全集6」'89 p547
萩のしづく（中島歌子）
　長沢美津編　「女人和歌大系5」'78 p194
波響の楼に寄せ題す（六如）
　黒川洋一注　「江戸詩人選集4」'90 p287
破吉利支丹（鈴木正三）
　海老沢有道校注　「日本思想大系25」'70 p449
白雨（館柳湾）
　徳田武注　「江戸詩人選集7」'90 p323
白雲山寺にて維明禅師を邀う。師は画を善くす（六如）
　黒川洋一注　「江戸詩人選集4」'90 p243
白雲集を読みて対山の曲に和す（元政）
　上野洋三注　「江戸詩人選集1」'91 p316
白詠（島田忠臣）
　菅野礼行，徳田武校注・訳　「新編日本古典文学全集86」'02 p125
白鷗の辞—五山文学の詩想についての一考察（中川徳之助）
　「中世文芸叢書別1」'67 p188
柏玉和歌集（後柏原院）
　和歌史研究会編　「私家集大成6」'76 p692
白谷子歌（仁科白谷）
　徳田武注　「江戸漢詩選1」'96 p211
藐姑射山（上田秋成）
　「上田秋成全集11」'94 p65
白氏長慶集を読む（尾藤二州）
　菅野礼行，徳田武校注・訳　「新編日本古典文学全集86」'02 p497
博士難（藤原道真）
　菅野礼行，徳田武校注・訳　「新編日本古典文学全集86」'02 p136
伯氏の豊に遊ぶを送り奉る（原采蘋）
　福島理子注　「江戸漢詩選3」'95 p143
白蛇集 第五集（橘曙覧）
　土岐善麿校註　「日本古典全書〔74〕」'50 p242
白小（大窪詩仏）
　揖斐高注　「江戸詩人選集5」'90 p329
曝書 二首（六如）
　黒川洋一注　「江戸詩人選集4」'90 p362
白石爛（大田南畝）
　浜田義一郎，中野三敏，日野龍夫，揖斐高編　「大田南畝全集19」'89 p595
博奕仕方風聞書
　宇田敏彦校訂　「未刊随筆百種1」'76 p379
博奕十王
　北川忠彦ほか校注　「中世の文学 第1期〔20〕」'94 p309

280　日本古典文学全集・作品名綜覧

須永朝彦編訳 「日本古典文学幻想コレクション2」'96 p122
白鳥伝説（近江国逸文）
　曽倉岑，金井清一著 「鑑賞日本の古典1」'81 p264
白藤花（石川丈山）
　上野洋三注 「江戸詩人選集1」'91 p125
泊洎舎集（清水濱臣）
　「国歌大系18」'76 p565
幕府法
　笠松宏至校注 「日本思想大系21」'72 p7
莫妄想（石田梅岩）
　柴田実校注 「日本思想大系42」'71 p103
白木蓮（清水千代）
　長沢美津編 「女人和歌大系6」'78 p449
紿屋市兵衛（卓袋）宛書簡（松尾芭蕉）
　富山奏校注 「新潮日本古典集成〔72〕」'78 p100
伯養
　北川忠彦ほか校注 「中世の文学 第1期〔20〕」'94 p186
　古川久校註 「日本古典全書〔92〕」'54 p267
白楽天
　伊藤正義校注 「新潮日本古典集成〔60〕」'88 p77
　西野春雄校注 「新日本古典文学大系57」'98 p540
　芳賀矢一，佐佐木信綱校註 「謡曲叢書3」'87 p96
羽倉信美にやりける（上田秋成）
　「上田秋成全集12」'95 p446
白鯉館卯雲
　棚橋正博，鈴木勝忠，宇田敏彦注解 「新編日本古典文学全集79」'99 p527
白露
　市古貞次，三角洋一編 「鎌倉時代物語集成4」'91 p87
馬口労
　北川忠彦ほか校注 「中世の文学 第1期〔20〕」'94 p313
柏楼に雪夜に玉鷺と飲む（成島柳北）
　日野龍夫注 「江戸詩人選集10」'90 p92
百和香（大田南畝）
　浜田義一郎，中野三敏，日野龍夫，揖斐高編 「大田南畝全集19」'89 p585
狸和尚勧化帳化地蔵器縁起化競丑満鐘（滝沢馬琴）
　「古典叢書〔19〕」'90 p1
化物草紙
　須永朝彦編訳 「日本古典文学幻想コレクション2」'96 p48
箱崎（世阿弥）
　芳賀矢一，佐佐木信綱校註 「謡曲叢書3」'87 p99
「箱根越す」歌仙（松尾芭蕉）
　島居清著 「芭蕉連句全註解4」'80 p341
箱根権現絵巻（箱根神社蔵国宝絵巻）
　太田武夫校訂 「室町時代物語集3」'62 p3
箱根権現縁起絵巻（仮題）（箱根神社蔵古絵巻）
　横山重ほか編 「室町時代物語大成10」'82 p277
箱根本地由来（慶応義塾図書館蔵写本）
　横山重ほか編 「室町時代物語大成10」'82 p288
箱根霊験躄仇討（いざりの仇討）（司馬芝叟）
　河竹登志夫ほか監修 「名作歌舞伎全集6」'71 p319
河東方言箱まくら（大極堂有長編）
　「洒落本大成27」'87 p113
藐姑射秘言（黒沢翁満）
　岡田甫訳・解説 「秘籍江戸文学選1」'74 p97
　青木信光編 「文化文政江戸発禁文庫1」'83 p139
羽衣
　小山弘志，佐藤健一郎校注・訳 「新編日本古典文学全集58」'97 p381
　河竹登志夫ほか監修 「名作歌舞伎全集24」'72 p235
　芳賀矢一，佐佐木信綱校註 「謡曲叢書3」'87 p102
麻疹を患う（成島柳北）
　日野龍夫注 「江戸詩人選集10」'90 p48
麻疹戯言（式亭三馬）
　棚橋正博校訂 「叢書江戸文庫I-20」'92 p59
（麻疹戯言）麻疹与海鹿之弁（式亭三馬）
　「古典叢書〔6〕」'89 p436
（麻疹戯言）送麻疹神表（式亭三馬）
　「古典叢書〔6〕」'89 p427
新選軽口麻疹噺（享和三年夏刊）
　武藤禎夫編 「噺本大系14」'79 p126
橋立青嵐の巻（宝暦五年）（与謝蕪村）
　潁原退蔵編著 「蕪村全集2」'48 p38
橋立の本地
　大島建彦校注・訳 「新編日本古典文学全集63」'02 p175
半蔀（内藤藤左衛門）
　小山弘志，佐藤健一郎校注・訳 「新編日本古典文学全集58」'97 p339
半蔀一古名半蔀夕顔
　芳賀矢一，佐佐木信綱校註 「謡曲叢書3」'87 p113
橋の上の初雪、和歌題（大窪詩仏）
　揖斐高注 「江戸詩人選集5」'90 p239
橋柱の文台の記（北村季吟）
　鈴鹿三七校訂 「北村季吟著作集〔1〕」'62 p51

はしひ　　　　　　　　　　作品名

橋姫
　　芳賀矢一，佐佐木信綱校註　「謡曲叢書3」'87 p115
橋姫（紫式部）
　　阿部秋生，小町谷照彦，野村精一，柳井滋著
　　「鑑賞日本の古典6」'79 p343
　　阿部秋生，秋山虔，今井源衛，鈴木日出男校注・訳　「完訳日本の古典21」'87 p89
　　円地文子訳　「現代語訳 日本の古典5」'79 p143
　　谷崎潤一郎ほか編　「国民の文学4」'63 p208
　　阿部秋生ほか校注・訳　「古典セレクション12」'98 p161
　　「古典日本文学全集6」'62 p5
　　石田穣二，清水好子校注　「新潮日本古典集成〔23〕」'82 p253
　　柳井滋ほか校注　「新日本古典文学大系22」'96 p295
　　阿部秋生，秋山虔，今井源衛，鈴木日出男校注・訳　「新編日本古典文学全集24」'97 p115
　　「特選日本の古典 グラフィック版5」'86 p116
　　池田亀鑑校註　「日本古典全書〔16〕」'54 p208
　　阿部秋生，秋山虔，今井源衛校注・訳　「日本古典文学全集16」'95 p107
　　山岸徳平校注　「日本古典文学大系17」'62 p295
　　伊井春樹，日向一雅，百川敬仁（ほか）校注・訳　「日本の文学 古典編15」'87 p77
　　「日本文学大系6」'55 p52
橋姫物語
　　浜中修編著　「大学古典叢書8」'89 p46
橋姫物語（仮題）（東京国立博物館蔵絵巻）
　　横山重ほか編　「室町時代物語大成10」'82 p309
橋姫物語（東京帝室博物館蔵絵巻）
　　太田武夫校訂　「室町時代物語集3」'62 p628
橋弁慶
　　浜中修編著　「大学古典叢書8」'89 p27
　　芳賀矢一，佐佐木信綱校註　「謡曲叢書3」'87 p118
橋弁慶（天理図書館蔵写本）
　　横山重ほか編　「室町時代物語大成10」'82 p316
『橋弁慶』（謡曲）
　　浜中修編著　「大学古典叢書8」'89 p85
芭蕉
　　伊藤正義校注　「新潮日本古典集成〔60〕」'88 p89
　　芳賀矢一，佐佐木信綱校註　「謡曲叢書3」'87 p121
芭蕉（金春禅竹）
　　西野春雄校注　「新日本古典文学大系57」'98 p205
　　小山弘志，佐藤健一郎校注・訳　「新編日本古典文学全集58」'97 p311
芭蕉庵十三夜（松尾芭蕉）

井本農一，弥吉菅一，横沢三郎，尾形仂校注　「校本芭蕉全集6」'89 p378
富山奏校注　「新潮日本古典集成〔72〕」'78 p103
井本農一，久富哲雄，村松友次，堀切実校注・訳　「新編日本古典文学全集71」'97 p236
弥吉菅一，赤羽学，西村真砂子，檀上正孝　「芭蕉紀行集2」'68 p166
芭蕉庵三日月日記（稿本）（松尾芭蕉）
　　「未刊連歌俳諧資料4-1」'61 p9
『芭蕉庵三日月日記』序（松尾芭蕉）
　　井本農一ほか著　「校本芭蕉全集9」'89 p288
芭蕉庵三日月日記（版本）（松尾芭蕉）
　　「未刊連歌俳諧資料4-1」'61 p27
『芭蕉翁行状記』抄（松尾芭蕉）
　　井本農一ほか著　「校本芭蕉全集9」'89 p314
芭蕉翁終焉記（其角）
　　雲英末雄，山下一海，丸山一彦，松尾靖秋校注・訳　「新編日本古典文学全集72」'01 p457
芭蕉翁追善日記（支考）
　　「未刊連歌俳諧資料3-2」'59 p7
『芭蕉翁追善之日記』抄（松尾芭蕉）
　　井本農一ほか著　「校本芭蕉全集9」'89 p293
『芭蕉翁附合集』序（蕪村）
　　雲英末雄，山下一海，丸山一彦，松尾靖秋校注・訳　「新編日本古典文学全集72」'01 p548
『芭蕉翁附合集』序（与謝蕪村）
　　村松友次著　「鑑賞日本の古典17」'81 p358
　　頴原退蔵編著　「蕪村全集1」'48 p393
芭蕉を移す詞（松尾芭蕉）
　　井本農一，弥吉菅一，横沢三郎，尾形仂校注　「校本芭蕉全集6」'89 p502
　　井本農一，大谷篤蔵編　「校本芭蕉全集別1」'91 p227
　　谷崎潤一郎ほか編　「国民の文学15」'64 p213
　　富山奏校注　「新潮日本古典集成〔72〕」'78 p221
　　井本農一，久富哲雄，村松友次，堀切実校注・訳　「新編日本古典文学全集71」'97 p327
芭蕉忌の巻（安永三年）（与謝蕪村）
　　頴原退蔵編著　「蕪村全集2」'48 p141
芭蕉句集（松尾芭蕉）
　　今栄蔵校注　「新潮日本古典集成〔71〕」'82 p11
　　頴原退蔵，山崎喜好校注　「日本古典全書〔80〕」'58 p29
　　大谷篤蔵，中村俊定校注　「日本古典文学大系45」'62 p17
芭蕉子，余が輩を東郊の別業（伊藤担庵）
　　菅野礼行，徳田武校注・訳　「新編日本古典文学全集86」'02 p285
馬上雑吟 八首（うち二首）（梁川星巌）
　　入谷仙介校注　「江戸詩人選集8」'90 p173
馬上の残夢

弥吉菅一, 赤羽学, 西村真砂子, 檀上正孝 「芭蕉紀行集1」'78 p218
弥吉菅一, 赤羽学, 西村真砂子, 檀上正孝 「芭蕉紀行集1」'78 p218
馬上の残夢(松尾芭蕉)
　井本農一, 弥吉菅一, 横沢三郎, 尾形仂校注 「校本芭蕉全集6」'89 p305
　井本農一, 大谷篤蔵編 「校本芭蕉全集別1」'91 p203
芭蕉の消息(『にひはり』十四巻七号大正十三年七月所掲)(松尾芭蕉)
　井本農一, 大谷篤蔵編 「校本芭蕉全集別1」'91 p403
芭蕉の真蹟に添ふる辞(与謝蕪村)
　穎原退蔵編著 「蕪村全集1」'48 p441
「芭蕉野分して」の詞書(松尾芭蕉)
　井本農一, 弥吉菅一, 横沢三郎, 尾形仂校注 「校本芭蕉全集6」'89 p296
正風俳諧芭蕉葉ぶね(小林一茶)
　小林計一郎, 丸山一彦, 矢羽勝幸校注 「一茶全集別1」'78 p361
芭蕉文集(松尾芭蕉)
　穎原退蔵校註 「日本古典全書〔81〕」'55 p69
走井
　臼田甚五郎, 新間進一, 外村南都子, 徳江元正校注・訳 「新編日本古典文学全集42」'00 p125
はしり水
　風俗資料研究会編 「秘められたる古典名作全集3」'97 p1
巴人集(大田南畝)
　浜田義一郎, 中野三敏, 日野龍夫, 揖斐高編 「大田南畝全集2」'86 p387
巴人集拾遺(大田南畝)
　浜田義一郎, 中野三敏, 日野龍夫, 揖斐高編 「大田南畝全集2」'86 p469
「蓮池の」五十韻(松尾芭蕉)
　島居清著 「芭蕉連句全註解5」'81 p71
葉月末つかた(高須元尚)
　津本信博編 「近世紀行日記文学集成2」'94 p445
葉月物語
　市古貞次, 三角洋一編 「鎌倉時代物語集成7」'94 p335
蓮の花笠(井原西鶴)
　穎原退蔵ほか編 「定本西鶴全集13」'50 p418
蓮の実(井原西鶴)
　穎原退蔵ほか編 「定本西鶴全集13」'50 p341
蓮実(賀子編)
　桜井武次郎校注 「新日本古典文学大系71」'94 p261

「はせを野分」付合「宿まゐらせむ」付合「花の咲」付合(松尾芭蕉)
　島居清著 「芭蕉連句全註解3」'80 p151
長谷寺霊験記
　浜中修編著 「大学古典叢書8」'89 p75
破提宇子(不干斎ハビアン)
　海老沢有道校注 「日本思想大系25」'70 p423
裸百貫(腴川子)
　「洒落本大成16」'82 p271
裸百貫(細わ杢瓜)
　「洒落本大成24」'85 p61
鉢かづき
　大島建彦校注・訳 「完訳日本の古典49」'83 p44
　永井竜男訳 「古典日本文学全集18」'61 p184
　浜中修編著 「大学古典叢書8」'89 p71
　大島建彦校注・訳 「日本古典文学全集36」'74 p76
　市古貞次校注 「日本古典文学大系38」'58 p58
はちかつき(清水泰氏蔵奈良絵本)
　太田武夫校訂 「室町時代物語集3」'62 p513
はちかつき(御巫清勇氏蔵奈良絵本)
　太田武夫校訂 「室町時代物語集3」'62 p498
鉢かづき(仮題)(赤木文庫蔵写本)
　横山重ほか編 「室町時代物語大成10」'82 p324
鉢かづきの草子(赤木文庫蔵寛永頃刊本)
　横山重ほか編 「室町時代物語大成10」'82 p353
はちかづきのさうし(万治二年高橋清兵衛板)
　太田武夫校訂 「室町時代物語集3」'62 p480
八被般若角文字(山東京伝)
　山本陽史編 「シリーズ江戸戯作〔1〕」'87 p7
八月下旬帰郷後淫雨連日、復思故国歌(上田秋成)
　「上田秋成全集12」'95 p407
八月十五夜、江州の野亭にて(大江匡衡)
　菅野礼行, 徳田武校注・訳 「新編日本古典文学全集86」'02 p186
八月十五夜の宴にして、各志(島田忠臣)
　菅野礼行, 徳田武校注・訳 「新編日本古典文学全集86」'02 p131
八月十八日夜、夢に譜厄利亜を攻む(藤田東湖)
　坂井新注 「江戸漢詩選4」'95 p37
八月二十九日作る(田能村竹田)
　徳田武注 「江戸漢詩選1」'96 p120
八月廿三日、翠屏詩屋に小酌し月を待つ(市河寛斎)
　揖斐高注 「江戸詩人選集5」'90 p159
「八九間」歌仙(松尾芭蕉)
　島居清著 「芭蕉連句全註解9」'83 p183
八句連歌

はちし　　　　　　　　　　作品名

北川忠彦ほか校注　「中世の文学 第1期〔22〕」'95 p116
古川久校註　「日本古典全書〔93〕」'56 p137
八十の賀（堀田正敦）
　津本信博編　「近世紀行日記文学集成2」'94 p555
八陣守護城（八陣）（中村漁岸，佐川藤太）
　河竹登志夫ほか監修　「名作歌舞伎全集6」'71 p341
八祖銘ノ教化
　高野辰之編　「日本歌謡集成4」'60 p217
八代集秀歌
　久曽神昇編　「日本歌学大系別6」'84 p374
鉢叩
　古川久校註　「日本古典全書〔93〕」'56 p202
鉢たゝき（与謝蕪村）
　潁原退蔵編著　「蕪村全集1」'48 p451
鉢扣辞（去来）
　雲英末雄，山下一海，丸山一彦，松尾靖秋校注・訳　「新編日本古典文学全集72」'01 p473
鉢たたきのうた（松尾芭蕉）
　井本農一，弥吉菅一，横沢三郎，尾形仂校注　「校本芭蕉全集6」'89 p549
鉢たたきの巻（明和六年）（与謝蕪村）
　潁原退蔵編著　「蕪村全集2」'48 p53
八帖花伝書
　中村保雄校注　「日本思想大系23」'73 p511
鉢木
　芳賀矢一，佐佐木信綱校註　「謡曲叢書3」'87 p125
八番日記（小林一茶）
　尾沢喜雄，宮脇昌三校注　「一茶全集4」'77 p29
　尾沢喜雄，宮脇昌三校注　「一茶全集4」'77 p233
八幡
　芳賀矢一，佐佐木信綱校註　「謡曲叢書3」'87 p497
富岡八幡鐘（かはきち）
　「洒落本大成21」'84 p375
八幡弓
　芳賀矢一，佐佐木信綱校註　「謡曲叢書3」'87 p500
八幡宮御縁起（校訂者蔵写本）
　太田武夫校訂　「室町時代物語集1」'62 p3
八幡愚童訓
　桜井徳太郎，萩原龍夫，宮田登校注　「日本思想大系20」'75 p169
　桜井徳太郎，萩原龍夫，宮田登校注　「日本思想大系20」'75 p207
八幡大菩薩御縁起（天理図書館蔵享禄四年奥書絵巻）

横山重ほか編　「室町時代物語大成10」'82 p377
八幡の御本地（承応二年刊丹緑本）
　太田武夫校訂　「室町時代物語集1」'62 p32
八幡の御本地（承応二年刊本）
　横山重ほか編　「室町時代物語大成10」'82 p390
八まんの本地（校訂者蔵奈良絵本）
　太田武夫校訂　「室町時代物語集1」'62 p21
八幡本地（校訂者蔵奈良絵本）
　太田武夫校訂　「室町時代物語集1」'62 p11
八幡祭小望月賑（縮屋新助）（河竹黙阿弥）
　河竹登志夫ほか監修　「名作歌舞伎全集11」'69 p3
馬提灯（与謝蕪村）
　潁原退蔵編著　「蕪村全集1」'48 p455
八竜湖に泛ぶ（六首のうち二首）（大窪詩仏）
　揖斐高注　「江戸詩人選集5」'90 p322
八論余言（田安宗武）
　「万葉集古註釈集成13」'91 p283
八論余言拾遺（賀茂真淵）
　「万葉集古註釈集成13」'91 p311
初衣抄（山東京伝）
　「洒落本大成14」'81 p61
初午の日記（荒木田麗女）
　古谷知新編　「江戸時代女流文学全集3」'01 p25
初懐旨全
　「俳書叢刊9」'88 p227
初懐紙評註（松尾芭蕉）
　宮本三郎，井本農一，今栄蔵，大内初夫校注　「校本芭蕉全集7」'89 p405
廿日会（山梨稲川）
　一海知義，池沢一郎注　「江戸漢詩選2」'96 p156
当世新話はつ鰹（安永十年正月序）
　武藤禎夫編　「噺本大系11」'79 p322
初雁を待つ詞（荷田蒼生子）
　古谷知新編　「江戸時代女流文学全集3」'01 p659
南総里見八犬伝後日譚（為永春水）
　鶴岡節雄校注　「新版絵草紙シリーズ8」'83 p1
八水随筆
　関根正直ほか監修　「日本随筆大成Ⅰ-6」'75 p125
はつ瀬
　市古貞次，三角洋一編　「鎌倉時代物語集成5」'92 p132
初蟬（風国編）
　「俳書叢刊5」'88 p275
初蟬穢かに一声（一条天皇）
　菅野礼行，徳田武校注・訳　「新編日本古典文学全集86」'02 p168
初瀬詣（上田秋成）

「上田秋成全集11」'94 p233
初瀬物語（慶応義塾図書館蔵写本）
　横山重ほか編　「室町時代物語大成10」'82 p407
初瀬路日記（西村義忠）
　津本信博編　「近世紀行日記文学集成2」'94 p348
八相和讃
　高野辰之編　「日本歌謡集成4」'60 p297
「初茸や」歌仙（松尾芭蕉）
　島居清者　「芭蕉連句全註解8」'82 p269
服部南郭　南郭先生文集（抄）
　頼惟勤校注　「日本思想大系37」'72 p193
初音（紫式部）
　阿部秋生, 秋山虔, 今井源衛, 鈴木日出男校注・訳　「完訳日本の古典17」'85 p193
　円地文子訳　「現代語訳 日本の古典5」'79 p84
　谷崎潤一郎ほか編　「国民の文学3」'63 p397
　阿部秋生ほか校注・訳「古典セレクション7」'98 p9
　「古典日本文学全集5」'61 p32
　石田穣二, 清水好子校注　「新潮日本古典集成〔21〕」'79 p9
　柳井滋ほか校注　「新日本古典文学大系20」'94 p375
　阿部秋生, 秋山虔, 今井源衛, 鈴木日出男校注・訳　「新編日本古典文学全集22」'96 p141
　「特選日本の古典 グラフィック版5」'86 p64
　池田亀鑑校註　「日本古典全書〔14〕」'50 p133
　阿部秋生, 秋山虔, 今井源衛校注・訳　「日本古典文学全集14」'72 p135
　山岸徳平校注「日本古典文学大系15」'59 p375
　伊井春樹, 日向一雅, 百川敬仁（ほか）校注・訳　「日本の文学 古典編13」'86 p123
　「日本文学大系5」'55 p40
初音草噺大鑑
　宮尾しげを校注　「秘籍江戸文学選8」'75 p119
　武藤禎, 岡雅彦編　「噺本大系6」'76 p102
初登（安永九年正月序）
　武藤禎夫編　「噺本大系11」'79 p284
はつはな（塙保己一）
　青木信光編　「文化文政江戸発禁文庫別」'83 p285
初春仙女香・女郎買舎もの江戸かせぎ・かこひもの落噺（文政頃刊）
　武藤禎夫編　「噺本大系15」'79 p326
初春, 鹿浜吟社に過る（野村篁園）
　徳田武注　「江戸詩人選集7」'90 p150
初冬山行（広瀬旭荘）
　岡村繁注　「江戸詩人選集9」'91 p212
初冬の感興（大江匡衡）

菅野礼行, 徳田武校注・訳　「新編日本古典文学全集86」'02 p189
初昔茶番出花（桜川一声）
　二村文人校訂　「叢書江戸文庫Ⅲ-45」'99 p215
初役金烏帽子魚（十返舎一九）
　棚橋正博校訂　「叢書江戸文庫Ⅲ-43」'97 p383
初雪
　芳賀矢一, 佐佐木信綱校註　「謡曲叢書3」'87 p133
初雪記（家仁）
　津本信博編　「近世紀行日記文学集成1」'93 p403
「はつ雪の」歌仙（松尾芭蕉）
　島居清者　「芭蕉連句全註解3」'80 p195
「はつゆきや」詞書（松尾芭蕉）
　井本農一, 久富哲雄, 村松友次, 堀切実校注・訳　「新編日本古典文学全集71」'97 p202
「はつ雪や」独吟百韻（松尾芭蕉）
　島居清者　「芭蕉連句全註解別1」'83 p115
「はつゆきや」の詞書（松尾芭蕉）
　井本農一, 弥吉菅一, 横山三郎, 尾形仂校注　「校本芭蕉全集6」'89 p331
青楼奇談初夢草紙（馬鹿清）
　「洒落本大成28」'87 p45
落咄はつわらい（天明八年頃序）（一ツ分ン万十）
　「噺本大系12」'79 p124
馬堤灯画賛（与謝蕪村）
　村松友次著　「鑑賞日本の古典17」'81 p309
競伊勢物語（伊勢物語）
　河竹登志夫ほか監修　「名作歌舞伎全集5」'70 p213
昔帯のお艶好今織の市松形艶容歌妓結（式亭三馬）
　「古典叢書〔8〕」'89 p149
艶容女舞衣（竹本三郎兵衛ほか）
　祐田善雄校注　「日本古典文学大系99」'65 p279
　河竹登志夫ほか監修　「名作歌舞伎全集7」'69 p139
美濃や三勝あかねや半七艶容女舞衣
　樋口慶千代著　「評釈江戸文学叢書4」'70 p571
絵入花菖蒲待乳問答（柳是居皆阿）
　「洒落本大成2」'78 p165
花争
　北川忠彦ほか校注　「中世の文学 第1期〔22〕」'95 p149
花軍
　芳賀矢一, 佐佐木信綱校註　「謡曲叢書3」'87 p134
花を栽う（古賀精里）
　一海知義, 池沢一郎注　「江戸漢詩選2」'96 p281
花を売る声（頼山陽）

はなお　　　　　　　　　　　作品名

入谷仙介注　「江戸詩人選集8」'90 p81
花を惜しむ（服部南郭）
　　山本和義，横山弘注　「江戸詩人選集3」'91 p140
花を惜しむ三首(うち一首)（原采蘋）
　　福島理子注　「江戸漢詩選3」'95 p114
華岡の客舎にて前遊を憶いて寐ねず，偶然に咏を成し，贈りて徳府の諸友に謝す（亀井南冥）
　　徳田武注　「江戸漢詩選1」'96 p257
花落ちて春帰る路（藤原伊周）
　　菅野礼行，徳田武校注・訳　「新編日本古典文学全集86」'02 p165
花折新発意
　　北川忠彦ほか校注　「中世の文学 第1期〔22〕」'95 p103
　　古川久校註　「日本古典全書〔92〕」'54 p174
花垣の庄（松尾芭蕉）
　　井本農一，弥吉菅一，横沢三郎，尾形仂校注　「校本芭蕉全集6」'89 p450
花霞（花の下永人述）
　　「洒落本大成29」'88 p341
花形見（世阿弥）
　　西野春雄校注　「新日本古典文学大系57」'98 p179
花筐（世阿弥）
　　伊藤正義校注　「新潮日本古典集成〔60〕」'88 p101
　　小山弘志，佐藤健一郎校注・訳　「新編日本古典文学全集59」'98 p63
　　芳賀矢一，佐佐木信綱校註　「謡曲叢書3」'87 p138
花筐（前田渼子）
　　長沢美津編　「女人和歌大系5」'78 p433
花供養（小林一茶）
　　矢羽勝幸校注　「一茶全集8」'78 p69
花競二巻噺（一九老人，谷十丸）
　　武藤禎夫編　「噺本大系15」'79 p55
花子
　　丸岡明訳　「国民の文学12」'64 p203
　　北川忠彦ほか校注　「中世の文学 第1期〔22〕」'95 p49
花子ものぐるひ（寛文延宝頃刊本）
　　横山重ほか編　「室町時代物語大成10」'82 p423
花暦八笑人（滝亭鯉丈ほか）
　　中村幸彦，浜田啓介編　「鑑賞日本古典文学34」'78 p259
「花咲て」歌仙（松尾芭蕉）
　　島居清著　「芭蕉連句全註解4」'80 p105
花桜折る少将
　　「古典日本文学全集7」'60 p215

塚原鉄雄校注　「新潮日本古典集成〔30〕」'83 p19
大槻修，今井源衛，森下純昭，辛島正雄校注　「新日本古典文学大系26」'92 p4
三谷栄一，三谷邦明，稲賀敬二校注・訳　「新編日本古典文学全集17」'00 p385
花桜折る中将
　　谷崎潤一郎ほか編　「国民の文学6」'64 p291
　　池田利夫訳注　「対訳古典シリーズ〔7〕」'88 p7
　　大槻修校注・訳　「日本の文学 古典編21」'86 p9
花桜木春夜語（柳亭種彦）
　　広部俊也校訂　「叢書江戸文庫II-35」'95 p539
はなし亀
　　武藤禎夫編　「噺本大系17」'79 p134
はなし亀（十口舎富久助）
　　武藤禎夫編　「噺本大系18」'79 p77
話句翁（天明三年正月序）
　　武藤禎夫編　「噺本大系19」'79 p276
よりどりみどりはなし句応(文化九年正月序)（緑亭可山）
　　武藤禎夫編　「噺本大系14」'79 p309
御かげ道中噺栗毛(文政十三年四月刊)（都喜蝶）
　　武藤禎夫編　「噺本大系15」'79 p308
新板はなし大全
　　浜田義一郎，武藤禎夫編　「日本小咄集成上」'71 p177
噺大全(嘉永初年頃刊)
　　武藤禎夫編　「噺本大系16」'79 p177
噺手本忠臣蔵(寛政八年正月刊)（振鷺亭主人）
　　武藤禎夫編　「噺本大系13」'79 p24
新作はなしのいけす(文政五年正月刊)（欣堂間人）
　　武藤禎夫編　「噺本大系18」'79 p180
咄の開帳（桜川慈悲成）
　　二村文人校訂　「叢書江戸文庫III-45」'99 p45
噺の魁二編(天保十五年頃刊)（蓬萊文暁）
　　武藤禎夫編　「噺本大系16」'79 p105
咄の蔵入(文政三年正月序)
　　武藤禎夫編　「噺本大系19」'79 p340
はなしの種(天保十年正月刊)（安遊山人）
　　武藤禎夫編　「噺本大系16」'79 p68
近来見聞噺の苗（暁鐘成）
　　関根正直ほか監修　「日本随筆大成III-6」'77 p97
新作笑話の林(天保二年正月刊)（林屋正蔵）
　　武藤禎夫編　「噺本大系16」'79 p3
古今青楼噺之画有多（南陀加紫蘭）
　　「洒落本大成9」'80 p249
新作咄土産(文政十年正月刊)
　　武藤禎夫編　「噺本大系15」'79 p229
噺物語（幸佐）
　　宮尾しげを校注　「秘籍江戸文学選8」'75 p93

囃子物語(延宝八年刊)（幸佐）
　武藤禎，岡雅彦編　「噺本大系4」'76 p51
花角力白藤源太(山東京伝)
　鶴岡節雄校注　「新版絵草紙シリーズ2」'79 p55
花園院御製(光厳院)
　和歌史研究会編　「私家集大成5」'74 p220
花園日記(今村楽)
　津本信博編　「近世紀行日記文学集成2」'94 p423
はなだの女御
　「古典日本文学全集7」'60 p238
　塚原鉄雄校注　「新潮日本古典集成〔30〕」'83 p95
　大槻修，今井源衛，森下純昭，辛島正雄校注　「新日本古典文学大系26」'92 p72
　三谷栄一，三谷邦明，稲賀敬二校注・訳　「新編日本古典文学全集17」'00 p469
　池田利夫訳注　「対訳古典シリーズ〔7〕」'88 p137
　大槻修校注・訳　「日本の文学 古典編21」'86 p173
花散里(紫式部)
　阿部秋生，小町谷照彦，野村精一，柳井滋著　「鑑賞日本の古典6」'79 p129
　阿部秋生，秋山虔，今井源衛，鈴木日出男校注・訳　「完訳日本の古典15」'83 p201
　円地文子訳　「現代語訳 日本の古典5」'79 p55
　谷崎潤一郎ほか編　「国民の文学3」'63 p208
　阿部秋生ほか校注・訳「古典セレクション3」'98 p215
　「古典日本文学全集4」'61 p215
　石田穣二，清水好子校注　「新潮日本古典集成〔19〕」'77 p191
　柳井滋ほか校注　「新日本古典文学大系19」'93 p393
　阿部秋生，秋山虔，今井源衛，鈴木日出男校注・訳　「新編日本古典文学全集21」'95 p151
　「特選日本の古典 グラフィック版5」'86 p37
　池田亀鑑校註　「日本古典全書〔13〕」'49 p115
　阿部秋生，秋山虔，今井源衛校注・訳　「日本古典文学全集13」'72 p143
　山岸徳平校注　「日本古典文学大系14」'58 p415
　伊井春樹，日向一雅，百川敬仁(ほか)校注・訳　「日本の文学 古典編12」'86 p93
　「日本文学大系4」'55 p297
花つくし(正保三年刊本)
　横山重ほか編「室町時代物語大成10」'82 p453
花で候の巻(西翁十吟韻・恋俳諧)
　金子金治郎，暉峻康隆，中村俊定注解　「日本古典文学全集32」'74 p309
「花と花と」発句短冊(近松門左衛門)
　「近松全集(岩波)17影印編」'94 p7

鼻取相撲
　北川忠彦ほか校注　「中世の文学 第1期〔20〕」'94 p367
「花に遊ぶ」歌仙(松尾芭蕉)
　島居清著　「芭蕉連句全註解4」'80 p157
「花にうき世」歌仙(松尾芭蕉)
　島居清著　「芭蕉連句全註解3」'80 p71
花にきてやの巻(西鶴大句数)(井原西鶴)
　金子金治郎，雲英末雄，暉峻康隆，加藤定彦校注・訳　「新編日本古典文学全集61」'01 p419
花にぬれての巻(安永五年)(与謝蕪村)
　頴原退蔵編著　「蕪村全集2」'48 p157
「花にねね」の詞書(松尾芭蕉)
　井本農一，弥吉菅一，横沢三郎，尾形仂校注　「校本芭蕉全集6」'89 p499
花盗人
　北川忠彦ほか校注　「中世の文学 第1期〔22〕」'95 p77
　古川久校註　「日本古典全書〔93〕」'56 p17
花盗人(田中允氏蔵紺表紙本)
　吉田幸一著　「平安文学叢刊4」'59 p776
花上野誉碑(志渡寺)(司馬芝叟，筒井半平)
　河竹登志夫ほか監修　「名作歌舞伎全集6」'71 p275
花のうてな
　市古貞次，三角洋一編　「鎌倉時代物語集成5」'92 p125
花の咲(享和三年正月刊)(春日亭花道，千差万別選)
　武藤禎夫編　「噺本大系14」'79 p104
花宴(紫式部)
　阿部秋生，小町谷照彦，野村精一，柳井滋著　「鑑賞日本の古典6」'79 p111
　阿部秋生，秋山虔，今井源衛，鈴木日出男校注・訳　「完訳日本の古典15」'83 p79
　円地文子訳　「現代語訳 日本の古典5」'79 p46
　谷崎潤一郎ほか編　「国民の文学3」'63 p146
　阿部秋生ほか校注・訳「古典セレクション2」'98 p241
　「古典日本文学全集4」'61 p152
　石田穣二，清水好子校注　「新潮日本古典集成〔19〕」'77 p47
　柳井滋ほか校注　「新日本古典文学大系19」'93 p271
　阿部秋生，秋山虔，今井源衛，鈴木日出男校注・訳　「新編日本古典文学全集20」'94 p351
　「特選日本の古典 グラフィック版5」'86 p31
　池田亀鑑校註　「日本古典全書〔12〕」'46 p397
　阿部秋生，秋山虔，今井源衛校注・訳　「日本古典文学全集12」'70 p421
　山岸徳平校注　「日本古典文学大系14」'58 p301

はなの　　　　　　　　　　　　　　　　　作品名

伊井春樹，日向一雅，百川敬仁(ほか)校注・訳
　「日本の文学 古典編11」'86 p389
　「日本文学大系4」'55 p206
花の縁物語(寛文六年刊本)
　横山重ほか編　「室町時代物語大成10」'82 p468
花折紙(十文字舎自恐ほか)
　「洒落本大成22」'84 p135
「はなのかげ」の詞書(松尾芭蕉)
　井本農一，大谷篤蔵編　「校本芭蕉全集別1」'91 p235
花のしづく(跡見花蹊)
　長沢美津編　「女人和歌大系5」'78 p391
形容化景辱動鼻下長物語(北全交)
　棚橋正博，鈴木勝忠，宇田敏彦注解　「新編日本古典文学全集79」'99 p195
花吹雪若衆宗玄(柳亭種彦)
　「古典叢書〔39〕」'90 p73
花能万賀喜(宗砌)
　福井久蔵編　「校註日本文芸新篇〔7〕」'50 p78
　木藤才蔵校注　「中世の文学　第1期〔12〕」'85 p87
花の幸
　青木信光編　「文化文政江戸発禁文庫1」'83 p79
花々のおんな子
　谷崎潤一郎ほか編　「国民の文学6」'64 p328
烟花戯(大窪詩仏)
　揖斐高注　「江戸詩人選集5」'90 p208
英草紙(都賀庭鐘)
　中村幸彦校注・訳　「新編日本古典文学全集78」'95 p13
　中村幸彦，高田衛，中村博保校注・訳　「日本古典文学全集48」'73 p77
花吹雪隈手硴塵(恕堂閑人)
　森銑三，北川博邦編　「続日本随筆大成別8」'82 p127
花祭歌謡
　新間進一編　「続日本歌謡集成1」'64 p309
花見記(僖楽)
　津本信博編　「近世紀行日記文学集成1」'93 p358
花見記(家仁)
　津本信博編　「近世紀行日記文学集成1」'93 p366
　津本信博編　「近世紀行日記文学集成1」'93 p367
花見車(轍子)
　雲英末雄校注　「新日本古典文学大系71」'94 p375
花見虱盛衰記(滝沢馬琴)
　「古典叢書〔16〕」'89 p525
花みち(井原西鶴)

穎原退蔵ほか編　「定本西鶴全集13」'50 p366
花道つらね
　棚橋正博，鈴木勝忠，宇田敏彦注解　「新編日本古典文学全集79」'99 p546
花みつ(武田祐吉氏旧蔵奈良絵本)
　横山重ほか編　「室町時代物語大成10」'82 p483
花みつ月みつ(静嘉堂文庫蔵写本)
　横山重ほか編　「室町時代物語大成10」'82 p501
花見の記(小林一茶)
　宮脇昌三，矢羽勝幸校注　「一茶全集2」'77 p465
花見の記付録(小林一茶)
　丸山一彦校注　「一茶全集7」'77 p353
花見の日記(大田南畝)
　浜田義一郎，中野三敏，日野龍夫，揖斐高編　「大田南畝全集8」'86 p45
花見の日記(津村正恭)
　板坂耀子校訂　「叢書江戸文庫I-17」'91 p377
花三升吉野深雪(『三ヶ月おせん』と『犬神遣い』)(福森久助)
　品川隆重，古井戸秀夫，水田かや乃校訂　「叢書江戸文庫III-49」'01 p3
『花三升吉野深雪』関連資料・『四天王御江戸鏑』関連資料
　古井戸秀夫(代表)校訂　「叢書江戸文庫III-49」'01 p383
花虫合(上田秋成)
　「上田秋成全集12」'95 p312
花屋日記(文暁)
　久保田万太郎訳　「国民の文学15」'64 p235
花屋日記(松尾芭蕉)
　井本農一訳　「古典日本文学全集31」'61 p306
花世の姫
　浜中修編著　「大学古典叢書8」'89 p72
　「特選日本の古典 グラフィック版別2」'86 p74
はな世の姫(承応明暦頃刊本)
　太田武夫校訂　「室町時代物語集3」'62 p432
花世の姫(明暦頃刊本)
　横山重ほか編　「室町時代物語大成10」'82 p515
離屋学訓(鈴木朖)
　芳賀登，松本三之介校注　「日本思想大系51」'71 p361
先時怪談花芳野犬斑(山東京伝)
　山本陽史編　「シリーズ江戸戯作〔1〕」'87 p51
波南の家満(夢楽杣人)
　「洒落本大成7」'80 p357
はにふの物語(刈谷市立図書館蔵写本)
　横山重ほか編　「室町時代物語大成10」'82 p560
羽根の禿(春昔由縁英)(瀬川如皐)
　河竹登志夫ほか監修　「名作歌舞伎全集24」'72 p39

母への書置（岡本美地）
　古谷知新編　「江戸時代女流文学全集3」'01 p635
母を迎う（頼山陽）
　入谷仙介注　「江戸詩人選集8」'90 p78
帚木
　麻生磯次著　「傍訳古典叢書1」'54 p125
帚木（紫式部）
　阿部秋生，小町谷照彦，野村精一，柳井滋著　「鑑賞日本の古典6」'79 p62
　阿部秋生，秋山虔，今井源衛，鈴木日出男校注・訳　「完訳日本の古典14」'83 p41
　円地文子訳　「現代語訳 日本の古典5」'79 p23
　谷崎潤一郎ほか編　「国民の文学3」'63 p18
　阿部秋生ほか校注・訳　「古典セレクション1」'98 p65
　「古典日本文学全集4」'61 p23
　石田穣二，清水好子校注　「新潮日本古典集成〔18〕」'76 p43
　柳井滋ほか校注　「新日本古典文学大系19」'93 p29
　阿部秋生，秋山虔，今井源衛，鈴木日出男校注・訳　「新編日本古典文学全集20」'94 p51
　「特選日本の古典 グラフィック版5」'86 p16
　池田亀鑑校註　「日本古典全書〔12〕」'46 p184
　阿部秋生，秋山虔，今井源衛校注・訳　「日本古典文学全集12」'70 p127
　山岸徳平校注　「日本古典文学大系14」'58 p53
　伊井春樹，日向一雅，百川敬仁（ほか）校注・訳　「日本の文学 古典編11」'86 p65
　「日本文学大系4」'55 p26
馬場金埒
　棚橋正博，鈴木勝忠，宇田敏彦注解　「新編日本古典文学全集79」'99 p554
叭叺児詞，飯田子義の長門に帰るを送る。（梁川星巌）
　入谷仙介注　「江戸詩人選集8」'90 p283
母に侍して東上す。舟中の作。三首（うち一首）（頼山陽）
　入谷仙介注　「江戸詩人選集8」'90 p145
母に従つて祭を観る（元政）
　菅野礼行，徳田武校注・訳　「新編日本古典文学全集86」'02 p280
母に別る（頼山陽）
　入谷仙介注　「江戸詩人選集8」'90 p157
馬場文英に送る（望東尼）
　古谷知新編　「江戸時代女流文学全集3」'01 p669
「破風口に」和漢歌仙（松尾芭蕉）
　島居清著　「芭蕉連句全註解8」'82 p21
祝部成仲集（祝部成仲）

和歌史研究会編　「私家集大成2」'75 p775
浜出
　麻原美子，北原保雄校注　「新日本古典文学大系59」'94 p150
浜出草紙
　大島建彦校注・訳　「日本古典文学全集36」'74 p379
　市古貞次校注　「日本古典文学大系38」'58 p307
浜川
　芳賀矢一，佐佐木信綱校註　「謡曲叢書3」'87 p147
はまぐり（高安六郎氏旧蔵奈良絵本）
　横山重ほか編　「室町時代物語大成10」'82 p604
蛤の草紙
　円地文子訳　「古典日本文学全集18」'61 p212
　大島建彦校注・訳　「日本古典文学全集36」'74 p262
　市古貞次校注　「日本古典文学大系38」'58 p212
蛤の草紙（仮題）（慶応義塾図書館蔵古活字版覆刻本）
　横山重ほか編　「室町時代物語大成補2」'88 p408
はまぐりはたおりひめ（明暦二年刊本）
　横山重ほか編　「室町時代物語大成10」'82 p617
浜田珍碩宛書簡（松尾芭蕉）
　富山奏校注　「新潮日本古典集成〔72〕」'78 p206
浜地烏（荒木田麗女）
　古谷知新編　「江戸時代女流文学全集2」'01 p319
浜萩
　高野辰之編　「日本歌謡集成7」'60 p259
浜平直
　芳賀矢一，佐佐木信綱校註　「謡曲叢書3」'87 p149
浜辺黒人
　棚橋正博，鈴木勝忠，宇田敏彦注解　「新編日本古典文学全集79」'99 p530
浜松中納言物語
　池田利夫校注・訳　「新編日本古典文学全集27」'01 p17
　川島絹江，西沢正二編著　「大学古典叢書4」'86 p62
　遠藤嘉基，松尾聡校注　「日本古典文学大系77」'64 p153
　「日本文学大系1」'55 p193
浜土産
　芳賀矢一，佐佐木信綱校註　「謡曲叢書3」'87 p156
はもち（清水泰氏旧蔵奈良絵本）
　横山重ほか編　「室町時代物語大成10」'82 p630
はもち中将（寛文頃鱗形屋刊本）

はもち　　　　　　　　　　　　　　作品名

横山重ほか編　「室町時代物語大成補2」'88 p420
はもち中納言（京都大学文学部蔵写本）
　横山重ほか編　「室町時代物語大成10」'82 p657
早替胸のからくり（式亭三馬）
　棚橋正博校訂　「叢書江戸文庫I-20」'92 p167
早替胸機関（式亭三馬）
　「古典叢書〔6〕」'89 p131
林春斎に答う（石川丈山）
　上野洋三注　「江戸詩人選集1」'91 p19
早見道中記（抄）
　中村幸彦校注　「新編日本古典文学全集81」'95 p545
早見道中記（抄）（友鳴松旭）
　「日本古典文学全集49」'75 p529
はやり歌古今集
　高野辰之編　「日本歌謡集成6」'60 p289
馬融
　芳賀矢一，佐佐木信綱校註　「謡曲叢書3」'87 p159
「はやう咲」歌仙（松尾芭蕉）
　島居清著　「芭蕉連句全註解6」'81 p253
腹唐秋人
　棚橋正博，鈴木勝忠，宇田敏彦注解　「新編日本古典文学全集79」'99 p573
腹切ず
　北川忠彦ほか校注　「中世の文学 第1期〔22〕」'95 p307
鳥獣虫草木物介科口技腹筋逢夢石（山東京伝）
　林美一校訂　「江戸戯作文庫〔4〕」'84 p3
腹立ず
　古川久校註　「日本古典全書〔92〕」'54 p167
原中最秘鈔（源親行，源義行，源行阿）
　「日本文学古註釈大成〔8〕」'78 p29
腹之内戯作種本（式亭三馬）
　林美一校訂　「江戸戯作文庫〔10〕」'87 p36
孕常盤（近松門左衛門）
　藤井影校註　「近松全集（思文閣）9」'78 p231
　「近松全集（岩波）6」'87 p93
　「近松全集（岩波）17影印編」'94 p264
　「近松全集（岩波）17解説編」'94 p274
巴里雑咏（四首のうち二首）（成島柳北）
　日野龍夫注　「江戸詩人選集10」'90 p149
張蛸
　北川忠彦ほか校注　「中世の文学 第1期〔22〕」'95 p16
播磨国風土記
　谷崎潤一郎ほか編　「国民の文学1」'64 p380
　「古典日本文学全集1」'60 p116
　植垣節也校注・訳　「新編日本古典文学全集5」'97 p17

久松潜一校註　「日本古典全書〔38〕」'59 p103
秋本吉郎校注　「日本古典文学大系2」'58 p257
播磨洋の作（吉田松陰）
　坂田新注　「江戸漢詩選4」'95 p159
春浅し（大潮元皓）
　末木文美士，堀川貴司注　「江戸漢詩選5」'96 p153
春遊機嫌袋（安永四年正月刊）（恋川春町）
　武藤禎夫編　「噺本大系17」'79 p123
「春嬉し」付合（松尾芭蕉）
　島居清著　「芭蕉連句全註解8」'82 p205
春江花月の夜（荻生徂徠）
　一海知義，池沢一郎注　「江戸漢詩選2」'96 p15
春を送る（新井白石）
　一海知義，池沢一郎注　「江戸漢詩選2」'96 p124
春を送る（石川丈山）
　上野洋三注　「江戸詩人選集1」'91 p161
春を惜しむ（江馬細香）
　福島理子注　「江戸漢詩選3」'95 p11
遥かに湖上の平紀宗を悼む（頼春水）
　菅野礼行，徳田武校注・訳　「新編日本古典文学全集86」'02 p492
奴福平忠義伝春霞布袋本地（柳亭種彦）
　「古典叢書〔39〕」'90 p57
春蚕（原采蘋）
　福島理子注　「江戸漢詩選3」'95 p110
春駒歌
　高野辰之編　「日本歌謡集成4」'60 p499
春寒（亀田鵬斎）
　徳田武注　「江戸漢詩選1」'96 p71
はるさめ
　荻生清ほか注　「近世文学選〔1〕」'94 p187
春雨（服部南郭）
　山本和義，横山弘注　「江戸詩人選集3」'91 p151
春雨（原采蘋）
　福島理子注　「江戸漢詩選3」'95 p109
真情春雨衣（吾妻雄兎子）
　風俗資料研究会編　「秘められたる古典名作全集2」'97 p17
春雨かたみの和歌（上田秋成）
　「上田秋成全集12」'95 p379
春雨、郷を思う（原采蘋）
　福島理子注　「江戸漢詩選3」'95 p126
春雨草紙（上田秋成）
　「上田秋成全集8」'93 p241
春雨即興（原采蘋）
　福島理子注　「江戸漢詩選3」'95 p179
春雨の歓并びに叙（亀井南冥）
　徳田武注　「江戸漢詩選1」'96 p269

春雨梅花歌文巻（上田秋成）
　「上田秋成全集9」'92 p103
春雨弁（樗良）
　雲英末雄，山下一海，丸山一彦，松尾靖秋校注・訳　「新編日本古典文学全集72」'01 p565
　穎原退蔵著　「評釈江戸文学叢書7」'70 p768
春雨物語
　中村博保校注・訳　「完訳日本の古典57」'83 p213
春雨物がたり（上田秋成）
　美山靖校注　「新潮日本古典集成〔76〕」'80 p11
春雨物語（上田秋成）
　「上田秋成全集8」'93 p147
　「上田秋成全集8」'93 p188
　中村幸彦，水野稔編　「鑑賞日本古典文学35」'77 p121
　高田衛著　「鑑賞日本の古典18」'81 p131
　後藤明生訳　「現代語訳　日本の古典19」'80 p125
　円地文子訳　「国民の文学17」'64 p71
　石川淳訳　「古典日本文学全集28」'60 p177
　中村博保校注・訳　「新編日本古典文学全集78」'95 p415
　浅野三平訳・注　「全対訳日本古典新書〔14〕」'81 p10
　重友毅校註　「日本古典全書〔106〕」'57 p183
　須永朝彦訳　「日本古典文学幻想コレクション3」'96 p245
　中村博保校注・訳　「日本古典文学全集48」'73 p469
　中村幸彦校注　「日本古典文学大系56」'59 p143
春雨物語（天理巻子本）（上田秋成）
　「上田秋成全集8」'93 p369
春雨物語（天理冊子本）（上田秋成）
　「上田秋成全集8」'93 p273
春雨物かたり（富岡本）（上田秋成）
　「上田秋成全集8」'93 p323
春雨物語（文化五年本）（上田秋成）
　「上田秋成全集8」'93 p145
「春澄にとへ」百韻（松尾芭蕉）
　島居清著　「芭蕉連句全註解2」'79 p193
治親
　芳賀矢一，佐々木信綱校註　「謡曲叢書3」'87 p162
春尽く（江馬細香）
　福島理子注　「江戸漢詩選3」'95 p41
春尽くる日、稲佐山に遊びて作り、清客朱柳橋に寄す（五首、うち一首）（田能村竹田）
　徳田武注　「江戸漢詩選1」'96 p143
春告鳥（為永春水）
　中野三敏，神保五弥，前田愛校注・訳　「新編日本古典文学全集80」'00 p371
　中野三敏，神保五弥，前田愛校注　「日本古典文学全集47」'71 p381
春の曙（烏丸光広）
　上野洋三校注　「新日本古典文学大系67」'96 p1
春の思い（大窪詩仏）
　揖斐高注　「江戸詩人選集5」'90 p196
春の草（大窪詩仏）
　揖斐高注　「江戸詩人選集5」'90 p230
春の寒さ（大窪詩仏）
　揖斐高注　「江戸詩人選集5」'90 p197
春の月（与謝蕪村）
　村松友次著　「鑑賞日本の古典17」'81 p331
　穎原退蔵編著　「蕪村全集1」'48 p431
春の伽（天明頃刊）
　武藤禎夫編　「噺本大系17」'79 p329
春の半、墨水に遊んで雨に値う（成島柳北）
　日野龍夫注　「江戸詩人選集10」'90 p50
春の部
　上野洋三校注　「新日本古典文学大系70」'90 p29
　萩原蘿月校註　「日本古典全書〔78〕」'50 p85
春の水の巻（明和八年）（与謝蕪村）
　穎原退蔵編著　「蕪村全集2」'48 p61
春のみふね（成島信遍）
　津本信博編　「近世紀行日記文学集成1」'93 p229
春の深山路（飛鳥井雅有）
　外村南都子校注・訳　「新編日本古典文学全集48」'94 p305
春帒（安永六年正月刊）
　武藤禎夫編　「噺本大系11」'79 p17
春富士都錦
　高野辰之編　「日本歌謡集成10」'61 p159
春みやげ（安永三年正月序）
　武藤禎夫編　「噺本大系17」'79 p51
花杷名所扇（柳亭種彦）浦里時次郎阿菊鴻助
　「古典叢書〔40〕」'90 p313
春山笑ふがごとし（武田信玄）
　菅野礼行，徳田武校注・訳　「新編日本古典文学全集86」'02 p242
阪越寓居（赤松滄洲）
　菅野礼行，徳田武校注・訳　「新編日本古典文学全集86」'02 p438
樊噲（上田秋成）
　「上田秋成全集8」'93 p205
　「上田秋成全集8」'93 p310
　「上田秋成全集8」'93 p353
　「上田秋成全集8」'93 p387
　高田衛著　「鑑賞日本の古典18」'81 p161

高田衛著 「鑑賞日本の古典18」'81 p213
高田衛, 中村博保校注・訳 「完訳日本の古典57」
　'83 p302
高田衛, 中村博保校注・訳 「完訳日本の古典57」
　'83 p322
高田衛, 中村博保校注・訳 「完訳日本の古典57」
　'83 p302
高田衛, 中村博保校注・訳 「完訳日本の古典57」
　'83 p322
谷崎潤一郎ほか編 「国民の文学17」'64 p98
美山靖校注 「新潮日本古典集成〔76〕」'80 p112
中村幸彦, 高田衛校注・訳 「新編日本古典文学
　全集78」'95 p518
中村幸彦, 高田衛校注・訳 「新編日本古典文学
　全集78」'95 p541
浅野三平訳・注 「全対訳日本古典新書〔14〕」'81
　p164
重友毅校註 「日本古典全書〔106〕」'57 p277
重友毅校註 「日本古典全書〔106〕」'57 p295
中村幸彦, 高田衛, 中村博保校注・訳 「日本古
　典文学全集48」'73 p571
中村幸彦, 高田衛, 中村博保校注・訳 「日本古
　典文学全集48」'73 p594
中村幸彦校注 「日本古典文学大系56」'59 p214
晩夏偶成（売茶翁）
　末木文美士, 堀川貴司注 「江戸漢詩選5」'96
　p104
晩花集（下川邊長流）
　「国歌大系15」'76 p137
晩帰（秋山玉山）
　徳田武注 「江戸詩人選集2」'92 p172
晩帰（江馬細香）
　福島理子注 「江戸漢詩選3」'95 p44
晩暁（西郷隆盛）
　坂本新注 「江戸漢詩選4」'95 p294
盤珪禅師語録
　古田紹欽訳 「古典日本文学全集15」'61 p266
盤谷主人に寄す（七首, うち二首）（原采蘋）
　福島理子注 「江戸漢詩選3」'95 p175
万国燕（淡々編）
　鈴木勝忠校注 「新日本古典文学大系72」'93
　p205
磐斎本和泉式部家之集〈宮内庁書陵部本〉
　吉田幸一著 「平安文学叢刊5」'66 p19
万紫千紅（大田南畝）
　浜田義一郎, 中野三敏, 日野龍夫, 揖斐高編
　「大田南畝全集1」'85 p263
蛮社遭厄小記（高野長英）
　佐藤昌介, 植手通有, 山口宗之校注 「日本思想
　大系55」'71 p185
晩秋（江馬細香）

福島理子注 「江戸漢詩選3」'95 p92
晩秋懐ひを述ぶ（伴氏）
　菅野礼行, 徳田武校注・訳 「新編日本古典文学
　全集86」'02 p62
晩秋偶作（橋本左内）
　坂本新注 「江戸漢詩選4」'95 p238
播州皿屋舗（為永太郎兵衛, 浅田一鳥）
　早川久美子校訂 「叢書江戸文庫I-11」'90
　p247
晩秋の舟行（市河寛斎）
　揖斐高注 「江戸詩人選集5」'90 p105
播州法語集（一遍）
　大橋俊雄校注 「日本思想大系10」'71 p351
播州路上（菅茶山）
　黒川洋一注 「江戸詩人選集4」'90 p50
畔儒を嘲ける（石川丈山）
　上野洋三注 「江戸詩人選集1」'91 p146
晩春, 事を書す（大沼枕山）
　日野龍夫注 「江戸詩人選集10」'90 p260
晩春雑咏 十首（うち二首）（成島柳北）
　日野龍夫注 「江戸詩人選集10」'90 p26
晩春, 偶得たり（成島柳北）
　日野龍夫注 「江戸詩人選集10」'90 p15
晩春, 同門会飲して, 庭上の（藤原道真）
　菅野礼行, 徳田武校注・訳 「新編日本古典文学
　全集86」'02 p135
班女（世阿弥）
　田中千禾夫訳 「現代語訳 日本の古典14」'80
　p52
　伊藤正義校注 「新潮日本古典集成〔60〕」'88
　p115
　西野春雄校注 「新日本古典文学大系57」'98
　p212
　小山弘志, 佐藤健一郎校注・訳 「新編日本古典
　文学全集59」'98 p78
　芳賀矢一, 佐佐木信綱校註 「謡曲叢書3」'87
　p173
氾青（長沢美津）
　長沢美津編 「女人和歌大系6」'78 p378
反招隠に反す（大典顕常）
　末木文美士, 堀川貴司注 「江戸漢詩選5」'96
　p214
半宵談（多田南嶺）
　風間誠史（代表）校訂 「叢書江戸文庫III-42」
　'97 p357
番神絵巻（天文十七年写絵巻）
　太田武夫校訂 「室町時代物語集5」'62 p440
幡随長兵衛精進俎板（鈴ケ森・俎の長兵衛）
　河竹登志夫ほか監修 「名作歌舞伎全集15」'69
　p53
半酔の美人（山梨稲川）

一海知義，池沢一郎注 「江戸漢詩選2」'96 p191
万世百物語（烏有庵）
　須永朝彦編訳 「日本古典文学幻想コレクション3」'96 p193
万世百物語（東都隠士烏有庵）
　太刀川清校訂 「叢書江戸文庫II-27」'93 p147
　「徳川文芸類聚4」'70 p492
半銭
　古川久校註 「日本古典全書〔93〕」'56 p119
半太夫節正本集
　高野辰之編 「日本歌謡集成11」'61 p79
半太夫節正本集
　「徳川文芸類聚10」'70 p82
番町皿屋敷（岡本綺堂）
　河竹登志夫ほか監修 「名作歌舞伎全集20」'69 p189
坂桐陰の宅にて頼、篠二兄に別るる後に作る（田能村竹田）
　徳田武注 「江戸漢詩選1」'96 p150
坂東順礼道中記（序）（十返舎一九）
　鶴岡節雄校注 「新版絵草紙シリーズ7」'83 p6
悪賊三大河怨霊三菩提坂東太郎強盗譚（式亭三馬）
　「古典叢書〔8〕」'89 p93
阪東霊場三十三ヶ所観世音御詠歌
　高野辰之編 「日本歌謡集成4」'60 p463
晩に帰る（館柳湾）
　徳田武注 「江戸詩人選集7」'90 p215
晩に品川に帰る（大窪詩仏）
　揖斐高注 「江戸詩人選集5」'90 p185
晩に大隆寺に上る（館柳湾）
　徳田武注 「江戸詩人選集7」'90 p217
半日閑話（大田南畝）
　浜田義一郎、中野三敏、日野龍夫、揖斐高編 「大田南畝全集11」'88 p3
　須永朝彦編訳 「日本古典文学幻想コレクション1」'95 p238
　関根正直ほか監修 「日本随筆大成I-8」'75 p1
「半日は」歌仙（松尾芭蕉）
　島居清著 「芭蕉連句全註解7」'82 p191
番人打破船
　加藤貴校訂 「叢書江戸文庫I-1」'90 p16
采風（白岩艶子）
　長沢美津編 「女人和歌大系6」'78 p144
万物部類倭歌抄（藤原定家）
　久曽神昇編 「日本歌学大系別3」'64 p1
藩兵の天子の親兵と為りて闕下に赴くを送る（西郷隆盛）
　坂本新注 「江戸漢詩選4」'95 p295
晩歩（元政）
　上野洋三注 「江戸詩人選集1」'91 p238

板本六家集中の山家和歌集にありて底本になき歌（西行）
　風巻景次郎，小島吉雄校注 「日本古典文学大系29」'61 p268
万民徳用（鈴木正三）
　宮坂宥勝校注 「日本古典文学大系83」'64 p262
坂陽の求志斎主人、姓は岩田氏、玄山と号す。余平生に昧しと雖も、然も其の端人たることを知る。病に罹るとき、売茶翁に寄する国風一章を作る。起草既になって、果さずして物故す。令兄漱芳英士、其の始末を述して、装潢して以て貽らる。余乃ち其の来意を嘉す。因って薦偈を作って、往って漱芳に託して、諸れを霊床の前に備うと云う（売茶翁）
　末木文美士，堀川貴司注 「江戸漢詩選5」'96 p70
範頼
　芳賀矢一，佐佐木信綱校註 「謡曲叢書3」'87 p85
万里集九作品拾遺（萬里集九）
　玉村竹二編 「五山文学新集6」'72 p1005
氾蠡
　芳賀矢一，佐佐木信綱校註 「謡曲叢書3」'87 p177

【ひ】

燧袋（小林一茶）
　矢羽勝幸校注 「一茶全集8」'78 p563
飛雲
　芳賀矢一，佐佐木信綱校註 「謡曲叢書3」'87 p180
比叡山に遊ぶ（山崎闇斎）
　菅野礼行，徳田武校注・訳 「新編日本古典文学全集86」'02 p263
「稗柿や」付合（松尾芭蕉）
　島居清著 「芭蕉連句全註解7」'82 p127
日吉七社船謡考証略解（祝部業蕃）
　高野辰之編 「日本歌謡集成5」'60 p173
「日を負て」半歌仙（松尾芭蕉）
　島居清著 「芭蕉連句全註解7」'82 p19
火桶の草子
　浜中修編著 「大学古典叢書8」'89 p116
火おけのさうし（寛永頃刊丹緑本）
　横山重ほか編 「室町時代物語大成11」'83 p13
火桶の巻（延享、寛延年中）（与謝蕪村）
　頴原退蔵編著 「蕪村全集2」'48 p22
卑懐集（姉小路基綱）

ひかき　　　　　　　　　　　　　作品名

　　和歌史研究会編　「私家集大成6」'76 p498
桧垣
　　芳賀矢一，佐佐木信綱校註　「謡曲叢書3」'87
　　p182
桧垣(世阿弥)
　　横道万里雄訳　「国民の文学12」'64 p36
　　西野春雄校注　「新日本古典文学大系57」'98
　　p143
檜垣(世阿弥)
　　伊藤正義校注　「新潮日本古典集成〔60〕」'88
　　p127
　　小山弘志，佐藤健一郎校注・訳　「新編日本古典
　　文学全集58」'97 p435
檜垣嫗集(檜垣嫗)
　　和歌史研究会編　「私家集大成1」'73 p317
　　平野由紀子校注　「新日本古典文学大系28」'94
　　p95
　　長沢美津編　「女人和歌大系2」'65 p63
東上総夷隅郡 白藤源太談(山東京伝)
　　鶴岡節雄校注　「新版絵草紙シリーズ2」'79 p7
東風詩草抄(大田南畝)
　　浜田義一郎，中野三敏，日野龍夫，揖斐高編
　　「大田南畝全集6」'88 p297
東山建仁禅寺語録(天祥一麟)
　　玉村竹二編　「五山文学新集別2」'81 p263
東山殿子日遊(近松門左衛門)
　　藤井紫影校註　「近松全集(思文閣)1」'78 p447
東山の即事(伊藤仁斎)
　　菅野礼行，徳田武校注・訳　「新編日本古典文学
　　全集86」'02 p296
ひきう殿物語
　　浜中修編著　「大学古典叢書8」'89 p88
ひきう殿物語(早大図書館蔵奈良絵本)
　　太田武夫校訂　「室町時代物語集5」'62 p274
「ひき起す」歌仙(松尾芭蕉)
　　島居清著　「芭蕉連句全註解7」'82 p179
「引おこす」六句(松尾芭蕉)
　　島居清著　「芭蕉連句全註解10」'83 p323
「低ふみ来る」の詞書(松尾芭蕉)
　　井本農一，弥吉菅一，横沢三郎，尾形仂校注
　　「校本芭蕉全集6」'89 p543
比丘貞
　　北川忠彦ほか校注　「中世の文学 第1期〔20〕」'94
　　p189
　　古川久校註　「日本古典全書〔93〕」'56 p73
樋口一葉歌集(樋口一葉)
　　長沢美津編　「女人和歌大系5」'78 p261
髭櫓
　　北川忠彦ほか校注　「中世の文学 第1期〔20〕」'94
　　p350
　　古川久校註　「日本古典全書〔92〕」'54 p140

美国四民乱放記
　　長光徳和校注　「日本思想大系58」'70 p185
彦山(広瀬淡窓)
　　岡村繁注　「江戸詩人選集9」'91 p29
御陣九州地理八道彦山権現誓助剣
　　樋口慶千代著　「評釈江戸文学叢書4」'70 p761
彦山権現誓助剱(毛谷村六助)(梅野下風，近
　　松保蔵)
　　河竹登志夫ほか監修　「名作歌舞伎全集6」'71
　　p219
彦山権現霊験記(知雄義谿)
　　西田耕三校訂　「叢書江戸文庫Ⅲ-44」'98 p417
肥後集(肥後)
　　和歌史研究会編　「私家集大成2」'75 p389
肥後集(京極家関白肥後集)(肥後)
　　長沢美津編　「女人和歌大系2」'65 p394
備語手多美(翁斎芳香)
　　「洒落本大成20」'83 p289
肥後国阿蘇宮祭礼田歌
　　志田延義編　「続日本歌謡集成2」'61 p321
肥後の藪先生に寄す 二首(菅茶山)
　　黒川洋一注　「江戸詩人選集4」'90 p7
比古婆衣(伴信友)
　　関根正直ほか監修　「日本随筆大成Ⅱ-14」'74
　　p197
彦火々出見尊絵(宮内省図書寮蔵絵巻)
　　太田武夫校訂　「室町時代物語集5」'62 p31
彦火々出見尊絵(明通寺蔵絵巻)
　　横山重ほか編　「室町時代物語大成11」'83 p25
「久かたや」歌仙(松尾芭蕉)
　　島居清著　「芭蕉連句全註解4」'80 p143
東海道中膝栗毛(十返舎一九)
　　三田村鳶魚著　「評釈江戸文学叢書10」'70 p245
ひさご
　　萩原蘿月校註　「日本古典全書〔79〕」'52 p3
杓
　　谷崎潤一郎ほか編　「国民の文学1」'64 p411
　　臼田甚五郎，新間進一，外村南都子，徳江元正校
　　注・訳　「新編日本古典文学全集42」'00 p40
ひさご(珍硯)
　　白石悌三校注　「新日本古典文学大系70」'90
　　p227
ひさご(松尾芭蕉)
　　大谷篤蔵，中村俊定校注　「日本古典文学大系
　　45」'62 p359
瓢の銘(松尾芭蕉)
　　井本農一，弥吉菅一，横沢三郎，尾形仂校注
　　「校本芭蕉全集6」'89 p551
ひさごものがたり(小林一茶)
　　矢羽勝幸校注　「一茶全集8」'78 p415
椛子(元政)

作品名　　　　　　　　　　　　　　　　　　　　　　　　　　ひたの

上野洋三注　「江戸詩人選集1」'91 p244
檗𤩍宛杉風書簡（松尾芭蕉）
　井本農一ほか著　「校本芭蕉全集9」'89 p310
眉止之女
　白田甚五郎，新間進一，外村南都子，徳江元正校
　　注・訳　「新編日本古典文学全集42」'00 p160
秘事はなし他（『誹諧耳底記』）（松尾芭蕉）
　井本農一ほか著　「校本芭蕉全集9」'89 p395
艶人史相秘事真告（普穿山人）
　「洒落本大成2」'78 p359
びしゃもん（慶応義塾図書館蔵写本）
　横山重ほか編　「室町時代物語大成11」'83 p69
びしゃもん（慶応義塾図書館蔵奈良絵本）
　横山重ほか編　「室町時代物語大成11」'83 p32
毘沙門天王之本地（承応三年刊本）
　太田武夫校訂　「室町時代物語集2」'62 p109
　横山重ほか編　「室町時代物語大成11」'83 p104
毘沙門堂古今集註
　浜中修編著　「大学古典叢書8」'89 p112
毘沙門の本地
　徳田和夫校注　「新日本古典文学大系55」'92 p141
ひしやもんの本地（奈良絵本）
　太田武夫校訂　「室町時代物語集2」'62 p79
毘沙門連歌
　北川忠彦ほか校注　「中世の文学 第1期〔20〕」'94 p101
美州の前刺史再三往復し，訪（藤原有国）
　菅野礼行，徳田武校注・訳　「新編日本古典文学全集86」'02 p181
避暑（西郷隆盛）
　坂田新注　「江戸漢詩選4」'95 p269
美少年録第二輯総論蟪蛉詞（曲亭馬琴）
　内田保広校訂　「叢書江戸文庫Ⅰ-21」'93 p178
聖遊廓
　「洒落本大成2」'78 p313
　「徳川文芸類聚5」'70 p22
　笹川種郎著　「評釈江戸文学叢書8」'70 p441
鼻箴（也有）
　雲英末雄，山下一海，丸山一彦，松尾靖秋校注・訳　「新編日本古典文学全集72」'01 p500
美人烟管を衔うるの図（山梨稲川）
　一海知義，池沢一郎注　「江戸漢詩選2」'96 p192
びしんくらへ（万治二年刊本）
　太田武夫校訂　「室町時代物語集3」'62 p386
美人くらべ（万治二年刊本）
　横山重ほか編　「室町時代物語大成11」'83 p127
美人酒に中る（荻生徂徠）
　一海知義，池沢一郎注　「江戸漢詩選2」'96 p63
美人揃──名舞車

芳賀矢一，佐佐木信綱校註　「謡曲叢書3」'87 p189
美人半酔（梁田蛻巖）
　徳田武注　「江戸詩人選集2」'92 p103
「翡翠」「野に住みて」（片山廣子）
　長沢美津編　「女人和歌大系6」'78 p233
肥前国風土記
　谷崎潤一郎ほか編　「国民の文学1」'64 p392
　「古典日本文学全集1」'60 p128
　植垣節也校注・訳　「新編日本古典文学全集5」'97 p309
　久松潜一校註　「日本古典全書〔38〕」'59 p227
　秋本吉郎校注　「日本古典文学大系2」'58 p377
備前の仁科正夫に贈る（亀田鵬斎）
　徳田武注　「江戸漢詩選1」'96 p50
備前路上（菅茶山）
　黒川洋一注　「江戸詩人選集4」'90 p49
額髪の巻（安永六年）（与謝蕪村）
　頴原退蔵編著　「蕪村全集2」'48 p180
日高川入相花王（日高川）（竹田小出雲，近松半二ほか）
　河竹登志夫ほか監修　「名作歌舞伎全集6」'71 p115
日高川清姫物語（式亭三馬）
　「古典叢書〔8〕」'89 p115
日高川（天理図書館蔵奈良絵本）
　横山重ほか編　「室町時代物語大成11」'83 p148
飛騨山（荻生徂徠）
　森銑三訳　「古典日本文学全集35」'61 p160
常陸帯
　芳賀矢一，佐佐木信綱校註　「謡曲叢書3」'87 p193
常陸中別駕の任に之くを送る（島田忠臣）
　菅野礼行，徳田武校注・訳　「新編日本古典文学全集86」'02 p123
常陸に在りて倭判官が溜まりて京に在るに贈る（藤原宇合）
　菅野礼行，徳田武校注・訳　「新編日本古典文学全集86」'02 p35
常陸国風土記
　谷崎潤一郎ほか編　「国民の文学1」'64 p367
　「古典日本文学全集1」'60 p109
　植垣節也校注・訳　「新編日本古典文学全集5」'97 p353
　久松潜一校註　「日本古典全書〔38〕」'59 p45
　秋本吉郎校注　「日本古典文学大系2」'58 p33
飛騨国益田郡森八幡宮田神祭行之詞
　志田延義編　「続日本歌謡集成2」'61 p280
飛騨国益田郡森八幡宮田神祭行之詞・踊歌
　志田延義編　「続日本歌謡集成2」'61 p279
飛弾匠物語（石川雅望）

日本古典文学全集・作品名綜覧　295

ひちよ　　　　　　　　　　作品名

稲田篤信校訂　「叢書江戸文庫II-28」'93 p203
非徴(総非)(中井竹山)
　中村幸彦,岡田武彦校注　「日本思想大系47」'72 p43
引括
　北川忠彦ほか校注　「中世の文学 第1期〔20〕」'94 p200
羊
　芳賀矢一,佐佐木信綱校註　「謡曲叢書3」'87 p196
引敷聟
　北川忠彦ほか校注　「中世の文学 第1期〔20〕」'94 p220
　古川久校註　「日本古典全書〔92〕」'54 p67
未年俄選
　荻田清ほか編　「近世文学選〔1〕」'94 p225
羊の日、霞舟柾げらる。分ちて歌韻を得たり(野村篁園)
　德田武注　「江戸詩人選集7」'90 p101
否定の助詞「ばや」について―菟玖波集の「むめ水とてもすくもあらばや」に寄せて(山内洋一郎)
　「中世文芸叢書別1」'67 p402
一(彦龍周興)
　玉村竹二編　「五山文学新集4」'70 p831
人有って印を恵む、因ってこの作有り(売茶翁)
　末木文美士,堀川貴司注　「江戸漢詩選5」'96 p114
人穴
　芳賀矢一,佐佐木信綱校註　「謡曲叢書3」'87 p201
人有りて柿大夫の画像を持し来り、余に詩を徴む。因りて其の歌意を写す。但だ其の玄趣未だ擬し易からず(秋山玉山)
　德田武注　「江戸詩人選集2」'92 p271
人を馬
　北川忠彦ほか校注　「中世の文学 第1期〔22〕」'95 p209
人を憶う 二首(うち一首)(成島柳北)
　日野龍夫注　「江戸詩人選集10」'90 p82
人遠茶懸物(一払斎)
　「洒落本大成13」'81 p237
人影(鳥山芝軒)
　菅野礼行,德田武校注・訳　「新編日本古典文学全集86」'02 p311
一口ばなし(今井黍丸)
　武藤禎夫編　「噺本大系19」'79 p104
一口ばなし(永島福太郎)
　武藤禎夫編　「噺本大系16」'79 p316
一口饅頭(享和二年正月序)(桜川慈悲成)
　武藤禎夫編　「噺本大系14」'79 p72

「人声の」付合(松尾芭蕉)
　島居清者　「芭蕉連句全註解8」'82 p201
人心覗からくり(式亭三馬)
　棚橋正博校注　「叢書江戸文庫I-20」'92 p323
人心覗機関(式亭三馬)
　「古典叢書〔6〕」'89 p165
鄙都言種(森島中良)
　石上敏校訂　「叢書江戸文庫II-32」'94 p237
一言主
　芳賀矢一,佐佐木信綱校註　「謡曲叢書3」'87 p203
一粒撰嘶種本(桜川慈悲成)
　二村文人校訂　「叢書江戸文庫III-45」'99 p13
孤松春・夏・秋・冬(尚白編)
　「俳書叢刊5」'88 p3
人となる道
　古田紹欽訳　「古典日本文学全集15」'61 p281
人となる道(慈雲)
　宮坂宥勝校注　「日本古典文学大系83」'64 p373
人には棒振虫同前に思われ(井原西鶴)
　吉行淳之介訳　「現代語訳 日本の古典16」'80 p122
人の京に之くを送る 二首(服部南郭)
　山本和義,横山弘注　「江戸詩人選集3」'91 p36
人の長崎に遊宦するを送る(広瀬淡窓)
　岡村繁注　「江戸詩人選集9」'91 p23
『一幅半』序抄(松尾芭蕉)
　井本農一ほか著　「校本芭蕉全集9」'89 p366
「一泊り」歌仙(松尾芭蕉)
　島居清者　「芭蕉連句全註解6」'81 p269
人見弥右衛門上書(人見黍)
　奈良本辰也校注　「日本思想大系38」'76 p169
一目千本
　「洒落本大成6」'79 p185
絵入一目玉鉾(井原西鶴)
　頴原退蔵ほか編　「定本西鶴全集9」'51 p113
一目土堤(内新好)
　伊藤千可良ほか校　「江戸時代文芸資料1」'64 p295
　「洒落本大成14」'81 p177
一本菊(仮題)(慶大斯道文庫蔵奈良絵本)
　横山重ほか編　「室町時代物語大成補2」'88 p450
一もときく(慶応義塾図書館蔵写本)
　横山重ほか編　「室町時代物語大成11」'83 p156
一本菊(万治三年刊本)
　横山重ほか編　「室町時代物語大成11」'83 p189
一本菊(万治三年西田勝兵衛尉板)
　太田武夫校訂　「室町時代物語集3」'62 p564
一本草(花村幸助)
　宇田敏彦校訂　「未刊随筆百種12」'78 p457

一宵話（秦鼎著，牧墨僊編）
　関根正直ほか監修　「日本随筆大成Ⅰ-19」'76 p375
一夜船（ひとよぶね）　→　"いちやぶね"を見よ
独り閑窓に読む（菅茶山）
　黒川洋一注　「江戸詩人選集4」'90 p194
秘登利古刀
　安藤菊二校訂　「未刊随筆百種5」'77 p363
ひとりごち（大隈言道）
　佐佐木信綱編　「日本歌学大系8」'56 p473
ひとり言（上島鬼貫）
　俳諧文庫会編　「俳諧文庫会叢書3」'49 p1
独ごと（鬼貫）
　雲英末雄，山下一海，丸山一彦，松尾靖秋校注・訳　「新編日本古典文学全集72」'01 p444
ひとりごと（心敬）
　奥田勲，表章，堀切実，復本一郎校注・訳　「新編日本古典文学全集88」'01 p53
　木藤才蔵校注　「中世の文学　第1期〔12〕」'85 p291
　島津忠夫校注　「日本思想大系23」'73 p465
ひとり言（心敬）
　久松潜一訳　「古典日本文学全集36」'62 p80
独り坐して古を懐ふ（島田忠臣）
　菅野礼行，徳田武校注・訳　「新編日本古典文学全集86」'02 p127
ひとりだち（小林一茶）
　矢羽勝幸校注　「一茶全集8」'78 p527
独道中五十三駅（鶴屋南北）
　竹柴愍太郎校訂　「鶴屋南北全集12」'74 p7
ひとりね（柳沢淇園）
　中村幸彦，野村貴次，麻生磯次校注　「日本古典文学大系96」'65 p25
独寝の草の戸（松尾芭蕉）
　井本農一，久富哲雄，村松友次，堀切実校注・訳　「新編日本古典文学全集71」'97 p171
鄙曇りの巻（安永三年）（与謝蕪村）
　頴原退蔵編著　「蕪村全集2」'48 p127
鄙雑俎
　宇田敏彦校訂　「未刊随筆百種7」'77 p69
雛鶴におくる（瀬川）
　古谷知新編　「江戸時代女流文学全集3」'01 p627
「雛ならで」付合（松尾芭蕉）
　島居清著　「芭蕉連句全註解9」'83 p137
鄙廼一曲（菅江真澄）
　浅野建二編　「続日本歌謡集成3」'61 p281
　笹野堅校註　「日本古典全書〔87〕」'56 p361
鄙廼一曲（菅江真澄編）
　森山弘毅校注　「新日本古典文学大系62」'97 p161

ひなひく鳥（其角）
　雲英末雄，山下一海，丸山一彦，松尾靖秋校注・訳　「新編日本古典文学全集72」'01 p468
非なるべし（富士谷成章）
　関根正直ほか監修　「日本随筆大成Ⅱ-15」'74 p123
貧人太平記
　倉員正江校訂　「叢書江戸文庫Ⅱ-31」'94 p5
丙午の元日（広瀬旭荘）
　岡村繁注　「江戸詩人選集9」'91 p285
簸河上（眞觀）
　佐佐木信綱編　「日本歌学大系4」'56 p56
檜笠辞（蕪村）
　雲英末雄，山下一海，丸山一彦，松尾靖秋校注・訳　「新編日本古典文学全集72」'01 p558
檜笠辞（与謝蕪村）
　頴原退蔵編著　「蕪村全集1」'48 p421
「檜笠」付合（松尾芭蕉）
　島居清著　「芭蕉連句全註解3」'80 p267
樋の酒
　北川忠彦ほか校注　「中世の文学　第1期〔22〕」'95 p132
日の筋の巻（安永三年）（与謝蕪村）
　頴原退蔵編著　「蕪村全集2」'48 p145
「日の春を」百韻（松尾芭蕉）
　島居清著　「芭蕉連句全註解4」'80 p71
ひばり子
　市古貞次，三角洋一編　「鎌倉時代物語集成7」'94 p283
雲雀山
　芳賀矢一，佐佐木信綱校註　「謡曲叢書3」'87 p206
日々家内心得の事（黒住宗忠）
　村上重良，安丸良夫校注　「日本思想大系67」'71 p44
批評論（大西祝）
　久松潜一，増淵恒吉編　「校註日本文芸新篇〔3〕」'50 p191
鄙風俗真垣
　「洒落本大成26」'86 p31
秘本玉くしげ（本居宣長）
　太田善麿訳　「古典日本文学全集34」'60 p273
閑なるあまり（松平定信）
　関根正直ほか監修　「日本随筆大成Ⅱ-4」'74 p327
秘密安心又略（法住）
　宮坂宥勝校注　「日本古典文学大系83」'64 p358
秘密曼荼羅十住心論（空海）
　川崎庸之校注　「日本思想大系5」'75 p7
微味幽玄考（大原幽学）

奈良本辰也，中井信彦校注　「日本思想大系52」
'73 p237
氷室守郡山
　　「俳書叢刊2」'88 p293
当世爰かしこ（御無事庵春江）
　　「洒落本大成6」'79 p371
姫切
　　芳賀矢一，佐佐木信綱校註　「謡曲叢書3」'87
　　p215
姫蔵大黒柱（近松門左衛門）
　　「近松全集（岩波）15翻刻編」'89 p121
　　「近松全集（岩波）15影印編」'89 p101
姫小松
　　笹野堅校註　「日本古典全書〔87〕」'56 p209
ひめゆり
　　浜中修編著　「大学古典叢書8」'89 p90
姫百合（慶応義塾図書館蔵写本）
　　横山重ほか編　「室町時代物語大成11」'83 p225
ひめゆり（寛文延宝頃松会刊本）
　　横山重ほか編　「室町時代物語大成11」'83 p253
神籬磐境之大事（吉川従長）
　　平重道，阿部秋生校注　「日本思想大系39」'72
　　p77
新作落咄比文谷噺（天明九年刊）
　　武藤禎夫編　「噺本大系17」'79 p311
百安楚飛（時雨庵主人）
　　「洒落本大成8」'80 p315
百韻「下がかり並べ百員」
　　山路閑古校注　「秘籍江戸文学選10」'75 p94
百化帖準擬本草・笔津虫音禽（山東京伝）
　　山本陽史編　「シリーズ江戸戯作〔1〕」'87 p105
百姓盛衰記
　　伊藤千可良ほか校　「江戸時代文芸資料3」'64
　　p265
百姓伝記抄
　　古島敏雄校注　「日本思想大系62」'72 p9
百姓分量記（常盤潭北）
　　中村幸彦校注　「日本思想大系59」'75 p235
百拙和尚の遠忌の辰，余亦た一偈を献ず（売
茶翁）
　　末木文美士，堀川貴司注　「江戸漢詩選5」'96
　　p123
白増譜言経（仲夷治郎）
　　「洒落本大成1」'78 p161
百虫譜（也有）
　　頴原退蔵著　「評釈江戸文学叢書7」'70 p752
百虫賦（也有）
　　雲英末雄，山下一海，丸山一彦，松尾靖秋校注・
　　訳　「新編日本古典文学全集72」'01 p509
百鳥譜（支考）

雲英末雄，山下一海，丸山一彦，松尾靖秋校注・
訳　「新編日本古典文学全集72」'01 p488
百生瓢（文化十年正月刊）（瓢亭百成）
　　武藤禎夫編　「噺本大系15」'79 p3
百日曾我（近松門左衛門）
　　藤井紫影校註　「近松全集（思文閣）5」'78 p207
　　「近松全集（岩波）3」'86 p467
　　「近松全集（岩波）17影印編」'94 p195
　　「近松全集（岩波）17影印編」'94 p198
　　「近松全集（岩波）17解説編」'94 p207
　　「近松全集（岩波）17解説編」'94 p211
百人袷（西村定雅）
　　「洒落本大成26」'86 p87
新註百人一首
　　深津睦夫，西沢正二編著　「大学古典叢書3」'86
　　p1
百人一首
　　久保田淳著　「鑑賞日本の古典3」'82 p415
　　大岡信訳　「特選日本の古典　グラフィック版別
　　1」'86 p5
　　久保田淳校注・訳　「日本の文学　古典編27」'87
　　p25
百人一首（藤原定家）
　　佐佐木信綱編　「日本歌学大系3」'56 p368
百人秀歌（藤原定家）
　　佐佐木信綱編　「日本歌学大系3」'56 p362
百人町浮名読売（鈴木主水）
　　河竹登志夫ほか監修　「名作歌舞伎全集16」'70
　　p61
百福物語（天明八年正月序）（恋川春町，朋誠堂喜三
二，恋川行町）
　　「噺本大系12」'79 p102
百万
　　伊藤正義校注　「新潮日本古典集成〔60〕」'88
　　p149
百万（世阿弥）
　　西野春雄校注　「新日本古典文学大系57」'98
　　p81
　　小山弘志，佐藤健一郎校注・訳　「新編日本古典
　　文学全集59」'98 p19
百万一古名嵯峨物狂又嵯峨大念仏
　　芳賀矢一，佐佐木信綱校註　「謡曲叢書3」'87
　　p217
百万ものがたり（万治三年刊本）
　　横山重ほか編　「室町時代物語大成11」'83 p281
百面相仕方ばなし（天保十三年正月刊）（土橋りう馬，
扇好）
　　武藤禎夫編　「噺本大系19」'79 p78
百物語
　　武藤禎夫，岡雅彦編　「噺本大系1」'75 p217
百物語（与謝蕪村）

頴原退蔵編著　「蕪村全集1」'48 p444
百物語評判
　「徳川文芸類聚4」'70 p1
百利口語(一遍上人)
　高野辰之編　「日本歌謡集成4」'60 p86
落噺百歌選(天保五年正月刊)(林屋正蔵)
　武藤禎夫編　「噺本大系18」'79 p248
百花評林(探花亭主人)
　「洒落本大成1」'78 p191
「百景や」付合(松尾芭蕉)
　島居清者　「芭蕉連句全註解別1」'83 p37
百石讃歎
　高野辰之編　「日本歌謡集成4」'60 p2
白狐通(梅暮里谷峨)
　「洒落本大成18」'83 p203
病臥(元政)
　上野洋三注　「江戸詩人選集1」'91 p202
漂客奇察加出奔記
　加藤貴校訂　「叢書江戸文庫Ⅰ-1」'90 p300
尾陽戯場事始(西邑海辺)
　宇田敏彦校訂　「未刊随筆百種3」'76 p11
瓢金窟(鳥有先生)
　「洒落本大成1」'78 p203
瓢軽雑病論(俠街仲介)
　「洒落本大成5」'79 p273
瓢辞(許六)
　雲英末雄,山下一海,丸山一彦,松尾靖秋校注・訳　「新編日本古典文学全集72」'01 p491
　頴原退蔵著　「評釈江戸文学叢書7」'70 p738
氷室
　伊藤正義校注　「新潮日本古典集成〔60〕」'88 p137
　芳賀矢一,佐佐木信綱校註　「謡曲叢書3」'87 p210
拍子幕(寛政四年頃序)
　「噺本大系12」'79 p216
病者を扶くる心得
　H.チースリク,土井忠生,大塚光信校注　「日本思想大系25」'70 p83
病中、秋文学の富岳より帰る(高野蘭亭)
　菅野礼行,徳田武校注・訳　「新編日本古典文学全集86」'02 p407
病中韻を分ちて驢の字を得たり(元政)
　上野洋三注　「江戸詩人選集1」'91 p222
病中雑詠 六首(うち二首)(秋山玉山)
　徳田武注　「江戸詩人選集2」'92 p159
病中即事 二首(菅茶山)
　黒川洋一注　「江戸詩人選集4」'90 p199
病中の吟(元政)
　上野洋三注　「江戸詩人選集1」'91 p286
病中の偶成(伊藤担庵)
　菅野礼行,徳田武校注・訳　「新編日本古典文学全集86」'02 p286
病中の作(元政)
　上野洋三注　「江戸詩人選集1」'91 p297
病中の作 二首(菅茶山)
　黒川洋一注　「江戸詩人選集4」'90 p176
病中の雑詩 五首(菅茶山)
　黒川洋一注　「江戸詩人選集4」'90 p170
病中夜吟(梁川紅蘭)
　福島理子注　「江戸漢詩選3」'95 p264
尾陽鳴海俳諧喚続集(井原西鶴)
　頴原退蔵ほか編　「定本西鶴全集13」'50 p383
評判鴬宿梅
　「徳川文芸類聚12」'70 p235
評判千種声(蜂万舎自虫)
　「徳川文芸類聚12」'70 p341
評判茶臼芸(大田南畝)
　浜田義一郎,中野三敏,日野龍夫,揖斐高編　「大田南畝全集7」'86 p191
評判の俵(天明八年正月序)
　武藤禎夫編　「噺本大系19」'79 p287
評判筆果報
　「徳川文芸類聚12」'70 p199
評判娘名寄草
　「洒落本大成4」'79 p329
瓢百集(文化四年正月刊)(瓢亭百成)
　武藤禎夫編　「噺本大系14」'79 p222
屏風巌(葛子琴)
　水田紀久注　「江戸詩人選集6」'93 p52
兵部卿物語
　市古貞次,三角洋一編　「鎌倉時代物語集成5」'92 p3
兵部卿物語(仮題)(慶応義塾図書館蔵写本)
　横山重ほか編　「室町時代物語大成11」'83 p298
兵法三十五箇条(宮本武蔵)
　渡辺一郎校注　「日本思想大系61」'72 p395
病来(三首、うち二首)(元政)
　上野洋三注　「江戸詩人選集1」'91 p321
漂流人書状写
　加藤貴校訂　「叢書江戸文庫Ⅰ-1」'90 p388
仮廓南despite比翼紫(宇田楽庵)
　「洒落本大成20」'83 p187
比翼紋松鶴賀(柳亭種彦)
　「古典籍書〔40〕」'90 p135
日吉神社七社祭礼権現船謡
　「国歌大系1」'76 p731
「ひょろひょろと」付合(松尾芭蕉)
　島居清者　「芭蕉連句全註解別1」'83 p41
比良
　芳賀矢一,佐佐木信綱校註　「謡曲叢書3」'87 p220

平泉（蓼太）
　雲英末雄，山下一海，丸山一彦，松尾靖秋校注・訳　「新編日本古典文学全集72」'01 p523
ひらかな盛衰記（文耕堂）
　樋口慶千代著　「評釈江戸文学叢書4」'70 p1
ひらかな盛衰記（文耕堂，三好松洛ほか）
　乙葉弘校注　「日本古典文学大系51」'60 p103
ひらがな盛衰記（盛衰記）（文耕堂）
　河竹登志夫ほか監修　「名作歌舞伎全集3」'68 p243
ひら仮名太平記（竹本義太夫）
　「竹本義太夫浄瑠璃正本集下」'95 p668
ひら仮名太平記（近松門左衛門）
　藤井紫影校註　「近松全集（思文閣）4」'78 p165
平賀元義集（平賀元義）
　「国歌大系19」'76 p853
平野よみかへりの草紙（永禄四年写本）
　太田武夫校訂　「室町時代物語集2」'62 p356
「ひらひらと」歌仙（松尾芭蕉）
　島居清者　「芭蕉連句全註解10」'83 p71
「蒜の離に」付合（松尾芭蕉）
　島居清者　「芭蕉連句全註解3」'80 p67
昼日歌
　臼田甚五郎，新間進一，外村南都子，徳江元正校注・訳　「新編日本古典文学全集42」'00 p85
広基
　芳賀矢一，佐佐木信綱校註　「謡曲叢書3」'87 p227
広沢記（大橋）
　古谷知新編　「江戸時代女流文学全集3」'01 p628
落噺広品夜鑑（美屋一作序）
　浜田義一郎，武藤禎夫編　「日本小咄集成下」'71 p237
広島の城南，凡そ三十余里，皆醎地為り。遍く剌竹を挿し，之を望めば水柵の若く然り。即ち牡蠣田なり。土人云う，率ね五六月を以て種を下せば，則ち翌年の八九月に苗生ず。之を他州の産する所に較ぶれば更に肥美なり。輒ち一絶句を賦す。（梁川星巌）
　入谷仙介注　「江戸詩人選集8」'90 p198
広田社歌合　承安二年　俊成判
　峯岸義秋校註　「日本古典全書〔73〕」'47 p282
昿野
　萩原蘿月校註　「日本古典全書〔78〕」'50 p109
岷峨集（びんがしゅう）　→"みんがしゅう"を見よ
貧窮問答（上田秋成）
　「上田秋成全集12」'95 p410
備後砂（井原西鶴）
　穎原退蔵ほか編　「定本西鶴全集13」'50 p377

備後に赴く途上　十首（うち二首）（頼山陽）
　入谷仙介注　「江戸詩人選集8」'90 p8
閩山遊草（蔡大鼎）
　奥石豊伸注釈　「琉球古典叢書〔1〕」'82 p1
貧政（勝田半斎）
　森銑三，北川博邦編　「続日本随筆大成10」'80 p359
貧福論
　高田衛，稲田篤信編著　「大学古典叢書1」'85 p115
　大輪靖宏訳注　「対訳古典シリーズ〔20〕」'88 p258
貧福論（上田秋成）
　「上田秋成全集7」'90 p313
　高田衛，中村博保校注・訳　「完訳日本の古典57」'83 p123
　後藤明生訳　「現代語訳　日本の古典19」'80 p116
　谷崎潤一郎ほか編　「国民の文学17」'64 p64
　浅野三平校注　「新潮日本古典集成〔75〕」'79 p146
　中村幸彦，高田衛校注・訳　「新編日本古典文学全集78」'95 p400
　重友毅校注　「日本古典全書〔106〕」'57 p161
　鵜月洋著　「日本古典評釈・全注釈叢書〔25〕」'69 p632
　中村幸彦，高田衛，中村博保校注・訳　「日本古典文学全集48」'73 p454
　中村幸彦校注　「日本古典文学大系56」'59 p131
　和田万吉著　「評釈江戸文学叢書9」'70 p137
貧福論（現代語訳）（上田秋成）
　高田衛，中村博保校注・訳　「完訳日本の古典57」'83 p205

【ふ】

武悪
　北川忠彦，安田章　「新編日本古典文学全集60」'01 p142
　北川忠彦ほか校注　「中世の文学　第1期〔20〕」'94 p54
　古川久校註　「日本古典全書〔92〕」'54 p34
　須永朝彦編訳　「日本古典文学幻想コレクション2」'96 p139
風雨（藤原道真）
　菅野礼行，徳田武校注・訳　「新編日本古典文学全集86」'02 p161
風懐詩（十首のうち三首）（成島柳北）
　日野龍夫注　「江戸詩人選集10」'90 p117

風雅和歌集
　「国歌大系7」'76 p191
　次田香澄，岩佐美代子編校，池上洵一校注　「中世の文学 第1期〔4〕」'85 p45
風雅和歌集（光厳院撰）
　千古利恵子編　「和泉古典文庫9」'02 p3
風雅和歌集（抄）（光厳院撰）
　井上宗雄校注・訳　「新編日本古典文学全集49」'00 p283
和良嘉吐富貴樽（寛政四年正月序）（曼鬼武）
　「噺本大系12」'79 p201
風曲集（世阿弥）
　表章，加藤周一校注　「日本思想大系24」'74 p155
『風月外伝』跋（上田秋成）
　「上田秋成全集11」'94 p239
（浪化日記二）丙子丁丑風月藻全
　「俳書叢刊6」'88 p223
楓軒偶記（小宮山昌秀）
　関根正直ほか監修　「日本随筆大成Ⅱ-19」'75 p1
風災詩（山梨稲川）
　一海知義，池沢一郎注　「江戸漢詩選2」'96 p201
風姿花伝
　表章校注・訳　「完訳日本の古典47」'88 p321
風姿花伝（世阿弥）
　福田秀一，島津忠夫，伊藤正義編　「鑑賞日本古典文学24」'76 p229
　小山弘志，佐藤喜久雄，佐藤健一郎，表章校注・訳　「完訳日本の古典47」'88 p329
　西一祥著　「現代語訳 日本の古典14」'80 p157
　守随憲治訳　「古典日本文学全集36」'62 p206
　田中裕校注　「新潮日本古典集成〔61〕」'76 p11
　奥田勲，表章，堀切実，復本一郎校注・訳　「新編日本古典文学全集88」'01 p207
　伊地知鉄男，表章，栗山理一校注・訳　「日本古典文学全集51」'73 p213
　久松潜一，西尾実校注　「日本古典文学大系65」'51 p341
　表章，加藤周一校注　「日本思想大系24」'74 p13
風俗吾妻男
　武藤元昭校訂　「叢書江戸文庫Ⅱ-36」'95 p283
風俗吾妻男（三亭春馬）
　武藤元昭校訂　「叢書江戸文庫Ⅱ-36」'95 p191
　武藤元昭校訂　「叢書江戸文庫Ⅱ-36」'95 p243
風俗歌
　福永武彦訳　「国民の文学1」'64 p425
　「国歌大系1」'76 p127
　「古典日本文学全集1」'60 p279
　小西甚一校注　「日本古典文学大系3」'57 p431
風俗金魚伝（滝沢馬琴）
　「古典叢書〔22〕」'90 p355
風俗三石士（大平館胴脈先生）
　「洒落本大成29」'88 p271
風俗七遊談（鈍苦斎）
　「洒落本大成2」'78 p213
風俗砂払伝（随松子）
　「洒落本大成10」'80 p113
大磯新話風俗通（松風亭如琴）
　「洒落本大成19」'83 p11
風俗八色談（卜々斎）
　「洒落本大成2」'78 p237
風俗譜
　高野辰之編　「日本歌謡集成2」'60 p449
風俗文集 昔の反古
　中野三敏校注　「新日本古典文学大系81」'90 p335
風俗本朝別女伝（振鷺亭主人）
　高木元校訂　「叢書江戸文庫Ⅰ-25」'88 p5
風俗文選（五老井許六編）
　阿部喜三男，麻生磯次校注　「日本古典文学大系92」'64 p267
風俗文選（文暁著）
　井本農一訳　「古典日本文学全集31」'61 p292
『風俗文選』抄（松尾芭蕉）
　井本農一ほか著　「校本芭蕉全集9」'89 p376
風俗問答（劉道酔）
　伊藤千可良ほか校　「江戸時代文芸資料1」'64 p55
　「洒落本大成7」'80 p23
風鳥の巻（明和八年）（与謝蕪村）
　潁原退蔵編著　「蕪村全集2」'48 p64
封の儘跋（与謝蕪村）
　潁原退蔵編著　「蕪村全集1」'48 p473
夫婦宗論物語
　前田金五郎校注　「日本古典文学大系90」'65 p231
風葉和歌集（伝・藤原為家撰）
　「国歌大系23」'76 p1
風来六部集
　中村幸彦校注　「日本古典文学大系55」'61 p225
　中村幸彦校注　「日本古典文学大系55」'61 p267
風柳（元政）
　上野洋三注　「江戸詩人選集1」'91 p210
風流今平家（西沢一風）
　川元ひとみ校訂　「叢書江戸文庫Ⅲ-46」'00 p343
風流門出加増蔵
　伊藤千可良ほか校　「江戸時代文芸資料3」'64 p187

風流曲三味線(江島其磧)
　篠原進校訂　「叢書江戸文庫Ⅰ-8」'88 p5
風流呉竹男(飯山錦裳)
　伊藤千可良ほか校　「江戸時代文芸資料5」'64 p1
風流志道軒伝
　中村幸彦校注　「日本古典文学大系55」'61 p153
風流志道軒伝(風来山人)
　暉峻康隆訳　「古典日本文学全集29」'61 p41
風流真顕記
　「徳川文芸類聚12」'70 p158
風流睟談議(雲水坊主)
　「洒落本大成6」'79 p103
風流仙婦伝(雛田文祇)
　「洒落本大成9」'80 p271
「風流の」歌仙(松尾芭蕉)
　島居清著　「芭蕉連句全註解5」'81 p295
　島居清著　「芭蕉連句全註解8」'82 p213
風流敗毒散(夜食時分)
　伊藤千可良ほか校　「江戸時代文芸資料2」'64 p213
風流比翼鳥(東の紙子)
　伊藤千可良ほか校　「江戸時代文芸資料3」'64 p81
風流夢浮橋(雨滴庵松林)
　「徳川文芸類聚1」'70 p11
風流裸人形
　「洒落本大成8」'80 p273
風流和田酒盛
　「徳川文芸類聚8」'70 p106
風鈴(一休宗純)
　菅野礼行、徳田武校注・訳　「新編日本古典文学全集86」'02 p238
楓林腐草(楓林子)
　宇田敏彦校訂　「未刊随筆百種7」'77 p389
楓林に月を見る(石川丈山)
　上野洋三注　「江戸詩人選集1」'91 p74
笛を聞く(服部南郭)
　山本和義、横山弘注　「江戸詩人選集3」'91 p25
笛ノ本(笛彦兵衛系伝書)
　「中世文芸叢書12」'68 p1
笛の巻
　麻原美子、北原保雄校注　「新日本古典文学大系59」'94 p295
新作落咄無塩諸美味(文化頃刊)
　武藤禎夫編　「噺本大系15」'79 p112
深川(酒堂編)
　大内初夫校注　「新日本古典文学大系71」'94 p345
深川(大潮元皓)
　末木文美士、堀川貴司注　「江戸漢詩選5」'96 p148
深川(松尾芭蕉)
　大谷篤蔵、中村俊定校注　「日本古典文学大系45」'62 p477
深川新話(大田南畝)
　浜田義一郎、中野三敏、日野龍夫、揖斐高編　「大田南畝全集7」'86 p53
深川新話(山手馬鹿人)
　伊藤千可良ほか校　「江戸時代文芸資料1」'64 p149
深川新話(山手の馬鹿人)
　「洒落本大成8」'80 p211
深川大全(山東翁)
　「洒落本大成29」'88 p39
深川手習草紙(十方茂内)
　伊藤千可良ほか校　「江戸時代文芸資料1」'64 p273
　「洒落本大成13」'81 p155
深川の舟の中(市河寛斎)
　揖斐高注　「江戸詩人選集5」'90 p24
深川の雪の夜(松尾芭蕉)
　富山奏校注　「新潮日本古典集成〔72〕」'78 p54
富賀川拝見(蓬萊山人帰橋)
　「洒落本大成11」'81 p343
　「徳川文芸類聚5」'70 p295
深川八貧(松尾芭蕉)
　井本農一、弥吉菅一、横沢三郎、尾形仂校注　「校本芭蕉全集6」'89 p383
　富山奏校注　「新潮日本古典集成〔72〕」'78 p105
　井本農一、久富哲雄、村松友次、堀切実校注・訳　「新編日本古典文学全集71」'97 p242
「深川は」付合(松尾芭蕉)
　島居清著　「芭蕉連句全註解4」'80 p119
富岳を望む(亀田鵬斎)
　徳田武注　「江戸漢詩選1」'96 p10
深養父集(清原深養父)
　和歌史研究会編　「私家集大成1」'73 p192
　和歌史研究会編　「私家集大成1」'73 p194
　和歌史研究会編　「私家集大成1」'73 p195
豊干
　芳賀矢一、佐佐木信綱校註　「謡曲叢書3」'87 p232
吹上
　中野幸一校注・訳　「新編日本古典文学全集14」'99 p373
　中野幸一校注・訳　「新編日本古典文学全集14」'99 p509
　宮田和一郎校註　「日本古典全書〔5〕」'49 p37
　宮田和一郎校註　「日本古典全書〔5〕」'49 p135
　河野多麻校注　「日本古典文学大系10」'59 p305

河野多麻校注 「日本古典文学大系10」'59 p361
吹上(堀田正敦)
　津本信博編 「近世紀行日記文学集成2」'94 p546
　津本信博編 「近世紀行日記文学集成2」'94 p551
富貴地座位(悪茶利道人)
　「徳川文芸類聚12」'70 p354
富貴曾我(竹本義太夫)
　「竹本義太夫浄瑠璃正本集下」'95 p733
吹取
　北川忠彦,安田章 「新編日本古典文学全集60」'01 p324
　北川忠彦ほか校注 「中世の文学 第1期〔22〕」'95 p311
舞曲扇林(河原崎権之助)
　守随憲治訳 「古典日本文学全集36」'62 p228
附句一章(宝暦七年)(与謝蕪村)
　頴原退蔵編著 「蕪村全集2」'48 p44
福斎物語
　「徳川文芸類聚1」'70 p1
富久喜多留(天明二年正月序)
　武藤禎夫編 「噺本大系19」'79 p269
福喜多留(天明五年頃序)
　「噺本大系12」'79 p83
おとし譚富久喜多留(文化十一年正月序)(立川銀馬)
　武藤禎夫編 「噺本大系15」'79 p37
復軒の南海に之くを送る(新井白石)
　一海知義,池沢一郎注 「江戸漢詩選2」'96 p97
福山椒(享和三年正月序)
　武藤禎夫編 「噺本大系14」'79 p117
新作落咄福三笑(文化九年頃序)(万載亭,千束舎)
　武藤禎夫編 「噺本大系14」'79 p340
服子遷の雪中に寄せ示すに次韻す(荻生徂徠)
　一海知義,池沢一郎注 「江戸漢詩選2」'96 p12
福寺岬 補遺(橘曙覧)
　土岐善麿校註 「日本古典全書〔74〕」'50 p263
復讐奇談七里浜(一渓庵市井)
　高木元校訂 「叢書江戸文庫Ⅰ-25」'88 p181
復讐奇談稚枝鳩(滝沢馬琴)
　「古典叢書〔14〕」'89 p155
福寿海(近松門左衛門)
　「近松全集(岩波)15翻刻編」'89 p373
　「近松全集(岩波)15影印編」'89 p327
落噺三番叟福種蒔(寛政十三年正月刊)(十偏舎一九)
　武藤禎夫編 「噺本大系18」'79 p50
福種笑門松(寛政二年刊)
　武藤禎夫編 「噺本大系18」'79 p3
福神粹語録(万象亭)
　「洒落本大成13」'81 p291
福助噺(文化二年正月序)(十返舎一九)

武藤禎夫編 「噺本大系19」'79 p319
服生の吟詩早春を悲しむに次韻す(荻生徂徠)
　一海知義,池沢一郎注 「江戸漢詩選2」'96 p34
福茶釜(天明六年正月序)
　「噺本大系12」'79 p91
伏枕吟(桑原宮作)
　菅野礼行,徳田武校注・訳 「新編日本古典文学全集86」'02 p51
福富草紙(春浦院蔵古絵巻)
　横山重ほか編 「室町時代物語大成11」'83 p335
福富長者物語
　市古貞次校注 「日本古典文学大系38」'58 p385
福富長者物語
　福永武彦訳 「古典日本文学全集18」'61 p255
福富長者物語(古梓堂文庫蔵絵巻)
　太田武夫校訂 「室町時代物語集5」'62 p424
福富物語(仮題)(赤木文庫蔵絵巻)
　横山重ほか編 「室町時代物語大成11」'83 p345
福の神
　北川忠彦ほか校注 「中世の文学 第1期〔20〕」'94 p245
　古川久校註 「日本古典全書〔91〕」'53 p63
　武藤禎夫編 「噺本大系11」'79 p172
福の神(大食堂満腹序)
　浜田義一郎,武藤禎夫編 「日本小咄集成下」'71 p83
伏波将軍の語(与謝蕪村)
　頴原退蔵編著 「蕪村全集1」'48 p422
福吉ノ詞
　志田延義編 「続日本歌謡集成2」'61 p344
ふくら雀(天明九年正月序)
　武藤禎夫編 「噺本大系19」'79 p294
梟
　北川忠彦ほか校注 「中世の文学 第1期〔20〕」'94 p67
ふくろふ(松本隆信蔵奈良絵本)
　横山重ほか編 「室町時代物語大成11」'83 p353
『梟日記』抄(松尾芭蕉)
　井本農一ほか著 「校本芭蕉全集9」'89 p348
ふくろうのそうし(東大国文学研究室蔵明暦四年写本)
　横山重ほか編 「室町時代物語大成11」'83 p364
袋草紙(藤原清輔)
　藤岡忠美校注 「新日本古典文学大系29」'95 p1
　佐佐木信綱編 「日本歌学大系2」'56 p1
　佐佐木信綱編 「日本歌学大系2」'56 p90
袋法師絵詞
　青木信光編 「文化文政江戸発禁文庫7」'83 p291
袋法師詞書

富来話有智(雞肋斎画餅(小松百亀))
　浜田義一郎,武藤禎夫編 「日本小咄集成中」'71 p343
富来話有智(鶏肋斎画餅)
　武藤禎夫編 「噺本大系10」'79 p64
富久和佳志(安永末年頃刊)
　武藤禎夫編 「噺本大系17」'79 p223
武家家法
　石井進校註 「日本思想大系21」'72 p177
武家義理物語(井原西鶴)
　暉峻康隆編 「鑑賞日本古典文学27」'76 p255
　宗政五十緒,長谷川強著 「鑑賞日本の古典15」'80 p239
　麻生磯次訳 「現代語訳西鶴全集(河出)5」'53 p23
　暉峻康隆訳注 「現代語訳西鶴全集(小学館)6」'76 p15
　麻生磯次訳 「古典日本文学全集23」'60 p5
　太刀川清編 「西鶴選集〔9〕」'94 p3
　太刀川清編 「西鶴選集〔10〕」'94 p15
　広嶋進校注・訳 「新編日本古典文学全集69」'00 p315
　頴原退蔵ほか編 「定本西鶴全集5」'59 p17
　藤村作校註 「日本古典全書〔105〕」'51 p107
　藤村作校訂 「訳註西鶴全集12」'54 p5
富家語(藤原忠実)
　山根対助,池上洵一校注 「新日本古典文学大系32」'97 p361
　「新日本古典文学大系32」'97 p573
武家三十六人選
　久曽神昇編 「日本歌学大系別6」'84 p318
武家諸法度
　石井紫郎校注 「日本思想大系27」'74 p454
武家はんしやう(校訂者蔵奈良絵本)
　太田武夫校訂 「室町時代物語集5」'62 p43
武家繁昌(赤木文庫蔵絵巻)
　横山重ほか編「室町時代物語大成11」'83 p389
武家百人一首
　久曽神昇編 「日本歌学大系別6」'84 p524
附言・滑稽旅烏(十返舎一九)
　下西善三郎編 「十返舎一九越後紀行集3」'96 p10
普賢洋に大風に遇う(梁川星巌)
　入谷仙介注 「江戸詩人選集8」'90 p225
武江披砂(大田南畝)
　浜田義一郎,中野三敏,日野龍夫,揖斐高編 「大田南畝全集17」'88 p455
富国建議(林子平)
　奈良本辰也校注 「日本思想大系38」'76 p189

武左衛門口伝はなし(天和三年刊)(鹿野武左衛門)
　武藤禎,岡雅彦編 「噺本大系5」'75 p180
「巫山高」に和し奉る(有智子内親王)
　菅野礼行,徳田武校注・訳 「新編日本古典文学全集86」'02 p79
藤(南部備後守信意)
　芳賀矢一,佐佐木信綱校註 「謡曲叢書3」'87 p258
藤生野
　臼田甚五郎,新間進一,外村南都子,徳江元正校注・訳 「新編日本古典文学全集42」'00 p145
不二遺稿(岐陽方秀)
　上村観光編 「五山文学全集3」'73 p2877
藤井士開余が夫妻に花を礼林に看んと要む。将に門を出でんとするに、適たま菊池渓琴来訪す。遂に相伴いて同に遊ぶ(二首、うち一首)(梁川紅蘭)
　福島理子注 「江戸漢詩選3」'95 p288
覧富士記(尭孝)
　稲田利徳校注・訳 「新編日本古典文学全集48」'94 p455
癰を患う(元政)
　上野洋三注 「江戸詩人選集1」'91 p220
富士画賛(近松門左衛門)
　「近松全集(岩波)17影印編」'94 p4
藤谷和歌集(ふじがやつわかしゅう)　→"とうこくわかしゅう"を見よ
藤河の記(一条兼良)
　鶴崎裕雄,福田秀一校注 「新日本古典文学大系51」'90 p383
藤川舩鯖話(鶴屋南北)
　松井敏明校訂 「鶴屋南北全集12」'74 p159
不識菴の機山を撃つ図に題す(頼山陽)
　入谷仙介注 「江戸詩人選集8」'90 p10
伏木曾我
　芳賀矢一,佐佐木信綱校註 「謡曲叢書3」'87 p235
富士山(石川丈山)
　上野洋三注 「江戸詩人選集1」'91 p3
富士山(世阿弥)
　芳賀矢一,佐佐木信綱校註 「謡曲叢書3」'87 p239
富士山の本地(延寛八年刊本)
　太田武夫校訂 「室町時代物語集2」'62 p297
富士山の本地(延宝八年刊本)
　横山重ほか編 「室町時代物語大成11」'83 p405
無事志有意(烏亭焉馬)
　小高敏郎校注 「日本古典文学大系100」'66 p449
無事志有意(立川楼焉馬選)

武藤禎夫編　「噺本大系13」'79 p173
曲付次第（世阿弥）
　表章，加藤周一校注　「日本思想大系24」'74 p145
富士太鼓
　伊藤正義校注　「新潮日本古典集成〔60〕」'88 p159
　西野春雄校注　「新日本古典文学大系57」'98 p637
　小山弘志，佐藤健一郎校注・訳　「新編日本古典文学全集59」'98 p105
　芳賀矢一，佐佐木信綱校註　「謡曲叢書3」'87 p242
富士谷成寿が家の小集、感有（皆川淇園）
　菅野礼行，徳田武校注・訳　「新編日本古典文学全集86」'02 p463
賦して「南浦に佳人を送る」を得たり（祇園南海）
　山本和義，横山弘注　「江戸詩人選集3」'91 p284
賦して「独り寒江の雪に釣る」を得たり（服部南郭）
　山本和義，横山弘注　「江戸詩人選集3」'91 p170
賦して、「隴頭秋月明らかなり」（嵯峨天皇）
　菅野礼行，徳田武校注・訳　「新編日本古典文学全集86」'02 p75
藤戸
　田中千禾夫訳　「現代語訳 日本の古典14」'80 p80
　谷崎潤一郎ほか編　「国民の文学12」'64 p43
　伊藤正義校注　「新潮日本古典集成〔60〕」'88 p169
　西野春雄校注　「新日本古典文学大系57」'98 p392
　小山弘志，佐藤健一郎校注・訳　「新編日本古典文学全集59」'98 p236
　芳賀矢一，佐佐木信綱校註　「謡曲叢書3」'87 p261
ふぢと（佐々木先陣）（近松門左衛門）
　「近松全集（岩波）17影印編」'94 p138
　「近松全集（岩波）17解説編」'94 p145
富士と筑波（常陸国筑波郡）
　曽倉岑，金井清一著　「鑑賞日本の古典1」'81 p232
藤浪
　芳賀矢一，佐佐木信綱校註　「謡曲叢書3」'87 p265
富士日記（池川春水）
　松野陽一校注　「新日本古典文学大系67」'96 p503

富士の岩屋（荒木田麗女）
　古谷知新編　「江戸時代女流文学全集1」'01 p539
藤のうら葉（紫式部）
　谷崎潤一郎ほか編　「国民の文学3」'63 p508
藤裏葉（紫式部）
　阿部秋生，小町谷照彦，野村精一，柳井滋著　「鑑賞日本の古典6」'79 p182
　阿部秋生，秋山虔，今井源衛，鈴木日出男校注・訳　「完訳日本の古典18」'85 p203
　円地文子訳　「現代語訳 日本の古典5」'79 p103
　阿部秋生ほか校注・訳　「古典セレクション8」'98 p225
　「古典日本文学全集5」'61 p150
　石田穣二，清水好子校注　「新潮日本古典集成〔21〕」'79 p277
　柳井滋ほか校注　「新日本古典文学大系21」'95 p173
　阿部秋生，秋山虔，今井源衛，鈴木日出男校注・訳　「新編日本古典文学全集22」'96 p429
　「特選日本の古典 グラフィック版5」'86 p82
　池田亀鑑校註　「日本古典全書〔14〕」'50 p337
　阿部秋生，秋山虔，今井源衛校注・訳　「日本古典文学全集14」'72 p421
　山岸徳平校注　「日本古典文学大系16」'61 p181
　伊井春樹，日向一雅，百川敬仁（ほか）校注・訳　「日本の文学 古典編13」'86 p327
　「日本文学大系5」'55 p214
藤のえん
　市古貞次，三角洋一編　「鎌倉時代物語集成5」'92 p56
藤のしなひ
　高野辰之編　「日本歌謡集成2」'60 p463
富士の図（菅茶山）
　黒川洋一注　「江戸詩人選集4」'90 p55
富士裾うかれの蝶衙（柳亭種彦）
　「古典叢書〔41〕」'90 p149
藤のとも花（本居大平）
　津本信博編　「近世紀行日記文学集成2」'94 p454
ふしの人穴（慶長十二年写本）
　太田武夫校訂　「室町時代物語集2」'62 p318
富士の人穴（仮題）（慶応義塾図書館蔵写本）
　横山重ほか編　「室町時代物語大成補2」'88 p474
仁田四郎富士之人穴見物（山東京伝）
　「古典叢書〔3〕」'89 p83
ふじの人あなさうし（寛永九年刊本）
　太田武夫校訂　「室町時代物語集2」'62 p338
富士の人穴草子（寛永四年刊丹緑本）
　横山重ほか編　「室町時代物語大成11」'83 p452

ふしの　　　　　　　　　　　　　　作品名

富士の人穴の草子（赤木文庫蔵慶長八年写本）
　横山重ほか編　「室町時代物語大成11」'83 p429
「藤の実は」の詞書（松尾芭蕉）
　井本農一，弥吉菅一，横沢三郎，尾形仂校注
　　「校本芭蕉全集6」'89 p444
藤袴（紫式部）
　阿部秋生，秋山虔，今井源衛，鈴木日出男校注・
　訳　「完訳日本の古典18」'85 p119
　円地文子訳　「現代語訳 日本の古典5」'79 p99
　谷崎潤一郎ほか編　「国民の文学3」'63 p467
　阿部秋生ほか校注・訳　「古典セレクション8」'98
　　p67
　「古典日本文学全集5」'61 p107
　石田穰二，清水好子校注　「新潮日本古典集成
　　〔21〕」'79 p181
　柳井滋ほか校注　「新日本古典文学大系21」'95
　　p87
　阿部秋生，秋山虔，今井源衛，鈴木日出男校注・
　訳　「新編日本古典文学全集22」'96 p325
　「特選日本の古典 グラフィック版5」'86 p77
　池田亀鑑校註　「日本古典全書〔14〕」'50 p263
　阿部秋生，秋山虔，今井源衛校注・訳　「日本古
　　典文学全集14」'72 p317
　山岸徳平校注　「日本古典文学大系16」'61 p97
　伊井春樹，日向一雅，百川敬仁（ほか）校注・訳
　　「日本の文学 古典編13」'86 p267
　「日本文学大系5」'55 p151
舞児浜客亭の漫吟（中島棕隠）
　水田紀久注　「江戸詩人選集6」'93 p214
富士額男女繁山（女書生繁）（河竹黙阿弥）
　河竹登志夫ほか監修　「名作歌舞伎全集23」'71
　　p215
藤ぶくろ（麻生太賀吉氏旧蔵絵巻）
　横山重ほか編　「室町時代物語大成11」'83 p476
富士松
　北川忠彦ほか校注　「中世の文学 第1期〔22〕」'95
　　p88
　古川久校註　「日本古典全書〔91〕」'53 p209
節松嫁々
　棚橋正博，鈴木勝忠，宇田敏彦注解　「新編日本
　　古典文学全集79」'99 p552
伏見
　芳賀矢一，佐佐木信綱校註　「謡曲叢書3」'87
　　p246
伏見院御集（伏見院）
　和歌史研究会編　「私家集大成5」'74 p7
伏水の道中（菅茶山）
　黒川洋一注　「江戸詩人選集4」'90 p120
ふしみた（瓠厚麿）
　「洒落本大成22」'84 p107
伏見常葉

麻原美子，北原保雄校注　「新日本古典文学大系
　　59」'94 p270
ふしみ八景（近松門左衛門）
　「近松全集（岩波）17影印編」'94 p87
　「近松全集（岩波）17解説編」'94 p102
藤むすめ（松本初子）
　長沢美津編　「女人和歌大系6」'78 p618
藤娘（歌えすがえす余波大津絵）（勝井源八）
　河竹登志夫ほか監修　「名作歌舞伎全集19」'70
　　p157
浮雀遊戯嶋（梧鳳舎潤嶺）
　「洒落本大成23」'85 p295
武州六阿弥陀御詠歌
　高野辰之編　「日本歌謡集成4」'60 p475
藤原興風集（藤原興風）
　和歌史研究会編　「私家集大成1」'73 p119
　和歌史研究会編　「私家集大成7」'76 p1611
藤原隆信朝臣集（藤原隆信）
　和歌史研究会編　「私家集大成3」'74 p233
藤原親盛集（藤原親盛）
　和歌史研究会編　「私家集大成3」'74 p139
藤原長綱集（藤原長綱）
　和歌史研究会編　「私家集大成4」'75 p482
藤原長能集（藤原長能）
　和歌史研究会編　「私家集大成1」'73 p677
藤原の君
　中野幸一校注・訳　「新編日本古典文学全集14」
　　'99 p125
　宮田和一郎校註　「日本古典全書〔4〕」'51 p157
　河野多麻校注　「日本古典文学大系10」'59 p157
藤原惟規集（藤原惟規）
　和歌史研究会編　「私家集大成1」'73 p710
藤原保則伝（三善清行）
　山岸徳平，竹内理三，家永三郎，大曽根章介校
　　注　「日本思想大系8」'79 p59
藤原義孝集（藤原義孝）
　和歌史研究会編　「私家集大成1」'73 p408
櫓下妓談婦身嘘（墨之山人）
　「洒落本大成26」'86 p213
不尽言（堀景山）
　日野龍夫校注　「新日本古典文学大系99」'00
　　p135
不仁野夫鑑（東湖山人）
　「洒落本大成14」'81 p85
附子
　飯沢匡訳　「国民の文学12」'64 p191
　北川忠彦，安田章　「新編日本古典文学全集60」
　　'01 p256
　北川忠彦ほか校注　「中世の文学 第1期〔20〕」'94
　　p59
　古川久校註　「日本古典全書〔91〕」'53 p244

文相撲
　北川忠彦ほか校注　「中世の文学 第1期〔20〕」'94 p371
浮世（亀田鵬斎）
　徳田武注　「江戸漢詩選1」'96 p48
風情集（藤原公重）
　和歌史研究会編　「私家集大成2」'75 p605
「附贅一ツ」四句（松尾芭蕉）
　島居清者　「芭蕉連句全註解2」'79 p193
附説（玉村竹二）
　上村観光編　「五山文学全集別1」'73 p1
布施無経
　飯沢匡訳　「国民の文学12」'64 p220
　古川久校註　「日本古典全書〔92〕」'54 p182
無布施経
　「古典日本文学全集20」'62 p291
　北川忠彦ほか校注　「中世の文学 第1期〔20〕」'94 p117
ふせや（清水泰氏蔵奈良絵本）
　太田武夫校訂　「室町時代物語集3」'62 p366
伏屋のものがたり（慶応義塾図書館蔵写本）
　横山重ほか編　「室町時代物語大成11」'83 p493
ふせやのものかたり（明応八年写本）
　太田武夫校訂　「室町時代物語集3」'62 p342
豊前に入りて耶馬渓を過ぎ、遂に雲華師を訪ぬ。共に再び遊ぶ。雨に遇いて記有り。又た九絶句を得。（うち一首）（頼山陽）
　入谷仙介注　「江戸詩人選集8」'90 p69
扶桑京華志
　浜中修編著　「大学古典叢書8」'89 p118
通気多志婦足齲（成三楼主人）
　「洒落本大成22」'84 p31
蕪村句集（与謝蕪村）
　清水孝之校注　「新潮日本古典集成〔77〕」'79 p9
傅大納言母上集（道綱母）
　長沢美津編　「女人和歌大系2」'65 p74
舞台百ヶ条
　郡司正勝校注　「日本古典文学大系98」'65 p308
舞台百箇条（杉九兵衛）
　守随憲治訳　「古典日本文学全集36」'62 p230
両顔月姿絵
　荻田清ほか編　「近世文学選〔1〕」'94 p66
偽紫女源氏（淫斉白水編）
　風俗資料研究会編　「秘められたる古典名作全集1」'97 p36
孖算女行烈（市川団十郎（七世））
　内村和至校訂　「叢書江戸文庫Ⅰ-24」'90 p219
双生隅田川（近松門左衛門）
　原道生校注　「新日本古典文学大系92」'95 p1
　藤井紫影校註　「近松全集（思文閣）12」'78 p95
　「近松全集（岩波）11」'89 p469
　「近松全集（岩波）17影印編」'94 p411
　「近松全集（岩波）17解説編」'94 p422
三篇二筋道宵之程（梅暮里谷峨）
　「洒落本大成19」'83 p121
再贈稲掛大平書（村田春海）
　佐佐木信綱編　「日本歌学大系8」'56 p135
再奉答金吾君書（加茂眞淵）
　佐佐木信綱編　「日本歌学大系7」'58 p147
再び新湊に過ぎり、陶周洋に別る。余、時に小錦嚢硯を佩び、捽に解きて之れを贈る。係くるに一篇を以つてす（中島棕隠）
　水田紀久注　「江戸詩人選集6」'93 p300
再び全韻を畳して江芸閣先生に答え奉る（四首、うち一首）（江馬細香）
　福島理子注　「江戸漢詩選3」'95 p45
再成餅（安永二年四月刊）
　武藤禎夫編　「噺本大系9」'79 p240
再成餅（即岳庵青雲斎編）
　浜田義一郎、武藤禎夫編　「日本小咄集成中」'71 p269
双蝶蝶曲輪日記（竹田出雲（二世）ほか）
　黒石陽子校注・訳　「新編日本古典文学全集77」'02 p163
双蝶々曲輪日記（双蝶々）（竹田出雲ほか）
　河竹登志夫ほか監修　「名作歌舞伎全集7」'69 p55
ふたつ腹帯
　横山正校注・訳　「日本古典文学全集45」'71 p285
二葉之松（松月堂不角編）
　石川八朗校注　「新日本古典文学大系72」'93 p1
二見浦
　芳賀矢一、佐佐木信綱校註　「謡曲叢書3」'87 p250
二見文台の画法（与謝蕪村）
　穎原退蔵編著　「蕪村全集1」'48 p435
伊勢音頭二見真砂
　高野辰之編　「日本歌謡集成7」'60 p435
ふたもと松（越路の浦人）
　「洒落本大成25」'86 p269
　「洒落本大成25」'86 p283
　「洒落本大成25」'86 p301
二荒山縁起（内閣文庫蔵写本）
　横山重ほか編　「室町時代物語大成11」'83 p533
二人静
　伊藤正義校注　「新潮日本古典集成〔60〕」'88 p179
　西野春雄校注　「新日本古典文学大系57」'98 p398
　小山弘志, 佐藤健一郎校注・訳　「新編日本古典文学全集58」'97 p361

芳賀矢一,佐佐木信綱校註 「謡曲叢書3」'87 p251
殯静胎内捃(近松門左衛門)
　藤井紫影校註 「近松全集(思文閣)10」'78 p235
　「近松全集(岩波)8」'88 p57
二人大名
　北川忠彦,安田章 「新編日本古典文学全集60」'01 p105
　北川忠彦ほか校注 「中世の文学 第1期〔20〕」'94 p85
二人袴
　「古典日本文学全集20」'62 p241
　北川忠彦ほか校注 「中世の文学 第1期〔20〕」'94 p142
　古川久校註 「日本古典全書〔92〕」'54 p75
二人袴 福地桜痴・作
　河竹登志夫ほか監修 「名作歌舞伎全集24」'72 p221
不断桜
　芳賀矢一,佐佐木信綱校註 「謡曲叢書3」'87 p255
仏英行(柴田剛中日載七・八より)(柴田剛中)
　君塚進校注 「日本思想大系66」'74 p261
仏桜
　芳賀矢一,佐佐木信綱校註 「謡曲叢書3」'87 p294
物学条々
　竹本幹夫,橋本朝生校注・訳 「日本の文学 古典編36」'87 p233
「二日にも」の詞書(松尾芭蕉)
　井本農一,弥吉菅一,横沢三郎,尾形仂校注 「校本芭蕉全集6」'89 p352
　弥吉菅一,赤羽学,西村真砂子,檀上正孝 「芭蕉紀行集2」'68 p156
二日酔卮觶(万象亭)
　「洒落本大成12」'81 p313
　「徳川文芸類聚5」'70 p307
仏鬼軍(元禄十年刊本)
　横山重ほか編 「室町時代物語大成11」'83 p545
仏教歌謡拾遺
　新間進一編 「続日本歌謡集成1」'64 p277
仏教文学集
　「古典日本文学全集15」'61 p5
覆刻『座敷芸忠臣蔵』(山東京伝)
　林美一校訂 「江戸戯作文庫〔8〕」'85 p3
仏国禅師御詠(仏国禅師)
　和歌史研究会編 「私家集大成4」'75 p707
仏師
　北川忠彦ほか校注 「中世の文学 第1期〔20〕」'94 p104
　古川久校註 「日本古典全書〔93〕」'56 p47

仏種慧済禅師中岩月和尚自歴譜(中巌円月)
　玉村竹二編 「五山文学新集4」'70 p609
仏生会和讃
　高野辰之編 「日本歌謡集成4」'60 p295
仏生講伽陀和讃
　新間進一編 「続日本歌謡集成1」'64 p147
仏足石歌
　土橋寛校注 「日本古典文学大系3」'57 p239
仏足石和歌集解(山川正宣)
　高野辰之編 「日本歌謡集成1」'60 p517
仏祖贊(東明慧日)
　玉村竹二編 「五山文学新集別2」'81 p43
仏法僧
　高田衛,稲田篤信編著 「大学古典叢書1」'85 p52
　大輪靖宏訳注 「対訳古典シリーズ〔20〕」'88 p118
仏法僧(上田秋成)
　「上田秋成全集7」'90 p264
　高田衛,中村博保校注・訳 「完訳日本の古典57」'83 p60
　後藤明生訳 「現代語訳 日本の古典19」'80 p62
　谷崎潤一郎ほか編 「国民の文学17」'64 p29
　浅井三平校注 「新潮日本古典集成〔75〕」'79 p71
　中村幸彦,高田衛校注・訳 「新編日本古典文学全集78」'95 p330
　重友毅校註 「日本古典全書〔106〕」'57 p106
　鵜月洋著 「日本古典評釈・全注釈叢書〔25〕」'69 p327
　中村幸彦,高田衛,中村博保校注・訳 「日本古典文学全集48」'73 p384
　中村幸彦校注 「日本古典文学大系56」'59 p77
　和田万吉著 「評釈江戸文学叢書9」'70 p64
仏法僧(現代語訳)(上田秋成)
　高田衛,中村博保校注・訳 「完訳日本の古典57」'83 p167
仏法之次第略抜書
　海老沢有道校注 「日本思想大系25」'70 p103
仏法夢物語(知道)
　宮坂宥勝校注 「日本古典文学大系83」'64 p216
仏名会教化
　高野辰之編 「日本歌謡集成4」'60 p210
仏名会法則所載
　高野辰之編 「日本歌謡集成4」'60 p243
仏名導師作法教化
　高野辰之編 「日本歌謡集成4」'60 p208
仏母摩耶山開帳(近松門左衛門)
　「近松全集(岩波)15翻刻編」'89 p1
　「近松全集(岩波)15影印編」'89 p1
仏郎王の歌(頼山陽)

入谷仙介注　「江戸詩人選集8」'90 p34
筆（元隣）
　雲英末雄，山下一海，丸山一彦，松尾靖秋校注・訳　「新編日本古典文学全集72」'01 p438
筆を詠ず（秋山玉山）
　徳田武注　「江戸詩人選集2」'92 p272
筆すさひ（上田秋成）
　「上田秋成全集9」'92 p87
筆のすさび（一条兼良）
　木藤才蔵校注　「中世の文学 第1期〔12〕」'85 p149
筆のすさび（菅茶山）
　森銑三訳　「古典日本文学全集35」'61 p254
　日野龍夫校注　「新日本古典文学大系99」'00 p247
　関根正直ほか監修　「日本随筆大成Ⅰ-1」'75 p73
筆のすさび（橘泰）
　関根正直ほか監修　「日本随筆大成Ⅲ-2」'76 p403
筆の初ぞめ（今西鶴）
　伊藤千可良ほか校　「江戸時代文芸資料3」'64 p413
筆のまよひ（飛鳥井雅親）
　佐佐木信綱編　「日本歌学大系5」'57 p426
筆の御霊（田沼善一）
　関根正直ほか監修　「日本随筆大成Ⅰ-19」'76 p1
不動智神妙録
　古田紹欽訳　「古典日本文学全集15」'61 p254
武道継穂の梅（石川流宣）
　伊藤千可良ほか校　「江戸時代文芸資料3」'64 p457
武道伝来記
　麻生磯次訳　「現代語訳西鶴全集（河出）4」'54 p249
　菊池寛訳　「国民の文学13」'63 p249
武道伝来記（井原西鶴）
　暉峻康隆訳　「鑑賞日本古典文学27」'76 p223
　宗政五十緒，長谷川強著　「鑑賞日本の古典15」'80 p211
　暉峻康隆訳注　「現代語訳西鶴全集（小学館）5」'76 p11
　西島孜哉編　「西鶴選集〔11〕」'95 p3
　西島孜哉編　「西鶴選集〔12〕」'95 p21
　谷脇理史校注　「新日本古典文学大系77」'89 p1
　冨士昭雄校注・訳　「新編日本古典文学全集69」'00 p13
　頴原退蔵ほか編　「定本西鶴全集4」'64 p277
　藤村作校訂　「訳註西鶴全集13」'56 p3
風土記

直木孝次郎，西宮一民，岡田精司編　「鑑賞日本古典文学2」'77 p277
曽倉岑著　「鑑賞日本の古典1」'81 p215
福永武彦訳　「国民の文学1」'64 p363
倉野憲司訳　「古典日本文学全集1」'60 p107
須永朝彦編訳　「日本古典文学幻想コレクション2」'96 p15
風土記逸文
　久松潜一校註　「日本古典全書〔39〕」'60 p209
風土記歌謡
　荻原浅男，鴻巣隼雄校注・訳　「日本古典文学全集1」'73 p486
　土橋寛校注　「日本古典文学大系3」'57 p223
懐を詠ず。子玉の韻に次す（野村篁園）
　徳田武注　「江戸詩人選集7」'90 p95
懐を書して、王中書に呈す（仲雄王）
　菅野礼行，徳田武校注・訳　「新編日本古典文学全集86」'02 p61
懐を書す（細井平洲）
　菅野礼行，徳田武校注・訳　「新編日本古典文学全集86」'02 p448
懐を友生に寄す（野村篁園）
　徳田武注　「江戸詩人選集7」'90 p66
懐硯（井原西鶴）
　暉峻康隆訳　「鑑賞日本古典文学27」'76 p195
　麻生磯次訳　「現代語訳西鶴全集（河出）3」'54 p109
　暉峻康隆訳注　「現代語訳西鶴全集（小学館）7」'76 p125
　箕輪吉次編　「西鶴選集〔17〕」'95 p3
　箕輪吉次編　「西鶴選集〔18〕」'95 p35
　頴原退蔵ほか編　「定本西鶴全集3」'55 p249
商人職人懐日記
　伊藤千可良ほか校　「江戸時代文芸資料2」'64 p355
船居（新井白石）
　一海知義，池沢一郎注　「江戸漢詩選2」'96 p110
府内候延見し、此れを賦して奉呈す（広瀬淡窓）
　岡村繁注　「江戸詩人選集9」'91 p137
ふな歌
　荻田清ほか編　「近世文学選〔1〕」'94 p190
船玉物語（さくら川女松朝）
　二村文人校訂　「叢書江戸文庫Ⅲ-45」'99 p263
舟渡聟
　北川忠彦ほか校注　「中世の文学 第1期〔22〕」'95 p218
舟橋
　伊藤正義校注　「新潮日本古典集成〔60〕」'88 p189

舟橋（世阿弥）
　西野春雄校注　「新日本古典文学大系57」'98 p604
船橋—古名佐野船橋
　芳賀矢一，佐佐木信綱校註　「謡曲叢書3」'87 p268
船弁慶
　芳賀矢一，佐佐木信綱校註　「謡曲叢書3」'87 p272
船弁慶（河竹黙阿弥）
　河竹登志夫ほか監修　「名作歌舞伎全集18」'69 p235
船弁慶（観世小次郎信光）
　丸岡明訳　「国民の文学12」'64 p160
　小山弘志，佐藤健一郎校注・訳　「新編日本古典文学全集59」'98 p486
舟弁慶（観世信光）
　伊藤正義校注　「新潮日本古典集成〔60〕」'88 p201
　西野春雄校注　「新日本古典文学大系57」'98 p346
船渡聟
　北川忠彦，安田章　「新編日本古典文学全集60」'01 p285
舟を繋ぐ松（野村篁園）
　徳田武注　「江戸詩人選集7」'90 p148
舟千皺洋を過ぎて、大風浪に遇ひ殆んど覆えらんとす。嶂原に上りて漁戸に宿するを得たり。此を賦して懲を志す。（頼山陽）
　入谷仙介注　「江戸詩人選集8」'90 p50
舟のゐとく（天理図書館蔵絵巻）
　横山重ほか編　「室町時代物語大成11」'83 p554
土佐日記舟の直路（橘守部）
　「日本文学古註釈大成〔28〕」'79 p539
舟ふな
　北川忠彦ほか校注　「中世の文学 第1期〔22〕」'95 p114
舟もて大垣を発して桑名に赴く（頼山陽）
　入谷仙介注　「江戸詩人選集8」'90 p15
舟もて広島を発す（梁川星巌）
　入谷仙介注　「江戸詩人選集8」'90 p203
傅大納言殿母上集（藤原道綱母）
　和歌史研究会編　「私家集大成1」'73 p628
武備百人一首
　久曽神昇編　「日本歌学大系別6」'84 p529
不腹立
　北川忠彦ほか校注　「中世の文学 第1期〔20〕」'94 p32
武辺咄聞書（国枝清軒）
　菊池真一編　「和泉古典文庫5」'90 p1
夫木和歌抄

「国歌大系21」'76 p1
「国歌大系22」'76 p1
夫木和歌抄（後白河院撰）
　臼田甚五郎，新間進一，外村南都子，徳江元正校注・訳　「新編日本古典文学全集42」'00 p337
夫木和歌抄所載歌
　斎藤茂吉校註　「日本古典全書〔71〕」'50 p104
文あはせ
　市古貞次，三角洋一編　「鎌倉時代物語集成5」'92 p89
「踏絵」「幻の華」「地平線」（柳原白蓮）
　長沢美津編　「女人和歌大系5」'78 p323
婦美車紫鴨（浮世遍歴斎道郎苦先生）
　「洒落本大成6」'79 p135
　「徳川文芸類聚5」'70 p89
「文月や」二十句（松尾芭蕉）
　島居清著　「芭蕉連句全註解6」'81 p135
文荷
　北川忠彦ほか校注　「中世の文学 第1期〔22〕」'95 p179
　竹本幹夫，橋本朝生校注・訳　「日本の文学 古典編36」'87 p358
書意（賀茂真淵）
　平重道，阿部秋生校注　「日本思想大系39」'72 p444
婦美保宇具（上田秋成）
　「上田秋成全集10」'91 p364
　「上田秋成全集10」'91 p399
文反古（上田秋成）
　「上田秋成全集10」'91 p361
文反古稿（上田秋成）
　「上田秋成全集10」'91 p429
文山賊
　北川忠彦ほか校注　「中世の文学 第1期〔20〕」'94 p75
文山立
　古川久校註　「日本古典全書〔93〕」'56 p63
籠の塵（大田南畝）
　浜田義一郎，中野三敏，日野龍夫，揖斐高編　「大田南畝全集19」'89 p503
籠の花（山崎美成）
　関根正直ほか監修　「日本随筆大成III-11」'77 p293
冬温かし（市河寛斎）
　揖斐高注　「江戸詩人選集5」'90 p145
武勇誉出世景清（出世景清）（近松門左衛門）
　河竹登志夫ほか監修　「名作歌舞伎全集21」'73 p3
「冬木だち」の巻（も、すも、）
　金子金治郎，暉峻康隆，中村俊定注解　「日本古典文学全集32」'74 p573

「冬木だち」の巻(もゝすもゝ)(蕪村,几董)
　金子金治郎,雲英末雄,暉峻康隆,加藤定彦校注・訳　「新編日本古典文学全集61」'01 p583
「冬木だち」の巻(もゝすもゝ)(与謝蕪村)
　村松友次著　「鑑賞日本の古典17」'81 p279
冬籠りの巻(明和六年)(与謝蕪村)
　潁原退蔵編著　「蕪村全集2」'48 p50
冬ごもる空のけしき
　塚原鉄雄校注　「新潮日本古典集成〔30〕」'83 p41
冬ごもる空の(断章)
　大槻修校注・訳　「日本の文学 古典編21」'86 p249
冬の日
　上野洋三校注　「新日本古典文学大系70」'90 p1
　萩原蘿月校註　「日本古典全書〔78〕」'50 p61
冬の日(市河寛斎)
　揖斐高注　「江戸詩人選集5」'90 p25
冬の日(松尾芭蕉)
　大谷篤蔵,中村俊定校注　「日本古典文学大系45」'62 p295
冬の夜(大窪詩仏)
　揖斐高注　「江戸詩人選集5」'90 p258
芙蓉(原采蘋)
　福島理子注　「江戸漢詩選3」'95 p216
芙蓉峰を望む(秋山玉山)
　徳田武注　「江戸詩人選集2」'92 p297
婦与我
　臼田甚五郎,新間進一,外村南都子,徳江元正校注・訳　「新編日本古典文学全集42」'00 p146
ブラホ物語
　加藤貴校訂　「叢書江戸文庫I-1」'90 p380
「振売の」歌仙(松尾芭蕉)
　島居清著　「芭蕉連句全註解9」'83 p7
ふりわけ髪(小澤蘆庵)
　佐佐木信綱編　「日本歌学大系8」'56 p194
籠小紋(松亭の主人)
　「洒落本大成28」'87 p95
部類表白集所載教化
　高野辰之編　「日本歌謡集成4」'60 p226
不留佐登(上田秋成)
　「上田秋成全集12」'95 p392
古寺(絶海中津)
　菅野礼行,徳田武校注・訳　「新編日本古典文学全集86」'02 p231
古戸田楽の歌謡と詞章
　志田延義編　「続日本歌謡集成2」'61 p237
ふるの中道(小澤蘆庵)
　佐佐木信綱編　「日本歌学大系8」'56 p166
布留の中道(小沢蘆庵)
　鈴木淳校注　「新日本古典文学大系68」'97 p33

ふ老ふし(大阪市立美術館蔵絵巻)
　太田武夫校訂　「室町時代物語集5」'62 p56
不老不死(大阪市立美術館蔵絵巻)
　横山重ほか編　「室町時代物語大成11」'83 p568
文安四年親当等何人百韻
　島津忠夫ほか校注　「新日本古典文学大系49」'91 p373
文意考(賀茂真淵)
　平重道,阿部秋生校注　「日本思想大系39」'72 p340
文会雑記(湯浅元禎)
　関根正直ほか監修　「日本随筆大成I-14」'75 p163
文化元年二月朔雪、遥思故国歌(上田秋成)
　「上田秋成全集12」'95 p397
文学
　麻原美子,北原保雄校注　「新日本古典文学大系59」'94 p188
文化句帖(小林一茶)
　宮脇昌三,矢羽勝幸校注　「一茶全集2」'77 p179
文化五年八月句日記(小林一茶)
　宮脇昌三,矢羽勝幸校注　「一茶全集2」'77 p479
文化五年六月句日記(小林一茶)
　宮脇昌三,矢羽勝幸校注　「一茶全集2」'77 p473
文化五・六年句日記(小林一茶)
　宮脇昌三,矢羽勝幸校注　「一茶全集2」'77 p497
文化三―八年句日記写(小林一茶)
　宮脇昌三,矢羽勝幸校注　「一茶全集2」'77 p545
文華秀麗集(藤原冬嗣ほか撰)
　小島憲之校注「日本古典文学大系69」'64 p185
文化壬申、始めて出でて郡事(頼杏坪)
　菅野礼行,徳田武校注・訳　「新編日本古典文学全集86」'02 p505
文化秘筆
　安藤菊二校訂　「未刊随筆百種4」'76 p275
文化六年句日記(小林一茶)
　宮脇昌三,矢羽勝幸校注　「一茶全集2」'77 p519
文亀三年三十六番歌合(冷泉為広)
　井上宗雄校注・訳　「新編日本古典文学全集49」'00 p451
文鏡秘府論(空海)
　久松潜一,増淵恒吉編　「校註日本文芸新篇〔3〕」'50 p18
豊後国風土記
　谷崎潤一郎ほか編　「国民の文学1」'64 p390

「古典日本文学全集1」'60 p133
　　植垣節也校注・訳 「新編日本古典文学全集5」'97
　　p283
　　久松潜一校註 「日本古典全書〔38〕」'59 p201
　　秋本吉郎校注 「日本古典文学大系2」'58 p355
文讃(空阿彌陀仏)
　　高野辰之編 「日本歌謡集成4」'60 p52
〔文治元年以前〕石清水社歌合
　　「平安朝歌合大成4」'96 p2577
〔文治元年以前〕権中納言長方歌合
　　「平安朝歌合大成4」'96 p2574
〔文治元年以前〕醍醐寺清滝社歌合
　　「平安朝歌合大成4」'96 p2576
〔文治元年以前〕入道親盛歌合
　　「平安朝歌合大成4」'96 p2575
文治元年八月六日権中納言経房歌合
　　「平安朝歌合大成4」'96 p2581
〔文治五年十一月以前〕西行三十六番御裳濯河
　　歌合
　　「平安朝歌合大成4」'96 p2607
〔文治五年十一月以前〕西行続三十六番宮河
　　歌合
　　「平安朝歌合大成4」'96 p2643
文治三年七月貴船社歌合
　　「平安朝歌合大成4」'96 p2605
文治二年九月春日若宮社歌合
　　「平安朝歌合大成4」'96 p2582
〔文治二年九月〕奈良歌合
　　「平安朝歌合大成4」'96 p2583
文治二年十月廿二日大宰権帥経房歌合
　　「平安朝歌合大成4」'96 p2584
〔文治二年十二月〕中納言兼光歌合
　　「平安朝歌合大成4」'96 p2604
ぶんしやう(赤木文庫旧蔵横形奈良絵本)
　　横山重ほか編 「室町時代物語大成12」'84 p45
ふんしやう(寛永頃刊丹緑本)
　　太田武夫校訂 「室町時代物語集5」'62 p349
文章選格
　　久曽神昇編 「日本歌学大系別9」'92 p7
文章選格(橘守部)
　　久曽神昇編 「日本歌学大系別9」'92 p386
文正さうし
　　市古貞次校注 「日本古典文学大系38」'58 p29
文正草子
　　市古貞次,野間光辰編 「鑑賞日本古典文学26」
　　'76 p19
　　大島建彦校注・訳 「完訳日本の古典49」'83 p9
　　福永武彦訳 「古典日本文学全集18」'61 p167
　　大島建彦校注・訳 「新編日本古典文学全集63」
　　'02 p13

大島建彦校注・訳 「日本古典文学全集36」'74
　　p41
沢井耐三校注・訳 「日本の文学 古典編38」'86
　　p109
ぶんしやうさうし(小野幸氏蔵写本)
　　横山重ほか編 「室町時代物語大成補2」'88
　　p515
文正草子(仮題)(大阪天満宮蔵写本)
　　横山重ほか編 「室町時代物語大成補2」'88
　　p493
文正草子(仮題)(慶応義塾図書館蔵大形奈良
　　絵本)
　　横山重ほか編 「室町時代物語大成12」'84 p13
文正草子(仮題)(慶応義塾図書館蔵横写本)
　　横山重ほか編 「室町時代物語大成12」'84 p81
文正草子(慶応義塾図書館蔵奈良絵本)
　　横山重ほか編 「室町時代物語大成11」'83 p585
文正の草子(寛永頃刊丹緑本)
　　横山重ほか編 「室町時代物語大成11」'83 p625
ぶんしやうのさうし(寛永頃刊丹緑本)
　　太田武夫校訂 「室町時代物語集5」'62 p318
文政外記天保改革雑談
　　宇田敏彦校訂 「未刊随筆百種3」'76 p387
文政九・十年句帖写(小林一茶)
　　尾沢喜雄,宮脇昌三校注 「一茶全集4」'77
　　p573
文政句帖(小林一茶)
　　尾沢喜雄,宮脇昌三校注 「一茶全集4」'77
　　p331
文政雑説集
　　宇田敏彦校訂 「未刊随筆百種10」'77 p163
文政年間漫録
　　朝倉治彦校訂 「未刊随筆百種1」'76 p295
文蔵
　　北川忠彦ほか校注 「中世の文学 第1期〔20〕」'94
　　p17
　　古川久校註 「日本古典全書〔91〕」'53 p191
文天祥の正気の歌に和す。並びに序(藤田
　　東湖)
　　坂田新注 「江戸漢詩選4」'95 p38
文和千句第一百韻
　　島津忠夫校注 「新潮日本古典集成〔62〕」'79
　　p15
　　金子金治郎,雲英末雄,暉峻康隆,加藤定彦校
　　注・訳 「新編日本古典文学全集61」'01 p17
　　金子金治郎,暉峻康隆,中村俊定注解 「日本
　　古典文学全集32」'74 p95
文応三百首(宗尊親王)
　　樋口芳麻呂校注 「新日本古典文学大系46」'91
　　p263
文廟外記

宇田敏彦校訂 「未刊随筆百種8」'77 p9
文武五人男（近松門左衛門）
　「近松全集（岩波）13」'91 p459
文武二道万石通（朋誠堂喜三二）
　棚橋正博, 鈴木勝忠, 宇田敏彦注解 「新編日本古典文学全集79」'99 p131
　水野稔校注 「日本古典文学大系59」'58 p157
　笹川種郎著 「評釈江戸文学叢書8」'70 p137
文法語（山東京伝）
　「古典叢書〔3〕」'89 p247
文明の古量（市河寛斎）
　揖斐高注 「江戸詩人選集5」'90 p127
文友に留別す（小野岑守）
　菅野礼行, 徳田武校注・訳 「新編日本古典文学全集86」'02 p59
分葉集（宗祇）
　木藤才蔵校注 「中世の文学　第1期〔10〕」'82 p207
蚊雷（元政）
　上野洋三注 「江戸詩人選集1」'91 p236

【へ】

平安火後、江戸より帰る。口占二首（うち一首）（大典顕常）
　末木文美士, 堀川貴司注 「江戸漢詩選5」'96 p300
平安花柳録（要窩先生選）
　「洒落本大成1」'78 p119
平安城
　「徳川文芸類聚8」'70 p274
平安城（近松門左衛門）
　藤井紫影校註 「近松全集（思文閣）1」'78 p625
平安二十歌仙序（与謝蕪村）
　頴原退蔵編著 「蕪村全集1」'48 p381
瓶花（梁川紅蘭）
　福島理子注 「江戸漢詩選3」'95 p303
萍花漫筆（桃華園）
　関根正直ほか監修 「日本随筆大成Ⅱ-3」'74 p337
閉関説（芭蕉）
　頴原退蔵著 「評釈江戸文学叢書7」'70 p695
閉関の説（松尾芭蕉）
　富山奏校注 「新潮日本古典集成〔72〕」'78 p233
閉関之説（松尾芭蕉）
　井本農一, 弥吉菅一, 横沢三郎, 尾形仂校注 「校本芭蕉全集6」'89 p515

井本農一, 大谷篤蔵編 「校本芭蕉全集別1」'91 p228
井本農一, 久富哲雄, 村松友次, 堀切実校注・訳 「新編日本古典文学全集71」'97 p341
平義器談（伊勢貞丈）
　「日本文学古註釈大成〔22〕」'78 p715
平家女護島（近松門左衛門）
　大久保忠国編 「鑑賞日本古典文学29」'75 p233
　荻田清ほか編 「近世文学選〔1〕」'94 p15
　阪口弘之校注・訳 「新編日本古典文学全集76」'00 p457
　「近松全集（岩波）11」'89 p111
　「近松全集（岩波）17影印編」'94 p399
　「近松全集（岩波）17解説編」'94 p408
平家女護嶋（近松門左衛門）
　藤井紫影校註 「近松全集（思文閣）11」'78 p757
　守随憲治, 大久保忠国校注 「日本古典文学大系50」'59 p293
平家女護島（鬼界が島の場）
　武智鉄二訳 「国民の文学14」'64 p301
平家女護島（俊寛）（近松門左衛門）
　河竹登志夫ほか監修 「名作歌舞伎全集1」'69 p91
平家花ぞろへ（慶応義塾図書館蔵写本）
　横山重ほか編 「室町時代物語大成12」'84 p116
平家花揃（仮題）（貞享三年刊本）
　横山重ほか編 「室町時代物語大成12」'84 p133
平家物語
　冨倉徳次郎編 「鑑賞日本古典文学19」'75 p7
　梶原正昭著 「鑑賞日本の古典11」'82 p1
　市古貞次校注・訳 「完訳日本の古典42」'85 p9
　市古貞次校注・訳 「完訳日本の古典43」'84 p9
　市古貞次校注・訳 「完訳日本の古典44」'85 p9
　市古貞次校注・訳 「完訳日本の古典45」'87 p9
　水上勉訳 「現代語訳 日本の古典10」'81 p5
　中山義秀訳 「国民の文学10」'63 p175
　冨倉徳次郎訳 「古典日本文学全集16」'60 p9
　水原一校注 「新潮日本古典集成〔43〕」'79 p21
　水原一校注 「新潮日本古典集成〔44〕」'80 p21
　水原一校注 「新潮日本古典集成〔45〕」'81 p23
　梶原正昭, 山下宏明校注 「新日本古典文学大系44」'91 p1
　梶原正昭, 山下宏明校注 「新日本古典文学大系45」'93 p1
　市古貞次校注・訳 「新編日本古典文学全集45」'94 p15
　市古貞次校注・訳 「新編日本古典文学全集46」'94 p15
　浜中修編著 「大学古典叢書8」'89 p115
　瀬戸内晴美訳 「特選日本の古典 グラフィック版6」'86 p5
　冨倉徳次郎校註 「日本古典全書〔47〕」'49 p101

へいけ　作品名

富倉徳次郎校註　「日本古典全書〔48〕」'49 p7
富倉徳次郎校註　「日本古典全書〔49〕」'49 p3
富倉徳次郎著　「日本古典評釈・全注釈叢書〔18〕」'66 p31
富倉徳次郎著　「日本古典評釈・全注釈叢書〔19〕」'67 p11
富倉徳次郎著　「日本古典評釈・全注釈叢書〔20〕」'67 p11
富倉徳次郎著　「日本古典評釈・全注釈叢書〔21〕」'68 p9
須永朝彦編訳　「日本古典文学幻想コレクション1」'95 p140
市古貞次校注・訳　「日本古典文学全集29」'73 p31
市古貞次校注・訳　「日本古典文学全集30」'75 p37
梶原正昭校注・訳　「日本古典文学全集31」'71 p43
高木市之助，小沢正夫，渥美かをる，金田一春彦校注　「日本古典文学大系32」'59 p75
高木市之助，小沢正夫，渥美かをる，金田一春彦校注　「日本古典文学大系33」'60 p75
栃木孝惟校注・訳　「日本の文学 古典編29」'87 p29
栃木孝惟校注・訳　「日本の文学 古典編30」'87 p5
「日本文学大系9」'55 p17
福田晃，佐伯真一，小林美和校注　「三弥井古典文庫上」'93 p1
佐伯真一校注　「三弥井古典文庫下」'00 p1
平家物語考証（野々宮定基）
　「日本文学古註釈大成〔23〕」'78 p389
平家物語集解
　「日本文学古註釈大成〔22〕」'78 p1
平家物語抄
　「日本文学古註釈大成〔22〕」'78 p1
平家物語標註（平道樹）
　「日本文学古註釈大成〔23〕」'78 p151
平洲先生諸民江教諭書取（細井平洲）
　中村幸彦，岡田武彦校注　「日本思想大系47」'72 p23
丙子掌記（大田南畝）
　浜田義一郎，中野三敏，日野龍夫，揖斐高編「大田南畝全集9」'87 p581
丙子上日（新井白石）
　一海知義，池沢一郎注　「江戸漢詩選2」'96 p75
古活字本平治物語
　永積安明，島田勇雄校注　「日本古典文学大系31」'61 p401
平治物語
　永積安明編　「鑑賞日本古典文学16」'76 p179
　井伏鱒二訳　「国民の文学10」'63 p93

日下力校注　「新日本古典文学大系43」'92 p143
柳瀬喜代志ほか校注・訳　「新編日本古典文学全集41」'02 p407
柳瀬喜代志ほか校注・訳　「新編日本古典文学全集41」'02 p461
柳瀬喜代志ほか校注・訳　「新編日本古典文学全集41」'02 p515
永積安明，島田勇雄校注　「日本古典文学大系31」'61 p185
日下力校注・訳　「日本の文学 古典編28」'86 p231
丙戌仲春諸君の贈る所の寿詩の韻に和す。二十六首（うち二首）（新井白石）
　一海知義，池沢一郎注　「江戸漢詩選2」'96 p91
秉燭譚（伊藤東涯）
　関根正直ほか監修　「日本随筆大成Ⅰ-11」'75 p163
(几董句稿四)丙申之句帖巻五
　「俳書叢刊8」'88 p215
丙辰の歳晩（三首のうち一首）（梁川星巌）
　入谷仙介注　「江戸詩人選集8」'90 p316
丙申の秋大饑に感を書す。適たま籾山生新穀を餉らる。故に第四句に之に及ぶ（梁川紅蘭）
　福島理子注　「江戸漢詩選3」'95 p266
丙申の春、余災に罹う。宅観瀾恵むに研を以てす。此を賦して寄謝す（梁田蛻巌）
　徳田武注　「江戸詩人選集2」'92 p60
秉穂録（岡田挺之）
　関根正直ほか監修　「日本随筆大成Ⅰ-20」'76 p327
米大夫の採釣園に遊ぶ（藪孤山）
　菅野礼行，徳田武校注・訳　「新編日本古典文学全集86」'02 p465
米大夫余が為に写真す。因りて其の上に戯題す（秋山玉山）
　徳田武注　「江戸詩人選集2」'92 p158
平中物語
　清水好子校注・訳　「新編日本古典文学全集12」'94 p445
　山岸徳平校註　「日本古典全書〔11〕」'59 p25
　片桐洋一，福井貞助，高橋正治，清水好子校注・訳　「日本古典文学全集8」'72 p461
　遠藤嘉基，松尾聡校注　「日本古典文学大系77」'64 p49
兵法家伝書（柳生宗矩）
　渡辺一郎校注　「日本思想大系61」'72 p301
兵法虎の巻
　青木信光編　「文化文政江戸発禁文庫1」'83 p291

平楽庵に過りて「詩を哦すれば清風空谷に起る」を以て韻と為し七絶を作る（七首、うち一首）（元政）
　上野洋三注　「江戸詩人選集1」'91 p276
僻案抄（藤原定家）
　久曽神昇編　「日本歌学大系別5」'81 p309
碧翁（元政）
　上野洋三注　「江戸詩人選集1」'91 p327
開学小筌（蘭亭朔）
　「洒落本大成3」'79 p229
碧玉集（冷泉政為）
　和歌史研究会編　「私家集大成6」'76 p618
碧山日録
　浜中修編著　「大学古典叢書8」'89 p80
壁書（上田秋成）
　「上田秋成全集11」'94 p418
僻連抄（二条良基）
　伊地知鉄男，表章，栗山理一校注・訳　「日本古典文学全集51」'73 p15
平秩東作
　棚橋正博，鈴木勝忠，宇田敏彦注解　「新編日本古典文学全集79」'99 p511
臍が茶（寛政九年正月刊）（西口舎可候）
　武藤禎夫編　「噺本大系13」'79 p81
落咄臍繰金（十返舎一九）
　浜田義一郎，武藤禎夫編　「日本小咄集成下」'71 p223
臍の頌（友水子）
　穎原退蔵著　「評釈江戸文学叢書7」'70 p744
新選臍の宿かえ（文化九年正月刊）（桂文治）
　武藤禎夫編　「噺本大系14」'79 p276
別後の舟中、雲華師と同に賦し、承弼を憶ふ。二首（うち一首）（頼山陽）
　入谷仙介注　「江戸詩人選集8」'90 p103
別後、懐を村大夫に寄す（亀井南冥）
　徳田武注　「江戸漢詩選1」'96 p278
『別座鋪』序抄・贈芭叟餞別弁（松尾芭蕉）
　井本農一ほか著　「校本芭蕉全集9」'89 p291
別紙追加曲（明空編）
　外村久江，外村南都子校注　「中世の文学 第1期〔17〕」'93 p234
　高野辰之編　「日本歌謡集成5」'60 p136
ヘマムシ入道昔話（山東京伝）
　小池正胤校注　「新日本古典文学大系83」'97 p361
部屋三味線
　「洒落本大成19」'83 p73
胼
　北川忠彦ほか校注　「中世の文学 第1期〔20〕」'94 p111
弁乳母家集（弁乳母）
　和歌史研究会編　「私家集大成2」'75 p309
偏界録（竜鱗演三柏）
　「洒落本大成補1」'88 p435
弁慶京土産（近松門左衛門）
　藤井紫影校註　「近松全集（思文閣）3」'78 p185
弁慶図賛（蕪村）
　雲英末雄，山下一海，丸山一彦，松尾靖秋校注・訳　「新編日本古典文学全集72」'01 p563
弁慶図賛（与謝蕪村）
　村松友次著　「鑑賞日本の古典17」'81 p333
　穎原退蔵編著　「蕪村全集1」'48 p469
弁慶物語
　徳田和夫校注　「新日本古典文学大系55」'92 p199
弁慶物語（仮題）（慶応義塾図書館蔵古活字本）
　横山重ほか編　「室町時代物語大成12」'84 p145
弁慶物語（国会図書館蔵元和七年写本）
　横山重ほか編　「室町時代物語大成12」'84 p195
変化信之
　芳賀矢一，佐佐木信綱校註　「謡曲叢書3」'87 p277
遍昭集（遍昭）
　和歌史研究会編　「私家集大成1」'73 p104
　「日本文学大系11」'55 p429
　長連恒編　「日本文学大系12」'55 p738
へむせう僧正（遍昭）
　和歌史研究会編　「私家集大成1」'73 p102
辺城の秋（新井白石）
　一海知義，池沢一郎注　「江戸漢詩選2」'96 p119
弁正衣服考
　関根正直ほか監修　「日本随筆大成I-7」'75 p253
囲談（文政七年秋刊）（蜥州翁）
　「噺本大系20」'79 p156
『篇突』抄（松尾芭蕉）
　井本農一ほか著　「校本芭蕉全集9」'89 p347
弁天娘女男白浪（白浪五人男）（河竹黙阿弥）
　河竹繁俊著　「評釈江戸文学叢書6」'70 p571
弁道
　西田太一郎校注　「日本思想大系36」'73 p9
辺東里、広瀬梅墩二子と同に向嶋に遊ぶ（原采蘋）
　福島理子注　「江戸漢詩選3」'95 p196
辨道話（道元）
　寺田透，水野弥穂子校注　「日本思想大系12」'70 p9
辺に在りて友に贈る（小野岑守）
　菅野礼行，徳田武校注・訳　「新編日本古典文学全集86」'02 p62
弁の草紙（内閣文庫蔵写本）

横山重ほか編 「室町時代物語大成12」'84 p241
弁内侍
　芳賀矢一，佐佐木信綱校註　「謡曲叢書3」'87 p280
弁内侍日記（弁内侍）
　岩佐美代子校注・訳　「新編日本古典文学全集48」'94 p143
弁乳母集（弁乳母）
　長沢美津編　「女人和歌大系2」'65 p293
辺馬 帰思有り（祇園南海）
　山本和義，横山弘注　「江戸詩人選集3」'91 p262
「片々」「光を慕ひつつ」（今井邦子）
　長沢美津編　「女人和歌大系6」'78 p202
返々目出鯛春彦（大田南畝）
　浜田義一郎，中野三敏，日野龍夫，揖斐高編　「大田南畝全集7」'86 p351
弁名
　西田太一郎校注　「日本思想大系36」'73 p37
弁妄（安井息軒）
　岡田武彦校注　「日本思想大系47」'72 p245
弁惑増鏡（艶道通鑑批評）
　野間光辰校注　「日本思想大系60」'76 p349

【 ほ 】

火明命の乱暴（播磨国餝磨郡）
　曽倉岑，金井清一著　「鑑賞日本の古典1」'81 p247
補庵京華外集（横川景三）
　玉村竹二編　「五山文学新集1」'67 p733
　玉村竹二編　「五山文学新集1」'67 p797
補庵京華後集（文明九年−文明十二年）（横川景三）
　玉村竹二編　「五山文学新集1」'67 p311
補庵京華新集（文明十七年−長享元年）（横川景三）
　玉村竹二編　「五山文学新集1」'67 p613
補庵京華前集（文明四年−文明八年）（横川景三）
　玉村竹二編　「五山文学新集1」'67 p201
補庵京華続集（文明十二年−文明十四年）（横川景三）
　玉村竹二編　「五山文学新集1」'67 p401
補庵京華別集（文明十五年−文明十七年）（横川景三）
　玉村竹二編　「五山文学新集1」'67 p503
〔保安三年以前〕秋顕隆歌合
　「平安朝歌合大成3」'96 p1933
保安三年二月廿日無動寺歌合
　「平安朝歌合大成3」'96 p1929
補庵集〔補庵絶句後半〕（寛正五年−文正二年）（横川景三）

玉村竹二編　「五山文学新集1」'67 p19
保安二年閏五月十三日内蔵頭長実歌合
　「平安朝歌合大成3」'96 p1893
保安二年閏五月廿六日内蔵頭長実歌合
　「平安朝歌合大成3」'96 p1898
保安二年九月十二日関白内大臣忠通歌合
　「平安朝歌合大成3」'96 p1907
〔保安四年以前春〕権中納言俊忠歌合
　「平安朝歌合大成3」'96 p1938
〔保安四年七月以前〕忠実紙紙合
　「平安朝歌合大成3」'96 p1939
〔保安四年春以前〕斎宮妍子内親王石名取歌合
　「平安朝歌合大成3」'96 p1935
（浪化日記三）鳳雅戊寅集
　「俳書叢刊6」'88 p305
宝永行（伊857東涯）
　菅野礼行，徳田武校注・訳　「新編日本古典文学全集86」'02 p342
蓬駅妓談
　「洒落本大成23」'85 p155
保延元年五月十七日待賢門院璋子扇紙合
　「平安朝歌合大成4」'96 p2057
保延元年四月廿九日内裏歌合
　「平安朝歌合大成4」'96 p2054
保延元年〔十月〕播磨守家成歌合
　「平安朝歌合大成4」'96 p2065
保延元年八月播磨守家成歌合
　「平安朝歌合大成4」'96 p2058
〔保延三年以前夏〕神紙伯顕仲歌合
　「平安朝歌合大成4」'96 p2072
保延三年閏九月中宮権亮経定歌合
　「平安朝歌合大成4」'96 p2074
保延三年九月十四日三井寺歌合
　「平安朝歌合大成4」'96 p2073
保延二年夏左京大夫家成歌合
　「平安朝歌合大成4」'96 p2071
保延二年三月左京大夫家成歌合
　「平安朝歌合大成4」'96 p2069
〔保延二年十二月—永治元年十一月〕中納言伊通歌合雑載
　「平安朝歌合大成4」'96 p2078
保延四年〔十一月—十二月〕或所歌合
　「平安朝歌合大成4」'96 p2077
宝泓硯（市河寛斎）
　揖斐高注　「江戸詩人選集5」'90 p125
鳳凰山甚目寺略縁起
　浜中修編著　「大学古典叢書8」'89 p75
鳳凰台上に吹簫を憶う（野村篁園）
　徳田武注　「江戸詩人選集7」'90 p158
豊王の旧宅に寄題す（荻生徂徠）

作品名　　　　　　　　　　　　　　　　　　　　　　　　　　ほうさ

　　一海知義，池沢一郎注　「江戸漢詩選2」'96 p65
報恩抄（日蓮）
　　戸頃重基，高木豊校注　「日本思想大系14」'70 p249
放歌（亀田鵬斎）
　　徳田武注　「江戸漢詩選1」'96 p19
　　徳田武注　「江戸漢詩選1」'96 p30
礮卦（佐久間象山）
　　坂田新注　「江戸漢詩選4」'95 p101
忘花（如酔）
　　伊藤千可良ほか校　「江戸時代文芸資料5」'64 p1
豊芥子日記（石塚豊芥子）
　　森銑三，北川博邦編　「続日本随筆大成別10」'83 p299
防海新策（豊田天功）
　　今井宇三郎，瀬谷義彦，尾藤正英校注　「日本思想大系53」'73 p339
放懐楼歌集（芝山益子）
　　長沢美津編　「女人和歌大系5」'78 p411
宝覚真空禅師録（雪村友梅）
　　玉村竹二編　「五山文学新集3」'69 p677
　　玉村竹二編　「五山文学新集3」'69 p779
放歌行（高野蘭亭）
　　菅野礼行，徳田武校注・訳　「新編日本古典文学全集86」'02 p404
放歌行（野村篁園）
　　徳田武注　「江戸詩人選集7」'90 p11
放歌集（大田南畝）
　　浜田義一郎，中野三敏，日野龍夫，揖斐高編　「大田南畝全集2」'86 p149
宝貨篇
　　「徳川文芸類聚12」'70 p405
放下僧
　　芳賀矢一，佐佐木信綱校註　「謡曲叢書3」'87 p88
宝月童子（仮題）（天理図書館蔵奈良絵本）
　　横山重ほか編　「室町時代物語大成12」'84 p298
鳳駕迎
　　芳賀矢一，佐佐木信綱校註　「謡曲叢書3」'87 p284
判官みやこはなし（寛文十年刊本）
　　横山重ほか編　「室町時代物語大成12」'84 p252
宝篋印陀羅尼経料紙，今様
　　新間進一編　「続日本歌謡集成1」'64 p89
反古籠（森島中良）
　　関根正直ほか監修　「日本随筆大成II-8」'74 p245
反故集（鈴木正三）
　　宮坂宥勝校注　「日本古典文学大系83」'64 p280
亡兄を祭る。事を竣えて感有り（山梨稲川）

　　一海知義，池沢一郎注　「江戸漢詩選2」'96 p188
逢原紀聞（岡野逢原）
　　中野三敏校注　「新日本古典文学大系97」'00 p147
方言雑集（小林一茶）
　　小林計一郎校注　「一茶全集7」'77 p471
放言 三首（うち一首）（中島棕隠）
　　水田紀久注　「江戸詩人選集6」'93 p183
保建大記（栗山潜鋒）
　　小倉芳彦校注　「日本思想大系48」'74 p321
〔保元二年八月—永暦元年七月〕内大臣公教歌合
　　「平安朝歌合大成4」'96 p2111
保元物語
　　早川厚一，弓削繁，原水民樹編　「和泉古典文庫1」'82 p1
　　早川厚一，弓削繁，原水民樹編　「和泉古典文庫1」'82 p35
　　早川厚一，弓削繁，原水民樹編　「和泉古典文庫1」'82 p71
　　永積安明注　「鑑賞日本古典文学16」'76 p7
　　井伏鱒二訳　「国民の文学10」'63 p1
　　栃木孝惟校注　「新日本古典文学大系43」'92 p1
　　柳瀬喜代志ほか校注・訳　「新編日本古典文学全集41」'02 p211
　　柳瀬喜代志ほか校注・訳　「新編日本古典文学全集41」'02 p271
　　柳瀬喜代志ほか校注・訳　「新編日本古典文学全集41」'02 p349
　　永積安明，島田勇雄校注　「日本古典文学大系31」'61 p49
　　日下力校注・訳　「日本の文学 古典編28」'86 p3
保元物語（古活字本）
　　永積安明，島田勇雄校注　「日本古典文学大系31」'61 p343
法語（東明慧日）
　　玉村竹二編　「五山文学新集別2」'81 p40
亡国の音（与謝野鉄幹）
　　久松潜一，増淵恒吉編　「校註日本文芸新篇〔3〕」'50 p151
戊午初冬念二の夜、初鼓、大府の監吏十余名、来たりて予が宅を捜し、文稿簡牘若干篇を携えて去る。其の翌、予、募召を蒙りて北尹石因州の庁に到り、幽因の命を蒙る。詩以て実を紀す（橋本左内）
　　坂田新注　「江戸漢詩選4」'95 p242
鵬斎先生に贈る（仁科白谷）
　　徳田武注　「江戸漢詩選1」'96 p168
鵬斎先生の畳山邨畳句十二首に和し奉る次韻（十二首、うち一首）（館柳湾）

日本古典文学全集・作品名綜覧　317

ほうさ　　　　　　　　　　作品名

徳田武注　「江戸詩人選集7」'90 p277
蓬左狂者伝（堀田六林）
　中野三敏校注　「新日本古典文学大系97」'00 p43
烹雑之記（滝沢馬琴）
　「古典叢書〔16〕」'89 p315
法師が母
　古川久校註　「日本古典全書〔92〕」'54 p92
法師ケ母
　北川忠彦ほか校注「中世の文学 第1期〔20〕」'94 p253
忘持経事（日蓮）
　戸頃重基，高木豊校注「日本思想大系14」'70 p245
某寺の主盟，越渓の新茶を恵まれ，附するに一詩を以てす。因って韻を次いで謝す（売茶翁）
　末木文美士，堀川貴司注「江戸漢詩選5」'96 p94
某氏の長寿を祝す（西郷隆盛）
　坂田新注　「江戸漢詩選4」'95 p316
棒縛
　田中千禾夫訳「現代語訳 日本の古典14」'80 p114
　「古典日本文学全集20」'62 p222
　北川忠彦，安田章　「新編日本古典文学全集60」'01 p238
　北川忠彦ほか校注「中世の文学 第1期〔22〕」'95 p128
棒しばり（岡村柿紅）
　河竹登志夫ほか監修「名作歌舞伎全集19」'70 p337
鵬雀問答（大田南畝）
　浜田義一郎，中野三敏，日野龍夫，揖斐高編「大田南畝全集17」'88 p449
豊社に題す（松永尺五）
　菅野礼行，徳田武校注・訳「新編日本古典文学全集86」'02 p253
茅舎の感（松尾芭蕉）
　富山奏校注「新潮日本古典集成〔72〕」'78 p17
芒種夏至の交，霖雨連日，短述して悶を擁らす（館柳湾）
　徳田武注　「江戸詩人選集7」'90 p231
放生川（世阿弥）
　伊藤正義校注「新潮日本古典集成〔60〕」'88 p217
放生川―古名放生会同八幡
　芳賀矢一，佐佐木信綱校註「謡曲叢書3」'87 p92
方丈記（鴨長明）
　冨倉徳次郎，貴志正造編「鑑賞日本古典文学18」'75 p7

三木紀人著「鑑賞日本の古典10」'80 p11
神田秀夫校注・訳「完訳日本の古典37」'86 p11
山崎正和訳　「現代語訳 日本の古典12」'80 p125
佐藤春夫訳　「国民の文学7」'64 p421
唐木順三訳　「古典日本文学全集11」'62 p233
三木紀人校注「新潮日本古典集成〔42〕」'76 p13
佐竹昭広校注「新日本古典文学大系39」'89 p1
神田秀夫校注・訳「新編日本古典文学全集44」'95 p13
三木紀人訳・注「全対訳日本古典新書〔15〕」'77 p13
今成元昭訳注「対訳古典シリーズ〔15〕」'88 p9
堀田善衛訳　「特選日本の古典 グラフィック版7」'86 p85
細野哲雄校註「日本古典全書〔27〕」'70 p75
細野哲雄校註「日本古典全書〔27〕」'70 p105
簗瀬一雄著「日本古典評釈・全注釈叢書〔26〕」'71 p11
神田秀夫，永積安明，安良岡康作校注・訳「日本古典文学全集27」'71 p27
西尾実校注「日本古典文学大系30」'57 p23
浅見和彦，小島孝之校注・訳「日本の文学 古典編26」'87 p3
「日本文学大系2」'55 p411
法成寺金堂供養願文（藤原広業）
　山岸徳平，竹内理三，家永三郎，大曽根章介校注「日本思想大系8」'79 p15
北条時頼記（西沢一風，並木宗助）
　西川良和校訂「叢書江戸文庫Ⅰ-10」'91 p69
法相二巻抄（良遍）
　鎌田茂雄校注「日本思想大系15」'71 p125
謀生種
　北川忠彦ほか校注「中世の文学 第1期〔20〕」'94 p151
芳深交話（穴好）
　「洒落本大成9」'80 p289
　「徳川文芸類聚5」'70 p207
卯辰集（北枝編）
　大内初夫校注「新日本古典文学大系71」'94 p189
某生の故郷に帰るを送る（橋本左内）
　坂田新注「江戸漢詩選4」'95 p207
宝蔵序（元隣）
　雲英末雄，山下一海，丸山一彦，松尾靖秋校注・訳「新編日本古典文学全集72」'01 p437
芳草蝶飛の図五首三を録す（うち一首）（梁川紅蘭）
　福島理子注「江戸漢詩選3」'95 p228
房総道中記（十返舎一九）
　鶴岡節雄校注「新版絵草紙シリーズ1」'79 p11

法蔵比丘（天理図書館蔵奈良絵本）
　　横山重ほか編　「室町時代物語大成12」'84 p317
茅窓漫録（茅原定）
　　関根正直ほか監修　「日本随筆大成Ⅰ-22」'76
　　p243
豊太閤を祭る（上田秋成）
　　「上田秋成全集11」'94 p37
宝宅に於て新羅の客を宴す（長屋王）
　　菅野礼行，徳田武校注・訳　「新編日本古典文学
　　全集86」'02 p33
包丁書録（林羅山）
　　関根正直ほか監修　「日本随筆大成Ⅰ-23」'76
　　p333
庖丁聟
　　北川忠彦ほか校注　「中世の文学 第1期〔20〕」'94
　　p259
　　古川久校註　「日本古典全書〔92〕」'54 p83
法灯縁起所載歌
　　斎藤茂吉校註　「日本古典全書〔71〕」'50 p107
放蕩虚誕伝（変手古山人）
　　「洒落本大成6」'79 p247
和唐珍解（ほうとうちんけい）→ "わとうち
んかい"を見よ
宝徳二年十一月仙洞歌合
　　伊藤敬校注　「新日本古典文学大系47」'90 p255
法然
　　大橋俊雄校注　「日本思想大系10」'71 p7
某年秋宇多院女郎花合
　　「平安朝歌合大成1」'95 p112
某年秋朱雀院女郎花合
　　「平安朝歌合大成1」'95 p117
某年秋女御〔諟子〕男女房歌合
　　「平安朝歌合大成1」'95 p691
某年秋藤壷女御前栽合
　　「平安朝歌合大成1」'95 p202
某年秋祐子内親王草合歌雑載
　　「平安朝歌合大成2」'95 p1223
某年秋或所前栽合
　　「平安朝歌合大成3」'96 p1493
某年一条大納言為光石名取歌合
　　「平安朝歌合大成1」'95 p577
某年石清水社後番歌合雑載
　　「平安朝歌合大成4」'96 p2578
某年右近馬場殿上人種合
　　「平安朝歌合大成2」'95 p801
某年右大臣兼実歌合雑載
　　「平安朝歌合大成4」'96 p2527
某年女四宮勤子内親王歌合
　　「平安朝歌合大成1」'95 p276
某年賀茂社歌合
　　「平安朝歌合大成4」'96 p2541

某年河内国人歌合
　　「平安朝歌合大成2」'95 p710
某年九月五日〔河原院〕紅葉合
　　「平安朝歌合大成1」'95 p511
某年五月五日禖子内親王歌合
　　「平安朝歌合大成2」'95 p1254
某年〔五月〕故右衛門督君達後度謎歌合
　　「平安朝歌合大成1」'95 p611
某年権大納言師房障子絵歌合
　　「平安朝歌合大成2」'95 p1080
某年斎院選子内親王歌合
　　「平安朝歌合大成2」'95 p797
某年三月十余日禖子内親王歌合
　　「平安朝歌合大成2」'95 p1242
某年四月庚申西国受領歌合
　　「平安朝歌合大成2」'95 p1295
某年十二月或所歌合
　　「平安朝歌合大成1」'95 p513
豊年秋の田（近松門左衛門）
　　「近松全集（岩波）2」'87 p233
某年俊恵歌林苑歌合雑載
　　「平安朝歌合大成4」'96 p2214
某年内裏扇合
　　「平安朝歌合大成2」'95 p718
某年公任歌合
　　「平安朝歌合大成2」'95 p708
某年忠通歌合雑載
　　「平安朝歌合大成3」'96 p1990
某年筑紫大山寺歌合
　　「平安朝歌合大成2」'95 p1092
某年経盛歌合雑載
　　「平安朝歌合大成4」'96 p2317
某年貞文歌合雑載
　　「平安朝歌合大成1」'95 p152
某年出羽国郡名歌合
　　「平安朝歌合大成1」'95 p683
某年東宮〔居貞親王〕石名取
　　「平安朝歌合大成1」'95 p698
某年冬権大納言師房歌合
　　「平安朝歌合大成2」'95 p924
某年冬宰相入道観蓮歌合
　　「平安朝歌合大成4」'96 p2378
某年夏禖子内親王歌合
　　「平安朝歌合大成2」'95 p1291
某年春庚申禖子内親王歌合
　　「平安朝歌合大成2」'95 p1250
某年春賭弓歌合
　　「平安朝歌合大成2」'95 p814
某年春或所歌合
　　「平安朝歌合大成1」'95 p507

某年通宗歌合
　「平安朝歌合大成2」'95 p1300
某年躬恒判問答歌合
　「平安朝歌合大成1」'95 p246
某年薬師寺八幡社歌合
　「平安朝歌合大成4」'96 p2542
〔某年立秋日〕六条斎院禖子内親王歌合
　「平安朝歌合大成2」'95 p1188
某年麗景殿女御・中将御息所歌合
　「平安朝歌合大成1」'95 p451
某年或宮菊合
　「平安朝歌合大成2」'95 p717
某年或所歌合
　「平安朝歌合大成1」'95 p452
　「平安朝歌合大成1」'95 p504
　「平安朝歌合大成2」'95 p715
　「平安朝歌合大成3」'96 p1492
　「平安朝歌合大成4」'96 p2573
　「平安朝歌合大成4」'96 p2580
某年或所紅葉歌合
　「平安朝歌合大成2」'95 p1309
某年或所故郷歌合
　「平安朝歌合大成4」'96 p2379
某年或所四季恋三首歌合
　「平安朝歌合大成2」'95 p711
某年或所春夜詠二首歌合
　「平安朝歌合大成2」'95 p709
某年或所不合恋歌合
　「平安朝歌合大成2」'95 p716
法のし
　市古貞次, 三角洋一編　「鎌倉時代物語集成7」'94 p275
宝氷水府太平記
　瀬谷義彦校注　「日本思想大系58」'70 p169
宝物集（平康頼撰）
　小泉弘, 山田昭全校注　「新日本古典文学大系40」'93 p1
宝丙密秘登津（馬文耕）
　宇田敏彦校訂　「未刊随筆百種6」'77 p11
茫々頭
　北川忠彦ほか校注　「中世の文学 第1期〔20〕」'94 p163
ほうまん長者（寛文五年刊本）
　太田武夫校訂　「室町時代物語集4」'62 p181
宝満長者（寛文五年刊本）
　横山重ほか編　「室町時代物語大成12」'84 p330
ほうまん長者（天理図書館蔵奈良絵本）
　横山重ほか編　「室町時代物語大成12」'84 p342
法妙童子（寛文八年刊本）
　太田武夫校訂　「室町時代物語集4」'62 p144
　横山重ほか編　「室町時代物語大成12」'84 p353

宝夢録（野呂尚景）
　安藤菊二校訂　「未刊随筆百種6」'77 p265
蓬莱山由来（寛文四年刊本）
　太田武夫校訂　「室町時代物語集5」'62 p81
　横山重ほか編　「室町時代物語大成12」'84 p407
鳳来寺
　芳賀矢一, 佐佐木信綱校註　「謡曲叢書3」'87 p288
鳳来寺田楽歌謡
　高野辰之編　「日本歌謡集成5」'60 p229
蓬莱図に題する歌（梁田蛻巌）
　徳田武注　「江戸詩人選集2」'92 p116
蓬莱物語（仮題）（赤木文庫蔵絵巻）
　横山重ほか編　「室町時代物語大成12」'84 p395
ほうらい物語（京大美学研究室蔵奈良絵本）
　太田武夫校訂　「室町時代物語集5」'62 p71
芳隆慶の贈らるるの作に次韻す（売茶翁）
　末木文美士, 堀川貴司注　「江戸漢詩選5」'96 p93
法隆寺開帳（竹本義太夫）
　「竹本義太夫浄瑠璃正本集上」'95 p120
法隆寺々要日記所載教化
　高野辰之編　「日本歌謡集成4」'60 p224
法隆寺所用
　高野辰之編　「日本歌謡集成4」'60 p242
宝暦現来集（山田桂翁）
　森銑三, 北川博邦編　「続日本随筆大成別6」'82 p1
　森銑三, 北川博邦編　「続日本随筆大成別7」'82 p1
宝暦五年上京紀行（文円）
　津本信博編　「近世紀行日記文学集成1」'93 p393
捕影問答（大槻玄沢）
　佐藤昌介校注　「日本思想大系64」'76 p401
鬼灯（葛子琴）
　水田紀久注　「江戸詩人選集6」'93 p140
北系兵庫結（至極亭楽成）
　「洒落本大成25」'86 p11
北寿老仙をいたむ（与謝蕪村）
　村松友次著　「鑑賞日本の古典17」'81 p50
　「古典日本文学全集32」'60 p182
　揖斐高校注・訳　「日本の文学 古典編43」'86 p103
（几董句稿三）甲午之夏ほく帖巻の四
　「俳書叢刊8」'88 p137
墨水の春遊、韻を分つ（野村篁園）
　徳田武注　「江戸詩人選集7」'90 p128
墨水遊覧記
　松野陽一校注　「新日本古典文学大系67」'96 p517

墨川行（大沼枕山）
　日野龍夫注　「江戸詩人選集10」'90 p178
北川蜆殻（二斗庵幸雄，蔵二庵五六閑）
　「洒落本大成27」'87 p335
墨川に遊ぶ（大沼枕山）
　日野龍夫注　「江戸詩人選集10」'90 p238
北窓瑣談（梅茸仙史橘春暉（橘南谿））
　須永朝彦編訳　「日本古典文学幻想コレクション1」'95 p263
北窓瑣談（橘春暉）
　関根正直ほか監修　「日本随筆大成Ⅱ-15」'74 p169
北窓瑣談（橘南谿）
　森銑三訳　「古典日本文学全集35」'61 p204
『北叟遺言』所収『街談録』文政四年（大田南畝）
　浜田義一郎，中野三敏，日野龍夫，揖斐高編　「大田南畝全集18」'88 p285
墨堤即事（大沼枕山）
　日野龍夫注　「江戸詩人選集10」'90 p283
牧童（野村篁園）
　徳田武注　「江戸詩人選集7」'90 p3
牧童はよき者他（『草刈笛』）（松尾芭蕉）
　井本農一ほか著　「校本芭蕉全集9」'89 p373
木履説（也有）
　雲英末雄，山下一海，丸山一彦，松尾靖秋校注・訳　「新編日本古典文学全集72」'01 p499
北里年中行事（花楽散人）
　森銑三，北川博邦編　「続日本随筆大成別12」'83 p1
暮景（元政）
　上野洋三注　「江戸詩人選集1」'91 p212
慕景集（太田道灌）
　「国歌大系14」'76 p683
慕景集（伝・太田持資（太田道灌））
　和歌史研究会編　「私家集大成6」'76 p116
慕景集並異本（伝・太田道灌）
　和歌史研究会編　「私家集大成6」'76 p118
『法華経直談鈔』巻八
　浜中修編著　「大学古典叢書8」'89 p97
桙
　臼田甚五郎，新間進一，外村南都子，徳江元正校注・訳　「新編日本古典文学全集42」'00 p39
反故詠草（上田秋成）
　「上田秋成全集12」'95 p57
戊午十二月二十三日の作（梁川紅蘭）
　福島理子注　「江戸漢詩選3」'95 p307
反古のうらがき（鈴木桃野）
　須永朝彦編訳　「日本古典文学幻想コレクション1」'95 p272
　須永朝彦編訳　「日本古典文学幻想コレクション3」'96 p252

星
　芳賀矢一，佐佐木信綱校註　「謡曲叢書3」'87 p291
哺時臥の山（常陸国那賀郡）
　曽倉岑，金井清一著　「鑑賞日本の古典1」'81 p236
「星今宵」二十六句（松尾芭蕉）
　島居清著　「芭蕉連句全註解6」'81 p143
「星崎の」歌仙（松尾芭蕉）
　島居清著　「芭蕉連句全註解4」'80 p253
「ほしざきの」の詞書（松尾芭蕉）
　井本農一，弥吉菅一，横沢三郎，尾形仂校注　「校本芭蕉全集6」'89 p343
「星崎の」の詞書（松尾芭蕉）
　弥吉菅一，赤羽学，西村真砂子，檀上正孝　「芭蕉紀行集2」'68 p153
「星崎の」の巻（松尾芭蕉）
　弥吉菅一，赤羽学，西村真砂子，檀上正孝　「芭蕉紀行集2」'68 p184
暮秋、宇治の別業に於ける即（藤原道長）
　菅野礼行，徳田武校注・訳　「新編日本古典文学全集86」'02 p176
暮秋、同じく「草木揺落す」（大江匡衡）
　菅野礼行，徳田武校注・訳　「新編日本古典文学全集86」'02 p193
暮秋即事（中原広俊）
　菅野礼行，徳田武校注・訳　「新編日本古典文学全集86」'02 p206
戊戌十月十一日、夜夢に雨伯陽と山寺に遊ぶ。朝鮮の李東郭も亦た至る。茶談に時を移し、語嘆老に及ぶ。予因りて一絶を賦し、李和して将に成らんとするとき、己に覚めたり。予の詩は寤めて之を記せしなり（祇園南海）
　山本和義，横山弘注　「江戸詩人選集3」'91 p333
戊戌秋日の作時に余外憂に丁る。故に句之に及ぶ（江馬細香）
　福島理子注　「江戸漢詩選3」'95 p84
戊戌春初の雑題（七首、うち二首）（中島棕隠）
　水田紀久注　「江戸詩人選集6」'93 p311
戊戌新春（館柳湾）
　徳田武注　「江戸詩人選集7」'90 p339
（几董句稿六）戊戌之句帖
　「俳書叢刊8」'88 p345
戊戌夢物語（高野長英）
　佐藤昌介，植手通有，山口宗之校注　「日本思想大系55」'71 p161
暮春（菅茶山）
　黒川洋一注　「江戸詩人選集4」'90 p56
暮春（島田忠臣）

ほしゆ　　　　　　　　　　　　　　　作品名

菅野礼行，徳田武校注・訳　「新編日本古典文学全集86」'02 p124
暮春，右尚書菅中丞が亭に（大江以言）
　菅野礼行，徳田武校注・訳　「新編日本古典文学全集86」'02 p163
暮春清水寺に遊ぶ（藤原忠通）
　菅野礼行，徳田武校注・訳　「新編日本古典文学全集86」'02 p214
暮春雑咏（田能村竹田）
　徳田武注　「江戸漢詩選1」'96 p113
暮春，子原・道隆を邀えて隣園の花を賞す。児輩も亦た焉れに従う　二首（うち一首）（葛子琴）
　水田紀久注　「江戸詩人選集6」'93 p154
暮春十三日，甕川を過ぐ，途中の口号（梁田蛻巌）
　徳田武注　「江戸詩人選集2」'92 p133
暮春矚目（佐久間象山）
　坂田新注　「江戸漢詩選4」'95 p123
暮春，製に応ず（大江匡衡）
　菅野礼行，徳田武校注・訳　「新編日本古典文学全集86」'02 p187
暮春即時（藤原明衡）
　菅野礼行，徳田武校注・訳　「新編日本古典文学全集86」'02 p202
暮春に伴蒿蹊・春蘭洲と兎道に遊ぶ（六如）
　黒川洋一注　「江戸詩人選集4」'90 p335
暮春の感興（大沼枕山）
　日野龍夫注　「江戸詩人選集10」'90 p185
暮春，山に登る（服部南郭）
　山本和義，横山弘注　「江戸詩人選集3」'91 p114
暮春，吉田氏の園亭に登りて元饗と同じく題す（元政）
　上野洋三注　「江戸詩人選集1」'91 p213
輔親家集（大中臣輔親）
　和歌史研究会編　「私家集大成2」'75 p99
戊辰九月十三日，向栄亭に会す，同に山館賞秋詩を詠ず，并びに序（田能村竹田）
　徳田武注　「江戸漢詩選1」'96 p95
戊辰五月，得る所の雑詩（二首のうち一首）（成島柳北）
　日野龍夫注　「江戸詩人選集10」'90 p79
戊申除夕（亀田鵬斎）
　徳田武注　「江戸漢詩選1」'96 p3
細江（館柳湾）
　徳田武注　「江戸詩人選集7」'90 p220
菩提樹（杉田鶴子）
　長沢美津編　「女人和歌大系6」'78 p337
菩提心讚（珍海已講）
　高野辰之編　「日本歌謡集成4」'60 p20

螢（荻生徂徠）
　一海知義，池沢一郎注　「江戸漢詩選2」'96 p42
螢（季吟）
　雲英末雄，山下一海，丸山一彦，松尾靖秋校注・訳　「新編日本古典文学全集72」'01 p429
螢（紫式部）
　阿部秋生，秋山虔，今井源衛，鈴木日出男校注・訳　「完訳日本の古典18」'85 p9
　円地文子訳　「現代語訳 日本の古典5」'79 p89
　谷崎潤一郎ほか編　「国民の文学3」'63 p417
　阿部秋生ほか校注・訳　「古典セレクション7」'98 p87
　「古典日本文学全集5」'61 p53
　石田穣二，清水好子校注　「新潮日本古典集成〔21〕」'79 p57
　柳井滋ほか校注　「新日本古典文学大系20」'94 p423
　阿部秋生，秋山虔，今井源衛，鈴木日出男校注・訳　「新編日本古典文学全集22」'96 p193
　「特選日本の古典 グラフィック版5」'86 p69
　池田亀鑑校註　「日本古典全書〔14〕」'50 p170
　阿部秋生，秋山虔，今井源衛校注・訳　「日本古典文学全集14」'72 p185
　山岸徳平校注　「日本古典文学大系15」'59 p417
　伊井春樹，日向一雅，百川敬仁（ほか）校注・訳　「日本の文学 古典編13」'86 p167
　「日本文学大系5」'55 p71
螢 七首（菅茶山）
　黒川洋一注　「江戸詩人選集4」'90 p104
螢火を玩ぶ（石川丈山）
　上野洋三注　「江戸詩人選集1」'91 p64
牡丹（館柳湾）
　徳田武注　「江戸詩人選集7」'90 p262
牡丹蘂
　弥吉菅一，赤羽学，西村真砂子，檀上正孝　「芭蕉紀行集1」'78 p219
「牡丹蘂」歌仙（松尾芭蕉）
　島居清著　「芭蕉連句全註解4」'80 p7
「牡丹蘂」の詞書（松尾芭蕉）
　井本農一，弥吉菅一，横沢三郎，尾形仂校注　「校本芭蕉全集6」'89 p316
「牡丹蘂分て」詞書（松尾芭蕉）
　井本農一，久富哲雄，村松友次，堀切実校注・訳　「新編日本古典文学全集71」'97 p192
「牡丹散て」の巻（与謝蕪村）
　「古典日本文学全集32」'60 p170
「牡丹散て」の巻（もゝすもゝ）
　金子金治郎，暉峻康隆，中村俊定注解　「日本古典文学全集32」'74 p559
「牡丹散て」の巻（もゝすもゝ）（蕪村，几董）

金子金治郎, 雲英末雄, 暉峻康隆, 加藤定彦校注・訳 「新編日本古典文学全集61」'01 p567
「牡丹散て」の巻(もゝすもゝ)(与謝蕪村)
　村松友次著　「鑑賞日本の古典17」'81 p249
牡丹の記(来山)
　雲英末雄, 山下一海, 丸山一彦, 松尾靖秋校注・訳 「新編日本古典文学全集72」'01 p441
牡丹の巻
　頴原退蔵著　「評釈江戸文学叢書7」'70 p654
北海亭に藪士厚を送る(葛子琴)
　水田紀久注　「江戸詩人選集6」'93 p85
北海道中(市河寛斎)
　揖斐高注　「江戸詩人選集5」'90 p100
北廓鶏卵方(百一誌)
　「洒落本大成16」'82 p157
北華通情(春光園花丸)
　「洒落本大成16」'82 p193
北華通情(花丸)
　「徳川文芸類聚5」'70 p420
発願文
　勝又俊教訳　「古典日本文学全集15」'61 p7
卜居(広瀬淡窓)
　岡村繁注　「江戸詩人選集9」'91 p67
卜居三首(売茶翁)
　末木文美士, 堀川貴司注 「江戸漢詩選5」'96 p49
(凡董句稿二)発句集巻之三
　「俳書叢刊8」'88 p71
発句して心見せよ他(『俳諧猿舞師』)(松尾芭蕉)
　井本農一ほか著　「校本芭蕉全集9」'89 p350
発句判詞(宗祇)
　木藤才蔵校注　「中世の文学　第1期〔10〕」'82 p187
法華讃歎
　高野辰之編　「日本歌謡集成4」'60 p2
法花取要抄(日蓮)
　戸頃重基, 高木豊校注 「日本思想大系14」'70 p177
法花題目抄(日蓮)
　戸頃重基, 高木豊校注 「日本思想大系14」'70 p111
法華竹〔別名, 和泉式部・歌楽師〕(江島氏蔵二番綴本)
　吉田幸一著　「平安文学叢刊4」'59 p783
法華和讃(日蓮上人)
　高野辰之編　「日本歌謡集成4」'60 p85
北国紀行(尭恵)
　鶴崎裕維, 福田秀一校注 「新日本古典文学大系51」'90 p433
北国奇談巡杖記(鳥翠台北茎)
　須永朝彦編訳　「日本古典文学幻想コレクション1」'95 p241
　関根正直ほか監修　「日本随筆大成II-18」'74 p143
発心集(鴨長明)
　西尾光一, 貴志正造編 「鑑賞日本古典文学23」'77 p125
　三木紀人校注　「新潮日本古典集成〔42〕」'76 p41
　今成元昭訳注　「対訳古典シリーズ〔15〕」'88 p61
　須永朝彦編訳　「日本古典文学幻想コレクション1」'95 p81
発心和歌集(選子内親王)
　和歌史研究会編　「私家集大成2」'75 p95
　長沢美津編　「女人和歌大系2」'65 p141
発心和歌集・大斎院前御集・大斎院御集
　長沢美津編　「女人和歌大系2」'65 p140
北峰に宿す(元政)
　上野洋三注　「江戸詩人選集1」'91 p259
布袋の栄花(青山容三氏蔵奈良絵本)
　太田武夫校訂　「室町時代物語集4」'62 p397
布袋物語(赤木文庫蔵絵巻)
　横山重ほか編　「室町時代物語大成12」'84 p420
浦島子(古賀精里)
　一海知義, 池沢一郎注 「江戸漢詩選2」'96 p272
仏御前扇軍(近松門左衛門)
　「近松全集(岩波)14」'91 p275
　「近松全集(岩波)17影印編」'94 p474
　「近松全集(岩波)17影印編」'94 p480
　「近松全集(岩波)17解説編」'94 p486
　「近松全集(岩波)17解説編」'94 p493
仏原
　伊藤正義校注　「新潮日本古典集成〔60〕」'88 p227
　西野春雄校注　「新日本古典文学大系57」'98 p429
　芳賀矢一, 佐佐木信綱校註 「謡曲叢書3」'87 p297
「ほとゝぎす」歌仙(松尾芭蕉)
　島居清著　「芭蕉連句全註解3」'80 p329
沓手鳥孤城落月(坪内逍遥)
　河竹登志夫ほか監修　「名作歌舞伎全集25」'71 p3
ほどほどの懸想
　谷崎潤一郎ほか編　「国民の文学6」'64 p306
　「古典日本文学全集7」'60 p224
　大槻修, 今井源衛, 森下純昭, 辛島正雄校注 「新日本古典文学大系26」'92 p32

三谷栄一，三谷邦明，稲賀敬二校注・訳 「新編日本古典文学全集17」'00 p421
池田利夫訳注 「対訳古典シリーズ〔7〕」'88 p61
大槻修校注・訳 「日本の文学 古典編21」'86 p80

程ほどの懸想
　塚原鉄雄校注 「新潮日本古典集成〔30〕」'83 p65

骨皮
　北川忠彦ほか校注 「中世の文学 第1期〔20〕」'94 p234

暮年記（大江匡房）
　山岸徳平，竹内理三，家永三郎，大曽根章介校注 「日本思想大系8」'79 p161

保美の里（松尾芭蕉）
　井本農一，弥吉菅一，横沢三郎，尾形仂校注 「校本芭蕉全集6」'89 p344
　井本農一，久富哲雄，村松友次，堀切実校注・訳 「新編日本古典文学全集71」'97 p212
　弥吉菅一，赤羽学，西村真砂子，檀上正孝 「芭蕉紀行集2」'68 p153

慕風愚吟集
　「中世歌書翻刻1」'70 p4

慕風愚吟集（尭孝）
　和歌史研究会編 「私家集大成5」'74 p436

穂変の巻（安永六年）（与謝蕪村）
　頴原退蔵編著 「蕪村全集2」'48 p177

ほり江巻双紙
　阪口弘之校注 「新日本古典文学大系90」'99 p107

堀江物語（寛文七年刊本）
　横山重ほか編 「室町時代物語大成12」'84 p472

堀江物語（慶応義塾図書館蔵写本）
　横山重ほか編 「室町時代物語大成12」'84 p436

堀河院百首聞書
　久曽神昇編 「日本歌学大系別5」'81 p387

娘丹霞奴戯能堀川歌女猿曳（柳亭種彦）
　「古典叢書〔38〕」'90 p441

堀川集（侍賢門院堀川集）（侍賢門院堀川）
　長沢美津編 「女人和歌大系2」'65 p415

堀川波の鼓（近松門左衛門）
　河竹登志夫ほか監修 「名作歌舞伎全集1」'69 p287

堀川波皷（近松門左衛門）
　高野正巳校註 「日本古典全書〔95〕」'51 p59

堀川波鼓
　田中澄江訳 「国民の文学14」'64 p17

堀川波鼓（近松門左衛門）
　田中澄江訳 「現代語訳 日本の古典17」'80 p100
　高野正巳訳 「古典日本文学全集24」'59 p80

鳥越文蔵校注・訳 「新編日本古典文学全集75」'98 p485
藤井紫影校註 「近松全集（思文閣）8」'78 p173
「近松全集（岩波）4」'86 p493
「特選日本の古典 グラフィック版10」'86 p116
森修，鳥越文蔵，長友千代治校注・訳 「日本古典文学全集43」'72 p231
重友毅校注 「日本古典文学大系49」'58 p37

堀川夜討
　麻原美子，北原保雄校注 「新日本古典文学大系59」'94 p349

ほりさらい
　木村八重子校注 「新日本古典文学大系83」'97 p17

堀半左衛門におくる文（堀ろく子）
　古谷知新編 「江戸時代女流文学全集3」'01 p619

「ほろほろと」詞書（松尾芭蕉）
　井本農一，久富哲雄，村松友次，堀切実校注・訳 「新編日本古典文学全集71」'97 p223

「ほろほろと」の詞書（松尾芭蕉）
　井本農一，弥吉菅一，横沢三郎，尾形仂校注 「校本芭蕉全集6」'89 p363
　弥吉菅一，赤羽学，西村真砂子，檀上正孝 「芭蕉紀行集2」'68 p159

ほろほろのさうし（仮題）（赤木文庫蔵寛永正保頃刊本）
　横山重ほか編 「室町時代物語大成12」'84 p502

本院侍従集（本院侍従）
　和歌史研究会編 「私家集大成1」'73 p407
　長沢美津編 「女人和歌大系2」'65 p59

本学挙要（大国隆正）
　田原嗣郎，関晃，佐伯有清，芳賀登校注 「日本思想大系50」'73 p403

本覚讃釈（伝 源信）
　多田厚隆，大久保良順，田村芳朗，浅井円道校注 「日本思想大系9」'73 p101

本覚讃 註本覚讃（伝 良源）
　多田厚隆，大久保良順，田村芳朗，浅井円道校注 「日本思想大系9」'73 p97

本願決疑和讃
　高野辰之編 「日本歌謡集成4」'60 p358

本語対照表
　新村出，柊源一校註 「日本古典全書〔60〕」'57 p391

本佐録（林羅山）
　石田一良，金谷治校注 「日本思想大系28」'75 p269

盆山
　北川忠彦ほか校注 「中世の文学 第1期〔22〕」'95 p213

盆山記付詠草くさぐさ(上田秋成)
　「上田秋成全集11」'94 p133
本滋
　臼田甚五郎, 新間進一, 外村南都子, 徳江元正校
　　注・訳 「新編日本古典文学全集42」'00 p160
本州西部俚謡
　高野辰之編 「日本歌謡集成12」'60 p237
本州東部俚謡
　高野辰之編 「日本歌謡集成12」'60 p1
本浄山羽賀寺縁起
　桜井徳太郎, 萩原龍夫, 宮田登校注 「日本思想
　　大系20」'75 p69
本然気質性講説(山崎闇斎)
　西順蔵, 阿部隆一, 丸山真男校注 「日本思想大
　　系31」'80 p67
本草妓要(巫山陽腎男)
　「洒落本大成2」'78 p109
空来先生翻草盲目(腐脱散人)
　「洒落本大成10」'80 p167
本尊問答抄(日蓮)
　戸頃重基, 高木豊校注 「日本思想大系14」'70
　　p337
本多平八郎聞書(本多忠勝)
　奈良本辰也校注 「日本思想大系38」'76 p21
本朝一人一首(林鵞峰編)
　小島憲之校注 「新日本古典文学大系63」'94 p1
『本朝一人一首』原文
　小島憲之校注 「新日本古典文学大系63」'94
　　p349
本朝一人一首後序
　小島憲之校注 「新日本古典文学大系63」'94
　　p336
本朝一人一首序
　小島憲之校注 「新日本古典文学大系63」'94 p3
本朝一人一首跋
　小島憲之校注 「新日本古典文学大系63」'94
　　p343
本朝一人一首附録
　小島憲之校注 「新日本古典文学大系63」'94
　　p326
本朝一人一首補遺
　小島憲之校注 「新日本古典文学大系63」'94
　　p345
絵入本朝桜陰比事(井原西鶴)
　頴原退蔵ほか編 「定本西鶴全集5」'59 p301
本朝桜陰比事(井原西鶴)
　宗政五十緒, 長谷川強著 「鑑賞日本の古典15」
　　'80 p193
　麻生磯次訳 「現代語訳西鶴全集(河出)5」'53
　　p231

暉峻康隆訳注 「現代語訳西鶴全集(小学館)8」
　　'76 p125
　麻生磯次訳 「古典日本文学全集23」'60 p245
　川元ひとみ編 「西鶴選集〔23〕」'96 p3
　徳田武編 「西鶴選集〔24〕」'96 p23
本朝楽府三種合解東遊(關深)
　高野辰之編 「日本歌謡集成2」'60 p399
本朝奇跡談(植村政勝)
　板坂耀子校訂 「叢書江戸文庫I-17」'91 p49
『本朝語園』巻八
　浜中修編著 「大学古典叢書8」'89 p101
本朝三国志(近松門左衛門)
　藤井紫影校註 「近松全集(思文閣)11」'78 p675
　「近松全集(岩波)11」'89 p1
　「近松全集(岩波)17影印編」'94 p390
　「近松全集(岩波)17影印編」'94 p397
　「近松全集(岩波)17解説編」'94 p398
　「近松全集(岩波)17解説編」'94 p406
本朝色鑑(酔妓先生編)
　「洒落本大成3」'79 p315
本朝諸仏霊応記(玄瑞)
　西田耕三校訂 「叢書江戸文庫I-16」'90 p5
本朝新修仕生伝(藤原宗友)
　井上光貞, 大曽根章介校注 「日本思想大系7」
　　'74 p683
本朝神仙伝
　川口久雄校註 「日本古典全書〔59〕」'67 p327
本朝神仙伝(大江匡房)
　井上光貞, 大曽根章介校注 「日本思想大系7」
　　'74 p255
本朝水滸伝を読む並批評(滝沢馬琴)
　久松潜一訳 「古典日本文学全集36」'62 p193
本朝水滸伝 後編(建部綾足)
　木越治校注 「新日本古典文学大系79」'92 p139
本朝水滸伝 前編(建部綾足)
　高田衛校注 「新日本古典文学大系79」'92 p1
本朝酔菩提(山東京伝)
　「古典叢書〔1〕」'89 p167
本朝世事談綺正誤(山崎美成)
　関根正直ほか監修 「日本随筆大成II-13」'74
　　p245
本朝世事談綺(菊岡沾涼)
　関根正直ほか監修 「日本随筆大成II-12」'74
　　p417
武田信玄長尾謙信本朝廿四孝(近松半二, 三好松洛
　　ほか)
　樋口慶千代著 「評釈江戸文学叢書4」'70 p383
本朝廿四考(廿四考)(近松半二, 三好松洛ほか)
　河竹登志夫ほか監修 「名作歌舞伎全集5」'70
　　p23
本朝二十不孝(井原西鶴)

ほんち　　　　　　　作品名

暉峻康隆編　「鑑賞日本古典文学27」'76 p169
宗政五十緒, 長谷川強著　「鑑賞日本の古典15」'80 p168
麻生磯次訳　「現代語訳西鶴全集(河出)2」'52 p231
暉峻康隆訳注　「現代語訳西鶴全集(小学館)8」'76 p13
松田修校注・訳　「新編日本古典文学全集67」'96 p149
頴原退蔵ほか編　「定本西鶴全集3」'55 p133
宗政五十緒, 松田修, 暉峻康隆校注・訳　「日本古典文学全集39」'73 p185
藤村作校訂　「訳註西鶴全集1」'47 p37
本朝二十不孝(井原西鶴)
　佐竹昭広校注　「新日本古典文学大系76」'91 p387
本朝浜千鳥(永井正流)
　伊藤千可良ほか校　「江戸時代文芸資料3」'64 p135
本朝文粋
　大曾根章介, 金原理, 後藤昭雄校注　「新日本古典文学大系27」'92 p119
本朝文粋(抄)
　大曾根章介, 金原理, 後藤昭雄校注　「新日本古典文学大系27」'92 p1
　小島憲之校注　「日本古典文学大系69」'64 p319
本朝用文章(近松門左衛門)
　藤井紫影校註　「近松全集(思文閣)3」'78 p245
　「近松全集(岩波)3」'86 p1
本鎮の支計官の間宮氏の宅に過りて菊花を賞する歌(梁田蛻巖)
　徳田武注　「江戸詩人選集2」'92 p118
本手琉球組
　荻田清ほか編　「近世文学選〔1〕」'94 p173
梵天国
　大島建彦校注・訳　「完訳日本の古典49」'83 p155
　円地文子訳　「古典日本文学全集18」'61 p220
　「特選日本の古典 グラフィック版別2」'86 p40
　大島建彦校注・訳　「日本古典文学全集36」'74 p328
　市古貞次校注　「日本古典文学大系38」'58 p265
　沢井耐三校注・訳　「日本の文学 古典編38」'86 p175
梵天国(慶応義塾図書館蔵古活字本)
　横山重ほか編　「室町時代物語大成補2」'88 p552
梵天国(フォッグ美術館寄託絵巻)
　横山重ほか編　「室町時代物語大成12」'84 p530
ほん天こく(校訂者蔵巻子本)
　太田武夫校訂　「室町時代物語集2」'62 p164

ほん天こく(天理図書館蔵写本)
　横山重ほか編　「室町時代物語大成12」'84 p553
ほん天わう(笹野堅氏蔵奈良絵本)
　太田武夫校訂　「室町時代物語集2」'62 p182
「ぽんとぬけたる」付合(松尾芭蕉)
　鳥居清著　「芭蕉連句全註解10」'83 p289
ほんの茶非の茶の歌(上田秋成)
　「上田秋成全集9」'92 p403
本福寺跡書
　井上鋭夫校注　「日本思想大系17」'72 p185
本文補記
　小山弘志, 佐藤喜久雄, 佐藤健一郎, 表章校注・訳　「完訳日本の古典47」'88 p209
本理大綱集(伝 最澄)
　多田厚隆, 大久保良順, 田村芳朗, 浅井円道校注　「日本思想大系9」'73 p7
本領曾我(近松門左衛門)
　藤井紫影校註　「近松全集(思文閣)7」'78 p453
　「近松全集(岩波)4」'86 p215
　「近松全集(岩波)17影印編」'94 p218
　「近松全集(岩波)17解説編」'94 p232

【 ま 】

新織 儚意鈔(椒芽田楽)
　「洒落本大成20」'83 p225
毎月抄
　藤平春男校注・訳　「新編日本古典文学全集87」'02 p491
毎月抄(藤原定家)
　久松潜一, 増淵恒吉編　「校註日本文芸新篇〔3〕」'50 p33
　久松潜一訳　「古典日本文学全集36」'62 p21
　久保田淳校注　「中世の文学 第1期〔1〕」'71 p315
　佐佐木信綱編　「日本歌学大系3」'56 p346
　藤平春男校注・訳　「日本古典文学全集50」'75 p511
　久松潜一, 西尾実校注　「日本古典文学大系65」'51 p125
毎月集(上田秋成)
　「上田秋成全集12」'95 p185
妹之門
　臼杵甚五郎, 新間進一, 外村南都子, 徳江元正校注・訳　「新編日本古典文学全集42」'00 p155
前句諸点 咲やこの花
　「俳書叢刊7」'88 p257
前島家農事日記(前島兵左衛門)

326　日本古典文学全集・作品名綜覧

古島敏雄校注 「日本思想大系62」'72 p273
まかしょ（寒行雪姿見）（桜川治助（二代））
　河竹登志夫ほか監修 「名作歌舞伎全集24」'72 p91
真金吹
　臼田甚五郎，新間進一，外村南都子，徳江元正校注・訳 「新編日本古典文学全集42」'00 p141
巻絹
　芳賀矢一，佐佐木信綱校註 「謡曲叢書3」'87 p302
蒔田半作の越前に之くを送る（二首）（橋本左内）
　坂田新注 「江戸漢詩選4」'95 p210
巻致遠を夢む（梁川星巌）
　入谷仙介注 「江戸詩人選集8」'90 p172
真木柱（紫式部）
　阿部秋生，秋山虔，今井源衛，鈴木日出男校注・訳 「完訳日本の古典18」'85 p137
　円地文子訳 「現代語訳 日本の古典5」'79 p100
　谷崎潤一郎ほか編 「国民の文学3」'63 p475
　阿部秋生ほか校注・訳 「古典セレクション8」'98 p101
　「古典日本文学全集5」'61 p116
　石田穣二，清水好子校注 「新潮日本古典集成〔21〕」'79 p201
　柳井滋ほか校注 「新日本古典文学大系21」'95 p107
　阿部秋生，秋山虔，今井源衛，鈴木日出男校注・訳 「新編日本古典文学全集22」'96 p347
　「特選日本の古典 グラフィック版5」'86 p79
　池田亀鑑註 「日本古典全書〔14〕」'50 p278
　阿部秋生，秋山虔，今井源衛校注・訳 「日本古典文学全集14」'72 p339
　山岸徳平校注 「日本古典文学大系16」'61 p115
　伊井春樹，日向一雅，百川敬仁（ほか）校注・訳 「日本の文学 古典編13」'86 p283
　「日本文学大系5」'55 p164
「䅣おふ」歌仙（松尾芭蕉）
　島居清著 「芭蕉連句全註解5」'81 p277
「䅣負ふ」詞書（松尾芭蕉）
　井本農一，久富哲雄，村松友次，堀切実校注・訳 「新編日本古典文学全集71」'97 p248
「䅣負ふ」の詞書（松尾芭蕉）
　井本農一，弥吉菅一，横沢三郎，尾形仂校注 「校本芭蕉全集6」'89 p389
真葛がはら（只野真葛）
　鈴木よね子校訂 「叢書江戸文庫II-30」'94 p417
枕詞燭明抄（下河辺長流）
　「万葉集古註釈集成1」'89 p403
枕獅子
　荻田清ほか編 「近世文学選〔1〕」'94 p61

枕獅子（英獅子乱曲）
　河竹登志夫ほか監修 「名作歌舞伎全集24」'72 p7
枕慈童
　芳賀矢一，佐佐木信綱校註 「謡曲叢書3」'87 p306
枕冊子（清少納言）
　田中重太郎訳注 「対訳古典シリーズ〔8〕」'88 p9
　田中重太郎訳注 「対訳古典シリーズ〔9〕」'88 p11
　田中重太郎校註 「日本古典全書〔26〕」'47 p71
枕草子
　田中重太郎，鈴木弘道，中西健治著 「日本古典評釈・全注釈叢書〔8〕」'95 p13
枕草子（清少納言）
　「イラスト古典全訳〔2〕」'89 p17
　石田穣二編 「鑑賞日本古典文学8」'75 p7
　稲賀敬二 「鑑賞日本の古典11」'80 p9
　松尾聰，永井和子校注・訳 「完訳日本の古典12」'84 p13
　松尾聰，永井和子校注・訳 「完訳日本の古典13」'84 p17
　秦恒平訳 「現代語訳 日本の古典6」'80 p5
　田中澄江訳 「国民の文学7」'64 p235
　塩田良平訳 「古典日本文学全集11」'62 p3
　萩谷朴校注 「新潮日本古典集成〔14〕」'77 p17
　萩谷朴校注 「新潮日本古典集成〔15〕」'77 p13
　渡辺実校注 「新日本古典文学大系25」'91 p1
　松尾聰，永井和子校注・訳 「新編日本古典文学全集18」'97 p23
　田辺聖子訳 「特選日本の古典 グラフィック版4」'86 p5
　田中重太郎著 「日本古典評釈・全注釈叢書〔4〕」'72 p23
　田中重太郎著 「日本古典評釈・全注釈叢書〔5〕」'75 p11
　田中重太郎著 「日本古典評釈・全注釈叢書〔6〕」'78 p11
　田中重太郎著 「日本古典評釈・全注釈叢書〔7〕」'83 p11
　松尾聰，永井和子校注・訳 「日本古典文学全集11」'74 p63
　池田亀鑑，岸上慎二，秋山虔校注 「日本古典文学大系19」'58 p43
　鈴木日出男校注・訳 「日本の文学 古典編9」'87 p17
　鈴木日出男校注・訳 「日本の文学 古典編10」'87 p7
　「日本文学大系2」'55 p133
『枕草子』を試みんと思はば（『それぞれ草』）（松尾芭蕉）

井本農一ほか著 「校本芭蕉全集9」'89 p385
枕草紙私記
　「日本文学古註釈大成〔16〕」'78 p1
枕草子私記(岩崎美隆)
　「日本文学古註釈大成〔17〕」'78 p1
枕草子春曙抄〔杠園抄〕
　北村季吟標註, 岩崎美隆旁註 「日本文学古註釈大成〔16〕」'78 p1
枕草紙装束撮要抄(壷井義知)
　「日本文学古註釈大成〔17〕」'78 p1
枕冊子諸本逸文(清少納言)
　田中重太郎編著 「平安文学叢刊3」'57 p3
枕草紙存疑(岡本保孝)
　「日本文学古註釈大成〔17〕」'78 p401
枕草子評釈
　「国文学評釈叢書〔2〕」'58 p43
枕双紙補遺・天台伝南岳心要
　多田厚隆, 大久保良順, 田村芳朗, 浅井円道校注 「日本思想大系9」'73 p407
枕草紙傍註(岡西惟中)
　「日本文学古註釈大成〔17〕」'78 p1
枕物狂
　北川忠彦ほか校注 「中世の文学 第1期〔22〕」'95 p196
　古川久校註 「日本古典全書〔93〕」'56 p92
孫を挙ぐ(三首、うち一首)(亀田鵬斎)
　徳田武注 「江戸漢詩選1」'96 p46
真言弁(富士谷御杖)
　久松潜一訳 「古典日本文学全集36」'62 p63
　佐佐木信綱編 「日本歌学大系8」'56 p40
「実や月」歌仙(松尾芭蕉)
　島居清著 「芭蕉連句全註解2」'79 p7
孫罕
　北川忠彦ほか校注 「中世の文学 第1期〔20〕」'94 p50
雅敦卿詠草(飛鳥井雅敦)
　和歌史研究会編 「私家集大成7」'76 p757
将
　芳賀矢一, 佐佐木信綱校註 「謡曲叢書3」'87 p308
将門記(まさかどき) →"しょうもんき"を見よ
将門(忍夜恋曲者)
　河竹登志夫ほか監修 「名作歌舞伎全集19」'70 p213
将門秀郷時代世話二挺鼓(山東京伝)
　浜田義一郎, 鈴木勝忠, 水野稔校注 「日本古典文学全集46」'71 p147
雅兼卿集(源雅兼)
　和歌史研究会編 「私家集大成2」'75 p520
真幸千陰歌問答(加藤千陰)

佐佐木信綱編 「日本歌学大系8」'56 p104
真佐喜のかつら(青葱堂冬圃)
　宇田敏彦校訂 「未刊随筆百種8」'77 p291
真左古(小林一茶)
　矢羽勝幸校注 「一茶全集8」'78 p17
政弼をいたむ(荷田蒼生子)
　古谷知新編 「江戸時代女流文学全集3」'01 p663
正醍詩集(在庵普在弟子某僧)
　玉村竹二編 「五山文学新集4」'70 p807
雅親詠草(飛鳥井雅親)
　和歌史研究会編 「私家集大成6」'76 p218
雅親詠草 文安五年(飛鳥井雅親)
　和歌史研究会編 「私家集大成6」'76 p156
雅成親王集(雅成親王)
　和歌史研究会編 「私家集大成4」'75 p223
将に江戸を去らんとして感有り(中島棕隠)
　水田紀久注 「江戸詩人選集6」'93 p185
将に小梅に徙らんとし, 吾妻橋の畔を過ぎて感有り(藤田東湖)
　坂田新注 「江戸漢詩選4」'95 p32
将に獄に赴かんとし, 村塾の壁に留題す(吉田松陰)
　坂田新注 「江戸漢詩選4」'95 p198
将に枕に就かんとして清絶に勝えず, 又小詩を得たり(藤田東湖)
　坂田新注 「江戸漢詩選4」'95 p36
将に諸子と同に亀陰に遊ばんとせしも, 故有りて果たさず。桂林荘に小集して,「分」字を得たり(広瀬淡窓)
　岡村繁注 「江戸詩人選集9」'91 p43
雅信兄弟御兄弟の事
　梶原正昭 「新編日本古典文学全集62」'00 p471
匡衡集(大江匡衡)
　和歌史研究会編 「私家集大成1」'73 p717
正広詠歌
　和歌史研究会編 「私家集大成6」'76 p247
匡房集(大江匡房)
　和歌史研究会編 「私家集大成2」'75 p379
正宗竜統作品拾遺(正宗龍統)
　玉村竹二編 「五山文学新集4」'70 p225
雅康卿詠草(飛鳥井雅康)
　和歌史研究会編 「私家集大成6」'76 p526
正夢後悔玉(若異後悔玉)
　「洒落本大成3」'79 p165
雅世卿集(飛鳥井雅世)
　和歌史研究会編 「私家集大成5」'74 p362
真下士作の韵に次し, 其の寄せ見るるに答う(橋本左内)
　坂田新注 「江戸漢詩選4」'95 p213
雑豆鼻糞軍談

中野三敏校注 「新日本古典文学大系82」'98 p77
軽口頓作ますおとし(文政九年正月刊)(林屋正蔵)
　武藤禎夫編 「噺本大系15」'79 p246
「升買て」歌仙(松尾芭蕉)
　島居清著 「芭蕉連句全註解10」'83 p211
増鏡
　岡一男訳 「古典日本文学全集13」'62 p183
増鏡(二条良基)
　山岸徳平, 鈴木一雄編 「鑑賞日本古典文学14」'76 p179
　岡一男校註 「日本古典全書〔46〕」'48 p65
　岩佐正, 時枝誠記, 木藤才蔵校注 「日本古典文学大系87」'65 p245
　「日本文学大系8」'55 p238
十寸見声曲集
　「徳川文芸類聚10」'70 p159
　高野辰之編 「日本歌謡集成11」'61 p161
十寸見編年集(川尻薫洲)
　宇田敏彦校訂 「未刊随筆百種10」'77 p221
ますらを物語
　中村博保校注 「新編日本古典文学全集78」'95 p622
ますらを物語(上田秋成)
　「上田秋成全集8」'93 p389
ますらを物語(秋成翁一乗詣の記)(上田秋成)
　「上田秋成全集8」'93 p391
ますらを物語(一乗寺詣之記 異文一)(上田秋成)
　「上田秋成全集8」'93 p402
ますらを物語(異文二)(上田秋成)
　「上田秋成全集8」'93 p411
雑交苦口記(中田主税撰)
　宇田敏彦校訂 「未刊随筆百種8」'77 p411
又た, 廻文(館柳湾)
　徳田武注 「江戸詩人選集7」'90 p216
再春菘種蒔
　荻田清ほか編 「近世文学選〔1〕」'94 p70
又た八居の韻に和す(八首, うち一首)(新井白石)
　一海知義, 池沢一郎注 「江戸漢詩選2」'96 p109
「又やたぐひ」の詞書(松尾芭蕉)
　井本農一, 弥吉菅一, 横沢三郎, 尾形仂校注 「校本芭蕉全集6」'89 p373
　弥吉菅一, 赤羽学, 西村真砂子, 檀上正孝 「芭蕉紀行集2」'68 p164
ま地不美(上田秋成)
　「上田秋成全集9」'92 p29
麻知文(上田秋成)
　「上田秋成全集9」'92 p33

松井本和泉式部集(底本・静嘉堂文庫蔵松井文庫本)
　吉田幸一著 「平安文学叢刊4」'59 p607
松浦五郎景近(竹本義太夫)
　「竹本義太夫浄瑠璃正本集上」'95 p22
松王物語(小枝繁)
　田中則雄校訂 「叢書江戸文庫III-41」'97 p241
松尾半左衛門宛遺書(松尾芭蕉)
　富山奏校注 「新潮日本古典集成〔72〕」'78 p283
松尾半左衛門宛書簡(松尾芭蕉)
　富山奏校注 「新潮日本古典集成〔72〕」'78 p272
松枝月を撑うるの画に題す(葛子琴)
　水田紀久注 「江戸詩人選集6」'93 p153
松ヶ枝姫物語(天理図書館蔵絵巻)
　横山重ほか編 「室町時代物語大成12」'84 p575
松陰中納言物語
　市古貞次, 三角洋一編 「鎌倉時代物語集成5」'92 p45
松蔭日記(正親町町子)
　古谷知新編 「江戸時代女流文学全集1」'01 p59
松風(観阿弥清次, 世阿弥元清)
　田中澄江訳 「国民の文学12」'64 p26
松風(観阿弥, 世阿弥)
　「古典日本文学全集20」'62 p43
松風(世阿弥)
　田中千禾夫訳 「現代語訳 日本の古典14」'80 p42
　伊藤正義校注 「新潮日本古典集成〔60〕」'88 p237
　西野春雄校注 「新日本古典文学大系57」'98 p588
　小山弘志, 佐藤健一郎校注・訳 「新編日本古典文学全集58」'97 p390
　芳賀矢一, 佐佐木信綱校註 「謡曲叢書3」'87 p311
まつかぜ(近松門左衛門)
　「近松全集(岩波)16翻刻編」'90 p391
松風(紫式部)
　阿部秋生, 秋山虔, 今井源衛, 鈴木日出男校注・訳 「完訳日本の古典17」'85 p9
　円地文子訳 「現代語訳 日本の古典5」'79 p74
　谷崎潤一郎ほか編 「国民の文学3」'63 p302
　阿部秋生ほか校注・訳 「古典セレクション5」'98 p117
　「古典日本文学全集4」'61 p317
　石田穣二, 清水好子校注 「新潮日本古典集成〔20〕」'78 p117
　柳井滋ほか校注 「新日本古典文学大系20」'94 p187
　阿部秋生, 秋山虔, 今井源衛, 鈴木日出男校注・訳 「新編日本古典文学全集21」'95 p395

まつか　作品名

「特選日本の古典 グラフィック版5」'86 p54
池田亀鑑校註　「日本古典全書〔13〕」'49 p282
阿部秋生，秋山虔，今井源衛校注・訳　「日本古典文学全集13」'72 p385
山岸徳平校注　「日本古典文学大系15」'59 p189
伊井春樹，日向一雅，百川敬仁（ほか）校注・訳　「日本の文学 古典編12」'86 p285
「日本文学大系4」'55 p440
「松風に」五十韻（松尾芭蕉）
　島居清著　「芭蕉連句全註解10」'83 p177
松風むらさめ
　太田武夫校訂　「室町時代物語集5」'62 p151
　横山重ほか編　「室町時代物語大成12」'84 p582
松風村雨束帯鑑（近松門左衛門）
　藤井紫影校註　「近松全集（思文閣）4」'78 p245
　「近松全集（岩波）5」'86 p1
　「近松全集（岩波）17影印編」'94 p227
　「近松全集（岩波）17解説編」'94 p242
松崎慊堂先生の羽沢園居に過る（館柳湾）
　徳田武注　「江戸詩人選集7」'90 p332
松下茶店（売茶翁）
　末木文美士，堀川貴司注　「江戸漢詩選5」'96 p79
松島（松尾芭蕉）
　井本農一，久富哲雄，村松友次，堀切実校注・訳　「新編日本古典文学全集71」'97 p265
松島考（半井行義）
　津本信博編　「近世紀行日記文学集成2」'94 p339
遊松島記（紀徳民）
　津本信博編　「近世紀行日記文学集成1」'93 p475
松しま日記（嘉恵女）
　津本信博編　「近世紀行日記文学集成1」'93 p501
松島の賦（松尾芭蕉）
　井本農一，弥吉菅一，横沢三郎，尾形仂校注　「校本芭蕉全集6」'89 p414
「松杉に」十句（松尾芭蕉）
　島居清著　「芭蕉連句全註解1」'83 p19
松平志摩守買上本
　「芭蕉紀行集3」'71 p30
「松茸に」六句（松尾芭蕉）
　島居清著　「芭蕉連句全註解10」'83 p137
「松茸や」歌仙（松尾芭蕉）
　島居清著　「芭蕉連句全註解10」'83 p163
「松茸や」十六句（松尾芭蕉）
　島居清著　「芭蕉連句全註解10」'83 p141
松田丹後守平貞秀集（平貞秀）
　和歌史研究会編　「私家集大成5」'74 p342
末灯鈔（親鸞）

伊藤博之校注　「新潮日本古典集成〔50〕」'81 p177
松梅竹取談（山東京伝）
　「古典叢書〔4〕」'89 p259
松永子登が宅にして阿束冑を（梁川星巌）
　菅野礼行，徳田武校注・訳　「新編日本古典文学全集86」'02 p522
松の内
　武藤禎夫編　「噺本大系19」'79 p316
松の内（十偏舎一九）
　「洒落本大成21」'84 p353
松尾（世阿弥）
　芳賀矢一，佐佐木信綱校註　「謡曲叢書3」'87 p335
松の落葉
　高野辰之編　「日本歌謡集成7」'60 p127
松の落葉（藤井高尚）
　関根正直ほか監修　「日本随筆大成II-22」'74 p17
松株木三階奇談（曲亭馬琴）
　板坂則子校訂　「叢書江戸文庫II-33」'94 p7
「松のこづえに」「川かぜ寒き」「たまのちぎりに」「むつくりと」付合（松尾芭蕉）
　島居清著　「芭蕉連句全註解1」'79 p89
松のしづ枝（間宮八十子）
　長沢美津編　「女人和歌大系5」'78 p146
松の下草（黒川盛隆）
　森銑三，北川博邦編　「続日本随筆大成8」'80 p131
松の葉
　荻田清ほか編　「近世文学選〔1〕」'94 p173
　高野辰之編　「日本歌謡集成6」'60 p305
　新間進一，志田延義，浅野建二校注　「日本古典文学大系44」'59 p355
「松の花」歌仙（松尾芭蕉）
　島居清著　「芭蕉連句全註解1」'83 p115
松登妓話（鸚鵡斎貢）
　「洒落本大成18」'83 p227
松屋叢考（高田与清）
　関根正直ほか監修　「日本随筆大成I-16」'76 p155
松屋叢話（小山田与清）
　関根正直ほか監修　「日本随筆大成II-2」'73 p1
松屋棟梁集（高田与清）
　関根正直ほか監修　「日本随筆大成I-3」'75 p149
松帆物語（赤木文庫蔵正保慶安頃刊本）
　横山重ほか編　「室町時代物語大成12」'84 p614
末尾断簡

三谷栄一, 三谷邦明, 稲賀敬二校注・訳 「新編
　日本古典文学全集17」'00 p509
松姫物語(仮題)(東洋大学図書館蔵大永六年
　絵巻)
　横山重ほか編 「室町時代物語大成12」'84 p604
松前人韃靼漂流記
　加藤貴校訂 「叢書江戸文庫Ⅰ-1」'90 p261
松虫
　伊藤正義校注 「新潮日本古典集成〔60〕」'88
　p251
　芳賀矢一, 佐佐木信綱校註 「謡曲叢書3」'87
　p316
松虫鈴虫讚嘆文(仮題)(赤木文庫蔵室町末期
　写本)
　横山重ほか編 「室町時代物語大成12」'84 p626
松虫鈴虫和讚
　高野辰之編 「日本歌謡集成4」'60 p411
松村猪兵衛宛書簡(松尾芭蕉)
　富山奏校注 「新潮日本古典集成〔72〕」'78 p249
　富山奏校注 「新潮日本古典集成〔72〕」'78 p251
松脂
　北川忠彦ほか校注 「中世の文学 第1期〔22〕」'95
　p190
松屋本山家集にのみ所載歌(西行)
　風巻景次郎, 小島吉雄校注 「日本古典文学大系
　29」'61 p270
松山鏡
　芳賀矢一, 佐佐木信綱校註 「謡曲叢書3」'87
　p320
松
　北川忠彦, 安田章 「新編日本古典文学全集60」
　'01 p41
松(百三十七)
　北川忠彦ほか校注 「中世の文学 第1期〔22〕」'95
　p375
松浦梅
　芳賀矢一, 佐佐木信綱校註 「謡曲叢書3」'87
　p327
まつら長者
　室木弥太郎校注 「新潮日本古典集成〔66〕」'77
　p345
松浦鏡
　芳賀矢一, 佐佐木信綱校註 「謡曲叢書3」'87
　p330
松浦宮物語(藤原定家)
　市古貞次, 三角洋一編 「鎌倉時代物語集成5」
　'92 p149
祭酒林公の荘園諸勝 二十四首(うち三首)(広
　瀬旭荘)
　岡村繁注 「江戸詩人選集9」'91 p227
祭の使

中野幸一校注・訳 「新編日本古典文学全集14」
　'99 p439
宮田和一郎校註 「日本古典全書〔5〕」'49 p84
河野多麻校註 「日本古典文学大系10」'59 p391
窓の教
　田嶋一夫校注 「新日本古典文学大系55」'92
　p289
窓の教(仮題)(内閣文庫蔵絵入写本)
　横山重ほか編 「室町時代物語大成12」'84 p633
「窓のともしび」抄(前田朗子)
　長沢美津編 「女人和歌大系5」'78 p454
真名井原
　芳賀矢一, 佐佐木信綱校註 「謡曲叢書3」'87
　p338
真名鶴の歌文(上田秋成)
　「上田秋成全集12」'95 p342
真字本方丈記(鴨長明)
　細野哲雄校註 「日本古典全書〔27〕」'70 p112
睟のすじ書(鷺見屋淇楽)
　「洒落本大成16」'82 p123
まぼろし(紫式部)
　谷崎潤一郎ほか編 「国民の文学4」'63 p155
幻(紫式部)
　阿部秋生, 小町谷照彦, 野村精一, 柳井滋著
　「鑑賞日本の古典6」'79 p323
　阿部秋生, 秋山虔, 今井源衛, 鈴木日出男校注・
　訳 「完訳日本の古典20」'87 p197
　円地文子訳 「現代語訳 日本の古典5」'79 p132
　阿部秋生ほか校注・訳 「古典セレクション11」
　'98 p277
　「古典日本文学全集5」'61 p361
　石田穣二, 清水好子校注 「新潮日本古典集成
　〔23〕」'82 p125
　柳井滋ほか校注 「新日本古典文学大系22」'96
　p183
　阿部秋生, 秋山虔, 今井源衛, 鈴木日出男校注・
　訳 「新編日本古典文学全集23」'96 p519
　「特選日本の古典 グラフィック版5」'86 p106
　池田亀鑑校註 「日本古典全書〔16〕」'54 p110
　阿部秋生, 秋山虔, 今井源衛校注・訳 「日本古
　典文学全集15」'74 p505
　山岸徳平校注 「日本古典文学大系17」'62 p193
　伊井春樹, 日向一雅, 百川敬仁(ほか)校注・訳
　「日本の文学 古典編14」'87 p369
　「日本文学大系5」'55 p543
幻椀久(岡村柿紅)
　河竹登志夫ほか監修 「名作歌舞伎全集24」'72
　p265
ま、子(一茶)
　雲英末雄, 山下一海, 丸山一彦, 松尾靖秋校注・
　訳 「新編日本古典文学全集72」'01 p586

真真の川（脺川子）
　「洒落本大成13」'81 p65
豆太鼓頌（寥松）
　雲英末雄、山下一海、丸山一彦、松尾靖秋校注・訳　「新編日本古典文学全集72」'01 p591
　頴原退蔵著　「評釈江戸文学叢書7」'70 p784
間女畑（天明頃刊）
　「噺本大系12」'79 p168
鞠
　芳賀矢一、佐佐木信綱校註　「謡曲叢書3」'87 p3
鞠座頭
　北川忠彦ほか校注「中世の文学 第1期〔22〕」'95 p145
丸山（只野真葛）
　古谷知新編「江戸時代女流文学全集3」'01 p462
まわし枕（山手山人）
　「洒落本大成15」'82 p91
駅路風俗廻し枕（山手山人左英）
　伊藤千可良ほか校「江戸時代文芸資料1」'64 p349
漫画の讃（与謝蕪村）
　頴原退蔵編著「蕪村全集1」'48 p465
曼供誦経導師作法教化
　高野辰之編「日本歌謡集成4」'60 p229
漫吟（亀田鵬斎）
　徳田武注「江戸漢詩選1」'96 p25
漫吟（仁科白谷）
　徳田武注「江戸漢詩選1」'96 p204
漫吟集（圓珠庵契冲）
　「国歌大系15」'76 p185
漫興（元政）
　上野洋三注　「江戸詩人選集1」'91 p239
漫興 十首（うち二首）（中島棕隠）
　水田紀久注　「江戸詩人選集6」'93 p192
漫興 十五首（うち二首）（中島棕隠）
　水田紀久注　「江戸詩人選集6」'93 p240
万更大師異聞本（信普）
　「洒落本大成15」'82 p301
万歳躍
　高野辰之編　「日本歌謡集成6」'60 p73
万載狂歌集抄（大田南畝）
　浜田義一郎、中野三敏、日野龍夫、揖斐高編　「大田南畝全集1」'85 p1
満仲
　麻原美子、北原保雄校注　「新日本古典文学大系59」'94 p102
万寿禅寺語録（東明慧日）
　玉村竹二編　「五山文学新集別2」'81 p23
漫述（中島棕隠）

　水田紀久注　「江戸詩人選集6」'93 p207
漫述二首（佐久間象山）
　坂田新注　「江戸漢詩選4」'95 p115
万寿二年五月五日東宮学士阿波守義忠歌合
　「平安朝歌合大成2」'95 p804
まんじゆのまへ（寛文十三年刊本）
　横山重ほか編　「室町時代物語大成12」'84 p651
「満城の風雨重陽に近し」を以て首句と為し、遠山雲如横山子達と同に賦す。（梁川星巌）
　入谷仙介注　「江戸詩人選集8」'90 p302
万象亭戯作濫觴（森島中良）
　石上敏校訂　「叢書江戸文庫Ⅱ-32」'94 p15
漫題（中島棕隠）
　水田紀久注　「江戸詩人選集6」'93 p210
曼荼羅供教化
　高野辰之編　「日本歌謡集成4」'60 p230
曼荼羅供略和讃
　高野辰之編　「日本歌謡集成4」'60 p384
万灯賑ばなし初・二編（五年正月序）（閑亭主人）
　武藤禎夫編　「噺本大系19」'79 p133
万年の蕉中禅師東觀趨謁す、喜びを記して兼ねて其の八十を寿し奉る（館柳湾）
　徳田武注　「江戸詩人選集7」'90 p200
万葉緯（今井似閑）
　「日本文学古註釈大成〔12〕」'78 p1
万葉歌集
　浅野建二編　「続日本歌謡集成4」'63 p169
万葉歌謡集
　高木市之助校註　「日本古典全書〔84〕」'67 p307
万葉草木考（西попо蘭渓）
　「日本文学古註釈大成〔14〕」'78 p423
万葉考槻落葉（荒木田久老）
　「万葉集古註釈集成5」'89 p151
万葉集
　中西進編　「鑑賞日本古典文学3」'76 p9
　稲岡耕二著　「鑑賞日本の古典2」'80 p15
　小島憲之、木下正俊、佐竹昭広校注・訳　「完訳日本の古典2」'82 p7
　小島憲之、木下正俊、佐竹昭広校注・訳　「完訳日本の古典3」'84 p7
　小島憲之、木下正俊、佐竹昭広校注・訳　「完訳日本の古典4」'89 p7
　小島憲之、木下正俊、佐竹昭広校注・訳　「完訳日本の古典5」'89 p7
　小島憲之、木下正俊、佐竹昭広校注・訳　「完訳日本の古典6」'89 p7
　小島憲之、木下正俊、佐竹昭広校注・訳　「完訳日本の古典7」'89 p7
　山本健吉訳　「現代語訳 日本の古典2」'80 p5
　土屋文明訳　「国民の文学2」'63 p1
　「国歌大系2」'76 p1

村木清一郎訳 「古典日本文学全集2」'59 p1
村木清一郎訳 「古典日本文学全集3」'62 p3
青木生子ほか校注 「新潮日本古典集成〔2〕」'76 p39
青木生子ほか校注 「新潮日本古典集成〔3〕」'78 p33
青木生子，井手至，伊藤博（ほか）校注 「新潮日本古典集成〔4〕」'80 p15
青木生子，井手至，伊藤博（ほか）校注 「新潮日本古典集成〔5〕」'82 p19
青木生子，井手至，伊藤博（ほか）校注 「新潮日本古典集成〔6〕」'84 p39
佐竹昭広ほか校注 「新日本古典文学大系1」'99 p1
佐竹昭広ほか校注 「新日本古典文学大系2」'00 p1
佐竹昭広ほか校注 「新日本古典文学大系3」'02 p1
佐竹昭広ほか校注 「新日本古典文学大系4」'03 p1
小島憲之，木下正俊，東野治之校注・訳 「新編日本古典文学全集6」'94 p13
小島憲之，木下正俊，東野治之校注・訳 「新編日本古典文学全集7」'95 p13
小島憲之，木下正俊，東野治之校注・訳 「新編日本古典文学全集8」'95 p13
小島憲之，木下正俊，東野治之校注・訳 「新編日本古典文学全集9」'96 p13
桜井満訳注 「対訳古典シリーズ〔1〕」'88 p9
桜井満訳注 「対訳古典シリーズ〔2〕」'88 p9
桜井満訳注 「対訳古典シリーズ〔3〕」'88 p9
池田弥三郎訳 「特選日本の古典 グラフィック版2」'86 p5
森本治吉，佐伯梅友，藤森朋夫，石井庄司校註 「日本古典全書〔62〕」'47 p73
佐伯梅友，藤森朋夫，石井庄司校註 「日本古典全書〔63〕」'50 p1
佐伯梅友，藤森朋夫，石井庄司校註 「日本古典全書〔64〕」'53 p1
佐伯梅友，藤森朋夫，石井庄司校註 「日本古典全書〔65〕」'53 p1
佐伯梅友，藤森朋夫，石井庄司校註 「日本古典全書〔66〕」'55 p1
小島憲之，木下正俊，佐竹昭広校注・訳 「日本古典文学全集2」'71 p55
小島憲之，木下正俊，佐竹昭広校注・訳 「日本古典文学全集3」'72 p41
小島憲之，木下正俊，佐竹昭広校注・訳 「日本古典文学全集4」'73 p35
小島憲之，木下正俊，佐竹昭広校注・訳 「日本古典文学全集5」'75 p37

高木市之助，五味智英，大野晋校注 「日本古典文学大系4」'57 p1
高木市之助，五味智英，大野晋校注 「日本古典文学大系5」'59 p49
高木市之助，五味智英，大野晋校注 「日本古典文学大系6」'60 p49
高木市之助，五味智英，大野晋校注 「日本古典文学大系7」'62 p49
曾倉岑，阿蘇瑞枝，小野寛校注・訳 「日本の文学 古典編2」'87 p17
曾倉岑，阿蘇瑞枝，小野寛校注・訳 「日本の文学 古典編3」'87 p23
曾倉岑，阿蘇瑞枝，小野寛校注・訳 「日本の文学 古典編4」'87 p23
「日本文学大系10」'56 p1
万葉集東語栞（田中道麿）
　「万葉集古註釈集成5」'89 p101
「万葉集歌貝寄せ」末文（上田秋成）
　「上田秋成全集11」'94 p415
万葉集会説（上田秋成）
　「上田秋成全集3」'91 p11
　「万葉集古註釈集成6」'89 p121
万葉集佳調（長瀬真幸）
　「万葉集古註釈集成5」'89 p371
　「万葉集古註釈集成6」'89 p5
万葉集佳調拾遺（長瀬真幸）
　「万葉集古註釈集成6」'89 p61
万葉集管見（下河辺長流）
　「万葉集古註釈集成1」'89 p195
万葉集禽獣虫魚草木考 上巻（小林義兄）
　「万葉集古註釈集成16」'91 p239
万葉集見安補正 草案一（異文）（上田秋成）
　「上田秋成全集4」'93 p304
万葉集攷証（岸本由豆流）
　「万葉集古註釈集成18」'91 p273
万葉集古事并詞（下河辺長流）
　「万葉集古註釈集成1」'89 p151
万葉集残考（高井宣風）
　「日本文学古註釈大成〔13〕」'78 p1
万葉集時代難事
　久曽神昇編 「日本歌学大系別4」'80 p47
万葉集重載歌及び巻の次第（本居宣長）
　大久保正訳 「古典日本文学全集34」'60 p107
万葉集拾穂抄（北村季吟）
　「万葉集古註釈集成12」'91 p227
　「万葉集古註釈集成13」'91 p5
万葉集抄
　「校註日本文芸新篇〔2〕」'51 p5
万葉集鈔（下河辺長流）
　「万葉集古註釈集成1」'89 p163
万葉集書目提要（木村正辞）

まんよ　　　　　作品名

「万葉集古註釈集成10」'89 p161
万葉集新考（安藤野雁）
　「日本文学古註釈大成〔13〕」'78 p1
万葉集新考稿（安藤野雁）
　「万葉集古註釈集成20」'91 p129
万葉集仙覚抄（仙覚）
　「日本文学古註釈大成〔14〕」'78 p1
万葉集大考（賀茂真淵）
　「万葉集古註釈集成4」'89 p147
万葉集童子問（荷田春満）
　「万葉集古註釈集成2」'89 p211
万葉集灯（富士谷御杖）
　「万葉集古註釈集成17」'91 p315
　「万葉集古註釈集成18」'91 p5
万葉集名寄（下河辺長流）
　「万葉集古註釈集成1」'89 p33
万葉集秘訣（伝 尭以）
　「万葉集古註釈集成12」'91 p5
万葉集僻案抄（荷田春満）
　「万葉集古註釈集成2」'89 p63
『万葉集傍註』書入（上田秋成）
　「上田秋成全集4」'93 p309
万葉集見安補正（上田秋成）
　「上田秋成全集4」'93 p55
万葉集名物考
　「日本文学古註釈大成〔14〕」'78 p139
万葉集目安補正（池永秦良稿，上田秋成補）
　「万葉集古註釈集成6」'89 p255
万葉集類句（長野美波留）
　「万葉集古註釈集成15」'91 p235
　「万葉集古註釈集成16」'91 p5
万葉集類林（海北若沖）
　「万葉集古註釈集成2」'89 p337
　「万葉集古註釈集成3」'89 p7
　「万葉集古註釈集成4」'89 p5
万葉折木四哭考（喜多村節信）
　「万葉集古註釈集成18」'91 p235
万葉代匠記〔初稿本・巻一上〕（釈契沖）
　「万葉集古註釈集成13」'91 p119
万葉代匠記（初稿本）惣釈（抄）（契沖）
　佐佐木信綱編 「日本歌学大系7」'58 p3
万葉代匠記（精選本）惣釈（抄）（契沖）
　佐佐木信綱編 「日本歌学大系7」'58 p5
万葉玉の小琴（本居宣長）
　「万葉集古註釈集成14」'91 p31
万葉動植考（伊ங多羅）
　「日本文学古註釈大成〔14〕」'78 p353
万葉物名考（高橋残夢）
　「万葉集古註釈集成19」'91 p167
万葉山常百首（本居大平）
　「万葉集古註釈集成16」'91 p157

万葉用字格（釈春登）
　「万葉集古註釈集成16」'91 p359
満霊上人徳業伝（喚誉）
　西田耕三校訂 「叢書江戸文庫III-44」'98 p383
まん六の春（小林一茶）
　丸山一彦校注 「一茶全集6」'76 p177

【　み　】

三井寺
　丸岡明訳 「国民の文学12」'64 p82
　「古典日本文学全集20」'62 p117
　伊藤正義校注 「新潮日本古典集成〔60〕」'88 p263
　西野春雄校注 「新日本古典文学大系57」'98 p482
　小山弘志，佐藤健一郎校注・訳 「新編日本古典文学全集59」'98 p31
　芳賀矢一，佐佐木信綱校註 「謡曲叢書3」'87 p388
三井寺狂女
　「徳川文芸類聚8」'70 p289
三井寺狂女（竹本義太夫）
　「竹本義太夫浄瑠璃正本集上」'95 p478
三井寺物語（浅井了意）
　坂巻甲太校訂 「叢書江戸文庫II-29」'93 p211
三浦大助紅梅靮（長谷川千四ほか）
　法月敏彦校訂 「叢書江戸文庫II-38」'95 p7
三浦命助
　森嘉兵衛校注 「日本思想大系58」'70 p9
身売
　芳賀矢一，佐佐木信綱校註 「謡曲叢書3」'87 p341
御影供導師教化（覺鑁上人）
　高野辰之編 「日本歌謡集成4」'60 p210
「見送りの」付合（松尾芭蕉）
　島居清著 「芭蕉連句全註解7」'82 p161
水尾山
　芳賀矢一，佐佐木信綱校註 「謡曲叢書3」'87 p396
身を捨て油壷（井原西鶴）
　江本裕編 「西鶴選集〔4〕」'93 p159
澪標（紫式部）
　阿部秋生，小町谷照彦，野村精一，柳井滋著 「鑑賞日本の古典6」'79 p145
　阿部秋生，秋山虔，今井源衛，鈴木日出男校注・訳 「完訳日本の古典16」'84 p101
　円地文子訳 「現代語訳 日本の古典5」'79 p65

作品名　　　　　　　　　　　　　　　　　みすき

谷崎潤一郎ほか編　「国民の文学3」'63 p259
阿部秋生ほか校注・訳　「古典セレクション4」'98 p189
「古典日本文学全集4」'61 p271
石田穣二，清水好子校注　「新潮日本古典集成〔20〕」'78 p9
柳井滋ほか校注　「新日本古典文学大系20」'94 p93
阿部秋生，秋山虔，今井源衛，鈴木日出男校注・訳　「新編日本古典文学全集21」'95 p277
「特選日本の古典 グラフィック版5」'86 p44
池田亀鑑校註　「日本古典全書〔13〕」'49 p204
阿部秋生，秋山虔，今井源衛校注・訳　「日本古典文学全集13」'72 p267
山岸徳平校注　「日本古典文学大系15」'59 p99
伊井春樹，日向一雅，百川敬仁（ほか）校注・訳　「日本の文学 古典編12」'86 p187
「日本文学大系4」'55 p373
「みをつくし」（恋衣より抄出）「金沙集」（茅野雅子）
　長沢美津編　「女人和歌大系6」'78 p60
「磨なをす」歌仙（松尾芭蕉）
　島居清著　「芭蕉連句全註解4」'80 p299
御垣の下草（税所敦子）
　長沢美津編　「女人和歌大系5」'78 p36
みかぐらうた（中山みき）
　村上重良，安丸良夫校注　「日本思想大系67」'71 p180
箕被
「古典日本文学全集20」'62 p252
北川忠彦ほか校注　「中世の文学 第1期〔22〕」'95 p301
三河物語（大久保忠孝）
　斎木一馬，岡山泰四，相良亨校注　「日本思想大系26」'74 p9
身替りお俊（其噂桜色時）（桜田治助（初代））
　河竹登志夫ほか監修　「名作歌舞伎全集19」'70 p43
新古演劇十種の内身替座禅（岡村柿紅）
　河竹登志夫ほか監修　「名作歌舞伎全集18」'69 p343
筑紫権六白波響談操競三人女——名京太郎物語（柳亭種彦）
「古典叢書〔38〕」'90 p475
操草紙（淡海子）
「徳川文芸類聚1」'70 p380
貞操花鳥羽恋塚（鶴屋南北）
　広末保，菊池明校訂　「鶴屋南北全集2」'71 p131
御崎

芳賀矢一，佐佐木信綱校註　「謡曲叢書3」'87 p350
短埴安振
　谷崎潤一郎ほか編　「国民の文学1」'64 p407
短夜の巻（安永年中）（与謝蕪村）
　潁原退蔵編著　「蕪村全集2」'48 p240
みしま（仮題）（赤木文庫蔵室町末期写本）
　横山重ほか編　「室町時代物語大成12」'84 p698
三島暦
　伊藤千可良ほか校　「江戸時代文芸資料4」'64 p1
三嶋千句校異（宗祇）
「中世文芸叢書1」'65 p179
三嶋千句注（宗祇）
「中世文芸叢書1」'65 p102
みしま（天理図書館蔵奈良絵本）
　横山重ほか編　「室町時代物語大成12」'84 p679
みしま（藤井乙男博士蔵奈良絵本）
　太田武夫校訂　「室町時代物語集1」'62 p185
美止女南話（七теж万宝）
「洒落本大成15」'82 p273
見し世の人の記（脇蘭室）
　森銑三，北川博邦編　「続日本随筆大成3」'79 p1
水打花（享保頃刊）
　武藤禎，岡雅彦編　「噺本大系7」'76 p276
水落石出図賛（与謝蕪村）
　潁原退蔵編著　「蕪村全集1」'48 p471
「水音や」半歌仙（松尾芭蕉）
　島居清著　「芭蕉連句全註解9」'83 p199
水掛聟
　横道万里雄訳　「国民の文学12」'64 p198
　北川忠彦ほか校注　「中世の文学 第1期〔20〕」'94 p47
自ら嘲る（中島棕隠）
　水田紀久注　「江戸詩人選集6」'93 p321
自ら吟巻に題す（六如）
　黒川洋一注　「江戸詩人選集4」'90 p353
自ら肖像に題す（新井白石）
　一海知義，池沢一郎注　「江戸漢詩選2」'96 p100
自ら処す（那波活所）
　菅野礼行，徳田武校注・訳　「新編日本古典文学全集86」'02 p256
自ら遣る（二首）（江馬細香）
　福島理子注　「江戸漢詩選3」'95 p80
自ら喜ぶ（仁科白谷）
　徳田武注　「江戸漢詩選1」'96 p241
自らに題す（館柳湾）
　徳田武注　「江戸詩人選集7」'90 p315
不見不聞

日本古典文学全集・作品名綜覧　335

北川忠彦ほか校注 「中世の文学 第1期〔20〕」'94 p210
水木辰之助餞振舞（近松門左衛門）
　「近松全集（岩波）15翻刻編」'89 p95
　「近松全集（岩波）15影印編」'89 p81
水木舞扇之猫骨（柳亭種彦）
　「古典叢書〔38〕」'90 p171
水汲新発意
　北川忠彦ほか校注 「中世の文学 第1期〔22〕」'95 p168
　古川久校註 「日本古典全書〔92〕」'54 p161
三筋緯客気植田（山東京伝）
　水野稔校注 「新日本古典文学大系85」'90 p17
「水鳥よ」歌仙（松尾芭蕉）
　島居清著 「芭蕉連句全註解8」'82 p111
「水の奥」付合（松尾芭蕉）
　島居清著 「芭蕉連句全註解6」'81 p47
水の音（小林一茶）
　矢羽勝幸校注 「一茶全集8」'78 p213
水の音（松尾芭蕉）
　井本農一，弥吉菅一，横沢三郎，尾形仂校注 「校本芭蕉全集6」'89 p455
教訓水の行すえ（花王斎五草山人）
　「洒落本大成補1」'88 p337
京都名物水の富貴寄
　「徳川文芸類聚12」'70 p377
水やり花（上田秋成）
　「上田秋成全集11」'94 p108
「見せばやな」付合（松尾芭蕉）
　島居清著 「芭蕉連句全註解5」'81 p89
未曽有記（遠山景晋）
　板坂耀子校訂 「叢書江戸文庫Ⅰ-17」'91 p91
「三十日月なし」の詞書（松尾芭蕉）
　井本農一，大谷篤蔵編 「校本芭蕉全集別1」'91 p232
三十輻（大田南畝）
　浜田義一郎，中野三敏，日野龍夫，揖斐高編 「大田南畝全集19」'89 p543
見た京物語（木室卯雲）
　関根正直ほか監修 「日本随筆大成Ⅲ-8」'77 p1
弥陀次郎発心伝（大江文坡）
　西田耕三校訂 「叢書江戸文庫Ⅰ-16」'90 p457
弥陀如来和讃（覚超僧都）
　高野辰之編 「日本歌謡集成4」'60 p17
みたのほんかい（筑土鈴寛氏蔵写本）
　太田武夫校訂 「室町時代物語集4」'62 p133
みだれがみ
　荻田清ほか編 「近世文学選〔1〕」'94 p178
「みだれ髪」「小扇」「曙染」（合著恋衣より抄出）
　「舞姫」「夏より秋へ」（与謝野晶子）

長沢美津編 「女人和歌大系6」'78 p9
弥陀和讃
　高野辰之編 「日本歌謡集成4」'60 p314
通勝集（中院通勝）
　和歌史研究会編 「私家集大成7」'76 p913
南西道草の日記（林信成）
　津本信博編 「近世紀行日記文学集成2」'94 p364
道綱母集（藤原道綱母）
　増田繁夫訳・注 「全対訳日本古典新書〔6〕」'78 p484
道綱母集（道綱母）
　長沢美津編 「女人和歌大系2」'65 p78
道綱母の集（藤原道綱母）
　柿本奨著 「日本古典評釈・全注釈叢書〔3〕」'66 p237
道済集（源道済）
　和歌史研究会編 「私家集大成1」'73 p755
道成集（源道成）
　和歌史研究会編 「私家集大成2」'75 p98
美地の蚫殻（蓬莱山人帰橋）
　「徳川文芸類聚5」'70 p193
美地の蠣殻（蓬莱山人帰橋）
　「洒落本大成8」'80 p227
道の記草稿（松尾芭蕉）
　井本農一，大谷篤蔵編 「校本芭蕉全集別1」'91 p239
　井本農一，久富哲雄，村松友次，堀切実校注・訳 「新編日本古典文学全集71」'97 p304
みちのくの旅（一茶）
　雲英末雄，山下一海，丸山一彦，松尾靖秋校注・訳 「新編日本古典文学全集72」'01 p583
道信朝臣集（藤原道信）
　和歌史研究会編 「私家集大成1」'73 p612
道信集（藤原道信）
　和歌史研究会編 「私家集大成1」'73 p607
道範消息（道範）
　宮坂宥勝校注 「日本古典文学大系83」'64 p76
道寿法師集（道寿法師）
　和歌史研究会編 「私家集大成6」'76 p132
道宗覚書
　笠原一男，井上鋭夫校注 「日本思想大系17」'72 p464
通盛（井阿弥）
　伊藤正義校注 「新潮日本古典集成〔60〕」'88 p279
　芳賀矢一，佐佐木信綱校註 「謡曲叢書3」'87 p354
通盛（井阿弥作，世阿弥改作）
　西野春雄校注 「新日本古典文学大系57」'98 p199

道之記(竜範)
　津本信博編　「近世紀行日記文学集成1」'93 p188
道行きぶり(今川了俊)
　稲田利徳校注・訳　「新編日本古典文学全集48」'94 p389
三石駅、同行の野本万春に示す。(頼山陽)
　入谷仙介注　「江戸詩人選集8」'90 p111
光雄卿口授(烏丸光雄)
　佐佐木信綱編　「日本歌学大系6」'56 p270
みつかしら(井原西鶴)
　頴原退蔵ほか編　「定本西鶴全集13」'50 p299
三日太平記(三日太平記)(近松半二，三好松洛ほか)
　河竹登志夫ほか監修　「名作歌舞伎全集6」'71 p201
光季
　芳賀矢一，佐佐木信綱校註　「謡曲叢書3」'87 p358
光経集(藤原光経)
　和歌史研究会編　「私家集大成3」'74 p327
三つの名(松尾芭蕉)
　井本農一，久富哲雄，村松友次，堀切実校注・訳　「新編日本古典文学全集71」'97 p194
密伝抄(宗砌)
　木藤才蔵校注　「中世の文学　第1期〔12〕」'85 p109
三人形(其姿花図絵)
　河竹登志夫ほか監修　「名作歌舞伎全集19」'70 p125
みつね(凡河内躬恒)
　和歌史研究会編　「私家集大成1」'73 p148
躬恒集
　「日本文学大系11」'55 p31
躬恒集(凡河内躬恒)
　和歌史研究会編　「私家集大成1」'73 p120
　和歌史研究会編　「私家集大成1」'73 p130
　和歌史研究会編　「私家集大成1」'73 p138
　和歌史研究会編　「私家集大成1」'73 p160
三のしるべ(藤井高尚)
　関根正直ほか監修　「日本随筆大成Ⅰ-22」'76 p1
三つ面子守(菊蝶東籬妓)(津打治兵衛)
　河竹登志夫ほか監修　「名作歌舞伎全集24」'72 p127
三山
　芳賀矢一，佐佐木信綱校註　「謡曲叢書3」'87 p362
三千世界見て来た咄
　「徳川文芸類聚3」'70 p480
御堂関白集(藤原道長)
　和歌史研究会編　「私家集大成2」'75 p71
かしく六三良見通三世相(振鷺亭主人)
　「洒落本大成16」'82 p343
水戸徳川家九月十三夜会
　松野陽一校注　「新日本古典文学大系67」'96 p377
水戸前中納言殿御系記
　安藤菊二校訂　「未刊随筆百種8」'77 p187
松梅鴬曾我(鶴屋南北)
　浦山政雄編　「鶴屋南北全集3」'72 p365
「皆拝め」三十句(松尾芭蕉)
　島居清著　「芭蕉連句全註解5」'81 p215
みなし蟹(上田秋成)
　「上田秋成全集6」'91 p319
『虚栗』跋(松尾芭蕉)
　井本農一，弥吉菅一，横沢三郎，尾形仂校注　「校本芭蕉全集6」'89 p301
　井本農一，久富哲雄，村松友次，堀切実校注・訳　「新編日本古典文学全集71」'97 p177
水無月祓(世阿弥)
　芳賀矢一，佐佐木信綱校註　「謡曲叢書3」'87 p366
水無瀬三吟
　福井久蔵編　「校註日本文芸新篇〔7〕」'50 p46
　島津忠夫校注　「新潮日本古典集成〔62〕」'79 p211
水無瀬三吟何人百韻注
　伊地知鉄男校注　「日本古典文学大系39」'60 p343
水無瀬三吟百韻(宗祇)
　金子金治郎，暉峻末雄，暉峻康隆，加藤定彦校注・訳　「新編日本古典文学全集61」'01 p69
水無瀬三吟百韻注(宗祇)
　「中世文芸叢書1」'65 p3
水無瀬の玉藻
　佐佐木信綱編　「日本歌学大系3」'56 p429
みなつる(赤木文庫蔵奈良絵本)
　横山重ほか編　「室町時代物語大成13」'85 p13
南門鼠(塩屋色主)
　「洒落本大成18」'83 p313
南門鼠(紫色主)
　「徳川文芸類聚5」'70 p449
南門鼠帰(塩屋艶二)
　「洒落本大成22」'84 p49
南の海
　市古貞次，三角洋一編　「鎌倉時代物語集成5」'92 p118
南の窓(市河寛斎)
　揖斐高注　「江戸詩人選集5」'90 p70
源海上伝記(仮題)(赤木文庫蔵古写本)
　横山重ほか編　「室町時代物語大成4」'76 p354

源兼澄集(源兼澄)
　和歌史研究会編　「私家集大成1」'73 p477
源公忠朝臣集(源公忠)
　和歌史研究会編　「私家集大成1」'73 p306
源蔵人物語(仮題)(松本隆信蔵室町末期写本)
　横山重ほか編　「室町時代物語大成13」'85 p24
源蔵人物語(東大国文学研究室蔵写本)
　太田武夫校訂　「室町時代物語集2」'62 p268
　横山重ほか編　「室町時代物語大成13」'85 p42
源重之集
　「日本文学大系12」'55 p559
　長連恒編　「日本文学大系12」'55 p762
源順集(源順)
　和歌史研究会編　「私家集大成1」'73 p436
　「日本文学大系12」'55 p437
　長連恒編　「日本文学大系12」'55 p739
源経氏歌集(源経氏)
　和歌史研究会編　「私家集大成7」'76 p1620
源師光集(源師光)
　和歌史研究会編　「私家集大成3」'74 p166
源義経将棊経(近松門左衛門)
　藤井紫影校註　「近松全集(思文閣)7」'78 p309
　「近松全集(岩波)6」'87 p523
身に繫累無し(島田忠臣)
　菅野礼行，徳田武校注・訳　「新編日本古典文学全集86」'02 p126
壬二集(藤原家隆)
　「国歌大系11」'76 p719
美濃
　荻田清ほか編　「近世文学選〔1〕」'94 p194
身の秋の巻(安永年中)(与謝蕪村)
　穎原退蔵編著　「蕪村全集2」'48 p224
美濃への旅(松尾芭蕉)
　井本農一，弥吉菅一，横沢三郎，尾形仂校注　「校本芭蕉全集6」'89 p368
　井本農一，大谷篤蔵編　「校本芭蕉全集別1」'91 p207
　弥吉菅一，赤羽学，西村真砂子，檀上正孝　「芭蕉紀行集2」'68 p162
箕面山(上田秋成)
　「上田秋成全集12」'95 p343
箕面山詩歌(上田秋成)
　「上田秋成全集12」'95 p378
身の鏡
　渡辺憲司校注　「新日本古典文学大系74」'91 p271
蓑笠
　「俳書叢刊5」'88 p609
未之川除御普請御仕様帳
　安芸皎一校注　「日本思想大系62」'72 p383
身延

芳賀矢一，佐佐木信綱校註　「謡曲叢書3」'87 p370
見延攷
　宇田敏彦校訂　「未刊随筆百種12」'78 p207
見延のみちの記(元政)
　上野洋三校注　「新日本古典文学大系67」'96 p47
簔虫庵庵号の由来他(『庵日記』)(松尾芭蕉)
　井本農一ほか著　「校本芭蕉全集9」'89 p268
蓑虫説(素堂)
　穎原退蔵著　「評釈江戸文学叢書7」'70 p688
蓑虫説(素堂)
　雲英末雄，山下一海，丸山一彦，松尾靖秋校注・訳　「新編日本古典文学全集72」'01 p451
蓑虫説(与謝蕪村)
　穎原退蔵編著　「蕪村全集1」'48 p412
蓑虫説(部分)(与謝蕪村)
　村松友次著　「鑑賞日本の古典17」'81 p312
蓑虫説跋(松尾芭蕉)
　井本農一，弥吉菅一，横沢三郎，尾形仂校注　「校本芭蕉全集6」'89 p336
蓑虫ノ説(跋)(松尾芭蕉)
　井本農一，久富哲雄，松友次，堀切実校注・訳　「新編日本古典文学全集71」'97 p207
美濃山
　臼田甚五郎，新間進一，外村南都子，徳江元正校注・訳　「新編日本古典文学全集42」'00 p158
御法(紫式部)
　阿部秋生，小町谷照彦，野村精一，柳井滋著　「鑑賞日本の古典6」'79 p311
　阿部秋生，秋山虔，今井源衛，鈴木日出男校注・訳　「完訳日本の古典20」'87 p173
　円地文子訳　「現代語訳日本の古典5」'79 p129
　谷崎潤一郎ほか編　「国民の文学4」'63 p144
　阿部秋生ほか校注・訳　「古典セレクション11」'98 p233
　「古典日本文学全集5」'61 p351
　石田穣二，清水好子校注　「新潮日本古典集成〔23〕」'82 p99
　柳井滋ほか校注　「新日本古典文学大系22」'96 p159
　阿部秋生，秋山虔，今井源衛，鈴木日出男校注・訳　「新編日本古典文学全集23」'96 p491
　「特選日本の古典 グラフィック版5」'86 p104
　池田亀鑑校註　「日本古典全書〔16〕」'54 p90
　阿部秋生，秋山虔，今井源衛校注・訳　「日本古典文学全集15」'74 p477
　山岸徳平校注　「日本古典文学大系17」'62 p171
　伊井春樹，日向一雅，百川敬仁(ほか)校注・訳　「日本の文学 古典編14」'87 p347
　「日本文学大系5」'55 p527

三春行楽記（大田南畝）
　浜田義一郎，中野三敏，日野龍大，揖斐高編　「大田南畝全集8」'86 p31
壬生秋の念仏（近松門左衛門）
　「近松全集（岩波）16翻刻編」'90 p417
御船歌集成
　浅野建二編　「続日本歌謡集成3」'61 p41
身振噺寿賀多八景（文化十一年正月刊）（三笑亭可楽）
　武藤禎夫編　「噺本大系19」'79 p65
美作
　臼田甚五郎，新間進一，外村南都子，徳江元正校注・訳　「新編日本古典文学全集42」'00 p144
耳囊（根岸鎮衛）
　須永朝彦編訳　「日本古典文学幻想コレクション1」'95 p230
御裳濯
　芳賀矢一，佐佐木信綱校註　「謡曲叢書3」'87 p376
御裳濯河歌合（西行）
　井上宗雄校注・訳　「新編日本古典文学全集49」'00 p15
御裳濯河歌合 文治年間 俊成判
　峯岸義秋校註　「日本古典全書〔73〕」'47 p337
宮川
　芳賀矢一，佐佐木信綱校註　「謡曲叢書3」'87 p380
宮河歌合（西行）
　井上宗雄校注・訳　「新編日本古典文学全集49」'00 p51
宮河歌合 文治年間 定家判
　峯岸義秋校註　「日本古典全書〔73〕」'47 p359
宮川日記（多田満泰）
　津本信博編　「近世紀行日記文学集成1」'93 p265
宮木か塚（上田秋成）
　「上田秋成全集8」'93 p195
　「上田秋成全集8」'93 p378
宮木が塚（上田秋成）
　「上田秋成全集8」'93 p307
　高田衛，中村博保校注・訳　「完訳日本の古典57」'83 p285
　美山靖校注　「新潮日本古典集成〔76〕」'80 p94
　中村幸彦，高田衛校注・訳　「新編日本古典文学全集78」'95 p499
　浅野三平訳・注　「全対訳日本古典新書〔14〕」'81 p138
　重友毅校註　「日本古典全書〔106〕」'57 p246
　中村幸彦，高田衛校注・訳　「新編日本古典文学全集48」'73 p552
　中村幸彦校註　「日本古典文学大系56」'59 p200
宮木が塚（現代語訳）（上田秋成）
　高田衛，中村博保校注・訳　「完訳日本の古典57」'83 p285
宮城野の狐（只野真葛）
　古谷知新編　「江戸時代女流文学全集3」'01 p426
宮古路月下の梅
　「徳川文芸類聚9」'70 p44
　高野辰之編　「日本歌謡集成10」'61 p51
新版宮古路窓の梅
　「徳川文芸類聚9」'70 p83
都図羅冊子（上田秋成）
　「上田秋成全集10」'91 p158
都鳥廓白浪（忍ぶの惣太）（河竹黙阿弥）
　河竹登志夫ほか監修　「名作歌舞伎全集23」'71 p3
都の涼み過て（『花摘』）（松尾芭蕉）
　井本農一ほか著　「校本芭蕉全集9」'89 p282
都のつと（宗久）
　福田秀一校注　「新日本古典文学大系51」'90 p345
都の手ぶり（石川雅望）
　関根正直ほか監修　「日本随筆大成I-5」'75 p287
都富士（竹本義太夫）
　「竹本義太夫浄瑠璃正本集上」'95 p276
都乃富士（近松門左衛門）
　藤井紫影校註　「近松全集（思文閣）4」'78 p97
都羽二重拍子扇
　高野辰之編　「日本歌謡集成10」'61 p1
都風俗鑑
　渡辺憲司校注　「新日本古典文学大系74」'91 p427
諸生教訓都無知己問答（北風舎煙癖翁）
　「洒落本大成29」'88 p239
宮崎荊口（太左衛門）宛書簡（松尾芭蕉）
　富山奏校注　「新潮日本古典集成〔72〕」'78 p227
宮島のだんまり（寿亀荒木新舞台）
　河竹登志夫ほか監修　「名作歌舞伎全集24」'72 p167
宮薗鸚鵡石
　高野辰之編　「日本歌謡集成10」'61 p95
宮薗新曲集（宮薗鸞鳳軒）
　高野辰之編　「日本歌謡集成10」'61 p145
宮田子亮の書を得たり。余を某藩に薦むるの言有り。賦して謝す。（市河寛斎）
　揖斐高注　「江戸詩人選集5」'90 p18
宮人
　臼田甚五郎，新間進一，外村南都子，徳江元正校注・訳　「新編日本古典文学全集42」'00 p47
宮人の扇を翫ぶを看る（錦部彦公）

菅野礼行, 徳田武校注・訳 「新編日本古典文学全集86」'02 p113
宮増伝書
　「中世文芸叢書12」'68 p1
宮増弥左衛門親次「皺道歌」(仮題)
　「中世文芸叢書12」'68 p81
宮増弥左衛門親次伝書(大永八年奥書)
　「中世文芸叢書12」'68 p64
行幸(紫式部)
　阿部秋生, 秋山虔, 今井源衛, 鈴木日出男校注・訳　「完訳日本の古典18」'85 p87
　円地文子訳　「現代語訳 日本の古典5」'79 p98
　谷崎潤一郎ほか編　「国民の文学3」'63 p452
　阿部秋生ほか校注・訳　「古典セレクション8」'98 p9
　「古典日本文学全集5」'61 p91
　石田穣二, 清水好子校注　「新潮日本古典集成〔21〕」'79 p145
　柳井滋ほか校注　「新日本古典文学大系21」'95 p55
　阿部秋生, 秋山虔, 今井源衛, 鈴木日出男校注・訳　「新編日本古典文学全集22」'96 p287
　「特選日本の古典 グラフィック版5」'86 p75
　池田亀鑑校註　「日本古典全書〔14〕」'50 p235
　阿部秋生, 秋山虔, 今井源衛校注・訳　「日本古典文学全集14」'72 p279
　山岸徳平校注　「日本古典文学大系16」'61 p65
　伊井春樹, 日向一雅, 百川敬仁(ほか)校注・訳　「日本の文学 古典編13」'86 p241
　「日本文学大系5」'55 p127
明恵上人歌集(明恵)
　和歌史研究会編　「私家集大成3」'74 p654
　片山享校注　「新日本古典文学大系46」'91 p217
明王徳操の旧物杜少陵集(市河寛斎)
　揖斐高注　「江戸詩人選集5」'90 p131
妙好人伝(初篇 仰誓、二篇 僧純)
　柏原祐泉校注　「日本思想大系57」'73 p147
妙伍天連都(文化八年正月刊)(十返舎一九)
　武藤禎夫編　「噺本大系14」'79 p250
明星津の石の歌(梁川星巌)
　入谷仙介注　「江戸詩人選集8」'90 p234
妙正物語(伝 日典)
　藤井学校注　「日本思想大系57」'73 p355
落し噺し明朝梅(安永九年正月刊)
　武藤禎夫編　「噺本大系11」'79 p278
妙貞問答 中・下巻
　海老沢有道校注　「日本思想大系25」'70 p113
妙々奇談(周滑平)
　関根正直ほか監修　「日本随筆大成III-11」'77 p347
未来記

麻原美子, 北原保雄校注　「新日本古典文学大系59」'94 p305
未来記(藤原定家)
　佐佐木信綱編　「日本歌学大系4」'56 p380
三輪
　伊藤正義校注　「新潮日本古典集成〔60〕」'88 p291
　西野春雄校注　「新日本古典文学大系57」'98 p127
　小山弘志, 佐藤健一郎校注・訳　「新編日本古典文学全集58」'97 p511
　芳賀矢一, 佐佐木信綱校註　「謡曲叢書3」'87 p384
「見渡せば」百韻(松尾芭蕉)
　島居清著　「芭蕉連句全註解2」'79 p131
岷峨集(雪村友梅)
　玉村竹二編　「五山文学新集3」'69 p863
　上村観光編　「五山文学全集1」'73 p519
岷峨集抄(雪村友梅)
　入矢義高校注　「新日本古典文学大系48」'90 p245
民間時令(山崎美成)
　森銑三, 北川博邦編　「続日本随筆大成別12」'83 p69
明極楚俊遺稿 二巻(明極楚俊)
　上村観光編　「五山文学全集3」'73 p1959
岷江入楚(中院通勝)
　「日本文学古註釈大成〔1〕」'78 p1
　「日本文学古註釈大成〔2〕」'78 p1
　「日本文学古註釈大成〔3〕」'78 p1
明詩擢材(大田南畝)
　浜田義一郎, 中野三敏, 日野龍夫, 揖斐高編　「大田南畝全集6」'88 p333
民和新繁(九尺庵蘭陵山人序・跋)
　浜田義一郎, 武藤禎夫編　「日本小咄集成下」'71 p133

【 む 】

六日飛脚(井原西鶴)
　穎原退蔵ほか編　「定本西鶴全集13」'50 p256
無縁聟
　北川忠彦ほか校注　「中世の文学 第1期〔20〕」'94 p52
夢応の鯉魚(上田秋成)
　「上田秋成全集7」'90 p257
　高田衛, 中村博保校注・訳　「完訳日本の古典57」'83 p52

作品名　　　　　　　　　　　　　　　　　　　　　　　　　　むさし

後藤明生訳　「現代語訳 日本の古典19」'80 p56
谷崎潤一郎ほか編　「国民の文学17」'64 p25
浅野三平校注　「新潮日本古典集成〔75〕」'79 p61
中村幸彦、高田衛校注・訳　「新編日本古典文学全集78」'95 p321
高田衛、稲田篤信編著　「大学古典叢書1」'85 p45
大輪靖宏訳注　「対訳古典シリーズ〔20〕」'88 p100
「特選日本の古典 グラフィック版11」'86 p68
重友毅校註　「日本古典全書〔106〕」'57 p99
鵜月洋著　「日本古典評釈・全注釈叢書〔25〕」'69 p275
中村幸彦、高田衛、中村博保校注・訳　「日本古典文学全集48」'73 p375
中村幸彦校注　「日本古典文学大系56」'59 p70
和田万吉著　「評釈江戸文学叢書9」'70 p55
夢応の鯉魚（現代語訳）（上田秋成）
　高田衛、中村博保校注・訳　「完訳日本の古典57」'83 p162
向井去来（平次郎）宛書簡（松尾芭蕉）
　富山奏校注　「新潮日本古典集成〔72〕」'78 p214
　富山奏校注　「新潮日本古典集成〔72〕」'78 p262
　富山奏校注　「新潮日本古典集成〔72〕」'78 p265
『むかしを今』序（部分）（与謝蕪村）
　村松友次著　「鑑賞日本の古典17」'81 p353
『むかしを今』の序（蕪村）
　雲英末雄、山下一海、丸山一彦、松尾靖秋校注・訳　「新編日本古典文学全集72」'01 p546
『むかしを今』の序（与謝蕪村）
　穎原退蔵編著　「蕪村全集1」'48 p392
昔を今の巻（安永三年）（与謝蕪村）
　穎原退蔵編著　「蕪村全集2」'48 p137
昔話稲妻表紙（山東京伝）
　「古典叢書〔1〕」'89 p1
　水野稔校注　「新日本古典文学大系85」'90 p149
「むかし語」付合（松尾芭蕉）
　島居清著　「芭蕉連句全註解2」'79 p118
昔仐今物語（鶴屋南北）
　郡司正勝校訂　「鶴屋南北全集7」'73 p445
昔咄し（明治三年秋序）
　武藤禎夫編　「噺本大系16」'79 p305
新作昔はなし（弘化三年正月刊）（司馬龍生）
　武藤禎夫編　「噺本大系18」'79 p302
むかしばなし（只野真葛）
　鈴木よね子校訂　「叢書江戸文庫II-30」'94 p5
むかしむかし物語（財津種莢）
　森銑三、北川博邦編　「続日本随筆大成別1」'81 p29
昔模様戯場雛形（鶴屋南北）

浦山政雄校注　「鶴屋南北全集3」'72 p447
昔模様女百合若―於菊幸介物語（柳亭種彦）
　「古典叢書〔36〕」'90 p131
百足
　芳賀矢一、佐佐木信綱校註　「謡曲叢書3」'87 p400
無可有郷（鈴木桃野）
　日野龍夫、小林勇校注　「新日本古典文学大系99」'00 p377
無規矩（天境霊致）
　玉村竹二編　「五山文学新集3」'69 p3
　玉村竹二編　「五山文学新集3」'69 p97
牟芸古雅志（瀬川如皐（二世）編）
　関根正直ほか監修　「日本随筆大成II-4」'74 p169
麦の舎集（高畑式部）
　古谷知新編　「江戸時代女流文学全集4」'01 p357
「麦の舎集」「詠草」「十二支和歌」「日々詠草」（高畠式部）
　長沢美津編　「女人和歌大系3」'68 p404
「麦蒔て」の詞書（松尾芭蕉）
　井本農一、大谷篤蔵編　「校本芭蕉全集別1」'91 p234
「麦はえて」付合（松尾芭蕉）
　島居清著　「芭蕉連句全註解4」'80 p271
槿（紫式部）
　円地文子訳　「現代語訳 日本の古典5」'79 p77
　「特選日本の古典 グラフィック版5」'86 p57
　「日本文学大系4」'55 p484
木槿集（小林一茶）
　丸山一彦校注　「一茶全集6」'76 p257
むぐらの宿
　市古貞次、三角洋一編　「鎌倉時代物語集成5」'92 p229
無絃、五瀬自り至り詩を談ずること数日、慨然として贈れる有り。（市河寛斎）
　揖斐高注　「江戸詩人選集5」'90 p137
鵞入自然居士
　芳賀矢一、佐佐木信綱校註　「謡曲叢書3」'87 p403
向岡閑話（大田南畝）
　浜田義一郎、中野三敏、日野龍夫、揖斐高編　「大田南畝全集9」'87 p405
　関根正直ほか監修　「日本随筆大成I-13」'75 p225
鵞・女狂言
　北川忠彦、安田章校注・訳　「完訳日本の古典48」'85 p212
むさしあぶみ（浅井了意）

日本古典文学全集・作品名綜覧　341

関根正直ほか監修 「日本随筆大成III-6」'77 p369
武蔵塚
　芳賀矢一，佐佐木信綱校註 「謡曲叢書3」'87 p407
武蔵国杉山神社神寿歌
　志田延義編 「続日本歌謡集成2」'61 p289
武蔵国西多摩郡小河内村鹿島踊歌
　浅野建二編 「続日本歌謡集成4」'63 p51
虫（季吟）
　雲英末雄，山下一海，丸山一彦，松尾靖秋校注・訳 「新編日本古典文学全集72」'01 p432
虫妹背物語（天理図書館蔵享保二年絵巻）
　横山重ほか編 「室町時代物語大成13」'85 p58
国字小説三虫拇戦（柳亭種彦）
　「古典叢書〔38〕」'90 p309
「虫の髭」付合（松尾芭蕉）
　島居清著 「芭蕉連句全註解2」'79 p117
虫めずる姫君
　「古典日本文学全集7」'60 p219
虫めづる姫君
　大槻修，今井源衛，森下純昭，辛島正雄校注 「新日本古典文学大系26」'92 p20
　三谷栄一，三谷邦明，稲賀敬二校注・訳 「新編日本古典文学全集17」'00 p405
　池田利夫訳注 「対訳古典シリーズ〔7〕」'88 p37
　大槻修校注・訳 「日本の文学 古典編21」'86 p44
虫愛ずる姫君
　谷崎潤一郎ほか編 「国民の文学6」'64 p299
虫愛づる姫君
　塚原鉄雄校注 「新潮日本古典集成〔30〕」'83 p45
「武者ぶりを」付合（松尾芭蕉）
　島居清著 「芭蕉連句全註解2」'79 p122
無象和尚語録（無象静照）
　玉村竹二編 「五山文学新集6」'72 p515
無情花自ら落つ（大江匡衡）
　菅野礼行，徳江武校注・訳 「新編日本古典文学全集86」'02 p194
無象照公夢遊天台偈軸并序（無象静照）
　玉村竹二編 「五山文学新集6」'72 p637
無常導師教化（覺鑁上人）
　高野辰之編 「日本歌謡集成4」'60 p210
無常和讃
　高野辰之編 「日本歌謡集成4」'60 p366
　高野辰之編 「日本歌謡集成4」'60 p368
　高野辰之編 「日本歌謡集成4」'60 p369
　高野辰之編 「日本歌謡集成4」'60 p370
席田

臼田甚五郎，新間進一，外村南都子，徳江元正校注・訳 「新編日本古典文学全集42」'00 p156
無人島談話
　加藤貴校訂 「叢書江戸文庫I-1」'90 p92
息子（小山内薫）
　河竹登志夫ほか監修 「名作歌舞伎全集25」'71 p195
息子部屋（山東京伝）
　「洒落本大成13」'81 p113
嬢景清八嶋日記（日向島）
　河竹登志夫ほか監修 「名作歌舞伎全集4」'70 p241
娘狂言三勝話（柳亭種彦）
　「古典叢書〔40〕」'90 p1
嶋田之黒本前垂之赤本娘金平昔絵草紙（柳亭種彦）
　「古典叢書〔39〕」'90 p247
娘金平昔絵草紙（柳亭種彦）
　松村倫子校訂 「叢書江戸文庫II-35」'95 p239
処女翫浮名横櫛（切られお富）（河竹黙阿弥）
　河竹登志夫ほか監修 「名作歌舞伎全集23」'71 p135
娘道成寺（京鹿子娘道成寺）（藤本斗文）
　河竹登志夫ほか監修 「名作歌舞伎全集19」'70 p15
夢跡一紙（世阿弥）
　表章，加藤周一校注 「日本思想大系24」'74 p241
夢説（与謝蕪村）
　穎原退蔵編著 「蕪村全集1」'48 p429
無染尊者の画鶏行を読みて感有り，賦して贈る（梁田蜕巖）
　徳田武注 「江戸詩人選集2」'92 p108
夢窓仮名法語
　古田紹欽訳 「古典日本文学全集15」'61 p234
夢想俳諧（井原西鶴）
　穎原退蔵ほか編 「定本西鶴全集13」'50 p312
校訂夢想兵衛胡蝶物語（滝沢馬琴）
　「古典叢書〔17〕」'89 p285
夢窓明極唱和篇 一巻（明極楚俊）
　上村観光編 「五山文学全集3」'73 p2079
自詠自筆無題巻子本（井原西鶴）
　藤井作校訂 「訳註西鶴全集9」'53 p199
夫ハ楠木是ハ嘘木無益委記（恋川春町）
　笹川種郎著 「評釈江戸文学叢書8」'70 p49
むだ砂子（多羅福孫左衛門）
　「洒落本大成13」'81 p261
無駄酸辛甘（千差万別）
　「洒落本大成13」'81 p133
　「徳川文芸類聚5」'70 p337
無陀もの語（雲楽山人）
　「洒落本大成11」'81 p145

武智麻呂伝（延慶）
　　山岸徳平，竹内理三，家永三郎，大曽根章介校注　「日本思想大系8」'79 p25
夢中同じく白太保・元相公に（高階積善）
　　菅野礼行，徳田武校注・訳　「新編日本古典文学全集86」'02 p179
夢中角蒑戯言（雲照庵ほう山）
　　「洒落本大成補1」'88 p447
夢中作（売茶翁）
　　末木文美士，堀川貴司注　「江戸漢詩選5」'96 p129
夢中生楽
　　「洒落本大成3」'79 p331
夢中問答
　　古田紹欽訳　「古典日本文学全集15」'61 p235
襁褓岬　第二集（橘曙覧）
　　土岐善麿校註　「日本古典全書〔74〕」'50 p158
阪蓬莱曾我（鶴屋南北）
　　広末保編　「鶴屋南北全集2」'71 p409
六浦
　　芳賀矢一，佐佐木信綱校註　「謡曲叢書3」'87 p409
陸奥話記
　　柳瀬喜代志ほか校注・訳　「新編日本古典文学全集41」'02 p135
　　山岸徳平，竹内理三，家永三郎，大曽根章介注　「日本思想大系8」'79 p229
宗清（恩愛晴関守）（奈河本助）
　　河竹登志夫ほか監修　「名作歌舞伎全集19」'70 p169
宗貞
　　芳賀矢一，佐佐木信綱校註　「謡曲叢書3」'87 p412
胸突
　　北川忠彦ほか校注　「中世の文学　第1期〔22〕」'95 p119
むねゆき（源宗于）
　　和歌史研究会編　「私家集大成1」'73 p262
契情買中夢之盗汗（梅暮里谷峨）
　　「洒落本大成20」'83 p251
無風雅第一の人（『続五論』）（松尾芭蕉）
　　井本農一ほか著　「校本芭蕉全集9」'89 p350
無名抄（鴨長明）
　　細野哲雄校註　「日本古典全書〔27〕」'70 p133
　　久松潜一，西尾実校注　「日本古典文学大系65」'51 p35
無名草子
　　市古貞次，三角洋一編　「鎌倉時代物語集成5」'92 p285
　　久保木哲夫校注・訳　「完訳日本の古典27」'87 p199

久松潜一，増淵恒吉編　「校註日本文芸新篇〔3〕」'50 p69
樋口芳麻呂，久保木哲夫校注・訳　「新編日本古典文学全集40」'99 p173
北川忠彦校注　「日本思想大系23」'73 p347
「日本文学大系1」'55 p399
無名草子（滝沢馬琴）
　　久松潜一，中林英子訳　「古典日本文学全集36」'62 p167
無名草子（藤原俊成女）
　　桑原博史校注　「新潮日本古典集成〔38〕」'76 p5
無明法性合戦状（猪熊信男氏蔵大永七年写本）
　　横山重ほか編　「室町時代物語大成13」'85 p68
「無名庵月並吟会式」抄（松尾芭蕉）
　　井本農一ほか著　「校本芭蕉全集9」'89 p326
無名庵の寝覚（『射水川』）（松尾芭蕉）
　　井本農一ほか著　「校本芭蕉全集9」'89 p368
無名歌集
　　和歌史研究会編　「私家集大成7」'76 p1614
「むめがゝに」歌仙（松尾芭蕉）
　　島居清著　「芭蕉連句全註解9」'83 p141
「むめがゝに」の巻（炭俵）
　　金子金治郎，暉峻康隆，中村俊定注解　「日本古典文学全集32」'74 p503
「むめがゝに」の巻（炭俵）（松尾芭蕉）
　　井本農一，久富哲雄，村松友次，堀切実校注・訳　「新編日本古典文学全集71」'97 p509
むもれ水
　　市古貞次，三角洋一編　「鎌倉時代物語集成5」'92 p85
無文章侍者に贈る（絶海中津）
　　菅野礼行，徳田武校注・訳　「新編日本古典文学全集86」'02 p234
夢遊僊（秋山玉山）
　　菅野礼行，徳田武校注・訳　「新編日本古典文学全集86」'02 p399
村上御集（村上天皇）
　　和歌史研究会編　「私家集大成1」'73 p386
村上義光，錦旗を奪うの図（梁田蛻巌）
　　徳田武注　「江戸詩人選集2」'92 p152
むらくも（仮題）（東大国文学研究室蔵奈良絵本）
　　横山重ほか編　「室町時代物語大成13」'85 p77
紫史を読む（江馬細香）
　　福島理子注　「江戸漢詩選3」'95 p73
紫式部集
　　「日本文学大系12」'55 p797
　　長連恒編　「日本文学大系12」'55 p895
むらさき式部集（紫式部）
　　和歌史研究会編　「私家集大成1」'73 p734
紫式部集（紫式部）

むらさ　　　　　　　　　　　　　　作品名

和歌史研究会編　「私家集大成1」'73 p739
山本利達校注　「新潮日本古典集成〔17〕」'80 p113
長沢美津編　「女人和歌大系2」'65 p272
紫式部日記（紫式部）
　松村博司，阿部秋生編　「鑑賞日本古典文学11」'76 p221
　松村誠一著　「鑑賞日本の古典7」'80 p287
　中野幸一校注・訳　「完訳日本の古典24」'84 p135
　森三千代訳　「古典日本文学全集8」'60 p187
　山本利達校注　「新潮日本古典集成〔17〕」'80 p9
　伊藤博校注　「新日本古典文学大系24」'89 p253
　中野幸一校注・訳　「新編日本古典文学全集26」'94 p115
　玉井幸助校註　「日本古典全書〔19〕」'52 p101
　萩谷朴著　「日本古典評釈・全注釈叢書〔27〕」'71 p17
　萩谷朴著　「日本古典評釈・全注釈叢書〔28〕」'73 p15
　藤岡忠美，中野幸一，犬養廉（ほか）校注・訳　「日本古典文学全集18」'71 p161
　池田亀鑑，岸上慎二，秋山虔校注　「日本古典文学大系19」'58 p441
　古賀典子，三田村雅子校注・訳　「日本の文学 古典編17」'87 p5
紫式部日記解（足立稲直）
　「日本文学古註釈大成〔25〕」'79 p1
紫式部日記解（足立稲直原撰，田中大秀補訂）
　「日本文学古註釈大成〔25〕」'79 p195
紫式部日記註釈（藤井高尚，清水宣昭）
　「日本文学古註釈大成〔25〕」'79 p71
紫式部日記傍注（壷井義知）
　「日本文学古註釈大成〔25〕」'79 p1
紫に咲く（近江満子）
　長沢美津編　「女人和歌大系6」'78 p668
紫野千句 第一百韻
　奥田勲校注・訳　「日本の文学 古典編37」'87 p223
紫の一本（戸田茂睡）
　鈴木淳校注・訳　「新編日本古典文学全集82」'00 p29
紫のゆかり（伝 山岡浚明）
　森銑三，北川博邦編　「続日本随筆大成8」'80 p77
邨中の晩歩（大窪詩仏）
　揖斐高注　「江戸詩人選集5」'90 p211
村の夜（大窪詩仏）
　揖斐高注　「江戸詩人選集5」'90 p243
むらまつ
　「徳川文芸類聚8」'70 p18

むらまつの物かたり（国会図書館蔵写本）
　横山重ほか編　「室町時代物語大成13」'85 p82
村松物語（東大国文学研究室蔵奈良絵本）
　横山重ほか編　「室町時代物語大成13」'85 p119
むら松の物かたり（三浦晋一氏蔵写本）
　横山重ほか編　「室町時代物語大成補2」'88 p572
村山
　芳賀矢一，佐佐木信綱校註　「謡曲叢書3」'87 p417
無量寿経釈（法然）
　大橋俊雄校注　「日本思想大系10」'71 p41
無量談（兎角山人）
　「洒落本大成5」'79 p173
無力蝦
　臼田甚五郎，新間進一，外村南都子，徳江元正校注・訳　「新編日本古典文学全集42」'00 p161
室君
　芳賀矢一，佐佐木信綱校註　「謡曲叢書3」'87 p420
室住
　芳賀矢一，佐佐木信綱校註　「謡曲叢書3」'87 p422
室の梅（天明九年正月序）
　武藤禎夫編　「噺本大系19」'79 p290
恵咲梅半官贔屓（鶴屋南北）
　井草利夫校訂　「鶴屋南北全集7」'73 p7
むろの八嶋（石塚倉子）
　長沢美津編　「女人和歌大系3」'68 p233
室町千畳敷（津国女夫池）（近松門左衛門）
　「近松全集（岩波）17影印編」'94 p419
　「近松全集（岩波）17解説編」'94 p432
新註室町物語集 本文篇
　浜中修編著　「大学古典叢書8」'89 p5

【め】

鳴鶴相和集（池田草菴）
　岡田武彦校注　「日本思想大系47」'72 p295
名歌徳三舛玉垣（桜田治助）
　浦山政雄，松崎仁校注　「日本古典文学大系54」'61 p23
名歌徳三升玉垣（桜田治助）
　「徳川文芸類聚6」'70 p290
楽屋興言鳴久者評判記（悪女舎他笑）
　「徳川文芸類聚12」'70 p96
明君享保録（馬場文耕）
　岡田哲校訂　「叢書江戸文庫I-12」'87 p255

名月の二吟（『続猿蓑』）（松尾芭蕉）
　井本農一ほか著　「校本芭蕉全集9」'89 p351
「名月や」半歌仙（松尾芭蕉）
　島居清著　「芭蕉連句全註解8」'82 p35
鳴呼矣草（田宮仲宣）
　関根正直ほか監修　「日本随筆大成Ⅰ-19」'76 p197
明光夜鶴（祇園南海）
　山本和義，横山弘注　「江戸詩人選集3」'91 p227
名号和讃
　高野辰之編　「日本歌謡集成4」'60 p350
　高野辰之編　「日本歌謡集成4」'60 p351
明治開化和歌集
　長沢美津編　「女人和歌大系5」'78 p553
明治歌集
　長沢美津編　「女人和歌大系5」'78 p527
明治響洋歌集
　長沢美津編　「女人和歌大系5」'78 p615
明治現存三十六歌撰
　長沢美津編　「女人和歌大系5」'78 p521
明治現存続三十六歌撰
　長沢美津編　「女人和歌大系5」'78 p524
明治壬申九月、将に泰西に航せんとす。此を賦して寓楼の壁に題す（成島柳北）
　日野龍夫注　「江戸詩人選集10」'90 p143
明治百人一首
　長沢美津編　「女人和歌大系5」'78 p726
明宿集（禅竹）
　表章，加藤周一校注　「日本思想大系24」'74 p399
明叔録（抄録）（萬里集九）
　玉村竹二編　「五山文学新集6」'72 p1029
迷処邪正按内拾穂抄（志道軒）
　「洒落本大成3」'79 p81
明照寺李由子に宿す（松尾芭蕉）
　井本農一，久富哲雄，村松友次，堀切実校注・訳「新編日本古典文学全集71」'97 p322
明照寺李由子の宿す（松尾芭蕉）
　井本農一，弥吉菅一，横沢三郎，尾形仂校注「校本芭蕉全集6」'89 p494
名所に雑の句ありたき事（『桃舐集』）（松尾芭蕉）
　井本農一ほか著　「校本芭蕉全集9」'89 p321
名所拝見（紀橋柳下）
　「洒落本大成16」'82 p335
名所百人一首
　久曽神昇編　「日本歌学大系別6」'84 p546
めいしん（只野真葛）
　古谷知新編　「江戸時代女流文学全集3」'01 p443

名人ぞろへ
　木村八重子校注　「新日本古典文学大系83」'97 p1
茗水即事（二首、うち一首）（菅茶山）
　黒川洋一注　「江戸詩人選集4」'90 p93
名帳
　笠原一男，井上鋭夫校注「日本思想大系17」'72 p446
明道書（和泉真国）
　芳賀登，松本三之介校注「日本思想大系51」'71 p125
冥途の飛脚
　高野正巳訳　「国民の文学14」'64 p113
冥途の飛脚（近松門左衛門）
　原道生著　「鑑賞日本の古典16」'82 p209
　森修，鳥越文蔵校注・訳　「完訳日本の古典56」'89 p39
　荻田清ほか編　「近世文学選〔1〕」'94 p24
　高野正巳訳　「古典日本文学全集24」'59 p142
　阪口弘之校注・訳　「新編日本古典文学全集74」'97 p107
　守随憲治訳注　「対訳古典シリーズ〔19〕」'88 p55
　藤井紫影校註　「近松全集（思文閣）9」'78 p357
　「近松全集（岩波）7」'87 p275
　高野正巳校註　「日本古典全書〔96〕」'52 p61
　重友毅校注　「日本古典文学大系49」'58 p159
　樋口慶千代著　「評釈江戸文学叢書3」'70 p197
めいどのひきゃく
　荻田清ほか編　「近世文学選〔1〕」'94 p195
名物焼蛤
　倉員正江校訂　「叢書江戸文庫Ⅱ-31」'94 p255
伽羅先代萩（貫四，高橋武兵衛，吉田角丸）
　戸板康二編　「鑑賞日本古典文学30」'77 p155
伽羅先代萩（並木五瓶）
　鶴見誠校注　「日本古典文学大系52」'59 p283
伽羅先代萩（松貫四ほか）
　「古典日本文学全集25」'61 p261
　樋口慶千代著　「評釈江戸文学叢書4」'70 p707
女男伊勢風流
　篠原進校訂　「叢書江戸文庫Ⅰ-8」'88 p229
夫婦酒替奴中仲
　荻田清ほか編　「近世文学選〔1〕」'94 p63
女敵高麗茶碗
　「徳川文芸類聚1」'70 p333
和布刈
　芳賀矢一，佐佐木信綱校註「謡曲叢書3」'87 p424
盲沙汰
　芳賀矢一，佐佐木信綱校註「謡曲叢書3」'87 p427

めくら　　　　　　　　作品名

盲長屋梅加賀鳶（加賀鳶）（河竹黙阿弥）
　　河竹登志夫ほか監修　「名作歌舞伎全集12」'70
　　p125
再会親子銭独楽（唐来三和）
　　山本陽史編　「シリーズ江戸戯作〔2〕」'89 p127
驪山比翼塚（吉田鬼眼ほか）
　　田川邦子校訂　「叢書江戸文庫I-15」'89 p261
目さまし草（清中亭叔親）
　　関根正直ほか監修　「日本随筆大成II-8」'74
　　p205
目近米骨
　　北川忠彦ほか校注　「中世の文学 第1期〔22〕」'95
　　p13
「めづらしや」歌仙（松尾芭蕉）
　　島居清著　「芭蕉連句全註解4」'80 p239
　　島居清著　「芭蕉連句全註解6」'81 p83
「芽出しより」付合（松尾芭蕉）
　　島居清著　「芭蕉連句全註解7」'82 p229
「目出度人の」付合（松尾芭蕉）
　　島居清著　「芭蕉連句全註解4」'80 p67
めでた百首夷歌（大田南畝）
　　浜田義一郎、中野三敏、日野龍夫、揖斐高編
　　「大田南畝全集1」'85 p67
乳母の草紙
　　秋谷治校注　「新日本古典文学大系55」'92 p337
目ひとつの神（上田秋成）
　　「上田秋成全集8」'93 p173
　　「上田秋成全集8」'93 p253
　　「上田秋成全集8」'93 p293
　　「上田秋成全集8」'93 p348
　　高田衛、中村博保校注・訳　「完訳日本の古典57」
　　'83 p256
　　谷崎潤一郎ほか編　「国民の文学17」'64 p86
　　美山靖校注　「新潮日本古典集成〔76〕」'80 p58
　　中村幸彦、高田衛校注・訳　「新編日本古典文学
　　全集78」'95 p464
　　浅野三平校・注　「全対訳日本古典新書〔14〕」'81
　　p80
　　重友毅校註　「日本古典全書〔106〕」'57 p218
　　須永朝彦編訳　「日本古典文学幻想コレクション
　　3」'96 p245
　　中村幸彦、高田衛、中村博保校注・訳　「日本古
　　典文学全集48」'73 p517
　　中村幸彦校注　「日本古典文学大系56」'59 p175
目ひとつの神（現代語訳）（上田秋成）
　　高田衛、中村博保校注・訳　「完訳日本の古典57」
　　'83 p256
美里哥の夷船の相州浦賀港に至るを聞き、慨
　然として作有り。（八首のうち一首）（梁川
　星巌）
　　入谷仙介注　「江戸詩人選集8」'90 p310

女里弥寿豊年蔵
　　高野辰之編　「日本歌謡集成9」'60 p1
面美知之娌（南朝山人）
　　「洒落本大成19」'83 p355
綿圃要務（大蔵永常）
　　古島敏雄校注　「日本思想大系62」'72 p169
綿羊の図。横井司税の為に（菅茶山）
　　黒川洋一注　「江戸詩人選集4」'90 p188
花妓素人面和倶噺
　　「洒落本大成23」'85 p327

【　も　】

盲安杖（鈴木正三）
　　宮坂宥勝校注　「日本古典文学大系83」'64 p241
蒙庵法眼の備州太守に扈従して東武に如くを
　祖送す（石川丈山）
　　上野洋三注　「江戸詩人選集1」'91 p17
孟夏、近郊を歩み赤浦に至る書懐（梁田蛻巌）
　　徳田武注　「江戸詩人選集2」'92 p89
孟春（葛子琴）
　　水田紀久注　「江戸詩人選集6」'93 p160
孟宗
　　芳賀矢一、佐佐木信綱校註　「謡曲叢書3」'87
　　p300
孟冬念五、篁溪中村伯行と往き（森儼塾）
　　菅野礼行、徳田武校注・訳　「新編日本古典文学
　　全集86」'02 p307
もえくゐ
　　伊藤千可良ほか校　「江戸時代文芸資料4」'64
　　p10
　　谷脇理史、岡雅彦、井上和人校注・訳　「新編日
　　本古典文学全集64」'99 p383
木医官子卯の隠退を賀す并びに叙（亀井南冥）
　　徳田武注　「江戸漢詩選1」'96 p295
黙雲稿 異本（天隠龍澤）
　　玉村竹二編　「五山文学新集5」'71 p913
黙雲集（天隠龍澤）
　　玉村竹二編　「五山文学新集5」'71 p1027
黙雲藁（天隠龍澤）
　　玉村竹二編　「五山文学新集5」'71 p1085
藻屑（上田秋成）
　　「上田秋成全集12」'95 p115
藻屑（藪氏母）
　　古谷知新編　「江戸時代女流文学全集3」'01
　　p275
木鳳の歌。儀満氏の為に（菅茶山）
　　黒川洋一注　「江戸詩人選集4」'90 p164

木恭靖公諸子と臨まる。恭しく厳韻に次す(祇園南海)
　　山本和義，横山弘注　「江戸詩人選集3」'91 p244
「木嵐に」付合(松尾芭蕉)
　　島居清著　「芭蕉連句全註解7」'82 p311
もくれんのさうし(享禄四年写本)
　　太田武夫校訂　「室町時代物語集2」'62 p413
目連の草紙(天理図書館蔵享禄四年写本)
　　横山重ほか編　「室町時代物語大成13」'85 p147
文字摺石(松尾芭蕉)
　　井本農一，弥吉菅一，横沢三郎，尾形仂校注　「校本芭蕉全集6」'89 p400
　　井本農一，大谷篤蔵編　「校本芭蕉全集別1」'91 p211
　　井本農一，久富哲雄，村松友次，堀切実校注・訳　「新編日本古典文学全集71」'97 p259
綟手摺昔木偶(柳亭種彦)
　　「古典叢書〔29〕」'90 p215
「もすそを見れば」付合(松尾芭蕉)
　　島居清著　「芭蕉連句全註解2」'79 p124
百舌の草茎(大田南畝)
　　浜田義一郎，中野三敏，日野龍夫，揖斐高編　「大田南畝全集8」'86 p429
悶を解く(山梨稲川)
　　一海知義，池沢一郎注　「江戸漢詩選2」'96 p176
持和詠草(冷泉持為)
　　和歌史研究会編　「私家集大成5」'74 p432
餅酒
　　北川忠彦ほか校注　「中世の文学 第1期〔20〕」'94 p9
　　古川久校註　「日本古典全書〔91〕」'53 p85
望月
　　内村直也訳　「国民の文学12」'64 p119
　　「古典日本文学全集20」'62 p139
　　芳賀矢一，佐佐木信綱校註　「謡曲叢書3」'87 p433
望月帖(大田南畝)
　　浜田義一郎，中野三敏，日野龍夫，揖斐高編　「大田南畝全集20」'90 p331
持為卿詠(冷泉持為)
　　和歌史研究会編　「私家集大成5」'74 p419
持為卿詠草(冷泉持為)
　　和歌史研究会編　「私家集大成5」'74 p427
餅の的(豊後国速見郡)
　　曽倉岑，金井清一著　「鑑賞日本の古典1」'81 p257
尤之双紙(斎藤悦元)
　　渡辺守邦校注　「新日本古典文学大系74」'91 p53

尤の草紙(斎藤徳元)
　　関根正直ほか監修　「日本随筆大成II-6」'74 p195
比擬開口
　　高野辰之編　「日本歌謡集成5」'60 p227
もとさね(藤原元真)
　　和歌史研究会編　「私家集大成1」'73 p372
元真集
　　「日本文学大系12」'55 p605
　　長連恒編　「日本文学大系12」'55 p769
元輔集(清原元輔)
　　和歌史研究会編　「私家集大成1」'73 p514
　　和歌史研究会編　「私家集大成1」'73 p524
　　和歌史研究会編　「私家集大成1」'73 p534
　　「日本文学大系12」'55 p471
　　長連恒編　「日本文学大系12」'55 p742
基佐集(桜井基佐)
　　和歌史研究会編　「私家集大成6」'76 p224
基綱卿詠(姉小路基綱)
　　和歌史研究会編　「私家集大成6」'76 p518
基俊集(藤原基俊)
　　和歌史研究会編　「私家集大成2」'75 p509
　　和歌史研究会編　「私家集大成2」'75 p517
　　和歌史研究会編　「私家集大成2」'75 p519
髻判官
　　芳賀矢一，佐佐木信綱校註　「謡曲叢書3」'87 p439
元のもくあみ
　　神保五弥ほか校注・訳　「日本古典文学全集37」'71 p289
元の木阿弥
　　野田寿雄校註　「日本古典全書〔100〕」'60 p249
元木網
　　棚橋正博，鈴木勝忠，宇田敏彦注解　「新編日本古典文学全集79」'99 p520
求塚(観阿ほか)
　　「古典日本文学全集20」'62 p54
求塚(観阿弥)
　　小山弘志，佐藤健一郎校注・訳　「新編日本古典文学全集59」'98 p219
求塚—古名処女塚
　　芳賀矢一，佐佐木信綱校註　「謡曲叢書3」'87 p440
元良親王集(元良親王)
　　和歌史研究会編　「私家集大成1」'73 p270
戻り駕(戻駕色相肩)(桜田治助(初代))
　　河竹登志夫ほか監修　「名作歌舞伎全集19」'70 p73
新古演劇十種の内戻橋(河竹黙阿弥)
　　河竹登志夫ほか監修　「名作歌舞伎全集18」'69 p333

戻橋背御摂(鶴屋南北)
  松井敏明校訂 「鶴屋南北全集5」'71 p57
「もの書て」付合(松尾芭蕉)
  島居清著 「芭蕉連句全註解6」'81 p229
物語草子歌謡と小歌類
  志田延義編 「続日本歌謡集成2」'61 p383
物語日記の歌謡
  新間進一編 「続日本歌謡集成1」'64 p129
ものくさ太郎
  大島建彦校注・訳 「完訳日本の古典49」'83 p130
  大島建彦校注・訳 「新編日本古典文学全集63」'02 p149
  「特選日本の古典 グラフィック版別2」'86 p109
  大島建彦校注・訳 「日本古典文学全集36」'74 p231
物くさ太郎
  円地文子訳 「古典日本文学全集18」'61 p199
  市古貞次校注 「日本古典文学大系38」'58 p187
物くさ太郎(寛永頃刊本)
  横山重ほか編 「室町時代物語大成13」'85 p167
俳諧物種集新付合(井原西鶴)
  穎原退蔵ほか編 「定本西鶴全集10」'54 p313
物の名(小林一茶)
  矢羽勝幸校注 「一茶全集8」'78 p309
「物の名も」百韻(松尾芭蕉)
  島居清著 「芭蕉連句全註解1」'79 p221
「ものゝふの」付合(松尾芭蕉)
  島居清著 「芭蕉連句全註解3」'80 p85
「武士の」六句(松尾芭蕉)
  島居清著 「芭蕉連句全註解9」'83 p35
物見車(井原西鶴)
  穎原退蔵ほか編 「定本西鶴全集13」'50 p395
ものはくさ
  「洒落本大成補1」'88 p37
水月ものはなし(蚓候)
  「洒落本大成3」'79 p53
紅葉合(京大図書館蔵写本)
  横山重ほか編 「室町時代物語大成13」'85 p185
紅葉狩(河竹黙阿弥)
  河竹登志夫ほか監修 「名作歌舞伎全集18」'69 p249
紅葉狩(観世小次郎信光)
  「古典日本文学全集20」'62 p188
  小山弘志,佐藤健一郎校注・訳 「新編日本古典文学全集59」'98 p474
紅葉狩(観世信光)
  伊藤正義校注 「新潮日本古典集成〔60〕」'88 p301
  西野春雄校注 「新日本古典文学大系57」'98 p187

  芳賀矢一,佐佐木信綱校註 「謡曲叢書3」'87 p448
艶 狩剣本地(近松門左衛門)
  藤井紫影校註 「近松全集(思文閣)8」'78 p779
  「近松全集(岩波)9」'88 p359
紅葉賀(紫式部)
  阿部秋生,小町谷照彦,野村精一,柳井滋著 「鑑賞日本の古典6」'79 p106
  阿部秋生,秋山虔,今井源衛,鈴木日出男校注・訳 「完訳日本の古典15」'83 p45
  円地文子 「現代語訳 日本の古典5」'79 p43
  谷崎潤一郎ほか編 「国民の文学3」'63 p130
  阿部秋生ほか校注・訳 「古典セレクション2」'98 p179
  「古典日本文学全集4」'61 p135
  石田穣二,清水好子校注 「新潮日本古典集成〔19〕」'77 p9
  柳井滋ほか校注 「新日本古典文学大系19」'93 p237
  阿部秋生,秋山虔,今井源衛,鈴木日出男校注・訳 「新編日本古典文学全集20」'94 p309
  「特選日本の古典 グラフィック版5」'86 p30
  池田亀鑑校註 「日本古典全書〔12〕」'46 p368
  阿部秋生,秋山虔,今井源衛校注・訳 「日本古典文学全集12」'70 p381
  山岸徳平校注 「日本古典文学大系14」'58 p269
  伊井春樹,日向一雅,百川敬仁(ほか)校注・訳 「日本の文学 古典編11」'86 p349
  「日本文学大系4」'55 p182
紅葉の巻(延享年中)(与謝蕪村)
  穎原退蔵編著 「蕪村全集2」'48 p13
籾する音
  弥吉菅一,赤羽学,西村真砂子,檀上正孝 「芭蕉紀行集1」'78 p215
籾する音(松尾芭蕉)
  井本農一,弥吉菅一,横沢三郎,尾形仂校注 「校本芭蕉全集6」'89 p308
  井本農一,久富哲雄,村松友次,堀切実校注・訳 「新編日本古典文学全集71」'97 p186
  弥吉菅一,赤羽学,檀上正孝著 「芭蕉紀行集1」'67 p125
「もみちせぬ」発句短冊(近松門左衛門)
  「近松全集(岩波)17影印編」'94 p7
木綿作
  臼田甚五郎,新間進一,外村南都子,徳江元正校注・訳 「新編日本古典文学全集42」'00 p81
木綿志天
  臼田甚五郎,新間進一,外村南都子,徳江元正校注・訳 「新編日本古典文学全集42」'00 p48
百草
  関根正直ほか監修 「日本随筆大成III-9」'77 p1

百草露（含弘堂偶斎）
　関根正直ほか監修　「日本随筆大成Ⅲ-11」'77 p1
百瀬川（大田南畝）
　浜田義一郎，中野三敏，日野龍夫，揖斐高編　「大田南畝全集19」'89 p577
桃太郎後日噺（朋誠堂喜三二）
　棚橋正博，鈴木勝忠，宇田敏彦注解　「新編日本古典文学全集79」'99 p29
昔々桃太郎発端話説（山東京伝）
　「古典叢書〔3〕」'89 p187
百千鳥（丘岬俊平）
　佐佐木信綱編　「日本歌学大系7」'58 p424
百千鳥沖津白浪（鬼神のお松）
　河竹登志夫ほか監修　「名作歌舞伎全集16」'70 p281
桃の園生（岡田士聞妻）
　古谷知新編　「江戸時代女流文学全集3」'01 p217
俳諧百の種（文政八年正月刊）（三笑亭可楽）
　武藤禎夫編　「噺本大系15」'79 p238
百福茶大年咄（天明九年正月序）
　武藤禎夫編　「噺本大系17」'79 p271
百夜小町・夕ぎり七ねんき（近松門左衛門）
　「近松全集（岩波）15翻刻編」'89 p147
　「近松全集（岩波）15影印編」'89 p125
貫汲
　北川忠彦，安田章　「新編日本古典文学全集60」'01 p300
　北川忠彦ほか校注　「中世の文学 第1期〔20〕」'94 p262
「もらぬほど」半歌仙（松尾芭蕉）
　島居清著　「芭蕉連句全註解7」'82 p315
森岡神童を悼む（菅茶山）
　黒川洋一注　「江戸詩人選集4」'90 p152
森川許六（五介）宛書簡（松尾芭蕉）
　富山奏校注　「新潮日本古典集成〔72〕」'78 p225
　富山奏校注　「新潮日本古典集成〔72〕」'78 p235
森香子詠草（森香子）
　長沢美津編　「女人和歌大系5」'78 p358
森島中良狂歌選（森島中良）
　石上敏校訂　「叢書江戸文庫Ⅱ-32」'94 p351
守武随筆（荒木田守武）
　和歌史研究会編　「私家集大成7」'76 p584
守武千句草案 立願誹諧とくぎん千句
　「俳書叢刊1」'88 p351
守武千句論（江藤保定）
　「中世文芸叢書別1」'67 p272
守武俳諧百韻
　奥田勲校注・訳　「日本の文学 古典編37」'87 p278

守武独吟俳諧百韻
　金子金治郎，暉峻康隆，中村俊定注解　「日本古典文学全集32」'74 p219
盛久（観世十郎元雅）
　小山弘志，佐藤健一郎校注・訳　「新編日本古典文学全集59」'98 p326
盛久（観世元雅）
　伊藤正義校注　「新潮日本古典集成〔60〕」'88 p313
　西野春雄校注　「新日本古典文学大系57」'98 p421
　芳賀矢一，佐佐木信綱校註　「謡曲叢書3」'87 p452
盛久（近松門左衛門）
　藤井紫影校註　「近松全集（思文閣）2」'78 p465
　「近松全集（岩波）1」'85 p509
守屋
　芳賀矢一，佐佐木信綱校註　「謡曲叢書3」'87 p457
師門物語
　田嶋一夫校注　「新日本古典文学大系55」'92 p361
もろかど物語（国会図書館蔵写本）
　横山重ほか編　「室町時代物語大成13」'85 p201
もろかど物語（彰考館蔵寛永六年写本）
　横山重ほか編　「室町時代物語大成13」'85 p229
東唐細見噺
　「徳川文芸類聚3」'70 p417
唐土漂流記
　加藤貴校訂　「叢書江戸文庫Ⅰ-1」'90 p263
諸子と別れて後、木曾川を上る（菅茶山）
　黒川洋一注　「江戸詩人選集4」'90 p89
師実集（藤原師実）
　和歌史研究会編　「私家集大成2」'75 p346
諸沢村晩晴（藤田東湖）
　坂田新注　「江戸漢詩選4」'95 p8
師輔集（藤原師輔）
　和歌史研究会編　「私家集大成1」'73 p314
師説自見集（抄）（今川了俊）
　佐佐木信綱編　「日本歌学大系5」'57 p213
師説筆記（後藤艮山）
　大塚敬節校注　「日本思想大系63」'71 p375
門を出ず（館柳湾）
　徳田武注　「江戸詩人選集7」'90 p281
門を出でず（藤原道真）
　菅野礼行，徳田武校注・訳　「新編日本古典文学全集86」'02 p153
問学挙要（皆川淇園）
　中村幸彦校注　「日本思想大系47」'72 p73
文集（二編）（中江藤樹）
　山井湧校注　「日本思想大系29」'74 p7

門主三十六人選
　久曽神昇編　「日本歌学大系別6」'84 p335
文殊姫（慶応義塾図書館蔵奈良絵本）
　横山重ほか編　「室町時代物語大成13」'85 p282
紋尽五人男（鶴屋南北）
　大久保忠国編　「鶴屋南北全集10」'73 p371
文選臥坐（佐保川狂示ほか）
　伊藤千可良ほか校　「江戸時代文芸資料1」'64 p421
文選臥坐（佐保川抂示ほか）
　「洒落本大成15」'82 p283
門前地改更之実録
　宇田敏彦校訂　「未刊随筆百種12」'78 p407
聞中禅師に寄呈して茶を乞う（館柳湾）
　徳田武注　「江戸詩人選集7」'90 p209
「門に入れば」「石も木も」「名残ぞと」「革踏皮の」「右左リ」「うき恋に」「庵寺の」付合（松尾芭蕉）
　島居清著　「芭蕉連句全註解10」'83 p315

【や】

やいかま（上田秋成）
　「上田秋成全集1」'90 p405
夜雨（藤原道真）
　菅野礼行，徳田武校注・訳　「新編日本古典文学全集86」'02 p158
八重霞かしくの仇討（山東京伝）
　林美一校訂　「江戸戯作文庫〔2〕」'84 p3
八重霞曾我組糸（鶴屋南北）
　浦山政雄編　「鶴屋南北全集9」'74 p311
八重一重（井原西鶴）
　穎原退蔵ほか編　「定本西鶴全集13」'50 p351
八重葎
　市古貞次，三角洋一編　「鎌倉時代物語集成5」'92 p349
　市古貞次，三角洋一編　「鎌倉時代物語集成5」'92 p407
夜讌（服部南郭）
　山本和義，横山弘注　「江戸詩人選集3」'91 p27
八尾
　北川忠彦ほか校注　「中世の文学 第1期〔20〕」'94 p302
八百やお七
　横山正校注・訳　「日本古典文学全集45」'71 p191
八百屋お七（紀海音）
　乙葉弘校注　「日本古典文学大系51」'60 p69

樋口慶千代著　「評釈江戸文学叢書3」'70 p713
八百屋お七物語（井原西鶴）
　吉行淳之介訳　「現代語訳 日本の古典16」'80 p68
　吉行淳之介訳　「特選日本の古典 グラフィック版8」'86 p68
八百屋お七和讃
　高野辰之編　「日本歌謡集成4」'60 p413
也哉鈔（上田秋成）
　「上田秋成全集6」'91 p11
也哉抄序（与謝蕪村）
　穎原退蔵編著　「蕪村全集1」'48 p390
やかもち（大伴家持）
　和歌史研究会編　「私家集大成1」'73 p64
家持集
　「日本文学大系11」'55 p79
　長連恒編　「日本文学大系12」'55 p699
家持集（大伴家持）
　和歌史研究会編　「私家集大成1」'73 p71
野干
　芳賀矢一，佐佐木信綱校註　「謡曲叢書3」'87 p474
野狂集
　「俳書叢刊2」'88 p207
夜帰（秋山玉山）
　菅野礼行，徳田武校注・訳　「新編日本古典文学全集86」'02 p402
焼松茸を食う（石川丈山）
　上野洋三注　「江戸詩人選集1」'91 p158
「やき飯や」表六句（松尾芭蕉）
　島居清著　「芭蕉連句全註解4」'80 p275
約言（広瀬淡窓）
　岡田武彦校注　「日本思想大系47」'72 p221
訳司陳祚永に従いて肉を乞う（梁川星巌）
　入谷仙介注　「江戸詩人選集8」'90 p205
役者大極丸 江戸之巻
　近藤瑞男，古井戸秀夫校訂　「叢書江戸文庫Ⅰ-23」'89 p436
役者論語（八文字自笑編）
　郡司正勝校注　「日本古典文学大系98」'65 p291
役者論語（やくしゃろんご）→ "やくしゃばなし" を見よ
訳準笑話（文政七年正月刊）（津阪東陽）
　「噺本大系20」'79 p112
薬徴（吉益東洞）
　大塚敬節校注　「日本思想大系63」'71 p223
『訳文童喩』序（上田秋成）
　「上田秋成全集11」'94 p262
八雲口伝（詠歌一体）（藤原為家）
　佐佐木信綱編　「日本歌学大系3」'56 p388
八雲のしをり（間宮永好）

八雲御抄（順徳天皇）
　佐佐木信綱編　「日本歌学大系9」'58 p269
　久曽神昇編　「日本歌学大系別3」'64 p187
八雲御抄（順徳天皇選）
　佐佐木信綱編　「日本歌学大系3」'56 p9
「薬欄に」詞書（松尾芭蕉）
　井本農一，久富哲雄，村松友次，堀切実校注・訳
　「新編日本古典文学全集71」'97 p270
「薬欄に」付合（松尾芭蕉）
　島居清著　「芭蕉連句全註解6」'81 p153
「薬欄に」の詞書（松尾芭蕉）
　井本農一，弥吉菅一，横沢三郎，尾形仂校注
　「校本芭蕉全集6」'89 p429
野傾旅葛籠（江島其磧）
　伊藤千可良ほか校　「江戸時代文芸資料5」'64 p1
野傾友三味線（西澤一風）
　伊藤千可良ほか校　「江戸時代文芸資料2」'64 p315
夜航余話（津阪東陽）
　揖斐高校注　「新日本古典文学大系65」'91 p281
夜坐（館柳湾）
　徳田武注　「江戸詩人選集7」'90 p270
　徳田武注　「江戸詩人選集7」'90 p304
夜坐（藤田東湖）
　坂田新注　「江戸漢詩選4」'95 p29
夜坐偶作（上田秋成）
　「上田秋成全集12」'95 p265
「やしきの客は」「桜をこぼす」「綿ふきありく」付合「端居がちなる」付合（松尾芭蕉）
　島居清著　「芭蕉連句全註解10」'83 p309
養う所の払箄狗、一旦之を失う。年を踰えて復た還る。感じて其の事を紀す（六如）
　黒川洋一注　「江戸詩人選集4」'90 p236
八島
　田中千禾夫訳　「現代語訳 日本の古典14」'80 p34
　伊藤正義校注　「新潮日本古典集成〔60〕」'88 p327
　西野春雄校注　「新日本古典文学大系57」'98 p452
　麻原美子，北原保雄校注　「新日本古典文学大系59」'94 p405
　小山弘志，佐藤健一郎校注・訳　「新編日本古典文学全集58」'97 p128
　芳賀矢一，佐佐木信綱校註　「謡曲叢書3」'87 p477
八嶋懐古（桂山彩巌）
　菅野礼行，徳田武校注・訳　「新編日本古典文学全集86」'02 p369
矢島桂庵を悼む（村上冬嶺）
　菅野礼行，徳田武校注・訳　「新編日本古典文学全集86」'02 p289
夜誦（石川丈山）
　上野洋三注　「江戸詩人選集1」'91 p164
駅情新話夜色のかたまり（算亭玉守）
　「洒落本大成28」'87 p403
「野女侍中を傷む」に和し奉る（藤原冬嗣）
　菅野礼行，徳田武校注・訳　「新編日本古典文学全集86」'02 p72
安犬
　芳賀矢一，佐佐木信綱校註　「謡曲叢書3」'87 p482
康資王母集（伯母集）（康資王母）
　長沢美津編　「女人和歌大系2」'65 p345
康資王母家集（康資王母）
　和歌史研究会編　「私家集大成2」'75 p357
保敬随筆（小泉保敬）
　関根正直ほか監修　「日本随筆大成II-5」'74 p161
保名（深山桜及兼樹振）（篠田金治）
　河竹登志夫ほか監修　「名作歌舞伎全集19」'70 p117
休天神
　芳賀矢一，佐佐木信綱校註　「謡曲叢書3」'87 p486
安安言（上田秋成）
　「上田秋成全集1」'90 p13
「安々と」歌仙（松尾芭蕉）
　島居清著　「芭蕉連句全註解7」'82 p261
夜須礼歌
　「国歌大系1」'76 p133
夜清の諸人の詩を読み戯に賦す（頼山陽）
　入谷仙介注　「江戸詩人選集8」'90 p126
夜雪（元政）
　上野洋三注　「江戸詩人選集1」'91 p260
痩松
　北川忠彦ほか校注　「中世の文学 第1期〔22〕」'95 p215
野叟独語（杉田玄白）
　佐藤昌介校注　「日本思想大系64」'76 p291
八十翁疇昔話（財津種爽）
　関根正直ほか監修　「日本随筆大成II-4」'74 p125
矢卓鴨
　伊藤正義校注　「新潮日本古典集成〔60〕」'88 p343
奴師労之（大田南畝）
　関根正直ほか監修　「日本随筆大成II-14」'74 p173
奴凧（大田南畝）

浜田義一郎，中野三敏，日野龍夫，揖斐高編
「大田南畝全集10」'86 p461
中野三敏，日野龍夫，揖斐高校注 「新日本古典文学大系84」'93 p439
奴通(堂駄先生)
「洒落本大成10」'80 p125
八橋
市古貞次，三角洋一編 「鎌倉時代物語集成7」'94 p287
八剣
芳賀矢一，佐佐木信綱校註 「謡曲叢書3」'87 p491
「宿かりて」付合(松尾芭蕉)
島居清著 「芭蕉連句全註解7」'82 p365
宿無団七時雨傘(宿無団七)(並木正三)
河竹登志夫ほか監修 「名作歌舞伎全集14」'70 p3
宿屋飯盛
棚橋正博，鈴木勝忠，宇田敏彦注解 「新編日本古典文学全集79」'99 p557
宿り木(紫式部)
谷崎潤一郎ほか編 「国民の文学4」'63 p318
宿木(紫式部)
阿部秋生，小町谷照彦，野村精一，柳井滋著「鑑賞日本の古典6」'79 p434
阿部秋生，秋山虔，今井源衛，鈴木日出男校注・訳 「完訳日本の古典22」'88 p31
円地文子訳 「現代語訳 日本の古典5」'79 p152
阿部秋生ほか校注・訳 「古典セレクション14」'98 p53
「古典日本文学全集6」'62 p102
石田穰二，清水好子校注 「新潮日本古典集成〔24〕」'83 p149
柳井滋ほか校注 「新日本古典文学大系23」'97 p23
阿部秋生，秋山虔，今井源衛，鈴木日出男校注・訳 「新編日本古典文学全集24」'97 p371
「特選日本の古典 グラフィック版5」'86 p127
池田亀鑑校註 「日本古典全書〔17〕」'55 p132
阿部秋生，秋山虔，今井源衛校注・訳 「日本古典文学全集16」'95 p361
山岸徳平校注 「日本古典文学大系18」'63 p31
伊井春樹，日向一雅，百川敬仁(ほか)校注・訳「日本の文学 古典編15」'87 p279
「日本文学大系6」'55 p206
「やどりせむ」句入画賛(松尾芭蕉)
井本農一，久富哲雄，村松友次，堀切実校注・訳「新編日本古典文学全集71」'97 p228
柳
芳賀矢一，佐佐木信綱校註 「謡曲叢書3」'87 p494

柳ちりの巻(延享、寛延年中)(与謝蕪村)
穎原退蔵編著 「蕪村全集2」'48 p16
柳の露(小池道子)
長沢美津編 「女人和歌大系5」'78 p234
柳町山伏(只野真葛)
古谷知新編 「江戸時代女流文学全集3」'01 p436
やなぎやなぎ
荻田清ほか編 「近世文学選〔1〕」'94 p188
矢の倉新居の作(市河寛斎)
揖斐高注 「江戸詩人選集5」'90 p45
矢の根
河竹繁俊校註 「日本古典全書〔99〕」'52 p175
郡司正勝校注 「日本古典文学大系98」'65 p51
河竹登志夫ほか監修 「名作歌舞伎全集18」'69 p99
矢の根(村瀬源三郎)
河竹繁俊著 「評釈江戸文学叢書6」'70 p119
野白内証鑑(江島其磧)
長谷川強校注・訳 「新編日本古典文学全集65」'00 p127
耶馬渓絶句 九首(うち二首)(梁川星巌)
入谷仙介注 「江戸詩人選集8」'90 p221
矢橋子直、桜樹千余株を金生山上に植う。因りて四方の詩を徴し、我も亦与れり(江馬細香)
福島理子注 「江戸漢詩選3」'95 p29
野坡所持本
「芭蕉紀行集3」'71 p30
夜半雑録(与謝蕪村)
穎原退蔵編著 「蕪村全集1」'48 p506
夜半亭一門(与謝蕪村)
谷地快一著 「鑑賞日本の古典17」'81 p371
夜半亭歳旦(寛保元年)(与謝蕪村)
穎原退蔵編著 「蕪村全集2」'48 p11
夜半亭百韻(元文三年)(与謝蕪村)
穎原退蔵編著 「蕪村全集2」'48 p1
夜半亭発句帖跋(与謝蕪村)
穎原退蔵編著 「蕪村全集1」'48 p379
夜半楽(与謝蕪村編)
田中善信校注 「新日本古典文学大系73」'98 p191
夜半楽前文(与謝蕪村)
村松友次著 「鑑賞日本の古典17」'81 p315
弥兵衛鼠絵巻
松本隆信校注 「新潮日本古典集成〔65〕」'80 p329
弥兵衛鼠(仮題)(慶応義塾図書館蔵絵巻)
横山重ほか編 「室町時代物語大成13」'85 p320
藪の梅(松尾芭蕉)

井本農一，弥吉菅一，横沢三郎，尾形仂校注
　「校本芭蕉全集6」'89 p335
井本農一，久富哲雄，村松友次，堀切実校注・訳
　「新編日本古典文学全集71」'97 p206
破紙子（豹山逸人）
　「洒落本大成15」'82 p181
『破紙子』跋（上田秋成）
　「上田秋成全集11」'94 p416
矢部正子小集（矢部正子）
　長沢美津編　「女人和歌大系3」'68 p146
野望（石川丈山）
　上野洋三注　「江戸詩人選集1」'91 p102
野暮の枝折（若井時成）
　「洒落本大成18」'83 p9
南浜野圃の玉子（増井山人）
　「洒落本大成23」'85 p179
家暮長命四季物語（蓬萊山人帰橋）
　「洒落本大成8」'80 p245
やまあらし（柳亭種彦）
　「古典叢書〔41〕」'90 p415
　「徳川文芸類聚5」'70 p502
家満安楽志（柳亭種彦）
　「洒落本大成25」'86 p31
山姥（薪荷雪間の市川）
　河竹登志夫ほか監修　「名作歌舞伎全集19」'70 p273
山帰り（山帰強桔梗）（桜田治助（二代））
　河竹登志夫ほか監修　「名作歌舞伎全集24」'72 p97
「山かげや」付合（松尾芭蕉）
　島居清著　「芭蕉連句全註解10」'83 p331
山鹿語類（山鹿素行）
　田原嗣郎，守本順一郎校注　「日本思想大系32」'70 p29
　田原嗣郎，守本順一郎校注　「日本思想大系32」'70 p173
　田原嗣郎，守本順一郎校注　「日本思想大系32」'70 p243
山県伯駒に贈る（二首，うち一首）（館柳湾）
　徳田武注　「江戸詩人選集7」'90 p236
山岸半残（重左衛門）宛書簡（松尾芭蕉）
　富山奏校注　「新潮日本古典集成〔72〕」'78 p44
山霧記（上田秋成）
　「上田秋成全集11」'94 p194
山崎興次兵衛寿の門松（近松門左衛門）
　藤井紫影校註　「近松全集（思文閣）11」'78 p249
山崎与次兵衛寿の門松（近松門左衛門）
　阪口弘之校注・訳　「新編日本古典文学全集74」'97 p487
　「近松全集（岩波）10」'89 p319

鳥越文蔵校注・訳　「日本古典文学全集44」'75 p363
重友毅校注　「日本古典文学大系49」'58 p291
「山里いやよ」付合「葛西の院の」付合（松尾芭蕉）
　島居清著　「芭蕉連句全註解3」'80 p89
山下珍作（奈蒔野馬乎人）
　「洒落本大成11」'81 p313
山下珍作（奈蒔野馬乎人撰）
　「徳川文芸類聚5」'70 p276
山路の露
　市古貞次，三角洋一編　「鎌倉時代物語集成5」'92 p421
山路の露（妙仙尼）
　古谷知新編　「江戸時代女流文学全集1」'01 p25
落咄山しよ味噌（享和二年正月刊）（三笑亭可楽）
　武藤禎夫編　「噺本大系14」'79 p87
山城
　谷崎潤一郎ほか編　「国民の文学1」'64 p422
　臼井甚五郎，新間進一，外村南都子，徳江元正校注・訳　「新編日本古典文学全集42」'00 p142
山城四季物語（坂内直頼）
　森銑三，北川博邦編　「続日本随筆大成別11」'83 p131
山城の国畜生塚（近松半二）
　青山博之校訂　「叢書江戸文庫Ⅰ-14」'87 p379
山城国六道地蔵尊六所御詠歌
　高野辰之編　「日本歌謡集成4」'60 p476
『山城名勝志』巻十七
　浜中修編著　「大学古典叢書8」'89 p120
山住
　芳賀矢一，佐佐木信綱校註　「謡曲叢書3」'87 p508
山田集（山田法師）
　和歌史研究会編　「私家集大成1」'73 p360
山手白人
　棚橋正博，鈴木勝忠，宇田敏彦注解　「新編日本古典文学全集79」'99 p541
山寺に詣でて紅葉を見る詞（鵜殿余野子）
　古谷知新編　「江戸時代女流文学全集3」'01 p638
大和葛城宝山記
　大隅和雄校注　「日本思想大系19」'77 p57
倭仮名在原系図（蘭平物狂）（浅田一鳥ほか）
　河竹登志夫ほか監修　「名作歌舞伎全集4」'70 p87
大和路日記（平利昌）
　津本信博編　「近世紀行日記文学集成2」'94 p416
日本武尊吾妻鑑（近松門左衛門）
　藤井紫影校註　「近松全集（思文閣）12」'78 p177

「近松全集(岩波)11」'89 p577
大和国吉野郡大塔村篠原踊歌
　浅野建二編　「続日本歌謡集成4」'63 p113
倭姫命世記
　大隅和雄校注　「日本思想大系19」'77 p7
やまとまひ歌譜
　高野辰之編　「日本歌謡集成2」'60 p455
大和名所千本桜(鶴屋南北)
　竹柴憼太郎編　「鶴屋南北全集6」'71 p339
大和物語
　片桐洋一編　「鑑賞日本古典文学5」'75 p233
　高橋正治校注・訳　「新編日本古典文学全集12」'94 p247
　南波浩校註　「日本古典全書〔2〕」'61 p107
　片桐洋一, 福井貞助, 高橋正治, 清水好子校注・訳　「日本古典文学全集8」'72 p269
　阪倉篤義ほか校注　「日本古典文学大系9」'57 p231
　高橋亨校注・訳　「日本の文学 古典編5」'86 p145
　「日本文学大系1」'55 p93
　「有精堂校注叢書〔2〕」'88 p7
『大和物語』奥書(上田秋成)
　「上田秋成全集5」'92 p527
大和物語管窺抄(高橋残夢)
　「日本文学古註釈大成〔30〕」'79 p151
大和物語虚静抄(木崎雅興)
　「日本文学古註釈大成〔30〕」'79 p251
大和物語錦繍抄(前田夏蔭)
　「日本文学古註釈大成〔30〕」'79 p507
大和物語系図
　「日本文学古註釈大成〔30〕」'79 p257
大和物語纂註(前田夏蔭)
　「日本文学古註釈大成〔30〕」'79 p1
大和物語抄(北村季吟)
　「日本文学古註釈大成〔30〕」'79 p1
大和物語追考(北村季吟)
　「日本文学古註釈大成〔30〕」'79 p282
大和物語別勘(北村季吟)
　「日本文学古註釈大成〔30〕」'79 p271
山中温泉雑題(四首のうち一首)(大窪詩仏)
　揖斐高注　「江戸詩人選集5」'90 p257
山中の独楽(西郷隆盛)
　坂田新注　「江戸漢詩選4」'95 p291
山中の雑題(四首のうち二首)(大窪詩仏)
　揖斐高注　「江戸詩人選集5」'90 p236
山中の早行(石川丈山)
　上野洋三注　「江戸詩人選集1」'91 p53
山中の即事(石川丈山)
　上野洋三注　「江戸詩人選集1」'91 p75
山の井

市古貞次, 三角洋一編　「鎌倉時代物語集成5」'92 p51
山の井(季吟)
　雲英末雄, 山下一海, 丸山一彦, 松尾靖秋校注・訳　「新編日本古典文学全集72」'01 p427
山の笑(文化十一年正月頃序)
　武藤禎夫編　「噺本大系15」'79 p47
山花紀行(家仁)
　津本信博編　「近世紀行日記文学集成1」'93 p400
やまぶき
　市古貞次, 三角洋一編　「鎌倉時代物語集成5」'92 p121
山吹論(青斎専鯉)
　「洒落本大成補1」'88 p117
山道の講釈
　荻田清ほか編　「近世文学選〔1〕」'94 p210
山邨元旦(上田秋成)
　「上田秋成全集12」'95 p415
山邨元旦作(異文)(上田秋成)
　「上田秋成全集12」'95 p418
山姥(世阿弥)
　伊藤正義校注　「新潮日本古典集成〔60〕」'88 p355
　西野春雄校注　「新日本古典文学大系57」'98 p160
　小山弘志, 佐藤健一郎校注・訳　「新編日本古典文学全集59」'98 p564
　芳賀矢一, 佐佐木信綱校註　「謡曲叢書3」'87 p502
闇の曙(新井白蛾)
　関根正直ほか監修　「日本随筆大成II-22」'74 p265
や、こ
　荻田清ほか編　「近世文学選〔1〕」'94 p172
やりをとり
　荻田清ほか編　「近世文学選〔1〕」'94 p181
鑓の権三重帷子
　矢代静一訳　「国民の文学14」'64 p235
鑓の権三重帷子(近松門左衛門)
　田中澄江訳　「現代語訳 日本の古典17」'80 p128
　高野正巳訳　「古典日本文学全集24」'59 p213
　鳥越文蔵校注・訳　「新編日本古典文学全集75」'98 p583
　藤井紫影校註　「近松全集(思文閣)11」'78 p99
　「近松全集(岩波)10」'89 p129
　高野正巳校註　「日本古典全書〔96〕」'52 p171
　鳥越文蔵校注・訳　「日本古典文学全集44」'75 p309
　重友毅校注　「日本古典文学大系49」'58 p253

樋口慶千代著　「評釈江戸文学叢書3」'70 p293
河竹登志夫ほか監修　「名作歌舞伎全集21」'73 p271

夜涼（館柳湾）
　徳田武注　「江戸詩人選集7」'90 p266
遺子
　北川忠彦ほか校注　「中世の文学 第1期〔20〕」'94 p399
八幡前
　北川忠彦ほか校注　「中世の文学 第1期〔20〕」'94 p270
　古川久校註　「日本古典全書〔92〕」'54 p55
「やはらかに」付合（松尾芭蕉）
　島居清著　「芭蕉連句全註解9」'83 p253

【ゆ】

唯一神道名法要集（吉田兼倶）
　大隅和雄校注　「日本思想大系19」'77 p209
由緒書・明細書・親類書（大田南畝）
　浜田義一郎、中野三敏、日野龍夫、揖斐高編　「大田南畝全集20」'90 p33
唯心房集（唯心房寂然）
　和歌史研究会編　「私家集大成3」'74 p98
　和歌史研究会編　「私家集大成3」'74 p103
　高野辰之編　「日本歌謡集成2」'60 p533
幽遠随筆（入江昌喜）
　関根正直ほか監修　「日本随筆大成I-16」'76 p85
夕顔
　「古典日本文学全集20」'62 p35
　伊藤正義校注　「新潮日本古典集成〔60〕」'88 p367
　西野春雄校注　「新日本古典文学大系57」'98 p17
　麻生磯次著　「傍訳古典叢書2」'57 p301
　芳賀矢一、佐佐木信綱校註　「謡曲叢書3」'87 p523
夕顔（紫式部）
　阿部秋生、小町谷照彦、野村精一、柳井滋著　「鑑賞日本の古典6」'79 p80
　阿部秋生、秋山虔、今井源衛、鈴木日出男校注・訳　「完訳日本の古典14」'83 p107
　円地文子訳　「現代語訳 日本の古典5」'79 p27
　谷崎潤一郎ほか編　「国民の文学3」'63 p51
　阿部秋生ほか校注・訳　「古典セレクション1」'98 p187
　「古典日本文学全集4」'61 p58

石田穣二、清水好子校注　「新潮日本古典集成〔18〕」'76 p119
柳井滋ほか校注　「新日本古典文学大系19」'93 p97
阿部秋生、秋山虔、今井源衛、鈴木日出男校注・訳　「新編日本古典文学全集20」'94 p133
「特選日本の古典 グラフィック版5」'86 p21
池田亀鑑校註　「日本古典全書〔12〕」'46 p242
阿部秋生、秋山虔、今井源衛校注・訳　「日本古典文学全集12」'70 p207
山岸徳平校注　「日本古典文学大系14」'58 p121
伊井春樹、日向一雅、百川敬仁（ほか）校注・訳　「日本の文学 古典編11」'86 p149
「日本文学大系4」'55 p75

夕顔棚（川尻清潭）
　河竹登志夫ほか監修　「名作歌舞伎全集24」'72 p305
夕顔もの巻（安永年中）（与謝蕪村）
　頴原退蔵編著　「蕪村全集2」'48 p227
遊楽習道風見（世阿弥）
　久松潜一、西尾実校注　「日本古典文学大系65」'51 p439
　表章、加藤周一校注　「日本思想大系24」'74 p161
遊郭擲銭考（菊大朔）
　「洒落本大成4」'79 p83
遊客年々考（鮮仁軒）
　「洒落本大成3」'79 p41
夕風の巻（安永三年）（与謝蕪村）
　頴原退蔵編著　「蕪村全集2」'48 p134
遊戯三昧抄（大田南畝）
　浜田義一郎、中野三敏、日野龍夫、揖斐高編　「大田南畝全集2」'86 p501
幽居（大潮元皓）
　菅野礼行、徳田武校注・訳　「新編日本古典文学全集86」'02 p364
遊京漫録（清水浜臣）
　関根正直ほか監修　「日本随筆大成II-17」'74 p1
幽居三十一首（うち八首）（亀井南冥）
　徳田武注　「江戸漢詩選1」'96 p283
夕霧（紫式部）
　阿部秋生、小町谷照彦、野村精一、柳井滋著　「鑑賞日本の古典6」'79 p297
　阿部秋生、秋山虔、今井源衛、鈴木日出男校注・訳　「完訳日本の古典20」'87 p95
　円地文子訳　「現代語訳 日本の古典5」'79 p124
　谷崎潤一郎ほか編　「国民の文学4」'63 p100
　阿部秋生ほか校注・訳　「古典セレクション11」'98 p85
　「古典日本文学全集5」'61 p312

ゆうき　　　　　　　　　　作品名

石田穣二，清水好子校注　「新潮日本古典集成〔23〕」'82 p9
柳井滋ほか校注　「新日本古典文学大系22」'96 p85
阿部秋生，秋山虔，今井源衛，鈴木日出男校注・訳　「新編日本古典文学全集23」'96 p393
「特選日本の古典 グラフィック版5」'86 p100
池田亀鑑校注　「日本古典全書〔16〕」'54 p17
阿部秋生，秋山虔，今井源衛校注・訳　「日本古典文学全集15」'74 p381
山岸徳平校注　「日本古典文学大系17」'62 p93
伊井春樹，日向一雅，百川敬仁（ほか）校注・訳　「日本の文学 古典編14」'87 p293
「日本文学大系5」'55 p468

夕霧間の山並に替り唱歌
高野辰之編　「日本歌謡集成7」'60 p241

夕霧阿波鳴渡（近松門左衛門）
山根為雄校注・訳　「新編日本古典文学全集74」'97 p399
藤井紫影校註　「近松全集（思文閣）9」'78 p587
「近松全集（岩波）7」'87 p527
鳥越文蔵校注・訳　「日本古典文学全集44」'75 p117
重友毅校注　「日本古典文学大系49」'58 p189

夕霧追善物語（三世相）（近松門左衛門）
「近松全集（岩波）17影印編」'94 p136
「近松全集（岩波）17解説編」'94 p143

遊芸園随筆（川路聖謨）
関根正直ほか監修　「日本随筆大成I-23」'76 p1

幽玄三輪（禅竹）
表章，加藤周一校注　「日本思想大系24」'74 p375

輶軒小録（伊藤東涯）
関根正直ほか監修　「日本随筆大成II-24」'75 p329

右原文抄
山路閑古校注　「秘籍江戸文学選10」'75 p279

遊娘詩草（大田南畝）
浜田義一郎，中野三敏，日野龍夫，揖斐高編　「大田南畝全集6」'88 p283
浜田義一郎，中野三敏，日野龍夫，揖斐高編　「大田南畝全集6」'88 p305

遊小僧（元禄七年刊）
武藤禎，岡雅彦編　「噺本大系6」'76 p74

幽斎本和泉式部集（底本・上野図書館本）
吉田幸一著　「平安文学叢刊4」'59 p633

遊子戯語（桜川慈悲成）
二村文人校訂　「叢書江戸文庫III-45」'99 p69

遊子娛言（鶯蛙楼主人）
「洒落本大成26」'86 p263

「夕貝や」歌仙（松尾芭蕉）
島居清著　「芭蕉連句全註解10」'83 p37

右紙背消息（北村季吟）
鈴鹿三七校訂　「北村季吟著作集〔2〕」'63 p49

遊子評百伝（岡目八目）
「洒落本大成補1」'88 p273

遊子方言（田舎老人多田爺）
中村幸彦，浜田啓介編　「鑑賞日本古典文学34」'78 p39
「洒落本大成4」'79 p345
中野三敏，神保五弥，前田愛校注・訳　「新編日本古典文学全集80」'00 p33
「徳川文芸類聚5」'70 p58
中野三敏，神保五弥，前田愛校注　「日本古典文学全集47」'71 p53
水野稔校注　「日本古典文学大系59」'58 p269
笹川種郎著　「評釈江戸文学叢書8」'70 p459

遊子方言（田中老人多田爺）
和田芳恵訳　「古典日本文学全集28」'60 p71

遊春，永日の韻に和す（九首のうち一首）（市河寛斎）
揖斐高注　「江戸詩人選集5」'90 p67

遊女案文
「洒落本大成補1」'88 p173

夕焼の巻（延享，寛延年中）（与謝蕪村）
穎原退蔵編著　「蕪村全集2」'48 p19

遊状文章大成（翠川士）
「洒落本大成24」'85 p9

遊女画賛（近松門左衛門）
「近松全集（岩波）17影印編」'94 p口絵

遊女記（大江匡房）
山岸徳平，竹内理三，家永三郎，大曽根章介校注　「日本思想大系8」'79 p153

遊女情くらべ
野田寿雄校註　「日本古典全書〔100〕」'60 p277

遊女大学（翠川士）
「洒落本大成24」'85 p239

遊女の画賛（大橋）
古谷知新編　「江戸時代女流文学全集3」'01 p631

友人と期して至らず（絶海中津）
菅野礼行，徳田武校注・訳　「新編日本古典文学全集86」'02 p230

友人と茶を携えて糺林に遊ぶ。往事を懐うこと有り（大典顕常）
末木文美士，堀川貴司注　「江戸漢詩選5」'96 p251

友人と飲む（亀田鵬斎）
徳田武注　「江戸漢詩選1」'96 p37

幽人の遺跡を訪ふ（平五月）

356　日本古典文学全集・作品名綜覧

菅野礼行，徳田武校注・訳 「新編日本古典文学全集86」'02 p74
友人の所蔵する相撲節会の図に題す（六如）
　黒川洋一注 「江戸詩人選集4」'90 p309
友人の問わるるに謝す（橋本左内）
　坂田新注 「江戸漢詩選4」'95 p223
友人某の屡兵を率いて東西に戌ると聞き、戯れに此の詩を寄す（成島柳北）
　日野龍夫注 「江戸詩人選集10」'90 p62
融通声明和讃
　新間進一編 「続日本歌謡集成1」'64 p158
夕附日の巻（天明三年）（与謝蕪村）
　頴原退蔵編著 「蕪村全集2」'48 p253
咄の会三席目夕涼新話集（安永五年七月刊）（参詩軒素従撰）
　武藤禎夫注 「噺本大系10」'79 p284
幽石軒記（上田秋成）
　「上田秋成全集11」'94 p102
祐善
　北川忠彦ほか校注 「中世の文学 第1期〔22〕」'95 p38
遊僊窟烟之花（青桜薄幸の隠士）
　「洒落本大成19」'83 p97
遊婦多数寄
　「洒落本大成5」'79 p89
幽暢園の作（葛子琴）
　水田紀久注 「江戸詩人選集6」'93 p151
言告鳥二篇 廓之桜（梅暮里谷峨）
　「洒落本大成20」'83 p99
幽貞集（一曇聖瑞）
　玉村竹二編 「五山文学新集4」'70 p279
幽灯録 通称壇之浦合戦記
　山路閑古校注 「秘籍江戸文学選10」'75 p231
有年行（大窪詩仏）
　揖斐高注 「江戸詩人選集5」'90 p330
夕に播州高砂の湊に次る（淡海福良満）
　菅野礼行，徳田武校注・訳 「新編日本古典文学全集86」'02 p110
有房中将集・有房集（源有房）
　和歌史研究会編 「私家集大成2」'75 p730
遊夜詞 并びに序（秋山玉山）
　徳田武注 「江戸詩人選集2」'92 p253
後編遊冶郎（十偏舎一九）
　「洒落本大成21」'84 p97
又楽庵示蒙話（栗原信充）
　関根正直ほか監修 「日本随筆大成Ⅰ-17」'76 p289
遊里歌
　高野辰之編 「日本歌謡集成8」'60 p81
遊婦里会談（蓬莱山人帰橋）
　「洒落本大成9」'80 p303

游里教・戯言教（紫菊子）
　「洒落本大成3」'79 p345
遊里不調法記（碓音成）
　「洒落本大成16」'82 p147
西郭東涯優劣論
　「洒落本大成4」'79 p33
所以者何（大田南畝）
　浜田義一郎，中野三敏，日野龍夫，揖斐高編 「大田南畝全集17」'88 p413
所以者何（大田南畝問，田宮橘庵答）
　森銑三，北川博邦編 「続日本随筆大成8」'80 p99
助六所縁江戸桜
　荻田清ほか編 「近世文学選〔1〕」'94 p76
ゆかりの月
　荻田清ほか編 「近世文学選〔1〕」'94 p183
雪
　芳賀矢一，佐佐木信綱校註 「謡曲叢書3」'87 p510
容奇（新井白石）
　一海知義，池沢一郎注 「江戸漢詩選2」'96 p112
雪を詠ず 并びに序（梁田蛻巌）
　徳田武注 「江戸詩人選集2」'92 p21
雪鬼
　芳賀矢一，佐佐木信綱校註 「謡曲叢書3」'87 p513
雪を詠む（二首）（独菴玄光）
　末木文美士，堀川貴司注 「江戸漢詩選5」'96 p23
雪女（竹本義太夫）
　「竹本義太夫浄瑠璃正本集上」'95 p82
雪女五枚羽子板（近松門左衛門）
　藤井紫影校註 「近松全集（思文閣）7」'78 p105
　「近松全集（岩波）5」'86 p237
雪女物語（寛文五年刊本）
　横山重ほか編 「室町時代物語大成13」'85 p336
ゆきかひ
　鈴木淳，中村博保校注 「新日本古典文学大系68」'97 p241
ゆきかひ（弓屋倭文子）
　古谷知新編 「江戸時代女流文学全集3」'01 p335
「雪ごとに」歌仙（松尾芭蕉）
　島居清著 「芭蕉連句全註解5」'81 p201
雪の枯尾花（松尾芭蕉）
　富山奏校注 「新潮日本古典集成〔72〕」'78 p204
　井本農一，久富哲雄，村松友次，堀切実校注・訳 「新編日本古典文学全集71」'97 p324
雪の降道（津村正恭）
　宇田敏彦校訂 「未刊随筆百種10」'77 p313

雪の声（大窪詩仏）
　揖斐高注　「江戸詩人選集5」'90 p212
雪の古道（津村淙庵）
　津本信博編　「近世紀行日記文学集成2」'94 p93
雪の詞（上田秋成）
　「上田秋成全集11」'94 p54
「雪の松」歌仙（松尾芭蕉）
　島居清著　「芭蕉連句全註解9」'83 p49
雪の柳の巻（元文四年）（与謝蕪村）
　穎原退蔵編著　「蕪村全集2」'48 p8
『雪の葉』序抄（松尾芭蕉）
　井本農一ほか著　「校本芭蕉全集9」'89 p366
「雪の夜は」歌仙（松尾芭蕉）
　島居清著　「芭蕉連句全註解5」'81 p187
行平磯馴松（文耕堂、三好松洛ほか）
　池山晃校訂　「叢書江戸文庫Ⅲ-40」'96 p7
行平鍋須磨酒宴（曲亭馬琴）
　板坂則子校訂　「叢書江戸文庫Ⅱ-33」'94 p107
雪間乃宇米（丸山宇米古）
　長沢美津編　「女人和歌大系5」'78 p114
雪丸げ（松尾芭蕉）
　井本農一，弥吉菅一，横沢三郎，尾形仂校注
　　「校本芭蕉全集6」'89 p332
　富山奏校注　「新潮日本古典集成〔72〕」'78 p53
　井本農一，久富哲雄，村松友次，堀切実校注・訳
　　「新編日本古典文学全集71」'97 p203
雪娘の画ける昭君の図に題す（祇園南海）
　山本和義，横山弘注　「江戸詩人選集3」'91 p285
行宗集（源行宗）
　和歌史研究会編　「私家集大成2」'75 p523
「雪や散る」半歌仙（松尾芭蕉）
　島居清著　「芭蕉連句全註解9」'83 p105
遊行柳（観世信光）
　伊藤正義校注　「新潮日本古典集成〔60〕」'88 p377
　西野春雄校注　「新日本古典文学大系57」'98 p313
　芳賀矢一，佐佐木信綱校註　「謡曲叢書3」'87 p516
遊行柳自画賛（与謝蕪村）
　村松友次著　「鑑賞日本の古典17」'81 p326
幸好古事（桃交庵毛裘足）
　「洒落本大成26」'86 p75
雪夜、両国橋を渡る（館柳湾）
　徳田武注　「江戸詩人選集7」'90 p273
行く年の巻（安永元年）（与謝蕪村）
　穎原退蔵編著　「蕪村全集2」'48 p84
弓削道鏡物語（十返舎一九）
　青木信光編　「文化文政江戸発禁文庫10」'83 p283

遊佐木斉書簡（室鳩巣）
　荒木見悟，井上忠校注　「日本思想大系34」'70 p341
湯沢紀行（南詢病居士）
　津本信博編　「近世紀行日記文学集成1」'93 p107
湯島百韻（元文三年）（与謝蕪村）
　穎原退蔵編著　「蕪村全集2」'48 p2
融通鞍馬
　芳賀矢一，佐佐木信綱校註　「謡曲叢書3」'87 p520
油井以東、随処に岳を望むも、数日未だ一班を見ず　二首（うち一首）（菅茶山）
　黒川洋一注　「江戸詩人選集4」'90 p90
雪打合
　北川忠彦ほか校注　「中世の文学 第1期〔20〕」'94 p353
湯立歌
　臼田甚五郎，新間進一，外村南都子，徳江元正校注・訳　「新編日本古典文学全集42」'00 p89
温泉の垢
　「洒落本大成17」'82 p155
弓
　臼田甚五郎，新間進一，外村南都子，徳江元正校注・訳　「新編日本古典文学全集42」'00 p35
弓八幡（世阿弥）
　芳賀矢一，佐佐木信綱校註　「謡曲叢書3」'87 p526
ゆめあわせ
　「洒落本大成28」'87 p21
夢合せ
　麻原美子，北原保雄校注　「新日本古典文学大系59」'94 p138
夢を記して致遠に寄す（館柳湾）
　徳田武注　「江戸詩人選集7」'90 p187
夢を誌す（山梨稲川）
　一海知義，池沢一郎注　「江戸漢詩選2」'96 p178
夢かぞへ（野村望東尼）
　古谷知新編　「江戸時代女流文学全集3」'01 p503
夢醒む（石川丈山）
　上野洋三注　「江戸詩人選集1」'91 p72
夢に月宮に遊ぶの吟（市河寛斎）
　揖斐高注　「江戸詩人選集5」'90 p150
夢に芙蓉に遊ぶ（二首）（原采蘋）
　福島理子注　「江戸漢詩選3」'95 p115
夢の朝顔（文宝堂、亀屋久右衛門）
　須永朝彦編訳　「日本古典文学幻想コレクション1」'95 p253
夢の浮橋（紫式部）

作品名　　　　　　　　　　　　　　　　　　　　　　　ようき

谷崎潤一郎ほか編　「国民の文学4」'63 p533
夢浮橋（紫式部）
　阿部秋生，小町谷照彦，野村精一，柳井滋著
　　「鑑賞日本の古典6」'79 p479
　阿部秋生，秋山虔，今井源衛，鈴木日出男校注・
　　訳　「完訳日本の古典23」'88 p221
　円地文子訳　「現代語訳 日本の古典5」'79 p162
　阿部秋生ほか校注・訳　「古典セレクション16」
　　'98 p271
　「古典日本文学全集6」'62 p298
　石田穣二，清水好子校注　「新潮日本古典集成
　　〔25〕」'85 p257
　柳井滋ほか校注　「新日本古典文学大系23」'97
　　p389
　阿部秋生，秋山虔，今井源衛，鈴木日出男校注・
　　訳　「新編日本古典文学全集25」'98 p371
　「特選日本の古典 グラフィック版5」'86 p138
　池田亀鑑校註　「日本古典全書〔18〕」'55 p223
　阿部秋生，秋山虔，今井源衛校注・訳　「日本古
　　典文学全集17」'76 p357
　山岸徳平校注　「日本古典文学大系18」'63 p415
　伊井春樹，日向一雅，百川敬仁（ほか）校注・訳
　　「日本の文学 古典編16」'87 p307
　「日本文学大系6」'55 p501
夢の通ひ路物語
　市古貞次，三角洋一編　「鎌倉時代物語集成6」
　　'93 p5
夢ノ代（山片蟠桃）
　水田紀久，有坂隆道校注　「日本思想大系43」'73
　　p141
夢の艣拍子（花月庵堀舟）
　「洒落本大成26」'86 p181
熊野
　芳賀矢一，佐佐木信綱校註　「謡曲叢書3」'87
　　p530
湯谷
　田中澄江訳　「国民の文学12」'64 p73
　伊藤正義校注　「新潮日本古典集成〔60〕」'88
　　p389
湯山三吟（肖柏）
　福井久蔵編　「校註日本文芸新篇〔7〕」'50 p58
　島津忠夫校注　「新潮日本古典集成〔62〕」'79
　　p247
湯山三吟百韻
　金子金治郎，雲英末雄，暉峻康隆，加藤定彦校
　　注・訳　「新編日本古典文学全集61」'01 p103
　金子金治郎，暉峻康隆，中村俊定注解　「日本古
　　典文学全集32」'74 p147
湯山三吟百韻注（宗祇）
　「中世文芸叢書1」'65 p21
湯山聯句鈔（一韓智翃）

大塚光信，尾崎雄二郎，朝倉尚校注　「新日本古
　典文学大系53」'95 p301
ゆや物がたり（寛文頃松会刊本）
　横山重ほか編　「室町時代物語大成13」'85 p356
由良湊千軒長者（山椒太夫）（近松半二ほか）
　河竹登志夫ほか監修　「名作歌舞伎全集6」'71
　　p157
「百合過て」六句（松尾芭蕉）
　島居清著　「芭蕉連句全註解10」'83 p133
遊里の花
　「洒落本大成5」'79 p227
遊里の花（舎楽斎柳十）
　「洒落本大成補1」'88 p73
百合若大臣
　麻ümü美子，北原保雄校注　「新日本古典文学大系
　　59」'94 p43
　「特選日本の古典 グラフィック版別2」'86 p124
　須永朝彦編訳　「日本古典文学幻想コレクション
　　2」'96 p148
百合若大臣野守鏡（近松門左衛門）
　大橋正叔，原道生校注　「新日本古典文学大系
　　91」'93 p185
　藤井紫影校註　「近松全集（思文閣）9」'78 p149
　「近松全集（岩波）7」'87 p337
　「近松全集（岩波）17影印編」'94 p280
　「近松全集（岩波）17解説編」'94 p294

【よ】

夜明烏（天明三年正月刊）
　「噺本大系12」'79 p61
夜寝覚物語
　市古貞次，三角洋一編　「鎌倉時代物語集成6」
　　'93 p315
夜市に梅花を買う（館柳湾）
　徳田武注　「江戸詩人選集7」'90 p246
与今村泰行論国事・経済要語（中井竹山）
　中村幸彦，岡田武彦校注　「日本思想大系47」'72
　　p63
楊貴妃（金春禅竹）
　伊藤正義校注　「新潮日本古典集成〔60〕」'88
　　p403
　西野春雄校注　「新日本古典文学大系57」'98
　　p174
　小山弘志，佐藤健一郎校注・訳　「新編日本古典
　　文学全集58」'97 p350
　竹本幹夫，橋本朝生校注・訳　「日本の文学 古
　　典編36」'87 p166

日本古典文学全集・作品名綜覧　359

ようき　　　　　　作品名

芳賀矢一，佐佐木信綱校註　「謡曲叢書3」'87 p461
謡曲集
　小山弘志,佐藤喜久雄,佐藤健一郎校注・訳　「完訳日本の古典47」'88 p5
謡曲拾葉抄（犬井貞恕）
　「日本文学古註釈大成〔37〕」'79 p1
謡曲百番
　西野春雄校注　「新日本古典文学大系57」'98 p1
陽月初六、夢香詞丈、予を松（野村篁園）
　菅野礼行,徳田武校注・訳　「新編日本古典文学全集86」'02 p512
庸軒に題す（山崎闇斎）
　菅野礼行,徳田武校注・訳　「新編日本古典文学全集86」'02 p262
鷹山
　臼井甚五郎,新間進一,外村南都子,徳江元正校注・訳　「新編日本古典文学全集42」'00 p147
遥山暮煙を斂む（具平親王）
　菅野礼行,徳田武校注・訳　「新編日本古典文学全集86」'02 p170
用捨箱（柳亭種彦）
　「古典叢書〔41〕」'90 p249
　関根正直ほか監修　「日本随筆大成I-13」'75 p107
踊唱歌
　高野辰之編　「日本歌謡集成6」'60 p91
洋書を読む（佐久間象山）
　坂井新注　「江戸漢詩選4」'95 p82
擁書漫筆（高田与清）
　関根正直ほか監修　「日本随筆大成I-12」'75 p307
葉声（祇園南海）
　山本和義，横山弘注　「江戸詩人選集3」'91 p295
陽台遺編・妝閣秘言
　「洒落本大成3」'79 p11
陽台遺編（異本）
　「洒落本大成3」'79 p29
陽台三略（鎗華子）
　「洒落本大成4」'79 p11
幼稚園唱歌集
　志田延義編　「続日本歌謡集成5」'62 p73
夜討曾我
　西野春雄校注　「新日本古典文学大系57」'98 p282
　麻原美子，北原保雄校注　「新日本古典文学大系59」'94 p518
　芳賀矢一，佐佐木信綱校註　「謡曲叢書3」'87 p536
傭奴（鳥山芝軒）

菅野礼行,徳田武校注・訳　「新編日本古典文学全集86」'02 p310
妖尼公（上田秋成）
　「上田秋成全集8」'93 p290
　「上田秋成全集8」'93 p371
踊之著慕駒連
　安藤菊二校訂　「未刊随筆百種8」'77 p281
陽復記（度会延佳）
　平重道，阿部秋生校注　「日本思想大系39」'72 p85
妖物論（也有）
　頴原退蔵著　「評釈江戸文学叢書7」'70 p750
用明天王職人鑑（近松門左衛門）
　島越文蔵校注・訳　「新編日本古典文学全集76」'00 p63
　「近松全集（岩波）4」'86 p43
　「近松全集（岩波）17影印編」'94 p210
　「近松全集（岩波）17影印編」'94 p213
　「近松全集（岩波）17解説編」'94 p224
　「近松全集（岩波）17解説編」'94 p227
　守随憲治,大久保忠国校注　「日本古典文学大系50」'59 p57
用明天皇職人鑑（近松門左衛門）
　藤井紫影校註　「近松全集（思文閣）7」'78 p199
　高野正巳校註　「日本古典全書〔94〕」'50 p247
養老
　芳賀矢一，佐佐木信綱校註　「謡曲叢書3」'87 p466
養老（世阿弥）
　西野春雄校注　「新日本古典文学大系57」'98 p121
　小山弘志，佐藤健一郎校注・訳　「新編日本古典文学全集58」'97 p42
余が家、例として後赤壁の夕（柴野栗山）
　菅野礼行,徳田武校注・訳　「新編日本古典文学全集86」'02 p474
余嘗て迹を官刹に剪り、山沢に放浪したる者殆ど十数年、乃ち公私に推逼せられ、事已むことを得ず。…戯れに擬風三章を作る。（大典顕常）
　末木文美士，堀川貴司注　「江戸漢詩選5」'96 p280
横川法語（恵心）
　宮坂宥勝校注　「日本古典文学大系83」'64 p51
「よき家や」表六句（松尾芭蕉）
　島居清著　「芭蕉連句全註解5」'81 p97
浴後の小酌（中島棕隠）
　水田紀久注　「江戸詩人選集6」'93 p216
翌日大雪、前韻を用いて戯れに蘭軒に呈す（二首、うち一首）（館柳湾）
　徳田武注　「江戸詩人選集7」'90 p305

余芸に到りて、留まること数旬、将に京寓に
帰らんとして、遂に母を奉じて偕に行く。侍
興歌を作る。(頼山陽)
　入谷仙介注　「江戸詩人選集8」'90 p71
横座
　北川忠彦ほか校注　「中世の文学 第1期〔20〕」'94
　　p195
横座房物語（内閣文庫蔵写本）
　横山重ほか編　「室町時代物語大成13」'85 p374
横笛（紫式部）
　阿部秋生，小町谷照彦，野村精一，柳井滋著
　　「鑑賞日本の古典6」'79 p292
　阿部秋生，秋山虔，今井源衛，鈴木日出男校注・
　　訳　「完訳日本の古典20」'87 p54
　円地文子訳　「現代語訳 日本の古典5」'79 p121
　谷崎潤一郎ほか編　「国民の文学4」'63 p81
　阿部秋生ほか校注・訳　「古典セレクション11」
　　'98 p9
　「古典日本文学全集5」'61 p293
　石田穣二，清水好子校注　「新潮日本古典集成
　　〔22〕」'80 p317
　柳井滋ほか校注　「新日本古典文学大系22」'96
　　p45
　阿部秋生，秋山虔，今井源衛，鈴木日出男校注・
　　訳　「新編日本古典文学全集23」'96 p343
　「特選日本の古典 グラフィック版5」'86 p97
　池田亀鑑校註　「日本古典全書〔15〕」'52 p265
　阿部秋生，秋山虔，今井源衛校注・訳　「日本古
　　典文学全集15」'74 p331
　山岸徳平校注　「日本古典文学大系17」'62 p53
　伊井春樹，日向一雅，百川敬仁（ほか）校注・訳
　　「日本の文学 古典編14」'87 p255
　「日本文学大系5」'55 p439
横笛草紙
　大島建彦校注・訳　「日本古典文学全集36」'74
　　p425
　市古貞次校注　「日本古典文学大系38」'58 p346
横笛滝口の草紙（赤木文庫蔵古活字丹緑本）
　横山重ほか編　「室町時代物語大成13」'85 p419
横笛草紙（仮題）（清凉寺蔵室町後期絵巻）
　横山重ほか編　「室町時代物語大成13」'85 p387
横笛物語（慶応義塾図書館蔵室町末期写本）
　横山重ほか編　「室町時代物語大成13」'85 p404
余頃おい鴨東の間地百余弓を購い得て、水を
疏し竹を種え、以て偃息の処と為し、喜び
を書す。二首（うち一首）（梁川星巌）
　入谷仙介注　「江戸詩人選集8」'90 p255
余斎翁四時雑歌巻（上田秋成）
　「上田秋成全集12」'95 p89
余斎四十二首（上田秋成）
　「上田秋成全集12」'95 p153

与謝蕪村集（与謝蕪村）
　頴原退蔵校註，清水孝之増補　「日本古典全書
　　〔82〕」'57 p51
義興
　芳賀矢一，佐佐木信綱校註　「謡曲叢書3」'87
　　p541
吉田義卿を送る（佐久間象山）
　坂田新注　「江戸漢詩選4」'95 p90
好忠集（曾禰好忠）
　和歌史研究会編　「私家集大成1」'73 p506
　和歌史研究会編　「私家集大成1」'73 p509
　和歌史研究会編　「私家集大成7」'76 p1611
　和歌史研究会編　「私家集大成7」'76 p1612
　松田武夫校注　「日本古典文学大系80」'64 p41
義経腰越状（五斗三番叟）（千鷺荘主人）
　河竹登志夫ほか監修　「名作歌舞伎全集4」'70
　　p111
義経将棊経（源義経将棊経）（近松門左衛門）
　「近松全集（岩波）17影印編」'94 p271
　「近松全集（岩波）17解説編」'94 p283
義経千本桜（竹田出雲）
　鶴見誠校註　「日本古典全書〔97〕」'56 p173
義経千本桜（竹田出雲ほか）
　河竹登志夫ほか監修　「名作歌舞伎全集2」'68
　　p235
大物船矢倉吉野花矢倉義経千本桜（竹田出雲ほか）
　樋口慶千代著　「評釈江戸文学叢書4」'70 p115
義経千本桜（竹田出雲（二代）ほか）
　角田一郎，内山美樹子校注　「新日本古典文学大
　　系93」'91 p393
義経千本桜（竹田出雲，三好松洛，並木千柳）
　村上元三訳　「現代語訳 日本の古典18」'80 p5
　「古典日本文学全集25」'61 p73
義経千本桜（並木宗輔）
　戸板康二編　「鑑賞日本古典文学30」'77 p67
　祐田善雄校注　「日本古典文学大系99」'65 p143
義経追善女舞（曾我七以呂波）（近松門左衛門）
　「近松全集（岩波）17影印編」'94 p186
　「近松全集（岩波）17解説編」'94 p197
義経東六法（竹本義太夫）
　「竹本義太夫浄瑠璃正本集下」'95 p938
義経東六法（近松門左衛門）
　藤井紫影校註　「近松全集（思文閣）5」'78 p369
よしなしごと
　谷崎潤一郎ほか編　「国民の文学6」'64 p342
　「古典日本文学全集7」'60 p247
　塚原鉄雄校注　「新潮日本古典集成〔30〕」'83
　　p31
　大槻修，今井源衛，森下純昭，辛島正雄校注
　　「新日本古典文学大系26」'92 p96

三谷栄一，三谷邦明，稲賀敬二校注・訳　「新編日本古典文学全集17」'00 p499
　池田利夫訳注　「対訳古典シリーズ〔7〕」'88 p183
　大槻修校注・訳　「日本の文学 古典編21」'86 p233
吉野
　芳賀矢一，佐佐木信綱校註　「謡曲叢書3」'87 p543
芳野遊草(八十一首、うち六首)(大典顕常)
　末木文美士，堀川貴司注　「江戸漢詩選5」'96 p271
芳野懐古(野村篁園)
　徳田武注　「江戸詩人選集7」'90 p52
よしの川
　荻田清ほか編　「近世文学選〔1〕」'94 p185
吉野川に遊ぶ(藤原宇合)
　菅野礼行，徳田武校注・訳　「新編日本古典文学全集86」'02 p38
吉野紀行(白雄)
　頴原退蔵著　「評釈江戸文学叢書7」'70 p770
芳野紀行(松尾芭蕉)
　谷崎潤一郎ほか編　「国民の文学15」'64 p169
吉野行(上田秋成)
　「上田秋成全集12」'95 p403
吉野琴(観世元雅)
　芳賀矢一，佐佐木信綱校註　「謡曲叢書3」'87 p546
芳野山(安永二年四月序)(古喬子)
　武藤禎夫編　「噺本大系9」'79 p269
芳野山にて桜花を賞す五首(山梨稲川)
　一海知義，池沢一郎注　「江戸漢詩選2」'96 p168
吉野静(観阿弥)
　竹本幹夫，橋本朝生校注・訳　「日本の文学 古典編36」'87 p194
　芳賀矢一，佐佐木信綱校註　「謡曲叢書3」'87 p550
吉野忠信(近松門左衛門)
　藤井紫影校註　「近松全集(思文閣)8」'78 p93
　「近松全集(岩波)2」'87 p471
　「近松全集(岩波)17影印編」'94 p183
　「近松全集(岩波)17解説編」'94 p193
吉野天人(観世信光)
　芳賀矢一，佐佐木信綱校註　「謡曲叢書3」'87 p552
吉野都女楠(近松門左衛門)
　藤井紫影校註　「近松全集(思文閣)9」'78 p413
　「近松全集(岩波)6」'87 p351
　「近松全集(岩波)17影印編」'94 p267
　「近松全集(岩波)17解説編」'94 p279

よしのふ(大中臣能宣)
　和歌史研究会編　「私家集大成1」'73 p553
よしのふ(広島大学国文学研究室蔵奈良絵本)
　横山重ほか編　「室町時代物語大成13」'85 p433
能宣集(大中臣能宣)
　和歌史研究会編　「私家集大成1」'73 p571
　和歌史研究会編　「私家集大成1」'73 p574
　「日本文学大系11」'55 p207
　長連恒編　「日本文学大系12」'55 p717
芳野道の記(松花堂昭乗)
　津本信博編　「近世紀行日記文学集成1」'93 p27
吉野詣(大村由己)
　芳賀矢一，佐佐木信綱校註　「謡曲叢書3」'87 p554
吉野詣記(三条西公条)
　伊藤敬校注・訳　「新編日本古典文学全集48」'94 p513
吉野山の詞(上田秋成)
　「上田秋成全集11」'94 p40
吉益周輔、河豚を咏ずる詩を贈さる。云う、「何ぞ論ぜん、酷毒の無と有とを、天然無毒の人を毒せず」と。余戯れに答えて曰く、「余は則ち天然有毒の人なり。因りて一詩有り、足下の家説と相い逕庭せず。試みに録して粲を博す」と(中島棕隠)
　水田紀久注　「江戸詩人選集6」'93 p234
吉水
　芳賀矢一，佐佐木信綱校註　「謡曲叢書3」'87 p557
よしやあしや(上田秋成)
　「日本文学古註釈大成〔26〕」'79 p599
よしやあしや(稿本)(上田秋成)
　「上田秋成全集5」'92 p255
予、十九年前野島に遊びて作る(原采蘋)
　福島理子注　「江戸漢詩選3」'95 p201
与州播州雑詠(小林一茶)
　小林計一郎校注　「一茶全集7」'77 p291
余将に東に遊ばんとして、京に入りて子成の疾を問う。子成は時に已に沈綿す。曰く、千里の行、言無かるべからずと。遂に一絶句を賦して贈る。輒ち其の韻に次して以て酬ゆ。時に天保壬辰九月十七の夜なり。(梁川星巌)
　入谷仙介注　「江戸詩人選集8」'90 p262
吉原鑑
　伊藤千可良ほか校　「江戸時代文芸資料4」'64 p1
吉原源氏六十帖評判(原雀)
　「洒落本大成1」'78 p93
吉原恋之道引

伊藤千可良ほか校 「江戸時代文芸資料4」'64 p1
吉原失墜(富士屋吉連ほか)
　安藤菊二校訂 「未刊随筆百種3」'76 p127
新版さんちゃ大評判吉原出世鑑(五橋庵)
　「洒落本大成2」'78 p9
吉原春秋二度の景物(梧桐久儔)
　朝倉治彦校訂 「未刊随筆百種1」'76 p279
吉原雀(教草吉原雀)(桜田治助(初代))
　河竹登志夫ほか監修 「名作歌舞伎全集24」'72 p19
吉原談語(十辺舎)
　「洒落本大成21」'84 p183
吉原談語(桃猿舎犬雄)
　「洒落本大成26」'86 p111
吉原帽子(煙花浪子)
　「洒落本大成26」'86 p95
吉原丸鑑
　「徳川文芸類聚12」'70 p428
吉原やうし(山東京伝)
　「洒落本大成14」'81 p243
吉原楊枝(山東京伝)
　伊藤千可良ほか校 「江戸時代文芸資料1」'64 p281
よその夜の巻(安永年中)(与謝蕪村)
　潁原退蔵編著 「蕪村全集2」'48 p230
よだれかけ(楳條軒)
　伊藤千可良ほか校 「江戸時代文芸資料4」'64 p1
四日市の酒楼に菊池五山の題詩を見て、戯に賦す。(頼山陽)
　入谷仙介注 「江戸詩人選集8」'90 p16
世継草(鈴木重胤)
　芳賀登, 松本三之介校注 「日本思想大系51」'71 p231
世継曾我(近松門左衛門)
　高野正巳訳 「古典日本文学全集24」'59 p3
　信多純一校注 「新潮日本古典集成〔73〕」'86 p9
　大橋正叙校注 「新日本古典文学大系91」'93 p1
　藤井紫影叙註 「近松全集(思文閣)2」'78 p1
　「近松全集(岩波)1」'85 p1
　「近松全集(岩波)17影印編」'94 p131
　「近松全集(岩波)17影印編」'94 p135
　「近松全集(岩波)17解説編」'94 p137
　「近松全集(岩波)17解説編」'94 p141
　高野正巳校註 「日本古典全書〔94〕」'50 p97
四倉竜灯(只野真葛)
　古谷知新編 「江戸時代女流文学全集3」'01 p452
夜告夢はなし(江南里遊)
　「洒落本大成29」'88 p57

「四つごき」の詞書(松尾芭蕉)
　井本農一, 弥吉菅一, 横沢三郎, 尾形仂校注 「校本芭蕉全集6」'89 p526
よつのそで
　荻田清ほか編 「近世文学選〔1〕」'94 p185
四ツ橋供養(竹本義太夫)
　「竹本義太夫浄瑠璃正本集下」'95 p578
璵東陵日本録(東陵永璵)
　玉村竹二編 「五山文学新集別2」'81 p65
淀川を下る(大窪詩仏)
　揖斐高注 「江戸詩人選集5」'90 p246
淀鯉出世滝徳(近松門左衛門)
　長友千代治校注・訳 「新編日本古典文学全集74」'97 p59
　藤井紫影校註 「近松全集(思文閣)8」'78 p607
　「近松全集(岩波)5」'86 p517
　高野正巳校註 「日本古典全書〔95〕」'51 p261
　森修, 鳥越文蔵, 長友千代治校注・訳 「日本古典文学全集43」'72 p493
淀渡(宗祇)
　木藤才蔵校注 「中世の文学 第1期〔10〕」'82 p281
淀の川瀬
　荻田清ほか編 「近世文学選〔1〕」'94 p187
「世に有て」百韻(松尾芭蕉)
　島居清著 「芭蕉連句全註解2」'79 p193
米市
　北川忠彦ほか校注 「中世の文学 第1期〔22〕」'95 p161
　古川久校註 「日本古典全書〔93〕」'56 p152
扇屋かなめ傘六郎兵衛米饅頭始(山東京伝)
　水野稔校注 「新日本古典文学大系85」'90 p1
余年甫めて三十二にして新に娶り、乃ち二絶句を作り以て自ら調す。(うち一首)(梁川星巌)
　入谷仙介注 「江戸詩人選集8」'90 p184
余之也阿志家(上田秋成)
　「上田秋成全集5」'92 p436
世のすがた
　宇田敏彦校訂 「未刊随筆百種6」'77 p33
世の手本(渋井太室)
　奈良本辰也校注 「日本思想大系38」'76 p369
世上洒落見絵図(山東京伝)
　「古典叢書〔3〕」'89 p155
予之也安志夜(上田秋成)
　「上田秋成全集5」'92 p475
四番目物
　小山弘志, 佐藤喜久雄, 佐藤健一郎, 表章校注・訳 「完訳日本の古典46」'87 p245
　小山弘志, 佐藤喜久雄, 佐藤健一郎, 表章校注・訳 「完訳日本の古典47」'88 p13

余東山の秀色を愛し、毎日行飯するや、銅駝橋に上りて之を望む。一日忽ち「東山熟友の如く、数しば見るも相い厭わず」の句を得たり。家に帰りて之を足し、十六韻を成す。（頼山陽）
　　入谷仙介注　「江戸詩人選集8」'90 p18
呼子鳥（鷺亭）
　　「洒落本大成8」'80 p257
与兵衛おかめひぢりめん卯月の紅葉（近松門左衛門）
　　森修、鳥越文蔵、長友千代治校注・訳　「日本古典文学全集43」'72 p193
蓬生（紫式部）
　　阿部秋生、秋山虔、今井源衛、鈴木日出男校注・訳　「完訳日本の古典16」'84 p139
　　円地文子訳　「現代語訳 日本の古典5」'79 p70
　　谷崎潤一郎ほか編　「国民の文学3」'63 p277
　　阿部秋生ほか校注・訳　「古典セレクション5」'98 p9
　　「古典日本文学全集4」'61 p290
　　石田穣二、清水好子校注　「新潮日本古典集成〔20〕」'78 p53
　　柳井滋ほか校注　「新日本古典文学大系20」'94 p129
　　阿部秋生、秋山虔、今井源衛、鈴木日出男校注・訳　「新編日本古典文学全集21」'95 p323
　　「特選日本の古典 グラフィック版5」'86 p49
　　池田亀鑑校註　「日本古典全書〔13〕」'49 p236
　　阿部秋生、秋山虔、今井源衛校注・訳　「日本古典文学全集13」'72 p313
　　山岸徳平校注　「日本古典文学大系15」'59 p135
　　伊井春樹、日向一雅、百川敬仁（ほか）校注・訳　「日本の文学 古典編12」'86 p227
　　「日本文学大系4」'55 p400
四方のあか（大田南畝）
　　浜田義一郎、中野三敏、日野龍夫、揖斐高編　「大田南畝全集1」'85 p105
　　中野三敏校注　「新日本古典文学大系84」'93 p245
四方赤良
　　棚橋正博、鈴木勝忠、宇田敏彦注解　「新編日本古典文学全集79」'99 p481
四方の留粕（大田南畝）
　　浜田義一郎、中野三敏、日野龍夫、揖斐高編　「大田南畝全集1」'85 p173
頼子成、予の詩巻を評して胎られ、此れを賦して寄謝す（広瀬淡窓）
　　岡村繁注　「江戸詩人選集9」'91 p16
頼子成の山紫水明処に題す（大窪詩仏）
　　揖斐高注　「江戸詩人選集5」'90 p292

頼子成、連りに伊丹酒を恵む。此れより前に、西遊草を示さ見。此れを賦して併せて謝す（菅茶山）
　　黒川洋一注　「江戸詩人選集4」'90 p146
従二位顕氏集（藤原顕氏）
　　和歌史研究会編　「私家集大成4」'75 p308
頼朝（神奈川県立文化資料館蔵奈良絵本）
　　横山重ほか編　「室町時代物語大成13」'85 p465
頼朝伊豆日記（竹本義太夫）
　　「竹本義太夫浄瑠璃正本集上」'95 p164
頼朝伊豆日記（近松門左衛門）
　　藤井紫影校註　「近松全集（思文閣）5」'78 p55
頼朝三代鎌倉記
　　倉員正江校訂　「叢書江戸文庫Ⅱ-31」'94 p31
頼朝の最期（尊経閣文庫蔵写本）
　　横山重ほか編　「室町時代物語大成補2」'88 p607
頼朝の死（真山青果）
　　河竹登志夫ほか監修　「名作歌舞伎全集25」'71 p275
頼朝浜出（近松門左衛門）
　　藤井紫影校註　「近松全集（思文閣）3」'78 p1
頼政（世阿弥）
　　「古典日本文学全集20」'62 p17
　　伊藤正義校注　「新潮日本古典集成〔60〕」'88 p415
　　西野春雄校注　「新日本古典文学大系57」'98 p39
　　小山弘志、佐藤健一郎校注・訳　「新編日本古典文学全集58」'97 p160
頼政―古名源三位
　　芳賀矢一、佐佐木信綱校註　「謡曲叢書3」'87 p559
頼政集（源頼政）
　　和歌史研究会編　「私家集大成2」'75 p673
　　和歌史研究会編　「私家集大成7」'76 p1614
よりもと（大中臣頼基）
　　和歌史研究会編　「私家集大成1」'73 p345
頼基集
　　「日本文学大系12」'55 p553
　　長連恒編　「日本文学大系12」'55 p761
夜歩く（広瀬旭荘）
　　岡村繁注　「江戸詩人選集9」'91 p214
夜函嶺を踰ゆ（橋本左内）
　　坂田新注　「江戸漢詩選4」'95 p232
夜、砧声を聴く（成島柳北）
　　日野龍夫注　「江戸詩人選集10」'90 p134
よるのすかかき（風通）
　　「洒落本大成5」'79 p281
夜の鶴（阿仏尼）
　　簗瀬一雄編　「校註阿仏尼全集〔1〕」'84 p91

夜の鶴(阿佛尼)
　佐佐木信綱編　「日本歌学大系3」'56 p404
甲駅夜の錦(宇治の茶筌子)
　「洒落本大成22」'84 p223
夜の寝覚
　鈴木一雄, 石埜敬子校注・訳　「完訳日本の古典25」'84 p7
　鈴木一雄, 石埜敬子校注・訳　「完訳日本の古典26」'89 p7
　鈴木一雄校注・訳　「新編日本古典文学全集28」'96 p11
　鈴木一雄校注・訳　「日本古典文学全集19」'74 p37
　阪倉篤義校注　「日本古典文学大系78」'64 p41
夜の懐(伊藤仁斎)
　菅野礼行, 徳田武校注・訳　「新編日本古典文学全集86」'02 p293
夜 墨水を下る(服部南郭)
　山本和義, 横山弘注　「江戸詩人選集3」'91 p52
夜、柳橋を過ぐ(成島柳北)
　日野龍夫注　「江戸詩人選集10」'90 p23
夜、淀江を下る(橋本左内)
　坂田新注　「江戸漢詩集4」'95 p214
鎧
　北川忠彦ほか校注　「中世の文学 第1期〔20〕」'94 p316
喜びを記す(田能村竹田)
　徳田武注　「江戸漢詩選1」'96 p123
喜美賀楽寿(安永六年正月序)
　武藤禎夫編　「噺本大系11」'79 p94
悦甃屓蝦夷押領(恋川春町)
　宇田敏彦校注　「新日本古典大系83」'97 p277
万の宝(四方赤良)
　浜田義一郎, 武藤禎夫編　「日本小咄集成下」'71 p113
万の宝(安永九年正月刊)(四方赤良)
　武藤禎夫編　「噺本大系11」'79 p248
万の文反古(井原西鶴)
　暉峻康隆著　「鑑賞日本古典文学27」'76 p317
　宗政五十緒, 長谷川強著　「鑑賞日本の古典15」'80 p367
　神保五弥校注・訳　「完訳日本の古典53」'84 p7
　麻生磯次訳　「現代語訳西鶴全集(河出)7」'52 p9
　暉峻康隆訳注　「現代語訳西鶴全集(小学館)11」'76 p19
　麻生磯次訳　「古典日本文学全集23」'60 p305
　岡本勝編　「西鶴選集〔5〕」'94 p3
　岡本勝編　「西鶴選集〔6〕」'94 p13

谷脇理史校注　「新日本古典文学大系77」'89 p363
神保五弥校注・訳　「新編日本古典文学全集68」'96 p207
穎原退蔵ほか編　「定本西鶴全集8」'50 p229
吉行淳之介訳　「特選日本の古典 グラフィック版8」'86 p100
谷脇理史, 神保五弥, 暉峻康隆校注・訳　「日本古典文学全集40」'72 p265
藤村作校訂　「訳註西鶴全集1」'47 p257
弱法師(観世十郎元雅)
　小山弘志, 佐藤健一郎校注・訳　「新編日本古典文学全集59」'98 p137
弱法師(観世元雅)
　芳賀矢一, 佐佐木信綱校註　「謡曲叢書3」'87 p564
弱法師(竹本義太夫)
　「竹本義太夫浄瑠璃正本集上」'95 p219
弱法師(近松門左衛門)
　藤井紫影校註　「近松全集(思文閣)4」'78 p391
「世は旅に」歌仙(松尾芭蕉)
　島居清著　「芭蕉連句全註解9」'83 p257
与話情浮名横櫛(瀬川如皐)
　「古典日本文学全集26」'61 p267
　河竹登志夫ほか監修　「名作歌舞伎全集16」'70 p141
　河竹繁俊著　「評釈江戸文学叢書6」'70 p797
夜半翁終焉記(与謝蕪村)
　揖斐高校注・訳　「日本の文学 古典編43」'86 p179
夜半の茶漬(山東京伝)
　「古典叢書〔2〕」'89 p483
夜半の茶漬(山東鶏告, 山東唐洲)
　「洒落本大成14」'81 p219
夜半の寝覚
　円地文子訳　「国民の文学5」'64 p273
余は太だ筆頭菜を嗜む。人の之を嗤う者有り。戯れに答う(六如)
　黒川洋一注　「江戸詩人選集4」'90 p334
艶色品定女(女好庵主人)
　風俗資料研究会編　「秘められたる古典名作全集1」'97 p171

【ら】

頼豪阿闍梨怪鼠伝(滝沢馬琴)
　「古典叢書〔13〕」'89 p3
頼光跡目論(岡清兵衛)

乙葉弘校注 「日本古典文学大系51」'60 p41
頼光跡目論(竹本義太夫)
　「竹本義太夫浄瑠璃正本集下」'95 p863
来迎讃(恵心僧都)
　高野辰之編 「日本歌謡集成4」'60 p13
全体平気頼光邪魔入(唐来三和)
　山本陽史編 「シリーズ江戸戯作〔2〕」'89 p51
頼山陽詩集
　頼惟勤, 直井文子校注 「新日本古典文学大系66」'96 p147
来芝一代記
　「洒落本大成17」'82 p33
頼千祺、浪華春望の作有り。十三覃にて二十韻を押す。萱錢塘之れに和するに三肴を以ってす。千祺は俊秀、錢塘は老錬、各其の妙を極む。予も亦たこれが顰みに倣わんと欲す。而れども険韻は予の能わざる所なり。因りて十灰を採り、賦して以って二君に呈す(葛子琴)
　水田紀久注 「江戸詩人選集6」'93 p70
頼千秋を送る(葛子琴)
　水田紀久注 「江戸詩人選集6」'93 p103
頼千齢の留春居に寄せ題す(菅茶山)
　黒川洋一注 「江戸詩人選集4」'90 p178
雷電—古名菅丞相
　芳賀矢一, 佐佐木信綱校註 「謡曲叢書3」'87 p568
羅漢供教化
　高野辰之編 「日本歌謡集成4」'60 p113
羅漢供次第教化
　高野辰之編 「日本歌謡集成4」'60 p212
羅漢和讃(明恵上人)
　高野辰之編 「日本歌謡集成4」'60 p46
楽阿弥
　「古典日本文学全集20」'62 p332
　北川忠彦ほか校注 「中世の文学 第1期〔20〕」'94 p169
　古川久註 「日本古典全書〔93〕」'56 p198
開化新作落語の吹寄(明治十八年九月刊)(落語家連中)
　武藤禎夫編 「噺本大系16」'79 p331
落柿舎遺書(向井去来)
　大内初夫校注 「校本芭蕉全集別1」'91 p299
落柿舎記(去来)
　雲英末雄, 山下一海, 丸山一彦, 松尾靖秋校注・訳 「新編日本古典文学全集72」'01 p475
落柿舎記(去來)
　頴原退蔵著 「評釈江戸文学叢書7」'70 p734
落柿舎記(松尾芭蕉)
　井本農一, 久富哲雄, 村松友次, 堀切実校注・訳 「新編日本古典文学全集71」'97 p314
落柿舎の記(松尾芭蕉)

井本農一, 弥吉菅一, 横沢三郎, 尾形仂校注 「校本芭蕉全集6」'89 p482
落歯の嘆き(六如)
　黒川洋一注 「江戸詩人選集4」'90 p333
落書露顕(今川了俊)
　佐佐木信綱編 「日本歌学大系5」'57 p190
洛水一滴抄
　宇田敏彦校訂 「未刊随筆百種7」'77 p17
駱駝の嘆き(梁川星巌)
　入谷仙介注 「江戸詩人選集8」'90 p191
洛東芭蕉庵再興記(蕪村)
　雲英末雄, 山下一海, 丸山一彦, 松尾靖秋校注・訳 「新編日本古典文学全集72」'01 p554
　頴原退蔵著 「評釈江戸文学叢書7」'70 p757
洛東芭蕉庵再興記(与謝蕪村)
　「古典日本文学全集32」'60 p199
　揖斐高校注・訳 「日本の文学 古典編43」'86 p168
　頴原退蔵編著 「蕪村全集1」'48 p416
落梅花(平城天皇)
　菅野礼行, 徳田武校注・訳 「新編日本古典文学全集86」'02 p88
「落梅花」に和し奉る(小野岑守)
　菅野礼行, 徳田武校注・訳 「新編日本古典文学全集86」'02 p89
落葉集(関井林子)
　長沢美津編 「女人和歌大系5」'78 p461
洛陽田楽記(大江匡房)
　守屋毅校注 「日本思想大系23」'73 p217
洛陽道(祇園南海)
　山本和義, 横山弘注 「江戸詩人選集3」'91 p179
蘿月菴国書漫抄(尾崎雅嘉)
　関根正直ほか監修 「日本随筆大成I-4」'75 p1
羅山林先生文集(抄)(林羅山)
　石田一良, 金谷治校注 「日本思想大系28」'75 p187
羅生門—一名綱
　芳賀矢一, 佐佐木信綱校註 「謡曲叢書3」'87 p571
羅生門(井田等氏蔵絵巻)
　横山重ほか編 「室町時代物語大成13」'85 p473
落花水を渡りて舞ふ(大江匡衡)
　菅野礼行, 徳田武校注・訳 「新編日本古典文学全集86」'02 p194
落花の吟 并びに引(三十首、うち二首)(中島棕隠)
　水田紀久注 「江戸詩人選集6」'93 p217
落花の篇(大典顕常)
　末木文美士, 堀川貴司注 「江戸漢詩選5」'96 p218

螺盃銘（与謝蕪村）
　穎原退蔵編著　「蕪村全集1」'48 p430
ラランデ暦書管見（抄）（高橋至時）
　中山茂校注　「日本思想大系65」'72 p167
蘭（古賀精里）
　一海知義，池沢一郎注　「江戸漢詩選2」'96 p228
乱を避けて舟を江州の湖上に（足利義昭）
　菅野礼行，徳田武校注・訳　「新編日本古典文学全集86」'02 p244
蘭学階梯（大槻玄沢）
　松村明校注　「日本思想大系64」'76 p373
蘭学事始（杉田玄白）
　杉浦明平訳　「古典日本文学全集35」'61 p284
乱曲扇拍子
　荻田清ほか編　「近世文学選〔1〕」'94 p221
蘭曲後撰集
　高野辰之編　「日本歌謡集成11」'61 p1
懶室漫稿（仲芳円伊）
　上村観光編　「五山文学全集3」'73 p2501
蘭奢待新田系図（近松半二）
　沙加戸弘校訂　「叢書江戸文庫III-39」'96 p7
蘭亭先生の鎌山草堂に題する（横谷藍水）
　菅野礼行，徳田武校注・訳　「新編日本古典文学全集86」'02 p433
蘭東事始（杉田玄白）
　小高敏郎，松村明校注　「日本古典文学大系95」'64 p467
「蘭の香や」詞書（松尾芭蕉）
　井本農一，久富哲雄，村松友次，堀切実校注・訳　「新編日本古典文学全集71」'97 p184
蘭坡景茝作品拾遺（蘭坡景茝）
　玉村竹二編　「五山文学新集5」'71 p471
蘭訳梯航（大槻玄沢）
　松村明校注　「日本思想大系64」'76 p373

【り】

理学秘訣（鎌田柳泓）
　柴田実校注　「日本思想大系42」'71 p375
梨花の雪（市河寛斎）
　揖斐高注　「江戸詩人選集5」'90 p167
李花和歌集（宗良親王）
　和歌史研究会編　「私家集大成5」'74 p309
李義山集を読む（館柳湾）
　徳田武注　「江戸詩人選集7」'90 p335
六義（世阿弥）

　表章，加藤周一校注　「日本思想大系24」'74 p179
理屈物語（寛文七年刊）（苗村丈伯）
　武藤禎，岡雅彦編　「噺本大系2」'76 p213
六如師雪に乗じて贈らるるに酬ゆ（大典顕常）
　末木文美士，堀川貴司注　「江戸漢詩選5」'96 p262
六如上人の房に宿す（大典顕常）
　末木文美士，堀川貴司注　「江戸漢詩選5」'96 p285
六諭衍義大意（室鳩巣）
　中村幸彦校注　「日本思想大系59」'75 p365
理慶尼の記（一名武田勝頼滅亡記）（理慶尼）
　古谷知新編　「江戸時代女流文学全集1」'01 p1
李娃物語（内閣文庫蔵写本）
　横山重ほか編　「室町時代物語大成補2」'88 p620
李孔を歎ず（島田忠臣）
　菅野礼行，徳田武校注・訳　「新編日本古典文学全集86」'02 p132
理斎随筆（志賀理斎）
　関根正直ほか監修　「日本随筆大成III-1」'76 p225
律
　井上光貞，関晃，土田直鎮，青木和夫校注　「日本思想大系3」'76 p15
立花図屏風
　西山松之助校注　「日本思想大系61」'72 p177
立花大全（十一屋太右衛門）
　西山松之助校注　「日本思想大系61」'72 p189
立花牧童（彦三郎）宛書簡（松尾芭蕉）
　富山奏校注　「新潮日本古典集成〔72〕」'78 p177
栗軒偶題（八首，うち三首）（館柳湾）
　徳田武注　「江戸詩人選集7」'90 p250
栗山先生、諸韻士を招飲す。晋帥も亦た焉に与る。此れを賦して呈し奉る（菅茶山）
　黒川洋一注　「江戸詩人選集4」'90 p57
立春小酌、分韻して春字を得たり（藤東湖）
　坂田新注　「江戸漢詩選4」'95 p13
立春の日に枕上に氷を聴く。時に伊州に在り。（梁川星巌）
　入谷仙介注　「江戸詩人選集8」'90 p189
立春噺大集（常笋亭竹，後素軒蘭庭編）
　武藤禎夫編　「噺本大系10」'79 p227
　武藤禎夫編　「噺本大系10」'79 p247
立春話大集（常笋亭竹，後素軒蘭庭撰）
　浜田義一郎，武藤禎夫編　「日本小咄集成下」'71 p19
立正安国論
　堀一郎訳　「古典日本文学全集15」'61 p173
立正安国論（日蓮）

りつし　作品名

名畑応順，多屋頼俊，兜木正亨，新間進一校注
　「日本古典文学大系82」'64 p291
立身大福帳（唯楽軒）
　伊藤千可良ほか校　「江戸時代文芸資料2」'64
　p137
立路随筆（林百助）
　関根正直ほか監修　「日本随筆大成II-18」'74
　p105
李都尉陵 従軍（服部南郭）
　山本和義，横山弘注　「江戸詩人選集3」'91 p64
李白，月に問う図に題す（大窪詩仏）
　揖斐高注　「江戸詩人選集5」'90 p221
李白爆を観るの図（荻生徂徠）
　一海知義，池沢一郎注　「江戸漢詩選2」'96 p62
掠職手記（安藤昌益）
　尾藤正英，島崎隆夫校注　「日本思想大系45」'77
　p274
柳庵雑筆（栗原信充）
　関根正直ほか監修　「日本随筆大成III-3」'76
　p363
柳庵随筆（栗原信充）
　関根正直ほか監修　「日本随筆大成II-17」'74
　p189
柳庵随筆初編（栗原信充）
　関根正直ほか監修　「日本随筆大成II-17」'74
　p155
柳庵随筆余編（栗原信充）
　関根正直ほか監修　「日本随筆大成II-18」'74
　p1
柳営譜略（中川忠英）
　安藤菊二校訂　「未刊随筆百種8」'77 p61
柳園詠草（石川依平）
　「国歌大系17」'76 p763
柳園家集（海野遊翁）
　「国歌大系18」'76 p831
竜王村地内御普請仕末書
　安芸皎一校注　「日本思想大系62」'72 p415
流霞集（一条冬良）
　和歌史研究会編　「私家集大成6」'76 p571
琉歌百控
　外間守善校注　「新日本古典文学大系62」'97
　p365
琉歌百控 乾柔節流
　友久武文ほか校注　「新日本古典文学大系62」
　'97 p368
琉歌百控 独節流
　友久武文ほか校注　「新日本古典文学大系62」
　'97 p434
琉歌百控 覧節流
　友久武文ほか校注　「新日本古典文学大系62」
　'97 p503

琉球歌
　志田延義編　「続日本歌謡集成2」'61 p399
琉球談（森島中良）
　石上敏校訂　「叢書江戸文庫II-32」'94 p59
柳橋新誌（成島柳北）
　日野龍夫校注　「新日本古典文学大系100」'89
　p333
　「新日本古典文学大系100」'89 p535
竜宮猩猩
　芳賀矢一，佐佐木信綱校註　「謡曲叢書3」'87
　p574
流螢篇（服部南郭）
　山本和義，横山弘注　「江戸詩人選集3」'91
　p153
隆源口伝（隆源）
　佐佐木信綱編　「日本歌学大系1」'58 p108
流行歌選
　志田延義編　「続日本歌謡集成5」'62 p399
竜光の江月禅師を挽す（石川丈山）
　上野洋三注　「江戸詩人選集1」'91 p27
竜虎問答（蓬萊山人帰橋）
　伊藤千可良ほか校　「江戸時代文芸資料1」'64
　p129
　「洒落本大成8」'80 p343
竜山の絵，玉蘊女史の画ける牡丹に題す。（頼
山陽）
　入谷仙介注　「江戸詩人選集8」'90 p7
柳糸花組交（柳亭種彦）
　「古典叢書〔38〕」'90 p239
「柳小折」歌仙（松尾芭蕉）
　島居清著　「芭蕉連句全註解9」'83 p285
柳子新論（山県大弐）
　奈良本辰也校注　「日本思想大系38」'76 p391
流水集（東沼周巌）
　玉村竹二編　「五山文学新集3」'69 p293
　玉村竹二編　「五山文学新集3」'69 p499
流星（日月星昼夜織分）（河竹黙阿弥）
　河竹登志夫ほか監修　「名作歌舞伎全集24」'72
　p189
竜泉に浴する途中の作（祇園南海）
　山本和義，横山弘注　「江戸詩人選集3」'91
　p196
竜泉の雨夜（祇園南海）
　山本和義，横山弘注　「江戸詩人選集3」'91
　p282
隆達小歌（高三隆達）
　外村南都子校注・訳「日本の文学 古典編24」'86
　p237
隆達小歌集
　新間進一，志田延義，浅野建二校注　「日本古典
　文学大系44」'59 p319

隆達小歌百首
　　高野辰之編　「日本歌謡集成6」'60 p25
隆達節歌謡
　　新間進一，志田延義編　「鑑賞日本古典文学15」
　　'77 p269
隆達節小歌集（新編）
　　高野辰之編　「日本歌謡集成6」'60 p1
隆達節小歌集成
　　笹野堅校註　「日本古典全書〔87〕」'56 p75
柳亭記（柳亭種彦）
　　関根正直ほか監修　「日本随筆大成Ⅰ-2」'75
　　p323
柳亭浄瑠璃本目録（柳亭種彦編）
　　安藤菊二校訂　「未刊随筆百種10」'77 p43
柳亭日記（柳亭種彦）
　　「古典叢書〔41〕」'90 p437
柳亭筆記（柳亭種彦）
　　関根正直ほか監修　「日本随筆大成Ⅰ-4」'75
　　p247
竜灯のこと（只野真葛）
　　古谷知新編　「江戸時代女流文学全集3」'01
　　p453
竜女教化（覚鑁上人）
　　高野辰之編　「日本歌謡集成4」'60 p210
竜盤（菅茶山）
　　黒川洋一注　「江戸詩人選集4」'90 p23
留別の巻（安永六年）（与謝蕪村）
　　頴原退蔵編著　「蕪村全集2」'48 p184
立圃東の記行（雛屋立圃）
　　津本信博編　「近世紀行日記文学集成1」'93 p65
柳葉和歌集（宗尊親王）
　　和歌史研究会編　「私家集大成4」'75 p328
留林寺
　　芳賀矢一，佐佐木信綱校註　「謡曲叢書3」'87
　　p590
柳湾に舟を泊むる図（館柳湾）
　　徳田武注　「江戸詩人選集7」'90 p203
凌雨漫録
　　関根正直ほか監修　「日本随筆大成Ⅲ-8」'77
　　p127
良寛
　　高木市之助校注　「日本古典文学大系93」'66
　　p175
良寛歌集（良寛）
　　吉野秀雄校註　「日本古典全書〔75〕」'52 p55
良寛歌集（良寛和尚）
　　「国歌大系17」'76 p843
良寛集（良寛）
　　吉野秀雄評釈　「古典日本文学全集21」'60 p159
良寛と子守（坪内逍遙）

河竹登志夫ほか監修　「名作歌舞伎全集19」'70
　　p361
両吟一日千句（井原西鶴）
　　頴原退蔵ほか編　「定本西鶴全集13」'50 p181
涼月遺草（鵜殿余野子）
　　古谷知新編　「江戸時代女流文学全集3」'01
　　p347
了幻集抄（古剣妙快）
　　入矢義高校注　「新日本古典文学大系48」'90
　　p308
了幻集　二巻（古剣妙快）
　　上村観光編　「五山文学全集3」'73 p2089
竜虎
　　芳賀矢一，佐佐木信綱校註　「謡曲叢書3」'87
　　p579
両国栞（丹波助之丞）
　　「洒落本大成5」'79 p213
了俊一子伝（弁要抄）（今川了俊）
　　佐佐木信綱編　「日本歌学大系5」'57 p177
良将軍の華山の荘を尋ぬるに、将軍期を失して在らず（仲雄王）
　　菅野礼行，德田武校注・訳　「新編日本古典文学全集86」'02 p56
梁塵愚案抄（一條閤兼良）
　　高野辰之編　「日本歌謡集成2」'60 p261
梁塵後抄（熊谷直好）
　　高野辰之編　「日本歌謡集成2」'60 p301
梁塵秘抄
　　新間進一，外村南都子校注・訳　「完訳日本の古典34」'88 p9
　　新間進一，外村南都子校注・訳　「完訳日本の古典34」'88 p27
　　小西甚一訳　「古典日本文学全集15」'61 p347
　　榎克朗校訂　「新潮日本古典集成〔36〕」'79 p11
　　榎克朗校訂　「新潮日本古典集成〔36〕」'79 p23
梁塵秘抄（後白河院撰）
　　新間進一，外村南都子校注・訳　「新編日本古典文学全集42」'00 p173
　　高野辰之編　「日本歌謡集成2」'60 p473
梁塵秘抄（後白河天皇撰）
　　新間進一，志田延義編　「鑑賞日本古典文学15」
　　'77 p7
　　浅野建二著　「鑑賞日本の古典8」'80 p325
　　「国歌大系1」'76 p149
　　小林芳規，武石彰夫校注　「新日本古典文学大系56」'93 p3
　　小西甚一校註　「日本古典全書〔85〕」'53 p47
　　臼田甚五郎，新間進一校注・訳　「日本古典文学全集25」'76 p195
　　外村南都子校注・訳　「日本の文学 古典編24」'86
　　p57

梁塵秘抄口伝集
　新間進一, 志田延義編　「鑑賞日本古典文学15」
　　'77 p127
　新間進一, 外村南都子校注・訳　「完訳日本の古
　　典34」'88 p295
　新間進一, 外村南都子校注・訳　「完訳日本の古
　　典34」'88 p299
　榎克朗校注　「新潮日本古典集成〔36〕」'79 p223
　榎克朗校注　「新潮日本古典集成〔36〕」'79 p227
梁塵秘抄口伝集（後白河院撰）
　臼田甚五郎, 新間進一, 外村南都子, 徳江元正校
　　注・訳　「新編日本古典文学全集42」'00 p336
　臼田甚五郎, 新間進一, 外村南都子, 徳江元正校
　　注・訳　「新編日本古典文学全集42」'00 p339
　臼田甚五郎, 新間進一, 外村南都子, 徳江元正校
　　注・訳　「新編日本古典文学全集42」'00 p341
　臼田甚五郎, 新間進一, 外村南都子, 徳江元正校
　　注・訳　「新編日本古典文学全集42」'00 p343
　高野辰之編　「日本歌謡集成2」'60 p513
梁塵秘抄口伝集（後白河天皇撰）
　小西甚一校註　「日本古典全書〔85〕」'53 p163
　小西甚一校註　「日本古典全書〔85〕」'53 p165
「梁塵秘抄」拾遺
　新間進一編　「続日本歌謡集成1」'64 p73
了智定書
　笠原一男, 井上鋭夫校注　「日本思想大系17」'72
　　p463
竜頭大夫
　芳賀矢一, 佐佐木信綱校註　「謡曲叢書3」'87
　　p575
両都妓品（遊戯主人）
　「洒落本大成1」'78 p89
両都妓品（游戯主人）
　「洒落本大成1」'78 p67
「両の手に」歌仙（松尾芭蕉）
　島居清孝　「芭蕉連句全註解別1」'83 p85
梁伯兎に逢い、其の婦紅蘭の韻に次す。（頼
　山陽）
　入谷仙介注　「江戸詩人選集8」'90 p112
両巴巵言（撃鉦先生）
　「洒落本大成1」'78 p15
両面手（青銅人）
　「洒落本大成23」'85 p267
良夜草庵の記（来山）
　雲英末雄, 山下一海, 丸山一彦, 松尾靖秋校注・
　　訳　「新編日本古典文学全集72」'01 p442
旅懐（二首）（梁川紅蘭）
　福島理子注　「江戸漢詩選3」'95 p251
旅雁を聞く（藤原道真）
　菅野礼行, 徳田武校注・訳　「新編日本古典文学
　　全集86」'02 p154

南総記行旅眼石
　十偏舎一九校注　「新版絵草紙シリーズ9」'84
　　p52
旅舘日記
　「俳書叢刊6」'88 p83
緑陰（絶海中津）
　菅野礼行, 徳田武校注・訳　「新編日本古典文学
　　全集86」'02 p236
緑山砂子
　宇田敏彦校訂　「未刊随筆百種10」'77 p205
呂后
　芳賀矢一, 佐佐木信綱校註　「謡曲叢書3」'87
　　p582
旅夕寐ねられず（梁川星巌）
　入谷仙介注　「江戸詩人選集8」'90 p170
旅賦（也有）
　雲英末雄, 山下一海, 丸山一彦, 松尾靖秋校注・
　　訳　「新編日本古典文学全集72」'01 p502
周里歳時記（川野辺寛）
　森銑三, 北川博邦編　「続日本随筆大成別11」'83
　　p325
李梁谿が酒を戒る詩に和す　序を并せたり
　（元政）
　上野洋三注　「江戸詩人選集1」'91 p187
林花落ちて舟に灑ぐ（高階積善）
　菅野礼行, 徳田武校注・訳　「新編日本古典文学
　　全集86」'02 p164
輪管
　芳賀矢一, 佐佐木信綱校註　「謡曲叢書3」'87
　　p585
林間に葉を焼く（二首、うち一首）（元政）
　上野洋三注　「江戸詩人選集1」'91 p258
隣曲の叢祠（石川丈山）
　上野洋三注　「江戸詩人選集1」'91 p42
林下集（藤原実定）
　和歌史研究会編　「私家集大成3」'74 p80
林公の異国七勝（うち二首）（広瀬旭荘）
　岡村繁注　「江戸詩人選集9」'91 p235
隣舎の紙書を贈らるるに答ふ（島田忠臣）
　菅野礼行, 徳田武校注・訳　「新編日本古典文学
　　全集86」'02 p122
臨終（大津皇子）
　菅野礼行, 徳田武校注・訳　「新編日本古典文学
　　全集86」'02 p27
鄰女晤言（慈延）
　関根正直ほか監修　「日本随筆大成II-13」'74
　　p375
隣女集（飛鳥井雅有）
　和歌史研究会編　「私家集大成4」'75 p554
輪蔵（観世長俊）

芳賀矢一，佐佐木信綱校註 「謡曲叢書3」'87 p587
隣壁夜話（一帰坊）
　「洒落本大成9」'80 p319
林葉累塵集序（下川邊長流）
　佐佐木信綱編 「日本歌学大系7」'58 p1
林葉和歌集（俊恵）
　和歌史研究会編 「私家集大成2」'75 p622
鈴落
　芳賀矢一，佐佐木信綱校註 「謡曲叢書2」'87 p255

【る】

類柑子（其角）
　雲英末雄，山下一海，丸山一彦，松尾靖秋校注・訳 「新編日本古典文学全集72」'01 p468
涙痕（原阿佐緒）
　長沢美津編 「女人和歌大系6」'78 p183
類聚証（藤原實頼）
　佐佐木信綱編 「日本歌学大系1」'58 p52
類聚神祇本源（抄）（度会家行）
　大隅和雄校注 「日本思想大系19」'77 p79
るし長者（吉田幸一氏蔵奈良絵本）
　横山重ほか編 「室町時代物語大成13」'85 p492

【れ】

令
　井上光貞，関晃，土田直鎮，青木和夫校注 「日本思想大系3」'76 p125
霊亀山天竜資聖禅寺語録（天祥一麟）
　玉村竹二編 「五山文学新集別2」'81 p278
礼卿と偕に南禅寺前の旗亭に飲す（葛子琴）
　水田紀久注 「江戸詩人選集6」'93 p162
麗景殿女御絵合 永承五年
　峯岸義秋校註 「日本古典全書〔73〕」'47 p381
霊験亀山鉾（鶴屋南北）
　広末保，落合清彦校注 「鶴屋南北全集8」'72 p357
霊験曾我籬（鶴屋南北）
　落合清彦校訂 「鶴屋南北全集2」'71 p7
霊語通 第五仮字篇（上田秋成）
　「上田秋成全集6」'91 p65
霊語通砭鍼（上田秋成）
　「上田秋成全集6」'91 p409
霊魂得脱篇（直指）
　西田耕三校訂 「叢書江戸文庫III-44」'98 p327
零砕雑筆（中根香亭）
　森銑三，北川博邦編 「続日本随筆大成4」'79 p195
霊芝篇（仁科白谷）
　徳田武注 「江戸漢詩選1」'96 p229
冷泉院御集（冷泉天皇）
　和歌史研究会編 「私家集大成1」'73 p709
冷泉家和歌秘々口伝
　佐佐木信綱編 「日本歌学大系5」'57 p270
霊石如芝跋（東明慧日）
　玉村竹二 「五山文学新集別2」'81 p61
冷然院にて各一物を賦し、「澗（嵯峨天皇）
　菅野礼行，徳田武校注・訳 「新編日本古典文学全集86」'02 p75
霊の真柱（平田篤胤）
　田原嗣郎，関晃，佐伯有清，芳賀登校注 「日本思想大系50」'73 p11
玲瓏随筆（沢庵）
　関根正直ほか監修 「日本随筆大成II-12」'74 p287
歴世女装考（山東京山）
　関根正直ほか監修 「日本随筆大成I-6」'75 p145
『歴代滑稽伝』抄（松尾芭蕉）
　井本農一ほか著 「校本芭蕉全集9」'89 p383
歴代和歌勅撰考（吉田令世）
　「国歌大系4」'76 p667
列国怪談聞書帖（十返舎一九）
　棚橋正博校訂 「叢書江戸文庫III-43」'97 p189
列仙伝
　伊藤千可良ほか校 「江戸時代文芸資料1」'64 p1
列仙伝（先賢卜子夏）
　「洒落本大成3」'79 p211
連歌延徳抄（猪苗代兼載）
　木藤才蔵校注 「中世の文学 第1期〔14〕」'90 p87
連歌延徳抄猪苗代兼載自筆（猪苗代兼載）
　「未刊連歌俳諧資料1-5」'52 p1
連歌初心抄（宗碩）
　木藤才蔵校注 「中世の文学 第1期〔14〕」'90 p329
連歌諸躰秘伝抄（宗祇）
　木藤才蔵校注 「中世の文学 第1期〔10〕」'82 p457
連歌における季題意識の成長—千句・万句の題について（余語敏男）
　「中世文芸叢書別1」'67 p339

れんか　　　　　　　　　　　　作品名

連歌盗人
　北川忠彦ほか校注　「中世の文学 第1期〔20〕」'94
　　p78
連歌比況集（宗長）
　奥田勲，表章，堀切実，復本一郎校注・訳　「新
　　編日本古典文学全集88」'01 p159
連歌比況集（宗長）
　木藤才蔵校注　「中世の文学　第1期〔14〕」'90
　　p169
連歌毘沙門
　古川久校註　「日本古典全書〔91〕」'53 p67
連歌秘伝抄（宗祇）
　木藤才蔵校注　「中世の文学 第1期〔10〕」'82
　　p377
連歌論集
　奥田勲校注・訳　「新編日本古典文学全集88」'01
　　p7
練玉和歌抄
　久曽神昇編　「日本歌学大系別6」'84 p406
連句（松尾芭蕉）
　弥吉菅一，赤羽学，檀上正孝著　「芭蕉紀行集1」
　　'67 p133
　弥吉菅一，赤羽学，西村真砂子，檀上正孝　「芭
　　蕉紀行集1」'78 p225
連句曾草稿
　「俳書叢刊8」'88 p401
連句稿裏書（小林一茶）
　宮脇昌三，矢羽勝幸校注　「一茶全集2」'77
　　p443
連句編
　中村俊定，堀切実注解　「完訳日本の古典54」'84
　　p221
連句篇補遺（松尾芭蕉）
　大谷篤蔵校注　「校本芭蕉全集5」'89 p383
連句連歌会の形態―「実隆公記」を中心に（朝
　倉尚）
　「中世文芸叢書別1」'67 p211
蓮華王院本店を開く（売茶翁）
　末木文美士，堀川貴司注　「江戸漢詩選5」'96
　　p62
蓮花成院修正導師作法教化
　高野辰之編　「日本歌謡集成4」'60 p231
多武峯所伝連中
　志田延義編　「続日本歌謡集成2」'61 p111
　高野辰之編　「日本歌謡集成5」'60 p2
連獅子（勢獅子嚴戯）（河竹黙阿弥）
　河竹登志夫ほか監修　「名作歌舞伎全集19」'70
　　p301
連日不堪苦寒歌（上田秋成）
　「上田秋成全集12」'95 p256
連事本（六和尚本）

志田延義編　「続日本歌謡集成2」'61 p129
連尺
　北川忠彦ほか校注　「中世の文学 第1期〔22〕」'95
　　p316
連珠合璧集（一条兼良）
　木藤才蔵，重松裕己校注　「中世の文学　第1期
　　〔2〕」'72 p27
　木藤才蔵，重松裕己校注　「中世の文学　第1期
　　〔2〕」'72 p125
連珠合璧集に見られる源氏寄合―源氏小鏡・光
　源氏一部連歌寄合・源氏物語内連歌付合など
　との関連（伊井春樹）
　「中世文芸叢書別1」'67 p421
連証集
　「中世文芸叢書4」'65 p75
業平ひでん晴明もどき恋道双陸占（古池丹下）
　「洒落本大成5」'79 p147
蓮如上人御一代聞書 付 第八祖御物語空善聞書
　（蓮如）
　井上鋭夫校注　「日本思想大系17」'72 p111
蓮如上人御詠歌（蓮如）
　和歌史研究会編　「私家集大成6」'76 p390
　和歌史研究会編　「私家集大成6」'76 p393
恋慕水鏡（山八）
　伊originalia 千可良ほか校　「江戸時代文芸資料4」'64
　　p1
連理秘抄（二条良基）
　木藤才蔵，井本農一校注　「日本古典文学大系
　　66」'61 p33

【ろ】

驢鞍橋
　古田紹欽訳　「古典日本文学全集15」'61 p260
蘆陰句選序（与謝蕪村）
　穎原退蔵編著　「蕪村全集1」'48 p400
老矣行（祇園南海）
　菅野礼行，徳田武校注・訳　「新編日本古典文学
　　全集86」'02 p357
老烏を咏ず。某主簿に似す（館柳湾）
　徳田武注　「江戸詩人選集7」'90 p326
朗詠九十首抄
　高野辰之編　「日本歌謡集成3」'60 p479
朗詠要集
　「国歌大系1」'76 p471
　高野辰之編　「日本歌謡集成3」'60 p501
朗詠要抄（栄賢，心空）
　高野辰之編　「日本歌謡集成3」'60 p493

372　日本古典文学全集・作品名綜覧

老翁公（嵯峨天皇）
　菅野礼行, 徳田武校注・訳　「新編日本古典文学全集86」'02 p94
老媼茶話
　高橋昭彦校訂　「叢書江戸文庫Ⅰ-26」'92 p5
　須永朝彦編訳　「日本古典文学幻想コレクション1」'95 p187
撈海一得（鈴木煥卿）
　関根正直ほか監修　「日本随筆大成Ⅰ-13」'75 p325
籠祇王
　芳賀矢一, 佐佐木信綱校註　「謡曲叢書3」'87 p593
楼妓選
　「洒落本大成10」'80 p279
老牛余喘（小寺清之）
　森銑三, 北川博邦編　「続日本随筆大成10」'80 p261
臘月十八日（石川丈山）
　上野洋三注　「江戸詩人選集1」'91 p121
労四狂
　中野三敏校注　「新日本古典文学大系81」'90 p69
老子興（山西東伝）
　「洒落本大成16」'82 p215
籠尺八
　芳賀矢一, 佐佐木信綱校註　「謡曲叢書3」'87 p599
楼上
　河野多麻校注　「日本古典文学大系12」'62 p361
　河野多麻校注　「日本古典文学大系12」'62 p443
老松篇、臥牛山人の六十を寿ぐ（舘柳湾）
　徳田武注　「江戸詩人選集7」'90 p288
楼上三之友（翠原子）
　「洒落本大成26」'86 p327
籠這寺氏の連歌（米倉利明）
　「中世文芸叢書別1」'67 p323
老僧の山に帰るを見る（嵯峨天皇）
　菅野礼行, 徳田武校注・訳　「新編日本古典文学全集86」'02 p81
老僧の山に帰るを見る、太上天（藤原冬嗣）
　菅野礼行, 徳田武校注・訳　「新編日本古典文学全集86」'02 p81
老大（亀田鵬斎）
　徳田武注　「江戸漢詩選1」'96 p74
籠太鼓
　伊藤正義校注　「新潮日本古典集成〔60〕」'88 p429
　芳賀矢一, 佐佐木信綱校註　「謡曲叢書3」'87 p604

臘廿七日、天暖かにして春の如し。谷口に遊びて巌の字を得たり（元政）
　上野洋三注　「江戸詩人選集1」'91 p263
老鼠
　臼田甚五郎, 新間進一, 外村南都子, 徳江元正校注・訳　「新編日本古典文学全集42」'00 p136
楼の上
　中野幸一校注・訳　「新編日本古典文学全集16」'02 p403
　中野幸一校注・訳　「新編日本古典文学全集16」'02 p503
　宮田和一郎校註　「日本古典全書〔8〕」'57 p128
　宮田和一郎校註　「日本古典全書〔8〕」'57 p202
隴麦（石川丈山）
　上野洋三注　「江戸詩人選集1」'91 p104
老武者
　北川忠彦ほか校注　「中世の文学 第1期〔20〕」'94 p346
炉を擁す（服部南郭）
　山本和義, 横山弘注　「江戸詩人選集3」'91 p79
落咄炉開噺口切（天明九年刊）
　武藤禎夫編　「噺本大系17」'79 p299
露休置土産（露五郎兵衛）
　武藤禎, 岡雅彦編　「噺本大系7」'76 p34
露休置土産（露の五郎兵衛）
　浜田義一郎, 武藤禎夫編　「日本小咄集成上」'71 p279
鹿苑寺に宿す（雪村友梅）
　菅野礼行, 徳田武校注・訳　「新編日本古典文学全集86」'02 p220
六月十六日の作（大沼枕山）
　日野龍夫注　「江戸詩人選集10」'90 p263
六郷開山仁聞大菩薩本紀
　桜井徳太郎, 萩原龍夫, 宮田登校注　「日本思想大系20」'75 p305
六冊懸徳用草紙（享和二年正月刊）（曲亭馬琴）
　武藤禎夫編　「噺本大系18」'79 p61
六座念仏式
　高野辰之編　「日本歌謡集成4」'60 p283
六地蔵
　北川忠彦ほか校注　「中世の文学 第1期〔22〕」'95 p171
六条
　荻田清ほか編　「近世文学選〔1〕」'94 p205
六条院宣旨集（六条院宣旨）
　和歌史研究会編　「私家集大成2」'75 p553
　長沢美津編　「女人和歌大系2」'65 p472
六帖詠草（小澤蘆庵）
　「国歌大系17」'76 p1
六条斎院物語合　天喜三年
　峯岸義秋校註　「日本古典全書〔73〕」'47 p394

六条修理大夫集(藤原顕季)
　和歌史研究会編　「私家集大成2」'75 p402
六女集
　「国歌大系12」'76 p789
六女集補遺
　長連恆編　「国歌大系12」'76 p891
六孫王神社蔵詠草
　斎藤茂吉校註　「日本古典全書〔71〕」'50 p109
六代
　芳賀矢一，佐佐木信綱校註　「謡曲叢書3」'87 p608
六代(慶応義塾図書館蔵奈良絵本)
　横山重ほか編　「室町時代物語大成13」'85 p501
六代勝事記
　弓削繁校注　「中世の文学 第1期〔26〕」'00 p61
六丁一里(高慢先生)
　「洒落本大成12」'81 p55
六道講式(源信)
　高野辰之編　「日本歌謡集成4」'60 p256
六道士会録(佚斎樗山)
　飯倉洋一校訂　「叢書江戸文庫Ⅰ-13」'88 p217
六波羅地蔵物語(仮題)(慶応義塾図書館蔵絵巻)
　横山重ほか編　「室町時代物語大成13」'85 p534
六番句合題
　宮本三郎，井本農一，今栄蔵，大内初夫校注　「校本芭蕉全集7」'89 p343
六百番陳情(藤原良経編)
　久保田淳，山口明穂校注　「新日本古典文学大系38」'98 p427
六輪一露之記注(禅竹)
　表章，加藤周一校注　「日本思想大系24」'74 p335
六輪一露之記(付 二花一輪)(禅竹)
　表章，加藤周一校注　「日本思想大系24」'74 p323
六林文集序(也有)
　雲英末雄，山下一海，丸山一彦，松尾靖秋校注・訳　「新編日本古典文学全集72」'01 p517
六々集抄(大田南畝)
　浜田義一郎，中野三敏，日野龍夫，揖斐高編　「大田南畝全集2」'86 p207
六輪一露(金春禅竹)
　守随憲治訳　「古典日本文学全集36」'62 p217
六輪一露秘注(文正本・寛正本)(禅竹)
　表章，加藤周一校注　「日本思想大系24」'74 p379
路次にて、源相公が旧宅を観(藤原道真)
　菅野礼行，徳田武校注・訳　「新編日本古典文学全集86」'02 p138
路上雑詩(江馬細香)
　福島理子注　「江戸漢詩選3」'95 p90
路上の吟(元政)
　上野洋三注　「江戸詩人選集1」'91 p301
　上野洋三注　「江戸詩人選集1」'91 p326
鷺図画賛(近松門左衛門)
　「近松全集(岩波)17影印編」'94 p6
廬生夢魂其前日(山東京伝)
　「古典叢書〔3〕」'89 p141
驢雪藁(驢雪鷹灞)
　玉村竹二編　「五山文学新集別2」'81 p167
六角堂
　芳賀矢一，佐佐木信綱校註　「謡曲叢書3」'87 p614
六花集(村上忠順編)
　久曽神昇編　「日本歌学大系別8」'89 p7
　久曽神昇編　「日本歌学大系別8」'89 p438
六家抄(肖柏撰)
　片山享，久保田淳編校　「中世の文学 第1期〔8〕」'80 p53
六歌仙(六歌仙容彩)(松本幸二)
　河竹登志夫ほか監修　「名作歌舞伎全集19」'70 p181
六甲山は、昔、神功皇后、三韓を(元政)
　菅野礼行，徳田武校注・訳　「新編日本古典文学全集86」'02 p279
六国四季之火合
　安藤菊二校訂　「未刊随筆百種10」'77 p73
六国列香之弁(米川常白)
　安藤菊二校訂　「未刊随筆百種10」'77 p65
六百番歌合(藤原良経編)
　久保田淳，山口明穂校注　「新日本古典文学大系38」'98 p1
六百番陳状(顕昭)
　久曽神昇編　「日本歌学大系別5」'81 p65
炉辺にて閑談す(藤原明衡)
　菅野礼行，徳田武校注・訳　「新編日本古典文学全集86」'02 p208
驢馬の歌(人見竹洞)
　菅野礼行，徳田武校注・訳　「新編日本古典文学全集86」'02 p300
魯寮(大潮元皓)
　末木文美士，堀川貴司注　「江戸漢詩選5」'96 p152
呂蓮
　北川忠彦ほか校注　「中世の文学 第1期〔22〕」'95 p140
論語を読む(山崎闇斎)
　菅野礼行，徳田武校注・訳　「新編日本古典文学全集86」'02 p261
論語町(大田南畝)

浜田義一郎，中野三敏，日野龍夫，揖斐高編
「大田南畝全集7」'86 p167
論語町（虚来先生）
「洒落本大成5」'79 p293
倫敦府雑詩（二首のうち一首）（成島柳北）
日野龍夫注 「江戸詩人選集10」'90 p154
無論里問答（百尺亭竿頭）
「洒落本大成7」'80 p37

【 わ 】

我家
臼田甚五郎，新間進一，外村南都子，德江元正校注・訳 「新編日本古典文学全集42」'00 p153
我が庵（井原西鶴）
穎原退蔵ほか編 「定本西鶴全集13」'50 p337
倭謌五十人一首（宮川松堅編）
上野洋三校注 「新日本古典文学大系67」'96 p133
和歌一字抄（藤原清輔）
久曽神昇編 「日本歌学大系別7」'86 p20
久曽神昇編 「日本歌学大系7」'86 p193
和歌色葉（上覚）
浜中修編著 「大学古典叢書8」'89 p111
和歌色葉（上覺）
佐佐木信綱編 「日本歌学大系3」'56 p95
若えびす（白梅園鷺水撰）
「德川文芸類聚11」'70 p338
和歌肝要（藤原俊成）
佐佐木信綱編 「日本歌学大系4」'56 p253
若きウタリに
長沢美津編 「女人和歌大系5」'78 p373
若木仇名草（蘭蝶）
河竹登志夫ほか監修 「名作歌舞伎全集15」'69 p271
和歌・狂歌・鄙歌（松尾芭蕉）
荻野清，大谷篤蔵校注 「校本芭蕉全集2」'88 p298
和歌教訓十五個条（烏丸光栄）
佐佐木信綱編 「日本歌学大系6」'56 p506
若草記（猪苗代兼載）
木藤才蔵校注 「中世の文学 第1期〔14〕」'90 p105
わかくさ（慶応義塾図書館蔵写本）
横山重ほか編 「室町時代物語大成13」'85 p615
わかくさ（天理図書館蔵奈良絵本）
横山重ほか編 「室町時代物語大成13」'85 p549
わかくさ物語（寛文七年鱗形屋刊本）

横山重ほか編 「室町時代物語大成13」'85 p589
和学大概（村田春海）
平重道，阿部秋生校注 「日本思想大系39」'72 p448
和歌口伝（愚管抄）（源承）
佐佐木信綱編 「日本歌学大系4」'56 p1
和歌口伝抄（藤原定家）
佐佐木信綱編 「日本歌学大系4」'56 p386
和歌九品（藤原公任）
久松潜一，西尾実校注 「日本古典文学大系65」'51 p31
和歌講談（冷泉爲満）
佐佐木信綱編 「日本歌学大系6」'56 p120
我が駒
谷崎潤一郎ほか編 「国民の文学1」'64 p419
我駒
臼田甚五郎，新間進一，外村南都子，德江元正校注・訳 「新編日本古典文学全集42」'00 p119
倭歌作式（喜撰）
佐佐木信綱編 「日本歌学大系1」'58 p18
和歌式（孫姫）
佐佐木信綱編 「日本歌学大系1」'58 p26
和歌十体（源道済）
佐佐木信綱編 「日本歌学大系1」'58 p50
和歌拾遺六帖（沙門契沖）
「国歌大系9」'76 p899
和歌手習口伝（藤原定家）
久曽神昇編 「日本歌学大系別3」'64 p449
和歌初学抄（藤原清輔）
佐佐木信綱編 「日本歌学大系2」'56 p172
和歌大綱
佐佐木信綱編 「日本歌学大系4」'56 p138
和歌体十種（壬生忠岑）
佐佐木信綱編 「日本歌学大系1」'58 p45
和歌題林抄
久曽神昇編 「日本歌学大系別7」'86 p26
和歌題林抄（一條兼良）
久曽神昇編 「日本歌学大系7」'86 p331
「我ためか」詞書（松尾芭蕉）
井本農一，久富哲雄，村松友次，堀切実校注・訳 「新編日本古典文学全集71」'97 p170
「我ためか」の詞書（松尾芭蕉）
井本農一，弥吉菅一，横沢三郎，尾形仂校注 「校本芭蕉全集6」'89 p294
和歌庭訓（二條爲世）
佐佐木信綱編 「日本歌学大系4」'56 p115
我が手筋（『渡鳥集』）（松尾芭蕉）
井本農一ほか著 「校本芭蕉全集9」'89 p271
和歌童蒙抄（藤原範兼）
久曽神昇編 「日本歌学大系別1」'59 p128
和歌童蒙抄（巻十）（藤原範兼）

わかと　　　　　作品名

佐佐木信綱編　「日本歌学大系1」'58 p371
和歌所へ不審条々（二言抄）（今川了俊）
　佐佐木信綱編　「日本歌学大系5」'57 p166
若菜
　北川忠彦ほか校注　「中世の文学 第1期〔22〕」'95 p106
　古川久校註　「日本古典全書〔91〕」'53 p77
若菜（紫式部）
　阿部秋生，小町谷照彦，野村精一，柳井滋著「鑑賞日本の古典6」'79 p190
　阿部秋生，小町谷照彦，野村精一，柳井滋著「鑑賞日本の古典6」'79 p241
　阿部秋生，秋山虔，今井源衛，鈴木日出男校注・訳　「完訳日本の古典19」'86 p9
　阿部秋生，秋山虔，今井源衛，鈴木日出男校注・訳　「完訳日本の古典19」'86 p119
　円地文子訳　「現代語訳 日本の古典5」'79 p106
　円地文子訳　「現代語訳 日本の古典5」'79 p112
　谷崎潤一郎ほか編　「国民の文学3」'63 p522
　谷崎潤一郎ほか編　「国民の文学3」'63 p3
　阿部秋生ほか校注・訳「古典セレクション9」'98 p9
　阿部秋生ほか校注・訳「古典セレクション10」'98 p9
　「古典日本文学全集5」'61 p165
　「古典日本文学全集5」'61 p219
　石田穣二，清水好子校注　「新潮日本古典集成〔22〕」'80 p9
　石田穣二，清水好子校注　「新潮日本古典集成〔22〕」'80 p137
　柳井滋ほか校注　「新日本古典文学大系21」'95 p201
　柳井滋ほか校注　「新日本古典文学大系21」'95 p305
　阿部秋生，秋山虔，今井源衛，鈴木日出男校注・訳　「新編日本古典文学全集23」'96 p15
　阿部秋生，秋山虔，今井源衛，鈴木日出男校注・訳　「新編日本古典文学全集23」'96 p151
　「特選日本の古典 グラフィック版5」'86 p84
　「特選日本の古典 グラフィック版5」'86 p88
　池田亀鑑校註　「日本古典全書〔15〕」'52 p15
　池田亀鑑校註　「日本古典全書〔15〕」'52 p118
　阿部秋生，秋山虔，今井源衛校注・訳「日本古典文学全集15」'74 p9
　阿部秋生，秋山虔，今井源衛校注・訳「日本古典文学全集15」'74 p143
　山岸徳平校注「日本古典文学大系16」'61 p209
　山岸徳平校注「日本古典文学大系16」'61 p315
　伊井春樹，日向一雅，百川敬仁（ほか）校注・訳「日本の文学 古典編14」'87 p3
　伊井春樹，日向一雅，百川敬仁（ほか）校注・訳「日本の文学 古典編14」'87 p91

「日本文学大系5」'55 p235
「日本文学大系5」'55 p321
和歌の浦に遊ぶ（葛子琴）
　水田紀久注　「江戸詩人選集6」'93 p60
我春集（小林一茶）
　丸山一彦校注　「一茶全集6」'76 p13
和歌秘抄（藤原定家）
　佐佐木信綱編　「日本歌学大系3」'56 p374
和歌部類
　久曽神昇編　「日本歌学大系別8」'89 p8
　久曽神昇編　「日本歌学大系別8」'89 p499
若緑（静雲閣主人編）
　高野辰之編　「日本歌謡集成7」'60 p75
若みどり（赤木文庫蔵絵巻）
　横山重ほか編　「室町時代物語大成13」'85 p650
我身にたどる姫君
　市古貞次，三角洋一編　「鎌倉時代物語集成7」'94 p5
和歌無底抄（藤原基俊）
　佐佐木信綱編　「日本歌学大系4」'56 p187
若紫
　麻生磯次著　「傍訳古典叢書2」'57 p411
若紫（紫式部）
　阿部秋生，小町谷照彦，野村精一，柳井滋著「鑑賞日本の古典6」'79 p96
　阿部秋生，秋山虔，今井源衛，鈴木日出男校注・訳　「完訳日本の古典14」'83 p161
　円地文子訳　「現代語訳 日本の古典5」'79 p34
　谷崎潤一郎ほか編　「国民の文学3」'63 p80
　阿部秋生ほか校注・訳「古典セレクション2」'98 p9
　「古典日本文学全集4」'61 p87
　石田穣二，清水好子校注　「新潮日本古典集成〔18〕」'76 p181
　柳井滋ほか校注　「新日本古典文学大系19」'93 p149
　阿部秋生，秋山虔，今井源衛，鈴木日出男校注・訳　「新編日本古典文学全集20」'94 p197
　「特選日本の古典 グラフィック版5」'86 p24
　池田亀鑑校註　「日本古典全書〔12〕」'46 p289
　阿部秋生，秋山虔，今井源衛校注・訳「日本古典文学全集12」'70 p271
　山岸徳平校注「日本古典文学大系14」'58 p175
　伊井春樹，日向一雅，百川敬仁（ほか）校注・訳「日本の文学 古典編11」'86 p223
「日本文学大系4」'55 p115
若むらさき（了然尼，戸田茂睡）
　上野洋三校注　「新日本古典文学大系67」'96 p257
若和布

作品名　　　　　　　　　　　　　　　　　　　　　わすれ

北川忠彦ほか校注 「中世の文学 第1期〔22〕」'95 p233
我が門を
　谷崎潤一郎ほか編 「国民の文学1」'64 p420
我が門に
　谷崎潤一郎ほか編 「国民の文学1」'64 p420
和歌八重垣書込（小林一茶）
　小林計一郎校注 「一茶全集7」'77 p449
我宿草（太田道灌）
　関根正直ほか監修 「日本随筆大成III-9」'77 p135
和歌用意条々（二條爲世）
　佐佐木信綱編 「日本歌学大系4」'56 p121
和漢嘉話宿直文（三宅嘯山）
　関根正直ほか監修 「日本随筆大成III-10」'77 p275
和漢同詠（大田南畝）
　浜田義一郎，中野三敏，日野龍夫，揖斐高編 「大田南畝全集7」'86 p145
和漢乗合船（落月堂操巵）
　木越治校訂 「叢書江戸文庫II-34」'94 p145
　須永朝彦編訳 「日本古典文学幻想コレクション3」'96 p146
和漢咄会（安永四年正月刊）
　武藤禎夫編 「噺本大系17」'79 p69
和漢遊女容気（江島其磧）
　伊藤千可良ほか校 「江戸時代文芸資料5」'64 p1
和漢朗詠集（藤原公任）
　久曽神昇編 「日本歌学大系別7」'86 p37
和漢朗詠集（藤原公任撰）
　大曽根章介，堀内秀晃校注 「新潮日本古典集成〔26〕」'83 p7
　菅野礼行校注・訳 「新編日本古典文学全集19」'99 p15
　久曽神昇編 「日本歌学大系別7」'86 p1
　川口久雄，志田延義校注 「日本古典文学大系73」'65 p45
倭漢朗詠集（行成本）
　高野辰之編 「日本歌謡集成3」'60 p1
和漢朗詠集註（西生永済，北村季吟）
　高野辰之編 「日本歌謡集成3」'60 p85
和紀記行（岡西惟中）
　津本信博編 「近世紀行日記文学集成1」'93 p183
脇狂言
　北川忠彦，安田章校注・訳 「完訳日本の古典48」'85 p11
脇能
　小山弘志，佐藤喜久雄，佐藤健一郎，表章校注・訳 「完訳日本の古典46」'87 p13

脇母古
　臼田甚五郎，新間進一，外村南都子，徳江元正校注・訳 「新編日本古典文学全集42」'00 p52
我妹子
　谷崎潤一郎ほか編 「国民の文学1」'64 p412
或所歌合雑載
　「平安朝歌合大成1」'95 p305
或所草合雑載
　「平安朝歌合大成1」'95 p515
或所春秋問答歌合
　「平安朝歌合大成1」'95 p253
或所前栽合雑載
　「平安朝歌合大成1」'95 p359
或問（小沢蘆庵）
　檜谷昭彦，江本裕校注 「新日本古典文学大系60」'96 p5
和国
　芳賀矢一，佐佐木信綱校註 「謡曲叢書3」'87 p621
女三宮二枕 女忠臣乱箱和国御翠殿（市川団十郎）
　「徳川文芸類聚6」'70 p31
頭書絵抄和国婦家往来
　「洒落本大成4」'79 p25
和讃
　「国歌大系1」'76 p291
　増谷文雄訳 「古典日本文学全集15」'61 p148
『和州旧跡幽考』巻三
　浜中修編著 「大学古典叢書8」'89 p77
「忘なよ」歌仙（松尾芭蕉）
　島居清著 「芭蕉連句全註解6」'81 p121
「忘るなよ」付合（松尾芭蕉）
　島居清著 「芭蕉連句全註解6」'81 p117
『忘梅』序（松尾芭蕉）
　井本農一，久富哲雄，村松友次，堀切実校注・訳 「新編日本古典文学全集71」'97 p320
『忘梅』の序（松尾芭蕉）
　井本農一，弥吉菅一，横沢三郎，尾形仂校注 「校本芭蕉全集6」'89 p492
わすれがたみ（別名，鳥の鳴音）（高野長英）
　佐藤昌介，植手通有，山口宗之校注 「日本思想大系55」'71 p171
「わすれ草」歌仙（松尾芭蕉）
　島居清著 「芭蕉連句全註解2」'79 p53
わすれ水（梅主本）（服部土芳）
　富山奏編 「和泉古典文庫2」'83 p151
わすれ水（芭蕉翁記念館本）（服部土芳）
　富山奏編 「和泉古典文庫2」'83 p151
わすれみづ（くろさうし）（松尾芭蕉）
　宮本三郎，井本農一，今栄蔵，大内初夫校注 「校本芭蕉全集7」'89 p211
わすれミづ（石馬本）（服部土芳）

日本古典文学全集・作品名綜覧　377

わそう　　　　　　　　　作品名

和装兵衛（遊谷子）
　　岡雅彦校訂　「叢書江戸文庫Ⅰ-19」'90 p5
異国奇談和荘兵衛（遊谷子）
　　「徳川文芸類聚3」'70 p326
和装兵衛 後編（沢井某）
　　岡雅彦校訂　「叢書江戸文庫Ⅰ-19」'90 p53
異国再見和荘兵衛後編（遊谷子）
　　「徳川文芸類聚3」'70 p355
和田合戦女舞鶴（並木宗輔）
　　西岡直樹校訂　「叢書江戸文庫Ⅰ-11」'90 p79
和田合戦女舞鶴（板額）（並木宗輔）
　　河竹登志夫ほか監修　「名作歌舞伎全集3」'68 p169
和田厳足家集（和田厳足）
　　「国歌大系19」'76 p937
和田酒盛
　　麻原美子，北原保雄校注　「新日本古典文学大系59」'94 p476
　　芳賀矢一，佐佐木信綱校註　「謡曲叢書3」'87 p624
わたし船（井原西鶴）
　　頴原退蔵ほか編　「定本西鶴全集13」'50 p279
渡し船（井原西鶴）
　　頴原退蔵ほか編　「定本西鶴全集13」'50 p328
わたまし抄（井原西鶴）
　　頴原退蔵ほか編　「定本西鶴全集13」'50 p376
誹諧渡奉公（竹馬子汲浅編）
　　「俳書叢刊2」'88 p599
渡雁恋玉章（雁のたより）（金沢竜玉）
　　河竹登志夫ほか監修　「名作歌舞伎全集14」'70 p225
和唐珍解（唐来参和）
　　「洒落本大成13」'81 p87
　　「徳川文芸類聚5」'70 p321
「侘おもしろく」「榎木の風の」「小僧ふたりぞ」「我恋は」付合（松尾芭蕉）
　　島居清著　「芭蕉連句全註解4」'80 p29
「侘テすめ」の詞書（松尾芭蕉）
　　井本農一，弥吉菅一，横沢三郎，尾形仂校注　「校本芭蕉全集6」'89 p295
話問訥（天明二年正月序）
　　武藤禎夫編　「噺本大系19」'79 p274
わらいくさ（明暦二年刊）
　　武藤禎夫，岡雅彦編　「噺本大系1」'75 p209
わらひ鯉（寛政七年正月序）
　　「噺本大系12」'79 p278
新作落咄笑上戸（天明四年刊）
　　武藤禎夫編　「噺本大系17」'79 p235
笑長者（安永九年正月序）
　　武藤禎夫編　「噺本大系11」'79 p308

笑の切り（寛政四年正月序）
　　「噺本大系12」'79 p211
笑の説（立圃）
　　頴原退蔵著　「評釈江戸文学叢書7」'70 p683
笑の種蒔（天明九年正月序）（石部琴好）
　　「噺本大系12」'79 p146
新話笑の友（享和元年三月刊）
　　武藤禎夫編　「噺本大系14」'79 p3
笑顔はじめ
　　浜田義一郎，武藤禎夫編　「日本小咄集成下」'71 p153
　　「噺本大系12」'79 p20
笑話草かり籠（天保七年正月序）（司馬斎次郎）
　　武藤禎夫編　「噺本大系16」'79 p58
落はなし笑嘉登（文化十年刊）（立川銀馬）
　　武藤禎夫編　「噺本大系15」'79 p12
笑ふ門（文化頃刊）（珍蝶亭夢楽）
　　武藤禎夫編　「噺本大系15」'79 p128
わらべうた
　　志田延義編　「続日本歌謡集成2」'61 p213
わらんべ草（大蔵虎明）
　　北川忠彦校注　「日本思想大系23」'73 p667
剪灯新話をやわらげしお伽婢子の昔がたり戯場花牡丹灯籠（山東京伝）
　　「古典叢書〔3〕」'89 p287
我に藜杖有り、提携すること三五（元政）
　　菅野礼行，徳田武校注・訳　「新編日本古典文学全集86」'02 p275
吾木香（一、雑木集 二、青煙集）（三ヶ島葭子）
　　長沢美津編　「女人和歌大系6」'78 p280
「われもさびよ」付合（松尾芭蕉）
　　島居清著　「芭蕉連句全註解3」'80 p271
椀久一世の物語（井原西鶴）
　　麻生磯次訳　「現代語訳西鶴全集（河出）7」'52 p249
　　暉峻康隆訳注　「現代語訳西鶴全集（小学館）2」'76 p263
　　頴原退蔵ほか編　「定本西鶴全集2」'49 p21
椀久末松山（紀海音）
　　横山正校注・訳　「日本古典文学全集45」'71 p53
椀久二世の物語（井原西鶴）
　　頴原退蔵ほか編　「定本西鶴全集2」'49 p65

解説・資料

見出し一覧

明智物語 …………… 382	閑吟集 …………… 424	承久記 …………… 449
浅井了意 …………… 382	漢詩 ……………… 424	聖徳太子 …………… 449
阿仏尼 …………… 382	紀貫之 …………… 426	浄瑠璃 …………… 449
飯尾宗祇 …………… 383	義経記 …………… 428	続日本紀 …………… 450
石川雅望 …………… 383	北村季吟 …………… 428	新古今和歌集 ……… 451
和泉式部 …………… 383	狂歌 ……………… 428	親鸞 ……………… 452
伊勢物語 …………… 384	キリシタン文学 …… 429	随筆 ……………… 453
一遍 ……………… 386	近世小説 …………… 430	菅原孝標女 ………… 455
井原西鶴 …………… 386	金葉和歌集 ………… 433	菅原道真 …………… 456
今鏡 ……………… 390	空海 ……………… 433	住吉物語 …………… 456
上田秋成 …………… 390	軍記物語 …………… 434	世阿弥 …………… 457
宇治拾遺物語 ……… 392	源信 ……………… 434	清少納言 …………… 457
うつほ物語 ………… 393	源平盛衰記 ………… 434	説話 ……………… 460
卜部兼好 …………… 394	建礼門院右京大夫 … 435	千載和歌集 ………… 462
栄花物語 …………… 396	古今和歌集 ………… 435	川柳 ……………… 462
江島其磧 …………… 398	古今著聞集 ………… 436	曾我物語 …………… 462
艶本 ……………… 398	五山文学 …………… 437	太平記 …………… 463
大江匡房 …………… 400	古事記 …………… 438	筺物語 …………… 465
大鏡 ……………… 400	後拾遺和歌集 ……… 439	滝沢馬琴 …………… 465
大田南畝 …………… 401	後撰和歌集 ………… 440	竹田出雲 …………… 466
小倉百人一首 ……… 401	小林一茶 …………… 440	竹取物語 …………… 466
小瀬甫庵 …………… 402	今昔物語集 ………… 441	竹本義太夫 ………… 468
落窪物語 …………… 402	西行 ……………… 443	只野真葛 …………… 468
御伽草子 …………… 403	最澄 ……………… 444	たまきはる ………… 468
小野小町 …………… 404	狭衣物語 …………… 444	為永春水 …………… 469
おもろさうし ……… 404	讃岐典侍 …………… 445	近松半二 …………… 469
学術・思想 ………… 404	山東京伝 …………… 446	近松門左衛門 ……… 469
仮名垣魯文 ………… 409	慈円 ……………… 446	堤中納言物語 ……… 474
歌舞伎 …………… 409	詞花和歌集 ………… 446	鶴屋南北 …………… 475
鴨長明 …………… 415	式亭三馬 …………… 447	道元 ……………… 475
歌謡 ……………… 417	十訓抄 …………… 447	唐来三和 …………… 476
河竹黙阿弥 ………… 423	十返舎一九 ………… 447	とりかへばや物語 … 476
菅茶山 …………… 424	拾遺和歌集 ………… 448	とはずがたり ……… 477

解説・資料

日蓮 …………………… 478	平家物語 ………………… 495	物語（中世） ……………… 521
日記・紀行（近世）……… 478	平治物語 ………………… 498	森島中良 ………………… 524
日記・紀行（古代）……… 480	平中物語 ………………… 499	大和物語 ………………… 524
日記・紀行（中世）……… 481	保元物語 ………………… 499	与謝蕪村 ………………… 526
日本書紀 ………………… 481	本朝文粋 ………………… 500	夜の寝覚 ………………… 527
日本文学史 ……………… 482	増鏡 ……………………… 500	頼山陽 …………………… 527
日本霊異記 ……………… 484	松尾芭蕉 ………………… 501	柳亭種彦 ………………… 528
能・狂言 ………………… 485	万葉集 …………………… 506	良寛 ……………………… 528
俳諧 ……………………… 487	源実朝 …………………… 511	梁塵秘抄 ………………… 528
咄本 ……………………… 489	都の錦 …………………… 511	歴史物語・歴史書 ……… 529
浜松中納言物語 ………… 489	向井去来 ………………… 511	連歌 ……………………… 529
風雅和歌集 ……………… 490	無住 ……………………… 512	蓮如 ……………………… 531
藤原定家 ………………… 490	無名草子 ………………… 512	和歌 ……………………… 531
藤原忠実 ………………… 490	紫式部 …………………… 512	和歌（私撰集）…………… 535
藤原道綱母 ……………… 490	本居宣長 ………………… 519	和歌（勅撰集）…………… 542
仏教文学・仏教書 ……… 492	物語 ……………………… 520	和漢朗詠集 ……………… 544
風土記 …………………… 495	物語（古代）……………… 520	

【あ】

明智物語
【解説】
愛岩の連歌
　「和泉古典文庫7」'96 p69
明智滅亡
　「和泉古典文庫7」'96 p100
家康・堺より帰国
　「和泉古典文庫7」'96 p84
家康・梅雪参上
　「和泉古典文庫7」'96 p63
越前攻め
　「和泉古典文庫7」'96 p61
解説（青木晃）
　「和泉古典文庫7」'96 p133
関連記事
　「和泉古典文庫7」'96 p59
畿内の動向
　「和泉古典文庫7」'96 p88
後記
　「和泉古典文庫7」'96 p153
信貴山攻め
　「和泉古典文庫7」'96 p62
『武功夜話』より関連記事
　「和泉古典文庫7」'96 p103
本能寺の変
　「和泉古典文庫7」'96 p71
光秀、安土へ
　「和泉古典文庫7」'96 p86
光秀最期
　「和泉古典文庫7」'96 p97
光秀叛心
　「和泉古典文庫7」'96 p67
山崎合戦
　「和泉古典文庫7」'96 p89
【年表】
明智光秀関連略年譜
　「和泉古典文庫7」'96 p145
【資料】
イエズス会・一五八二年の日本年報追加
　「和泉古典文庫7」'96 p114
『義残後覚』より
　「和泉古典文庫7」'96 p128
系図・地図
　「和泉古典文庫7」'96 p143
フロイス『日本史』
　「和泉古典文庫7」'96 p126
補注
　「和泉古典文庫7」'96 p51

浅井了意
【解説】
解題（坂巻甲太）
　「叢書江戸文庫II-29」'93 p319

阿仏尼
【解説】
十六夜日記の解題
　「日本古典全書〔29〕」'51 p239
解説
　「日本古典全書〔29〕」'51 p205
解題
　「校註阿仏尼全集〔1〕」'84 p7
序
　「校註阿仏尼全集〔1〕」'84 p3
著者
　「日本古典全書〔29〕」'51 p205
細川荘について
　「日本古典全書〔29〕」'51 p226
【資料】
吾妻問答
　「校註阿仏尼全集〔1〕」'84 p386
阿仏東下り
　「校註阿仏尼全集〔1〕」'84 p269
阿仏真影之記
　「校註阿仏尼全集〔1〕」'84 p292
安嘉門院四篠五百首
　「校註阿仏尼全集〔1〕」'84 p299
閑月和歌集
　「校註阿仏尼全集〔1〕」'84 p387
源承和歌口伝（愚管抄）抄出
　「校註阿仏尼全集〔1〕」'84 p263
後葉和歌集
　「校註阿仏尼全集〔1〕」'84 p376
消息文
　「校註阿仏尼全集〔1〕」'84 p383
初句索引
　「校註阿仏尼全集〔1〕」'84 p253
住吉社歌合
　「校註阿仏尼全集〔1〕」'84 p377
玉津島歌合
　「校註阿仏尼全集〔1〕」'84 p379
菟玖波集
　「校註阿仏尼全集〔1〕」'84 p385
附録
　「校註阿仏尼全集〔1〕」'84 p259
奉珂憶上人歌序
　「校註阿仏尼全集〔1〕」'84 p381
未来記の添状
　「校註阿仏尼全集〔1〕」'84 p384

【い】

飯尾宗祇
【解説】
解説
　「中世文芸叢書1」'65 p195
宗祇解題
　「私家集大成6」'76 p995
【資料】
初句索引
　「中世文芸叢書1」'65 p223

石川雅望
【解説】
解題（稲田篤信）
　「叢書江戸文庫II-28」'93 p419

和泉式部
【解説】
敦道親王との愛の記録 和泉式部
　「現代語訳 日本の古典11」'79 p81
和泉式部
　「特選日本の古典 グラフィック版別1」'86 p80
和泉式部解題
　「私家集大成2」'75 p793
和泉式部日記（藤岡忠美）
　「日本古典文学全集18」'71 p14
「和泉式部日記」序（寺田透）
　「古典日本文学全集8」'60 p351
『和泉式部日記』の世界─愛と孤独の文学
　「全対訳日本古典新書〔2〕」'76 p3
和泉式部の伝記
　「日本古典全書〔11〕」'59 p147
　「日本古典全書〔68〕」'58 p3
解説
　「鑑賞日本の古典7」'80 p169
　「完訳日本の古典24」'84 p113
　「新編日本古典文学全集26」'94 p90
　「日本古典全書〔11〕」'59 p113
　「日本古典全書〔68〕」'58 p3
　「日本古典文学大系20」'57 p381
解説（野村精一）
　「新潮日本古典集成〔16〕」'81 p139
解題
　「全対訳日本古典新書〔2〕」'76 p153
家系・出生・少女時代
　「日本古典全書〔11〕」'59 p148
家集から見た和泉式部伝（藤岡忠美）
　「鑑賞日本古典文学10」'75 p422

古典への招待 女流日記文学の条件と特色
　「新編日本古典文学全集26」'94 p5
作者と成立年代
　「日本古典全書〔11〕」'59 p114
作品とその時代
　「日本古典全書〔68〕」'58 p9
式部の性格と歌風
　「日本古典全書〔68〕」'58 p11
自序（吉田幸一）
　「平安文学叢刊5」'66 p1
序（久松潜一）
　「平安文学叢刊4」'59 p1
上東門院出仕・藤原保昌との結婚・晩年
　「日本古典全書〔11〕」'59 p162
諸本
　「日本古典全書〔11〕」'59 p135
題号
　「日本古典全書〔11〕」'59 p113
橘道貞との結婚生活
　「日本古典全書〔11〕」'59 p153
為尊・敦道両親王との恋愛
　「日本古典全書〔11〕」'59 p155
内容と価値
　「日本古典全書〔11〕」'59 p132
はしがき
　「平安文学叢刊5」'66 p2
はじめに（鈴木一雄）
　「全対訳日本古典新書〔2〕」'76 p7
跋（吉田幸一）
　「平安文学叢刊4」'59 p229
本文解説
　「全対訳日本古典新書〔2〕」'76 p142
【年表】
『和泉式部日記』関係年表
　「鑑賞日本の古典7」'80 p545
和泉式部日記年譜
　「完訳日本の古典24」'84 p129
日記年表
　「新編日本古典文学全集26」'94 p509
略年表
　「日本古典全書〔11〕」'59 p175
【資料】
和泉式部歌集拾遺〔資料篇〕初句索引
　「平安文学叢刊5」'66 p253
和泉式部歌集〔本文篇〕下句索引
　「平安文学叢刊5」'66 p189
和泉式部歌初句索引
　「平安文学叢刊4」'59 p187
和泉式部歌諸本歌順番号対照表
　「平安文学叢刊4」'59 p288
和泉式部集
　「平安文学叢刊4」'59 p286

伊勢物語　　解説・資料

和泉式部集続集
　「平安文学叢刊4」'59 p259
和泉式部集〈松平文庫本〉初句索引
　「平安文学叢刊5」'66 p227
和泉式部正集校異追加
　「平安文学叢刊4」'59 p413
和泉式部日記歌
　「平安文学叢刊4」'59 p240
和泉式部日記総索引 文章語研究会編
　「平安文学叢刊4」'59 p3
応永本誤写訂正案
　「平安文学叢刊4」'59 p112
寛元本系校異
　「平安文学叢刊4」'59 p102
校訂付記
　「完訳日本の古典24」'84 p67
　「新編日本古典文学全集26」'94 p89
　「日本古典文学全集18」'71 p152
　「日本古典文学全集18」'71 p258
索引
　「平安文学叢刊4」'59 p785
参考文献
　「日本古典全書〔11〕」'59 p196
初句索引
　「新潮日本古典集成〔16〕」'81 p243
宸翰本和泉式部集
　「平安文学叢刊4」'59 p248
宸翰本所収歌対照表
　「新潮日本古典集成〔16〕」'81 p202
図録
　「新潮日本古典集成〔16〕」'81 p251
　「新編日本古典文学全集26」'94 p528
正集所引日記歌
　「新潮日本古典集成〔16〕」'81 p197
伝行成筆切一覧表
　「平安文学叢刊4」'59 p241
伝西行筆続集一覧表
　「平安文学叢刊4」'59 p234
登場人物一覧
　「日本古典文学全集18」'71 p261
附記
　「平安文学叢刊4」'59 p289
復元 紫式部日記絵巻
　「日本古典文学全集18」'71 p505
補注
　「日本古典文学大系20」'57 p447
松井本和泉式部集
　「平安文学叢刊4」'59 p245
和歌初句索引
　「完訳日本の古典24」'84 p133

伊勢物語

【解説】
伊勢物語（金田元彦）
　「特選日本の古典 グラフィック版3」'86 p150
伊勢物語（徳原茂実）
　「鑑賞日本の古典4」'81 p445
伊勢物語概説
　「大学古典叢書6」'87 p225
「伊勢物語拾穂抄」について
　「大学古典叢書6」'87 p239
伊勢物語序説（窪田空穂）
　「古典日本文学全集7」'60 p400
伊勢物語と絵（伊藤敏子）
　「鑑賞日本古典文学5」'75 p369
伊勢物語と謡曲（伊藤正義）
　「鑑賞日本古典文学5」'75 p359
伊勢物語の意義
　「日本古典全書〔1〕」'60 p239
伊勢物語の形成過程—形態的考察
　「日本古典全書〔1〕」'60 p178
伊勢物語の世界形成（秋山虔）
　「新 日本古典文学大系17」'97 p359
伊勢物語の旅（榊原和夫）
　「現代語訳 日本の古典4」'81 p170
伊勢物語の伝本
　「日本古典全書〔1〕」'60 p199
伊勢物語の内容
　「有精堂校注叢書〔1〕」'86 p137
伊勢物語の花たち（田中澄江）
　「鑑賞日本古典文学5」'75 p419
伊勢物語・大和物語の文学遺跡（野中春水）
　「鑑賞日本古典文学5」'75 p379
伊勢物語・大和物語の文体（渡辺実）
　「鑑賞日本古典文学5」'75 p392
伊勢物語・大和物語の窓
　「鑑賞日本古典文学5」'75 p347
歌物語
　「有精堂校注叢書〔1〕」'86 p130
歌物語の性格
　「日本古典全書〔1〕」'60 p171
関連作品宇津保物語と落窪物語（鈴木一雄）
　「現代語訳 日本の古典4」'81 p166
影響
　「有精堂校注叢書〔1〕」'86 p132
女の心をかき立てる笛の音色のにじむ絵（大庭みな子）
　「現代語訳 日本の古典4」'81 p162
解説
　「鑑賞日本の古典4」'81 p11
　「完訳日本の古典10」'83 p269
　「新編日本古典文学全集12」'94 p227
　「全対訳日本古典新書〔3〕」'78 p215
　「大学古典叢書6」'87 p223

「日本古典文学全集8」'72 p113
「日本古典文学大系9」'57 p81
解説 伊勢物語の世界
　「新潮日本古典集成〔9〕」'76 p137
解題
　「日本文学古註釈大成〔26〕」'79
　「有精堂校注叢書〔1〕」'86 p129
工芸品にみる伊勢物語
　「特選日本の古典 グラフィック版3」'86 p140
古典への招待 初期物語の方法―その伝承性をめぐって（片桐洋一）
　「新編日本古典文学全集12」'94 p5
在五中将と亭子の帝（目崎徳衛）
　「鑑賞日本古典文学5」'75 p349
作者の主体精神―内容的考察
　「日本古典全書〔1〕」'60 p188
重載歌
　「有精堂校注叢書〔1〕」'86 p134
主要註釈書目録
　「日本古典全書〔1〕」'60 p250
序説（片桐洋一）
　「鑑賞日本古典文学5」'75 p1
新資料民部卿局筆塗籠本について
　「日本古典全書〔1〕」'60 p221
総説
　「日本の文学 古典編6」'86 p9
総説（片桐洋一）
　「鑑賞日本古典文学5」'75 p9
竹取物語と伊勢物語（森野宗明）
　「現代語訳 日本の古典4」'81 p153
伝本
　「有精堂校注叢書〔1〕」'86 p135
読書ノート
　「鑑賞日本古典文学5」'75 p419
塗籠本の史的意義
　「日本古典全書〔1〕」'60 p213
はしがき（橋本武）
　「イラスト古典全訳〔3〕」'92 p3
はしがき（片桐洋一）
　「大学古典叢書6」'87 p1
はじめに―伊勢物語覚え書（永井和子）
　「全対訳日本古典新書〔3〕」'78 p3
美術に見る伊勢物語（北小路健）
　「現代語訳 日本の古典4」'81 p145
必読の書
　「有精堂校注叢書〔1〕」'86 p131
鄙のあわれ（岡野弘彦）
　「鑑賞日本古典文学5」'75 p427
表現
　「有精堂校注叢書〔1〕」'86 p131
附説 原伊勢物語を探る
　「新潮日本古典集成〔9〕」'76 p195

文学的人物考（柿本奨）
　「鑑賞日本古典文学5」'75 p401
【年表】
関係年表
　「鑑賞日本古典文学5」'75 p35
　「大学古典叢書6」'87 p252
塗籠本伊勢物語年譜
　「日本古典全書〔1〕」'60 p252
年譜
　「完訳日本の古典10」'83 p282
年譜（伊勢物語・大和物語・平中物語）
　「新編日本古典文学全集12」'94 p561
　「日本古典文学全集8」'72 p552
【資料】
伊勢物語
　「有精堂校注叢書〔3〕」'87 p138
『伊勢物語』主要古注釈書の総論
　「鑑賞日本古典文学4」'81 p470
『伊勢物語』主要人物系図
　「鑑賞日本古典文学4」'81 p488
伊勢物語のうた二百九首
　「特選日本の古典 グラフィック版3」'86 p145
伊勢物語和歌綜覧
　「新潮日本古典集成〔9〕」'76 p227
関係系図
　「鑑賞日本古典文学5」'75 p32
　「大学古典叢書6」'87 p249
系図
　「イラスト古典全訳〔3〕」'92 p11
　「全対訳日本古典新書〔3〕」'78 p228
系図（伊勢物語・平中物語・大和物語）
　「日本古典文学全集8」'72 p548
系図（伊勢物語・大和物語・平中物語）
　「新編日本古典文学全集12」'94 p557
参考文献
　「有精堂校注叢書〔1〕」'86 p141
参考文献（片桐洋一）
　「鑑賞日本古典文学5」'75 p436
主要古注釈書一覧・参考文献
　「新編日本古典文学全集12」'94 p243
主要作品対照
　「有精堂校注叢書〔1〕」'86 p171
主要伝本影印・業平略系図
　「有精堂校注叢書〔1〕」'86 p184
初句索引
　「新編日本古典文学全集12」'94 p584
人物系図
　「完訳日本の古典10」'83 p281
図版目録
　「現代語訳 日本の古典4」'81 p174
　「特選日本の古典 グラフィック版3」'86 p166
地図―伊勢物語ゆかりの地

一遍

　　「特選日本の古典 グラフィック版3」'86 p164
底本の勘物と奥書等
　　「全対訳日本古典新書〔3〕」'78 p206
付録
　　「大学古典叢書6」'87
　　「有精堂校注叢書〔1〕」'86 p145
補注
　　「日本古典文学大系9」'57 p188
補註
　　「日本古典全書〔1〕」'60 p364
真名伊勢物語
　　「有精堂校注叢書〔1〕」'86 p146
和歌索引
　　「イラスト古典全訳〔3〕」'92 p139
　　「完訳日本の古典10」'83 p286
　　「日本古典文学全集8」'72 p576
和歌初句索引
　　「全対訳日本古典新書〔3〕」'78 p231
　　「大学古典叢書6」'87 p257
　　「有精堂校注叢書〔1〕」'86 p187

一遍
【解説】
一遍とその法語集について
　　「日本思想大系10」'71 p454
解説
　　「日本思想大系10」'71 p387
雲と夢―捨聖一遍（菊地勇次郎）
　　「鑑賞日本古典文学20」'77 p344
法然における専修念仏の形成
　　「日本思想大系10」'71 p389
【資料】
参考文献
　　「日本思想大系10」'71 p486
補注
　　「日本思想大系10」'71 p379

井原西鶴
【解説】
あとがき（小川武彦）
　　「西鶴大矢数注釈索引」'92
あとがき（鶴見誠）
　　「訳註西鶴全集13」'56 p435
井原西鶴（幸田露伴）
　　「古典日本文学全集22」'59 p369
江戸廓ばなし（中村芝鶴）
　　「現代語訳 日本の古典16」'80 p160
大阪人的性格（織田作之助）
　　「古典日本文学全集22」'59 p392
解説
　　「完訳日本の古典50」'86 p331
　　「完訳日本の古典51」'89 p437

「完訳日本の古典52」'83 p267
「完訳日本の古典53」'84 p363
「現代語訳西鶴全集（河出）1」'53 p427
「現代語訳西鶴全集（河出）2」'52 p321
「現代語訳西鶴全集（河出）3」'54 p387
「現代語訳西鶴全集（河出）4」'54 p471
「現代語訳西鶴全集（河出）5」'53 p355
「現代語訳西鶴全集（河出）6」'52 p387
「現代語訳西鶴全集（河出）7」'52 p285
「現代語訳西鶴全集（小学館）1」'76 p7
「西鶴大矢数注釈4」'87 p597
「西鶴選集〔5〕」'94 p211
「西鶴選集〔11〕」'95 p373
「西鶴選集〔12〕」'95 p7
「西鶴選集〔14〕」'95 p7
「西鶴選集〔22〕」'96 p7
「西鶴選集〔24〕」'96 p6
「新潮日本古典集成〔68〕」'76 p199
「新潮日本古典集成〔69〕」'77 p211
「新 日本古典文学大系76」'91 p509
「新 日本古典文学大系77」'89 p569
「日本古典全書〔102〕」'49 p3
「日本古典全書〔103〕」'50 p3
「日本古典全書〔104〕」'50 p3
「日本古典全書〔105〕」'51 p3
「日本古典文学全集38」'71 p5
「日本古典文学全集39」'73 p5
「日本古典文学全集40」'72 p5
「日本古典文学大系47」'57 p3
「日本古典文学大系48」'60 p3
解説（麻生磯次）
　　「古典日本文学全集22」'59 p351
　　「古典日本文学全集23」'60 p347
解説（浮橋康彦）
　　「西鶴選集〔7〕」'95 p271
解説（谷脇理史，神保五弥，暉峻康隆）
　　「新編日本古典文学全集68」'96 p599
解説（暉峻康隆）
　　「定本西鶴全集2」'49 p5
　　「定本西鶴全集3」'55 p5
　　「定本西鶴全集4」'64 p5
　　「定本西鶴全集7」'50 p5
　　「定本西鶴全集8」'50 p5
解説（暉峻康隆，東明雅）
　　「新編日本古典文学全集66」'96 p569
解説（暉峻康隆，野間光辰）
　　「定本西鶴全集5」'59 p5
　　「定本西鶴全集9」'51 p5
　　「定本西鶴全集11上」'72 p5
　　「定本西鶴全集14」'53 p5
解説（野間光辰）
　　「定本西鶴全集1」'51 p5

「定本西鶴全集6」'59 p5
「定本西鶴全集10」'54 p5
「定本西鶴全集11下」'75 p7
「定本西鶴全集12」'70 p7
解説（長谷川強）
　「鑑賞日本の古典15」'80 p211
　「鑑賞日本の古典15」'80 p239
　「鑑賞日本の古典15」'80 p256
　「鑑賞日本の古典15」'80 p297
　「鑑賞日本の古典15」'80 p338
　「鑑賞日本の古典15」'80 p367
解説（冨士昭雄，広嶋進）
　「新編日本古典文学全集69」'00 p623
解説（宗政五十緒）
　「鑑賞日本の古典15」'80 p24
　「鑑賞日本の古典15」'80 p55
　「鑑賞日本の古典15」'80 p104
　「鑑賞日本の古典15」'80 p139
　「鑑賞日本の古典15」'80 p168
　「鑑賞日本の古典15」'80 p193
解説（宗政五十緒，暉峻康隆，松田修）
　「新編日本古典文学全集67」'96 p593
解説（吉田精一）
　「国民の文学13」'63 p433
解説「好色一代男」への道（松田修）
　「新潮日本古典集成〔67〕」'82 p267
解説 西鶴―人と作品（宗政五十緒）
　「鑑賞日本の古典15」'80 p5
解説―世にあるものは金銀の物語
　「新潮日本古典集成〔70〕」'89 p169
解題
　「西鶴選集〔2〕」'93 p7
　「西鶴選集〔4〕」'93 p7
　「西鶴選集〔6〕」'94 p5
　「西鶴選集〔8〕」'95 p7
　「西鶴選集〔10〕」'94 p7
　「西鶴選集〔16〕」'95 p7
　「西鶴選集〔17〕」'95 p226
　「西鶴選集〔18〕」'95 p7
　「西鶴選集〔19〕」'96 p381
　「西鶴選集〔20〕」'96 p9
　「西鶴選集〔23〕」'96 p251
　「評釈江戸文学叢書1」'70 p1
解題（石川了）
　「西鶴選集〔13〕」'95 p207
解題（江本裕編）
　「西鶴選集〔3〕」'93 p209
解題（加藤裕一）
　「西鶴選集〔21〕」'96 p255
解題（太刀川清）
　「西鶴選集〔9〕」'94 p249
解題（花田富二夫）

　「西鶴選集〔15〕」'95
解題（檜谷昭彦）
　「西鶴選集〔1〕」'93 p227
各章の解説・参考文献抄
　「西鶴選集〔8〕」'95 p232
仮名草子と西鶴（冨士昭雄）
　「鑑賞日本古典文学26」'76 p340
近世前期上方の経済
　「現代語訳西鶴全集（小学館）9」'77 p343
鑑賞のしおり
　「現代語訳西鶴全集（小学館）1」'76 p53
　「現代語訳西鶴全集（小学館）2」'76 p3
　「現代語訳西鶴全集（小学館）3」'76 p3
　「現代語訳西鶴全集（小学館）4」'76 p3
　「現代語訳西鶴全集（小学館）5」'76 p3
　「現代語訳西鶴全集（小学館）6」'76 p3
　「現代語訳西鶴全集（小学館）7」'76 p3
　「現代語訳西鶴全集（小学館）8」'76 p3
　「現代語訳西鶴全集（小学館）9」'77 p3
　「現代語訳西鶴全集（小学館）10」'76 p3
　「現代語訳西鶴全集（小学館）11」'76 p3
　「現代語訳西鶴全集（小学館）12」'77 p3
近世前期の貨幣（小葉田淳）
　「鑑賞日本の古典15」'80 p407
近世の貨幣制度
　「完訳日本の古典53」'84 p376
〈付〉近世の貨幣と物価について
　「西鶴選集〔2〕」'93 p174
近世の推理小説
　「現代語訳西鶴全集（小学館）8」'76 p263
元禄期の髪型（郡司正勝）
　「特選日本の古典 グラフィック版8」'86 p164
元禄文芸復興の基盤（暉峻康隆）
　「鑑賞日本古典文学27」'76 p9
好色一代男
　「日本古典全書〔102〕」'49 p12
好色一代女
　「日本古典全書〔103〕」'50 p3
好色五人女
　「日本古典全書〔102〕」'49 p17
好色盛衰記
　「日本古典全書〔103〕」'50 p6
対談 好色とはなにか（暉峻康隆，吉行淳之介）
　「特選日本の古典 グラフィック版8」'86 p148
好色二代男（冨士昭雄）
　「新 日本古典文学大系76」'91 p511
古典への招待「色好み」のルーツ（暉峻康隆）
　「新編日本古典文学全集66」'96 p5
古典への招待 西鶴の武家物（冨士昭雄）
　「新編日本古典文学全集69」'00 p3
古典への招待 晩年のテーマと方法（暉峻康隆）
　「新編日本古典文学全集68」'96 p5

井原西鶴　解説・資料

古典への招待　流行作家時代―中期の作風（暉峻康隆）
　「新編日本古典文学全集67」'96 p5
「五人女」のモデルと法律
　「現代語訳西鶴全集（小学館）4」'76 p279
西鶴
　「日本古典全書〔102〕」'49 p3
西鶴を生んだ社会
　「日本古典全書〔102〕」'49 p24
西鶴置土産（冨士昭雄）
　「新 日本古典文学大系77」'89 p591
西鶴織留
　「日本古典全書〔104〕」'50 p13
西鶴研究略史
　「鑑賞日本の古典15」'80 p429
西鶴雑感（丹羽文雄）
　「古典日本文学全集22」'59 p405
西鶴小論（田山花袋）
　「古典日本文学全集22」'59 p374
西鶴諸国はなし
　「日本古典全書〔105〕」'51 p3
西鶴諸国ばなし（井上敏幸）
　「新 日本古典文学大系76」'91 p529
西鶴町人物雑感（武田麟太郎）
　「古典日本文学全集23」'60 p369
西鶴と秋成―表現の思想（森山重雄）
　「鑑賞日本の古典18」'81 p355
西鶴と外国文学（冨士昭雄）
　「鑑賞日本の古典15」'80 p415
西鶴と現代文学（臼井吉見）
　「古典日本文学全集23」'60 p386
西鶴と現代文学（暉峻康隆）
　「鑑賞日本古典文学27」'76 p505
西鶴と後続文学（長谷川強）
　「鑑賞日本古典文学27」'76 p496
西鶴と五人女・置土産（神保五弥）
　「現代語訳 日本の古典16」'80 p155
西鶴と先行文芸（谷脇理史）
　「鑑賞日本古典文学27」'76 p477
西鶴名残の友（井上敏幸）
　「新 日本古典文学大系77」'89 p621
西鶴における先行文学の影響（柳瀬万里）
　「鑑賞日本の古典15」'80 p397
西鶴について（正宗白鳥）
　「古典日本文学全集22」'59 p377
西鶴について（吉行淳之介）
　「現代語訳 日本の古典16」'80 p137
解説 西鶴の生涯と作風（暉峻康隆）
　「特選日本の古典 グラフィック版8」'86 p160
西鶴の文体（藤村作）
　「訳註西鶴全集1」'47 p3
西鶴の文体の特色と方法（杉本つとむ）

「鑑賞日本古典文学27」'76 p466
西鶴の方法（神保五弥）
　「鑑賞日本古典文学27」'76 p447
西鶴の方法（暉峻康隆）
　「古典日本文学全集23」'60 p375
西鶴の窓
　「鑑賞日本古典文学27」'76 p445
西鶴の輪郭（真山青果）
　「古典日本文学全集23」'60 p365
西鶴名作の旅（木村利治）
　「現代語訳 日本の古典16」'80 p166
参考文献（江本裕）
　「鑑賞日本の古典15」'80 p429
参考文献解題
　「鑑賞日本の古典15」'80 p441
詩から散文へ（雲英末雄）
　「鑑賞日本古典文学27」'76 p455
自註独吟百韻解題
　「訳註西鶴全集2」'47 p271
小人道より少人道へ（堂本正樹）
　「鑑賞日本古典文学27」'76 p528
序言（藤井乙男）
　「評釈江戸文学叢書1」'70 p1
近世前期諸国色里案内
　「現代語訳西鶴全集（小学館）2」'76 p311
序説（暉峻康隆）
　「鑑賞日本古典文学27」'76 p1
世間胸算用
　「日本古典全書〔104〕」'50 p9
総説
　「日本古典評釈・全注釈叢書〔31〕」'81 p479
　「日本の文学 古典編39」'86 p5
男色より衆道へ
　「現代語訳西鶴全集（小学館）3」'76 p279
注釈（池田弥三郎）
　「国民の文学13」'63 p422
町人物
　「日本古典全書〔104〕」'50 p3
追考
　「評釈江戸文学叢書1」'70 p663
読書ノート
　「鑑賞日本古典文学27」'76 p521
日本永代蔵
　「日本古典全書〔104〕」'50 p4
日本の敵討
　「現代語訳西鶴全集（小学館）5」'76 p267
日本の書簡体小説
　「現代語訳西鶴全集（小学館）11」'76 p239
俳諧師西鶴（乾裕幸）
　「鑑賞日本の古典15」'80 p383
俳個師西鶴愚考（藤本義一）
　「鑑賞日本古典文学27」'76 p521

跋
　「西鶴大矢数注釈4」'87 p617
跋（前田金五郎）
　「日本古典評釈・全注釈叢書〔31〕」'81 p543
武家義理物語
　「日本古典全書〔105〕」'51 p8
武道伝来記（谷脇理史）
　「新 日本古典文学大系77」'89 p571
文体
　「日本古典全書〔102〕」'49 p22
　「日本古典全書〔103〕」'50 p5
本朝二十不幸（佐竹昭広）
　「新 日本古典文学大系76」'91 p545
まえがき
　「現代語訳西鶴全集（小学館）1」'76 p1
遊郭の世界（松田修）
　「現代語訳 日本の古典16」'80 p129
遊芸と教養
　「現代語訳 日本の古典16」'80 p165
遊里と西鶴（浅野晃）
　「鑑賞日本古典文学27」'76 p487
「遊里の人と生活」（索引付）
　「現代語訳西鶴全集（小学館）1」'76 p287
万の文反古（谷脇理史）
　「新 日本古典文学大系77」'89 p607
【年表】
西鶴享受史年表
　「新編日本古典文学全集68」'96 p622
西鶴年譜
　「完訳日本の古典50」'86 p360
　「現代語訳西鶴全集（小学館）12」'77 p301
　「新編日本古典文学全集66」'96 p598
西鶴略年譜
　「西鶴選集〔4〕」'93 p171
　「西鶴選集〔8〕」'95 p250
　「西鶴選集〔10〕」'94 p172
　「西鶴選集〔12〕」'95 p305
　「西鶴選集〔14〕」'95 p190
　「西鶴選集〔16〕」'95 p160
　「西鶴選集〔18〕」'95 p201
　「西鶴選集〔22〕」'96 p215
　「西鶴選集〔24〕」'96 p196
　「新潮日本古典集成〔68〕」'76 p223
　「新潮日本古典集成〔69〕」'77 p235
　「新 日本古典文学大系76」'91 p506
　「日本古典文学全集40」'72 p73
西鶴略年譜（箕輪吉次）
　「鑑賞日本古典文学27」'76 p557
西鶴略年譜（柳瀬万里）
　「鑑賞日本の古典15」'80 p451
年譜
　「西鶴選集〔6〕」'94 p144

年譜（暉峻康隆）
　「国民の文学13」'63 p430
〈付録〉西鶴武家物年表
　「新編日本古典文学全集69」'00 p636
付録 西鶴略年表
　「新潮日本古典集成〔70〕」'89 p207
略年譜
　「西鶴選集〔20〕」'96 p286
【資料】
永代蔵百訓
　「完訳日本の古典52」'83 p298
江戸 吉原遊廓図・揚屋町図
　「新 日本古典文学大系76」'91 p504
　「新 日本古典文学大系77」'89 p565
大坂 新町遊廓図
　「新 日本古典文学大系76」'91 p505
大阪 新町遊廓図
　「新 日本古典文学大系77」'89 p566
女職尽三十二種
　「完訳日本の古典51」'89 p458
上方の商圏と『日本永代蔵』の舞台
　「新編日本古典文学全集68」'96 p620
上方の商圏と『日本永代蔵』の舞台（地図）
　「完訳日本の古典52」'83 p296
関連資料
　「西鶴選集〔14〕」'95 p175
京 島原遊廓図・揚屋町図
　「新 日本古典文学大系76」'91 p503
　「新 日本古典文学大系77」'89 p564
近世の貨幣をめぐる常識
　「新潮日本古典集成〔68〕」'76 p234
　「新潮日本古典集成〔69〕」'77 p246
近世の貨幣制度
　「完訳日本の古典50」'86 p340
　「完訳日本の古典51」'89 p456
　「完訳日本の古典52」'83 p294
近世の時刻制度
　「新潮日本古典集成〔68〕」'76 p230
　「新潮日本古典集成〔69〕」'77 p242
語彙索引
　「西鶴大矢数注釈索引」'92 p1
好色一代男
　「西鶴選集〔19〕」'95 p1
『好色一代男』の舞台
　「新編日本古典文学全集66」'96 p590
語句索引
　「日本古典評釈・全注釈叢書〔31〕」'81 p513
『西鶴大矢数注釈』正誤表
　「西鶴大矢数注釈索引」'92 p298
西鶴時代の貨幣（箕輪吉次）
　「鑑賞日本古典文学27」'76 p554
西鶴主要作品小事典

井原西鶴　解説・資料

　　「現代語訳 日本の古典16」'80 p170
西鶴当時の通貨
　　「新 日本古典文学大系77」'89 p567
西鶴の時代の通貨
　　「新編日本古典文学全集66」'96 p588
　　「新編日本古典文学全集67」'96 p622
　　「新編日本古典文学全集68」'96 p330
索引
　　「現代語訳西鶴全集（小学館）1」'76 p310
　　「西鶴選集〔14〕」'95 p201
参考文献
　　「西鶴選集〔2〕」'93 p172
　　「西鶴選集〔6〕」'94 p141
　　「西鶴選集〔10〕」'94 p14
　　「西鶴選集〔12〕」'95 p303
　　「西鶴選集〔16〕」'95 p159
　　「西鶴選集〔18〕」'95 p199
　　「西鶴選集〔20〕」'96 p284
　　「西鶴選集〔22〕」'96 p211
　　「新 日本古典文学大系76」'91 p559
　　「新 日本古典文学大系77」'89 p637
参考文献（箕輪吉次）
　　「鑑賞日本古典文学27」'76 p536
参考文献案内
　　「日本古典文学全集40」'72 p63
出典一覧
　　「西鶴選集〔4〕」'93 p165
　　「西鶴選集〔16〕」'95 p157
　　「西鶴選集〔18〕」'95 p192
　　「西鶴選集〔24〕」'96 p191
主要参考文献
　　「西鶴選集〔14〕」'95 p198
諸国遊里案内
　　「新編日本古典文学全集66」'96 p592
新編西鶴発句集初句索引
　　「定本西鶴全集12」'70 p471
人名索引
　　「西鶴大矢数注釈索引」'92 p281
図版目録
　　「現代語訳 日本の古典16」'80 p174
　　「特選日本の古典 グラフィック版8」'86 p166
全句索引
　　「西鶴大矢数注釈索引」'92 p133
『男色大鑑』登場役者一覧
　　「新編日本古典文学全集67」'96 p607
　　「日本古典文学全集39」'73 p599
地図—西鶴ゆかりの大阪
　　「特選日本の古典 グラフィック版8」'86 p165
町人文化の華
　　「特選日本の古典 グラフィック版8」'86 p140
登場役者・遊女一覧
　　「完訳日本の古典50」'86 p350

附図
　　「日本古典文学大系48」'60 p15
付録
　　「鑑賞日本古典文学27」'76 p554
　　「新 日本古典文学大系76」'91 p501
　　「新 日本古典文学大系77」'89 p563
　　「新編日本古典文学全集66」'96 p587
　　「新編日本古典文学全集68」'96 p619
　　「日本の文学 古典編39」'86 p315
付録—『色道大鏡』による世之介悪所巡りの図
　　「新潮日本古典集成〔67〕」'82 p309
文献目録
　　「西鶴選集〔8〕」'95 p254
補注
　　「日本古典文学大系48」'60 p463
補註
　　「定本西鶴全集11下」'75 p452
遊里案内
　　「完訳日本の古典50」'86 p342

今鏡
【解説】
いつ筆が執られたか
　　「日本古典全書〔45〕」'50 p7
今鏡と小鏡と続世継
　　「日本古典全書〔45〕」'50 p5
今鏡の描くもの
　　「日本古典全書〔45〕」'50 p10
今鏡の諸伝本
　　「日本古典全書〔45〕」'50 p25
いままでの研究
　　「日本古典全書〔45〕」'50 p39
大鏡を継ぐもの
　　「日本古典全書〔45〕」'50 p3
解説
　　「日本古典全書〔45〕」'50 p3
白鳥の唄
　　「日本古典全書〔45〕」'50 p35
推定される作者
　　「日本古典全書〔45〕」'50 p19
畠山本と尾張本など
　　「日本古典全書〔45〕」'50 p28
【資料】
系図
　　「日本古典全書〔45〕」'50 p40

【う】

上田秋成

390　日本古典文学全集・作品名綜覧

上田秋成

【解説】

秋成私論（石川淳）
　「古典日本文学全集28」'60 p334
秋成と国学（中村博保）
　「鑑賞日本古典文学35」'77 p414
秋成の文学観（中野三敏）
　「鑑賞日本古典文学35」'77 p393
秋成の文章と文体（中村博保）
　「鑑賞日本の古典18」'81 p392
秋成・馬琴の窓
　「鑑賞日本古典文学35」'77 p391
あとがき（中村博保）
　「日本古典評釈・全注釈叢書〔25〕」'69 p775
上田秋成
　「日本古典全書〔106〕」'57 p3
雨月物語
　「日本古典全書〔106〕」'57 p14
雨月物語（中村博保）
　「特選日本の古典 グラフィック版11」'86 p158
雨月物語紀行
　「新潮日本古典集成〔75〕」'79 p260
雨月物語について（三島由紀夫）
　「古典日本文学全集28」'60 p342
雨月物語の意義
　「対訳古典シリーズ〔20〕」'88 p358
雨月物語の怪奇性（馬場あき子）
　「特選日本の古典 グラフィック版11」'86 p152
「雨月物語」の解説及び作者（樋口慶千代）
　「評釈江戸文学叢書9」'70 p4
雨月物語の旅（神谷次郎）
　「現代語訳 日本の古典19」'80 p174
雨月物語・春雨物語と上田秋成（中村博保）
　「現代語訳 日本の古典19」'80 p157
「雨月物語」前の怪異小説（樋口慶千代）
　「評釈江戸文学叢書9」'70 p3
怪奇絵の系譜（宗谷真爾）
　「現代語訳 日本の古典19」'80 p149
関連解説怪奇文学の系譜（高田衛）
　「現代語訳 日本の古典19」'80 p162
解説
　「完訳日本の古典57」'83 p419
　「新編日本古典文学全集78」'95 p567
　「大学古典叢書1」'85 p173
　「日本古典全書〔106〕」'57 p3
　「日本古典文学大系56」'59 p3
解説（大輪靖宏）
　「対訳古典シリーズ〔20〕」'88 p325
解説（美山靖）
　「新潮日本古典集成〔76〕」'80 p197
概説
　「日本古典評釈・全注釈叢書〔25〕」'69 p699
解説―上田秋成の生涯と文学
　「鑑賞日本の古典18」'81 p9
解説 執着―上田秋成の生涯と文学（浅野三平）
　「新潮日本古典集成〔75〕」'79 p229
解題
　「上田秋成全集1」'90 p429
　「上田秋成全集2」'91 p415
　「上田秋成全集3」'91 p411
　「上田秋成全集4」'93 p473
　「上田秋成全集5」'92 p533
　「上田秋成全集6」'91 p429
　「上田秋成全集7」'90 p355
　「上田秋成全集8」'93 p457
　「上田秋成全集9」'92 p405
　「上田秋成全集10」'91 p513
　「上田秋成全集11」'94 p427
　「上田秋成全集12」'95 p449
　「鑑賞日本の古典18」'81 p31
　「鑑賞日本の古典18」'81 p131
　「鑑賞日本の古典18」'81 p239
　「鑑賞日本の古典18」'81 p251
　「鑑賞日本の古典18」'81 p273
　「鑑賞日本の古典18」'81 p291
　「鑑賞日本の古典18」'81 p323
　「全対訳日本古典新書〔14〕」'81 p238
癇癖談
　「日本古典全書〔106〕」'57 p30
結語
　「日本古典全書〔106〕」'57 p35
西鶴と秋成―表現の思想（森山重雄）
　「鑑賞日本の古典18」'81 p355
作者上田秋成
　「対訳古典シリーズ〔20〕」'88 p325
作品の鑑賞
　「対訳古典シリーズ〔20〕」'88 p339
参考文献解題（稲田篤信）
　「鑑賞日本の古典18」'81 p407
芝居の怪談ばなし（菊池明）
　「特選日本の古典 グラフィック版11」'86 p140
『十雨余言』のことなど（高田衛）
　「鑑賞日本古典文学35」'77 p404
情念の凝集（大原富枝）
　「現代語訳 日本の古典19」'80 p166
序説（中村幸彦）
　「鑑賞日本古典文学35」'77 p1
序にかえて（高田衛）
　「鑑賞日本の古典18」'81 p5
書名と成立
　「対訳古典シリーズ〔20〕」'88 p333
総説
　「日本の文学 古典編42」'86 p3
総説（中村幸彦）
　「鑑賞日本古典文学35」'77 p7

中国志怪小説の流れ（竹田晃）
　「鑑賞日本の古典18」'81 p380
藤簍冊子（抄）
　「日本古典全書〔106〕」'57 p22
日本の幽霊（暉峻康隆）
　「特選日本の古典 グラフィック版11」'86 p148
はしがき（暉峻康隆）
　「日本古典評釈・全注釈叢書〔25〕」'69 p1
はじめに（浅野三平）
　「全対訳日本古典新書〔14〕」'81 p3
春雨物語
　「日本古典全書〔106〕」'57 p23
樊噲下の部分について（石川淳）
　「古典日本文学全集28」'60 p340
二つの中心（種村季弘）
　「現代語訳 日本の古典19」'80 p170
訳後雑記
　「特選日本の古典 グラフィック版11」'86 p136
妖怪と人間―近世後期の思想と草双紙・読本
　（小池正胤）
　「鑑賞日本の古典18」'81 p367
【年表】
「秋成」関係略年表（稲田篤信）
　「鑑賞日本の古典18」'81 p441
上田秋成年譜
　「対訳古典シリーズ〔20〕」'88 p364
上田秋成略年譜
　「完訳日本の古典57」'83 p445
　「新潮日本古典集成〔76〕」'80 p233
　「大学古典叢書1」'85 p180
　「日本古典全書〔106〕」'57 p48
作者対照略年譜（高田衛編）
　「日本古典文学全集48」'73 p632
「血かたびら」「天津をとめ」「海賊」「歌のほまれ」略年表
　「新潮日本古典集成〔76〕」'80 p230
【資料】
「秋成」関係地図
　「鑑賞日本の古典18」'81 p447
秋成研究書目
　「日本古典全書〔106〕」'57 p40
異体字表
　「日本古典評釈・全注釈叢書〔25〕」'69 p772
研究書
　「日本古典全書〔106〕」'57 p44
校訂付記
　「完訳日本の古典57」'83 p341
　「新編日本古典文学全集78」'95 p563
　「日本古典文学全集48」'73 p617
語句索引
　「対訳古典シリーズ〔20〕」'88 p369
　「日本古典評釈・全注釈叢書〔25〕」'69 p728

作品集
　「日本古典全書〔106〕」'57 p40
参考文献
　「対訳古典シリーズ〔20〕」'88 p361
参考文献一覧
　「日本古典評釈・全注釈叢書〔25〕」'69 p713
図版目録
　「現代語訳 日本の古典19」'80 p178
　「特選日本の古典 グラフィック版11」'86 p166
「血かたびら」「天津をとめ」系図
　「新潮日本古典集成〔76〕」'80 p229
地図―雨月物語ゆかりの地
　「特選日本の古典 グラフィック版11」'86 p165
註釈書
　「日本古典全書〔106〕」'57 p44
藤簍冊子目録
　「上田秋成全集10」'91 p20
付録
　「日本古典文学全集48」'73 p621
附録
　「上田秋成全集10」'91 p274
補注
　「対訳古典シリーズ〔20〕」'88 p285
　「日本古典文学大系56」'59 p383
ますらを物語（中村博保）
　「日本古典文学全集48」'73 p622

宇治拾遺物語
【解説】
『宇治拾遺物語』を読むために
　「完訳日本の古典40」'84 p375
『宇治拾遺物語』と近世文学（谷脇理史）
　「鑑賞日本古典文学13」'76 p432
『宇治拾遺物語』の方法（春田宣）
　「鑑賞日本古典文学13」'76 p422
解説
　「完訳日本の古典40」'84 p353
　「新 日本古典文学大系42」'90 p537
　「日本古典全書〔57〕」'49 p3
　「日本古典文学全集28」'73 p11
　「日本古典文学大系27」'60 p3
解説（大島建彦）
　「新潮日本古典集成〔39〕」'85 p543
解説（小林保治，増子和子）
　「新編日本古典文学全集50」'96 p497
解説（永積安明）
　「古典日本文学全集18」'61 p315
各条の型
　「日本古典全書〔57〕」'49 p30
価値と影響
　「日本古典全書〔57〕」'49 p40
巻頭文の吟味

「日本古典全書〔57〕」'49 p4
形式
　「日本古典全書〔57〕」'49 p36
古典への招待 説話集の読み方（小林保治）
　「新編日本古典文学全集50」'96 p11
此の物語の成立過程
　「日本古典全書〔57〕」'49 p16
今昔物語集・宇治拾遺物語の窓
　「鑑賞日本古典文学13」'76 p377
序説（春田宣，室伏信助）
　「鑑賞日本古典文学13」'76 p1
諸本
　「日本古典全書〔57〕」'49 p10
説話文学の芸術性（風巻景次郎）
　「古典日本文学全集18」'61 p354
説話文学の発達
　「日本古典全書〔57〕」'49 p3
総説（春田宣）
　「鑑賞日本古典文学13」'76 p197
中世説話の伝承と発想（西尾光一）
　「古典日本文学全集18」'61 p359
著作年代
　「日本古典全書〔57〕」'49 p26
内容
　「日本古典全書〔57〕」'49 p32
昔話と文学（柳田国男）
　「古典日本文学全集18」'61 p337
流布本
　「日本古典全書〔57〕」'49 p13
【資料】
宇治拾遺物語 説話目次
　「新 日本古典文学大系42」'90 piii
宇治拾遺物語類話一覧
　「新 日本古典文学大系42」'90 p519
関係説話表
　「完訳日本の古典41」'86 p381
　「新編日本古典文学全集50」'96 p538
校訂付記
　「完訳日本の古典40」'84 p229
　「完訳日本の古典41」'86 p248
　「新編日本古典文学全集50」'96 p489
固有名詞一覧
　「新 日本古典文学大系42」'90 p2
固有名詞索引
　「完訳日本の古典41」'86 p389
参考文献
　「新 日本古典文学大系42」'90 p567
主要参考文献
　「新編日本古典文学全集50」'96 p548
神仏名・人名・地名索引
　「新編日本古典文学全集50」'96 p566
説話目録

「日本古典文学大系27」'60 p38
付録
　「新編日本古典文学全集50」'96 p537
補注
　「日本古典文学大系27」'60 p436
昔話「瘤取爺」伝承分布表・昔話「腰折雀」伝承分布表
　「新潮日本古典集成〔39〕」'85 p573
洛中説話地図
　「新編日本古典文学全集50」'96 p546

うつほ物語
【解説】
あらすじ（三谷栄一）
　「鑑賞日本古典文学6」'75 p244
色好みと色即是空（上坂信男）
　「鑑賞日本古典文学6」'75 p418
宇津保物語（芦田耕一）
　「鑑賞日本の古典4」'81 p462
うつほ物語の構造（室伏信助）
　「鑑賞日本古典文学6」'75 p437
宇津保物語の盛衰
　「日本古典全書〔4〕」'51 p17
宇津保物語の題名
　「日本古典全書〔4〕」'51 p7
うつほ物語の場合（高橋睦郎）
　「鑑賞日本古典文学6」'75 p453
うつほ物語の方法（野口元大）
　「鑑賞日本古典文学6」'75 p427
解説
　「鑑賞日本の古典4」'81 p294
　「新編日本古典文学全集16」'02 p638
　「日本古典全書〔4〕」'51 p3
　「日本古典文学大系10」'59 p3
　「日本古典文学大系12」'62 p2
仮名文学の時代
　「日本古典全書〔4〕」'51 p3
梗概
　「鑑賞日本の古典4」'81 p311
古典への招待 男の物語・女の物語
　「新編日本古典文学全集15」'01 p3
古典への招待 物語史の中の『うつほ物語』
　「新編日本古典文学全集14」'99 p3
古典への招待 物語はどのように読まれたか
　「新編日本古典文学全集16」'02 p3
参考文献解題
　「鑑賞日本の古典4」'81 p445
序説（三谷栄一）
　「鑑賞日本古典文学6」'75 p1
諸本及び註釈書など
　「日本古典全書〔4〕」'51 p25
総説（三谷栄一）

うつほ物語

　「鑑賞日本古典文学6」'75 p231
竹取物語・宇津保物語の窓
　「鑑賞日本古典文学6」'75 p377
著作年代と作者
　「日本古典全書〔4〕」'51 p9
登場人物解説
　「新編日本古典文学全集16」'02 p659
読書ノート
　「鑑賞日本古典文学6」'75 p447
文学史上の地位
　「日本古典全書〔4〕」'51 p21
本文の構成
　「日本古典全書〔4〕」'51 p14
本文の不備錯乱
　「日本古典全書〔4〕」'51 p19
【資料】
『宇津保物語』主要人物系図
　「鑑賞日本の古典4」'81 p490
各巻にあらはれる人人
　「日本古典全書〔4〕」'51 p69
　「日本古典全書〔5〕」'49 p5
　「日本古典全書〔6〕」'51 p5
　「日本古典全書〔7〕」'55 p6
　「日本古典全書〔8〕」'57 p6
官位相当表
　「新編日本古典文学全集14」'99 p570
京都歴史地図
　「新編日本古典文学全集14」'99 p572
梗概
　「日本古典全書〔4〕」'51 p27
校訂付記
　「新編日本古典文学全集14」'99 p545
　「新編日本古典文学全集15」'01 p608
　「新編日本古典文学全集16」'02 p622
嵯峨院と菊宴との重複本文の対照
　「日本古典文学大系11」'61 p473
参考文献（三谷栄一，三谷邦明）
　「鑑賞日本古典文学6」'75 p461
図録
　「新編日本古典文学全集14」'99 p562
年立
　「新編日本古典文学全集15」'01 p631
付録
　「新編日本古典文学全集14」'99
　「新編日本古典文学全集15」'01
　「新編日本古典文学全集16」'02
補注
　「日本古典文学大系10」'59 p449
　「日本古典文学大系11」'61 p505
　「日本古典文学大系12」'62 p535
和歌初句索引
　「新編日本古典文学全集16」'02 p664

卜部兼好

【解説】
卜部兼好（亀井勝一郎）
　「古典日本文学全集11」'62 p385
解説
　「完訳日本の古典37」'86 p363
　「新 日本古典文学大系39」'89 p349
　「新編日本古典文学全集44」'95 p275
　「日本古典全書〔28〕」'47 p3
　「日本古典文学全集27」'71 p53
　「日本古典文学大系30」'57 p55
解説（木藤才蔵）
　「新潮日本古典集成〔52〕」'77 p259
解説（塩田良平）
　「古典日本文学全集11」'62 p335
解説（安良岡康作）
　「対訳古典シリーズ〔17〕」'88 p435
解題
　「全対訳日本古典新書〔11〕」'76 p340
　「日本文学古註釈大成〔18〕」'78
　「日本文学古註釈大成〔20〕」'78
口絵解説
　「日本古典評釈・全注釈叢書〔23〕」'68 p610
兼好解題
　「私家集大成5」'74 p901
兼好と長明と（佐藤春夫）
　「古典日本文学全集11」'62 p371
兼好と『徒然草』
　「鑑賞日本の古典10」'80 p97
兼好の思想（菊地良一）
　「鑑賞日本古典文学18」'75 p375
兼好の美意識（福田秀一）
　「鑑賞日本古典文学18」'75 p391
参考文献解説（浅見和彦）
　「鑑賞日本の古典10」'80 p545
地獄・極楽（守屋毅）
　「現代語訳 日本の古典12」'80 p149
序（安良岡康作）
　「日本古典評釈・全注釈叢書〔22〕」'67 p3
緒言
　「日本文学古註釈大成〔19〕」'78
序説（冨倉徳次郎，貴志正造）
　「鑑賞日本古典文学18」'75 p1
諸本と註釈
　「日本古典全書〔28〕」'47 p44
書名と著者
　「対訳古典シリーズ〔17〕」'88 p435
総説
　「鑑賞日本の古典10」'80 p9
　「日本の文学 古典編31」'86 p7
総説（冨倉徳次郎，貴志正造）
　「鑑賞日本古典文学18」'75 p123

第一部から第二部へ
　「日本古典評釈・全注釈叢書〔23〕」'68 p570
歎異抄と随聞記（紀野一義）
　「現代語訳 日本の古典12」'80 p170
中国の隠逸と日本の隠遁（伊藤博之）
　「鑑賞日本古典文学18」'75 p337
中世的人間（細野哲雄）
　「鑑賞日本古典文学18」'75 p401
長明と兼好（木藤才蔵）
　「特選日本の古典 グラフィック版7」'86 p153
著作の時期
　「日本古典全書〔28〕」'47 p10
著者卜部兼好
　「日本古典全書〔28〕」'47 p3
著者兼好の伝記
　「対訳古典シリーズ〔17〕」'88 p436
徒然草（臼井吉見）
　「古典日本文学全集11」'62 p355
徒然草（小林秀雄）
　「古典日本文学全集11」'62 p383
徒然草を読もうとする人に
　「全対訳日本古典新書〔11〕」'76 p3
徒然草概説
　「日本古典評釈・全注釈叢書〔23〕」'68 p560
徒然草、その作者と時代（久保田淳）
　「新 日本古典文学大系39」'89 p375
『徒然草』第一部
　「日本古典評釈・全注釈叢書〔23〕」'68 p565
『徒然草』第一部の特質
　「対訳古典シリーズ〔17〕」'88 p447
『徒然草』第二部
　「日本古典評釈・全注釈叢書〔23〕」'68 p573
　「日本古典評釈・全注釈叢書〔23〕」'68 p586
『徒然草』第二部の特質
　「対訳古典シリーズ〔17〕」'88 p451
徒然草と兼好（青木晃）
　「現代語訳 日本の古典12」'80 p157
『徒然草』における著者と読者
　「日本古典評釈・全注釈叢書〔23〕」'68 p593
『徒然草』における人間描写（西尾実）
　「対訳古典シリーズ〔17〕」'88 p468
『徒然草』の作風と史的意義
　「日本古典評釈・全注釈叢書〔23〕」'68 p602
『徒然草』の成立
　「対訳古典シリーズ〔17〕」'88 p444
　「日本古典評釈・全注釈叢書〔23〕」'68 p560
『徒然草』の中世文学的意義
　「対訳古典シリーズ〔17〕」'88 p464
解説徒然草・方丈記（吉田精一）
　「特選日本の古典 グラフィック版7」'86 p158
徒然草・方丈記の旅（百瀬明治）
　「現代語訳 日本の古典12」'80 p174

読書ノート
　「鑑賞日本古典文学18」'75 p410
内容と思想
　「日本古典全書〔28〕」'47 p33
はしがき（橋本武）
　「イラスト古典全訳〔1〕」'95 p3
はじめに（佐伯梅友）
　「全対訳日本古典新書〔11〕」'76 p7
はじめに
　「日本古典評釈・全注釈叢書〔23〕」'68 p560
跋（安良岡康作）
　「日本古典評釈・全注釈叢書〔23〕」'68 p712
平安京の滅亡（守屋毅）
　「現代語訳 日本の古典12」'80 p166
方丈記・徒然草の窓
　「鑑賞日本古典文学18」'75 p335
密教美術の神秘性（中村渓男）
　「特選日本の古典 グラフィック版7」'86 p144
【年表】
兼好関係略年表
　「新編日本古典文学全集44」'95 p599
兼好関係略年譜
　「完訳日本の古典37」'86 p382
年譜
　「対訳古典シリーズ〔17〕」'88 p476
【資料】
京都近郊略図
　「鑑賞日本の古典10」'80 p560
京都周辺図
　「新 日本古典文学大系39」'89 p318
口絵解説
　「日本古典評釈・全注釈叢書〔22〕」'67 p572
校訂付記
　「完訳日本の古典37」'86 p258
　「新編日本古典文学全集44」'95 p274
　「日本古典文学全集27」'71 p286
固有名詞索引
　「対訳古典シリーズ〔17〕」'88 p483
参考系図
　「完訳日本の古典37」'86 p389
参考地図
　「完訳日本の古典37」'86 p390
参考文献
　「対訳古典シリーズ〔17〕」'88 p473
参考文献（菅根順之）
　「鑑賞日本古典文学18」'75 p425
上巻注釈補訂
　「日本古典評釈・全注釈叢書〔23〕」'68 p626
図版目次
　「日本古典評釈・全注釈叢書〔23〕」'68 p708
図版目録
　「現代語訳 日本の古典12」'80 p178

栄花物語　解説・資料

「特選日本の古典 グラフィック版7」'86 p166
図録
　「完訳日本の古典37」'86 p391
清涼殿図
　「新 日本古典文学大系39」'89 p321
内裏図
　「新 日本古典文学大系39」'89 p320
地図—徒然草・方丈記ゆかりの地
　「特選日本の古典 グラフィック版7」'86 p163
徒然草関係地図
　「対訳古典シリーズ〔17〕」'88 p492
徒然草語句索引
　「日本古典評釈・全注釈叢書〔23〕」'68 p632
徒然草参考系図
　「新編日本古典文学全集44」'95 p598
徒然草事項索引
　「日本古典評釈・全注釈叢書〔23〕」'68 p692
徒然草事典
　「特選日本の古典 グラフィック版7」'86 p164
徒然草主要注釈書目一覧
　「日本古典評釈・全注釈叢書〔22〕」'67 p580
徒然草 人名一覧
　「新 日本古典文学大系39」'89 p322
徒然草 地名・建造物名一覧
　「新 日本古典文学大系39」'89 p338
付録
　「鑑賞日本の古典10」'80 p560
付録（図録）
　「新潮日本古典集成〔52〕」'77 p327
本書の頭註について
　「日本古典全書〔28〕」'47 p78
本書本文の校訂について
　「日本古典全書〔28〕」'47 p54
目次
　「新編日本古典文学全集44」'95 p74
　「日本古典文学全集27」'71 p85
文段索引
　「対訳古典シリーズ〔17〕」'88 p479
洛中周辺図
　「新 日本古典文学大系39」'89 p319

【　え　】

栄花物語
【解説】
あとがき（松村博司）
　「日本古典評釈・全注釈叢書〔16〕」'81 p383
解説
　「日本古典評釈・全注釈叢書〔9〕」'69 p191

「日本古典評釈・全注釈叢書〔9〕」'69 p310
「日本古典評釈・全注釈叢書〔9〕」'69 p415
「日本古典評釈・全注釈叢書〔9〕」'69 p550
「日本古典評釈・全注釈叢書〔10〕」'71 p144
「日本古典評釈・全注釈叢書〔10〕」'71 p211
「日本古典評釈・全注釈叢書〔10〕」'71 p310
「日本古典評釈・全注釈叢書〔10〕」'71 p587
「日本古典評釈・全注釈叢書〔11〕」'72 p85
「日本古典評釈・全注釈叢書〔11〕」'72 p174
「日本古典評釈・全注釈叢書〔11〕」'72 p248
「日本古典評釈・全注釈叢書〔11〕」'72 p372
「日本古典評釈・全注釈叢書〔11〕」'72 p472
「日本古典評釈・全注釈叢書〔11〕」'72 p554
「日本古典評釈・全注釈叢書〔12〕」'74 p122
「日本古典評釈・全注釈叢書〔12〕」'74 p243
「日本古典評釈・全注釈叢書〔12〕」'74 p327
「日本古典評釈・全注釈叢書〔12〕」'74 p390
「日本古典評釈・全注釈叢書〔12〕」'74 p455
「日本古典評釈・全注釈叢書〔12〕」'74 p487
「日本古典評釈・全注釈叢書〔12〕」'74 p536
「日本古典評釈・全注釈叢書〔12〕」'74 p570
「日本古典評釈・全注釈叢書〔13〕」'75 p56
「日本古典評釈・全注釈叢書〔13〕」'75 p113
「日本古典評釈・全注釈叢書〔13〕」'75 p184
「日本古典評釈・全注釈叢書〔13〕」'75 p276
「日本古典評釈・全注釈叢書〔13〕」'75 p404
「日本古典評釈・全注釈叢書〔13〕」'75 p462
「日本古典評釈・全注釈叢書〔14〕」'76 p103
「日本古典評釈・全注釈叢書〔14〕」'76 p189
「日本古典評釈・全注釈叢書〔14〕」'76 p273
「日本古典評釈・全注釈叢書〔14〕」'76 p346
「日本古典評釈・全注釈叢書〔14〕」'76 p393
「日本古典評釈・全注釈叢書〔14〕」'76 p465
「日本古典評釈・全注釈叢書〔14〕」'76 p483
「日本古典評釈・全注釈叢書〔15〕」'78 p160
「日本古典評釈・全注釈叢書〔15〕」'78 p210
「日本古典評釈・全注釈叢書〔15〕」'78 p289
「日本古典評釈・全注釈叢書〔15〕」'78 p380
「日本古典評釈・全注釈叢書〔15〕」'78 p425
あとがき（松村博司）
　「日本古典評釈・全注釈叢書〔17〕」'82 p343
栄花物語の虚構（高橋伸幸）
　「鑑賞日本文学11」'76 p415
栄花物語の時代背景（山中裕）
　「古典日本文学全集9」'62 p442
栄花物語の文学性（河北騰）
　「鑑賞日本文学11」'76 p379
栄花物語の歴史的特徴（山中裕）
　「鑑賞日本文学11」'76 p390
解説
　「新編日本古典文学全集31」'95 p531
　「新編日本古典文学全集33」'98 p535

「日本古典全書〔40〕」'56 p3
「日本古典評釈・全注釈叢書〔15〕」'78 p431
「日本古典文学大系75」'64 p3
「日本古典文学大系76」'65 p5
解説（松村博司）
　「古典日本文学全集9」'62 p411
解題
　「日本文学古註釈大成〔31〕」'79
研究史
　「日本古典評釈・全注釈叢書〔17〕」'82 p241
源氏物語から栄花物語へ（阿部秋生）
　「古典日本文学全集9」'62 p424
後朱雀帝譲位の前後（加納重文）
　「鑑賞日本古典文学11」'76 p402
古典への招待『栄花物語』と古記録—小一条院の東宮体位事件をめぐって
　「新編日本古典文学全集32」'97 p5
古典への招待『源氏物語』から『栄花物語』へ
　「新編日本古典文学全集31」'95 p5
古典への招待 道長の仏事善業と「法成寺グループ」
　「新編日本古典文学全集33」'98 p5
作者
　「日本古典全書〔40〕」'56 p23
作製年代
　「日本古典全書〔40〕」'56 p53
女性の文学としての栄花物語（冨倉徳次郎）
　「古典日本文学全集9」'62 p434
序説
　「日本古典評釈・全注釈叢書〔9〕」'69 p9
序説（松村博司）
　「鑑賞日本古典文学11」'76 p1
諸本
　「日本古典全書〔40〕」'56 p93
成立
　「日本古典全書〔40〕」'56 p6
総説（松村博司）
　「鑑賞日本古典文学11」'76 p9
題名
　「日本古典全書〔40〕」'56 p3
内容
　「日本古典全書〔40〕」'56 p61
補説
　「日本古典評釈・全注釈叢書〔17〕」'82 p317
本巻所収各巻解説
　「日本古典全書〔40〕」'56 p112
　「日本古典全書〔41〕」'57 p3
　「日本古典全書〔42〕」'58 p3
　「日本古典全書〔43〕」'59 p3
まえがき
　「日本古典評釈・全注釈叢書〔16〕」'81 p1
　「日本古典評釈・全注釈叢書〔17〕」'82 p1

【年表】
栄花物語年表
　「新編日本古典文学全集31」'95 p566
　「新編日本古典文学全集32」'97 p552
　「新編日本古典文学全集33」'98 p550
研究史年表
　「日本古典評釈・全注釈叢書〔17〕」'82 p289
年表
　「日本古典評釈・全注釈叢書〔17〕」'82 p5
【資料】
栄花物語
　「新潮日本古典集成〔17〕」'80 p237
栄華物語系図
　「日本古典評釈・全注釈叢書〔15〕」'78 p495
勘物
　「日本古典文学大系75」'64 p459
　「日本古典文学大系76」'65 p549D
系図
　「鑑賞日本古典文学11」'76 p34
　「新編日本古典文学全集31」'95 p562
　「新編日本古典文学全集32」'97 p546
　「新編日本古典文学全集33」'98 p546
　「日本古典評釈・全注釈叢書〔17〕」'82 p165
　「日本古典文学大系75」'64 p553
　「日本古典文学大系76」'65 p635
　「日本古典全書〔40〕」'56 p125
系図索引
　「日本古典評釈・全注釈叢書〔17〕」'82 p231
校訂付記
　「新編日本古典文学全集31」'95 p529
　「新編日本古典文学全集32」'97 p541
　「新編日本古典文学全集33」'98 p531
語句索引 自立語篇
　「日本古典評釈・全注釈叢書〔16〕」'81 p5
個人別和歌初句索引
　「日本古典評釈・全注釈叢書〔16〕」'81 p263
御歴代御諱並に太政大臣諡号一覧
　「日本古典全書〔40〕」'56 p142
参考文献
　「新編日本古典文学全集33」'98 p541
事項索引
　「日本古典評釈・全注釈叢書〔9〕」'69 p561
　「日本古典評釈・全注釈叢書〔10〕」'71 p599
　「日本古典評釈・全注釈叢書〔11〕」'72 p565
　「日本古典評釈・全注釈叢書〔12〕」'74 p579
　「日本古典評釈・全注釈叢書〔13〕」'75 p473
　「日本古典評釈・全注釈叢書〔14〕」'76 p491
　「日本古典評釈・全注釈叢書〔15〕」'78 p521
人名索引
　「日本古典評釈・全注釈叢書〔16〕」'81 p271
図版分類索引
　「日本古典評釈・全注釈叢書〔16〕」'81 p321

図録
　「新編日本古典文学全集32」'97 p550
日本古典全書本・日本古典文学大系本頁・行数対照表
　「日本古典評釈・全注釈叢書〔16〕」'81 p331
付録
　「新編日本古典文学全集31」'95 p561
　「新編日本古典文学全集32」'97 p545
　「新編日本古典文学全集33」'98 p545
附録・総索引
　「日本文学古註釈大成〔31〕」'79 p1
補注（付校訂）
　「日本古典文学大系75」'64 p473
補注（付校訂、他本による校訂異文）
　「日本古典文学大系76」'65 p561
補訂・追記
　「日本古典評釈・全注釈叢書〔11〕」'72 p557
　「日本古典評釈・全注釈叢書〔12〕」'74 p571
　「日本古典評釈・全注釈叢書〔13〕」'75 p464
　「日本古典評釈・全注釈叢書〔15〕」'78 p428
略系図
　「日本古典評釈・全注釈叢書〔9〕」'69 p555
　「日本古典評釈・全注釈叢書〔10〕」'71 p593
　「日本古典評釈・全注釈叢書〔11〕」'72 p559
　「日本古典評釈・全注釈叢書〔12〕」'74 p573
　「日本古典評釈・全注釈叢書〔13〕」'75 p467
　「日本古典評釈・全注釈叢書〔14〕」'76 p485
　「日本古典評釈・全注釈叢書〔15〕」'78 p515
和歌五句索引
　「日本古典評釈・全注釈叢書〔16〕」'81 p237

江島其磧
【解説】
解説
　「新 日本古典文学大系78」'89 p511
【資料】
江戸葭原郭中之図（江戸・吉原）
　「新 日本古典文学大系78」'89 p509
大坂遊郭瓢箪町之図（大坂・新町）
　「新 日本古典文学大系78」'89 p510
坤郭之図（京・島原）
　「新 日本古典文学大系78」'89 p509
付図
　「新 日本古典文学大系78」'89

艶本
【解説】
あとがき（山路閑古）
　「秘籍江戸文学選6」'75 p388
解題
　「秘籍江戸文学選1」'74 p291
　「秘籍江戸文学選3」'74 p277
　「秘籍江戸文学選5」'75 p290
　「秘籍江戸文学選8」'75 p338
　「秘められたる古典名作全集2」'97 p3
閑談夜話（序）序文について
　「秘籍江戸文学選4」'75 p23
閑談夜話（一）末摘花の書名、末番句、破礼句、恋句などの所説が記してある。
　「秘籍江戸文学選4」'75 p34
閑談夜話（二）末摘花公判裁判のこと。破礼句人情論など。
　「秘籍江戸文学選4」'75 p48
閑談夜話（三）「十三と十六」の句について。
　「秘籍江戸文学選4」'75 p63
閑談夜話（四）破礼句と前句付のこと。破礼句の「逃げ」のこと。
　「秘籍江戸文学選4」'75 p82
閑談夜話（六）破礼句の類句について。
　「秘籍江戸文学選4」'75 p113
閑談夜話（七）初篇雑感。難句の解について。
　「秘籍江戸文学選4」'75 p124
閑談夜話（八）初篇、二篇の序文の解説。
　「秘籍江戸文学選4」'75 p143
閑談夜話（九）二篇の排列上の錯誤について。
　「秘籍江戸文学選4」'75 p159
閑談夜話（十）二篇に佳句の少ないこと。
　「秘籍江戸文学選4」'75 p164
閑談夜話（十一）三篇の序文の解説。
　「秘籍江戸文学選4」'75 p187
閑談夜話（十二）深川芸者と松が岡の解説。
　「秘籍江戸文学選4」'75 p195
閑談夜話（十三）「けころ」と「角細工」の解説。
　「秘籍江戸文学選4」'75 p209
閑談夜話（十四）三篇に於ける出典未詳の句について。破礼句中、性具に関する用語について。
　「秘籍江戸文学選4」'75 p227
閑談夜話（十五）再び三篇に於ける出典未詳の句について。前句付より独立単句への推移について。
　「秘籍江戸文学選4」'75 p247
閑談夜話（十六）四篇の序文について。四篇は選り屑を並べた形で、佳句に乏しいこと。
　「秘籍江戸文学選4」'75 p268
閑談夜話（十七）
　「秘籍江戸文学選4」'75 p275
後記（山路閑古）
　「秘籍江戸文学選4」'75 p295
作品解説（林美一）
　「秘籍江戸文学選7」'75 p289
序
　「秘められたる古典名作全集2」'97 p1
　「秘められたる古典名作全集3」'97

序（山路閑古）
　「秘籍江戸文学選4」'75 p11
序文
　「秘籍江戸文学選10」'75 p13
「する」「させる」なる基本的破礼語について。
　「秘籍江戸文学選4」'75 p160
町内でしらぬハ亭主斗り也
　「秘籍江戸文学選4」'75 p276
とんだいいものさと与吉まけおしみ
　「秘籍江戸文学選4」'75 p275
難句「池で鳴ルやうだと二人リ首を上げ（初・23）」
　「秘籍江戸文学選4」'75 p114
難句「色咄シ大事をへのこぶちまける（三・23）」
　「秘籍江戸文学選4」'75 p251
難句「おへきるとあをいだやうにぎんが出る（初・25）」
　「秘籍江戸文学選4」'75 p125
難句「おのれゆへりんしもせねと大くぜつ（初・15）」の解説。
　「秘籍江戸文学選4」'75 p101
難句「おやかして油をつぐを待て居る（二・28）」
　「秘籍江戸文学選4」'75 p168
難句「かむやうに成たと笑ふ出合茶屋（二・28）」
　「秘籍江戸文学選4」'75 p169
難句「きらわれた下女どんぶりにされる也（三・4）」
　「秘籍江戸文学選4」'75 p250
難句「御ぜん迄あるかれるかと下女が宿（二・10）」
　「秘籍江戸文学選4」'75 p166
難句「しんこうにつれて行下女れこさ也（初・27）」
　「秘籍江戸文学選4」'75 p126
難句「出しかけてひれひれさせるこわいやつ（二・15）」
　「秘籍江戸文学選4」'75 p167
難句「通夜のにわほうほうなめに二人リ合イ（三・11）」
　「秘籍江戸文学選4」'75 p250
難句「なき女二人リ迄ある御たしなみ（二・6）」
　「秘籍江戸文学選4」'75 p165
難句「ねじわらをかへと四五人おやしかけ（初・25）」
　「秘籍江戸文学選4」'75 p124
難句「べっ甲を下かいへおとす長つぼね（初・31）」
　「秘籍江戸文学選4」'75 p127
難句「へのこを釣って来門番にしからせ（三・23）」
　「秘籍江戸文学選4」'75 p251

難句「やみの下女よいよいで行くむごい事（初・29）」
　「秘籍江戸文学選4」'75 p126
はしがき
　「秘籍江戸文学選8」'75 p3
はじめに（岡田甫）
　「秘籍江戸文学選1」'74 p3
はじめに
　「秘籍江戸文学選2」'74 p5
はじめに（入江智英）
　「秘籍江戸文学選5」'75 p9
はじめに（林美一）
　「秘籍江戸文学選7」'75 p11
はじめに（青木信光）
　「文化文政江戸発禁文庫1」'83 p16
　「文化文政江戸発禁文庫2」'83 p17
　「文化文政江戸発禁文庫3」'83 p17
　「文化文政江戸発禁文庫4」'83 p17
　「文化文政江戸発禁文庫5」'83 p17
　「文化文政江戸発禁文庫6」'83 p17
　「文化文政江戸発禁文庫7」'83 p17
　「文化文政江戸発禁文庫8」'83 p17
　「文化文政江戸発禁文庫9」'83 p17
　「文化文政江戸発禁文庫10」'83 p17
　「文化文政江戸発禁文庫別」'83 p17
跋文
　「秘籍江戸文学選10」'75 p286
平賀源内略伝
　「秘籍江戸文学選2」'74 p9
再び末番句、破礼句、恋句について。
　「秘籍江戸文学選4」'75 p145
まえがき
　「秘籍江戸文学選6」'75 p9
例言
　「秘籍江戸文学選1」'74 p5
　「秘籍江戸文学選3」'74 p7
　「秘籍江戸文学選5」'75 p13
　「秘籍江戸文学選10」'75 p19
【資料】
切絵図
　「秘籍江戸文学選2」'74 p2
索引
　「秘籍江戸文学選4」'75 p279
　「秘籍江戸文学選8」'75 p353
　「秘籍江戸文学選10」'75 p289
長枕褥合戦原本抄
　「秘籍江戸文学選2」'74 p313

【お】

大江匡房
【解説】
江談抄（後藤昭雄）
　「新 日本古典文学大系32」'97 p593
【資料】
『江談抄』解説目次
　「新 日本古典文学大系32」'97 p5
江談抄 人名索引
　「新 日本古典文学大系32」'97 p2
『中外抄』『富家語』の言談
　「新 日本古典文学大系32」'97 p15

大鏡
【解説】
大鏡（小島政二郎）
　「古典日本文学全集13」'62 p375
『大鏡』構造論（安西廸夫）
　「鑑賞日本古典文学14」'76 p319
「大鏡」再読（中村真一郎）
　「古典日本文学全集13」'62 p392
大鏡の語り手たちの風丰
　「日本古典全書〔44〕」'60 p11
大鏡の構成と文学的価値
　「日本古典全書〔44〕」'60 p16
大鏡の構想
　「日本古典全書〔44〕」'60 p6
大鏡の出現
　「日本古典全書〔44〕」'60 p3
大鏡の諸本・註釈・現代語訳
　「日本古典全書〔44〕」'60 p31
大鏡の書名
　「日本古典全書〔44〕」'60 p19
大鏡の成立年代と作者
　「日本古典全書〔44〕」'60 p25
『大鏡』の説話性（竹鼻績）
　「鑑賞日本古典文学14」'76 p310
大鏡の文学的ジャンル
　「日本古典全書〔44〕」'60 p23
『大鏡』の文章（阪倉篤義）
　「鑑賞日本古典文学14」'76 p328
大鏡・増鏡の窓
　「鑑賞日本古典文学14」'76 p299
解説
　「完訳日本の古典28」'86 p265
　「日本古典文学全集20」'74 p3
　「日本古典文学大系21」'60 p3
解説（石川徹）
　「新潮日本古典集成〔31〕」'89 p349
解説（岡一男）
　「古典日本文学全集13」'62 p359
解説（加藤静子）
　「新編日本古典文学全集34」'96 p433
解題
　「鑑賞日本の古典5」'80 p295
古典への招待 権力の帰趨を見つめるまなざし
　「新編日本古典文学全集34」'96 p3
参考文献解題 大鏡（森下純昭）
　「鑑賞日本の古典5」'80 p496
序説（山岸徳平，鈴木一雄）
　「鑑賞日本古典文学14」'76 p1
総説
　「日本の文学 古典編19」'86 p5
総説（山岸徳平，鈴木一雄）
　「鑑賞日本古典文学14」'76 p7
本文補入部分出典解説
　「完訳日本の古典28」'86 p282
　「完訳日本の古典29」'87 p312
民俗学からみた『大鏡』（福田晃）
　「鑑賞日本古典文学14」'76 p337
【年表】
大鏡年表
　「新編日本古典文学全集34」'96 p481
年表
　「日本古典全書〔44〕」'60 p35
年譜
　「日本古典文学全集20」'74 p449
【資料】
大鏡外戚関係系図
　「鑑賞日本の古典5」'80 p512
大鏡関係諸家系図
　「鑑賞日本の古典5」'80 p511
大鏡系図
　「新編日本古典文学全集34」'96 p472
官位相当表
　「完訳日本の古典28」'86 p292
系図
　「完訳日本の古典28」'86 p284
　「日本古典文学全集20」'74 p440
　「日本古典全書〔44〕」'60 p49
系図（皇室 源氏 藤原氏 外戚関係）
　「新潮日本古典集成〔31〕」'89 p404
校訂付記
　「完訳日本の古典28」'86 p160
　「完訳日本の古典29」'87 p187
　「新編日本古典文学全集34」'96 p429
　「日本古典文学全集20」'74 p435
参考文献
　「新編日本古典文学全集34」'96 p468
十干十二支組み合せ一覧表

「新潮日本古典集成〔31〕」'89 p400
人物一覧
　「新編日本古典文学全集34」'96 p512
　「日本古典文学全集20」'74 p480
図録
　「完訳日本の古典28」'86 p294
　「完訳日本の古典29」'87 p316
地図
　「新編日本古典文学全集34」'96 p562
　「日本古典文学全集20」'74 p526
登場人名索引
　「完訳日本の古典29」'87 p319
年号読み方諸説一覧
　「新潮日本古典集成〔31〕」'89 p402
付図（内裏略図ほか）
　「新潮日本古典集成〔31〕」'89 p410
付録
　「古典日本文学全集13」'62 p416
　「新編日本古典文学全集34」'96 p471
　「日本古典文学全集20」'74 p439
付録（地図・系図）
　「日本古典文学大系21」'60 p巻末
平安京条坊図
　「完訳日本の古典29」'87 p314
補注
　「日本古典文学大系21」'60 p437

大田南畝
【解説】
あとがき（吉川弘文館編集部）
　「日本随筆大成別1」'78 p368
　「日本随筆大成別2」'78 p386
　「日本随筆大成別3」'78 p384
　「日本随筆大成別4」'78 p398
　「日本随筆大成別5」'78 p368
　「日本随筆大成別6」'79 p568
『一話一言』について（揖斐高）
　「大田南畝全集16」'88 p629
解説（中野三敏）
　「新 日本古典文学大系84」'93 p539
解説 細推物理の精神（揖斐高）
　「大田南畝全集8」'86 p679
解説 南畝雑録（中野三敏）
　「大田南畝全集17」'88 p693
解説 南畝雑録（日野龍夫，中野三敏，揖斐高）
　「大田南畝全集18」'88 p669
解説 南畝の歌文稿（中野三敏）
　「大田南畝全集2」'86 p541
解説 南畝の漢詩文（日野龍夫）
　「大田南畝全集3」'86 p515
　「大田南畝全集4」'87 p435
　「大田南畝全集5」'87 p543
　「大田南畝全集6」'88 p573
解説 南畝の狂歌・狂文（浜田義一郎）
　「大田南畝全集1」'85 p523
解説 南畝の狂詩（中野三敏）
　「大田南畝全集1」'85 p555
解説 南畝の戯作（中野三敏）
　「大田南畝全集7」'86 p499
解説 南畝の随筆（中野三敏）
　「大田南畝全集10」'86 p583
解説 南畝老年の生活記録（揖斐高）
　「大田南畝全集9」'87 p649
解説『半日閑話』について（日野龍夫）
　「大田南畝全集11」'88 p709
解題（小出昌洋）
　「日本随筆大成別1」'78 p1
索引編集跋語（揖斐高）
　「大田南畝全集別」'00 p699
【年表】
年譜
　「大田南畝全集20」'90 p71
【資料】
『一話一言』総目次
　「大田南畝全集16」'88 p685
索引
　「大田南畝全集別」'00 p107
書名索引
　「大田南畝全集別」'00 p165
人名索引
　「大田南畝全集別」'00 p321
総目索引
　「大田南畝全集20」'90 p1
南畝作狂歌等索引
　「大田南畝全集別」'00 p109
付録
　「新 日本古典文学大系84」'93 p511

小倉百人一首
【解説】
抒情を詠う貴公子在原業平
　「特選日本の古典 グラフィック版別1」'86 p36
異種百人一首（伊藤嘉夫）
　「特選日本の古典 グラフィック版別1」'86 p150
歌かるたの意匠（吉田幸一）
　「現代語訳 日本の古典11」'79 p141
歌かるたの歴史（関忠夫）
　「特選日本の古典 グラフィック版別1」'86 p140
王朝びとの生活の歌（白洲正子）
　「現代語訳 日本の古典11」'79 p154
小倉百人一首（井上宗雄）
　「現代語訳 日本の古典11」'79 p149
解説（深津睦夫記）
　「大学古典叢書3」'86 p231

小倉百人一首　　解説・資料

歌人紹介
　「特選日本の古典 グラフィック版別1」'86 p158
神に感応する歌のまごころ　赤染衛門
　「現代語訳 日本の古典11」'79 p85
競技かるた（伊藤秀文）
　「現代語訳 日本の古典11」'79 p165
現代短歌と百人一首（片山貞美）
　「現代語訳 日本の古典11」'79 p162
文武兼備の帝王 後鳥羽院
　「特選日本の古典 グラフィック版別1」'86 p137
式子内親王
　「特選日本の古典 グラフィック版別1」'86 p124
忍ぶ恋の皇女 式子内親王
　「現代語訳 日本の古典11」'79 p125
総説
　「日本の文学 古典編27」'87 p11
はじめに
　「全対訳日本古典新書〔5〕」'76 p3
非運の生涯と作歌　鎌倉右大臣
　「現代語訳 日本の古典11」'79 p130
百人一首（久保田淳）
　「特選日本の古典 グラフィック版別1」'86 p154
百人一首の旅（鈴木亨）
　「現代語訳 日本の古典11」'79 p158
百人一首の歴史（解説）
　「全対訳日本古典新書〔5〕」'76 p216
風流人の生き方の典型　在原業平
　「現代語訳 日本の古典11」'79 p40
『袋草子』が伝える歌道の好き者　能因法師
　「現代語訳 日本の古典11」'79 p100
【年表】
百人一首・文学史略年表
　「全対訳日本古典新書〔5〕」'76 p235
【資料】
小倉百人一首・引用和歌一覧
　「現代語訳 日本の古典11」'79 p178
小倉百人一首歌人小事典
　「現代語訳 日本の古典11」'79 p174
小倉百人一首競技かるた音別表
　「現代語訳 日本の古典11」'79 p172
索引
　「特選日本の古典 グラフィック版別1」'86 p166
下句索引
　「全対訳日本古典新書〔5〕」'76 p231
上句索引
　「全対訳日本古典新書〔5〕」'76 p227
初句索引
　「日本の文学 古典編27」'87 p417
図版目録
　「現代語訳 日本の古典11」'79 p182
　「特選日本の古典 グラフィック版別1」'86 p164
百人一首索引（久保田淳）

「鑑賞日本の古典3」'82 p443

小瀬甫庵
【解説】
『太閤記』における「歴史」と「文芸」（檜谷昭彦）
　「新 日本古典文学大系60」'96 p659
松永尺五の思想と小瀬甫庵の思想（玉懸博之）
　「日本思想大系28」'75 p505
【資料】
北野大茶湯（巻七）茶道具一覧
　「新 日本古典文学大系60」'96 p651
参考文献
　「新 日本古典文学大系60」'96 p653
人名索引
　「新 日本古典文学大系60」'96 p2
地名・寺社名等索引
　「新 日本古典文学大系60」'96 p61

落窪物語
【解説】
王朝文学の流れ
　「日本古典全書〔10〕」'51 p109
落窪物語（小島政二郎）
　「古典日本文学全集7」'60 p411
落窪物語（三谷邦明）
　「日本古典文学全集10」'72 p18
落窪物語 解説（藤井貞和）
　「新 日本古典文学大系18」'89 p407
解説
　「日本古典全書〔10〕」'51 p109
　「日本古典文学大系13」'57 p5
解説（三谷邦明）
　「新編日本古典文学全集17」'00 p350
解説 表現のかなたに作者を探る（稲賀敬二）
　「新潮日本古典集成〔13〕」'77 p297
解題
　「日本文学古註釈大成〔27〕」'79
古典への招待 実名の人物から修飾型命名へ──
『落窪物語』と『堤中納言物語』の間（稲賀敬二）
　「新編日本古典文学全集17」'00 p3
成立期
　「日本古典全書〔10〕」'51 p118
その後の継子物語
　「日本古典全書〔10〕」'51 p135
題号と作者
　「日本古典全書〔10〕」'51 p117
伝本と研究書など
　「日本古典全書〔10〕」'51 p129
評論
　「日本古典全書〔10〕」'51 p122
風俗の一斑

「日本古典全書〔10〕」'51 p112
【資料】
落窪物語 研究文献目録（吉海直人編）
　　「新 日本古典文学大系18」'89 p475
落窪物語人物関係図
　　「新編日本古典文学全集17」'00 p538
落窪物語年立
　　「新編日本古典文学全集17」'00 p540
系図
　　「日本古典全書〔10〕」'51 p142
　　「日本古典文学全集10」'72 p406
　　「日本古典文学大系13」'57 p40
校訂付記
　　「新編日本古典文学全集17」'00 p344
　　「日本古典文学全集10」'72 p399
年立
　　「日本古典文学全集10」'72 p408
年立・付系図
　　「新潮日本古典集成〔13〕」'77 p336
付録
　　「日本古典文学全集10」'72 p405
補注
　　「日本古典文学大系13」'57 p249
本文校訂部分一覧表
　　「新潮日本古典集成〔13〕」'77 p327
六条斎院禖子内親王物語合
　　「新編日本古典文学全集17」'00 p549

御伽草子
【解説】
王丹亭覚え書（宇留河泰呂）
　　「鑑賞日本古典文学26」'76 p349
お伽草子（市古貞次）
　　「古典日本文学全集18」'61 p326
お伽草子（檜谷昭彦）
　　「特選日本の古典 グラフィック版別2」'86 p156
御伽草子解説（市古貞次）
　　「鑑賞日本古典文学26」'76 p9
御伽草子・仮名草子の窓
　　「鑑賞日本古典文学26」'76 p275
御伽草子から仮名草子へ（小川武彦）
　　「鑑賞日本古典文学26」'76 p317
お伽草子にみる昔話の世界（稲田浩二）
　　「特選日本の古典 グラフィック版別2」'86 p150
御伽草子の位相（佐竹昭広）
　　「鑑賞日本古典文学26」'76 p299
お伽草子の芸術性（小田切秀雄）
　　「古典日本文学全集18」'61 p369
御伽草子の伝本概観（松本隆信）
　　「鑑賞日本古典文学26」'76 p277
お伽草子の本地物について（徳田和夫）
　　「鑑賞日本古典文学26」'76 p286

御伽草子の和歌（久保田淳）
　　「鑑賞日本古典文学26」'76 p308
御伽草子本解題
　　「室町時代物語集3」'62 p693
　　「室町時代物語集5」'62 p487
　　「室町時代物語集5」'62 p489
　　「室町時代物語集5」'62 p502
　　「室町時代物語集5」'62 p510
　　「室町時代物語集5」'62 p529
　　「室町時代物語集5」'62 p533
　　「室町時代物語集5」'62 p575
御伽草子本「梵天国」解題
　　「室町時代物語集2」'62 p479
解説
　　「完訳日本の古典49」'83 p359
　　「日本古典文学全集36」'74 p5
　　「日本古典文学大系38」'58 p5
解説（永積安明）
　　「古典日本文学全集18」'61 p315
解説 御伽草子の登場とその歩み（松本隆信）
　　「新潮日本古典集成〔65〕」'80 p367
サエの神に関する近親相姦の伝承一覧
　　「完訳日本の古典49」'83 p396
序説（市古貞次，野間光辰）
　　「鑑賞日本古典文学26」'76 p1
新編御伽草子本との相違
　　「室町時代物語集2」'62 p450
草子の精神（花田清輝）
　　「古典日本文学全集18」'61 p381
総説
　　「日本の文学 古典編38」'86 p3
その他のお伽草子
　　「特選日本の古典 グラフィック版別2」'86 p162
読書ノート
　　「鑑賞日本古典文学26」'76 p349
昔話「小さ子」伝承一覧
　　「完訳日本の古典49」'83 p386
【資料】
御伽草子（徳田和夫）
　　「鑑賞日本古典文学26」'76 p365
御伽草子目録
　　「新潮日本古典集成〔65〕」'80 p394
参考文献
　　「鑑賞日本古典文学26」'76 p365
図版目録
　　「特選日本の古典 グラフィック版別2」'86 p167
鼠の草子（絵）
　　「日本古典文学全集36」'74 p514
付録
　　「日本古典文学全集36」'74 p513
補注
　　「日本古典文学大系38」'58 p486

小野小町　　　　　　　　解説・資料

昔話「瓜姫」伝承分布図
　「日本古典文学全集36」'74 p531
昔話「小さ子」伝承分布図
　「日本古典文学全集36」'74 p528

小野小町
【解説】
伝説の美女小野小町
　「特選日本の古典 グラフィック版別1」'86 p24
解説
　「日本古典全書〔68〕」'58 p269
小町解題
　「私家集大成1」'73 p774
小町の伝記
　「日本古典全書〔68〕」'58 p269
業平の見たされこうべ 小野小町
　「現代語訳 日本の古典11」'79 p30
和歌史上の小町
　「日本古典全書〔68〕」'58 p273

おもろさうし
【解説】
奄美の歌謡（小川学夫）
　「鑑賞日本古典文学25」'76 p326
おもろ概説（外間守善）
　「日本思想大系18」'72 p527
おもろ歌人の群像（比嘉実）
　「鑑賞日本古典文学25」'76 p289
おもろ歌謡の周辺（玉城政美）
　「鑑賞日本古典文学25」'76 p298
オモロの世界（西郷信綱）
　「日本思想大系18」'72 p594
解説
　「日本思想大系18」'72 p525
組踊の世界（当間一郎）
　「鑑賞日本古典文学25」'76 p317
抒情の変容（仲程昌徳）
　「鑑賞日本古典文学25」'76 p308
序説（外間守善）
　「鑑賞日本古典文学25」'76 p1
総説（外間守善）
　「鑑賞日本古典文学25」'76 p9
読書ノート
　「鑑賞日本古典文学25」'76 p367
土着の歌声（岡部伊都子）
　「鑑賞日本古典文学25」'76 p374
ドラマのなかの姉妹神（大城立裕）
　「鑑賞日本古典文学25」'76 p367
南島文学の窓
　「鑑賞日本古典文学25」'76 p277
日本文学と沖縄文学（土橋寛）
　「鑑賞日本古典文学25」'76 p279

本土文芸の受容（池宮正治）
　「鑑賞日本古典文学25」'76 p358
宮古の文学（新里幸昭）
　「鑑賞日本古典文学25」'76 p336
八重山諸島の古代文芸の概観（宮良安彦）
　「鑑賞日本古典文学25」'76 p349
【資料】
語法
　「日本思想大系18」'72 p518
参考文献（竹内重雄）
　「鑑賞日本古典文学25」'76 p383
補注
　「日本思想大系18」'72 p495

【 か 】

学術・思想
【解説】
新井白石の世界（加藤周一）
　「日本思想大系35」'75 p505
新井白石の歴史思想（尾藤正英）
　「日本思想大系35」'75 p555
闇斎学と闇斎学派（丸山真男）
　「日本思想大系31」'80 p601
安藤昌益研究の現状と展望（尾藤正英）
　「日本思想大系45」'77 p585
石田先生語録について
　「日本思想大系42」'71 p511
一尊如来きのと如来教・一尊教団（村上重良）
　「日本思想大系67」'71 p571
江戸後期における経世家の二つの型―本多利明と海保青陵の場合（塚谷晃弘）
　「日本思想大系44」'70 p421
大国隆正の学問と思想―その社会的機能を中心として（芳賀登）
　「日本思想大系50」'73 p619
女大学について（石川松太郎）
　「日本思想大系34」'70 p531
解説
　「和泉古典文庫8」'00 p81
　「新編日本古典文学全集88」'01 p195
　「新編日本古典文学全集88」'01 p415
　「日本古典文学全集51」'73 p5
　「日本古典文学全集51」'73 p203
　「日本古典文学全集51」'73 p409
　「日本古典文学大系94」'66 p3
　「日本古典文学大系95」'64 p5
　「日本古典文学大系95」'64 p135
　「日本古典文学大系95」'64 p453

「日本古典文学大系97」'66 p27
「日本古典文学大系97」'66 p295
「日本古典文学大系97」'66 p351
「日本古典文学大系97」'66 p519
「日本古典文学大系97」'66 p569
「日本思想大系3」'76 p741
「日本思想大系8」'79 p513
「日本思想大系19」'77 p337
「日本思想大系22」'81 p385
「日本思想大系23」'73 p711
「日本思想大系26」'74 p621
「日本思想大系27」'74 p477
「日本思想大系28」'75 p409
「日本思想大系29」'74 p25
「日本思想大系30」'71 p465
「日本思想大系31」'80 p525
「日本思想大系32」'70 p451
「日本思想大系33」'71 p563
「日本思想大系34」'70 p443
「日本思想大系35」'75 p503
「日本思想大系36」'73 p627
「日本思想大系37」'72 p485
「日本思想大系38」'76 p421
「日本思想大系39」'72 p495
「日本思想大系41」'82 p603
「日本思想大系42」'71 p447
「日本思想大系43」'73 p643
「日本思想大系44」'70 p419
「日本思想大系45」'77 p581
「日本思想大系46」'80 p707
「日本思想大系47」'72 p477
「日本思想大系48」'74 p541
「日本思想大系50」'73 p563
「日本思想大系51」'71 p631
「日本思想大系52」'73 p401
「日本思想大系53」'73 p471
「日本思想大系54」'78 p595
「日本思想大系55」'71 p605
「日本思想大系56」'76 p553
「日本思想大系58」'70 p389
「日本思想大系59」'75 p407
「日本思想大系60」'76 p373
「日本思想大系61」'72 p583
「日本思想大系62」'72 p421
「日本思想大系63」'71 p451
「日本思想大系64」'76 p569
「日本思想大系65」'72 p417
「日本思想大系67」'71 p561
解説（石母田正）
　「日本思想大系21」'72 p565
解説（守随憲治）
　「古典日本文学全集36」'62 p283
解説（堀切実）
　「新編日本古典文学全集88」'01 p662
解説（横沢三郎）
　「古典日本文学全集36」'62 p157
（解説）近世思想界概観（家永三郎）
　「日本古典文学大系97」'66 p5
解題
　「日本思想大系21」'72 p477
　「日本思想大系29」'74 p479
　「日本思想大系32」'70 p548
　「日本思想大系35」'75 p569
　「日本思想大系36」'73 p619
　「日本思想大系37」'72 p590
　「日本思想大系38」'76 p447
　「日本思想大系45」'77 p617
　「日本思想大系63」'71 p463
　「日本思想大系65」'72 p461
　「日本文学古註釈大成〔35〕」'79
　「日本文学古註釈大成〔36〕」'79
解題（阿部隆一）
　「日本思想大系31」'80 p527
解題（植木行宣，守屋毅，林屋辰三郎（ほか））
　「日本思想大系23」'73 p748
解題（岡田武彦）
　「日本思想大系47」'72 p539
解題（小倉芳彦）
　「日本思想大系48」'74 p543
解題（笠松宏至，佐藤進一，百瀬今朝雄）
　「日本思想大系22」'81 p417
解題（清水茂）
　「日本思想大系33」'71 p622
解題（瀬谷義彦）
　「日本思想大系53」'73 p473
解題（中村幸彦）
　「日本思想大系47」'72 p518
解題（早川庄八，吉田孝）
　「日本思想大系3」'76 p823
解題（古島敏雄）
　「日本思想大系62」'72 p510
貝原益軒の思想（荒木見悟）
　「日本思想大系34」'70 p467
貝原益軒の生涯とその科学的業績―「益軒書簡」の解題にかえて（井上忠）
　「日本思想大系34」'70 p492
海保青陵（蔵並省自）
　「日本思想大系44」'70 p481
角行藤仏㑹記と角行関係文書について（伊藤堅吉）
　「日本思想大系67」'71 p646
各篇解題
　「日本思想大系58」'70 p437
鎌倉後期の公家法について（笠松宏至）

学術・思想　　解説・資料

「日本思想大系22」'81 p407
綺語禁断（塚本邦雄）
　「鑑賞日本古典文学24」'76 p415
崎門学派諸家の略伝と学風（阿部隆一）
　「日本思想大系31」'80 p561
近世芸道思想の特質とその展開（西山松之助）
　「日本思想大系61」'72 p585
近世後期儒学界の動向（中村幸彦）
　「日本思想大系47」'72 p479
近世政道論の展開
　「日本思想大系38」'76 p423
近世前期の医学（大塚敬節）
　「日本思想大系63」'71 p512
近世前期の天文暦学（広瀬秀雄）
　「日本思想大系63」'71 p455
近世における歴史叙述とその思想（松本三之介）
　「日本思想大系48」'74 p578
近世のオランダ語学—昆陽以前の一、二の問題（松村明）
　「日本思想大系64」'76 p640
近世の神道思想（平重道）
　「日本思想大系39」'72 p507
近世の遊芸論（西山松之助）
　「日本思想大系61」'72 p612
近代医学の先駆—解体新書と遁花秘訣（小川鼎三）
　「日本思想大系65」'72 p479
近代科学と洋学（中山茂）
　「日本思想大系65」'72 p441
公家法の特質とその背景（佐藤進一）
　「日本思想大系22」'81 p395
熊沢蕃山と中国思想（友枝龍太郎）
　「日本思想大系30」'71 p535
熊沢蕃山の生涯と思想の形成（後藤陽一）
　「日本思想大系30」'71 p467
黒住宗忠と黒住教（村上重良）
　「日本思想大系67」'71 p587
芸術論覚書（加藤周一）
　「古典日本文学全集36」'62 p332
芸談の採集とその意義（戸板康二）
　「古典日本文学全集36」'62 p322
契沖・春満・真淵（阿部秋生）
　「日本思想大系39」'72 p559
『玄語』稿本について（田口正治）
　「日本思想大系41」'82 p605
玄語図読図について（尾形純男）
　「日本思想大系41」'82 p673
『言志四録』と『洗心洞箚記』（相良亨）
　「日本思想大系46」'80 p709
『孝経啓蒙』の諸問題（加地伸行）
　「日本思想大系29」'74 p408

護岸水制概説（安芸皎一）
　「日本思想大系62」'72 p481
古代政治社会思想論序説（家永三郎）
　「日本思想大系8」'79 p515
古代中世の芸術思想（林屋辰三郎）
　「日本思想大系23」'73 p713
古典への招待　異種混在の効能（表章）
　「新編日本古典文学全集88」'01 p3
小林謙貞と二儀略説（広瀬秀雄）
　「日本思想大系63」'71 p465
金光大神と金光教（村上重良）
　「日本思想大系67」'71 p616
作者略伝
　「日本思想大系51」'71 p621
佐久間象山における儒学・武士精神・洋学—横井小楠との比較において（植手通有）
　「日本思想大系55」'71 p652
佐藤信淵—人物・思想ならびに研究史（島崎隆夫）
　「日本思想大系45」'77 p602
地方書にあらわれた治水の地域性と技術の発展（古島敏雄）
　「日本思想大系62」'72 p471
志筑忠雄と「求力法論」（中山茂）
　「日本思想大系65」'72 p462
司馬江漢と蘭学（沼田次郎）
　「日本思想大系64」'76 p649
渋川春海と天文瓊統（中山茂）
　「日本思想大系63」'71 p470
収載書目解題
　「日本思想大系44」'70 p474
　「日本思想大系44」'70 p501
収載書目について
　「日本思想大系19」'77 p367
収録書目解題
　「日本思想大系30」'71 p587
儒家神道と国学（阿部秋生）
　「日本思想大系39」'72 p497
朱子学の哲学的性格—日本儒学解明のための視点設定（荒木見悟）
　「日本思想大系34」'70 p445
『出定後語』と富永仲基の思想史研究法（水田紀久）
　「日本思想大系43」'73 p653
『出定後語』の版本（梅谷文夫）
　「日本思想大系43」'73 p685
序説（島津忠夫）
　「鑑賞日本古典文学24」'76 p1
書目撰定理由—松陰の精神史的意味に関する一考察（藤田省三）
　「日本思想大系54」'78 p597

『心学五倫書』の成立事情とその思想的特質（石毛忠）
　　「日本思想大系28」'75 p490
信玄堤（安芸皎一）
　　「日本思想大系62」'72 p498
仁斎東涯学案（吉川幸次郎）
　　「日本思想大系33」'71 p565
人物略伝・収載書目解題
　　「日本思想大系64」'76 p571
星学手簡（広瀬秀雄）
　　「日本思想大系63」'71 p476
「政談」の社会的背景（辻達也）
　　「日本思想大系36」'73 p741
石門心学について
　　「日本思想大系42」'71 p449
前期幕藩体制のイデオロギーと朱子学派の思想（石田一良）
　　「日本思想大系28」'75 p411
総説（伊藤正義）
　　「鑑賞日本古典文学24」'76 p215
総説（島津忠夫）
　　「鑑賞日本古典文学24」'76 p125
総説（福田秀一）
　　「鑑賞日本古典文学24」'76 p9
徂徠学案（吉川幸次郎）
　　「日本思想大系36」'73 p629
徂徠門弟以後の経学説の性格（頼惟勤）
　　「日本思想大系37」'72 p572
「太平策」考（丸山真男）
　　「日本思想大系36」'73 p787
高橋至時と「ラランデ暦書管見」（中山茂）
　　「日本思想大系65」'72 p473
太宰春台の人と思想（尾藤正英）
　　「日本思想大系37」'72 p487
中国系天文暦学の伝統と渋川春海（中山茂）
　　「日本思想大系63」'71 p497
中国思想と藤樹（山下龍二）
　　「日本思想大系29」'74 p356
中世歌学における仮託書の様相（三輪正胤）
　　「鑑賞日本古典文学24」'76 p365
中世歌論における古典主義（佐藤恒雄）
　　「鑑賞日本古典文学24」'76 p354
中世神道論の思想史的位置
　　「日本思想大系19」'77 p339
中世の評論（安田章生）
　　「鑑賞日本古典文学24」'76 p341
中世評論集の窓
　　「鑑賞日本古典文学24」'76 p227
天人合一における中国的独自性（溝口雄三）
　　「日本思想大系46」'80 p739
読書ノート
　　「鑑賞日本古典文学24」'76 p415

富永仲基と山片蟠桃―その懐徳堂との関係など（水田紀久）
　　「日本思想大系43」'73 p645
中江藤樹の周辺（尾藤正英）
　　「日本思想大系29」'74 p463
中山みきと天理教（村上重良）
　　「日本思想大系67」'71 p599
二宮尊徳の人と思想（奈良本辰也）
　　「日本思想大系52」'73 p403
日本人の美意識（八代修次）
　　「古典日本文学全集36」'62 p340
日本における文芸評論の成立―古代から中世にかけての歌論（小田切秀雄）
　　「古典日本文学全集36」'62 p306
日本律令の成立とその注釈書（井上光貞）
　　「日本思想大系3」'76 p743
『農業全書』出現前後の農業知識（古島敏雄）
　　「日本思想大系62」'72 p431
『葉隠』の諸本について（佐藤正英）
　　「日本思想大系26」'74 p685
『葉隠』の世界（相良亨）
　　「日本思想大系26」'74 p657
幕末維新期の民衆宗教について（村上重良）
　　「日本思想大系67」'71 p563
幕末期農書とその知識獲得方法（古島敏雄）
　　「日本思想大系62」'72 p453
幕末国学の思想史的意義―主として政治思想の側面について（松本三之介）
　　「日本思想大系51」'71 p633
幕末における政治的対立の特質（佐藤誠三郎）
　　「日本思想大系56」'76 p555
幕末変革期における国学者の運動と論理―とくに世直し状況と関連させて（芳賀登）
　　「日本思想大系51」'71 p662
はじめに
　　「日本思想大系63」'71 p453
橋本左内・横井小楠―反尊攘・倒幕思想の意義と限界（山口宗之）
　　「日本思想大系55」'71 p686
服部南郭の生涯と思想（日野龍夫）
　　「日本思想大系37」'72 p515
林羅山の思想（石田一良）
　　「日本思想大系28」'75 p471
伴信友の学問と『長等の山風』（佐伯有清，関晃）
　　「日本思想大系50」'73 p595
尾藤二洲について（頼惟勤）
　　「日本思想大系37」'72 p532
「微味幽玄考」と大原幽学の思想（中井信彦）
　　「日本思想大系52」'73 p442
富士講（安丸良夫）
　　「日本思想大系67」'71 p634
藤原惺窩の儒学思想（金谷治）

学術・思想

「日本思想大系28」'75 p449
文学史上の徂徠学・反徂徠学（日野龍夫）
　「日本思想大系37」'72 p577
文献解題
　「日本思想大系50」'73 p651
兵法伝書形成についての一試論（渡辺一郎）
　「日本思想大系61」'72 p645
本書の構成について（佐藤進一）
　「日本思想大系22」'81 p387
本多利明（塚谷晃弘）
　「日本思想大系44」'70 p443
増穂残口の人と思想（中野三敏）
　「日本思想大系60」'76 p401
松永尺五の思想と小瀬甫庵の思想（玉懸博之）
　「日本思想大系28」'75 p505
丸山教（安丸良夫）
　「日本思想大系67」'71 p649
三浦梅園の哲学（島田虔次）
　「日本思想大系41」'82 p635
『三河物語』考（斎木一馬）
　「日本思想大系26」'74 p623
『三河物語』のことば（大塚光信）
　「日本思想大系26」'74 p649
水戸学における儒教の受容——藤田幽谷・会沢正志斎を主として（今井宇三郎）
　「日本思想大系53」'73 p525
水戸学の特質（尾藤正英）
　「日本思想大系53」'73 p556
水戸学の背景（瀬谷義彦）
　「日本思想大系53」'73 p507
民衆運動の思想（安丸良夫）
　「日本思想大系58」'70 p391
明末と幕末の朱王学（岡田武彦）
　「日本思想大系47」'72 p499
室鳩巣の思想（荒木見悟）
　「日本思想大系34」'70 p505
問題の所在（古島敏雄）
　「日本思想大系62」'72 p423
藪狐山と亀井昭陽父子（頼惟勤）
　「日本思想大系37」'72 p553
山鹿素行における思想の基本的構成（田原嗣郎）
　「日本思想大系32」'70 p453
山鹿素行における思想の歴史的性格（守本順一郎）
　「日本思想大系32」'70 p500
山片蟠桃と『夢ノ代』（有坂隆道）
　「日本思想大系43」'73 p693
洋学としての天文学——その形成と展開（広瀬秀雄）
　「日本思想大系65」'72 p419
洋学の思想的特質と封建批判論・海防論（佐藤昌介）
　「日本思想大系64」'76 p609
陽明学の要点（山井湧）
　「日本思想大系29」'74 p335
吉雄南皐と「遠西観象図説」（広瀬秀雄）
　「日本思想大系65」'72 p466
ヨーロッパ科学思想の伝来と受容（尾原悟）
　「日本思想大系63」'71 p481
律令の古訓点について（築島裕）
　「日本思想大系3」'76 p451
『霊の真柱』以後における平田篤胤の思想について（田原嗣郎）
　「日本思想大系50」'73 p565
渡辺崋山と高野長英（佐藤昌介）
　「日本思想大系55」'71 p607
【年表】
伊藤仁斎・東涯略年譜
　「日本思想大系33」'71 p633
荻生徂徠年譜
　「日本思想大系36」'73 p607
熊沢蕃山年譜
　「日本思想大系30」'71 p581
藤樹先生年譜（尾藤正英）
　「日本思想大系29」'74 p281
年表
　「日本思想大系55」'71 p720
年譜
　「日本思想大系50」'73 p661
　「日本思想大系52」'73 p487
三浦梅園略年譜（田口正治）
　「日本思想大系41」'82 p681
水戸学年譜
　「日本思想大系53」'73 p583
洋学史略年表
　「日本思想大系64」'76 p673
吉田松陰年譜
　「日本思想大系54」'78 p623
【資料】
伊藤仁斎・東涯略系図
　「日本思想大系33」'71 p632
歌論・連歌論（大島貴子）
　「鑑賞日本古典文学24」'76 p430
訓読注
　「日本思想大系3」'76 p714
校異
　「日本思想大系3」'76 p702
校訂付記
　「新編日本古典文学全集88」'01 p192
　「新編日本古典文学全集88」'01 p411
　「新編日本古典文学全集88」'01 p658
　「日本古典文学全集51」'73 p197

「日本古典文学全集51」'73 p403
「日本古典文学全集51」'73 p625
国学者門人系統表
　「日本思想大系51」'71 p628
索引
　「日本思想大系41」'82 p9
参考文献
　「鑑賞日本古典文学24」'76 p430
　「日本思想大系19」'77 p382
　「日本思想大系30」'71 p593
　「日本思想大系42」'71 p517
　「日本思想大系50」'73 p659
　「日本思想大系51」'71 p715
　「日本思想大系52」'73 p485
　「日本思想大系55」'71 p717
　「日本思想大系63」'71 p543
　「日本思想大系65」'72 p526
収載文書一覧
　「日本思想大系56」'76 p1
主要人物索引
　「日本思想大系54」'78 p1
著述目録 参考文献
　「日本思想大系33」'71 p649
底本に使用した文献
　「日本思想大系56」'76 p581
南方録 付図
　「日本思想大系61」'72 p579
能楽論（橋本朝生）
　「鑑賞日本古典文学24」'76 p437
『葉隠』系図
　「日本思想大系26」'74 p696
補注
　「日本古典文学大系94」'66 p407
　「日本古典文学大系95」'64 p94
　「日本古典文学大系95」'64 p427
　「日本古典文学大系95」'64 p517
　「日本古典文学大系97」'66 p261
　「日本古典文学大系97」'66 p347
　「日本古典文学大系97」'66 p501
　「日本古典文学大系97」'66 p563
　「日本古典文学大系97」'66 p709
　「日本思想大系3」'76 p485
　「日本思想大系8」'79 p335
　「日本思想大系21」'72 p429
　「日本思想大系26」'74 p581
　「日本思想大系28」'75 p359
　「日本思想大系29」'74 p303
　「日本思想大系32」'70 p427
　「日本思想大系33」'71 p501
　「日本思想大系35」'75 p473
　「日本思想大系36」'73 p547
　「日本思想大系39」'72 p453

「日本思想大系43」'73 p617
「日本思想大系44」'70 p201
「日本思想大系44」'70 p413
「日本思想大系45」'77 p571
「日本思想大系46」'80 p291
「日本思想大系46」'80 p635
「日本思想大系47」'72 p441
「日本思想大系48」'74 p463
「日本思想大系50」'73 p519
「日本思想大系51」'71 p587
「日本思想大系53」'73 p449
「日本思想大系55」'71 p593
「日本思想大系58」'70 p383
「日本思想大系59」'75 p393
「日本思想大系60」'76 p363
「日本思想大系61」'72 p533
「日本思想大系63」'71 p415
「日本思想大系64」'76 p541
「日本思想大系65」'72 p385
『三河物語』新旧地名対照表
　「日本思想大系26」'74 p693
見出し語索引
　「和泉古典文庫8」'00 p96

仮名垣魯文
【解説】
親玉の寄進した額堂
　「新版絵草紙シリーズ3」'80 p72
解題 絵草紙・成田屋・成田詣（鶴岡節雄）
　「新版絵草紙シリーズ3」'80 p71
黄表紙『千葉功』
　「新版絵草紙シリーズ3」'80 p74
五代目と絵草紙
　「新版絵草紙シリーズ3」'80 p85
七代目と成田草紙
　「新版絵草紙シリーズ3」'80 p90
【資料】
千葉功
　「新版絵草紙シリーズ3」'80 p94

歌舞伎
【解説】
家の芸と型の問題（藤田洋）
　「鑑賞日本古典文学30」'77 p472
「伊賀越乗掛合羽」解説（河合真澄）
　「新 日本古典文学大系95」'98 p501
出雲から半二へ（広末保）
　「鑑賞日本古典文学30」'77 p429
江戸演劇の特徴（永井荷風）
　「古典日本文学全集26」'61 p364
江戸の芸能（諏訪春雄）
　「鑑賞日本古典文学30」'77 p481

歌舞伎　解説・資料

解説
　「日本古典全書〔99〕」'52 p3
　「日本古典文学大系53」'60 p3
　「日本古典文学大系54」'61 p3
　「日本古典文学大系98」'65 p13
　「日本古典文学大系98」'65 p293
解説（戸板康二）
　「古典日本文学全集26」'61 p349
解説 悪太郎（郡司正勝）
　「名作歌舞伎全集24」'72 p254
解説 明烏夢泡雪（戸板康二）
　「名作歌舞伎全集16」'70 p48
解説 浅妻舟（郡司正勝）
　「名作歌舞伎全集24」'72 p86
解説 浅間岳（郡司正勝）
　「名作歌舞伎全集24」'72 p134
解説 蘆屋道満大内鑑（戸板康二）
　「名作歌舞伎全集3」'68 p110
解説 操り三番叟（郡司正勝）
　「名作歌舞伎全集24」'72 p184
解説 伊賀越道中双六（戸板康二）
　「名作歌舞伎全集5」'70 p268
解説 生きている小平次（利倉幸一）
　「名作歌舞伎全集20」'69 p272
解説 伊勢音頭恋寝刃（戸板康二）
　「名作歌舞伎全集14」'69 p144
解説 一谷嫩軍記（戸板康二）
　「名作歌舞伎全集4」'70 p54
解説 市原野のだんまり（郡司正勝）
　「名作歌舞伎全集19」'70 p308
解説 一本刀土俵入（利倉幸一）
　「名作歌舞伎全集25」'71 p238
解説 田舎源氏（郡司正勝）
　「名作歌舞伎全集19」'70 p292
解説 茨木（山本二郎）
　「名作歌舞伎全集18」'69 p320
解説 今様薩摩歌（利倉幸一）
　「名作歌舞伎全集20」'69 p210
解説 今様須磨（郡司正勝）
　「名作歌舞伎全集19」'70 p98
解説 妹背山婦女庭訓（戸板康二）
　「名作歌舞伎全集5」'70 p156
解説 うかれ坊主（郡司正勝）
　「名作歌舞伎全集24」'72 p56
解説 靭猿（郡司正勝）
　「名作歌舞伎全集19」'70 p236
解説 江島生島（郡司正勝）
　「名作歌舞伎全集24」'72 p244
解説 越後獅子（郡司正勝）
　「名作歌舞伎全集24」'72 p50
解説 江戸育御祭佐七（戸板康二）
　「名作歌舞伎全集17」'71 p316

解説 絵本大功記（戸板康二）
　「名作歌舞伎全集5」'70 p352
解説 扇的西海硯（戸板康二）
　「名作歌舞伎全集6」'71 p30
解説 奥州安達原（戸板康二）
　「名作歌舞伎全集5」'70 p4
解説 近江源氏先陣館（戸板康二）
　「名作歌舞伎全集5」'70 p88
解説 近江のお兼（郡司正勝）
　「名作歌舞伎全集24」'72 p68
解説 大商蛭子島（戸板康二）
　「名作歌舞伎全集13」'69 p280
解説 大塔宮曦鎧（戸板康二）
　「名作歌舞伎全集6」'71 p4
解説 大森彦七（山本二郎）
　「名作歌舞伎全集18」'69 p288
解説 お国と五平（利倉幸一）
　「名作歌舞伎全集25」'71 p176
解説 小栗栖の長兵衛（利倉幸一）
　「名作歌舞伎全集25」'71 p104
解説 お染（郡司正勝）
　「名作歌舞伎全集19」'70 p144
解説 お染久松色読取（戸板康二）
　「名作歌舞伎全集15」'69 p200
解説 男達ばやり（利倉幸一）
　「名作歌舞伎全集20」'69 p294
解説 侠客春雨傘（戸板康二）
　「名作歌舞伎全集17」'71 p218
解説 お夏狂乱（郡司正勝）
　「名作歌舞伎全集19」'70 p328
解説 鬼次拍子舞（郡司正勝）
　「名作歌舞伎全集19」'70 p84
解説 小野道風青柳硯（戸板康二）
　「名作歌舞伎全集4」'70 p148
解説 小原女・国入奴（郡司正勝）
　「名作歌舞伎全集24」'72 p44
解説 お祭り（郡司正勝）
　「名作歌舞伎全集24」'72 p116
解説 怪異談牡丹灯籠（戸板康二）
　「名作歌舞伎全集17」'71 p44
解説 鏡獅子（山本二郎）
　「名作歌舞伎全集18」'69 p278
解説 鏡山旧錦絵（戸板康二）
　「名作歌舞伎全集13」'69 p236
解説 角兵衛（郡司正勝）
　「名作歌舞伎全集24」'72 p122
解説 景清（山本二郎）
　「名作歌舞伎全集18」'69 p108
解説 籠釣瓶花街酔醒（戸板康二）
　「名作歌舞伎全集17」'71 p112
解説 かさね（郡司正勝）
　「名作歌舞伎全集19」'70 p134

解説　傘轆轤浮名濡衣（戸板康二）
　「名作歌舞伎全集14」'70 p306
解説　梶原平三誉石切（戸板康二）
　「名作歌舞伎全集3」'68 p4
解説　敵討檻褸錦（戸板康二）
　「名作歌舞伎全集3」'68 p198
解説　敵討天下茶屋聚（戸板康二）
　「名作歌舞伎全集13」'69 p178
解説　かっぽれ（郡司正勝）
　「名作歌舞伎全集24」'72 p214
解説　桂川連理柵（戸板康二）
　「名作歌舞伎全集7」'69 p178
解説　仮名手本忠臣蔵（戸板康二）
　「名作歌舞伎全集2」'68 p6
解説　鐘鳴今朝噂（戸板康二）
　「名作歌舞伎全集14」'70 p42
解説　釜淵双級巴（戸板康二）
　「名作歌舞伎全集6」'71 p52
解説　鎌倉三代記（戸板康二）
　「名作歌舞伎全集5」'70 p116
解説　鎌髭（山本二郎）
　「名作歌舞伎全集18」'69 p200
解説　紙子仕立両面鏡（戸板康二）
　「名作歌舞伎全集14」'70 p98
解説　神明恵和合取組（戸板康二）
　「名作歌舞伎全集17」'71 p160
解説　苅萱桑門筑紫𨏍（戸板康二）
　「名作歌舞伎全集3」'68 p136
解説　漢人韓文手管始（戸板康二）
　「名作歌舞伎全集8」'70 p16
解説　勧進帳（山本二郎）
　「名作歌舞伎全集18」'69 p182
解説　神田祭（郡司正勝）
　「名作歌舞伎全集24」'72 p162
解説　鬼一法眼三略巻（戸板康二）
　「名作歌舞伎全集3」'68 p50
解説　勢獅子（郡司正勝）
　「名作歌舞伎全集19」'70 p284
解説　祇園祭礼信仰記（戸板康二）
　「名作歌舞伎全集4」'70 p174
解説　岸姫松轡鏡（戸板康二）
　「名作歌舞伎全集4」'70 p216
解説　吉例寿曾我（戸板康二）
　「名作歌舞伎全集13」'69 p4
解説　京人形（郡司正勝）
　「名作歌舞伎全集19」'70 p246
解説　桐一葉（利倉幸一）
　「名作歌舞伎全集20」'69 p10
解説　傀儡師（郡司正勝）
　「名作歌舞伎全集24」'72 p104
解説　草摺引（郡司正勝）
　「名作歌舞伎全集19」'70 p92

解説　国訛嫩笈摺（戸板康二）
　「名作歌舞伎全集7」'69 p280
解説　蜘蛛の糸（郡司正勝）
　「名作歌舞伎全集19」'70 p222
解説　蜘蛛の拍子舞（郡司正勝）
　「名作歌舞伎全集24」'72 p26
解説　鞍馬獅子（郡司正勝）
　「名作歌舞伎全集19」'70 p38
解説　廓三番叟（郡司正勝）
　「名作歌舞伎全集24」'72 p110
解説　廓文章（戸板康二）
　「名作歌舞伎全集7」'69 p294
解説　黒塚（郡司正勝）
　「名作歌舞伎全集24」'72 p294
解説　毛抜（山本二郎）
　「名作歌舞伎全集18」'69 p40
解説　源平魁躑躅（戸板康二）
　「名作歌舞伎全集3」'68 p24
解説　源平布引滝（戸板康二）
　「名作歌舞伎全集4」'70 p4
解説　幻椀久（郡司正勝）
　「名作歌舞伎全集24」'72 p266
解説　恋女房染分手綱（戸板康二）
　「名作歌舞伎全集4」'70 p38
解説　巷談宵宮雨（利倉幸一）
　「名作歌舞伎全集25」'71 p306
解説　高野物狂（郡司正勝）
　「名作歌舞伎全集24」'72 p274
解説　小鍛治（郡司正勝）
　「名作歌舞伎全集24」'72 p286
解説　御所桜堀河夜討（戸板康二）
　「名作歌舞伎全集3」'68 p218
解説　碁太平記白石噺（戸板康二）
　「名作歌舞伎全集7」'69 p204
解説　五大力恋緘（戸板康二）
　「名作歌舞伎全集8」'70 p100
解説　木下蔭狭間合戦（戸板康二）
　「名作歌舞伎全集6」'71 p304
解説　小判拾壱両（利倉幸一）
　「名作歌舞伎全集20」'69 p320
解説　権三と助十（利倉幸一）
　「名作歌舞伎全集25」'71 p132
解説　権八（郡司正勝）
　「名作歌舞伎全集19」'70 p108
解説　西郷と豚姫（利倉幸一）
　「名作歌舞伎全集25」'71 p56
解説　鷺娘（郡司正勝）
　「名作歌舞伎全集19」'70 p32
解説　佐倉義民伝（戸板康二）
　「名作歌舞伎全集16」'70 p4
解説　桜時雨（利倉幸一）
　「名作歌舞伎全集20」'69 p126

歌舞伎　解説・資料

解説　桜鍔恨鮫鞘（戸板康二）
　「名作歌舞伎全集7」'69 p156
解説　猿若（山本二郎）
　「名作歌舞伎全集18」'69 p358
解説　暫（山本二郎）
　「名作歌舞伎全集18」'69 p80
解説　三社祭（郡司正勝）
　「名作歌舞伎全集19」'70 p200
解説　卅三間堂棟由来（戸板康二）
　「名作歌舞伎全集4」'70 p196
解説　三世相錦繡文章（戸板康二）
　「名作歌舞伎全集15」'69 p308
解説　三人片輪（郡司正勝）
　「名作歌舞伎全集19」'70 p314
解説　楼門五三桐（戸板康二）
　「名作歌舞伎全集8」'70 p4
解説　汐汲（郡司正勝）
　「名作歌舞伎全集24」'72 p62
解説　塩原多助一代記（戸板康二）
　「名作歌舞伎全集17」'71 p4
解説　舌出し三番叟（郡司正勝）
　「名作歌舞伎全集19」'70 p8
解説　執着獅子（郡司正勝）
　「名作歌舞伎全集24」'72 p14
解説　修禅寺物語（利倉幸一）
　「名作歌舞伎全集20」'69 p152
解説　生写朝顔話（戸板康二）
　「名作歌舞伎全集7」'69 p312
解説　新薄雪物語（戸板康二）
　「名作歌舞伎全集3」'68 p304
解説　新版歌祭文（戸板康二）
　「名作歌舞伎全集7」'69 p236
解説　神霊矢口渡（戸板康二）
　「名作歌舞伎全集4」'70 p258
解説　素襖落（山本二郎）
　「名作歌舞伎全集18」'69 p264
解説　菅原伝授手習鑑（戸板康二）
　「名作歌舞伎全集2」'68 p140
解説　助六由縁江戸桜（山本二郎）
　「名作歌舞伎全集18」'69 p126
解説　隅田春妓女容性（戸板康二）
　「名作歌舞伎全集8」'70 p188
解説　隅田川（郡司正勝）
　「名作歌舞伎全集24」'72 p206
解説　隅田川続俤（戸板康二）
　「名作歌舞伎全集15」'69 p4
解説　関取千両幟（戸板康二）
　「名作歌舞伎全集7」'69 p120
解説　関の扉（郡司正勝）
　「名作歌舞伎全集19」'70 p58
解説　摂州合邦辻（戸板康二）
　「名作歌舞伎全集4」'70 p280

解説　其往昔恋江戸染（戸板康二）
　「名作歌舞伎全集15」'69 p128
解説　太平記忠臣講釈（戸板康二）
　「名作歌舞伎全集6」'71 p184
解説　高時（山本二郎）
　「名作歌舞伎全集18」'69 p212
解説　太刀盗人（郡司正勝）
　「名作歌舞伎全集19」'70 p350
解説　競伊勢物語（戸板康二）
　「名作歌舞伎全集5」'70 p214
解説　伊達競阿国戯場（戸板康二）
　「名作歌舞伎全集13」'69 p70
解説　玉藻前曦袂（戸板康二）
　「名作歌舞伎全集4」'70 p300
解説　壇浦兜軍記（戸板康二）
　「名作歌舞伎全集3」'68 p100
解説　近頃河原の達引（戸板康二）
　「名作歌舞伎全集7」'69 p258
解説　中将姫古跡の松（戸板康二）
　「名作歌舞伎全集6」'71 p80
解説　忠臣連理廼鉢植（戸板康二）
　「名作歌舞伎全集14」'70 p128
解説　蝶の道行（郡司正勝）
　「名作歌舞伎全集24」'72 p74
解説　土蜘（山本二郎）
　「名作歌舞伎全集18」'69 p304
解説　土屋主税（利倉幸一）
　「名作歌舞伎全集20」'69 p102
解説　壺坂霊験記（戸板康二）
　「名作歌舞伎全集7」'69 p340
解説　積情雪乳貰（戸板康二）
　「名作歌舞伎全集14」'70 p254
解説　釣女（郡司正勝）
　「名作歌舞伎全集24」'72 p198
解説　同志の人々（利倉幸一）
　「名作歌舞伎全集25」'71 p210
解説　藤十郎の恋（利倉幸一）
　「名作歌舞伎全集25」'71 p82
解説　年増（郡司正勝）
　「名作歌舞伎全集24」'72 p148
解説　鳥羽絵（郡司正勝）
　「名作歌舞伎全集24」'72 p80
解説　富岡恋山開（戸板康二）
　「名作歌舞伎全集8」'70 p240
解説　供奴（郡司正勝）
　「名作歌舞伎全集19」'70 p164
解説　鳥辺山心中（利倉幸一）
　「名作歌舞伎全集20」'69 p172
解説　どんつく（郡司正勝）
　「名作歌舞伎全集19」'70 p264
解説　夏船頭（郡司正勝）
　「名作歌舞伎全集24」'72 p156

解説 夏祭浪花鑑（戸板康二）
　「名作歌舞伎全集7」'69 p4
解説 鳴神（山本二郎）
　「名作歌舞伎全集18」'69 p8
解説 西山物語（利倉幸一）
　「名作歌舞伎全集20」'69 p246
解説 日蓮上人御法海（戸板康二）
　「名作歌舞伎全集6」'71 p94
解説 乗合船（郡司正勝）
　「名作歌舞伎全集24」'72 p174
解説 俳諧師（郡司正勝）
　「名作歌舞伎全集24」'72 p142
解説 箱根霊験躄仇討（戸板康二）
　「名作歌舞伎全集6」'71 p320
解説 羽衣（郡司正勝）
　「名作歌舞伎全集24」'72 p236
解説 八陣守護城（戸板康二）
　「名作歌舞伎全集6」'71 p342
解説 艶容女舞衣（戸板康二）
　「名作歌舞伎全集7」'69 p140
解説 花上野誉碑（戸板康二）
　「名作歌舞伎全集6」'71 p276
解説 羽根の禿（郡司正勝）
　「名作歌舞伎全集24」'72 p40
解説 幡随長兵衛精進俎板（戸板康二）
　「名作歌舞伎全集15」'69 p54
解説 番町皿屋敷（利倉幸一）
　「名作歌舞伎全集20」'69 p190
解説 彦山権現誓助剱（戸板康二）
　「名作歌舞伎全集6」'71 p220
解説 日高川入相花王（戸板康二）
　「名作歌舞伎全集6」'71 p116
解説 百人町浮名読売（戸板康二）
　「名作歌舞伎全集16」'70 p62
解説 ひらがな盛衰記（戸板康二）
　「名作歌舞伎全集3」'68 p244
解説 藤娘（郡司正勝）
　「名作歌舞伎全集19」'70 p158
解説 双蝶々曲輪日記（戸板康二）
　「名作歌舞伎全集7」'69 p56
解説 二人袴（郡司正勝）
　「名作歌舞伎全集24」'72 p222
解説 船弁慶（山本二郎）
　「名作歌舞伎全集18」'69 p236
解説 棒しばり（郡司正勝）
　「名作歌舞伎全集19」'70 p338
解説 沓手鳥孤城落月（利倉幸一）
　「名作歌舞伎全集25」'71 p4
解説 本朝廿四孝（戸板康二）
　「名作歌舞伎全集5」'70 p24
解説 まかしょ（郡司正勝）
　「名作歌舞伎全集24」'72 p92

解説 枕獅子（郡司正勝）
　「名作歌舞伎全集24」'72 p8
解説 将門（郡司正勝）
　「名作歌舞伎全集19」'70 p214
解説 身替りお俊（郡司正勝）
　「名作歌舞伎全集19」'70 p44
解説 身替座禅（山本二郎）
　「名作歌舞伎全集18」'69 p344
解説 三日太平記（戸板康二）
　「名作歌舞伎全集6」'71 p202
解説 三人形（郡司正勝）
　「名作歌舞伎全集19」'70 p126
解説 三つ面子守（郡司正勝）
　「名作歌舞伎全集24」'72 p128
解説 宮島のだんまり（郡司正勝）
　「名作歌舞伎全集24」'72 p168
解説 息子（利倉幸一）
　「名作歌舞伎全集25」'71 p196
解説 嬢景清八嶋日記（戸板康二）
　「名作歌舞伎全集4」'70 p242
解説 娘道成寺（郡司正勝）
　「名作歌舞伎全集19」'70 p16
解説 宗清（郡司正勝）
　「名作歌舞伎全集19」'70 p170
解説 戻り駕（郡司正勝）
　「名作歌舞伎全集19」'70 p74
解説 戻橋（山本二郎）
　「名作歌舞伎全集18」'69 p334
解説 紅葉狩（山本二郎）
　「名作歌舞伎全集18」'69 p250
解説 百千鳥沖津白浪（戸板康二）
　「名作歌舞伎全集16」'70 p282
解説 保名（郡司正勝）
　「名作歌舞伎全集19」'70 p118
解説 宿無団七時雨傘（戸板康二）
　「名作歌舞伎全集14」'70 p4
解説 矢の根（山本二郎）
　「名作歌舞伎全集18」'69 p100
解説 山姥（郡司正勝）
　「名作歌舞伎全集19」'70 p274
解説 山帰り（郡司正勝）
　「名作歌舞伎全集24」'72 p98
解説 倭仮名在原系図（戸板康二）
　「名作歌舞伎全集4」'70 p88
解説 夕顔棚（郡司正勝）
　「名作歌舞伎全集24」'72 p306
解説 由良湊千軒長者（戸板康二）
　「名作歌舞伎全集6」'71 p158
解説 義経腰越状（戸板康二）
　「名作歌舞伎全集4」'70 p112
解説 義経千本桜（戸板康二）
　「名作歌舞伎全集2」'68 p236

歌舞伎　　　　　解説・資料

解説 吉原雀（郡司正勝）
　「名作歌舞伎全集24」'72 p20
解説 頼朝の死（利倉幸一）
　「名作歌舞伎全集25」'71 p276
解説 与話情浮名横櫛（戸板康二）
　「名作歌舞伎全集16」'70 p142
解説 流星（郡司正勝）
　「名作歌舞伎全集24」'72 p190
解説 良寛と子守（郡司正勝）
　「名作歌舞伎全集19」'70 p362
解説 連獅子（郡司正勝）
　「名作歌舞伎全集19」'70 p302
解説 六歌仙（郡司正勝）
　「名作歌舞伎全集19」'70 p182
解説 若木仇名草（戸板康二）
　「名作歌舞伎全集15」'69 p272
解説 和田合戦女舞鶴（戸板康二）
　「名作歌舞伎全集3」'68 p170
解説 渡雁恋玉章（戸板康二）
　「名作歌舞伎全集14」'70 p226
解題
　「評釈江戸文学叢書6」'70 p3
　「評釈江戸文学叢書6」'70 p527
解題（古井戸秀夫）
　「叢書江戸文庫Ⅲ-49」'01 p453
景清
　「日本古典全書〔99〕」'52 p19
歌舞伎脚本の展開―序に代へて（河竹繁俊）
　「評釈江戸文学叢書5」'70 p1
歌舞伎十八番について
　「日本古典全書〔99〕」'52 p3
歌舞伎のかたち（渡辺保）
　「鑑賞日本古典文学30」'77 p463
上方の元禄歌舞伎（土田衛）
　「新 日本古典文学大系95」'98 p481
勧進帳
　「日本古典全書〔99〕」'52 p11
旧劇の美（岸田劉生）
　「古典日本文学全集26」'61 p369
けいせい浅間岳・おしゅん伝兵衛十七年忌 用語解説（土田衛）
　「新 日本古典文学大系95」'98 p438
毛抜
　「日本古典全書〔99〕」'52 p17
元禄期の江戸歌舞伎（和田修）
　「新 日本古典文学大系96」'97 p483
御摂勧進帳 解説（古井戸秀夫）
　「新 日本古典文学大系96」'97 p501
ザッツ・エンターテイメント！（小泉喜美子）
　「鑑賞日本古典文学30」'77 p429
参会名護屋・傾城阿佐間曾我 人名解説
　「新 日本古典文学大系96」'97 p403

参会名護屋・傾城阿佐間曾我 用語解説
　「新 日本古典文学大系96」'97 p414
暫
　「日本古典全書〔99〕」'52 p28
浄瑠璃・歌舞伎の窓
　「鑑賞日本古典文学30」'77 p417
序説（戸板康二）
　「鑑賞日本古典文学30」'77 p1
助六
　「日本古典全書〔99〕」'52 p25
総説（戸板康二）
　「鑑賞日本古典文学30」'77 p7
　「鑑賞日本古典文学30」'77 p187
外から観た歌舞伎（河竹登志夫）
　「古典日本文学全集26」'61 p387
読書ノート
　「鑑賞日本古典文学30」'77 p491
鳴神
　「日本古典全書〔99〕」'52 p15
まえがき「家の芸」集について（山本二郎）
　「名作歌舞伎全集18」'69 p5
まえがき―「新かぶき」について
　「名作歌舞伎全集20」'69 p3
まえがき―丸本歌舞伎の三名作（戸板康二）
　「名作歌舞伎全集2」'68 p3
役者解説（土田衛）
　「新 日本古典文学大系95」'98 p407
役者評判記とその世界（服部幸雄）
　「鑑賞日本古典文学30」'77 p450
矢の根
　「日本古典全書〔99〕」'52 p21
例言（饗庭篁村）
　「徳川文芸類聚6」'70 p1
例言（図書刊行会）
　「徳川文芸類聚12」'70 p1
例言（水谷不倒）
　「徳川文芸類聚7」'70 p1
私の歌舞伎鑑賞（円地文子）
　「古典日本文学全集26」'61 p382
【年表】
歌舞伎十八番集主要興行年表
　「評釈江戸文学叢書6」'70 p936
世話狂言集主要興行年表
　「評釈江戸文学叢書6」'70 p978
【資料】
伊賀越乗掛合羽 絵尽し
　「新 日本古典文学大系95」'98 p468
伊賀越乗掛合羽 狂言読本
　「新 日本古典文学大系95」'98 p443
伊賀越乗掛合羽 番付
　「新 日本古典文学大系95」'98 p474
『外郎売』のせりふ

「評釈江戸文学叢書6」'70 p934
顔見世番付(新役者付)図版
　「新 日本古典文学大系96」'97 p450
顔見世番付(新役者付)翻刻
　「新 日本古典文学大系96」'97 p441
歌舞伎十八番集の附帳(控)
　「評釈江戸文学叢書6」'70 p887
歌舞伎用語
　「日本古典文学大系54」'61 p512
現行本
　「日本古典文学大系98」'65 p459
校訂について(郡司正勝)
　「名作歌舞伎全集13」'69 p308
　「名作歌舞伎全集16」'70 p311
校訂について(郡司正勝、山本二郎)
　「名作歌舞伎全集3」'68 p366
　「名作歌舞伎全集4」'70 p316
　「名作歌舞伎全集5」'70 p373
　「名作歌舞伎全集8」'70 p328
　「名作歌舞伎全集17」'71 p359
校訂について(山本二郎)
　「名作歌舞伎全集2」'68 p331
　「名作歌舞伎全集6」'71 p373
　「名作歌舞伎全集7」'69 p352
校訂について(山本二郎、郡司正勝)
　「名作歌舞伎全集14」'70 p344
　「名作歌舞伎全集15」'69 p337
　「名作歌舞伎全集18」'69 p367
御摂勧進帳関連資料
　「新 日本古典文学大系96」'97 p441
御摂勧進帳地図
　「新 日本古典文学大系96」'97 p480
御摂勧進帳役者評判記抄録
　「新 日本古典文学大系96」'97 p463
参考 新下り役者附(偽版・太郎番付)
　「新 日本古典文学大系96」'97 p462
参考 富本正本写本 色手綱恋関札表紙
　「新 日本古典文学大系96」'97 p461
参考文献(山本二郎)
　「鑑賞日本古典文学30」'77 p504
『暫』のせりふ・つらね集
　「評釈江戸文学叢書6」'70 p913
主要参考書目
　「日本古典全書〔99〕」'52 p32
正本暫のせりふ
　「新 日本古典文学大系96」'97 p454
長唄正本 めりやす錦木
　「新 日本古典文学大系96」'97 p455
長唄正本 陸花艶
　「新 日本古典文学大系96」'97 p453
中村座狂言絵 御贔屓勧進帳
　「新 日本古典文学大系96」'97 p456

付図
　「日本古典文学大系54」'61 p527
附帳
　「日本古典文学大系98」'65 p435
補注
　「日本古典文学大系53」'60 p443
　「日本古典文学大系54」'61 p481
　「日本古典文学大系98」'65 p385
役者穿鑿論抄録
　「新 日本古典文学大系96」'97 p475
役割番付図版
　「新 日本古典文学大系96」'97 p452
役割番付翻刻
　「新 日本古典文学大系96」'97 p445
用語一覧
　「日本古典文学大系98」'65 p479

鴨長明
【解説】
解説
　「完訳日本の古典37」'86 p49
　「新編日本古典文学全集44」'95 p39
　「対訳古典シリーズ〔15〕」'88 p141
　「日本古典全書〔27〕」'70 p3
　「日本古典文学全集27」'71 p5
　「日本古典文学大系30」'57 p5
解説(塩田良平)
　「古典日本文学全集11」'62 p335
解説 長明小伝
　「新潮日本古典集成〔42〕」'76 p387
〔解説〕方丈記と作者鴨長明―その素描
　「全対訳日本古典新書〔15〕」'77 p108
解題
　「日本古典全書〔27〕」'70 p49
賀茂の競べ馬と乞食坊主(木下順二)
　「鑑賞日本古典文学18」'75 p418
鴨長明と『方丈記』(唐木順三)
　「古典日本文学全集11」'62 p349
鴨長明について
　「日本古典評釈・全注釈叢書〔26〕」'71 p331
鴨長明の略伝本とその周辺
　「日本古典全書〔27〕」'70 p3
研究の手引き
　「日本古典評釈・全注釈叢書〔26〕」'71 p368
兼好と長明と(佐藤春夫)
　「古典日本文学全集11」'62 p371
参考文献解説(浅見和彦)
　「鑑賞日本の古典10」'80 p545
序説(冨倉徳次郎、貴志正造)
　「鑑賞日本古典文学18」'75 p1
序説(西尾光一)
　「鑑賞日本古典文学23」'77 p1

鴨長明　解説・資料

総説
　「鑑賞日本の古典10」'80 p9
　「日本の文学 古典編26」'87 p5
　「日本の文学 古典編26」'87 p147
総説（貴志正造）
　「鑑賞日本古典文学18」'75 p9
　「鑑賞日本古典文学23」'77 p127
　「鑑賞日本古典文学23」'77 p271
中国の隠逸と日本の隠通（伊藤博之）
　「鑑賞日本古典文学18」'75 p337
中世的人間（細野哲雄）
　「鑑賞日本古典文学18」'75 p401
長明解題
　「私家集大成3」'74 p785
長明と兼好（木藤才蔵）
　「特選日本の古典 グラフィック版7」'86 p153
長明と『方丈記』
　「鑑賞日本の古典10」'80 p13
長明と和歌（武田元治）
　「鑑賞日本古典文学18」'75 p357
長明の音楽と信仰（榊泰純）
　「鑑賞日本古典文学18」'75 p347
解説徒然草・方丈記（吉田精一）
　「特選日本の古典 グラフィック版7」'86 p158
徒然草・方丈記の旅（百瀬明治）
　「現代語訳 日本の古典12」'80 p174
読書ノート
　「鑑賞日本古典文学18」'75 p410
はじめに（三木紀人）
　「全対訳日本古典新書〔15〕」'77 p3
方丈記管見（佐竹昭広）
　「新 日本古典文学大系39」'89 p350
方丈記・徒然草の窓
　「鑑賞日本古典文学18」'75 p335
方丈記と長明（野口武彦）
　「現代語訳 日本の古典12」'80 p162
方丈記における無常の問題
　「日本古典全書〔27〕」'70 p25
方丈記について
　「日本古典評釈・全注釈叢書〔26〕」'71 p352
方丈記の「家」（秦恒平）
　「鑑賞日本古典文学18」'75 p410
『発心集』の世界から（小林保治）
　「鑑賞日本古典文学18」'75 p366
密教美術の神秘性（中村渓男）
　「特選日本の古典 グラフィック版7」'86 p144
【年表】
鴨長明年譜
　「対訳古典シリーズ〔15〕」'88 p184
　「日本古典評釈・全注釈叢書〔26〕」'71 p327
鴨長明略年譜
　「日本古典全書〔27〕」'70 p63

長明関係略年表
　「新編日本古典文学全集44」'95 p594
長明年譜
　「新潮日本古典集成〔42〕」'76 p425
長明略年譜
　「完訳日本の古典37」'86 p66
　「全対訳日本古典新書〔15〕」'77 p116
【資料】
吾妻鏡
　「全対訳日本古典新書〔15〕」'77 p102
伊勢への旅
　「全対訳日本古典新書〔15〕」'77 p66
伊勢記
　「全対訳日本古典新書〔15〕」'77 p66
異本方丈記（延徳本）
　「日本古典評釈・全注釈叢書〔26〕」'71 p288
異本方丈記（長享本）
　「日本古典評釈・全注釈叢書〔26〕」'71 p285
月講式
　「全対訳日本古典新書〔15〕」'77 p104
鎌倉行
　「全対訳日本古典新書〔15〕」'77 p102
鴨長明集
　「新 日本古典文学大系39」'89 p65
　「全対訳日本古典新書〔15〕」'77 p56
　「全対訳日本古典新書〔15〕」'77 p60
　「全対訳日本古典新書〔15〕」'77 p60
鴨長明方丈記（兼良本）
　「新 日本古典文学大系39」'89 p42
鴨長明和歌集索引
　「日本古典全書〔27〕」'70 p239
関係資料抄
　「全対訳日本古典新書〔15〕」'77 p54
京都近郊略図
　「鑑賞日本の古典10」'80 p560
校異
　「日本古典文学大系30」'57 p46
香山に擬へて草堂を模するの記（源通親）
　「日本古典評釈・全注釈叢書〔26〕」'71 p312
校訂個所一覧
　「新潮日本古典集成〔42〕」'76 p433
項目索引
　「日本古典評釈・全注釈叢書〔26〕」'71 p396
五大災厄関係資料（平家物語・玉葉など）
　「日本古典評釈・全注釈叢書〔26〕」'71 p293
恋
　「全対訳日本古典新書〔15〕」'77 p60
参考資料
　「日本古典評釈・全注釈叢書〔26〕」'71 p285
参考地図
　「完訳日本の古典37」'86 p70
　「新潮日本古典集成〔42〕」'76 p436

「対訳古典シリーズ〔15〕」'88 p190
参考文献
　「対訳古典シリーズ〔15〕」'88 p183
参考文献（菅根順之）
　「鑑賞日本古典文学18」'75 p425
死
　「全対訳日本古典新書〔15〕」'77 p104
事項索引（語釈・補注・評説の部）
　「日本古典評釈・全注釈叢書〔26〕」'71 p393
失意
　「全対訳日本古典新書〔15〕」'77 p80
出家
　「全対訳日本古典新書〔15〕」'77 p82
出発期
　「全対訳日本古典新書〔15〕」'77 p58
俊恵法師
　「全対訳日本古典新書〔15〕」'77 p74
序（簗瀬一雄）
　「日本古典評釈・全注釈叢書〔26〕」'71 p1
続歌仙落書
　「全対訳日本古典新書〔15〕」'77 p102
書名索引
　「日本古典評釈・全注釈叢書〔26〕」'71 p394
人名索引
　「日本古典評釈・全注釈叢書〔26〕」'71 p393
図版目録
　「特選日本の古典 グラフィック版7」'86 p166
「瀬見小川」のこと
　「全対訳日本古典新書〔15〕」'77 p62
千載集
　「全対訳日本古典新書〔15〕」'77 p68
草堂記（白居易）
　「日本古典評釈・全注釈叢書〔26〕」'71 p305
大内裏略図
　「新 日本古典文学大系39」'89 p33
池上篇并序（白居易）
　「日本古典評釈・全注釈叢書〔26〕」'71 p303
地図—徒然草・方丈記ゆかりの地
　「特選日本の古典 グラフィック版7」'86 p163
父の死
　「全対訳日本古典新書〔15〕」'77 p56
池亭記（慶滋保胤）
　「日本古典評釈・全注釈叢書〔26〕」'71 p308
池亭記
　「新 日本古典文学大系39」'89 p38
長明伝記資料（系図・源家長日記など）
　「日本古典評釈・全注釈叢書〔26〕」'71 p315
菟玖波集・巻十七
　「全対訳日本古典新書〔15〕」'77 p102
津の国への旅
　「全対訳日本古典新書〔15〕」'77 p60
中原有安

「全対訳日本古典新書〔15〕」'77 p70
付図
　「日本古典文学大系30」'57 p51
付図（京都付近図・平安京条坊図）
　「日本古典評釈・全注釈叢書〔26〕」'71 p325
付録
　「鑑賞日本の古典10」'80 p560
文机談・巻三
　「全対訳日本古典新書〔15〕」'77 p94
平安京条坊図
　「新 日本古典文学大系39」'89 p32
方丈記（延徳本）
　「新 日本古典文学大系39」'89 p58
方丈記関係地図
　「新 日本古典文学大系39」'89 p34
方丈記語彙索引
　「日本古典評釈・全注釈叢書〔26〕」'71 p374
方丈記（長享本）
　「新 日本古典文学大系39」'89 p54
方丈記（真字本）
　「新 日本古典文学大系39」'89 p62
真字本方丈記
　「日本古典評釈・全注釈叢書〔26〕」'71 p291
源家長日記
　「全対訳日本古典新書〔15〕」'77 p82
無名抄
　「全対訳日本古典新書〔15〕」'77 p58
　「全対訳日本古典新書〔15〕」'77 p62
　「全対訳日本古典新書〔15〕」'77 p65
　「全対訳日本古典新書〔15〕」'77 p70
　「全対訳日本古典新書〔15〕」'77 p74
　「全対訳日本古典新書〔15〕」'77 p76

歌謡
【解説】
会津城下正月門附の福吉・蚕種数の詞
　「続日本歌謡集成2」'61 p41
浅野藩御船歌集
　「続日本歌謡集成3」'61 p8
吾嬬箏譜考証
　「日本歌謡集成8」'60 p8
あづま流行時代子供うた
　「続日本歌謡集成5」'62 p19
あとがき（土橋寛）
　「日本古典評釈・全注釈叢書〔29〕」'72 p465
雨乞踊歌
　「続日本歌謡集成2」'61 p43
淡路農歌
　「続日本歌謡集成3」'61 p25
阿波国神踊歌集
　「続日本歌謡集成4」'63 p21

歌謡　　　　　　　　　　　解説・資料

伊賀国阿山郡島ケ原村上村雨乞踊歌伊賀国阿
山郡島ケ原村下村雨乞踊歌
　「続日本歌謡集成4」'63 p12
伊豆新島若郷大踊歌
　「続日本歌謡集成4」'63 p8
伊豆安良里船唄
　「続日本歌謡集成3」'61 p23
異説秘抄口伝巻
　「続日本歌謡集成2」'61 p19
今道念節
　「日本歌謡集成7」'60 p7
<small>絵入おどり</small>今様くどき
　「日本歌謡集成7」'60 p9
今様譜
　「日本歌謡集成2」'60 p9
伊予国北宇和郡津之浦いさ踊歌
　「続日本歌謡集成4」'63 p24
伊予吉田藩御船歌
　「続日本歌謡集成3」'61 p20
色里迦陵頻
　「日本歌謡集成8」'60 p3
色里新迦陵頻
　「日本歌謡集成8」'60 p3
色里名取川
　「日本歌謡集成8」'60 p4
引用歌謡書目
　「日本古典全書〔87〕」'56 p54
浮れ草
　「続日本歌謡集成4」'63 p35
歌系図
　「日本歌謡集成8」'60 p5
越後国刈羽郡黒姫村綾子舞歌
　「続日本歌謡集成4」'63 p14
<small>新編</small>江戸長唄集
　「日本歌謡集成9」'60 p5
江戸端唄集
　「日本歌謡集成9」'60 p9
延享五年小歌しやうが集
　「続日本歌謡集成3」'61 p24
宴曲
　「日本歌謡集成5」'60 p2
宴曲の物尽くしについて（乾克己）
　「鑑賞日本古典文学15」'77 p365
延年等芸能歌謡拾遺
　「続日本歌謡集成1」'64 p38
延年舞曲歌謡
　「日本歌謡集成5」'60 p1
大阪音頭
　「日本歌謡集成7」'60 p13
荻江節正本
　「日本歌謡集成9」'60 p4
踊歌類

「続日本歌謡集成2」'61 p43
踊口説集
　「日本歌謡集成7」'60 p3
御船唄留
　「続日本歌謡集成3」'61 p21
尾張御船歌
　「続日本歌謡集成3」'61 p15
尾張国船唄集
　「続日本歌謡集成3」'61 p15
尾張藩御船歌
　「続日本歌謡集成3」'61 p16
尾張藩御船歌集
　「続日本歌謡集成3」'61 p16
尾張船歌
　「続日本歌謡集成3」'61 p14
音曲色巣籠
　「日本歌謡集成8」'60 p3
園城寺伝記所収開口
　「続日本歌謡集成2」'61 p15
艶歌選
　「続日本歌謡集成3」'61 p31
開口
　「続日本歌謡集成2」'61 p7
解説
　「新編日本古典文学全集42」'00 p94
　「新編日本古典文学全集42」'00 p165
　「中世の文学 第1期〔17〕」'93 p3
　「日本古典全書〔84〕」'67 p3
　「日本古典全書〔86〕」'51 p3
　「日本古典全書〔86〕」'51 p164
　「日本古典全書〔87〕」'56 p3
　「日本古典評釈・全注釈叢書〔29〕」'72 p383
　「日本古典文学全集25」'76 p11
　「日本古典文学全集25」'76 p111
　「日本古典文学大系3」'57 p7
　「日本古典文学大系44」'59 p11
　「日本古典文学大系44」'59 p133
　「日本古典文学大系44」'59 p199
　「日本古典文学大系44」'59 p245
　「日本古典文学大系44」'59 p301
　「日本古典文学大系44」'59 p343
解説（高野辰之）
　「日本歌謡集成1」'60 p1
　「日本歌謡集成2」'60 p1
　「日本歌謡集成4」'60 p1
　「日本歌謡集成5」'60 p1
　「日本歌謡集成6」'60 p1
　「日本歌謡集成7」'60 p1
　「日本歌謡集成8」'60 p1
　「日本歌謡集成9」'60 p1
　「日本歌謡集成10」'61 p1
　「日本歌謡集成11」'61 p1

「日本歌謡集成12」'60 p1
解説（友久武文）
　「中世文芸叢書6」'66 p172
解説　室町小歌の世界—俗と雅の交錯（北川忠彦）
　「新潮日本古典集成〔64〕」'82 p227
解題（高野辰之）
　「日本歌謡集成3」'60 p1
加賀藩御船歌
　「続日本歌謡集成3」'61 p20
歌曲花川渡
　「日本歌謡集成9」'60 p6
歌曲花屋台
　「日本歌謡集成9」'60 p8
楽章類語鈔
　「日本歌謡集成2」'60 p2
神楽歌・催馬楽拾遺
　「続日本歌謡集成1」'64 p9
神楽和琴秘譜
　「日本歌謡集成2」'60 p1
柏葉集
　「日本歌謡集成11」'61 p3
歌数と題材
　「日本古典全書〔86〕」'51 p9
哥撰集
　「日本歌謡集成9」'60 p1
歌謡Iの窓
　「鑑賞日本古典文学4」'75 p355
歌謡と芸能（林屋辰三郎）
　「鑑賞日本古典文学4」'75 p357
歌謡IIの窓
　「鑑賞日本古典文学15」'77 p335
歌謡の隙間にみえるもの（吉増剛造）
　「鑑賞日本古典文学15」'77 p415
歌謡の世界—中古から近世まで（新間進一）
　「鑑賞日本古典文学15」'77 p9
刊本と研究書
　「日本古典全書〔86〕」'51 p173
祇園踊口説
　「日本歌謡集成7」'60 p3
記紀歌謡について
　「日本古典全書〔84〕」'67 p13
教化
　「日本歌謡集成4」'60 p5
狂言小歌集
　「日本歌謡集成5」'60 p8
琴歌譜
　「日本歌謡集成1」'60 p3
近世演劇と歌謡（井浦芳信）
　「鑑賞日本古典文学15」'77 p397
近世歌謡大概
　「日本古典全書〔87〕」'56 p3

琴線和歌の糸
　「日本歌謡集成7」'60 p15
禁中千秋万歳歌
　「日本歌謡集成5」'60 p10
空也僧鉢たゝきの歌
　「続日本歌謡集成2」'61 p29
曲乱久世舞要集
　「日本歌謡集成5」'60 p8
軍歌選
　「続日本歌謡集成5」'62 p20
訓伽陀
　「日本歌謡集成4」'60 p8
芸能からみた中世歌謡（徳江元正）
　「鑑賞日本古典文学15」'77 p337
弦曲粋弁当
　「続日本歌謡集成4」'63 p32
源氏物語と催馬楽（仲井幸二郎）
　「鑑賞日本古典文学4」'75 p406
巷歌集
　「日本歌謡集成11」'61 p4
校歌・寮歌選
　「続日本歌謡集成5」'62 p28
講式・声歌
　「日本歌謡集成4」'60 p9
「皇太神宮年中行事」所収神事歌謡
　「続日本歌謡集成1」'64 p9
小歌の環境
　「日本古典全書〔86〕」'51 p3
小歌の作者と享受者（吾郷寅之進）
　「鑑賞日本古典文学15」'77 p355
江府御船唄抄
　「続日本歌謡集成3」'61 p23
巷謡篇
　「日本歌謡集成7」'60 p16
『巷謡編』の成立とその意義（井出幸男）
　「新 日本古典文学大系62」'97 p636
幸若舞曲歌謡
　「日本歌謡集成5」'60 p8
こゑわざの悲しき（岡井隆）
　「鑑賞日本古典文学15」'77 p407
国宝本三帖和讃
　「続日本歌謡集成1」'64 p29
「古今目録抄」紙背今様
　「続日本歌謡集成1」'64 p12
古讃集
　「日本歌謡集成4」'60 p2
御祝儀御船唄
　「続日本歌謡集成3」'61 p19
古典への招待　歌謡に見る思いのさまざま（外村南都子）
　「新編日本古典文学全集42」'00 p9
小風流

日本古典文学全集・作品名綜覧　419

歌謡　　　　　　　　　解説・資料

「続日本歌謡集成2」'61 p11
催馬楽抄 天治本
　「日本歌謡集成2」'60 p2
桜草集
　「日本歌謡集成10」'61 p5
淋敷座之慰
　「日本古典全書〔87〕」'56 p21
山家鳥虫歌
　「日本歌謡集成7」'60 p16
　「日本古典全書〔87〕」'56 p36
『山家鳥虫歌』解説（真鍋昌弘）
　「新　日本古典文学大系62」'97 p592
三州設楽郡の田歌（天正の田歌）
　「続日本歌謡集成2」'61 p32
さんびか
　「続日本歌謡集成5」'62 p22
讃美歌第一編
　「続日本歌謡集成5」'62 p22
讃美歌第二編（抄）
　「続日本歌謡集成5」'62 p26
時世を謡った巷歌
　「続日本歌謡集成2」'61 p31
詩篇と儀礼（白川静）
　「鑑賞日本古典文学4」'75 p388
十二段草子
　「日本歌謡集成5」'60 p11
主要な研究書
　「日本古典全書〔86〕」'51 p24
春遊興
　「続日本歌謡集成3」'61 p30
順礼歌
　「日本歌謡集成4」'60 p10
小学唱歌集
　「続日本歌謡集成5」'62 p5
唱歌選
　「続日本歌謡集成5」'62 p8
松響閣箏話
　「日本歌謡集成8」'60 p9
常州茨城田植唄
　「続日本歌謡集成2」'61 p37
上代歌謡拾遺
　「続日本歌謡集成1」'64 p7
承徳本古謡集
　「続日本歌謡集成1」'64 p8
上るり十二段
　「日本歌謡集成5」'60 p12
初期踊歌集成
　「続日本歌謡集成4」'63 p5
諸芸能との関渉
　「日本古典全書〔86〕」'51 p16
序説（新間進一）
　「鑑賞日本古典文学15」'77 p1

序説（土橋寛）
　「鑑賞日本古典文学4」'75 p1
諸本とその系統
　「日本古典全書〔86〕」'51 p21
書名について
　「日本古典全書〔86〕」'51 p6
「志良宜集」をめぐって（金達寿）
　「鑑賞日本古典文学4」'75 p428
尋常小学唱歌（抄）
　「続日本歌謡集成5」'62 p14
新撰朗詠集
　「日本歌謡集成3」'60 p3
新大成糸の調
　「日本歌謡集成8」'60 p4
新内節正本集
　「日本歌謡集成11」'61 p4
新投節
　「日本歌謡集成7」'60 p12
新編今様集
　「続日本歌謡集成1」'64 p13
新編歌祭文集
　「日本歌謡集成8」'60 p1
　「日本歌謡集成8」'60 p1
新編教化集
　「続日本歌謡集成1」'64 p33
新編狂言歌謡集
　「続日本歌謡集成2」'61 p26
新編訓伽陀集
　「続日本歌謡集成1」'64 p34
新編田歌集
　「続日本歌謡集成1」'64 p17
新編和讃集
　「続日本歌謡集成1」'64 p22
駿河元志太郡徳山村盆踊歌
　「続日本歌謡集成4」'63 p10
青陽唱詰
　「日本歌謡集成5」'60 p10
成立事情
　「日本古典全書〔86〕」'51 p8
成立について
　「日本古典全書〔86〕」'51 p167
説経・古浄瑠璃の中に見える小歌（真鍋昌弘）
　「鑑賞日本古典文学15」'77 p387
撰要両曲巻（臼田甚五郎）
　「続日本歌謡集成2」'61 p23
箏曲考
　「日本歌謡集成8」'60 p5
総説
　「日本の文学　古典編24」'86 p3
総説（池田弥三郎）
　「鑑賞日本古典文学4」'75 p199
総説（志田延義）

420　日本古典文学全集・作品名綜覧

「鑑賞日本古典文学15」'77 p163
総説（新間進一）
　「鑑賞日本古典文学15」'77 p27
　「鑑賞日本古典文学15」'77 p271
　「鑑賞日本古典文学15」'77 p307
総説（土橋寛）
　「鑑賞日本古典文学4」'75 p11
大風流
　「続日本歌謡集成2」'61 p8
大報恩寺仏体内所現歌謡
　「続日本歌謡集成1」'64 p21
田植歌ならびに農耕神事歌謡類
　「続日本歌謡集成2」'61 p40
田植草子
　「日本歌謡集成5」'60 p5
『田植草紙』と音楽（内田るり子）
　「鑑賞日本古典文学15」'77 p375
但馬・播磨国地方ザンザカ踊歌
　「続日本歌謡集成4」'63 p18
伊達家治家記録躍歌
　「続日本歌謡集成4」'63 p5
筑前博多年始囃詞七首の内
　「続日本歌謡集成2」'61 p42
地方歌謡類
　「続日本歌謡集成2」'61 p45
中古雑唱集
　「日本歌謡集成5」'60 p13
中古の歌謡
　「日本古典全書〔86〕」'51 p165
中世歌謡とその時代（外村久江）
　「鑑賞日本古典文学15」'77 p346
中世近世歌謡概観
　「日本古典文学大系44」'59 p5
地理教育鉄道唱歌（東海道）・東京地理教育電車唱歌
　「続日本歌謡集成5」'62 p17
つくし物八種
　「日本歌謡集成7」'60 p4
津村節
　「日本歌謡集成7」'60 p8
田楽歌謡
　「日本歌謡集成5」'60 p6
天文本伊勢神楽歌
　「続日本歌謡集成1」'64 p37
多武峰延年詞章
　「続日本歌謡集成2」'61 p7
『童謡古謡』解説（真鍋昌弘）
　「新 日本古典文学大系62」'97 p650
童謡集
　「続日本歌謡集成3」'61 p29
常磐種
　「日本歌謡集成10」'61 p4

常盤友
　「日本歌謡集成9」'60 p5
読書ノート
　「鑑賞日本古典文学4」'75 p428
　「鑑賞日本古典文学15」'77 p407
内容と価値
　「日本古典全書〔86〕」'51 p169
南葵文庫旧蔵小唄打聞
　「続日本歌謡集成4」'63 p32
南京遺響
　「日本歌謡集成2」'60 p1
日本女護島
　「日本歌謡集成7」'60 p1
日本風土記の山歌
　「続日本歌謡集成2」'61 p45
はしがき（新間進一）
　「続日本歌謡集成1」'64 p1
はしがき（志田延義）
　「続日本歌謡集成2」'61 p1
はしがき（浅野建二）
　「続日本歌謡集成3」'61 p1
　「続日本歌謡集成4」'63 p1
はしがき（志田延義）
　「続日本歌謡集成5」'62 p1
花祭歌謡
　「続日本歌謡集成1」'64 p37
浜萩
　「日本歌謡集成7」'60 p14
囃し田と『田植草紙』（友久武文）
　「新 日本古典文学大系62」'97 p575
春富士都錦
　「日本歌謡集成10」'61 p4
半太夫節正本集
　「日本歌謡集成11」'61 p2
日吉七社船謡考証略解
　「日本歌謡集成5」'60 p4
肥後国阿蘇宮祭礼田歌
　「続日本歌謡集成2」'61 p39
飛騨国益田郡森八幡宮田神祭行之詞・踊歌
　「続日本歌謡集成2」'61 p36
美としての記紀歌謡（玉城徹）
　「鑑賞日本古典文学4」'75 p434
鄙廼一曲
　「続日本歌謡集成3」'61 p27
　「日本古典全書〔87〕」'56 p49
『鄙廼一曲』と近世の地方民謡（森山弘毅）
　「新 日本古典文学大系62」'97 p614
姫小松
　「日本古典全書〔87〕」'56 p31
風俗譜
　「日本歌謡集成2」'60 p5
藤のしなひ

歌謡　　　　　　解説・資料

「日本歌謡集成2」'60 p5
舞台台本「内侍所御神楽」（三隅治雄）
　「鑑賞日本古典文学4」'75 p416
伊勢音頭二見真砂
　「日本歌謡集成7」'60 p17
復刊のことば（山岸徳平）
　「校註―国歌大系1」'76 p3
仏教歌謡拾遺
　「続日本歌謡集成1」'64 p35
仏足石和歌集解
　「日本歌謡集成1」'60 p4
ふな歌
　「続日本歌謡集成3」'61 p19
船歌目録
　「続日本歌謡集成3」'61 p17
古戸田楽の歌謡と詞章
　「続日本歌謡集成2」'61 p34
編者
　「日本古典全書〔86〕」'51 p171
補遺
　「続日本歌謡集成1」'64 p40
　「日本歌謡集成4」'60 p11
本書の構成と各文献資料の解説
　「日本古典全書〔84〕」'67 p22
本朝楽府三種合解 東遊
　「日本歌謡集成2」'60 p4
十寸見声曲集
　「日本歌謡集成11」'61 p2
松江藩御船唄
　「続日本歌謡集成3」'61 p22
松の落葉
　「日本歌謡集成7」'60 p10
万葉歌集
　「続日本歌謡集成4」'63 p28
万葉歌謡集其の他の処置について
　「日本古典全書〔84〕」'67 p17
御作御船唄
　「続日本歌謡集成3」'61 p21
御船うた
　「続日本歌謡集成3」'61 p18
御船唄
　「続日本歌謡集成3」'61 p18
御船歌
　「続日本歌謡集成3」'61 p16
　「続日本歌謡集成3」'61 p20
　「続日本歌謡集成3」'61 p21
　「続日本歌謡集成3」'61 p23
御船唄稽古本
　「続日本歌謡集成3」'61 p21
御船歌集成
　「続日本歌謡集成3」'61 p7
御船歌新道中

「続日本歌謡集成3」'61 p18
御船歌枕
　「続日本歌謡集成3」'61 p15
御船唄話集
　「続日本歌謡集成3」'61 p16
宮古路月下の梅
　「日本歌謡集成10」'61 p1
都羽二重拍子扇
　「日本歌謡集成10」'61 p1
宮薗鸚鵡石
　「日本歌謡集成10」'61 p3
宮薗新曲集
　「日本歌謡集成10」'61 p4
民間生活における「かぐら」（西村亨）
　「鑑賞日本古典文学4」'75 p397
武蔵国杉山神社神寿歌
　「続日本歌謡集成2」'61 p37
武蔵国西多摩郡小河内村鹿島踊歌
　「続日本歌謡集成4」'63 p6
女里弥寿豊年蔵
　「日本歌謡集成9」'60 p1
免里弥寿
　「日本歌謡集成9」'60 p2
物語草子歌謡と小歌類
　「続日本歌謡集成2」'61 p46
「物語」と「歌謡の利用」（吉井巌）
　「鑑賞日本古典文学4」'75 p375
物語日記の歌謡
　「続日本歌謡集成1」'64 p21
大和国吉野郡大塔村篠原踊歌
　「続日本歌謡集成4」'63 p17
やまとまひ歌譜
　「日本歌謡集成2」'60 p5
唯心房集
　「日本歌謡集成2」'60 p8
遊里歌
　「日本歌謡集成8」'60 p2
幼稚園唱歌集
　「続日本歌謡集成5」'62 p7
蘭曲後撰集
　「日本歌謡集成11」'61 p1
琉歌　琉歌集『琉歌百控』の解説（外間守善）
　「新　日本古典文学大系62」'97 p658
琉球歌
　「続日本歌謡集成2」'61 p47
流行歌選
　「続日本歌謡集成5」'62 p31
隆達節小歌集成
　「日本古典全書〔87〕」'56 p12
梁塵愚案抄
　「日本歌謡集成2」'60 p3
梁塵後抄

「日本歌謡集成2」'60 p3
「梁塵秘抄」拾遺
　　「続日本歌謡集成1」'64 p10
例言
　　「校註―国歌大系1」'76 p1
例言（高野斑山）
　　「徳川文芸類聚10」'70 p1
連歌的編纂法
　　「日本古典全書〔86〕」'51 p13
多武略所伝連事
　　「続日本歌謡集成2」'61 p12
連事本（六和尚本）
　　「続日本歌謡集成2」'61 p13
朗詠九十首抄
　　「日本歌謡集成3」'60 p4
朗詠要集
　　「日本歌謡集成3」'60 p6
朗詠要抄
　　「日本歌謡集成3」'60 p5
若緑
　　「日本歌謡集成7」'60 p9
倭漢朗詠集（行成本）
　　「日本歌謡集成3」'60 p1
和漢朗詠集註
　　「日本歌謡集成3」'60 p3
和讃雑集
　　「日本歌謡集成4」'60 p9
わらべうた
　　「続日本歌謡集成2」'61 p30
【資料】
宴曲曲名索引
　　「日本歌謡集成5」'60 p501
歌謡語彙総索引
　　「日本古典評釈・全注釈叢書〔29〕」'72 p419
関係狂言歌謡一覧
　　「新潮日本古典集成〔64〕」'82 p281
漢詩文
　　「日本歌謡集成3」'60 p511
　　「日本歌謡集成3」'60 p543
曲名索引
　　「中世の文学 第1期〔17〕」'93 p360
系図
　　「日本古典評釈・全注釈叢書〔29〕」'72 p416
校異
　　「日本古典文学大系44」'59 p127
　　「日本古典文学大系44」'59 p337
校訂付記
　　「新編日本古典文学全集42」'00 p93
　　「新編日本古典文学全集42」'00 p163
　　「日本古典文学全集25」'76 p107
　　「日本古典文学全集25」'76 p165
国宝本三帖和讃補注

「続日本歌謡集成1」'64 p229
古代歌謡地図
　　「日本古典評釈・全注釈叢書〔29〕」'72 p折込み
索引
　　「中世文芸叢書6」'66 p185
　　「日本歌謡集成3」'60
山家鳥虫歌 鄙廼一曲 巷謡編 細目
　　「新 日本古典文学大系62」'97 p5
参考地図
　　「新潮日本古典集成〔64〕」'82 p286
参考文献
　　「続日本歌謡集成3」'61 p34
　　「日本古典全書〔84〕」'67 p27
参考文献（関口静雄）
　　「鑑賞日本古典文学15」'77 p424
参考文献（吉田修作）
　　「鑑賞日本古典文学4」'75 p441
さんびか首歌索引
　　「続日本歌謡集成5」'62 p364
主要語釈・事項索引
　　「日本古典評釈・全注釈叢書〔29〕」'72 p455
初句索引
　　「新潮日本古典集成〔64〕」'82 p289
新編江戸長唄集索引
　　「日本歌謡集成9」'60 p487
撰要目録
　　「日本古典文学大系44」'59 p37
宗安小歌集原文
　　「新潮日本古典集成〔64〕」'82 p271
早歌文献目録
　　「中世の文学 第1期〔17〕」'93 p348
補注
　　「日本古典文学大系44」'59 p109
　　「日本古典文学大系44」'59 p189
　　「日本古典文学大系44」'59 p240
　　「日本古典文学大系44」'59 p331
　　「日本古典文学大系44」'59 p517
補註
　　「日本古典全書〔84〕」'67 p399
和歌
　　「日本歌謡集成3」'60 p532
　　「日本歌謡集成3」'60 p560
和漢朗詠集
　　「日本歌謡集成3」'60 p541
倭漢朗詠集註
　　「日本歌謡集成3」'60 p509

河竹黙阿弥
【解説】
解説 十六夜清心（河竹登志夫）
　　「名作歌舞伎全集10」'68 p69
解説 宇都谷峠（河竹登志夫）

河竹黙阿弥

「名作歌舞伎全集10」'68 p141
解説 女書生繁（河竹登志夫）
　「名作歌舞伎全集23」'71 p217
解説 加賀鳶（河竹登志夫）
　「名作歌舞伎全集12」'70 p127
解説 髪結新三（河竹登志夫）
　「名作歌舞伎全集11」'69 p185
解説 河内山と直侍（河竹登志夫）
　「名作歌舞伎全集11」'69 p283
解説 切られお富（河竹登志夫）
　「名作歌舞伎全集23」'71 p137
解説 慶安太平記（河竹登志夫）
　「名作歌舞伎全集23」'71 p177
解説 小猿七之助（河竹登志夫）
　「名作歌舞伎全集23」'71 p35
解説 御所の五郎蔵（河竹登志夫）
　「名作歌舞伎全集11」'69 p129
解説 三人吉三（河竹登志夫）
　「名作歌舞伎全集10」'68 p13
解説 忍ぶの惣太（河竹登志夫）
　「名作歌舞伎全集23」'71 p5
解説 島ちどり（河竹登志夫）
　「名作歌舞伎全集12」'70 p297
解説 縮屋新内（河竹登志夫）
　「名作歌舞伎全集11」'69 p5
解説 魚屋宗五郎（河竹登志夫）
　「名作歌舞伎全集23」'71 p293
解説 筆売幸兵衛（河竹登志夫）
　「名作歌舞伎全集12」'70 p257
解説 弁天小僧（河竹登志夫）
　「名作歌舞伎全集11」'69 pP8
解説 村井長庵（河竹登志夫）
　「名作歌舞伎全集10」'68 p205
解説 黙阿弥のドラマトゥルギー（今尾哲也）
　「新潮日本古典集成〔82〕」'84 p491
解説 湯殿の長兵衛（河竹登志夫）
　「名作歌舞伎全集12」'70 p5
解説 四千両（河竹登志夫）
　「名作歌舞伎全集12」'70 p67
校訂について（河竹登志夫）
　「名作歌舞伎全集23」'71 p327
まえがき—黙阿弥をどう読むか（河竹登志夫）
　「名作歌舞伎全集10」'68 p3
【資料】
江戸三座芝居惣役者目録
　「新潮日本古典集成〔82〕」'84 p535
狂言作者心得書
　「新潮日本古典集成〔82〕」'84 p540
校訂について（河竹登志夫）
　「名作歌舞伎全集10」'68 p337
　「名作歌舞伎全集11」'69 p382
　「名作歌舞伎全集12」'70 p417

菅茶山
【解説】
菅茶山とその交遊（水田紀久）
　「新 日本古典文学大系66」'96 p369
【年表】
菅茶山略年譜
　「江戸詩人選集4」'90 p417
【資料】
詩題目次
　「新 日本古典文学大系66」'96 piii

閑吟集
【解説】
解説
　「新 日本古典文学大系56」'93 p503
　「新編日本古典文学全集42」'00 p387
　「新編日本古典文学全集42」'00 p509
　「日本古典文学全集25」'76 p355
閑吟集
　「日本歌謡集成5」'60 p9
『閑吟集』の中世小歌圏（真鍋昌弘）
　「新 日本古典文学大系56」'93 p571
梁塵秘抄・閑吟集—研究のながれと課題（武石彰夫）
　「鑑賞日本の古典8」'80 p510
【資料】
（閑吟集）主要語彙一覧（土井洋一）
　「新 日本古典文学大系56」'93 p482
（閑吟集）地名・固有名詞一覧（土井洋一）
　「新 日本古典文学大系56」'93 p491
校訂付記
　「新編日本古典文学全集42」'00 p507
　「日本古典文学全集25」'76 p471
初句索引
　「新編日本古典文学全集42」'00 p542
　「日本古典文学全集25」'76 p473

漢詩
【解説】
解説
　「江戸詩人選集1」'91 p345
　「江戸詩人選集2」'92 p301
　「江戸詩人選集3」'91 p337
　「江戸詩人選集4」'90 p387
　「江戸詩人選集5」'90 p349
　「江戸詩人選集6」'93 p325
　「江戸詩人選集7」'90 p341
　「江戸詩人選集8」'90 p325
　「江戸詩人選集9」'91 p307
　「江戸詩人選集10」'90 p309
　「新 日本古典文学大系53」'95 p555
　「新 日本古典文学大系65」'91 p581

解説・資料　　　　　　　　　　　　　　　　　　　　　　　　　　漢詩

「日本古典文学大系69」'64 p3
「日本古典文学大系89」'66 p5
「琉球古典叢書〔1〕」'82 p394
解説（池沢一郎）
　「江戸漢詩選2」'96 p287
解説（坂田新）
　「江戸漢詩選4」'95 p321
解説（末木文美士，堀川貴司）
　「江戸漢詩選5」'96 p307
解説（菅野礼行，徳田武）
　「新編日本古典文学全集86」'02 p535
解説（徳田武）
　「江戸漢詩選1」'96 p311
解説（福島理子）
　「江戸漢詩選3」'95 p313
祇園南海（日野龍夫）
　「江戸詩人選集3」'91 p352
漁村文話解説（清水茂）
　「新 日本古典文学大系65」'91 p649
蘐園録稿解説（日野龍夫）
　「新 日本古典文学大系64」'97 p437
五山堂詩話解説（揖斐高）
　「新 日本古典文学大系65」'91 p612
古典への招待 一紙は千金（菅野礼行）
　「新編日本古典文学全集86」'02 p15
孜孜斎詩話解説（大谷雅夫）
　「新 日本古典文学大系65」'91 p633
詩人小伝
　「日本古典文学大系69」'64 p505
抄物概説（大塚光信）
　「新 日本古典文学大系53」'95 p557
抄物で見る日本漢学の偏差値（尾崎雄二郎）
　「新 日本古典文学大系53」'95 p579
如亭詩の抒情―放浪の詩人と流れの女（揖斐高）
　「新 日本古典文学大系64」'97 p457
詩話大概（揖斐高）
　「新 日本古典文学大系65」'91 p583
絶句専家酔詩人藤井竹外（水田紀久）
　「新 日本古典文学大系64」'97 p511
読詩要領解説（清水茂）
　「新 日本古典文学大系65」'91 p588
友野霞舟について（揖斐高）
　「新 日本古典文学大系64」'97 p473
日本詩史解説（大谷雅夫）
　「新 日本古典文学大系65」'91 p596
梅墩詩鈔解説（日野龍夫）
　「新 日本古典文学大系64」'97 p493
服部南郭（山本和義）
　「江戸詩人選集3」'91 p337
付記（山本和義，横山弘）
　「江戸詩人選集3」'91 p371

夜航余話解説（揖斐高）
　「新 日本古典文学大系65」'91 p638
【年表】
秋山玉山略年譜
　「江戸詩人選集2」'92 p335
石川丈山略年譜
　「江戸詩人選集1」'91 p373
市河寛斎略年譜
　「江戸詩人選集5」'90 p383
大窪詩仏略年譜
　「江戸詩人選集5」'90 p385
大沼枕山略年譜
　「江戸詩人選集10」'90 p347
葛子琴略年譜
　「江戸詩人選集6」'93 p345
祇園南海略年譜
　「江戸詩人選集3」'91 p375
元政略年譜
　「江戸詩人選集1」'91 p375
館柳湾略年譜
　「江戸詩人選集7」'90 p378
中島棕隠略年譜
　「江戸詩人選集6」'93 p347
成島柳北略年譜
　「江戸詩人選集10」'90 p345
野村篁園略年譜
　「江戸詩人選集7」'90 p375
服部南郭略年譜
　「江戸詩人選集3」'91 p373
広瀬旭荘略年譜
　「江戸詩人選集9」'91 p342
広瀬淡窓略年譜
　「江戸詩人選集9」'91 p339
梁川星巌・張紅蘭略年譜
　「江戸詩人選集8」'90 p358
梁田蛻巌略年譜
　「江戸詩人選集2」'92 p333
六如上人略年譜
　「江戸詩人選集4」'90 p420
【資料】
漢詩索引
　「新編日本古典文学全集86」'02 p558
索引
　「新 日本古典文学大系53」'95
作者・作品一覧
　「日本古典文学大系89」'66 p471
参考文献
　「江戸漢詩選1」'96 p342
　「江戸漢詩選3」'95 p337
詩題目次
　「新 日本古典文学大系64」'97 p3
書名索引

日本古典文学全集・作品名綜覧　　425

紀貫之　　　　　　　　　解説・資料

「新 日本古典文学大系53」'95 p10
人名索引
　「新 日本古典文学大系53」'95 p2
百聯抄
　「日本古典文学大系89」'66 p463
付録
　「新 日本古典文学大系53」'95 p543
　「新 日本古典文学大系65」'91 p571
幣帚詩話附録・跋文
　「新 日本古典文学大系65」'91 p573
補注
　「日本古典文学大系69」'64 p449
　「日本古典文学大系89」'66 p385
洛陽大仏鐘之銘
　「新 日本古典文学大系53」'95 p545

【　き　】

紀貫之
【解説】
王朝時代の地方（黛弘道）
　「現代語訳 日本の古典7」'81 p149
王朝びとの旅（駒敏郎）
　「現代語訳 日本の古典7」'81 p162
解説
　「和泉古典文庫4」'87 p7
　「完訳日本の古典10」'83 p353
　「新編日本古典文学全集13」'95 p59
　「日本古典全書〔3〕」'50 p3
　「日本古典文学全集9」'73 p5
　「日本古典文学大系20」'57 p5
解説（木村正中）
　「新潮日本古典集成〔11〕」'88 p307
解説（村瀬敏夫）
　「対訳古典シリーズ〔6〕」'88 p93
解題
　「日本文学古註釈大成〔28〕」'79
香川景樹の貫之集注釈
　「和泉古典文庫4」'87 p77
歌人としての貫之
　「日本古典全書〔3〕」'50 p44
仮名書き和文の普及―土佐日記の効用
　「日本古典全書〔3〕」'50 p26
歌論書―土佐日記の主題
　「日本古典全書〔3〕」'50 p21
寛平以後の時代の様相
　「日本古典全書〔3〕」'50 p3
戯曲的性格―土佐日記の構成
　「日本古典全書〔3〕」'50 p18

紀行文学―土佐日記の素材
　「日本古典全書〔3〕」'50 p14
紀貫之
　「特選日本の古典 グラフィック版別1」'86 p57
紀貫之（萩谷朴）
　「古典日本文学全集12」'62 p354
『古今集』貫之の歌と貫之集
　「和泉古典文庫4」'87 p20
　「和泉古典文庫4」'87 p24
古今に独歩する児童文学としての『土佐日記』
（萩谷朴）
　「鑑賞日本古典文学10」'75 p403
後撰集の貫之歌
　「和泉古典文庫4」'87 p49
古典への招待『土佐日記』と『蜻蛉日記』（木村正中）
　「新編日本古典文学全集13」'95 p3
作者について
　「日本古典評釈・全注釈叢書〔1〕」'67 p433
作品について
　「日本古典評釈・全注釈叢書〔1〕」'67 p478
拾遺集の貫之歌―貫之集の和歌史的定位を目差して
　「和泉古典文庫4」'87 p64
女性の筆に擬した日記を書く 紀貫之
　「現代語訳 日本の古典11」'79 p57
総説
　「日本の文学 古典編6」'86 p229
貫之解題
　「私家集大成1」'73 p794
貫之集諸本概要
　「和泉古典文庫4」'87 p8
貫之集の基本的性格
　「和泉古典文庫4」'87 p11
貫之集の構成及び配列
　「和泉古典文庫4」'87 p12
『貫之集』恋部の詞書をめぐる問題―古今・後撰両集に関連して
　「和泉古典文庫4」'87 p38
貫之の閲歴
　「日本古典全書〔3〕」'50 p28
貫之の家系と人間形成
　「日本古典評釈・全注釈叢書〔1〕」'67 p433
貫之の功績
　「日本古典全書〔3〕」'50 p51
貫之の生涯
　「対訳古典シリーズ〔6〕」'88 p93
貫之の生涯と業績
　「日本古典評釈・全注釈叢書〔1〕」'67 p453
貫之の他の作品
　「日本古典全書〔3〕」'50 p32
土佐日記 解説（長谷川政春）

「新 日本古典文学大系24」'89 p497
『土佐日記』概説（臼田甚五郎）
　「鑑賞日本古典文学10」'75 p9
土佐日記・更級日記の世界（馬場あき子）
　「現代語訳 日本の古典7」'81 p157
土佐日記・更級日記の旅（榊原和夫）
　「現代語訳 日本の古典7」'81 p170
『土佐日記』所収歌と貫之集―土佐日記試論
　「和泉古典文庫4」'87 p53
土佐日記について
　「対訳古典シリーズ〔6〕」'88 p145
土佐日記の意識と効果
　「日本古典評釈・全注釈叢書〔1〕」'67 p502
「土佐日記」のエロチシズム
　「現代語訳 日本の古典3」'81 p27
土佐日記の研究史
　「日本古典評釈・全注釈叢書〔1〕」'67 p513
土佐日記の研究書
　「日本古典全書〔3〕」'50 p61
土佐日記の現代的意義
　「日本古典全書〔3〕」'50 p64
土佐日記の構想と手法
　「日本古典評釈・全注釈叢書〔1〕」'67 p486
土佐日記の主題
　「日本古典評釈・全注釈叢書〔1〕」'67 p481
土佐日記の成立
　「日本古典全書〔3〕」'50 p6
　「日本古典評釈・全注釈叢書〔1〕」'67 p478
土佐日記の素材と形態
　「日本古典評釈・全注釈叢書〔1〕」'67 p479
『土佐日記』の筆者（小宮豊隆）
　「古典日本文学全集8」'60 p312
土佐日記の表現と文体
　「日本古典評釈・全注釈叢書〔1〕」'67 p495
土佐日記の本文史
　「日本古典全書〔3〕」'50 p53
土佐日記本文の校訂
　「日本古典全書〔3〕」'50 p55
日記文学―土佐日記の形態
　「日本古典全書〔3〕」'50 p9
はじめに
　「和泉古典文庫4」'87 p3
　「和泉古典文庫4」'87 p11
　「日本古典評釈・全注釈叢書〔1〕」'67 p3
私の『土佐日記』と『更級日記』（竹西寛子）
　「現代語訳 日本の古典7」'81 p140
【年表】
紀貫之年譜
　「対訳古典シリーズ〔6〕」'88 p161
紀貫之略年譜
　「新潮日本古典集成〔11〕」'88 p388
　「新 日本古典文学大系24」'89 p441

【資料】
紀氏系図
　「対訳古典シリーズ〔6〕」'88 p170
校異
　「日本古典文学大系20」'57 p81
校訂付記
　「完訳日本の古典10」'83 p327
　「新編日本古典文学全集13」'95 p57
　「日本古典文学全集9」'73 p69
事項索引
　「日本古典評釈・全注釈叢書〔1〕」'67 p585
初句索引
　「和泉古典文庫4」'87 p251
　「新 日本古典文学大系24」'89 p2
図版目次
　「日本古典評釈・全注釈叢書〔1〕」'67 p600
図版目録
　「現代語訳 日本の古典7」'81 p174
単語総索引
　「日本古典評釈・全注釈叢書〔1〕」'67 p567
『貫之集』初句索引
　「新潮日本古典集成〔11〕」'88 p377
貫之集注
　「和泉古典文庫4」'87 p209
典拠一覧
　「日本古典評釈・全注釈叢書〔1〕」'67 p561
土佐日記関係地図
　「新潮日本古典集成〔11〕」'88 p390
土佐日記の旅
　「日本古典評釈・全注釈叢書〔1〕」'67 p523
土佐日記旅程図
　「対訳古典シリーズ〔6〕」'88 p172
土佐日記和歌初句索引
　「新編日本古典文学全集13」'95 p468
奈良歴史地図
　「新編日本古典文学全集13」'95 p458
付図
　「新 日本古典文学大系24」'89 p484
付録図版
　「完訳日本の古典10」'83 p368
補注（附 地名一覧・旅程図）
　「日本古典文学大系20」'57 p60
本書の校訂方針
　「和泉古典文庫4」'87 p69
旅程地図
　「完訳日本の古典10」'83 p366
和歌各句索引
　「日本古典評釈・全注釈叢書〔1〕」'67 p563
　「日本古典文学全集9」'73 p70
和歌索引
　「完訳日本の古典10」'83 p365

義経記

【解説】
解説
　「新編日本古典文学全集62」'00 p483
　「日本古典文学全集31」'71 p5
　「日本古典文学大系37」'59 p5
解説（高木卓）
　「古典日本文学全集17」'61 p357
義経記成長の時代（柳田国男）
　「古典日本文学全集17」'61 p367
『義経記』の概略（岡見正雄）
　「鑑賞日本古典文学21」'76 p299
幸若舞曲の構造（山下宏明）
　「鑑賞日本古典文学21」'76 p408
古典への招待『義経記』の読み方（利根川清）
　「新編日本古典文学全集62」'00 p5
総説
　「日本の文学 古典編35」'86 p5
総説（岡見正雄）
　「鑑賞日本古典文学21」'76 p295
太平記・曾我物語・義経記の窓
　「鑑賞日本古典文学21」'76 p341
登場人物略伝
　「日本古典文学全集31」'71 p534
義経伝説の展開（島津久基）
　「古典日本文学全集17」'61 p376
頼朝挙兵時の関東武士団（高橋伸幸）
　「鑑賞日本古典文学21」'76 p418
私と義経（尾上梅幸）
　「鑑賞日本古典文学21」'76 p442
【年表】
関係年表
　「新編日本古典文学全集62」'00 p526
『義経記』関係年表
　「日本古典文学全集31」'71 p520
【資料】
影響一覧
　「新編日本古典文学全集62」'00 p526
『義経記』影響一覧
　「日本古典文学全集31」'71 p528
義経記関係史料・文学対照表
　「日本古典文学大系37」'59 p450
系図
　「新編日本古典文学全集62」'00 p532
　「日本古典文学全集31」'71 p514
校訂付記
　「新編日本古典文学全集62」'00 p479
　「日本古典文学全集31」'71 p509
『曾我物語』『義経記』関係（徳江元正）
　「鑑賞日本古典文学21」'76 p456
地図
　「新編日本古典文学全集62」'00 p536

　「日本古典文学全集31」'71 p518
地名索引
　「新編日本古典文学全集62」'00 p564
　「日本古典文学全集31」'71 p560
登場人物略伝
　「新編日本古典文学全集62」'00 p538
付図
　「日本古典文学大系37」'59 p459
付録
　「新編日本古典文学全集62」'00 p515
　「日本古典文学全集31」'71 p513
補注
　「日本古典文学大系37」'59 p391

北村季吟

【解説】
あとがき（鈴鹿三七）
　「北村季吟著作集〔1〕」'62 p77
解説後記（鈴鹿三七）
　「北村季吟著作集〔2〕」'63 p145
解題
　「日本文学古註釈大成〔9〕」'78
　「日本文学古註釈大成〔10〕」'78
　「日本文学古註釈大成〔11〕」'78
序歌（佐佐木信綱，新村出）
　「北村季吟著作集〔1〕」'62 p3
【年表】
北村季吟伝略（樋口功）
　「日本文学古註釈大成〔9〕」'78 p巻頭

狂歌

【解説】
「うがち」の勘繰り（金子兜太）
　「鑑賞日本古典文学31」'77 p441
解説
　「新 日本古典文学大系61」'93 p561
　「日本古典文学全集42」'72 p9
　「日本古典文学全集46」'71 p435
解説〔狂歌集〕（浜田義一郎）
　「古典日本文学全集33」'61 p345
狂歌を論ず（永井荷風）
　「古典日本文学全集33」'61 p378
狂歌寸感（小中英之）
　「鑑賞日本古典文学31」'77 p449
狂歌と咄本—狂歌咄の消長（岡雅彦）
　「鑑賞日本古典文学31」'77 p420
狂歌百鬼夜狂（石川淳）
　「古典日本文学全集33」'61 p383
狂歌略史—源流から二つの撰集まで（高橋喜一，塩村耕）
　「新 日本古典文学大系61」'93 p591

職人歌合研究をめぐる一、二の問題（網野善彦）
　「新 日本古典文学大系61」'93 p580
序説（浜田義一郎）
　「鑑賞日本古典文学31」'77 p1
川柳・狂歌の窓
　「鑑賞日本古典文学31」'77 p367
川柳の作家について（大坂芳一）
　「鑑賞日本古典文学31」'77 p399
川柳の類型性（岩田秀行）
　「鑑賞日本古典文学31」'77 p388
総説（浜田義一郎）
　「鑑賞日本古典文学31」'77 p9
総説（森川昭）
　「鑑賞日本古典文学31」'77 p173
読書ノート
　「鑑賞日本古典文学31」'77 p441
文学としての『七十一番職人歌合』（岩崎佳枝）
　「新 日本古典文学大系61」'93 p563
前句付について（鈴木勝忠）
　「鑑賞日本古典文学31」'77 p369
武玉川から川柳へ（佐藤要人）
　「鑑賞日本古典文学31」'77 p379
宿屋飯盛雑考（粕谷宏紀）
　「鑑賞日本古典文学31」'77 p430
落首精神の黄昏（松田修）
　「鑑賞日本古典文学31」'77 p409
【資料】
季語別索引
　「日本古典文学全集42」'72 p621
狂歌索引
　「日本古典文学全集46」'71 p557
参考文献（中西賢治、粕谷宏紀）
　「鑑賞日本古典文学31」'77 p454
七十一番職人歌合 職種一覧
　「新 日本古典文学大系61」'93 p485
七十一番職人歌合 職種索引
　「新 日本古典文学大系61」'93 p559
出典俳書一覧
　「日本古典文学全集42」'72 p612
初句索引
　「日本古典文学全集42」'72 p626
付録
　「新 日本古典文学大系61」'93 p483
　「日本古典文学全集42」'72 p611

キリシタン文学
【解説】
天草本イソポのハブラス
　「日本古典全書〔61〕」'60 p195
イソポの伝記
　「日本古典全書〔61〕」'60 p179

イソポ物語
　「日本古典全書〔61〕」'60 p187
解説
　「日本古典全書〔60〕」'57 p3
　「日本古典全書〔61〕」'60 p5
　「日本古典全書〔61〕」'60 p177
　「日本思想大系25」'70 p513
解説（小堀桂一郎）
　「大学古典叢書7」'86 p147
教外文学
　「日本古典全書〔60〕」'57 p118
吉利支丹語学書
　「日本古典全書〔60〕」'57 p132
吉利支丹宗教文学
　「日本古典全書〔60〕」'57 p92
キリシタン宗門の伝来（海老沢有道）
　「日本思想大系25」'70 p515
キリシタン書とその思想（チースリク，H.）
　「日本思想大系25」'70 p551
吉利支丹文学
　「日本古典全書〔60〕」'57 p84
吉利支丹文学研究のあと
　「日本古典全書〔60〕」'57 p149
吉利支丹文学成立の地盤—吉利支丹布教史をたどりつつ
　「日本古典全書〔60〕」'57 p34
吉利支丹文学の意味
　「日本古典全書〔60〕」'57 p84
吉利支丹文学の思想的背景—キリスト教の成立から日本渡来まで
　「日本古典全書〔60〕」'57 p3
キリスト教教義書の歴史
　「日本古典全書〔61〕」'60 p9
キリスト教の伝播及び興隆の時代
　「日本古典全書〔60〕」'57 p37
古逸吉利支丹文学
　「日本古典全書〔60〕」'57 p128
国字本伊曾保物語の古活字版
　「日本古典全書〔61〕」'60 p208
こんてむつすむん地
　「日本古典全書〔61〕」'60 p171
最初の禁制と雌伏の時代
　「日本古典全書〔60〕」'57 p67
収載書目解題
　「日本思想大系25」'70 p607
出版者後藤宗因
　「日本古典全書〔61〕」'60 p36
序言
　「日本古典全書〔61〕」'60 p5
　「日本古典全書〔61〕」'60 p177
徳川初期における中興発展の時代
　「日本古典全書〔60〕」'57 p74

徳川幕府の迫害と宗門潜伏の時代
　「日本古典全書〔60〕」'57 p77
ドチリナ・キリシタンの諸本
　「日本古典全書〔61〕」'60 p25
ドミニコ会関係刊行書
　「日本古典全書〔60〕」'57 p142
日本におけるドチリナ・キリシタンの成立
　「日本古典全書〔61〕」'60 p18
排耶書の展開（海老沢有道）
　「日本思想大系25」'70 p593
他の教義書との関係
　「日本古典全書〔61〕」'60 p38
【資料】
吉利支丹版ローマ字仮名対照表
　「日本古典全書〔61〕」'60 p338
参考文献
　「日本思想大系25」'70 p641
補注
　「日本思想大系25」'70 p503
本語対照表
　「日本古典全書〔61〕」'60 p329
目録
　「日本古典全書〔60〕」'57 p191
洋語一覧表
　「日本思想大系25」'70 p1

近世小説
【解説】
赤小本から青本まで―出版物の側面（木村八重子）
　「新 日本古典文学大系83」'97 p601
あさましや漫筆（佐藤春夫）
　「古典日本文学全集28」'60 p330
『浮世物語』の作者了意について（野間光辰）
　「鑑賞日本古典文学26」'76 p271
絵入滑稽本について（狩野博幸）
　「鑑賞日本古典文学34」'78 p368
江戸戯作文庫 発刊にあたって（林美一）
　「江戸戯作文庫〔2〕」'84 p77
おかしな江戸の戯作者（井上ひさし）
　「鑑賞日本古典文学34」'78 p389
『伽婢子』の意義（花田富二夫）
　「新 日本古典文学大系75」'01 p493
【朧月猫の草紙】解説（林美一）
　「江戸戯作文庫〔6〕」'85 p106
折々草（高田衛）
　「新 日本古典文学大系79」'92 p627
解説
　「新 日本古典文学大系74」'91 p481
　「新 日本古典文学大系79」'92 p583
　「新 日本古典文学大系80」'92 p477
　「新 日本古典文学大系81」'90 p361
　「新 日本古典文学大系82」'98 p451
　「新 日本古典文学大系85」'90 p377
　「新編日本古典文学全集65」'00 p561
　「新編日本古典文学全集79」'99 p219
　「新編日本古典文学全集79」'99 p457
　「新編日本古典文学全集79」'99 p591
　「新編日本古典文学全集80」'00 p171
　「新編日本古典文学全集80」'00 p359
　「新編日本古典文学全集80」'00 p599
　「大学古典叢書4」'86 p189
　「日本古典全書〔100〕」'60 p3
　「日本古典全書〔101〕」'62 p3
　「日本古典文学全集37」'71 p7
　「日本古典文学全集37」'71 p321
　「日本古典文学全集46」'71 p19
　「日本古典文学全集47」'71 p17
　「日本古典文学全集47」'71 p193
　「日本古典文学全集47」'71 p373
　「日本古典文学全集48」'73 p5
　「日本古典文学大系59」'58 p7
　「日本古典文学大系59」'58 p245
　「日本古典文学大系90」'65 p3
　「日本古典文学大系91」'66 p3
解説（安藤鶴夫）
　「国民の文学17」'64 p485
解説（谷脇理史）
　「新編日本古典文学全集64」'99 p627
解説（水野稔）
　「古典日本文学全集28」'60 p311
概説
　「評釈江戸文学叢書8」'70 p3
　「評釈江戸文学叢書8」'70 p243
　「評釈江戸文学叢書8」'70 p421
　「評釈江戸文学叢書8」'70 p703
解説―近世文学における笑いについて（暉峻康隆）
　「古典日本文学全集29」'61 p409
解題
　「洒落本大成1」'78 p355
　「洒落本大成2」'78 p379
　「洒落本大成4」'79 p385
　「洒落本大成5」'79 p373
　「洒落本大成6」'79 p385
　「洒落本大成7」'80 p375
　「洒落本大成9」'80 p383
　「洒落本大成12」'81 p349
　「洒落本大成17」'82 p361
　「洒落本大成18」'83 p373
　「洒落本大成21」'84 p391
　「洒落本大成22」'84 p361
　「評釈江戸文学叢書2」'70 p1
　「評釈江戸文学叢書8」'70 p19

「評釈江戸文学叢書8」'70 p244
「評釈江戸文学叢書8」'70 p427
「評釈江戸文学叢書8」'70 p706
「評釈江戸文学叢書10」'70 p246
「評釈江戸文学叢書10」'70 p620
「評釈江戸文学叢書10」'70 p706
解題（飯倉洋一）
　「叢書江戸文庫Ⅰ-13」'88 p423
解題（板垣俊一）
　「叢書江戸文庫Ⅰ-3」'88 p415
　「叢書江戸文庫Ⅰ-5」'88 p359
解題（植谷元，神保五弥，中村幸彦，中野三敏，水野稔）
　「洒落本大成29」'88 p427
解題（岡雅彦）
　「叢書江戸文庫Ⅰ-19」'90 p411
解題（風間誠史）
　「叢書江戸文庫Ⅰ-7」'93 p325
　「叢書江戸文庫Ⅲ-42」'97 p387
解題（木越治）
　「叢書江戸文庫Ⅱ-34」'94 p331
解題（倉員正江）
　「叢書江戸文庫Ⅱ-31」'94 p329
解題（佐藤悟）
　「叢書江戸文庫Ⅰ-24」'90 p413
解題（篠原進）
　「叢書江戸文庫Ⅰ-8」'88 p359
解題（神保五弥（ほか））
　「洒落本大成19」'83 p393
　「洒落本大成20」'83 p391
　「洒落本大成23」'85 p355
　「洒落本大成24」'85 p355
　「洒落本大成25」'86 p349
　「洒落本大成26」'86 p345
　「洒落本大成27」'87 p359
　「洒落本大成28」'87 p421
解題（高木元）
　「叢書江戸文庫Ⅰ-25」'88 p391
解題（高田衛，高橋明彦）
　「叢書江戸文庫Ⅰ-26」'92 p391
解題（太刀川清）
　「叢書江戸文庫Ⅰ-2」'87 p353
　「叢書江戸文庫Ⅱ-27」'93 p355
解題（中野三敏）
　「洒落本大成3」'79 p359
　「洒落本大成16」'82 p379
　「洒落本大成補1」'88 p521
解題（浜田啓介）
　「洒落本大成8」'80 p355
　「洒落本大成10」'80 p365
解題（古井戸秀夫）
　「叢書江戸文庫Ⅰ-23」'89 p457

解題（水野稔）
　「洒落本大成14」'81 p351
解題（水野稔，中野三敏）
　「洒落本大成13」'81 p351
　「洒落本大成15」'82 p345
解題（水野稔，浜田啓介）
　「洒落本大成11」'81 p359
解題（武藤元昭）
　「叢書江戸文庫Ⅱ-36」'95 p327
解題（横山邦治，田中則雄）
　「叢書江戸文庫Ⅲ-41」'97 p491
解題（若木太一，神谷勝広，川元ひとみ）
　「叢書江戸文庫Ⅲ-46」'00 p435
仮名草子──近世初期の出版と文学（渡辺守邦）
　「新 日本古典文学大系74」'91 p483
仮名草子概説（野間光辰）
　「鑑賞日本古典文学26」'76 p133
仮名草子作者の教訓的姿勢（田中伸）
　「鑑賞日本古典文学26」'76 p330
仮名草子の意義
　「日本古典全書〔100〕」'60 p61
仮名草子の時期区分
　「日本古典全書〔100〕」'60 p19
仮名草子の範囲
　「日本古典全書〔100〕」'60 p15
仮名草子の分類
　「日本古典全書〔100〕」'60 p26
仮名草子の名称
　「日本古典全書〔100〕」'60 p3
紀行（田中善信）
　「新 日本古典文学大系79」'92 p612
喜三二の作品構造（井上隆明）
　「鑑賞日本古典文学34」'78 p340
黄表紙──短命に終わった機知の文学（宇田敏彦）
　「新 日本古典文学大系83」'97 p613
黄表紙について（中村幸彦）
　「鑑賞日本古典文学34」'78 p105
黄表紙漫言（森銑三）
　「鑑賞日本古典文学34」'78 p381
脚注おぼえがき（渡辺守邦）
　「新 日本古典文学大系75」'01 p507
近世初頭の出版の流行
　「日本古典全書〔100〕」'60 p6
草双紙の誕生と変遷（宇田敏彦）
　「新 日本古典文学大系83」'97 p593
戯作者と狂歌（延広真治）
　「鑑賞日本古典文学34」'78 p357
戯作・その伝統（小田切秀雄）
　「古典日本文学全集28」'60 p358
「戯作評判記」評判（中野三敏）
　「鑑賞日本古典文学34」'78 p311

近世小説　　　　　　　　解説・資料

滑稽本概説
　「評釈江戸文学叢書10」'70 p1
古典への招待　一休さんと浮世房（谷脇理史）
　「新編日本古典文学全集64」'99 p3
古典への招待　浮世草子の一ピーク―趣向主義の時代
　「新編日本古典文学全集65」'00 p3
古典への招待　黄表紙・川柳・狂歌の誕生の前夜（棚橋正博）
　「新編日本古典文学全集79」'99 p5
古典への招待　戯作の流れ（神保五弥）
　「新編日本古典文学全集80」'00 p3
古典への招待　文人作家について（中村幸彦）
　「新編日本古典文学全集78」'95 p5
作者と読者
　「日本古典全書〔100〕」'60 p52
作品解説
　「新 日本古典文学大系79」'92 p597
　「新 日本古典文学大系80」'92 p515
　「日本古典全書〔100〕」'60 p69
三馬と僕（渡辺一夫）
　「古典日本文学全集29」'61 p446
三馬の芝居だましい（久保田万太郎）
　「古典日本文学全集29」'61 p452
三野日記（田中善信）
　「新 日本古典文学大系79」'92 p620
洒落本・黄表紙・滑稽本の窓
　「鑑賞日本古典文学34」'78 p309
洒落本について（中村幸彦）
　「鑑賞日本古典文学34」'78 p17
序（藤井乙男）
　「評釈江戸文学叢書2」'70 p1
緒言（朝倉無声）
　「江戸時代文芸資料2」'64
緒言（朝倉無声、漆山天童）
　「江戸時代文芸資料3」'64
緒言（石川巖）
　「江戸時代文芸資料4」'64
　「江戸時代文芸資料5」'64
緒言（図書刊行会）
　「徳川文芸類聚1」'70 p5
序説（中村幸彦）
　「鑑賞日本古典文学34」'78 p1
『シリーズ江戸戯作』について（延広真治）
　「シリーズ江戸戯作〔1〕」'87 p3
総説
　「日本古典文学全集47」'71 p3
総説（浜田啓介）
　「鑑賞日本古典文学34」'78 p175
建部綾足の生涯（高田衛）
　「新 日本古典文学大系79」'92 p585
談義本略史

「新 日本古典文学大系81」'90 p363
注釈（池田弥太郎）
　「国民の文学17」'64 p474
当時の時代情勢
　「日本古典全書〔100〕」'60 p10
徳川文芸類聚序（坪内逍遙）
　「徳川文芸類聚1」'70 p1
読書ノート
　「鑑賞日本古典文学34」'78 p381
日本文学に影響を及ぼした支那小説―江戸時代を主として（長沢規矩也）
　「評釈江戸文学叢書9」'70 p1
はしがき（笹川種郎）
　「評釈江戸文学叢書8」'70 p1
はしがき（樋口慶千代）
　「評釈江戸文学叢書9」'70 p1
はしがき
　「評釈江戸文学叢書別」'70 p1
平賀源内（城福勇）
　「鑑賞日本古典文学34」'78 p330
平賀源内評伝（暉峻康隆）
　「古典日本文学全集29」'61 p430
編集のことば（水野稔、中村幸彦、神保五弥、浜田啓介、植谷元、中野三敏）
　「洒落本大成1」'78 p1
マスプロ化されたパロディー（飯沢匡）
　「鑑賞日本古典文学26」'76 p358
もう一つの修羅（花田清輝）
　「古典日本文学全集29」'61 p424
読切合巻―歌舞伎舞台の紙上への展開（小池正胤）
　「新 日本古典文学大系83」'97 p623
読本概説（樋口慶千代）
　「評釈江戸文学叢書9」'70 p1
読本大概（横山邦治）
　「新 日本古典文学大系80」'92 p479
読本と中国小説（徳田武）
　「新 日本古典文学大系80」'92 p499
略歴（麻生磯次）
　「国民の文学17」'64 p479
例言（朝倉無声）
　「江戸時代文芸資料1」'64 p1
　「徳川文芸類聚1」'70 p15
　「徳川文芸類聚2」'70 p1
　「徳川文芸類聚4」'70 p1
　「徳川文芸類聚5」'70 p1
例言（図書刊行会）
　「徳川文芸類聚3」'70 p1
蘆橘庵（肥田晧三）
　「鑑賞日本古典文学34」'78 p350
【年表】
作者対照略年譜（高田衛編）

「新編日本古典文学全集78」'95 p632
洒落本刊本写本年表
　「洒落本大成補1」'88 p573
付録 黄表紙・川柳・狂歌 作品年表
　「新編日本古典文学全集79」'99 p606
【資料】
江戸文学叢書索引
　「評釈江戸文学叢書別」'70 p1
大坂の陣関連地図
　「新 日本古典文学大系74」'91 p3
仮名草子(水田紀久)
　「鑑賞日本古典文学26」'76 p394
黄表紙題答一覧―年代別・板元別
　「日本古典文学全集46」'71 p561
狂歌索引
　「新編日本古典文学全集79」'99 p603
索引
　「叢書江戸文庫Ⅰ-4」'89 pⅠ
参考資料
　「洒落本大成11」'81 p397
　「洒落本大成13」'81 p391
　「洒落本大成22」'84 p399
　「洒落本大成26」'86 p395
参考文献
　「日本古典全書〔100〕」'60 p95
　「日本古典全書〔101〕」'62 p22
参考文献(中山右尚)
　「鑑賞日本古典文学34」'78 p405
洒落本書名索引
　「洒落本大成補1」'88 p657
人名索引
　「新 日本古典文学大系79」'92 p2
剪灯新話句解(影印)
　「新 日本古典文学大系75」'01 p401
川柳索引
　「新編日本古典文学全集79」'99 p471
地図「深川七場所」「新吉原」
　「新 日本古典文学大系85」'90 p374
地名索引
　「新 日本古典文学大系79」'92 p11
登場地名一覧地図(京都・江戸・大坂)
　「新編日本古典文学全集65」'00 p591
付図
　「新 日本古典文学大系74」'91
付録
　「新 日本古典文学大系81」'90 p333
　「新 日本古典文学大系85」'90 p363
　「新編日本古典文学全集65」'00 p591
　「日本古典文学全集37」'71 p571
附録
　「日本古典文学大系91」'66 p535
補注

「大学古典叢書4」'86 p110
「日本古典文学大系59」'58 p241
「日本古典文学大系59」'58 p466
「日本古典文学大系90」'65 p475
「日本古典文学大系91」'66 p515
「都風俗鑑」関連風俗付図
　「新 日本古典文学大系74」'91 p479
役者名義合巻作品目録
　「叢書江戸文庫Ⅰ-24」'90 p434

金葉和歌集
【解説】
『金葉和歌集』解説(川村晃生,柏木由夫)
　「新 日本古典文学大系9」'89 p429
出典歌合・百首歌解説
　「新 日本古典文学大系9」'89 p420
【資料】
初句索引
　「新 日本古典文学大系9」'89 p2
人名索引
　「新 日本古典文学大系9」'89 p12
他出一覧
　「新 日本古典文学大系9」'89 p389
地名索引
　「新 日本古典文学大系9」'89 p37

【く】

空海
【解説】
解説
　「日本古典文学大系71」'65 p13
　「日本思想大系5」'75 p403
空海をめぐる人物略伝
　「日本古典文学大系71」'65 p573
空海の生涯と思想(川崎庸之)
　「日本思想大系5」'75 p405
『十住心論』の底本及び訓読について(大野晋)
　「日本思想大系5」'75 p437
文学上に於ける弘法大師(幸田露伴)
　「古典日本文学全集15」'61 p378
【年表】
性霊集作品略年譜
　「日本古典文学大系71」'65 p589
略年譜
　「日本思想大系5」'75 p443
【資料】
『詠十喩詩』出典一覧表
　「日本古典文学大系71」'65 p553

軍記物語　　　　　　　　　解説・資料

三教指帰
　　「日本古典文学大系71」'65 p473
三教指帰引用・関係文献目録
　　「日本古典文学大系71」'65 p550
三教指帰・聾瞽指帰校異
　　「日本古典文学大系71」'65 p544
性霊集
　　「日本古典文学大系71」'65 p493
性霊集引用・関係文献目録
　　「日本古典文学大系71」'65 p568
性霊集校異
　　「日本古典文学大系71」'65 p565
性霊集醍醐本・高野板目次互照表
　　「日本古典文学大系71」'65 p557
補注
　　「日本古典文学大系71」'65 p473
　　「日本思想大系5」'75 p395
聾瞽指帰・三教指帰対照表
　　「日本古典文学大系71」'65 p542

軍記物語
【解説】
あとがき
　　「和泉古典文庫5」'90 p197
「院政期」の表象（黒田俊雄）
　　「鑑賞日本古典文学16」'76 p371
解説
　　「新編日本古典文学全集41」'02 p98
　　「新編日本古典文学全集41」'02 p185
　　「新編日本古典文学全集41」'02 p567
解題
　　「和泉古典文庫5」'90 p163
古典への招待 軍記物語の評価（信太周）
　　「新編日本古典文学全集41」'02 p7
説話文学から軍記物語へ（池上洵一）
　　「鑑賞日本古典文学16」'76 p383
読書ノート
　　「鑑賞日本古典文学16」'76 p451
【年表】
年表
　　「新編日本古典文学全集41」'02 p596
【資料】
系図
　　「鑑賞日本古典文学16」'76 p359
　　「新編日本古典文学全集41」'02 p622
参考文献（正木信一）
　　「鑑賞日本古典文学16」'76 p466
『将門記』『陸奥話記』人名索引
　　「新編日本古典文学全集41」'02 p646
人名索引
　　「和泉古典文庫5」'90 p166
地図・大内裏図

　　「新編日本古典文学全集41」'02 p628
難読語一覧
　　「和泉古典文庫5」'90 p179
付図
　　「鑑賞日本古典文学16」'76 p365
付録
　　「新編日本古典文学全集41」'02 p595

【け】

源信
【解説】
『往生要集』の思想史的意義
　　「日本思想大系6」'70 p427
『往生要集』の諸本
　　「日本思想大系6」'70 p496
解説
　　「日本思想大系6」'70 p425
【年表】
源信略年譜
　　「日本思想大系6」'70 p499
【資料】
参考文献
　　「日本思想大系6」'70 p498
補注
　　「日本思想大系6」'70 p407

源平盛衰記
【解説】
解説 源平盛衰記の伝本について
　　「中世の文学 第1期〔18〕」'93 p280
【資料】
源平盛衰記諸本の記事対照表
　　「中世の文学 第1期〔21〕」'94 p237
源平盛衰記と諸本の記事対照表
　　「中世の文学 第1期〔15〕」'91 p239
　　「中世の文学 第1期〔18〕」'93 p269
　　「中世の文学 第1期〔19〕」'94 p329
　　「中世の文学 第1期〔25〕」'01 p351
校異
　　「中世の文学 第1期〔15〕」'91 p234
　　「中世の文学 第1期〔18〕」'93 p224
　　「中世の文学 第1期〔19〕」'94 p231
　　「中世の文学 第1期〔21〕」'94 p203
　　「中世の文学 第1期〔25〕」'01 p257
参考資料
　　「中世の文学 第1期〔15〕」'91 p251
文書類の訓読文
　　「中世の文学 第1期〔15〕」'91 p223

「中世の文学 第1期〔18〕」'93 p221
「中世の文学 第1期〔19〕」'94 p222
「中世の文学 第1期〔21〕」'94 p195
「中世の文学 第1期〔25〕」'01 p251
補注
　「中世の文学 第1期〔18〕」'93 p229
　「中世の文学 第1期〔19〕」'94 p237
　「中世の文学 第1期〔21〕」'94 p207
　「中世の文学 第1期〔25〕」'01 p265

建礼門院右京大夫
【解説】
右京大夫解題
　「私家集大成3」'74 p796
解説
　「鑑賞日本の古典12」'81 p7
　「新編日本古典文学全集47」'99 p165
解説 恋と追憶のモノローグ（糸賀きみ江）
　「新潮日本古典集成〔47〕」'79 p171
建礼門院右京大夫集（安東守仁）
　「鑑賞日本の古典12」'81 p367
総説
　「日本の文学 古典編18」'86 p217
【年表】
『建礼門院右京大夫集』関係年表
　「鑑賞日本の古典12」'81 p383
建礼門院右京大夫集年表
　「新編日本古典文学全集47」'99 p565
【資料】
京都周辺地図
　「鑑賞日本の古典12」'81 p392
建礼門院右京大夫集人名・地名索引
　「新編日本古典文学全集47」'99 p593
初句索引
　「新編日本古典文学全集47」'99 p598
人名一覧
　「新潮日本古典集成〔47〕」'79 p213
勅撰集入集歌
　「新潮日本古典集成〔47〕」'79 p219

【こ】

古今和歌集
【解説】
多く愛に弄ばれ
　「現代語訳 日本の古典3」'81 p61
解説
　「完訳日本の古典9」'83 p617
　「新 日本古典文学大系5」'89 p455
　「新編日本古典文学全集11」'94 p513
　「全対訳日本古典新書〔7〕」'80 p452
　「日本古典全書〔67〕」'48 p3
　「日本古典文学全集7」'71 p5
　「日本古典文学大系8」'58 p3
解説（窪田章一郎）
　「国民の文学9」'64 p459
　「古典日本文学全集12」'62 p315
解説（小町谷照彦）
　「対訳古典シリーズ〔5〕」'88 p327
解説 古今集のめざしたもの
　「新潮日本古典集成〔10〕」'78 p389
解題
　「日本文学古註釈大成〔21〕」'78
仮名序の思想
　「現代語訳 日本の古典3」'81 p10
古今集と貫之
　「日本古典全書〔67〕」'48 p26
古今集の歌の周辺（小島憲之）
　「鑑賞日本古典文学7」'75 p398
古今集の植物について（前川文夫）
　「鑑賞日本古典文学7」'75 p419
古今集の美しさ（青木生子）
　「鑑賞日本古典文学7」'75 p409
古今集論（佐佐木信綱）
　「古典日本文学全集12」'62 p335
古今のこころ
　「日本古典全書〔67〕」'48 p22
古今のことば
　「日本古典全書〔67〕」'48 p17
古今の調べ
　「日本古典全書〔67〕」'48 p16
古今和歌集概説（窪田空穂）
　「古典日本文学全集12」'62 p341
古典への招待『古今和歌集』を読む人のために
　「新編日本古典文学全集11」'94 p5
作者略伝
　「完訳日本の古典9」'83 p636
　「新編日本古典文学全集11」'94 p552
　「日本古典文学全集7」'71 p500
参考文献
　「日本古典全書〔67〕」'48 p29
初句索引
　「国民の文学9」'64 p467
総説
　「日本の文学 古典編7」'86 p3
素材「冬月」をめぐって―新古今集の特色（安瀬原悦子）
　「中世文芸叢書別3」'73 p137
その成立
　「日本古典全書〔67〕」'48 p11
伝本

古今和歌集

「日本古典全書〔67〕」'48 p13
はじめに
　「全対訳日本古典新書〔7〕」'80 p3
文化の流れ
　「日本古典全書〔67〕」'48 p3
望郷の思いはやまず
　「現代語訳 日本の古典3」'81 p46
名称と組織
　「日本古典全書〔67〕」'48 p8
「物」に即して詠む機知
　「現代語訳 日本の古典3」'81 p33
和歌史
　「日本古典全書〔67〕」'48 p6
【年表】
年表
　「新編日本古典文学全集11」'94 p568
　「日本古典文学全集7」'71 p516
【資料】
歌合
　「日本古典文学全集7」'71 p540
歌合 校訂付記
　「日本古典文学全集7」'71 p497
歌合出典一覧
　「対訳古典シリーズ〔5〕」'88 p346
歌語索引
　「対訳古典シリーズ〔5〕」'88 p373
系図
　「新編日本古典文学全集11」'94 p560
　「日本古典文学全集7」'71 p510
校異
　「日本古典文学大系8」'58 p345
校訂付記
　「完訳日本の古典9」'83 p615
　「新潮日本古典集成〔10〕」'78 p412
　「新編日本古典文学全集11」'94 p431
　「対訳古典シリーズ〔5〕」'88 p301
　「日本古典文学全集7」'71 p421
古今和歌集
　「日本古典文学全集7」'71 p526
　「有精堂校注叢書〔1〕」'86 p149
古今和歌集注釈書目録
　「新 日本古典文学大系5」'89 p440
索引
　「古典日本文学全集12」'62 p393
作者索引
　「日本古典文学大系8」'58 p352
　「日本の文学 古典編7」'86 p363
作者別索引
　「新潮日本古典集成〔10〕」'78 p416
作者名索引（付作者解説）
　「全対訳日本古典新書〔7〕」'80 p468
作者略伝・作者名索引

「対訳古典シリーズ〔5〕」'88 p347
参考文献
　「対訳古典シリーズ〔5〕」'88 p342
初句索引
　「完訳日本の古典9」'83 p644
　「新潮日本古典集成〔10〕」'78 p421
　「新 日本古典文学大系5」'89 p2
　「対訳古典シリーズ〔5〕」'88 p394
　「日本古典文学全集7」'71 p526
　「日本の文学 古典編7」'86 p355
初句索引（古今和歌集歌合）
　「新編日本古典文学全集11」'94 p590
序注
　「新 日本古典文学大系5」'89 p373
新古今集
　「全対訳日本古典新書〔15〕」'77 p80
新選万葉集序
　「新 日本古典文学大系5」'89 p364
人名索引
　「新 日本古典文学大系5」'89 p12
地名索引
　「新 日本古典文学大系5」'89 p23
　「対訳古典シリーズ〔5〕」'88 p362
地名地図
　「新編日本古典文学全集11」'94 p566
派生歌一覧
　「新 日本古典文学大系5」'89 p422
付図「延喜式」による行政区分および京からの行程
　「新 日本古典文学大系5」'89 p32
付録
　「新 日本古典文学大系5」'89 p363
　「新編日本古典文学全集11」'94 p551
　「日本古典文学全集7」'71 p499
補注
　「対訳古典シリーズ〔5〕」'88 p303
和歌各句索引
　「全対訳日本古典新書〔7〕」'80 p485

古今著聞集
【解説】
解説
　「日本古典文学大系84」'66 p3
解説（西尾光一）
　「新潮日本古典集成〔48〕」'83 p473
　「新潮日本古典集成〔49〕」'86 p421
序説（西尾光一）
　「鑑賞日本古典文学23」'77 p1
総説（西尾光一）
　「鑑賞日本古典文学23」'77 p9
【資料】
古今著聞集標目

「日本古典文学大系84」'66 p613
主要原漢文
　「新潮日本古典集成〔48〕」'83 p519
　「新潮日本古典集成〔49〕」'86 p465
人名・神仏名索引
　「新潮日本古典集成〔49〕」'86 p467
図録
　「新潮日本古典集成〔48〕」'83 p524
補注
　「日本古典文学大系84」'66 p547

五山文学
【解説】
あとがき（凡例に代えて）
　「五山文学全集別1」'73 p87
惟肖得巌集解題
　「五山文学新集2」'68 p1279
一曇聖瑞集解題
　「五山文学新集4」'70 p1197
一峰通玄集解題
　「五山文学新集5」'71 p1301
解説
　「新 日本古典文学大系48」'90 p317
解題
　「五山文学新集1」'67 p987
　「五山文学新集別2」'81 p659
季弘大叔集解題
　「五山文学新集6」'72 p1075
希世霊彦集解題
　「五山文学新集2」'68 p1253
鏡堂覚円集解題
　「五山文学新集6」'72 p1101
乾峰士曇集解題
　「五山文学新集別1」'77 p1141
彦龍周興集解題
　「五山文学新集4」'70 p1281
江西龍派集解題
　「五山文学新集別1」'77 p1123
五山の詩を読むために
　「新 日本古典文学大系48」'90 p319
五山文学小史（上村観光，長田偶得）
　「五山文学全集別1」'73 p1
在庵普在弟子某僧集解題
　「五山文学新集4」'70 p1263
詩軸集成解題
　「五山文学新集別1」'77 p1177
秋澗道泉集解題
　「五山文学新集6」'72 p1043
序（玉村竹二）
　「五山文学新集1」'67 p3
　「五山文学新集2」'68 p3
　「五山文学新集3」'69 p3

「五山文学新集4」'70 p3
「五山文学新集5」'71 p3
「五山文学新集6」'72 p3
「五山文学新集別1」'77 p3
「五山文学新集別2」'81 p3
邵庵全雍集解題
　「五山文学新集3」'69 p987
心田清播集解題
　「五山文学新集別1」'77 p1153
瑞渓周鳳集解題
　「五山文学新集5」'71 p1283
雪村友梅集解題
　「五山文学新集3」'69 p1001
禅林文芸史譚（上村観光）
　「五山文学全集別1」'73 p799
中巌円月集解題
　「五山文学新集4」'70 p1205
天隠龍沢集解題
　「五山文学新集5」'71 p1315
天境霊致集解題
　「五山文学新集3」'69 p943
東沼周巌集解題
　「五山文学新集3」'69 p975
南江宗沅集解題
　「五山文学新集6」'72 p1055
白鴎の辞―五山文学の詩想についての一考察
　（中川徳之助）
　「中世文芸叢書別3」'73 p216
跋（玉村竹二）
　「五山文学新集6」'72 p1295
　「五山文学新集別2」'81 p729
万里集九集解題
　「五山文学新集6」'72 p1139
補遺解題
　「五山文学新集6」'72 p1271
正宗龍統集解題
　「五山文学新集4」'70 p1169
無象静照集解題
　「五山文学新集6」'72 p1113
友山士偲集解題
　「五山文学新集2」'68 p1239
横川景三略伝
　「五山文学新集1」'67 p1025
蘭坡景茝集解題
　「五山文学新集5」'71 p1235
龍山徳見集解題
　「五山文学新集3」'69 p955
【年表】
上村観光居士の五山文学研究史上の地位及び
　その略歴
　「五山文学全集別1」'73 p1
五山詩僧伝（上村観光）

古事記　　解説・資料

「五山文学全集別1」'73 p303
五山文学者年表
　「五山文学全集別1」'73 p271
【資料】
上村観光氏著述・論文目録
　「五山文学全集別1」'73 p51
諡号
　「五山文学全集別1」'73 p777
収録作品一覧
　「新 日本古典文学大系48」'90 piii
撰述書目
　「五山文学全集別1」'73 p763
日本禅林諸師賜号
　「五山文学全集別1」'73 p263
日本禅林諸師別称並室名地名
　「五山文学全集別1」'73 p255
日本禅林撰述書目
　「五山文学全集別1」'73 p245
別巻所見禅僧名索引
　「五山文学全集別1」'73 p77
別称並室号
　「五山文学全集別1」'73 p745
横川景三関係宗派図
　「五山文学新集1」'67 p1037

古事記
【解説】
糸を吐く女（伊藤清司）
　「鑑賞日本古典文学1」'78 p344
解説
　「鑑賞日本の古典1」'81 p21
　「完訳日本の古典1」'83 p349
　「新潮日本古典集成〔1〕」'79 p273
　「新編日本古典文学全集1」'97 p401
　「日本古典全書〔30〕」'62 p3
　「日本古典全書〔31〕」'63 p1
　「日本古典文学全集1」'73 p9
　「日本古典文学全集1」'73 p371
　「日本古典文学大系1」'58 p9
　「日本古典文学大系1」'58 p367
　「日本思想大系1」'82 p603
解説（倉野憲司）
　「古典日本文学全集1」'60 p287
解説（山本健吉）
　「国民の文学1」'64 p445
神々の祭り（梅原猛）
　「現代語訳 日本の古典1」'80 p145
記紀成立の歴史心理的基盤（肥後和男）
　「古典日本文学全集1」'60 p368
後記
　「日本思想大系1」'82 p693
校訂
　「日本古典全書〔30〕」'62 p84
古事記
　「校註日本文芸新篇〔4〕」'50 p89
古事記歌通釈
　「日本歌謡集成1」'60 p1
古事記訓読について（小林芳規）
　「日本思想大系1」'82 p649
『古事記』と古代史（原島礼二）
　「鑑賞日本古典文学1」'78 p317
『古事記』についての疑い（邦光史郎）
　「鑑賞日本古典文学1」'78 p365
古事記に学ぶ（梅原猛）
　「現代語訳 日本の古典1」'80 p157
古事記の「御年」
　「日本古典全書〔31〕」'63 p20
古事記の歌謡詞章を中心として（以下、太田）
　「日本古典全書〔31〕」'63 p29
古事記の歌謡詞章について
　「日本古典全書〔30〕」'62 p42
古事記の芸術的価値（和辻哲郎）
　「古典日本文学全集1」'60 p306
『古事記』の芸能史的理解（池田弥三郎）
　「鑑賞日本古典文学1」'78 p335
『古事記』の系譜伝承（前川明久）
　「鑑賞日本古典文学1」'78 p326
古事記の研究史について
　「日本古典全書〔30〕」'62 p61
古事記の神話・伝説について
　「日本古典全書〔30〕」'62 p25
古事記の成立について
　「日本古典全書〔30〕」'62 p3
『古事記』の説話（三谷栄一）
　「鑑賞日本古典文学1」'78 p303
古事記の旅（百瀬明治）
　「現代語訳 日本の古典1」'80 p182
古事記の伝説（以上、神田）
　「日本古典全書〔31〕」'63 p21
古事記の崩年干支と年表
　「日本古典全書〔31〕」'63 p13
古事記の窓
　「鑑賞日本古典文学1」'78 p357
古事記謡歌註
　「日本歌謡集成1」'60 p2
古代歌謡（小島憲之）
　「古典日本文学全集1」'60 p355
古典への招待『古事記』をよむ—軽太子・軽大郎女の物語
　「新編日本古典文学全集1」'97 p5
私見古事記（邦光史郎）
　「特選日本の古典 グラフィック版1」'86 p109
詩の始原としての神の名（足立巻一）
　「鑑賞日本古典文学1」'78 p357

438　日本古典文学全集・作品名綜覧

序（青木和夫，小林芳規）
　　「日本思想大系1」'82 p10
序説（上田正昭）
　　「鑑賞日本古典文学1」'78 p1
神武天皇の時代
　　「日本古典全書〔31〕」'63 p3
神名の釈義 付索引
　　「新潮日本古典集成〔1〕」'79 p319
神話について（武田泰淳）
　　「古典日本文学全集1」'60 p337
総説
　　「日本の文学 古典編1」'87 p5
総説（上田正昭）
　　「鑑賞日本古典文学1」'78 p9
大蛇退治、剣、玉（吉井巌）
　　「鑑賞日本古典文学1」'78 p293
同訓異字一覧
　　「日本思想大系1」'82 p555S
読書ノート
　　「鑑賞日本古典文学1」'78 p357
日本書紀の潤色と紀年の虚構
　　「日本古典全書〔31〕」'63 p7
日本神話と歴史―出雲系神話の背景（石母田正）
　　「日本思想大系1」'82 p605
碑田阿礼（柳田国男）
　　「古典日本文学全集1」'60 p321
妣が国へ・常世へ（折口信夫）
　　「古典日本文学全集1」'60 p315
ひるは雲とゐ（阪倉篤義）
　　「鑑賞日本古典文学1」'78 p284
文体
　　「日本古典全書〔30〕」'62 p103
倭建命と浪漫精神（高木市之助）
　　「古典日本文学全集1」'60 p330
読みくだし
　　「日本古典全書〔30〕」'62 p155
類義字一覧
　　「日本思想大系1」'82 p533S
私なりの『古事記』（小島憲之）
　　「鑑賞日本古典文学1」'78 p273
【年表】
『古事記』『風土記』『日本霊異記』関係略年表
　　「鑑賞日本の古典1」'81 p368
【資料】
神代・歴代天皇系図
　　「新編日本古典文学全集1」'97 p438
歌謡略注
　　「国民の文学1」'64 p431
訓読補注
　　「日本思想大系1」'82 p477
校異

「日本思想大系1」'82 p585
校異補記
　　「日本古典全書〔30〕」'62 p297
考異補記
　　「日本古典全書〔31〕」'63 p346
校訂付記
　　「新編日本古典文学全集1」'97 p386
　　「日本古典文学全集1」'73 p355
　　「日本古典文学全集1」'73 p511
参考地図
　　「新編日本古典文学全集1」'97 p442
参考文献
　　「日本古典全書〔30〕」'62 p160
参考文献（森田光広）
　　「鑑賞日本古典文学1」'78 p372
主要人物事典
　　「特選日本の古典 グラフィック版1」'86 p162
神名・人名索引
　　「新編日本古典文学全集1」'97 p462
図版目録
　　「現代語訳 日本の古典1」'80 p186
　　「特選日本の古典 グラフィック版1」'86 p166
地図―古事記のふるさと
　　「特選日本の古典 グラフィック版1」'86 p164
地名索引
　　「新編日本古典文学全集1」'97 p452
付録
　　「新編日本古典文学全集1」'97 p437
補注
　　「日本古典文学大系1」'58 p344
　　「日本思想大系1」'82 p305
補註
　　「日本古典全書〔30〕」'62 p294
　　「日本古典全書〔31〕」'63 p304

後拾遺和歌集
【解説】
解説
　　「新 日本古典文学大系8」'94 p409
後拾遺和歌集と女歌人
　　「作者別時代別―女人和歌大系4」'72 p251
【資料】
『後拾遺和歌集』異本歌
　　「新 日本古典文学大系8」'94 p401
後拾遺和歌抄目録序
　　「新 日本古典文学大系8」'94 p404
索引
　　「新 日本古典文学大系8」'94
初句索引
　　「新 日本古典文学大系8」'94 p2
人名索引
　　「新 日本古典文学大系8」'94 p13

地名索引
　「新 日本古典文学大系8」'94 p62
付録
　「新 日本古典文学大系8」'94 p399

後撰和歌集
【解説】
解説（片桐洋一）
　「新 日本古典文学大系6」'90 p471
後撰集の物語性（高橋正治）
　「鑑賞日本古典文学7」'75 p428
【資料】
歌枕・地名索引
　「新 日本古典文学大系6」'90 p35
索引
　「新 日本古典文学大系6」'90
作者名・詞書人名索引
　「新 日本古典文学大系6」'90 p15
初句索引
　「新 日本古典文学大系6」'90 p2
他出一覧
　「新 日本古典文学大系6」'90 p451
底本書入行成本校異一覧
　「新 日本古典文学大系6」'90 p444
底本書入定家勘物一覧
　「新 日本古典文学大系6」'90 p437
付録
　「新 日本古典文学大系6」'90 p435

小林一茶
【解説】
一茶研究の栞
　「日本古典全書〔83〕」'53 p23
一茶・成美・一瓢（遠藤誠治）
　「鑑賞日本古典文学32」'76 p463
一茶調の背景（鈴木勝忠）
　「鑑賞日本古典文学32」'76 p454
一茶と風土（金子兜太）
　「鑑賞日本古典文学32」'76 p445
一茶の生涯（島崎藤村）
　「古典日本文学全集32」'60 p402
一茶の生涯と作風（栗山理一）
　「鑑賞日本古典文学32」'76 p229
一茶の伝記
　「日本古典全書〔83〕」'53 p2
一茶の俳風
　「日本古典全書〔83〕」'53 p9
一茶の晩年（相馬御風）
　「古典日本文学全集32」'60 p398
解説
　「一茶全集1」'79 p5
　「一茶全集2」'77 p5
　「一茶全集3」'76 p5
　「一茶全集4」'77 p5
　「一茶全集5」'78 p5
　「一茶全集6」'76 p5
　「一茶全集8」'78 p5
　「一茶全集別1」'78 p5
　「完訳日本の古典58」'83 p375
　「日本古典全書〔83〕」'53 p1
　「日本古典文学大系58」'59 p301
解説（栗山理一）
　「古典日本文学全集32」'60 p359
解説（小林計一郎）
　「一茶全集7」'77 p5
郷土の根について（水上勉）
　「鑑賞日本古典文学32」'76 p483
作品解題
　「日本古典全書〔83〕」'53 p42
序説（栗山理一）
　「鑑賞日本古典文学32」'76 p1
総説
　「日本の文学 古典編43」'86 p203
読書ノート
　「鑑賞日本古典文学32」'76 p473
成美・一茶交際の一面（藤沢周平）
　「鑑賞日本古典文学33」'77 p443
芭蕉・蕪村・一茶（山下一海）
　「鑑賞日本古典文学32」'76 p397
蕪村・一茶の窓
　「鑑賞日本古典文学32」'76 p395
蕪村と一茶（臼井吉見）
　「古典日本文学全集32」'60 p406
【年表】
一茶略年譜
　「完訳日本の古典58」'83 p387
　「日本古典全書〔83〕」'53 p47
　「日本の文学 古典編43」'86 p315
一茶略年譜（前田利治）
　「鑑賞日本古典文学32」'76 p509
小林一茶年譜
　「一茶全集別1」'78 p13
【資料】
一茶翁終焉記
　「一茶全集別1」'78 p51
一茶集
　「日本の文学 古典編43」'86 p327
一茶集 初句索引
　「完訳日本の古典58」'83 p400
一茶発句初句索引
　「鑑賞日本古典文学32」'76 p517
季題索引
　「一茶全集1」'79 p749
句歌索引

「一茶全集6」'76 p479
研究文献目録
　「一茶全集別1」'78 p93
索引
　「一茶全集2」'77 p589
　「一茶全集5」'78 p563
　「一茶全集6」'76 p477
　「一茶全集7」'77 p587
　「一茶全集8」'78 p614
　「一茶全集別1」'78 p395
　「一茶全集〔索引〕」'94 p23
　「古典日本文学全集32」'60 p413
索引(句歌)
　「一茶全集3」'76 p575
　「一茶全集4」'77 p585
雑編
　「一茶全集別1」'78 p57
参考文献(前田利治)
　「鑑賞日本古典文学32」'76 p495
出典書目
　「一茶全集1」'79 p11
書簡索引
　「一茶全集6」'76 p489
初句索引
　「日本の文学 古典編43」'86
資料
　「一茶全集別1」'78 p11
新出句一覧
　「一茶全集〔索引〕」'94 p11
補注
　「日本古典文学大系58」'59 p530
発句索引
　「一茶全集5」'78 p565
連句索引
　「一茶全集5」'78 p574

今昔物語集
【解説】
宇治大納言源隆国
　「日本古典全書〔51〕」'53 p74
宇治の山房
　「日本古典全書〔51〕」'53 p106
解説
　「完訳日本の古典30」'86 p369
　「完訳日本の古典31」'86 p495
　「完訳日本の古典32」'87 p435
　「完訳日本の古典33」'88 p267
　「大学古典叢書2」'89 p125
　「日本古典全書〔51〕」'53 p3
　「日本古典全書〔52〕」'53 p3
　「日本古典文学全集21」'71 p9
　「日本古典文学全集22」'92 p11
　「日本古典文学全集23」'74 p9
　「日本古典文学全集24」'76 p9
　「日本古典文学大系22」'59 p3
　「日本古典文学大系23」'60 p2
　「日本古典文学大系24」'61 p2
　「日本古典文学大系25」'62 p2
　「日本古典文学大系26」'63 p2
解説(池上洵一)
　「新 日本古典文学大系35」'93 p573
解説(桑原武夫)
　「国民の文学8」'64 p435
解説(小峯和明)
　「新 日本古典文学大系34」'99 p383
　「新 日本古典文学大系36」'94 p543
解説(今野達)
　「新 日本古典文学大系33」'99 p513
解説(武石彰夫)
　「対訳古典シリーズ〔11〕」'88 p473
　「対訳古典シリーズ〔12〕」'88 p419
　「対訳古典シリーズ〔13〕」'88 p535
　「対訳古典シリーズ〔14〕」'88 p633
解説(長野甞一)
　「古典日本文学全集10」'60 p363
解説(馬淵和夫)
　「新編日本古典文学全集35」'99 p525
解説(稲垣泰一)
　「新編日本古典文学全集36」'00 p587
　「新編日本古典文学全集38」'02 p583
解説(馬淵和夫)
　「新編日本古典文学全集37」'01 p579
解説今昔物語集の誕生(本田義憲)
　「新潮日本古典集成〔32〕」'78 p273
解説「辺境」説話の説(本田義憲)
　「新潮日本古典集成〔33〕」'79 p227
構成
　「日本古典全書〔51〕」'53 p20
古典への招待 説話の断面—貧困と欲望と(馬淵和夫)
　「新編日本古典文学全集36」'00 p11
古典への招待 橘と柑子の話(稲垣泰一)
　「新編日本古典文学全集37」'01 p9
古典への招待 物語・説話と説話文学(国東文麿)
　「新編日本古典文学全集35」'99 p9
今昔物語(小島政二郎)
　「古典日本文学全集10」'60 p381
今昔物語集
　「校註日本文芸新篇〔4〕」'50 p92
今昔物語集(篠原昭二)
　「鑑賞日本の古典8」'80 p504
今昔物語集・宇治拾遺物語の窓
　「鑑賞日本古典文学13」'76 p377
『今昔物語集』天竺部の方法(小林保治)

今昔物語集

「鑑賞日本古典文学13」'76 p413
「今昔物語集」の時代背景（山田英雄）
　「古典日本文学全集10」'60 p422
今昔物語集の編纂と本朝篇世俗部（森正人）
　「新 日本古典文学大系37」'96 p519
「今昔物語」について（芥川竜之介）
　「古典日本文学全集10」'60 p377
今昔物語の女たち（安西篤子）
　「現代語訳 日本の古典8」'80 p164
「今昔物語」の世界（池上洵一）
　「現代語訳 日本の古典8」'80 p157
「今昔物語」の世界（福永武彦）
　「古典日本文学全集10」'60 p412
今昔物語の発見
　「日本古典全書〔51〕」'53 p3
今昔物語ゆかりの旅（高野澄）
　「現代語訳 日本の古典8」'80 p172
作者と成立年代
　「日本古典全書〔51〕」'53 p67
序説（春田宣，室伏信助）
　「鑑賞日本古典文学13」'76 p1
資料的価値
　「日本古典全書〔51〕」'53 p65
人名解説
　「新編日本古典文学全集35」'99 p571
　「新編日本古典文学全集36」'00 p612
　「新編日本古典文学全集37」'01 p604
　「新編日本古典文学全集38」'02 p609
説話絵巻の精華（中村渓男）
　「現代語訳 日本の古典8」'80 p149
説話的世界のひろがり
　「新潮日本古典集成〔32〕」'78 p315
　「新潮日本古典集成〔33〕」'79 p271
　「新潮日本古典集成〔34〕」'81 p295
　「新潮日本古典集成〔35〕」'84 p343
総説
　「日本の文学 古典編22」'87 p7
総説（室伏信助）
　「鑑賞日本古典文学13」'76 p9
短篇小説の宝庫
　「日本古典全書〔51〕」'53 p10
血の流れ
　「日本古典全書〔51〕」'53 p96
地名・寺社名解説
　「新編日本古典文学全集35」'99 p603
　「新編日本古典文学全集36」'00 p634
　「新編日本古典文学全集37」'01 p631
　「新編日本古典文学全集38」'02 p624
中国の説話と今昔物語集（駒田信二）
　「現代語訳 日本の古典8」'80 p168
注釈（池田弥三郎）
　「国民の文学8」'64 p427

テーマと素材
　「日本古典全書〔51〕」'53 p10
転換の時代
　「日本古典全書〔51〕」'53 p75
描写
　「日本古典全書〔51〕」'53 p31
仏教語解説
　「新編日本古典文学全集35」'99 p583
　「新編日本古典文学全集36」'00 p623
　「新編日本古典文学全集37」'01 p626
　「新編日本古典文学全集38」'02 p621
文学的イズム
　「日本古典全書〔51〕」'53 p44
文学的価値
　「日本古典全書〔51〕」'53 p62
文章
　「日本古典全書〔51〕」'53 p39
名称と組織
　「日本古典全書〔51〕」'53 p4
ユーモア
　「日本古典全書〔51〕」'53 p54
歴史学から見た『今昔物語集』（義江彰夫）
　「鑑賞日本の古典8」'80 p473
【年表】
登場人物年表
　「新編日本古典集成〔32〕」'78 p370
年表「盗・闘」
　「新潮日本古典集成〔35〕」'84 p382
巻第二十五武者たちと合戦（年表）
　「新潮日本古典集成〔33〕」'79 p292
隆国年譜
　「日本古典全書〔52〕」'53 p6
【資料】
参考芥川龍之介の歴史小説梗概
　「大学古典叢書2」'89 p139
官位相当表
　「完訳日本の古典30」'86 p384
　「完訳日本の古典33」'88 p290
関東および奥州合戦地図
　「新潮日本古典集成〔33〕」'79 p318
関連作品—谷崎潤一郎〈少将滋幹の母〉・堀辰雄〈曠野〉の梗概
　「大学古典叢書2」'89 p150
旧国名地図
　「新編日本古典文学全集35」'99 p613
　「新編日本古典文学全集36」'00 p645
　「新編日本古典文学全集37」'01 p637
　「新編日本古典文学全集38」'02 p637
京都周辺図
　「新編日本古典文学全集38」'02 p631
京師内外図
　「新潮日本古典集成〔32〕」'78 p354

語彙索引
　「新 日本古典文学大系別4」'01 p3
校異
　「日本古典文学大系22」'59 p501
　「日本古典文学大系23」'60 p439
校異 付底本・校本存巻一覧
　「日本古典文学大系26」'63 p311
古代インド地図
　「新 日本古典文学大系33」'99 p508
古典への招待『今昔物語集』のおもしろさ（馬淵和夫）
　「新編日本古典文学全集38」'02 p9
今昔物語集
　「鑑賞日本の古典8」'80 p35
　「有精堂校注叢書〔1〕」'86 p179
『今昔物語集』研究文献目録（石橋義秀）
　「対訳古典シリーズ〔12〕」'88 p469
今昔物語集〈本朝世俗部〉索引（石橋義秀）
　「対訳古典シリーズ〔14〕」'88 p695
索引
　「新 日本古典文学大系36」'94
参考すべき主要なる研究文献
　「日本古典全書〔51〕」'53 p141
参考地図
　「完訳日本の古典30」'86 p386
　「完訳日本の古典33」'88 p292
参考付図
　「対訳古典シリーズ〔11〕」'88 p506
　「対訳古典シリーズ〔12〕」'88 p484
　「対訳古典シリーズ〔13〕」'88 p590
　「対訳古典シリーズ〔14〕」'88 p754
参考歴史地図
　「完訳日本の古典32」'87 p448
出典・関連資料一覧
　「新編日本古典文学全集35」'99 p556
　「新編日本古典文学全集36」'00 p600
　「新編日本古典文学全集37」'01 p590
　「新編日本古典文学全集38」'02 p594
出典考証
　「新 日本古典文学大系33」'99 p488
出典考証の栞
　「新 日本古典文学大系33」'99 p477
人名・諸尊名索引
　「新 日本古典文学大系33」'99 p2
人名・神仏名索引
　「新 日本古典文学大系34」'99 p2
　「新 日本古典文学大系35」'93 p2
　「新 日本古典文学大系36」'94 p2
　「新 日本古典文学大系37」'96 p2
図版目録
　「現代語訳 日本の古典8」'80 p174
図録
　「完訳日本の古典30」'86 p388
　「完訳日本の古典33」'88 p297
説話総目次
　「新 日本古典文学大系別4」'01 p逆1
「説話的世界のひろがり」見出し索引
　「新潮日本古典集成〔35〕」'84 p410
説話目次
　「新 日本古典文学大系33」'99 p3
　「新 日本古典文学大系34」'99 p3
　「新 日本古典文学大系35」'93 p3
　「新 日本古典文学大系37」'96 p3
醍醐源氏系図
　「日本古典全書〔52〕」'53 p4
地図
　「新潮日本古典集成〔34〕」'81 p333
　「新潮日本古典集成〔35〕」'84 p406
地名索引
　「新 日本古典文学大系33」'99 p16
地名・寺社名索引
　「新 日本古典文学大系34」'99 p12
　「新 日本古典文学大系37」'96 p15
地名・神社名索引
　「新 日本古典文学大系35」'93 p23
　「新 日本古典文学大系36」'94 p21
中国地名地図
　「新 日本古典文学大系34」'99 p412
長安城復元図
　「新 日本古典文学大系34」'99 p411
頭注索引
　「新潮日本古典集成〔35〕」'84 p413
付録
　「新編日本古典文学全集35」'99 p555
　「新編日本古典文学全集36」'00 p599
　「新編日本古典文学全集37」'01 p589
　「新編日本古典文学全集38」'02 p593
平安京図
　「新編日本古典文学全集38」'02 p632
補注
　「日本古典文学大系22」'59 p403
　「日本古典文学大系23」'60 p341
　「日本古典文学大系26」'63 p447
「補注・頭注補記・頭注」要語一覧
　「日本古典文学大系26」'63 p571
巻第二十五系図
　「新潮日本古典集成〔33〕」'79 p315

【　さ　】

西行

西行

【解説】
解説
　「日本古典全書〔70〕」'47 p3
　「日本古典文学大系29」'61 p7
　「日本古典文学大系29」'61 p297
解説（窪田章一郎）
　「古典日本文学全集21」'60 p313
解説（後藤重郎）
　「新潮日本古典集成〔37〕」'82 p435
近代歌人と西行（片山貞美）
　「現代語訳 日本の古典9」'81 p169
西行（小林秀雄）
　「古典日本文学全集21」'60 p379
西行を読む（宮柊二）
　「鑑賞日本古典文学17」'77 p435
西行解題
　「私家集大成3」'74 p761
西行歌の表現類型と個性（山木幸一）
　「鑑賞日本古典文学17」'77 p414
西行伝（川田順）
　「古典日本文学全集21」'60 p363
西行と歌
　「日本古典全書〔70〕」'47 p3
西行と伝説（目崎徳衛）
　「現代語訳 日本の古典9」'81 p145
西行の諸集
　「日本古典全書〔70〕」'47 p8
放浪の詩人西行法師
　「特選日本の古典 グラフィック版別1」'86 p119
山家集
　「日本古典全書〔70〕」'47 p6
山家集大成本
　「日本古典全書〔70〕」'47 p13
山家集の世界（窪田章一郎）
　「現代語訳 日本の古典9」'81 p153
山家集の旅（木村利行）
　「現代語訳 日本の古典9」'81 p172
山家冬月―心情表現の様相（糸賀きみ江）
　「現代語訳 日本の古典9」'81 p164
修行者としての西行（五来重）
　「現代語訳 日本の古典9」'81 p160
新古今集・山家集・金槐集の窓
　「鑑賞日本古典文学17」'77 p339
総説（松野陽一）
　「鑑賞日本古典文学17」'77 p197
月と花の詩人 西行
　「現代語訳 日本の古典11」'79 p120
読書ノート
　「鑑賞日本古典文学17」'77 p435
花と月と
　「日本古典全書〔70〕」'47 p17
明治以後の西行文献
　「日本古典全書〔70〕」'47 p21
【年表】
西行関係略年表
　「新潮日本古典集成〔37〕」'82 p472
西行の生涯と作歌略年譜
　「現代語訳 日本の古典9」'81 p142
【資料】
校異
　「日本古典文学大系29」'61 p445
西行の歌索引
　「現代語訳 日本の古典9」'81 p176
索引
　「古典日本文学全集21」'60 p425
参考文献（辻勝美）
　「鑑賞日本古典文学17」'77 p457
初句索引
　「鑑賞日本古典文学17」'77 p470
図版目録
　「現代語訳 日本の古典9」'81 p178
補注
　「日本古典文学大系29」'61 p431
和歌初句索引
　「新潮日本古典集成〔37〕」'82 p477

最澄
【解説】
解説
　「日本思想大系4」'74 p137
最澄とその思想（薗田香融）
　「日本思想大系4」'74 p439
【資料】
補注
　「日本思想大系4」'74 p397

狭衣物語
【解説】
解説
　「日本古典全書〔20〕」'65 p3
　「日本古典文学大系79」'65 p3
解説（小町谷照彦、後藤祥子）
　「新編日本古典文学全集29」'99 p307
解説（鈴木一雄）
　「新潮日本古典集成〔28〕」'85 p257
　「新潮日本古典集成〔29〕」'86 p375
解題
　「日本文学古註釈大成〔29〕」'79
梗概
　「日本古典全書〔20〕」'65 p11
構想の素材
　「日本古典全書〔20〕」'65 p63
後代への影響
　「日本古典全書〔20〕」'65 p159

古典への招待 王統の純愛物語（後藤祥子）
　　「新編日本古典文学全集29」'99 p3
古典への招待　後悔の大将狭衣の君（小町谷照彦）
　　「新編日本古典文学全集30」'01 p3
この物語の評論・註釈について
　　「日本古典全書〔20〕」'65 p164
作者について
　　「日本古典全書〔20〕」'65 p84
史実との関係
　　「日本古典全書〔20〕」'65 p63
主題と構想
　　「日本古典全書〔20〕」'65 p47
成立について
　　「日本古典全書〔20〕」'65 p131
先行物語の影響
　　「日本古典全書〔20〕」'65 p72
題名の由来と作品の性格
　　「日本古典全書〔20〕」'65 p3
表現について
　　「日本古典全書〔20〕」'65 p156
【資料】
系図
　　「日本古典文学大系79」'65 p541
校異
　　「日本古典全書〔20〕」'65 p457
　　「日本古典全書〔21〕」'67 p365
校訂一覧
　　「日本古典文学大系79」'65 p519
校訂付記
　　「新潮日本古典集成〔28〕」'85 p287
　　「新潮日本古典集成〔29〕」'86 p397
　　「新編日本古典文学全集30」'01 p411
狭衣物語絵巻
　　「新編日本古典文学全集29」'99 p424
狭衣物語系図
　　「新潮日本古典集成〔28〕」'85 p292
　　「新潮日本古典集成〔29〕」'86 p431
狭衣物語研究文献
　　「日本古典全書〔20〕」'65 p168
狭衣物語研究文献 追加・訂正
　　「日本古典全書〔21〕」'67 p411
狭衣物語（上巻）登場人物関係表
　　「日本古典全書〔20〕」'65 p464
狭衣物語登場人物関係表
　　「日本古典全書〔21〕」'67 p397
狭衣物語年立
　　「新潮日本古典集成〔29〕」'86 p405
　　「日本古典全書〔21〕」'67 p377
参考文献
　　「新編日本古典文学全集29」'99 p341
　　「新編日本古典文学全集30」'01 p417

治安三年、藤原道長の南都七大寺巡り・永承三年、藤原頼道の高野・粉河詣でのコース
　　「新編日本古典文学全集29」'99 p359
年立
　　「新編日本古典文学全集29」'99 p352
　　「新編日本古典文学全集30」'01 p422
百番歌合
　　「新編日本古典文学全集29」'99 p360
付録
　　「新編日本古典文学全集29」'99 p349
　　「新編日本古典文学全集30」'01 p419
平安京内裏図・清涼殿図
　　「新編日本古典文学全集29」'99 p358
補注
　　「日本古典文学大系79」'65 p469
補註
　　「日本古典全書〔20〕」'65 p286
　　「日本古典全書〔21〕」'67 p294
巻一・二の系図
　　「新編日本古典文学全集29」'99 p350
巻三・四の系図
　　「新編日本古典文学全集30」'01 p420

讃岐典侍
【解説】
解説
　　「新編日本古典文学全集26」'94 p482
　　「日本古典全書〔23〕」'53 p3
皇室、廷臣の項の考証
　　「日本古典全書〔23〕」'53 p54
古典への招待 女流日記文学の条件と特色
　　「新編日本古典文学全集26」'94 p5
作者の家系とその生涯
　　「日本古典全書〔23〕」'53 p26
讃岐典侍日記（石井文夫）
　　「日本古典文学全集18」'71 p65
讃岐典侍日記作者考
　　「日本古典全書〔23〕」'53 p18
讃岐典侍日記の鑑賞
　　「日本古典全書〔23〕」'53 p30
讃岐典侍日記の形態と内容
　　「日本古典全書〔23〕」'53 p12
讃岐典侍日記の伝本
　　「日本古典全書〔23〕」'53 p15
僧侶の項の考証
　　「日本古典全書〔23〕」'53 p65
その時代
　　「日本古典全書〔23〕」'53 p3
女房の項の考証
　　「日本古典全書〔23〕」'53 p57
未詳の人々の考証
　　「日本古典全書〔23〕」'53 p67

山東京伝　　　　　　　　解説・資料

【年表】
日記年表
　「新編日本古典文学全集26」'94 p509
年表
　「日本古典全書〔23〕」'53 p96
【資料】
潅仏会
　「日本古典全書〔23〕」'53 p82
系図
　「日本古典全書〔23〕」'53 p104
源氏系図
　「日本古典全書〔23〕」'53 p104
皇室御系図
　「日本古典全書〔23〕」'53 p104
校訂付記
　「新編日本古典文学全集26」'94 p479
　「日本古典文学全集18」'71 p457
作者系図
　「日本古典全書〔23〕」'53 p109
讃岐典侍日記中の人物
　「日本古典全書〔23〕」'53 p48
参考資料
　「日本古典全書〔23〕」'53 p48
人物一覧表
　「日本古典全書〔23〕」'53 p48
図録
　「新編日本古典文学全集26」'94 p528
鳥羽天皇御即位式
　「日本古典全書〔23〕」'53 p79
鳥羽天皇内裏移御
　「日本古典全書〔23〕」'53 p84
鳥羽天皇の大嘗会
　「日本古典全書〔23〕」'53 p90
鳥羽天皇の大嘗会御禊
　「日本古典全書〔23〕」'53 p87
藤原氏系図
　「日本古典全書〔23〕」'53 p105
堀河院御母方村上源氏系図
　「日本古典全書〔23〕」'53 p108
堀河天皇崩御の頃の記録
　「日本古典全書〔23〕」'53 p71

山東京伝
【解説】
解題
　「シリーズ江戸戯作〔1〕」'87 p165
解題（佐藤深雪）
　「叢書江戸文庫Ⅰ-18」'87 p349
解題　白藤源太物語の成立（鶴岡節雄）
　「新版絵草紙シリーズ2」'79 p73
【作者胎内十月図】（戯作者内幕もの特集）解題
　（林美一）

　「江戸戯作文庫〔10〕」'87 p102
【座敷芸忠臣蔵】解題（林美一）
　「江戸戯作文庫〔8〕」'85 p113
山東京伝（延広真治）
　「鑑賞日本の古典18」'81 p311
山東京伝―人と作品
　「新　日本古典文学大系85」'90 p379
【腹筋逢夢石】解説（林美一）
　「江戸戯作文庫〔4〕」'84 p149
【資料】
上総国小高村実相寺出入関係文書
　「新版絵草紙シリーズ2」'79 p105
画題索引
　「シリーズ江戸戯作〔1〕」'87 p177
主要語句事項索引
　「シリーズ江戸戯作〔1〕」'87 p178
小説　白藤伝（井上金峨）
　「新版絵草紙シリーズ2」'79 p99
浄瑠璃台本〔大山参詣相模路飛入相撲の段（抜）〕
　「新版絵草紙シリーズ2」'79 p107
資料編
　「新版絵草紙シリーズ2」'79 p99
『通言総籬』『仕懸文庫』に現れた服飾・髪型等関係用語一覧
　「新　日本古典文学大系85」'90 p365
『通言総籬』に登場する妓楼・茶屋・遊女一覧（付「遊女の格付」「妓楼の格付」）
　「新　日本古典文学大系85」'90 p368
【腹筋逢夢石】補遺・訂正
　「江戸戯作文庫〔8〕」'85 p125
補注
　「シリーズ江戸戯作〔1〕」'87 p159

【し】

慈円
【解説】
解説
　「日本古典文学大系86」'67 p3
慈円解題
　「私家集大成3」'74 p789
附載
　「日本古典文学大系86」'67 p529
【資料】
補注（巻第一〜七・参考）
　「日本古典文学大系86」'67 p359

詞花和歌集

【解説】
解説
　「中世文芸叢書7」'66 p186
『詞花和歌集』解説（工藤重矩）
　「新 日本古典文学大系9」'89 p447
出典歌合・百首歌解説
　「新 日本古典文学大系9」'89 p420
【資料】
初句索引
　「新 日本古典文学大系9」'89 p2
　「中世文芸叢書7」'66 p193
人名索引
　「新 日本古典文学大系9」'89 p12
他出一覧
　「新 日本古典文学大系9」'89 p389
地名索引
　「新 日本古典文学大系9」'89 p37

式亭三馬
【解説】
浮世床
　「日本古典全書〔107〕」'55 p27
【鬼児島名誉仇討】と三馬の伝記（林美一）
　「江戸戯作文庫〔7〕」'85 p86
解説
　「新 日本古典文学大系86」'89 p453
　「日本古典全書〔107〕」'55 p3
　「日本古典文学大系63」'57 p9
解説（棚橋正博）
　「叢書江戸文庫Ⅰ-20」'92 p367
解説 暮しを写す―式亭三馬の文芸（本田康雄）
　「新潮日本古典集成〔80〕」'82 p387
滑稽本
　「日本古典全書〔107〕」'55 p33
作者の伝記
　「日本古典全書〔107〕」'55 p3
三馬の作品
　「日本古典全書〔107〕」'55 p7
式亭三馬の人と文学
　「新 日本古典文学大系86」'89 p455
【年表】
式亭三馬小伝
　「古典叢書〔5〕」'89 p1
式亭三馬年表
　「新潮日本古典集成〔80〕」'82 p424
【資料】
『浮世床』『四十八癖』金銭・物価等対照索引
　「新潮日本古典集成〔80〕」'82 p432
三馬店を中心とした日本橋周辺地図
　「新潮日本古典集成〔80〕」'82 p420
三馬店図
　「新潮日本古典集成〔80〕」'82 p419

日本橋本銀町長屋図
　「新潮日本古典集成〔80〕」'82 p422
付録
　「新 日本古典文学大系86」'89 p437
補注
　「日本古典文学大系63」'57 p309

十訓抄
【解説】
解説
　「新編日本古典文学全集51」'97 p499
解説（泉基博）
　「和泉古典文庫3」'84 p233
古典への招待『十訓抄』の魅力
　「新編日本古典文学全集51」'97 p5
【資料】
異体字・略体字 一覧
　「和泉古典文庫3」'84 p258
関係類話一覧（山部和喜，小秋元段，住吉朋彦，住吉晴子作成）
　「新編日本古典文学全集51」'97 p512
漢詩・漢文索引
　「新編日本古典文学全集51」'97 p555
校訂付記
　「新編日本古典文学全集51」'97 p495
十訓抄
　「全対訳日本古典新書〔15〕」'77 p90
神仏名・人名・地名索引
　「新編日本古典文学全集51」'97 p549
付録
　「新編日本古典文学全集51」'97 p511
和歌・今様冒頭句索引
　「新編日本古典文学全集51」'97 p557

十返舎一九
【解説】
一九の狂歌道中（鶴岡節雄）
　「新版絵草紙シリーズ5」'82 p84
一九の甲州道中記
　「新版絵草紙シリーズ4」'81 p74
一九の巡礼道中記（鶴岡節雄）
　「新版絵草紙シリーズ7」'83 p81
一九の略歴
　「日本古典全書〔108〕」'53 p5
浮世風呂と浮世床（本田康雄）
　「現代語訳 日本の古典21」'80 p170
江戸ゆかた姿（宮尾登美子）
　「現代語訳 日本の古典21」'80 p166
解説
　「新編日本古典文学全集81」'95 p511
　「日本古典全書〔108〕」'53 p3
　「日本古典文学全集49」'75 p3

十返舎一九

解説・資料

「日本古典文学大系62」'58 p3
解題 付十返舎一九略年表（棚橋正博）
　「叢書江戸文庫III-43」'97 p393
【方言修行金草鞋・東海道】解説（林美一）
　「江戸戯作文庫〔5〕」'84 p80
【方言修行金草鞋】の編次について（林美一）
　「江戸戯作文庫〔1〕」'84 p68
監修のことばにかえて（加藤章）
　「十返舎一九越後紀行集1」'96 p129
甲州道中の紀行・日記
　「新版絵草紙シリーズ4」'81 p79
甲州の道中記（鶴岡節雄）
　「新版絵草紙シリーズ4」'81 p74
古典への招待 弥次郎兵衛・北八論
　「新編日本古典文学全集81」'95 p3
詩歌と道中記―漢詩文から狂歌まで
　「新版絵草紙シリーズ4」'81 p83
十返舎一九『滑稽旅烏』の世界（下西善三郎）
　「十返舎一九越後紀行集3」'96 p129
十返舎一九と〈越後空間〉（下西善三郎）
　「十返舎一九越後紀行集1」'96 p131
十返舎一九と房総道中記（鶴岡節雄）
　「新版絵草紙シリーズ1」'79 p69
庶民の旅（北小路健）
　「現代語訳 日本の古典21」'80 p149
総説
　「日本の文学 古典編44」'87 p5
その影響
　「日本古典全書〔108〕」'53 p16
体験的笑い論（星新一）
　「現代語訳 日本の古典21」'80 p162
たハれ歌師十返舎一九（鶴岡節雄）
　「新版絵草紙シリーズ9」'84 p92
東海道中膝栗毛
　「日本古典全書〔108〕」'53 p8
東海道中膝栗毛（神保五弥）
　「特選日本の古典 グラフィック版12」'86 p158
東海道中膝栗毛と十返舎一九（小池正胤）
　「現代語訳 日本の古典21」'80 p157
東海道中膝栗毛の旅（祖田浩一）
　「現代語訳 日本の古典21」'80 p174
東海道の往来
　「日本古典全書〔108〕」'53 p3
道中今昔（尾崎秀樹）
　「特選日本の古典 グラフィック版12」'86 p148
道中物の出版
　「日本古典全書〔108〕」'53 p4
『方言修行金草鞋』について（浅倉有子）
　「十返舎一九越後紀行集2」'96 p129
名所記とそのカルチュア（鶴岡節雄）
　「新版絵草紙シリーズ6」'82 p92
【年表】

十返舎一九略年譜―旅と作品と越後と（中西善三郎）
　「十返舎一九越後紀行集2」'96 p137
【資料】
一九の著作表
　「日本古典全書〔108〕」'53 p19
江戸名所百人一首
　「新版絵草紙シリーズ5」'82 p67
お世話になった方々・参考文献
　「十返舎一九越後紀行集2」'96 p142
去夏遊歴之地理略図
　「十返舎一九越後紀行集3」'96 p8
　「十返舎一九越後紀行集3」'96 p70
参考資料（『百番観世音霊験記』のうち「秩父三十四番」）
　「新版絵草紙シリーズ7」'83 p77
執筆分担一覧
　「十返舎一九越後紀行集2」'96 p142
図版目録
　「現代語訳 日本の古典21」'80 p178
　「特選日本の古典 グラフィック版12」'86 p166
地図―東海道中膝栗毛案内図
　「特選日本の古典 グラフィック版12」'86 p164
東海道五十三次地図
　「新編日本古典文学全集81」'95 p558
日記帳（上総国夷隅郡大野村名主喜左エ門）
　「新版絵草紙シリーズ4」'81 p90
付図
　「日本古典文学大系62」'58 p巻末
付録
　「新編日本古典文学全集81」'95 p543
補注
　「日本古典文学大系62」'58 p496

拾遺和歌集

【解説】
解説（小町谷照彦）
　「新 日本古典文学大系7」'90 p465
【資料】
索引
　「新 日本古典文学大系7」'90
初句索引
　「新 日本古典文学大系7」'90 p2
所収歌合歌一覧
　「新 日本古典文学大系7」'90 p55
所収屏風歌等一覧
　「新 日本古典文学大系7」'90 p58
人名索引
　「新 日本古典文学大系7」'90 p14
他出文献一覧
　「新 日本古典文学大系7」'90 p403
地名索引

「新 日本古典文学大系7」'90 p45
付録
　「新 日本古典文学大系7」'90 p401

承久記
【解説】
解説
　「新 日本古典文学大系43」'92 p553
承久記 解説（久保田淳）
　「新 日本古典文学大系43」'92 p599
【資料】
系図
　「新 日本古典文学大系43」'92 p534
承久記 参考資料
　「新 日本古典文学大系43」'92 p511
承久記 人物一覧
　「新 日本古典文学大系43」'92 p459
図
　「新 日本古典文学大系43」'92 p542
付図
　「新 日本古典文学大系43」'92 p533

聖徳太子
【解説】
解説
　「日本思想大系2」'75 p461
憲法十七条（家永三郎）
　「日本思想大系2」'75 p475
「憲法十七条」「勝鬘経義疏」「上宮聖徳法王帝説」の国語史学的考察（築島裕）
　「日本思想大系2」'75 p555
上宮聖徳法王帝説（家永三郎）
　「日本思想大系2」'75 p545
勝鬘経義疏（藤枝晃）
　「日本思想大系2」'75 p484
歴史上の人物としての聖徳太子（家永三郎）
　「日本思想大系2」'75 p463
【資料】
〔参考〕E本（「勝鬘義疏本義」敦煌本）（藤枝晃，古泉円順）
　「日本思想大系2」'75 p429
補注
　「日本思想大系2」'75 p379

浄瑠璃
【解説】
『絵本太功記』『太閤真顕記』対応表
　「新 日本古典文学大系94」'96 p507
解説
　「新 日本古典文学大系93」'91 p559
　「新 日本古典文学大系94」'96 p543
　「日本古典文学全集45」'71 p3
　「日本古典文学大系51」'60 p3
　「日本古典文学大系52」'59 p3
　「日本古典文学大系99」'65 p3
解説（井上勝志，長友千代治，大橋正叔，黒石陽子）
　「新編日本古典文学全集77」'02 p671
解説（宇野信夫）
　「古典日本文学全集25」'61 p313
解説（土田衛）
　「新潮日本古典集成〔74〕」'85 p379
解題（田川邦子，星野洋子，宮井浩司）
　「叢書江戸文庫Ⅰ-15」'89 p463
解題（原道生，黒石陽子，西川良和，池山晃，平田澄子）
　「叢書江戸文庫Ⅰ-10」'91 p395
解題（原道生，池山晃，田川邦子，高橋比呂子，加藤敦子）
　「叢書江戸文庫Ⅲ-40」'96 p441
解題（平田澄子，高橋比呂子，伊川龍郎，池山晃，宮園正樹）
　「叢書江戸文庫Ⅰ-9」'88 p399
解題（宮本瑞夫，法月敏彦，飯島満，西川良和，黒石陽子）
　「叢書江戸文庫Ⅱ-38」'95 p411
解題（向井芳樹，小川嘉昭，西岡直樹，白瀬浩司，早川久美子，山田和人）
　「叢書江戸文庫Ⅰ-11」'90 p389
解題（山田和人，森地美代子，早川久美子，白瀬浩司，伊藤馨）
　「叢書江戸文庫Ⅱ-37」'95 p481
仮名安土問答
　「新 日本古典文学大系94」'96 p433
【仮名手本忠臣蔵】あらすじ
　「江戸戯作文庫〔8〕」'85 p121
歌舞伎の変遷（林京平）
　「現代語訳 日本の古典18」'80 p145
歌舞伎の楽しさの発見（服部幸雄）
　「現代語訳 日本の古典18」'80 p164
近世初期の語り物（信多純一）
　「新編日本古典文学全集90」'99 p551
古典への招待 浄瑠璃略史（鳥越文蔵）
　「新編日本古典文学全集77」'02 p3
私説浄るりの鑑賞（郡司正勝）
　「古典日本文学全集25」'61 p367
序（上田万年）
　「評釈江戸文学叢書3」'70 p1
浄瑠璃概説
　「評釈江戸文学叢書3」'70 p1
浄るり・かぶきの芸術論（郡司正勝）
　「日本思想大系61」'72 p674
浄瑠璃と私（網野菊）
　「鑑賞日本古典文学30」'77 p491

浄瑠璃

浄瑠璃の歴史（守随憲治）
　「古典日本文学全集25」'61 p329
近松没後の人形浄瑠璃（内山美樹子）
　「鑑賞日本古典文学30」'77 p438
追考
　「評釈江戸文学叢書3」'70 p821
　「評釈江戸文学叢書4」'70 p871
鼓の子（戸板康二）
　「現代語訳 日本の古典18」'80 p162
人形一覧
　「新 日本古典文学大系94」'96 p515
はしがき
　「近世文学選〔1〕」'94 pi
はしがき（樋口慶千代）
　「評釈江戸文学叢書3」'70 p1
蛭小嶋武勇問答第四（抄）
　「新 日本古典文学大系94」'96 p504
文五郎芸談（吉田文五郎）
　「古典日本文学全集25」'61 p342
文楽鑑賞（岸田劉生）
　「古典日本文学全集25」'61 p337
三日太平記第五（抄）
　「新 日本古典文学大系94」'96 p506
義経千本桜と私（尾上松緑）
　「現代語訳 日本の古典18」'80 p158
義経千本桜の世界（水落潔）
　「現代語訳 日本の古典18」'80 p153
義経千本桜ゆかりの旅（鷲尾星児）
　「現代語訳 日本の古典18」'80 p168
例言（水谷不倒）
　「徳川文芸類聚8」'70 p1
【資料】
芦屋道満大内鑑 狭夜衣鴛鴦剣翅の登場人物
　「新 日本古典文学大系93」'91 p545
『仮名手本忠臣蔵』初演役割番付
　「新潮日本古典集成〔74〕」'85 p413
歌舞伎名作小事典
　「現代語訳 日本の古典18」'80 p170
参考地図
　「新潮日本古典集成〔74〕」'85 p414
浄瑠璃歌舞伎人名一覧
　「日本思想大系61」'72 p570
当麻寺来迎会について
　「新 日本古典文学大系93」'91 p552
太夫役割 その他
　「新 日本古典文学大系93」'91 p539
底本一覧
　「近世文学選〔1〕」'94 p233
刀剣参考図
　「新 日本古典文学大系93」'91 p553
頭注資料一覧
　「近世文学選〔1〕」'94 p234

人形一覧表
　「日本古典文学大系99」'65 p409
付録
　「新 日本古典文学大系93」'91 p537
文楽用語
　「日本古典文学大系99」'65 p441
補注
　「日本古典文学大系51」'60 p383
　「日本古典文学大系52」'59 p391
　「日本古典文学大系99」'65 p371
謡曲「舟弁慶」抄録
　「新 日本古典文学大系93」'91 p554

続日本紀

【解説】
解説
　「新 日本古典文学大系12」'89 p473
　「新 日本古典文学大系13」'90 p613
　「新 日本古典文学大系14」'92 p613
　「新 日本古典文学大系15」'95 p625
後記
　「新 日本古典文学大系12」'89 p569
後記（笹山晴生）
　「新 日本古典文学大系16」'98 p671
続日本紀への招待
　「新 日本古典文学大系12」'89 p3
　「新 日本古典文学大系13」'90 p5
　「新 日本古典文学大系14」'92 p3
　「新 日本古典文学大系15」'95 p3
続日本紀への招待（青木和夫）
　「新 日本古典文学大系16」'98 p3
続日本紀と古代の史書（笹山晴生）
　「新 日本古典文学大系12」'89 p475
続日本紀における宣命（稲岡耕二）
　「新 日本古典文学大系13」'90 p663
続日本紀の字彙（白藤礼幸）
　「新 日本古典文学大系15」'95 p627
続日本紀の述作と表記（沖森卓也）
　「新 日本古典文学大系15」'95 p645
中国の史書と続日本紀（池田温）
　「新 日本古典文学大系14」'92 p615
【年表】
続日本紀年表（笹山晴生編）
　「新 日本古典文学大系別3」'00 p1
【資料】
異体字表
　「新 日本古典文学大系12」'89 p571
校異補注
　「新 日本古典文学大系12」'89 p445
　「新 日本古典文学大系13」'90 p617
　「新 日本古典文学大系14」'92 p585
　「新 日本古典文学大系15」'95 p591

「新 日本古典文学大系16」'98 p627
皇室系図
　「新 日本古典文学大系16」'98 p668
国府所在地一覧
　「新 日本古典文学大系16」'98 p666
続日本紀索引
　「新 日本古典文学大系別3」'00 p1
書誌（吉岡真之，石上英一）
　「新 日本古典文学大系12」'89 p535
長岡京条坊図
　「新 日本古典文学大系16」'98 p669
付表・付図
　「新 日本古典文学大系12」'89 p451
　「新 日本古典文学大系13」'90 p651
　「新 日本古典文学大系16」'98 p665
補注
　「新 日本古典文学大系12」'89 p237
　「新 日本古典文学大系13」'90 p453
　「新 日本古典文学大系14」'92 p445
　「新 日本古典文学大系15」'95 p467
　「新 日本古典文学大系16」'98 p517

新古今和歌集
【解説】
隠者歌人（久保田淳）
　「鑑賞日本古典文学17」'77 p374
陰者文学（山本健吉）
　「古典日本文学全集12」'62 p368
解説
　「完訳日本の古典35」'83 p503
　「新 日本古典文学大系11」'92 p587
　「新編日本古典文学全集43」'95 p583
　「中世文芸叢書5」'66 p217
　「日本古典全書〔72〕」'59 p3
　「日本古典文学全集26」'74 p5
　「日本古典文学大系28」'58 p3
解説（久保田淳）
　「新潮日本古典集成〔40〕」'79 p339
解説（窪田章一郎）
　「国民の文学9」'64 p459
　「古典日本文学全集12」'62 p315
解題
　「日本文学古註釈大成〔33〕」'79
型破りの帝王
　「現代語訳 日本の古典3」'81 p124
研究書と註釈書
　「日本古典全書〔72〕」'59 p29
古今集・新古今集の世界（藤平春男）
　「現代語訳 日本の古典3」'81 p157
古今・新古今の旅（吉岡勇）
　「現代語訳 日本の古典3」'81 p170
古典への招待 伝統と創造

「新編日本古典文学全集43」'95 p5
作者略伝
　「完訳日本の古典36」'83 p503
　「新潮日本古典集成〔41〕」'79 p371
　「新編日本古典文学全集43」'95 p604
　「日本古典文学全集26」'74 p602
　「日本古典文学大系28」'58 p459
私家集『長秋詠藻』にみる亡妻哀悼の秀歌
　「現代語訳 日本の古典3」'81 p145
式子内親王雑感（安西均）
　「鑑賞日本古典文学17」'77 p449
集の内容と編纂上の特色
　「日本古典全書〔72〕」'59 p7
初句索引
　「国民の文学9」'64 p467
序説（有吉保）
　「鑑賞日本古典文学17」'77 p1
書の美とこころ（神作光一）
　「現代語訳 日本の古典3」'81 p149
新古今歌風とその特色
　「日本古典全書〔72〕」'59 p14
新古今時代の歌論（藤平春男）
　「鑑賞日本古典文学17」'77 p365
新古今集・山家集・金槐集の窓
　「鑑賞日本古典文学17」'77 p339
新古今集と私家集（森本元子）
　「鑑賞日本古典文学17」'77 p384
新古今集の「古」と「新」（田村柳壱）
　「鑑賞日本古典文学17」'77 p403
新古今集の叙景と抒情（風巻景次郎）
　「古典日本文学全集12」'62 p359
新古今集の表現の特性（後藤重郎）
　「鑑賞日本古典文学17」'77 p394
新古今世界の構造（小田切秀雄）
　「古典日本文学全集12」'62 p377
新古今和歌集（小島吉雄）
　「古典日本文学全集12」'62 p326
『新古今和歌集』作者略伝
　「鑑賞日本の古典9」'80 p517
心象風景表現と新古今歌風（黒川昌享）
　「中世文芸叢書別3」'73 p118
成立と撰集過程
　「日本古典全書〔72〕」'59 p3
千載集から新古今集へ（谷山茂）
　「鑑賞日本古典文学17」'77 p341
総説
　「日本の文学 古典編25」'86 p3
総説（有吉保）
　「鑑賞日本古典文学17」'77 p13
連ねうたをたしなむ歌壇の異端児（曽祢好忠）
　「現代語訳 日本の古典3」'81 p118
伝本

新古今和歌集　解説・資料

「日本古典全書〔72〕」'59 p11
読書ノート
　「鑑賞日本古典文学17」'77 p435
俊成・定家を祖父・叔父に
　「現代語訳 日本の古典3」'81 p88
春の形見—新古今集に寄せて（塚本邦雄）
　「現代語訳 日本の古典3」'81 p166
藤原定家
　「特選日本の古典 グラフィック版別1」'86 p134
本書頭註所引本略号解説
　「日本古典全書〔72〕」'59 p36
リアリストの眼
　「現代語訳 日本の古典3」'81 p140
和歌芸術の精髄を刻み上げる
　「現代語訳 日本の古典3」'81 p97
和歌と能
　「現代語訳 日本の古典3」'81 p165
【年表】
新古今時代略年表（田村柳壱）
　「鑑賞日本の古典9」'80 p526
新古今和歌集年表
　「完訳日本の古典35」'83 p524
【資料】
隠岐本識語
　「新 日本古典文学大系11」'92 p581
隠岐本跋
　「完訳日本の古典36」'83 p500
　「新編日本古典文学全集43」'95 p602
　「日本古典文学全集26」'74 p600
校異
　「日本古典文学大系28」'58 p421
校訂付記
　「完訳日本の古典35」'83 p502
　「完訳日本の古典36」'83 p498
　「新編日本古典文学全集43」'95 p581
　「日本古典文学全集26」'74 p597
校訂補記
　「新潮日本古典集成〔41〕」'79 p329
古今・新古今歳時記小事典
　「現代語訳 日本の古典3」'81 p174
索引
　「古典日本文学全集12」'62 p393
　「新 日本古典文学大系11」'92
作者索引
　「日本の文学 古典編25」'86 p325
参考文献（辻勝美）
　「鑑賞日本古典文学17」'77 p457
出典、隠岐本合点・撰者名注記一覧
　「新潮日本古典集成〔41〕」'79 p332
初句索引
　「鑑賞日本古典文学17」'77 p470
　「新潮日本古典集成〔41〕」'79 p400

「新 日本古典文学大系11」'92 p2
「新編日本古典文学全集43」'95 p629
「中世文芸叢書5」'66 p243
「日本古典文学全集26」'74 p625
「日本の文学 古典編25」'86 p317
初句総索引
　「完訳日本の古典36」'83 p535
新古今歌壇
　「全対訳日本古典新書〔15〕」'77 p76
新古今和歌集 作者索引
　「鑑賞日本古典文学17」'77 p473
人名索引
　「新 日本古典文学大系11」'92 p19
図版目録
　「現代語訳 日本の古典3」'81 p178
地名索引
　「新 日本古典文学大系11」'92 p65
付録
　「新 日本古典文学大系11」'92 p579
　「新編日本古典文学全集43」'95 p601
　「日本古典文学全集26」'74 p599
補注
　「日本古典文学大系28」'58 p418

親鸞
【解説】
解説
　「新編日本古典文学全集44」'95 p574
　「対訳古典シリーズ〔16〕」'88 p107
　「日本古典文学全集27」'71 p507
　「日本古典文学大系82」'64 p7
　「日本思想大系11」'71 p469
解説（伊藤博之）
　「新潮日本古典集成〔50〕」'81 p237
『教行信証』解題（石田充之）
　「日本思想大系11」'71 p577
『教行信証』の思想と内容（星野元豊）
　「日本思想大系11」'71 p495
現代と『歎異抄』（野間宏）
　「鑑賞日本古典文学20」'77 p386
書名と成立、及び著者
　「対訳古典シリーズ〔16〕」'88 p107
親鸞と蓮如の小説化（丹羽文雄）
　「鑑賞日本古典文学20」'77 p381
親鸞の語録について（亀井勝一郎）
　「古典日本文学全集15」'61 p415
組織と解説
　「対訳古典シリーズ〔16〕」'88 p121
『歎異抄』を読まれる方へ
　「対訳古典シリーズ〔16〕」'88 p180
歎異抄とは、どういう書物か（松野純孝）
　「全対訳日本古典新書〔10〕」'77 p3

解説・資料　　　　　　　　　　　　　　　　　　　　　　　随筆

『歎異抄』について
　「全対訳日本古典新書〔10〕」'77 p120
『歎異抄』について（多屋頼俊）
　「鑑賞日本古典文学20」'77 p324
文学的意義
　「対訳古典シリーズ〔16〕」'88 p174
歴史上の人物としての親鸞（家永三郎）
　「日本思想大系11」'71 p471
【年表】
親鸞関係年譜
　「新潮日本古典集成〔50〕」'81 p320
親鸞略年譜
　「全対訳日本古典新書〔10〕」'77 p134
【資料】
恵信尼の手紙
　「新潮日本古典集成〔50〕」'81 p293
校訂付記
　「新編日本古典文学全集44」'95 p573
　「日本古典文学全集27」'71 p563
参考文献
　「対訳古典シリーズ〔16〕」'88 p184
補注
　「全対訳日本古典新書〔10〕」'77 p96
　「対訳古典シリーズ〔16〕」'88 p82
　「日本古典文学大系82」'64 p231
　「日本思想大系11」'71 p425
梵語一覧表
　「日本思想大系11」'71 p465

【　す　】

随筆
【解説】
あとがき（吉川弘文館編集部）
　「日本随筆大成Ⅰ-1」'75 p452
　「日本随筆大成Ⅰ-2」'75 p482
　「日本随筆大成Ⅰ-3」'75
　「日本随筆大成Ⅰ-4」'75 p514
　「日本随筆大成Ⅰ-5」'75 p440
　「日本随筆大成Ⅰ-6」'75 p459
　「日本随筆大成Ⅰ-7」'75 p298
　「日本随筆大成Ⅰ-8」'75 p582
　「日本随筆大成Ⅰ-9」'75 p402
　「日本随筆大成Ⅰ-10」'75 p486
　「日本随筆大成Ⅰ-11」'75
　「日本随筆大成Ⅰ-12」'75 p490
　「日本随筆大成Ⅰ-13」'75 p444
　「日本随筆大成Ⅰ-14」'75
　「日本随筆大成Ⅰ-15」'75 p556
　「日本随筆大成Ⅰ-16」'76 p388
　「日本随筆大成Ⅰ-17」'76
　「日本随筆大成Ⅰ-18」'76
　「日本随筆大成Ⅰ-19」'76
　「日本随筆大成Ⅰ-20」'76
　「日本随筆大成Ⅰ-21」'76
　「日本随筆大成Ⅰ-22」'76
　「日本随筆大成Ⅰ-23」'76
　「日本随筆大成Ⅱ-1」'73
　「日本随筆大成Ⅱ-2」'73
　「日本随筆大成Ⅱ-3」'74
　「日本随筆大成Ⅱ-4」'74
　「日本随筆大成Ⅱ-5」'74
　「日本随筆大成Ⅱ-6」'74
　「日本随筆大成Ⅱ-7」'74
　「日本随筆大成Ⅱ-8」'74
　「日本随筆大成Ⅱ-9」'74
　「日本随筆大成Ⅱ-10」'74
　「日本随筆大成Ⅱ-11」'74
　「日本随筆大成Ⅱ-12」'74
　「日本随筆大成Ⅱ-13」'74 p1
　「日本随筆大成Ⅱ-14」'74
　「日本随筆大成Ⅱ-15」'74
　「日本随筆大成Ⅱ-16」'74
　「日本随筆大成Ⅱ-17」'74
　「日本随筆大成Ⅱ-18」'74
　「日本随筆大成Ⅱ-19」'75
　「日本随筆大成Ⅱ-20」'74
　「日本随筆大成Ⅱ-21」'74
　「日本随筆大成Ⅱ-22」'74
　「日本随筆大成Ⅱ-23」'74
　「日本随筆大成Ⅱ-24」'75
　「日本随筆大成別7」'79 p424
　「日本随筆大成別8」'79 p268
　「日本随筆大成別9」'79 p466
　「日本随筆大成別10」'79 p372
巌垣竜渓と『落栗物語』の作者（多治比郁夫）
　「新 日本古典文学大系97」'00 p427
「うづら衣」について（岩田九郎）
　「古典日本文学全集35」'61 p391
江戸時代の随筆（森銑三）
　「古典日本文学全集35」'61 p373
翁草解題追補（小出昌洋）
　「日本随筆大成Ⅲ-24」'78 p1
「折たく柴の記」解説（古川哲史）
　「古典日本文学全集35」'61 p351
「折たく柴の記」について（桑原武夫）
　「古典日本文学全集35」'61 p366
解説
　「新 日本古典文学大系100」'89 p571
　「日本古典文学大系55」'61 p3
　「日本古典文学大系96」'65 p5

日本古典文学全集・作品名綜覧　453

随筆　　　　　　　　解説・資料

「日本古典文学大系96」'65 p245
「日本古典文学大系96」'65 p377
「日本古典文学大系96」'65 p501
解説（小高道子，鈴木淳）
　「新編日本古典文学全集82」'00 p480
解説・解題
　「中世の文学 第1期〔16〕」'92 p573
解題
　「未刊随筆百種1」'76 p13
　「未刊随筆百種2」'76 p5
　「未刊随筆百種3」'76 p5
　「未刊随筆百種4」'76 p5
　「未刊随筆百種5」'77 p5
　「未刊随筆百種6」'77 p5
　「未刊随筆百種7」'77 p5
　「未刊随筆百種8」'77 p5
　「未刊随筆百種9」'77 p5
　「未刊随筆百種10」'77 p5
　「未刊随筆百種11」'78 p5
　「未刊随筆百種12」'78 p5
解題（岡田哲）
　「叢書江戸文庫I-12」'87 p303
解題（北川博邦）
　「続日本随筆大成4」'79 p3
　「日本随筆大成III-3」'76 p1
　「日本随筆大成III-13」'77 p1
解題（北川博邦，小出昌洋）
　「続日本随筆大成1」'79 p5
　「続日本随筆大成2」'79 p3
　「続日本随筆大成3」'79 p3
　「続日本随筆大成5」'80 p3
　「続日本随筆大成6」'80 p3
　「続日本随筆大成7」'80 p3
　「続日本随筆大成8」'80 p3
　「続日本随筆大成9」'80 p3
　「続日本随筆大成10」'80 p3
　「続日本随筆大成11」'81 p3
　「続日本随筆大成12」'81 p3
　「日本随筆大成III-4」'77 p1
　「日本随筆大成III-5」'77 p1
　「日本随筆大成III-6」'77 p1
　「日本随筆大成III-8」'77 p1
　「日本随筆大成III-9」'77 p1
　「日本随筆大成III-10」'77 p1
　「日本随筆大成III-11」'77 p1
　「日本随筆大成III-12」'77 p1
解題（北川博邦，小出昌洋，向井信夫）
　「日本随筆大成III-2」'76 p1
解題（小出昌洋）
　「続日本随筆大成別1」'81 p3
　「続日本随筆大成別1」'81 p3
　「続日本随筆大成別5」'82 p3

「続日本随筆大成別6」'82 p3
「続日本随筆大成別8」'82 p3
「続日本随筆大成別9」'83 p3
「続日本随筆大成別10」'83 p3
「続日本随筆大成別11」'83 p3
「続日本随筆大成別12」'83 p3
「日本随筆大成III-1」'76 p1
「日本随筆大成III-7」'77 p1
「日本随筆大成III-17」'78 p1
「日本随筆大成III-19」'78 p1
「日本随筆大成別7」'79 p1
解題（丸山季夫）
　「日本随筆大成I-1」'75 p1
　「日本随筆大成I-2」'75 p1
　「日本随筆大成I-3」'75 p1
　「日本随筆大成I-4」'75 p1
　「日本随筆大成I-5」'75 p1
　「日本随筆大成I-6」'75 p1
　「日本随筆大成I-7」'75 p1
　「日本随筆大成I-8」'75 p1
　「日本随筆大成I-9」'75 p1
　「日本随筆大成I-10」'75 p1
　「日本随筆大成I-11」'75 p1
　「日本随筆大成I-12」'75 p1
　「日本随筆大成I-13」'75 p1
　「日本随筆大成I-14」'75 p1
　「日本随筆大成I-15」'75 p1
　「日本随筆大成I-16」'76 p1
　「日本随筆大成I-17」'76 p1
　「日本随筆大成I-18」'76 p1
　「日本随筆大成I-19」'76 p1
　「日本随筆大成I-20」'76 p1
　「日本随筆大成I-21」'76 p1
　「日本随筆大成I-22」'76 p1
　「日本随筆大成I-23」'76 p1
　「日本随筆大成II-1」'73 p1
　「日本随筆大成II-2」'73 p1
　「日本随筆大成II-3」'74 p1
　「日本随筆大成II-4」'74 p1
　「日本随筆大成II-5」'74 p1
　「日本随筆大成II-6」'74 p1
　「日本随筆大成II-7」'74 p1
　「日本随筆大成II-8」'74 p1
　「日本随筆大成II-9」'74 p1
　「日本随筆大成II-10」'74 p1
　「日本随筆大成II-11」'74 p1
　「日本随筆大成II-12」'74 p1
　「日本随筆大成II-13」'74 p1
　「日本随筆大成II-14」'74 p1
　「日本随筆大成II-15」'74 p1
　「日本随筆大成II-16」'74 p1
　「日本随筆大成II-17」'74 p1

「日本随筆大成Ⅱ-18」'74 p1
「日本随筆大成Ⅱ-19」'75 p1
「日本随筆大成Ⅱ-20」'74 p1
「日本随筆大成Ⅱ-21」'74 p1
「日本随筆大成Ⅱ-22」'74 p1
「日本随筆大成Ⅱ-23」'74 p1
「日本随筆大成Ⅱ-24」'75 p1
近世の人物誌（中野三敏）
　「新 日本古典文学大系97」'00 p407
後記（朝倉治彦）
　「未刊随筆百種1」'76 p405
　「未刊随筆百種2」'76 p441
　「未刊随筆百種3」'76 p419
　「未刊随筆百種4」'76 p417
　「未刊随筆百種5」'77 p465
　「未刊随筆百種6」'77 p453
　「未刊随筆百種7」'77 p461
　「未刊随筆百種8」'77 p477
　「未刊随筆百種9」'77 p479
　「未刊随筆百種10」'77 p491
　「未刊随筆百種11」'78 p415
　「未刊随筆百種12」'78 p481
古典への招待 和学者と和歌惰弱論（鈴木淳）
　「新編日本古典文学全集82」'00 p3
混沌社の成立と頼春水（多治比郁夫）
　「新 日本古典文学大系97」'00 p432
再刊にあたって（森銑三）
　「未刊随筆百種1」'76 p1
寺門静軒と成島柳北
　「新 日本古典文学大系100」'89 p573
醇儒雨森芳洲－その学と人と－（水田紀久）
　「新 日本古典文学大系99」'00 p489
叙言（鳶魚幽人）
　「未刊随筆百種1」'76 p7
序言（森銑三）
　「続日本随筆大成1」'79 p1
『仁斎日札』解説（植谷元）
　「新 日本古典文学大系99」'00 p465
「神霊矢口渡」の節章解説（祐田善雄）
　「日本古典文学大系55」'61 p449
鈴木桃野と『無可有郷』（小林勇）
　「新 日本古典文学大系99」'00 p520
跋（鳶魚生）
　「未刊随筆百種12」'78 p477
『不尽言』『筆のすさび』解説（日野龍夫）
　「新 日本古典文学大系99」'00 p503
「蘭学事始」について（杉浦明平）
　「古典日本文学全集35」'61 p387
【資料】
索引
　「未刊随筆百種1」'76 p393
　「未刊随筆百種2」'76 p425

「未刊随筆百種3」'76 p409
「未刊随筆百種4」'76 p409
「未刊随筆百種5」'77 p453
「未刊随筆百種6」'77 p441
「未刊随筆百種7」'77 p453
「未刊随筆百種8」'77 p467
「未刊随筆百種9」'77 p469
「未刊随筆百種10」'77 p477
「未刊随筆百種11」'78 p395
「未刊随筆百種12」'78 p463
付録
　「新 日本古典文学大系100」'89 p425
付録・参考地図
　「新編日本古典文学全集82」'00 p507
補注
　「日本古典文学大系55」'61 p401
　「日本古典文学大系96」'65 p209
　「日本古典文学大系96」'65 p359
　「日本古典文学大系96」'65 p485
未刊随筆百種書名索引
　「未刊随筆百種12」'78 p473

菅原孝標女
【解説】
王朝時代の地方（黛弘道）
　「現代語訳 日本の古典7」'81 p149
関連作品 王朝の日記文学 蜻蛉日記・和泉式部日記（関根慶子）
　「現代語訳 日本の古典7」'81 p166
王朝びとの旅（駒敏郎）
　「現代語訳 日本の古典7」'81 p162
解説
　「鑑賞日本の古典7」'80 p411
　「完訳日本の古典24」'84 p431
　「新編日本古典文学全集26」'94 p361
　「全対訳日本古典新書〔8〕」'76 p170
　「対訳古典シリーズ〔10〕」'88 p163
　「日本古典全書〔22〕」'50 p3
　「日本古典文学大系20」'57 p463
解説 更級日記の世界―その内と外（秋山虔）
　「新潮日本古典集成〔27〕」'80 p113
解説に代えて
　「有精堂校注叢書〔4〕」'87 p103
古典への招待 女流日記文学の条件と特色
　「新編日本古典文学全集26」'94 p5
作者の血統
　「日本古典全書〔22〕」'50 p13
更級日記（犬養廉）
　「日本古典文学全集18」'71 p46
更級日記 解説（吉岡曠）
　「新 日本古典文学大系24」'89 p557
更級日記梗概

菅原孝標女　解説・資料

「日本古典全書〔22〕」'50 p35
更級日記の錯簡と伝本
　「日本古典全書〔22〕」'50 p48
更級日記の脊景
　「日本古典全書〔22〕」'50 p3
菅原孝標の女
　「日本古典全書〔22〕」'50 p19
総説
　「日本の文学 古典編18」'86 p11
土佐日記・更級日記の世界（馬場あき子）
　「現代語訳 日本の古典7」'81 p157
土佐日記・更級日記の旅（榊原和夫）
　「現代語訳 日本の古典7」'81 p170
はじめに
　「全対訳日本古典新書〔8〕」'76 p3
私の『土佐日記』と『更級日記』（竹西寛子）
　「現代語訳 日本の古典7」'81 p140
【年表】
『更級日記』関係年表
　「鑑賞日本の古典7」'80 p553
更科日記年表
　「有精堂校注叢書〔4〕」'87 p131
更級日記年譜
　「完訳日本の古典24」'84 p447
日記年表
　「新編日本古典文学全集26」'94 p509
年譜
　「新潮日本古典集成〔27〕」'80 p173
　「対訳古典シリーズ〔10〕」'88 p186
略年表
　「日本古典全書〔22〕」'50 p64
【資料】
奥書・勘物
　「新潮日本古典集成〔27〕」'80 p167
　「対訳古典シリーズ〔10〕」'88 p158
　「有精堂校注叢書〔4〕」'87 p124
蜻蛉日記・更級日記 地名解説
　「新 日本古典文学大系24」'89 p471
御物本更級日記奥書・勘物
　「全対訳日本古典新書〔8〕」'76 p154
系図
　「新潮日本古典集成〔27〕」'80 p191
　「日本古典全書〔22〕」'50 p68
更科日記
　「有精堂校注叢書〔3〕」'87 p177
更級日記影印
　「有精堂校注叢書〔4〕」'87 p152
更科日記関係系図
　「有精堂校注叢書〔4〕」'87 p148
更級日記関係系図
　「全対訳日本古典新書〔8〕」'76 p190
更科日記足跡図

「有精堂校注叢書〔4〕」'87 p150
更級日記 定家本傍注一覧
　「新 日本古典文学大系24」'89 p469
更級日記道程図（地図）
　「全対訳日本古典新書〔8〕」'76 p188
参考文献
　「有精堂校注叢書〔4〕」'87 p127
主要語彙索引
　「有精堂校注叢書〔4〕」'87 p154
初句索引
　「新 日本古典文学大系24」'89 p2
図版目録
　「現代語訳 日本の古典7」'81 p174
図録
　「新編日本古典文学全集26」'94 p528
地図
　「新潮日本古典集成〔27〕」'80 p186
　「対訳古典シリーズ〔10〕」'88 p8
付図
　「新 日本古典文学大系24」'89 p484
付録
　「有精堂校注叢書〔4〕」'87 p123
補注
　「全対訳日本古典新書〔8〕」'76 p157
　「日本古典文学大系20」'57 p541
和歌索引
　「新潮日本古典集成〔27〕」'80 p194

菅原道真
【解説】
解説（付録年表・系図・参考地図）
　「日本古典文学大系72」'66 p23
こち吹かばにほひおこせよ梅の花 菅原道真
　「現代語訳 日本の古典11」'79 p47
学問の神様菅原道真
　「特選日本の古典 グラフィック版別1」'86 p44
【資料】
作品目次
　「日本古典文学大系72」'66 p3
参考附載
　「日本古典文学大系72」'66 p621
補注
　「日本古典文学大系72」'66 p635

住吉物語
【解説】
解説
　「新 日本古典文学大系18」'89 p405
　「新編日本古典文学全集39」'02 p141
　「中世文芸叢書11」'67 p223
解題
　「有精堂校注叢書〔5〕」'87 p99

古典への招待 改作物語と散逸物語―『住吉物語』『とりかへばや物語』の周辺（三角洋一）
　「新編日本古典文学全集39」'02 p3
小学館所蔵『住吉物語絵巻』について
　「新編日本古典文学全集39」'02 p150
住吉物語 解説（稲賀敬二）
　「新 日本古典文学大系18」'89 p447
住吉物語諸本の分類―和歌の固定と流動相を手がかりとして（友久武文）
　「中世文芸叢書別3」'73 p276
【資料】
校訂付記
　「新編日本古典文学全集39」'02 p137
広本住吉物語集和歌索引
　「中世文芸叢書11」'67 p255
参考資料
　「新編日本古典文学全集39」'02 p543
参考文献一覧
　「有精堂校注叢書〔5〕」'87 p112
主要享受史資料
　「有精堂校注叢書〔5〕」'87 p164
主要語彙索引
　「有精堂校注叢書〔5〕」'87 p172
主要人物系図
　「新編日本古典文学全集39」'02 p553
　「有精堂校注叢書〔5〕」'87 p169
正慶本系『住吉物語』（翻刻）
　「有精堂校注叢書〔5〕」'87 p118
初句索引
　「新編日本古典文学全集39」'02 p572
諸伝本影印
　「有精堂校注叢書〔5〕」'87 p170
住吉物語 研究文献目録（吉海直人編）
　「新 日本古典文学大系18」'89 p489
年立
　「新編日本古典文学全集39」'02 p556
付録
　「有精堂校注叢書〔5〕」'87 p117

【　せ　】

世阿弥
【解説】
解説
　「新潮日本古典集成〔61〕」'76 p265
　「日本思想大系24」'74 p513
観阿弥・世阿弥の世界（戸井田道三）
　「鑑賞日本古典文学22」'77 p425
世阿弥と禅竹の伝書（表章）
　「日本思想大系24」'74 p542
世阿弥能作論の形成（竹本幹夫）
　「鑑賞日本古典文学24」'76 p395
世阿弥の戦術または能楽論（加藤周一）
　「日本思想大系24」'74 p515
世子六十以後申楽談儀（堀口康生）
　「鑑賞日本古典文学24」'76 p406
幽玄な美と芸（観世寿夫）
　「鑑賞日本古典文学24」'76 p422
【資料】
補注・校訂付記
　「日本思想大系24」'74 p425

清少納言
【解説】
影響と研究史
　「日本古典全書〔26〕」'47 p35
王朝貴族の遊び（森野宗明）
　「現代語訳 日本の古典6」'80 p149
王朝人の恋愛作法（近藤富枝）
　「現代語訳 日本の古典6」'80 p168
解説
　「完訳日本の古典12」'84 p277
　「日本古典全書〔26〕」'47 p1
　「日本古典文学全集11」'74 p11
　「日本古典文学大系19」'58 p5
解説（塩田良平）
　「古典日本文学全集11」'62 p335
解説（田中重太郎）
　「対訳古典シリーズ〔8〕」'88 p421
解説（永井和子）
　「新編日本古典文学全集18」'97 p475
解説（渡辺実）
　「新 日本古典文学大系25」'91 p367
解説 清少納言枕草子―人と作品（萩谷朴）
　「新潮日本古典集成〔14〕」'77 p331
解題
　「鑑賞日本の古典5」'80 p10
　「国文学評釈叢書〔2〕」'58 p1
　「日本文学古註釈大成〔15〕」'78
　「日本文学古註釈大成〔16〕」'78
　「日本文学古註釈大成〔17〕」'78
完結にあたって（中西健治）
　「日本古典評釈・全注釈叢書〔8〕」'95 p563
下巻末に
　「平安文学叢刊2」'56 p1
原形とその成立・内容
　「日本古典全書〔26〕」'47 p25
対談 後宮サロンと女房文学（村井康彦，田辺聖子）
　「特選日本の古典 グラフィック版4」'86 p150
校本枕冊子抜書本（解説）

清少納言　解説・資料

「平安文学叢刊3」'57 p261
古典への招待　枕草子を読むたのしさ（永井和子）
「新編日本古典文学全集18」'97 p13
堺本系統（宸翰本を含む）
「平安文学叢刊1」'53 p62
作者
「対訳古典シリーズ〔8〕」'88 p427
作者と時代
「日本古典全書〔26〕」'47 p8
作者の伝記
「国文学評釈叢書〔2〕」'58 p11
作品の解題
「国文学評釈叢書〔2〕」'58 p8
作品の解題および作者の伝記
「国文学評釈叢書〔2〕」'58 p8
三巻本（安貞二年奥書本）系統
「平安文学叢刊1」'53 p30
参考文献解題　枕草子（吉山裕樹）
「鑑賞日本の古典5」'80 p480
自序
「平安文学叢刊1」'53 p1
時代の背景
「国文学評釈叢書〔2〕」'58 p1
序（池田亀鑑）
「平安文学叢刊1」'53 p1
序説
「対訳古典シリーズ〔8〕」'88 p421
「日本古典評釈・全注釈叢書〔4〕」'72 p7
序説（石田穣二）
「鑑賞日本古典文学8」'75 p1
諸本解題
「平安文学叢刊1」'53 p21
諸本と底本
「日本古典全書〔26〕」'47 p30
書名
「対訳古典シリーズ〔8〕」'88 p422
「日本古典全書〔26〕」'47 p16
女流ペシミスト（後藤明生）
「鑑賞日本古典文学8」'75 p463
孤独な才女清少納言
「特選日本の古典 グラフィック版別1」'86 p93
清少納言解題
「私家集大成1」'73 p830
清少納言の世界
「日本古典全書〔26〕」'47 p3
清少納言の男性像（岡部伊都子）
「現代語訳 日本の古典6」'80 p164
清少納言の「枕草子」（島崎藤村）
「古典日本文学全集11」'62 p361
清爽の世界（上田三四二）
「鑑賞日本古典文学8」'75 p471

成立年時と諸本
「対訳古典シリーズ〔8〕」'88 p434
総説
「日本の文学 古典編9」'87 p5
総説（石田穣二）
「鑑賞日本古典文学8」'75 p9
注釈・批評・研究史の概説
「国文学評釈叢書〔2〕」'58 p34
定家筆「臨時祭試楽調楽」所引枕冊子本文について
「平安文学叢刊3」'57 p221
伝能因所持本系統諸本（古活字本・慶安刊本を含む）
「平安文学叢刊1」'53 p21
伝本
「国文学評釈叢書〔2〕」'58 p30
伝本および注釈・批判・研究史
「国文学評釈叢書〔2〕」'58 p30
読書ノート
「鑑賞日本古典文学8」'75 p463
内容と精神
「対訳古典シリーズ〔8〕」'88 p437
日記的章段の世界（森本元子）
「鑑賞日本古典文学8」'75 p425
能因本枕冊子について
「日本古典評釈・全注釈叢書〔4〕」'72 p12
はしがき（橋本武）
「イラスト古典全訳〔2〕」'89 p3
はしがき（阿部秋生）
「国文学評釈叢書〔2〕」'58 p1
跋
「平安文学叢刊3」'57 p45
文学史的意義
「対訳古典シリーズ〔8〕」'88 p442
文学史的地位
「国文学評釈叢書〔2〕」'58 p15
文体—その特色と味読の方法
「国文学評釈叢書〔2〕」'58 p26
前田家本
「平安文学叢刊1」'53 p60
解説枕草子・蜻蛉日記（西村亨）
「特選日本の古典 グラフィック版4」'86 p160
枕草子随想的章段（藤本一恵）
「鑑賞日本古典文学8」'75 p434
枕草子と清少納言（萩谷朴）
「現代語訳 日本の古典6」'80 p157
枕草子にあらわれた美意識（伊原昭）
「鑑賞日本古典文学8」'75 p412
枕草子にあらわれる「……係助詞（係り）……をかし（結び）」構文の特徴—係助詞と「をかし」の関係（小沢昭人）
「中世文芸叢書別3」'73 p312

枕草子について（和辻哲郎）
　「古典日本文学全集11」'62 p364
枕草子のことば（根来司）
　「鑑賞日本古典文学8」'75 p393
枕草子の性格（稲賀敬二）
　「鑑賞日本古典文学8」'75 p383
枕草子の旅（祖田浩一）
　「現代語訳 日本の古典6」'80 p172
枕草子の窓
　「鑑賞日本古典文学8」'75 p381
枕草子の和歌（有吉保）
　「鑑賞日本古典文学8」'75 p403
紫式部と清少納言（清水好子）
　「鑑賞日本古典文学8」'75 p452
類聚章段の読解方法について（神作光一）
　「鑑賞日本古典文学8」'75 p443
【年表】
年表
　「鑑賞日本古典文学8」'75 p42
　「日本古典全書〔26〕」'47 p43
　「日本古典文学大系19」'58 p392
年譜
　「対訳古典シリーズ〔9〕」'88 p470
枕草子解釈年表
　「新潮日本古典集成〔15〕」'77 p281
枕草子年表
　「鑑賞日本の古典5」'80 p504
　「完訳日本の古典12」'84 p302
　「日本古典文学全集11」'74 p484
枕草子年表（岸上慎二編）
　「新編日本古典文学全集18」'97 p520
【資料】
永禄元年以前枕冊子断簡
　「平安文学叢刊3」'57 p229
王朝貴族の生活・生活事典（西村亨）
　「特選日本の古典 グラフィック版4」'86 p136
王朝生活用語小事典
　「現代語訳 日本の古典6」'80 p174
官位相当表
　「国文学評釈叢書〔2〕」'58 p244
旧暦月名表
　「国文学評釈叢書〔2〕」'58 p250
京都歴史地図
　「新編日本古典文学全集18」'97 p540
系図
　「イラスト古典全訳〔2〕」'89 p16
　「鑑賞日本古典文学8」'75 p36
　「対訳古典シリーズ〔8〕」'88 p451
　「日本古典文学大系19」'58 p386
　「日本古典全書〔26〕」'47 p60
校異
　「日本古典文学大系19」'58 p363

校訂付記
　「完訳日本の古典12」'84 p171
　「完訳日本の古典13」'84 p229
　「新編日本古典文学全集18」'97 p469
　「日本古典文学全集11」'74 p471
校本枕冊子抜書本〔永禄三年写本〕複製
　「平安文学叢刊3」'57 p1
五巻索引
　「日本古典評釈・全注釈叢書〔8〕」'95 p475
語句索引
　「国文学評釈叢書〔2〕」'58 p266
固有名詞索引
　「対訳古典シリーズ〔9〕」'88 p480
堺本系統諸本原態表
　「平安文学叢刊3」'57 p161—176
索引
　「日本古典評釈・全注釈叢書〔4〕」'72 p523
　「日本古典評釈・全注釈叢書〔5〕」'75 p401
　「日本古典評釈・全注釈叢書〔6〕」'78 p427
　「日本古典評釈・全注釈叢書〔7〕」'83 p353
三巻本勘物対照表
　「平安文学叢刊3」'57 p177
三巻本系統諸本原態表
　「平安文学叢刊3」'57 p131—150
三巻本枕草子〔富岡家旧蔵本〕複製
　「平安文学叢刊3」'57 p75
三巻本枕草子本文解釈論文一覧
　「新潮日本古典集成〔15〕」'77 p371
参考文献
　「対訳古典シリーズ〔8〕」'88 p445
参考文献（神作光一）
　「鑑賞日本古典文学8」'75 p479
主要人物氏別系譜
　「新潮日本古典集成〔15〕」'77 p310
主要人物年齢対照表
　「新潮日本古典集成〔15〕」'77 p316
主要註釈書章段対照表
　「平安文学叢刊3」'57 p1
章段索引
　「対訳古典シリーズ〔8〕」'88 p461
　「対訳古典シリーズ〔9〕」'88 p472
　「平安文学叢刊2」'56 p1
諸本原態表
　「平安文学叢刊3」'57 p111
諸本綜合章段索引
　「平安文学叢刊3」'57 p23
寝殿造図
　「国文学評釈叢書〔2〕」'58 p249
図版目録
　「現代語訳 日本の古典6」'80 p178
　「特選日本の古典 グラフィック版4」'86 p166
図録

清少納言

「完訳日本の古典12」'84 p324
「完訳日本の古典13」'84 p365
武藤元信旧蔵本清少納言枕双紙〔略本〕
　「平安文学叢刊3」'57 p241
清涼殿図
　「国文学評釈叢書〔2〕」'58 p248
全巻索引
　「日本古典評釈・全注釈叢書〔8〕」'95 p491
大内裏図・内裏図
　「新 日本古典文学大系25」'91 p392
大内裏略図
　「国文学評釈叢書〔2〕」'58 p246
内裏略図
　「国文学評釈叢書〔2〕」'58 p247
地図—王朝文学ゆかりの平安京
　「特選日本の古典 グラフィック版4」'86 p165
底本本文訂正一覧
　「新潮日本古典集成〔15〕」'77 p361
伝本因所持本系統諸本原態表
　「平安文学叢刊3」'57 p113—129
藤原氏系図
　「国文学評釈叢書〔2〕」'58 p243
附図
　「国文学評釈叢書〔2〕」'58 p242
　「新潮日本古典集成〔15〕」'77 p377
付録
　「古典日本文学全集11」'62 p396
　「新編日本古典文学全集18」'97 p519
　「日本古典文学全集11」'74 p483
平安京条坊図
　「新編日本古典文学全集18」'97 p542
平安京大内裏・内裏図
　「新編日本古典文学全集18」'97 p538
方位時刻表
　「国文学評釈叢書〔2〕」'58 p250
補注
　「対訳古典シリーズ〔8〕」'88 p404
　「日本古典文学大系19」'58 p333
補註
　「日本古典全書〔26〕」'47 p426
前田家本原態表
　「平安文学叢刊3」'57 p151—159
枕草子絵巻
　「日本古典文学全集11」'74 p502
枕冊子絵巻詞書本文異文対照表
　「平安文学叢刊3」'57 p203
枕草子関係系図
　「完訳日本の古典12」'84 p318
　「新編日本古典文学全集18」'97 p532
　「日本古典文学全集11」'74 p496
枕草子関係諸家系図
　「鑑賞日本の古典5」'80 p509

枕草子現存人名一覧
　「新潮日本古典集成〔15〕」'77 p319
枕草子地所名一覧
　「新潮日本古典集成〔15〕」'77 p337
枕冊子諸注釈書章段対照表
　「日本古典評釈・全注釈叢書〔8〕」'95 p545
枕草子心状語要覧
　「新 日本古典文学大系25」'91 p353
枕草子動植物名一覧
　「新潮日本古典集成〔15〕」'77 p347
目次
　「日本古典文学大系19」'58 p34

説話
【解説】
引用書解説
　「校註日本文芸新篇〔4〕」'50 p89
『絵師草子』をめぐって（むしゃこうじみのる）
　「鑑賞日本古典文学23」'77 p434
縁起の物語小史（村上学）
　「鑑賞日本古典文学23」'77 p382
解説
　「新潮日本古典集成〔66〕」'77 p391
　「新 日本古典文学大系40」'93 p507
　「新 日本古典文学大系42」'90 p537
　「中世の文学 第1期〔5〕」'74 p1
　「中世の文学 第1期〔6〕」'76 p3
　「日本古典全書〔59〕」'67 p3
　「日本古典全書〔59〕」'67 p277
解説〔補遺〕
　「中世の文学 第1期〔9〕」'82 p3
解題
　「新訂校註—日本文学大系7」'55 p1
　「新訂校註—日本文学大系8」'55 p1
解題（須永朝彦）
　「日本古典文学幻想コレクション1」'95 p281
解題（西田耕三）
　「叢書江戸文庫Ⅰ-16」'90 p521
　「叢書江戸文庫Ⅲ-44」'98 p551
唐鏡解説
　「中世文芸叢書8」'66 p173
閑居友 解説（小島孝之）
　「新 日本古典文学大系40」'93 p542
関係説話集との比較
　「日本古典全書〔59〕」'67 p305
記録と説話文学（志村有弘）
　「鑑賞日本古典文学23」'77 p393
甲賀三郎の漂泊（辺見じゅん）
　「鑑賞日本古典文学23」'77 p451
三宝絵解説（馬淵和夫）
　「新 日本古典文学大系31」'97 p489
『三宝絵』の後代への影響（小泉弘）

「新 日本古典文学大系31」'97 p515
主要研究文献目録
　　「日本古典全書〔59〕」'67 p61
序説
　　「日本古典全書〔59〕」'67 p3
　　「日本古典全書〔59〕」'67 p277
諸本と研究
　　「日本古典全書〔59〕」'67 p316
書名
　　「日本古典全書〔59〕」'67 p280
神仙の性格
　　「日本古典全書〔59〕」'67 p307
神仙文学の流れ
　　「日本古典全書〔59〕」'67 p310
成立
　　「日本古典全書〔59〕」'67 p283
成立と系統
　　「日本古典全書〔59〕」'67 p53
世俗説話とその流れ（国東文麿）
　　「鑑賞日本古典文学23」'77 p359
説話集と口承説話（池上洵一）
　　「鑑賞日本古典文学13」'76 p379
説話のなかのユーモア（長部日出雄）
　　「鑑賞日本古典文学13」'76 p453
説話文学の文体について（山田俊雄）
　　「鑑賞日本古典文学13」'76 p392
撰者
　　「日本古典全書〔59〕」'67 p282
注好選解説（今野達）
　　「新 日本古典文学大系31」'97 p541
中世音楽説話の流れ（房野水絵）
　　「鑑賞日本古典文学23」'77 p422
中世説話集の窓
　　「鑑賞日本古典文学23」'77 p357
中世説話における地方的性格（菊地良一）
　　「鑑賞日本古典文学23」'77 p413
帝王編年記
　　「校註日本文芸新篇〔4〕」'50 p91
体裁と表記
　　「日本古典全書〔59〕」'67 p7
伝来と発見
　　「日本古典全書〔59〕」'67 p6
遠い記憶（綱淵謙錠）
　　「鑑賞日本古典文学23」'77 p443
読者としての作者たち（三木紀人）
　　「鑑賞日本古典文学23」'77 p373
読書ノート
　　「鑑賞日本古典文学23」'77 p443
内容
　　「日本古典全書〔59〕」'67 p9
　　「日本古典全書〔59〕」'67 p17
　　「日本古典全書〔59〕」'67 p285

南北朝〜室町期の説話世界（小林保治）
　　「鑑賞日本古典文学23」'77 p403
比較文学的考察
　　「日本古典全書〔59〕」'67 p49
比良山古人霊託 解説（木下資一）
　　「新 日本古典文学大系40」'93 p564
『比良山古人霊託』人名解説
　　「新 日本古典文学大系40」'93 p33
文学史的地位
　　「日本古典全書〔59〕」'67 p323
宝物集 解説（山田昭全）
　　「新 日本古典文学大系40」'93 p507
『宝物集』歌人解説
　　「新 日本古典文学大系40」'93 p6
本朝神仙伝の世界
　　「日本古典全書〔59〕」'67 p313
わが説話文学と説話画
　　「日本古典全書〔59〕」'67 p59
わが説話文学と中国説話文学
　　「日本古典全書〔59〕」'67 p56
【資料】
解説目次
　　「新 日本古典文学大系31」'97 p3
唐鏡人名索引
　　「中世文芸叢書8」'66 p159
閑居友上目次
　　「中世の文学 第1期〔5〕」'74 p63
閑居友下目次
　　「中世の文学 第1期〔5〕」'74 p123
『閑居友』説話章段目次
　　「新 日本古典文学大系40」'93 pvi
原典所収書目一覧
　　「日本古典文学幻想コレクション1」'95
校異等一覧
　　「新潮日本古典集成〔66〕」'77 p438
古本説話集 説話目次
　　「新 日本古典文学大系42」'90 pvii
固有名詞一覧
　　「新 日本古典文学大系42」'90 p2
索引
　　「新 日本古典文学大系40」'93
参考〔国会図書館所蔵写本文〕
　　「中世の文学 第1期〔9〕」'82 p369
参考地図
　　「新潮日本古典集成〔66〕」'77 p457
参考文献
　　「新 日本古典文学大系42」'90 p567
参考文献（房野水絵）
　　「鑑賞日本古典文学23」'77 p457
参考文献目録
　　「叢書江戸文庫Ⅰ-16」'90 p564

西欧語による日本説話文学翻訳研究文献目録
（ベルナール・フランク，ダグラス・E．ミルズ，川口久雄）
　「日本古典全書〔59〕」'67 p67
地名・寺社名一覧
　「新潮日本古典集成〔66〕」'77 p427
追補
　「新訂校註─日本文学大系7」'55 p23
追補（山岸徳平）
　「新訂校註─日本文学大系8」'55 p37
訂正部分の原態一覧
　「中世の文学 第1期〔5〕」'74 p164
東寺観智院旧蔵本『三宝絵』の筆写者（外村展子）
　「新 日本古典文学大系31」'97 p461
付録
　「新 日本古典文学大系40」'93 p483
『宝物集』小見出し目次
　「新 日本古典文学大系40」'93 piv
『宝物集』和歌初句索引
　「新 日本古典文学大系40」'93 p2
『宝物集』和歌他出一覧
　「新 日本古典文学大系40」'93 p485
補注
　「中世の文学 第1期〔5〕」'74 p165
　「中世の文学 第1期〔6〕」'76 p352
　「中世の文学 第1期〔9〕」'82 p317
補註
　「日本古典全書〔59〕」'67 p251
本文挿絵一覧
　「新潮日本古典集成〔66〕」'77 p450
源為憲雑感（大曾根章介）
　「新 日本古典文学大系31」'97 p447
「妙達和尚ノ入定シテヨミガヘリタル記」について（田辺秀夫）
　「新 日本古典文学大系31」'97 p473
目録
　「中世の文学 第1期〔6〕」'76 p28
　「中世の文学 第1期〔9〕」'82 p16

千載和歌集
【解説】
解説（松野陽一）
　「新 日本古典文学大系10」'93 p425
【資料】
索引
　「新 日本古典文学大系10」'93
初句索引
　「新 日本古典文学大系10」'93 p2
人名索引
　「新 日本古典文学大系10」'93 p13
他出文献一覧
　「新 日本古典文学大系10」'93 p395
地名索引
　「新 日本古典文学大系10」'93 p42
付録
　「新 日本古典文学大系10」'93 p393

川柳
【解説】
解説
　「日本古典文学全集46」'71 p201
　「日本古典文学大系57」'58 p5
　「日本古典文学大系57」'58 p267
解説〔川柳集〕（吉田精一）
　「古典日本文学全集33」'61 p335
解説　四里四方に咲く新興文学の先駆（宮田正信）
　「新潮日本古典集成〔79〕」'84 p241
滑稽文学研究序説（麻生磯次）
　「古典日本文学全集33」'61 p364
川柳の解説
　「校註日本文芸新篇〔5〕」'50 p4
川柳の文芸性（潁原退蔵）
　「古典日本文学全集33」'61 p353
例言
　「校註日本文芸新篇〔5〕」'50 p1
　「徳川文芸類聚11」'70 p1
【資料】
索引
　「古典日本文学全集33」'61 p391
作者索引
　「日本古典文学大系57」'58 p503
初句索引
　「新潮日本古典集成〔79〕」'84 p330
川柳索引
　「日本古典文学全集46」'71 p423
原作対照誹風柳多留
　「新潮日本古典集成〔79〕」'84 p287

【　そ　】

曾我物語
【解説】
解説
　「新編日本古典文学全集53」'02 p383
　「日本古典文学大系88」'66 p3
解説（高木卓）
　「日本古典文学全集17」'61 p357
古典への招待　女の語り
　「新編日本古典文学全集53」'02 p5

総説（高橋伸幸）
　「鑑賞日本古典文学21」'76 p183
曾我のこと（円地文子）
　「古典日本文学全集17」'61 p389
『曾我物語』の鑑賞（桐原徳重）
　「古典日本文学全集17」'61 p392
『曾我物語』の方法と説話（村上学）
　「鑑賞日本古典文学21」'76 p397
太平記・曾我物語・義経記の窓
　「鑑賞日本古典文学21」'76 p341
【年表】
年表
　「新編日本古典文学全集53」'02 p434
【資料】
吾妻鏡
　「新編日本古典文学全集53」'02 p418
系図
　「新編日本古典文学全集53」'02 p425
校訂付記
　「新編日本古典文学全集53」'02 p373
参考文献
　「鑑賞日本古典文学21」'76 p449
諸本対照表
　「日本古典文学大系88」'66 p26
人名・神仏名・地名索引
　「新編日本古典文学全集53」'02 p462
図録
　「新編日本古典文学全集53」'02 p441
曾我物語地図
　「日本古典文学大系88」'66 p461
地図
　「新編日本古典文学全集53」'02 p446
表記変更例
　「新編日本古典文学全集53」'02 p379
付録
　「新編日本古典文学全集53」'02
補注
　「日本古典文学大系88」'66 p427
真名本からの訓読本省略箇所
　「新編日本古典文学全集53」'02 p406
目録
　「日本古典文学大系88」'66 p43

【　た　】

太平記
【解説】
悪党の系譜（網野善彦）
　「鑑賞日本古典文学21」'76 p364

解説
　「新潮日本古典集成〔57〕」'88 p493
　「新編日本古典文学全集54」'94 p601
　「新編日本古典文学全集57」'98 p463
　「日本古典文学大系34」'60 p5
解説（荒正人）
　「国民の文学11」'64 p459
解説（市古貞次）
　「古典日本文学全集19」'61 p457
解説 太平記を読むにあたって（山下宏明）
　「新潮日本古典集成〔53〕」'77 p391
解説 太平記と女性（山下宏明）
　「新潮日本古典集成〔55〕」'83 p469
解説 太平記と落書（山下宏明）
　「新潮日本古典集成〔54〕」'80 p445
解説─『太平記』の構想と展開
　「新編日本古典文学全集55」'96 p599
解説 太平記の挿話（山下宏明）
　「新潮日本古典集成〔56〕」'85 p475
解題
　「日本文学古註釈大成〔34〕」'79
　「日本文学古註釈大成〔34〕」'79 p1
解題（長谷川端）
　「鑑賞日本の古典13」'80 p7
合戦記の虚実─巻三の二つの合戦記について
　（大森北義）
　「鑑賞日本の古典13」'80 p353
義経記と曾我物語（永積安明）
　「現代語訳 日本の古典13」'81 p168
傾城傾国の乱（釜田喜三郎）
　「鑑賞日本の古典13」'80 p341
芸能における「太平記の世界」（服部幸雄）
　「鑑賞日本の古典13」'80 p379
梗概
　「古典日本文学全集19」'61 p452
古典への招待 楠木正成の実像と虚構
　「新編日本古典文学全集54」'94 p7
古典への招待 後醍醐天皇と足利尊氏
　「新編日本古典文学全集55」'96 p7
古典への招待 佐々木道誉─『太平記』の内と外
　「新編日本古典文学全集56」'97 p7
古典への招待『太平記』と光厳天皇
　「新編日本古典文学全集57」'98 p7
作者像の消滅─『太平記』論のためのモノローグ（桜井好朗）
　「鑑賞日本の古典13」'80 p328
参考文献解説（長谷川端）
　「鑑賞日本の古典13」'80 p403
総説
　「日本の文学 古典編33」'86 p7
総説（岡見正雄）
　「鑑賞日本古典文学21」'76 p9

『太平記』作者の思想（増田欣）
　「鑑賞日本の古典13」'80 p317
太平記・曾我物語・義経記の窓
　「鑑賞日本古典文学21」'76 p341
太平記と作者との関係について（谷宏）
　「古典日本文学全集19」'61 p474
『太平記』と『史記』（増田欣）
　「鑑賞日本古典文学21」'76 p354
『太平記』の概略（岡見正雄）
　「鑑賞日本古典文学21」'76 p23
『太平記』の時代の武装（藤本正行解説・作図）
　「新編日本古典文学全集57」'98 p490
太平記の時代背景（永原慶二）
　「古典日本文学全集19」'61 p487
太平記の世界（山下宏明）
　「現代語訳 日本の古典13」'81 p157
太平記の旅（祖田浩一）
　「現代語訳 日本の古典13」'81 p172
太平記の謎（高木市之助）
　「古典日本文学全集19」'61 p467
太平記の人間像（山本健吉）
　「古典日本文学全集19」'61 p479
尊氏と道誉（長谷川端）
　「鑑賞日本古典文学21」'76 p374
注釈（池田弥三郎）
　「国民の文学11」'64 p452
中世における『太平記』の享受（加美宏）
　「鑑賞日本の古典13」'80 p391
動乱期の民衆芸能（後藤淑）
　「現代語訳 日本の古典13」'81 p149
長崎氏と二階堂道蘊（立花みどり）
　「鑑賞日本古典文学21」'76 p385
南北朝という時代（邦光史郎）
　「現代語訳 日本の古典13」'81 p162
新田義貞について（中西達治）
　「鑑賞日本の古典13」'80 p366
【年表】
太平記年表
　「新潮日本古典集成〔53〕」'77 p414
　「新潮日本古典集成〔54〕」'80 p464
　「新潮日本古典集成〔55〕」'83 p485
　「新潮日本古典集成〔56〕」'85 p499
　「新潮日本古典集成〔57〕」'88 p515
『太平記』略年表
　「現代語訳 日本の古典13」'81 p146
『太平記』略年表（鈴木登美恵）
　「鑑賞日本の古典13」'80 p427
年表
　「新編日本古典文学全集54」'94 p624
　「新編日本古典文学全集55」'96 p614
　「新編日本古典文学全集56」'97 p572
　「新編日本古典文学全集57」'98 p476

【資料】
畿内要図
　「鑑賞日本の古典13」'80 p433
系図
　「新潮日本古典集成〔53〕」'77 p436
　「新潮日本古典集成〔54〕」'80 p486
　「新潮日本古典集成〔55〕」'83 p501
　「新潮日本古典集成〔56〕」'85 p518
　「新潮日本古典集成〔57〕」'88 p534
　「新編日本古典文学全集54」'94 p619
　「新編日本古典文学全集55」'96 p610
　「新編日本古典文学全集56」'97 p581
　「新編日本古典文学全集57」'98 p474
校訂付記
　「新編日本古典文学全集54」'94 p587
　「新編日本古典文学全集55」'96 p581
　「新編日本古典文学全集56」'97 p553
　「新編日本古典文学全集57」'98 p453
後醍醐天皇の父祖の血脈
　「鑑賞日本の古典13」'80 p431
参考文献
　「鑑賞日本古典文学21」'76 p449
初句索引
　「新編日本古典文学全集57」'98 p485
図版目録
　「現代語訳 日本の古典13」'81 p178
大内裏・内裏図
　「新編日本古典文学全集55」'96 p623
太平記関係系図
　「現代語訳 日本の古典13」'81 p148
太平記主要人物小事典
　「現代語訳 日本の古典13」'81 p176
『太平記』総目録（鈴木登美恵）
　「鑑賞日本の古典13」'80 p418
地図
　「新潮日本古典集成〔53〕」'77 p442
　「新潮日本古典集成〔54〕」'80 p493
　「新潮日本古典集成〔55〕」'83 p509
　「新潮日本古典集成〔56〕」'85 p524
　「新潮日本古典集成〔57〕」'88 p540
　「新編日本古典文学全集54」'94 p636
　「新編日本古典文学全集55」'96 p627
　「新編日本古典文学全集56」'97 p586
　「新編日本古典文学全集57」'98 p486
中世の武具
　「新編日本古典文学全集54」'94 p634
中世武士の館と暮し（藤本正行）
　「新編日本古典文学全集55」'96 p612
朝儀年中行事—巻二十四「朝儀廃絶の事」より
　「新編日本古典文学全集56」'97 p568
南北朝時代の甲冑図
　「現代語訳 日本の古典13」'81 p148

南北朝時代歴史地図（十四世紀中葉）
　「鑑賞日本の古典13」'80 p434
新田氏・足利氏系図
　「鑑賞日本の古典13」'80 p432
付録
　「鑑賞日本の古典13」'80 p431
　「新編日本古典文学全集54」'94 p617
　「新編日本古典文学全集55」'96 p609
　「新編日本古典文学全集56」'97 p567
　「新編日本古典文学全集57」'98 p473
　「日本古典文学大系35」'61 p495
補注
　「日本古典文学大系34」'60 p432
　「日本古典文学大系35」'61 p469
　「日本古典文学大系36」'62 p481

篁物語
【解説】
小野篁
　「日本古典全書〔11〕」'59 p269
解説
　「日本古典全書〔11〕」'59 p267
篁物語の構成と成立
　「日本古典全書〔11〕」'59 p272
物語と日記と家集
　「日本古典全書〔11〕」'59 p267
【資料】
参考文献
　「日本古典全書〔11〕」'59 p276

滝沢馬琴
【解説】
江戸の戯作者たち（杉浦明平）
　「現代語訳 日本の古典20」'81 p170
江戸の大衆本（北小路健）
　「現代語訳 日本の古典20」'81 p157
【御慰忠臣蔵之＊】謎絵解きのヒント
　「江戸戯作文庫〔8〕」'85 p118
『開巻驚奇俠客伝』書誌解題（藤沢毅）
　「新 日本古典文学大系87」'98 p816
『開巻驚奇俠客伝』の口絵・挿絵（服部仁）
　「新 日本古典文学大系87」'98 p793
『開巻驚奇俠客伝』の骨格（大高洋司）
　「新 日本古典文学大系87」'98 p833
『開巻驚奇俠客伝』略注（横山邦治）
　「新 日本古典文学大系87」'98 p769
解説
　「新編日本古典文学全集83」'99 p487
　「新編日本古典文学全集84」'00 p595
　「日本古典文学大系60」'58 p3
解説（高藤武馬）
　「古典日本文学全集27」'60 p403

解説（花田清輝）
　「国民の文学16」'64 p463
解説 戯作者馬琴の仕事（浜田啓介）
　「新潮日本古典集成別4」'03 p453
解説 小説・南総里見八犬伝（浜田啓介）
　「新潮日本古典集成別1」'03 p501
解説 全編脚色の大要（浜田啓介）
　「新潮日本古典集成別3」'03 p549
解説 馬琴の評価と知友（浜田啓介）
　「新潮日本古典集成別10」'04 p469
解説『八犬伝』と馬琴一家の体験（浜田啓介）
　「新潮日本古典集成別5」'03 p541
解説『八犬伝』と歴史資料（浜田啓介）
　「新潮日本古典集成別6」'03 p389
解説『八犬伝』の挿絵と口絵（浜田啓介）
　「新潮日本古典集成別8」'03 p517
解説『八犬伝』の出版（浜田啓介）
　「新潮日本古典集成別12」'04 p485
解説『八犬伝』の地理（浜田啓介）
　「新潮日本古典集成別7」'03 p453
解説『八犬伝』の用字・語彙（浜田啓介）
　「新潮日本古典集成別9」'04 p437
解説 明治の『八犬伝』（浜田啓介）
　「新潮日本古典集成別11」'04 p501
解題（板倉則子）
　「叢書江戸文庫Ⅱ-33」'94 p421
解題（内田保広）
　「叢書江戸文庫Ⅰ-22」'93 p267
解題（内田保広，藤沢毅）
　「叢書江戸文庫Ⅲ-48」'01 p343
曲亭馬琴と『椿説弓張月』（柴田光彦）
　「現代語訳 日本の古典20」'81 p165
【傾城水滸伝】解説（林美一）
　「江戸戯作文庫〔3〕」'84 p97
古典への招待 その後の美少年
　「新編日本古典文学全集85」'01 p5
古典への招待 馬琴と渡辺崋山
　「新編日本古典文学全集84」'00 p5
古典への招待 馬琴〔読本〕の登場まで
　「新編日本古典文学全集83」'99 p5
作者の生涯と身分（浜田啓介）
　「新潮日本古典集成別2」'03 p483
水滸伝あらすじ
　「江戸戯作文庫〔3〕」'84 p105
　「江戸戯作文庫〔9〕」'86 p100
総説
　「日本の文学 古典編45」'87 p5
総説（水野稔）
　「鑑賞日本古典文学35」'77 p179
「為朝図」について（花田清輝）
　「古典日本文学全集27」'60 p441

滝沢馬琴

中国文学を用いて中文を離る（レオン，ゾルブラッド）
　「鑑賞日本古典文学35」'77 p449
中国文学よりみた馬琴の一断面（西村秀人）
　「新 日本古典文学大系87」'98 p780
注釈（池田弥三郎）
　「国民の文学16」'64 p452
「椿説弓張月」とその影響（中谷博）
　「古典日本文学全集27」'60 p433
読書ノート
　「鑑賞日本古典文学35」'77 p485
南総里見八犬伝（北小路健）
　「現代語訳 日本の古典20」'81 p176
「釈南総里見八犬伝」緒言（和田万吉）
　「評釈江戸文学叢書9」'70 p151
『南総里見八犬伝』のあらすじ（水野稔）
　「鑑賞日本古典文学35」'77 p202
「南総里見八犬伝」の梗概（和田万吉）
　「評釈江戸文学叢書9」'70 p209
「南総里見八犬伝」の著者及び成立（和田万吉）
　「評釈江戸文学叢書9」'70 p153
「南総里見八犬伝」の末書の紹介
　「評釈江戸文学叢書9」'70 p762
馬琴と女（真山青果）
　「古典日本文学全集27」'60 p428
馬琴の小説とその当時の実社会（幸田露伴）
　「古典日本文学全集27」'60 p422
馬琴の南総里見八犬伝（綿谷雪）
　「鑑賞日本古典文学35」'77 p490
馬琴の日常生活（柴田光彦）
　「鑑賞日本古典文学35」'77 p436
馬琴読本の挿絵と画家（鈴木重三）
　「鑑賞日本古典文学35」'77 p473
馬琴略年譜・主要著作解題
　「新編日本古典文学全集84」'00 p615
批評（学海居士）
　「古典叢書〔23〕」'90 p7
評論家馬琴（浜田啓介）
　「鑑賞日本古典文学35」'77 p424
本朝水滸伝（前後編）（木越治）
　「新 日本古典文学大系79」'92 p597
「夢応の鯉魚」とその原典（駒田信二）
　「鑑賞日本古典文学35」'77 p485
弓張月ゆかりの旅（高野澄）
　「現代語訳 日本の古典20」'81 p182
読本論（徳田武）
　「鑑賞日本古典文学35」'77 p459
【年表】
近世説美少年録年表
　「新編日本古典文学全集83」'99 p510
　「新編日本古典文学全集84」'00 p608
　「新編日本古典文学全集85」'01 p668

年譜（麻生磯次）
　「国民の文学16」'64 p459
馬琴略年譜
　「評釈江戸文学叢書9」'70 p766
【資料】
系図
　「新編日本古典文学全集83」'99 p517
　「新編日本古典文学全集84」'00 p614
参考文献（徳田武）
　「鑑賞日本古典文学35」'77 p497
参考文献解題
　「新編日本古典文学全集83」'99 p518
主要登場人物
　「新編日本古典文学全集83」'99 p514
　「新編日本古典文学全集84」'00 p612
　「新編日本古典文学全集85」'01 p670
図版目録
　「現代語訳 日本の古典20」'81 p186
地図
　「新編日本古典文学全集83」'99 p524
注
　「新 日本古典文学大系87」'98 p715
椿説弓張月主要人物小事典
　「現代語訳 日本の古典20」'81 p184
付録
　「新編日本古典文学全集83」'99 p509
　「新編日本古典文学全集84」'00 p607
　「新編日本古典文学全集85」'01
補注
　「日本古典文学大系60」'58 p483
　「日本古典文学大系61」'62 p447
『本朝水滸伝』登場人物一覧
　「新 日本古典文学大系79」'92 p7

竹田出雲
【解説】
解説
　「日本古典全書〔97〕」'56 p3
作者の解説
　「日本古典全書〔97〕」'56 p3
作品の解説
　「日本古典全書〔97〕」'56 p29
竹田出雲と竹田小出雲
　「日本古典全書〔97〕」'56 p3
並木千柳
　「日本古典全書〔97〕」'56 p25
三好松洛
　「日本古典全書〔97〕」'56 p22

竹取物語
【解説】
演習解答

解説・資料　　　　　　　　　　　　　　　　　　　　　　　　　　　　竹取物語

「国文学評釈叢書〔1〕」'58 p301
お伽噺としての竹取物語（和辻哲郎）
　「古典日本文学全集7」'60 p393
海外の竹取説話（伊藤清司）
　「特選日本の古典 グラフィック版3」'86 p156
解説
　「鑑賞日本の古典4」'81 p215
　「完訳日本の古典10」'83 p93
　「新編日本古典文学全集12」'94 p81
　「全対訳日本古典新書〔9〕」'84 p102
　「日本古典全書〔1〕」'60 p171
　「日本古典文学全集8」'72 p25
　「日本古典文学大系9」'57 p5
解説（雨海博洋）
　「対訳古典シリーズ〔4〕」'88 p157
解説 伝承から文学への飛躍（野口元大）
　「新潮日本古典集成〔8〕」'79 p87K
解説 物語文学の形成（鈴木一雄）
　「日本古典文学全集8」'72 p5
解題
　「国文学評釈叢書〔1〕」'58 p1
　「日本文学古註釈大成〔32〕」'79
影になったかぐや姫（竹西寛子）
　「鑑賞日本古典文学6」'75 p447
古典への招待 初期物語の方法―その伝承性をめぐって（片桐洋一）
　「新編日本古典文学全集12」'94 p5
作者―源順・源融・遍照説の批判
　「国文学評釈叢書〔1〕」'58 p24
序説（三谷栄一）
　「鑑賞日本古典文学6」'75 p1
書名―タカトリの物語かタケトリの物語か
　「国文学評釈叢書〔1〕」'58 p2
総説
　「日本の文学 古典編5」'86 p5
総説（三谷栄一）
　「鑑賞日本古典文学6」'75 p7
竹取珍解釈（藤本義一）
　「現代語訳 日本の古典4」'81 p158
竹取物語（西村加代子）
　「鑑賞日本の古典4」'81 p455
竹取物語（三谷栄一）
　「特選日本の古典 グラフィック版3」'86 p160
竹取物語・宇津保物語の窓
　「鑑賞日本古典文学6」'75 p377
竹取物語と伊勢物語（森野宗明）
　「現代語訳 日本の古典4」'81 p153
竹取物語の世界（堀内秀晃）
　「新 日本古典文学大系17」'97 p345
竹取物語の創造性とその本質
　「日本古典全書〔1〕」'60 p41
竹取物語の方法（塚原鉄雄）

　「鑑賞日本古典文学6」'75 p408
著作年代―時代の背景を中心として
　「国文学評釈叢書〔1〕」'58 p6
伝本・注釈・研究史の概説
　「国文学評釈叢書〔1〕」'58 p58
登場人物
　「対訳古典シリーズ〔4〕」'88 p187
読書ノート
　「鑑賞日本古典文学6」'75 p447
難題と五人の貴族名との関連性
　「日本古典全書〔1〕」'60 p166
はしがき（岡一男）
　「国文学評釈叢書〔1〕」'58 p1
はじめに（室伏信助）
　「全対訳日本古典新書〔9〕」'84 p3
附説 作中人物の命名法
　「新潮日本古典集成〔8〕」'79 p185
文学史的地位―日本最初の小説としての竹取物語の価値
　「国文学評釈叢書〔1〕」'58 p48
文芸の意図―主題・素材・描写
　「国文学評釈叢書〔1〕」'58 p30
文体―読解及び鑑賞の方法
　「国文学評釈叢書〔1〕」'58 p43
斑竹姑娘
　「対訳古典シリーズ〔4〕」'88 p210
【資料】
校訂付記
　「完訳日本の古典10」'83 p58
　「新編日本古典文学全集12」'94 p78
　「日本古典文学全集8」'72 p109
語句索引
　「国文学評釈叢書〔1〕」'58 p325
参考書目
　「国文学評釈叢書〔1〕」'58 p310
参考資料
　「対訳古典シリーズ〔4〕」'88 p253
参考資料・参考文献
　「新編日本古典文学全集12」'94 p99
参考文献（三谷栄一，三谷邦明）
　「鑑賞日本古典文学6」'75 p461
参考文献目録
　「対訳古典シリーズ〔4〕」'88 p305
図版目録
　「特選日本の古典 グラフィック版3」'86 p166
図録
　「新潮日本古典集成〔8〕」'79 p259
『竹取物語』関係資料
　「新潮日本古典集成〔8〕」'79 p200
『竹取物語』参考資料
　「鑑賞日本の古典4」'81 p484
『竹取物語』諸本系統並びに代表的伝本

竹本義太夫　　　　　解説・資料

「対訳古典シリーズ〔4〕」'88 p241
補注
　「日本古典文学大系9」'57 p68
補註
　「日本古典全書〔1〕」'60 p141
本文校訂一覧
　「新潮日本古典集成〔8〕」'79 p256

竹本義太夫
【解説】
阿漕
　「竹本義太夫浄瑠璃正本集下」'95 p1097
一心五戒魂
　「竹本義太夫浄瑠璃正本集下」'95 p1049
一心五戒魂切上るり道中評判敵討
　「竹本義太夫浄瑠璃正本集下」'95 p1094
永代蔵
　「竹本義太夫浄瑠璃正本集下」'95 p1078
大坂すけ六心中物語
　「竹本義太夫浄瑠璃正本集下」'95 p1092
大友真鳥
　「竹本義太夫浄瑠璃正本集下」'95 p1042
小野道風
　「竹本義太夫浄瑠璃正本集下」'95 p1046
柏崎
　「竹本義太夫浄瑠璃正本集下」'95 p983
蒲御曹子東童歌
　「竹本義太夫浄瑠璃正本集下」'95 p997
空也聖人御由来
　「竹本義太夫浄瑠璃正本集下」'95 p974
賢女の手習并新暦
　「竹本義太夫浄瑠璃正本集下」'95 p978
根元曾我
　「竹本義太夫浄瑠璃正本集下」'95 p1039
斎藤別当実盛
　「竹本義太夫浄瑠璃正本集下」'95 p1089
佐藤忠信廿日正月
　「竹本義太夫浄瑠璃正本集下」'95 p1026
信濃源氏木曾物語
　「竹本義太夫浄瑠璃正本集下」'95 p1036
自然居士
　「竹本義太夫浄瑠璃正本集下」'95 p1018
信田小太郎
　「竹本義太夫浄瑠璃正本集下」'95 p1068
祝言記
　「竹本義太夫浄瑠璃正本集下」'95 p989
序（古浄瑠璃正本集刊行会）
　「竹本義太夫浄瑠璃正本集上」'95 p1
神詫粟万石
　「竹本義太夫浄瑠璃正本集下」'95 p1077
新版腰越状
　「竹本義太夫浄瑠璃正本集下」'95 p1005

曾根崎心中後日遊女誠草
　「竹本義太夫浄瑠璃正本集下」'95 p1071
大日本神道秘蜜の巻付御月日侍ゆらい
　「竹本義太夫浄瑠璃正本集下」'95 p965
大福神社考
　「竹本義太夫浄瑠璃正本集下」'95 p1015
当麻中将姫
　「竹本義太夫浄瑠璃正本集下」'95 p1060
竹本義太夫浄瑠璃正本集解題
　「竹本義太夫浄瑠璃正本集下」'95 p963
多田院開帳
　「竹本義太夫浄瑠璃正本集下」'95 p1013
忠臣身替物語
　「竹本義太夫浄瑠璃正本集下」'95 p1031
那須与一小桜威并船遺恨
　「竹本義太夫浄瑠璃正本集下」'95 p1085
ひら仮名太平記
　「竹本義太夫浄瑠璃正本集下」'95 p1055
富貴曾我
　「竹本義太夫浄瑠璃正本集下」'95 p1061
法隆寺開帳
　「竹本義太夫浄瑠璃正本集下」'95 p987
松浦五郎景近
　「竹本義太夫浄瑠璃正本集下」'95 p971
三井寺狂女
　「竹本義太夫浄瑠璃正本集下」'95 p1037
都富士
　「竹本義太夫浄瑠璃正本集下」'95 p1007
雪女
　「竹本義太夫浄瑠璃正本集下」'95 p980
義経東六法
　「竹本義太夫浄瑠璃正本集下」'95 p1091
四ツ橋供養
　「竹本義太夫浄瑠璃正本集下」'95 p1044
頼朝伊豆日記
　「竹本義太夫浄瑠璃正本集下」'95 p992
弱法師
　「竹本義太夫浄瑠璃正本集下」'95 p1001
頼光跡目論
　「竹本義太夫浄瑠璃正本集下」'95 p1082
例言（古浄瑠璃正本集刊行会）
　「竹本義太夫浄瑠璃正本集上」'95 p1
【資料】
竹本義太夫浄瑠璃正本集図版
　「竹本義太夫浄瑠璃正本集下」'95 p1103

只野真葛
【解説】
解題（鈴木よね子）
　「叢書江戸文庫Ⅱ-30」'94 p543

たまきはる

【解説】
解説(三角洋一)
「新 日本古典文学大系50」'94 p399
【年表】
健御前略年譜
「新 日本古典文学大系50」'94 p381
【資料】
参考資料
「新 日本古典文学大系50」'94 p343
『たまきはる』関係系図
「新 日本古典文学大系50」'94 p392
『たまきはる』作品構成表
「新 日本古典文学大系50」'94 p376
服飾関係語要覧、文様・意匠・造り物一覧、詩歌一覧
「新 日本古典文学大系50」'94 p319

為永春水
【解説】
解説
「日本古典文学大系64」'62 p4
解説(暉峻康隆)
「国民の文学18」'65 p493
為永春水(永井荷風)
「古典日本文学全集28」'60 p345
はじめに
「新版絵草紙シリーズ8」'83 p6
【年表】
年譜
「国民の文学18」'65 p489
【資料】
主な登場人物系譜
「新版絵草紙シリーズ8」'83 p2
諸本対照表
「日本古典文学大系64」'62 p453
付図
「日本古典文学大系64」'62 p461
補注
「日本古典文学大系64」'62 p441

【ち】

近松半二
【解説】
操浄瑠璃芝居の概要
「日本古典全書〔98〕」'49 p3
近江源氏先陣館
「日本古典全書〔98〕」'49 p40
解説
「日本古典全書〔98〕」'49 p3
解題(坂口弘之、沙加戸弘、後藤博子、田中直子、林久美子、安田絹枝)
「叢書江戸文庫III-39」'96 p457
解題(原道生、黒石陽子、三浦広子、法月敏彦、青山博之)
「叢書江戸文庫I-14」'87 p461
作者の略伝
「日本古典全書〔98〕」'49 p11
十三鐘絹懸柳妹脊山婦女庭訓
「日本古典全書〔98〕」'49 p50
諸本
「日本古典全書〔98〕」'49 p64
節章略解
「日本古典全書〔98〕」'49 p13
武田信玄 長尾謙信 本朝廿四孝
「日本古典全書〔98〕」'49 p21

近松門左衛門
【解説】
あとがき(原道生)
「鑑賞日本の古典16」'82 p509
宇治加賀掾と近松(大橋正叔)
「新編日本古典文学全集74」'97 p542
女殺油地獄
「日本古典全書〔96〕」'52 p19
解説
「鑑賞日本の古典16」'82 p32
「鑑賞日本の古典16」'82 p110
「鑑賞日本の古典16」'82 p209
「鑑賞日本の古典16」'82 p283
「鑑賞日本の古典16」'82 p356
「完訳日本の古典56」'89 p361
「新 日本古典文学大系91」'93 p507
「新 日本古典文学大系92」'95 p495
「新編日本古典文学全集74」'97 p539
「新編日本古典文学全集75」'98 p639
「日本古典全書〔94〕」'50 p3
「日本古典全書〔95〕」'51 p3
「日本古典全書〔96〕」'52 p3
「日本古典文学全集43」'72 p3
「日本古典文学全集44」'75 p3
「日本古典文学大系49」'58 p3
「日本古典文学大系50」'59 p3
解説(大橋正叔)
「新編日本古典文学全集76」'00 p551
解説(河竹登志夫)
「国民の文学14」'64 p420
解説(信多純一)
「新潮日本古典集成〔73〕」'86 p317
解説(高野正巳)
「古典日本文学全集24」'59 p325

近松門左衛門　解説・資料

解説（鳥居フミ子）
　「対訳古典シリーズ〔19〕」'88 p353
解説 生玉心中（山本二郎）
　「名作歌舞伎全集21」'73 p246
解説 井筒業平河内通（山本二郎）
　「名作歌舞伎全集21」'73 p314
解説 女殺油地獄（戸板康二）
　「名作歌舞伎全集1」'69 p228
解説 傾城反魂香（戸板康二）
　「名作歌舞伎全集1」'69 p4
解説 恋飛脚大和往来（戸板康二）
　「名作歌舞伎全集1」'69 p122
解説 国姓爺合戦（戸板康二）
　「名作歌舞伎全集1」'69 p58
解説 碁盤太平記（山本二郎）
　「名作歌舞伎全集21」'73 p112
解説 嫗山姥（戸板康二）
　「名作歌舞伎全集1」'69 p40
解説 心中重井筒（山本二郎）
　「名作歌舞伎全集21」'73 p132
解説 信州川中島合戦（戸板康二）
　「名作歌舞伎全集1」'69 p110
解説 心中天網島（戸板康二）
　「名作歌舞伎全集1」'69 p190
解説 心中二枚絵草紙（山本二郎）
　「名作歌舞伎全集21」'73 p92
解説 心中万年草（山本二郎）
　「名作歌舞伎全集21」'73 p160
解説 心中刃は氷の朔日（山本二郎）
　「名作歌舞伎全集21」'73 p182
解説 心中宵庚申（戸板康二）
　「名作歌舞伎全集1」'69 p310
解説 曾根崎心中（戸板康二）
　「名作歌舞伎全集1」'69 p266
解説 大経師昔暦（山本二郎）
　「名作歌舞伎全集21」'73 p226
解説 大名なぐさみ曾我（山本二郎）
　「名作歌舞伎全集21」'73 p68
解説 近松門左衛門─生涯と作品
　「鑑賞日本の古典16」'82 p8
解説 長町女腹切（山本二郎）
　「名作歌舞伎全集21」'73 p206
解説 寿門松（山本二郎）
　「名作歌舞伎全集21」'73 p298
解説 博多小女郎浪枕（戸板康二）
　「名作歌舞伎全集1」'69 p152
解説 武勇誉出世景清（山本二郎）
　「名作歌舞伎全集21」'73 p4
解説 平家女護島（戸板康二）
　「名作歌舞伎全集1」'69 p92
解説 堀川波の鼓（戸板康二）
　「名作歌舞伎全集1」'69 p288

解説 鑓の権三重帷子（山本二郎）
　「名作歌舞伎全集21」'73 p272
語り物の系譜（諏訪春雄）
　「鑑賞日本古典文学29」'75 p353
刊行を終えるにあたって（近松全集刊行会）
　「近松全集（岩波）17解説編」'94 p513
刊行の辞（近松全集刊行会）
　「近松全集（岩波）1」'85 p1
義太夫語りの舞台話（竹本津大夫）
　「現代語訳 日本の古典17」'80 p170
近世演劇の発達
　「日本古典全書〔94〕」'50 p3
傾城反魂香
　「日本古典全書〔95〕」'51 p15
源五兵衛おまん薩摩歌
　「日本古典全書〔94〕」'50 p82
元禄期の浄瑠璃（大橋正叔）
　「新編日本古典文学全集74」'97 p554
「業を負う者」としての近松（杉本苑子）
　「鑑賞日本古典文学29」'75 p439
校訂について（山本二郎）
　「名作歌舞伎全集21」'73 p339
国性爺合戦
　「日本古典全書〔96〕」'52 p9
「国性爺合戦」の検討（小田切秀雄）
　「古典日本文学全集24」'59 p378
五十年忌歌念仏
　「日本古典全書〔96〕」'52 p3
五段目 梗概・特色
　「鑑賞日本の古典16」'82 p107
古典への招待 浄瑠璃から文楽へ（大橋正叔）
　「新編日本古典文学全集76」'00 p3
古典への招待 近松世話浄瑠璃における金銭（鳥越文蔵）
　「新編日本古典文学全集74」'97 p3
古典への招待 近松の浄るり本を百冊よむ時は習はずして三教の道に悟りを開く（長友千代治）
　「新編日本古典文学全集75」'98 p3
碁盤太平記
　「日本古典全書〔95〕」'51 p3
坂田藤十郎と近松（大橋正叔）
　「新編日本古典文学全集74」'97 p549
作者への道（大橋正叔）
　「新編日本古典文学全集74」'97 p539
作品解説
　「新編日本古典文学全集74」'97 p563
　「新編日本古典文学全集75」'98 p657
　「新編日本古典文学全集76」'00 p569
参考文献解題（平田澄子）
　「鑑賞日本の古典16」'82 p429
三段目 梗概・特色

「鑑賞日本の古典16」'82 p72
死の道行（原道生）
　「鑑賞日本古典文学29」'75 p382
出世景清
　「日本古典全書〔94〕」'50 p77
浄瑠璃作者としての近松門左衛門（松崎仁）
　「新 日本古典文学大系91」'93 p509
浄瑠璃の節付（山根為雄）
　「新編日本古典文学全集75」'98 p649
序説（大久保忠国）
　「鑑賞日本古典文学29」'75 p1
初段 梗概・特色
　「鑑賞日本の古典16」'82 p39
心中重井筒
　「日本古典全書〔95〕」'51 p7
『信州川中島合戦』―勘介の母の死（大橋正叔）
　「新 日本古典文学大系92」'95 p515
心中天の網島
　「日本古典全書〔96〕」'52 p15
心中二枚絵草紙
　「日本古典全書〔94〕」'50 p91
心中の季節（諏訪春雄）
　「特選日本の古典 グラフィック版10」'86 p154
心中の成立ち（田中澄江）
　「古典日本文学全集24」'59 p363
心中万年草
　「日本古典全書〔95〕」'51 p10
新生竹本座（大橋正叔）
　「新編日本古典文学全集74」'97 p559
世話浄瑠璃の分類（大橋正叔）
　「新編日本古典文学全集74」'97 p561
総説
　「日本の文学 古典編41」'87 p7
巣林子の二面（幸田露伴）
　「古典日本文学全集24」'59 p341
曾根崎心中
　「日本古典全書〔94〕」'50 p79
『曾根崎心中』の成立（大橋正叔）
　「新編日本古典文学全集74」'97 p556
『大職冠』ノート追録（原道生）
　「新 日本古典文学大系91」'93 p527
竹本義太夫と近松（大橋正叔）
　「新編日本古典文学全集74」'97 p545
丹波与作待夜の小室節
　「日本古典全書〔95〕」'51 p19
近松が加賀掾のために書いた浄瑠璃
　「日本古典全書〔94〕」'50 p32
近松が義太夫のために書いた浄瑠璃
　「日本古典全書〔94〕」'50 p43
近松作品の現代的意義
　「日本古典全書〔94〕」'50 p73
近松作品の旅（神谷次郎）

「現代語訳 日本の古典17」'80 p174
近松雑感（宇野信夫）
　「古典日本文学全集24」'59 p385
近松浄瑠璃の操り人形（角田一郎）
　「鑑賞日本古典文学29」'75 p411
近松浄瑠璃の舞台化（浦山政雄）
　「鑑賞日本古典文学29」'75 p421
近松世話浄瑠璃の作劇法（大橋正叔）
　「新編日本古典文学全集75」'98 p639
近松世話浄瑠璃の方法（井口洋）
　「新 日本古典文学大系92」'95 p497
近松全集序（大阪朝日新聞社）
　「近松全集（思文閣）1」'78 p1
近松、その即物性と呪術性（篠田正浩）
　「鑑賞日本古典文学29」'75 p431
近松と大阪の風土（横山正）
　「鑑賞日本古典文学29」'75 p401
近松と時代文化（河竹繁俊）
　「古典日本文学全集24」'59 p390
近松にみる悲劇性（キーン，ドナルド）
　「現代語訳 日本の古典17」'80 p162
近松の描いた女性（森修）
　「鑑賞日本古典文学29」'75 p392
近松の歌舞伎狂言
　「日本古典全書〔94〕」'50 p23
近松の狂言本と浄瑠璃本の種類
　「日本古典全書〔94〕」'50 p69
近松の言説
　「日本古典文学大系50」'59 p355
近松の時代浄瑠璃（広末保）
　「鑑賞日本古典文学29」'75 p362
近松の出現
　「日本古典全書〔94〕」'50 p11
解説近松の出自と作力（郡司正勝）
　「特選日本の古典 グラフィック版10」'86 p160
近松の生涯とその作品（大久保忠国）
　「鑑賞日本古典文学29」'75 p9
近松の世話物について（松崎仁）
　「鑑賞日本古典文学29」'75 p372
近松の悲劇脚色上の手法
　「日本古典全書〔94〕」'50 p54
近松の文学と節付け（内山美樹子）
　「特選日本の古典 グラフィック版10」'86 p148
近松の窓
　「鑑賞日本古典文学29」'75 p351
近松の恋愛観（阿部次郎）
　「古典日本文学全集24」'59 p345
近松門左衛門の世界（諏訪春雄）
　「現代語訳 日本の古典17」'80 p157
注釈（池田弥三郎）
　「国民の文学14」'64 p408
読書ノート

近松門左衛門　　解説・資料

二段目 口 清水坂阿古屋住家
　「鑑賞日本の古典16」'82 p43
二段目 切 清水寺轟坊
　「鑑賞日本の古典16」'82 p64
日本の人形芝居（三隅治雄）
　「現代語訳 日本の古典17」'80 p149
はしがき
　「近松全集（思文閣）1」'78 p1
文楽の魅力（山田庄一）
　「現代語訳 日本の古典17」'80 p166
堀川波皷
　「日本古典全書〔95〕」'51 p5
「堀川波鼓」をめぐって（瓜生忠夫）
　「古典日本文学全集24」'59 p371
冥途の飛脚
　「日本古典全書〔96〕」'52 p7
訳後雑記近松の女たち
　「特選日本の古典 グラフィック版10」'86 p142
鑓の権三重帷子
　「日本古典全書〔96〕」'52 p12
用明天皇職人鑑
　「日本古典全書〔94〕」'50 p86
四段目 六波羅牢舎前
　「鑑賞日本の古典16」'82 p75
世継曾我
　「日本古典全書〔94〕」'50 p75
『世継曾我』の成立（大橋正叔）
　「新編日本古典文学全集74」'97 p543
淀鯉出世瀧徳
　「日本古典全書〔95〕」'51 p22
【年表】
近松関係略年譜
　「完訳日本の古典56」'89 p378
近松門左衛門略年譜
　「新潮日本古典集成〔73〕」'86 p369
近松略年譜
　「新編日本古典文学全集74」'97 p578
近松略年譜（平田澄子）
　「鑑賞日本の古典16」'82 p497
年譜
　「対訳古典シリーズ〔19〕」'88 p380
　「近松全集（岩波）17解説編」'94 p501
年譜（河竹登志夫）
　「国民の文学14」'64 p417
【資料】
「秋の笘屋」の句
　「近松全集（岩波）17解説編」'94 p15
芦すゞめ画賛
　「近松全集（岩波）17解説編」'94 p9
遺墨
　「近松全集（岩波）17影印編」'94 p8

絵尽し
　「新 日本古典文学大系92」'95 p466
越藩史略
　「近松全集（岩波）17解説編」'94 p81
塩冶浪人実名対照一覧
　「新 日本古典文学大系91」'93 p499
大坂三十三所観音札所一覧
　「新 日本古典文学大系91」'93 p480
大阪三十三所廻り図
　「日本古典文学全集43」'72 p594
大阪三十三所めぐり図
　「新編日本古典文学全集75」'98 p666
大阪地図
　「新編日本古典文学全集74」'97 p576
　「日本古典文学全集44」'75 p626
「織姫は」の句
　「近松全集（岩波）17解説編」'94 p14
開山講中列名縁起
　「近松全集（岩波）17影印編」'94 p75
　「近松全集（岩波）17解説編」'94 p92
開山講中列名掛額
　「近松全集（岩波）17影印編」'94 p79
　「近松全集（岩波）17解説編」'94 p93
開山百講中列名縁起
　「近松全集（岩波）17影印編」'94 p77
　「近松全集（岩波）17解説編」'94 p93
菊花堂の記
　「近松全集（岩波）17影印編」'94 p11
鬼念仏画賛
　「近松全集（岩波）17解説編」'94 p11
景鯉
　「近松全集（岩波）17解説編」'94 p83
系譜
　「近松全集（岩波）17影印編」'94 p30
　「近松全集（岩波）17影印編」'94 p38
　「近松全集（岩波）17影印編」'94 p43
　「近松全集（岩波）17解説編」'94 p51・53
　「近松全集（岩波）17解説編」'94 p51・53
　「近松全集（岩波）17解説編」'94 p51・67
広済寺過去帳
　「近松全集（岩波）17影印編」'94 p69
　「近松全集（岩波）17解説編」'94 p90
広済寺近松関係什物
　「近松全集（岩波）17解説編」'94 p91
広済寺近松墓
　「近松全集（岩波）17影印編」'94 p66
　「近松全集（岩波）17解説編」'94 p88
校訂について（山本二郎，郡司正勝）
　「名作歌舞伎全集1」'69 p330
後西院勅筆色紙
　「近松全集（岩波）17影印編」'94 p74
　「近松全集（岩波）17解説編」'94 p91

「先咲し」発句短冊
　「近松全集(岩波)17解説編」'94 p13
乍恐以書付奉願覚
　「近松全集(岩波)17影印編」'94 p58
　「近松全集(岩波)17解説編」'94 p52・78
挿絵中の文字翻刻
　「新潮日本古典集成〔73〕」'86 p372
参考地図
　「古典日本文学全集24」'59
　「新潮日本古典集成〔73〕」'86 p380
参考文献
　「対訳古典シリーズ〔19〕」'88 p377
参考文献(木下和子)
　「鑑賞日本古典文学29」'75 p448
辞世文草稿
　「近松全集(岩波)17影印編」'94 p12
子孫
　「近松全集(岩波)17解説編」'94 p82
出自・家系
　「近松全集(岩波)17影印編」'94 p30
　「近松全集(岩波)17解説編」'94 p51
「春秋に」「一日に」狂歌短冊
　「近松全集(岩波)17解説編」'94 p13
肖像
　「近松全集(岩波)17影印編」'94 p3
　「近松全集(岩波)17解説編」'94 p3
浄瑠璃文句評註難波土産抄
　「新 日本古典文学大系91」'93 p486
諸国鑓じるし付図
　「新編日本古典文学全集74」'97 p574
　「日本古典文学全集43」'72 p596
心中重井筒抄
　「新 日本古典文学大系91」'93 p495
親類書
　「近松全集(岩波)17影印編」'94 p47
　「近松全集(岩波)17解説編」'94 p51・72
杉森家系譜
　「近松全集(岩波)17解説編」'94 p51
杉森多門
　「近松全集(岩波)17解説編」'94 p82
図版目録
　「現代語訳 日本の古典17」'80 p178
　「特選日本の古典 グラフィック版10」'86 p167
草稿『平家女護島』二葉
　「近松全集(岩波)17影印編」'94 p8S・10
総目索引
　「近松全集(岩波)17解説編」'94 p1
曾根崎心中舞台図
　「新 日本古典文学大系91」'93 p479
高砂人形遣い画賛
　「近松全集(岩波)17解説編」'94 p10
宝蔵

「近松全集(岩波)17影印編」'94 p60
　「近松全集(岩波)17解説編」'94 p80
竹本筑後掾画像賛
　「近松全集(岩波)17影印編」'94 p12
「近きみち」発句短冊
　「近松全集(岩波)17解説編」'94 p13
近松遺影
　「近松全集(岩波)17解説編」'94 p3
　「近松全集(岩波)17解説編」'94 p4
　「近松全集(岩波)17解説編」'94 p5
近松画像
　「近松全集(岩波)17影印編」'94 p3
　「近松全集(岩波)17解説編」'94 p3
近松画像辞世文
　「近松全集(岩波)17影印編」'94 p口絵
　「近松全集(岩波)17解説編」'94 p3・29
近松軒画人物図
　「近松全集(岩波)17影印編」'94 p65
　「近松全集(岩波)17解説編」'94 p85
近松研究参考書
　「日本古典全書〔96〕」'52 p23
近松時代の大阪地図
　「完訳日本の古典56」'89 p388
近松世話浄瑠璃登場人物一覧(平田澄子)
　「鑑賞日本の古典16」'82 p439
近松名作小事典
　「現代語訳 日本の古典17」'80 p176
近松略年譜
　「日本古典文学全集44」'75 p628
地図─元禄時代の大坂
　「特選日本の古典 グラフィック版10」'86 p159
伝記資料
　「近松全集(岩波)17影印編」'94 p1
　「近松全集(岩波)17解説編」'94 p1
東海道五十三次図
　「日本古典文学全集43」'72 p600
東海道宿駅一覧
　「新 日本古典文学大系91」'93 p492
難波芸者 橘々名所一覧
　「新 日本古典文学大系91」'93 p501
難波二十二社廻り図
　「日本古典文学全集43」'72 p598
難波二十二社めぐり図
　「新編日本古典文学全集75」'98 p668
二位大納言実藤卿筆法華経和歌
　「近松全集(岩波)17影印編」'94 p70
　「近松全集(岩波)17解説編」'94 p91
「花と花と」発句短冊
　「近松全集(岩波)17解説編」'94 p12
「福部の神 勤う」(鉢叩きの狂言)
　「新 日本古典文学大系92」'95 p493
福禄寿画賛

堤中納言物語

　　「近松全集（岩波）17解説編」'94 p10
富士画賛
　　「近松全集（岩波）17解説編」'94 p7
付録
　　「新 日本古典文学大系91」'93 p477
　　「新 日本古典文学大系92」'95 p463
　　「新編日本古典文学全集74」'97 p573
　　「新編日本古典文学全集75」'98
　　「日本古典文学全集43」'72 p593
　　「日本古典文学全集44」'75 p625
文楽小事典
　　「特選日本の古典 グラフィック版10」'86 p166
法妙寺過去帳
　　「近松全集（岩波）17影印編」'94 p68
　　「近松全集（岩波）17解説編」'94 p90
法妙寺近松墓
　　「近松全集（岩波）17影印編」'94 p65
　　「近松全集（岩波）17解説編」'94 p87
補注
　　「対訳古典シリーズ〔19〕」'88 p330
　　「日本古典文学大系49」'58 p465
　　「日本古典文学大系50」'59 p360
墓碑・遺品
　　「近松全集（岩波）17解説編」'94 p86
本圀寺岡本為竹墓
　　「近松全集（岩波）17影印編」'94 p67
　　「近松全集（岩波）17解説編」'94 p89
本圀寺杉森信義・智義墓
　　「近松全集（岩波）17影印編」'94 p67
　　「近松全集（岩波）17解説編」'94 p88
前々より差出候親類書之覚
　　「近松全集（岩波）17影印編」'94 p52
　　「近松全集（岩波）17解説編」'94 p52・74
松屋太右衛門（杉森由泉）
　　「近松全集（岩波）17解説編」'94 p84
妙見堂みくじ札・同版木
　　「近松全集（岩波）17解説編」'94 p93
命名書
　　「近松全集（岩波）17解説編」'94 p81
「もみちせぬ」発句短冊
　　「近松全集（岩波）17解説編」'94 p12
遊女画賛
　　「近松全集（岩波）17解説編」'94 p7
鷺図画賛
　　「近松全集（岩波）17解説編」'94 p8

【つ】

堤中納言物語

【解説】
解説
　　「完訳日本の古典27」'87 p177
　　「日本古典全書〔10〕」'51 p3
　　「日本古典文学大系13」'57 p333
解説（池田利夫）
　　「対訳古典シリーズ〔7〕」'88 p209
解説（塚原鉄雄）
　　「新潮日本古典集成〔30〕」'83 p177
解説―十編の集合とその完成まで（稲賀敬二）
　　「新編日本古典文学全集17」'00 p513
各編あらすじ・解説（三谷栄一）
　　「鑑賞日本古典文学12」'76 p27
研究書目
　　「日本古典全書〔10〕」'51 p27
古典への招待 実名の人物から修飾型命名へ―
　　『落窪物語』と『堤中納言物語』の間（稲賀敬二）
　　「新編日本古典文学全集17」'00 p3
写本の系統
　　「日本古典全書〔10〕」'51 p20
序説（三谷栄一）
　　「鑑賞日本古典文学12」'76 p1
書名について
　　「日本古典全書〔10〕」'51 p9
成立の時代
　　「日本古典全書〔10〕」'51 p11
総説
　　「日本の文学 古典編21」'86 p3
総説（三谷栄一）
　　「鑑賞日本古典文学12」'76 p7
短編文学の発生
　　「日本古典全書〔10〕」'51 p3
堤中納言物語（稲賀敬二）
　　「日本古典文学全集10」'72 p47
堤中納言物語（小島政二郎）
　　「古典日本文学全集7」'60 p435
『堤中納言物語』語り語られる世界（大槻修）
　　「新 日本古典文学大系26」'92 p369
堤中納言物語・とりかへばや物語の窓
　　「鑑賞日本古典文学12」'76 p343
堤中納言物語の世界（高橋亨）
　　「鑑賞日本古典文学12」'76 p386
読書ノート
　　「鑑賞日本古典文学12」'76 p415
【資料】
校訂覚書
　　「新潮日本古典集成〔30〕」'83 p169
校訂付記
　　「完訳日本の古典27」'87 p115
　　「新編日本古典文学全集17」'00 p510
　　「日本古典文学全集10」'72 p539

斎宮良子内親王貝合日記
　　「新編日本古典文学全集17」'00 p569
参考文献
　　「新 日本古典文学大系26」'92 p386
参考文献（三谷邦明）
　　「鑑賞日本古典文学12」'76 p429
『堤中納言物語』参考資料
　　「新 日本古典文学大系26」'92 p358
補注
　　「日本古典文学大系13」'57 p433

鶴屋南北
【解説】
解説（浦山政雄）
　　「鶴屋南北全集3」'72 p505
　　「鶴屋南北全集9」'74 p491
解説（大久保忠国）
　　「鶴屋南北全集4」'72 p497
　　「鶴屋南北全集10」'73 p469
解説（郡司正勝）
　　「鶴屋南北全集1」'71 p461
　　「鶴屋南北全集7」'73 p475
解説（竹柴慇太郎，服部幸雄）
　　「鶴屋南北全集6」'71 p483
解説（服部幸雄，松井敏明，大久保忠国，郡司正勝）
　　「鶴屋南北全集12」'74 p539
解説（広末保）
　　「鶴屋南北全集2」'71 p485
解説（藤尾真一）
　　「鶴屋南北全集5」'71 p479
解説（広末保）
　　「鶴屋南北全集8」'72 p529
解説（藤尾真一）
　　「鶴屋南北全集11」'72 p525
解説 浮世柄比翼稲妻（戸板康二）
　　「名作歌舞伎全集9」'69 p110
解説 絵本合法衢（戸板康二）
　　「名作歌舞伎全集22」'72 p92
解説 音菊天竺徳兵衛（戸板康二）
　　「名作歌舞伎全集9」'69 p4
解説 杜若艶色紫（戸板康二）
　　「名作歌舞伎全集22」'72 p310
解説 勝相撲浮名花触（戸板康二）
　　「名作歌舞伎全集22」'72 p4
解説 桜姫東文章（戸板康二）
　　「名作歌舞伎全集9」'69 p144
解説 隅田川花御所染（戸板康二）
　　「名作歌舞伎全集22」'72 p274
解説 東海道四谷怪談（戸板康二）
　　「名作歌舞伎全集9」'69 p208
解説 時桔梗出世請状（戸板康二）
　　「名作歌舞伎全集9」'69 p40
解説 謎帯一寸徳兵衛（戸板康二）
　　「名作歌舞伎全集22」'72 p168
解説「四谷怪談」の成立（郡司正勝）
　　「新潮日本古典集成〔81〕」'81 p399
校訂について（落合清彦）
　　「名作歌舞伎全集22」'72 p365
大南北の世界（河竹登志夫）
　　「鑑賞日本古典文学30」'77 p419
【年表】
鶴屋南北作者年表
　　「鶴屋南北全集12」'74 p589
【資料】
伊原本の地獄宿
　　「新潮日本古典集成〔81〕」'81 p464
校訂について（郡司正勝）
　　「名作歌舞伎全集9」'69 p341
香盤
　　「新潮日本古典集成〔81〕」'81 p462
役者評判記の位付・評判
　　「新潮日本古典集成〔81〕」'81 p459
役割番付
　　「新潮日本古典集成〔81〕」'81 p449

【　と　】

道元
【解説】
永平道元の語録と無外義遠
　　「五山文学全集別1」'73 p1193
解説
　　「新編日本古典文学全集44」'95 p511
　　「日本古典文学全集27」'71 p289
　　「日本古典文学大系81」'65 p3
　　「日本思想大系12」'70 p509
　　「日本思想大系13」'72 p539
解説（水野弥穂子）
　　「古典日本文学全集14」'62 p306
解説—正法眼蔵の文学史的位置と意義（西尾実）
　　「古典日本文学全集14」'62 p89
沙門道元（和辻哲郎）
　　「古典日本文学全集14」'62 p325
主要祖師略解説
　　「日本思想大系12」'70 p491
『正法眼蔵』の思惟の構造（寺田透）
　　「日本思想大系12」'70 p511
正法眼蔵の哲学私観（田辺元）
　　「古典日本文学全集14」'62 p378

唐来三和

『正法眼蔵』の本文作成と渉典について（水野弥穂子）
　「日本思想大系12」'70 p576
道元（唐木順三）
　「古典日本文学全集14」'62 p386
「道元」上下巻の本文作成を終えて（水野弥穂子）
　「日本思想大系13」'72 p602
道元禅師の入滅と「三時業」巻（水野弥穂子）
　「鑑賞日本古典文学20」'77 p353
道元における分裂（寺田透）
　「日本思想大系13」'72 p541

【年表】
道元禅師略年譜
　「日本古典文学大系81」'65 p475
　「日本思想大系13」'72 p615

【資料】
校異
　「日本思想大系12」'70 p453
　「日本思想大系13」'72 p497
校訂付記
　「新編日本古典文学全集44」'95 p503
　「日本古典文学全集27」'71 p495
参考文献
　「日本思想大系13」'72 p625
出典集
　「新編日本古典文学全集44」'95 p505
　「日本古典文学全集27」'71 p499
主要祖師略解説
　「日本思想大系13」'72 p529
伝灯仏祖法系略図
　「日本古典文学大系81」'65 p487
　「日本思想大系12」'70 p505
道元関係中国地図
　「日本思想大系13」'72 p534
補注（附校訂）
　「日本古典文学大系81」'65 p439

唐来三和

【解説】
解題
　「シリーズ江戸戯作〔2〕」'89 p171
『シリーズ江戸戯作』について（延広真治）
　「シリーズ江戸戯作〔2〕」'89 p3

【資料】
画題索引
　「シリーズ江戸戯作〔2〕」'89 p183
主要語句事項索引
　「シリーズ江戸戯作〔2〕」'89 p183
補注
　「シリーズ江戸戯作〔2〕」'89 p159

とりかへばや物語

【解説】
あらすじ（今井源衛）
　「鑑賞日本古典文学12」'76 p205
「有明けの別れ」と「とりかへばや」（原田朋美）
　「全対訳日本古典新書〔1〕」'79 p502
『今とりかへばや』の定位（辛島正雄，森下純昭）
　「新 日本古典文学大系26」'92 p393
解説
　「新編日本古典文学全集39」'02 p525
奇怪な花、とりかへばや物語（渋沢龍彦）
　「鑑賞日本古典文学12」'76 p422
古典への招待 改作物語と散逸物語—『住吉物語』『とりかへばや物語』の周辺（三角洋一）
　「新編日本古典文学全集39」'02 p3
序説（三谷栄一）
　「鑑賞日本古典文学12」'76 p1
総説（今井源衛）
　「鑑賞日本古典文学12」'76 p189
堤中納言物語・とりかへばや物語の窓
　「鑑賞日本古典文学12」'76 p343
読書ノート
　「鑑賞日本古典文学12」'76 p415
とりかへばや物語（中村真一郎）
　「古典日本文学全集7」'60 p456
とりかへばや物語古本からの変容（桑原博史）
　「鑑賞日本古典文学12」'76 p406
とりかへばや物語の世界（鈴木弘道）
　「鑑賞日本古典文学12」'76 p396

【資料】
系図
　「鑑賞日本古典文学12」'76 p222
校訂付記
　「新編日本古典文学全集39」'02 p522
散逸古本『とりかへばや』参考資料
　「新 日本古典文学大系26」'92 p359
参考資料
　「新編日本古典文学全集39」'02 p543
参考文献
　「新 日本古典文学大系26」'92 p418
参考文献（三谷邦明）
　「鑑賞日本古典文学12」'76 p429
主要人物系図
　「新編日本古典文学全集39」'02 p553
初句索引
　「新編日本古典文学全集39」'02 p572
年立
　「新編日本古典文学全集39」'02 p556
『とりかへばや物語』主要登場人物官位・呼称変遷一覧
　「新 日本古典文学大系26」'92 p364

とはずがたり
【解説】
解説
　「鑑賞日本の古典12」'81 p129
　「完訳日本の古典38」'85 p329
　「完訳日本の古典39」'85 p165
　「新編日本古典文学全集47」'99 p535
　「全対訳日本古典新書〔12〕」'84 p526
　「日本古典全書〔25〕」'66 p3
解説（福田秀一）
　「新潮日本古典集成〔51〕」'78 p333
解説（三角洋一）
　「新 日本古典文学大系50」'94 p399
紀行篇
　「日本古典全書〔25〕」'66 p88
久我雅忠女
　「日本古典全書〔25〕」'66 p15
梗概
　「日本古典全書〔25〕」'66 p142
作品の意義
　「日本古典全書〔25〕」'66 p135
作品の形成
　「日本古典全書〔25〕」'66 p26
作品の主題・構想
　「日本古典全書〔25〕」'66 p42
作品の素材と構成
　「日本古典全書〔25〕」'66 p56
作品の特質
　「日本古典全書〔25〕」'66 p113
時代思潮
　「日本古典全書〔25〕」'66 p3
登場人物略伝
　「完訳日本の古典39」'85 p230
とはずがたり（寺田純子）
　「鑑賞日本の古典12」'81 p375
人間描写
　「日本古典全書〔25〕」'66 p64
はじめに（井上宗雄、和田英道）
　「全対訳日本古典新書〔12〕」'84 p3
文献・論文
　「日本古典全書〔25〕」'66 p182
他の文学との関係
　「日本古典全書〔25〕」'66 p34
本文の制定
　「日本古典全書〔25〕」'66 p148
【年表】
『とはずがたり』関係年表
　「鑑賞日本の古典12」'81 p387
『とはずがたり』年表
　「完訳日本の古典39」'85 p244
　「新 日本古典文学大系50」'94 p362
　「新編日本古典文学全集47」'99 p572

「全対訳日本古典新書〔12〕」'84 p561
年表
　「新潮日本古典集成〔51〕」'78 p392
年譜
　「日本古典全書〔25〕」'66 p461
【資料】
官位相当表
　「完訳日本の古典38」'85 p340
関係者系図
　「全対訳日本古典新書〔12〕」'84 p558
関係地図
　「全対訳日本古典新書〔12〕」'84 p559
京都周辺地図
　「鑑賞日本の古典12」'81 p392
系図
　「完訳日本の古典39」'85 p294
　「新潮日本古典集成〔51〕」'78 p413
　「日本古典全書〔25〕」'66 p474
校訂一覧
　「完訳日本の古典39」'85 p206
作中和歌一覧
　「完訳日本の古典39」'85 p258
参考資料
　「完訳日本の古典39」'85 p267
　「新 日本古典文学大系50」'94 p343
主要人物関係図
　「完訳日本の古典38」'85 p342
初句索引
　「新編日本古典文学全集47」'99 p598
図録
　「完訳日本の古典38」'85 p344
　「完訳日本の古典39」'85 p300
　「新潮日本古典集成〔51〕」'78 p417
地図
　「完訳日本の古典38」'85 p343
　「完訳日本の古典39」'85 p298
　「日本古典全書〔25〕」'66 p477
『とはずがたり』関係系図
　「新 日本古典文学大系50」'94 p385
とはずがたり人名・地名索引
　「新編日本古典文学全集47」'99 p591
引歌一覧
　「完訳日本の古典39」'85 p210
服飾関係語要覧、文様・意匠・造り物一覧、詩歌一覧
　「新 日本古典文学大系50」'94 p319

【 に 】

日蓮
【解説】
解説
　「日本古典文学大系82」'64 p269
　「日本思想大系14」'70 p469
諸本解説
　「日本思想大系14」'70 p596
日蓮の生涯と霊場（中尾堯）
　「鑑賞日本古典文学20」'77 p362
「立正安国論」と私（上原専禄）
　「古典日本文学全集15」'61 p423
【資料】
校訂
　「日本思想大系14」'70 p467
参考文献
　「日本思想大系14」'70 p617
補注
　「日本古典文学大系82」'64 p487
　「日本思想大系14」'70 p429

日記・紀行（近世）
【解説】
東夷周覧稿
　「近世紀行日記文学集成2」'94 p584
吾妻紀行
　「近世紀行日記文学集成1」'93 p598
東路御記行
　「近世紀行日記文学集成2」'94 p585
吾妻の道芝
　「近世紀行日記文学集成1」'93 p602
熱海紀行
　「近世紀行日記文学集成1」'93 p600
天路の橋
　「近世紀行日記文学集成2」'94 p582
あやぬの
　「近世紀行日記文学集成1」'93 p606
伊豆紀行
　「近世紀行日記文学集成1」'93 p614
出雲行日記
　「近世紀行日記文学集成2」'94 p571
伊勢もうで日なみの記
　「近世紀行日記文学集成2」'94 p584
今出河別業紅葉記
　「近世紀行日記文学集成1」'93 p607
打出の浜
　「近世紀行日記文学集成1」'93 p602
うなびのさへづり
　「近世紀行日記文学集成2」'94 p582
英国探索始末（松沢弘陽）
　「日本思想大系66」'74 p579
江島紀行
　「近世紀行日記文学集成2」'94 p579
餌袋日記
　「近世紀行日記文学集成1」'93 p613
遠遊日記
　「近世紀行日記文学集成1」'93 p605
温泉遊草
　「近世紀行日記文学集成1」'93 p595
解説
　「新 日本古典文学大系98」'91 p415
　「日本思想大系66」'74 p549
解題（板坂耀子）
　「叢書江戸文庫I-17」'91 p425
解題（加藤貴）
　「叢書江戸文庫I-1」'90 p427
解題（冨士昭雄）
　「叢書江戸文庫III-50」'02 p387
貝原益軒『東路記』『己巳紀行』と江戸前期の紀行文学（板坂耀子）
　「新 日本古典文学大系98」'91 p417
香取の日記
　「近世紀行日記文学集成2」'94 p577
閑居語
　「近世紀行日記文学集成1」'93 p604
刊行にあたって（津本信博）
　「近世紀行日記文学集成1」'93 pi
　「近世紀行日記文学集成2」'94 pi
寛政紀行
　「近世紀行日記文学集成2」'94 p577
関東下向之途中詠
　「近世紀行日記文学集成1」'93 p604
己未紀行
　「近世紀行日記文学集成2」'94 p580
君のめぐみ
　「近世紀行日記文学集成2」'94 p575
草まくらの日記
　「近世紀行日記文学集成1」'93 p614
桂紀行（宝暦三年三月）
　「近世紀行日記文学集成1」'93 p608
桂紀行（宝暦三年五月）
　「近世紀行日記文学集成1」'93 p609
桂紀行（宝暦四年三月）
　「近世紀行日記文学集成1」'93 p609
桂紀行（宝暦五年三月）
　「近世紀行日記文学集成1」'93 p609
　「近世紀行日記文学集成1」'93 p609
瓊浦紀行
　「近世紀行日記文学集成2」'94 p572
小堀政一東海道紀行

「近世紀行日記文学集成1」'93 p591
再遊紀行
　「近世紀行日記文学集成1」'93 p594
西遊紀行
　「近世紀行日記文学集成1」'93 p611
桜のかざし
　「近世紀行日記文学集成2」'94 p583
さまざまな西洋見聞―「夷情探索」から「洋行」
　へ（松沢弘陽）
　「日本思想大系66」'74 p621
柴田剛中とその日載（君塚進）
　「日本思想大系66」'74 p565
嶋陰盆山之記
　「近世紀行日記文学集成1」'93 p604
従江戸日光足利之記
　「近世紀行日記文学集成2」'94 p573
上京の道の記
　「近世紀行日記文学集成1」'93 p612
須磨記
　「近世紀行日記文学集成1」'93 p600
宗因東の紀行
　「近世紀行日記文学集成1」'93 p596
相豆紀行
　「近世紀行日記文学集成2」'94 p574
高尾紀行
　「近世紀行日記文学集成1」'93 p597
鷹峰記
　「近世紀行日記文学集成1」'93 p605
鷹峰山荘に遊ぶの記
　「近世紀行日記文学集成1」'93 p605
橘南谿『西遊記』と江戸後期の紀行文学（宗政
　五十緒）
　「新 日本古典文学大系98」'91 p437
玉虫左太夫と航米日録（沼田次郎）
　「日本思想大系66」'74 p551
為村卿洛陽観音三十三所御順参御詠
　「近世紀行日記文学集成1」'93 p612
月見記
　「近世紀行日記文学集成1」'93 p607
椿まうでの記
　「近世紀行日記文学集成2」'94 p572
東奥紀行
　「近世紀行日記文学集成1」'93 p611
東海紀行
　「近世紀行日記文学集成1」'93 p595
東関記
　「近世紀行日記文学集成1」'93 p593
東藩日記
　「近世紀行日記文学集成2」'94 p578
中山目録
　「近世紀行日記文学集成1」'93 p592
なぐさのはまづと

「近世紀行日記文学集成2」'94 p576
幕末の遣外使節について―万延元年の遣米使
　節より慶応元年の遣仏使節まで（沼田次郎）
　「日本思想大系66」'74 p599
葉月末つかた
　「近世紀行日記文学集成2」'94 p582
八十の賀
　「近世紀行日記文学集成2」'94 p585
初瀬路日記
　「近世紀行日記文学集成2」'94 p579
初雪記
　「近世紀行日記文学集成1」'93 p610
花園日記
　「近世紀行日記文学集成2」'94 p582
花見記
　「近世紀行日記文学集成1」'93 p607
　「近世紀行日記文学集成1」'93 p607
　「近世紀行日記文学集成1」'93 p608
春のみふね
　「近世紀行日記文学集成1」'93 p601
吹上
　「近世紀行日記文学集成2」'94 p584
　「近世紀行日記文学集成2」'94 p585
藤のとも花
　「近世紀行日記文学集成2」'94 p583
宝暦五年上京紀行
　「近世紀行日記文学集成1」'93 p610
松島紀行
　「近世紀行日記文学集成2」'94 p578
遊松島記
　「近世紀行日記文学集成1」'93 p612
松しま日記
　「近世紀行日記文学集成1」'93 p613
南西道草の日記
　「近世紀行日記文学集成2」'94 p580
道之記
　「近世紀行日記文学集成1」'93 p599
宮川日記
　「近世紀行日記文学集成1」'93 p603
大和路日記
　「近世紀行日記文学集成2」'94 p581
山花紀行
　「近世紀行日記文学集成1」'93 p610
雪の古道
　「近世紀行日記文学集成2」'94 p574
湯沢紀行
　「近世紀行日記文学集成1」'93 p597
芳野道の記
　「近世紀行日記文学集成1」'93 p592
立圃東の記行
　「近世紀行日記文学集成1」'93 p594
和紀記行

日記・紀行(古代)　　　解説・資料

「近世紀行日記文学集成1」'93 p599
【年表】
貝原益軒略年譜
　「新 日本古典文学大系98」'91 p434
橘南谿略年譜
　「新 日本古典文学大系98」'91 p459
日本近世漂流記年表
　「叢書江戸文庫I-1」'90 p479
【資料】
東路記・己巳紀行 引用紀行一覧
　「新 日本古典文学大系98」'91 p391
西遊記 県別章名一覧
　「新 日本古典文学大系98」'91 p16
西遊記 章名目次
　「新 日本古典文学大系98」'91 piv
参考文献
　「日本思想大系66」'74 p681
地名索引
　「新 日本古典文学大系98」'91 p2
日本近世漂流関係文献目録
　「叢書江戸文庫I-1」'90 p512
板本『西遊記』挿絵一覧
　「新 日本古典文学大系98」'91 p406
付録
　「新 日本古典文学大系98」'91 p389
補注（航米日録）
　「日本思想大系66」'74 p545

日記・紀行（古代）
【解説】
あつまぢの道の果てよりも（犬養廉）
　「鑑賞日本古典文学10」'75 p432
王朝日記の窓
　「鑑賞日本古典文学10」'75 p367
王朝日記文学について（井上靖）
　「古典日本文学全集8」'60 p365
関連作品王朝の日記文学 蜻蛉日記・和泉式部日記（関根慶子）
　「現代語訳 日本の古典7」'81 p166
解説
　「日本古典全書〔24〕」'54 p3
　「日本古典全書〔29〕」'51 p47
　「日本古典全書〔29〕」'51 p143
解説（秋山虔）
　「古典日本文学全集8」'60 p289
解説（池田弥三郎）
　「国民の文学7」'64 p523
解題
　「新訂校註—日本文学大系2」'55 p1
海道筋の文化
　「日本古典全書〔29〕」'51 p11
鎌倉時代までの記録

「日本古典全書〔29〕」'51 p1
紀氏流神人の地方拡散（小林茂美）
　「鑑賞日本古典文学10」'75 p391
健寿御前日記の形態と内容
　「日本古典全書〔24〕」'54 p12
健寿御前日記の伝本
　「日本古典全書〔24〕」'54 p55
古人の踏んだ東海道（玉井幸助）
　「日本古典全書〔29〕」'51 p1
古人の旅情
　「日本古典全書〔29〕」'51 p7
作者の家系とその生涯
　「日本古典全書〔24〕」'54 p38
参考文献解題（渡辺久寿）
　「鑑賞日本の古典7」'80 p515
順路と日程
　「日本古典全書〔29〕」'51 p4
序説（清水文雄）
　「鑑賞日本古典文学10」'75 p1
総説（清水文雄）
　「鑑賞日本古典文学10」'75 p195
総説（松村誠一）
　「鑑賞日本古典文学10」'75 p293
その時代
　「日本古典全書〔24〕」'54 p3
断続の日記・連続の日記（武者小路辰子）
　「鑑賞日本古典文学10」'75 p441
注釈（池田弥三郎）
　「国民の文学7」'64 p515
読書ノート
　「鑑賞日本古典文学10」'75 p441
日記と記録（山中裕）
　「鑑賞日本古典文学10」'75 p378
日記文学について（木村正中）
　「鑑賞日本の古典7」'80 p5
日記文学の形成（秋山虔）
　「日本古典文学全集18」'71 p5
平安女流文学の成立（西郷信綱）
　「古典日本文学全集8」'60 p371
身の上話とうわさ話（山口博）
　「鑑賞日本古典文学10」'75 p369
名所旧跡
　「日本古典全書〔29〕」'51 p20
ものはかなき身の上（小町谷照彦）
　「鑑賞日本古典文学10」'75 p413
【年表】
日記年表
　「日本古典文学全集18」'71 p479
年表
　「日本古典全書〔24〕」'54 p114
【資料】
安元御賀記

「日本古典全書〔24〕」'54 p96
萱の御所の火災
　「日本古典全書〔24〕」'54 p85
木曾義仲北陸宮の皇位を奏請す
　「日本古典全書〔24〕」'54 p111
京都周辺歴史地図
　「鑑賞日本の古典7」'80 p560
系図
　「日本古典全書〔24〕」'54 p120
建春門院
　「日本古典全書〔24〕」'54 p58
最勝光院供養
　「日本古典全書〔24〕」'54 p88
参考資料
　「日本古典全書〔24〕」'54 p58
参考地図
　「古典日本文学全集8」'60 p384
参考文献（小山利彦）
　「鑑賞日本古典文学10」'75 p455
主要参考文献
　「日本古典文学全集18」'71 p462
春華門院
　「日本古典全書〔24〕」'54 p71
図録
　「日本古典文学全集18」'71 p498
高倉天皇の朝観行幸
　「日本古典全書〔24〕」'54 p76
追補
　「新訂校註―日本文学大系2」'55 p42
二位の尼の堂供養
　「日本古典全書〔24〕」'54 p92
仁和寺の舎利会
　「日本古典全書〔24〕」'54 p74
八条院
　「日本古典全書〔24〕」'54 p70
鵜合、今様合
　「日本古典全書〔24〕」'54 p86
平安京条坊図
　「鑑賞日本の古典7」'80 p559
法金剛院小御堂供養
　「日本古典全書〔24〕」'54 p85

日記・紀行（中世）
【解説】
解説
　「新 日本古典文学大系51」'90 p505
解説（稲田利徳）
　「新編日本古典文学全集48」'94 p587
『句双紙』解説（入矢義高）
　「新 日本古典文学大系52」'96 p564
『句双紙』の諸本と成立（早苗憲生）
　「新 日本古典文学大系52」'96 p581

古典への招待 中世日記紀行文学の諸相（稲田利徳）
　「新編日本古典文学全集48」'94 p3
中世日記紀行文学の展望（福田秀一）
　「新 日本古典文学大系51」'90 p507
『庭訓往来』の注に関する断章（山田俊雄）
　「新 日本古典文学大系52」'96 p539
【資料】
句双紙 出典一覧（早苗憲生）
　「新 日本古典文学大系52」'96 p462
『句双紙』読み下し索引
　「新 日本古典文学大系52」'96 p9
索引
　「新 日本古典文学大系51」'90
参考資料
　「新 日本古典文学大系51」'90 p475
参考文献
　「新 日本古典文学大系51」'90 p529
信生法師日記 歌集部
　「新編日本古典文学全集48」'94 p618
地名索引
　「新 日本古典文学大系51」'90 p10
　「新編日本古典文学全集48」'94 p645
庭訓往来抄（抄）（山田俊雄）
　「新 日本古典文学大系52」'96 p377
『庭訓往来（抄）』見出し語索引
　「新 日本古典文学大系52」'96 p2
付録
　「新 日本古典文学大系51」'90 p473
　「新編日本古典文学全集48」'94 p617
和歌・連歌初句索引
　「新 日本古典文学大系51」'90 p2
　「新編日本古典文学全集48」'94 p654

日本書紀
【解説】
解説
　「新編日本古典文学全集2」'94 p505
　「日本古典全書〔32〕」'48 p3
　「日本古典文学大系67」'67 p3
歌謡
　「日本古典全書〔32〕」'48 p32
訓法
　「日本古典全書〔32〕」'48 p19
研究史
　「日本古典全書〔32〕」'48 p35
口誦の神話から筆録された神話へ（伊藤清司）
　「鑑賞日本古典文学2」'77 p438
古典への招待 近・現代史としての『日本書紀』（直木孝次郎，大島信生）
　「新編日本古典文学全集4」'98 p5
古典への招待『日本書紀』を読む

日本古典文学全集・作品名綜覧　481

日本書紀

「新編日本古典文学全集2」'94 p5
古典への招待 歴史書としての『日本書紀』（直木孝次郎，大島信生）
「新編日本古典文学全集3」'96 p5
序説（直木孝次郎）
「鑑賞日本古典文学2」'77 p1
史料としての『日本書紀』（東野治之）
「鑑賞日本古典文学2」'77 p449
性質
「日本古典全書〔32〕」'48 p9
成立
「日本古典全書〔32〕」'48 p3
総説（直木孝次郎）
「鑑賞日本古典文学2」'77 p9
態度
「日本古典全書〔32〕」'48 p24
天智天皇の人間像をめぐって（目崎徳衛）
「鑑賞日本古典文学2」'77 p502
伝本及び研究書
「日本古典全書〔32〕」'48 p38
内容
「日本古典全書〔32〕」'48 p6
日本紀歌之解
「日本歌謡集成1」'60 p3
日本書紀
「校註日本文芸新篇〔4〕」'50 p89
日本書紀成立論（横田健一）
「鑑賞日本古典文学2」'77 p422
日本書紀の「童謡」（神田秀夫）
「鑑賞日本古典文学4」'75 p366
日本書紀の「ヨミ」に関して（小島憲之）
「鑑賞日本古典文学2」'77 p411
日本書紀・風土記の窓
「鑑賞日本古典文学2」'77 p409
文学性
「日本古典全書〔32〕」'48 p29
文章
「日本古典全書〔32〕」'48 p13
【年表】
日本書紀年表
「新編日本古典文学全集2」'94 p564
「新編日本古典文学全集3」'96 p602
日本書紀年表（舒明天皇〜持統天皇）
「新編日本古典文学全集4」'98 p572
【資料】
飛鳥周辺史跡地図
「新編日本古典文学全集3」'96 p622
異体字表
「日本古典文学大系67」'67 p652
冠位・位階制一覧表
「新編日本古典文学全集4」'98 p600
百済の王城と五方

「新編日本古典文学全集4」'98 p589
百済の官位
「新編日本古典文学全集3」'96 p617
「新編日本古典文学全集4」'98 p587
百済の五部
「新編日本古典文学全集4」'98 p588
校異
「日本古典文学大系67」'67 p641
「日本古典文学大系68」'65 p604
高句麗の官位
「新編日本古典文学全集4」'98 p594
高句麗の五族と五部
「新編日本古典文学全集4」'98 p596
校訂付記
「新編日本古典文学全集2」'94 p498
「新編日本古典文学全集3」'96 p594
「新編日本古典文学全集4」'98 p562
古代朝鮮略図
「新編日本古典文学全集3」'96 p620
「新編日本古典文学全集4」'98 p608
参考文献
「新編日本古典文学全集2」'94 p559
新羅の外位と旧高句麗・百済官人に対する授位
「新編日本古典文学全集4」'98 p593
新羅の官位
「新編日本古典文学全集3」'96 p618
新羅の官位（京位）
「新編日本古典文学全集4」'98 p590
新羅の六部
「新編日本古典文学全集4」'98 p592
神名・人名・地名索引
「新編日本古典文学全集2」'94 p582
「新編日本古典文学全集3」'96 p638
「新編日本古典文学全集4」'98 p646
朝鮮三国と日本の位階対照表
「新編日本古典文学全集4」'98 p598
底本奥書
「日本古典文学大系67」'67 p536
天智〜持統朝の官司・官職表
「新編日本古典文学全集4」'98 p602
付表・付図
「日本古典文学大系68」'65 p615
付録
「新編日本古典文学全集2」'94 p563
「新編日本古典文学全集3」'96 p601
「新編日本古典文学全集4」'98 p571
補注
「日本古典文学大系67」'67 p543
「日本古典文学大系68」'65 p538

日本文学史

【解説】

『江戸時代女流文学全集』解題（安西彰）
  「江戸時代女流文学全集4」'01 p1
演劇史・芸能史と文学史（松崎仁）
  「鑑賞日本古典文学別」'78 p432
兼載伝の再吟味—付・彰考館文庫『和漢聯句』
  翻刻（金子金次郎）
  「中世文芸叢書別3」'73 p5
河原院の亡霊（熊本守男）
  「中世文芸叢書別3」'73 p296
近世（暉峻康隆）
  「古典日本文学全集別」'62 p249
国文学略史
  「日本古典全書〔109〕」'50 p1
古代後期（塩田良平）
  「古典日本文学全集別」'62 p63
古代前期（窪田章一郎）
  「古典日本文学全集別」'62 p11
古典への招待 中世の文学と思想（永積安明）
  「新編日本古典文学全集44」'95 p3
古典日本文学史
  「古典日本文学全集別」'62 p9
作者編
  「日本古典全書〔109〕」'50 p100
作品編
  「日本古典全書〔109〕」'50 p29
正徹の和歌の新資料「月草」について（稲田
  利徳）
  「中世文芸叢書別3」'73 p176
緒言（古谷知新）
  「江戸時代女流文学全集1」'01 p1
  「江戸時代女流文学全集2」'01 p1
  「江戸時代女流文学全集3」'01 p1
書目解題と作者解説
  「日本古典全書〔109〕」'50 p27
心敬の表現—「－もなし」をめぐって（山根
  清隆）
  「中世文芸叢書別3」'73 p50
禅林における詩会の様相—相国寺維那衆強訴
  事件・内衆の詩会（朝倉尚）
  「中世文芸叢書別3」'73 p235
その作品を生んだ時代の必然性
  「鑑賞日本古典文学別」'78 p385
中世（冨倉徳次郎）
  「古典日本文学全集別」'62 p169
日本文学史概観
  「鑑賞日本古典文学別」'78 p19
日本文学史参考書目解題（祐野隆三）
  「鑑賞日本古典文学別」'78 p451
日本文学史入門
  「鑑賞日本古典文学別」'78 p7
日本文学史の窓
  「鑑賞日本古典文学別」'78 p361

はじめに（井本農一）
  「鑑賞日本古典文学別」'78 p1
東山文庫本「七豪源氏」所載の注釈資料—十四
  世紀中葉の源氏研究の周辺（稲賀敬二）
  「中世文芸叢書別3」'73 p366
美術史と文学史（片野達郎）
  「鑑賞日本古典文学別」'78 p421
「備後国風俗歌」（阿波国稲垣家蔵）について—
  その解説と翻刻（竹本宏夫）
  「中世文芸叢書別3」'73 p199
風土と日本文学史（長谷章久）
  「鑑賞日本古典文学別」'78 p442
伏見宮貞成の生きかた—『看聞日記』に見られ
  る「無力」について・応永期の場合（位藤邦生）
  「中世文芸叢書別3」'73 p258
藤原良経—その初学期をめぐって（片山享）
  「中世文芸叢書別3」'73 p157
文学史と仏教史（山田昭全）
  「鑑賞日本古典文学別」'78 p412
文学史とは何か（井本農一）
  「鑑賞日本古典文学別」'78 p7
文学史の時代区分（中野幸一）
  「鑑賞日本古典文学別」'78 p373
文学史の方法（秋山虔）
  「鑑賞日本古典文学別」'78 p363
翻刻『梵灯庵日発句』（大阪天満宮文庫本）—解
  説・吉川本と比較した場合（湯之上早苗）
  「中世文芸叢書別3」'73 p30
【年表】
古典日本文学年表
  「古典日本文学全集別」'62 p369
日本文学作品年表（久富哲雄）
  「鑑賞日本古典文学別」'78 p468
年表
  「日本古典全書〔109〕」'50 p161
【資料】
京都歴史地図
  「新編日本古典文学全集44」'95 p605
語句・事項索引
  「日本古典文学大系〔索引1〕」'64 p9
  「日本古典文学大系〔索引2〕」'69 p11
索引
  「古典日本文学全集別」'62 p561
  「日本古典全書〔109〕」'50 p1
初句索引
  「日本古典文学大系〔索引2〕」'69 p365
総目録
  「日本古典文学大系〔索引1〕」'64 p545
  「日本古典文学大系〔索引2〕」'69 p457
難訓索引
  「日本古典全書〔109〕」'50 p10

日本霊異記

解説・資料

福井文庫目録（広島大学文学部国語学国文学研究室蔵）（湯之上早苗，小川幸三編）
　「中世文芸叢書別3」'73 p385
平安京条坊図
　「新編日本古典文学全集44」'95 p606
和歌・俳句・歌謡索引
　「日本古典文学大系〔索引1〕」'64 p377

日本霊異記
【解説】
解説
　「鑑賞日本の古典1」'81 p283
　「完訳日本の古典8」'86 p383
　「新 日本古典文学大系30」'96 p301
　「新編日本古典文学全集10」'95 p401
　「日本古典全書〔50〕」'50 p3
　「日本古典文学全集6」'75 p7
　「日本古典文学大系70」'67 p2
解説（小泉道）
　「新潮日本古典集成〔7〕」'84 p315
解題
　「全対訳日本古典新書〔13〕」'78 p435
訓釈
　「日本古典全書〔50〕」'50 p15
後世の影響
　「日本古典全書〔50〕」'50 p47
古代説話の流れ
　「新潮日本古典集成〔7〕」'84 p361
古典への招待『霊異記』の多面的な世界
　「新編日本古典文学全集10」'95 p7
参考文献解題（荻原千鶴）
　「鑑賞日本の古典1」'81 p341
思想
　「日本古典全書〔50〕」'50 p36
時代
　「日本古典全書〔50〕」'50 p3
書名、巻数
　「日本古典全書〔50〕」'50 p5
資料
　「日本古典全書〔50〕」'50 p30
成立年代
　「日本古典全書〔50〕」'50 p7
説話
　「日本古典全書〔50〕」'50 p41
説話としての日本霊異記（植松茂）
　「古典日本文学全集1」'60 p348
撰者
　「日本古典全書〔50〕」'50 p5
組織
　「日本古典全書〔50〕」'50 p9
伝本、研究書
　「日本古典全書〔50〕」'50 p50

内容
　「日本古典全書〔50〕」'50 p20
日本霊異記
　「校註日本文芸新篇〔4〕」'50 p90
はじめに（池上洵一）
　「全対訳日本古典新書〔13〕」'78 p3
文学史上の位置
　「日本古典全書〔50〕」'50 p44
文章、読法
　「日本古典全書〔50〕」'50 p12
訳文
　「日本古典全書〔50〕」'50 p56
【年表】
『古事記』『風土記』『日本霊異記』関係略年表
　「鑑賞日本の古典1」'81 p368
日本霊異記年表
　「新編日本古典文学全集10」'95 p447
　「日本古典文学全集6」'75 p411
【資料】
解説目次
　「新 日本古典文学大系30」'96 p3
経典名索引
　「新 日本古典文学大系30」'96 p10
校訂付記
　「新編日本古典文学全集10」'95 p385
　「日本古典文学全集6」'75 p393
索引
　「完訳日本の古典8」'86 p414
主要参考文献
　「新編日本古典文学全集10」'95 p477
　「日本古典文学全集6」'75 p440
人名・神仏名索引
　「新 日本古典文学大系30」'96 p2
説話分布図
　「新潮日本古典集成〔7〕」'84 p426
説話分布表
　「新潮日本古典集成〔7〕」'84 p423
地名・寺社名索引
　「新 日本古典文学大系30」'96 p6
日本霊異記関係説話表
　「新編日本古典文学全集10」'95 p462
　「日本古典文学全集6」'75 p426
日本霊異記地図
　「新編日本古典文学全集10」'95 p457
　「日本古典文学全集6」'75 p421
付録
　「新編日本古典文学全集10」'95 p445
　「日本古典文学全集6」'75 p409
補注
　「全対訳日本古典新書〔13〕」'78 p430
　「日本古典文学大系70」'67 p453

【の】

能・狂言
【解説】
間狂言の変遷（表章）
　「鑑賞日本古典文学22」'77 p444
英語世界における謡曲（田代慶一郎）
　「鑑賞日本古典文学22」'77 p494
解説
　「完訳日本の古典46」'87 p415
　「完訳日本の古典46」'87 p465
　「完訳日本の古典47」'88 p307
　「完訳日本の古典47」'88 p457
　「完訳日本の古典48」'85 p391
　「新 日本古典文学大系56」'93 p503
　「新 日本古典文学大系59」'94 p589
　「日本古典全書〔88〕」'49 p3
　「日本古典全書〔93〕」'56 p209
　「日本古典文学全集33」'73 p5
　「日本古典文学全集34」'75 p5
　「日本古典文学全集35」'92 p5
　「日本古典文学大系40」'60 p5
　「日本古典文学大系41」'63 p4
　「日本古典文学大系42」'60 p3
解説（北川忠彦, 安田章）
　「新編日本古典文学全集60」'01 p513
解説（小山弘志）
　「新編日本古典文学全集58」'97 p525
解説（田口和夫）
　「中世の文学 第1期〔22〕」'95 p379
解説（西野春雄）
　「新 日本古典文学大系57」'98 p733
解説（古川久, 横道万里雄）
　「古典日本文学全集20」'62 p339
解説（横道万里雄, 戸板康二）
　「国民の文学12」'64 p435
解説（小山弘志, 佐藤健一郎）
　「新編日本古典文学全集59」'98 p599
解説 謡曲の展望のために
　「新潮日本古典集成〔58〕」'83 p361
解題
　「日本文学古註釈大成〔37〕」'79
各曲解題
　「新潮日本古典集成〔58〕」'83 p391
　「新潮日本古典集成〔59〕」'86 p427
　「新潮日本古典集成〔60〕」'88 p439
各部の解説
　「日本古典文学大系42」'60 p38
　「日本古典文学大系43」'61 p4

『狂言記』のことばに関する覚え書き（土井洋一）
　「新 日本古典文学大系58」'96 p622
狂言劇の沿革
　「日本古典全書〔91〕」'53 p6
狂言劇の構成
　「日本古典全書〔91〕」'53 p12
狂言劇の舞台
　「日本古典全書〔91〕」'53 p18
狂言と中世史研究（横井清）
　「鑑賞日本古典文学22」'77 p486
狂言について（田口和夫）
　「鑑賞日本古典文学22」'77 p465
狂言の価値
　「日本古典全書〔91〕」'53 p47
狂言の語義
　「日本古典全書〔91〕」'53 p3
狂言のことば・謡曲のことば（寿岳章子）
　「鑑賞日本古典文学22」'77 p476
狂言の写実（滝井孝作）
　「古典日本文学全集20」'62 p383
狂言の中世と近世（橋本朝生）
　「新 日本古典文学大系58」'96 p593
狂言の諷刺（古川久）
　「古典日本文学全集20」'62 p390
狂言の名作舞台
　「現代語訳 日本の古典14」'80 p112
狂言文の形式
　「日本古典全書〔91〕」'53 p34
狂言文の展開
　「日本古典全書〔91〕」'53 p24
狂言文の内容
　「日本古典全書〔91〕」'53 p41
狂言名作解題
　「完訳日本の古典48」'85 p410
　「新編日本古典文学全集60」'01 p554
　「日本古典文学全集35」'92 p565
現代と狂言（三宅藤九郎）
　「現代語訳 日本の古典14」'80 p148
現代と能（金春信高）
　「現代語訳 日本の古典14」'80 p86
古典への招待 狂言へのあゆみ（安田章）
　「新編日本古典文学全集60」'01 p5
古典への招待 世阿弥という人（小山弘志）
　「新編日本古典文学全集59」'98 p5
主要人名解説
　「新 日本古典文学大系59」'94 p2
序説（小山弘志, 北川忠彦）
　「鑑賞日本古典文学22」'77 p1
序破急の理論
　「日本古典全書〔88〕」'49 p5
世阿弥以後の作者たち（西野春雄）

能・狂言　　解説・資料

「鑑賞日本古典文学22」'77 p434
総説
　「日本の文学 古典編36」'87 p7
　「日本の文学 古典編36」'87 p225
　「日本の文学 古典編36」'87 p277
総説（北川忠彦）
　「鑑賞日本古典文学22」'77 p229
総説（小山弘志）
　「鑑賞日本古典文学22」'77 p7
当麻（小林秀雄）
　「古典日本文学全集20」'62 p358
注釈（池田弥三郎）
　「国民の文学12」'64 p426
天理本『狂言抜書』と狂言歌謡（橋本朝生）
　「新 日本古典文学大系56」'93 p590
読書ノート
　「鑑賞日本古典文学22」'77 p507
能・狂言と現代演劇（茨木憲）
　「鑑賞日本古典文学22」'77 p507
能・狂言の世界（戸井田道三）
　「現代語訳 日本の古典14」'80 p165
能・狂言のたのしみ（増田正造）
　「現代語訳 日本の古典14」'80 p172
能・狂言の名作の旅（木村利行）
　「現代語訳 日本の古典14」'80 p178
能と親しむ（生島遼一）
　「鑑賞日本古典文学22」'77 p515
能の面（中村保雄）
　「鑑賞日本古典文学22」'77 p454
能の形成と展開（小西甚一）
　「古典日本文学全集20」'62 p370
能の台本
　「日本古典全書〔88〕」'49 p3
能の力（安部能成）
　「古典日本文学全集20」'62 p360
能の名作舞台
　「現代語訳 日本の古典14」'80 p50
はじめに
　「現代語訳 日本の古典14」'80 p12
　「現代語訳 日本の古典14」'80 p88
広大本宮増伝書及び吉川家本花伝書（異本童舞抄）解題
　「中世文芸叢書12」'68 p166
補説
　「日本古典文学大系43」'61 p461
面と装束（木村利行）
　「現代語訳 日本の古典14」'80 p149
謡曲・狂言の窓
　「鑑賞日本古典文学22」'77 p423
謡曲作風の変遷
　「日本古典全書〔88〕」'49 p23
謡曲に就いて（芳賀矢一, 佐々木信綱）

「校註―謡曲叢書1」'87 p1
謡曲の作者
　「日本古典全書〔88〕」'49 p17
謡曲の種別
　「日本古典全書〔88〕」'49 p8
流派の分立
　「日本古典全書〔88〕」'49 p30
【資料】
寛文五年版・元禄十二年版の挿絵
　「新 日本古典文学大系58」'96 p583
旧国名地図
　「新 日本古典文学大系59」'94 p16
　「新編日本古典文学全集59」'98 p620
（狂言歌謡）演出用語一覧（橋本朝生）
　「新 日本古典文学大系56」'93 p501
狂言記拾遺
　「新 日本古典文学大系58」'96 p467
曲名索引
　「新 日本古典文学大系58」'96 p1
　「日本古典全書〔93〕」'56 p333
　「日本古典文学大系43」'61 p472
車屋本一覧
　「日本古典全書〔90〕」'57 p326
掲載曲目一覧
　「新編日本古典文学全集59」'98 p622
　「日本古典文学全集34」'75 p575
校異補記
　「日本古典文学大系40」'60 p459
　「日本古典文学大系41」'63 p455
光悦本・古版本・間狂言版本・主要注釈一覧
　「新潮日本古典集成〔58〕」'83 p438
校訂付記
　「完訳日本の古典46」'87 p451
　「完訳日本の古典47」'88 p404
古今曲名一覧
　「新 日本古典文学大系57」'98 p699
五十音順曲名一覧
　「新 日本古典文学大系57」'98 p4
小段解説一覧
　「新 日本古典文学大系57」'98 p9
古典への招待 能と謡（小山弘志）
　「新編日本古典文学全集58」'97 p5
小道具・作り物一覧
　「新潮日本古典集成〔59〕」'86 p508
参考書目
　「日本古典全書〔91〕」'53 p50
参考文献
　「日本古典文学大系43」'61 p469
参考文献（橋本朝生, 幕内エイ子）
　「鑑賞日本古典文学22」'77 p523
出立図録
　「新 日本古典文学大系57」'98 p667

解説・資料　　　　　　　　　　　　　　　　俳諧

主要地名一覧
　「新 日本古典文学大系59」'94 p10
上巻曲名索引
　「中世の文学 第1期〔20〕」'94 p403
装束一覧
　「新潮日本古典集成〔59〕」'86 p506
上・中巻補正
　「日本古典全書〔90〕」'57 p333
諸役出立図
　「日本古典文学大系41」'63 p477
図版目録
　「現代語訳 日本の古典14」'80 p186
全巻曲名索引
　「中世の文学 第1期〔22〕」'95 p406
続狂言記
　「新 日本古典文学大系58」'96 p347
能楽諸流一覧
　「新潮日本古典集成〔59〕」'86 p503
能楽面図録
　「新 日本古典文学大系57」'98 p645
能・狂言主要現行曲小事典
　「現代語訳 日本の古典14」'80 p182
能・狂言の扮装
　「現代語訳 日本の古典14」'80 p171
能舞台図
　「新 日本古典文学大系57」'98 p644
能面一覧
　「新潮日本古典集成〔59〕」'86 p504
附載
　「日本古典全書〔89〕」'53 p294
附図（能舞台平面図）
　「日本古典全書〔91〕」'53 p附録
舞台写真の曲目・演者・催会一覧
　「新編日本古典文学全集58」'97 p523
　「新編日本古典文学全集59」'98 p597
　「日本古典文学全集33」'73 p517
　「日本古典文学全集34」'75 p576
付録
　「新 日本古典文学大系59」'94
　「新編日本古典文学全集58」'97 p545
　「新編日本古典文学全集59」'98
　「新編日本古典文学全集60」'01 p553
　「日本古典文学全集34」'75 p535
　「日本の文学 古典編36」'87 p407
補注
　「日本古典文学大系40」'60 p425
　「日本古典文学大系41」'63 p425
宮増弥左衛門本の識語
　「中世文芸叢書12」'68 p83
毛利本と中巻所載曲との校異
　「日本古典全書〔90〕」'57 p319
謡曲本文・注釈・現代語訳一覧

　「新潮日本古典集成〔58〕」'83 p442
謡曲読み癖一覧
　「日本古典文学大系41」'63 p463
用語一覧
　「新 日本古典文学大系57」'98 p682
　「新編日本古典文学全集58」'97 p545
　「日本古典文学全集34」'75 p537

【 は 】

俳諧
【解説】
あとがき（久富哲雄）
　「未刊連歌俳諧資料2-2」'53 p143
安永天明期俳諧と蕉風復興運動（田中道雄）
　「新 日本古典文学大系73」'98 p401
江戸座の名称と高点付句集の句風（岩田秀行）
　「新 日本古典文学大系72」'93 p499
江戸時代の芸能と俳諧（服部幸雄）
　「鑑賞日本古典文学33」'77 p413
解説
　「和泉古典文庫2」'83 p4
　「新 日本古典文学大系69」'91 p573
　「新 日本古典文学大系72」'93 p471
　「日本古典全書〔78〕」'50 p3
　「日本古典文学大系92」'64 p9
　「日本古典文学大系92」'64 p247
解説（尾形仂）
　「未刊連歌俳諧資料1-2」'52 p60
　「未刊連歌俳諧資料1-6」'52 p29
解説（雲英末雄）
　「新 日本古典文学大系71」'94 p565
歌仙解説・蛭子講の巻
　「校註日本文芸新篇〔6〕」'50 p11
過渡期の選集（加藤定彦）
　「新 日本古典文学大系69」'91 p596
其角の批点について（石川八朗）
　「新 日本古典文学大系72」'93 p482
切字断章（上野洋三）
　「鑑賞日本古典文学33」'77 p393
原本の用字訂正に就いて
　「日本古典全書〔78〕」'50 p43
古典への招待 俳句と俳諧（山下一海）
　「新編日本古典文学全集72」'01 p9
古白に関する諸家の記述
　「俳諧文庫叢書2」'49 p97
『三冊子』解題（奈良鹿郎）
　「俳諧文庫会叢書1」'49 p3
七部集の校本に就いて

俳諧

「日本古典全書〔78〕」'50 p26
七部集の成立(刊行)年代と編者
　「日本古典全書〔78〕」'50 p12
七部集の註本に就いて
　「日本古典全書〔78〕」'50 p28
七部集の内容に就いて
　「日本古典全書〔78〕」'50 p16
七部集の版本に就いて
　「日本古典全書〔78〕」'50 p22
七部集の流行熱
　「日本古典全書〔78〕」'50 p3
蕉門録の解説と著者小伝(矢部保太郎)
　「未刊連歌俳諧資料2-2」'53 p139
初期俳諧の展開(乾裕幸)
　「新 日本古典文学大系69」'91 p575
序言(頴原退蔵)
　「評釈江戸文学叢書7」'70 p1
序説(尾形仂)
　「鑑賞日本古典文学33」'77 p1
西欧における近世俳句の鑑賞(佐ександ和夫)
　「鑑賞日本古典文学33」'77 p403
総説(尾形仂)
　「鑑賞日本古典文学33」'77 p239
総説(白石悌三)
　「鑑賞日本古典文学33」'77 p3
総論(鈴木勝忠)
　「新 日本古典文学大系72」'93 p473
月並句合の実態(中野沙恵)
　「鑑賞日本古典文学33」'77 p433
読書ノート
　「鑑賞日本古典文学33」'77 p443
土芳略伝(真下喜太郎)
　「俳諧文庫会叢書1」'49 p16
念仏としての俳諧(森本哲郎)
　「鑑賞日本古典文学33」'77 p453
俳諧と思想史(野々村勝英)
　「鑑賞日本古典文学33」'77 p423
俳諧・俳句・詩(森田蘭)
　「鑑賞日本古典文学33」'77 p384
俳諧史概説
　「校註日本文芸新篇〔6〕」'50 p5
俳句の方法(外山滋比古)
　「鑑賞日本古典文学33」'77 p374
俳句・俳論の窓
　「鑑賞日本古典文学33」'77 p361
芭蕉の変風と七部の書
　「日本古典全書〔78〕」'50 p14
「ひとり言」のはじめに(真下喜太郎)
　「俳諧文庫会叢書3」'49 p1
漂泊と思郷と(山本健吉)
　「鑑賞日本古典文学33」'77 p363
藤野潔の伝

「俳諧文庫会叢書2」'49 p47
「藤野古白集」のはじめに(真下喜太郎)
　「俳諧文庫会叢書2」'49
蕪村系の俳書(石川真弘)
　「新 日本古典文学大系73」'98 p453
夜半亭四部書(山下一海)
　「新 日本古典文学大系73」'98 p440
例言
　「校註日本文芸新篇〔6〕」'50 p1
連句概説
　「評釈江戸文学叢書7」'70 p549
連句の作法
　「評釈江戸文学叢書7」'70 p570
連句の文芸的意義
　「評釈江戸文学叢書7」'70 p550
連句の名義
　「評釈江戸文学叢書7」'70 p549
【年表】
三都対照俳壇史年表
　「新 日本古典文学大系71」'94 p523
【資料】
引用俳書一覧表
　「日本古典文学大系92」'64 p220
解説(雲英末雄)
　「新編日本古典文学全集72」'01 p597
各巻編成一覧
　「俳書叢刊1」'88
　「俳書叢刊2」'88
　「俳書叢刊3」'88
　「俳書叢刊4」'88
　「俳書叢刊5」'88
　「俳書叢刊6」'88
　「俳書叢刊7」'88
　「俳書叢刊8」'88
　「俳書叢刊9」'88
季語別索引
　「新編日本古典文学全集72」'01 p628
元禄俳論書
　「新 日本古典文学大系71」'94 p496
索引
　「新 日本古典文学大系69」'91
　「新 日本古典文学大系71」'94
　「新 日本古典文学大系72」'93
　「評釈江戸文学叢書7」'70 p787
参考
　「校註日本文芸新篇〔6〕」'50 p53
参考文献(井上敏幸)
　「鑑賞日本古典文学33」'77 p461
山中三吟評釈
　「新 日本古典文学大系71」'94 p520
出典俳書一覧
　「新編日本古典文学全集72」'01 p617

初句索引
　「新編日本古典文学全集72」'01 p638
書誌
　「俳書叢刊 第7期1」'62
　「俳書叢刊 第7期2」'62
　「俳書叢刊 第7期3」'62
　「俳書叢刊 第7期4」'62
　「俳書叢刊 第7期5」'63
　「俳書叢刊 第7期6」'62
　「俳書叢刊 第7期7」'63
　「俳書叢刊 第7期8」'63
人名索引
　「新 日本古典文学大系69」'91 p43
　「新 日本古典文学大系71」'94 p25
　「新 日本古典文学大系72」'93 p30
　「新 日本古典文学大系73」'98 p25
俳句索引
　「日本古典文学大系92」'64 p227
「俳句」作者索引
　「鑑賞日本古典文学33」'77 p474
「俳句」「俳論」初句索引
　「鑑賞日本古典文学33」'77 p473
付録
　「新 日本古典文学大系69」'91 p265
　「新 日本古典文学大系71」'94 p493
補注
　「日本古典文学大系92」'64 p209
　「日本古典文学大系92」'64 p473
発句・付句・連句索引
　「新 日本古典文学大系72」'93 p2
発句・連句索引
　「新 日本古典文学大系69」'91 p2
　「新 日本古典文学大系71」'94 p2
発句・連句・俳詩索引
　「新 日本古典文学大系73」'98 p2
目次
　「日本古典文学大系92」'64 p5
　「日本古典文学大系92」'64 p243
連句概説（乾裕幸）
　「新 日本古典文学大系69」'91 p566

咄本
【解説】
あとがき（武藤禎夫）
　「噺本大系19」'79 p360
解説
　「日本古典文学大系100」'66 p3
解説（浜田義一郎，武藤禎夫）
　「日本小咄集成上」'71 p421
　「日本小咄集成中」'71 p401
　「日本小咄集成下」'71 p343
解題（二村文人）

　「叢書江戸文庫III-45」'99 p297
序
　「噺本大系1」'75 p1
所収書目解題
　「噺本大系1」'75 p311
　「噺本大系2」'76 p281
　「噺本大系3」'76 p319
　「噺本大系4」'76 p345
　「噺本大系5」'75 p291
　「噺本大系6」'76 p293
　「噺本大系7」'76 p327
　「噺本大系8」'76 p331
　「噺本大系9」'79 p315
　「噺本大系10」'79 p321
　「噺本大系11」'79 p355
　「噺本大系12」'79 p339
　「噺本大系13」'79 p349
　「噺本大系14」'79 p349
　「噺本大系15」'79 p339
　「噺本大系16」'79 p353
　「噺本大系17」'79 p341
　「噺本大系18」'79 p337
　「噺本大系19」'79 p347
　「噺本大系20」'79 p359
総説
　「日本の文学 古典編46」'87 p7
【資料】
『昨日は今日の物語』主要諸本説話一覧
　「噺本大系1」'75 p315
索引
　「日本小咄集成下」'71 p1
参考文献
　「日本小咄集成下」'71 p361
補注
　「日本古典文学大系100」'66 p505

浜松中納言物語
【解説】
解説
　「新編日本古典文学全集27」'01 p459
古典への招待 渡唐物語の周辺
　「新編日本古典文学全集27」'01 p7
散逸首巻の梗概
　「新編日本古典文学全集27」'01 p19
【資料】
校訂付記
　「新編日本古典文学全集27」'01 p452
作中中国地名略図
　「新編日本古典文学全集27」'01 p485
参考文献
　「新編日本古典文学全集27」'01 p476
主要登場人物系図

「新編日本古典文学全集27」'01 p484
初句索引
　「新編日本古典文学全集27」'01 p494
年立
　「新編日本古典文学全集27」'01 p486
付録
　「新編日本古典文学全集27」'01 p483

【　ふ　】

風雅和歌集
【解説】
あとがき
　「和泉古典文庫9」'02 p355
解説
　「和泉古典文庫9」'02 p297
作者略伝
　「中世の文学 第1期〔4〕」'85 p417
参考文献
　「中世の文学 第1期〔4〕」'85 p39
撰者の問題
　「中世の文学 第1期〔4〕」'85 p20
撰集の経過
　「中世の文学 第1期〔4〕」'85 p15
伝本
　「中世の文学 第1期〔4〕」'85 p34
風雅集序について
　「中世の文学 第1期〔4〕」'85 p26
風雅集の特色
　「中世の文学 第1期〔4〕」'85 p3
風雅和歌集解説
　「中世の文学 第1期〔4〕」'85 p3
【資料】
初句索引
　「中世の文学 第1期〔4〕」'85 p463
和歌索引
　「和泉古典文庫9」'02 p330

藤原定家
【解説】
解説
　「藤原定家全歌集下」'86 p457
古典への招待 物語と藤原定家の周辺（久保木哲夫）
　「新編日本古典文学全集40」'99 p3
古典の尊重から新風を開く 権中納言定家
　「現代語訳 日本の古典11」'79 p136
定家解題
　「私家集大成4」'75 p713

藤原定家（安田章生）
　「古典日本文学全集12」'62 p387
【年表】
定家年譜
　「藤原定家全歌集下」'86 p375
【資料】
歌枕一覧
　「藤原定家全歌集下」'86 p345
出所一覧
　「藤原定家全歌集下」'86 p309
初句索引
　「藤原定家全歌集下」'86 p485
補注
　「藤原定家全歌集上」'85 p477
　「藤原定家全歌集下」'86 p295

藤原忠実
【解説】
中外抄・富家語（池上洵一）
　「新 日本古典文学大系32」'97 p606
【資料】
中外抄・富家語 人名索引
　「新 日本古典文学大系32」'97 p23

藤原道綱母
【解説】
あとがき（上村悦子）
　「蜻蛉日記解釈大成2」'86 p590
　「蜻蛉日記解釈大成3」'87 p417
　「蜻蛉日記解釈大成4」'88 p504
　「蜻蛉日記解釈大成5」'89 p899
　「蜻蛉日記解釈大成6」'91 p710
　「蜻蛉日記解釈大成7」'92 p677
　「蜻蛉日記解釈大成8」'94 p921
　「蜻蛉日記解釈大成9」'95 p383
あとがき（柿本奨）
　「日本古典評釈・全注釈叢書〔3〕」'66 p490
『池田家文庫本かけろふ日記』について（福島千賀子）
　「蜻蛉日記解釈大成9」'95 p128
解説
　「鑑賞日本の古典7」'80 p11
　「完訳日本の古典11」'85 p427
　「新編日本古典文学全集13」'95 p397
　「日本古典全書〔9〕」'49 p3
　「日本古典評釈・全注釈叢書〔3〕」'66 p275
　「日本古典文学全集9」'73 p77
　「日本古典文学大系20」'57 p85
解説（犬養廉）
　「新潮日本古典集成〔12〕」'82 p289
解題
　「日本文学古註釈大成〔24〕」'79

かくばかり経がたく見ゆる—高光（岡安二三子）
　「蜻蛉日記解釈大成9」'95 p113
『蜻蛉日記』への誘い（柿本奨）
　「鑑賞日本古典文学10」'75 p97
蜻蛉日記 解説（今西祐一郎）
　「新 日本古典文学大系24」'89 p515
蜻蛉日記巻末歌集考
　「蜻蛉日記解釈大成8」'94 p798
『蜻蛉日記』梗概（柿本奨）
　「鑑賞日本古典文学10」'75 p107
『蜻蛉日記』の語法—「ものす」という独自の表現について（星谷昭子）
　「蜻蛉日記解釈大成9」'95 p72
『蜻蛉日記』の作者の結婚—兼家の妻として（星谷昭子）
　「蜻蛉日記解釈大成9」'95 p45
かげろふの日記（小島政二郎）
　「古典日本文学全集8」'60 p322
『かげろふの日記』章明親王関係諸段考—道綱母と兼家との一体化表現（森田兼吉）
　「蜻蛉日記解釈大成9」'95 p58
兼家とその周囲
　「日本古典全書〔9〕」'49 p8
現代的意義
　「日本古典全書〔9〕」'49 p23
対談 後宮サロンと女房文学（村井康彦，田辺聖子）
　「特選日本の古典 グラフィック版4」'86 p150
古典への招待『土佐日記』と『蜻蛉日記』（木村正中）
　「新編日本古典文学全集13」'95 p3
作者
　「日本古典評釈・全注釈叢書〔3〕」'66 p276
作者とその周囲
　「日本古典全書〔9〕」'49 p5
参考書及び論文
　「日本古典全書〔9〕」'49 p20
私小説としての『蜻蛉日記』（安西篤子）
　「鑑賞日本古典文学10」'75 p447
時代
　「日本古典全書〔9〕」'49 p3
書名
　「日本古典全書〔9〕」'49 p17
　「日本古典評釈・全注釈叢書〔3〕」'66 p275
新出本 神宮徴古館所蔵「かげろふの日記」について（上村悦子）
　「蜻蛉日記解釈大成9」'95 p3
成立
　「日本古典評釈・全注釈叢書〔3〕」'66 p284
総説
　「日本の文学 古典編8」'86 p7

追記
　「日本古典評釈・全注釈叢書〔2〕」'66 p519
　「日本古典評釈・全注釈叢書〔3〕」'66 p271
底本及び諸本
　「日本古典全書〔9〕」'49 p19
伝記
　「日本古典評釈・全注釈叢書〔3〕」'66 p276
内容
　「日本古典評釈・全注釈叢書〔3〕」'66 p282
日記の事件と人物
　「日本古典全書〔9〕」'49 p11
日記文学史の可能性（森田兼吉）
　「蜻蛉日記解釈大成9」'95 p34
はしがき（柿本奨）
　「日本古典評釈・全注釈叢書〔2〕」'66 p1
はじめに（増田繁夫）
　「全訳注日本古典新書〔6〕」'78 p3
半生の記録『蜻蛉日記』をつづる 右大将道綱母
　「現代語訳 日本の古典11」'79 p75
ふるの社の—斎宮女御徽子女王（岡安二三子）
　「蜻蛉日記解釈大成9」'95 p98
文学的素養
　「日本古典評釈・全注釈叢書〔3〕」'66 p278
解説 枕草子・蜻蛉日記（西村亨）
　「特選日本の古典 グラフィック版4」'86 p160
道綱母解題
　「私家集大成1」'73 p828
【年表】
『蜻蛉日記』関係年表
　「鑑賞日本の古典7」'80 p539
　「新潮日本古典集成〔12〕」'82 p346
かげろう日記年表
　「全対訳日本古典新書〔6〕」'78 p530
蜻蛉日記年表
　「新編日本古典文学全集13」'95 p439
　「日本古典全書〔9〕」'49 p26
　「日本古典文学全集9」'73 p431
蜻蛉日記年譜
　「完訳日本の古典11」'85 p449
【資料】
王朝貴族の生活・生活事典（西村亨）
　「特選日本の古典 グラフィック版4」'86 p136
『解環』書き入れ本文改訂案
　「日本古典評釈・全注釈叢書〔3〕」'66 p310
解説
　「全対訳日本古典新書〔6〕」'78 p506
改訂本の本文
　「日本古典評釈・全注釈叢書〔3〕」'66 p293
蜻蛉日記関係系図
　「新潮日本古典集成〔12〕」'82 p352
　「新編日本古典文学全集13」'95 p454
蜻蛉日記関係地図

藤原道綱母　　　　　　　　　　解説・資料

「日本古典文学全集9」'73 p463
蜻蛉日記・更級日記 地名解説
　「新 日本古典文学大系24」'89 p471
蜻蛉日記人物索引
　「新編日本古典文学全集13」'95 p462
かげろう日記地図
　「全対訳日本古典新書〔6〕」'78 p528
蜻蛉日記地名索引
　「新編日本古典文学全集13」'95 p464
蜻蛉日記和歌初句索引
　「新編日本古典文学全集13」'95 p467
関係系図
　「完訳日本の古典11」'85 p448
関係者系図
　「全対訳日本古典新書〔6〕」'78 p525
巻末歌集
　「蜻蛉日記解釈大成8」'94 p634
京都歴史地図
　「新編日本古典文学全集13」'95 p456
系図
　「日本古典全書〔9〕」'49 p35
　「日本古典評釈・全注釈叢書〔3〕」'66 p493
　「日本古典文学大系20」'57 p106
校異
　「日本古典文学大系20」'57 p352
校訂付記
　「完訳日本の古典11」'85 p234
　「新編日本古典文学全集13」'95 p380
　「日本古典文学全集9」'73 p411
語句索引
　「日本古典評釈・全注釈叢書〔3〕」'66 p365
誤写一覧
　「日本古典評釈・全注釈叢書〔3〕」'66 p330
語釈索引
　「蜻蛉日記解釈大成9」'95 p221
誤写の諸相
　「日本古典評釈・全注釈叢書〔3〕」'66 p324
参考地図
　「完訳日本の古典11」'85 p459
事項索引
　「日本古典評釈・全注釈叢書〔3〕」'66 p480
初句索引
　「新 日本古典文学大系24」'89 p2
諸本書入れ本文改訂案
　「日本古典評釈・全注釈叢書〔3〕」'66 p294
人名索引
　「蜻蛉日記解釈大成9」'95 p361
図版目録
　「特選日本の古典 グラフィック版4」'86 p166
地図—王朝文学ゆかりの平安京
　「特選日本の古典 グラフィック版4」'86 p165
地名索引

「蜻蛉日記解釈大成9」'95 p366
注釈書その他の掲出本文
　「日本古典評釈・全注釈叢書〔3〕」'66 p311
注釈書など
　「日本古典評釈・全注釈叢書〔3〕」'66 p327
板本書入れ本文改訂案
　「日本古典評釈・全注釈叢書〔3〕」'66 p295
引歌一覧
　「日本古典評釈・全注釈叢書〔3〕」'66 p342
付図
　「新 日本古典文学大系24」'89 p484
付録
　「日本古典文学全集9」'73 p429
平安京周辺地図
　「日本古典評釈・全注釈叢書〔3〕」'66 p折込
平安京条坊図
　「新編日本古典文学全集13」'95 p455
平安京条理図
　「日本古典評釈・全注釈叢書〔3〕」'66 p496
補注
　「日本古典文学大系20」'57 p338
補注掲載論文
　「蜻蛉日記解釈大成9」'95 p369
本書の本文整定方針
　「日本古典評釈・全注釈叢書〔3〕」'66 p317
本文改訂
　「日本古典評釈・全注釈叢書〔3〕」'66 p293
本文校訂
　「日本古典評釈・全注釈叢書〔3〕」'66 p287
本文整定
　「日本古典評釈・全注釈叢書〔3〕」'66 p287
道綱母勅撰集入集歌一覧
　「新 日本古典文学大系24」'89 p443
和歌各句索引
　「蜻蛉日記解釈大成9」'95 p327
　「日本古典評釈・全注釈叢書〔3〕」'66 p351
　「日本古典文学全集9」'73 p446
和歌索引
　「新潮日本古典集成〔12〕」'82 p354

仏教文学・仏教書
【解説】
アジャータシヤトゥル王の帰仏
　「仏教説話文学全集12」'73 p277
アショーカ王の崇仏
　「仏教説話文学全集12」'73 p352
阿難の悲しみ
　「仏教説話文学全集12」'73 p298
アンバパーリの入信
　「仏教説話文学全集12」'73 p282
一休とその禅思想（市川白弦）
　「日本思想大系16」'72 p536

ウバカ外道の帰依
　「仏教説話文学全集12」'73 p179
栄西と『興禅護国論』の課題（柳田聖山）
　「日本思想大系16」'72 p439
縁起の類型と展開（桜井徳太郎）
　「日本思想大系20」'75 p445
エンブ樹下の瞑想
　「仏教説話文学全集12」'73 p52
解説
　「中世文芸叢書10」'67 p163
　「日本古典文学大系83」'64 p3
　「日本思想大系7」'74 p709
　「日本思想大系9」'73 p475
　「日本思想大系15」'71 p457
　「日本思想大系16」'72 p437
　「日本思想大系20」'75 p443
　「日本思想大系57」'73 p515
解説（唐木順三）
　「古典日本文学全集15」'61 p359
学芸の教養
　「仏教説話文学全集12」'73 p41
迦葉兄弟の教化
　「仏教説話文学全集12」'73 p192
鎌倉仏教と文学（榎克朗）
　「鑑賞日本古典文学20」'77 p315
漢光類聚（大久保良順）
　「日本思想大系9」'73 p569
祇園精舎の建立
　「仏教説話文学全集12」'73 p247
宮殿の悲しみ
　「仏教説話文学全集12」'73 p107
近世の排仏思想（柏原祐泉）
　「日本思想大系57」'73 p517
近世仏教の特色（藤井学）
　「日本思想大系57」'73 p574
苦行を捨てて
　「仏教説話文学全集12」'73 p138
苦行の六年
　「仏教説話文学全集12」'73 p133
苦行林の第一夜
　「仏教説話文学全集12」'73 p102
篁山竹林寺縁起解説（友久武文）
　「中世文芸叢書9」'67 p227
降誕
　「仏教説話文学全集12」'73 p20
降誕の瑞相
　「仏教説話文学全集12」'73 p23
降魔
　「仏教説話文学全集12」'73 p144
五人の修行者のために
　「仏教説話文学全集12」'73 p182
護法思想と庶民教化（柏原祐泉）
　「日本思想大系57」'73 p533
最後の説法
　「仏教説話文学全集12」'73 p323
最終の弟子スバッダ
　「仏教説話文学全集12」'73 p318
三時の宮殿
　「仏教説話文学全集12」'73 p39
死を悼む人天
　「仏教説話文学全集12」'73 p336
歯長寺縁起解説（和田茂樹）
　「中世文芸叢書9」'67 p196
志度寺縁起解説（友久武文）
　「中世文芸叢書9」'67 p207
四門の遊観
　「仏教説話文学全集12」'73 p57
釈迦族の歴史
　「仏教説話文学全集12」'73 p354
釈尊の説法（転法輪）
　「仏教説話文学全集12」'73 p171
　「仏教説話文学全集12」'73 p232
舎利弗と大目連
　「仏教説話文学全集12」'73 p223
収載書目解題（田中久夫）
　「日本思想大系15」'71 p500
出家
　「仏教説話文学全集12」'73 p80
商主の供養
　「仏教説話文学全集12」'73 p177
成道
　「仏教説話文学全集12」'73 p161
諸本解題（大曾根章介）
　「日本思想大系7」'74 p761
神祇思想の展開と神社縁起（萩原龍夫）
　「日本思想大系20」'75 p479
須佐神社縁起解説（竹本宏夫）
　「中世文芸叢書9」'67 p242
スダッタ長者の帰仏
　「仏教説話文学全集12」'73 p232
聖母の死
　「仏教説話文学全集12」'73 p41
総説（五来重）
　「鑑賞日本古典文学20」'77 p23
　「鑑賞日本古典文学20」'77 p141
　「鑑賞日本古典文学20」'77 p233
　「鑑賞日本古典文学20」'77 p277
相伝法門見聞（多田厚隆）
　「日本思想大系9」'73 p584
大迦葉の帰依
　「仏教説話文学全集12」'73 p229
太子を追って
　「仏教説話文学全集12」'73 p118
太子宮殿をあとに

仏教文学・仏教書　　　　解説・資料

「仏教説話文学全集12」'73 p80
太子の誕生
　「仏教説話文学全集12」'73 p20
太子妃の選定
　「仏教説話文学全集12」'73 p54
中巌と『中正子』の思想的性格（入矢義高）
　「日本思想大系16」'72 p487
長者の済度
　「仏教説話文学全集12」'73 p289
著作者略伝（田中久夫）
　「日本思想大系15」'71 p461
デーヴァダッタのしっと
　「仏教説話文学全集12」'73 p273
天台本覚思想概説（田村芳朗）
　「日本思想大系9」'73 p477
読書ノート
　「鑑賞日本古典文学20」'77 p381
南都教学の思想史的意義（鎌田茂雄）
　「日本思想大系15」'71 p528
二仙人との問答
　「仏教説話文学全集12」'73 p128
日本の文芸と仏教思想（和辻哲郎）
　「古典日本文学全集15」'61 p434
日本文学と法華経（白土わか）
　「鑑賞日本古典文学20」'77 p371
入胎
　「仏教説話文学全集12」'73 p15
入涅槃
　「仏教説話文学全集12」'73 p298
入滅は近づけり
　「仏教説話文学全集12」'73 p307
はしがき
　「日本思想大系15」'71 p459
はじめに（五来重）
　「鑑賞日本古典文学20」'77 p1
パセーナディ王の帰仏
　「仏教説話文学全集12」'73 p261
抜隊の諸問題（市川白弦）
　「日本思想大系16」'72 p509
バラモンの占い
　「仏教説話文学全集12」'73 p30
ビンビサーラ王との会見
　「仏教説話文学全集12」'73 p124
ビンビサーラ王の帰依
　「仏教説話文学全集12」'73 p213
父王シュットーダナ王と仏との会見
　「仏教説話文学全集12」'73 p250
武芸の試合
　「仏教説話文学全集12」'73 p44
不受不施思想の分析（藤井学）
　「日本思想大系57」'73 p557
仏教文学概論（五来重）

「鑑賞日本古典文学20」'77 p7
仏教文学の窓
　「鑑賞日本古典文学20」'77 p313
仏説の結集
　「仏教説話文学全集12」'73 p352
文献解題—成立と特色（井上光貞）
　「日本思想大系7」'74 p711
法然とその教団（伊藤唯真）
　「鑑賞日本古典文学20」'77 p334
法然の生涯（倉田百三）
　「古典日本文学全集15」'61 p388
菩薩の生誕（下天）
　「仏教説話文学全集12」'73 p7
菩提樹下の大願
　「仏教説話文学全集12」'73 p141
仏の行脚
　「仏教説話文学全集12」'73 p270
本覚讃注疏・真如観・三十四箇事書（田村芳朗）
　「日本思想大系9」'73 p564
梵天の願い
　「仏教説話文学全集12」'73 p171
本理大綱集・牛頭法門要纂・修禅寺決（浅井円道）
　「日本思想大系9」'73 p549
ムチャリング龍王の帰依
　「仏教説話文学全集12」'73 p181
ヤクの帰依
　「仏教説話文学全集12」'73 p187
八つの舎利
　「仏教説話文学全集12」'73 p343
立太子
　「仏教説話文学全集12」'73 p50
霊山信仰と縁起（宮田登）
　「日本思想大系20」'75 p501
ロクヤオンへ
　「仏教説話文学全集12」'73 p174
【年表】
相承略系譜
　「日本思想大系9」'73 p594
年表
　「日本思想大系15」'71 p571
【資料】
鎌倉時代仏教者年代一覧
　「日本思想大系15」'71 p570
却癈忘記（ほか）
　「日本思想大系15」'71 p429
校異
　「日本思想大系7」'74 p626
参考文献
　「日本思想大系7」'74 p773
参考文献（上別府茂）
　「鑑賞日本古典文学20」'77 p394

主要参考文献
「日本思想大系16」'72 p579
諸本対校表
「中世文芸叢書10」'67 p53
仏教談話文学全集総目次
「仏教説話文学全集12」'73
付録（語彙・主要経典）
「古典日本文学全集15」'61 p453
補注
「日本古典文学大系83」'64 p429
「日本思想大系7」'74 p393
「日本思想大系9」'73 p415
「日本思想大系15」'71 p429
「日本思想大系16」'72 p389
「日本思想大系20」'75 p371
「日本思想大系57」'73 p499

風土記
【解説】
『出雲国風土記』の胎生（加藤義成）
「鑑賞日本古典文学2」'77 p475
出雲国風土記の底本について
「日本古典全書〔39〕」'60 p17
出雲風土記
「日本古典全書〔39〕」'60 p9
「逸文」所収文献解題
「新編日本古典文学全集5」'97 p626
海光る風土記（山上伊豆母）
「鑑賞日本古典文学2」'77 p457
解説
「鑑賞日本の古典1」'81 p217
「日本古典全書〔38〕」'59 p3
「日本古典全書〔39〕」'60 p3
「日本古典文学大系2」'58 p7
解説（広岡義隆）
「新編日本古典文学全集5」'97 p591
古典への招待『風土記』を書いた「彼」
「新編日本古典文学全集5」'97 p7
古風土記歌
「日本歌謡集成1」'60 p5
古風土記の文体（八木毅）
「鑑賞日本古典文学2」'77 p466
参考文献（亀井輝一郎）
「鑑賞日本古典文学2」'77 p510
総説（岡田精司）
「鑑賞日本古典文学2」'77 p279
読書ノート
「鑑賞日本古典文学2」'77 p493
錦の小蛇（生方たつゑ）
「鑑賞日本古典文学2」'77 p493
常陸国風土記
「校註日本文芸新篇〔4〕」'50 p89

『常陸風土記』について（志田諄一）
「鑑賞日本古典文学2」'77 p484
風土記逸文
「日本古典全書〔39〕」'60 p13
風土記逸文一覧表
「日本古典全書〔39〕」'60 p22
風土記断章（神田秀夫）
「日本古典文学全集1」'60 p342
風土記の研究史
「日本古典全書〔39〕」'60 p14
風土記の成立と各風土記の性格
「日本古典全書〔38〕」'59 p3
風土記の内容と風土
「日本古典全書〔39〕」'60 p3
風土記の文学性
「日本古典全書〔39〕」'60 p5
補考
「日本古典全書〔38〕」'59 p16
【年表】
『古事記』『風土記』『日本霊異記』関係略年表
「鑑賞日本の古典1」'81 p368
【資料】
風土記逸文地図
「新編日本古典文学全集5」'97 p620
風土記参考地図
「古典日本文学全集1」'60 p381
風土記地図（常陸国 出雲国 播磨国 豊後国 肥前国）
「日本古典文学大系2」'58 p巻末
付録
「新編日本古典文学全集5」'97 p619

【　へ　】

平家物語
【解説】
あらすじ（冨倉徳次郎）
「鑑賞日本古典文学19」'75 p45
いくさ物語の形象とパターン（梶原正昭）
「新 日本古典文学大系45」'93 p447
いとぐち
「日本古典全書〔47〕」'49 p3
解説
「鑑賞日本の古典11」'82 p7
「完訳日本の古典42」'85 p367
「新 日本古典文学大系44」'91 p409
「新 日本古典文学大系45」'93 p445
「新編日本古典文学全集45」'94 p481
「新編日本古典文学全集46」'94 p529

平家物語　解説・資料

「日本古典全書〔47〕」'49 p3
「日本古典文学全集29」'73 p5
「日本古典文学全集30」'75 p5
「日本古典文学大系32」'59 p3
「日本古典文学大系33」'60 p3
「三弥井古典文庫下」'00 p407
解説（冨倉徳次郎）
　「古典日本文学全集16」'60 p411
解説（山本健吉）
　「国民の文学10」'63 p502
解説『平家物語』への途（水原一）
　「新潮日本古典集成〔43〕」'79 p375
解説『平家物語』の流れ（水原一）
　「新潮日本古典集成〔45〕」'81 p391
解説 歴史と文学・広本と略本（水原一）
　「新潮日本古典集成〔44〕」'80 p313
解題
　「日本文学古註釈大成〔22〕」'78
　「日本文学古註釈大成〔23〕」'78
　「新訂校註—日本文学大系9」'55 p1
「語り」の項目について
　「日本古典評釈・全注釈叢書〔18〕」'66 p13
「語りもの」としての面
　「日本古典全書〔47〕」'49 p50
鐘の声（永井路子）
　「鑑賞日本古典文学19」'75 p463
軍記物語としての平家物語（山下宏明）
　「鑑賞日本古典文学19」'75 p399
軍僧といくさ物語（梶原正昭）
　「鑑賞日本古典文学19」'75 p420
芸能に見る平家物語（鷲尾星児）
　「現代語訳 日本の古典10」'81 p157
源平の盛衰（和歌森太郎）
　「特選日本の古典 グラフィック版6」'86 p150
古態をさぐる論理（水原一）
　「鑑賞日本古典文学19」'75 p410
古典への招待
　「新編日本古典文学全集45」'94 p5
古典への招待 戦国武将の「平家」享受
　「新編日本古典文学全集46」'94 p5
参考文献解題（大津雄一）
　「鑑賞日本の古典11」'82 p501
序説
　「日本古典評釈・全注釈叢書〔18〕」'66 p7
序説（冨倉徳次郎）
　「鑑賞日本古典文学19」'75 p1
諸本異同解説
　「新 日本古典文学大系45」'93 p413
総説
　「日本の文学 古典編29」'87 p5
総説（冨倉徳次郎）
　「鑑賞日本古典文学19」'75 p9

注釈（池田弥三郎）
　「国民の文学10」'63 p495
中世の叙事文学（石母田正）
　「古典日本文学全集16」'60 p427
読書ノート
　「鑑賞日本古典文学19」'75 p463
内容と構成
　「日本古典全書〔47〕」'49 p32
「新平家物語」落穂集（吉川英治）
　「古典日本文学全集16」'60 p457
年表
　「新編日本古典文学全集45」'94 p507
はしがき（冨倉徳次郎）
　「日本古典評釈・全注釈叢書〔18〕」'66 p1
跋（冨倉徳次郎）
　「日本古典評釈・全注釈叢書〔21〕」'68 p578
坂東武者と西国武士（角川源義）
　「鑑賞日本古典文学19」'75 p449
平曲について（浅野建二）
　「鑑賞日本古典文学19」'75 p371
平曲について（鈴木孝庸）
　「鑑賞日本の古典11」'82 p29
平曲の歴史
　「日本古典全書〔47〕」'49 p70
平家興亡史としての面
　「日本古典全書〔47〕」'49 p36
平家伝説のある山里（松永伍一）
　「現代語訳 日本の古典10」'81 p176
平家物語（金田一春彦）
　「特選日本の古典 グラフィック版6」'86 p155
平家物語（小林秀雄）
　「古典日本文学全集16」'60 p425
平家物語解釈の問題点
　「日本古典評釈・全注釈叢書〔18〕」'66 p7
平家物語概説
　「日本古典評釈・全注釈叢書〔21〕」'68 p257
平家物語注釈書の回顧
　「日本古典評釈・全注釈叢書〔18〕」'66 p19
平家物語と宗教（五来重）
　「鑑賞日本古典文学19」'75 p381
平家物語に現れた女性（杉本圭三郎）
　「鑑賞日本古典文学19」'75 p440
平家物語の戦ぶり（稲垣史生）
　「特選日本の古典 グラフィック版6」'86 p140
「平家物語」の完成
　「日本古典全書〔47〕」'49 p26
平家物語の時代背景（西岡虎之助）
　「古典日本文学全集16」'60 p446
平家物語の性格（西尾光一）
　「鑑賞日本古典文学19」'75 p390
「平家物語」の成立
　「日本古典全書〔47〕」'49 p20

「平家物語」の成立過程
　　「日本古典全書〔47〕」'49 p5
平家物語の世界（水原一）
　　「現代語訳 日本の古典10」'81 p165
平家物語の旅（祖田浩一）
　　「現代語訳 日本の古典10」'81 p180
「平家物語」の伝本
　　「日本古典全書〔47〕」'49 p80
『平家物語』の成り立ち（山下宏明）
　　「新 日本古典文学大系44」'91 p411
「平家物語」の文芸性
　　「日本古典全書〔47〕」'49 p59
平家物語の窓
　　「鑑賞日本古典文学19」'75 p369
「平家物語」の芽生え
　　「日本古典全書〔47〕」'49 p5
「平家物語」の流動
　　「日本古典全書〔47〕」'49 p29
辺境に花ひらく平家（松永伍一）
　　「鑑賞日本古典文学19」'75 p470
本書の底本とその意義
　　「日本古典全書〔47〕」'49 p85
　　「日本古典評釈・全注釈叢書〔18〕」'66 p10
武者の習いと美意識（村井康彦）
　　「現代語訳 日本の古典10」'81 p172
文覚と平家物語（山田昭全）
　　「鑑賞日本古典文学19」'75 p430
有王と俊寛僧都（柳田国男）
　　「古典日本文学全集16」'60 p436
「読みもの系」諸本の成立
　　「日本古典全書〔47〕」'49 p28
歴史語りとしての面
　　「日本古典全書〔47〕」'49 p40
【年表】
平家物語関係系図
　　「現代語訳 日本の古典10」'81 p156
平家物語前史年表
　　「日本古典評釈・全注釈叢書〔21〕」'68 p345
平家物語年表
　　「完訳日本の古典42」'85 p390
　　「古典日本文学全集16」'60 p471
　　「日本古典評釈・全注釈叢書〔21〕」'68 p343
平家物語の記事年表
　　「鑑賞日本古典文学19」'75 p84
平家物語略年表
　　「現代語訳 日本の古典10」'81 p154
平家物語歴史年表
　　「日本古典評釈・全注釈叢書〔21〕」'68 p357
略年表
　　「三弥井古典文庫上」'93 p387
　　「三弥井古典文庫下」'00 p419
【資料】

延喜聖代
　　「日本古典評釈・全注釈叢書〔21〕」'68 p251
甲冑図解
　　「三弥井古典文庫下」'00 p418
願文
　　「日本古典評釈・全注釈叢書〔21〕」'68 p246
京都付近図
　　「鑑賞日本古典文学19」'75 p90
系図
　　「鑑賞日本古典文学19」'75 p79
　　「新 日本古典文学大系44」'91 p389
　　「新 日本古典文学大系45」'93 p430
　　「新編日本古典文学全集45」'94 p503
　　「日本古典文学全集29」'73 p482
　　「日本古典文学大系33」'60 p巻末
　　「三弥井古典文庫上」'93 p380
校異補記
　　「日本古典文学大系32」'59 p455
　　「日本古典文学大系33」'60 p463
校訂付記
　　「完訳日本の古典42」'85 p247
　　「完訳日本の古典43」'84 p221
　　「完訳日本の古典44」'85 p241
　　「完訳日本の古典45」'87 p273
語句索引
　　「日本古典評釈・全注釈叢書〔21〕」'68 p448
古典への招待 愛することの不思議
　　「新編日本古典文学全集47」'99 p3
索引
　　「鑑賞日本の古典11」'82 p1
索引（神仏名・人名・地名索引初句索引）
　　「新編日本古典文学全集46」'94 p574
参考系図
　　「完訳日本の古典42」'85 p396
　　「完訳日本の古典44」'85 p359
参考書
　　「日本古典全書〔47〕」'49 p89
参考図
　　「新 日本古典文学大系45」'93 p442
参考地図
　　「完訳日本の古典42」'85 p399
　　「完訳日本の古典43」'84 p330
　　「完訳日本の古典44」'85 p354
参考文献
　　「新編日本古典文学全集46」'94 p552
参考文献（村上光徳）
　　「鑑賞日本古典文学19」'75 p477
主要事項索引
　　「日本古典評釈・全注釈叢書〔21〕」'68 p563
主要人物一覧
　　「新 日本古典文学大系44」'91 p2
　　「新 日本古典文学大系45」'93 p2

平家物語　　解説・資料

主要人物事典
　「特選日本の古典 グラフィック版6」'86 p162
上巻 補遺・訂正
　「日本古典評釈・全注釈叢書〔19〕」'67 p589
諸本異同解説
　「新 日本古典文学大系44」'91 p373
人名・神仏名索引
　「日本古典評釈・全注釈叢書〔21〕」'68 p408
図版目録
　「現代語訳 日本の古典10」'81 p186
　「特選日本の古典 グラフィック版6」'86 p166
図録
　「完訳日本の古典42」'85 p402
　「完訳日本の古典43」'84 p335
　「完訳日本の古典44」'85 p360
　「新編日本古典文学全集45」'94 p516
　「日本古典文学全集29」'73 p490
図録・系図
　「新潮日本古典集成〔43〕」'79 p403
挿図索引
　「日本古典評釈・全注釈叢書〔21〕」'68 p570
地図
　「新 日本古典文学大系44」'91 p397
　「新 日本古典文学大系45」'93 p438
　「新編日本古典文学全集45」'94 p524
　「新編日本古典文学全集46」'94 p558
　「日本古典文学全集29」'73 p486
　「日本古典文学全集30」'75 p534
　「日本古典文学大系33」'60 p501
　「三弥井古典文庫上」'93 p378
地図―源平合戦の図
　「特選日本の古典 グラフィック版6」'86 p164
地図・図録・系図
　「新潮日本古典集成〔44〕」'80 p347
地名索引
　「日本古典評釈・全注釈叢書〔21〕」'68 p435
堂供養
　「日本古典評釈・全注釈叢書〔21〕」'68 p229
年号索引
　「日本古典評釈・全注釈叢書〔21〕」'68 p407
比叡山を中心とする古道図
　「日本古典評釈・全注釈叢書〔18〕」'66
付図
　「新 日本古典文学大系44」'91 p387
　「新 日本古典文学大系45」'93 p429
　「日本古典文学大系32」'59 p467
付録
　「鑑賞日本の古典11」'82 p517
　「古典日本文学全集16」'60 p476
　「新 日本古典文学大系44」'91 p371
　「新 日本古典文学大系45」'93 p411
　「新編日本古典文学全集45」'94 p501

「新編日本古典文学全集46」'94 p557
「日本古典文学全集29」'73 p481
「日本古典文学全集30」'75 p533
平家物語剣巻
　「完訳日本の古典45」'87 p405
平家物語索引
　「日本古典評釈・全注釈叢書〔21〕」'68 p403
平家物語参考系図
　「日本古典評釈・全注釈叢書〔21〕」'68 p334
平家物語主要人物小事典
　「現代語訳 日本の古典10」'81 p184
平家物語読み方参考資料
　「日本古典評釈・全注釈叢書〔21〕」'68 p305
平家読み方一覧
　「日本古典文学大系33」'60 p478
平氏系図
　「日本古典全書〔47〕」'49 p101
補遺・訂正
　「日本古典評釈・全注釈叢書〔21〕」'68 p592
補注
　「日本古典文学大系32」'59 p433
　「日本古典文学大系33」'60 p444
本文修正一覧・地図・図録・系図・年表・補説索引
　「新潮日本古典集成〔45〕」'81 p431
目録
　「日本古典文学大系32」'59 p76
　「日本古典文学大系33」'60 p54
和歌・連歌・今様・朗詠・偈索引
　「日本古典評釈・全注釈叢書〔21〕」'68 p445

平治物語
【解説】
あらすじ（永積安明）
　「鑑賞日本古典文学16」'76 p199
解説
　「新 日本古典文学大系43」'92 p553
　「日本古典文学大系31」'61 p2
序説（永積安明）
　「鑑賞日本古典文学16」'76 p1
総説
　「日本の文学 古典編28」'86 p233
総説（永積安明）
　「鑑賞日本古典文学16」'76 p181
平治絵巻の諸問題（宮次男）
　「鑑賞日本古典文学16」'76 p442
平治物語絵巻（寺田透）
　「鑑賞日本古典文学16」'76 p458
平治物語 解説（日下力）
　「新 日本古典文学大系43」'92 p577
『保元・平治物語』と漢籍について（栃尾武）
　「鑑賞日本古典文学16」'76 p403
『保元・平治物語』における女の状況（栃木孝惟）

「鑑賞日本古典文学16」'76 p433
『保元・平治物語』における清盛像（山下宏明）
　　「鑑賞日本古典文学16」'76 p414
『保元・平治物語』の主役たち（杉浦明平）
　　「鑑賞日本古典文学16」'76 p451
『保元・平治物語』の義朝像（杉本圭三郎）
　　「鑑賞日本古典文学16」'76 p423
『保元物語』『平治物語』の「語り」（渥美かをる）
　　「鑑賞日本古典文学16」'76 p393
保元物語・平治物語の窓
　　「鑑賞日本古典文学16」'76 p369
【年表】
付録『保元物語』『平治物語』記事年表
　　「鑑賞日本古典文学16」'76 p354
【資料】
系図
　　「新 日本古典文学大系43」'92 p534
古活字本略注
　　「日本古典文学大系31」'61 p469
図
　　「新 日本古典文学大系43」'92 p542
清濁参考資料一覧
　　「日本古典文学大系31」'61 p475
付図
　　「新 日本古典文学大系43」'92 p533
　　「日本古典文学大系31」'61 p488
平治物語 参考資料
　　「新 日本古典文学大系43」'92 p503
〔保元・平治〕関係地図
　　「鑑賞日本古典文学16」'76 p368
保元物語 平治物語 人物一覧
　　「新 日本古典文学大系43」'92 p409
『保元物語』『平治物語』人物略伝
　　「新編日本古典文学全集41」'02 p632

平中物語
【解説】
色好み平中
　　「日本古典全書〔11〕」'59 p3
解説
　　「新編日本古典文学全集12」'94 p537
　　「日本古典全書〔11〕」'59 p3
古典への招待 初期物語の方法—その伝承性をめぐって（片桐洋一）
　　「新編日本古典文学全集12」'94 p5
平定文の伝
　　「日本古典全書〔11〕」'59 p12
平中物語の成立
　　「日本古典全書〔11〕」'59 p16
平中物語の存在
　　「日本古典全書〔11〕」'59 p7
【年表】

年譜（伊勢物語・大和物語・平中物語）
　　「新編日本古典文学全集12」'94 p561
　　「日本古典文学全集8」'72 p552
【資料】
系図（伊勢物語・大和物語・平中物語）
　　「日本古典文学全集8」'72 p548
系図（伊勢物語・大和物語・平中物語）
　　「新編日本古典文学全集12」'94 p557
校訂付記
　　「新編日本古典文学全集12」'94 p534
　　「日本古典文学全集8」'72 p545
参考文献
　　「新編日本古典文学全集12」'94 p551S
　　「日本古典全書〔11〕」'59 p21
初句索引
　　「新編日本古典文学全集12」'94 p584
平中物語
　　「有精堂校注叢書〔1〕」'86 p171
和歌索引
　　「日本古典文学全集8」'72 p576

【ほ】

保元物語
【解説】
あらすじ（永積安明）
　　「鑑賞日本古典文学16」'76 p26
解説
　　「和泉古典文庫1」'82 p5
　　「新 日本古典文学大系43」'92 p553
　　「日本古典文学大系31」'61 p2
序説（永積安明）
　　「鑑賞日本古典文学16」'76 p1
総説
　　「日本の文学 古典編28」'86 p5
総説（永積安明）
　　「鑑賞日本古典文学16」'76 p9
『保元・平治物語』と漢籍について（枥尾武）
　　「鑑賞日本古典文学16」'76 p403
『保元・平治物語』における女の状況（栃木孝惟）
　　「鑑賞日本古典文学16」'76 p433
『保元・平治物語』における清盛像（山下宏明）
　　「鑑賞日本古典文学16」'76 p414
『保元・平治物語』の主役たち（杉浦明平）
　　「鑑賞日本古典文学16」'76 p451
『保元・平治物語』の義朝像（杉本圭三郎）
　　「鑑賞日本古典文学16」'76 p423
保元物語 解説（栃木孝惟）
　　「新 日本古典文学大系43」'92 p555

『保元物語』『平治物語』の「語り」(渥美かをる)
　　「鑑賞日本古典文学16」'76 p393
保元物語・平治物語の窓
　　「鑑賞日本古典文学16」'76 p369
【年表】
付録『保元物語』『平治物語』記事年表
　　「鑑賞日本古典文学16」'76 p354
【資料】
桓武平氏系図
　　「和泉古典文庫1」'82 p160
系図
　　「新 日本古典文学大系43」'92 p534
皇室系図
　　「和泉古典文庫1」'82 p159
古活字本略注
　　「日本古典文学大系31」'61 p469
図
　　「新 日本古典文学大系43」'92 p542
清濁参考資料一覧
　　「日本古典文学大系31」'61 p475
清和源氏系図
　　「和泉古典文庫1」'82 p161
藤原氏系図
　　「和泉古典文庫1」'82 p159
付図
　　「新 日本古典文学大系43」'92 p533
　　「日本古典文学大系31」'61 p488
〔保元・平治〕関係地図
　　「鑑賞日本古典文学16」'76 p368
保元物語 参考資料
　　「新 日本古典文学大系43」'92 p481
保元物語 平治物語 人物一覧
　　「新 日本古典文学大系43」'92 p409
『保元物語』『平治物語』人物略伝
　　「新編日本古典文学全集41」'02 p632
補注
　　「和泉古典文庫1」'82 p109
目録
　　「和泉古典文庫1」'82 p20

本朝文粋
【解説】
解説
　　「新 日本古典文学大系27」'92 p427
作者・人名解説
　　「新 日本古典文学大系27」'92 p381
文体解説
　　「新 日本古典文学大系27」'92 p415
本朝文粋解説(大曾根章介)
　　「新 日本古典文学大系27」'92 p429
【資料】
参考文献
　　「新 日本古典文学大系27」'92 p461
付録
　　「新 日本古典文学大系27」'92 p379
本朝文粋原文総目次
　　「新 日本古典文学大系27」'92 p7

【 ま 】

増鏡
【解説】
大鏡・増鏡の窓
　　「鑑賞日本古典文学14」'76 p299
解説
　　「日本古典全書〔46〕」'48 p3
解説(岡一男)
　　「古典日本文学全集13」'62 p359
作者
　　「日本古典全書〔46〕」'48 p5
序説(山岸徳平，鈴木一雄)
　　「鑑賞日本古典文学14」'76 p1
書名
　　「日本古典全書〔46〕」'48 p5
総説(山岸徳平，鈴木一雄)
　　「鑑賞日本古典文学14」'76 p181
註釈・評論の文献
　　「日本古典全書〔46〕」'48 p38
著作年代
　　「日本古典全書〔46〕」'48 p8
増鏡作者の検討(石田吉貞)
　　「古典日本文学全集13」'62 p398
『増鏡』と『とはずがたり』(松本寧至)
　　「鑑賞日本古典文学14」'76 p355
「増鏡」と歴史(益田宗)
　　「古典日本文学全集13」'62 p407
『増鏡』と和歌(井上宗雄)
　　「鑑賞日本古典文学14」'76 p365
増鏡の史観と文芸的価値
　　「日本古典全書〔46〕」'48 p25
増鏡の諸本、特に古本と流布本について
　　「日本古典全書〔46〕」'48 p12
増鏡の文芸形式とその伝統
　　「日本古典全書〔46〕」'48 p16
歴史文学としての増鏡の地位
　　「日本古典全書〔46〕」'48 p3
【資料】
系図
　　「日本古典全書〔46〕」'48 p41
梗概
　　「日本古典全書〔46〕」'48 p53

付録
　「古典日本文学全集13」'62 p416
松尾芭蕉
【解説】
あとがき（阿部正美）
　「芭蕉連句抄〔1〕」'65 p421
　「芭蕉連句抄〔2〕」'69 p539
　「芭蕉連句抄〔3〕」'74 p493
　「芭蕉連句抄〔4〕」'76 p513
　「芭蕉連句抄〔5〕」'78 p479
　「芭蕉連句抄〔6〕」'79 p457
　「芭蕉連句抄〔7〕」'81 p573
　「芭蕉連句抄〔8〕」'83 p583
　「芭蕉連句抄〔9〕」'86 p505
　「芭蕉連句抄〔10〕」'87 p463
　「芭蕉連句抄〔11〕」'88 p467
　「芭蕉連句抄〔12〕」'89 p439
あとがき（尾形仂）
　「日本古典評釈・全注釈叢書〔24〕」'01 p468
あとがき（鳥居清）
　「芭蕉連句全註解別1」'83 p243
奥の細道（尾形仂）
　「特選日本の古典 グラフィック版9」'86 p158
『おくの細道』の意義
　「芭蕉紀行集3」'71 p11
『おくの細道』の諸本と成立
　「芭蕉紀行集3」'71 p30
奥の細道の世界（井本農一）
　「現代語訳 日本の古典15」'79 p169
奥の細道の旅（鈴木亨）
　「現代語訳 日本の古典15」'79 p178
『おくの細道』の旅程
　「芭蕉紀行集3」'71 p101
解説
　「鑑賞日本の古典14」'82 p300
　「鑑賞日本の古典14」'82 p355
　「完訳日本の古典54」'84 p315
　「完訳日本の古典55」'85 p225
　「校本芭蕉全集5」'89 p337
　「新 日本古典文学大系70」'90 p601
　「新編日本古典文学全集71」'97 p577
　「日本古典全書〔80〕」'58 p3
　「日本古典全書〔81〕」'55 p3
　「日本古典文学全集41」'72 p5
　「日本古典文学大系45」'62 p5
　「日本古典文学大系45」'62 p283
解説（麻生磯次）
　「対訳古典シリーズ〔18〕」'88 p197
解説（井本農一）
　「古典日本文学全集31」'61 p321
解説（岡田利兵衛）
　「未刊連歌俳諧資料3-2」'59 p1
解説（加藤楸邨）
　「古典日本文学全集30」'60 p341
解説（久富哲雄）
　「未刊連歌俳諧資料4-1」'61 p1
解説（堀信夫）
　「新編日本古典文学全集70」'95 p543
解説（山本健吉）
　「国民の文学15」'64 p379
概説
　「校本芭蕉全集3」'89 p13
　「校本芭蕉全集4」'89 p9
　「校本芭蕉全集5」'89 p13
　「校本芭蕉全集9」'89 p247
概説（麻生磯次）
　「校本芭蕉全集6」'89 p13
概説（阿部喜三男）
　「校本芭蕉全集1」'88 p5
概説（井本農一）
　「校本芭蕉全集7」'89 p5
概説（荻野清）
　「校本芭蕉全集8」'89 p15
解説 芭蕉―その人と芸術（富山奏）
　「新潮日本古典集成〔72〕」'78 p291
解説・芭蕉の生涯
　「全対訳日本古典新書〔4〕」'81 p128
解説 芭蕉の発句―その芸境の展開（今栄蔵）
　「新潮日本古典集成〔71〕」'82 p337
解題
　「校本芭蕉全集6」'89 p35
　「校本芭蕉全集7」'89 p18
　「国文学評釈叢書〔3〕」'59 p1
　「未刊連歌俳諧資料3-1」'58 p1
解題（尾形仂）
　「未刊連歌俳諧資料1-1」'52 p60
改版の序
　「芭蕉紀行集1」'78 p1
『鹿島詣』について
　「芭蕉紀行集1」'67 p84
　「芭蕉紀行集1」'78 p97
歌仙概説（白石悌三）
　「新 日本古典文学大系70」'90 p572
閑談夜話（五）芭蕉俳諧の恋句について。
　「秘籍江戸文学選4」'75 p100
紀行・日記編（井本農一）
　「新編日本古典文学全集71」'97 p577
紀行文・日記篇解題
　「日本古典全書〔81〕」'55 p52
月光抄（宗左近）
　「鑑賞日本古典文学28」'75 p507
『幻住庵記』『望月の残興』出典解説
　「完訳日本の古典55」'85 p278

松尾芭蕉

解説・資料

後記
　「芭蕉紀行集1」'67 p187
　「芭蕉紀行集1」'78 p307
　「芭蕉紀行集2」'68 p263
　「芭蕉紀行集3」'71 p255
古典への招待『奥の細道』の底本について―芭蕉自筆本の出現にふれて（井本農一）
　「新編日本古典文学全集71」'97 p7
古典への招待 芭蕉の発句について（井本農一）
　「新編日本古典文学全集70」'95 p3
作者
　「国文学評釈叢書〔3〕」'59 p22
作者略伝
　「日本古典文学大系45」'62 p519
作品及び作者の問題
　「国文学評釈叢書〔3〕」'59 p6
参考文献解題（久富哲雄）
　「鑑賞日本の古典14」'82 p391
参考文献について
　「芭蕉紀行集1」'67 p175
参考篇解題
　「日本古典全書〔81〕」'55 p44
自序（阿部正美著）
　「芭蕉発句全講1」'94 p1
自序（鳥居清）
　「芭蕉連句全註解1」'79 p巻頭
時代の背景
　「国文学評釈叢書〔3〕」'59 p1
七部集の成立と評価（白石悌三）
　「新 日本古典文学大系70」'90 p603
七部集の表現と俳言（上野洋三）
　「新 日本古典文学大系70」'90 p616
主要人物略伝
　「完訳日本の古典55」'85 p281
序
　「芭蕉紀行集1」'67 p1
　「芭蕉紀行集2」'68 p1
　「芭蕉紀行集3」'71 p1
序（麻生磯次）
　「芭蕉連句抄〔1〕」'65 p1
蕉門十哲―芭蕉の門人たち
　「特選日本の古典 グラフィック版9」'86 p162
蕉門の人々（室生犀星）
　「古典日本文学全集31」'61 p366
書名
　「国文学評釈叢書〔3〕」'59 p6
新資料『奥細道歌枕抄』紹介
　「芭蕉紀行集3」'71 p96
性格
　「国文学評釈叢書〔3〕」'59 p13
成立
　「国文学評釈叢書〔3〕」'59 p9

総説
　「日本古典評釈・全注釈叢書〔24〕」'01 p5
　「日本の文学 古典編40」'87 p3
伝本
　「国文学評釈叢書〔3〕」'59 p39
伝本と註釈史
　「国文学評釈叢書〔3〕」'59 p39
読書ノート
　「鑑賞日本古典文学28」'75 p501
『野ざらし紀行』について
　「芭蕉紀行集1」'67 p31
　「芭蕉紀行集1」'78 p35
『野ざらし紀行』の旅程
　「芭蕉紀行集1」'67 p45
　「芭蕉紀行集1」'78 p65
俳書解題
　「校本芭蕉全集10」'90 p17
俳書解題（島居清）
　「校本芭蕉全集10」'90 p3
俳文編（村松友次）
　「新編日本古典文学全集71」'97 p589
はしがき
　「校本芭蕉全集5」'89 p384
はしがき（板坂元）
　「国文学評釈叢書〔3〕」'59 p1
はじめに（井本農一）
　「鑑賞日本古典文学28」'75 p1
はじめに
　「全対訳日本古典新書〔4〕」'81 p3
芭蕉雑記（芥川竜之介）
　「古典日本文学全集30」'60 p377
芭蕉私見（萩原朔太郎）
　「古典日本文学全集30」'60 p371
芭蕉と紀行文
　「芭蕉紀行集1」'67 p7
　「芭蕉紀行集1」'78 p9
芭蕉と紀行文（小宮豊隆）
　「古典日本文学全集31」'61 p343
芭蕉と古典（赤羽学）
　「鑑賞日本古典文学28」'75 p482
芭蕉とその時代（米谷巌）
　「鑑賞日本古典文学28」'75 p433
芭蕉と談林俳諧（乾裕幸）
　「鑑賞日本古典文学28」'75 p492
芭蕉と蕪村の俳句―後記に代えて（永田龍太郎）
　「蕪村秀句〔3〕」'93 p232
芭蕉の位置とその不易流行観（広末保）
　「古典日本文学全集36」'62 p312
芭蕉の影響（山本健吉）
　「古典日本文学全集31」'61 p384
芭蕉の近江（森澄雄）

「特選日本の古典 グラフィック版9」'86 p152
芭蕉の紀行文
　「対訳古典シリーズ〔18〕」'88 p211
芭蕉のこと（島崎藤村）
　「古典日本文学全集30」'60 p366
芭蕉の生涯（尾形仂）
　「現代語訳 日本の古典15」'79 p153
芭蕉の生涯と作品
　「対訳古典シリーズ〔18〕」'88 p197
芭蕉の生活（阿部正美）
　「鑑賞日本古典文学28」'75 p463
芭蕉の旅
　「特選日本の古典 グラフィック版9」'86 p140
芭蕉の俳諧精神（穎原退蔵）
　「古典日本文学全集30」'60 p391
芭蕉の人柄（今栄蔵）
　「鑑賞日本古典文学28」'75 p453
芭蕉の人と文学（井本農一）
　「鑑賞日本古典文学28」'75 p11
芭蕉の窓
　「鑑賞日本古典文学28」'75 p431
芭蕉の無欲（杉森久英）
　「鑑賞日本古典文学28」'75 p501
芭蕉俳句における作風の変遷
　「日本古典全書〔80〕」'58 p3
芭蕉評伝（井本農一）
　「校本芭蕉全集9」'89 p9
芭蕉評伝―生涯と作品
　「鑑賞日本の古典14」'82 p8
芭蕉文集について
　「日本古典全書〔81〕」'55 p3
芭蕉発句概説
　「芭蕉発句全講5」'98 p313
漂泊者の系譜（目崎徳衛）
　「特選日本の古典 グラフィック版9」'86 p146
蕪村・一茶・子規（野沢節子）
　「現代語訳 日本の古典15」'79 p147
文学史的位置
　「国文学評釈叢書〔3〕」'59 p27
文体
　「国文学評釈叢書〔3〕」'59 p35
北陸路の謎を探る（吉岡勇）
　「現代語訳 日本の古典15」'79 p174
本篇解題
　「日本古典全書〔81〕」'55 p12
松尾家と芭蕉（村松友次）
　「鑑賞日本古典文学28」'75 p443
松尾芭蕉（尾形仂）
　「現代語訳 日本の古典15」'79 p162
略注（久富哲雄）
　「未刊連歌俳諧資料3-1」'58 p45
例言

「新編日本古典文学全集71」'97 p18
「新編日本古典文学全集71」'97 p164
「日本古典文学全集41」'72 p278
「日本古典文学全集41」'72 p284
「日本古典文学全集41」'72 p402
連句（歌仙）の構成
　「芭蕉紀行集1」'67 p152
　「芭蕉紀行集1」'78 p244
連句芸術の倫理的性格（能勢朝次）
　「古典日本文学全集31」'61 p335
連句の構造のあらまし―芭蕉を中心に
　「鑑賞日本の古典14」'82 p234
連句編（堀切実）
　「新編日本古典文学全集71」'97 p599
連句編 作者略伝
　「完訳日本の古典54」'84 p371
若い世代と芭蕉（大岡信）
　「対訳古典シリーズ〔18〕」'88 p228
わびとさび（堀信夫）
　「鑑賞日本古典文学28」'75 p473
【年表】
年譜
　「対訳古典シリーズ〔18〕」'88 p238
俳諧年表（井本農一）
　「国民の文学15」'64 p371
俳文を主とせる芭蕉略年譜
　「日本古典全書〔81〕」'55 p61
芭蕉年譜
　「日本古典文学大系45」'62 p527
芭蕉年譜（荻野清，今栄蔵）
　「校本芭蕉全集9」'89 p149
芭蕉年譜 増補（今栄蔵）
　「校本芭蕉全集別1」'91 p383
芭蕉略年譜
　「完訳日本の古典54」'84 p354
　「新潮日本古典集成〔72〕」'78 p369
　「日本の文学 古典編40」'87 p313
芭蕉略年譜（久富哲雄）
　「鑑賞日本古典文学28」'75 p532
芭蕉略年譜（久富哲雄編）
　「鑑賞日本の古典14」'82 p414
松尾芭蕉略年譜
　「現代語訳 日本の古典15」'79 p161
　「新潮日本古典集成〔71〕」'82 p401
　「新編日本古典文学全集70」'95 p581
　「日本古典文学全集41」'72 p587
【資料】
一般語彙
　「芭蕉紀行集1」'67 p194
引用出典一覧
　「新編日本古典文学全集71」'97 p372
引用書目索引

松尾芭蕉

「日本古典全書〔80〕」'58 p362
宇陀法師
　「校本芭蕉全集7」'89 p541
『笈の小文』諸本異同表
　「芭蕉紀行集2」'68 p215
『おくの細道』研究文献
　「芭蕉紀行集3」'71 p229
おくのほそ道行程図
　「日本の文学 古典編40」'87 p333
『おくのほそ道』足跡図
　「全対訳日本古典新書〔4〕」'81 p裏見返し
『奥の細道』足跡全図
　「鑑賞日本古典文学28」'75 p538
　「対訳古典シリーズ〔18〕」'88 p6
『おくのほそ道』地名巡覧
　「完訳日本の古典55」'85 p256
『おくのほそ道』日程一覧
　「全対訳日本古典新書〔4〕」'81 p155
おくのほそ道芭蕉足跡図
　「校本芭蕉全集6」'89 p278
『おくの細道』芭蕉曾良足跡図
　「芭蕉紀行集3」'71 p226
奥の細道略図・野晒紀行略図・笈の小文略図
　「日本古典全書〔81〕」'55
『おくのほそ道』旅程図
　「日本古典評釈・全注釈叢書〔24〕」'01 p466
『おくの細道』旅程表
　「芭蕉紀行集3」'71 p210
解題 俳書一覧
　「校本芭蕉全集10」'90 p5
鹿島詣の旅程・足跡図
　「芭蕉紀行集1」'78 p282
紀行・日記編 主要諸本異同表
　「完訳日本の古典55」'85 p244
紀行・日記編 地図
　「完訳日本の古典55」'85 p253
紀行篇 補遺（井本農一）
　「校本芭蕉全集別1」'91 p121
季語別索引
　「日本古典文学全集41」'72 p598
去来抄
　「校本芭蕉全集7」'89 p491
句集・註釈書など（すべて明治以後）
　「日本古典全書〔80〕」'58 p19
葛の松原
　「校本芭蕉全集7」'89 p537
幻住庵記の諸本（白石悌三）
　「新 日本古典文学大系70」'90 p584
『幻住庵記』『望月の残興』地名一覧
　「完訳日本の古典55」'85 p274
校正余録
　「芭蕉紀行集1」'78 p305

校訂付記
　「完訳日本の古典55」'85 p97
　「完訳日本の古典55」'85 p203
稿本の補注
　「未刊連歌俳諧資料4-1」'61 p75
語句索引
　「校本芭蕉全集10」'90 p343
　「日本古典評釈・全注釈叢書〔24〕」'01 p443
　「芭蕉発句全講1」'94 p447
　「芭蕉発句全講2」'95 p377
　「芭蕉発句全講3」'96 p457
　「芭蕉発句全講4」'97 p356
　「芭蕉発句全講5」'98 p387
語句・付合語索引
　「芭蕉連句全註解別1」'83 p156
語釈索引
　「国文学評釈叢書〔3〕」'59 p236
索引
　「校本芭蕉全集2」'88 p329
　「古典日本文学全集30」'60 p401
　「新 日本古典文学大系70」'90
　「日本古典全書〔80〕」'58 p361
　「芭蕉紀行集1」'67 p189
　「芭蕉紀行集1」'78 p309
　「芭蕉紀行集2」'68 p265
　「芭蕉紀行集3」'71 p259
三句索引
　「芭蕉発句全講5」'98 p359
参考地図
　「古典日本文学全集31」'61
　「新編日本古典文学全集70」'95 p593
　「新編日本古典文学全集71」'97 p621
参考文献
　「新編日本古典文学全集71」'97 p616
　「対訳古典シリーズ〔18〕」'88 p232
　「芭蕉紀行集2」'68 p257
参考文献（久富哲雄）
　「鑑賞日本古典文学28」'75 p519
三冊子
　「校本芭蕉全集7」'89 p500
七部集の書誌（加藤定彦）
　「新 日本古典文学大系70」'90 p632
出典俳書一覧
　「新編日本古典文学全集70」'95 p571
　「日本古典文学全集41」'72 p573
書翰篇 補正（今栄蔵）
　「校本芭蕉全集別1」'91 p379
初句索引
　「完訳日本の古典55」'85 p290
　「新潮日本古典集成〔71〕」'82 p434
　「新編日本古典文学全集70」'95 p604
　「新編日本古典文学全集71」'97 p630

解説・資料　　　　　　　　　　　　　松尾芭蕉

「日本古典文学全集41」'72 p602
「日本古典文学大系45」'62 p532
「日本の文学 古典編40」'87 p327
「芭蕉発句全講1」'94 p443
「芭蕉発句全講2」'95 p373
「芭蕉発句全講3」'96 p454
「芭蕉発句全講4」'97 p354
「芭蕉連句抄〔1〕」'65 p415
「芭蕉連句抄〔2〕」'69 p531
「芭蕉連句抄〔3〕」'74 p486
「芭蕉連句抄〔4〕」'76 p507
「芭蕉連句抄〔5〕」'78 p471
「芭蕉連句抄〔6〕」'79 p450
「芭蕉連句抄〔7〕」'81 p565
「芭蕉連句抄〔8〕」'83 p576
「芭蕉連句抄〔9〕」'86 p498
「芭蕉連句抄〔10〕」'87 p455
「芭蕉連句抄〔11〕」'88 p460
「芭蕉連句抄〔12〕」'89 p432
「芭蕉連句全註解1」'79 p287
「芭蕉連句全註解2」'79 p283
「芭蕉連句全註解3」'80 p347
「芭蕉連句全註解4」'80 p393
「芭蕉連句全註解5」'81 p335
「芭蕉連句全註解6」'81 p345
「芭蕉連句全註解7」'82 p369
「芭蕉連句全註解8」'82 p333
「芭蕉連句全註解9」'83 p313
「芭蕉連句全註解10」'83 p335
「芭蕉連句全註解別1」'83 p127
所収句初句索引
　　「新潮日本古典集成〔72〕」'78 p384
署名
　　「日本古典全書〔80〕」'58 p13
書名索引
　　「芭蕉連句全註解別1」'83 p137
真蹟図版所収文献一覧
　　「新潮日本古典集成〔71〕」'82 p424
『新撰古暦便覧』元禄二年の条
　　「芭蕉紀行集3」'71 p228
人名索引
　　「新 日本古典文学大系70」'90 p29
　　「芭蕉連句全註解別1」'83 p145
図版目録
　　「現代語訳 日本の古典15」'79 p182
　　「特選日本の古典 グラフィック版9」'86 p166
正誤表
　　「未刊連歌俳諧資料3-2」'59 p69
綜合索引（久富哲雄）
　　「校本芭蕉全集10」'90 p191
総索引
　　「芭蕉連句全註解別1」'83 p135

地図―奥の細道の旅
　　「特選日本の古典 グラフィック版9」'86 p164
地名人名索引
　　「国文学評釈叢書〔3〕」'59 p228
註釈史
　　「国文学評釈叢書〔3〕」'59 p45
付句の部
　　「校本芭蕉全集10」'90 p242
訂正・追加考証
　　「校本芭蕉全集別1」'91 p108
「貞徳翁十三回忌追善百韻」摸刻
　　「校本芭蕉全集3」'89 p417
点巻 補遺（鳥居清）
　　「校本芭蕉全集別1」'91 p115
日記本文
　　「校本芭蕉全集6」'89 p208
野ざらし紀行の旅程・足跡図
　　「芭蕉紀行集1」'78 p280
俳句索引
　　「国文学評釈叢書〔3〕」'59 p219
　　「対訳古典シリーズ〔18〕」'88 p242
　　「日本古典全書〔80〕」'58 p398
俳句編 出典俳書一覧
　　「完訳日本の古典54」'84 p364
俳句編 初句索引
　　「完訳日本の古典54」'84 p374
俳書一覧
　　「新潮日本古典集成〔71〕」'82 p416
　　「日本古典文学大系45」'62 p523
俳文篇 補遺・補訂（尾形仂）
　　「校本芭蕉全集別1」'91 p201
芭蕉以外の発句の部
　　「校本芭蕉全集10」'90 p221
芭蕉及び芭蕉の紀行文全般・『野ざらし紀行』
『鹿島詣』関係研究文献
　　「芭蕉紀行集1」'78 p283
芭蕉受信書簡集
　　「校本芭蕉全集8」'89 p399
芭蕉足跡図
　　「芭蕉紀行集1」'67 p174
　　「芭蕉紀行集1」'78 p280
　　「芭蕉紀行集2」'68 p212
芭蕉足跡略地図
　　「新潮日本古典集成〔72〕」'78 p380
芭蕉伝記研究書目（久富哲雄）
　　「校本芭蕉全集9」'89 p131
芭蕉伝記研究書目 補遺（久富哲雄）
　　「校本芭蕉全集別1」'91 p395
芭蕉の足跡地図
　　「鑑賞日本の古典14」'82 p435
芭蕉の発句の部
　　「校本芭蕉全集10」'90 p195

日本古典文学全集・作品名綜覧　　505

松尾芭蕉　　解説・資料

芭蕉俳句の総句数
　「日本古典全書〔80〕」'58 p15
芭蕉発句初句索引
　「鑑賞日本古典文学28」'75 p540
附図 おくのほそ道行程図
　「国文学評釈叢書〔3〕」'59 p216
付録
　「新 日本古典文学大系70」'90 p571
　「新編日本古典文学全集70」'95 p569
　「新編日本古典文学全集71」'97
　「日本古典文学全集41」'72 p571
補注
　「校本芭蕉全集1」'88 p225
　「校本芭蕉全集2」'88 p307
　「校本芭蕉全集3」'89 p411
　「校本芭蕉全集4」'89 p323
　「校本芭蕉全集5」'89 p397
　「校本芭蕉全集6」'89 p153
　「校本芭蕉全集6」'89 p555
　「校本芭蕉全集7」'89 p491
　「校本芭蕉全集9」'89 p399
　「日本古典文学大系45」'62 p243
補注（人名索引・地名索引）
　「校本芭蕉全集8」'89 p363
発句索引
　「鑑賞日本の古典14」'82 p429
　「校本芭蕉全集10」'90 p193
　「日本古典評釈・全注釈叢書〔24〕」'01 p464
発句の部
　「校本芭蕉全集10」'90 p237
発句篇（上）補訂（堀信夫編）
　「校本芭蕉全集別1」'91 p11
発句篇（下）補遺（大谷篤蔵編）
　「校本芭蕉全集別1」'91 p51
発句篇・出典俳書一覧
　「日本の文学 古典編40」'87 p323
発句・連句索引
　「新 日本古典文学大系70」'90 p2
発句・連句・和歌
　「芭蕉紀行集1」'67 p189
補訂
　「芭蕉発句全講5」'98 p349
明治以降芭蕉研究書目録
　「校本芭蕉全集10」'90 p161
用語索引
　「芭蕉連句抄〔1〕」'65 p403
　「芭蕉連句抄〔2〕」'69 p515
　「芭蕉連句抄〔3〕」'74 p469
　「芭蕉連句抄〔4〕」'76 p493
　「芭蕉連句抄〔5〕」'78 p455
　「芭蕉連句抄〔6〕」'79 p437
　「芭蕉連句抄〔7〕」'81 p551

「芭蕉連句抄〔8〕」'83 p559
「芭蕉連句抄〔9〕」'86 p479
「芭蕉連句抄〔10〕」'87 p437
「芭蕉連句抄〔11〕」'88 p445
「芭蕉連句抄〔12〕」'89 p417
連句索引
　「校本芭蕉全集10」'90 p235
連句篇（上）補遺（大谷篤蔵編）
　「校本芭蕉全集別1」'91 p55
連句篇（中）補訂（阿部正美編）
　「校本芭蕉全集別1」'91 p63
連句篇（下）補遺（堀切実編）
　「校本芭蕉全集別1」'91 p81
連句編 引用注釈書一覧
　「完訳日本の古典54」'84 p373
連句編 初句索引
　「完訳日本の古典54」'84 p380

万葉集
【解説】
飛鳥路の旅（井口樹生）
　「特選日本の古典 グラフィック版2」'86 p146
東歌・防人歌（田辺幸雄）
　「古典日本文学全集3」'62 p335
東歌の表記について（工藤力男）
　「新 日本古典文学大系3」'02 p14
東歌の不思議さ（渡部和雄）
　「鑑賞日本古典文学3」'76 p385
あとがき
　「対訳古典シリーズ〔3〕」'88 p564
「靜」か「浄」か（佐竹昭広）
　「日本古典文学全集4」'73 p525
歌の年代
　「日本古典全書〔62〕」'47 p30
歌の訓みの深さについて（山本健吉）
　「鑑賞日本古典文学3」'76 p337
歌物語を残す悲劇の皇子
　「現代語訳 日本の古典2」'80 p61
大伴旅人
　「特選日本の古典 グラフィック版2」'86 p92
大伴旅人（土田杏村）
　「古典日本文学全集2」'59 p365
孤独と憂愁の歌人大伴家持
　「特選日本の古典 グラフィック版2」'86 p136
大伴家持と万葉集（尾山篤二郎）
　「古典日本文学全集2」'59 p389
憶良の文学（村山出）
　「鑑賞日本古典文学3」'76 p376
音韻と文法についての覚書（工藤力男）
　「新 日本古典文学大系4」'03 p509
解説
　「鑑賞日本の古典2」'80 p407

「完訳日本の古典2」'82 p359
「完訳日本の古典3」'84 p399
「完訳日本の古典4」'89 p631
「完訳日本の古典5」'89 p479
「完訳日本の古典6」'89 p423
「完訳日本の古典7」'89 p353
「校註日本文芸新篇〔2〕」'51 p120
「新潮日本古典集成〔2〕」'76 p359
「新潮日本古典集成〔3〕」'78 p435
「新潮日本古典集成〔4〕」'80 p405
「新潮日本古典集成〔5〕」'82 p273
「新潮日本古典集成〔6〕」'84 p333
「新編日本古典文学全集6」'94 p383
「新編日本古典文学全集7」'95 p459
「新編日本古典文学全集8」'95 p527
「新編日本古典文学全集9」'96 p469
「日本古典全書〔62〕」'47 p3
「日本古典文学全集2」'71 p3
「日本古典文学全集3」'72 p3
「日本古典文学全集4」'73 p3
「日本古典文学全集5」'75 p3
「日本古典文学大系4」'57 p3
「日本古典文学大系5」'59 p3
「日本古典文学大系6」'60 p3
「日本古典文学大系7」'62 p3
解説(五味智英)
　「古典日本文学全集2」'59 p235
解説(桜井満)
　「対訳古典シリーズ〔1〕」'88 p389
　「対訳古典シリーズ〔2〕」'88 p479
　「対訳古典シリーズ〔3〕」'88 p427
解説(土屋文明)
　「国民の文学2」'63 p613
解題
　「校註—国歌大系2」'76 p1
　「日本文学古註釈大成〔12〕」'78
　「日本文学古註釈大成〔13〕」'78
　「日本文学古註釈大成〔14〕」'78
　「新訂校註—日本文学大系10」'56 p1
宮廷歌人の最高峰 柿本人麻呂
　「特選日本の古典 グラフィック版2」'86 p50
柿本人麿私見覚書(斎藤茂吉)
　「古典日本文学全集2」'59 p321
柿本人麿の時間と祭式(森朝男)
　「鑑賞日本古典文学3」'76 p357
各巻の解説
　「日本古典文学大系4」'57 p43
　「日本古典文学大系5」'59 p26
　「日本古典文学大系6」'60 p18
　「日本古典文学大系7」'62 p16
歌語さまざま(工藤力男)
　「新 日本古典文学大系4」'03 p3

歌数
　「日本古典全書〔62〕」'47 p46
近世国学者の万葉学研究(芳賀登)
　「万葉集古註釈集成20」'91 p457
近世に於ける万葉研究(久松潜一)
　「万葉集古註釈集成20」'91 p319
研究、研究書
　「日本古典全書〔62〕」'47 p65
原文を読むことについて(山崎福之)
　「新 日本古典文学大系3」'02 p3
校注の覚え書
　「日本古典文学大系4」'57 p51
古典への招待 晩年の大伴家持
　「新編日本古典文学全集9」'96 p3
古典への招待 広瀬本万葉集の出現
　「新編日本古典文学全集7」'95 p3
古典への招待 万葉集を読む
　「新編日本古典文学全集6」'94 p3
古典への招待 万葉集の訓の揺れ
　「新編日本古典文学全集8」'95 p3
才色兼備の相聞歌人
　「現代語訳 日本の古典2」'80 p72
咲き誇る万葉の名花
　「現代語訳 日本の古典2」'80 p19
兵士の嘆き 防人歌
　「特選日本の古典 グラフィック版2」'86 p123
作者小伝(遠藤宏)
　「日本の文学 古典編2」'87 p283
　「日本の文学 古典編3」'87 p309
　「日本の文学 古典編4」'87 p349
作品の解釈と鑑賞
　「対訳古典シリーズ〔1〕」'88 p432
　「対訳古典シリーズ〔2〕」'88 p513
　「対訳古典シリーズ〔3〕」'88 p457
参考文献解題(神野志隆光)
　「鑑賞日本の古典2」'80 p445
自照文学の先駆者
　「現代語訳 日本の古典2」'80 p80
「腫浪」の訓義(木下正俊)
　「日本古典文学全集4」'73 p521
小品叙景詩の名手
　「現代語訳 日本の古典2」'80 p91
抒情詩の運命(山本健吉)
　「古典日本文学全集3」'62 p324
序説(中西進)
　「鑑賞日本古典文学3」'76 p1
書名と部立について(大谷雅夫)
　「新 日本古典文学大系1」'99 p3
総説
　「日本の文学 古典編2」'87 p3
　「日本の文学 古典編3」'87 p3
　「日本の文学 古典編4」'87 p3

万葉集　　　　　解説・資料

総説（中西進）
　「鑑賞日本古典文学3」'76 p11
荘重華麗な歌を詠む天才詩人
　「現代語訳 日本の古典2」'80 p49
旅愁を歌う高市黒人
　「特選日本の古典 グラフィック版2」'86 p59
竜田山と狭岑島（木下正俊）
　「日本古典文学全集2」'71 p413
旅びとの夜の歌の静寂境
　「現代語訳 日本の古典2」'80 p100
勅撰歌に見ない万葉歌地名解説
　「勅撰歌歌枕集成〔2〕」'95 p279
筑紫歌壇の指導者
　「現代語訳 日本の古典2」'80 p66
抵抗歌としての東歌（佐佐木幸綱）
　「現代語訳 日本の古典2」'80 p164
ディレンマの中の『万葉集』（高橋英夫）
　「鑑賞日本古典文学3」'76 p426
伝来と感化
　「日本古典全書〔62〕」'47 p61
読書ノート
　「鑑賞日本古典文学3」'76 p415
内容
　「日本古典全書〔62〕」'47 p33
歌と恋に生きた額田王
　「特選日本の古典 グラフィック版2」'86 p29
蔾孤射と双六（木下正俊）
　「日本古典文学全集5」'75 p469
春の雁（小島憲之）
　「日本古典文学全集4」'73 p517
人麻呂と書式史（阿蘇瑞枝）
　「現代語訳 日本の古典2」'80 p160
人麻呂の反歌一首（佐竹昭広）
　「日本古典文学全集2」'71 p418
「比喩の歴史」と人麿の挽歌（リービ日出雄）
　「鑑賞日本古典文学3」'76 p366
彬彬の盛（伊藤博）
　「鑑賞日本古典文学3」'76 p346
不遇をかこつ哀怨の詩人
　「現代語訳 日本の古典2」'80 p134
文雅の世界を楽しむ
　「現代語訳 日本の古典2」'80 p32
分類法
　「日本古典全書〔62〕」'47 p54
編纂者
　「日本古典全書〔62〕」'47 p58
編輯目的（附、私歌集）
　「日本古典全書〔62〕」'47 p49
蓬客と松浦佐用姫（木下正俊）
　「日本古典文学全集3」'72 p465
補論
　「日本古典文学全集2」'71 p399

「日本古典文学全集3」'72 p451
「日本古典文学全集4」'73 p515
「日本古典文学全集5」'75 p459
万葉・古今・新古今（佐竹昭広）
　「日本古典文学全集5」'75 p476
万葉語の「語性」（小島憲之）
　「日本古典文学全集5」'75 p461
万葉時代（北山茂夫）
　「古典日本文学全集2」'59 p400
万葉集
　「校註日本文芸新篇〔4〕」'50 p90
万葉集（中西進）
　「特選日本の古典 グラフィック版2」'86 p162
万葉集以前（小島憲之）
　「日本古典文学全集2」'71 p401
万葉集を読むために
　「新 日本古典文学大系1」'99 p3
　「新 日本古典文学大系2」'00 p3
　「新 日本古典文学大系3」'02 p3
　「新 日本古典文学大系4」'03 p3
万葉集と紀貫之（長谷川政春）
　「鑑賞日本古典文学3」'76 p405
万葉集と近代短歌（岡野弘彦）
　「特選日本の古典 グラフィック版2」'86 p158
万葉集と仏教、および中国文学（大谷雅夫）
　「新 日本古典文学大系4」'03 p495
万葉集とは何か（中西進）
　「現代語訳 日本の古典2」'80 p153
万葉集の生いたち（伊藤博）
　「新潮日本古典集成〔2〕」'76 p373
　「新潮日本古典集成〔3〕」'78 p467
　「新潮日本古典集成〔4〕」'80 p441
　「新潮日本古典集成〔5〕」'82 p317
　「新潮日本古典集成〔6〕」'84 p367
万葉集の鑑賞およびその批評（島木赤彦）
　「古典日本文学全集2」'59 p249
万葉集の漢文（吉川幸次郎）
　「鑑賞日本古典文学3」'76 p415
万葉集の恋歌（高野正美）
　「鑑賞日本古典文学3」'76 p394
万葉集の性格について（山田英雄）
　「新 日本古典文学大系2」'00 p3
万葉集の世界（青木生子）
　「新潮日本古典集成〔3〕」'78 p437
　「新潮日本古典集成〔4〕」'80 p407
万葉集の世界（井手至）
　「新潮日本古典集成〔6〕」'84 p335
万葉集の世界（清水克彦）
　「新潮日本古典集成〔2〕」'76 p361
万葉集の世界（橋本四郎）
　「新潮日本古典集成〔5〕」'82 p275
万葉集の組織

「対訳古典シリーズ〔1〕」'88 p389
万葉集の窓
　「鑑賞日本古典文学3」'76 p335
万葉集の名義と成立
　「対訳古典シリーズ〔1〕」'88 p402
万葉人の散文を読むために（小島憲之）
　「日本古典文学全集3」'72 p453
万葉の伝統（小田切秀雄）
　「古典日本文学全集3」'62 p346
万葉の花と虫（猪股静弥）
　「現代語訳 日本の古典2」'80 p145
万葉の風土と歴史
　「対訳古典シリーズ〔2〕」'88 p479
万葉びとの生活（折口信夫）
　「古典日本文学全集3」'62 p317
万葉びとの生活（山田宗睦）
　「特選日本の古典 グラフィック版2」'86 p154
万葉びとの生活と表現
　「対訳古典シリーズ〔3〕」'88 p427
万葉名歌の旅（吉岡勇）
　「現代語訳 日本の古典2」'80 p168
「見ゆ」の世界（佐竹昭広）
　「日本古典文学全集3」'72 p475
名義
　「日本古典全書〔62〕」'47 p3
山上憶良
　「特選日本の古典 グラフィック版2」'86 p98
山上憶良（土屋文明）
　「古典日本文学全集2」'59 p379
山部赤人
　「特選日本の古典 グラフィック版2」'86 p84
山部赤人（中村憲吉）
　「古典日本文学全集2」'59 p348
用字法
　「日本古典全書〔62〕」'47 p9
例言
　「校註—国歌大系2」'76 p1
【年表】
年表
　「校註日本文芸新篇〔2〕」'51 p122
万葉作品年表（神野志隆光）
　「鑑賞日本の古典2」'80 p463
万葉集関係略年表
　「完訳日本の古典2」'82 p394
　「新編日本古典文学全集6」'94 p451
　「新編日本古典文学全集7」'95 p481
　「新編日本古典文学全集9」'96 p495
　「完訳日本の古典3」'84 p418
　「完訳日本の古典4」'89 p642
　「完訳日本の古典6」'89 p440
　「完訳日本の古典7」'89 p368
万葉集年表

「新 日本古典文学大系別5」'04 p525
万葉集編纂年表
　「新潮日本古典集成〔2〕」'76 p412
　「新潮日本古典集成〔3〕」'78 p508
　「新潮日本古典集成〔4〕」'80 p478
　「新潮日本古典集成〔5〕」'82 p366
　「新潮日本古典集成〔6〕」'84 p408
万葉集略年表
　「対訳古典シリーズ〔1〕」'88 p566
　「対訳古典シリーズ〔2〕」'88 p598
　「対訳古典シリーズ〔3〕」'88 p556
【資料】
飛鳥路万葉の旅
　「特選日本の古典 グラフィック版2」'86 p153
位階・官職対照表
　「鑑賞日本の古典2」'80 p480
異体字表
　「日本古典文学大系4」'57 p369
　「日本古典文学大系5」'59 p475
　「日本古典文学大系6」'60 p479
　「日本古典文学大系7」'62 p505
官位相当表
　「完訳日本の古典3」'84 p424
　「新編日本古典文学全集7」'95 p516
　「日本古典文学全集3」'72 p524
系図
　「鑑賞日本の古典2」'80 p476
　「完訳日本の古典2」'82 p398
　「新編日本古典文学全集6」'94 p487
　「日本古典文学全集2」'71 p461
　「日本古典文学全集3」'72 p522
皇族・諸氏系図
　「新潮日本古典集成〔6〕」'84 p433
校注の覚え書
　「日本古典文学大系5」'59 p36
　「日本古典文学大系6」'60 p31
　「日本古典文学大系7」'62 p28
校訂付記
　「新編日本古典文学全集6」'94 p377
　「新編日本古典文学全集7」'95 p453
　「新編日本古典文学全集8」'95 p519
　「新編日本古典文学全集9」'96 p461
　「日本古典文学全集2」'71 p393
　「日本古典文学全集3」'72 p445
　「日本古典文学全集4」'73 p507
　「日本古典文学全集5」'75 p451
作者索引
　「鑑賞日本古典文学3」'76 p451
作者と万葉歌地名一覧
　「勅撰歌歌枕集成〔2〕」'95 p1145
参考系図
　「完訳日本の古典3」'84 p422

万葉集 解説・資料

参考地図
　「完訳日本の古典2」'82 p401
　「完訳日本の古典3」'84 p426
　「完訳日本の古典5」'89 p490
　「完訳日本の古典6」'89 p442
　「新潮日本古典集成〔2〕」'76 p427
　「新潮日本古典集成〔3〕」'78 p523
　「新潮日本古典集成〔5〕」'82 p381
　「新潮日本古典集成〔6〕」'84 p425
　「新編日本古典文学全集6」'94 p491
　「新編日本古典文学全集7」'95 p515
　「新編日本古典文学全集8」'95 p558
　「日本古典文学全集2」'71 p465
　「日本古典文学全集3」'72 p526
　「日本古典文学全集4」'73 p548
　「日本古典文学全集5」'75 p512
　「日本の文学 古典編2」'87 p315
　「日本の文学 古典編3」'87 p335
　「日本の文学 古典編4」'87 p373
参考文献（三浦佑之）
　「鑑賞日本古典文学3」'76 p434
主要地図・系図
　「対訳古典シリーズ〔1〕」'88 p561
　「対訳古典シリーズ〔2〕」'88 p589
　「対訳古典シリーズ〔3〕」'88 p552
上代官位相当表
　「新潮日本古典集成〔6〕」'84 p439
初句索引
　「鑑賞日本古典文学3」'76 p448
　「完訳日本の古典7」'89 p371
　「新編日本古典文学全集6」'94 p500
　「新編日本古典文学全集7」'95 p526
　「新編日本古典文学全集8」'95 p574
　「新編日本古典文学全集9」'96 p558
　「対訳古典シリーズ〔3〕」'88 p567
　「日本古典文学全集5」'75 p514
　「日本の文学 古典編2」'87 p307
　「日本の文学 古典編3」'87 p327
　「日本の文学 古典編4」'87 p365
人名一覧
　「新 日本古典文学大系1」'99 p2
　「新 日本古典文学大系2」'00 p3
　「新 日本古典文学大系3」'02 p3
　「新 日本古典文学大系4」'03 p3
　「新編日本古典文学全集6」'94 p456
　「新編日本古典文学全集7」'95 p486
　「新編日本古典文学全集9」'96 p500
　「日本古典文学全集2」'71 p427
　「日本古典文学全集3」'72 p490
　「日本古典文学全集4」'73 p531
　「日本古典文学全集5」'75 p485
人名索引
　「新潮日本古典集成〔6〕」'84 p445
　「新 日本古典文学大系別5」'04 p431
人名・地名総覧
　「対訳古典シリーズ〔1〕」'88 p475
　「対訳古典シリーズ〔2〕」'88 p531
　「対訳古典シリーズ〔3〕」'88 p479
図版目録
　「現代語訳 日本の古典2」'80 p178
　「特選日本の古典 グラフィック版2」'86 p166
全句索引
　「新 日本古典文学大系別5」'04 p3
地図
　「校註日本文芸新篇〔2〕」'51 p125
地図―万葉の歌枕
　「特選日本の古典 グラフィック版2」'86 p138
地名一覧
　「新 日本古典文学大系1」'99 p23
　「新 日本古典文学大系2」'00 p17
　「新 日本古典文学大系3」'02 p7
　「新 日本古典文学大系4」'03 p23
　「新編日本古典文学全集6」'94 p473
　「新編日本古典文学全集7」'95 p502
　「新編日本古典文学全集8」'95 p547
　「新編日本古典文学全集9」'96 p513
　「日本古典文学全集2」'71 p449
　「日本古典文学全集3」'72 p507
　「日本古典文学全集4」'73 p533
　「日本古典文学全集5」'75 p501
地名索引
　「新 日本古典文学大系別5」'04 p471
長流伝記資料〔参考資料〕（橋本進吉）
　「万葉集古註釈集成1」'89 p5
奈良・明日香・吉野略図
　「鑑賞日本の古典2」'80 p482
付録
　「鑑賞日本の古典2」'80 p463
　「新潮日本古典集成〔3〕」'78 p521
　「新編日本古典文学全集6」'94 p449
　「新編日本古典文学全集7」'95 p479
　「新編日本古典文学全集8」'95 p545
　「新編日本古典文学全集9」'96 p493
　「日本古典文学全集2」'71 p425
　「日本古典文学全集3」'72 p489
　「日本古典文学全集4」'73 p529
　「日本古典文学全集5」'75 p529
便覧
　「古典日本文学全集2」'59 p419
　「古典日本文学全集3」'62 p376
補遺歌と万葉歌防人・防人妻の人名
　「勅撰歌歌枕集成〔3〕」'95 p381
補注
　「対訳古典シリーズ〔1〕」'88 p373

「対訳古典シリーズ〔2〕」'88 p471
「対訳古典シリーズ〔3〕」'88 p420
「日本古典文学大系4」'57 p321
「日本古典文学大系5」'59 p423
「日本古典文学大系6」'60 p459
「日本古典文学大系7」'62 p482
枕詞一覧
　「新 日本古典文学大系1」'99 p35
　「新 日本古典文学大系2」'00 p31
　「新 日本古典文学大系3」'02 p21
　「新 日本古典文学大系4」'03 p33
枕詞索引
　「新 日本古典文学大系別5」'04 p509
万葉歌地名詠入歌人名索引
　「勅撰歌歌枕集成〔3〕」'95 p201
万葉集難訓索引
　「校註―国歌大系2」'76 p1
　「新訂校註―日本文学大系10」'56 p1
万葉集・和歌索引
　「現代語訳 日本の古典2」'80 p174
万葉のことば（山崎馨）
　「鑑賞日本の古典2」'80 p415
万葉の花
　「特選日本の古典 グラフィック版2」'86 p140
万葉用語小辞典
　「現代語訳 日本の古典2」'80 p172
録歌一覧（国歌大観番号による）
　「鑑賞日本古典文学3」'76 p453

総説（片野達郎）
　「鑑賞日本古典文学17」'77 p273
読書ノート
　「鑑賞日本古典文学17」'77 p435
源実朝（斎藤茂吉）
　「古典日本文学全集21」'60 p328
【年表】
実朝年譜
　「新潮日本古典集成〔46〕」'81 p302
【資料】
校異一覧
　「新潮日本古典集成〔46〕」'81 p267
索引
　「古典日本文学全集21」'60 p425
参考歌一覧
　「新潮日本古典集成〔46〕」'81 p269
参考文献（辻勝美）
　「鑑賞日本古典文学17」'77 p457
初句索引
　「鑑賞日本古典文学17」'77 p470
　「新潮日本古典集成〔46〕」'81 p318
勅撰和歌集入集歌一覧
　「新潮日本古典集成〔46〕」'81 p298

都の錦
【解説】
解題（中嶋隆）
　「叢書江戸文庫Ⅰ-6」'89 p337

【 み 】

源実朝
【解説】
解説
　「日本古典全書〔71〕」'50 p3
解説（窪田章一郎）
　「古典日本文学全集21」'60 p313
解説 金槐和歌集―無垢な詩魂の遺書（樋口芳麻呂）
　「新潮日本古典集成〔46〕」'81 p227
記録に現れた実朝像と実朝の和歌（樋口芳麻呂）
　「鑑賞日本古典文学17」'77 p424
実朝（小林秀雄）
　「古典日本文学全集21」'60 p349
序説（有吉保）
　「鑑賞日本古典文学17」'77 p1
新古今集・山家集・金槐集の窓
　「鑑賞日本古典文学17」'77 p339

【 む 】

向井去来
【解説】
解説
　「完訳日本の古典55」'85 p451
主要俳人略伝
　「完訳日本の古典55」'85 p458
はじめに（尾形仂）
　「大学古典叢書5」'86 p1
【年表】
去来略年譜
　「大学古典叢書5」'86 p244
【資料】
解説
　「大学古典叢書5」'86 p235
校訂付記
　「完訳日本の古典55」'85 p389
初句索引
　「完訳日本の古典55」'85 p461

本文中俳人名略注
　「大学古典叢書5」'86 p225

無住
【解説】
解説
　「新編日本古典文学全集52」'01 p617
　「中世の文学 第1期〔3〕」'73 p3
　「日本古典文学大系85」'66 p11
古典への招待『沙石集』の説話とその社会的背景
　「新編日本古典文学全集52」'01 p7
【資料】
付録・無住関係略年表（土屋有里子作成）
　「新編日本古典文学全集52」'01 p635
補注
　「中世の文学 第1期〔3〕」'73 p327
　「日本古典文学大系85」'66 p509
目録
　「中世の文学 第1期〔3〕」'73 p39

無名草子
【解説】
解説
　「完訳日本の古典27」'87 p371
【資料】
官位相当表
　「完訳日本の古典27」'87 p410
校訂付記
　「完訳日本の古典27」'87 p303
散逸物語参考資料
　「完訳日本の古典27」'87 p389
図録
　「完訳日本の古典27」'87 p412
無名草子初句索引
　「新編日本古典文学全集40」'99 p349

紫式部
【解説】
あらすじ（阿部秋生）
　「鑑賞日本古典文学11」'76 p242
あらすじ（玉上琢弥）
　「鑑賞日本古典文学9」'75 p25
『伊勢物語』の影響
　「有精堂校注叢書〔3〕」'87 p87
"いろごのみ"の生涯─光源氏と二十一人の女性たち（西村亨）
　「特選日本の古典 グラフィック版5」'86 p154
宇治十帖（小田切秀雄）
　「古典日本文学全集6」'62 p357
宇治の女君（清水好子）
　「古典日本文学全集6」'62 p349

歌と別れと（藤井貞和）
　「新 日本古典文学大系21」'95 p446
歌のない女（円地文子）
　「鑑賞日本古典文学9」'75 p493
栄花の蔭に（中谷孝雄）
　「鑑賞日本古典文学11」'76 p463
関連作品栄花物語と大鏡（清水好子）
　「現代語訳 日本の古典5」'79 p184
栄花物語・紫式部日記の窓
　「鑑賞日本古典文学11」'76 p377
大島本『源氏物語』採択の方法と意義（室伏信助）
　「新 日本古典文学大系19」'93 p456
大島本『源氏物語』の書写と伝来（柳井滋）
　「新 日本古典文学大系19」'93 p468
大島本初音の巻の本文について（柳井滋）
　「新 日本古典文学大系20」'94 p528
おわりに（萩谷朴）
　「日本古典評釈・全注釈叢書〔28〕」'73 p651
御草子づくりについて（池田勉）
　「鑑賞日本古典文学11」'76 p444
解説
　「鑑賞日本の古典7」'80 p289
　「完訳日本の古典14」'83 p351
　「完訳日本の古典24」'84 p281
　「新潮日本古典集成〔18〕」'76 p285
　「新 日本古典文学大系19」'93 p435
　「新 日本古典文学大系20」'94 p483
　「新 日本古典文学大系21」'95 p433
　「新編日本古典文学全集20」'94 p375
　「新編日本古典文学全集26」'94 p226
　「中世文芸叢書2」'65 p185
　「日本古典全書〔12〕」'46 p3
　「日本古典全書〔18〕」'55 p245
　「日本古典全書〔19〕」'52 p3
　「日本古典評釈・全注釈叢書〔28〕」'73 p467
　「日本古典文学全集12」'70 p3
　「日本古典文学大系14」'58 p3
　「日本古典文学大系19」'58 p405
　「傍訳古典叢書」'54 p1
解説（中村真一郎）
　「国民の文学4」'63 p553
解説（山岸徳平）
　「古典日本文学全集4」'61 p385
解説（山本利達）
　「新潮日本古典集成〔17〕」'80 p165
解題
　「日本文学古註釈大成〔1〕」'78
　「日本文学古註釈大成〔2〕」'78
　「日本文学古註釈大成〔3〕」'78
　「日本文学古註釈大成〔4〕」'78
　「日本文学古註釈大成〔5〕」'78

「日本文学古註釈大成〔6〕」'78
「日本文学古註釈大成〔7〕」'78 p2
「日本文学古註釈大成〔8〕」'78
「日本文学古註釈大成〔25〕」'79
「新訂校註─日本文学大系4」'55 p1
「有精堂校注叢書〔3〕」'87 p83
解題（阿部秋生）
　「鑑賞日本の古典6」'79 p7
薫における道心と執心（鈴木日出男）
　「新 日本古典文学大系22」'96 p526
各巻の孤立性と連関性
　「日本古典全書〔12〕」'46 p26
巻冊数について
　「日本古典全書〔12〕」'46 p5
巻末評論
　「完訳日本の古典14」'83 p421
　「完訳日本の古典15」'83 p347
　「完訳日本の古典16」'84 p331
　「完訳日本の古典17」'85 p391
　「完訳日本の古典18」'85 p379
　「完訳日本の古典19」'86 p377
　「完訳日本の古典20」'87 p369
　「完訳日本の古典21」'87 p453
　「完訳日本の古典22」'88 p345
　「完訳日本の古典23」'88 p411
巻名と巻序
　「日本古典全書〔12〕」'46 p11
源氏絵の趣向（北小路健）
　「現代語訳 日本の古典5」'79 p165
「源氏」と現代（青野季吉）
　「古典日本文学全集4」'61 p415
源氏の女性たち（生方たつゑ）
　「現代語訳 日本の古典5」'79 p180
源氏物語（中村真一郎）
　「古典日本文学全集6」'62 p337
源氏物語各巻梗概
　「新訂校註─日本文学大系6」'55 p1
源氏物語研究（島津久基）
　「古典日本文学全集6」'62 p309
源氏物語私観（五島美代子）
　「鑑賞日本古典文学9」'75 p497
源氏物語主要人物解説
　「日本古典文学全集17」'76 p415
源氏物語主要人物解説（鈴木日出男編）
　「新編日本古典文学全集25」'98 p459
源氏物語成立の事情
　「傍訳古典叢書1」'54 p6
源氏物語と現代小説（吉田精一）
　「古典日本文学全集6」'62 p371
源氏物語と催馬楽（仲井幸二郎）
　「鑑賞日本古典文学4」'75 p406
源氏物語と年中行事

「日本古典文学全集14」'72 p477
「日本古典文学全集15」'74 p565
「日本古典文学全集16」'95 p513
「源氏物語」と紫式部（犬養廉）
　「現代語訳 日本の古典5」'79 p173
「源氏物語」と紫式部（竹西寛子）
　「特選日本の古典 グラフィック版5」'86 p148
源氏物語について
　「校註日本文芸新篇〔1〕」'50 p287
源氏物語の現代的意義
　「日本古典全書〔12〕」'46 p101
源氏物語の現代的価値（村岡典嗣）
　「古典日本文学全集5」'61 p417
源氏物語の後宮世界（秋山虔）
　「古典日本文学全集4」'61 p404
源氏物語の構想と主題
　「傍訳古典叢書1」'54 p7
源氏物語のことば（原田芳起）
　「鑑賞日本古典文学9」'75 p464
源氏物語の時代的背景（家永三郎）
　「古典日本文学全集4」'61 p423
源氏物語の諸本
　「傍訳古典叢書1」'54 p11
源氏物語の性格と特質
　「傍訳古典叢書1」'54 p9
源氏物語の精神（風巻景次郎）
　「古典日本文学全集4」'61 p399
源氏物語の旅（神谷次郎）
　「現代語訳 日本の古典5」'79 p188
源氏物語の地理（増田繁夫）
　「鑑賞日本古典文学9」'75 p481
源氏物語の秘説─その発生期についての覚え書き（伊井春樹）
　「中世文芸叢書別3」'73 p347
源氏物語の方法（西郷信綱）
　「古典日本文学全集5」'61 p434
源氏物語の窓
　「鑑賞日本古典文学9」'75 p379
源氏物語の窓（犬養廉）
　「特選日本の古典 グラフィック版5」'86 p160
源氏物語の名称と巻数
　「傍訳古典叢書1」'54 p4
『源氏物語』の行方（今西祐一郎）
　「新 日本古典文学大系23」'97 p460
源氏物語の理念（森岡常夫）
　「古典日本文学全集6」'62 p362
梗概
　「日本古典全書〔12〕」'46 p107
後代文学への影響
　「日本古典全書〔12〕」'46 p79
古典への招待「形代」としての浮舟（秋山虔）
　「新編日本古典文学全集25」'98 p3

紫式部　解説・資料

古典への招待『源氏物語』の成立（秋山虔）
　「新編日本古典文学全集20」'94 p3
古典への招待　源氏物語は悪文であるか（秋山虔）
　「新編日本古典文学全集22」'96 p3
古典への招待　女流日記文学の条件と特色
　「新編日本古典文学全集26」'94 p5
古典への招待　人物造型について（鈴木日出男）
　「新編日本古典文学全集24」'97 p3
古典への招待　正確な本文（阿部秋生）
　「新編日本古典文学全集21」'95 p3
古典への招待　物語本文の不整合について（今井源衛）
　「新編日本古典文学全集23」'96 p3
作者
　「傍訳古典叢書1」'54 p1
作者について
　「日本古典全書〔12〕」'46 p34
　「日本古典評釈・全注釈叢書〔28〕」'73 p467
作品について
　「日本古典評釈・全注釈叢書〔28〕」'73 p508
さすらう女君の物語（鈴木日出男）
　「新　日本古典文学大系21」'95 p472
参考文献解題（平井仁子）
　「鑑賞日本の古典6」'79 p516
執筆期間
　「日本古典全書〔12〕」'46 p53
執筆動機について
　「日本古典全書〔12〕」'46 p52
写実的精神と手法
　「日本古典全書〔12〕」'46 p62
主要人物解説
　「日本の文学　古典編16」'87 p355
主要なる研究書
　「日本古典全書〔12〕」'46 p88
序説（玉上琢弥）
　「鑑賞日本古典文学9」'75 p1
諸本とその系統
　「日本古典全書〔12〕」'46 p84
女流文学
　「日本古典全書〔19〕」'52 p25
鈴虫はなんと鳴いたか（今西祐一郎）
　「新　日本古典文学大系22」'96 p495
成立論をめぐって
　「有精堂校注叢書〔3〕」'87 p86
世界の文学として読むために（藤井貞和）
　「新　日本古典文学大系23」'97 p478
総説
　「日本の文学　古典編11」'86 p3
　「日本の文学　古典編17」'87 p7
　「日本の文学　古典編17」'87 p217
総説（阿部秋生）
　「鑑賞日本古典文学11」'76 p223
総説（玉上琢弥）
　「鑑賞日本古典文学9」'75 p9
続篇の胎動―匂宮・紅梅・竹河の世界（室伏信助）
　「新　日本古典文学大系22」'96 p509
その時代
　「日本古典全書〔19〕」'52 p3
短篇性と長篇性
　「日本古典全書〔12〕」'46 p29
注釈（池田弥三郎）
　「国民の文学3」'63 p579
　「国民の文学4」'63 p543
註釈書
　「傍訳古典叢書1」'54 p12
底本・校合本解題（阿部秋生）
　「新編日本古典文学全集25」'98 p447
伝本
　「有精堂校注叢書〔3〕」'87 p103
読書ノート
　「鑑賞日本古典文学9」'75 p493
　「鑑賞日本古典文学11」'76 p463
並びの巻について
　「日本古典全書〔12〕」'46 p15
日記の現実と物語の仮構（加賀乙彦）
　「鑑賞日本古典文学11」'76 p470
女房たち（秋山虔）
　「鑑賞日本古典文学9」'75 p450
はしがき（麻生磯次）
　「傍訳古典叢書1」'54 p1
はじめに（萩谷朴）
　「日本古典評釈・全注釈叢書〔27〕」'71 p1
跋
　「日本古典文学大系19」'58 p519
光源氏の生の原点
　「有精堂校注叢書〔3〕」'87 p99
光源氏の罪をめぐって
　「有精堂校注叢書〔3〕」'87 p96
光源氏の物語の構想（大朝雄二）
　「新　日本古典文学大系20」'94 p510
兵部卿宮（今井源衛）
　「鑑賞日本古典文学9」'75 p436
藤壺の影
　「有精堂校注叢書〔3〕」'87 p91
藤壺の宮（玉上琢弥）
　「鑑賞日本古典文学9」'75 p381
平安中期の仏教情勢（榎克朗）
　「鑑賞日本古典文学9」'75 p472
平安朝貴族女性の服装（阿部俊子）
　「鑑賞日本古典文学11」'76 p453
巻々の成立順位
　「日本古典全書〔12〕」'46 p59

「みやこ」と「京」―平安京の遠近法（今西祐一郎）
　「新 日本古典文学大系20」'94 p485
紫式部
　「日本古典全書〔19〕」'52 p31
紫式部（円地文子）
　「古典日本文学全集4」'61 p392
紫式部解題
　「私家集大成1」'73 p836
紫式部という人について（松尾聰）
　「古典日本文学全集5」'61 p423
紫式部日記
　「日本古典全書〔19〕」'52 p76
紫式部日記（中野幸一）
　「日本古典文学全集18」'71 p31
紫式部日記 解説（伊藤博）
　「新 日本古典文学大系24」'89 p535
紫式部日記に見える「才」（今井源衛）
　「鑑賞日本古典文学11」'76 p436
紫式部日記の世界（篠原昭二）
　「鑑賞日本古典文学11」'76 p427
紫式部の作家的生活
　「日本古典全書〔12〕」'46 p42
紫式部の人柄
　「傍訳古典叢書1」'54 p3
紫式部の略歴
　「日本古典全書〔12〕」'46 p37
　「傍訳古典叢書1」'54 p1
紫式部―物語を書きはじめるころ（阿部秋生）
　「鑑賞日本の古典6」'79 p489
紫の上（石田穣二）
　「鑑賞日本古典文学9」'75 p396
明融本「浮舟」巻の本文について（室伏信助）
　「新 日本古典文学大系23」'97 p437
モデル論
　「日本古典全書〔12〕」'46 p71
物語としての光源氏（鈴木日出男）
　「新 日本古典文学大系19」'93 p437
物語の構想と各巻の配列
　「日本古典全書〔12〕」'46 p18
物語の主題
　「日本古典全書〔12〕」'46 p46
物語の名称
　「日本古典全書〔12〕」'46 p3
もののあはれと時代的環境
　「日本古典全書〔12〕」'46 p74
山路の露
　「日本古典全書〔18〕」'55 p249
夕霧（阿部秋生）
　「鑑賞日本古典文学9」'75 p422
世をうぢ山のをんなぎみ（清水好子）
　「鑑賞日本古典文学9」'75 p410

浪漫的精神と手法
　「日本古典全書〔12〕」'46 p65
若菜の巻など（堀辰雄）
　「古典日本文学全集5」'61 p420
若菜の巻の冒頭部について（柳井滋）
　「新 日本古典文学大系21」'95 p435
若紫の物語
　「有精堂校注叢書〔3〕」'87 p84
【年表】
官位相当表
　「日本古典文学全集14」'72 p470
日記年表
　「新編日本古典文学全集26」'94 p509
年表
　「日本古典評釈・全注釈叢書〔28〕」'73 p548
『紫式部日記』関係年表
　「鑑賞日本の古典7」'80 p549
紫式部日記年譜
　「完訳日本の古典24」'84 p295
紫式部略年譜
　「新 日本古典文学大系24」'89 p451
略年表
　「日本古典全書〔19〕」'52 p94
【資料】
遊びのなかの源氏物語
　「特選日本の古典 グラフィック版5」'86 p140
海漫々
　「新潮日本古典集成〔21〕」'79 p340
大島本『源氏物語』（飛鳥井雅康等筆）の本文の様態（柳井滋）
　「新 日本古典文学大系19」'93 p403
　「新 日本古典文学大系20」'94 p449
大島本『源氏物語』（飛鳥井雅康等筆）の本文の様態（柳井滋，室伏信助）
　「新 日本古典文学大系21」'95 p413
　「新 日本古典文学大系22」'96 p473
　「新 日本古典文学大系23」'97 p411
解説欄項目索引
　「日本古典評釈・全注釈叢書〔28〕」'73 p637
各巻の系図
　「完訳日本の古典14」'83 p454
　「完訳日本の古典15」'83 p392
　「完訳日本の古典16」'84 p370
　「完訳日本の古典17」'85 p436
　「完訳日本の古典18」'85 p415
　「完訳日本の古典19」'86 p412
　「完訳日本の古典20」'87 p407
　「完訳日本の古典21」'87 p498
　「完訳日本の古典22」'88 p383
　「完訳日本の古典23」'88 p444
　「新編日本古典文学全集20」'94 p458
　「新編日本古典文学全集21」'95 p544

「新編日本古典文学全集22」'96 p500
「新編日本古典文学全集23」'96 p594
「新編日本古典文学全集24」'97 p538
「新編日本古典文学全集25」'98 p432
「日本古典文学全集12」'70 p453
「日本古典文学全集13」'72 p495
「日本古典文学全集14」'72 p463
「日本古典文学全集15」'74 p550
「日本古典文学全集16」'95 p496
「日本古典文学全集17」'76 p394
官位相当表
「鑑賞日本古典文学9」'75 p74
「完訳日本の古典14」'83 p458
「完訳日本の古典15」'83 p398
「完訳日本の古典16」'84 p376
「完訳日本の古典17」'85 p444
「完訳日本の古典18」'85 p424
「完訳日本の古典19」'86 p416
「完訳日本の古典20」'87 p416
「完訳日本の古典21」'87 p508
「完訳日本の古典22」'88 p388
「完訳日本の古典23」'88 p442
「古典セレクション2」'98 p282
「古典セレクション9」'98 p234
「古典セレクション10」'98 p314
「新潮日本古典集成〔21〕」'79 p358
「新編日本古典文学全集20」'94 p454
「新編日本古典文学全集21」'95 p540
「新編日本古典文学全集22」'96 p498
「新編日本古典文学全集23」'96 p592
「新編日本古典文学全集24」'97 p536
「新編日本古典文学全集25」'98 p430
「日本古典文学全集12」'70 p462
「日本古典文学全集13」'72 p502
「日本古典文学全集15」'74 p558
「日本古典文学全集16」'95 p506
官職表
「傍訳古典叢書1」'54 p16
漢籍・史書・仏典引用一覧
「新編日本古典文学全集20」'94 p433
「新編日本古典文学全集21」'95 p509
漢籍・史書・仏典引用一覧（今井源衛）
「古典セレクション1」'98 p301
「古典セレクション2」'98 p275
「古典セレクション3」'98 p232
「古典セレクション4」'98 p268
「古典セレクション5」'98 p236
「古典セレクション6」'98 p255
「古典セレクション7」'98 p237
「古典セレクション8」'98 p285
「古典セレクション9」'98 p223
「古典セレクション10」'98 p303

「古典セレクション11」'98 p335
「古典セレクション12」'98 p247
「古典セレクション13」'98 p283
「古典セレクション14」'98 p253
「古典セレクション15」'98 p294
「古典セレクション16」'98 p323
「新編日本古典文学全集22」'96 p475
「新編日本古典文学全集23」'96 p563
「新編日本古典文学全集24」'97 p511
「新編日本古典文学全集25」'98 p409
享受史資料（参考）
「有精堂校注叢書〔3〕」'87 p177
京都歴史地図
「新編日本古典文学全集20」'94 p456
記録資料
「日本古典評釈・全注釈叢書〔28〕」'73 p579
具注暦復元
「日本古典評釈・全注釈叢書〔28〕」'73 p559
薫集類抄
「新潮日本古典集成〔21〕」'79 p330
系図
「新潮日本古典集成〔17〕」'80 p254
「新潮日本古典集成〔18〕」'76 p332
「新潮日本古典集成〔19〕」'77 p323
「新潮日本古典集成〔20〕」'78 p348
「新潮日本古典集成〔21〕」'79 p342
「新潮日本古典集成〔22〕」'80 p365
「新潮日本古典集成〔23〕」'82 p355
「新潮日本古典集成〔24〕」'83 p356
「新潮日本古典集成〔25〕」'85 p286
「日本古典全書〔12〕」'46 p147
「日本古典文学大系19」'58 p517
「日本古典全書〔13〕」'49 p7
「日本古典全書〔14〕」'50 p8
「日本古典全書〔15〕」'52 p8
「日本古典全書〔16〕」'54 p8
「日本古典全書〔17〕」'55 p8
「日本古典全書〔18〕」'55 p7
源氏香の図
「現代語訳 日本の古典5」'79 p179
源氏物語引用漢詩文索引
「完訳日本の古典23」'88 p480
源氏物語引用仏典索引
「完訳日本の古典23」'88 p488
源氏物語各巻系図
「新訂校註―日本文学大系6」'55 p39
源氏物語関係系図
「鑑賞日本の古典6」'79 p547
源氏物語作中人物索引
「新編日本古典文学全集25」'98 p571
「日本古典文学全集17」'76 p506
源氏物語作中和歌一覧

「新編日本古典文学全集25」'98 p581
「日本古典文学全集17」'76 p517
源氏物語作中和歌初句索引
　　「新編日本古典文学全集25」'98 p614
　　「日本古典文学全集17」'76 p550
源氏物語主要人物小事典
　　「現代語訳 日本の古典5」'79 p192
源氏物語年立
　　「鑑賞日本の古典6」'79 p542
　　「日本古典全書〔18〕」'55 p293
源氏物語引歌索引
　　「完訳日本の古典23」'88 p451
語彙索引
　　「新 日本古典文学大系別2」'99 p3
校異
　　「日本古典文学大系14」'58 p438
　　「日本古典文学大系15」'59 p478
　　「日本古典文学大系16」'61 p463
　　「日本古典文学大系17」'62 p517
　　「日本古典文学大系18」'63 p497
校訂付記
　　「完訳日本の古典14」'83 p215
　　「完訳日本の古典15」'83 p208
　　「完訳日本の古典16」'84 p197
　　「完訳日本の古典17」'85 p235
　　「完訳日本の古典18」'85 p230
　　「完訳日本の古典19」'86 p228
　　「完訳日本の古典20」'87 p224
　　「完訳日本の古典21」'87 p269
　　「完訳日本の古典22」'88 p204
　　「完訳日本の古典23」'88 p242
　　「完訳日本の古典24」'84 p223
　　「古典セレクション1」'98 p284
　　「古典セレクション2」'98 p266
　　「古典セレクション3」'98 p227
　　「古典セレクション4」'98 p260
　　「古典セレクション5」'98 p230
　　「古典セレクション6」'98 p248
　　「古典セレクション7」'98 p230
　　「古典セレクション8」'98 p278
　　「古典セレクション9」'98 p216
　　「古典セレクション10」'98 p298
　　「古典セレクション11」'98 p327
　　「古典セレクション12」'98 p240
　　「古典セレクション13」'98 p275
　　「古典セレクション14」'98 p246
　　「古典セレクション15」'98 p288
　　「古典セレクション16」'98 p310
　　「新編日本古典文学全集20」'94 p367
　　「新編日本古典文学全集21」'95 p497
　　「新編日本古典文学全集22」'96 p464
　　「新編日本古典文学全集23」'96 p552

「新編日本古典文学全集24」'97 p497
「新編日本古典文学全集25」'98 p396
「新編日本古典文学全集26」'94 p223
「日本古典文学全集12」'70 p437
「日本古典文学全集13」'72 p487
「日本古典文学全集14」'72 p455
「日本古典文学全集15」'74 p539
「日本古典文学全集16」'95 p485
「日本古典文学全集17」'76 p383
語釈・解説欄引用書名人名索引
　　「日本古典評釈・全注釈叢書〔28〕」'73 p639
語釈欄項目索引
　　「日本古典評釈・全注釈叢書〔28〕」'73 p615
催馬楽ほか
　　「新潮日本古典集成〔19〕」'77 p313
索引
　　「日本古典評釈・全注釈叢書〔28〕」'73 p611
作者系図
　　「日本古典全書〔19〕」'52 p97
作中人物一覧
　　「新 日本古典文学大系別2」'99 p597
作中和歌索引
　　「新 日本古典文学大系別2」'99 p565
参考図 大内裏図
　　「鑑賞日本の古典6」'79 p550
参考図 内裏図
　　「鑑賞日本の古典6」'79 p549
参考文献
　　「有精堂校注叢書〔3〕」'87 p105
参考文献(加納重文)
　　「鑑賞日本古典文学11」'76 p477
参考文献(福嶋昭治)
　　「鑑賞日本古典文学9」'75 p504
主場面想定図
　　「新潮日本古典集成〔17〕」'80 p239
主要語句索引
　　「有精堂校注叢書〔3〕」'87 p183
主要古注釈書一覧
　　「日本古典文学全集12」'70 p457
主要人物官位年齢一覧
　　「鑑賞日本古典文学9」'75 p68
主要人物事典
　　「特選日本の古典 グラフィック版5」'86 p164
主要対照資料
　　「有精堂校注叢書〔3〕」'87 p138
主要伝本等影印
　　「有精堂校注叢書〔3〕」'87 p180
春秋優劣の論
　　「新潮日本古典集成〔21〕」'79 p311
初句索引
　　「新潮日本古典集成〔17〕」'80 p259
　　「新 日本古典文学大系24」'89 p2

人物関係図
　「傍訳古典叢書1」'54 p15
　「傍訳古典叢書2」'57 p270
図版目録
　「現代語訳 日本の古典5」'79 p194
　「特選日本の古典 グラフィック版5」'86 p166
図録
　「完訳日本の古典14」'83 p460
　「完訳日本の古典15」'83 p400
　「完訳日本の古典16」'84 p378
　「完訳日本の古典17」'85 p446
　「完訳日本の古典18」'85 p426
　「完訳日本の古典19」'86 p418
　「完訳日本の古典20」'87 p413
　「古典セレクション6」'98 p265
　「古典セレクション11」'98 p347
　「古典セレクション12」'98 p259
　「古典セレクション13」'98 p291
　「古典セレクション14」'98 p259
　「古典セレクション16」'98 p339
　「新潮日本古典集成〔17〕」'80 p245
　「新潮日本古典集成〔18〕」'76 p335
　「新潮日本古典集成〔19〕」'77 p326
　「新潮日本古典集成〔20〕」'78 p351
　「新潮日本古典集成〔21〕」'79 p345
　「新潮日本古典集成〔22〕」'80 p368
　「新潮日本古典集成〔23〕」'82 p359
　「新潮日本古典集成〔24〕」'83 p360
　「新潮日本古典集成〔25〕」'85 p290
　「新編日本古典文学全集20」'94 p465
　「新編日本古典文学全集21」'95 p551
　「新編日本古典文学全集22」'96 p507
　「新編日本古典文学全集23」'96 p603
　「新編日本古典文学全集24」'97 p548
　「新編日本古典文学全集25」'98 p441
　「新編日本古典文学全集26」'94 p528
　「日本古典文学全集12」'70 p464
　「日本古典文学全集13」'72 p508
　「日本古典文学全集14」'72 p473
　「日本古典文学全集15」'74 p560
　「日本古典文学全集16」'95 p508
清涼殿正面図・平面図
　「傍訳古典叢書1」'54 p17
総目次
　「新 日本古典文学大系別2」'99 p661
たけくらべ
　「有精堂校注叢書〔3〕」'87 p178
地図
　「完訳日本の古典16」'84 p382
　「完訳日本の古典17」'85 p443
　「完訳日本の古典21」'87 p505
　「新編日本古典文学全集21」'95 p542

「新編日本古典文学全集22」'96 p497
「新編日本古典文学全集23」'96 p602
「新編日本古典文学全集24」'97 p529
「新編日本古典文学全集25」'98 p444
「日本古典文学全集13」'72 p504
「日本古典文学全集14」'72 p472
地図—源氏物語ゆかりの地
　「特選日本の古典 グラフィック版5」'86 p159
長恨歌
　「古典セレクション1」'98 p290
　「新潮日本古典集成〔18〕」'76 p325
　「新編日本古典文学全集20」'94 p423
追補（山岸徳平）
　「新訂校註—日本文学大系6」'55 p52
底本・校合本解題
　「日本古典文学全集17」'76 p403
天徳四年内裏歌合
　「新潮日本古典集成〔20〕」'78 p333
登場人物一覧
　「新編日本古典文学全集26」'94 p261
登場人物要覧
　「完訳日本の古典24」'84 p299
年立
　「鑑賞日本古典文学9」'75 p60
　「新潮日本古典集成〔25〕」'85 p295
　「新編日本古典文学全集20」'94 p450
　「新編日本古典文学全集21」'95 p533
　「新編日本古典文学全集22」'96 p491
　「新編日本古典文学全集23」'96 p586
　「新編日本古典文学全集24」'97 p530
　「新編日本古典文学全集25」'98 p426
　「日本古典全書〔18〕」'55 p295
　「日本古典文学全集17」'76 p557
　「日本の文学 古典編16」'87 p378
日出入・月出入時刻推算表
　「日本古典評釈・全注釈叢書〔28〕」'73 p556
引歌一覧
　「完訳日本の古典14」'83 p437
　「完訳日本の古典15」'83 p367
　「完訳日本の古典16」'84 p349
　「完訳日本の古典17」'85 p409
　「完訳日本の古典18」'85 p395
　「完訳日本の古典19」'86 p395
　「完訳日本の古典20」'87 p385
　「完訳日本の古典21」'87 p471
　「完訳日本の古典22」'88 p363
　「完訳日本の古典23」'88 p425
飛香舎藤花の宴
　「新潮日本古典集成〔24〕」'83 p349
琵琶引
　「新潮日本古典集成〔19〕」'77 p316
復元 紫式部日記絵巻

「新編日本古典文学全集26」'94 p535
付図
　「新 日本古典文学大系24」'89 p484
　「日本古典文学大系14」'58 p485
　「日本古典文学大系15」'59 p495
　「日本古典文学大系16」'61 p477
　「日本古典文学大系17」'62 p529
　「日本古典文学大系18」'63 p509
付図 土御門殿（第一期）想定復元図 巻末折込
　「日本古典評釈・全注釈叢書〔27〕」'71
付録
　「鑑賞日本の古典6」'79 p542
　「完訳日本の古典15」'83 p365
　「完訳日本の古典16」'84 p347
　「完訳日本の古典17」'85 p407
　「古典セレクション1」'98 p289
　「古典セレクション2」'98 p273
　「古典セレクション3」'98 p231
　「古典セレクション4」'98 p267
　「古典セレクション5」'98 p235
　「古典セレクション6」'98 p253
　「古典セレクション7」'98 p235
　「古典セレクション8」'98 p283
　「古典セレクション9」'98 p221
　「古典セレクション10」'98 p301
　「古典セレクション11」'98 p333
　「古典セレクション12」'98 p245
　「古典セレクション13」'98 p281
　「古典セレクション14」'98 p251
　「古典セレクション15」'98 p293
　「古典セレクション16」'98 p321
　「古典日本文学全集4」'61 p430
　「古典日本文学全集5」'61 p447
　「古典日本文学全集6」'62 p383
　「新 日本古典文学大系19」'93 p401
　「新 日本古典文学大系20」'94 p447
　「新 日本古典文学大系21」'95 p411
　「新編日本古典文学全集20」'94 p421
　「新編日本古典文学全集21」'95 p507
　「新編日本古典文学全集22」'96 p473
　「新編日本古典文学全集23」'96 p561
　「新編日本古典文学全集24」'97 p509
　「新編日本古典文学全集25」'98 p407
　「日本古典文学全集12」'70 p451
　「日本古典文学全集13」'72 p493
　「日本古典文学全集14」'72 p461
　「日本古典文学全集15」'74 p549
　「日本古典文学全集16」'95 p495
　「日本古典文学全集17」'76 p393
　「有精堂校注叢書〔3〕」'87 p109
補遺（山岸徳平）
　「新訂校註―日本文学大系4」'55

補注
　「日本古典文学大系14」'58 p421
　「日本古典文学大系15」'59 p440
　「日本古典文学大系16」'61 p419
　「日本古典文学大系17」'62 p473
　「日本古典文学大系18」'63 p437
　「日本古典文学大系19」'58 p510
　「有精堂校注叢書〔3〕」'87 p75
三日夜の儀
　「新潮日本古典集成〔24〕」'83 p352
むらさき式部集
　「新潮日本古典集成〔17〕」'80 p199
紫式部集 和歌他出一覧
　「新 日本古典文学大系24」'89 p456
紫式部日記
　「有精堂校注叢書〔3〕」'87 p177
紫式部日記参考系図
　「完訳日本の古典24」'84 p308
紫式部日記・紫式部集 人名解説
　「新 日本古典文学大系24」'89 p459
『遊仙窟』（抜粋）
　「有精堂校注叢書〔3〕」'87 p151
李夫人
　「新潮日本古典集成〔24〕」'83 p353
略系図
　「傍訳古典叢書1」'54 p14
　「傍訳古典叢書2」'57 p269
陵園妾
　「新潮日本古典集成〔25〕」'85 p283
和歌各句・引用詞句索引
　「日本古典評釈・全注釈叢書〔28〕」'73 p613
「若紫」（伝明融等筆本）翻刻
　「有精堂校注叢書〔3〕」'87 p110

【　も　】

本居宣長
【解説】
解説
　「日本思想大系40」'78 p541
解説（久松潜一）
　「古典日本文学全集34」'60 p319
解説 「物のあわれを知る」の説の来歴（日野龍夫）
　「新潮日本古典集成〔78〕」'83 p505
玉勝間覚書（佐竹昭広）
　「日本思想大系40」'78 p543
宣長学成立まで（日野龍夫）
　「日本思想大系40」'78 p565

物語　　　　　　　　　　解説・資料

宣長学の意義および内在的関係（村岡典嗣）
　「古典日本文学全集34」'60 p337
宣長とその思想（西郷信綱）
　「古典日本文学全集34」'60 p375
宣長の読書生活
　「新潮日本古典集成〔78〕」'83 p555
文弱の価値―「物のあはれを知る」補考（吉川幸次郎）
　「日本思想大系40」'78 p593
本居宣長（小田切秀雄）
　「古典日本文学全集34」'60 p365
本居宣長覚書（山本健吉）
　「古典日本文学全集34」'60 p354
「もののあはれ」について（和辻哲郎）
　「古典日本文学全集34」'60 p347
【年表】
主要著作年譜
　「日本思想大系40」'78 p626

物語
【解説】
解題（須永朝彦）
　「日本古典文学幻想コレクション2」'96 p267
　「日本古典文学幻想コレクション3」'96 p273
【資料】
原典所収書目一覧
　「日本古典文学幻想コレクション2」'96 p287
　「日本古典文学幻想コレクション3」'96 p290

物語（古代）
【解説】
新しいジャンルの発生
　「日本古典全書〔1〕」'60 p3
〈異郷〉論（藤井貞和）
　「鑑賞日本古典文学6」'75 p398
解説
　「鑑賞日本の古典8」'80 p10
　「鑑賞日本の古典8」'80 p328
　「鑑賞日本の古典8」'80 p395
　「新潮日本古典集成〔38〕」'76 p131
　「新編日本古典文学全集40」'99 p141
　「新編日本古典文学全集40」'99 p289
　「全対訳日本古典新書〔1〕」'79 p488
　「日本古典文学大系77」'64 p5
　「日本古典文学大系77」'64 p125
解説（池田弥三郎）
　「国民の文学6」'64 p479
解説（中村真一郎）
　「国民の文学5」'64 p525
解説（松尾聡）
　「古典日本文学全集7」'60 p371
解題

「新訂校註―日本文学大系1」'55 p1
「新訂校註―日本文学大系3」'55 p1
古典への招待　物語と藤原定家の周辺（久保木哲夫）
　「新編日本古典文学全集40」'99 p3
作者論
　「日本古典全書〔1〕」'60 p22
雑談の系譜（村井康彦）
　「鑑賞日本古典文学13」'76 p443
参考文献解題
　「鑑賞日本の古典8」'80 p504
参考論文
　「鑑賞日本の古典8」'80 p460
初期物語の本質（片桐洋一）
　「鑑賞日本古典文学6」'75 p389
成立基盤
　「日本古典全書〔1〕」'60 p18
成立時期
　「日本古典全書〔1〕」'60 p5
力への潜在願望（馬場あき子）
　「鑑賞日本古典文学13」'76 p461
注釈（池田弥三郎）
　「国民の文学5」'64 p515
　「国民の文学6」'64 p470
伝承と事実の世界（室伏信助）
　「鑑賞日本古典文学13」'76 p403
読書ノート
　「鑑賞日本古典文学13」'76 p453
古本系伝本について
　「日本古典全書〔1〕」'60 p36
平安後期・鎌倉時代物語の多様性（大槻修）
　「鑑賞日本古典文学12」'76 p376
平安後期の時代と文学
　「全対訳日本古典新書〔1〕」'79 p3
平安後期物語の史的背景（角田文衞）
　「鑑賞日本古典文学12」'76 p345
平安後期物語の方法と特質（中野幸一）
　「鑑賞日本古典文学12」'76 p354
平安末期物語の遊戯性（稲賀敬二）
　「鑑賞日本古典文学12」'76 p367
末法と仏教思想（石田瑞麿）
　「鑑賞日本の古典8」'80 p460
虫めづる姫君（瀬戸内晴美）
　「鑑賞日本古典文学12」'76 p415
物語とは何か（三谷邦明）
　「鑑賞日本古典文学6」'75 p379
物語の名称
　「日本古典全書〔1〕」'60 p5
物語文学について（藤岡忠美）
　「鑑賞日本の古典4」'81 p5
物語文学の享受者層
　「日本古典全書〔1〕」'60 p33

520　日本古典文学全集・作品名綜覧

物語文学の展開(鈴木一雄)
　「日本古典文学全集10」'72 p5
【資料】
「有明けの別れ」略系図
　「全対訳日本古典新書〔1〕」'79 p524
官位相当表
　「新編日本古典文学全集40」'99 p344
研究文献目録
　「日本古典全書〔1〕」'60 p59
校訂付記
　「新編日本古典文学全集40」'99 p140
　「新編日本古典文学全集40」'99 p286
索引
　「新潮日本古典集成〔38〕」'76 p159
散逸物語参考資料
　「新編日本古典文学全集40」'99 p313
参考文献
　「全対訳日本古典新書〔1〕」'79 p526
参考文献(高橋俊夫)
　「鑑賞日本古典文学13」'76 p468
追補
　「新訂校註—日本文学大系3」'55 p49
付録
　「新編日本古典文学全集40」'99 p311
補遺
　「新訂校註—日本文学大系1」'55 p1
補注
　「日本古典文学大系77」'64 p39
　「日本古典文学大系77」'64 p107
　「日本古典文学大系77」'64 p441
本文訂正一覧
　「新潮日本古典集成〔38〕」'76 p157
松浦宮物語系図
　「新編日本古典文学全集40」'99 p343
松浦宮物語初句索引
　「新編日本古典文学全集40」'99 p347

物語(中世)
【解説】
青葉のふえの物かたり
　「室町時代物語集1」'62 p392
秋月物語
　「室町時代物語集3」'62 p656
秋月物語(刊本)
　「室町時代物語集3」'62 p657
あさかほのつゆ
　「室町時代物語集3」'62 p671
愛宕地蔵之物語
　「室町時代物語集4」'62 p544
あとがき(松本隆信)
　「室町時代物語大成13」'85 p660
　「室町時代物語大成補2」'88 p635

あみたの御本地
　「室町時代物語集4」'62 p512
阿弥陀本地
　「室町時代物語集4」'62 p514
あみた本地
　「室町時代物語集4」'62 p515
あめ若みこ忍び物語
　「室町時代物語集2」'62 p500
天稚彦物語
　「室町時代物語集2」'62 p483
いづはこねの御本地
　「室町時代物語集3」'62 p639
いそさき
　「室町時代物語集4」'62 p585
いつくしまのゑんぎ
　「室町時代物語集1」'62 p377
いつくしまの御ほん地
　「室町時代物語集1」'62 p385
一寸法師
　「室町時代物語集5」'62 p534
異本源蔵人物語
　「室町時代物語集2」'62 p517
岩屋
　「室町時代物語集3」'62 p643
いはやのさうし
　「室町時代物語集3」'62 p648
梅津の長者
　「室町時代物語集5」'62 p609
梅津長者物語
　「室町時代物語集5」'62 p600
浦風
　「室町時代物語集4」'62 p578
うらしま
　「室町時代物語集5」'62 p506
浦島太郎
　「室町時代物語集5」'62 p503
うら嶋太郎物語
　「室町時代物語集5」'62 p505
うはかわ
　「室町時代物語集3」'62 p683
ゑびす大こくかつせん
　「室町時代物語集5」'62 p617
御さらし島わたり
　「室町時代物語集5」'62 p497
おたかの本し物くさ太郎
　「室町時代物語集5」'62 p514
おちくほ
　「室町時代物語集3」'62 p704
おちくほものがたり
　「室町時代物語集3」'62 p705
おもかけ物語
　「室町時代物語集2」'62 p447

物語(中世)

解説
 「新 日本古典文学大系54」'89 p469
 「大学古典叢書8」'89 p143
解説（久保田淳，藤原澄子）
 「中世の文学 第1期〔7〕」'79 p3
解説（渡浩一）
 「新編日本古典文学全集63」'02 p451
鏡男絵巻
 「室町時代物語集1」'62 p387
かくれさと
 「室町時代物語集5」'62 p612
笠間長者鶴亀物語
 「室町時代物語集5」'62 p476
かみよ物語
 「室町時代物語集5」'62 p458
賀茂之本地
 「室町時代物語集1」'62 p395
きをんの御本地
 「室町時代物語集1」'62 p397
きふねの本地
 「室町時代物語集2」'62 p460
 「室町時代物語集2」'62 p461
きまんたう物語
 「室町時代物語集4」'62 p572
くさ物語
 「室町時代物語集5」'62 p484
熊野御本地
 「室町時代物語集1」'62 p360
熊野の本地
 「室町時代物語集1」'62 p354
 「室町時代物語集1」'62 p356
くまのゝほんち
 「室町時代物語集1」'62 p365
くまのゝ本地
 「室町時代物語集1」'62 p355
上野国赤城山御本地
 「室町時代物語集1」'62 p388
上野国赤城山御本地解説（岡田希雄）
 「室町時代物語集1」'62 p423
弘法大師御本地
 「室町時代物語集4」'62 p551
小おとこ
 「室町時代物語集5」'62 p540
 「室町時代物語集5」'62 p541
こをとこのさうし
 「室町時代物語集5」'62 p536
牛頭天王御縁起
 「室町時代物語集1」'62 p396
古典への招待 室町物語への招待（大島建彦）
 「新編日本古典文学全集63」'02 p3
子やす物語
 「室町時代物語集4」'62 p581

再刊の辞（横山重）
 「室町時代物語集1」'62 p5
さゝれいし
 「室町時代物語集5」'62 p486
さよひめ
 「室町時代物語集4」'62 p579
さるげんじ
 「室町時代物語集5」'62 p531
しほやきぶんしやう
 「室町時代物語集5」'62 p546
嶋わたり
 「室町時代物語集5」'62 p496
釈迦出世本懐伝記
 「室町時代物語集4」'62 p491
釈迦の本地
 「室町時代物語集4」'62 p495
釈迦物語
 「室町時代物語集4」'62 p492
しやうとく太子の本地
 「室町時代物語集4」'62 p532
序文（藤井乙男）
 「室町時代物語集1」'62 p1
白ぎくさうし
 「室町時代物語集3」'62 p696
すゑひろ物語
 「室町時代物語集5」'62 p618
すゝか
 「室町時代物語集1」'62 p391
すみよしえんき
 「室町時代物語集5」'62 p447
諏訪縁起
 「室町時代物語集2」'62 p433
諏訪縁起物語
 「室町時代物語集2」'62 p435
すはの本地
 「室町時代物語集2」'62 p436
ぜんくはうじほんぢ
 「室町時代物語集4」'62 p534
浅間御本地御由来記
 「室町時代物語集2」'62 p516
第九巻あとがき（松本隆信）
 「室町時代物語大成9」'81 p661
大黒舞
 「室町時代物語集5」'62 p609
太子開城記
 「室町時代物語集4」'62 p533
大仏供養物語
 「室町時代物語集4」'62 p563
たなはた
 「室町時代物語集2」'62 p494
たなばた
 「室町時代物語集2」'62 p496

たまものさうし
　「室町時代物語集4」'62 p554
たむらのさうし
　「室町時代物語集1」'62 p389
中しやうひめ
　「室町時代物語集4」'62 p567
中将姫本地
　「室町時代物語集4」'62 p568
月日の御本地
　「室町時代物語集3」'62 p642
月日の本地
　「室町時代物語集3」'62 p639
つきみつのさうし
　「室町時代物語集3」'62 p640
壷坂物語
　「室町時代物語集4」'62 p580
つるかめのさうし
　「室町時代物語集5」'62 p485
つるかめまつたけ
　「室町時代物語集5」'62 p481
鶴亀松竹
　「室町時代物語集5」'62 p479
鶴亀松竹物語
　「室町時代物語集5」'62 p482
てんぐのたいり
　「室町時代物語集2」'62 p555
天狗の大裏
　「室町時代物語集2」'62 p553
てんしん
　「室町時代物語集1」'62 p403
天神記
　「室町時代物語集1」'62 p399
天神本地
　「室町時代物語集1」'62 p404
天地三国之鍛冶之総系図暦然帳
　「室町時代物語集5」'62 p654
な丶くさ草紙
　「室町時代物語集5」'62 p488
奈良大仏供養
　「室町時代物語集4」'62 p566
仁明天皇物語
　「室町時代物語集1」'62 p393
箱根権現絵巻
　「室町時代物語集3」'62 p637
橋姫物語
　「室町時代物語集3」'62 p708
はちかつき
　「室町時代物語集3」'62 p686
　「室町時代物語集3」'62 p686
はちかづきのさうし
　「室町時代物語集3」'62 p684
八幡宮御縁起
　「室町時代物語集1」'62 p345
八幡の御本地
　「室町時代物語集1」'62 p347
八まんの本地
　「室町時代物語集1」'62 p346
八幡本地
　「室町時代物語集1」'62 p345
発刊のことば（市古貞次、三角洋一）
　「鎌倉時代物語集成1」'88
はな世の姫
　「室町時代物語集3」'62 p679
番神絵巻
　「室町時代物語集5」'62 p656
ひきう殿物語
　「室町時代物語集5」'62 p544
彦火々出見尊絵
　「室町時代物語集5」'62 p450
毘沙門天王之本地
　「室町時代物語集2」'62 p459
ひしやもんの本地
　「室町時代物語集2」'62 p449
びしんくらへ
　「室町時代物語集3」'62 p668
一本菊
　「室町時代物語集3」'62 p697
平野よみかへりの草紙
　「室町時代物語集2」'62 p550
福富長者物語
　「室町時代物語集5」'62 p619
武家はんしやう
　「室町時代物語集5」'62 p462
　「室町時代物語集5」'62 p462
富士山の本地
　「室町時代物語集2」'62 p518
ふしの人穴
　「室町時代物語集2」'62 p520
ふじの人あなさうし
　「室町時代物語集2」'62 p522
ふせや
　「室町時代物語集3」'62 p667
ふせやのものかたり
　「室町時代物語集3」'62 p666
ふ老ふし
　「室町時代物語集5」'62 p468
ふんしやう
　「室町時代物語集5」'62 p553
ぶんしやうのさうし
　「室町時代物語集5」'62 p548
ほうまん長者
　「室町時代物語集4」'62 p529
法妙童子
　「室町時代物語集4」'62 p520

物語(中世)　　　　　　　　　　解説・資料

蓬萊山由来
　「室町時代物語集5」'62 p474
ほうらい物語
　「室町時代物語集5」'62 p470
布袋の栄花
　「室町時代物語集4」'62 p573
ほん天こく
　「室町時代物語集2」'62 p472
ほん天わう
　「室町時代物語集2」'62 p473
松風むらさめ
　「室町時代物語集5」'62 p491
みしま
　「室町時代物語集1」'62 p386
みたのほんかい
　「室町時代物語集4」'62 p516
源蔵人物語
　「室町時代物語集2」'62 p517
室町物語とその周辺（市古貞次）
　「新 日本古典文学大系54」'89 p471
もくれんのさうし
　「室町時代物語集2」'62 p564
例言（松本隆信）
　「室町時代物語大成補1」'87 p1
　「室町時代物語大成補2」'88 p1
例言（横山重）
　「室町時代物語集2」'62 p1
　「室町時代物語集3」'62 p1
　「室町時代物語集4」'62 p1
　「室町時代物語集5」'62 p1
例言（横山重，松本隆信）
　「室町時代物語大成1」'73 p1
　「室町時代物語大成2」'74 p1
　「室町時代物語大成3」'75 p1
　「室町時代物語大成4」'76 p1
　「室町時代物語大成5」'77 p1
　「室町時代物語大成6」'78 p1
　「室町時代物語大成7」'79 p1
　「室町時代物語大成8」'80 p1
　「室町時代物語大成9」'81 p1
　「室町時代物語大成10」'82 p1
　「室町時代物語大成11」'83 p1
　「室町時代物語大成12」'84 p1
　「室町時代物語大成13」'85 p1
例言（横山重，太田武夫）
　「室町時代物語集1」'62 p1
【資料】
歌謡・楽曲名索引
　「鎌倉時代物語集成別1」'01 p539
漢詩句索引
　「中世の文学 第1期〔7〕」'79 p321
五十音順引歌索引

　「鎌倉時代物語集成別1」'01 p319
サエの神に関する近親相姦の伝承一覧
　「新編日本古典文学全集63」'02 p498
索引（市古貞次編）
　「新 日本古典文学大系55」'92 p2
作品名索引
　「鎌倉時代物語集成別1」'01 p547
出典別漢詩文等索引
　「鎌倉時代物語集成別1」'01 p471
出典別引歌索引
　「鎌倉時代物語集成別1」'01 p387
人名・神仏名索引
　「鎌倉時代物語集成別1」'01 p487
地名・建物名索引
　「鎌倉時代物語集成別1」'01 p517
底本頭注
　「鎌倉時代物語集成6」'93 p289
引歌表現索引
　「鎌倉時代物語集成別1」'01 p183
付録
　「新 日本古典文学大系55」'92 p399
　「新編日本古典文学全集63」'02 p483
補注
　「中世の文学 第1期〔7〕」'79 p235
昔話「小さ子」資料一覧
　「新編日本古典文学全集63」'02 p484
室町時代物語集第二図版
　「室町時代物語集2」'62 p567
室町時代物語集第一図版
　「室町時代物語集1」'62 p441
室町時代物語集第三図版
　「室町時代物語集3」'62 p711
室町時代物語集第四図版
　「室町時代物語集4」'62 p597
室町物語複製翻刻書目録（沢井耐三編）
　「新 日本古典文学大系55」'92 p399
物語収載和歌各句索引
　「鎌倉時代物語集成別1」'01 p7
和歌・連歌索引
　「中世の文学 第1期〔7〕」'79 p313

森島中良
【解説】
解題（石上敏）
　「叢書江戸文庫II-32」'94 p357

【や】

大和物語

524　日本古典文学全集・作品名綜覧

【解説】
伊勢物語・大和物語の文学遺跡（野中春水）
　「鑑賞日本古典文学5」'75 p379
伊勢物語・大和物語の文体（渡辺実）
　「鑑賞日本古典文学5」'75 p392
伊勢物語・大和物語の窓
　「鑑賞日本古典文学5」'75 p347
解説
　「新編日本古典文学全集12」'94 p425
　「日本古典全書〔2〕」'61 p3
　「日本古典文学全集8」'72 p247
　「日本古典文学全集8」'72 p441
　「日本古典文学大系9」'57 p207
解題
　「日本文学古註釈大成〔30〕」'79
　「有精堂校注叢書〔2〕」'88 p223
古典への招待 初期物語の方法―その伝承性をめぐって（片桐洋一）
　「新編日本古典文学全集12」'94 p5
作者
　「有精堂校注叢書〔2〕」'88 p225
序説（片桐洋一）
　「鑑賞日本古典文学5」'75 p1
書名
　「有精堂校注叢書〔2〕」'88 p224
成立・内容
　「有精堂校注叢書〔2〕」'88 p226
総説
　「日本の文学 古典編5」'86 p147
総説（片桐洋一）
　「鑑賞日本古典文学5」'75 p235
底本の性格
　「日本古典全書〔2〕」'61 p54
伝本
　「有精堂校注叢書〔2〕」'88 p227
読書ノート
　「鑑賞日本古典文学5」'75 p419
鄙のあわれ（岡野弘彦）
　「鑑賞日本古典文学5」'75 p427
文学的人物考（柿本奨）
　「鑑賞日本古典文学5」'75 p401
大和物語
　「校註日本文芸新篇〔4〕」'50 p91
大和物語と歌語り（久保木哲夫）
　「鑑賞日本古典文学5」'75 p410
大和物語の構成
　「日本古典全書〔2〕」'61 p57
大和物語の作者と成立時期
　「日本古典全書〔2〕」'61 p22
大和物語の伝本系統
　「日本古典全書〔2〕」'61 p39
大和物語の特質
　「日本古典全書〔2〕」'61 p83
大和物語の名義と時代思潮
　「日本古典全書〔2〕」'61 p3
【年表】
年譜（伊勢物語・大和物語・平中物語）
　「新編日本古典文学全集12」'94 p561
　「日本古典文学全集8」'72 p552
【資料】
関係系図
　「鑑賞日本古典文学5」'75 p252
系図（伊勢物語・平中物語・大和物語）
　「日本古典文学全集8」'72 p548
系図（伊勢物語・大和物語・平中物語）
　「新編日本古典文学全集12」'94 p557
研究文献
　「日本古典全書〔2〕」'61 p98
校異
　「日本古典文学大系9」'57 p377
校訂付記
　「新編日本古典文学全集12」'94 p421
　「日本古典文学全集8」'72 p435
索引
　「有精堂校注叢書〔2〕」'88 p283
参考文献
　「新編日本古典文学全集12」'94 p442S
参考文献（片桐洋一）
　「鑑賞日本古典文学5」'75 p436
参考文献一覧
　「有精堂校注叢書〔2〕」'88 p230
初句索引
　「新編日本古典文学全集12」'94 p584
人名索引
　「有精堂校注叢書〔2〕」'88 p288
付録
　「有精堂校注叢書〔2〕」'88 p235
補注
　「日本古典文学大系9」'57 p367
補註
　「日本古典全書〔2〕」'61 p297
大和物語
　「有精堂校注叢書〔1〕」'86 p174
『大和物語』皇室・藤原氏関係系図
　「有精堂校注叢書〔2〕」'88 p276
『大和物語』主要伝本影印
　「有精堂校注叢書〔2〕」'88 p280
大和物語人物一覧
　「新編日本古典文学全集12」'94 p573
　「日本古典文学全集8」'72 p562
『大和物語』和歌総覧
　「有精堂校注叢書〔2〕」'88 p236
和歌索引
　「日本古典文学全集8」'72 p576

与謝蕪村　　　　　　　　　　　解説・資料

和歌初句索引
　「有精堂校注叢書〔2〕」'88 p284
和歌注
　「有精堂校注叢書〔2〕」'88 p193

【よ】

与謝蕪村
【解説】
芥川龍之介氏序
　「蕪村全集1」'48 p5
解説
　「完訳日本の古典58」'83 p231
　「日本古典全書〔82〕」'57 p3
　「日本古典文学大系58」'59 p5
解説（栗山理一）
　「古典日本文学全集32」'60 p359
解説（村松友次）
　「鑑賞日本の古典17」'81 p7
解説『蕪村句集』と『新花つみ』の成立
　「新潮日本古典集成〔77〕」'79 p345
河東碧梧桐氏序
　「蕪村全集1」'48 p3
郷愁の詩人与謝蕪村（抄）（萩原朔太郎）
　「古典日本文学全集32」'60 p384
生涯について
　「日本古典全書〔82〕」'57 p3
序言
　「蕪村全集1」'48 p1
序説（栗山理一）
　「鑑賞日本古典文学32」'76 p1
積極的美・客観的美（正岡子規）
　「古典日本文学全集32」'60 p379
総説
　「日本の文学 古典編43」'86 p5
読書ノート
　「鑑賞日本古典文学32」'76 p473
はしがき
　「蕪村全集1」'48 p1
はじめに
　「鑑賞日本の古典17」'81 p246
　「鑑賞日本の古典17」'81 p351
芭蕉と蕪村の俳句―後記に代えて（永田龍太郎）
　「蕪村秀句〔3〕」'93 p232
芭蕉・蕪村・一茶（山下一海）
　「鑑賞日本古典文学32」'76 p397
評論
　「日本古典全書〔82〕」'57 p10

藤井紫影先生序
　「蕪村全集1」'48 p1
蕪村・一茶の窓
　「鑑賞日本古典文学32」'76 p395
蕪村をめぐる二、三の思いつき（飯島耕一）
　「鑑賞日本古典文学32」'76 p473
蕪村を求めて―後記に代えて（永田龍太郎）
　「蕪村秀句〔2〕」'92 p212
蕪村が占めた座標（田中道雄）
　「鑑賞日本古典文学32」'76 p407
蕪村作品出典解題（村松友次）
　「鑑賞日本の古典17」'81 p450
蕪村と一茶（臼井吉見）
　「古典日本文学全集32」'60 p406
蕪村の交友（田中善信）
　「新 日本古典文学大系73」'98 p459
蕪村の生涯とその作品（清水孝之）
　「鑑賞日本古典文学32」'76 p13
蕪村の俳句―後記に代えて（永田龍太郎）
　「蕪村秀句〔1〕」'91 p217
蕪村の連句について（島居清）
　「鑑賞日本古典文学32」'76 p417
蕪村の連作詩篇とエロス（高橋庄次）
　「鑑賞日本古典文学32」'76 p425
蕪村風雅（石川淳）
　「古典日本文学全集32」'60 p393
文章篇
　「日本古典全書〔82〕」'57 p26
編著
　「日本古典全書〔82〕」'57 p8
発句篇
　「日本古典全書〔82〕」'57 p16
「夜半亭一門」作者略伝
　「鑑賞日本の古典17」'81 p411
結城・下館時代の蕪村画（河野元昭）
　「鑑賞日本古典文学32」'76 p435
連句篇
　「日本古典全書〔82〕」'57 p29
【年表】
蕪村関係略年表（谷地快一）
　「鑑賞日本の古典17」'81 p438
蕪村年譜
　「日本古典全書〔82〕」'57 p34
蕪村略年譜
　「完訳日本の古典58」'83 p243
　「日本の文学 古典編43」'86 p195
蕪村略年譜（中野沙恵）
　「鑑賞日本古典文学32」'76 p502
与謝蕪村略年譜
　「新潮日本古典集成〔77〕」'79 p395
【資料】
季題一覧（蕪村句集・新花つみ）

「新潮日本古典集成〔77〕」'79 p405
五十音初句索引
　「蕪村秀句〔3〕」'93 p283
索引
　「古典日本文学全集32」'60 p413
　「日本古典全書〔82〕」'57 p369
参考文献
　「蕪村秀句〔1〕」'91 p230
参考文献（谷地快一）
　「鑑賞日本の古典17」'81 p414
参考文献（中野沙恵）
　「鑑賞日本古典文学32」'76 p489
俳句作品総索引
　「蕪村秀句〔1〕」'91 p233
　「蕪村秀句〔2〕」'92 p235
俳句作品総目次
　「蕪村秀句〔3〕」'93 p255
蕪村集
　「日本の文学 古典編43」'86 p323
蕪村集 初句索引
　「完訳日本の古典58」'83 p250
蕪村発句作成年号一覧
　「蕪村秀句〔2〕」'92 p233
　「蕪村秀句〔3〕」'93 p253
蕪村発句初句索引
　「鑑賞日本古典文学32」'76 p516
補注
　「日本古典文学大系58」'59 p298

夜の寝覚
【解説】
解説
　「完訳日本の古典25」'84 p299
　「新編日本古典文学全集28」'96 p561
　「日本古典文学大系78」'64 p3
欠巻部分の内容
　「日本古典文学大系78」'64 p403
後期物語文学の世界
　「日本古典文学全集19」'74 p3
古典への招待 紫の上と寝覚の上―成長する女
　主人公について
　「新編日本古典文学全集28」'96 p3
中間欠巻部分の内容
　「新編日本古典文学全集28」'96 p223
末尾欠巻部分の内容
　「新編日本古典文学全集28」'96 p547
夜の寝覚
　「日本古典文学全集19」'74 p15
【資料】
官位相当表
　「完訳日本の古典25」'84 p357
　「新編日本古典文学全集28」'96 p616

京都歴史地図
　「新編日本古典文学全集28」'96 p620
系図
　「完訳日本の古典25」'84 p346
　「完訳日本の古典26」'89 p444
　「新編日本古典文学全集28」'96 p592
　「日本古典文学全集19」'74 p586
　「日本古典文学大系78」'64 p449
校訂付記
　「完訳日本の古典25」'84 p180
　「完訳日本の古典26」'89 p266
　「新編日本古典文学全集28」'96 p551
　「日本古典文学全集19」'74 p574
参考地図
　「完訳日本の古典25」'84 p358
主要参考文献
　「日本古典文学全集19」'74 p604
図録
　「完訳日本の古典25」'84 p360
　「完訳日本の古典26」'89 p443
年立
　「完訳日本の古典25」'84 p349
　「新編日本古典文学全集28」'96 p595
寝覚物語絵巻
　「新編日本古典文学全集28」'96 p601
　「日本古典文学全集19」'74 p589
付録
　「新編日本古典文学全集28」'96 p591
　「日本古典文学全集19」'74 p585
平安京条坊図
　「新編日本古典文学全集28」'96 p618
平安京大内裏図
　「新編日本古典文学全集28」'96 p619
補注
　「日本古典文学大系78」'64 p425

【ら】

頼山陽
【解説】
解題
　「日本思想大系49」'77 p653
頼山陽とその作品（頼惟勤）
　「新 日本古典文学大系66」'96 p385
【年表】
頼山陽略年譜
　「江戸詩人選集8」'90 p355
【資料】
詩題目次

「新　日本古典文学大系66」'96 piii
補注
　「日本思想大系49」'77 p627

【　り　】

柳亭種彦
【解説】
解説（鈴木重三）
　「新　日本古典文学大系89」'95 p755
解題（付・柳亭種彦略伝）（佐藤悟）
　「叢書江戸文庫Ⅱ-35」'95 p607
緒言
　「古典叢書〔39〕」'90 p1
訳者のことば（石川淳，福永武彦）
　「古典日本文学全集1」'60 p283
【年表】
柳亭種彦小伝
　「古典叢書〔29〕」'90 p1
【資料】
主要登場人物一覧
　「新　日本古典文学大系88」'95 p739
　「新　日本古典文学大系89」'95 p747
注
　「新　日本古典文学大系88」'95 p707
　「新　日本古典文学大系89」'95 p719
付録
　「新　日本古典文学大系88」'95 p729
　「新　日本古典文学大系89」'95 p737
和歌発句等一覧
　「新　日本古典文学大系88」'95 p731
　「新　日本古典文学大系89」'95 p739

良寛
【解説】
解説
　「日本古典全書〔75〕」'52 p1
解説（窪田章一郎）
　「古典日本文学全集21」'60 p313
近世短歌の究極処（小田切秀雄）
　「古典日本文学全集21」'60 p411
古歌との対比
　「日本古典全書〔75〕」'52 p40
語句歌意の解釈
　「日本古典全書〔75〕」'52 p42
個性
　「日本古典全書〔75〕」'52 p18
諸本の校合
　「日本古典全書〔75〕」'52 p38

推敲
　「日本古典全書〔75〕」'52 p21
大愚良寛小伝（吉野秀雄）
　「古典日本文学全集21」'60 p386
内容の多化と純化
　「日本古典全書〔75〕」'52 p42
配列の順序
　「日本古典全書〔75〕」'52 p41
発足
　「日本古典全書〔75〕」'52 p15
本集の成立ちについて
　「日本古典全書〔75〕」'52 p37
余言
　「日本古典全書〔75〕」'52 p45
良寛調について
　「日本古典全書〔75〕」'52 p1
良寛と万葉集との関係について
　「日本古典全書〔75〕」'52 p23
良寛における近代性（手塚富雄）
　「古典日本文学全集21」'60 p405
良寛の歌の発足・個性・推敲について
　「日本古典全書〔75〕」'52 p15
【資料】
索引
　「古典日本文学全集21」'60 p425
参考文献
　「日本古典全書〔75〕」'52 p46

梁塵秘抄
【解説】
解説
　「完訳日本の古典34」'88 p367
　「新　日本古典文学大系56」'93 p503
　「新編日本古典文学全集42」'00 p509
　「日本古典全書〔85〕」'53 p3
　「日本古典文学全集25」'76 p169
解説（榎克朗）
　「新潮日本古典集成〔36〕」'79 p271
はじめに
　「新潮日本古典集成〔36〕」'79 p3
梁塵秘抄
　「日本歌謡集成2」'60 p6
梁塵秘抄・閑吟集―研究のながれと課題（武石彰夫）
　「鑑賞日本の古典8」'80 p510
梁塵秘抄口伝集
　「日本歌謡集成2」'60 p7
『梁塵秘抄』の世界（武石彰夫）
　「新　日本古典文学大系56」'93 p551
梁塵秘抄の本文と用語（小林芳規）
　「新　日本古典文学大系56」'93 p505
【年表】

年譜
　「日本古典全書〔85〕」'53 p39
【資料】
今様相承系図
　「完訳日本の古典34」'88 p395
系譜
　「日本古典全書〔85〕」'53 p37
校訂付記
　「完訳日本の古典34」'88 p338
　「新編日本古典文学全集42」'00 p383
　「日本古典文学全集25」'76 p349
参考地図
　「完訳日本の古典34」'88 p392
初句索引
　「完訳日本の古典34」'88 p384
　「新編日本古典文学全集42」'00 p542
図録
　「完訳日本の古典34」'88 p396
補註
　「日本古典全書〔85〕」'53 p209
（梁塵秘抄口伝集）今様相承系譜
　「新 日本古典文学大系56」'93 p481
（梁塵秘抄口伝集）付録注（小林芳規）
　「新 日本古典文学大系56」'93 p419
（梁塵秘抄）口頭語集覧（小林芳規）
　「新 日本古典文学大系56」'93 p426
（梁塵秘抄）仏教語一覧（武石彰夫）
　「新 日本古典文学大系56」'93 p475
（梁塵秘抄）付録注（小林芳規）
　「新 日本古典文学大系56」'93 p403

【　れ　】

歴史物語・歴史書
【解説】
解説
　「日本古典文学大系87」'65 p5
　「日本古典文学大系87」'65 p215
解説『六代勝事記』
　「中世の文学 第1期〔26〕」'00 p3
鏡に映す（肥後和男）
　「鑑賞日本古典文学14」'76 p389
鏡物における『今鏡』の位置（加納重文）
　「鑑賞日本古典文学14」'76 p375
上代叙事文芸の発生と展開（金井清一）
　「鑑賞日本の古典1」'81 p5
序説（岡見正雄）
　「鑑賞日本古典文学21」'76 p1
中世語り物文芸論（福田晃）
　「鑑賞日本古典文学21」'76 p343
読書ノート
　「鑑賞日本古典文学14」'76 p389
　「鑑賞日本古典文学21」'76 p434
覇道とさくら（前登志夫）
　「鑑賞日本古典文学21」'76 p434
歴史としての鏡物（熱田公）
　「鑑賞日本古典文学14」'76 p301
歴史の影の部分（村松剛）
　「鑑賞日本古典文学14」'76 p394
【年表】
記事年表
　「中世の文学 第1期〔26〕」'00 p305
【資料】
関係系図
　「中世の文学 第1期〔26〕」'00 p299
系図
　「日本古典文学大系87」'65 p533
参考文献
　「中世の文学 第1期〔26〕」'00 p289
参考文献（加藤静子）
　「鑑賞日本古典文学14」'76 p406
人名索引
　「中世の文学 第1期〔26〕」'00 p319
補注
　「中世の文学 第1期〔26〕」'00 p159
　「日本古典文学大系87」'65 p195
　「日本古典文学大系87」'65 p489
歴代天皇系図
　「鑑賞日本の古典1」'81 p382
六代勝事記 詩歌索引
　「中世の文学 第1期〔26〕」'00 p318

連歌
【解説】
あとがき
　「中世文芸叢書別1」'67 p456
あとがき（山根清隆）
　「中世文芸叢書別2」'70 p240
今川了俊と梵灯庵―良基連歌の継承をめぐって（島津忠夫）
　「中世文芸叢書別1」'67 p62
解説
　「中世の文学 第1期〔2〕」'72 p3
　「中世の文学 第1期〔10〕」'82 p3
　「中世の文学 第1期〔12〕」'85 p3
　「中世の文学 第1期〔14〕」'90 p3
　「中世文芸叢書4」'65 p125
　「日本古典全書〔76〕」'48 p3
　「日本古典文学全集32」'74 p5
　「日本古典文学大系39」'60 p3
　「日本古典文学大系66」'61 p5

連歌　　解説・資料

「日本古典文学大系66」'61 p277
解説（井口寿）
　「新潮日本古典集成〔63〕」'88 p229
解説（池田重記）
　「未刊連歌俳諧資料1-5」'52 p19～20
解説（今泉準一）
　「未刊連歌俳諧資料4-5」'61 p2
解説（金子金治郎）
　「新編日本古典文学全集61」'01 p239
解説（小西甚一）
　「未刊連歌俳諧資料1-3」'52 p67
解説（島津忠夫）
　「新潮日本古典集成〔62〕」'79 p345
　「新 日本古典文学大系49」'91 p445
解説（暉峻康隆，雲英末雄，加藤定彦）
　「新編日本古典文学全集61」'01 p599
解説（森川昭）
　「未刊連歌俳諧資料3-3」'59 p1
解題
　「未刊連歌俳諧資料2-1」'53 p37
解題（久富哲雄）
　「未刊連歌俳諧資料4-2」'61 p2
　「未刊連歌俳諧資料4-3」'61 p1
賢聖房承祐について―室町幕府連歌宗匠（稲田利徳）
　「中世文芸叢書別1」'67 p106
宗牧連歌論書『胸中抄』について（小川幸三）
　「中世文芸叢書別3」'73 p91
序（金子金治郎）
　「中世文芸叢書別2」'70
諸本異同考
　「日本古典全書〔76〕」'48 p14
心敬の「さひ」について（湯浅清）
　「中世文芸叢書別1」'67 p128
新撰菟玖波集序文
　「中世文芸叢書別2」'70 p4
宗碩発句集について（余語敏男）
　「中世文芸叢書別3」'73 p69
長禄千句の寄合―大山祇神社連歌（和田茂樹）
　「中世文芸叢書別1」'67 p79
菟玖波集
　「日本古典全書〔76〕」'48 p12
菟玖波集の俳諧（田中裕）
　「中世文芸叢書別1」'67 p27
二条良基
　「日本古典全書〔76〕」'48 p6
はしがき（小松園のあるじ）
　「校註日本文芸新篇〔7〕」'50 p1
広島大学本「連歌故実抄」―いわゆる宗祇初心抄のことなど（湯之上早苗）
　「中世文芸叢書別1」'67 p146
附記（小高敏郎）

「未刊連歌俳諧資料1-4」'52 p89
良阿と周阿（木藤才蔵）
　「中世文芸叢書別1」'67 p1
例言
　「新編日本古典文学全集61」'01 p16
　「日本古典文学全集32」'74 p94
連歌談義（浜千代清）
　「鑑賞日本古典文学24」'76 p374
連歌付合の事
　「中世の文学 第1期〔2〕」'72 p205
連歌道の建設
　「日本古典全書〔76〕」'48 p3
連歌に於ける「本意」意識の源流について（水上甲子三）
　「中世文芸叢書別1」'67 p45
連歌の付合と寄合（重松裕巳）
　「鑑賞日本古典文学24」'76 p385
【年表】
二条良基略年譜
　「日本古典全書〔76〕」'48 p25
【資料】
引用句索引
　「中世の文学 第1期〔12〕」'85 p403
引用注釈書一覧
　「日本古典文学全集32」'74 p280
各句索引
　「新 日本古典文学大系49」'91 p2
歌仙式表
　「新編日本古典文学全集61」'01 p288
漢詩の部
　「中世文芸叢書別2」'70 p221
校異
　「日本古典文学大系39」'60 p407
校訂付記
　「新編日本古典文学全集61」'01 p236
　「日本古典文学全集32」'74 p275
古典への招待 連歌と俳諧の連句（雲英末雄）
　「新編日本古典文学全集61」'01 p5
詞書・左注の部
　「中世文芸叢書別2」'70 p226
索引
　「中世の文学 第1期〔10〕」'82 p521
参考
　「未刊連歌俳諧資料1-4」'52 p90
初句索引
　「新潮日本古典集成〔63〕」'88 p397
　「新編日本古典文学全集61」'01 p645
　「日本古典文学全集32」'74 p587
書誌（朝倉治彦）
　「未刊連歌俳諧資料4-4」'61 p1
書誌・凡例
　「未刊連歌俳諧資料1-4」'52 p89

序文の部
　「中世文芸叢書別2」'70 p8
諸本校異一覧
　「新潮日本古典集成〔63〕」'88 p312
自立語索引
　「中世文芸叢書別2」'70 p8
図録
　「新潮日本古典集成〔63〕」'88 p408
正誤表
　「未刊連歌俳諧資料3-3」'59 p53
　「未刊連歌俳諧資料4-4」'61 p51
　「未刊連歌俳諧資料4-5」'61 p49
他出文献一覧
　「新 日本古典文学大系49」'91 p403
「日本道にの巻」芝居・遊里語補注
　「新編日本古典文学全集61」'01 p642
野坂本賦物集索引
　「中世文芸叢書4」'65 p167
凡例（連歌の手引を兼ねて）
　「新潮日本古典集成〔62〕」'79 p3
引当句初句索引
　「中世の文学 第1期〔14〕」'90 p415
付表・所収百韻対照表
　「日本古典文学全集32」'74 p276
附表「釟始」作者名一覧表
　「未刊連歌俳諧資料4-5」'61 p17
付録
　「新 日本古典文学大系49」'91 p401
補注
　「日本古典文学大系39」'60 p367
　「日本古典文学大系66」'61 p239
　「日本古典文学大系66」'61 p453
連歌付合の事寄合索引
　「中世の文学 第1期〔2〕」'72 p283
連歌の部
　「中世文芸叢書別2」'70 p23
連珠合璧集寄合索引
　「中世の文学 第1期〔2〕」'72 p221

蓮如
【解説】
一向一揆—真宗と民衆（井上鋭夫）
　「日本思想大系17」'72 p615
解説
　「日本思想大系17」'72 p587
文献解題
　「日本思想大系17」'72 p641
蓮如解題
　「私家集大成6」'76 p990
蓮如—その行動と思想（笠原一男）
　「日本思想大系17」'72 p589
【年表】

蓮如年譜・一向一揆年表
　「日本思想大系17」'72 p681
【資料】
参考文献
　「日本思想大系17」'72 p679
付図
　「日本思想大系17」'72 p705
補注
　「日本思想大系17」'72 p529

【　わ　】

和歌
【解説】
あとがき
　「完訳日本の古典別1」'87 p475
　「完訳日本の古典別2」'88 p365
あとがき（久保田淳）
　「新 日本古典文学大系別1」'95 p513
あとがき（長沢美津）
　「作者別時代別—女人和歌大系6」'78 p713
歌合の解題
　「日本古典全書〔73〕」'47 p18
　「日本古典全書〔73〕」'47 p31
　「日本古典全書〔73〕」'47 p44
歌合の方式
　「日本古典全書〔73〕」'47 p3
歌合の歴史
　「日本古典全書〔73〕」'47 p12
江戸時代後期の歌と文章（鈴木淳）
　「新 日本古典文学大系68」'97 p565
江戸時代前期の歌と文章（上野洋三）
　「新 日本古典文学大系67」'96 p531
解説
　「鑑賞日本の古典9」'80 p15
　「鑑賞日本の古典9」'80 p253
　「鑑賞日本の古典9」'80 p381
　「新編日本古典文学全集49」'00 p525
　「新編日本古典文学全集73」'02 p375
　「日本古典全書〔69〕」'48 p3
　「日本古典全書〔69〕」'48 p51
　「日本古典全書〔69〕」'48 p173
　「日本古典全書〔73〕」'47 p3
　「日本古典文学全集50」'75 p5
　「日本古典文学大系65」'51 p5
　「日本古典文学大系65」'51 p311
　「日本古典文学大系74」'65 p7
　「日本古典文学大系74」'65 p285
　「日本古典文学大系93」'66 p3

和歌　解説・資料

解説（伊藤敬）
　「新 日本古典文学大系47」'90 p493
解説（小島憲之）
　「新 日本古典文学大系63」'94 p471
解説（樋口芳麻呂）
　「新 日本古典文学大系46」'91 p429
解説（藤平春男、橋本不美男、有吉保）
　「新編日本古典文学全集87」'02 p589
解説（藤原忠美）
　「新 日本古典文学大系29」'95 p485
概説
　「作者別時代別─女人和歌大系3」'68 p3
　「作者別時代別─女人和歌大系3」'68 p97
　「作者別時代別─女人和歌大系3」'68 p399
　「作者別時代別─女人和歌大系3」'68 p639
　「作者別時代別─女人和歌大系5」'78 p389
　「作者別時代別─女人和歌大系5」'78 p507
　「作者別時代別─女人和歌大系6」'78 p3
　「作者別時代別─女人和歌大系6」'78 p163
　「作者別時代別─女人和歌大系6」'78 p363
解題
　「和泉古典文庫10」'02 p146
　「校註─国歌大系9」'76 p1
　「校註─国歌大系14」'76 p1
　「校註─国歌大系15」'76 p1
　「校註─国歌大系16」'76 p1
　「校註─国歌大系17」'76 p1
　「校註─国歌大系18」'76 p1
　「校註─国歌大系19」'76 p1
　「校註─国歌大系20」'76 p1
　「校註─国歌大系21」'76 p1
　「校註─国歌大系22」'76 p1
　「校註─国歌大系23」'76 p1
　「中世歌書翻刻1」'70 p1
　「中世の文学 第1期〔1〕」'71 p7
　「日本歌学大系1」'58 p1
　「日本歌学大系2」'56 p1
　「日本歌学大系3」'56 p1
　「日本歌学大系4」'56 p1
　「日本歌学大系5」'57 p1
　「日本歌学大系6」'56 p1
　「日本歌学大系7」'58 p1
　「日本歌学大系8」'56 p1
　「日本歌学大系9」'58 p1
　「日本歌学大系別1」'59 p1
　「日本歌学大系別2」'58 p1
　「日本歌学大系別3」'64 p1
　「日本歌学大系別4」'80 p1
　「日本歌学大系別5」'81 p1
　「日本歌学大系別6」'84 p1
　「日本歌学大系別7」'86 p1
　「日本歌学大系別8」'89 p1

　「日本歌学大系別9」'92 p1
　「新訂校註─日本文学大系13」'55 p1
寛平御時后宮歌合
　「新訂校註─日本文学大系13」'55 p26
近世和歌史と江戸武家歌壇（松野陽一）
　「新 日本古典文学大系67」'96 p548
後記（日本歌学大系別巻索引作成委員会）
　「日本歌学大系10」'97 p693
古今六帖
　「新訂校註─日本文学大系13」'55 p2
国語史よりみた『六百番歌合』（山口明穂）
　「新 日本古典文学大系38」'98 p510
古典への招待 歌学から歌論へ（有吉保）
　「新編日本古典文学全集87」'02 p3
古典への招待 私説・中世和歌
　「新編日本古典文学全集49」'00 p5
古典への招待〈正統〉と〈異端〉から見る近世和歌史
　「新編日本古典文学全集73」'02 p5
作者略伝
　「完訳日本の古典別1」'87 p444
　「完訳日本の古典別2」'88 p339
　「新編日本古典文学全集49」'00 p556
　「日本古典文学大系74」'65 p271
　「日本古典文学大系74」'65 p559
　「作者別時代別─女人和歌大系5」'78 p747
　「作者別時代別─女人和歌大系6」'78 p698
作者略伝（歌謡期・万葉期）
　「作者別時代別─女人和歌大系1」'62 p64
作者略伝（勅撰集期）
　「作者別時代別─女人和歌大系1」'62 p538
作家略伝（私家集期）
　「作者別時代別─女人和歌大系3」'68 p689
参考文献解題（青木賢豪）
　「鑑賞日本の古典9」'80 p481
私家集期 江戸期の女性生活と和歌
　「作者別時代別─女人和歌大系4」'72 p439
自序（萩谷朴）
　「平安朝歌合大成1」'95 p(6)
出典書解説
　「完訳日本の古典別1」'87 p422
　「完訳日本の古典別2」'88 p324
「春歌」次第書
　「秘籍江戸文学選9」'75 p334
春歌拾遺考
　「秘籍江戸文学選9」'75 p13
序
　「日本古典全書〔69〕」'48
序（田中親美）
　「平安朝歌合大成1」'95 p(2)
序（久松潜一）
　「作者別時代別─女人和歌大系1」'62

「平安朝歌合大成1」'95 p(3)
続詞花和歌集
　「新訂校註—日本文学大系13」'55 p19
緒言（長沢美津）
　「作者別時代別—女人和歌大系1」'62 p1
　「作者別時代別—女人和歌大系2」'65 p1
　「作者別時代別—女人和歌大系3」'68 p1
　「作者別時代別—女人和歌大系5」'78 p1
女性歌の断層
　「作者別時代別—女人和歌大系4」'72 p349
序に代へて（池田亀鑑）
　「平安朝歌合大成1」'95 p(4)
総説
　「日本の文学 古典編37」'87 p3
総説（有吉保）
　「鑑賞日本の古典9」'80 p9
中世の歌論 一（久松潜一）
　「中世の文学 第1期〔1〕」'71 p3
追補（山岸徳平）
　「新訂校註—日本文学大系13」'55 p33
『藤簍冊子』の世界（中村博保）
　「新 日本古典文学大系68」'97 p584
天徳内裏歌合
　「新訂校註—日本文学大系13」'55 p31
女人和歌大系全四巻完結に際して（長沢美津）
　「作者別時代別—女人和歌大系4」'72 p1
はしがき
　「秘籍江戸文学選9」'75 p11
跋
　「日本歌学大系10」'63 p450
跋—女人和歌大系完成によせる（土岐善麿）
　「作者別時代別—女人和歌大系6」'78 p1
風葉和歌集雑部の構造（藤河家利昭）
　「中世文芸叢書3」'73 p325
平安朝歌合の歌論
　「平安朝歌合大成5」'96 p3248
平安朝歌合の構成
　「平安朝歌合大成5」'96 p3174
平安朝歌合の書志
　「平安朝歌合大成5」'96 p3272
平安朝歌合の分類
　「平安朝歌合大成5」'96 p3091
平安朝歌合の歴史
　「平安朝歌合大成5」'96 p3032
明治前期の女性の歌集 概説
　「作者別時代別—女人和歌大系5」'78 p3
例言
　「校註—国歌大系9」'76 p1
　「校註—国歌大系14」'76 p1
　「校註—国歌大系15」'76 p1
　「校註—国歌大系16」'76 p1
　「校註—国歌大系17」'76 p1
　「校註—国歌大系18」'76 p1
　「校註—国歌大系19」'76 p1
　「校註—国歌大系20」'76 p1
　「校註—国歌大系22」'76 p1
　「校註—国歌大系23」'76 p1
　「校註—国歌大系24」'76 p1
　「校註—国歌大系25」'76 p1
　「校註—国歌大系26」'76 p1
　「校註—国歌大系27」'76 p1
　「校註—国歌大系28」'76 p1
『六百番歌合』の和歌史的意義（久保田淳）
　「新 日本古典文学大系38」'98 p487
【年表】
歌合年表
　「新 日本古典文学大系29」'95 p479
　「平安朝歌合大成5」'96 p2681
和歌史年表
　「校註—国歌大系23」'76 p685
【資料】
各句索引
　「新 日本古典文学大系別1」'95 p5
歌語索引
　「新 日本古典文学大系別1」'95 p451
　「日本歌学大系別2」'58 p601
歌集
　「作者別時代別—女人和歌大系6」'78 p168
歌集名
　「作者別時代別—女人和歌大系5」'78 p757
歌題索引
　「平安朝歌合大成5」'96 p2739
歌題索引凡例
　「平安朝歌合大成5」'96 p2678
歌道諸派系統表
　「作者別時代別—女人和歌大系3」'68 p685
「鷲峰林先生自叙譜略」「称号義述」
　「新 日本古典文学大系63」'94 p445
鎌倉・伊豆要図
　「鑑賞日本の古典9」'80 p534
歌論用語
　「新編日本古典文学全集87」'02 p618
　「日本古典文学全集50」'75 p608
漢詩索引
　「新 日本古典文学大系29」'95 p11
　「日本歌学大系10」'63 p439
　「日本歌学大系別10」'97 p637
漢詩初句索引
　「完訳日本の古典別2」'88 p364
畿内要図
　「鑑賞日本の古典9」'80 p535
近代期（後編）主要女歌人図表
　「作者別時代別—女人和歌大系6」'78 p2
近代期（前編）主要女歌人図表

和歌　　　　　　　　　　解説・資料

　　「作者別時代別—女人和歌大系5」'78 p6
近代後期女歌人一覧表
　　「作者別時代別—女人和歌大系6」'78 p696
近代前期女歌人一覧表
　　「作者別時代別—女人和歌大系5」'78 p746
掲載歌初句索引
　　「作者別時代別—女人和歌大系2」'65 p791
系図
　　「新編日本古典文学全集49」'00 p552
系統図
　　「作者別時代別—女人和歌大系5」'78 p745
　　「作者別時代別—女人和歌大系6」'78 p694
校異
　　「中世の文学 第1期〔1〕」'71 p447
　　「日本古典文学大系65」'51 p285
校訂一覧
　　「和泉古典文庫10」'02 p155
校訂付記
　　「新編日本古典文学全集87」'02 p585
　　「日本古典文学全集50」'75 p605
国歌大系総目次
　　「校註—国歌大系28」'76 p1
詞書等人名索引
　　「新 日本古典文学大系別1」'95 p427
古筆索引
　　「平安朝歌合大成5」'96 p2693
古筆索引凡例・人名索引凡例
　　「平安朝歌合大成5」'96 p2677
索引
　　「新 日本古典文学大系29」'95
　　「新 日本古典文学大系46」'91
　　「新 日本古典文学大系47」'90
索引 掲載歌初句索引
　　「作者別時代別—女人和歌大系4」'72 p707
作者(関連者)名
　　「作者別時代別—女人和歌大系6」'78 p707
作者系図
　　「新 日本古典文学大系63」'94 p459
作者索引
　　「新 日本古典文学大系38」'98 p13
新修作者部類(字画順)
　　「校註—国歌大系23」'76 p251
作者名
　　「作者別時代別—女人和歌大系5」'78 p755
作者名索引
　　「新 日本古典文学大系63」'94 p1
　　「新 日本古典文学大系別1」'95 p381
参考文献
　　「新 日本古典文学大系46」'91 p456
　　「新 日本古典文学大系47」'90 p522
　　「新編日本古典文学全集49」'00 p544
私家集期主要女性作家一覧

　　「作者別時代別—女人和歌大系3」'68 p687
事項索引
　　「新 日本古典文学大系29」'95 p12
　　「新 日本古典文学大系38」'98 p20
時代別主要女歌人図表
　　「作者別時代別—女人和歌大系1」'62
序(久曽神昇)
　　「日本歌学大系別10」'97 p1
初句索引
　　「新 日本古典文学大系38」'98 p1
　　「新 日本古典文学大系46」'91 p2
　　「新 日本古典文学大系47」'90 p2
　　「新 日本古典文学大系67」'96 p2
　　「新 日本古典文学大系68」'97 p2
　　「新編日本古典文学全集49」'00 p582
　　「新編日本古典文学全集73」'02 p414
書名
　　「作者別時代別—女人和歌大系6」'78 p710
書名索引
　　「日本歌学大系10」'63 p1
　　「日本歌学大系別10」'97 p1
人名索引
　　「新 日本古典文学大系29」'95 p27
　　「新 日本古典文学大系46」'91 p19
　　「新 日本古典文学大系47」'90 p19
　　「新 日本古典文学大系67」'96 p12
　　「新 日本古典文学大系68」'97 p13
　　「日本歌学大系10」'63 p65
　　「日本歌学大系別10」'97 p73
　　「平安朝歌合大成5」'96 p2707
図表
　　「作者別時代別—女人和歌大系1」'62
　　「作者別時代別—女人和歌大系5」'78
総括図 図一
　　「作者別時代別—女人和歌大系5」'78 p5
総括表
　　「作者別時代別—女人和歌大系1」'62
綜合索引
　　「校註—国歌大系24」'76 p1
　　「校註—国歌大系25」'76 p876
　　「校註—国歌大系26」'76 p1769
　　「校註—国歌大系27」'76 p2609
　　「校註—国歌大系28」'76 p3401
第一巻作者名索引
　　「作者別時代別—女人和歌大系1」'62 p617
第一巻初句索引
　　「作者別時代別—女人和歌大系1」'62 p625
第三巻作者名索引
　　「作者別時代別—女人和歌大系3」'68 p723
第三巻初句索引
　　「作者別時代別—女人和歌大系3」'68 p727
大正期の女性歌集

「作者別時代別—女人和歌大系6」'78 p161
地名索引
　「新 日本古典文学大系38」'98 p17
　「新 日本古典文学大系46」'91 p29
　「新 日本古典文学大系47」'90 p30
　「新 日本古典文学大系別1」'95 p499
勅撰集・主要私撰集(平安末〜室町)一覧
　「新編日本古典文学全集49」'00 p554
勅撰集女性人数並びに比率図表
　「作者別時代別—女人和歌大系1」'62
藤簞冊子 細目
　「新 日本古典文学大系68」'97 pv
頭註索引
　「校註—国歌大系28」'76 p3861
日本歌学大系総目録
　「日本歌学大系9」'58 p1
女人和歌大系一、二、三巻の訂正
　「作者別時代別—女人和歌大系4」'72 p701
年表 女人和歌大系一、二、三巻にわたる年表
　「作者別時代別—女人和歌大系4」'72 p643
俳句初句索引
　「完訳日本の古典別1」'87 p469
　「完訳日本の古典別2」'88 p362
凡例総則・歌合年表凡例
　「平安朝歌合大成5」'96 p2676
評語索引
　「平安朝歌合大成5」'96 p2755
評語索引凡例
　「平安朝歌合大成5」'96 p2679
付録
　「鑑賞日本の古典9」'80 p533
　「新 日本古典文学大系29」'95 p477
　「新 日本古典文学大系63」'94 p443
　「新編日本古典文学全集49」'00 p551
平安朝歌合古筆集鑒
　「平安朝歌合大成5」'96 p3349
便覧
　「作者別時代別—女人和歌大系1」'62 p605
補注
　「中世の文学 第1期〔1〕」'71 p391
　「日本古典文学大系65」'51 p235
　「日本古典文学大系65」'51 p547
　「日本古典文学大系74」'65 p519
　「日本古典文学大系93」'66 p521
御子左家略系図
　「鑑賞日本の古典9」'80 p534
例言
　「校註—国歌大系21」'76 p1
六条藤家略系図
　「鑑賞日本の古典9」'80 p533
和歌五句索引
　「平安朝歌合大成5」'96 p2769

和歌五句索引凡例
　「平安朝歌合大成5」'96 p2680
和歌索引
　「新 日本古典文学大系29」'95 p2
　「中世歌書翻刻1」'70 p43
　「日本歌学大系10」'63 p255
　「日本歌学大系別10」'97 p265
和歌初句索引
　「完訳日本の古典別1」'87 p465
　「完訳日本の古典別2」'88 p358
　「新編日本古典文学全集87」'02 p646
　「日本古典文学全集50」'75 p630
和歌二句索引
　「和泉古典文庫10」'02 p1

和歌(私撰集)
【解説】
赤染衛門解題
　「私家集大成2」'75 p800
赤人解題
　「私家集大成1」'73 p771
顕氏解題
　「私家集大成4」'75 p723
顕季解題
　「私家集大成2」'75 p822
顕輔解題
　「私家集大成2」'75 p830
顕綱解題
　「私家集大成2」'75 p817
朝忠解題
　「私家集大成1」'73 p804
敦忠解題
　「私家集大成1」'73 p792
有房解題
　「私家集大成2」'75 p841
在良解題
　「私家集大成2」'75 p821
伊尹解題
　「私家集大成1」'73 p806
家隆解題
　「私家集大成3」'74 p801
家経解題
　「私家集大成2」'75 p806
家持解題
　「私家集大成1」'73 p772
家良解題
　「私家集大成4」'75 p717
郁芳門院安芸解題
　「私家集大成2」'75 p828
為子解題
　「私家集大成5」'74 p896
伊勢解題

和歌(私撰集)

「私家集大成1」'73 p790
伊勢大輔解題
　「私家集大成2」'75 p807
氏真解題
　「私家集大成7」'76 p1226
宇多院解題
　「私家集大成1」'73 p788
馬内侍解題
　「私家集大成1」'73 p827
恵慶解題
　「私家集大成1」'73 p816
円雅解題
　「私家集大成5」'74 p928
円融院解題
　「私家集大成1」'73 p821
王朝私家集の展開
　「新 日本古典文学大系28」'94 p519
大輔解題
　「私家集大成3」'74 p769
終りに(島津忠夫)
　「中世の文学 第1期〔13〕」'89 p500
解説
　「新 日本古典文学大系28」'94 p517
　「中世の文学 第1期〔8〕」'80 p1
　「中世の文学 第1期〔11〕」'83 p1
　「中世文芸叢書3」'65 p212
　「日本古典全書〔74〕」'50 p3
　「日本古典全書〔74〕」'50 p89
　「日本古典文学大系80」'64 p3
解題
　「校註—国歌大系10」'76 p1
　「校註—国歌大系11」'76 p1
　「校註—国歌大系12」'76 p1
　「校註—国歌大系13」'76 p1
　「中世歌書翻刻2」'71 p1
　「中世歌書翻刻3」'72 p1
　「新訂校註—日本文学大系11」'55 p巻頭1
嘉喜門院解題
　「私家集大成5」'74 p913
覚性法親王解題
　「私家集大成2」'75 p833
景綱解題
　「私家集大成4」'75 p733
歌人佚名 イ 解題
　「私家集大成2」'75 p804
　「私家集大成5」'74 p914
　「私家集大成6」'76 p971
　「私家集大成7」'76 p1664
歌人佚名 ロ 解題
　「私家集大成2」'75 p847
　「私家集大成5」'74 p917
　「私家集大成6」'76 p973

「私家集大成7」'76 p1664
歌人佚名 ハ 解題
　「私家集大成6」'76 p974
歌人佚名解題
　「私家集大成7」'76 p1211
歌人・家集名索引
　「私家集大成1」'73 p1051
兼輔解題
　「私家集大成1」'73 p789
兼澄解題
　「私家集大成1」'73 p815
兼載解題
　「私家集大成6」'76 p999
兼盛解題
　「私家集大成1」'73 p820
兼行解題
　「私家集大成4」'75 p738
亀山院解題
　「私家集大成4」'75 p739
義運解題
　「私家集大成5」'74 p928
公実解題
　「私家集大成2」'75 p818
尭恵解題
　「私家集大成6」'76 p994
尭孝解題
　「私家集大成5」'74 p918
行宗解題
　「私家集大成2」'75 p828
行尊解題
　「私家集大成2」'75 p825
キヤウ内侍解題
　「私家集大成7」'76 p1183
清輔解題
　「私家集大成2」'75 p834
清正解題
　「私家集大成1」'73 p800
公条解題
　「私家集大成7」'76 p1209
公賢解題
　「私家集大成5」'74 p902
公重解題
　「私家集大成2」'75 p836
公忠解題
　「私家集大成1」'73 p795
公任解題
　「私家集大成2」'75 p799
公衡解題
　「私家集大成3」'74 p768
公順解題
　「私家集大成5」'74 p897
邦輔親王解題

「私家集大成7」'76 p1191
邦高親王解題
　「私家集大成6」'76 p1017
国永解題
　「私家集大成7」'76 p1222
邦房親王解題
　「私家集大成7」'76 p1231
国基解題
　「私家集大成2」'75 p817
慶運解題
　「私家集大成5」'74 p905
玄誉解題
　「私家集大成6」'76 p1011
篁解題
　「私家集大成1」'73 p773
後記(和歌史研究会)
　「私家集大成7」'76 p1691
光孝天皇解題
　「私家集大成1」'73 p773
光厳院解題
　「私家集大成5」'74 p904
江雪解題
　「私家集大成7」'76 p1223
皇太后宮大進解題
　「私家集大成2」'75 p842
興風解題
　「私家集大成1」'73 p781
　「私家集大成7」'76 p1663
小馬命婦解題
　「私家集大成1」'73 p808
小大君解題
　「私家集大成1」'73 p832
後柏原院解題
　「私家集大成6」'76 p1006
御形宣旨解題
　「私家集大成1」'73 p814
後嵯峨院大納言典侍解題
　「私家集大成4」'75 p731
小侍従解題
　「私家集大成3」'74 p773
後崇光院解題
　「私家集大成5」'74 p920
後土御門院解題
　「私家集大成6」'76 p992
言継解題
　「私家集大成7」'76 p1220
言綱解題
　「私家集大成6」'76 p1015
後鳥羽院解題
　「私家集大成4」'75 p711
後奈良院解題
　「私家集大成7」'76 p1187

後二条院解題
　「私家集大成4」'75 p740
後花園院解題
　「私家集大成6」'76 p957
惟方解題
　「私家集大成2」'75 p847
惟成解題
　「私家集大成1」'73 p819
　「私家集大成7」'76 p1663
惟規解題
　「私家集大成1」'73 p835
是則解題
　「私家集大成1」'73 p786
斎宮女御解題
　「私家集大成1」'73 p813
済俊解題
　「私家集大成6」'76 p1010
相模解題
　「私家集大成2」'75 p809
貞敦親王解題
　「私家集大成7」'76 p1215
定方解題
　「私家集大成1」'73 p789
貞常親王解題
　「私家集大成6」'76 p957
貞秀解題
　「私家集大成5」'74 p913
　「私家集大成7」'76 p1667
貞康親王解題
　「私家集大成7」'76 p1212
定頼解題
　「私家集大成2」'75 p803
覚綱解題
　「私家集大成2」'75 p840
讃岐解題
　「私家集大成3」'74 p785
実淳解題
　「私家集大成6」'76 p1034
実家解題
　「私家集大成3」'74 p768
実枝解題
　「私家集大成7」'76 p1218
実条解題
　「私家集大成7」'76 p1239
実方解題
　「私家集大成1」'73 p829
実兼解題
　「私家集大成5」'74 p894
実国解題
　「私家集大成2」'75 p842
実定解題
　「私家集大成3」'74 p763

和歌(私撰集)

実隆解題
　「私家集大成7」'76 p1101
実経解題
　「私家集大成4」'75 p731
実連解題
　「私家集大成5」'74 p921
実朝解題
　「私家集大成3」'74 p787
実頼解題
　「私家集大成1」'73 p805
猿丸解題
　「私家集大成1」'73 p772
三十六人集に就いて(山岸徳平)
　「新訂校註—日本文学大系12」'55 p巻頭1
式子内親王解題
　「私家集大成3」'74 p771
重家解題
　「私家集大成2」'75 p839
茂重解題
　「私家集大成4」'75 p738
重之解題
　「私家集大成1」'73 p831
重之子僧解題
　「私家集大成1」'73 p833
重之女解題
　「私家集大成1」'73 p834
四条宮下野解題
　「私家集大成2」'75 p811
四条宮主殿解題
　「私家集大成2」'75 p806
閑谷解題
　「私家集大成3」'74 p783
順解題
　「私家集大成1」'73 p810
実材母解題
　「私家集大成4」'75 p722
慈道親王解題
　「私家集大成5」'74 p898
寂身解題
　「私家集大成3」'74 p786
寂然解題
　「私家集大成3」'74 p764
寂蓮解題
　「私家集大成3」'74 p774
宗尊親王解題
　「私家集大成4」'75 p723
守覚法親王解題
　「私家集大成3」'74 p772
俊恵解題
　「私家集大成2」'75 p837
順徳院解題
　「私家集大成4」'75 p714

成尋母解題
　「私家集大成2」'75 p812
正徹解題
　「私家集大成5」'74 p922
　「私家集大成7」'76 p1668
肖柏解題
　「私家集大成6」'76 p1009
浄弁解題
　「私家集大成5」'74 p899
初句索引
　「私家集大成1」'73 p843
心敬解題
　「私家集大成6」'76 p972
親子解題
　「私家集大成5」'74 p897
信生解題
　「私家集大成4」'75 p719
深養父解題
　「私家集大成1」'73 p787
周防内侍解題
　「私家集大成2」'75 p819
祐臣解題
　「私家集大成5」'74 p898
資賢解題
　「私家集大成2」'75 p845
資隆解題
　「私家集大成2」'75 p841
輔尹解題
　「私家集大成1」'73 p822
輔親解題
　「私家集大成2」'75 p798
資平解題
　「私家集大成4」'75 p731
輔相解題
　「私家集大成1」'73 p795
相如解題
　「私家集大成1」'73 p828
朱雀院解題
　「私家集大成1」'73 p796
惺窩解題
　「私家集大成7」'76 p1228
摂津解題
　「私家集大成2」'75 p823
選子内親王解題
　「私家集大成2」'75 p795
宋雅解題
　「私家集大成5」'74 p915
増基解題
　「私家集大成1」'73 p799
宗分解題
　「私家集大成7」'76 p1221
素性解題

解説・資料　和歌(私撰集)

尊運解題
　「私家集大成1」'73 p780
尊鎮親王解題
　「私家集大成6」'76 p1016
他阿解題
　「私家集大成7」'76 p1187
待賢門院堀河解題
　「私家集大成5」'74 p893
醍醐天皇解題
　「私家集大成2」'75 p831
大弐三位解題
　「私家集大成1」'73 p786
高明解題
　「私家集大成2」'75 p813
隆祐解題
　「私家集大成1」'73 p809
高遠解題
　「私家集大成4」'75 p715
尊朝解題
　「私家集大成1」'73 p836
隆信解題
　「私家集大成6」'76 p1017
孝範解題
　「私家集大成3」'74 p781
隆房解題
　「私家集大成6」'76 p997
高光解題
　「私家集大成3」'74 p783
直朝解題
　「私家集大成1」'73 p825
忠度解題
　「私家集大成7」'76 p1217
忠見解題
　「私家集大成2」'75 p843
忠通解題
　「私家集大成1」'73 p801
忠岑解題
　「私家集大成2」'75 p833
忠盛解題
　「私家集大成1」'73 p785
為家解題
　「私家集大成2」'75 p829
為和解題
　「私家集大成4」'75 p725
為定解題
　「私家集大成7」'76 p1186
為重解題
　「私家集大成5」'74 p902
為相解題
　「私家集大成5」'74 p911
為理解題
　「私家集大成5」'74 p895

為忠解題
　「私家集大成4」'75 p741
為仲解題
　「私家集大成2」'75 p826
為信解題
　「私家集大成2」'75 p813
　「私家集大成7」'76 p1223
為広解題
　「私家集大成1」'73 p809
　「私家集大成4」'75 p739
為世解題
　「私家集大成6」'76 p1007
為頼解題
　「私家集大成7」'76 p1665
千穎解題
　「私家集大成1」'73 p829
親清五女解題
　「私家集大成1」'73 p819
親清四女解題
　「私家集大成4」'75 p733
親俊解題
　「私家集大成4」'75 p732
親宗解題
　「私家集大成7」'76 p1214
親元解題
　「私家集大成3」'74 p771
親盛解題
　「私家集大成6」'76 p976
智閑解題
　「私家集大成3」'74 p770
千里解題
　「私家集大成6」'76 p1000
中宮上総解題
　「私家集大成1」'73 p779
澄覚法親王解題
　「私家集大成2」'75 p823
長伝解題
　「私家集大成4」'75 p732
土御門院解題
　「私家集大成7」'76 p1211
経家解題
　「私家集大成3」'74 p797
経氏解題
　「私家集大成3」'74 p784
経信解題
　「私家集大成5」'74 p911
　「私家集大成7」'76 p1666
経信母解題
　「私家集大成2」'75 p815
経衡解題
　「私家集大成2」'75 p802
　「私家集大成2」'75 p811

日本古典文学全集・作品名綜覧　539

和歌(私撰集)

経正解題
 「私家集大成2」'75 p843
経盛解題
 「私家集大成2」'75 p844
常縁解題
 「私家集大成6」'76 p974
貞仍解題
 「私家集大成6」'76 p1016
出羽弁解題
 「私家集大成2」'75 p811
道我解題
 「私家集大成5」'74 p898
道命解題
 「私家集大成1」'73 p837
登蓮解題
 「私家集大成2」'75 p842
遠忠解題
 「私家集大成7」'76 p1183
時明解題
 「私家集大成1」'73 p826
言国解題
 「私家集大成6」'76 p996
時朝解題
 「私家集大成4」'75 p720
時広解題
 「私家集大成4」'75 p729
時慶解題
 「私家集大成7」'76 p1234
常和解題
 「私家集大成6」'76 p1010
俊忠解題
 「私家集大成2」'75 p821
俊長解題
 「私家集大成5」'74 p914
俊成解題
 「私家集大成3」'74 p775
俊成女解題
 「私家集大成4」'75 p716
俊光解題
 「私家集大成5」'74 p894
敏行解題
 「私家集大成1」'73 p778
俊頼解題
 「私家集大成2」'75 p824
友則解題
 「私家集大成1」'73 p784
具平親王解題
 「私家集大成1」'73 p831
朝光解題
 「私家集大成1」'73 p827
頓阿解題
 「私家集大成5」'74 p906

長景解題
 「私家集大成4」'75 p740
長方解題
 「私家集大成3」'74 p764
中務解題
 「私家集大成1」'73 p799
長綱解題
 「私家集大成4」'75 p729
長能解題
 「私家集大成1」'73 p832
仲文解題
 「私家集大成1」'73 p808
奈良帝解題
 「私家集大成1」'73 p769
成助解題
 「私家集大成2」'75 p817
済継解題
 「私家集大成6」'76 p1001
成仲解題
 「私家集大成2」'75 p846
業平解題
 「私家集大成1」'73 p774
成通解題
 「私家集大成2」'75 p832
二条太皇太后宮大弐解題
 「私家集大成2」'75 p825
能因解題
 「私家集大成2」'75 p805
信明解題
 「私家集大成1」'73 p803
信実解題
 「私家集大成4」'75 p719
宣光解題
 「私家集大成6」'76 p1010
教長解題
 「私家集大成2」'75 p840
範永解題
 「私家集大成2」'75 p808
範宗解題
 「私家集大成3」'74 p800
鑁也解題
 「私家集大成3」'74 p796
檜垣嫗解題
 「私家集大成1」'73 p798
肥後解題
 「私家集大成2」'75 p820
秀能解題
 「私家集大成4」'75 p712
人麿解題
 「私家集大成1」'73 p770
広言解題
 「私家集大成2」'75 p845

伏見院解題
　「私家集大成5」'74 p891
仏国解題
　「私家集大成4」'75 p741
冬良解題
　「私家集大成6」'76 p1000
弁乳母解題
　「私家集大成2」'75 p812
遍昭解題
　「私家集大成1」'73 p777
本院侍従解題
　「私家集大成1」'73 p807
雅顕解題
　「私家集大成4」'75 p730
雅敦解題
　「私家集大成7」'76 p1218
雅有解題
　「私家集大成4」'75 p734
雅兼解題
　「私家集大成2」'75 p828
雅種解題
　「私家集大成6」'76 p989
政為解題
　「私家集大成6」'76 p1004
雅親解題
　「私家集大成6」'76 p980
雅経解題
　「私家集大成3」'74 p788
雅俊解題
　「私家集大成6」'76 p1003
雅成親王解題
　「私家集大成4」'75 p717
政弘解題
　「私家集大成6」'76 p990
正広解題
　「私家集大成6」'76 p986
匡衡解題
　「私家集大成1」'73 p836
匡房解題
　「私家集大成2」'75 p819
雅康解題
　「私家集大成6」'76 p999
雅世解題
　「私家集大成5」'74 p916
通勝解題
　「私家集大成7」'76 p1224
道長解題
　「私家集大成2」'75 p794
道済解題
　「私家集大成1」'73 p839
道成解題
　「私家集大成2」'75 p797

道信解題
　「私家集大成1」'73 p825
通秀解題
　「私家集大成6」'76 p985
光家解題
　「私家集大成3」'74 p788
光経解題
　「私家集大成3」'74 p784
光俊解題
　「私家集大成4」'75 p730
躬恒解題
　「私家集大成1」'73 p783
光吉解題
　「私家集大成5」'74 p901
光頼解題
　「私家集大成2」'75 p834
源賢解題
　「私家集大成1」'73 p814
明恵解題
　「私家集大成3」'74 p797
民部卿典侍解題
　「私家集大成3」'74 p801
夢窓解題
　「私家集大成5」'74 p899
統秋解題
　「私家集大成6」'76 p1005
棟梁解題
　「私家集大成1」'73 p778
宗于解題
　「私家集大成1」'73 p791
宗良親王解題
　「私家集大成5」'74 p912
村上天皇解題
　「私家集大成1」'73 p805
持為解題
　「私家集大成5」'74 p917
元方解題
　「私家集大成1」'73 p796
元真解題
　「私家集大成1」'73 p803
基佐解題
　「私家集大成6」'76 p985
元輔解題
　「私家集大成1」'73 p820
基綱解題
　「私家集大成6」'76 p998
季経解題
　「私家集大成3」'74 p788
基俊解題
　「私家集大成2」'75 p827
元就解題
　「私家集大成7」'76 p1214

和歌(私撰集)

元可解題
　「私家集大成5」'74 p903
基平解題
　「私家集大成4」'75 p722
元良親王解題
　「私家集大成1」'73 p793
守武解題
　「私家集大成7」'76 p1186
盛見解題
　「私家集大成5」'74 p915
師氏解題
　「私家集大成1」'73 p806
師実解題
　「私家集大成2」'75 p816
師輔解題
　「私家集大成1」'73 p797
師光解題
　「私家集大成3」'74 p772
康資王母解題
　「私家集大成2」'75 p818
安法解題
　「私家集大成1」'73 p802
保憲女解題
　「私家集大成1」'73 p823
山田解題
　「私家集大成1」'73 p802
幽斎解題
　「私家集大成7」'76 p1225
祐子内親王家紀伊解題
　「私家集大成2」'75 p820
嘉言解題
　「私家集大成1」'73 p835
義孝解題
　「私家集大成1」'73 p807
好忠解題
　「私家集大成1」'73 p818
　「私家集大成7」'76 p1663
良経解題
　「私家集大成3」'74 p782
能宣解題
　「私家集大成1」'73 p822
義尚解題
　「私家集大成6」'76 p976
義政解題
　「私家集大成6」'76 p978
頼実解題
　「私家集大成2」'75 p801
頼輔解題
　「私家集大成2」'75 p845
頼政解題
　「私家集大成2」'75 p838
　「私家集大成7」'76 p1664

頼宗解題
　「私家集大成2」'75 p807
頼基解題
　「私家集大成1」'73 p800
例言
　「校註―国歌大系10」'76 p1
　「校註―国歌大系11」'76 p1
　「校註―国歌大系12」'76 p1
　「校註―国歌大系13」'76 p1
冷泉院解題
　「私家集大成1」'73 p834
六条院宣旨解題
　「私家集大成2」'75 p831
【資料】
歌人・家集名索引
　「私家集大成2」'75 p1062
　「私家集大成3」'74 p1059
　「私家集大成4」'75 p976
　「私家集大成5」'74 p1215
　「私家集大成6」'76 p1346
　「私家集大成7」'76 p1607
　「私家集大成7」'76 p1689
索引
　「新 日本古典文学大系28」'94
拾遺愚草諸注番号一覧表
　「中世の文学 第1期〔13〕」'89 p465
初句索引
　「私家集大成2」'75 p851
　「私家集大成3」'74 p815
　「私家集大成4」'75 p747
　「私家集大成5」'74 p933
　「私家集大成6」'76 p1039
　「私家集大成7」'76 p1243
　「私家集大成7」'76 p1669
　「新 日本古典文学大系28」'94 p2
　「中世の文学 第1期〔8〕」'80 p311
人名索引
　「新 日本古典文学大系28」'94 p25
地名索引
　「新 日本古典文学大系28」'94 p50
付図
　「新 日本古典文学大系28」'94 p512
補注
　「中世の文学 第1期〔8〕」'80 p309
　「日本古典文学大系80」'64 p549
和歌索引
　「中世歌書翻刻2」'71 p57

和歌(勅撰集)
【解説】
あとがき
　「勅撰歌歌枕集成〔1〕」'94 p1529

解説・資料　　和歌(勅撰集)

　　「勅撰歌歌枕集成〔2〕」'95 p1181
　　「勅撰歌歌枕集成〔3〕」'95 p384
異称のある歌枕
　　「勅撰歌歌枕集成〔2〕」'95 p43
異称のある歌枕一覧
　　「勅撰歌歌枕集成〔2〕」'95 p63
右近と伊勢（大原富枝）
　　「鑑賞日本古典文学7」'75 p470
歌枕に見る皇居
　　「勅撰歌歌枕集成〔2〕」'95 p55
解説
　　「鑑賞日本の古典3」'82 p14
　　「鑑賞日本の古典3」'82 p135
解題
　　「校註—国歌大系3」'76 p1
　　「校註—国歌大系4」'76 p1
　　「校註—国歌大系5」'76 p1
　　「校註—国歌大系6」'76 p1
　　「校註—国歌大系7」'76 p1
　　「校註—国歌大系8」'76 p1
　　「新訂校註—日本文学大系14」'55 p1
花山院と公任（村瀬敏夫）
　　「鑑賞日本古典文学7」'75 p437
歌人略伝
　　「鑑賞日本の古典3」'82 p478
古今集・後撰集・拾遺集の窓
　　「鑑賞日本古典文学7」'75 p373
参考文献解題（川上新一郎）
　　「鑑賞日本の古典3」'82 p450
三代集と初期歌合（萩谷朴）
　　「鑑賞日本古典文学7」'75 p385
三代集の時代（目崎徳衛）
　　「鑑賞日本古典文学7」'75 p375
序説（窪田章一郎）
　　「鑑賞日本古典文学7」'75 p1
『新古今増抄』覚え書き
　　「中世の文学 第1期〔23〕」'97 p1
総説（窪田章一郎）
　　「鑑賞日本古典文学7」'75 p13
総説（杉谷寿郎）
　　「鑑賞日本古典文学7」'75 p213
総説（藤平春男）
　　「鑑賞日本古典文学7」'75 p295
勅撰歌歌枕地名解説
　　「勅撰歌歌枕集成〔2〕」'95 p85
勅撰歌詞書地名解説
　　「勅撰歌歌枕集成〔2〕」'95 p217
読書ノート
　　「鑑賞日本古典文学7」'75 p459
似而非歌枕
　　「勅撰歌歌枕集成〔2〕」'95 p70
似而非歌枕—削除した歌枕

　　「勅撰歌歌枕集成〔2〕」'95 p70
似而非歌枕本文
　　「勅撰歌歌枕集成〔2〕」'95 p75
八代集における贈答歌と女性歌
　　「作者別時代別—女人和歌大系4」'72 p33
ファジーな歌—収録する歌枕
　　「勅撰歌歌枕集成〔2〕」'95 p10
まえがき
　　「勅撰歌歌枕集成〔1〕」'94 p1
　　「勅撰歌歌枕集成〔2〕」'95 p1
　　「勅撰歌歌枕集成〔3〕」'95 p1
幻の歌枕
　　「勅撰歌歌枕集成〔2〕」'95 p10
幻の世俗画（大岡信）
　　「鑑賞日本古典文学7」'75 p459
例言
　　「校註—国歌大系3」'76 p1
　　「校註—国歌大系4」'76 p1
　　「校註—国歌大系5」'76 p1
　　「校註—国歌大系6」'76 p1
　　「校註—国歌大系7」'76 p1
　　「校註—国歌大系8」'76 p1
六歌仙の対話（谷山茂）
　　「鑑賞日本古典文学7」'75 p446
【年表】
勅撰集年表
　　「鑑賞日本の古典3」'82 p502
【資料】
引用・参考文献一覧
　　「勅撰歌歌枕集成〔2〕」'95 p1176
歌番号順・部位別歌枕一覧
　　「勅撰歌歌枕集成〔2〕」'95 p393
歌枕・地名関係歌書一覧
　　「勅撰歌歌枕集成〔2〕」'95 p1169
音引歌枕・地名一覧
　　「勅撰歌歌枕集成〔3〕」'95 p335
五十音順初出及び伝承歌枕・地名一覧
　　「勅撰歌歌枕集成〔2〕」'95 p333
作者索引
　　「鑑賞日本古典文学7」'75 p492
作者と勅撰歌地名一覧—歌枕編
　　「勅撰歌歌枕集成〔2〕」'95 p833
作者と勅撰歌地名一覧—詞書編
　　「勅撰歌歌枕集成〔2〕」'95 p1065
参考文献（寺田純子）
　　「鑑賞日本古典文学7」'75 p479
初句索引
　　「鑑賞日本古典文学7」'75 p488
女性
　　「勅撰歌歌枕集成〔3〕」'95 p130
　　「勅撰歌歌枕集成〔3〕」'95 p190
神仏

和歌(勅撰集)　　　　　　　　　　解説・資料

「勅撰歌歌枕集成〔3〕」'95 p152
「勅撰歌歌枕集成〔3〕」'95 p196
省文や隠題(掛詞)的な表現による歌枕とその
　索引
　「勅撰歌歌枕集成〔3〕」'95 p369
僧侶
　「勅撰歌歌枕集成〔3〕」'95 p116
　「勅撰歌歌枕集成〔3〕」'95 p184
男性
　「勅撰歌歌枕集成〔3〕」'95 p9
　「勅撰歌歌枕集成〔3〕」'95 p166
地名索引(五十音順)
　「勅撰歌歌枕集成〔1〕」'94 p1507
注継続
　「中世の文学 第1期〔23〕」'97 p333
　「中世の文学 第1期〔24〕」'99 p271
　「中世の文学 第1期〔27〕」'01 p193
勅撰歌歌枕地名詠入歌初句索引―万葉歌を
　含む
　「勅撰歌歌枕集成〔3〕」'95 p219
勅撰歌歌枕地名詠入歌人名索引
　「勅撰歌歌枕集成〔3〕」'95 p5
勅撰歌歌枕・地名歌番号一覧―関連万葉歌地
　名歌番号・歌枕記名歌学書名付載
　「勅撰歌歌枕集成〔3〕」'95 p1
勅撰歌歌枕地名索引(五十音順)
　「勅撰歌歌枕集成〔1〕」'94 p1508
勅撰歌歌枕の用法―歌集・部位・技法・読合せ
　用語
　「勅撰歌歌枕集成〔2〕」'95 p523
勅撰歌詞書地名索引(五十音順)
　「勅撰歌歌枕集成〔1〕」'94 p1521
勅撰歌詞書(左注)地名歌番号一覧―関連万葉
　歌地名歌番号付載
　「勅撰歌歌枕集成〔3〕」'95 p229
勅撰歌詞書(左注)地名記述歌人名索引
　「勅撰歌歌枕集成〔3〕」'95 p163
勅撰集一覧
　「鑑賞日本の古典3」'82 p499
勅撰和歌集〔二十一代集〕一覧
　「勅撰歌歌枕集成〔1〕」'94 p1530
　「勅撰歌歌枕集成〔2〕」'95 p1182
　「勅撰歌歌枕集成〔3〕」'95 p385
勅撰和歌集部位一覧表
　「勅撰歌歌枕集成〔2〕」'95 p1183
　「勅撰歌歌枕集成〔3〕」'95 p386
勅撰和歌集部立一覧表
　「勅撰歌歌枕集成〔1〕」'94 p1531
凡例(勅撰歌歌枕地名詠入歌本文・勅撰歌詞書
　地名記述歌本文)
　「勅撰歌歌枕集成〔1〕」'94 p3
付表等

「勅撰歌歌枕集成〔1〕」'94
「勅撰歌歌枕集成〔2〕」'95
読人知らず
　「勅撰歌歌枕集成〔3〕」'95 p152
　「勅撰歌歌枕集成〔3〕」'95 p197
律令下の畿内と周辺の交通路
　「勅撰歌歌枕集成〔1〕」'94 p1532
律令下の畿内の周辺の交通路
　「勅撰歌歌枕集成〔2〕」'95 p1184
　「勅撰歌歌枕集成〔3〕」'95 p387
類聚歌枕一覧
　「勅撰歌歌枕集成〔2〕」'95 p499

和漢朗詠集
【解説】
解説
　「新編日本古典文学全集19」'99 p419
　「日本古典文学大系73」'65 p8
解説(大曾根章介，堀内秀晃)
　「新潮日本古典集成〔26〕」'83 p301
古典への招待『和漢朗詠集』をどう読むか
　「新編日本古典文学全集19」'99 p5
作者略伝
　「新編日本古典文学全集19」'99 p479
【資料】
影響文献一覧
　「新潮日本古典集成〔26〕」'83 p378
漢詩文索引
　「新編日本古典文学全集19」'99 p526
漢詩文全文一覧
　「新編日本古典文学全集19」'99 p438
作者一覧
　「新潮日本古典集成〔26〕」'83 p424
出典一覧
　「日本古典文学大系73」'65 p287
典拠一覧
　「新潮日本古典集成〔26〕」'83 p347
付録
　「新編日本古典文学全集19」'99 p437
補注
　「日本古典文学大系73」'65 p259
和歌初句索引
　「新編日本古典文学全集19」'99 p501

日本古典文学全集・作品名綜覧

2005年4月25日 第1刷発行

発 行 者／大高利夫
編集・発行／日外アソシエーツ株式会社
　　　　　〒143-8550 東京都大田区大森北1-23-8 第3下川ビル
　　　　　電話(03)3763-5241(代表)　FAX(03)3764-0845
　　　　　URL　http://www.nichigai.co.jp/
発 売 元／株式会社紀國屋書店
　　　　　〒163-8636 東京都新宿区新宿3-17-7
　　　　　電話(03)3354-0131(代表)
　　　　　ホールセール部(営業)　電話(03)5469-5918

電算漢字処理／日外アソシエーツ株式会社
印刷・製本／株式会社平河工業社

不許複製・禁無断転載　　　　《中性紙三菱クリームエレガ使用》
〈落丁・乱丁本はお取り替えいたします〉
ISBN4-8169-1906-6　　　　**Printed in Japan, 2005**

本書はディジタルデータでご利用いただくことができます。詳細はお問い合わせください。

文学作品に関するレファレンスの基本ツール

現代日本文学綜覧シリーズ

文学全集・個人全集の内容細目集。作家名、作品タイトルからも検索できます。

全集/個人全集・内容綜覧〈第Ⅳ期〉　　（現代日本文学綜覧25）
全集/個人全集・作家名綜覧〈第Ⅳ期〉　（現代日本文学綜覧26）
全集/個人全集・作品名綜覧〈第Ⅳ期〉　（現代日本文学綜覧27）
揃定価139,650円（本体133,000円）　分売可
1998〜2003年に刊行された文学全集31種469冊、個人全集157種1,255冊を収録。

全集/個人全集・内容綜覧〈第Ⅲ期〉　　（現代日本文学綜覧18）
全集/個人全集・作家名綜覧〈第Ⅲ期〉　（現代日本文学綜覧19）
全集/個人全集・作品名綜覧〈第Ⅲ期〉　（現代日本文学綜覧20）
揃定価139,650円（本体133,000円）　分売可
1993〜1997年に刊行された文学全集18種384冊、個人全集145種1,082冊を収録。

全集・内容綜覧〈第Ⅱ期〉　　（現代日本文学綜覧9）
全集・作家名綜覧〈第Ⅱ期〉　（現代日本文学綜覧10）
全集・作品名綜覧〈第Ⅱ期〉　（現代日本文学綜覧11）
揃定価61,165円（本体58,252円）　分売可
1982〜1992年に刊行された文学全集28種438冊を収録。作家3,400名、作品22,000点。

個人全集・内容綜覧〈第Ⅱ期〉　（現代日本文学綜覧12）
個人全集・作品名綜覧〈第Ⅱ期〉（現代日本文学綜覧13）
揃定価179,418円（本体170,874円）　分売可
1984〜1992年に刊行された193名の作家による個人文学全集224種1,800冊を収録。

戯曲・シナリオ集内容綜覧　　（現代日本文学綜覧24）
定価50,400円（本体48,000円）
1946〜2001年に刊行された戯曲集・シナリオ集3,644冊の内容細目集。

古典文学作品名よみかた辞典
定価10,290円（本体9,800円）
物語、日記・紀行、随筆、戯曲、和歌・俳諧集など近世以前に成立した作品13,400点を収録し読み方と共に作者名等を記載。読めない漢字でも引ける、1文字目の総画数順排列。

データベースカンパニー
日外アソシエーツ　〒143-8550 東京都大田区大森北1-23-8
TEL.(03)3763-5241　FAX.(03)3764-0845　http://www.nichigai.co.jp/